Recueil Altaïran - 2
Après l'apocalypse

Révélations envoyées par les Altaïrans, reçues, analysées, sourcées et vulgarisées par Harmo, compilées par Arnaud Meunier (Amocalypse).

Date de mise à jour : 13/09/21

Livre libre de droit.

Roman ? : Toutes les informations dans ces livres sont vraies. À vous de confronter cette vérité à la réalité. Si vos croyances sont trop chamboulées, libre à vous de prendre ces livres comme des roman très imaginatifs et plein de sagesses :)

Format numérique des livres : http://arnaud.meunier.chez.aliceadsl.fr/fr/telecharg.htm
Contact auteur : Facebook>amocalypse, ou arnaud.meunier.electrique@gmail.com

Lecture : (p. *xx*) renvoie à un chapitre plus détaillé sur le sujet à la page *xx*, (L*x*) renvoie au livre du recueil Altaïran n°*x*. Ladam renvoie au livre sur le langage adam.. Référez-vous au livre « glossaire » si le sens d'une abréviation ou d'un mot vous échappe.

Avertissements de lecture : Voir le livre "*Glossaire*".

Évolutions de ce livre :
- 20 ??/ ??/ ?? : Finalisation de la première version

Crédit image de couverture : pixabay (ComFreak)

Sommaire général

Préambule..7
Qi (Énergie vitale)...16
   Univers (Dieu)...16
   Dimension..19
   Densités spirituelles..19
   Qi...25
   Temps...25
Cosmologie..34
   Forces qui s'exercent.....................................34
   Histoire de l'Univers..35
   Systèmes planétaires......................................40
   Système solaire complet................................43
   Système Solaire > Nibiru................................66
   Système Solaire > Terre.................................86
   Système Solaire > Terre > Effets de Nibiru............102
   Système Solaire > Terre > Effets de Nibiru > Chrono > Passage 1..............145
Vie..146
   Cellule : coopération d'atomes...................146
   Évolution : coopération de générations..................149
   Organisme : Coopération de cellules........151
   Reproduction : coopération de génomes.................152
   Communauté : coopération d'individus...................153
   Écosystème : coopération d'espèces.........158
   Conscience : coopération de neurones.....159
   Conscience > âme..162
   Conscience > Incarnation............................178
   Conscience > Incarnation > Méditation...................194
   Conscience > Incarnation > Prânisme......204
   Coopération d'incarnations : la réincarnation..........240
   Expansion : coopération de communautés...............242
   Jardiniers : Coopération de planètes........246
   Ascension : coopération de dimensions...................247
   Système solaire complet..............................248
   Système solaire > Terre...............................263
   Corps Humain..275
   Corps humain > Psychologie.......................290
   Corps humain > Fonctionnement...............309
   Les nouveautés de proto-plenus................309
Spiritualité...310
   Niveaux vibratoires..311
   Niveau 0 = athéisme......................................312
   Bases..314
   Orientations spirituelles...............................319
   L'égoïsme...321
   Religion...325
   Illumination..327
   Sagesse..328
ET..346
   Conseil des mondes......................................347
   L'enjeu spirituel de l'apocalypse................355
   Espèces sur Terre..358
   ETI...381
   Contacts avec les humains..........................382
   Les OVNI..402
   Crops circles...406
   Les quarantaines...407
Interactions humaines...409
   Interactions humaines..................................409
   Quel type de société ?.................................410
   Les types de société déjà tentées.............419
   Outils d'asservissement...............................422
   Société idéale..453
   Société idéale > Villages..............................474
   Société idéale > Argent.................................475
Santé...482
   Fondamentaux de la santé..........................482
   Épidémies..491
   Retrouver la santé...492
   Régénération..493
   Bien dormir..493
   Psychisme...494
   Système immunitaire....................................494
   Jeûne...501
   Nettoyages internes......................................502
   Fausses médecines......................................508

Table des matières détaillée

Préambule..7
    Voir le livre "Glossaire" avant........................7
    Organisation...8
    Survol rapide..8
Qi (Énergie vitale)..16
    Univers (Dieu)..16
        Qu'est-ce que Dieu ?.........................16
    Dimension..19
    Densités spirituelles..................................19
        Explication selon Grabovoï..................21
    Qi..25
    Temps..25
        Pas d'annales akashiques....................25
        Voyage dans le passé.........................26
        Voyage dans le futur..........................29
        Voyance..29
        Prophéties.....................................30
Cosmologie...34
    Forces qui s'exercent..................................34
        Gravitation répulsive.........................34
        Rails gravitationnels (L5)....................35
        Attraction magnétique........................35
    Histoire de l'Univers..................................35
        Univers global.................................36
        Univers local..................................36
        Fin d'un univers local.........................38
        Hypothèses AM..............................39
        L'élévation de conscience / ascension......40
    Systèmes planétaires..................................40
        Evolution perpétuelle........................40
        Répartition....................................41
        Sens de tournation général.................41
        Axe de rotation..............................41
        Axe magnétique..............................42
        Interactions magnétiques...................43
    Système solaire complet..............................43
        Création du système solaire complet.....43
        Système solaire..............................45
        Sens de tournation général.................46
        Révolution.....................................46
        Rotation.......................................46
        Axe magnétique..............................47
        Interactions magnétiques...................48
        Érèbe..48
        Soleil...49
        Némésis.......................................51
        Perséphone..................................52
        Perséphone > Dislocation..................52
        Tiamat...55
        Lune...57
        Ceinture d'astéroïdes........................58
        Ceinture astéroïde > Cérès.................61
        Ceinture astéroïde > Lacunes de Kirkwood........61
        Ceinture astéroïde > Comètes et géocroiseurs......61
        Hécate...61
        Mars..63
        Mars > Phobos...............................63
        Jupiter..63
        Jupiter > Io....................................64
        Jupiter > Europe.............................64
        Jupiter > Ganymède........................64
        Jupiter > Callisto............................65
        Neptune.......................................65
        Saturne > Titan..............................65
        Neptune > Triton............................65
        Pluton..65
        Objet trans-neptunien bidons.............65
Système Solaire > Nibiru..66
    Origine..66
    Caractéristiques..66
    Aspect..67
    Aspect > Nuage..68
    Aspect > Ceinture de débris.....................72
    Orbite...74
    Orbite > Forme globale............................75
    Orbite > Ellipse..75
    Orbite > Spirale.......................................76
    Orbite > Spirale > Passage......................82
    Effet du Soleil..86
Système Solaire > Terre...86
    Formation...86
    Caractéristiques de la Terre.....................86
    Noyau actif..88
    Intérieur de la Terre................................88
    Terre "creuse"..96
    Cycles terrestres remarquables...............98
    Trajectoire apparente du Soleil..............100
Système Solaire > Terre > Effets de Nibiru..........102
    Un cycle naturel....................................102
    Résumé des augmentations.................103
    Mouvements de la Terre.....................104
    Mouvements > Crops-circles...............109
    Actions..111
    Actions > Nuage de Nibiru...................111
    Actions > Nuage > Queue cométaire.....112
    Actions > Nuage > Poussières colorées.....112
    Actions > Nuage > Météorites...............112
    Actions > Nuage > Hydrocarbures........114
    Actions > Couche d'ozone...................116
    Actions > Un noyau terrestre perturbé.....116
    Actions > Vacillement de la Terre.........118
    Actions > Réchauffement du noyau.....122
    Actions > Noyau > Dérive continentale....123
    Actions > Noyau > Influence magnétique.....126
    Action > noyau > Relargage des gaz du sous sol....131
    Action > noyau > Effondrement de banquise.....131
    Action > noyau > Montée des eaux.....131
    Action > Apparence du Soleil................132
    Effets...133
    Effets > Gaz du sous-sol.......................133
    Chronologie..135
    Chrono > Visibilité depuis la Terre........136

Chrono > Montée en puissance 140	Conscience > Incarnation 178
Chrono > Montée > Invisible 140	Pourquoi s'incarner ? 178
Chrono > Passage 142	Guides de réincarnation 178
Chrono > Passage > Dureté 143	Anges gardiens 180
Chrono > Passage > Interpassage 144	Besoin du corps physique pour l'apprentissage ... 180
Chrono > Passage 2 144	Ancrage de l'âme au cours de l'incarnation 182
Chrono > Aftertime 144	Action de l'âme évolutive sur l'individu 184
Système Solaire > Terre > Effets de Nibiru > Chrono > Passage 1 145	But de l'incarnation 185
Températures 145	Les grandes étapes de la vie 186
2 mois avant 145	Eveil 187
3 jours d'arrêt 145	Peur de mourir 189
6 jours inversés 145	Sexe 190
Pole-Shift 146	Sexe > Bases 190
Pole-Shift > Tsunami 146	Sexe > Homosexualité 192
Pole-Shift > Séismes 146	Sensation de déjà-vu 193
Pole-Shift > Haute atmosphère arrachée 146	Voyage astral 193
Vie 146	Conscience > Incarnation > Méditation 194
Cellule : coopération d'atomes 146	Dangers 194
Création 146	Bien-être recherché 197
Énergie de la cellule 147	Les différents types de méditation 197
Comportement de l'ADN 148	Zen 198
Dans l'Univers 148	Faire Un (Harmo) 200
Clonage d'adulte 149	Analytique 201
Évolution : coopération de générations 149	Alignement 201
Organisme : Coopération de cellules 151	Énergétique (p.) 202
Organisme > Animaux 151	D'éveil 202
Reproduction : coopération de génomes 152	Musique 203
Mono-parental 152	Hypnose 203
Non sexués 152	Conscience > Incarnation > Prânisme 204
Sexué 153	9 critères indicateurs 206
Communauté : coopération d'individus 153	Les dangers lors du chemin prânique 206
Communication 157	Le poids limite minimum 207
Écosystème : coopération d'espèces 158	Principe de se nourrir de qi 207
Conscience : coopération de neurones 159	Avantages du prânisme 208
Conditions d'apparitions 159	Un choix de l'âme 211
Cerveau 159	Facilité accrue 211
Le 2e saut de conscience (spirituel) 161	Phase 1 (préparation) - 1 an 212
Niveaux de conscience dans l'univers 161	Phase 1 > Corps physique 213
Conscience > âme 162	Phase 1 > Corps émotionnel 215
Qi attiré par la vie 162	Phase 1 > Corps mental (conscient) 218
Âme animale et comportement social 162	Phase 1 > Corps spirituel (inconscient) 218
Âme = Vie dans toutes les dimensions 163	Phase 1 > Processus de ressentis du prâna .. 219
Esprit : copie de l'ego physique 163	Phase 1 > Exercices d'absorption prânique . 219
Initialisation d'une âme individuelle 163	Phase 2 (transformation) - 1 mois 221
Âme évoluée : renforcement de l'âme individuelle 164	Phase 2 > Le cocon 221
Capacités de l'âme 166	Phase 2 > Laver le corps quotidiennement .. 222
Incarnation 166	Phase 2 > Processus de 28 jours 223
Durée d'incarnation 167	Phase 3 (consolidation) - toute la vie 228
Illumination (âme accomplie) 167	Au-delà du prânisme 230
Renforcer son aura protectrice 167	Exemples de prâniques 230
Les différents corps 168	Coopération d'incarnations : la réincarnation 240
Où va la conscience après la mort ? 169	Tout le monde ne se souviendra pas de ses vies antérieures 240
Gérer les fantômes / poltergeist/attaques de démons 169	Ne se rappelle que des vies exceptionnelles 241
Pouvoirs psys 175	Expansion : coopération de communautés 242
Objets chargés 176	Jardiniers : Coopération de planètes 246
Walk-in : Corps qui change d'âme 177	Ensemencement 246
	Transplants 246
	Ascension : coopération de dimensions 247

1e ascension humaine	247
Système solaire complet	248
Némésis	249
Tiamat	249
Ensemencement	250
Lune	250
Nibiru	251
Ceinture d'astéroïdes	253
Mars	254
Mars > Conditions de vie originelles	254
Mars > Colonisation anunnaki	255
Mars > Rupture du cycle de l'eau	256
Mars > Vie actuelle	257
Mars > Relance de la diversité de la vie	258
Mars > Censure	258
Mars > Tentatives de colonisation humaine	260
Phobos, satellite de Mars	260
Hécate	261
Système solaire > Terre	263
Gaïa	263
Spécificités favorables	264
Histoire	264
Histoire > dinosaures	265
Histoire > Conscients	267
Histoire > Conscients > Homo	268
Terre > Effets de Nibiru	269
Terre > Effets de Nibiru > Interpassage	274
Terre creuse	274
Corps Humain	275
3 corps	275
Cerveau	276
Cerveau > Partie analytique	277
Origine du double cerveau	277
Inconscient	278
Conscient	285
Conscient > Subconscient	287
Mémoire	288
L'héritage génomique anunnaki	290
Corps humain > Psychologie	290
Auto-sabotage	290
Le manipulateur relationnel	292
Les pervers narcissiques (PN)	293
Surmonter les traumas	296
Traité de bizarrologie	302
Processus du changement	308
Corps humain > Fonctionnement	309
Foie	309
Les nouveautés de proto-plenus	309
Aspect	309
Sexe	309
Spiritualité	310
Niveaux vibratoires	311
Densité physique = densité de l'esprit	311
Plages de vibrations	311
Basses vibrations	311
Hautes vibrations	311
Niveau vibratoire de la Terre	312
Éveil	312
Niveau 0 = athéisme	312
Athéisme = hiérarchisme	312
Croyance = altruisme	313
Les fausses apparences spirituelles	313
Bases	314
L'unité	314
Le libre arbitre	314
Action-Réaction karmique	315
Miracle	317
La co-création	317
But des vies (retour à la source)	318
Orientations spirituelles	319
Les 3 orientations	319
L'illusion du contrôle / libre arbitre	320
Le choix	320
Le Tao	320
Planètes	320
Équilibre au sein des planètes écoles	320
L'égoïsme	321
Lucifériens et satanistes	321
Déformations répétitives	322
Omissions	323
Laisser l'info disponible	324
Fausses promesses	324
Religion	325
Appel	325
Comment remercier Dieu ?	326
Illumination	327
Sagesse	328
La recherche de soi est un chemin personnel	328
Philosophie	328
Judaïsme	333
Gaulois (paganisme)	333
Jésus (1e siècle)	336
Mohamed (6e siècle)	336
Hindouisme	337
7 logiques pour vivre en paix	337
La prophéties des Andes	337
Maximes / Proverbes	337
Mythologie	339
ET	346
Conseil des mondes	347
Élections et décisions	348
Gestion Inter-Stellaire	349
Fonctionnement	351
Règles d'intervention	351
Interventionnisme	353
Règle de l'équilibre	354
L'enjeu spirituel de l'apocalypse	355
Altruistes = religieux	355
Hiérarchistes = Cultes	356
Télépathes = Altruistes	356
But des ET Altruistes	356
But des ET Égoïstes	357
Espèces sur Terre	358
Espèces présentes en ce moment	358
A propos de la couleur grise	358
Altruistes bienveillants	359
Altruistes > Zétas	359
Altruistes > Altaïrans	361

- Altruistes > Pléïadiens..................361
- Égoïstes malveillants.....................361
- Égoïstes > Raksasas......................362
- Égoïstes > Kos..............................365
- Égoïstes > Têtes pointues..............366
- Égoïstes > Gremlin.........................367
- Égoïstes > Insectoïdes...................367
- Égoïstes > Anunnakis.....................367
- Indéterminés.................................374
- Indéter > Cavernicoles...................374
- Indéter > Cavern > Salamandres....375
- Indéter > Cavern > Big Foot............375
- Indéter > Cavern > MIB..................376
- Indéter > Cavern > MIB > Contacts avec les humains..................378
- Indéter > Cavern > Nains................381
- Animaux..381
- ETI..381
  - Uniquement les âmes fermement altruistes........381
  - Prophètes....................................382
  - Des millions.................................382
- Contacts avec les humains.............382
  - Histoire.......................................383
  - Règles..383
  - Règles > Éviter l'Ethnocide..........384
  - Règles > Même orientation spirituelle..............388
  - Règles > Demande de l'humain...388
  - Visites...389
  - Visites > bienveillants.................389
  - Contacts > Malveillants..............391
  - Les contacts indéterminés.........392
  - Conscient coupé........................392
  - Abductés...................................394
  - Le doute (indices mais pas preuves)...............397
  - Pas d'élus..................................397
  - Les différences dans les messages...............397
  - Le passage (suite de L1)............398
- Les OVNI......................................402
  - Technologies..............................402
  - Technologie > Voyage dans le temps............402
  - EA..403
  - Les altruistes.............................403
  - Les égoïstes..............................405
- Crops circles................................406
  - Comment valider un crop ?........406
  - Quels ET les font ?....................406
  - Décryptage de base...................406
  - Crops dans le colza...................407
- Les quarantaines.........................407
  - Terre...407
- Interactions humaines...................409
- Interactions humaines...................409
  - Organisation sociale..................409
  - Argent (p.).................................409
  - Langage (Ladam)......................410
  - Normalisation (Ladam)...............410
- Quel type de société ?..................410
  - Égalité ou hiérarchie..................410
  - Pure hiérarchie..........................410
  - Pure Égalité...............................411
  - Comment prendre des décisions ?...............414
  - Ceux qui veulent prendre plus que leur part........414
  - Compétence des individus des groupes décisionnels..........415
  - Organisations mixtes.................417
- Les types de société déjà tentées....419
  - Faux dès la base.......................419
  - Les erreurs du Marxisme...........419
  - L'esclavagisme..........................420
  - Capitalisme................................421
  - Vrai communisme......................421
- Outils d'asservissement................422
  - Hiérarchie..................................422
  - Outils de pression.....................425
  - La 3e faction.............................425
  - Psychologie...............................425
  - Propagande inversée................431
  - Présentation..............................432
  - Les règles de la désinformation.432
  - Manipuler les forums sur Internet........435
  - Comment repérer un infiltré......437
  - Les 8 traits d'un désinformateur.440
  - Surveiller les comportements aberrants.....452
  - Bons comportements................453
  - Religion.....................................453
- Société idéale..............................453
  - Ré-humaniser la société..........453
  - But d'une société.....................457
  - Constitution - Règles de vie.....457
  - Comités décisionnels...............460
  - Tout est public.........................466
  - Organisation des connaissances........467
  - Justice.....................................468
  - Éducation................................469
  - Les dangers............................470
  - Bons arguments.....................471
  - Propriété.................................472
  - Habitation...............................472
  - Contrat...................................472
  - Sexe et couples.....................472
  - Contrôle des naissance.........473
  - Eugénisme.............................474
- Société idéale > Villages............474
  - Éviter le nationalisme et patriotisme........475
  - Tous s'unir contre le village dominateur........475
- Société idéale>Argent................475
  - Présent - Société marchande...475
  - Sphères marchandes et non marchandes......477
  - Inconvénients du système marchand.............479
- Santé...482
- Fondamentaux de la santé..........482
  - Les règles de base..................482
  - Action de l'âme sur la maladie.483
  - Spiritualité................................484
  - Faire du sport..........................484
  - Dormir......................................485
  - Mauvaises pratiques...............485
  - Alimentation humaine..............486

Alim > Naturelle..486
Alim > Boire de l'eau (p.)..............................486
Alim > Éviter la constipation.......................486
Alim > Faire des jeûnes (p.)..........................486
Alim > Manger modérément.........................486
Alim > Alimentation vivante (p.)................487
Hygiène corporelle...487
Pourquoi on grossit..489
Faire travailler son cerveau, s'adapter.................489
Sexualité...490
Spiritualité..490
Rayonnements locaux....................................490
Épidémies..491
   Vieille controverse.......................................491
   Virus...492
   Assainissement...492
Retrouver la santé...492
   Évacuation des toxines................................493
Régénération..493
   7 jours jeûne sec...493
Bien dormir..493
   Insomnies..493
Psychisme..494
   Effacement des traumatismes psychiques...........494
   Gérer les vampires d'énergie.....................494
   Changer de vie et de croyances en permanence..494
Système immunitaire..494
   Les 3 systèmes immunitaires....................494
   Fonctionnement...495
   Virus graves...498
   Cancer...498
   Inflammation chronique............................499
Jeûne...501
   Jeûne court (hormétique) vs jeûne prolongé (thérapeutique)..501
Nettoyages internes..502
   Foie..502
   Rein..505
   Intestin..505
Fausses médecines..508
   Acupuncture..508
   Homéopathie...508

Figure 9: bulle de plasma..71
Figure 10: CC Silbury Hill 2009 (proche d'Avebury, dans le Wiltshire)..75
Figure 11: CC EastField 2004................................79
Figure 12: Trajectoire spirale crénelée de Nibiru..........81
Figure 13: CC triangle Zéta...................................83
Figure 14: triangle zéta..83
Figure 15: CC Brabury Castle 1991(triangle Alt)..........84
Figure 16: rebascule de 270° après le passage...............85
Figure 17: Axes et plans divers de la Terre (source : Wikipédia)..87
Figure 18: Trajectoire Soleil apparent dans l'année.....100
Figure 19: Réfraction de l'image du Soleil par l'atmosphère..101
Figure 20: Hauteur zénithale le long de l'année..........102
Figure 21: CC Barbury Castle 1991....................109
Figure 22: CC Barbury Castle 2008....................110
Figure 23: CC Rauwiller 2015...............................110
Figure 24: CC montrant la trajectoire de Nibiru..........111
Figure 25: Colonne EMP environnée d'éclairs...........128
Figure 26: Double Soleil par effet gravitationnel (source Harmo)...133
Figure 27: Trou dans les nuages (poche de méthane)..134
Figure 28: Belemoidea actuels.............................275
Figure 29: Rostre fossile de Bélemnite...............275
Figure 30: Kos vu par les sumériens (pas d'ailes en vrai)..366
Figure 31: ET égoïste "tête pointue"..................366
Figure 32: Figure 32: Gremlin (dessin Harmo)..........367
Figure 33: Petit et grand Zétas............................399
Figure 34: Vaisseau d'observation.....................399
Figure 35: pieuvre orange....................................400
Figure 36: crapauds humanoïdes......................400
Figure 37: Créature de la lagune noire.............401
Figure 38: Smiley vert..401
Figure 39: CC avec cube central........................407
Figure 40: CC cube + spirale d'emballement (22/04/2017 - angleterre)..407

Index des figures

Figure 1: Taille comparée des planète de notre système planétaire...45
Figure 2: svastika..49
Figure 3: Triskel..49
Figure 4: Perséphone révolutionnant entre Jupiter et Soleil...53
Figure 5: Écartelée entre Jupiter et Soleil, Perséphone forme une haltère...53
Figure 6: L'haltère se casse en 2 sphère..............54
Figure 7: Dislocation Tiamat..................................56
Figure 8: Terre et Lune se placent sur une nouvelle orbite..56

Préambule

Voir le livre "Glossaire" avant

Voir le livre "*Glossaire*" pour la meilleure manière d'exploiter ce livre, pour tout savoir sur les auteurs, les sources des infos, ainsi que tous les avertissements de lecture. Si vous ne connaissez pas un mot, référez-vous au glossaire qui vous expliquera le concept, et donnera les endroits du recueil où le sujet est détaillé.

Organisation

Ce livre 2 est le plus important, car il explique tout notre environnement dans lequel nous vivons. Je résume ici les avertissements et explications déjà données dans le livre 1.

Rappel des livres précédents (p. 8)

L0 servait à sourcer les infos données par la suite par les Alt.

L1 reprenait toute l'histoire de l'homme, depuis les manipulations génétiques ET sur les primates, l'orientation hiérarchiste prise par notre société sous l'influence des ET hiérarchistes, l'esclavage du peuple né dans une secte (formaté toute sa vie grâce à la sous-éducation, l'école et les médias), puis les mensonges des religions, les dirigeants faisant tuer le vrai prophète, puis réécrivant les livres saints à la place du prophète.

Cette esclavage des masses se terminait par l'apocalypse : Cataclysmes de Nibiru, effondrement du système hiérarchique, Nouvel Ordre Mondial avec Odin/Lucifer (le dieu sumérien) sur le 3e temple de Jérusalem, victoire de Jésus 2, jugements des âmes.

Les communautés autonomes d'altruistes prospèrent en même temps que disparaissent les reliquats hiérarchistes de l'ancien monde.

Qi (p.)

Maintenant que nous avons vu l'histoire de l'homme, que sa composante égoïste est partie, voyons le vrai fonctionnement du monde, pour repartir sur de bonnes bases. Repartons depuis la base, l'unité première de la matière, le quantum d'énergie minimal, le qi.

Terre 2 (p.)

Pour continuer l'histoire de l'homme, une fois le nombre restants d'humains ayant opté très majoritairement pour l'altruisme, la Terre ascensionne dans la dimension supérieure, les égoïstes, n'ayant pu monter suffisamment en vibration d'amour des autres, restent englués dans les basses dimensions, sur une Terre 3 moribonde. Fin du jugement dernier, ne reste sur la Terre (Terre 2) que les âmes de bonnes volontés.

Survol rapide

Les faits (résumé L0)

L0 reprend toutes les sources prouvant les infos Alt, à savoir :

- le système qui a prévalu pendant plus de 14 000 ans était un système hiérarchique qui nous a menti. Ce système est soumis à une minorité ultra-égoïste. Par le contrôle de la monnaie, ils tenaient toute la société : achat du roi/président, des médias pour faire élire le président de leur choix, achat des organes de propagande (médias, école, culture (littérature, cinéma), religion, science, politique, philosophie, et plein d'autres).
- pourquoi le système nous a menti (rétention de l'information pour garder le pouvoir sur les esclaves),
- comment il a menti (contrôle des médias, des élus, de la science et de l'école),
- qu'est-ce qu'il nous a mis de force dans la tête dès la naissance (il faut laisser des privés s'accaparer l'intérêt commun, la propriété privée et le décalage énorme des revenus sont une fatalité, etc.).
- en quoi il nous a menti (la vie après la mort, les pouvoirs psys, Dieu, les dimensions imbriquées, les ET, les anunnakis envahissant la Terre lors de la révolution néolithique, les destructions apportées tous les 3 666 ans par la planète Nibiru)
- démontage des diverses fausses croyances créées par le système (religions, HAARP et Terre plate).

Passé : Histoire de l'homme (résumé L1)

L1 donne l'histoire de l'homme. Sur Terre 2, débarrassé des orientations égoïstes, ces infos seront moins cruciales, et ce n'est pas grave au final s'il ne reste que le résumé qui suit...

L1 n'est utile que pour mieux comprendre les anciens documents ou bâtiments rescapés, afin de séparer le vrai du faux de ces reliquats d'une civilisation hiérarchique et égoïste, basée sur le mensonge, la manipulation et la domination des autres. C'est sans beaucoup de regrets que les survivants ont vu leur civilisation s'effondrer.

La vraie histoire de l'homme

Les vainqueurs écrivent l'histoire comme ça les arrange. Comme en 2019, les vainqueurs étaient clairement les ultra-riches, et pas les pauvres, il est normal que l'histoire officielle servie aux masses n'était qu'une infime fraction de l'histoire réelle.

De par ses qualités de développement de la vie, notre Terre à vu de nombreuses espèces intelligentes se développer sur Terre.

Il y a 5 millions d'années, les raksasas, une espèce reptilienne très agressive et hiérarchique, aborde la Terre pour en exploiter les richesses (bétails, esclaves et minières). Ils manipulent génétiquement homo Erectus, un primate développé par les Zétas, pour en faire homo Habilis, un esclave docile. Une partie des Habilis sera exporté sur la planète Nibiru, où après mutation et nouvelles manipulations génétiques, deviendront les anunnakis, les géants barbus de 3 m de haut, toujours compatibles génétiquement avec notre espèce. L'arrêt génétique de la télomérase les rend virtuellement immortels (même s'ils meurent toujours d'une balle dans la tête…), les sarcophages régénérateurs leur permettent de rester jeune ou de régénérer les plus graves blessures d'organes non critiques. Désavantages sur Terre, ils ne peuvent plus supporter le Soleil, étant obligés de vivre dans des grottes.

Il y a 3 millions d'années, les raksasas ascensionnent dans la dimensions supérieure, disparaissant donc de notre environnement. Les nombreuses destructions sur Terre effacent vite les traces des dieux lézards anthropomorphes, mais pas sur Nibiru, où toute la technologie laissée sur place est progressivement appropriée par les anunnakis, de même malheureusement que le système hiérarchique de services aux dieux. Ayant oubliés leur origine terrestres, les anunnakis commencent à coloniser les planètes du système solaire. Après avoir détruit l'écosystème martien (en faisant disparaître les eaux de surfaces, utilisées pour laver le minerais en sous-sol), ils se résolvent à exploiter la Terre, après avoir nettoyé sa surface des derniers dinosaures et autres gros mammifères dangereux.

À reprendre ici

Présent : Apocalypse (résumé L1)

L'histoire passée de l'homme se terminait par le présent et l'apocalypse en cours : Sur fond des destructions apportées par le retour de Nibiru, le système hiérarchique s'effondrait, l'avènement de Satan, le faux dieu sumérien (aussi connu comme le borgne Odin, ou le dieu colérique Yaveh), qui prenait la tête du Nouvel Ordre Mondial sur le temple de Jérusalem, puis sa défaite face à Jésus, ce moment marquant le premier jugement des âmes (les 7 % d'humains hiérarchiques étaient récupérés par les reptiliens pour servir à leur tour de victimes sacrificielles).

Les dernières enclaves high-tech disparaissaient dans les guerres internes, tandis que les communautés autonomes d'altruistes prospéraient en parallèle à la disparition des dernières bandes de pillards égoïstes.

Qi / Énergie vitale

C'est la base de tout, la brique élémentaire de construction de la matière, le quantum d'énergie minimal, présent partout, même dans ce qui nous semble être vide.

Particule/énergie (p.)

Le **qi** est l'énergie vitale qui est partout, même dans le "vide". C'est à la fois la plus petite particule de matière (bien plus petite qu'un quark), à la fois la plus petite dose d'énergie (tout est quantifié, cette plus petite partie ne peut être découpée).

Les qis sont tous reliés entre eux, ils sont la même "chose" au final (tout est Un).

Dimensions (p.)

Il y a différentes dimensions, bien cloisonnées entre elles. Plus les qi sont énergisés, plus ils vibrent/existent dans une dimension élevée. La dimension la plus élevée est la **dimension 9**, niveau divin, l'énergie pure.

La "**chute**", c'est quand la pure énergie de la dimension 9 se condense en matière de basse énergie dans la dimension 1 (la plus basse, celle où on se trouve).

Une **ascension** de dimension donne de l'énergie aux qis (alors que la chute prend de l'énergie aux qis).

La conscience peut manipuler les qi, d'autant plus facilement que les qi sont énergisés. Le développement de la conscience d'une espèce sur une planète (comme l'homme sur la Terre) finie par faire ascensionner la matière de la planète dans la dimension supérieure.

Un qi peut accéder aux dimensions inférieures et revenir à la sienne (ce qui lui demande beaucoup d'énergie), mais ne peut aller dans les dimensions où il n'a pas encore ascensionner. Ce qui permet aux ET d'apparaître ou disparaître à volonté de notre dimension, venant d'une dimension supérieure.

L'élévation de conscience se poursuit d'ascension en ascension, pour arriver à la dimension 9 divine, l'énergie pure (retour à la dimension de départ).

Un qi existe à la fois dans sa propre dimension de vibration (celle où il a ascensionné), et a la fois dans la dimension 9 qui englobe tout. Dit autrement, une partie de toute particule de matière, même la plus basse, reste énergie pure. Pour exemple, c'est ce qui permet :

- de sauver notre corps physique à sa mort, par la partie de la matière vibrant en dimension 9. Cette vibration résiduelle dans la dimension 9 est notre âme / corps de lumière.
- aux fantômes (image de l'âme vibrant en dimension 9) de redescendre apparaître dans notre dimension.

Plus on monte en dimension, plus le temps et l'espace se dilatent. Dans la dimension 9, le temps et l'espace n'existent plus. Pas de début ni de fin, espace infini. Ce qui explique que l'âme (dimension 9) peut se trouver à d'autres endroits que le corps physique (dimension 1).

Environnement / cosmologie

Regardons maintenant notre dimension 1, au niveau de notre environnement cosmologique. Cette partie répond à beaucoup d'incompréhensions sur lesquels butent les astronomes et cosmologistes actuellement.

Gravitation répulsive (p.)

Les gros corps (suffisamment massifs, plus d'1km de diamètre) émettent des gravitons, qui repoussent les masses, ainsi que les gravitons émis par les autres gros corps. Nous (les petits corps, n'émettant pas de gravitons, mais dont la matière subie la pression gravitationnelle) sommes plaqués au sol par la pression des gravitons venants de tout l'Univers, et non attirés par le centre de la Terre comme le veulent nos croyances.

Ce qui explique que le renflement de l'océan pour les marées soit en avant de la Lune (poussé par elle), et pas en dessous si la gravitation était attractive.

La gravité est donc une force qui pousse, pas qui tire. L'effet est le même sur Terre (ce qui explique le succès des équations de Newton), mais pas dans l'espace.

Exemple, la loi de Titius-Bode (il existe des rails gravitationnels stables autour des gros corps, les orbites des planètes), une loi constatée dans la réalité mais inexpliquée par nos théories actuelles.

Ou encore l'expansion accélérée de l'Univers, alors que la gravité attractive devrait au contraire comprimer l'Univers.

Univers (p.)

L'**univers local** (toutes les galaxies observables jusqu'au fond cosmologique) est une bulle-univers provenant d'une expansion de matière locale (matière issue d'une "chute" de d'énergie dimension 9 en matière dimension 1). Expansion auto-entretenue par la gravitation répulsive (pas de big-bang) : la bulle-univers enfle dans un **Univers global** infini, parsemé d'autres univers-bulles (trop éloignés les uns des autres pour interagir). A noter que cet Univers global n'a de sens que dans les dimensions en dessous de 9, l'espace-temps en dimension 9 n'existant pas.

Notre univers local commence son expansion il y a 15 milliards d'années. Des disques d'accrétion (tourbillon de gaz et poussières) finissent forment des systèmes stellaires (plusieurs étoiles liées gravitationnellement, chaque étoile avec son propre système planètaire).

Les systèmes stellaires gravitent eux-mêmes autour du centre d'une galaxie. Il y a des milliers de milliards de galaxies repérables sur la voûte céleste, et chaque galaxie contient des centaines de milliards de systèmes stellaires...

Grâce aux espèces vivantes conscientes, une grosse partie de la matière ascensionne, ne restant dans cette dimension 1 que les "déchets" peu énergétiques. Des très gros corps d'accrétions de matière "morte" (noyau immense et très dense/chaud "recyclant" la matière) finissent par se former un peu partout dans l'univers local ("sortes" de "trous noirs" sur lesquels s'agglomèrent la matière environnante). Les "trous noirs" continuent de se repousser et s'éloigner les uns des autres, et quand ils n'interagissent plus, ils se redisloquent chacuns en une nouvelle expansion.

Notre système solaire complet (p.)

Le système solaire complet est un système stellaire très classique, avec ses trois étoiles d'origine (1 naine jaune, le Soleil, 2 naines brunes, Némésis et Perséphone).

Perséphone, sur l'orbite actuelle de la ceinture d'astéroïde (entre Mars et Jupiter), écartelée entre Jupiter et le Soleil, finit par se disloquer en 2 grosses planètes (**Nibiru** et Tiamat). Nibiru, la plus grosse partie, est éjectée de l'orbite originelle, et va révolutionner autour des 2 étoiles restantes (Soleil et Némésis).

Plusieurs milliards d'années plus tard, Tiamat finit par se disloquer elle aussi, donnant le système Terre-Lune, éjecté sur une orbite plus basse et plus stable (celle d'aujourd'hui). La ceinture d'astéroïde est le reste de ces 2 scissions de Perséphone. Le système solaire est donc bien plus vieux que les 5 milliards d'années mesurés sur notre planète.

Nibiru, dont l'orbite repasse tous les 3 666 ans sur le lieu de la 1ère sission de Perséphone, provoque à chaque retour dans le système solaire de gros chambardements sur les autres planètes magnétiques proches (Soleil, Terre, Jupiter), sans compter les astéroïdes qu'elle dévie de la ceinture principale (création des comètes).

Lors du passage de Nibiru, la Terre subit un fort basculement de sa croûte terrestre, destructeur pour la vie en surface.

La vie

L'Univers que nous venons de décrire n'est intéressant que par la vie qu'il contient.

Nous allons voir la vie dans l'univers, son apparition dans un milieu liquide, son développement, son essaimage sur les autres planètes moins hospitalières, la création d'organismes vivants par assemblages de cellules individuelles travaillant à un but commun, l'organisation en communauté, le développement de ces communautés et leur recherche du divin par l'ascension dans les dimensions supérieures.

Coopération d'atomes : la cellule (p.)

L'apparition de la vie se fait dans un milieu liquide. Le noyau très stable d'ADN (regroupement d'atomes parfaitement organisés) est la base de toute vie.

Pour se protéger de l'environnement, ce noyau d'ADN s'entoure d'une membrane pour former une cellule. Cette membrane permet aussi de garder le milieu d'origine (l'eau salée) au sein de la cellule, même si elle va ensuite sur la terre ferme.

Comme toute chose s'abîme, la cellule génère des enfants pour prolonger son existence. Ces enfants ne seront pas identiques, pour diversifier le génome à des fins de résilience aux changements de milieu, de complémentarité puis d'évolution/complexification.

Cette apparition spontanée de la vie se produit sur quasiment toutes les planètes (l'eau est partout, et la plupart des noyaux de planètes sont assez chauds pour maintenir l'eau liquide en surface, ou au moins dans les grottes profondes).

Quand la planète se désagrège, ces briques élémentaires de vie se retrouvent dans la poussière de l'espace, arrivant à essaimer les planètes proches.

Coopération de cellules : l'organisme (p.)

Ces cellules se rassemblent et coopèrent altruistement au sein d'un organisme vivant. Chaque cellule se spécialise alors dans une fonction donnée, et l'ensemble est plus fort (un gros organisme est lus fort qu'un petit).

Plus la redistribution des ressources à été équitables, plus les cellules individuelles sont fortes, et la communauté (l'organisme) et forte et résiliente.

L'ADN permet une très grande variété de forme de vie, mais pas infinie, ce qui explique que toutes les formes de vies se ressemblent un peu.

Il y a différents types d'organismes vivants (végétaux, herbivores, etc.), et nous verrons aussi leurs divers comportements (défense, attaque, reproduction, etc.).

Coopération d'individus : la communauté (p.)

Ces organismes s'organisent entre eux en sociétés, pour mutualiser les compétences diverses. Chaque individu a intérêt à oeuvrer pour la communauté (l'intérêt commun), en harmonie avec les autres, s'il veut avoir une belle vie. Comme les cellules dans un organisme, chaque individu se spécialise dans une fonction donnée.

Coopération d'espèces : l'écosystème (p.)

Les diverses espèces cohabitent harmonieusement dans un lieu donné, un écosystème. Comme l'individu dans la société, ou la cellule dans un organisme, chaque espèce a une fonction donnée, un rôle à tenir pour que tout fonctionne au mieux.

Des organismes plus faibles mais complémentaires s'associant les uns aux autres pour survivre dans des endroits difficiles, devenant des super-organismes plus résistants.

Coopération de neurones : la conscience (p.)

Tout se faisant par étape / quantum, certaines espèces finissent par développer la conscience de soi.

Elles libèrent un ou plusieurs organes préhensiles pour utiliser des outils et ainsi dépasser les limitations de leur corps physique.

Coopérations de communautés : l'expansion (p.)

La vie s'expanse sous sa propre pression de reproduction. Le biofilm s'étend rapidement sur toute la planète, s'adaptant à tous les milieux rencontrés, même les plus extrêmes (adaptation/mutations très rapides).

Des civilisations intelligentes et **altruistes** émergent, puis vont à la rencontre des civilisations / autres planètes proches, pour se renforcer de leurs différences complémentaires. La mise en commun de leurs énergies leur permettent d'**ascensionner** pour poursuivre leur évolution.

La vie est donc la **coopération** de plusieurs individualités entre elles, afin de former un groupe plus fort, plus intéressant et plus pérenne que l'individu seul.

Il peut arriver des accidents, où l'individu **égoïste** ne sert que ses propres intérêts, et provoque l'effondrement du système. Des cellules cancéreuses qui provoquent la mort de l'organisme. Des individus qui œuvrent contre l'intérêt commun, afin de favoriser leur intérêt individuel, et prendre plus aux autres.. Une espèce qui nuit aux autres espèces, en prenant plus de place qu'elle ne doit, ou en prenant trop aux autres espèces. La destruction du système (organisme, environnement) provoque la destruction de l'égoïste... C'est le signe de l'égoïsme que d'être immature et de ne voir qu'à court terme.

Les civilisations égoïstes ont tendance à stagner et à s'autodétruire, jusqu'à ce qu'ils comprennent l'impasse où ils sont bloqués, et choisissent la voie de la coopération.

Coopération de dimensions : Ascension de la vie (p.)

Les espèces conscientes, une fois atteint une certaine spiritualité élevée, ascensionnent dans la dimension supérieure. Les individus avancés disparaissent de leur environnement précédent, pour apparaître dans leur nouvel environnement, aux lois physiques différentes. Seuls les individus de même spiritualité et très unis entre eux ascensionnent, les autres restants dans la basse dimension.

Au bout de plusieurs ascension, l'espèce n'a plus besoin de se réincarner dans un corps physique, c'est ce qu'on appelle les civilisations primordiales non incarnées. Le système stellaire finit par disparaître, longtemps après que les êtres vivants qui en faisaient partie n'aient plus besoin de support physique.

Coopération de civilisations : Conseil des mondes (p.)

Si les dimensions supérieures facilitent le voyage spatial lointain, les distances sont tellement grandes que les échanges restent localisés aux étoiles proches.

Les civilisations les plus avancées mettent en place un conseil des mondes permettant à toutes les nouvelles espèces d'évoluer sans se faire exploiter par des civilisations esclavagistes plus anciennes, ou de sauvegarder les espèces les plus prometteuses en cas de variation trop brutale de leur environnement.

Les civilisations égoïstes étant minoritaires dans l'univers, et leur niveau technologique limités en comparaison de ceux qui coopèrent, ça explique que le conseil est majoritairement dans l'aide aux autres, et que nous n'ayons jamais été envahi depuis que l'homme est devenu suffisamment conscient.

Système Solaire (p.)

Tiamat développe naturellement la vie. Après sa dislocation en Terre et Lune, la vie reprend rapidement sur Terre grâce aux briques ADN et ARN issues de Tiamat.

Les restes de Tiamat (astéroïdes) ensemencent sous forme de météorites les autres planètes biocompatibles du système solaire.

La vie sur Terre est assez rare, alliant des conditions de vie idéales, couplées aux chamboulements réguliers dûs aux passages de Nibiru, ce qui provoque une vie luxuriante et très adaptative.

Animal humain (p.)

L'homme est un animal atypique, de par son cerveau séparé. Sur la partie du cerveau réservée aux calculs (ne servant pas à actionner le corps), on a, pour les capacités calculatoires :

- 10% c'est le mental/**conscient** (nos pensées et réflexions)
- 90% c'est l'**inconscient** (qu'on devrait appeler superconscient)

Comme le conscient accède difficilement aux capacités de l'inconscient, on peut dire que n'utilisons que 10% de nos capacités de réflexions. Plus on a accès à notre inconscient, plus le Quotient Intellectuel est élevé, sans parler des "éclairs de génie", où la solution calculée par l'inconscient arrive à franchir la barrière du subconscient pour "apparaître" dans la conscience.

Âme / Dimension 9 / Dieu

Création d'une âme (p.)

La cellule, constituée de matière, a ses grains de matière, les qis, qui vibrent à la fois dans cette dimension 1, et à la fois dans la dimension 9 divine. Les qis en dimension 9 s'assemblent à l'image de l'objet matériel de la dimension 1. Les liens d'assemblages se renforcent progressivement, c'est la **densification**.

Cette densification augmente avec le niveau de conscience de l'objet, sa durée dans le temps, ou l'attention qu'un autre être conscient lui porte. L'objet peut-être un rocher, un animal, une idée/forme-pensée, etc.

Cette densification de qis dans un corps conscient, appelé **âme**, mémorise le corps physique (dimension 1), dans la dimension 9. Comme le temps et l'espace sont différents en dimension 9, l'âme est indépendante de de l'espace-temps dans la matière (exemple : sorties hors du corps). Quand l'objet physique s'est cassé ou transformé (comme la mort), son âme formée dans la dimension 9 continue d'exister.

Incarnation (p.)

Un humain (l'incarnation) est formé de 3 entités, le corps physique avec ses besoins, l'âme immortelle non physique, et le mental/conscient physique qui chapeaute le tout, sachant que c'est le moins apte car coupé des 2 autres parties.

L'âme investit un corps via les attaches/contrôle sur plusieurs organes (visualisés comme les chakras). L'âme ne peut accéder au conscient, et utilise plusieurs astuces (les émotions/ressentis via les glandes, les maladies via le système immunitaire, les actes manqués via l'inconscient) pour aider le corps dans son incarnation.

Réincarnation (p.)

Les âmes peu denses se "redissolvent" rapidement dans le Qi à la mort de l'organisme vivant, sauf si elles se réincarnent rapidement dans un foetus de la même espèce (elle garde ainsi son individualité/expérience de vie en vie, se densifiant toujours plus à chaque nouvelle expérience). Plus l'âme est dense, plus elle peut passer d'années (vu de la dimension 1) hors d'un corps physique (désincarnée).

Ascension de l'âme (p.)

Il existe des limites de densification / taille que peut atteindre l'âme dans la dimension où est ascensionné le corps physique qui l'a créée. C'est pourquoi il y a des ascensions régulières, afin que l'âme puisse "grossir" à chaque palier. Jusqu'à atteindre le niveau divin, où l'âme est Dieu (chaque ascension renforce les liens entre les individualité, nous sommes Un) tout en gardant son individualité.

Capacité de l'âme en dimension 9 (p.)

Dans la dimension 9, le temps et l'espace n'existent plus. C'est pourquoi notre âme (vibration dans la dimension 0), est déjà arrivée au terme de son développement (et qu'elle peut voir toutes ses incarnations à la fois, passées, présente et futures, ou accéder à des dimensions qui nous sont "interdites").

Dieu (p.)

L'ensemble des qi de l'univers, via leur vibration dans la dimension 9, forment une super-conscience + mémoire de tout. Cette super entité se rapproche de ce que nous appelons Dieu d'amour universel (ne pas confondre avec le faux dieu qui ressemble à un homme, colérique et vengeur). Ce Dieu peut agir sur la matière, plus que n'importe qu'elle âme individuelle, car constitué de toutes les âmes réunies. Tout est Un, dans le respect des autres (c'est à dire de soi-même pour Dieu).

Incarnation

Voyons voir les différentes étapes spirituelles qu'une incarnation peu vivre.

Réveil spirituel (p.)

L'incarnation de l'âme dans le corps se fait par étape. Il faut en général 40 ans (30 ans pour les âmes expérimentées comme Jésus) pour que l'âme s'incarne pleinement dans le corps, calme ses réactions purement réflexe, et lui apporte la réflexion et la maturité suffisante, ainsi que les connaissances et compétences acquises dans les vies antérieures (sans se souvenir de comment elle les a acquises). C'est la "crise de la quarantaine" qui incite à remettre en question sa vie (quand l'âme arrive à prendre plus le contrôle sur le corps et cherche des choses plus spirituelles pour se nourrir et grandir).

Éveil spirituel (p.)

L'éveil consiste à relier les 3 grosses parties de notre être, le corps mortel, l'âme immortelle (reliée à l'inconscient), et le conscient coupé des 2 premiers. C'est franchir les barrière du subconscient pour investir pleinement sa vie (conscient et inconscient travaillant ensembles). L'incarnation a alors connaissance de ses vies antérieures, ou semble réaliser des miracles, a des connaissances très poussées.

Ascension (p.)

Encore plus rare, et qui nécessite tout un groupe d'âme travaillant dans le même but, c'est l'ascension, quand l'âme monte tellement en fréquences vibratoires qu'elle ascensionne dans la dimension supérieure.

Illumination (p.)

Quand l'âme était en dimension 8 (comme Jésus) et qu'elle ascensionne en dimension 9 divine, c'est l'**illumination** : une connexion directe à Dieu s'établit, et l'âme à alors la compréhension directe de Dieu et de l'Univers, tout en gardant son individualité.

Spiritualité

Qu'est-ce qu'on fait de notre âme, quel sens donner à nos expériences, comment se comporter ?

Tout est Un. Dieu est la somme de toutes les particules élémentaires de matière et d'energie de l'Univers. Nous sommes constitués de Dieu, nous reliés quantiquement aux autres, au reste de l'Univers. Nous sommes eux, ils sont nous, "Dieu est plus proche de vous que vos mains ou vos pieds".

En tant que Dieu, nous avons notre libre arbitre. Nous faisons nos choix, ce qui nous donne notre individualité par rapport au grand tout.

C'est les 2 règles de bases de la spiritualité, de la vie, de la Nature. Partant de là, 2 orientations spirituelles fondamentales se dégagent :

- **Égoïsme** : Les individus immatures, ou coupées de leur âme comme les humains (et qui sont donc dans la dualité, moi et les autres), va croire qu'étant Dieu, rien ne doit s'opposer à son libre arbitre tout-puissant, pas même celui des autres. Plus elle privera les autres de leur libre-arbitre (le hiérarchisme) afin de les mettre à son service, plus elle se sentira puissante (en réalité, un complexe d'infériorité car il voit bien qu'il est limité, ne pouvant voler ou créer de la matière, toujours soumis à la vieillesse et la mort). Vu qu'il peut faire le mal, il le fera comme preuve de sa toute puissance. Sa toute puissance exige un contrôle total sur sa vie (rien d'extérieur ne doit influer sur ses choix). Elle n'accepte aucune règle limitante, ce qui implique qu'il n'y a ni bien ni mal. C'est le **satanisme**.
- **Altruisme** (le vrai, le désintéressé), la bienveillance, la coopération et l'aide aux autres, c'est les individus matures qui ont compris que faire du mal aux autres, c'est faire du mal à soi selon la loi du Un.

Le **retour de bâton** (le retour karmique) est la troisième loi spirituelle (mais qui découle des 2 première lois). Pour qu'on comprenne le mal qu'on fait aux autres, la Vie va faire en sorte qu'on se retrouve ensuite dans la situation de comprendre le mal qu'on a fait, afin de développer l'empathie envers autrui, et de ne plus le refaire. Une âme intelligente, plus mature, comprend vite que la liberté individuelle s'arrête à celle d'autrui. Que faire du bien aux autres nous retombe forcément dessus un jour ou l'autre (le retour karmique). Même limitée par celle des autres, la liberté individuelle est suffisamment riche pour être infinie. Aimes les autres comme toi-même.

Le **Tao**, ou voie du milieu, c'est quand l'individu devient équilibré, entre penser aux autres la moitié du temps, et penser à lui le reste du temps (afin de s'améliorer pour faire grandir les autres en retour). Un individu qui est le Tout en même temps, donc qui privilégiera toujours l'intérêt commun au sien propre. Un altruiste qui pense aux autres sans s'oublier.

Les **indéterminés**, sont ceux qui n'ont pas encore choisi leur orientation spirituelle, qui se comporteront un coup en altruiste, un coup en égoïste.

Attention, il y a des gros pièges en spiritualité :

- sa famille, son clan, sa nation, c'est l'extension du Moi. Quelqu'un qui privilégie ses enfants par rapport aux autres enfants est un égoïste. Penser à soi où à ceux qu'on considèrent être à soi, c'est être égoïste pareil.
- ne pas confondre pouvoirs psychiques et spiritualité. Des ordures envers les autres, self-centrés, peuvent être de grands voyants ou grands guérisseurs. Même si les altruistes seront toujours plus puissants, car soutenus par l'Univers tout entier au lieu de juste leur petite âme individuelle, les égoïstes peuvent arriver à tromper leur monde (souvent par illusionnisme d'ailleurs, pas par pouvoir réel).

Orientations spirituelles adoptées, dans le sens croissant d'évolution spirituelles :
- égoïstes/hiérarchistes (piller la planète, détruire la vie naturelle et utiliser les autres comme esclaves),
- indéterminés, (encore en apprentissage / en attente de leur choix spirituel),
- altruistes, qui veulent aider les autres,
- taoïste, au-delà de la notion de bien et de mal, et n'ayant plus besoin de corps physique.

Le conseil des Mondes (ET jardiniers)

Nous avons posé les lois générales de l'Univers, voyons comment elles s'appliquent sur Terre.

La vie pullulant sur chaque planète, les planètes à quelques Années-lumière de nous ayant 8 milliards d'années de plus que la Terre, il est évident que nous sommes entourés de civilisations intelligentes Extra-Terrestres (ET) dont la technologie défie notre imagination, nous et nos 200 ans de progrès technologique…

Qui sont ces ET qui nous visitent ? Des membres du conseil des mondes, un regroupement de plusieurs espèces ET, de toutes orientations spirituelles, incarnées ou non. Ce sont les archanges des channels, ou les anges des traditions, ceux qui viennent du ciel avec leurs ailes. Quand vous levez les yeux, dans le ciel vous voyez les étoiles… Les indigènes du Pacifique et les amérindiens parlent directement des « frères des étoiles ».

Les **Extra-Terrestres** (ET) hiérarchistes immatures, par leur voracité insatiable, envahiraient toutes les planètes pour en piller les richesses et détruire toute vie dans l'Univers (regardez ce que nous avons fait de notre planète en seulement 50 ans...). L'évolution de la vie consciente serait impossible, les espèces intelligentes débutantes seraient rapidement mises en esclavage, utilisées comme simple robot biologique, bloquant leur évolution spirituelle.

Notre existence même prouve qu'il existe un conseil des mondes, protégeant le développement de la conscience dans notre portion de galaxie. Et que les ET altruistes sont les plus forts et les plus nombreux dans l'univers.

Le conseil des mondes déterminent quels ET peuvent interagir avec l'espèce humaine, dans quelles limites.

Notre jeune espèce arrive au seuil d'une ascension, elle doit donc se prononcer sur son orientation spirituelle, avec quels groupes ET elle va interagir : ceux qui prennent soin des autres (les altruistes), ou ceux qui manipulent les autres pour le mettre en esclavage (les égoïstes).

Une des raisons du grand nombre d'ET au chevet de la Terre en ce moment : observer une espèce qui ascensionne, phénomène rare, riche en enseignements.

Toute aide apportée par un clan ET doit être équilibrée par une aide de l'autre clan. Les ET ne peuvent interagir qu'avec les humains qui sont de leur bord spirituel et qui en font la demande.

Parmis les altruistes (majoritaires) de ce conseil, nous trouvons les Zetas (contacts de Nancy Lieder), les Altaïrans (contacts d'Harmo).

Chez les hiérarchistes (confédération galactique, faux Pléïadiens, hiérarchie planétaire, faux commandant Ashtar (ceux après 1969), vaisseaux de Marie, etc.), nous trouvons principalement les reptiliens Raksasas. Leur contacté le plus connu est Corey Good. Mais nous avons aussi le faux dieu sumérien Enki/Yaveh/Odin, l'antéchrist, bien connu de l'occultisme et du New Age (livre de Thot, Hermétisme, "conversation avec dieu" de Neale Walsh, etc.), celui qui sera le plus dur à démasquer...

Les messages entre contactés altruiste et égoïstes étant très proches, il faut surtout vérifier qu'on n'insiste pas lourdement sur votre grande importance, sur votre liberté individuelle sacrée (en parlant très peu de celle des autres...), sur les rituels.

Que le message insiste sur le fait que tous les peuples humains sont égaux (pas de pays, pas de gouvernement), ne pas prôner la coopération que quand il s'agit de défendre son chef / son clan / sa nation / son dieu (le patriotisme, ou l'extension du Moi cher aux égoïstes).

Nous verrons dans les sous-pages les différentes espèces qui interviennent sur Terre, les abductions, les contacts inconscients, qui sont les Men-In-Black, bref, qui ravira les ufologues et les visités !

Interactions humaines

L'homme est fait pour vivre en groupe, mais cette vie en communauté entraîne plusieurs problèmes à gérer : comment éviter les manipulations diverses rencontrées chaque jour pour nous exploiter, quelles langues employer pour que les hommes se comprennent, quelles normes employer pour parler de la même chose, comment échanger le savoir, à quoi sert l'économie. Il faut aussi connaître les travers de notre psychologie pour éviter les techniques de manipulation développées par les hiérarchistes, et comment neutraliser ces derniers (éloignement physique).

Les conseils donnés dans cette partie s'appliquent au monde futur après l'ascension, mais peuvent être appliqués dès à présent dans cette dimension et ce monde hiérarchique.

Tous les domaines de l'ancien monde doivent être renouvelés, repris à zéro, comme la médecine, les enfants, l'éducation, etc. Non seulement parce qu'ils étaient volontairement faussés pour les masses, mais en plus parce que la plupart des lois physiques (comme la vitesse de la lumière) auront évoluées suite à l'ascension de la terre dans une dimension supérieure.

Qi (Énergie vitale)

Univers (Dieu)

La notion de Dieu supérieur de l'homme est polluée par les races hiérarchistes qui nous ont trompés puis mis en esclavage, en se faisant passer pour le grand tout.
Cela ne s'est pas fait comme cela pour les civilisations ET primordiales.
Ils avaient déjà la conscience de lois de l'Univers supérieures, de phénomènes supérieurs à leur volonté ou leur libre arbitre.
La découverte et l'expérimentation du voyage dans le temps (p.) leur a fait découvrir les noeuds temporels, les points de passage obligés.
Cela a eu de grandes conséquences sur la vision spirituelle de toutes les civilisations qui ont découvert ce phénomène. Ils en ont déduit que c'est une puissance supérieure qui "guide" le monde selon un plan. On pourrait l'appeler Diue / Allah, mais ces termes, avec le formatage de nos sociétés, nous impose trop la vision d'un dieu sumérien sur son trône en or avec les sacrifices humains et l'encens (malgré la préconisation de Mohamed qu'on ne peut/doit représenter physiquement Allah).
Les causes suivis d'effets se font mécaniquement (vision mécaniste), mais les noeuds du temps ont montré qu'il y a vraiment une intelligence qui agit elle aussi sur les causes et les effets (directement sur la matière, au niveau des qis).
Nous pouvons, à notre niveau de compréhension, avoir accès à cette compréhension, mais que notre vision des choses est généralement trop limitée, non pas par notre intelligence, mais par nos a priori.
Avec la science moderne et ses principes de probabilité, l'intervention divine a été masquée par la notion de hasard. Or, ce que nous prenons pour des effets aléatoires n'en sont pas, ils sont coordonnés. Einstein en avait eu l'intuition puisqu'il disait que Dieu ne jouait pas aux dés. Le principe d'incertitude ou d'indétermination est donc faux, les phénomènes quantiques sont menés par un principe de détermination. Chaque particule est un levier sur lequel l'Intelligence Universelle joue/agit pour modifier les événements, et comme elle a un Plan, elle se sert de ces leviers pour forcer les choses dans son sens.

Qu'est-ce que Dieu ?

Dieu selon les Alts

Harmo rappelle toujours qu'on est tous libre de croire ce que l'on désire.

Vrai Dieu

Dieu est LE Créateur et a fait en sorte que tout soit prévu dès la création. Une entité capable de créer un Univers et ses lois est évidemment capable de "programmer" cet Univers pour que tous les évènements qui s'y produiront soient nécessaires et inéluctables. Une entité qui n'aurait pas ce pouvoir ne serait pas le véritable créateur. Le libre arbitre n'existe pas pour un Créateur hors du temps, puisqu'il sait déjà comment l'histoire va se terminer et sait les choix que nous faisons avant nous. Il est hors du temps et de l'espace, et embrasse passé, présent et futur d'un même coup. D'ailleurs, employer le nom de créateur est en soit une tromperie, puisque l'Univers n'a jamais été créé. Ce que nous voyons aujourd'hui comme le big bang ne fait parti que d'un processus local de renouvellement, comme il s'en produit couramment dans L'UNIVERS dans son entier qui lui n'a ni début, ni fin, ni limites.

Ce qui doit se produire n'est pas une punition divine et Ce qui doit se produire fait parti d'un processus prévu et écrit, inéluctable. Ce n'est qu'à notre niveau et à celui des entités supérieures qui nous visitent, que l'avenir ne parait pas écrit, puisque nous ne pouvons être hors du temps, et ainsi connaitre ce qui doit se produire. Nous avons l'impression de faire des choix mais ceux ci sont déjà fait. Quoiqu'il en soit, même si tout est prévu, le libre arbitre existe à notre niveau et est préservé, c'est à dire qu'aucune créature n'a le droit de dicter sa conduite à une autre. Ceci est une loi universelle qui, si elle est enfreinte forme un déséquilibre (une race en dominant une autre, un individu en dominant un autre), qui sera corrigé par des évènements qui feront en sorte de rétablir cette liberté, de façon plus ou moins brutale. **La préservation du libre arbitre est une loi universelle comme la Gravitation, pour faire simple. Elle existe parce qu'elle est nécessaire pour assurer l'évolution spirituelle des espèces intelligentes.**

Donc, dans le cas de l'humanité, qui dans son ensemble a été privée de son libre arbitre par une partie infime de ses membres, il s'est créé un déséquilibre qui perdure depuis environ 10 000 ans. Cela s'est aggravé avec le temps au point qu'aujourd'hui, cet état de fait n'est équilibrable que par une série d'évènements majeurs.

Faux dieu

Un dieu impliqué dans le temps n'est pas un vrai dieu. C'est pourquoi il faut se méfier de ceux qui discutent en direct avec dieu, comme si c'était une personne humaine... Pourquoi un tel créateur nous laisserait miroiter que nous, humanité, pouvons changer alors qu'il est censé connaître déjà nos choix (étant hors du temps et de l'espace) ? Se faire passer pour le Créateur de l'humanité et de l'univers, c'est aussi un moyen de légitimer toute action de sa part, et n'amène qu'à un but, l'obéissance des créatures. Honore ton "Père", ton créateur et sert le sans discuter. Typique d'un faux dieu qui veut se faire servir, ne pense qu'à son intérêt propre. Le vrai Dieu n'a pas besoin des humains pour l'honorer, lui chanter des louanges, etc. Servir le plan de la Vie, c'est tout ce qu'il demande (sans exiger). **LE véritable "créateur" ne demande pas de comptes et ne fait pas de promesses ou de jugements, il a déjà tout écrit.**

Ce qui nous arrive n'est pas une punition divine, seul ce type d'imposteur propre à vouloir nous culpabiliser peut nous pousser à croire cela.

Dieu selon les Zétas

Les Zétas, en dimension 4, sont bien moins avancés que les Altaïrans. Voilà ce qu'ils répondent quand on leur demande comment le conseil des mondes croit en Dieu :

"nous croyions en Dieu. Nous avons une religion dans notre respect pour la façon dont l'Univers est disposé. Mais nous ne pouvons pas répondre sur ce qu'est Dieu, car nous n'en sommes pas plus sûrs que l'humanité ! Les êtres sages et massifs qui dirigent le Conseil des Mondes sont d'une vibration beaucoup plus élevée et légère que la 4ème densité. Ils peuvent avoir une compréhension que nous n'avons pas, mais ils ne partagent pas cette compréhension avec nous. De nombreuses leçons, et beaucoup de sagesse doivent être apprises, et non enseignées. Ainsi, c'est par l'expérience, le sacrifice et les actions entreprises que l'on arrive à comprendre. Lorsque nous suggérons à l'humanité de prendre des mesures pour démontrer sa décision d'être au service des autres, nous devons nous-mêmes prendre ces mêmes mesures."

Le mal fait partie du grand tout

Le mot "dieu" à 2 énergies : le dieu sumérien Lucifer, colérique et vengeur de la bible, les anunnakis. Des dieux de chair et de sang, qui nous ressemblent physiquement, aussi égocentré que nos dirigeants, et qui sont de faux dieux égotiques (celui que Neal Walsh a canalisé, qui déteste la vie offerte par le vrai dieu, allant dire que Georges Bush le génocidaire est un chic gars, que ce n'est pas grave si des gens ont souffert et sont morts dans les camps de concentration en 1945, et que le Nouvel Ordre Mondial sera une bonne chose).

La deuxième énergie du mot "Dieu", c'est le vrai Dieu d'amour inconditionnel, qui est partout dans l'Univers, la somme des Qi, prana, qui constitue une super conscience / intelligence contenant toute chose. Je préfère l'appeler "le grand tout", au moins pas de risque de se planter de cible : Rien ne peut exister en dehors du grand tout, le bien et le mal font partie du grand tout (et non la vision biblique du dieu du mal opposé au dieu du mal), tout est Un, ce qu'on fait aux autres on se le fait à soi-même, donc logiquement mieux vaut faire le bien que le mal...

Certes, le mal (l'égoïsme) fait parti du grand tout, mais des cellules cancéreuses qui arrêtent d'œuvrer au plan commun, pour détourner l'énergie à leur intérêt propre (contraire à l'intérêt commun) et qui contaminent les autres, ça s'appelle une tumeur contre-productive, et personne n'aime avoir le cancer... Des parties de soi dont on se passerait volontiers :)

L'adversité

C'est face au danger que l'on reconnaît l'égoïste qui prend ses jambes à son cou et l'altruiste qui essaie de sauver ceux qu'il aime au péril de sa vie. Mais le véritable but n'est pas de punir l'humanité, qui est plutôt la victime de son propre apprentissage de la maturité.

La loi d'équilibre

C'est la loi du rééquilibrage qui fait que l'humanité semble devoir passer par des gros cataclysmes pour rééquilibrer l'esclavage dans lequel elle est tombée il y a 10 000 ans.

L'objectif de ces évènements est de détruire non pas des hommes, mais un système qui dépasse même ceux qui sont à sa tête et qu'on ne peut plus arrêter.

Ces gros cataclysmes ne sont pas une punition, mais peuvent être vus comme un test, une chance de se révéler.

Cette loi universelle d'équilibre a toujours existé et a eu des effets à multiples reprises dans notre histoire. Plus une société prive les hommes de leur liberté plus elle va subir les assauts extérieures, au point de la ruiner. Nous sommes aujourd'hui dans une situation où ce déséquilibre est global, ce qui amènera à un rééquilibre lui aussi global. On pourrait donner des exemples à l'infini et discuter sur ce qui a mené à la fin des grands empires... les moyens employés pour faire tomber une société malsaine (pas d'un point de vue moral, la morale étant un autre moyen de nous contrôler), c'est à dire qui ne respecte pas la loi "Aime ton prochain comme toi même", sont divers et variés, allant d'une bonne sécheresse, une inondation, une éruption volcanique, voire sur le long terme une désertification, une montée des eaux ou même la venue d'un "prophète". Jésus n'a-t-il pas finalement fait tomber Rome comme la famine a fait tomber l'Ancien Régime en France ?

tout est prévu à l'avance, tout est programmé. Il n'y a pas de catastrophe naturelle qui ne soit pas prévue dans les cycles de l'Univers, c'est la loi de la **Synchronicité** : rien n'arrive par hasard et il n'y a pas de coïncidences. **Toutes ces choses qui doivent arriver font parties de processus naturels, qui n'ont rien d'exceptionnel, et qui n'ont besoin de personne pour se déclencher. Ceux qui font croire qu'ils vont intervenir pour créer ces évènements sont donc des imposteurs qui veulent impressionner l'humanité pour mieux la dominer ensuite.** Ce qui arrivera fait partie des cycles naturels automatiques, il n'y a pas d'intervention nulle part, c'est inéluctable et programmé depuis toujours.

La seule intervention extérieure qu'il y aura veillera justement à ce que les anciennes tendances ne se reproduisent pas et que nous passions, une fois notre société reconstruite sur de bonne base, à la prochaine étape dans l'évolution des espèces intelligentes.

La foi

La foi est quelque chose de simple et de naturel.

Dans l'Univers, il y a la vie, plein de mondes/planètes différents avec des créatures intelligentes qui abritent une conscience. Elles évoluent spirituellement en étant guidées pour atteindre une première prise de maturité, stade auquel nous sommes arrivés aujourd'hui. D'autres suivront, nous emmenant à chaque fois plus près de la compréhension de l'Univers, et donc de son Créateur. Certaines créatures sont déjà loin dans ce processus, d'autres à son commencement.

Quant aux prophètes, ils sont des messagers et des guides qui jalonnent l'apprentissage et rectifient la route si besoin. Ils sont aidés par ceux qui ont déjà parcouru la route, sur ce monde ou dans d'autres : ce sont les anges/ET, c'est à dire des entités venant d'autres mondes mais obéissant aux mêmes règles éthiques.

Certaines entités, une minorité de ces créatures d'autres mondes, refusent le processus et s'enferment dans leur ignorance, pour devenir des "démons". Leurs mondes ne sont contrôlés que par leurs pulsions égoïstes et leur soif de pouvoir, à l'image des reptiliens de Sirius. C'est ce sentiment d'être ou de devoir être le plus puissant, l'illusion de contrôler sa vie et que le monde a été construit pour soi qui pousse aussi bien les mauvais humains autant que certains extraterrestres à se rebeller contre la grande vérité de l'Univers.

Ces satanistes se veulent à l'égal de Dieu, veulent un contrôle total sur leur vie et celle des autres, sans maître au dessus (Dieu pouvant être considéré comme l'intérêt commun).

Cette grande vérité, qui ne plaît pas à leur égo surdimensionné, est celle-ci : il n'y a qu'un seul maître, qu'une seule puissance inégalée qui dépasse toutes les tentatives pour la décrire et la comprendre.

Le premier but de l'existence est de comprendre qu'il n'y a qu'un seul maître au dessus de soi même, que ce maître n'a aucune limite et qu'on ne peut rien contre sa volonté. Même lui donner un nom est un blasphème en soi (dans le sens erreur sur la nature divine), car "Dieu" ne peut être limité par des mots, peu importe leur nombre ou leur sophistication. Une fois qu'on a compris cela, on arrête de se rebeller et on entre par la grande porte. La clé, c'est donc de savoir se soumettre au bon maître, celui qui est réellement le Créateur de l'Univers, vers qui notre soif de connaissance et de vérité nous fait tous tendre d'une manière ou d'une autre.

Ce sont donc les ET cultivateurs coopératifs, en commun avec les Entités ascensionnées (donc en rapport avec le grand Dieu universel) qui ont donnés les informations aux prophètes. Pour autant, Dieu n'est pas un ET cultivateur. Dieu est une intelligence unique qui mène et baigne l'Univers. Dieu n'est pas un extraterrestre, ni un groupe d'extraterrestres, c'est autre chose de plus fondamental et supérieur.

Le seul maître de tout, c'est le créateur universel, et sûrement pas ses créatures.

Dimension

Notre réalité est constituée de dimensions / univers superposés, séparés par ce que les Altaïrans appellent le mur de photon, un seuil quantique nécessitant beaucoup d'énergie pour être franchi. C'est la hausse de vibration de la fréquence fondamentale (le qi) qui permet cette ascension entre les dimensions.

Les dimensions peuvent être appelées plan, et sont bien séparées les unes des autres par le mur de photon (vitesse de la lumière ?).

Les anciens écrits

Le concept de dimension a des échos dans les Védas (inspiré des croyances anunnakis), où l'univers est composé de mondes (dimensions ou états vibratoires supérieurs) imbriqués les uns dans les autres, mais où seuls les dimensions plus élevés ont accès aux dimensions inférieures.

ET et Anges qui "viennent nous rendre visite" ne sont alors que des entités des dimensions supérieures au nôtre.

Densités spirituelles

J'ai choisi de séparer la notion de dimension de celle de densité spirituelle, pure hypothèse de ma part, pour essayer de relier des concepts semblants différents. Les enseignements ésotériques mélangeant ces 2 notions, j'ai peut-être à des endroits confondu les 2 notions.

Pour chaque dimension, il peut exister plusieurs densités possibles.

Les hypothèses suivantes, de séparer dimensions et densités spirituelles, viennent de AM, et pas de Harmo et les Zétas (qui ne différencient pas les notions).

C'est la seule façon que les védas hindous nous placent en dimension 1, alors que les Altaïrans nous mettent en densité 3.

Les anciens écrits

Il existerait 7 "ciels" ou mondes (d'où l'expression 7e ciel), le notre étant le 1er et celui de Brahma (le grand tout) le 7 (le nombre de Dieu pour les anunnakis, mais Hénoch en a identifié 10, et les chercheurs en hypnose comme Charles Lancelin ont identifiés 11 niveaux vibratoires).

Altaïrans et Zétas

Liste

Dimension 1, Densité n° :

1. Minéraux
2. Végétaux et animaux (non conscients)
3. Êtres vivants conscients
4. Esprits conscients désincarnés

Dimension 2, Densité n° :

5. Êtres vivants conscients
6. Esprits conscients désincarnés

Voilà pourquoi certains décrivent l'ascension comme étant le passage de la densité 3 à la densité 5 ?

Nos défunts, de même que nos vies antérieure (âme évolutive) se trouvent en densité 4, mais toujours dans la même dimension que nous.

Caractéristiques inter-densité

D'après Harmo, nous voyons les densités inférieures, mais eux ne nous voient pas (même s'ils peuvent nous ressentir, comme nous ressentons les fantômes..

Les Mondes 6 à 5 sont les mondes des entités les plus évoluées spirituellement, des communautés d'ascètes (Les Archanges et les Anges) au service du grand tout.

Les Mondes de 4 à 1 sont des mondes écoles, matériels. Ainsi, des entités de niveau 4 peuvent descendre des niveaux supérieurs nous rendre visites, mais pas forcément dans de bonnes intentions (encore égoïstes). Comme les Raksasas, les reptiliens assimilés aux démons, race de niveau 3.

On passe d'un monde à un autre par la maturité spirituelle, jusqu'à atteindre, de réincarnation en réincarnation, les mondes supérieurs (5 puis 6).

Théorie Plan d'énergie

Spéculation à reprendre ou à mettre dans un livre à part

C'est peut-être une mauvaise interprétation de ma part, mais dans le livre Terre2, Sylvain Didelot semble sous-entendre que les plans d'énergie, les mondes subtils (car perçus uniquement par notre âme) appartiendraient tous à notre dimension. Ce seraient juste des vibrations différentes (plus élevées ou plus faibles) qui sortiraient de la plage de mesures de nos organes sensoriels, sans pour autant changer de dimension / plan. Ces vibrations (ou densités) différentes mais proches, dans les particules constituant l'espace et le temps, feraient que de temps à autres, nous pourrions les percevoir avec nos sens physiques. Ainsi, les elfes et esprits de la nature, nos corps éthériques ou énergétiques, les fantômes non accomplis, seraient ces vibrations proches que nous ne voyons pas mais pouvons percevoir.

Est-ce que nos ressentis subtils viennent tous de l'âme (qui les superpose aux sens physiques) ou est-ce que notre corps énergétique, vibrant plus haut dans cette dimension, possède des capteurs vibrant eux aussi plus haut ?

Ou est-ce qu'une dimension n'est qu'une vibration à des énergies différentes ?

Shifting (saut de dimension)

Technique permettant de basculer dans une dimension parallèle / supérieure. On peut ainsi se déplacer entre les dimensions, en franchissant le mur de photon qui permet le saut quantique d'une dimension à une autre.

C'est la vibration de la matière, la nature physique du temps, qui permet de faire toutes ces choses saut de dimension, warping et voyage dans le passé, voir le futur quand on remonte à la dimension divine, ou espace et temps n'existent plus et donc que tout est déjà écrit).

Les ET étant capables de changer cette fréquence artificiellement, ils peuvent passer d'une dimension à une autre, dimensions qui sont alignés sur leurs propres fréquences de temps.

Harmo dit aussi que les ET courbent l'espace-temps (4D) pour passer d'une dimension à une autre, mais s'ils poussent cette technique assez loin, la courbure de l'espace-temps permet d'avoir accès au passé.

Notre cerveau est trop limité pour imaginer un univers en 4D, et encore moins des univers multiples.

Ce saut dans une dimension supérieure fait disparaître l'objet (comme l'OVNI) aux yeux des dimensions inférieures.

Déphasage

Consiste à distordre / moduler l'espace-temps au sein d'une même dimension, c'est à dire monter ou descendre en vibration sans franchir le mur de photons.

L'objet déphasé passe dans une dimension intermédiaire, ni dans une dimension, ni dans l'autre (au coeur du mur de photon ?). Il disparaît alors optiquement aux yeux des observateurs, comme dans le cas du shifting. Pourtant il est bien là, mais dans une phase de temps différente.

Cela permet d'arrêter les mouvements de la matière, de passer à travers les murs, ou au contraire de créer des murs invisibles infranchissables, arrêter les réactions nucléaires dans le coeur d'une centrale nucléaire, etc.

Voir aussi le témoignage de Harmo (L0), l'environnement dans lequel son corps se déplace est figé dans le temps, seul le corps de Harmo n'est pas figé. Il peut aussi traverser les murs, malgré une résistance élastique lors du passage.

Ces phénomènes sont provoqués artificiellement par les ET (ou par la pensée pour les âmes les plus avancées), mais se produisent aussi naturellement sur les colonnes lélé sortant du noyau, comme pour les disparitions du triangle des Bermudes.

SS Cotopaxi

Lorsqu'en 1925, le SS Cotopaxi est passé dans la mauvaise zone du triangle des Bermudes, il a été déphasé. Les personnes sur le bateau se sont retrouvé dans un monde étrange, où la matière était traversable (comme passer à travers les murs ou n'importe quel objet). Un second sursaut quantique a permis au bateau de revenir, de se rephaser, plusieurs dizaines d'années plus tard (réapparition placée sous le secret défense).

Expérience de Philadelphie (L1)

En utilisant le matériel donné par les Raksasas, le navire cobaye s'est déphasé, devenant invisible pour les observateurs. Revivant ce qu'avaient vécus les marins du Cotopaxi, les marins ont alors découvert qu'ils pouvaient passer leurs bras et leurs pieds à travers les parois du bateau et s'en amusèrent... sauf que lorsque le dispositif a ramené automatiquement le bateau en phase, les marins se sont retrouvés fusionnés au navire.

Warping (voyage spatial en haute dimension)

Consiste à d'abord faire une shifting (grâce à la technique de leurs vaisseaux) pour franchir ensuite de très grandes distances quasiment instantanément.

Facilité dans les dimensions supérieures

Dans ces dimensions supérieures, seules les planètes sont ascensionnées, il ne semble pas y avoir les atomes d'hydrogènes épars, ainsi que les poussières et divers débris, que l'on retrouve dans notre dimensions, et qui empêcheraient d'atteindre des vitesses trop élevées (même des atomes d'hydrogène, ou les particules ionisées des vents stellaires, percutés à très haute vitesse, finiraient par échauffer dangereusement la carlingue du vaisseau).

Explication selon Grabovoï

Issu de la compilation de Hélène Laporte, du site www.scienceofeden.com.

Grabovoï nomme le qi l'amour. Amour, lumière, information sont la même chose nommée différemment pour Grabovoï.

Dans l'Univers, tout est information. Que ce soit les particules, les galaxies ou les univers entiers. Les minéraux ou humains, nos pensées, nos paroles, actions, émotions, tout est constitué d'informations.

La matière n'est que de l'information densifiée. Quand l'information se densifie elle devient énergie (niveau intermédiaire de densification), et quand elle se densifie encore, nos neurones l'interprète comme de la matière, de la réalité physique. C'est ce que disait Einstein : "la matière est de l'énergie qui a ralenti sa vibration afin d'être perceptible par nos sens. Il n'y a pas de matière, tout vibre à des niveaux particuliers".

L'Univers est entièrement constitué d'amour. Donc l'information, c'est de l'amour (qi). L'amour est le matériau de constitution de tout l'Univers. Il n'y a rien d'autre. L'amour, c'est de la lumière. L'ombre n'est qu'une très faible gradation (densité ?) de lumière et d'amour. Le créateur à tout créé d'amour et par amour.

Dans ce champ d'information, ou champ des possibles (qui est pur amour, qu'on peut appeler champ morphogénétique, quantique, ce qu'on veut), il n'est constitué que de vibrations, et toutes ces vibrations ne sont que des probabilités d'événements, événements tous à la norme. Il y a tous les événements harmonieux, pour nous, pour toute l'éternité et pour toute l'humanité, dans ce champ des possibles. Ces événements sont des probabilités, c'est pour ça qu'on dit que tout est possible. C'est à notre conscience de les choisir pour les matérialiser.

La norme, c'est la perfection originelle divine dans laquelle nous devrions vivre. Normaliser veut dire réharmoniser l'information jusqu'à ce qu'elle soit pur amour, la perfection de cette vibration d'amour originel qui nous constitue tous.

Nous partons de la source originelle, nous arrivons à la source originelle, et la seule différence entre nous, c'est le degré d'avancement sur le chemin. On est tous à la même distance de Dieu.

Il y a 2 versions de la réalité (simultanées) : celle du champ d'information, qui contient toutes les réalités parfaites possibles (à la norme), et la version que nous appelons la réalité physique, que nos yeux voient et identifient comme matérielle. La réalité matérielle n'est qu'un reflet de la réalité informationnelle. Reflet imparfait, donc réalité matérielle imparfaite, car entre les 2 se trouve notre conscience. C'est elle qui va choisir la probabilité à matérialiser, mais parfois la déforme, car notre conscience n'est pas assez structurée et développée.

Plus précisément, notre conscience choisit une probabilité, nous allons lui donner de l'énergie (y penser, travailler sur le projet), cette probabilité / vibration va se densifier, se transformer en énergie, et va se densifier encore jusqu'à ce que nos neurones l'interprètent (quand elle est assez dense) comme la réalité physique. Cet événement s'est matérialisé dans notre vie.

Si l'événement matérialisé n'est pas parfait, c'est à cause de notre conscience. Pourquoi cette dernière n'est pas assez développée et structurée, parce qu'elle est limitée par ses blessures (expérimentations évolutives), ses croyances, et ses conditionnements. Il nous fallait passer par la dualité pour avancer ensuite vers l'unité. Mais maintenant, il est temps de développer et structurer la conscience pour qu'elle atteigne le niveau de connaissances de l'âme.

Pour donner une image, vous avez le sage qui donne une parole extrêmement pure, et le messager, qui n'a pas le niveau de conscience pour les comprendre et va les déformer.

Par exemple, si vous avez intégrer que l'évolution spirituelle doit être douloureuse, la conscience va matérialiser cette réalité, déformer l'événement à la norme pour le rendre douloureux, et nous allons les vivre de façon douloureuse. Mais si nous avons dépassé cette croyance (par un travail sur nous-même), nous allons ressentir l'efficacité du travail sur nous même. Nous ne mettrons pas d'étiquette sur l'événement à la norme, et le traverserons avec joie et harmonie, parce que nous savons que nous serons plus lumineux après. On ne va pas juger ce qu'on voit, et donc pas souffrir.

Idem pour la maladie, une façon pour notre âme de nous indiquer ce que nous avons à travailler comme leçon de vie pour pouvoir aboutir à autre chose, à une compréhension et un mini-saut quantique.

Mais si nous sommes dans l'accueil et l'écoute de notre âme, nous n'avons plus besoin de ce mode de fonctionnement, et n'avons plus à être malade, et pouvons évoluer sans douleur.

Cette écoute de son âme dépend de la structuration et de l'évolution de sa conscience.

Réalité

Lors de son master de physique, la thèse de Grabovoï porte sur la formule de réalité universelle, dont l'équation d'Einstein n'est qu'un cas particulier :

$E = Vs$

Avec E l'énergie, V le volume d'information que peut traiter la conscience, et s la vitesse à laquelle la conscience peut traiter l'information.

Si on prend le cas particulier $E = mc^2$, on comprend qu'avec beaucoup d'énergie on obtient un tout petit peu de matière, ce qui est logique quand on sait que la matière n'est que de l'énergie densifiée / concentrée. $m = E/c^2$, la matière n'est que de l'énergie qui a réduit sa vitesse, s'est densifiée.

1g de matière peut produire 90 000 milliards de joules. C'est cette formule qui explique en partie l'énergie tirée de la fission d'atomes dans nos centrales nucléaires. Selon Grabovoï, l'explosion nucléaire est la seule chose qui peut endommager l'âme humaine. Il y a également un risque de répercussions énergétiques néfastes pour tout l'univers.

A un certain niveau de densification, cette énergie est reconnue et interprétée comme de la matière par nos neurones, qui lui donnent une interprétation visuelle (une image), cognitive (un sens) et un sensorielle (un ressenti). C'est cette interprétation globale, faite par notre cerveau, que nous appelons la réalité physique !

Mais prenons l'équation de Grabovoï, plus générale :

$E = VS$

Cette formule explique comment notre conscience peut matérialiser les vibrations. Comment l'énergie (donc la matière, la matérialisation de notre réalité) est proportionnelle au volume d'information que peut traiter/percevoir notre conscience (V), et à la vitesse à laquelle elle le fait (S).

Chaque élément de l'univers est constitué d'information (qi?) et chacun, même le plus petit (qi unitaire?), possède une conscience. Le plus haut niveau d'élaboration de cette information est celui de la conscience humaine.

$E=mc^2=VS$ donc $m=VS/c^2$.

Ce qui signifie que la création de matière (et donc de toute notre réalité physique) est directement dépendante de notre niveau de conscience.

Notre réalité, bien qu'elle nous paraisse objective, n'est en fait qu'un océan d'ondes, de vibrations informées, dans lequel nous baignons. La matière n'existe pas en tant que telle, c'est simplement une partie de toutes ces vibrations qui ralentit afin que nous puissions la percevoir.

Ce qui veut dire que tout ce que nous voyons dans un état de conscience ordinaire n'est qu'une interprétation par nos cellules nerveuses sous forme d'images et de sensations de certains signaux bio-électriques, de certaines ondes, que nous captons autour de nous. Mais notre cerveau, qui interprète ces ondes, est lui aussi constitué d'ondes…

Par l'intermédiaire de nos pensées, nous choisissons plus ou moins consciemment les formes que nous voulons donner à notre réalité.

Par notre conscience, nous modelons, nous densifions ces vibrations et leur donnons toutes les formes que notre cerveau va ensuite interpréter en termes d'images et de sensations.

C'est comme si nous transformions un tas de grains de sable en château de sable en une fraction de seconde et que l'instant d'après, le château se retransforme en tas de sable et que nous puissions lui redonner encore à l'instant suivant la même forme ou une autre.

Ce phénomène se reproduit à chaque instant, et il concerne la création de notre corps physique mais aussi celle de tout l'univers…

Nous recréons notre corps physique, et l'univers entier en co-création avec toutes les autres consciences humaines.

Et ce à une fréquence si rapide (toutes les 10 puissance -17 secondes) que nous percevons notre monde comme stable et continu alors qu'il ne l'est pas.

Le monde est en réalité nouveau à chaque instant. Tout peut changer à chaque instant. Nous pouvons transformer notre vie en alignant nos pensées…

Augmenter VS

Pour augmenter V, notre conscience doit s'expanser (plus structurée, plus de connaissances, plus connectée à l'âme). C'est le travail de l'évolution de l'être humaine, à savoir le développement de sa conscience.

La structure ayant le plus grand s (vitesse de traitement de l'information) c'est l'amour. Plus on est dans un état d'amour, plus on créé notre réalité de façon harmonieuse et efficace.

Hélène n'en parle pas, mais normalement, en ascensionnant dans une dimension plus élevée, la vitesse S augmente. Plus on monte en vibration, plus on s'approche de la vitesse maxi S de l'amour (quand on ne peut pas vibrer plus vite que le quanta de temps mini ?).

C'est pourquoi les pensées négatives ne peuvent pas être créatrices, ne peut pas créer directement dans la matière, parce qu'elle n'a pas un assez grand volume d'amour, et n'a pas assez d'amour pour être assez rapide pour créer dans la matière.

Si on pense qu'on va être malade, on n'est pas en train de créer notre réalité à la norme par notre conscience, et donc on devient soumis à la conscience collective (une des 3 parties de la conscience humaine, voir plus bas).

Les 4 structures fondamentales de l'être humain

âme

Structure informationnelle, à la fois universelle (contient toutes les connaissances sur nous et tous les êtres de l'Univers) et individuelle (siège au niveau du corps de chaque être humain (au niveau du coeur).

Contient toutes les connaissances, parfaitement sage et évoluée, invulnérable, indestructible et immuable, et passe de vie en vie, avec toutes ses connaissances. C'est qui guide la conscience, et qui avec l'aide de toutes les autres structures, va créer notre réalité.

esprit

Substance vivante qui véhicule toute l'information partout autour de nous. L'âme en action.

corps physique

Chez Grabavoï, importance égale à celle des autres structures. C'est le reflet de l'âme (il contient donc aussi toutes les connaissances). C'est par la conscience que l'âme agit sur le corps physique et sur toute la réalité.

Conscience

Pas forcément liée à comment l'appelle Harmo. Divisée en 3 parties :

Conscience individuelle divine

Partie qui est déjà à la norme, parfaitement évoluée.

Conscience individuelle évolutive

Partie en cours de développement et de structuration, lors de notre évolution.

Conscience collective

Partie partagée avec tous les êtres humains. En cours d'évolution, il faut qu'elle évolue pour que toute l'humanité puisse évoluer.

Moyenne de perception de tous les êtres humains. Elle ne capte qu'une toute petite partie de toutes les vibrations qui se trouvent partout autour de nous.

Elle déforme les événements à la norme lors de leur matérialisation.

Évolution de l'être humain

Le but de l'évolution individuelle est la structuration et développement de sa conscience individuelle évolutive, de la conscience collective, et du corps physique, et dans un certain sens de l'esprit. C'est le but de notre passage sur Terre, l'élévation de cette partie individuelle évolutive de la conscience, jusqu'à ce qu'elle atteigne le niveau de connaissance de l'âme, qui est sage et contient toutes les connaissances sur nous et sur tout l'univers.

Le corps physique est très important, car il harmonise par sa présence tout son environnement et tout l'Univers. Cela est fait par les vibrations qu'il émet. C'est pourquoi il est important d'être en bonne santé, car sinon nos capacités de création sont fortement diminuées.

Matérialisation de l'événement (création de la réalité)

La conscience densifie une probabilité informationnelle en réalité matérielle toutes les 10^{-17} s.

Des milliards de fois par seconde, notre âme, en co-création avec Dieu/les autres, créé notre conscience, notre corps physique, et tout l'Univers à chaque fois (faire le lien avec le temps quantique).

Ainsi, à chaque instant, nous pouvons choisir d'être une plus belle version de nous-même, version plus évoluée, faire un choix nouveau, recréer notre corps physique en pleine santé, 100 billiards de fois par seconde.

La question reste "quelle partie de notre conscience le fait?".

Si la conscience individuelle évolutive est plus structurée et développée que la conscience collective, on va pouvoir choisir les événements que nous voulons pouvoir matérialiser à chaque instant, et donc créer notre vie à chaque instant volontairement, en conscience. Choix harmonieux en tout temps.

Si notre conscience n'est pas assez développée et structurée, donc que notre pensée n'est pas assez concentrée (dense ? ou stable dans le temps, attentive sur quelque chose ?), alors c'est la conscience collective qui nous impose notre réalité. Comme cette conscience collective déforme beaucoup, notre vie n'est donc pas à la norme.

L'idée est donc de structurer sa conscience, pour pouvoir concentrer sa pensée, pour pouvoir retrouver cette vibration de pur amour qui nous caractérise, et retrouver une vie à la norme (se réaliser, expérimenter toutes nos qualités divines (amour, joie, harmonie, abondance à tous les niveaux, la compassion, gratitude, paix, bonheur infini).

On ne se pose plus de question, car l'évolution c'est augmenter la structuration de la conscience jusqu'à ce qu'elle ai atteint le niveau de connaissances de l'âme. A ce moment-là, toutes nos pensées, paroles et actions sont parfaitement alignées. Il n'y a plus à réfléchir, c'est l'âme directement qui va nous dire ce qu'il y a à faire.

Toutes les 10-17secondes, l'âme envoie un message / conseil à notre conscience (sous forme d'intuition) la probabilité la plus évolutive comme choix pour l'instant d'après. La conscience l'entend ou ne l'entend pas, l'écoute ou ne l'écoute pas, mais garde son choix du libre arbitre. C'est elle qui choisit au final.

Par exemple, Si nous ressentons notre âme nous demandant de nous connecter à l'amour, soit nous allons méditer pour ressentir l'amour dans notre coeur, soit nous allons chercher une compensation à l'extérieur (comme manger un paquet de biscuit, aller dans un bar, etc.).

Ce développement de la conscience est infini et éternel.

Comment élever son niveau de conscience ?

Pour nous apprendre à être à la norme pour nous, mais aussi pour les autres.

Il y a les séquences numériques, pilotages (encore appelés contrôles de la réalité).

Le but est d'être à la norme, pour éviter de passer son temps à réparer ses erreurs, à douter, etc. C'était la partie expérimentation, mais o passe à la partie réalisation.

intégrer les expériences peu lumineuses

Lors du saut quantique (ascension) il nous est demandé d'intégrer notre part d'ombre, à savoir mettre en lumière ces expériences que nous avons faites avec peu de lumière. L'égoïsme c'est peu de lumière, l'altruisme c'est l'amour/lumière, au milieu c'est neutre.

Quand en alignement, nous évoquons nos phases lumineuses, nous devons aussi aller voir en face le pendant sombre (peu lumineux).Quand nous libérons ces émotions, se produit un mini-saut quantique qui nous permet de monter plus avant dans la lumière. Ça fait comme un huit (lumière en haut, sombre en bas) qui nous permet de monter toujours un peu plus haut à chaque fois.

C'est pourquoi après chaque extase il y a une chute ensuite, histoire de nettoyer le pendant sombre de l'extase lumineuse (le grand huit, par rapport à l'attraction foraine, mais dont le nom est bien trouvé en fait). Se reconnecter à la vibration d'amour permet une évolution perpétuelle sans à-coups, sans ces montées descentes.

Énergie infinie

Structurer la conscience pour qu'elle entende l'âme (l'éveil). Si on écoute l'âme, c'est les meilleurs choix pour nous et toute l'humanité qui s'accompliront. En effet, la conscience ne les déforme plus. Ce chemin parfait mènera à faire évoluer la conscience collective.

Pour faire évoluer la conscience collective, on ne résout pas un problème avec des solutions du même niveau. Si on élève notre niveau de conscience, on peut matérialiser tous les événements à la norme pour nous et pour toute l'humanité.

Élever sa conscience change nos croyances limitantes. Si on ouvre notre conscience à l'infini, et au fait que tout est possible, on va créer une réalité à la norme.

Par exemple, notre société est basée sur la croyance du manque. On est persuadé qu'on manque de tout (manque de temps, d'argent, d'amour, de l'énergie). Que ça manque à nous et à tout le monde, qu'il n'y a pas assez pour tout le monde. Alors que vu que la source d'énergie est en nous et qu'elle est infinie ($E = Vs$), si on développe et structure notre conscience, on aura assez d'énergie pour matérialiser tout. Tout est là, la source dans le champ informationnel est infinie. Il y a de tout, pour tout le monde, et en tout temps.

Comme nous sommes tous reliés (comme le 100e singe), si certains d'entre nous font ce travail d'élévation de la conscience, alors, tout le monde va en profiter. A un moment, ça va évoluer la conscience de toute l'humanité d'un coup (l'ascension).

Eveil

Nous avons vu que l'éveil c'est une conscience évolutive bien structurée et développée, alignée avec les désirs de l'âme, et qui crée donc une réalité « à la norme ».

La conscience ne crée (et ne perçoit) plus la réalité à travers le filtre de ses blessures, de ses croyances et de ses conditionnements, parce qu'elle a intégré ses expériences et mis en lumière ses zones d'ombre, provenant du passé.

Elle a une vision beaucoup plus large, qui englobe tous les paramètres la concernant elle, mais également les paramètres concernant son environnement.

Cela lui permet, grâce à sa clairvoyance et son pronostic de contrôle, de choisir la meilleure option concernant la création de la réalité, pour son évolution et l'évolution de l'humanité, à chaque instant.

Une conscience très structurée produit une pensée très concentrée.

La pensée est un biosignal électromagnétique, une onde lumineuse. Une pensée très concentrée est une pensée porteuse d'un volume très important d'information perçu en une seule impulsion, avec une vitesse de traitement quasi instantanée.

Lorsque la pensée est émise par la conscience, cette information se densifie pour former de l'énergie puis de la matière.

Une conscience structurée crée donc une réalité à la norme.

Tout l'enjeu de l'humanité actuellement est donc de structurer sa conscience pour pouvoir accéder à une réalité plus belle pour tous, pour interagir avec le monde de façon harmonieuse en permanence.

Ainsi, tous les évènements de la vie seront constructifs et positifs et assureront la sécurité et le développement de chaque élément du monde.

L'homme a été créé pour améliorer le monde en permanence.

Une conscience collective structurée crée une réalité collective harmonieuse et évolutive.

Une réalité où règnent la joie, l'amour, la pleine santé et l'abondance pour tous et pour chacun...

Qi

C'est la particule élémentaire insécable, le microcosme de l'Univers (son abrégé, son résumé, tout l'Univers est contenu dans le qi).

Temps

Le temps est une grandeur physique comme les autres, il évolue en fonction de la dimension où on se trouve.

Pas d'annales akashiques

Les annales akashiques sont un non sens, parce que la connaissance universelle, du passé et du futur, ne peut être connue que par l'entité qui dépasse le temps et l'espace, et la seule qui puisse le faire c'est "Dieu". Aucun humain ni aucun ET ne peut connaître le futur, car celui-ci es en train de se fabriquer dans le présent. Si les annales akashiques existaient, cela voudrait dire que le libre arbitre n'existe pas, que le destin est scellé, et que Dieu aurait menti en nous donnant ce libre arbitre. Il est la seule intelligence à pouvoir embrasser l'espace et le temps dans son entier. Ceux qui se réfèrent à ces annales ne sont pas tous des charlatans pour autant, c'est simplement une mauvaise interprétation du contact avec les ET (qui peuvent connecter les gens à des banques de données très vaste, ou fournir des informations).

Voyage dans le passé

C'est le même principe que le shifting (bascule d'une dimension à une autre), sauf que là on bascule d'une époque à une autre.

Passé uniquement

Ce voyage (fait avec notre corps physique, et l'appareil technologique permettant ce voyage) ne peut se faire que dans le passé. Si le 1er janvier 2000, je retourne de 2000 ans en arrière, et que j'y reste 1 ans, quand je reviendrais, je ne pourrais revenir plus loin que le point de départ (le 1er janvier 2000, et pas 2001), c'est à dire que je ferais un shifting de 1999 ans seulement. Il s'est écoulé du temps pour moi, mais pas pour l'Univers.

Futur inexistant à l'instant t

On ne peut pas aller dans le futur (ou même le connaître) tout simplement car il n'existe pas encore, qu'il n'a pas été écrit / construit.

Cause suivie d'effets

Tout simplement parce qu'il y a un système de causes, puis d'effets : Le temps a une direction, l'univers se construit au fur et à mesure, le présent étant l'instant où en est l'avancement de la construction.

Dimension inférieure uniquement

Le ET incarnés s'aident de leur super-technologie pour le voyage dans le passé, mais respectent les règles anti-paradoxes. Ils ne peuvent pas voyager dans le temps dans leur propre dimension, mais le peuvent dans les dimensions inférieures comme la notre. Pour eux, à partir du moment où ils remontent dans le temps dans notre dimension (et pas dans le leur), il n'y a aucun risque de tuer leur grand père, les dimensions étant cloisonnées.

La seule limite à respecter, c'est de ne pas remonter assez loin dans le temps, pour arriver à l'époque où leur propre espèce était dans la même dimension que nous. Pour les Zétas, cela laisse quand même des millions d'années de marge.

Autre limite, cette remontée dans le temps de la dimension en dessous est géré entre les races ET pour éviter des accidents "temporels" : une vieille race comme les Zétas qui peut remonter loin dans le temps de façon inoffensive pour elle, pourrait très bien endommager une autre race plus jeune (comme les raksasas) lorsqu'elle était encore dans notre dimension.

Première sécurité : les EA

Pour ces raisons de paradoxe temporel, les voyages temporels sont encadrés, notamment par les EA. Tout voyage dans le temps doit donc être autorisé par ces "gendarmes", et avoir une feuille de route très précise, la moins perturbante possible pour l'avenir.

Intervention divine (Plan prédestiné)

L'Univers en entier n'est pas qu'une succession de causes et d'effets automatiques ou mécaniques : il n'y a pas de hasard, c'est à dire que même si nous allions dans le passé, nous ne pourrions pas changer complètement l'avenir.

Si les détails peuvent changer (latitude d'exercice du libre-arbitre), dans les grandes lignes, nous retombons toujours sur la même trame d'événements clés, comme des noeuds, des passages obligatoires (c'est pour cela qu'il existe des prophéties d'ailleurs).

Il y a donc une puissance supérieure qui "guide" le monde selon un plan, celle que j'appelle Univers (Dieu universel), une intelligence qui agit sur les causes et les effets, directement sur la matière (au niveau des qis) (p. 16).

Cette action sur les choses est d'autant plus vrai avec le voyage dans le temps et les paradoxes / les modifications sur le futur que théoriquement on peut engendrer. En réalité, ces paradoxes et ces modifications du futur sont très très limitées, il y a une ligne tracée à l'avance comme des rails, nous aurions beau remonter dans le temps pour essayer de modifier notre passé, le scénario est écrit, c'est impossible.

Les grandes lignes et les grands chapitres sont donc inéluctables. Le passage de Nibiru, l'éveil de l'Humanité à l'existence ET, l'arrivée d'un humain illuminé dans un futur proche, la survie d'un annunaki qui doit servir d'antéchrist etc... ce sont des passages obligés de l'histoire humaine. Parfois ils peuvent être hâtés ou retardés, mais jamais évités, même avec une intervention des ET les plus avancés.

Amène au concept de Dieu

Les civilisations ET qui ont découvert ce phénomène ont été bouleversées en profondeur dans leurs conceptions de l'Univers, aussi bien au niveau de leur science que de leur religion, et si le voyage temporel donne des preuves supplémentaires de ce fonctionnement, à notre niveau d'intelligence nous pouvons déjà le comprendre (à condition de reprendre notre physique, bourrée d'a priori, à zéro).

La faible latitude du libre arbitre

Seul le libre arbitre permet une certaine marge de manœuvre, c'est pour cela qu'on peut estimer qu'il existe une certaine élasticité dans le Scénario, ce qui fait dire que les événements peuvent être hâtés ou retardés.

C'est cette latitude qui fait croire aux hiérarchistes, à tort, qu'ils ont un quelconque contrôle sur le scénario global.

Exemple de noeuds temporels

L'enchaînement des événements dans le temps ne fonctionne pas de façon complètement désordonnée : il existe des points clés, des noeuds dans l'avenir, par lesquels les scénarios sont obligés de passer, peu importe ce qu'on fait ou ce qu'on ne fait pas. Peu importe les choix, il y a des passages obligés, inévitables.

Ces noeuds sont parfaitement illustré dans le film "la machine à explorer le temps" (2002), basé sur le roman d'H.G Wells (The time machine - 1895). L'inventeur de la machine s'est lancé dans ce projet fou afin de sauver son épouse qu'il a perdu quelques années plus tôt, renversée par une voiture. Il revient quelques heures avant le décès de son épouse, il l'empêche de se faire tuer par la voiture, mais il n'a pas le temps de se réjouir que sa femme est écrasée par un piano tombé d'un étage au dessus. Remontant de nouveau dans le temps, il empêche sa femme de se faire écraser par la voiture, la fait changer de trottoir pour éviter le piano, mais se retrouve alors au coin d'une maison où se tient un bandit qui poignarde sa femme et part avec son sac à main... Jamais il n'arrivera à sauver sa pauvre femme, et finit par abandonner.

Voilà ce que j'appelle un nœud : peu importe le chemin pris (les détails), le résultat sera toujours le même : la mort de la femme.

L'avenir, c'est comme des fils : chaque scénario possible est un fil différent, certains allant à droite, d'autre à gauche, mais, régulièrement, il y a des noeuds dans ces fils, et peu importe quel fil on choisit, on arrive toujours au même point.

Cela montre que les ET ne peuvent pas toujours changer l'avenir, et qu'il y a des choses inévitables. Peu importe le chemin que les ET voudront nous faire prendre, le résultat sera toujours le même. Seuls les détails changent, la conclusion est inévitable.

Un de ces nœuds nous concerne tous : il s'agit de la destruction de l'humanité. Peu importe que les ET arrêtent Nibiru ou pas, l'humanité est vouée à disparaître sous cette forme. Peu importe ce qu'on pourra bien faire, la conclusion sera toujours la même. La disparition de l'humanité telle qu'elle est aujourd'hui, et surtout du système, est inéluctable : Si les ET nous sauvent de Nibiru, la dégradation de l'environnement par notre faute achèvera le travail. Si ce n'est pas lui, ce sera un virus, si ce n'est pas un virus, une guerre, si ce n'est pas une guerre ce sera un astéroïde tuant tout sur Terre, et même si on le détourne, le Soleil finirait par exploser. L'Univers a une infinité de moyens de faire ce qu'il a à faire, si on essaie de modifier la chose, elle arrivera toujours à trouver un chemin pour se réaliser, et même les EA ne peuvent s'opposer à l'Univers. La seule chose qu'on peut gagner c'est quelques mois, voire quelques années, mais on ne peut pas repousser indéfiniment les choses. Après vous y verrez les grandes lois de l'Univers, la main de Dieu ou que notre destin est écrit, peu importe comment vous interpréterez cela. L'important, c'est qu'il y a des choses qui doivent arriver, et même les ET les plus avancés ne maîtrisent pas cela.

Le retour de bâton (p.)

Pourquoi les ET se fixent-ils des règles lors de leurs voyages dans le temps, s'ils ne peuvent pas nuire au scénario global, ni modifier le futur (accidentellement ou volontairement) ?

Tout simplement parce que s'ils contrarient le Plan, il y a le retour de bâton karmique. Le même que celui de la vie de tous les jours, par rapport aux choix que nous faisons.

Après tout, nous construisons instant après instant le futur, en essayant de respecter le Plan. Les écarts que nous faisons au présent, ont les mêmes règles que ceux faits quand nous retournons dans le passé.

Retours d'autant plus violents qu'on s'écarte du Plan

La trame des événements est comme un élastique, et si on tire d'un coté et qu'on s'écarte du point d'attache, cela va créer une sorte de force de rappel qui va remettre la déviation (celle que nous avons créé) sur la bonne voie.

Ce retour sera d'autant plus violent qu'on a essayé de s'écarter du plan divin.

Les sécurités

Il y a des sécurités : Le voyage dans le temps avorte préventivement si son action pouvait créer un paradoxe. Concrètement, l'espace temps se "déchire" si au moment d'enclencher le voyage ses conséquences allaient provoquer un paradoxe, et le vaisseau des ET est soit rejeté à son point de départ, soit il se désintègre.

La technologie employée (car les EA ne peuvent pas naturellement voyager dans le temps de leur propre chef) est un dérivé du shifting (p.) puis warping dimensionnel (p.). Si on pousse la machine encore plus loin, on peut alors remonter le temps, et plus seulement descendre ou monter dans les couches dimensionnelles de l'Univers pratiqué par le shifting.

Exemple de sécurité

Au moment où Harmo a décrit les lignes qui précèdent, en réponse à une de mes questions, ni lui ni moi ne savions que cela allait se retrouver dans ce livre divulgué au public.

Harmo avais écrit beaucoup plus de choses, mais le "destin" a voulu que le commentaire soit mangé par une panne de son navigateur. Seule la partie au dessus, qui n'était qu'un copié collé partiel, a subsisté dans le presse papier de son ordinateur. Comme quoi, le "hasard" trouve toujours un moyen de bloquer ce qui ne doit pas (encore) être dit. Le pire dans cette histoire, c'est que Harmo copie systématiquement ce qu'il écrit pour justement ne pas perdre en cas de bug, et comme par hasard encore, la dernière copie n'a pas fonctionné (copie où le texte était en entier). Un bel d'exemple sur ce que le "hasard" peut faire de façon préméditée et subtile :) Harmo a été tenté de retaper le texte, avant de se raviser : s'il avais redonné les informations "interdites", le destin aurais par la suite fait en sorte que cela lui retombe sur le nez d'une façon ou d'une autre. C'est tout à fait les limites que respectent les ET, qui savent qu'ils ne peuvent pas contrarier le plan divin, et que s'ils y arrivaient (provoquant un écart au Plan), cela enclenchera forcément un retour (parfois violent) qui remettra les choses sur le chemin prévu.

Ces questions ne peuvent donc être correctement traitées pour l'heure actuelle, car elles demandent d'aller sur des chemins qui ne sont pas encore praticables.

Les voyages technologiques par les ET (p.)

Les ET évolués ont possibilité de voyager dans le passé, en restant très très prudent avec ça.

Discuter avec les défunts

Avec un médium, j'ai personnellement expérimenté de discuter avec des personnes décédées de 30 à 1000 ans avant. Ces personnes ont l'impression de n'être mortes que depuis peu de temps. En posant des questions, elles me demandent des choses, et je réponds. J'apporte des informations aux égos d'une âme évolutive, qui du coup va pouvoir piocher dedans pour ses prochaines incarnations.

On pourrait en déduire, à tort, que je fais un voyage dans le temps : en 2020, en parlant à un défunt de l'an 1000, je change son âme évolutive. Lors de la prochaine incarnation de cette âme, en 1100, ses actes seront modifiés par mon intervention (et tous ses actes faits au cours de ses nombreuses incarnations entre 1100 et 2020), je modifie mon passé et celui de l'humanité...

C'est le paradoxe du grand-père. Si je parle à un ancêtre, et que je lui fait résoudre un problème karmique, il n'aura plus à expérimenter la vie avec ma grand-mère, donc un de mes parents n'existe plus, mon ADN est modifié, et ma vie n'est plus la même (sans parler le nombre de conséquences incalculables quand 2 personnes n'ont pas d'enfants ensembles).

En réalité, ça ne se passe pas comme ça. Les effets que l'on fait à l'instant t, ne peuvent que toucher l'âme évolutive à l'instant t. Le défunt accédé n'est qu'une conscience de 1000 ans encore existante. Quand on entre en communication avec lui, il a l'impression qu'il ne s'est écoulé que 10 ans, parce que son temps est différent du notre, mais (chiffres pour l'exemple) en 10 ans dans sa dimension, il s'est écoulé 1000 ans dans la notre. Ses incarnations futures (jusqu'à notre présent) se sont déjà déroulées, on ne peut que toucher son âme évolutive actuelle, et la discussion avec une vie antérieure touche autant l'âme évolutive que si on discutait avec l'incarnation actuelle de cette âme.

Voyage dans le futur

Dans le chapitre précédent, "Voyage dans le passé", je disais qu'on ne pouvait voyager dans le futur, parce qu'il n'était pas encore construit, et donc trop instable pour y ancrer un objectif, et voyager dans ce sens du temps.

Mais c'est quand même possible en fait ! Mais pas par des moyens technologiques.

Survol

Voyance (p.)

Pas de déplacement direct, mais juste deviner le futur, en ayant une idée plus ou moins complète du Plan divin, en devinant tous les tenants et les aboutissants amenant à une situation. Comme nous ne pouvons pas savoir ce que feront réellement tous les acteurs le moment venu (ils ont tous leur libre arbitre), ce futur n'est qu'un futur possible, modifiable.

Prophéties (p.)

A faire

Voyance

Comment les Altaïrans, ou les voyants, peuvent savoir ce qui va nous arriver ?

C'est un équilibre très complexe qu'ils doivent toujours préserver :

- d'abord il faut savoir l'avenir et ce n'est pas toujours possible, puisque l'avenir n'est pas construit,
- ensuite on peut prévoir et là la science et la connaissance d'un plan global peuvent être utile,
- enfin on doit trier ce qu'on peut dire ou ne pas dire !

Les voyances du futur possible ne se font, finalement, que dans le présent : les ET lisent dans les pensées et communiquent les intentions et les plans. Ils font aussi des analyses de la situation (géologique, volcanique, sismique, astronomiques etc...) et donnent des tendances. Certaines sont des quasi certitudes (comme Marseille) parce que les conditions sont remplies (il ne manque plus qu'un déclencheur au glissement de terrain, il est inéluctable).

Principe

Les visions de l'avenir (voyance) sont liées à la connection avec l'âme évolutive qui se développe au fur et à mesure des incarnations et des ascensions. On peut dire que ces visions permettent de voir les "intentions" de l'Univers pour le futur (le Plan).

Le scénario étant adapté au fur et à mesure pour tenir compte du libre arbitre, on ne peut donc que voir les grandes tendances du futur puisque les choix se font dans le présent. Tant que ces choix par les individus ne sont pas faits, il y a toujours une possibilité que le scénario change.

Dans le passé c'est différent, les choix ont été fait, le libre arbitre ne peut plus influer sur ce qui a été décidé. C'est le fameux libre arbitre qui rend le futur mouvant, parce que l'Univers tient compte de notre avis en quelque sorte. Sans le libre arbitre, le futur serait connu à l'avance et nous pourrions voyager vers celui-ci.

Nous avons une vraie liberté de changer notre destin, même si nous devons être conscient que nos choix ne pourront pas tout changer. Ils permettent d'adapter notre scenario individuel dans un scénario global bien plus rigide, avec des noeuds de passages obligés. Tout le monde sera quasi obligé de vivre le passage de Nibiru, parce que c'est ce qui a été décidé. La seule petite chance d'y échapper, c'est que l'Humanité évolue assez vite pour atteindre 85% de personnes altruistes, et alors l'ascension se ferait, et il n'y aurait pas de passage de Nibiru. Cela fait des siècles que l'Humanité traîne des pieds et ne veut pas entendre raison, donc ce futur (ou ligne de temps) est peu probable en 2016.

Divination du Plan

Quand les Altaïrans annoncent l'avenir, cela veut dire qu'ils connaissent le plan ou qu'ils le devinent. Les Altaïrans sont capables de "voir" dans l'avenir en devinant dans le sens "divination", mais pas très loin parce que l'avenir possible n'est pas fixé avec certitude (libre arbitre, action de l'Intelligence Universelle sur les phénomènes).

Plus on est élevé spirituellement, plus on comprend comment "Dieu" agit. On devine donc la part de synchronicités qui vont amener à telle situation, en accord avec les lois d'harmonie divine.

Suite mécaniste de causes et effets

Au delà des interventions de Dieu pour faire respecter son plan, il y a les effets mécanistes tout simple, les liens de cause à effet. Si Trump assassine Soleimani, le numéro 2 du régime iranien, il y aura mécaniquement une guerre (parce que ça s'est toujours produit comme ça, c'est ce que les populations attendent). Si les Altaïrans annoncent que rien ne se passera, c'est tout simplement qu'en tant qu'espèce télépathe, ils savent que tout cela n'était qu'une mascarade médiatique, que le pouvoir iranien cherchait à se débarrasser d'un dangereux rival, et que tout était prévu d'avance entre Trump et le dirigeant iranien. Prévision à laquelle peut arriver un bon analyste extérieur comme Alexis Cossette, en s'appuyant sur le passé, à savoir qu'à chaque fois que Trump avait adopté un comportement incohérent et menacé de lancer la guerre (Corée du Nord, Turquie, Syrie) ça c'était systématiquement fini par un traité de paix. Et que Trump n'avait aucune raison de foutre en l'air 3 ans de négociations sur un coup de tête.

On peut prévoir les séismes ou les phénomènes célestes (comme l'approche de Nibiru), car les phénomènes célestes ou physiques peuvent être détectés et prévus à l'avance, quand on connaît les lois physiques qui les sous-tendent. Il reste toujours une marge dans le temps, à cause des interventions divines vues précédemment. Ces échecs aux lois physiques sont d'ailleurs ardemment étudiés par les ET évolués, car ils donnent de précieux indices, soit sur une faille de leur modèle, soit sur le plan divin.

Pour les séismes, vus qu'ils dépendent d'une multitude de facteurs et de points d'accroches trop compliqués à tout calculer, les Altaïrans peuvent donner les déplacements global des continents après le passage, mais pas donner tous les tremblements de terre un par un qui se feront au niveau local.

Interférences avec le plan

Comme pour le voyage dans le passé, les Altaïrans se limitent dans les voyances qu'ils nous donnent, ne disant pas tout afin de ne pas interférer avec le plan. Même s'ils savaient à la semaine près la date d'un méga séisme, ils ne la donneraient pas parce que ces événements font partie du scénario, que des gens seront dans des situations X ou Y et que cela pourra leur permettre de mettre leur compassion à l'épreuve.

Sans compter que certains gouvernements en profiteraient pour déporter des populations considérées par eux comme indésirables, sur les zones où les Altaïrans ont prédit un gros cataclysme, et qu'il faudrait au contraire évacuer.

Si les Altaïrans disent que tel illuminati va mourir d'une crise cardiaque dans 10 jours,, que ce dernier va voir son médecin qui lui enlève un caillot, ça change le plan : 1 an après, cet illuminati fera un massacre d'1 milliard de personne, alors que s'il était mort comme annoncé, le nombre de morts n'auraient été que de quelques milliers 5 ans après, les remplaçants de cet illuminati étant bien moins bon dans le massacre de populations.

C'est pourquoi si les ET montrent certaines choses à Harmo (pour l'aider dans sa compréhension des choses et guider au mieux), celles ci ne doivent pas être dévoilées parce que cela pourrait aider des gens qui ne doivent pas être aidés.

Voyances valables qu'à l'instant t

Au vu de ce qui précède, on comprend que comme ce futur possible peut encore changer, ces précisions ne sont valables que sur le moment où elles sont prévues.

Prophéties

En parallèle aux voyances, il y a un autre message Altaïran qui vient du futur. Celui-là donne des certitudes via des prophéties qui décrivent certains événements qui se sont produits et qui ont déterminé le futur d'où viennent ces informations. Ces deux messages sont complémentaires. Le premier, celui du présent, montre comment les choses se préparent concrètement, les choix effectués au fur et à mesure avec toutes les possibilités de futurs qui étaient possibles. Le second, celui du futur réel (donné par des Entités hors du temps), montre ce qui a été choisi définitivement.

Les deux (voyances et prophéties) ont leur utilité pour nous. Les voyances qui décrivent le présent servent à comprendre comment on en est arrivé à la conclusion et pourquoi les choses se sont faites.

Les prophéties servent à montrer le tableau final et ainsi aider les gens à faire les liens : qui a poussé le monde dans cette situation, qui a pris les mauvaises décisions, qu'aurait on pu faire pour avoir un autre avenir. Les deux sont indissociables si on veut comprendre la leçon.

Depuis la dimension divine

Dans cette dimension, là où notre âme finira un jour par accéder au moment de son illumination, il n'y a plus de temps : passé et futur s'étalent comme dans un livre dont il suffit à l'âme accomplie de lire les pages.

Ce livre raconte une aventure qui s'est écrit par une suite d'actes utilisant le libre arbitre. Dans notre dimension, nous sommes encore dans une de ces pages, en train de vivre l'action et décrire le texte en faisant des choix, ne connaissant pas la suite de l'aventure, ne sachant pas si sommes à la fin de notre histoire (égo) ou si plein de péripéties qui restent à venir vont faire rebondir l'intrigue. Mais pour le lecteur de la dimension 9, hors du livre, tous ces actes sont déjà réalisés (ceux restants de notre vie actuelle, et ceux des millions de vies qui vont suivre).

Par l'intermédiaire de notre âme évolutive, reliée à notre âme accomplie en dimension divine, nous avons accès à notre futur.

Rien n'empêche l'âme accomplie de lire les dernières pages / dernières incarnations, pour envoyer des indices de la fin aux premières pages. C'est à dire utiliser les informations acquises dans sa dernière vie, pour aider sa première vie, celle où cette âme est apparue dans un organisme conscient vide d'âme préexistante.

Comme nous pouvons nous connecter à notre âme accomplie (se trouvant hors de notre espace-temps), nous pouvons lui demander de nous raconter la fin de notre vie, l'évolution du monde et de l'univers, etc.

J'ai déjà fait essayer à un médium, son âme accomplie (celle qui le mets en contact des défunts) lui a dit qu'en effet il pouvait, mais qu'il était encore loin d'avoir la spiritualité nécessaire pour connaître son futur exact, et que ça ne me servait à rien pour l'expérience en cours de connaître la suite.

Les humains du futur

Comme nous venons de le voir, les âmes peuvent communiquer depuis l'avenir avec ce qu'elles ont été dans le passé, car quand nous serons illuminé d'ici quelques milliers ou millions d'années, qu'est-ce qui nous empêchera de nous rendre visite dans le passé ?

Les âmes du futur ont un sens des responsabilité aigu, qui les empêchent de vendre la mèche pour s'avantager elles mêmes alors qu'elles étaient de petites âmes en formation.

En revanche, elles ont le droit de donner des coups de mains, de petits coups de pouce qui ne changent rien au déroulement des événements généraux mais peuvent aider "psychologiquement" celles qu'elles ont été dans le passé. De toute façon, les visions qu'elles envoient depuis l'avenir sont des événements que la jeune âme ne pourra pas changer (comme l'épisode où Harmo voit, plusieurs années à l'avance, un déménagement imprévu, avec des personnes qu'il n'a vu que 2 jours dans sa vie, vision sans importance, juste pour lui prouver que le futur écrit existe).

L'âme du futur est au courant, mais de toute façon, elle ne pourra rien changer à son avenir dans le passé (ce qu'elle a vécu), donc ce qui est vu est inéluctable. Ce sont les seuls événements que les âmes peuvent envoyer en vision dans le passé.

C'est utile, mais pas indispensable, les âmes le font pour montrer à ce qu'elles ont été qu'elles sont sur la bonne voie.

Il existe des exceptions à cette règle, quelques fois il est autorisé d'envoyer des infos dans le passé pour rectifier l'avenir et ainsi s'épargner des tracas inutiles.

Par exemple, il existe un certain nombre de personnes, d'humains, qui aujourd'hui sont particulièrement surveillés pour cette raison là. Afin de favoriser un avenir plutôt qu'un autre, les âmes du futur peuvent décider de protéger une personne ou un groupe de personnes. Pour faire cela, elles n'interviennent pas forcément directement sur le passé, mais donnent des infos aux ET incarnés. Elles leur indiquent par exemple quelles personnes auront un rôle clé dans l'avenir, notamment au niveau de la survie à Nibiru. Les critères de sélection sont complexes, et sortent complètement des critères que nous pourrions imaginer. D'autres indices ont pu être distribués aussi encore plus loin dans le passé, pour poser des jalons pour les générations futures. C'est le cas de nombreuses prophéties qui décrivent à l'avance ce qui doit se produire. cela permet d'endurcir certaines âmes le moment venu, et même si ça ne change rien concrètement, cela rassure et évite un stress inutile qui sera par la suite porté comme une fardeau. En gros, prévenir quelqu'un à l'avance en lui procurant des indices ne change pas l'avenir des événements, mais évite que l'âme concernée traîne trop de cicatrices dans l'avenir (faire le lien avec les méditations pour adoucir et réparer les blessures du passé, cicatriser nos plaies psychiques, en envoyant de l'amour à l'être que nous étions, en le rassurant et en lui disant que tout se réparera ou s'expliquera dans l'avenir).

Voilà, ce sont des points qui dépassent facilement notre compréhension. Il est difficile d'imaginer ce qui peut motiver des âmes arrivées à de tels niveaux de transcendance, sans corps, sans lien avec le déroulement normal du temps. On ne peut voir et comprendre que ce qu'elles font à notre niveau, et encore, cela reste bien obscur !

Paradoxe

Pour résumer, notre Moi accompli futur ne veut pas modifier l'avenir de façon trop profonde. Certains d'entre nous serons peut être des éléments clé dans le futur, mais si on leur disait, cela pourrait changer leur comportement, et du coup, changer leur actions (donc notre futur, donc le passé pourtant écrit pour notre Moi du futur).

Prenons un scénario hypothétique : une personne a de la famille loin de chez lui ; arrive Nibiru, les communications avec sa famille sont coupées. Bien qu'il soit interdit de se rendre sur place (couvre-feu), la personne brave les barrages militaires et arrive sur le lieu où vivaient ses proches. Il ne les trouve pas, mais à la place, trouve toute une communauté de survivants. Toujours à la recherche de sa famille, cette personne reste à les aider... plusieurs années plus tard, ses proches sont toujours portés disparus mais il s'est installé dans la communauté et l'a énormément aidé dans sa survie, sauvant des centaines de personnes.

Si cette personne avait été prévenue avant le passage, il aurait fait venir sa famille avec lui avant le passage. Il ne part plus à leur recherche, la communauté qu'il aurait du rencontrer n'aura pas ce petit atout supplémentaire, elle finit par sombrer et disparaître. La personne prévenue étant restée là où elle vivait, est attaquée par des pillards (ou par les forces de sécurité) et toute la famille meurt, même la personne prévenue.

Au final, les ET n'ont aidé personne. C'est pourquoi on ne doit pas forcément savoir ce que l'avenir nous réserve, parce que si nous le savions, nous essayerions de modifier le cours d'un Plan parfait écrit au mieux pour tout le monde.

Les ET font donc des exceptions que si l'info qu'ils apportent n'influence pas le résultat final. Reprenons le scénario de la personne clé. On ne lui dit pas que sa famille va mourir, parce que ça changerait son comportement, et finalement la conclusion. Mais rien ne les empêche de lui montrer le chemin le plus facile pour aller rejoindre la communauté. Sans cette information, la personne aurait par exemple tenté de passer par un ravin, se serait cassé une jambe et aurait boité toute sa vie. Cela ne change pas le résultat, mais crée une gêne qui n'est pas nécessaire. En le prévenant de ne pas tenter de passer par un endroit dangereux, les ET évitent juste à la personne une contrariété qui n'aura que très peu d'influence sur le futur.

Bien sûr, le fait d'avoir une jambe cassée peut changer l'avenir. Imaginons que cette personne se casse une jambe et qu'elle mette plus de temps à se rendre sur le lieu où vie sa famille. Il arrive sur place 2 jours en retard et tombe sur la communauté qui vient juste de s'installer. Si la personne ne se casse pas la jambe grâce aux infos ET, elle arrive 2 jours trop tôt, il n'y a personne : elle repart et ne rencontrera jamais la communauté qu'elle doit aider. Les ET aideront donc la personne en lui évitant de se casser une jambe à la seule condition que cette jambe cassée ne soit pas importante. Par exemple, si la communauté n'a pas eu à bouger, qu'il arrive 2 jours à l'avance ou deux jour en retard ne changera rien, la personne tombera dessus.

C'est là qu'on retombe sur la notion de noeud temporels (p.), il y a des passages obligés qui se feront quoi qu'il arrive, et l'écart par rapport au Plan se traduira pas un retour de bâton plus ou moins violent selon l'amplitude avec laquelle on a écarté la ligne du temps du Plan. Même les ET les plus avancés ne peuvent changer cela.

Sachant que les grandes lignes ne pourront jamais être changées, ça laisse une latitude aux ET pour quand même donner certaines indications précises, sans changer l'avenir, dans certaines limites. Ils peuvent voir quels nœuds existent dans l'avenir, et quand ils en détectent, ils peuvent donner des infos à ce sujet, vu que ça ne changera rien de toute façon. C'est pour cela que les ET ont eu le droit de communiquer depuis longtemps sur la fin prochaine de notre civilisation actuelle, et la disparition de notre espèce sous cette forme actuelle. Ce n'est pas un hasard s'il y a des prophéties traitant de ce sujet : c'est parce que les ET savent depuis longtemps que c'est un passage obligé, une contrainte avec laquelle ils doivent faire. C'est aussi pour cela qu'ils n'essaient même pas d'arrêter Nibiru, car plus on intervient pour empêcher un "noeud", et plus les choses empireraient et se compliqueraient pour eux, jusqu'au moment où toute leur technologie et tous leurs moyens seraient dépassés, et que notre disparition finisse quand même par se produire.

L'Univers a une infinité de moyens de faire ce qu'il a à faire, alors il faut parfois se contenter du moins pire et exploiter les occasions qui se présentent. C'est ce que font par exemple les Zétas: vu que notre humanité actuelle est condamnée, il en crée une nouvelle qui nous remplacera. La transition entre les deux sera graduelle, tranquille, et nous permettra de subsister au delà du noeud appelé "Fin", noeud qui nous voit obligatoirement mourir sous notre forme actuelle. Les Zétas ne changent pas le programme prévu par l'univers, ils ont juste trouvé une astuce, avec les autres ET bienveillants, pour que nous vivions malgré tout, sans pour autant changer ce qui a été "écrit" par le destin.

Fausses prophéties

Toute la difficulté est de savoir qui est prophète ou ne l'est pas. N'importe quel gourou auto-proclamé peut faire des prophéties complètement inventées.

Déformations volontaires

De plus, les prophéties des prophètes (Mohammed ou Jésus par exemple) ont été mises sur papier par les illuminatis, qui ont sûrement gardé une partie pour eux, ne divulguant que des prophéties fausses. On sait que c'est le cas de la Salette ou de Fatima, où l'Église catholique a complètement censuré les vraies révélations de l'entité hors du temps (la belle dame brillante décrite par Maximin, celle qui n'a jamais dit être la vierge), même si ces révélations ont été divulguées en partie un peu plus tard, en mixant avec les voyances de Mari-Julie Jahenny et l'abbé Souffrant, mises à la sauce anti-révolutionnaire, dans le but de montrer au peuple que les catholiques voient l'avenir.

Pour les prophéties de Jésus et de Mohamed, comme les Élites ont besoin de visibilité de l'avenir pour asseoir leur domination, et que le système religieux de l'époque n'était pas aussi puissant que l'était l'Église catholique au moment des apparitions mariales, on peut partir sur le fait que si les messages spirituels ou la biographie des prophètes ont été plus ou moins corrompus, les prophéties sur la fin des temps ont été a peu près respectées au moment où elles ont été mises sur le papier.

Mauvaise interprétation

Les prophéties peuvent être mal interprétées, par les prophètes eux mêmes, par les rédacteurs, par les traducteurs, puis par les lecteurs.

Une vision de l'avenir est toujours complexe, et il y a des corruptions / des amalgames.

Influences extérieures

La compréhension de la prophétie est influencée par l'époque et l'éducation (religieuse ou autre).

Les trois jours d'obscurité, cités par les prophètes du Moyen-Orient, puis repris par les voyants français, sont un bon exemple de ces interprétations et influences culturelles extérieures, éducatives et religieuses.

Nous aurons 3 jours de jour en France. Parler de 3 jours d'obscurité est donc un abus de langage, souvent une référence à d'anciennes prophéties étrangères qui en parlent et qui ont influencé les voyants. Nos propres prophéties ont été perdues et nous avons été "aculturés" par le christianisme. Le fondement de notre culture religieuse et prophétique actuelle est étranger à notre propre sol et le principal vecteur de cette acculturation est la Bible : non seulement celle-ci retrace l'histoire d'un peuple mésopotamien mais en plus les prophéties sur la fin des temps lui sont destinées. C'est l'orient qui sera 3 jours dans le noir (en réalité, une relative pénombre crépusculaire). En France, le Soleil sera figé dans le ciel un danger supplémentaire (à cause de l'accumulation de rayons UV) que nos shamanes ont du préciser, alors que les prophéties du Moyen-Oient n'avaient pas besoin d'en parler.

Tentation d'y appliquer les événements de son époque

La Russie ne bombardera pas Paris, c'est totalement exclu parce que les ET stopperont une guerre totale (qui serait ici nucléaire). Certitude à 100%, parce que cela mettrait en danger la planète Terre dans son ensemble.

Par contre, les ET n'interviendraient pas pour un false flag. Si Mélanie de la Salette annonce que « Paris sera brûlé par sa canaille », pourquoi accuser Poutine ? Si Paris est détruite, ce seront les Elites mondiales et notamment les Elites françaises, celles qui ont le moins de scrupules, qui commettront cet acte. Mais cela reste des prophéties censurées par l'Église, critiquant les révolutionnaires qui avaient pris le pouvoir de Paris...

Prophéties mariales

Il y a souvent une intervention "divine" derrière ces prophéties (apparitions mariales entre autres). Croire que ce sont des apparitions de la mère de Jésus sont là encore des interprétations (et malversations) liées à la société du moment. Ce sont en réalité des ET qui sont venus (ou des EA humaines accomplies, des sortes d'humains du futur) et ces visites /avertissements ont été interprétés sous un angle religieux, le seul disponible à l'époque. Lors des apparitions de la Salette par exemple, le jeune garçon a émis des objection sur le traitement fait par les autorités de l'époque. il avait insisté sur le fait qu'il a avait vu une très belle femme et qu'elle n'avait jamais dit être la vierge.

Il faut donc bien replacer ces visions /visites dans leur contexte historique et ne pas se focaliser sur les détails mais sur les généralités, les points communs avec les autres prophéties. Elle sont toutes de portraits avec des lignes communes mais dont les détails locaux / régionaux diffèrent. En ce qui concerne la France, il y a de nombreux avertissement de type religieux, exhortant à la repentance et à la conversion. Ce sont des interprétations, les avertissements des ET étant bien plus fondés sur la nécessité de revoir son train de vie, son éthique et son orientation spirituelle, qu'une réelle conversion religieuse. C'est le problème de la télépathie chez les humains, le message peut être distordu par l'éducation et la culture de la personne cible qui comprend / distord les informations en fonction de ses capacités et ses a priori. Un religieux va donc forcément voir le message sous un angle religieux, même si l'information télépathique est bien plus subtile à la base.

Cosmologie

Je donnerai de préférences les infos Altaïrans qui concernent les pans inconnus de notre science.

Les ET doivent s'appuyer sur nos connaissances actuelles. Les dates de 15 milliards d'années sont données comme âge de notre Univers pour s'approcher au mieux de nos croyances, mais il semble y avoir de la rétention sur le sujet du temps.

Je suis aussi obligé de combler les lacunes volontaires dans les explications, je fais au mieux !

Mais l'idée globale du fonctionnement de l'Univers est la bonne.

Forces qui s'exercent
Gravitation répulsive

Selon notre science, la gravitation est attractive (mais on ne sait pas expliquer comment au niveau physique, la notion de champs gravitationnel n'est qu'un artifice mathématique).

Au début du 20e siècle, quand on découvre que l'Univers est en expansion, on invente la notion de big bang, pour ne pas parler de gravitation répulsive. En 1996, quand on découvre que cette expansion s'accélère, on aurait dû stopper les bêtises, et développer un modèle à gravitation répulsive, mais seul Jean-Pierre Petit a osé s'y lancer avec son modèle Janus.

En réalité, les corps suffisamment massif (plus de 10 km de diamètre) initient des réactions générant des gravitons, qui repoussent les autres corps massifs. C'est pourquoi les collisions de planète ne peuvent avoir lieu, contrairement à ce qu'en disait Velikovski (qui a l'époque, ne connaissait pas la dérive des continents, et a dû faire des hypothèses faussées par le manque de connaissances, même si ça n'invalide pas son superbe travail de recherche des cataclysmes passés).

Il s'agit en fait de répulsion relative : plus les planètes sont déséquilibrées, plus l'impact est possible : La Terre est un conducteur préférentiel pour les flux de gravitons de l'Univers, qui se précipitent en son sein. La Lune est donc attirée par le centre de la Terre, poussée par ce flux de graviton (venant du reste de l'Univers pour Harmo, un flux de particules émis par la Terre et qui retourne vers le centre de la Terre pour les Zétas, comme une circulation de ligne de forces magnétiques autour d'un aimant. C'est ce phénomène de particules retournant vers le noyau de la Terre et la Lune qui attire les 2 corps l'un vers l'autre, alors que le jet d'émission les repousse : le comportement ne semble pas le même selon que les particules viennent d'être émises du noyau (ont tendance à se disperser autour des corps traverser plutôt que le pousser) alors que les particules qui reviennent, ayant perdu de la vélocité ou du "potentiel" qui restera à définir, poussent les corps rencontrés). Mais d'un autre côté, le flux de gravitons émis par la Lune s'oppose au flux de gravitons émis par la Terre. L'équilibre se produit à 360 000 km de la surface de la Terre. L'impact a lieu quand l'équilibre se produit en dessous de la surface de l'attracteur principal, comme c'est le cas avec les petits corps. On n'est donc pas attiré par le centre de la Terre, on est plaqué par les gravitons qui se dirigent vers le centre du corps massif, plus "impactant" sur la matière que ceux émis par le corps massif.

Les équations de Newton restent valident, mais sur la Terre uniquement.

Les gravitons passant plus facilement dans la matière que dans le "vide", les corps plus massifs comme la Terre semblent donc "attirer" plus que les petits corps comme la Lune.

Notre science, et sa gravité attractive, est obligée de compenser des équations fausses hors de la Terre : en effet, il n'y a pas de constante universelle de gravitation telle que nous l'écrivons, cette variable dépend de la taille de la planète en plus de sa constitution. Pour compenser, nos scientifiques attribuent une masse fausse aux planètes pour rattraper, ce qui arrive aux aberrations de dire que nous avons des géantes gazeuses. Jupiter est une super Terre, pas une gazeuse, et plus la planète est massive, plus elle a une atmosphère opaque, c'est pourquoi on ne voit pas son sol, alors que de l'espace, on arrive à déterminer le sol de la Terre entre les nuages.

Autour d'un corps, se retrouvent des orbitent de résonnance entre les gravitons émis par le corps, et ceux du reste de l'Univers. Ce sont les rails gravitationnels, visualisés par les orbites de planète (mais il y en a bien plus qu'il n'y a de planètes). Ces rails sont connus par la loi de Titius-Bode, ou par les lacunes de kirkwood, même si là encore, notre science constate ces effets, sans savoir ce qui les provoque... Il nous reste tant à découvrir, contrairement à ce que les journaux de vulgarisation scientifique nous font croire...

Dernière chose, c'est les rayonnements émis par le Soleil (les bras gravitationnels et magnétiques, représentés sur la Svatiska, croix basque, croix celtique, etc.) qui font tourner les planètes sur leurs orbites, de même que leur rotation sur elles-mêmes.

Rails gravitationnels (L5)

Tous les astres massifs (appelés attracteurs) sont entourés d'ornières gravitationnelles, seules orbites où les satellites plus petits peuvent révolutionner. Un rail n'est pas forcément occupé par un satellite.

La distance de l'attracteur conditionne la masse du satellite pouvant révolutionner dans ce rail. Plus il est loin, plus le satellite peut-être gros. Il n'est pas rare qu'un satellite se disloque pour que sa masse soit plus adaptée a son rail, les premiers temps du système planétaire.

Plus on est près de l'attracteur, plus le rail est stable (difficile d'en sortir).

L'attracteur et la position du rail génèrent la vitesse de révolution (plus on est près, plus on va vite).

La rotation dépend du rail et de la masse du satellite.

Attraction magnétique

La gravitation est LA force la plus puissante, à notre échelle, face au magnétisme.

Par exemple, même si Nibiru est un immense aimant, son magnétisme ne va pas faire partir dans le ciel tout objet métallique de la Terre.

L'influence magnétique d'un corps sur un autre agit surtout sur la circulation des magnétons, c'est à dire sur les lignes de champ.

Son action n'est donc pas forcément sensible au niveau des animaux, mais au niveau des planètes, les proportions sont toutes autres.

Dans le vide (aucun frein ni maintien), la moindre force agit sur les mouvements des corps, et même si l'attraction magnétique entre2 corps reste faible, elle est suffisante pour se faire rapprocher les deux astres.

Histoire de l'Univers

Survol

l'Univers n'a jamais commencé, il a toujours été là.

Les phénomènes de big bang ne sont qu'un recyclage local. Il y a déjà eu de nombreux big bangs.

Dans la dimension 1 uniquement, localement, la dislocation d'une grosse masse de matière (sous la pression des forces de répulsion internes, ou parce qu'elle a atteint une masse critique explosive) va provoquer la dispersion de la matière : une sorte de big-bang, mais lent.

Il y a accrétion de poussières et gaz en proto-étoiles. Générant leur propre gravitation répulsive, ces proto-étoiles mettent en révolution les poussières autour (jusqu'à l'influence d'une autre proto étoile). La révolution donne la forme d'un disque d'accrétion, ou les poussières restantes s'agglomèrent dans les rails gravitationnels de la proto-étoile.

Chaque disque d'accrétion fini par former un système stellaire (avec une grosse étoile au centre, et des corps massifs plus petits qui révolutionnent autour, étoiles jumelles ou planètes selon leur taille).

Les systèmes stellaires s'agglomèrent en galaxie, qui révolutionnent autour d'une hyper-étoile absorbant sa propre lumière émise (principe d'un trou noir, mais sans l'effondrement de l'espace-temps).

Les galaxies, qui se repoussent les unes des autres, s'alignent sur les paroi de sortes de bulles de savon.

La matière ascensionne grâce au développement de la vie. Pour le reste de la matière de la dimension 1 (éléments légers), il s'accumule dans des hyper-étoiles (de taille gigantesque, très denses), où la matière se recycle dans le noyau (les éléments légers se combinant en éléments lourds ascensionnés, l'énergie niveau 9 ascensionnée se condensant de nouveau en dimension 1 pour re-compléter la masse d'origine).

Une fois toutes ces hyper-étoiles rassemblées en une seule, l'hyper-étoile restante se disloque dans un nouveau "big-bang lent", comme au début du cycle!

Univers global

Un univers au-dessus de tout

L'univers global et infini et n'a ni commencement ni fin (en élevant en dimensions, on s'aperçoit vite que l'espace-temps n'existe que dans les basses dimensions vibratoires). Cet univers global ressemble beaucoup au Dieu Universel auquel tout est connecté et qui est tout...

Les big-bangs forment des univers locaux

Un big-bang (un flash) est une explosion si puissante qu'elle forme une bulle dans l'univers global. Cette bulle est un univers local constitué de nouvelles étoiles, galaxies et amas de galaxies.

Ces big bang ne sont que des phénomènes locaux. Ce que nous prenons pour l'univers global n'est donc qu'un univers local, une infime portion de l'univers global.

Univers locaux indépendants les uns des autres

L'univers global est constitué d'une multitude d'univers locaux, ayant chacun eu leur big-bang créateur.

Ces univers locaux sont considérées comme complètement indépendants, même si ils se trouvent les uns à côté des autres (ils n'ont pas forcément d'interactions entre eux). Mais généralement, ces univers locaux sont très éloignés les uns des autres.

Taux de régénération

Les big-bang ne se produisent pas tous les jours, mais régulièrement : l'Univers global se régénère ainsi par morceaux.

Univers local

Univers local = univers visible

Tout l'Univers que nos scientifiques ont détectés, et qui va jusqu'au fond cosmologique diffus, n'est qu'un univers local.

Tout ce qui existait déjà (avant notre big bang) est encore bien trop loin pour nos appareils de détection.

Notre univers local est issu d'un big-bang qui a eu lieu il y a entre 12 et 15 milliards d'années terrestres.

Big bang

Un univers local tient au départ dans une grosse boule (une hyper-étoile), tellement gigantesque qu'elle contient toute la matière en fusion de l'univers local à venir. Nous verrons à la fin de l'univers local (p.) l'origine de cette boule, et pourquoi elle ne s'est pas disloquée avant.

Comme la gravitation est répulsive, cette boule instable va se disloquer sous l'effet de ses forces de répulsion internes. La matière de l'hyper-étoile d'origine se répartissant progressivement dans l'espace, la matière se repoussant entre elle.

Formation des systèmes stellaires après un big bang

La dislocation de l'hyper-étoile va générer toutes les nouvelles étoiles, galaxies et amas de galaxies d'un nouvel univers local.

Petit à petit, les atomes dispersés par l'explosion primordiale se sont de nouveau agglomérés entre eux, pour former des corps célestes solides. Au centre d'un tourbillon de matière, un corps se forme et devient si gros qu'il amorce des réactions nucléaires sous l'effet de sa gravité trop forte. C'est une étoile. 2 autres étoiles excentrées se forment généralement dans ce disque d'accrétion, mais moins grosses que l'astre maître. Ces étoiles n'émettant pas forcément de la lumière dans le spectre visible de l'homme.

Autour de cette étoiles, d'autres corps s'agglomèrent, ce sont les planètes. La gravitation répulsive que l'étoile génère fait tourner les planètes autour de lui, en leur affectant des orbites bien précises. Ces forces gravitationnelles sont mal comprises de l'homme, et les Alts ne nous en disent pas plus pour l'instant.

L'ensemble étoiles-planètes forme un système stellaire. Ces derniers se forment très tôt dans l'histoire de l'univers local, disons quelques millions à 1 milliard de nos années terrestres.

Les systèmes stellaires s'agrègent eux-mêmes autour d'un centre de galaxie (constituée de milliards d'étoiles). Il y a des milliards de galaxies dans l'univers, et encore on ne sait pas vraiment où ça s'arrête...

Constitution

Il est bon de repréciser les termes du cosmos, les dessins animés de notre enfance ayant tendance à mélanger allègrement galaxie, cosmos et système stellaire, et ça nous est rentré dans la tête...

Les étoiles

Harmo dit que les étoiles ne sont pas formées selon le même processus que les planètes d'accrétion type Vénus, et ne peuvent pas parfaitement être comparées (même si elles avaient une masse identique ?).

Dans le bain de poussière primordial, les proto-étoiles sont les premières masses à émettre de la gravitation répulsive, et à enfoncer au coeur d'eux les atomes les plus massifs (atomes qui ne seront plus présents pour la formation des planètes). Les proto-étoiles forment un champ gravitationnel (dont les rails gravitationnels) qui va permettre la construction de leurs satellites.

Les planètes

Les planètes se forment sur le rail gravitationnel d'une proto-étoile, accumulant la poussière du disque d'accrétion révolutionnant sur ce rail (processus assez long, durant des milliards d'années. Comme la proto-étoile a déjà accaparé les éléments les plus lourds, le coeur d'une planète ne contient pas les mêmes éléments que le coeur d'une étoile.

La planète Terre étant le reste d'une étoile, son coeur sera différent des planètes d'accrétion qui l'entourent (Mars et Vénus).

Les systèmes stellaires

La matière s'agrège et forme des étoiles (très grosse masse initiant des réactions thermonucléaires) avec des planètes autour qui tourne autour de l'étoile. L'ensemble étoile + planètes forme un système planétaire. Généralement, plusieurs étoiles (très grosses planètes) sont formées par le disque d'accrétion, formant un système stellaire (plusieurs étoiles liées gravitationnellement, chaque étoile avec son propre système planétaire).

Les galaxies

Constituée de systèmes stellaires qui tournent autour du centre de la galaxie. Il y a beaucoup de distance entre les étoiles (distances inter-stellaires), mais encore plus entre les galaxies qui sont des groupes d'étoiles (distances inter-galactiques).

Les quantités astronomiques...

AM : En 2016, on s'est aperçu qu'il fallait multiplier par mille le nombre de galaxies observées sur la voûte terrestre par rapport à ce qu'on en savait avant (c'est ce qui a d'ailleurs obligé les chercheurs à reconnaître l'existence de la vie extra-terrestre, la probabilité d'être seul au milieu de ces 2000 milliards de galaxies étant nulle... Et encore, il est probable qu'on doive plus tard multiplier ce nombre encore, au fur et à mesure de l'avancée de nos connaissances.

Au sein de ces millions de milliards de galaxies, on compte pour chaque galaxie environ 200 milliards d'étoiles donc de systèmes stellaires. Et encore, pour ceux qu'on peut voir, les dernières avancées scientifiques montrent qu'une partie des étoiles de la voie lactée, notre galaxie, nous échappe encore (par exemple, on n'a toujours pas découverts les 2 autres étoiles de notre système solaire complet, Nibiru et Némésis). Et il se peut que ce chiffre augmente encore quand on aura enfin compris que les masses sont répulsives à grande échelle, car ce chiffre de 234 milliards n'est donné qu'en approximant la masse de la voie lactée selon les règles de Newton et d'Einstein.

Fin d'un univers local

Survol

Les astres de cet univers local, à force d'absorber des petits corps, finissent par devenir si gros (les hyper-étoiles) qu'ils se mettent à absorber toute la matière à portée.

L'univers local finit par voir toute sa matière se regrouper dans une seule hyper-étoile (grosse bille de matière très compactes).

Une fois absorbé le dernier corps massif de son environnement proche, il n'y a plus d'opposition à sa répulsion interne, et l'hyper-étoile rééclate en un nouveau big bang local.

La matière de l'univers local est ainsi recyclée au sein du noyau de l'hyper-étoile, pour reformer un nouvel univers local tout neuf.

Les hyper-étoiles qui absorbent toute matière alentour

Les Hyper-étoiles ne sont pas un effondrement de l'espace-temps (ce ne sont pas des trous noirs, même si comme eux ils absorbent toute les lumière et matière autour).

Les hyper-étoiles sont des coeurs d'étoiles qui se sont effondrés sur eux-mêmes, comme des billes de matière, si concentrées que leur densité est gigantesque.

Toute la matière qu'elles capturent est condensée et forme de nouvelles couches au dessus de la bille principale.

Les hyper-étoiles sont donc des astres, des super super étoiles, pas des trous.

Pourquoi absorbent-elles la matière ?

Harmo ne veut pas donner trop de détails et d'explications, il se contente de dire que la gravitation précédemment répulsive, prend l'apparence d'une gravitation attractive passé une certaine masse.

Hypothèse AM

On sait déjà que les gros corps absorbent les plus petits (dans un rapport de relativité). Tout l'hydrogène interstellaire, tous les cailloux ou météores perdus dans l'espace, se retrouvent absorbés par l'hyper-étoile.

Mais les planètes, voir même les étoiles ?

Après les diverses ascensions locales, ne reste en dimension 1 que le reliquat de matière qui n'ascensionne pas dans les dimensions supérieures. Ces planètes et étoiles, vidées de leur énergie vitale, sont plus légères, se disloquent et vont alimenter les hyper-étoiles les plus proches.

Au bout d'un moment, l'hyper-étoile est si massive que la répulsion empêchant la collision de 2 astres se situent sous la surface de l'hyper-étoile en fusion... C'est ainsi que même les plus grosses étoiles non ascensionnées finissent dans les couches supérieures de l'hyper-étoile, dès lors que cette dernière est trop massive.

Ok, mais pour les autres hyper-étoiles ?

Le fait que les hyper-étoiles s'attirent entre elles ne peut s'expliquer que par un déséquilibre énorme entre chaque, même entre les 2 dernières. Donc soit il y a en effet une nouvelle action attractive qui s'active entre les astres de très grandes masses comme les hyper-étoiles, soit il reste plusieurs hyper-étoiles à la fin de vie de l'univers local (voir mon hypothèse p.).

Le recyclage dans le noyau

Éléments légers reforment les éléments lourds

Le noyau de l'hyper-étoile refonds les atomes pour générer les éléments les plus lourds à partir des atomes légers (les collisions de particules sont bien plus violentes que tout ce qu'on ne pourra jamais obtenir dans nos collisionneurs).

Condensation d'énergie vitale (hyp. AM)

Beaucoup de matière ayant disparue de la dimension 1 par ascension, on peut imaginer que de l'énergie se condense en matière des ces réactions nucléaires intenses, ce que les ésotéristes appellent la "chute".

On peut même imaginer que toute la matière ascensionnée se recondense dans la dimension 1 dans une boucle sans fin !

Univers local en fin de vie

Quand un Univers a énormément vieilli, ces hyper-étoiles finissent par être immenses avec le temps, et du coup elles ont tendance à avoir tout mangé autour d'elles : leur diamètre devient géant, leur pouvoir d'attraction aussi.

Le résultat c'est que toute l'univers local (créé par le précédent big bang) fini dans une seule et grosse hyper-étoile. Elle est si gigantesque qu'elle explose / se disloque en un nouveau big bang, qui émet un flash.

Une sorte de cycle d'explosions et de contractions. Un recyclage de la matière à l'échelle locale.

Hypothèse AM

Une fois que les 2 dernières Hyper-étoiles d'un univers local ont fusionnées (big crunch), il n'y a plus de force externe locale permettant de contenir toute cette matière (ce que faisaient la pression gravitationnelle des 2 hyper-étoiles l'une sur l'autre).

Cette super-hyper-étoile explose alors en un nouveau big bang, sous l'effet de ses propres forces de gravitation répulsives internes.

Durée du cycle

Pour donner des ordres d'idées, il faut vraiment très longtemps pour voir se contracter l'Univers local dans lequel on vit. Notre big bang s'est produit il y a 12 milliards d'années, et il en reste à peu près autant avant l'effondrement. D'ici là l'Humanité n'aura sûrement plus besoin de corps physique, ni même de planète sur laquelle habiter. Nous serons des nomades dans le temps et l'espace, c'est le but ultime [Note AM : ascension au niveau maxi/divin/dimension 9].

Hypothèses AM

Harmo ne réponds pas à toutes les questions (volontairement), je pose donc ces questions et propose rapidement des hypothèses.

Qui a créé les hyper-étoiles originelles ?

Si les hyper-étoiles s'expansent puis se contractent en permanence, les univers locaux restant à la même place finalement, il reste quand même la question de l'origine des hyper-étoiles au début du cycle.

Cette question rejoint celle de l'épuisement de la matière globale de l'univers local suite aux ascensions. L'hyper-étoile en fin de contraction, dans la dimension 1, sera moins massive que l'hyper-étoile d'origine.

C'est pourquoi j'imagine que l'énergie dimension 9 vient se condenser en matière au sein du noyau de l'hyper-étoile en fin de contraction, histoire d'équilibrer l'ascension et le cycle, ce qui rejoint Harmo quand il parle de la "chute" de la matière.

Mon erreur de compréhension

Voilà comment j'ai, au début, mal interprété les explications d'Harmo. Il est possible que cette erreur de ma part traîne en plusieurs endroits des recueils, ce pourquoi je donne ce raisonnement ici (sans compter que cette hypothèse peut répondre aux questions laissées en supens).

Pourquoi cette hypothèse ?

Pour expliquer comment on passe de la gravitation répulsive d'une étoile, à la gravitation absorbant toute matière alentours des hyper-étoiles, j'imaginais tout simplement que la gravitation restait répulsive.

Centre de galaxie devient hyper-étoile

Les centres des galaxies se transformaient en hyper-étoile a force d'absorber les matières légères interstellaires (issues du big bang local, et des résidus des ascensions).

Les étoiles deviennent trop légères face à l'hyper-étoile

Les hyper-étoiles poussent alors les étoiles des galaxies voisines contre leur hyper-étoile centrale. De plus, les tailles démesurées des hyper-étoiles, face à des étoiles diminuées suite à l'ascension d'une grosse partie de leur matière, explique que les étoiles se comportent comme de vulgaires météorites face à la géante gravitationnelle qu'est l'hyper-étoile.

Ne reste plus que les hyper-étoiles

Une fois toute la matière nettoyée autour de chaque hyper-étoile (y compris par la fusion de 2 galaxies proches), ne reste plus que des hyper-étoiles dans l'univers local, uniformément réparties, et s'éloignant toujours les unes des autres.

Plusieurs big-bang en découlent

Un big-bang ne génère donc plus une seule hyper-étoile mais plusieurs hyper-étoiles.

Une fois suffisamment éloignées les unes des autres, la pression gravitationnelle maintenant les hyper-étoiles en cohésion n'est plus assez forte, les forces répulsives internes prennent le dessus, et l'hyper-étoile se disloque, un nouveau big-bang...

Ainsi, il y a toujours un cycle de contraction puis rétraction/régération, mais chaque cycle créé plusieurs univers locaux à partir d'un seul au départ.

Cosmologie > Histoire de l'Univers

Expansion dans l'Univers global

Un univers local génère plusieurs nouveau big-bang qui recyclent chacun sa matière (en conservant pour chaque hyper-étoile générée la même masse critique d'explosion que celle du big-bang précédent, créant à chaque cycle une création exponentielle de matière, et donc d'occasion d'expérimenter ?).

Morale de cette hypothèse

Cette théorie expliquerait pourquoi des univers locaux peuvent être proches sans interagir (se contentent de s'éloigner l'un de l'autre) et permettrait l'expansion de tout les secteurs de l'univers global (jusqu'à le remplir dans des milliards de milliards de cycles ?).

L'univers global est ainsi peuplé de bulles-univers (univers locaux issus d'une ancienne hyper-étoile), ces bulles univers qui se multiplient et remplissent l'espace au fil du temps (développement horizontal).

En même temps que l'expansion spatiale, le niveau de conscience global augmente grâce à la vie que porte cet Univers, et les multiples ascensions apportées par la multiplication des univers locaux dimension 1 (développement vertical).

L'élévation de conscience / ascension

Nous avons vu le devenir de la matière dans la dimension 1 (expansion horizontale), voyons le devenir de la matière dans les dimensions supérieures (expansion verticale).

Le big bang ne se produit que dans la dimension 1

Il n'y a que dans la dimension 1 que la dislocation de l'hyper-étoile, après recyclage de la matière dans son noyau, se produit. L'expansion du big bang se fait dans un espace de dimension 1 vide de toute matière visible (bien que le vide n'existe pas, c'est une soupe de qi), cette expansion ne touche pas les dimensions supérieures, qui restent totalement vides et vierges tant que l'ascension depuis la dimension inférieure ne s'est pas faite.

La vie provoque l'ascension en dimension 2

C'est le processus d'ascension qui transfère la matière successivement dans les Univers suivants : l'ascension est donc un processus de continuité physique du Big Bang, ce qui est extrêmement lourd de sens quand à notre raison d'être dans l'Univers en général. La vie se forme pour continuer l'œuvre créatrice originelle...

Si un individu ascensionne tout seul, il se retrouve dans le vide spatial de la dimension supérieure, et doit dare-dare redescendre en vibration. Pour qu'il puisse vivre dans cette nouvelle dimension, il faut qu'il emmène toute sa planète avec lui (son environnement). Et comme cette planète doit être en équilibre, c'est tout le système planétaire et son étoile qui doit suivre. C'est le principe de la merkabah collective, il faut être beaucoup pour faire ascensionner toute une planète.

Hypothèses AM

Dans tous les systèmes stellaire, la vie apparaît et se développe.

On peut imaginer que les premières cellules provoquent l'ascension de la matière en dimension 2 (végétale).

Les organismes animaux avec une analyse minimale de l'environnement apparaissent (début dimension 3 ?).

Des espèces intelligentes apparaissent (toujours dans la dimension 3), et au bout de plusieurs millions d'années finissent par prendre la voie altruiste et font une ascension, c'est à dire que la majorité de la matière qui les entoure subie une élévation vibratoire. Et ainsi de suite, jusqu'à ce que la matière des plus basses dimensions ait finit par se retransformer en l'énergie de haute vibration qu'elle était au départ.

Reste donc à découvrir pourquoi cette énergie pure chute dans la matière au départ ! :)

Une histoire de fluctuation d'énergie comme celle observée dans le vide par l'effet Casimir ?

Quoi qu'il en soit, une partie de la matière ascensionne, ne restant dans cette dimension 1 d'origine que les "déchets" ? Par exemple, pour ne plus impacter la Terre ascensionnée en dimension 4, Nibiru n'ascensionnera jamais, et restera en dimension 3.

Systèmes planétaires

Evolution perpétuelle

Les planètes se forment dans les rails par accrétion (prend plusieurs milliards d'années) ou se disloquent (perte de masse solaire) en permanence.

La configuration d'un système planétaire change donc en permanence avec le temps, et nous avons le tort de croire que ce que nous voyons n'évoluera que très peu et est issu du disque d'accrétion originel.

L'arrêt de l'étoile principale (chez nous le soleil) ne sonne pas forcément la fin de la vie, des planètes océaniques assez grosses comme Nibiru (anciennes étoiles) peuvent maintenir une atmosphère et surtout une activité du noyau suffisante pour maintenir une température autorisant l'eau liquide, et sont donc autonomes.

Répartition

Petites planètes d'accrétion

Les petites planètes d'accrétion se trouvent près de l'étoile.

Géantes

Les plus massives, repoussées par la masse de l'étoile, révolutionnent plus loin. Entourées d'un nuage épais, on pourrait croire qu'elles sont gazeuses, mais sont des géantes généralement très magnétique (ça va de pair avec leur noyau).

Sens de tournation général

La tournation, c'est la combinaison de tous les mouvements "tourne autour" : révolution (autour de l'attracteur) et rotation (sur soi-même).

Avertissements

On retombe dans des théories très avancées sur lesquelles Harmo n'a pas le droit de trop en dire.
Notamment sur les interactions magnétiques et sur la force d'alignement.
Voici les quelques pistes qu'il donne, que j'essaye de mettre en forme de manière logique.

Sens rotation = sens révolution

Le sens de révolution (autour du maître, que ce soit l'étoile pour une planète, une planète pour un satellite) ou le sens de rotation (autour de soi même) sont les mêmes (sauf accidents ultérieurs).

Comme le maître gravitationnel

A l'origine, comme le dit la mécanique, toutes les planètes d'un système planétaire tournent sur elle-même dans le même sens de rotation, celui de l'étoile centrale (le maître gravitationnel).
Il en va de même pour le sens de leur révolution.

Cela provient du fait que le sens de tournation générale est calqué sur celui du disque d'accrétion qui a généré tout le système planétaire.

Les satellites des planètes respectent eux aussi ce sens de tournation, car ils s'alignent sur leur maître gravitationnel, la planète satellite de l'étoile.

Par exemple, pour le système solaire, vu du Nord, le sens général est le sens anti-horaire.

Une fois ce sens initié, il y a d'autres forces qui interviennent dans le maintien de ce sens de tournation général, c'est les forces d'alignement.

Orbites rétrogrades

Il peut arriver, comme Triton, que le satellite ai une orbite rétrograde. Il s'agit d'un accident, un satellite amené d'un système planétaire rétrograde (type Némésis) dans un système planétaire normal (type le Soleil) par une planète révolutionnant autour de 2 étoiles (type Nibiru).

Hypothèse AM : Capture satellites

L'exemple de Triton montre qu'une planète normale peut capturer un satellite rétrograde. Mais Triton semble instable (il se rapproche de Neptune, alors que tous les autres satellites, comme la Lune, s'écartent chaque année de leur planète), et Harmo laisse sous-entendre que la capture de satellites par Nibiru semble facilité dans le système de Némésis, où la tournation rétrograde de Nibiru facilite la capture des corps errants rétrogrades eux aussi, tandis que dans le système solaire, cette capture par Nibiru semble plus rare (par exemple dans la ceinture d'astéroïde).

Nibiru ayant une tournation normale entre le Soleil et Mars, ça pourrait expliquer l'absence de corps révolutionnant dans le système planétaire intérieur. La reprise de la rotation rétrograde dans la ceinture d'astéroïdes (Nibiru se remet la tête à l'endroit, donc à l'envers par rapport aux autres planètes proches), expliquerait que Nibiru se contente de les éjecter de leurs orbites (les futures comètes) plutôt que les capturer en orbite autour d'elle ?

Axe de rotation

L'axe de rotation est lié à ce qu'était le noyau magnétique de la planète à l'origine. Il est aussi influencé par les forces d'alignement.

En effet, l'inclinaison de cet axe dépend de l'activité et donc du magnétisme résiduel du noyau de la planète.

Les axes inclinés

Dans la pratique, à cause des perturbations dues aux planètes sorties de leur orbite (telles Nibiru), des grosseurs relatives des géantes par rapport à l'étoile centrales, les écliptiques et les axes de rotation sont rarement parfaitement alignés.

Bascule temporaire de l'axe

Uniquement si les 2 planètes sont magnétiques.

Si une grosse planète magnétique passe à côté d'une plus petite planète magnétique (cette petite planète ne tournant pas dans le même sens que la grosse), alors la grosse va imposer à la petite son sens de rotation : la petite va se renverser pour adopter le nouveau sens de rotation. C'est un phénomène qui se produit beaucoup avec Nibiru.

Cela s'est produit parce que temporairement, la planète de passage, moins forte que l'étoile mais plus près, a vu ses forces d'alignement dépasser localement celles de l'étoile maître habituellement.

Intervient aussi dans le degré de basculement le rapport de force des 2 planètes : une grosse planète comme Jupiter est peu impacté par Nibiru, qui reste d'ailleurs assez loin.

Réalignement ultérieur

Une fois la grosse perturbatrice passée, les forces d'alignement du maître gravitationnel redeviennent prépondérantes. Tant que le noyau de la planète renversée est très actif et mobile (donc suffisamment magnétique et chaud), l'axe de rotation revient à sa situation normale précédente.

Réalignement incomplet

Les choses se gâtent dès lors que le noyau se refroidit, que les forces d'alignement internes ne sont plus assez puissantes. Les forces d'alignement du maître gravitationnel se révèleront incapables de réaligner complètement la petite planète basculée.

En gros, la planète avait assez de magnétisme pour être renversée par la perturbatrice, mais pas assez pour répondre complètement aux influences du Soleil plus lointain.

C'est ce qui se produit avec des planètes comme la Terre, qui garde un axe de rotation de plus en plus incliné à chaque passage de Nibiru, le phénomène s'aggravant au cours des millions d'années.

Axes renversés (rétrograde)

Si le noyau de la petite planète est en fin de vie (comme Vénus dans le passé), Les forces d'alignement locales puissantes de la planète perturbatrice suffisent un temps à la renverser complètement, mais une fois partie, les forces d'alignement du maître se révèlent incapables de la faire bouger, même incomplètement. La petite planète morte reste alors la tête à l'envers, sa rotation étant rétrograde, mais sa révolution restant normale.

Géantes extérieures

Situées plus loin du maître gravitationnel, elles en subissent moins les effets d'alignement du maître, et ont plus de difficultés à se redresser après les perturbations. C'est pourquoi, à par la très active du noyau et très grosse Jupiter, qui se redresse facilement et est moins impactée par Nibiru, les autres planètes géantes sont généralement complètement désaxées.

Axe magnétique

Hyp. AM : Aligné avec axe de rotation

La direction de cet axe magnétique est normalement aligné sur l'axe de rotation, et celui des planètes est là encore aligné en fonction de celui de son étoile (pas forcément dans le même sens que celui de son étoile, mais fonction des lignes de forces magnétiques sortant de l'étoile, et qui en fonction du rail gravitationnel occupé, semblent faire des boucles : Nord-Sud pour la Terre, Sud-Nord pour Jupiter (à condition que les relevés NASA soient justes et honnêtes...). Vu les ambiguïtés sur l'analyse du champ magnétique de la Lune, sur l'absence d'astronautes tirant une simple boussole sur la Lune pour vérifier l'existence d'un champ magnétique, sur le mensonge à propos de l'inversion du champ magnétique solaire, je penses que les relevés NASA ne sont pas fiables.

Harmo ne précise pas, mais quand il sous-entend que les champs magnétiques des planètes de Némésis sont inversés par rapport au notre, ça pourrait sous-entendre que le sens de l'axe magnétique d'une planète soit le même que celui du maître gravitationnel, et que toutes les planètes aient le même sens magnétique (tous les pôles Nord dirigés vers l'hémisphère Nord du système planétaire, sauf pour les planètes rétrogrades et au magnétisme résiduel donc faible type Vénus). Ça impliquerait donc que le champ magnétique et l'axe de rotation lors de la création de la planète seraient liés.

Mais comme Harmo refuse de détailler sur ce point, on n'en saura pas plus.

Je prendrais par la suite l'hypothèse d'un lien entre l'axe et le sens de la rotation, et le magnétisme de la planète.

Fonction de l'activité du noyau

Mon hypothèse là encore, mais ce magnétisme semble plus lié aux réactions nucléaires et au couplage avec les particules de gravitation + mouvement de rotation engendré par l'étoile meneuse, qu'à des mouvements convectifs de magma ionisé.

Fonction du sens de rotation de la planète

Cela est mon hypothèse, mais de ce que je ressens des textes de Harmo, le sens de l'axe magnétique dépend de celui de l'axe de rotation, soit au moment de la création de la planète, soit après son retournement. Je n'ai pas assez de données là dessus.

Magnétisme résiduel

Après le refroidissement du noyau, et l'arrêt des réactions, il reste la croûte de la planète, telles les coulées de magma ayant figer le magnétisme en son sein, qui conserve un magnétisme minimal à la planète.

Planètes actives

Les planètes d'accrétion jeunes, ou celles à coeur d'étoile (riche en éléments lourds), ou les grosses planètes avec forcément des éléments lourds au centre, génèrent un magnétisme au sein de leur noyau.

Un noyau froid perds son magnétisme

Quand le noyau actif ((chaud, liquide et mobile) refroidit, les réactions générant le magnétisme interne s'arrêtent.

Vitesse de refroidissement

Les planètes se refroidissent plus ou moins vite en fonction de leur taille, et de la richesse de leur noyau.

Magnétisme résiduel

Sur les planètes au noyau éteint, il subsiste un magnétisme rémanent qui n'est pas lié au noyau mais à la croûte solidifiée, croûte qui a gardé une empreinte magnétique du passé. La croûte terrestre est elle aussi magnétisée parce qu'elle contient des métaux magnétiques (notamment dans les laves).

Interactions magnétiques

Là encore, comme la Terre interagit magnétiquement avec Nibiru, et que certains en déduiraient le vacillement journalier, Harmo restera vague sur le sujet.

Pas de magnétisme interne = pas d'influence externe

Si tous les astres sont sensibles à la gravité, tous ne le sont pas au magnétisme. Beaucoup de planètes sont neutres ou faiblement impactées par le magnétisme de leurs voisines.

Magnétisme résiduel insuffisant

Le champ magnétique résiduel des planètes est peu sensible au champs magnétiques extérieurs, ce champ étant négligeable face au "générateur" interne qu'était son noyau du temps où il était actif.

Système solaire complet

Survol

Le système solaire complet contient 3 étoiles, avec chacune son système planétaire lié. La 3e étoile, Nibiru, est si petite en comparaison des 2 autres qu'il vaut mieux la voir comme une planète super-géante.

Faire le résumé de ce qui suit ici

Création du système solaire complet

Je nomme "système Solaire complet" l'ensemble des systèmes planétaires associés aux 2 étoiles reliées à notre Soleil (les lunes de Nibiru peuvent être vues comme des planètes gravitant autour d'une étoile éteinte). La science actuelle, n'ayant pas découvert ces 2 étoiles manquantes, appelle "système solaire" uniquement le système planétaire révolutionnant autour de notre Soleil.

Disque d'accrétion

Le système solaire complet est à l'origine un disque d'accrétion de matière, expliquant que la plupart des planètes révolutionnent autour du Soleil plus ou moins sur le même plan.

[Hyp. AM] Ce disque provient très probablement d'une grosse "goutte" de magma, qui avec l'écartement de la matière autour (et donc la baisse de pression), se disloque en plusieurs gouttes (sous l'influence des forces de répulsion interne), se plaçant sur les rails où leur masse les rend stables, se re-disloquant de niveau tant que leur masse est trop élevée. Les poussières diverses de ces dislocations se réagglomèrent sur une planète déjà existante de l'orbite, soit autour de la plus grosse des poussières, qui finit par former une planète. [Fin hyp. AM]

La matière s'agglomère dans un premier temps en planètes, jusqu'à ce que la taille soit suffisamment importante pour engendrer des émissions de particules de gravitation qui repoussent les planètes entre elles.

Ces planètes ne peuvent se placer que dans des rails gravitationnels précis autour du soleil (loi de Titus Bode).

Une fois les planètes formées, elles grossissent par absorption du reste de la poussière du disque originel qui s'agglomère aux planètes naissantes, puis de toutes les météorites transitant dans l'espace.

Âge du système solaire complet

Aucune raison que notre système solaire complet n'ai pas plus de 12 milliards d'années, comme les autres étoiles proches. L'homme considère que si la Terre a 4,7 milliards d'années, que si les météorites (résidus de la dislocation de la proto-Terre) ont aussi 4,7 milliards d'années, ça implique que le système solaire tout entier a aussi 4,7 milliards d'années... Un énorme biais de raisonnement comme nous le verrons en étudiant Tiamat, qui oblige la science à détourner le regard quand elle découvre des météorites de 7 milliards d'années...

3 étoiles

Pourquoi tous les systèmes stellaires ont 3 étoiles et pas le notre ?

L'astronomie moderne reconnaît qu'il y a en majorité 2 à 3 soleils couplés dans l'univers. Et que les mini-Neptune ou Super-Terre (l'équivalent de Nibiru) seraient présentes dans 80% des systèmes stellaires observés. Notre système solaire semble faire exception avec l'absence de son double du soleil et sa Super-Terre absente.

En réalité c'est tous les système stellaires qui sont dans le cas triple étoile. C'est juste que les 2e et 3e soleil des autres systèmes stellaires ne sont pas toujours détectés par nos instruments, et qu'on semble étrangement aveugles concernant notre propre système solaire complet... Notre système solaire complet à bien 3 soleils. Les planètes 9 (naine brune validée en 2015) et planète 10 (Super-Terre validée en 2016), prévues par le calcul à partir des perturbations observées dans l'orbite des planètes visibles, sont en fait nos 2 soleils manquants.

Les 3 étoiles de notre système solaire complet

Le système solaire complet est né système triple (avec 3 étoiles). Ces 3 soleils sont :

- Soleil (avec une majuscule pour indiquer que c'est un nom propre), dont le reste continue à nous éclairer aujourd'hui
- Perséphone, le binôme du Soleil (entre Mars et Jupiter), qui donnera plus tard Nibiru et la Terre.
- Némésis, le jumeau éteint du Soleil, loin au delà de Neptune.

Ce système triple est constitué à l'origine d'une paire d'étoiles centrales (Soleil et Perséphone), formant un binôme proche.

Cette paire est en doublé avec Némésis, la troisième étoile du système solaire complet, qui révolutionne plus loin du Soleil.

Formation des 3 étoiles ?

Ce qu'il se passe, c'est que cette grosse masse centrale, le Soleil originel, se disloque en 2 sous l'effet de ses forces de répulsion interne (selon le même principe de la dislocation de Perséphone que nous détaillerons plus loin). 2 corps principaux en résultent, et la matière brûlante du noyau, éjectée lors de la dislocation, reforme un 3e soleil.

C'est pourquoi les étoiles se forment par paire et toujours de façon asymétrique, avec un 3e astre additionnel résultant des débris issus de la dislocation. Le Soleil originel s'est scindé en 2 parties asymétriques, comme des haltères, et a donc généré :

- **Soleil** (p.), la partie la plus grosse (la grosse haltère)
- **Némésis** (p.), la petite haltère (qui va révolutionner loin du Soleil)
- **Perséphone** (p.), issue des débris (restant sur une orbite proche de l'étoile d'origine).

Harmo ne précise pas les proportions de Soleil originel entre les 3 étoiles filles. Si pour la grosse Perséphone on a un fractionnement 2/3 (66%) pour Nibiru, 1/3 pour Tiamat, si pour la plus petite Tiamat c'est 4/5 (80%) pour la Terre, 1/5 pour la Lune (pourcentage des débris inconnu), on peut interpoler pour le gros Soleil originel, et donner Soleil = 60% du Soleil originel, Némésis 30%, et Perséphone 10%.

Lumière émise par nos étoiles

Le Soleil est la seule étoile de notre système à émettre dans la lumière visible (ou plutôt, nos yeux se sont adaptés aux fréquences lumineuses disponibles). Les 2 autres étoiles, Némésis et Nibiru, émettent elles aussi de la lumière (dûe à leur chaleur), mais dans le spectre de l'infrarouge. Comme nous ne voyons pas leur lumière, nous les considérons comme éteints.

Fausses gazeuses mais vrai rocheuses

Notre théorie de la gravitation est complètement erronée, et la masse des planètes a été calculée avec cette théorie fausse, c'est pourquoi la cosmologie moderne est si aberrante, et va d'échecs en échecs. La masse de la Terre a été calculée en fonction de l'attraction mesurée à la surface de la Terre. Avec cette masse, on a déduit, en prenant en compte la vitesse de la Terre autour du Soleil, la masse du Soleil. Avec cette masse et la vitesse observée des autres planètes, on en a déduit la masse des autres planètes, ou des géocroiseurs et astéroïdes.

Le problème, c'est que les résultats sont aberrants. Des planètes géantes comme Jupiter ne pèse pas grand chose en théorie, et des petits géocroiseurs pèsent des tonnes.

Qu'à cela ne tienne ! Plutôt que de tout remettre en question, les astronomes ont déclarés que les astéroïdes lourds étaient fait en or massif, et les planètes géantes étaient faites de gaz léger...

Jusqu'au 16 octobre 2017, les scientifiques ignoraient que les gazeuses avaient un coeur rocheux, ou que des planètes 2 fois plus grosses que la Terre pouvaient être encore rocheuse. C'est chose réparée avec la découverte de Kepler-10c.

En réalité, il se pourrait que l'étude du coeur de Jupiter mette à mal tout notre édifice théorique, raison pour laquelle, mystérieusement, cette planète proche n'a jamais été explorée (du moins officiellement !), alors qu'on connaît bien les planètes à l'autre bout du système solaire sur lesquelles on a depuis longtemps posé des sondes.

Système solaire

C'est le système planétaire du Soleil uniquement.

Nous verrons dans L5 toute la partie technique, nous voyons ici l'historique de notre système solaire.

Survol

Nous avons vu dans la sous-partie précédente, "système planétaire" (p.), les caractéristiques générales des planètes autour de leur étoile. Voyons les spécificités de notre système solaire.

Taille relative des astres

Notre Terre est minuscule face au Soleil ou aux géantes. Dans l'image ci-dessous, la Terre est la troisième en partant de la gauche, en bas.

Figure 1: Taille comparée des planète de notre système planétaire

Planètes intérieures

Les premières planètes (en partant du Soleil au centre) sont de simples accrétions de matière, sans noyau actuellement vraiment actif (Mercure, Vénus, Hécate, Mars).

La Terre ne fait pas partie de ces planètes (même si elle révolutionne aujourd'hui dans cette zone intérieure), car elle vient d'une portion de géante extérieure.

Géantes extérieures

Ensuite, viennent les grosses planètes/étoiles que sont Perséphone, Jupiter, Saturne, Uranus, Neptune, puis des corps plus petits comme Pluton, Charron, etc. et enfin Némésis.

Evolution perpétuelle

Les astéroïdes les plus petits finissent au cours du temps par s'écraser sur des planètes existantes. Ainsi, chaque année, la Terre grossirait de plusieurs centaines de tonnes à cause des météorites qui s'écrasent à sa surface (chiffres

2020). D'un autre côté, l'hydrogène qui sort du sol monte dans la haute atmosphère, et se retrouve arraché par le vent solaire... en février 2013, cette perte de matière est estimée à 50 000 tonnes par an, 50 fois supérieur aux astéroïdes entrant... Disons que pour l'instant on n'a pas plus d'infos, et que la Terre semble au contraire maigrir... Perso, je pense que l'hydrogène reste au niveau de la Terre en grande partie

Par exemple, dans la première ceinture d'astéroïde, une nouvelle planète est en train de se former autour de Cérès, le processus va prendre des milliards d'années.

Stabilité actuelle des planètes résultant de dislocations

Nibiru n'a pas de souci avec son noyau disproportionné par rapport à l'épaisseur de sa croûte (comme l'ont eu Perséphone puis Tiamat), parce qu'elle a été éjectée de l'étau Soleil-Jupiter et passe 90% de son temps loin de tout autre astre majeur.

Quant à la Terre, elle a changé d'orbite, et les forces de pression exercées par le Soleil et surtout Jupiter sont plus équilibrées. De même son noyau n'est plus aussi disproportionné. En ce sens, les quantités de noyau de Tiamat qui se trouvent dans la Lune et les astéroïdes nous ont sauvé la mise en évitant que la Terre persiste avec un noyau trop gros. L'Univers a donc des mécanismes d'équilibrages, même au niveau des planètes.

Quand aux astéroïdes de la première ceinture, ils sont en train de reformer une planète de type Mars en s'agrégeant autour de Cérès. Le phénomène va prendre plusieurs milliards d'années encore.

Sens de tournation général (p.)

Finir le résumé

Sens de tournation général

Sens de rotation originel

Vu du Nord, quasi toutes les planètes et satellites du système solaire actuellement révolutionnent autour de notre étoile dans le sens anti-horaire.

C'est le sens imposé par le Soleil. A l'origine, tout le monde respectait ce sens.

Némésis tout inversé

Némésis est tout le contraire du Soleil, on dit qu'il est rétrograde en tournation (rotation et révolution), de même que dans la tournation qu'il impose à ses satellites.

Probablement du à leur rotation inversée, toutes les planètes de Némésis ont un magnétisme inversé.

L'inversion du sens de Nibiru

Le système solaire est resté aligné jusqu'à la dislocation de Perséphone, et donc la création de l'intrus Nibiru.

Nibiru, après sa formation, avait la même tournation que toutes les planètes du système (en rotation et révolution).

Mais en allant se frotter à Némésis, Nibiru a inversé tous ses sens de tournation.

Nibiru a été retournée la tête en bas (elle et tous ses satellites), c'est pourquoi elle met la pagaille quand elle revient dans notre système solaire, avec sa rotation à l'envers de tout le monde (planète rétrograde).

Révolution

Si tout le monde révolutionne normalement dans le sens anti-horaire, il existe une seule exception dans le système solaire (hors Nibiru et de petits rochers peu nombreux), c'est Triton, un satellite de Neptune à l'orbite rétrograde. Cela signifie que c'est une pièce rapportée, capturée par Neptune. Triton a été détaché de Nibiru par diverses contraintes locales, et est venue se loger dans un rail gravitationnel de Neptune.

Rotation

Axe incliné

Ce paragraphe est une application des effets vu dans "systèmes planétaires>Axe de rotation" (p.).

Contrairement à ce qu'indique la mécanique pure, les axes de rotation ne sont pas alignés perpendiculairement aux plans orbitaux des planètes autour de notre Soleil.

Vénus a un axe de rotation inversé (tourne dans le même sens horaire que Nibiru), et Uranus est inclinée de 90°.

C'est un grand mystère pour la science que cette inclinaison inexpliquée, et la découverte par calcul en février 2015 de la planète 9 a permis aux scientifiques de pousser un ouf de soulagement, en imaginant que cette planète pourrait expliquer cette anomalie.

Lorsque Nibiru, sur son retour depuis la ceinture d'astéroïde, tête remise en bas (donc redevenue rétrograde), repasse à côté des planètes intérieures, elle les mets à l'envers, en les alignant sur ses forces d'alignement.

Si sur un noyau actif et mobile comme celui de Jupiter, cela n'a pas d'impact, cela en à sur les planètes dont le noyau décline, comme la Terre, ou celles au noyau complètement éteint, comme Mars ou Vénus.

Chaque planète ayant ses propres caractéristiques, une activité magnétique plus ou moins intense au cours du temps, les axes sont changés dans des proportions diverses. C'est ce qui explique cette si grande diversité des inclinaisons d'axes dans le système solaire.

Par exemple, peu impactée par Nibiru, et avec un noyau très actif, Jupiter n'a quasi pas d'axe de rotation incliné. Ou encore Mercure, dont le noyau n'a peut-être jamais été magnétique, ou alors s'est éteint très rapidement.

Axe inversé

Si Vénus à une rotation rétrograde, c'est qu'elle a subit, lors de la proximité de Nibiru, le même sort que Nibiru qui s'est approchée de Némésis. Elle est en réalité presque complètement renversée, tête en bas. Si Nibiru, passant à côté, a généré des forces d'alignement suffisamment fortes pour la renverser juste sur le magnétisme résiduel ou mourant, le Soleil, plus lointain, n'a eu aucun effet par la suite.

Vénus est restée positionnée comme Nibiru l'avait placé.

Histoire des planètes inclinées

Vénus et Mars, peut après leur formation par accrétion, avaient encore un noyau actif avant qu'il ne refroidisse. Cette activité générait un champ magnétique comme celui de la Terre actuellement, plus les forces d'alignement permettant de rester alignées avec le Soleil.

Le noyau de ces planètes s'est refroidi depuis bien longtemps aujourd'hui, et si la Terre a encore un noyau actif, c'est uniquement dû à la dislocation récente de la géante Tiamat. Par exemple, le noyau de la Lune (issu lui aussi de Tiamat) est encore actif (fissures, cratères, tunnels de lave, etc.).

La mort magnétique de Mars est beaucoup plus récente que celle de Vénus (voir même il est encore actif, vu l'augmentation des séismes détectées fin 2019).

Dans l'hypothèse où le noyau de Mars est inactif aujourd'hui, alors il est mort très rapidement (inclinaison de l'axe de 25° seulement) alors que

Vénus a mis bien plus longtemps pour agoniser (axe complètement inversé).

Le refroidissement rapide du noyau de Mars s'explique par fait que c'est une petite planète. La Lune aussi devrait avoir un refroidissement rapide, et la Terre, de même taille que Vénus, devrait elle aussi subir un refroidissement lent et donc en fin de vie se retrouver avec un axe de rotation complètement inversé.

Axe magnétique

L'axe magnétique des planètes intérieures est aligné avec l'axe de rotation. Je ne tiens pas compte des champs mesurés sur les géantes, que je considère comme peu dignes de foi de la part de la NASA.

Némésis inversé

Comme pour les axes de rotations, les champs magnétiques des planètes de Nibiru sont alignées en fonction du sens de rotation rétrograde, et donc inversés par rapport aux planètes du système solaire complet.

Planètes actives

La Terre fait partie des planètes générant leur propre magnétisme interne, de par la nature chimique de son noyau, riche en fer et en nickel, deux éléments importants en magnétisme.

La Terre étant a peu près de la taille de Vénus, pourquoi le magnétisme de la Terre est toujours actif, alors que celui de Vénus est éteint depuis longtemps ?

Car la séparation de la Terre d'avec une étoile est récente (5 milliards d'années), son coeur est donc toujours actif (gardé au chaud dans le coeur de Tiamat), au contraire de Vénus, bien plus vieille avec cette taille (12 milliards d'années) et du coup aujourd'hui refroidie.

[Note AM] Sans compter que les matériaux d'agrégations de planètes type Vénus, venant de la surface des étoiles (poussières des disques d'accrétion), sont sûrement plus légers que pour les demi-coeur d'étoiles comme la Terre. [Fin Note]

Cette séparation récente explique aussi pourquoi la Lune a encore un noyau actif.

Un noyau refroidi perd son magnétisme

Vénus et Mars, peut après leur formation, avaient encore un noyau actif avant qu'il ne refroidisse.

Cette activité générait un champ magnétique comme celui de la Terre actuellement, ce qui explique l'inclinaison de l'axe de rotation comme vu précédemment.

Vitesse de refroidissement

Mars, plus petite que Vénus, s'est refroidie bien plus vite, perdant son magnétisme rapidement.

Comme la Terre est de la taille de Vénus, elle va sûrement, comme cette dernière, se refroidir plus lentement. Voir plus lentement encore , à cause de ses matériaux lourds de coeur d'étoile que Vénus n'a pas.

Magnétisme résiduel

Toutes les planètes éteintes gardent un magnétisme résiduel dans leur croûte.

Champ magnétique interne aligné avec Soleil

Ni le champs magnétique global du Soleil, ni celui de la Terre, ne changent de sens au cours du temps. Les inversions solaires tous les 11 ans sont de la poudre aux yeux de la NASA, datant de la fin des années 1990, pour anticiper des perturbations qu'allaient provoquer l'arrivée de Nibiru.

Quand aux inversions mesurées dans les laves de la Terre, elles ne sont que l'indice des pole-shift, c'est la croûte terrestre qui se déplace par rapport au champ magnétique terrestre, pas l'inverse.

Jupiter et surtout le Soleil sont d'énormes "aimants" dont les champs magnétiques sont gigantesques.

Les raisons de l'orientation du champ magnétique des planètes n'est pas connu de la science actuellement, et les Alts ne veulent pas en dire plus. C'est pourquoi je ne garantis pas tous les sens Nord et Sud magnétiques donnés dans les explications plus bas, la polarisation observée de loin (au niveau des satellites de la Terre) étant susceptible d'avoir été modifiée par les divers champs magnétiques traversant l'espace inter-planétaire.

Interactions magnétiques

Nous avons vu les interactions magnétiques générales dans la sous-partie précédente (p.). Voyons leur application dans notre système planétaire.

Pas de magnétisme interne = peu d'influence de Nibiru

Tous les astres sont sensibles à la gravité (et donc à la gravité de Nibiru quand elle passe à côté), mais tous ne le sont pas au magnétisme. Par exemple, notre Lune est soumise à la gravité mais est neutre magnétiquement (noyau pas assez gros pour exercer un champ magnétique suffisant).

Magnétisme résiduel

Sur les planètes éteintes, il subsiste un magnétisme résiduel dans la croûte, mais il n'est pas assez fort pour générer une interaction franche avec d'autres planètes comme Nibiru.

Érèbe

C'est le nom que j'ai donné à l'étoile d'origine (père de Némésis, époux de Nyx la nuit dans la mythologie grecque), qui après dislocation sous les forces de pression internes, a donné Les 3 étoiles de notre système solaire complet.

C'est le Soleil originel, centre du disque d'accrétion des premiers temps de notre système solaire complet.

Dislocation

Harmo le suppose, il est très possible que le Soleil originel se soit disloqué en 3 sous l'effet de ses forces de répulsion interne (selon le même principe que la dislocation de Perséphone, en générant une forme de haltère).

Soleil donne la partie la plus grosse, Némésis est la hernie plus petite, et Perséphone étant le tube reliant Soleil à Némésis.

Asymétrie des produits résultants

C'est comme Sirius A et Sirius B (et sûrement de Sirius C, si petite que notre science actuelle ne l'a toujours pas découverte), les étoiles jumelles sont toutes asymétriques, l'une étant toujours plus grosse que l'autre.

Ces étoile jumelles forment toutes des couples qui gravitent l'une par rapport à l'autre autour de leur centre de masse, et les trajectoires sont plus ou moins elliptiques suivant les écarts de masse entre les 2 compagnons (en gros, ça peut faire le yoyo, je viens je repars).

Soleil

Survol

Naine jaune résultant de la dislocation d'Érèbe. C'est le corps le plus massif du système solaire complet.

Caractéristiques

Rotation différentielle : plus lente aux pôles qu'à l'équateur. Le pôle Nord, incliné à environ 30° de l'axe de rotation, a une période de 28,5 j environ. Axe de rotation incliné de 7°15' par rapport à l'écliptique. Rotation dans le même sens que les tournations de la Terre (sens anti-horaire vu du dessus Nord).
Le champ statique normal de la photosphère du Soleil est de l'ordre de 10 mT (20 fois plus important que celui de la Terre).

Brillance

Selon l'équation d'Einstein $E=mc^2$, le Soleil perds de la masse par rayonnement (4 millions de Tonnes par jour). Mais cette perte est au final négligeable vu la quantité de matière agglomérée dans le Soleil, on estime à 10% de masse perdue sur toute la vie du Soleil. Même si les paramètres du système solaire changent légèrement dans le temps, ce n'est pas majeur.
Notre Soleil n'est que le reste d'une très vieille étoile plus brillante et active qui a diminué en intensité et beaucoup changé dans le temps.
La température à la surface du Soleil, estimée d'après sa couleur jaune, est de 6000°C. Depuis 1995, la couleur devient de plus en plus blanche, la température de surface est estimée entre 8000 et 10 000°C.

Radiations émises

Survol

L'homme ne connaît que l'électromagnétisme et la gravitation, et encore, il n'en maîtrise pas les particules. Les Alts connaissent 96 particules différentes, nous sommes encore loin de tout maîtriser...
Le Soleil émet plusieurs types de particules, via des pôles. Les flux de particules concentrées sortant de ces bras peuvent être vus comme des bras.
Harmo n'a pas voulu détailler cette partie, j'explique comme je peux.

Bras gravitationnels

Figure 2: svastika

Le Soleil a 4 bras incurvés qui tournent en même temps que lui. Ce qu'on appelle bras, ce sont en réalité des pôles, alignés sur l'équateur, d'où sortent des jets de gravitons (ces jets étant symbolisés par des bras).
Ces sont les bras gravitationnels qui ont inspirés le symbole universel de la Svastika (le plus ancien symbole de toute l'humanité, partout dans le monde).
Ces bras gravitationnels existent sur tous les astres capables de générer de la gravitation répulsive.
Les bras gravitationnels du Soleil jouent comme des engrenages avec les bras gravitationnels des planètes, ce qui engendre le mouvement des planètes sur leur orbite.
A noter que le sens dépend de l'orientation dans l'axe Nord-Sud dans laquelle on est dirigé, donc de l'hémisphère Nord ou Sud de la planète. DextrogireVoilà pourquoi le sens diffère d'un endroit à l'autre de la planète, selon l'époque (basculements réguliers suite à Nibiru).

Bras magnétiques

Altaïrans

Figure 3: Triskel

Même principe que la svastika vu précédemment, mais avec le Triskel, là encore un symbole universel.
Le Soleil à 3 bras magnétiques (même principe que les bras gravitationnels, ce sont en réalité des pôles d'où sortent des flux de gravitons).
Quand ces bras frappent la Terre, ils provoquent le pic EMP qui se produit entre chaque quadrimestre magnétique (ce ne sont pas les bras de gravitons qui provoquent les EMP, mais ils agissent sur le

noyau terrestre, et c'est ce noyau excité qui émet les EMP qui crament l'électronique en surface).

Si les pics magnétiques, dans les années 2010, se produisent mi aout, début décembre et début avril, c'est qu'il existe des creux (le moment où la Terre est le plus loin de 2 bras magnétiques) respectivement un minimum en début février, mi juin et fin septembre.

Harmo ne précise pas si le sens de rotation est le même que celui des bras gravitationnels, mais a priori, on peut le penser.

Zéta

Leur explication varie des Altaïrans, mais il reste suffisamment évasif, ne voulant pas trop en dire : Pour eux, quelque part (extérieur du système solaire à priori, lié au ruban magnétique qui entoure notre système solaire), il se produit une accumulation de magnéton, qui provoque tous les 4 mois ces pics magnétiques englobant la Terre. Ce phénomène n'est pas étranger à l'année de 365 jours, ou encore à l'inclinaison de la Terre et du Soleil.

Cette impulsion change précisément les 17 décembre, 20 avril et 12 août. Mais il y a une légère période après la fin d'une phase où la concentration/ entassement de particules n'a pas encore diminué, ou encore qu'une augmentation du flux de particules n'a pas encore été enregistrée. C'est pourquoi les dates réelles du pic magnétique sont fluctuantes.

Croisements de bras

Les bras gravitationnels et magnétiques du Soleil tournent à des vitesses différentes. Il se produit donc fatalement des moments où les bras se croisent.

Les deux roues, une à 3 bras magnétiques et celle à 4 bras gravitationnels, s'influencent suivant les positions selon lesquelles elles sont placées l'une par rapport à l'autre. Il y a de légers décalages de date induits sur les cycles qu'ils génèrent sur les planètes, à cause de l'interaction entre les 2 types de bras.

Les Et ne précisent pas, mais il se pourrait que ce soit ces croisements de bras, pile-poil sur Nibiru, qui propulsent par à-coups Nibiru au delà des rails par sauts, ce qui explique les décalages soudains et réguliers dans sa trajectoire spiralée.

Effets de Nibiru

La présence de Nibiru vers le Soleil engendre sur ce dernier diverses anomalies comme des taches noires géantes, ou une absence d'activité des tâches solaires. On sait d'ailleurs que les taches solaires sont liées à des distorsions de lignes de champ cycliques.

Réchauffement du Soleil

Selon moi, la surface du Soleil vacille au passage du pôle Nord Solaire dirigé vers Nibiru (en 2019, une grosse bulle magnétique se forme tous les 28 j quand ce pôle est dirigé vers Nibiru). Comme sur la Terre, ça génère de la chaleur. Les taches ne se voient plus, les éruptions sont plus violentes, et le rayonnement est super.

C'est mon hypothèse, car ni Harmo ni à ma connaissance Nancy n'en parlent, donc donnée sous toute réserve !

On sait que la couleur émise par une étoile (comme notre Soleil) dépend directement de sa température de surface.

Plus une étoile est bleue, plus elle est chaude. En vieillissant / refroidissant, elle passe dans le blanc (comme Sirius, 11 000 °C) puis dans le jaune (comme le Soleil, 6 000°C) puis le rouge, puis ensuite sa lumière sort du spectre visible pour tomber dans les infra-rouges.

Toutes les planètes du système solaire se réchauffent depuis l'arrivée de Nibiru en 2003, même Mars qui n'a pas de coeur magnétique. Pourquoi le Soleil ne ferait pas pareil, surtout lui qui est très magnétique donc très influencé par une Nibiru proche ?

En se réchauffant, il passerait de la teinte jaune d'une étoile à mi-vie, à la teinte blanche d'une étoile plus brillante et plus chaude. Du coup, ses rayons chaufferaient plus quand on se mettrait au Soleil.

C'est ce qu'il s'est passé non ?! Soleil plus blanc aux rayons plus brûlants !

En réalité, le Soleil est en pleine sur-activité : Sa couleur est passée de jaune à blanche, ce qui ne peut s'expliquer par un filtre du nuage de Nibiru, qui au contraire affaiblirait l'émission et modifierait la couleur blanche du Soleil (plus rouge). C'est donc que sa température de surface à augmentée, entraînant un rayonnement plus important. Mars ayant un noyau éteint, seul un Soleil plus brillant explique son atmosphère se réchauffant 4 fois plus vite que celle de la Terre.

Les tâches solaires disparaissaient lorsque la surface se refroidissait, mais ça montre aussi qu'elles disparaissent quand la surface est trop chaude. Ces tâches sont assez régulières dans les siècles, et elles sont observées depuis avant JC (sûrement un signe du retour de Nibiru). Enfin, les éruptions solaires plus violentes montrent que notre Soleil est plus actif. Par contre, si le Soleil s'échauffe, comme le noyau de la Terre, c'est que les 2 coeurs d'étoiles sont activés par une même source entre les 2… Le Soleil étant stable, il n'y a aucune raison qu'il prenne spontanément un coup de chaud tous les 3700 ans, sans l'intervention de quelque chose qui n'est pas là le reste du temps.

Ajouter à cela que le nuage très vaste de Nibiru, composé de différents couches plus ou moins transparentes, et qui se situe en partie entre le Soleil et nous, peut concentrer certaines longueurs d'ondes (infrarouges par exemple), tandis que j'imagine que d'autres, hors du spectre visible, peuvent être filtrées (limitant le rayonnement solaire plus intense, et donc les brûlures profondes, je pense aux UV).

Il y a donc un changement dans le Soleil :
- de nature (plus blanc)
- de ressenti (le Soleil brûle plus, infrarouge).
- d'effet (certaines brûlures seraient plus longues à arriver, de par l'absence des longueurs d'ondes correspondantes)

NB : sur les infrarouge et UV, c'est ma théorie, si ça se trouve c'est l'inverse qui se produit, moins d'IR et plus d'UV (Ultra-Violet). Sans confirmation d'Harmo, ni accès à des outils de mesure plus conséquents, je ne pourrait donner plus de détails, sur cette hypothèse qui est la seule plausible et complète...

Tâches solaires

Le Soleil subit lui aussi la présence de Nibiru à ses abords : Nibiru se place de façon à contrer l'attraction solaire et pointe son pôle Sud magnétique sur notre étoile. Cela repousse le plasma à la surface du Soleil et déforme les "lignes de champ" du Soleil. Or il est connu depuis longtemps que les tâches noires à la surface du Soleil sont créées par ces lignes de champs qui sont comme des autoroutes pour les particules venant du centre du Soleil. Nibiru crée une nouvelle autoroute géante à la surface du Soleil grâce à son pôle sud, et la tâche s'agrandit là où Nibiru "attaque" le Soleil. Pour résumer, la Nibiru crée une tache sombre sur la surface du Soleil en pointant son pôle sud dessus, et du coup son pôle nord se retrouve en face de nous, d'où nos problèmes avec notre noyau. ces sont les deux faces d'un même processus !

2019 - La boule solaire tous les 28 jours

Tous les 28 jours, une énorme bulle de plasma se créé et explose à la surface du Soleil. Si elle a fait croire à certains qu'il s'agissait d'une planète collée au Soleil qui révolutionnait de 28 jours autour du Soleil, il s'agit en réalité du pôle Nord du Soleil (rotation du Soleil de 28 jours à cette latitude) qui se retrouve orienté vers Nibiru et réagit magnétiquement.

Les effets solaires diminuent avec l'éloignement de Nibiru

Le Soleil souffre de la présence de la Nibiru, tout comme la Terre. La seule différence c'est que le Soleil va aller de mieux en mieux avec l'éloignement de la planète intruse, mais qu'au contraire la Terre va être de plus en plus perturbée. Vous verrez donc les anomalies solaires diminuer petit à petit, mais les soucis sur Terre vont augmenter d'intensité. La preuve encore une fois que les anomalies sur Terre ne sont pas provoquées par le Soleil.

Némésis

Naine brune, jumeau de notre Soleil, mais qui, a cause de sa masse plus faible, n'émet pas de lumière dans le visible.

Formation

Résultant de la dislocation d'Érèbe, le Soleil originel.

Type

C'est une grosse naine brune (ou rouge, les catégories/familles d'étoiles établies par nos scientifiques sont encore incomplètes, et partiellement inexactes selon les Alts), et diffère encore par rapport à la classification officielle (qui est trop restrictive). Il vaut mieux parler d'étoile morte, ou éteinte, même si naine brune n'est pas complètement faux non plus.

Némésis n'émet pas de lumière visible, c'est une étoile dite éteinte, un soleil noir. C'est elle la planète 9 au-delà de Pluton dont nous parlent les journaux en février 2016, et qui devrait expliquer les aberrations des orbites trans-plutonienne.

Orbite

Némésis révolutionne autour du soleil loin de Neptune.

Harmo la donne, grossièrement, à 10 fois la distance Soleil - Pluton vers 2015 (j'imagine qu'il parle de l'aphélie de Pluton (50 UA), soit 500 UA environ pour Némésis.

Selon *The New Illustrated Science and Invention Encyclopedia*, volume 18 : en 1983, les sondes Pioneer ont localisé Némésis (Dead Star) à 80 milliards de kms du Soleil (533 UA).

Carlos Munuz Ferrada, en 1939, situait Némésis plus près, à 32 milliards de km (213 UA).

Harmo ne parle pas de l'orbite de Némésis, mais on peut imaginer que si elle ne brille pas, c'est qu'elle est plus petite que le Soleil et va donc révolutionner autour du Soleil, avec une orbite elliptique très prononcée (du genre, aphélie 530 UA, Périhélie 215 UA) ?

Localisation

Harmo localise Némésis en direction d'Orion, vu que Nibiru, après avoir fait demi tour autour de Némésis, vient de cette direction, et semble le faire de même à chaque passage.

Dernière planète

A priori, Némésis est la seule planète au delà de Pluton (si on excepte ses satellites, dont Nibiru fait partie). Toutes les planètes naines type Eris ou autres sont des fakes annoncés pour cacher les débris apporté par Nibiru lors de sa périhélie des années 2000.

Perséphone

Survol

C'est un intermédiaire entre une géante gazeuse et une naine brune qui, trop petite par rapport aux 2 autres étoiles (Soleil et Némésis), s'est disloquée dans les premiers temps du système solaire, pour donner Nibiru et Tiamat.

Autres noms

Perséphone est bien connue dans la mythologie, on la connaît aussi sous le nom de Proserpine, ou de Gaïa.

Formation

Résultant de la dislocation d'Érèbe, le Soleil originel.

Orbite

Initialement placée entre Mars et Jupiter, sur l'orbite de l'actuelle ceinture d'astéroïdes.

Dislocation (p.)

Les passages répétés de Jupiter ont fini par disloquer Perséphone, une grosse partie (Nibiru), une petite partie (Tiamat, future Terre) et les débris (astéroïdes).

Perséphone > Dislocation

Survol

Cela s'est produit alors que Perséphone était encore peu solidifiée, et subissait les contraintes énormes de Jupiter, trop proche. Perséphone s'est disloquée 2 fois sur cette orbite : une fois sous le nom de Perséphone, une autre fois sous le nom de Tiamat.

Finir le résumé ici

Répulsion interne (p.)

Tous les corps ont tendance à se disloquer, si les forces de pression autour ne sont pas suffisantes.

Couple Soleil-Jupiter (p.)

Cette dislocation s'est produite par effet de marée, entraînant la création d'un renflement passage après passage de Jupiter, et écartèlement entre Jupiter et le Soleil.

Répulsion interne

Ce qu'on appelle la "gravité" (p.) à notre échelle, est en fait une force de répulsion venue de l'extérieur (de tous les corps massifs de l'univers) qui nous plaque au sol. Ce n'est donc pas une attraction venant du centre de la Terre comme notre science veut le croire.

Dans le même temps, les corps massifs émettent eux-mêmes ces particules de gravitation répulsive (les gravitons). Si la gravité est une force de répulsion, cela veut dire qu'à l'intérieur d'une planète, il existe des forces qui tendent à la faire gonfler et à s'éparpiller dans l'espace (une sorte de pression interne). Seule la pression exercée par l'univers sur cette planète permet de la maintenir en cohésion (du moins tant que cette planète est ronde).

Une planète est donc tiraillée entre la pression qu'elle subit de la part de l'espace environnant (flux de gravitons spatiaux) et son auto répulsion interne (flux de gravitons internes). Tant que ces deux forces ont trouvé un point d'équilibre, la planète garde un volume stable.

Structure fragile

Perséphone a une structure fragile. C'est une super naine contrairement à Jupiter, c'est à dire que cette Perséphone est trop dense/riche pour sa petite taille. C'est son noyau qui pose problème, car il est trop volumineux, et l'enveloppe (croûte) trop fine.

Cette caractéristique fragilise l'équilibre des forces de pression externes vs les forces de répulsion internes. Physiquement, cela peut se traduire par une sensibilité magnétique élevée, et une rotation de l'étoile sur elle même trop grande.

Force centrifuge

Perséphone tourne vite sur elle-même. Cette force centrifuge, qui provoque un aplatissement de la planète (diamètre supérieur à l'équateur qu'au niveau du pôle), fait perdre la forme ronde qui permet d'équilibrer les pressions internes et externes. Les pôles seront plus facilement écrasés par la pression gravitationnelle extérieure.

Couple Soleil-Jupiter

Jupiter d'un côté, et le Soleil de l'autre, ont créé un renflement asymétrique en forme d'haltère.

Jupiter et Soleil, 2 étoiles massives, agissent comme une presse (Perséphone, comme une orange placée dans un étau, s'aplatit). Cet étau est de plus déséquilibré à cause de la proximité de Jupiter.

De plus, par effet de marée, Jupiter soulève une partie de Perséphone, une hernie qui grossit de plus en plus à chaque passage.

Haltère : somme des forces de dislocation

Combinez maintenant la force centrifuge, la pression d'un étau, et la fragilité de sa structure, la planète va commencer à former une protubérance, comme une hernie.

Quand la hernie est trop grosse (planète Perséphone en forme d'haltère en rotation sur elle-même (Figure 5), avec une petite boule qui deviendra Tiamat et une grosse boule qui deviendra Nibiru), les deux parties tournant sur un axe situé entre les deux masses. Les deux parties de l'haltère ont tendance à se repousser (gravitation répulsive) et à former deux astres indépendants.

Harmo n'en parle pas, mais il se pourrait que la périhélie de Némésis ai donné la pichenette pour la séparation des 2 bourrelets de l'haltère.

Comme les deux parties ne faisaient pas le même poids, la rotation est devenue chaotique et les deux corps ont fini par se désolidariser.

La planète se disloque, et ça fait comme un effet de fronde :

- la boule la plus lourde (Nibiru) a été propulsée vers le Soleil,
- la boule la plus légère, Tiamat, augmente l'elliptique de son orbite, pour se rapprocher du Soleil entre les 2 points où elle retourne à son point de dislocation initial (et son opposé sur la même orbite originelle semble-t-il, à confirmer).
- la partie centrale de l'Haltère (lien qui réunissait les 2 boules, situé sur la partie externe du coeur de Perséphone), liquide, s'effiloche et se répand dans l'espace, se solidifiant par la suite en rochers de différentes tailles, les astéroïdes.

Séquence de la dislocation

Sur les images ci-dessous (source Harmo), Perséphone est appelée Gaïa, Nibiru est appelée Planète X.

A l'époque, Harmonyum n'avait pas le droit de divulguer la trajectoire en spirale quand il s'approchait du Soleil.

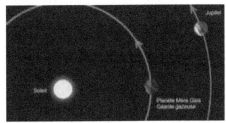

Figure 4: Perséphone révolutionnant entre Jupiter et Soleil

Perséphone sur l'orbite de l'actuelle ceinture d'astéroïde.

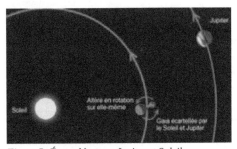

Figure 5: Écartelée entre Jupiter et Soleil, Perséphone forme une haltère

Sous l'effet de plusieurs forces, Perséphone se scinde en 2 (fait une hernie, comme des haltères de musculation). Perséphone révolutionne plus vite que Jupiter, comme le montre la longueur de la flèche sur l'orbite. A chaque croisement de Jupiter, l'allongement de l'haltère s'amplifie.

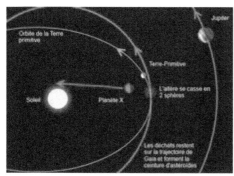

Figure 6: L'haltère se casse en 2 sphère

Nibiru est générée lors de la dislocation, et prend une tangente très inclinée, la faisant sortir du système planétaire du Soleil. Tiamat en vert (notée "Terre primitive" sur le schéma), prend une orbite plus elliptique que celle de Perséphone (mais moins que Nibiru). La périhélie de Tiamat est toujours au point où Perséphone s'est disloquée (la même périhélie que Nibiru, au point de séparation d'origine, ce qui explique qu'à chaque fois Terre et Nibiru se rencontrent aussi facilement).

Les débris de la dislocation reste sur la trajectoire de Perséphone, et forment la première salve d'astéroïdes.

Suite de la séquence dans la partie sur Tiamat (p.).

Résultat de la dislocation

Perséphone => Nibiru + Tiamat + Cérès + 1ère fournée d'astéroïdes

A part la planète Nibiru, tous les autres corps restent sur leur orbite entre Mars et Jupiter.

Destruction de la surface

La dislocation détruit généralement la surface, produit un volcanisme démesuré où de grandes quantités de matières liquides/en fusion s'échappent, l'atmosphère est éparpillée.

Asymétrie

Dimensions

L'haltère était asymétrique. La partie contre le Soleil était la plus grosse (2/3, la future Nibiru) et celle contre Jupiter la plus petite (1/3, future Tiamat).

Le plus gros renflement a fini par se détacher et être éjecté vers le Soleil, puis ayant trop de quantité de mouvement, n'a pas pu être capturée par le Soleil, et s'est ensuite dirigée vers Némésis, pour adopter la trajectoire qu'on lui connaît aujourd'hui (p.).

Le lien entre les deux grosseurs de l'haltère s'est éparpillé sur l'orbite (c'est la 1ère fournée d'astéroïdes p.).

Constitution

Quelque part, Tiamat n'est qu'un soulèvement de la surface de Perséphone. Les matières qu'on retrouvera dedans seront différentes de celles de Nibiru, qui a gardé la plus grande partie du noyau originel, et toute ses couches les plus profondes. C'est pourquoi certains matériaux lourds, comme le flerovium, ne se retrouvent pas sur Terre, alors qu'ils se retrouvent assez proche de la surface dans Nibiru.

Cette asymétrie explique le champ magnétique gargantuesque de Nibiru, pourtant seulement 4 fois plus grosse (en diamètre) que la Terre. C'est simplement parce qu'elle a gardé la majorité du noyau stellaire d'origine.

Reformation de nouvelles planètes

Principe

Les nouveaux corps suffisamment gros (Nibiru, Tiamat et Cérès), issus de la dislocation, se refroidissent et mettent des millions d'années à reformer une croûte, puis à se stabiliser. Les matériaux se stratifient, les plus lourds restant au centre, les plus léger servant à construire une croûte, et les gaz qui s'échappent recréent une atmosphère.

Nibiru (p.)

Sorte de mini naine brune océanique, qui a conservé la majeure partie du noyau planétaire de Perséphone (environ 2/3 de Perséphone ?), ainsi que l'atmosphère initiale, mais qui a été expulsée sur une orbite large.

Tiamat (p.)

Planète rocheuse océanique, environ 1/3 de Perséphone selon Harmo.

Cérès (p.)

planète naine, le plus gros astéroïde du système solaire.

Première salve d'astéroïdes (p.)

Composés d'eau et de métaux lourds (issus du noyau).

Les astéroïdes restent sur leur orbite entre Mars et Jupiter, à l'emplacement actuel de la première ceinture d'astéroïdes.

Tiamat

Survol

Tiamat est le nom donné par les anciens Sumériens, les savants du 19e siècle l'ont nommée Phaeton, certains la nomment Gaïa.

Ce chapitre permettra de répondre à de nombreuses questions que nos scientifiques se posent, à savoir pourquoi la Terre a un noyau actif d'étoile alors que les planètes voisines ont un noyau éteint, pourquoi trouve-t-on de l'eau et les briques de la vie (ADN et ARN) sur les astéroïdes issus de la ceinture principale d'astéroïdes, pourquoi la Lune et la Terre sont issues d'un même corps, pourquoi n'y a-t-il pas de planète majeure sur l'orbite de la ceinture d'astéroïde (selon la loi Titius-Bode), pourquoi ces astéroïde ne se sont-ils pas regroupés en planète (alors que partout ailleurs ils l'ont fait), pourquoi il y a 4 milliards d'années il y a un grand bombardement météoritique tardif sur la Lune (et pas après ni avant, et que à cet endroit), etc.

Développement de la vie (p.)

Cette question sera abordée dans la partie sur la Vie. 2 milliards d'années ont été suffisants pour que la vie apparaisse spontanément et se développe.

C'est à cause de la vie de Tiamat qu'on retrouve de l'ADN dans les météorites (issues de la ceinture d'astéroïdes) ou dans la poussière spatiale issue de cette même ceinture. L'ADN ne peut se former spontanément dans le vide spatial absolu et au zéro absolu...

Durée de vie

Tiamat est restée seule sur l'ancienne orbite de Perséphone pendant un temps estimé à 2,3 milliards d'années.

En effet, en 2019, on a daté les plus anciennes météorites sur Terre à 7 milliards d'années. Gros embarras des scientifiques, qui vont imaginer qu'avant le système solaire, il y avait une énorme planète à la place, qui a explosée... Pas loin de la vérité en fait, ces fragments datent de la dislocation de Perséphone. Entre 7 milliards d'années, et l'âge de la Terre estimé à 4,7 milliards d'années, on en déduit que Tiamat a tenue 2,3 milliards d'années avant de se disloquer sous l'effet du couple Jupiter-Soleil.

Caractéristiques

Tiamat est une planète complètement océanique (pas de terres émergés), avec de grandes profondeurs d'océans.

Dislocation

Tiamat s'est disloquée de la même manière que Perséphone, avec les mêmes causes.

Un noyau disproportionné par rapport à sa taille. Avoir un coeur d'étoile, certes amoindri, n'est pas très pratique pour une planète océanique à la croûte fine. Problème de structure, contraintes lors des passages de Nibiru, vitesse de rotation restant élevée (hypothèse AM) et toujours placée dans l'étau Soleil-Jupiter, le même phénomène a fini par la disloquer, au bout de 2,3 milliards d'années.

2 haltères se forment par effet de marée, une petite (la Lune, 1/5), une grosse (la Terre, 4/5). Ces 2 boules se séparent, et sont éjectées vers le Soleil.

Le lien entre les 2 boules séparées (la partie centrale de l'haltère) reste sur l'orbite, pour fournir la seconde fournée d'astéroïdes.

Cette séparation s'est produite lors d'un passage de Nibiru. La grosse partie de l'haltère est partie vers le Soleil (comme Nibiru à l'époque) mais comme la planète Terre était bien plus petite, elle s'est bloquée sur le rail gravitationnel de Hécate, repoussant cette dernière à l'opposé de l'orbite par rapport au Soleil.

Tiamat => Terre + Lune + Phobos

La dislocation de Tiamat a donné :

- la **Terre** et la **Lune**, qui sont éjectées de l'orbite d'origine
- **Phobos** (satellite de Mars), lui aussi éjecté de l'orbite et capturé par Mars
- 2e salve d'**astéroïdes** (p.) de la ceinture d'astéroïdes, astéroïdes ou comètes qui contiennent les briques de la vie (ADN) et de l'eau.

Séquence

Suite de la séquence vue dans la partie Perséphone (p.).

Cosmologie > Système solaire complet

Changement d'orbite

Le système Terre-Lune a suivi le même chemin que Nibiru, mais avec bien moins de masse et d'élan. Elle n'a pas été propulsée aussi près du Soleil que Nibiru (pas assez de quantité de mouvement), et donc elle a fini par être capturée car elle n'a pas pris d'élan. L'angle de sa vitesse de libération (lors de la dislocation de Tiamat) l'a placé sur une orbite tangente au champ de gravité du Soleil, et donc elle n'a pas été accélérée.

On peut imaginer que si Tiamat avait cassé autrement, la Terre aurait pu être propulsée vers le soleil, elle serait devenue une comète comme Nibiru. Nibiru aurait alors été captée par le Soleil, et Nibiru révolutionnerait sur notre rail actuel. C'est vraiment une histoire de mécanique et de hasard lors de l'évènement initial.

Le doublet Terre-Lune s'est donc placé sur l'orbite de Hécate (orbite entre Mars et Vénus), repoussant cette dernière de l'autre côté de l'orbite par rapport au Soleil.

C'est cette orbite que la Terre continue d'occuper actuellement, où elle fait tâche avec son noyau d'étoile actif, alors que les planètes qui l'environnent (Mars, Hécate, Vénus) sont toutes éteintes, car bien plus anciennes en réalité.

La distance Terre-Soleil est un équilibre entre la vitesse de la Terre (force centrifuge) et la pseudo attraction du Soleil. Une Terre plus grosse (comme l'était Tiamat) ne serait pas placée au même point d'équilibre qu'une Terre plus petite. Si la Lune ne s'était pas formée pour déséquilibrer ces forces d'attraction et de répulsion, Nibiru et Tiamat continueraient à se donner rendez-vous pile poil au point de dislocation de Perséphone.

Terre et Lune même origine

Cette dislocation de Tiamat explique que la Terre et la Lune sont issues d'un même corps céleste (et non la Lune qui se détache de la Terre sous l'impact d'une grosse planète, comme le croient nos scientifiques).

Asymétrie

Comme pour la dislocation de Perséphone, la majorité du noyau de Tiamat est resté du côté de la Terre, ce qui explique que la Lune est principalement constituée des matériaux léger externes du manteau, et de la croûte de Tiamat. On devrait donc trouver de l'eau sur la Lune.

Cette asymétrie explique aussi, pour la Terre, la présence excessive (pour une planète rocheuse) d'or ou d'uranium, ainsi que diverses réactions

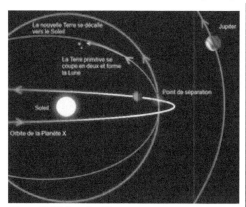

Figure 7: Dislocation Tiamat

[La trajectoire spirale de Nibiru n'est pas représentée]. Toujours sous l'effet de Jupiter et du Soleil, avec en plus les passages de Nibiru, Tiamat forme une haltère en rotation sur elle-même, puis se sépare en 2, formant la Terre, la Lune, et une nouvelle fournée d'astéroïdes. Terre et Lune sont éjectées vers une orbite plus elliptique et plus près du Soleil, étant capturées dans le rail gravitationnel de Hécate. Le point de séparation de Tiamat est toujours à la périhélie, au point de rencontre des 2 planètes Tiamat et Nibiru. Les astéroïde de cette 2e salve restent sur l'orbite originelle de Perséphone.

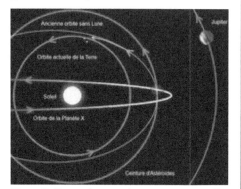

Figure 8: Terre et Lune se placent sur une nouvelle orbite

Cette figure montre comment l'augmentation de l'orbite écliptique a amené la capture du doublet Terre-Lune dans une orbite bien plus proche du Soleil. Sur le schéma "Ancienne orbite sans Lune" représente l'ancienne orbite de Tiamat (avant sa dislocation).

nucléaires qui n'existent pas sur les planètes d'orbite proches (Hécate, Vénus ou Mars).

Eau de la Lune

Harmo ne précise pas, mais j'imagine que le bourrelet de la Lune sortant de Tiamat, devait ressembler à une énorme montagne sortant de la mer, donc sans eau (excepté les précipitations), la gravité étant insuffisante pour obtenir le même effet qu'avec Tiamat, à savoir des mers qui restent en surface du bourrelet, la gravité étant suffisante.

Lors de la dislocation, Tiamat a emporté son océan avec elle (bien qu'ils soit probable que Nibiru ai récupéré plus que sa masse proportionnelle d'eau), alors que la Lune, sèche, est restée sèche une fois dans l'espace (ou alors, le vent solaire a séché notre satellite ?).

Vie sur la Lune

Sans suffisamment d'eau, l'atmosphère de la Lune n'a pu se reconstituer (il est probable qu'une atmosphère minime persiste cependant, les mensonges NASA ne s'étant sûrement pas arrêtés à cacher l'atmosphère martienne...). La vie n'a donc pu repartir. Il est probable que sur la face cachée, on retrouve des traces d'ADN de la vie de Tiamat, comme on les retrouvent dans les météorites. Et pas sur la face visible, qui était le noyau de Tiamat (sans vie possible).

Lune

Coeur encore actif

Si les données sur le magnétisme de la Lune soient si floues de la part de la NASA, c'est qu'elle essaie de cacher que le noyau de la Lune est toujours actif (chose qu'elle ne saurait expliquer). Tout simplement, c'est que le noyau de la Lune (issu lui aussi de Tiamat) est encore actif (fissures, cratères, tunnels de lave, etc.) car récent (4,7 milliards d'années) comparé aux autres planètes du système solaire (12 milliards d'années ?).

Censure NASA

La NASA nous a caché les grottes, fissures et évents montrant l'activité magmatique actuelle. Tout juste consent-elle, du bout des lèvres, à reconnaître les traces anciennes d'une ancienne activité lors de sa création, notamment à cause de ces grottes géantes formées par la lave volcanique (100 m de large sur 50 km de long).

Les impacts d'astéroïdes

La surface de la Lune, constellée d'impacts d'astéroïdes, aussi est une gêne pour notre science, car elle a été bombardée lors de sa formation dans l'actuelle ceinture d'astéroïdes. Aujourd'hui, on ne sait expliquer, à l'emplacement actuel de la Terre, pourquoi la Lune a été violemment bombardée dans le passé, et ne l'est plus aujourd'hui. La Terre, avec ses nombreux pole-shift qui suivent Nibiru, et l'érosion accélérée dû à son atmosphère et son eau liquide, n'a pas conservé ces impacts.

Stabilité de l'orbite de la Lune

Selon la loi de Newton

La Lune est stable sur son orbite : Si à vitesse linéaire v constante, elle se rapproche de la terre (la distance r entre le centre de la terre et le centre de la lune diminue), sa vitesse angulaire w augmente ($\omega = v/r$, ω augmente si r diminue), la force centrifuge Fc ($Fc = m\omega^2$) augmente et la remet sur son orbite. Si elle s'en éloigne, sa vitesse angulaire diminue, Fc diminue et la gravitation la remet sur le droit chemin.

L'éloignement progressif

Selon les tests de la NASA, la Lune s'éloignerait de 3,78 cm par an de la Terre (une vitesse que les scientifiques considèrent comme anormalement élevée). Cela permet de justifier les effets de marée qui font perdre de l'énergie à la Terre (en décalant le centre de gravité par le creux des marées), moment angulaire transféré à la Lune qui accélère linéairement, provoquant son éloignement pour compenser l'accélération de la vitesse linéaire en diminuant la vitesse angulaire (selon les lois de Newton).

A noter qu'en 2014, le taux d'éloignement avait accéléré : 3,805 ± 0,004 cm par an. Plus Nibiru se rapproche, plus la Lune s'éloigne.

Harmo ne dit rien sur la réalité de cet éloignement, ou si c'est un mensonge NASA de plus pour tordre la réalité à nos connaissances du moment. On peut remarquer que les miroirs posés sur la Lune, et servant à mesurer cet éloignement, font exactement 3,78cm... Soit la NASA connaissait cet éloignement avant de le mesurer, soit ils nous donnent des chiffres bidons...

Mais un petit calcul montre qu'il y a un problème : si la Lune est datée de 4 milliards d'année, elle serait très loin à l'heure qu'il est (avec le taux actuel de détachement, la Lune serait sortie de Terre il y a seulement 1,5 milliard d'année).

Bref, tout ça pour dire que cet éloignement, augmenté par Nibiru, sera a étudier de manière plus sérieuse une fois que tout sera calmé.

Rotation

période de rotation égale à la période de révolution

La Lune a cette particularité d'avoir une période de révolution égale à la période de rotation. C'est pourquoi elle nous présente toujours la même face.

Coup de bol ? Loi encore inconnue de stabilité des satellites ? Non. Cette égalité est due à la naissance même de la Lune : elle n'est qu'un morceau de Tiamat qui s'est détaché. La partie de la Lune qui nous fait aujourd'hui face (appelée la face visible) était autrefois collée à la Terre (ce qui explique au passage la différence inexpliquée de surface et de composition entre face sombre et face éclairée). Une fois détachée, cette face qui était dirigée vers le noyau de Tiamat a continué d'être côté Terre, le résidu du noyau de Tiamat.

Dit autrement, La Lune continue à tourner autour de l'ancien centre de masse de Tiamat, à savoir le noyau de la Terre.

Pour expliquer encore d'une autre façon, c'est comme si Tiamat était toujours là, et que la Lune soit toujours à la surface de la planète fantôme Tiamat : tout comme la Tour Eiffel est toujours à l'opposé du centre de la Terre, la face cachée de la Lune sera toujours à l'opposé du centre de la Terre, la Tiamat fantôme.

Si la Lune s'était formée autrement, où si elle avait été une étrangère capturée par la Terre, elle n'aurait pas eu cette égalité de période.

Vitesse orbitale

Pourquoi la rotation de la Terre est plus rapide que l'orbite de la Lune, si les 2 sont issues du même corps ?

Vitesse orbitale Lune

Peu magnétique (donc pas imposée par les bras de balayage solaires), la Lune conserve la rotation orbitale de Tiamat fossile, avec peut-être la perte de vitesse progressive par effet marée, et l'éloignement progressif correspondant.

Hypothèse 1

Libérée d'une masse excédentaire, toujours fortement magnétique et interagissant plus avec les bras de balayages solaires, la planète Terre se soit mise à tourner plus vite que Tiamat d'origine.

Hypothèse 2

Alors que la Lune, faiblement magnétique, n'est pas impactée pas les passages de Nibiru, on a vu en 2020 que la Terre accélérait sa rotation, chose que notre science est incapable de comprendre. Peut-être que quand Nibiru s'éloignera après son second passage, elle accélérera encore la rotation de notre planète. Ce qui explique que depuis 5 milliards d'années (dislocation de Tiamat), la Terre tourne bien plus vite que la Lune, qui elle ralentit. On pourra trancher après le second passage ! :)

Axe de rotation

L'axe de rotation de la Lune est perpendiculaire au plan équatorial du soleil (du coup elle n'a pas de saison), mais comme son écliptique est incliné par rapport au plan équatorial solaire, son axe de rotation est considéré comme lui aussi incliné.

Hémisphère Sud de la Lune

Le 18/08/2011, l'ESA dévoilait son projet d'aller sur l'hémisphère Sud de la Lune. Le meilleur endroit pour voir ce qui se passe dans le ciel austral, sans être perturbé par l'atmosphère terrestre. De plus, un observatoire Lunaire posé sur du solide serait plus pratique qu'un Hubble.

Par exemple, la plupart des comètes sont visibles depuis l'hémisphère Sud et exceptionnellement pour le Nord.

Avant-poste terrestre

Il est plus facile de faire décoller un moyen de transport depuis la Lune que depuis la Terre, et cela grâce à une vitesse de libération beaucoup plus faible et l'absence d'atmosphère.

Les conditions y sont aussi meilleures que sur Terre : stabilité des conditions météo, stérilité du sol, facilité d'accès aux ressources minérales (eau, oxygène etc.), pas d'atmosphère oxydante, etc. Faire directement une base sur Terre, c'est prendre les risques de subir de graves difficultés (eau impropre à la consommation, tempêtes et intempéries, humidité ambiante ou tempêtes de sable, tremblements de terre, attaque par des animaux sauvages...). Donc pour qui souhaite visiter la terre, vaut mieux avoir une base arrière pratique et stable.

Ceinture d'astéroïdes

Survol

La ceinture principale d'astéroïdes se trouve à l'ancienne orbite de Perséphone, entre Mars et

Jupiter. Ce sont les résidus des 2 dislocations de Perséphone.

Les astéroïdes contiennent encore les briques d'ADN de la vie de Tiamat.

Cette ceinture est la source de toutes les comètes du système solaire, astéroïdes déviés lors des passages de Nibiru.

Cérès (p.)

C'est la plus grosse planète révolutionnant dans la ceinture d'astéroïde, celle qui va reformer une planète de type Mars.

Lacunes de Kirkwood (p.)

La ceinture d'astéroïdes, c'est en réalité 4 ceintures révolutionnant sur des rails gravitationnels proche, démontrant parfaitement l'existence de ces rails, mis de côté par la science qui n'arrive pas à expliquer ce phénomène.

Seule source des comètes (p.)

Il n'y a pas de nuage d'Oort, toutes les comètes et géocroiseurs de notre système planète viennent des astéroïdes, sortis de leur orbite à chaque périhélie de Nibiru.

Vie (p.)

On trouve la présence d'une ancienne vie dans la ceinture d'astéroïde. Thème développé dans la partie sur la Vie.

Peu étudiée

Étant la zone d'origine de Nibiru, cette orbite est étonnamment peu étudiée. Le fait que les destructions récentes expliquent que une planète n'ai pas eu le temps de se reformer sur cette orbite dérange la science officielle. De plus, admettre que les comète viennent de cette ceinture, revient à dire que régulièrement, une grosse planète vient perturber cette zone, et provoquer de grosses destructions dans le système solaire. Sans parler des briques de vie retrouvées sur les astéroïdes, montrant que bien avant la création de la Terre, la vie existait sur une autre planète aujourd'hui disparue. Voilà pourquoi cette zone est "taboue".

Découverte

Les premières planètes du système solaire respectent des positions orbitales définies par la loi de Titius-Bode. Les calculs donnaient donc la présence d'une planète entre Mars et Jupiter. C'est ce qui a permis de découvrir, en 1801, Cérès, le plus gros astéroïde du système solaire (qui est plutôt une planète naine).

Cette ceinture est aussi appelée première ceinture d'astéroïdes (en référence à la ceinture de Kuiper), ou au nuage d'Oort (inexistant en réalité)).

Problème théorique insoluble

Les scientifiques sont bien embêtés pour expliquer pourquoi ces astéroïdes, selon eux les restes du disques d'accrétion d'origine du système solaire, ne se sont pas regroupés en planètes comme sur les autres orbites.

Pourquoi les scientifiques refusent de voir l'évidence, à savoir que ces astéroïdes sont le résultat d'une dislocation récente de la planète qui se trouvait sur cette orbite ?

Il faut quand même savoir qu'il a fallu attendre les années 1960 pour que la sciences acceptent de reconnaître les cratères de météorites sur la Terre, la Lune et Mars, qu'elle attribuait auparavant à des volcans... Si ce n'est pas de la mauvaise foi... D'un autre côté, comment expliquer qu'il y avait un bombardement météoritique intense il y a 4 milliards d'années, et plus maintenant... Seule la théorie d'une Terre et Lune qui n'étaient pas sur la même orbite qu'aujourd'hui permet d'expliquer correctement ces questions.

années 2010 - Étude de Cérès

Ce n'est que dans ces années qu'on a commencé à s'intéresser de près aux astéroïdes. En mars 2015, la science découvre une Cérès bien différente de ce qu'on avait imaginé : Cérès est un planétoïde composé de beaucoup de glace, ce qui confirme que la ceinture d'astéroïde a une origine bien plus mystérieuse que ce que les scientifiques l'estiment. En plus, il est logique de penser que si Ceres a beaucoup d'eau, de nombreux gros astéroïdes sont de composition identique : tient tient, ce ne serait pas nos fameuses comètes en fait ?

Dislocations successives

1ère : Perséphone

La première dislocation de Perséphone (p.) donne la planète naine **Cérès**, et une première salve d'**astéroïdes**

Contenu astéroïdes

Certains ont beaucoup d'eau ou de méthane car ils proviennent des couches supérieures de Perséphone.

Ceux qui proviennent de la croûte/manteau supérieur sont rocheux.

Ce qui proviennent du noyau de Perséphone sont riches en métaux lourds.

2e : Tiamat

La dislocation de Tiamat (p.) a donné la 2e salve des astéroïdes. Comparé à la première salve, ils viennent plus de la surface, et sont plus légers, plus riches en eau, et contiennent les briques de la vie (ADN) ou des hydrocarbures (issus de la vie sur Tiamat).

Seule source de comètes de notre système solaire

Les scientifiques se sont aperçus que les astéroïdes étaient très variés, et que de nombreux avaient des caractéristiques proches des comètes.

Pour l'instant les scientifiques parlent parfois de corps "hybrides", mais en réalité les comètes ne sont que des astéroïdes particuliers contenant des fragments de Perséphone ou de Tiamat.

Cette ceinture est la seule source de toutes les comètes du système solaire.

Éjection de l'orbite par Nibiru

Ces comètes sont des astéroïdes éjectés hors de leur orbite lors des passages de Nibiru, ou lors de collisions entre astéroïdes.

Lors de leur éjection, les astéroïdes adoptent une trajectoire elliptique très allongée autour du Soleil, comme l'orbite de la planète Nibiru qui les a éjecté (mais pas aussi allongé qu'elle).

Les plus petits astéroïdes sont capturés par Nibiru sur son passage, et intègrent son nuage de débris.

Les plus gros astéroïdes sont repoussés par l'effet de répulsion de la gravitation de Nibiru, et deviennent des comètes et géocroiseurs (la même chose). Ces géocroiseurs peuvent par la suite éjecter par choc les astéroïdes plus petits n'émettant pas de gravitation répulsive, ce qui générera nos futurs météores habituels (hors présence du nuage de Nibiru).

Le nuage d'Oort est de la désinformation

Ce nuage hypothétique d'Oort, qui entourerait le système solaire comme une boule, n'a jamais été observé.

Ce qu'on observe, c'est que les comètes se dégradent à chaque fois qu'elles s'approchent du soleil. Si elles dataient de la nébuleuse du disque d'accrétion qui a créé le système solaire, il ne devrait plus y avoir de comètes depuis belle lurette... Cette constatation implique que, régulièrement, un astre massif vient dans le système solaire pour détourner des astéroïdes et les sortir de leur trajectoire pour qu'elles deviennent des comètes.

En effet, l'orbite elliptique très large des comètes ne peut être expliquée par la seule gravitation de Jupiter qui exercerait un effet sur les seuls astéroïdes observés, ceux de la ceinture d'astéroïdes.

La logique voudrait donc qu'on imagine une planète venant régulièrement croiser près de Jupiter, et éjecter pas mal d'astéroïdes au passage.

Comme les comètes ont des âges différents, cette étoile repasserait "souvent". Si elle détourne les astéroïdes, alors elle agirait sur la Terre, ce qui expliquerait les réchauffements observés dans les glaces tous les 3 600 ans. Tiens, comme l'étoile / planète Nibiru que les sumériens connaissaient il y a de cela 6000 ans... On arrive assez vite à prouver l'existence de Nibiru.

Or, comme les banquiers qui détiennent les revues scientifiques et les labos de recherche ou observatoires veulent garder le secret sur cette planète, les scientifiques ont imaginé une autre théorie alambiquée, même si cette théorie ne marche pas dans les simulations. d'où l'absence de réelles études poussées et la discrétion sur le sujet depuis 120 ans...

Le nuage d'Oort (la réserve de comètes au delà de la ceinture de Kuiper) a été inventé en 1932. Un nuage lointain, avec des naines brunes errantes mal connues qui passeraient à côté du Soleil sans se faire capturer par sa gravitation (on ne nous explique pas comment) et qui éjecteraient les astéroïdes lointains (ceux du nuage d'Oort) de leur orbite pour créer les comètes.

A noter que le nuage d'Oort, situé au loin, génère les comètes de la même façon que dans la réalité, mais le problème est juste repoussé au loin (la fameuse naine brune passe loin de la Terre avec Oort, et les scientifiques ne sont pas obligés de faire les liens avec les destructions observées sur Terre).

Sauf que Oort est un nuage qui ne peut marcher dans la réalité. Le nuage de Hill apparaît en 1981 : comme les comètes sont trop près du Soleil, avec les calculs plus poussés permis par le développement de l'informatique, les scientifiques se rendent compte que le nuage d'Oort est censé s'évaporer dans l'espace. Pour éviter cette évaporation, on invente le nuage de Hills autour du nuage d'Oort (pas plus observé dans les faits que le fictif nuage d'Oort). Le nuage de Hill est censé refournir en astéroïdes le nuage d'Oort quand il est vide ! Bon, la sciences sait bien qu'il se passe encore quelque chose pour maintenir le nuage de Hills rempli, et qu'il faudra sûrement créer des nuages inobservés encore et encore pour que la théorie puisse essayer de rester debout... On ne fait qu'empiler les béquilles et complexifier le sujet pour que personne ne gratte trop de ce côté...

Attention, ça n'empêche la possible présence de multitudes de corps rocheux après la ceinture de Kuiper, que Nibiru absorberait dans son nuage pour les plus petits, ou au contraire éjecterait pour les plus gros. Mais les Alt semblent dire que les comètes connues depuis la Terre (qui révolutionnent autour du Soleil) ne viennent que de la ceinture d'astéroïdes.

Ceinture astéroïde > Cérès

Grosse planète en formation

Une grosse planète type Mars est en train de se reformer dans la ceinture d'astéroïde, c'est Cérès. Elle va grossir en capturant tous les astéroïdes à sa portée et devenir une vraie planète. Ces processus sont extrêmement longs, ils se comptent en milliards d'années.

Ces astéroïdes ayant été créé "récemment", c'est à dire longtemps après la création du système solaire, qui explique qu'ils n'aient pas encore reformer de planète de type Mars.

Encore active ?

On observe régulièrement des dégagements de jets de vapeur de Cérès, comme s'il y avait encore du volcanisme (donc un noyau actif). Ce qui serait étonnant vu que cet objet est plus ancien que la Lune (1ère dislocation ayant eu lieu plusieurs milliards d'années avant la seconde qui a créé la Terre et la Lune). Il est plus probable que c'est l'échauffement de la face éclairée par le Soleil qui provoque ces jets de vapeur (suite au Soleil plus chaud en présence de Nibiru). Harmo n'en parle pas.

Ceinture astéroïde > Lacunes de Kirkwood

Très probablement la matérialisation des rails gravitationnels selon moi, Harmo évoque le fait que Nibiru fait le vide le long de son orbite, soit en captant les petits astéroïdes, soit en poussant les gros devant elle. la description "caillou dans la mare" est assez parlant (à l'image des ondes générées sur l'eau par l'impact du caillou ?).

Ceinture astéroïde > Comètes et géocroiseurs

Comètes et astéroïdes géocroiseurs sont issus des mêmes débris, seule leur composition change. J'utilise le mot comète pour parler des 2. Les plus petits, n'émettant pas de gravitation répulsive, ont les orbites les plus régulières, et donnent les météores quand ils rentrent dans notre atmosphère.

Pas de collision avec les planètes pour les plus gros

De par la gravitation répulsive des objets suffisamment massifs, et le fait que les comètes sont des blocs de glace de plusieurs kilomètres de diamètre, les comètes ne rentrent pas dans notre atmosphère.

Queue cométaire

Leur queue en panache n'est pas du au fait qu'elles brûlent, c'est la chaleur et les particules venues du Soleil qui créent une évaporation (+ionisation) et qui forme un nuage. Cette queue (parfois double) est toujours orientée dans le sens des rayons du Soleil.

Essaims cométaires

Les comètes laissent aussi une série de débris sur leur passage. Ces débris deviennent ensuite des étoiles filantes quand ils finissent, un beau jour, par croiser la Terre et brûlent alors dans notre atmosphère. Ces débris sont appelés essaims, car ils forment des sortes de nuages que notre planète croise régulièrement dans l'année. Ensuite on donne un nom à ces essaims que l'on croise de façon périodique suivant l'endroit où ils nous font de belles étoiles filantes dans le ciel : par exemple, on a les Perséides, que l'on voit habituellement à la mi-août et on se repère par rapport à la constellation de Persée pour savoir d'où elles apparaissent. Cet essaim est un nuage de débris laissé par la comète Swift-Tuttle.

Hécate

Survol

Cette planète est la jumelle de la Terre, car elle est sur la même orbite de la Terre, à l'opposé par rapport au Soleil.

Morphologiquement, elle n'a rien à voir avec la Terre, car il s'agit d'une planète d'agrégation au noyau éteint comme le sont les premières planètes proches du Soleil (c'est la Terre qui est une intruse dans ces orbites proches).

Faire le résumé

Vie sur Hécate (p.)

Hécate est non propice à la vie. Ce qui n'empêche pas des ET avancés technologiquement d'y établir des bases, ce qui a fait croire un temps aux élites qu'elles pourraient y établir des bases humaines (d'où la censure sur Hécate, car touchant à des projets Top Secret).

Caractéristiques

Orbite commune à la Terre

Hécate a toujours existé sur cette orbite, et ce bien avant que la Terre ne l'y rejoigne après la dislocation de Tiamat.

C'est donc la planète d'origine sur cette orbite (la Terre étant une intruse) c'est pourquoi sa composition (noyau éteint) est plus en adéquation avec les autres planètes en orbite basse par rapport au Soleil, à savoir Mercure, Vénus et Mars.

Orbite

Hécate révolutionne sur la même orbite que la Terre, et exactement à la même vitesse angulaire autour du soleil que la Terre.

Sa période de révolution est donc la même que la notre, soit une année terrestre (vitesse dépendant de la position par rapport au Soleil).

Dimensions

Hécate est de la même taille que la Terre (et la même masse selon les zétas), des caractéristiques la rendant apte à rester dans cette orbite ?

Surface

Hécate est une planète rocheuse complètement stérile (pas d'eau en surface, même si son sous-sol en contient) et son atmosphère n'est pas respirable pour les humains.

C'est principalement à cause du manque d'eau qu'elle n'a jamais pu abriter de la vie.

Sans eau ni atmosphère, les météorites ne sont pas amorties, d'où les nombreux cratères d'impact.

Elle a de grandes ressemblances chimiques avec Vénus, sauf qu'elle se situe plus loin du Soleil et n'a pas d'atmosphère à effet de serre.

Albédo

Très fort albédo (donc très brillante).

Couleur bleue

Son atmosphère, comme celle de la Terre, laisse passer la couleur bleue, ce qui permet de ne pas la confondre avec les autres planètes du système solaire.

Constitution interne

Son noyau est éteint donc n'est plus magnétique.

rotation

Hécate tourne lentement, dans le sens antihoraire classique (vue du Nord).

Hécate est de la taille d'une planète équivalent à la Terre.

Invisible de la Terre

Hécate est d'ordinaire invisible de la Terre, car directement à l'opposé de la Terre par rapport au Soleil, et restant à cette place de par la même vitesse que nous.

Donc comme pour la face cachée de la Lune, impossible de voir Hécate sans y envoyer une sonde (de type SOHO). Nous verrons dans la partie vie (p.) pourquoi cette planète à été censurée.

Nibiru la rend visible

Hécate n'est pas sensible au champ magnétique de Nibiru, et donc n'est pas freinée par Nibiru (contrairement à la Terre). Du coup, quand la Terre est ralentie sur son orbite, Hécate la rattrape : résultat, on commence à la voir car Hécate ne se situe plus à notre opposé exact par rapport au Soleil, et n'est donc plus occultée par ce dernier. De notre point de vue (hémisphère Nord), elle se décale vers la gauche du Soleil et perturbe les rayons solaires, notamment dans le spectre bleu. Elle apparaît tour à tour comme une nouvelle planète concrète ou bien est visible indirectement par des mirages lumineux bleus par effet de lentille gravitationnelle. Elle apparaît alors souvent comme une lueur bleue proche du Soleil et le sera de plus en plus avec le temps vu que la Terre va continuer à ralentir. Aucun risque de collision (les planètes se repoussent les unes les autres) elle sortira de sa trajectoire pour nous doubler par derrière, on devrait donc 2 lunes éclairées directement par le soleil (mais le doublement va être rapide, pas sûr que cette configuration se fasse de manière bien visible).

Kachina bleue

En revanche, c'est un signe connu par les anciens et les amérindiens Hopis en parlent comme la

"Kachina" bleue, une étoile sacrée, qui doit annoncer le grand bouleversement et l'arrivée de la Kachina rouge (Nibiru) qui aidera la Terre à se purifier. Cette étoile bleue fera bien peur aux Hommes mais montrera à un moment son vrai visage: elle ne sera pas celle qui secouera la Terre, selon les hopis, mais seulement son annonciatrice. En l'occurrence, nous nous rendrons compte, après l'avoir prise pour Nibiru, que c'est une nouvelle planète régulière, mais jusqu'alors inconnue, qui ne comporte aucun danger particulier.

Mars

Caractéristiques

Couleur rouge

Comme pour la Terre, c'est son atmosphère qui donne la couleur rouge à Mars (quand on la regarde avec un télescope).

En réalité, de nombreux rochers ont du vert et du bleu (lichens qui les recouvre).

Atmosphère

L'oxygène y est plus rare, mais présent. Les températures sont basses.

Magnétisme rémanent

La planète a connu un magnétisme actif dans son passé (on en retrouve des traces), notamment parce que son noyau était bien plus chaud, liquide et mobile, ce qui n'est plus le cas aujourd'hui.

Dorénavant sur Mars, il subsiste un magnétisme rémanent qui n'est pas lié au noyau mais à la croûte martienne, croûte qui a gardé une empreinte magnétique du passé.

Mars n'est donc que peu sensible au champs magnétiques extérieurs (comme celui de Nibiru), elle n'a plus de "générateur" interne qui peut être perturbé.

Aspect

Mars ressemble à une vaste toundra terrestre, désertique, froide et en altitude (moins d'oxygène disponible).

Mars ayant subi, du temps de son noyau actif, les renversements provoqués par la planète Nibiru, il est normal d'y retrouver le principe de strates (pole-shift).

Histoire

Perte de l'eau aérienne

Avant l'arrivée des Anunnakis, il y avait un cycle aérien de l'eau, avec des pluies. Suite au désastre environnementale que ces derniers ont provoqués, toute l'eau est restée dans le sous-sol, une partie de l'atmosphère à disparue, et la température en surface a chuté.

Effets de Nibiru

Entre 2002 et 2012, Mars a perdu 50% de sa calotte polaire. Cette calotte, facilement visible depuis la Terre, ne peut être cachée comme les autres données. Le capteurs des rovers Martiens montrent que les températures se réchauffent plus vite que celles de la Terre.

Mars > Phobos

Issu de la dislocation de Tiamat en même temps que le Terre, il a donc, avec son noyau d'étoile comme la Terre, un sous-sol très riche en minerais.

Phobos a été capturé ultérieurement par la gravitation de Mars, c'est pourquoi c'est un satellite atypique de Mars. Mais comme la NASA s'est enfermé dans un mensonge avec la glace carbonique des pôles, pour ne pas dire qu'il y avait de l'eau, il est peu probable que la température de Mars se réchauffe autant que 4 fois plus vite que celle de la Terre depuis 2004, comme la NASA l'affirmait en 2008.

Jupiter

Masse

Erreur des scientifiques

A cause de notre méconnaissance de la gravitation, les masses calculées par rapport au mouvement des géantes dites gazeuses est ridiculement faible par rapport à la grosseur observée. C'est pourquoi les scientifiques ne peuvent s'en tirer qu'en les considérant comme gazeuses, et évitent de lancer des sondes pour les étudier (ou du moins, n'ont pas communiqué sur le sujet). Ces géantes gazeuses possèdent un centre solide très dense et très chaud.

La plus massive des planètes

Malgré cette erreur, Jupiter est considérée comme ayant une masse considérable, 318 fois celle de la Terre, 2.5 fois la masse de toutes les autres planètes du système solaire réunies.

Jupiter est tellement massive qu'elle arrive même à attirer le Soleil et à le décentrer.

Constitution

Centre solide très dense et très chaud.

Quand la comète Shoemaker-Levy 9 a frappé Jupiter, cela à formé de grandes taches sombres sur la planète. Cela veut dire que Jupiter contient aussi des couches d'atmosphères bien plus sombres que ce qu'on voit en surface.

Comme Saturne, Jupiter dégage plus d'énergie thermique qu'elle n'en reçoit du Soleil. Il y a donc de fortes réactions internes.

Champ magnétique

Le dipôle magnétique est incliné à environ 10° de l'axe de rotation de Jupiter (similaire aux 11,3° de la Terre). L'intensité du champ magnétique est d'environ 428 µT (4,28 G), ce qui correspond à un dipôle ayant un moment magnétique de $1,53 \times 10^{14}$ T m^3. Par comparaison avec la Terre, Jupiter a un champ magnétique dix fois plus puissant et un moment magnétique 18 000 fois plus large.

Satellites

Jupiter est la lanète du système solaire comportant le plus de satellites (79 recensés). Nous verrons les plus emblématiques en suivant.

Jupiter > Io

5e satellite de Jupiter.

Sa surface est constellée d'une centaine de montagnes, certaines plus élevées que l'Everest. La surface est dépourvue de cratères d'impact, ce qui pourrait indiquer qu'elle est très récente.

Comme les autres satellites internes de Jupiter, Io tourne sur elle-même de façon synchrone : sa période orbitale est égale à sa période de rotation et Io pointe toujours la même face vers Jupiter.

Comme Ganymède, tout indique que Io génère son propre champ magnétique.

Planète la plus active volcaniquement

Sur la Terre, le volcanisme est généré par la dérive des continents. On peut faire le lien avec Io. Avec plus de 400 volcans en activité, Io est l'objet le plus actif du système solaire. Certains panaches des éruptions volcaniques d'Io montent à plus de 300 kilomètres au-dessus de la surface avant de retomber, la matière étant éjectée de la surface à une vitesse d'environ 1 000 m/s ! Pour engendrer un volcanisme aussi actif, il faut une énergie considérable.

Cette énergie ne vient pas du Soleil, car même Mercure, qui se situe tout contre lui, n'a pas de volcanisme actif.

Qu'est ce qui peut créér une telle chaleur ? Et bien tout simplement Jupiter. Face à un tel monstre, Io, qui est juste à la périphérie de Jupiter, apparait comme un bille à côté d'une boule de démolition.

Dans ces conditions, Io est malmenée par les marées produites par la proximité de la super planète Jupiter et des ses autres satellites, Europe et Ganimède : résultat, comme la Lune crée des marées sur la Terre, Jupiter soulève la croute de Io d'environ 100 mètres, ce qui a pour effet d'exercer d'énormes tensions.

Io, qui est sur de nombreux points identique à la Terre, nous montre donc une chose simple. Les forces gravitationnelles sont capables de mobiliser des énergies considérables et ainsi, comme dans cet exemple, être à l'origine de dégagements de chaleur tels qu'un volcanisme exceptionnel bouleverse complètement l'aspect d'une planète.

Mais ce n'est pas tout : l'orbite de Io traverse également les lignes du champ magnétique de Jupiter, ce qui génère un courant électrique. Bien que ce ne soit pas une grande source d'énergie comparé à l'échauffement dû aux forces de marée, ce courant dissipe une puissance de plus de 1 térawatt avec un potentiel de 400 000 volts. Ce courant électrique entraîne au loin des atomes ionisés provenant d'Io à un taux d'une tonne par seconde. Ces particules ionisées rayonnent intensément autour de Jupiter et sont partiellement responsables de l'étendue exceptionnelle du champ magnétique de Jupiter.

Io nous montre qu'en présence d'une planète massive et magnétique, une planète magnétique voit son noyau se réchauffer fortement... Comme la Terre en présence de Nibiru.

Jupiter > Europe

6e satellite de Jupiter. La surface la plus lisse du système solaire (peu de cratères d'impact, malgré la présence de nombreuses lignes de fissures. Albédo 0,64. Des geysers d'eau sont observés à sa surface.

Un champ magnétique, 6 fois plus faible que Ganymède, et une atmosphère.

Jupiter > Ganymède

7e satellite de Jupiter, c'est le plus grand satellite du système solaire (plus grand que Mercure).

Il génère son propre magnétisme, décalé de 3° de son axe de rotation.

La surface montre des traces d'un noyau chaud et d'une activité tectonique.

possède une atmosphère, et des océans supposés liquides.

Visible à l'oeil nu de la Terre.

Jupiter > Callisto

Seul satellite de Jupiter à ne pas être en résonance de moyen mouvement.

Beaucoup de cratères (surface la plus cratérisée du système solaire), pas de traces d'activités tectoniques.

Atmosphère.

C'est la plus éloignée des grosses lunes jovienne

Neptune

Géante gazeuse comme Jupiter, mal définie par nos scientifique comme toutes les géantes gazeuses (p.).

Constitution

Centre solide très dense et très chaud.

Saturne > Titan

Le plus grand satellite naturel de Saturne, et le 2e plus gros satellite du système solaire (après Ganymède).

Seul satellite connu à posséder une atmosphère dense (entre 200 et 880 km au dessus de sa surface (pour comparaison, c'est 100 km pour la Terre), ce qui l'a longtemps placé comme plus gros satellite du système solaire, avant qu'on n'y envoie une sonde

La sonde Huygens s'est posé en surface en 2005.

Lacs d'hydrocarbures liquides dans les régions polaires du satellite.

Quelques montagnes et des volcans. Peu de cratères d'impacts. Ce satellite est jeune dans le système solaire.

Entre 2005 et 2007, des repères de la surface se sont écartés de 30 km, ce qui indique une forte dérive dérive des continents.

Neptune > Triton

Plus gros que Pluton, c'est le seul gros satellite connu a avoir une tournation rétrograde (orbite et rotation en sens inverse du sens de rotation de son attracteur). C'est pourquoi même la science doit reconnaître qu'il n'a pas été formé autour de Neptune, mais est un objet extérieur ayant été capturé par Neptune.

Avec Phobos, c'est le seul objet cou a se rapprocher de son attracteur.

Activité géologique active et récente, notamment des geysers.

Atmosphère.

Rotation synchrone autour de son attracteur, malgré le fait qu'il n'ai pas été émis via une dislocation. Des forces d'alignement doivent exister en plus pour expliquer qu'il présente toujours la même face face à son attracteur.

Pluton

Connue des anunnakis et des Dogons, ce n'est qu'en 2005 que les astronomes la retire (à tort) de la liste des planètes, juste pour que la prochaine planète découverte ne soit pas la planète X / 10 dont Nancy Lieder parle depuis 1995.

La période de révolution de Charon (seul satellite de Pluton) est la même que la période de Pluton. Charon est toujours au-dessus du même lieu de Pluton, et comme la rotation de Pluton et de Charon sont synchrones (période de révolution = période de rotation) les 2 se présentent toujours la même face.

On peut imaginer que comme avec Tiamat, il y a eu dislocation du même objet il y a longtemps, et que les 2 corps ont gardé la même orientation, comme si l'haltère de dislocation avait gardé la barre de maintien centrale. Le fait que Charon soit plus de la moitié de Pluton, sa plus grande distance au Soleil, expliquerait que Pluton n'ai pas une rotation plus rapide que celle du couple comme la Terre l'a (tourne plus vite sur elle-même que la période de révolution de la Lune). La dislocation est aussi surement plus ancienne, Pluton ayant eu le temps de ralentir sous l'effet des forces de marées.

Le centre de masse des 2 objets (Charon + pluton) est extérieur à Pluton (planète double, comme le couple Soleil-Jupiter), ce qui confirmerait la dislocation à partir d'une proto-Pluton.

Objet trans-neptunien bidons

Eris et les autres

Toutatis, Apophis, Tyché, Eris, sont des géocroiseurs transneptuniens découverts après 2000. Considérés qu'après cette date, tous ces objets sont des fausses découvertes, des objets déviés de leur trajectoire (L1>Désinformation FM US). Voilà pourquoi Eris, censé être plus gros, plus brillant et aussi près de nous que Pluton, est découvert 70 ans après Pluton : tout simplement parce qu'il n'existe pas...

Système Solaire > Nibiru

Survol

Origine de Nibiru (p.)

L'étoile éteinte Perséphone se disloque sous l'"effet du tiraillement entre Jupiter et Soleil. La plus grosse partie est éjectée dans l'espace, et devient la planète-comète Nibiru, qui révolutionne désormais entre Soleil et Némésis.

Caractéristiques (p.)

Nibiru est une SuperTerre, à majorité océanique avec quelques îles, au noyau chaud, à l'atmosphère respirable. Diamètre 4 fois supérieur à la Terre, presque aussi magnétique que le Soleil.

Orbite (p.)

Nibiru révolutionne en 3 666 ans autour des 2 étoiles restantes de notre système solaire complet, à savoir Soleil et Némésis. Très allongée, l'orbite est inclinée de 31° par rapport à l'écliptique terrestre.

Caractéristiques (p.)

Nibiru est à mi-chemin entre une grosse planète (super-terre) et un soleil éteint (mini naine-brune), à la caractéristiques cométaires (passe proche du Soleil en formant une queue). Nibiru est vivable, car elle possède une atmosphère respirable, un noyau chaud permettant l'eau liquide, et une surface majoritairement océanique.

Influence sur le système solaire (p.)

Nibiru possède un noyau d'étoile hyper magnétique et très dense, et son retour dans le système planétaire de notre Soleil chamboule tout, planètes et Soleil compris.

Nuage (p.)

Nibiru est entourée d'un gros nuage de rochers et d'hydrocarbures, s'étendant sur des millions de km.

Origine

Issu de la dislocation de Perséphone, c'est la plus grosse partie, qui récupère la majorité du noyau interne le plus lourd. En son sein, elle conserve donc une forte activité nucléaire : elle contient énormément d'éléments très lourds, comme l'uranium, et irradie fortement dans l'infrarouge. Elle n'émet qu'une très faible lumière visible dans le rouge profond, mais ceci est anecdotique bien que cela explique pourquoi elle est considérée par de nombreuses légendes terriennes comme un monde rouge et noir (le monde de Quetzalcoatl dans la tradition mésoaméricaine).

Perséphone étant plus petite que Némésis, comme lui c'était une étoile éteinte. Nibiru était donc aussi trop petite pour enclencher une réaction thermonucléaire de fusion (comme le fait notre Soleil), et elle perdit son enveloppe d'hydrogène et d'hélium, ne conservant que son noyau lourd, solide, qui refroidit avec le temps pour former une planète.

Nibiru éjectée du système planétaire du Soleil

Nibiru a été éjectée tellement vite en direction du Soleil, qu'elle avait trop d'élan pour être capturée par le Soleil. Elle est ainsi sortie du système solaire (après 12 ans d'orbites proches) et s'est alignée sur le champ gravitationnel entre Némésis et le Soleil (aidée aussi par son très fort magnétisme, ayant gardé la plus grosse partie du noyau de Perséphone). Elle reproduit depuis tout le temps le même scénario, se faufilant tant bien que mal) travers toutes les failles gravitationnelles que l'Univers lui laisse, et repassant forcément par le lieu d'éjection d'origine, c'est à dire la ceinture d'astéroïde.

Caractéristiques

Dimensions

Par rapport à la Terre :
- Diamètre 4 fois supérieure (50 000 km)
- Masse 8 fois supérieure (Harmo), 23 fois (Zétas)
- [Zétas] gravité 1,5 fois celle de la Terre (plus la planète est massive, plus elle attire de gravitons, mais plus elle en émets aussi !).

Sens de rotation

Orbite

Contrairement aux orbites de toutes les planètes du système solaire, Nibiru à une orbite rétrograde (vu du Nord, elle tourne dans le sens horaire).

Rotation

Là aussi, Nibiru est une planète rétrograde, c'est à dire qu'elle tourne sur elle même dans le sens horaire vu du Nord (à l'inverse des autres planètes du système solaire).

En 2019, les mesures du champ magnétique terrestre étaient interrompues toutes les 25 à 26h (la magnétosphère s'affolant, les autorités coupaient les mesures en temps réel le temps que ça se calme). Le pôle Nord magnétique de Nibiru étant excentré de l'axe de rotation, on peut partir sur une rotation de 25,5 h, contre 24 h pour la Terre.

Noyau surdimensionné

Le noyau est plus gros (proportionnellement) que celui de la Terre, car Nibiru a accaparé la plus grande partie du noyau de Perséphone.

C'est ce qui explique que son pouvoir gravitationnel soit 8 à 10 fois plus fort que celui de la Terre, Nibiru est beaucoup plus dense.

Étoile éteinte

Nibiru n'émet que très peu de lumière, et dans l'infrarouge. Si les IR peuvent traverser la croûte sous forme de chaleur (voir être émis par la chaleur de la croûte à sa surface), voire même sous forme de rayonnement direct à travers le fond de ses océans (croûte océanique plus fine).

Ces IR faiblement émis seront ensuite en grande partie absorbée par le nuage interne, puis par le nuage externe. Pour les observer depuis la Terre, il faudra en plus qu'ils traversent notre atmosphère terrestre. Peu d'appelés, encore moins d'élus...

Réactions au sein du noyau

Nibiru étant une étoile avortée, elle n'a pas les mêmes réactions chimiques en son coeur que celles qu'il y a dans le soleil (la fusion par exemple), tout comme le soleil n'a pas les mêmes réaction chimiques que d'autres étoiles comme les géantes rouges ou oranges.

Nibiru a eu plusieurs stades d'évolution, et dans son histoire elle a perdu une bonne partie de son enveloppe gazeuse externe. Il reste néanmoins un coeur liquide actif, qui émet de la lumière IR.

Magnétisme

La masse et surtout son noyau sont très denses, il s'y produit des réactions chimiques particulières. Ces réactions engendrent de très fortes radiations, notamment un vaste champ magnétique : Nibiru a un champ magnétique presque aussi important que celui du Soleil !

Tout comme Nibiru tourne sur elle-même à l'inverse de la Terre, la direction de son champ magnétique est inversé par rapport à la Terre

Volcanisme très actif

Du fait de son cœur est encore très chaud, il y règne une forte activité volcanique

Ce volcanisme envoie beaucoup de poussières en altitude, ce qui explique la couche 2 du nuage de Nibiru.

Température

Le coeur très actif maintient un niveau de température confortable, même dans l'espace profond et privé d'ensoleillement.

Vitesses diverses

Selon l'astronome Ferrada, dans les années 1940 :
- 92 km/s = Vitesse de la planète Hercolubus en tournant autour de Némésis.
- 76 km/s = Vitesse de la planète Hercolubus quand il tourne autour du Soleil.
- 300 km/s = Vitesse de la planète Hercolubus à mi-chemin des deux soleils.
- 14 000 000 km = Point le plus proche de la Terre dans la trajectoire de la planète Hercolubus (14 millions de miles (au lieu de km) pour les Zétas..
- 32 000 000 000 km = Distance de Némésis de la Terre.

Calcul

Selon *The New Illustrated Science and Invention Encyclopedia,* volume 18 : en 1983, les sondes Pioneer ont localisé Nibiru (Tenth planet) à 7,52 milliards de kms du Soleil. A la vitesse de 300 km/s, il faut environ 20 ans pour approcher le Soleil (soit 2003). Quand on sait que Nibiru a été capturée par le Soleil en 2003, on voit que Ferrada avait la bonne vitesse, et que les infos de l'encyclopédie n'étaient pas mauvaises...

Aspect

Type

La classe de Nibiru n'est pas encore définie par notre science, mais qui existe abondamment dans l'Univers. Nibiru n'est ni une naine brune, ni une planète tellurique, ni une planète gazeuse. Elle est les trois à la fois puisqu'elle est le cœur d'une géante qui s'est disloquée (Perséphone). De ce fait, le champ magnétique de Nibiru est disproportionné par rapport à sa taille, et agit comme une force qui peut contrer la gravitation.

Intermédiaire entre une étoile et une planète

Nibiru est un intermédiaire entre une "super Terre" et une géante type Jupiter : une énorme planète rocheuse très chaude avec un immense nuage de gaz / poussières et débris (plusieurs millions de km de diamètre).

Si techniquement, c'est une étoile en son coeur (et cela explique pourquoi elle produit du flerovium dans son noyau et pas la Terre, par exemple), elle ressemble extérieurement plus à une planète rocheuse océanique (elle abrite un océan et une atmosphère).

Nibiru est donc un cas hybride, ce qui explique aussi ses caractéristiques spécifiques : elle a un coeur rocheux mais comporte un nuage de gaz et de poussière (comme une géante gazeuse). Son noyau n'est pas comme celui de la Terre, c'est le coeur d'une étoile éteinte, d'où son champ magnétique bien supérieur à ce qu'elle devrait posséder.

On peut aussi l'assimiler à une mini naine brune, avec tous les satellites naturels (lunes) qui l'entourent et font une sorte de mini système planétaire.

Transformation en comète

Une fois dans le système solaire, le vent solaire déforme ses couches externes 3 et 4 du nuage, les transformant en queue planétaire.

Nibiru ressemble alors à une comète avec une grosse tête et une queue courte qui change de teinte suivant l'angle de vue (irisation provoqué par la couche 3).

Vaste océan parsemé d'îles

Nibiru comporte de vastes océans.

Cette eau a été créée à partir de l'hydrogène contenu dans l'enveloppe externe de Perséphone.

Les terres émergées, des îles exclusivement forgées par le volcanisme intense de la planète (pas de tectonique de plaques sur Nibiru) sont beaucoup plus restreintes en surface que sur notre planète. D'ailleurs, pour se représenter leur monde, il faut l'imaginer comme un vaste océan Pacifique, avec de grandes îles comme Hawaï, les Galapagos ou encore l'île de Pâques. Certaines sont assez vastes et ressemblent davantage au Japon.

Ce qui explique que les anunnakis sont de grands navigateurs et n'hésitent pas à construire un port sur l'île de Pâque au milieu de rien, en utilisant des bateaux moins énergivores et avec plus de charge utile que leurs avions.

Nuage (p.)

J'appelle le nuage tout ce qui est léger et gravite autour de la surface de Nibiru, à savoir l'atmosphère, les nuages de cendres, la nuée de gouttelettes d'hydrocarbures et de poussières de fer.

Le nuage de Nibiru est extrêmement vaste, et composé de différentes couches aux densités différentes (un peu comme les pelures d'un oignon).

Le nuage est très déformé, dans sa partie externe, par l'influence du Soleil et des autres planètes, si bien qu'on ne peut pas lui définir de limites précises.

Ceinture (p.)

J'appelle ceinture tous les objets un minimum massifs qui gravitent autour de Nibiru, c'est à dire les graviers, astéroïdes et lunes (Nibiru pouvant être vue comme un mini système planétaire). Ils sont mélangés aux couches 3 et 4 du nuage.

Aspect > Nuage

Survol

Le nuage c'est tout ce qui est au-dessus de la surface solide ou liquide de Nibiru. Les couches sont données dans l'ordre du plus proche de la surface, vers le plus éloigné, donc de densités de plus en plus faibles :

Couche 1 (respirable) (p.)

Comparable à la notre, donc respirable (azote, oxygène, CO_2).

Couche 2 (cendres) (p.)

Épaisse et extrêmement dense, chargée de poussières volcaniques en suspension, empêchant la lumière d'entrer ou sortir (type Jupiter).

Couches 1 et 2 (p.)

Forment l'atmosphère, et restent sphériques proches du Soleil, même très proche du Soleil.

Couche 3 (gouttelettes d'HC) (p.)

une couche très vaste (plusieurs millions de km) de gouttelettes huileuses d'hydrocarbures peu denses.

Couche 4 (poussières) (p.)

une couche encore moins dense mais encore plus vaste (plusieurs dizaines de millions de km) de poussières rouge / rouille composées d'oxydes de fer.

Couches 3 et 4 (p.)

Elles forment la queue cométaire lorsque Nibiru est dans le système solaire.

Illumination lors des tempêtes solaires

Aurores sur la couche 2

Le seul moment où on voit Nibiru briller, c'est quand sa couche 2 (haute atmosphère) est bombardée par le vent solaire lors d'éruptions massives. C'est le même phénomène que pour les aurores boréales, Nibiru devient phosphorescente quand elle est frappée par le plasma à haute énergie.

Réflexion sur la couche 4

La couche 4 de Nibiru devient visible lors des éruptions solaire, et qu'on voit un gros halo d'oxydes métallique sans l'espace, allant de Mercure à la Terre (voir L0 > Soho).

Couche 1 (respirable)

Il y a une atmosphère respirable (similaire à l'atmosphère de la Terre, azote + oxygène) qui entoure en premier la surface, permettant la vie en surface.

Couche 2 (cendres)

Au dessus de l'atmosphère respirable, une couche épaisse et extrêmement dense, chargée de :

- cendres volcaniques (carbone + silice),
- micro-cristaux métalliques (comme les oxydes de fer)
- poussières diverses (arrachés aux autres planètes du système solaire ou aux astéroïdes et comètes (Hydrogène, Carbone) rencontrés au cours de la longue trajectoire de Nibiru.

Toutes ces particules sont en suspension dans la haute atmosphère (Harmo ne le précise, mais j'imagine que comme sur la Terre ou Jupiter, il y a de puissants Jet Stream maintenant ces particules en suspension).

Cette couche 2 forme un manteau si épais qu'elle piège (détourne et absorbe) toute la lumière venant du Soleil, sauf le rouge profond (foncé). C'est à cause de cette couche que Nibiru, vue depuis la surface, parait un monde rouge et noir (dans notre fréquence de la lumière visible).

Quand on regarde cette couche supérieure de l'atmosphère de l'extérieur, on ne voit que des nuages très noirs (idem qu'à l'aller, la lumière infrarouge émise par la chaleur de la planète est absorbée en grande partie par cette couche). C'est comme Jupiter, on a l'impression d'avoir affaire à une géante gazeuse. On ne peut pas voir qu'il y a une planète à l'intérieur de cette gazeuse, c'est à dire un noyau rocheux.

Cette absorption de la lumière entrante ou sortante explique le très faible albédo de Nibiru, et que cette planète rouge sombre paraisse noir charbon mat de l'extérieur, ou ai une magnitude si faible dans les IR.

Cette couche 2 est formée par les projections en haute altitude du volcanisme très actif de Nibiru.

Taille

Sous réserve que j'ai bien compris les propos d'Harmo, la couche 2 englobe une zone (sans compter les déformation provoquées par le vent solaire) d'environ 10 fois le diamètre de Jupiter (centré autour de Nibiru).

Le rayon apparent de la couche 2 de Nibiru (si on s'arrête à ce qu'on voit, un rond noir qu'on pourrait prendre pour la surface d'une géante gazeuse) est donc de 715 000 km, 10 fois supérieure au rayon de la couche 2 de Jupiter, 110 fois le rayon de la Terre (alors que la planète rocheuse Nibiru n'a un rayon que 4 fois celui de la Terre).

Cette distance (la taille observée à distance, comme ce qu'on voit de Jupiter) est souvent confondue avec la taille de la planète Nibiru elle-même (cf Hercolubus).

Couches 1 et 2 : nuage interne

1 et 2 forment l'atmosphère de Nibiru (encore appelé le nuage interne). Ces couches restent à peu près sphériques, et ne se déforment que très peu dans le le système solaire.

L'atmosphère de Nibiru bien plus épaisse que la notre.

Couche 3 (gouttelettes d'HC)

Une couche très vaste et peu dense de gouttelettes huileuses d'hydrocarbures qui fait plusieurs millions de km, comme une espèce de brume huileuse en suspension qui s'étend très loin dans l'espace autour de la planète.

Ne vous laissez pas avoir par l'image d'un pétrole noir et opaque. Ces gouttelettes d'hydrocarbures sont transparentes comme de l'eau, comme l'est l'essence.

Ces hydrocarbures sont le résultat de réactions chimiques entre la couche 2 de cendres en dessous, et les poussières et l'hydrogène interstellaire au dessus.

En effet, quand Nibiru reste une dizaine d'années très très proche du Soleil, le vent solaire extrêmement ionisant + d'autres phénomènes électriques font réagir l'hydrogène et le carbone de la haute atmosphère (couche 2) pour donner des molécules de type C_nH_m (éthane, butane, etc.). C'est important, car c'est là que se forme réellement le pétrole que nous utilisons tous les jours !

Ces HC prennent la forme, dans l'espace, de micro-gouttelettes plus ou moins translucides et huileuses.

Même si les hydrocarbures du nuage de Nibiru étaient opaques, une fois pulvérisés en micro-gouttelettes, ils seraient de toute façon transparents vu leur épaisseur infime.

N'importe quel hydrocarbure, s'il est un gaz ou un liquide dans des conditions standard (20° - 1 atmosphère) gèle dans l'espace, ou au mieux prend la forme d'un liquide huileux.

Ces hydrocarbures, formés au dessus de la couche 2, échappent à l'attraction de Nibiru à cause de l'altitude et du balayage du vent solaire, mais restent satellisées tout autour de Nibiru sous forme de gouttelettes très fines.

Cette couche 3 du nuage, qui contient les hydrocarbures, atteint bien moins souvent la Terre que la couche 4, mais quand cela arrive, cela prend la forme de pluies de naphte ou de goudron. En s'infiltrant dans le sol jusqu'aux couches imperméables, elles forment nos gisements de pétrole, estimées comme le second liquide le plus abondant sur Terre après l'eau, et dont nos scientifiques n'arrivent pas à trouver l'origine...

Effet prisme

Quand on parle d'un effet prisme, c'est pour simplifier.

Ce qui se produit avec la lumière traversant les gouttelettes d'HC du nuage de Nibiru, c'est ce qui se passe avec un prisme. Ce prisme peut être fabriqué avec n'importe quel matériau qui n'a pas le même indice de réfraction que l'air (du genre de la résine, du verre ou tout autre matériau transparent).

Le prisme utilise des effets de diffraction / réfraction de la lumière. Les gouttelettes d'eau dans le ciel forment un prisme naturel responsable de la décomposition de la lumière du Soleil, et donc des arcs en ciel.

Dans le cas de Nibiru, les gouttelettes d'hydrocarbure mélangées aux poussières (notamment d'oxyde de fer) ont plusieurs effets :

1. elles filtrent certaines longueurs d'onde, ce qui a empêché Nibiru d'être clairement visible au delà de l'infrarouge. Ce sont surtout les poussières métalliques et oxydes qui jouent ce rôle.

2. un effet de diffraction, à la fois comparable à une loupe et un prisme (ou un réseau de fentes) qui sépare la lumière qui arrive à passer à la manière d'un arc en ciel. Ces rayons de lumière sont séparés et n'arrivent pas tous à notre planète suivant l'angle. Quelque fois ce sera le rouge, d'autre fois le bleu, certaines couleurs étant plus déviées que d'autres.

3. un effet de réfraction à cause des poussières métalliques. Selon l'angle, la lumière du Soleil qui arrive à toucher Nibiru se reflète dans le nuage à la manière d'un miroir semi translucide (effet qui contribue aussi à l'effet loupe) et reste piégée vers Nibiru (principe de l'effet de serre). Selon l'angle sur lequel la lumière l'atteint, le nuage reflète la lumière, ou la laisse traverser. Une vitre par exemple, est translucide de face, mais si vous la regardez de côté, sous un autre angle, le verre agit plutôt comme un miroir.

Un arc en ciel est tout à fait comparable à ce qu'il se passe avec le nuage de Nibiru, la lumière du Soleil est à la fois déviée et séparée par longueurs d'ondes, les gouttelettes de liquide ayant cette particularité.

Dans le cas de Nibiru, d'autres forces agissent comme les effets de lentilles gravitationnelles ou la complexité du nuage de débris, mais c'est le même principe de base.

C'est de l'optique de base, il suffit de considérer le nuage de débris comme une milieu sphérique semi-translucide entourant une source de lumière quasi ponctuelle.

La diffraction / réfraction de la lumière ne concerne pas que les liquides, mais tout milieu transparent (liquide, solide ou gaz).

Couche 4 (poussières)

Une couche encore moins dense mais encore plus vaste (plusieurs dizaines de millions de km) de poussières rouge / rouille composées d'oxydes de fer.

Lors des réactions aboutissant à la formation des gouttelettes d'HC de la couche 3, il y a aussi des poussières libérées par les réactions chimiques (celles qui transforment les cendres volcaniques et l'hydrogène interstellaire en hydrocarbures). Ces poussières sont extrêmement chargées en fer (sous forme d'oxydes) et ce sont elles, plus légères que les gouttelettes, qui s'éloignent le plus de la planète. Ce sont souvent ces poussières d'oxyde qui arrivent à atteindre la Terre lors du passage et qui teintent les pluies / rivières / lacs et océans en rouge / rouille (avec un goût de sang prononcé, vu que c'est du fer).

Couches 3 et 4 - nuage externe / queue cométaire

3 et 4 forment ce qu'on appelle la "Queue cométaire de Nibiru". C'est la partie externe du nuage.

Dans la partie elliptique de la trajectoire de Nibiru, ce nuage est centré autour de Nibiru, sphérique, ayant même tendance à former des anneaux épais pour les parties les plus externes (sûrement sur des rails gravitationnels autour de Nibiru).

Par contre, dans la partie trajectoire spirale, le nuage est très déformé, dans sa partie externe, par l'influence du Soleil et des autres planètes, si bien qu'on ne peut pas lui définir de limites précises.

Cette partie externe forme des volutes (elle ondule) qui peuvent frapper les atmosphères des autres planètes (Terre, mars, Vénus etc...). Les quantités de produits déversés sont variables, car les frappes sont par "rafales" ou "vagues", frappant plus ou moins violemment notre planète.

Les couches 3 et 4 sont si vastes que la Terre est balayées par ces couches, même les 10 ans où Nibiru reste collée au Soleil (allant jusqu'à modifier petit à petit certains équilibres physico-chimiques, notamment dans la haute atmosphère (contrails d'avions, résonance de Schumann qui augmente, etc..), et en reçoit une plus grosse partie encore lorsque Nibiru est au plus proche (pluies de naphte et d'oxydes de fer).

Cette queue cométaire englobe depuis février 2017 la Terre et la Lune, même si les premières filoches nous frappent depuis bien avant.

Je parle des atteintes les plus denses du nuage. Les molécules les plus éloignées (des centaines de millions de km ce coup-ci, une sorte de couche 5) atteignent la Terre bien avant que Nibiru ne soit dans le système planétaire, mais c'est en tr_s faible quantités.

Le vent solaire projette quelques molécules hors du nuage pour le jeter sur la Terre bien avant le passage, mais ces molécules ne sont qu'anecdotiques, même si elles arrivent à être en nombre suffisant pour former les fils d'Ariane ou les contrails d'avions plus persistants qu'avant.

Réfraction (reflet)

Comme vu plus haut, selon l'angle d'incidence, le nuage externe se comporte comme un miroir, et renvoie/dévie la lumière à forte incidence. D'où les cornes visibles depuis la Terre.

Certaines longueurs d'ondes sont filtrées, et là encore c'est surtout le rouge et l'infrarouge qui en ressortent.

Ce nuage externe reflète parfois une image miroir du Soleil, d'où les soleils doubles.

Diffusion / dilution de la lumière

Ces couches 3 et 4 diffusent et diluent la lumière entrante ou sortante, ce qui empêche d'avoir une forme / image claire et nette de Nibiru.

Quand Nibiru nous montre sa face éclairée (après le passage), regarder Nibiru c'est comme vouloir observer une pièce d'or à 15 mètres de profondeur, entourée d'un tissu noir serré (couche 2), dans une eau agitée troublée de nombreux sédiments (couches 3 et 4).

Assombrissement du ciel

Depuis 2016, certains objets de l'espace lointain comme les quasars n'émettent plus de signal radio, des étoiles disparaissent, etc. C'est l'assombrissement dû au nuage.

Plus la loupe se rapproche de nous, moins elle grossit les objets qui sont derrière. D'où ces disparitions qui augmentent avec l'approche de Nibiru.

Illumination par les éruptions solaires

Proche du Soleil

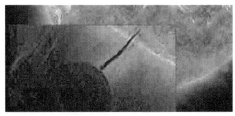

Figure 9: bulle de plasma

De grosses boules de plasma sortant du Soleil (avec un filet reliant la boule au Soleil) étaient visibles vers 2011, quand Nibiru était encore sur la première orbite contre le Soleil (et tournait rapidement autour du Soleil, sans être liée encore à l'axe magnétique Terre-Soleil).

Les particules chargées à la surface du Soleil s'engouffrent simplement via un des pôles de Nibiru, comme cela se produit aussi vers les pôles de la Terre (et qui donne les aurores boréales). La seule différence, c'est que Nibiru étant très proche du Soleil, ses pôles gravitationnels attirent bien plus de matière. La boule de plasma était moins grosse que sur l'image : Nibiru était alors entre le Soleil et le satellite, et la boule était plus proche, donc paraissant plus grosse (elle semblait collé au Soleil sur l'image). Le filet de matière semble court aussi, alors que vu légèrement de dessus, il est en réalité bien plus long et à l'horizontale.

Niveau de Vénus

28/11/2013 : Un monster persona apparaît sur les images du satellite Stereo A (caméra HI1 pour le plus visible). Le gros truc rond que l'on voit apparaître n'est pas Nibiru elle même. C'est un reflet de celle-ci. Quand le Soleil a émis son explosion de plasma, de nombreuses particules sont alors entrées en contact avec le nuage de Nibiru, qui agit comme un bouclier déflecteur naturel pour ses habitants. Lorsque les particules hautement chargées ont frappé ce nuage, elles ont excité les particules, qui ont alors émis à leur tour des photons, c'est à dire de la lumière. Pour simplifier, Nibiru agit comme un miroir phosphorescent : l'explosion de plasma du soleil a touché l'atmosphère de Nibiru qui a renvoyé de la lumière, comme un projecteur. La surface de Nibiru est très sombre, et absorbe la lumière du Soleil : ce qui veut dire qu'elle ne brille pas quand elle est éclairée. Or là, c'est une explosion de plasma qui en est la cause, et c'est très ionisant. Nibiru n'a pas pu tout absorber, et elle a réagit fortement en émettant de la lumière, comme un miroir.

Pourquoi, depuis la Terre, on n'observe pas Nibiru qui devient phosphorescente ?

Nibiru renvoie la lumière dans un direction précise, et cette lumière est ensuite déformée par l'espace et tout ce qui peut perturber sa propagation (comme les débris et les poussières). C'est comme si on avait un prisme entre Nibiru et nous, et du coup on voit l'image de cette Nibiru décalée. On peut comparer ça avec les objets que l'on voit dans l'eau. la lumière ne se déplace pas de la même façon dans l'eau que dans l'air. Du coup, quand on voit un poisson, en réalité il est souvent plus bas que la position où l'on pense qu'il l'est.

D'ailleurs, si vous piquer un bâton dans l'eau, on a l'impression qu'il est coudé, alors qu'il est bien toujours droit en réalité.

Et bien c'est le même problème : c'est comme s'il y avait de l'eau entre Nibiru et nous (fort flux de gravitons), cela déforme l'image et on croit qu'elle est à cette place alors qu'en fait elle l'image est décalé. Ce que l'on voit n'est pas directement l'endroit où est Nibiru (montrée après la Terre, sur le bord de l'objectif), elle est en réalité plus proche du Soleil. Son reflet est simplement décalé sur le côté si bien que son image n'est pas à la position où elle se trouve réellement.

Aspect > Ceinture de débris

Par dessus la haute atmosphère très sombre et rougeâtre (la couche 2 du nuage de Nibiru), s'étend un vaste nuage de débris, des micro astéroïdes drainés sur le passage de Nibiru, parfois de plus gros, voir même des lunes, mélangés aux couches 3 et 4 du nuage de Nibiru.

Ces débris, plus massifs que les micro-gouttelette ou les micro-poussières d'oxyde de fer, ne sont pas strictement liés au nuage et n'en sont pas solidaires (notamment proches du Soleil, ils adoptent un autre comportement que le nuage).

Ces débris sont pris dans le champ de gravitation de Nibiru, mais révolutionnent sur une très grande distance. On peut dire que Nibiru est un mini système planétaire, qui se déplace autour de 2 étoiles dont notre soleil.

Ces ceintures sont un peu l'équivalent des anneaux de ceintures, anneaux qu'on retrouve, même si c'est en taille moins importante, autour de chaque grosse planète du système solaire.

Tournation rétrograde

Toutes les lunes de Nibiru révolutionnent autour de leur étoile (Nibiru) dans un sens rétrograde (sens horaire vu du Nord), parce que ce sont des satellites capturés par Nibiru autour de Némésis (facilité par la rotation rétrograde de Nibiru).

Débris

Des millions d'astéroïdes, de la taille d'une île à celle d'un gravier. Captées par Nibiru lors de ses passages dans le système solaire, notamment des débris arrachés à la ceinture d'astéroïde.

Ces astéroïdes sont responsables des entrées atmosphériques atypiques, comme les météores verts.

Aspect > Ceinture de débris

Ceinture la plus externe en flerovium

Les débris les plus éloignés de Nibiru, semblent contenir les dangereuses météorites contenant du flerovium sous forme non cristalline, émettant les radiations gamma pendant des millions d'années, et qui laissent une lumière arc-en-ciel lors de leur chute sur Terre.

Ces roches ne semblent pas être très nombreuses et forment l'enveloppe, la frontière externe du nuage de la planète X. Elles constituent une fine couche qui se comporte comme une bulle de savon autour de la planète, car de par leurs propriétés physiques d'anti-gravité, elles sont rejetées aux abords.

Lunes mineures

Il y aussi de très nombreux planétoïdes ressemblant à Phobos, des micro planètes pas entièrement sphériques. Même si techniquement ce sont des lunes, on ne peut pas les considérer comme les lunes majeures (voir plus loin). Je les appelle lunes mineures, celles pas assez massives pour avoir pris la forme sphérique.

Lunes (sous-entendu "majeures")

Nombre

12 lunes majeures au total pour Nibiru (dont une très petite, et qui n'était pas considérée par les anunnakis comme une lune, pour mieux faire l'analogie entre le système planétaire de Nibiru et celui du Soleil : 11 planètes du Soleil (en incluant Pluton et Hécate). Il serait intéressant de faire le lien avec le système planétaire de Jupiter.

Trajectoire classique

Les lunes gravitent à distance de Nibiru.

La plupart du temps (trajectoire elliptique loin de toute influence d'autres corps massifs), les lunes sont réparties classiquement, tournant régulièrement autour de leur planète centrale.

Trajectoire devant ou derrière

Si Nibiru est accéléré sous l'effet d'une force magnétique, les lunes mois magnétiques se retrouvent alors parfois devant, parfois derrière : si Nibiru ralenti, les lune passent devant, si Nibiru accélère, les lunes passent derrière.

Ce n'est que la partie magnétique qui joue ici dans l'accélération différentielle entre Nibiru et ses lunes : une attraction purement gravitationnelle aurait certes plus de force sur Nibiru que sur ses lunes, mais l'inertie des lunes étant plus faible, elles accélèreraient au final aussi vite que Nibiru (l'histoire de la plume et de la boule de plomb de Galilée).

Une fois Nibiru devant, le flux des gravitons pousse les lunes à rattraper Nibiru.

Le tube si excentration

Si les lunes sont devant ou derrière Nibiru, les lunes se déplacent alors en tournoyant autour d'un cylindre très allongé, qui forme une sorte de tube (comme un vortex).

Dans la trajectoire spirale, ce tube prend la forme de la coupe gravitationnelle (voir plus loin).

Yoyo

Quand les lunes passent devant ou derrière, la gravitation les pousse à rattraper Nibiru, et l'inertie de ce rattrapage les pousse alors à dépasser la position d'équilibre : les lunes se rapprochent plus de Nibiru que la répulsion gravitationnelle ne le permet, la répulsion gravitationnelle augmente plus elle se rapproche (ce qui les empêchera toujours de toucher), puis les rejette un peu plus loin que la position d'équilibre. C'est cette fois tout l'Univers qui repousse les lunes vers Nibiru, etc.

Une fois les lunes sorties de leur orbite à cause de l'accélération de Nibiru, il y a donc plusieurs années où elles vont jouer au yoyo autour de la position d'équilibre, un peu comme un ressort tiré puis relâché, qui va osciller un petit moment avant de retrouver sa position d'équilibre initiale.

Ce yoyo se produit entre les lunes aussi : elles se repoussent entre elles, ça se répercute sur les autres, puis dépassant le point d'équilibre, elles reviennent en arrière mais trop , et sont de nouveau repoussées, etc.

Derrière Nibiru : entrée du système solaire

Quand Nibiru s'approche du soleil et accélère brutalement pour se jeter dans le premier rail contre le Soleil, cet amas de lunes est en retard par rapport à Nibiru (n'ayant pas la même attraction magnétique que Nibiru).

Si les lunes ne suivent pas tout de suite cette accélération, elles sont quand même ramenées progressivement par la force gravitationnelle, rattrapant ainsi leur retard. Le fait de rattraper Nibiru et de dépasser la position de répulsion gravitationnelle, va les faire entre dans cette danse en yoyo, mais toujours dans un tube situé derrière Nibiru, elles ne reprendront leur orbite elliptique autour de Nibiru quand plusieurs décennies, quand Nibiru ressortira du système planétaire du Soleil.

C'est cette orbite tubulaire qui permet de libérer pendant quelques années le ciel de Nibiru (et permettre aux anunnakis de s'échapper de leur planète).

Devant Nibiru : la coupe gravitationnelle (p.)

J'interprete d'après les dires d'Harmo, qui reste vague sur comment les lues passent devant Nibiru.

Après la phase d'accélération magnétique vers le Soleil, Nibiru est brutalement freinée par la gravitation répulsive Nibiru - Soleil (Harmo parle juste de "freins" au pluriel, n'ayant pas le droit d'en révéler trop sur la vraie nature de la gravitation). Comme cette gravitation répulsive est plus forte de la part de Nibiru que de ses lunes, ces dernières vont s'approcher bien plus près du Soleil avant d'êtres repoussées. Elle dépasse donc Nibiru, et reforme une nouvelle orbite tubulaire à l'avant de Nibiru, le yoyo s'installant de nouveau dès lors qu'elles cherchent à revenir vers Nibiru, et que l'inertie les fasse osciller de nouveau autour de la position d'équilibre (oscillations de grandes amplitudes vu les masses en jeu et l'absence d'amortissement des mouvements dans l'espace).

Le tube va s'orienter dans le sillage gravitationnel de Nibiru (qui fait une coupe gravitationnelle perpendiculaire à son orbite, dans le sens du vent solaire). Les lunes tourbillonnent dans le sillage gravitationnel, en restant toujours dans le vortex ou tube satellitaire obtenu quand les lunes ont dépassées Nibiru, lors du ralentissement de ce dernier contre le Soleil.

Coupe gravitationnelle

Cette coupe gravitationnelle se trouve à l'opposé du Soleil par rapport à Nibiru, donc dirigée vers la Terre.

En effet, la gravitation de Nibiru fait une sorte de puits gravitationnel en arrière dans lequel tombent les planètes, qui se mettent ainsi à l'abri des particules de gravitation du Soleil. Les Lunes de Nibiru, sous l'effet des gravitons du Soleil, sont repoussées derrière Nibiru, dans la coupe, où elle se mettent à à tourbillonner dans tous les sens, comme un drapeau qui claque au vent, ou le sillage derrière une voiture.

C'est cette coupe qui permet aux anunnakis d'échapper temporairement à Nibiru, sans avoir ces masses de débris empêchant toute évasion de la planète (pour un vaisseau restant dans cette dimension).

Même s'ils préfèrent, pour rejoindre la Terre, attendre que Nibiru ai dépassé la Terre par rapport au Soleil, pour ne pas avoir à faire le tour de la coupe gravitationnelle.

axe de déplacement

Dans la coupe, les lunes ne se déplacent pas sur un axe direct Nibiru-Terre, mais plutôt parallèlement à la trajectoire de Nibiru (comme si elles tournaient en ondulant autour d'une Nibiru fictive décalée sur le côté).

Taille moyenne

A peu près le même diamètre que la notre.

La plus grosse lune

Environ aussi grosse que Pluton, voire Mercure lors du yoyo des lunes pendant la phase de la trajectoire spirale, sa vitesse est très élevée et elle a tendance à faire des allers retours rapides dans le tube où restent les lunes.

Orbite

Survol

Nibiru est déroutante pour nos scientifiques, par le fait qu'elle accélère et ralenti sans raisons apparentes, et est tiraillée par plein de forces contraires, car intruse au sein de la mécanique bien réglée de notre système solaire.

Son noyau, rempli de flerovium, génère des propriétés d'anti-gravité n'aidant pas à comprendre sa trajectoire anormale pour notre compréhension de l'Univers.

Forme globale (p.)

L'orbite de Nibiru est celle d'une comète très très massive, c'est pourquoi elle est si allongée, et passe si proche du Soleil, et est si inclinée par rapport à l'écliptique.

L'orbite de Nibiru peut être décomposée en 2 phases : l'ellipse, et la spirale.

Ellipse (p.)

Forme classique en ellipse, avec 2 foyers, Soleil et Némésis. Inclinée de 31°, durée totale 3 666 ans.

Spirale (p.)

Dans le système planétaire du Soleil, Nibiru adopte une trajectoire spirale, comme une bille lancée tangentiellement dans un entonnoir (dont le trou serait le Soleil). Dans cette spirale expansive, Nibiru va rejoindre la ceinture d'astéroïde (son point d'éjection initial lors de la dislocation de Perséphone). Une fois cette périhélie de sa trajectoire elliptique atteinte, Nibiru repart vers le Soleil en spirale compressive, avant de repartir vers l'espace profond (dans la partie elliptique de sa trajectoire).

Durée totale

La durée totale de l'orbite (ellipse et spirale comprises) oscille en 3 650 et 3 670 ans. De nombreux facteurs naturels peuvent influencer son parcours, notamment la place des grosses planète comme Jupiter.

Orbite > Forme globale

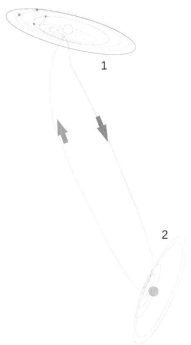

Dessin 1: Trajectoire Nibiru, ellipse + spirales

1 : Système planétaire du Soleil (interne)
2 : système planétaire de Némésis

La trajectoire entière (entre 3 650 et 3 670 ans) de Nibiru est globalement symétrique arrivée - départ (en forme de 8 ou de S), seul le centre est spiralé (environ 40 ans).

Figure 10: CC Silbury Hill 2009 (proche d'Avebury, dans le Wiltshire)

Cette trajectoire est très allongée, un peu comme avec les comètes. Cette trajectoire très excentrique est due au fait que quand elle s'est séparée de Tiamat, Nibiru a été propulsée très près du Soleil.

Le Soleil a immédiatement attrapé Nibiru dans sa gravitation, ce qui l'a fait accélérer, si bien qu'elle n'a pas été captée définitivement par le Soleil. Ce phénomène se reproduit à chaque fois qu'elle revient et repart, un peu comme si on avait accroché un élastique entre Nibiru et le Soleil. Le problème, c'est que cet élastique a été tellement tendu que Nibiru fait que des allers retours, sans jamais s'arrêter. Il n'y a pas de frein dans l'univers, les mouvements une fois lancés se répètent invariablement, encore et encore.

Nibiru est retournée dans le "bon" sens quand elle se place contre le Soleil (sens de la Terre), tandis qu'une fois contre Némésis, elle est remise la tête à l'envers (rotation rétrograde). Ces retournements provoqués par les inversions magnétiques (une fois dans un sens avec le Soleil et une fois dans l'autre avec Némésis) expliquent la forme de S ou de 8 de l'orbite générale de Nibiru. Ce sont ces contraintes qui tordent la boucle.

Orbite > Ellipse

Forme globale

La plus grande partie de l'orbite de Nibiru (une ellipse) est très éloignée du soleil. Libre de forces contraires, elle adopte une trajectoire elliptique classique.

Toutes les planètes du système solaire ont leurs orbites à peu près sur le plan orbital terrestre (formé par l'orbite de la Terre, appelé l'écliptique).

Le plan orbital de Nibiru, dans sa partie ellipse, est incliné d'environ 31° par rapport à l'écliptique.

Double foyer

La périhélie de Nibiru, côté Soleil, est au niveau de la ceinture principale d'astéroïdes, là où révolutionnait Perséphone, et d'où est partie Nibiru après la dislocation de Perséphone.

La périhélie opposée est très loin hors du système solaire (autour de Némésis).

En 1987, une encyclopédie US donne Nibiru à 4,7 milliards de km du Soleil, et Némésis à 50 milliards de km (mesures effectuées par triangulation entre les sondes pionneer).

Orbite inconnue de l'homme

Nibiru a une orbite similaire à celle de Pluton.

Pluton a une orbite inclinée de 17°, variant entre 50 et 30 UA, et se rapproche du Soleil au point de rentrer dans l'orbite de Neptune.

Il est donc logique que l'orbite de Nibiru, encore plus inclinée, peut bien se rapprocher encore plus du Soleil lors de sa périhélie.

Ensuite, Nibiru ne révolutionne pas qu'autour du Soleil, mais possède le 2e foyer de son ellipse centré sur Némésis. Là aussi ça change complètement la donne par rapport aux planètes classiques observées.

L'orbite de Nibiru n'est inconnue que du grand public. En 1982, Pioneer 10 et 11, par triangulation, ont localisé Nibiru (Tenth Planet) à environ 7.52 milliards de km du Soleil, soit 50 UA, c'est à dire au niveau de Pluton. Ces infos existent dans une une encyclopédie US de 1987, voir L0>Nibiru.

Peu d'interaction

Contrairement à toutes les autres planètes du système solaire (et dont les orbites sont toutes plus ou moins placées sur le même plan), le plan orbital de Nibiru est très incliné par rapport aux autres, ce qui fait qu'elle n'interagit avec les autres planètes que peu de temps (le temps de traverser le plan orbital terrestre en gros, les 40 ans de sa trajectoire spirale).

Orbite > Spirale

Harmo n'a pas donné tous les détails concernant l'orbite spirale de Nibiru, ce qui reviendrait à donner aux illuminatis une date de passage. Néanmoins, sa description est assez poussée, même si le mensonge scientifique sur l'emplacement réel des pôles magnétiques solaires complique l'explication.

Quand Nibiru approche du Soleil par le Sud, elle tombe à toute vitesse dans l'entonnoir gravitationnel du Soleil, et vient se placer sur le premier rail gravitationnel (plus proche que Mercure).

Nibiru se place dans le champ magnétique entre le Soleil et la Terre (première planète magnétique rencontrée), et restera par la suite sur cet axe Soleil-Terre, légèrement décalée en avant.

Nibiru peut tourner plusieurs années sur le même rail gravitationnel, avant que le croisement des bras solaires ne l'éjectent. Nibiru s'écarte alors du Soleil jusqu'à tomber dans le rail suivant, réalisant ainsi une trajectoire en forme de spirale crénelée qui s'éloigne du soleil. Ce processus dure des décennies. C'est quand Nibiru est suffisamment proche de la Terre, et qu'elle bute sur la gravitation de notre planète, qu'elle franchit l'écliptique (ce passage entraînant le Pole Shift sur la Terre).

Nibiru part alors dans la ceinture d'astéroïde, fait demi-tour, puis refait tout le chemin à l'envers.

Erreur humaine de compréhension

En 2003, s'appuyant sur la trajectoire décrite par Sitchin, et les infos volontairement incomplètes de Nancy Lieder, les scientifiques ont cru qu'une planète/étoile errante comme Nibiru allait traverser le système planétaire du Soleil sans bouger de sa trajectoire elliptique, faire un demi-tour en périhélie parfait, puis repartir dans l'espace tout en gardant une belle trajectoire rectiligne, comme si n'existaient pas les attractions magnétiques et gravitationnelles exercées par le Soleil et les autres grosses planètes... ! C'est ce qui leur a fait réaliser le false flag du 11 septembre 2001 en urgence, et la guerre en Irak sans se préoccuper de comment la payer.

Évidemment, ça ne se passe pas comme ça. Nibiru ne perds pas magiquement son magnétisme et sa gravité à l'approche du Soleil, elle se fait piéger par la gravitation et le magnétisme solaire, mais sa place est instable dans l'ordonnancement du système solaire et elle se fait éjecter au bout de quelques décennies.

Les satellites des géantes gazeuses se font capturer initialement par la gravitation d'une géante en adoptant une trajectoire spirale. Nibiru ne fait pas autrement avec le Soleil quand elle se fait piéger, puis quand elle s'échappe de l'attraction du Soleil.

Orbite > Spirale

Rails gravitationnels (p.)

Nous avons vu que le Soleil est entouré de rails gravitationnels, dans lesquels les forces de gravitation capturent les objets massifs.

Une fois tombé dedans, Nibiru a du mal à se détacher de ces rails. Cela peut mettre plusieurs années, notamment quand elle est près du Soleil (où les ornières sont plus profondes).

Durée

Totale

Nibiru mets environ 40 ans à parcourir son orbite spirale (entre le moment où elle se colle contre le Soleil, et celui où elle en est éjectée). Cette durée dépend de la position relative des planètes du système interne, qui la freinent ou non dans ses sauts de rails gravitationnels.

Entre les 2 passages

Il y a 7 ans, après avoir franchi l'écliptique, pour faire son demi tour vers la ceinture d'astéroïde et revenir franchir une deuxième fois l'écliptique.

Retour vers le Soleil

Les forces contraires étant moins fortes dans ce sens, le retour vers le Soleil, avant d'être éjectée du système planétaire, devrait être bien plus rapide.

Orbite autour du Soleil

Forme générale

Dessin 2: Spirale Nibiru autour Soleil

1 : Soleil, 2 : Orbite de la Terre, 3: Pole-shift 1, 4: Pole-shift 2, 5 : orbite Jupiter, 6 : Orbite de Perséphone (périhélie de Nibiru), 7 : Orbite de Nibiru la plus proche du Soleil, 8 : Dernier rail avant orbite de la Terre, 9 : premier rail après orbite de la Terre, 10 : Zone où trajectoire elliptique se dirige vers le premier rail, 11 : Zone où la trajectoire spirale redevient elliptique pour partir vers Némésis.

La trajectoire spirale a 2 phases, l'aller et le retour :

1. S'éloigne du Soleil et rejoint la périhélie (tête en bas)
2. Se rapproche du Soleil après la périhélie (tête en haut)

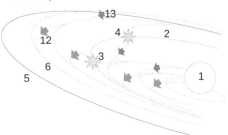

Dessin 3: Détail sur les changements d'orbite

12 : Aller, Nibiru monte d'orbite (s'éloigne du Soleil), 13 : Au retour, Nibiru descend d'orbite (se rapproche du Soleil).

Ce sont les mêmes rails gravitationnels qui sont utilisés pour l'aller et le retour, seule l'orientation différente de la planète (pôle Nord magnétique en bas ou en haut) fait que le saut de rail l'éloigne ou le rapproche du Soleil.

La spirale crénelée de Nibiru passe du Sud au Nord de l'écliptique, au moment où Nibiru coupe l'orbite de la Terre :

Dessin 4: Trajectoire spirale de Nibiru vue de côté

N = Nord (de l'écliptique 2), S = Sud.

Vue de dessus :

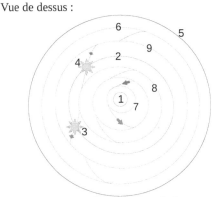

Dessin 5: spirale crénelée vue de dessus

Il y a beaucoup plus de rails gravitationnels que représentés.

Tant que Nibiru est coincée entre la Terre et le Soleil, elle garde la même vitesse angulaire d'orbite que la Terre.

Dessin 6: Même vitesse angulaire entre Nibiru et la Terre

C'est pourquoi, vue de la Terre, Nibiru semble toujours en bas (au Sud) et à gauche du disque solaire apparent.

Gravitation perturbée par la force magnétique

Plus Nibiru se rapproche du Soleil, plus la gravitation et magnétisme se combinent et s'opposent, plus son comportement est imprévisible et perturbé.

Plus Nibiru est loin du Soleil, moins elle est perturbée par des forces parasites, et plus elle se rapproche du comportement classique en ellipse.

Cela vient du fait qu'à grande distance, il n'y a que les forces de la gravitation qui sont prépondérantes.

À quelques centaines de millions de km, le magnétisme surpuissant de Nibiru couplé à celui du Soleil vient perturber les choses, jusqu'à devenir prépondérant plus Nibiru est proche du Soleil.

Le pôle Nord de Nibiru étant dirigé vers le pole Sud du Soleil (Nibiru est tête en bas suite à son passage près de Némésis, Nibiru est alors fortement attirée magnétiquement par le Soleil, et accélère en sa direction. Les lunes de Nibiru, moins magnétiques, ne sont pas attirées autant, et s'alignent en arrière lors de cette phase d'accélération.

L'entonnoir gravitationnel solaire

Une fois suffisamment proche du Soleil, Nibiru est prise dans l'entonnoir gravitationnel du Soleil (les forces qui font tourner les planètes autour du Soleil dans des rails).

Nibiru devient un satellite du Soleil

A l'approche de l'écliptique, sous l'effet de sa vitesse, de l'entonnoir gravitationnel, et de l'attraction magnétique, Nibiru amorce une courbure de sa trajectoire, avant de s'enrouler autour du Soleil.

Une fois aimantée par le Soleil (alors que Nibiru arrive depuis le Sud), c'est à toute vitesse qu'elle se dirige vers lui (les Zétas parlent de vitesse proche de la lumière, vu que rien ne freine l'attraction dans le vide de l'espace).

Le freinage sur le premier rail

[AM] Pourquoi Nibiru ne percute-t-elle pas le Soleil, emportée par son élan ? Pourquoi l'effet de fronde gravitationnelle, utilisée pour accélérer les sondes humaines (objets passifs) produit l'inverse sur Nibiru (objet actif + magnétique) ?

Alors que Nibiru est violemment attirée par le magnétisme solaire, et que sa vitesse est alors très rapide (Nancy Lieder l'estime proche de la vitesse de la lumière, puisque aucun frein ne s'applique alors, et que entonnoir gravitationnel (poussée gravitationnelle universelle) et magnétisme tirent sur elle), arrive un moment où, Nibiru et Soleil étant trop proches, les forces de gravitation répulsives de chacun compensent toutes les forces qui poussaient Nibiru contre le Soleil. Nibiru s'arrête alors sur ce premier rail gravitationnel, ne s'approchant pas plus près, et sur la lancée, se mets à tourner sur ce rail dans le sens imposé par le Soleil, à savoir un sens anti-horaire, opposé à celui que Nibiru avait autour de Némésis (d'où la courbe en 8 dans les CC).

Les lunes de Nibiru, repoussées elles aussi par la gravitation répulsive du Soleil, mais moins fort à cause de leur masse inférieure, passent alors devant Nibiru, s'étalant selon leur masse : la plus grosse contre Nibiru, les plus légères plus loin vers le Soleil.

[Fin hyp. AM]

Le premier rail

Le premier rail se trouve presque dans la couronne solaire. Attachée au pôle Sud du Soleil par son pôle Nord, Nibiru adopte une orbite courte, sans synchronisation magnétique avec la Terre (AM : très probablement à la vitesse de révolution imposée par le pôle Sud du Soleil, à savoir 28,5 jours environ).

Nibiru tourne dans ce premier rail tant qu'elle est prise au piège par le magnétisme du Soleil.

Bascule de 270°

La transformation des énergies

AM : Il est important de se rendre compte que tous ces changements se font en respectant les lois de transformations. Les énergies présentes (vitesse de révolution, rotation, distance de répulsion) se transforment d'une énergie à une autre. La vitesse linéaire de Nibiru va se transformer en vitesse de révolution, etc. Quand on mets Nibiru à l'endroit, un autre paramètre est modifié (type quantité de mouvement), qui ne demande qu'à remettre Nibiru à l'envers dès que la force d'alignement du Soleil n'est plus assez puissante.

Force d'alignement solaire

Il existe des forces d'alignement (inconnues de notre science), impulsées par le Soleil, qui donnent aux planètes leur axe de rotation.

Sous la poussée des forces d'alignement du Soleil (et du fait de sa très grande proximité avec le Soleil) Nibiru est elle aussi obligée de basculer de force (de se remettre la tête à l'endroit, comme elle l'avait à sa naissance).

Nibiru engage alors un lent basculement de son axe (bascule de 270° au total, qui dure une dizaine d'années). Ses pôles magnétiques finissent pas s'aligner parallèlement à l'écliptique, ce qui la libère du frein magnétique (son pôle Sud est désormais plus près du pôle Sud du Soleil que son pôle Nord, qui se trouve orienté vers le pôle Sud de la Terre).

Comme Nibiru s'est remis la tête en haut, elle tourne du coup dans le même sens que les autres planètes du système solaire.

Durant toute cette bascule, Nibiru révolutionne à tout vitesse (plus vite que Mercure) sur le premier rail, rien ne la poussant à s'en extraire.

La grosse tâche solaire

L'alignement des pôles magnétiques Nibirien avec l'écliptique (forces d'alignement localement supérieures au magnétisme), contrarie les flux de particules magnétiques sortant du Soleil (Sud de Nibiru contre Sud du Soleil). Cette opposition magnétique a changé l'aspect de la surface de notre étoile (en créant un "trou", une immense tâche sombre qui a laissé les scientifiques sans explication).

Crop circle résumant la bascule

Cette inversion magnétique / bascule de 270° est schématisée dans le Crop Circle ci-dessous :

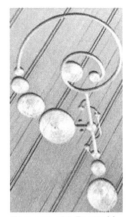

Figure 11: CC EastField 2004

A priori, plus Nibiru s'éloignera du Soleil, plus elle aura tendance à se redresser (se remettre tête en bas), jusqu'à se redresser complètement lors de son demi-tour à la périhélie, le Soleil étant trop loin d'elle pour la commander.

Lors du retour, remise dans son sens normal de rotation inversée, le Soleil l'attire magnétiquement de nouveau vers lui.

C'est ce magnétisme inversé par rapport au premier passage qui explique que le second passage est plus destructeur que le premier, en plus de la croûte terrestre fragilisée.

Zétas à ranger

[AM : à l'époque, les zétas décrivaient la rotation de 270° de Nibiru sur elle-même, qui se produit contre le Soleil, en situant ce retournement près de la Terre, juste avant le PS]

La planète X a une orbite rétrograde, et une rotation rétrograde. Elle fait pivoter son pôle N vers la Terre depuis la droite, lorsque vous regardez vers le Soleil depuis l'hémisphère nord. Ainsi, à 145° de long, il pointe dans l'espace à droite de cette vue. Elle se trouve également un peu à droite de la ligne tracée entre la Terre et le Soleil, car pendant son orbite rétrograde, elle a poussé la Terre en arrière sur son orbite. L'inclinaison vers la gauche se produit lorsque ce roulis de 270° est suffisant pour que le pôle N de la planète X pointe directement vers la Terre, une mesure que nous avons décrite comme étant de près de 195°. C'est alors qu'une grave oscillation s'ensuivra, une inclinaison vers la gauche, et un roulement vers les 3 jours d'obscurité. Tout ce drame devrait évoluer vers un déplacement des pôles dans 4 mois.

Les sauts de rails

Tendance à s'éloigner du Soleil

Une fois la bascule effectuée (et le champ magnétique de Nibiru orienté sur un axe Soleil-Terre), les pôles Sud magnétique du Soleil et de Nibiru se repoussent, le magnétisme, qui jusqu'à présent gardait Nibiru contre le Soleil, va maintenant avoir tendance à l'en éloigner.

C'est la même chose avec les bras gravitationnels : Le pôle Sud gravitationnel de Nibiru s'oppose au pôle Sud gravitationnel du Soleil.

A chaque fois que Nibiru est frappée par un bras magnétique, elle a tendance à sortir de l'ornière, dans le sens éloignement du Soleil. A chaque fois qu'elle est frappée par un bras gravitationnel, elle a aussi tendance à sortir de l'ornière, toujours dans le sens d'éloignement. Quand les 2 types de bras frappent en même temps la planète, elle sort du rail, et les forces la repoussent loin du Soleil, jusqu'au prochain rail.

Une fois qu'elle aura fait demi-tour, et se retrouvera avec ses 2 pôles magnétiques et gravitationnels Nord face au Soleil (alors qu'avant c'était les pôles Sud, repoussés par le Soleil), à ce moment là, chaque fois qu'un bras la frappera, la planète sera ce coup-ci attirée par le Soleil. Le croisement des bras la fera toujours sortir de l'ornière, mais pour la faire se rapprocher désormais.

Accroche dans l'axe Terre-Soleil

Au même moment où Nibiru se délivre de l'attraction magnétique du Soleil, Nibiru a accroché magnétiquement la Terre (son champ magnétique s'aligne avec les lignes de force magnétique Soleil - Terre, la Terre étant la planète magnétique la plus proche du Soleil). Voir Figure 11, après que Nibiru (petit rond en haut à droite, vu depuis le Nord du système solaire)) se soit mis à côté du Soleil, il se met à tourner autour en spirale expansive.

Même période de révolution

Nibiru se synchronise donc avec la Terre au niveau vitesse angulaire (prend la même période de révolution que la Terre).

Le résultat, c'est que Nibiru tourne maintenant autour du Soleil en parallèle avec la Terre, Les 3 corps sont donc toujours quasiment alignés. Soleil - Nibiru - Terre sont toute l'année sur une quasi même ligne.

Poussée en avant

Nibiru est sur une orbite plus basse que la Terre (avant le 1er passage). Normalement, plus une planète a une orbite proche du Soleil, plus elle tourne vite.

Nibiru est donc poussée à aller plus vite que la Terre, mais retenue par le magnétisme, elle se contente d'être désalignée par rapport à l'axe Terre-Soleil.

[AM] Normalement, plus Nibiru se rapproche de la Terre, plus cette poussée diminue, et plus Nibiru se recentrera sur l'axe Terre-Soleil.

Invisibilté

C'est cet alignement avec le Soleil qui rend Nibiru invisible depuis la Terre, car elle est noyée dans le halo lumineux solaire (le ciel se comporte comme une lampe, et cache les étoiles et astres de l'espace, même la Lune a du mal à être vue en plein jour).

Le décalage de Nibiru en avant la fait sortir (sur la droite) du disque solaire (vu de la Terre), ce qui là aussi empêche son observation depuis la Terre (observation type transit, une tâche noire observée sur le disque solaire).

Causes du saut

A chaque rail, Nibiru a du mal à se détacher et à se sortir de l'ornière, prisonnière d'une trajectoire stable gravitationnellement. Seules les interactions magnétiques parasites (Soleil - Terre - Nibiru - Jupiter sont des planètes magnétiques actives et suffisamment "proches") arrivent à la faire sortir de ce rail, où elle peut rester plusieurs années.

[Hyp. AM] : Nibiru étant une planète très massive et très magnétique, c'est le moment où bras gravitationnel et bras magnétique se superposent sur Nibiru, qui Nibiru à sortir de temps en temps de son rail gravitationnel. Ce qui explique les décalages soudains et réguliers dans sa trajectoire spiralée.

Ce changement de rail de Nibiru ne se fait pas à angle droit, mais il y a un glissement d'un côté du rail à l'autre, donc un déport assez rapide de Nibiru quand elle traverse les orbites. Ce qui explique la trajectoire spiralée et crénelée telle que dessinée dans les crop circles (p.).

Il "suffit" de faire en sorte que le croisement se fasse juste avant, ou juste après Nibiru, pour que cette dernière reste dans son rail quelques mois de plus. [Fin hyp. AM]

Orbite > Spirale

Les maintiens "artificiels" dans les rails

C'est sur le moment du détachement que les ET agissent pour repousser le passage, car il faut très peu de contrainte pour maintenir Nibiru dans ces ornières. Une fois qu'elle en est sorti, c'est beaucoup plus difficile, voir impossible de la retenir, car elle va être fortement poussée pour rejoindre l'ornière suivante. C'est comme ça que en 2012 ou 2013 les ET ont retardé le premier passage, pour donner le temps à l'humanité de se préparer. Ou qu'ils ont bloqué pendant 3 ans Nibiru après la victoire de Trump en 2016, ce qui explique que en 2016, 2017 et 2018 les températures moyennes soient restées identiques, alors que depuis 2009 chaque année battait le record de l'année précédente. Tout ceux qui ont découverts l'existence de la planète Nibiru après cette date, moi y compris, peuvent dire un grand merci...

Description trajectoire spiralée

Après s'être retournée sur elle-même contre le Soleil, Nibiru engage alors une trajectoire en spirale (ou plutôt, fait des sauts entre des orbites de plus en plus éloignées du Soleil). Cette trajectoire en spirale l'éloigne du Soleil, parallèlement à l'orbite terrestre.

Plus Nibiru se rapproche de la Terre, plus elle est visible aux IR.

A chaque saut, Nibiru se rapproche du plan de l'écliptique, mais ne le passera que lors du passage au plus près de la Terre.

Schéma d'explication de la spirale (Harmo) :

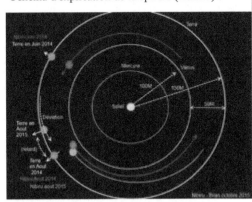

Figure 12: Trajectoire spirale crénelée de Nibiru
C'est une vue de haut, on ne voit pas que la trajectoire de Nibiru est inclinée de 31°, et que Nibiru est encore au Sud de l'écliptique terrestre.

Des crops circles expliquent très bien aussi cette trajectoire spirale crénelée (Voir Figure 22 p. 110.).

Une fois le demi-tour effectué dans la ceinture d'astéroïdes, Nibiru reprend alors le même style de trajectoire, dans le sens inverse.

Position par rapport à l'écliptique

Nibiru arrive par le Sud de l'écliptique contre le Soleil. Elle restera au Sud tant qu'elle sera entre Terre et Soleil.

Lors du passage de la Terre, elle franchit l'écliptique et passe au Nord, et elle y restera jusqu'à son retour et le 2e passage 7 ans après, où elle restera au Sud pour les 3660 prochaines années.

Le passage (p.)

Nibiru franchit l'écliptique quand elle se trouve à 14 millions de km, que les 2 planètes ne peuvent s'approcher plus et que le magnétisme est capable de bloquer la rotation de la surface terrestre.

Les 2 planètes s'évitent brutalement (d'où les dégâts) avant de continuer leur bonhomme de chemin.

Les 7 ans inter-passages

Pourquoi seulement 7 ans pour faire demi tour entre les 2 passages, alors que Nibiru met des dizaines d'années à s'éloigner du Soleil ?

Nibiru est piégée par le Soleil à cause des interactions magnétiques. Il ne faut pas oublier que la Nibiru est un super aimant ambulant.

Une fois la trajectoire terrestre coupée (1er passage, franchissement de l'écliptique), Nibiru peut aller très vite.

En effet, Nibiru étant toujours repoussée par le Soleil, et désormais en plus par la Terre, sa vitesse d'avance va devenir plus rapide.

De plus, Nibiru n'est plus gênée par les grosses planètes centrales (Hécate - Vénus -Terre). En effet, Mercure et Mars sont trop petites et interfèrent peu sur son orbite (Mars étant de plus trop éloigné du centre, et ne provoque pas d'effet d'embouteillage gravitationnel comme le fait Vénus).

Le demi-tour de Nibiru à sa périhélie se fait presque à pleine vitesse.

Au final, Nibiru ne met que 3,5 ans pour faire Terre-ceinture d'astéroïde, et autant pour faire l'inverse.

Le trajet retour semble être le symétrique de l'aller.

Le second passage

De retour proche de notre planète, Nibiru entre de nouveau en interaction avec cette dernière, provoquant un second pole-shift.

Le retour de Nibiru vers le Soleil

Après une dizaine d'années de retour vers le Soleil, Nibiru est capturée par le Soleil et reste en orbite proche pendant 12 ans environ. Ensuite, elle quitte le système solaire et repart vers Némésis pour environ 3 600 ans de trajectoire ellipse plus tranquille pour la vie sur Nibiru (le fameux 3 600 sumérien ?).

Pourquoi Nibiru passe au même endroit ?

Nibiru passe toujours au même endroit, parce que Nibiru et la Terre ont des trajectoires imbriquées comme des engrenages. Elles sont issues de la dislocation de Perséphone, et depuis les deux parties répètent inlassablement le même schéma.

Les marges d'erreur sont ensuite rattrapées par le rapprochement inéluctable des deux planètes qui sont comme deux aimants qui finissent toujours par s'attirer.

Même si Nibiru était arrivée de l'autre côté du Soleil, la Terre finirait par la rattraper en faisant le tour et viendrait se casser le nez sur le mur magnétique engendré par Nibiru. Mais ce qui se passe, c'est Nibiru qui tourne plus vite que la Terre dans les orbites basses, jusqu'à venir s'enfourner dans les lignes de forces magnétiques Terre-Soleil, et y rester bloquer jusqu'au passage. Ainsi, le point de passage à 14 millions de km se produit toujours dans la même configuration Terre-Nibiru.

Calendrier 2003-2030 (L1)

Le calendrier du passage de Nibiru qui nous intéresse, celui que nous sommes en train de vivre, vu dans L1>Apocalypse, illustre ce qui a été vu précédemment.

Nibiru est rentrée à toute vitesse dans le système planétaire en 2003, s'est collée au Soleil fin 2003, commence à se retourner en 2004, se branche magnétiquement sur la Terre (et se décolle du Soleil) fin 2012, et en 2014, est déjà rendue au niveau de Vénus, où un bouchon gravitationnel semble la retenir quelques années.

Orbite > Spirale > Passage

Principe

Nous avons vu le passage vu de la Terre (p.) voyons le maintenant du point de vue de Nibiru.

Ce franchissement de l'écliptique est le moment où le max de dégât est enregistré sur Terre.

Quand la Terre et Nibiru sont suffisamment proches (14 millions de km), la gravitation répulsive empêche les 2 corps de s'approcher plus, il faudra que les 2 s'évitent en faisant un pas de côté. C'est le point critique.

A cette distance, le magnétisme prend le relais de la gravitation. La surface de la Terre est progressivement bloquée par le magnétisme de Nibiru, et quand cette dernière est suffisamment loin, le décrochage magnétique se fait d'un coup (d'où la violence des dégâts lors de la reprise brutale de la rotation terrestre).

Les derniers rails d'approche

Nibiru crée à chaque fois un embouteillage au niveau des planètes. Vénus et Hécate, qui ne sont pas magnétiques, contournent Nibiru après avoir été freinées gravitationnellement. La Terre elle, est également ralentie quand Nibiru arrive au niveau de sa trajectoire, le magnétisme Nibirien se comportant comme un mur.

Une fois franchie l'orbite de Vénus, la Terre est ralentie par Nibiru, mais semble aussi ralentir le rythme des sauts d'orbite de Nibiru (je fais référence aux 3 ans après 2016 où Nibiru est restée sur le même rail, mais peut-être c'était exceptionnel pour laisser du temps à l'humanité.

Nibiru prend de l'avance par rapport à la Terre (se situe de plus en plus décalée vers la droite du Soleil vu de la Terre) pour échapper à l'influence de la Terre qui lui barre le passage. De même, Nibiru repousse la Terre en arrière sur son orbite, reculant les saisons.

Hécate, non magnétique, donc pas influencée par Nibiru, va progressivement rattraper la Terre ralentie sur son orbite, au point de la dépasser, et de temporairement montrer une 2 ème Lune dans notre ciel pendant quelques jours / mois.

Saut du dernier rail

C'est un pic magnéto-gravitationnel (croisement des 2 types de bras solaires tapant Nibiru de plein fouet : gravitation et magnétisme poussent de concert pour la faire sortir du rail) qui poussera Nibiru hors de son rail, mais ces croisements plus rares, on ne sait pas les prévoir (à moins de détecter les 2 types de bras, ce qu'on ne sait pas faire).

A noter que les bras étant courbe (pseudo-force de coriolis), ce croisement touchera Nibiru avant qu'il

Orbite > Spirale > Passage

ne touche la Terre (entre 1 à 2 semaines). Nibiru décollera de son rail 1 à 2 semaines avant un pic magnétique terrestre.

Une fois sortie du dernier rail gravitationnel avant le notre, Nibiru accélère, va tout droit et très vite (l'équivalent d'un quadrimestre magnétisme, soit 4 mois) vers son point d'équilibre (l'arrivée venant tangenter celle de la Terre). Ce qui explique que le passage se fera toujours sur un pic magnétique.

Point d'équilibre gravitation - magnétisme (14 millions km)

Lorsque Nibiru libérée sera assez proche de la Terre, l'interaction magnétique va dépasser la répulsion gravitationnelle.

Il y a donc un point d'équilibre entre force d'attraction magnétique (Nord Nibirien attiré par le Sud terrestre) et force de répulsion gravitationnelle.

Une fois le point d'équilibre franchi, la Terre et Nibiru vont alors être attirées l'une vers l'autre de façon réciproque (mais pondérée par leurs masses respectives), jusqu'au point de passage.

2 derniers mois

L'atteinte du point d'équilibre signe le début des 2 derniers mois de cataclysmes croissants.

Cette interaction forte au niveau du magnétisme déclenchera de nombreux phénomènes sur la Terre, avec une très importante dégradation au niveau des catastrophes, ce qui correspond plus ou moins au début des 50 jours de décompte.

Le triangle des Zétas

Je ne sais pas pourquoi, mais les Zétas tiennent à parler des angles que font Nibiru, Terre et Soleil au moment de ce point d'équilibre (de ce que j'en ai compris, ce n'est vraiment pas clair entre l'équilibre et le point de passage, voir plus loin le triangle Altaïran).

Je n'ai pas compris les termes des zétas, je remets tel quel, peut-être dans l'avenir ça intéressera quelqu'un : "Nibiru fait un saut en arrière (X9) vers le Soleil suite au changement d'alignement magnétique avec le Soleil, et la Terre, capturée par le puits de gravité de Nibiru, le suit. Le triangle Zeta est formé."

"La Terre, le Soleil et Nibiru formeront ainsi un triangle dans le plan orbital terrestre. angle de 23° côté Terre, 18° côté Soleil, 139° côté Nibiru. C'est essentiellement à cet endroit que Nibiru est le plus proche de la Terre, son angle d'entrée dans le plan orbital terrestre étant de 32° à cet endroit. Nibiru plonge essentiellement dans le plan orbital terrestre et passe rapidement."

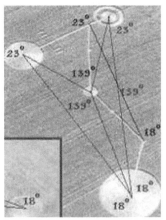

Figure 13: CC triangle Zéta

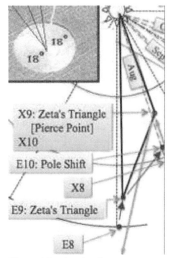

Figure 14: triangle zéta

E+numéro est le point représentant la Terre (Earth), X+numéro est le point représentant Nibiru (Planet X) au même moment. Pour les zétas, une fois Nibiru suffisamment près, elle va attirer la Terre (à l'intérieur de l'orbite de Vénus), les planètes vont s'aligner selon le triangle zétas et Nibiru va pouvoir franchir l'écliptique (les flèche en couleur or symbolisent la trajectoire de Nibiru).

La trajectoire donnée par les Zétas nécessite plus de décryptage que celle des Alts, c'est pourquoi il faut la prendre avec des pincettes (par exemple, la trajectoire de Nibiru est simulée comme rectiligne, car la composante orbitale est complètement occultée).

Tel que je le comprends, La Terre sort d'abord de son orbite pour former le triangle. Ensuite, Nibiru ne bouge plus, et la Terre se rapproche du Soleil et s'aligne sur l'axe Nibiru-Soleil. Une fois sur cet axe, à l'intérieur de l'orbite de Vénus, le Pole-Shift a lieu, puis les protagonistes s'éloignent et rejoignent leurs orbites respectives.

Le couplage magnétique

Terre et Nibiru forment alors un couple joint par la force magnétique pendant quelques temps, ce qui explique le comportement étrange de la rotation terrestre durant cette période (la Terre devient un "satellite" pour quelques temps, même si elle ne tournera pas autour de Nibiru mais restera figée à ses côtés). Ce qui explique par exemple l'arrêt progressif de la rotation.

L'évitement (entre les points d'équilibre et de passage)

La Terre se rapproche de Nibiru et commence à perdre de la vitesse de rotation sur elle même (durée du jour plus longue que 24h).

Gros vacillement journalier sur Terre, plus les pôles magnétiques des 2 planètes se rapprochent.

La croûte terrestre se fige face à Nibiru, attirée par l'un de ses pôles magnétique, sur la zone de la croûte la plus magnétique (le rift Atlantique lors du passage actuel).

Pendant 3 jours, le 2 planètes semblent figées.

Puis Nibiru entame une orbite rétrograde, revenant en arrière, tandis que la Terre, qui continue à la regarder, reprend son avance sur son orbite. Ce "pas de côté" (l'évitement) des 2 parties dure 6 jours (lever de Soleil à l'Ouest vu de la Terre).

Point du passage (franchissement de l'écliptique)

Nibiru a été attirée par la Terre, et a entamé un coude au niveau de sa trajectoire, ce qui la fait passer quasiment à la perpendiculaire de l'écliptique (coupant l'orbite terrestre). C'est le moment fatidique où Nibiru et Terre s'opposent gravitationnellement tout en étant attirée électromagnétiquement.

La présence ou non de Mars n'a quasiment aucun effet sur ce moment.

A chaque fois le même scénario et la même distance : la gravité des passages ne dépend donc pas de la distance de passage qui est toujours la même.

La distance entre la Terre et Nibiru, lors des 2 passages, est IDENTIQUE, notamment parce que les deux planètes sont attirées l'une à l'autre grâce à leur champ magnétique. La distance d'équilibre entre force d'attraction magnétique et force de répulsion de proximité gravitationnelle est située entre 14 et 15 millions de km, que ce soit pour le premier passage comme pour le second.

Le triangle Altaïran

Si la distance Terre-Nibiru est la même entre le passage 1 (aller) et le passage 2 (retour), l'endroit où se produisent chaque passage est différent sur l'orbite terrestre.

La position du passage 2 (l'intersection entre l'orbite terrestre et l'orbite de Nibiru) se situe à 150 millions de km du passage 1. "Soleil - Passage 1- Passage 2" forment un triangle équilatéral de 150 millions de km de côté.

Cela nous donne un indice sur la saison où se déroulera le passage 2, environ 4 mois avant le mois où c'est déroulé le passage 2 (soit un quadrimestre magnétique).

Dans les crops

Le seul "alignement" de planète qui aura une incidence sur les séismes, se produira lors du passage de Nibiru. A ce moment là, la configuration Terre-Soleil-Nibiru sera particulière, et les forces gravitationnelles et magnétiques seront en position "favorables". Cette configuration a été reprise par de nombreux crop circles. Terre-Soleil-Nibiru formeront alors un triangle quasi équilatéral, c'est pour cela que ce symbole est si important (aussi bien pour les Illuminati, les Crop circles, les Alts, etc.).

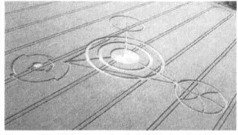

Figure 15: CC Brabury Castle 1991(triangle Alt)

Sur ce crop, on voit très bien cette configuration du passage : la spirale dentelée (à gauche) c'est Nibiru, le cercle à droite c'est le Soleil (et ses bras gravitationnels) et le dernier, en haut, c'est la

Terre. On retrouve ce crop très souvent, soit sous cette forme ou une autre, mais toujours avec le triangle équilatéral pour symboliser le jour J où les forces se combinent.

Passage au plus proche

Le point où Nibiru et Terre sont les plus proches semble être au 25/12.

Le découplage magnétique

Bien que ce ne soit pas préciser, les zétas et Alts semblent dire que le découplage magnétique brutal se fait au moment du passage (coupure des 2 trajectoires par Nibiru).

Pendant tout l'évitement, les 2 planètes sont restées au point d'équilibre, et le franchissement de l'écliptique semble libérer Nibiru, qui peut de nouveau s'éloigner.

Il y a un délai entre le passage au plus proche (14 millions de km) et le basculement des pôles (Pole-shift). Il faut un à 2 mois, cela dépend du moment où la Terre arrive à se libérer de l'attraction magnétique de Nibiru. Quand Nibiru est à 14 millions de km, son attraction est maximale, la Terre est complètement figée. Il faut donc attendre que Nibiru s'éloigne pour que le noyau ne soit plus immobilisé par le champ magnétique. Passé un seuil, le noyau redevient d'un seul coup mobile, il se retourne sur lui-même et pivote (inversion des pôles magnétiques). La croûte n'étant pas complètement solidaire du noyau, elle suivra ce dernier en décalé (avec l'inertie, le manteau se comportant comme un élastique). Il y aura des séismes au moment où le noyau se remet à l'endroit (points d'accroche croûte/manteau), la croûte qui essaie de rejoindre le noyau déjà repositionné par rapport au champ magnétique local, et pole-shift au moment où la croûte s'arrête brutalement, l'élasticité du manteau étant détendue. Passage de Nibiru au plus proche, basculement magnétique du noyau, puis basculement géographique de la croûte ne sont donc pas simultanés.

Si Nibiru "passe" le 25 décembre, le basculement des pôles géographiques peut avoir lieu 2 mois après, par exemple en février. Le calendrier des 2 dernier mois donne surtout une trame générale, et dès que Nibiru sera grosse comme la pleine lune dans le ciel, on aura déjà bien compris où on en est !

Poursuite du voyage

Nibiru n'étant plus dans l'axe magnétique Terre-Soleil, elle s'éloigne rapidement en direction de sa périhélie dans la ceinture d'astéroïdes (poussée par le Soleil et la Terre, alors que cette dernière la freinait jusqu'à présent). La gravitation l'emportant de nouveau sur le magnétisme, un découplage magnétique se produit brusquement, c'est ce qui provoque le basculement des pôles sur la Terre.

Rebascule de 270°

Une fois passé dans l'hémisphère Nord, Nibiru arrive suffisamment à s'éloigner du Soleil, bien que celui-ci continue à la freiner. Plus elle s'en éloigne, et moins la poigne du Soleil est forte : Nibiru commence alors à se remettre tout doucement la tête à l'endroit. Cette rebascule de 270° s'achève lors de son demi-tour à sa périhélie, au dessus de l'orbite de la ceinture d'astéroïdes, afin d'aligner son champ magnétique avec celui du Soleil.

Nibiru aligne cette fois ses lignes de champ magnétiques avec celles du pôle Nord du Soleil. Les lignes de champ magnétiques issues de Nibiru rentrent dans le Pôle Nord magnétique du Soleil.

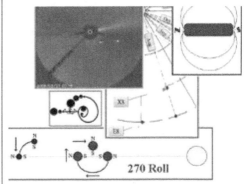

Figure 16: rebascule de 270° après le passage

Dans l'image ci-dessus :

- le trait horizontal partant du Soleil (à droite) représente l'écliptique terrestre.
- le rond rouge la planète Nibiru : elle se retourne de 180° par le bas (sens horaire) pour pointer son pôle nord à l'écart du pôle sud du soleil, puis une fois de plus de 90° en haut, soit 270° au total, pour avoir son axe magnétique normal à l'écliptique.
- la Terre en bleue : elle s'incline de -90°, se couchant sur l'écliptique.

Cosmologie > Système Solaire > Nibiru

[AM : une fois dépassé la Terre, c'est la Terre qui semble fermer la boucle magnétique solaire, et Nibiru de retrouve dans une nouvelle boucle inversée, comme elle l'était à son arrivée dans le système solaire.]

Pendant cette rebascule de 270 °, le pôle Nord de Nibiru oscille autour de l'équilibre, en fonction de la rotation rétrograde de Nibiru, dans le sens horaire, et donc le tube de particules magnétiques provenant du pôle Nord de Nibiru émerge sur le côté droit. Cela amène la Terre à se déplacer encore plus rapidement en arrière dans son orbite, à gauche, pour échapper à ce tube de particules magnétiques.

2e passage

Nibiru revient près de la Terre avec non plus son axe de rotation (et donc son axe magnétique) sur le côté comme au 1er passage, mais la tête à l'endroit.

Ce qui explique que la Terre fera une rotation forcée, et donc un pole-shift après le relâchement, pire qu'au premier passage.

Effet du Soleil

L'orientation de Nibiru change près du Soleil. Son champ magnétique est d'ordinaire inversé par rapport à celui de la Terre, parce que Nibiru tourne sur lui-même dans le sens inverse des autres astres du système solaire. Le Soleil ayant un magnétisme supérieur à celui de Nibiru, il l'a contraint à s'aligner, tout comme le font deux aimants l'un avec l'autre.

Système Solaire > Terre

Formation

La Terre et la Lune ont été formées lors de la dislocation de Tiamat.

La Lune est une partie de la Terre qui a été détachée par un/des passages successifs de Nibiru à proximité. Cette information est validée par le fait que Lune et Terre partage le même matériel, mais aussi que la Lune soit synchronisée par rapport à la Terre (elle montre toujours la même face à sa planète). Ceci s'explique par le fait que la Lune s'est lentement détachée de la Terre (déformation en haltère), ce qui lui permit d'entamer une rotation synchronisée. Au départ, la Terre tournait au même rythme sur elle même, montrant toujours la même région à la Lune également, mais à cause des basculements de la croûte, elle a perdu le rythme. La Lune n'ayant pas ces grands bouleversements réguliers de sa surface et de son noyau, a conservé le rythme fossile de sa création.

[Zétas] Tiamat a subi une collision avec une Lune de Nibiru, ce qui l'a forcée à quitter son orbite. Le trou béant du Pacifique (provoqué par l'arrachement de la Lune ?) s'est vite rempli d'eau (provoquant un continent unique de l'autre côté, la Pangée ou un de ses prédécesseurs ?). Ce trou fait glisser les continents dedans, provoquant l'arrachement/séparation de la Pangée au niveau du rift Atlantique (et donc un nouveau creux, et ainsi de suite, la Terre n'est plus uniformément ronde).

Sans cet arrachement et le trou résultant, la Terre serait restée aquatique, sans continent émergent. Mais du coup, comme elle est désormais grumeleuse (avec des bosses et des gros creux), ces continents sont comme des poignées sur lesquelles Nibiru tire à chaque passage, amplifiant l'effet des cataclysmes sur la Terre.

Caractéristiques de la Terre

Principalement océanique en surface, les terres émergées ne représentent que 29,29% de la surface au sol de la planète. Entouré d'une atmosphère (20% oxygène, 80% azote, + autres gaz).

Orbite légèrement excentrique autour du Soleil, de rayon 149 597 890 km, de période 365,25 jours (1 an). Vitesse moyenne de révolution de 30 km/s.

rotation de 23 h 56 m 04 s (temps moyen entre 2 zéniths, 24 h).

Vitesse de libération (pour s'échapper de l'influence gravitationnelle de la Terre) : 11,18 km/s.

Vitesse à l'équateur : 0.47 km/s.

Inclinaison de l'axe de rotation sur le plan de l'écliptique : 23° 27'.

âge estimé : 4,7 milliards d'années (sous la forme actuelle, à cette orbite et avec cette Lune).

Caractéristiques de la Terre

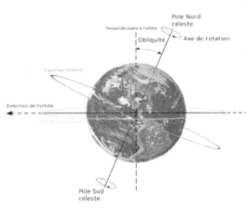

Figure 17: Axes et plans divers de la Terre (source : Wikipédia)

rotation

Axe de rotation

La Terre penche de 23° seulement par rapport à son orbite (Harmo dis fréquemment 27°, erreur incorrigeable chez lui, est-ce un signe, sachant qu'à chaque passage cet axe augmente ?), ce qui veut dire que son coeur a commencé à vieillir, mais qu'il reste encore assez "chaud" par rapport à ses consoeurs comme Vénus. Comme la Terre est de la taille de Vénus, son refroidissement sera lent, et la Terre aussi devrait finir avec l'axe de rotation complètement inversé (et du coup une rotation rétrograde, comme celle de Vénus et de Nibiru).

Dimensions

Circonférence à l'équateur : 40 076 km, Rayon équatorial : 6 378,164 km, Rayon polaire : 6 356, 779 km, Masse de l'atmosphère : 5,13.1015 tonnes (calcul : Surface de la Terre x Pression baromètrique (environ 10 tonnes/m²), Gravité à la surface : 980,665 cm/s², Masse volumique de l'air (à 0° C et sous 1.01325 bar) : 0,00129 g/cm³.

Températures

Albédo moyen : 0,30

Apport énergétique du soleil : 1380 w / m2 (constante solaire) au niveau de l'atmosphère

Tableau 1: Evolution des températures en fonction de l'altitude par rapport au niveau de la mer

Altitude (km)	Température (°C)
-100	2400
0	15
1	8,5
5,5	-21,2
10	-50
80 (mésopause)	-100

Superficie des continents

Tableau 2: Liste décroissante des continents par superficie

Continent	Superficie (en million de km²)
Asie	43,8
Afrique	30,3
Amérique du Nord et Centrale	24,3
Amérique du Sud	17,8
Antarctique	14
Europe	10,4

Altitudes

Points culminants

Tableau 3: Point culminant par continent

Continent	Point culminant	
	Nom	Altitude (km)
Asie	Mt Everest	8,847
Amérique du Sud	Cerro Aconcagua	6,96
Amérique du Nord et Centrale	Mt McKinley	6,194
Afrique	Mt Kilimandjaro	5,895
Europe géographique	Mt Elbrouz	5,562
Antarctique	Vinson Massif	5,14
Océanie	Puncak Jaya	5,03
Europe politique	Mt Blanc	4,81

Cosmologie > Système Solaire > Terre

Profondeurs marines maxi

Pacifique Ouest : fosse des Mariannes : "Challenger Deep" (-11 035 m) - Fosse Tonga (-10 882 m)

Pacifique Est : fosse Pérou-Chili (-8 064 m) - Fosse du Guatemala (-6 662 m)

Atlantique : fosse de Porto Rico (-9 218 m) - Fosse des Sandwich du Sud (-8 264 m)

Indien : fosse de la Sonde-Java (-7 450 m) - Fosse de Madagascar Ouest (-6 400 m)

Méditerranée : Sud du cap Matapan (-5 121 m) - sud-est de la Sicile (-4 115 m)

Glacial Antarctique : -6 972 m

Glacial Arctique : -5 520 m

Mer Rouge : -3 039 m

Mer Noire : -2 245 m

Adriatique : -1260 m

Mer de Marmara : -1 273 m

Baltique : -470 m

Mer du Nord : -725 m

Manche : -172 m

Golfe Persique : -110 m

Pas-de-Calais : -64 m

Mer d'Azov : -13 m

Divers

Vitesse du son

dans l'air sec (0°C): 331 m/s

dans l'eau pure (25°C): 1498 m/s

dans l'acier (0°C): 5950 m/s

Noyau actif

Ce qui est remarquable sur la Terre, c'est son coeur d'étoile (issu de la plus grosse partie de Tiamat), avec les réactions nucléaires entretenant la chaleur interne. Notre planète est plus une micro-étoiles à croûte refroidie, comme Nibiru.

- Champ magnétique encore actif
- Dérive des continents
- Volcanisme
- Chaleur venant de la Terre

De ce noyau actif découlent d'autres phénomènes propices à la vie.

Le champ magnétique détourne le vent solaire, ce qui semble avoir un effet protecteur de notre atmosphère (elle n'est pas arrachée et propulsée dans l'espace avec le vent solaire, même si cette hypothèse mériterait d'être analysée plus avant).

Une grosse atmosphère (50 km) provoque une diminution de l'impact d'astéroïdes, ainsi que l'affaiblissement des rayons cosmiques ionisants qui frappent le sol.

Intérieur de la Terre

J'appelle intérieur de la Terre le couple noyau (ou coeur, solide) et manteau (visqueux, le magma).

Les cavités dites "Terre creuses" sont vues ailleurs (p.).

Noyau terrestre

Le noyau terrestre est une masse de métal en fusion (en majorité de fer et de nickel) hautement magnétique.

Les différents pôles

La surface de la Terre voit sortir de l'intérieur de la Terre plusieurs flots de particules, dont plusieurs pas encore connues de la science, mais ressenties par les géobiologues.

Ces différents pôles ne sont pas forcément alignés avec les pôles géographiques (pôles fictif par où sort l'axe fictif de rotation de la Terre). Par défaut, si rien n'est précisé, on parle des pôles géographiques.

Pôles magnétiques

C'est le noyau terrestre qui crée, par effet dynamo, notre champ magnétique terrestre

Il y a plusieurs sous-pôles qui sortent en différents endroits de la planète, qui sont "aspirés" par les lignes de champ magnétique terrestre global (celui du noyau), pour que la Terre semble former un dipôle dont les pôles magnétiques semblent faire en sorte que la Terre se comporte comme un aimant.

Par exemple, le rift Atlantique forme un champ magnétique "statique" (comme un aimant) qui est généré dans la croûte terrestre, et non dans le noyau. Les lignes de champs magnétique s'alignent ensuite sur le champ magnétique global de la Terre.

Ces pôles globaux sont proches des pôles géographiques.

Pôles gravitationnels (p.)

La gravitation est un champ multipolaire avec 2 pôles négatifs (par où les gravitons rentrent) et 4 pôles positifs (par où les gravitons sortent).

Pôles positifs

Les 4 pôles positifs par où sortent les gravitons forment une spirale plate à 4 branches (une sorte de swastika) au niveau de l'équateur.

Pôles négatifs

Les pôles négatifs sont habituellement proches des pôles géographiques. Ces sorties de gravitons, quand ils interagissent avec les rayons cosmiques, sont la cause des aurores.

Cet axe gravitationnel entre les 2 pôles négatifs a l'air de former une droite, car quand les aurores boréales anormales sont observées en France, de l'autre côté de la Terre, en Nouvelle Zélande, des aurores australes anormales sont elles aussi observées trop au Nord de leur position habituelle, à l'exact opposé du globe.

Gravitation

Rayonnement de gravitons

Ces rayonnements sont très mal connus et compris, et leurs interactions avec la Terre encore moins.

Aurores

Ces phénomènes n'ont rien à voir avec le champ magnétique terrestre ni les vent solaire / les éruptions solaires, comme le croient nos scientifiques.

Les aurores sont des interactions entre des gravitons et les rayonnements de photons venant de l'extérieur, et pas seulement du Soleil, qu'on appelle rayonnement cosmique.

Les aurores sont la rencontre de rayonnement galactique intenses (rayons gammas, neutrinos et autres particules à haute énergie) et les pôles gravitationnels négatifs. Ces pôles courbes la lumière invisible qui arrive (rayons gammas, rayons IR et autres) et la font passer en partie dans le spectre visible.

Aucun lien avec l'activité solaire donc. Il y a longtemps que la NASA a remarqué que les aurores n'étaient pas liées aux pics solaires, mais comme c'est l'explication officielle, ces pics solaires sont inventés de toute pièce (ou sont décalés dans le temps pour qu'ils coïncident avec les aurores). Les données fournies par la science, notamment par la NASA, servent à cacher en simulant des pics d'activité solaire fictives l'activité réelle du noyau. Plus d'aurores signifie plus d'activité du noyau donc plus d'EMP. La NASA sans le vouloir, nous confirme que nous sommes en pic EMP du noyau, même si elle transforme cela en pic solaire !

Dérive des continents

J'utilise ce terme plus parlant que "tectonique des plaques", utilisé pour cacher au public le phénomène physique qui se passe sous leur pied.

La terre est largement recouverte d'eau, avec des portions de croûte terrestre qui émergent, formant les continent.

La croûte terrestre est de la lave solidifiée puis dégradée en surface par l'atmosphère et la vie de surface. Par exemple, les causses calcaires ou les grès sont l'accumulation au fond des mers du squelette des animaux qui sont morts au cours des millions d'années écoulées.

Les plaques tectoniques dérivent en permanence sur la couche magmatique du manteau, de quelques centimètres par an. Les écoulements de plaques se font habituellement sans secousses. C'est quand il y a un point de friction plus prononcé, et que ce dernier lâche brutalement, qu'on assiste à des séismes en surface et à des tsunamis.

Si 2 plaques vont l'une vers l'autre, soit l'une passe en dessous de l'autre, soit elles se plissent en une chaîne de montagne. Ce qui explique que des zones précédemment sous la mer se retrouvent à des altitudes élevées, et qu'on retrouve des coquillages dans les montagnes alpines ou du Tibet.

Les altitudes varient, le niveau de la mer aussi. Par exemple, la ville de Rodez est une isthme qui se retrouve régulièrement sous les flots, ou encore la manche dont le fond est rempli de squelettes de mammouths (les défenses sont régulièrement remontées dans les filets de pêche).

Sous l'effet du mouvement des plaques, la terre peut monter (2 plaques qui se poussent l'une contre l'autre) ou au contraire s'enfoncer si les plaques s'écartent (le rift de l'océan atlantique) ou qu'une plaque glisse sous une autre (subduction).

Par exemple, c'est effondrement dû à l'écartement du rift océanique qui explique la disparition sous les eaux de l'Atlantide (une terre située entre l'Amérique et l'Europe/Afrique) dont il ne reste plus que les Açores à l'Est, et Cuba/Bahamas à l'Ouest. Ou encore l'affaissement des côtes bretonnes, dont les alignements de menhirs vieux de seulement quelques milliers d'années s'enfoncent sous les eaux (L0).

Sismicité

Un séisme n'arrive que si le mouvement de la roche (du à la dérive des continents) est contrarié par une "adhérence", un accroc, qui en cassant produit le séisme.

Ces mouvements sont la plupart du temps très lents, sauf en présence de Nibiru (p.).

Retard pic sismique sur pic EMP

Le maximum magnétique (voir génération EMP p.) est toujours vécu par la croûte terrestre de manière décalée, parce que le noyau et la croûte ne sont pas totalement solidaires : le manteau qui les relie est plastique, souple et même élastique. De ce fait, quand le noyau se met à bouger anormalement, ce mouvement n'est pas tout de suite répercuté sur la croûte qui a tendance à poursuivre sa route jusqu'au moment où le manteau arrive à sa limite d'élasticité. A ce moment là, c'est le manteau malmené en dessous par le noyau qui finit par rappeler la croûte à l'ordre. C'est pourquoi on a toujours un délai entre le summum magnétique et ses conséquences sur les plaques tectoniques. Le maximum magnétique de 2015 a eu lieu autour du 15 août, l'impact sismique, lui, semble commencer environ 1 mois plus tard.

Volcanisme

90% des volcans terrestres viennent de la subduction de plaques tectoniques (une plaque glissant sous une autre). C'est donc la dérive des continents qui provoque cet échauffement massif du manteau. Cet échauffement provoque :

- fusion des roches de la croûte (poche de magma),
- pression faisant remonter la poche,
- évacuation à travers les cheminées volcaniques.

10% des volcans, les phénomène des points chauds (non situé sur un bord de plaque), comme Hawaï ou le massif central, sont inexplicables par la science.

Harmo semble dire que les points chauds sont aussi provoqués par la subduction des failles les plus proches, la chaleur étant conduite plus loin dans le manteau avant de retoucher le dessous de la croûte.

Chaleur venant de la Terre

Si les rayons solaires réchauffent l'air ambiant, c'est bien le noyau de la Terre qui réchauffe les grottes, qui restent à des températures constantes quelle que soit la saison.

Plus on descend profond dans le sol, plus le sol est chaud. Une énergie géothermique qu'il nous suffit de creuser pour l'obtenir.

L'eau chaude peut remonter naturellement. Ainsi) Ax-les-thermes, dans les Pyrénées, en altitude, une source sort naturellement dans l'air glacé 70°C trop chaude pour qu'on puisse laisser la main dessous.

Origine de la chaleur

Conduction

Une partie de la chaleur du manteau terrestre transite à travers la croûte terrestre. Cette chaleur provient :

- Des réactions dans le noyau
- De la subduction et du frottement des plaques tectoniques sur le manteau (dérive des continents).

Réactions nucléaires

La science estime que 87% de la puissance géothermique de surface vient de la radioactivité des roches qui constituent la croûte terrestre (désintégration naturelle de l'uranium, du thorium et du potassium).

Rayons solaires

Dans les premiers mètres du sol, c'est le rayonnement solaire qui intervient : soit directement (les premiers cm), soit via l'eau de pluie d'infiltration.

Gradient de température dans la croûte

La température de la croûte (épaisse en moyenne de 30 km) s'élève en moyenne de 3 °C par 100 mètres de profondeur.

L'activité lélé du noyau

Fin décembre 2015, la science ne sait pas comment cette physique sub-particulaire fonctionne, ni quelles conséquences de tels phénomènes peuvent avoir sur notre technologie. Elle se contente d'observer les EMP qui sortent du noyau (elle observe la météo du noyau (à savoir les ondes EM sortant de la Terre), outil qu'elle dévoilera mi janvier 2016 au public). Et quand les EMP sont trop fortes à un endroit, elle détourne les avions, ou ferme l'aéroport si l'EMP est sur l'aéroport lui-même.

L'explication qui suit vient des Alt, mais restera volontairement floue.

Génération dans l'intérieur de la Terre

Ces EMP sont provoquées par des sursaut / bouffées très denses de lélé (sub-particules inconnues de notre science) émises par notre noyau sous stress.

En étant soumis à un tel stress, la matière en fusion extrêmement compressée au coeur du noyau accélère les désintégrations nucléaire et d'autres phénomènes non encore répertoriés par la science actuelle.

Ces colonnes de lélé (LP) sont émises vers l'espace. Comme les lélés interagissent avec les autres particules, on observe les phénomènes suivants dans et autour de la colonne de lélé. Avec, par ordre de probabilité décroissante :

3. Perturbations électriques dans le sous sol, ce sont ces courants qui déclenchent les EMP (au passage des lélés, les particules électriques se mettent à tourner en vortex, générant une impulsion de champ magnétique). Ces courants électriques induits par les lélés se matérialisent soient par les EMP, soit par des surtensions, soit par des éclairs électrostatiques si les électrons arrivent à sortir du sol. Ces courants peuvent aussi enclencher des réactions chimiques (provoquant des explosions comme AZF en 2001, ou les explosions chinoises d'aout 2015 (L0), ou encore les piliers de lumière d'aout 2015 (L0)).
4. Perturbations électrostatique, provoquant des décharges brutales ou de la foudre anormal (voir aussi les EP (p.)).
5. Perturbations gravitationnelles localisées, les objets pouvant trembler, léviter légèrement, voire même claquer selon leur emplacement.
6. Perturbation de l'espace temps, ce sont les mêmes particules qui entrent dans les anomalies des Bermudes et d'autres zones de "sortie".

Il faut comprendre que le phénomène se fait en plusieurs temps :

1. Bouffée de lélé.
2. Activation des particules éléctriques sur le passage des lélés
3. le mouvement des particules électriques provoque une bouffée de magnétisme, l'EMP.

L'EMP n'est pas forcément générée au niveau du noyau, là où est générée la LP. Une LP traversant un sous sol avec une nappe phréatique, va interagir avec les ions de la nappe, l'eau conduisant le courant électrique, ce qui provoque une EMP.

Un sol-sol plutôt isolant créera des soucis électrostatiques (le courant électrique ne circule pas mais se décharge brutalement).

Traversée de la croûte terrestre

Comme pour toutes les particules, le chemin le plus court (et le plus facile) est toujours celui qui est pris : la lumière mais surtout l'électricité passe toujours par le meilleur conducteur pour que son trajet soit le plus court possible. C'est la même chose pour les magnétons de l'EMP, ou pour les lélés : pourquoi traverser des tonnes et des tonnes de roches compactes alors qu'il y a une faille qui remonte jusqu'à la surface ?

Ce n'est pas l'EMP qui crée le séisme, ni, comme le croit les scientifiques, que c'est la roche qui en se fracturant libère les particules, mais bien parce que la roche bouge et qu'elle ouvre soudain une porte.

De ce point de vue, les Alpes et les Pyrénées étant des limites de plaques, il y a des risques importants. Tout survol de limite de plaque est dangereux, même celles au fond des océans.

De même que les aquifères amplifient les EMP en favorisant la conduction électrique jusqu'en surface.

Epicentres lélé

Ces lélé du noyau sont canalisées par les fissures de la croûte terrestre et l'eau (les particules lélé remontant en surface plus facilement par ces chemins), ce qui explique les problèmes accrus :

- près du littoral (jonction/discontinuité terre-eau),
- dans les océans (croûte terrestre plus fine que la croûte continentale, eau favorisant/amplifiant la conduction électriques des particules),
- failles tectoniques,
- dans les zones soumises au stress tectonique (fissures dans les roches dans les zones soumises à étirement ou à effondrement (ex : Angleterre, pliée par l'effondrement de sa plaque dû à l'écartement du rift Atlantique), plissements de couches différentes générant un effet piezzo dans les zones soumises à compression),
- Les montagnes jeunes comme les Alpes, très tourmentées au niveau des couches géologiques,

- îles volcaniques (en plus de la jonction terre-eau, on retrouve les frottements de la lave sur les parois de la cheminée du volcan, sans parler de cette cheminée faisant "autoroute à EMP" entre le manteau et la surface).

C'est pourquoi les EMP frappent souvent dans les mêmes zones, d'un pic EMP à l'autre.

Fin 2015, les gouvernements avaient identifiés plusieurs épicentres EMP, l'Ukraine et le Sinaï, une zone bien déterminée sur l'Atlantique et une autre au dessus de l'Indonésie. L'outil de météo du noyau leur a ensuite permis de déterminer en temps réel les zones à problème.

Il se produit parfois des effets de lévitation ou de dépression soudaine dans des maisons qui se situent sur des zones spéciales (là où il y a un fort courant de lélé venant du noyau, ce qui fait souvent passer ces lieux pour étranges, maudits ou hantés). Ces phénomènes particuliers de "poltergeist" sont naturels, rien à voir avec des fantômes, ils durent tant que le flux de particule existe même s'il reste toujours variable. Cela peut durer des années puis changer de place un beau jour, tout dépend où le flux arrive à sortir. C'est ce qu'on appelle parfois des "puits telluriques" (point de fragilité de la croûte terrestre qui permettent, tels des cheminées, une vitesse très élevées des lélés à leur sortie, cette vitesse augmentant les effets), même si cette appellation est souvent mal interprétée.

Enfin, certaines zones peuvent désorienter les oiseaux qui peuvent se sentir attirés par elles, comme si leur instinct les faisait se diriger en rond autour d'un point précis (qui peut être une maison), ce point étant un épicentre de la sortie de lélés.

Ces lieux de sortie des lélé peuvent rester au même endroit pendant des millénaires. D'où les apparitions mariales qui se produisent de préférence dans ces zones, là où étaient déjà d'anciens temples païens, ou d'anciens cromlechs ou pierres cyclopéennes.

Les pyramides étaient d'ailleurs construites sur ces failles, afin d'émettre les piliers de lumière à l'approche de Nibiru.

Les LP provoquent en de nombreux endroits de la Terre des zones aux activités mystérieuses, comme des anomalies temporelles (des avions qui perdent plusieurs heures par rapport au reste du monde, semblant voler bien plus longtemps que ne l'autorise leur réservoir de carburant). On retrouve par exemple ces zones dans le triangle des Bermudes, à l'opposé du globe, dans le triangle du diable du Japon, ou encore dans le "pot au noir" de l'Atlantique, où tant d'avions ou bateaux ont disparus, dont le vol Paris-Rio d'Air France en 2009.

Émissions des lélés en surface

Les lélés sont éjectées à la surface de la Terre par des "sources" ou puits, comme des expulsions ou explosions violentes de type plasma. Certaines de ces lélés interagissent avec certains gaz de l'atmosphère, en les excitant électriquement à la manière des lampes néons / hologènes (formant les piliers de lumière). Ce que l'on voit, ce sont ces gaz qui brillent sous l'effet de l'émission momentané des jets de particules.

Comme on le voit très nettement sur les images prises de ces tubes de lélés, elles attirent l'électricité (comme l'argon qui est émis dans les zones de faille sismique ou encore le méthane quand il est suffisamment concentré, voire même certains des gaz de pollution industrielle). Ce sont elles qui sont responsables des EMP qui créent des incendies et des pannes sur les gros appareils électriques, aussi bien dans les avions, les aéroports (radars etc..), les usines chimiques et j'en passe.

Colonne EMP dans l'atmosphère

Les colonnes de lélés, normalement invisibles, engendrent de forts courants électriques car elles favorisent le déplacement des charges (électrons, ions etc...). Les courants électriques produisent à leur tour des champs magnétiques qui propagent l'effet sous forme d'EMP (impulsions électromagnétiques), qui elles mêmes engendrant des courants induits à distance (comme dans les bobinages électriques, ou encore les éclairs qui environnent la colonne lélé).

Les Altaïrans ne donnent pas plus de détails, si ce n'est que lors de la traversée des colonnes EMP par les avions, ils subissent, selon les cas, soit une sous-tension quelques minutes, suivie d'une surtension, soit l'inverse. C'est pourquoi je propose le modèle suivant : Les colonnes EMP sont des magnétons qui montent en tournant en spirale, comme un vortex. L'avion rentre dans la colonne, et selon le sens de rotation de la spirale, il prendra le flux de magnétons par la gauche selon son sens d'avancement, soit par la droite. Ce sens dépend peut-être de l'hémisphère, une sorte d'effet Coriolis selon le champ magnétique terrestre.

Ce qui est sûr, c'est que l'avion se prends 2 effets inverse quand il traverse une colonne lélé, avant et après avoir passé le centre de la colonne.

Pendant toute la traversée de la moitié de la colonne, le flux magnétique vient d'un sens, puis une fois franchit le centre, le flux vient cette fois d'un autre sens. Selon la règle des 3 doigts, la tension induite par le déplacement de l'avion dans un champ EM change alors de sens. Là où la tension induite s'opposait au passage du courant (sous-tension) elle le favorise désormais, provoquant une surtension.

reste à savoir si ce champ EM est pulsé ou pas.

piliers de lumière (colonne lélé)

Les colonnes lumineuses sont les fameux jets de lélés qui sont émis par le noyau terrestre sous l'influence de Nibiru.

Pourquoi ces colonnes lélés, habituellement invisibles, sont-elles parfois visibles comme des lasers géants ?

Ce sont des conditions particulières où ces lélés permettent à des molécules dans l'air d'être excitées (voir aussi nuages noctulescents p.). Comme dans un néon (gaz ionisés en plasma, dont le déplacement des ions sous un champ électrique produit une émission de lumière de la part du gaz), le gaz se charge électriquement et produit de la lumière. En l'occurrence, le gaz qui brillent sous l'effet du bombardement des lélés et des déplacements de charges électrique est principalement le méthane et ses dérivés soufrés, surtout s'il y a eu un séisme ou étirement récent. Parfois ce sont des composés chimiques de type ozone / gaz phosphorés ou fluorés, ou même des gaz rares qui s'échappent des failles tectoniques comme l'argon. Ces gaz du sous-sol semblent entraînés par l'effet de dépression au centre de la colonne (voir plus loin).

Ces phénomènes, très rares en temps normal, augmentent fortement en présence de Nibiru (p.)

Je peux personnellement témoigner d'avoir vu le même phénomène vers 2016, en pleine nuit, dans le Sud-Ouest de la France. Plusieurs lueurs intense m'ont fait regardé par la fenêtre, et j'ai vu cette colonne de lumière, sortant du sol et disparaissant dans le ciel. Ça c'est produit à la jonction d'un ruisseau se jetant dans une rivière (typique d'une colonne de lélé qui passe par les failles de la croûte terrestre, failles souvent matérialisées par les cours d'eau). Après cette colonne de lumière, le répartiteur internet qui était pas loin a cramé, les techniciens ont mis plusieurs jours à pouvoir remettre l'internet.

Colonnes d'éclairs

Ces colonnes lélé ont tendance à conduire et attirer les éclairs, car c'est réellement cela : ces lélés très fines qui jaillissent du noyau interagissent peu avec les atomes mais forment des autoroutes à courant électrique. Dans l'air ce sont les ions légers et les électrons libres : les éclairs étant des courants d'électrons, ils sont naturellement aspirés par ces colonnes-autoroutes.

Dans la colonne de lélé illuminée, le champ magnétique tourne en vortex. Sur l'extérieur, les charges électriques montent en ligne droite, déclenchant un éclair ou plusieurs éclairs autour de la colonne si l'air est humide et bien chargé.

Zones telluriques et monuments sacrés

Il existe des points particuliers où ces impulsions sortent souvent, et les anciens connaissaient ces points, c'est pourquoi ils avaient tendance à y construire des monuments.

Dépression

On observe aussi comme des poltergeist sur les zones EMP, comme des objets qui sautent tout seul de la table, des dépressions soudaines dans la pièce qui font sauter les bouchons des bidons d'huile moteur et jaillir l'huile dedans, ou font sauter les hublots d'avion par dépressurisation soudaine et localisée.

Les lélés interagissant avec les gravitons, des phénomènes d'antigravitation peuvent être observés (comme dans les 7 boules de cristal de Tintin, où le professeur Tournesol sur sa chaise vole en l'air avec la boule de plasma (foudre en boule) qui tourne autour de lui, de nombreux témoins, comme Roger Frison-Roche dans ses mémoires, témoignant de cette lévitation accompagnant ces éclairs spéciaux). Cette anti-gravitation provoque la dépression au centre de la colonne, ce qui fissure le pare-brise des avions.

Dangerosité

Seules les EMP sont vraiment dangereuses, parce qu'elles détruisent notre technologie. Les phénomènes électrostatiques provoquent des pannes, mais de nombreux appareils sensibles sont blindés et résistent à cela (notamment les avions). Enfin des phénomènes de "poltergeists" sont impressionnants parce que nous ne comprenons pas ce qu'ils sont, mais concrètement, ils sont plus une curiosité de la nature qu'un réel danger (regardez les frayeurs que les gens dans l'ancien temps pouvaient avoir face aux éclipses de Lune ou de Soleil, les tremblements de terre, les volcans ou les orages).

Cycles (p.)

2 cycles perturbent le noyau de la Terre, à cause des bras solaires. Il s'agit des pics magnétiques (tous les 4 mois) et des pics gravitationnels (tous les 3 mois), qui peuvent s'influencer l'un l'autre.

EMP favorisées par les failles tectoniques

Ces EMP venant du sous-sol, leur sorties est favorisée au dessus des failles. Nombre de crashs se produisent sur les Alpes ou les pyrénées (2 plaques qui se télescopent), que l'Egypt Air s'est crashé après avoir survolé une faille sous la mer méditerranée, et que le lendemain un avion, en survolant la même faille, a perdu ses communications. Aus USA, les pannes électriques se produisent surtout autour des failles de New Madrid ou de San Andreas.

EMP venant du noyau, pas du Soleil

Les médias cherchent à nous faire croire que c'est les éruptions solaires (CME) qui provoquent des pannes de satellites ou d'électronique sur Terre. Sauf que cette hypothèse n'est pas recevable, car les EMP sortant de l'intérieur de la Terre (70 km sous nos pieds) sont beaucoup plus proches et destructrices que celles du Soleil émises à plus de 150 millions de km de là...

En effet, la croûte continentale est épaisse de 15 à 80 km, avec une moyenne de 30 km. Certaines des EMP sont générées dans le manteau supérieur (phénomènes de convection déjà présents, surtout lors de la proximité de Nibiru), donc très proches.

Nous avons une planète active juste en dessous de nous, dont les effets priment largement sur ceux de notre étoile.

Connaître la météo du noyau est bien plus instructive que de connaître celle du Soleil. C'est le noyau qui est responsable du champ magnétique terrestre, mais aussi de la tectonique des plaques. Incriminer le Soleil pour les perturbations électromagnétiques et les séismes (comme le font les désinformateurs), c'est chercher la cause de nos problèmes à 150 millions de km, alors que nous avons un noyau+ manteau visqueux à 70 km sous nos pieds.

Quand elles arrivent sur Terre, les CME se sont largement écartées (densité par section de surface, on passe d'une "petite" surface en surface du Soleil à une surface variant au carré de la distance), sont moins denses. La magnétosphère, puis l'atmosphère, dissipent largement l'énergie restante de ces particules faiblement denses (comparé à leur densité au moment de leur émission par le Soleil).

Les éjections de masse coronale (CME) n'ont donc jamais eu aucun impact sur notre planète, parce que la Terre absorbe ces éjections tout en en tamponnant les effets. C'est justement le noyau qui combiné à l'atmosphère, atténue les sources extérieures de radiations. Par contre, il n'y a aucune protection en ce qui concerne les caprices du noyau, car le croûte est proportionnellement fine comme du papier à cigarette vis à vis de ce qui se trouve en dessous d'elle. Surtout que lorsque les EMP sont émises par notre planètes, les particules qui les composent sont fortement densifiées, car le faisceau est encore resserré.

La NASA notamment a focalisé les médias sur les caprices du Soleil, mais en réalité, ses informations se contredisent souvent elles mêmes. Le Soleil a théoriquement une activité amoindrie depuis plus de 10 ans (si on en croit la théorie des tâches solaires corrélées avec la température de surface du Soleil, théorie qui est fausse depuis 2000, mais la NASA n'est pas revenu dessus pour ne pas parler des anomalies solaires, préférant dire que le Soleil est en panne mais paradoxalement provoque des éruptions solaires records) et montre des anomalies jusqu'ici non répertoriées à sa surface (trous coronaux et CME records). Cela est du au fait que le champs magnétique de Nibiru a un effet perturbateur sur le champ magnétique solaire, et donc sur sa surface.

Les scientifiques (Nasa en tête) sont donc capables de nous prévenir du moindre éternuement solaire à 150 millions de km, mais incapables de fournir des données sur ce qui se passe sous nos pieds à 70km. Cherchez l'erreur, alors que le noyau est connu pour être la source du champ magnétique et de l'activité générale de notre planète.

En aucun cas, les CME ne peuvent donc expliquer les défaillances de trains, les ruptures de transformateurs, les chutes d'avions, etc. choses qui a technologie équivalente, n'ont pas eu lieu dans le passé. Surtout pour les transformateurs, des bobinages de cuivre dont la technologie était déjà utilisée il y a 120 ans.

Les pannes se produisent aussi la nuit (quand cette partie de la surface de la Terre tourne le dos au Soleil), et ne touchent que des zones localisées (alors qu'une CME toucherait tout un pays). Sans compter qu'on ne voit pas pourquoi une EMP venant du dessus choisirait de préférence les jonctions entre l'eau et la terre, ou encore les endroits ou la croûte fracturée par les déformations tectoniques laissent les EMP remonter via les fissures internes.

Enfin, les éruptions solaires records (classées X) ont frappé la Terre en dehors des pics EMP du noyau, sans que des pannes électriques inhabituelles se produisent...

Idem pour les aurores boréales (liées aux gravitons sortant de la Terre, pas le vent solaire), elles se produisent même sans éruption solaire.

Bref, le Soleil est bien pratique pour détourner l'attention du public des vrais problèmes, à savoir que ça bouillonne de plus en plus fort sous nos pieds...

Pas non plus des bombes EM

Les bombes E (pour électromagnétique) ont été envisagées par les grandes armées (USA, Russie) mais pour l'instant (2015) ces types de bombes restent des "projets" et n'ont jamais vraiment abouti. Il faudrait trop d'énergie dépensée pour de piètres résultats (un simple blindage EM annule les effets de la bombe E).

Les EMP touchent la planète entière, aussi bien les zones habitées que le beau milieu de l'océan, je ne vois donc pas pourquoi les Russes iraient faire exploser des bombes là où il n'y a personne. Sans compter que la Russie aussi est touchée, pourquoi attaquer son propre territoire ?

La technologie EMP en bombe existe, c'est le système Sakarov, de portée assez réduite. Or pour enclencher cet effet, il faut un explosif, et le seul assez puissant est le nucléaire militaire. Si les Russes avaient utilisé ces bombes nucléaires, ça se saurait, parce qu'un black out à Porto Rico ou un train qui déraille à New York demanderait une bombe EMP à proximité immédiate, sans compter les retombées nucléaires mesurables.

EP de la croûte

Nancy les appelle EMP personnelles.

Causes

Décharges depuis la haute atmosphère

Les LP peuvent permettre de décharger les charges électriques, qui s'accumulent en haute atmosphère sous l'effet du vent solaire ou autre, vers le sol de la Terre. La LP faisant office de conducteur électrique.

Autres causes possibles

C'est ma théorie que je donne pour ces autres causes possibles.

Les EP sont produites par la déformation de la croûte terrestre (effet piezzo électrique) et les frottements entre plaques ou entre les parois de failles.

Ou encore suite aux déchirements du sous sol. Comme quand on déchire un plastique il est chargé électriquement en surface (il attire des bouts de papier), c'est la même chose pour les failles, glissements du sous-sol d'une couche à l'autre, etc. En gros, la croûte terrestre malaxée et déchirée par les mouvements des plaques tectoniques accélérés (dû toujours au noyau réchauffé donc au magma plus fluide). Elle se comporte comme un gros générateur électrostatique. C'est pourquoi on voit de plus en plus de "feu follets" ou lueurs électrostatique sur les failles ou avant un séisme, ou encore des problèmes électriques dans les zones qui ont tremblé au même moment.

L'accumulation de charges électrique se sert de conducteurs électriques dans le sous-sol (nappes phréatiques proches de la surface, bords de mer, failles) pour changer localement le potentiel électrique, ou générer des phénomènes similaires à de la foudre, mais pas forcément visible. Si la mise à la terre est mal faite, le neutre du secteur est à un potentiel différent de là où vous êtes, et plusieurs anomalies peuvent apparaître. Surtout, les hautes tension peuvent apparaître même sans la présence de bobinages dans l'électronique défaillante.

Effets

Elles génèrent des phénomènes électriques (éclairs anormaux) et la composante magnétique est alors moins forte (résultat du déplacement d'électron, plutôt que cause de ce courant électrique).

Les composants unitaires électroniques sont très sensibles aux variations de tension, quelques volts d'écart suffisent à les cramer (c'est pourquoi les techniciens électroniques portent des combinaisons anti-statique reliées à la terre). Ces variation de champ électrique dans l'air peuvent suffire provoquer des pannes ou des mauvais fonctionnement, surtout si la personne qui les touche n'est pas au même potentiel. Même si globalement les appareils sont bien protégés, nous atteignons des niveaux que les normes de sécurité n'ont pas prévues.

Toute l'électronique (même de petite puissance) peut être affectée par ces EP. Ce phénomène, encore marginal (EP encore faibles et très localisées), va augmenter dans le futur. C'est ce qui explique les défaillances d'informatique ou de smartphone, les voitures dont l'électronique se mets à déconner, dont le régulateur se bloque, voir les incendies de voitures dans les parkings souterrains, etc.

Zones

Principalement les zones de failles tectoniques, les villes au bord de grandes étendues d'eau ou d'océans et les endroits où la nappe phréatique est proche de la surface.

LP de lévitation

Quand la LP est très dense, que les lélé sont très concentrées, ou sous certaines conditions particulières liées à la géologie, les LP créent des points particuliers où la gravitation est instable.

Poltergeist LP

Comme la station service du Pas-De-calais (voir L0).

Le phénomène a commencé dans la station service par une panne des systèmes électriques et informatiques (EMP générée par la LP d'origine) puis par des effets gravitationnels. Les objets peuvent être déplacés brutalement, et des dépressurisations soudaines de l'air provoquent des bruits (audibles ou non), mais aussi font exploser les bouchons. Une dépressurisation de la pièce crée une force sur les bouchons car la pression est plus élevée à l'intérieur du récipient qu'à l'extérieur.

Triangle des Bermudes

Ces flux de lélés, quand ils sont extrêmes, modifient non seulement la gravité mais aussi l'espace temps (voir qi>déphasage p. ou L5> Physique> rayonnement). Il existe des lieux qui naturellement sont des puits pour les flux intermittents de lélé issus du noyau.

Voir le cotopaxi par exemple, déphasé pendant plusieurs dizaines d'années.

Avec les perturbations que subit le noyau terrestre en présence de Nibiru, ces événements sont plus fréquents et plus puissants.

Terre "creuse"

Survol

Les masses continentales ont une structure en éponge. En fait, elles ne sont pas pleines, mais remplies d'alvéoles, un petit peu comme un pierre ponce. Celles ci sont créées par des poches de gaz présentent dans la roche lors de leur cristallisation, à l'image de géodes.

La croûte terrestre, très épaisse dans certaines zones, est un véritable gruyère où on peut trouver d'immenses cavités, des mers et même des civilisations. Cet espace à l'intérieur de la croûte est gigantesque en volume, si bien qu'on peut effectivement considérer qu'il y a une planète à part entière sous nos pieds, les mondes engloutis.

Ce qu'elles ne sont pas

Pas le donuts de Lobsang Ramp

Je ne parle pas ici d'une Terre avec un énorme vide au centre et un Soleil central ! Les planètes sont pleines, avec un noyau en fusion entouré de plusieurs strates de roches plus ou moins malléables et chaudes.

L'image de la terre creuse comme un Donuts (vide avec deux entrées aux pôles Nord et Sud), telle décrite par Lobsang Rampa ou d'autres occultistes, est physiquement absurde d'un point de vue mécanique. (le magma des volcans il vient d'où ? La masse de matière générant la gravitation ?).

Shambhala

Ce sont des cités souterraines Anunnakis, plus proche de la surface, et artificielles. Pas ce que j'appelle la Terre creuse.

Agartha

Comme très souvent, il y a un peu de vrai dans les traditions ancestrales d'une Agartha souterraine, c'est juste une mauvaise compréhension et traduction au fil des millénaires qui a déformé les choses. C'est ces légendes que j'appelle Terre Creuse.

Formation des masses continentales

Notre conception scientifique (2015) de la croûte terrestre est fausse / simpliste. Les cratons continentaux se sont formés grâce à du "magma" rempli de gaz (le même gaz relâché par les volcans), magma qui lorsqu'il se refroidit donne les roches plutoniques (comme le granite).

Croûte terrestre en gruyère

Suite à la rétractation lors du refroidissement de la matière chaude (toujours plus volumineuse à chaud qu'à froid), on ne peut qu'obtenir un résultat solide rempli de trous (des grosses poches de gaz). On ne parle pas de grottes creusées par l'eau dans des sédiments de type calcaire, mais bien de gigantesques bulles dans le socle continental en granit.

Ces trous sont initialement les poches de gaz dans le magma qui se refroidit.

Il y a presque autant de surface au sol dans toutes ces cavités qu'à la surface émergée de la Terre !

Contenu des cavités

Atmosphère

Les gaz du magma liquide ont été piégés, lors du refroidissement, dans ces cavités souterraines.

Ces cavités sont aujourd'hui remplies de :
- gaz divers (CO_2, argon, Hélium) si elles sont toujours scellées,
- d'air si elle ont une entrée vers le monde supérieur.

Mer intérieure

Il existe d'énormes quantités d'eau comparables à des mers dans la croûte terrestre elle même, mais ces mers internes sont protégées dans leurs immenses cavités souterraines au milieu des roches plutoniques. Tout au plus gagnent-elles quelques degrés elles aussi lors du passage de Nibiru, mais pas plus, car elles sont isolées du manteau par la roche. Ce qui n'est pas le cas des océans de surface, la croûte océanique étant très fine et ne suffisant pas à les isoler de la chaleur du manteau.

Zone concernée de la croûte terrestre

On parle bien de la croûte terrestre (la partie la plus externe de notre planète), et non du manteau ou du noyau interne magmatique et siège de réactions nucléaires, bien trop chaud, liquide et ionisant...

Cette zone de cavités s'étend de la surface jusqu'à la limite inférieure des plateaux continentaux rocheux, soit 70 km de profondeur sous les montagnes, 30 km en moyenne pour un continent.

Dimension des cavités

L'espace de tous ces trous à l'intérieur de la croûte est gigantesque en volume, si bien qu'on peut effectivement considérer qu'il y a un monde à part entière sous nos pieds.

Ces poches peuvent être de petites tailles (comme une voiture), ou être grandes comme des départements français.

Types d'alvéoles

Alvéoles étanches ou perméables

Indépendamment de la profondeur, certaines alvéoles peuvent être complètement étanches aux entrées de surfaces, alors que d'autres peuvent êtres perméables aux entrées du monde de la surface.

Alvéoles massives

Dans certaines alvéoles massives, l'eau souterraine s'infiltre par des fissures créant d'immenses réservoirs d'eau comparables à de petites mers (surtout quand c'est de l'eau de mer qui s'est infiltrée). Cette eau rejette de l'air (dioxyde de carbone, oxygène et azote) qui peut être complété par des émissions volcaniques plus ou moins nocives pour l'homme, créant de petits mondes fermés.

Alvéoles peu profondes

Certaines de ces alvéoles sont relativement peu en profondeur et peuvent accueillir des formes de vie issues de la surface, et qui s'adaptent à ces nouvelles conditions. Dans certains cas, celles ci peuvent être viables pour l'homme.

Alvéoles de surface

Certaines alvéoles peu profondes sont parfois si proches de la surface, qu'à cause de l'érosion, on peut y accéder par des cavités naturelles creusées par l'eau.

La plupart du temps, c'est l'eau qui creuse un chemin à travers les roches sédimentaires et finit par se déverser dans les géodes, si bien que ces rivières souterraines construisent des couloirs qui aboutissent sur ces mondes souterrains.

Reliées entre elles

Certaines de ces chambres sont reliées entre elles, formant de grands réseaux sous terrains.

Quand elles sont près de la surface, il existe parfois des accès à ces cavités plutoniques (et non sédimentaires comme les grottes karstique calcaire).

Résistantes à Nibiru

La plupart de ces cavités sont très profondes , et ne subissent pas les séismes de surface. Une grotte est un endroit sûr, à la seule condition que le plafond ne s'écroule pas. Dans les grottes sédimentaires de surface (creusées par l'eau), on voit que le plafond s'écroule régulièrement lors des passages de Nibiru.

Comme les cavités plutoniques peu profondes ne ne se trouvent pas dans de la roches fragile, mais dans des roches "plutoniques", comme les granites, qui sont extrêmement dures, le danger d'éboulement est quasi nul.

La plupart de ces milieux sont restés intacts sur des millions d'années et le resteront encore longtemps !

Cycles terrestres remarquables

La position de la terre se retrouve régulièrement à la même place de plusieurs points de vue/référentiels, et cette place à des conséquences pour l'homme. Il est donc bon de pouvoir les comptabiliser, pour savoir quand nous approchons d'une période faste ou au contraire de périodes plus difficiles.

A noter que les durées sont données par nos connaissances scientifiques fausses et censurées, il se peut que certaines durées soient complètement fausses.

Quadrant galactique (200 millions d'années)

La Terre, située sur un bras de la galaxie appelée la voie galactée, se déplace car cette galaxie tourne sur elle-même. Tous les 200 millions d'années approximativement (mal connue), la Terre a fait un tour de galaxie.

Elle n'occupe pas alors le même point de l'espace, car la galaxie se déplace dans l'univers, mais là encore c'est mal connu pour l'instant, à cause de notre modèle à gravitation attractive, donnant n'importe quoi à ces grandes échelles.

Précession des équinoxes (26 000 ans)

Tous les 25 760 ans environ, l'axe de rotation de la terre revient à la même orientation, ce qui influe sur la position des constellations visibles depuis la terre. Cette durée n'étant estimée que de ce qu'on en voit actuellement, rien ne dit que le chamboulement de Nibiru n'impacte pas cette durée.

Gros Pole Shift (15 000 ans)

Pole Shift sévère, tous les 14 640 ans (tous les 4 passages de Nibiru), le passage de Nibiru provoque un fort déplacement des continents (le pole shift) plus fort que d'habitude (dépendant de la fragilité de la croûte terrestre), et donc entraînant une reconfiguration drastique de la surface de la terre (la glace des pôles fond entraînant une remontée du niveau des mers, des continents disparaissent sous les flots, des continents tempéré se retrouvent sous les glaces polaires ou au niveau de l'équateur, etc.). Comme il est important de connaître ces passages plus durs que les autres (comme celui que nous allons vivre), ce sera un cycle à comptabiliser aussi.

Rien ne dit que ça se produise réellement tous les 4 passages. Il y a peut-être l'impact de Némésis qui rentre dans l'équation, de ce que les astronomes ont laissé filtrer, elle aurait une période de 15 000 ans, et son périgée proche de la Terre pourrait influencer la gravité de Nibiru ?

Année Nibirienne (3 666 ans)

C'est le cycle entre 2 premiers passages de Nibiru, où encore le temps mis par Nibiru pour faire le tour entre le soleil et Némésis. Ce cycle n'est pas parfaitement régulier, il peut varier de quelques années selon la position des planètes, elle vaut environ 3 666 ans (à + ou - 10 ans). Vu les catastrophes engendrées à chaque fois, sans parler du fait que la planète Nibiru n'est visible qu'au moment où c'est trop tard, il peut être intéressant de savoir à quel moment elle va se trouver dans les parages de la terre !

Méton (19 ans)

Le cycle de Méton, cycle de 19 années solaires comprenant 235 lunaisons au terme desquelles les phases de la lune revenaient pratiquement aux mêmes dates dans le calendrier solaire (Temps entre 2 années qui commencent en même temps qu'un nouveau mois lunaire).

Éclipses (18 ans)

Les éclipses de Lune et de Soleil se succèdent selon un cycle de 223 lunaisons synodiques : le Saros. Un Saros correspond à 18 ans 11 jours ou encore à 6 585,32 jours, à l'issue de laquelle les éclipses du soleil ou de la Lune reviennent selon le même ordre de succession, la Lune se retrouvant à peu de chose près sur l'un ou l'autre des nœuds de son orbite. Un Saros comprend 84 éclipses, 42 de Soleil et 42 de Lune.

Année terrestre (1 an)

C'est le temps que mets la terre à faire le tour du soleil. En hiver il fait froid et les jours sont courts, en été il fait chaud les jours sont plus longs. Il est important de savoir dans quelle partie du cycle on se trouve, pour savoir quand les moissons vont débuter, combien de jours avant que la terre soit suffisamment chaude pour être semée, etc.

Selon les géobiologues, le niveau de l'énergie tellurique varie en fonction de points marquants de l'année solaire, notamment les équinoxes et les solstices. La position de la terre sur son orbite semble corrélée aux fluctuations d'énergie tellurique (décalée de 3 à 4 jours).

L'**année sidérale** (position de la terre par rapport au soleil) est de 365 jours 6 heures 9 minutes 9,767 6 secondes (elle ralentit légèrement dans le temps, avec un ralentissement plus sévère après chaque passage de Nibiru). Avec l'année sidérale, les équinoxes prennent du retard de quelques heures, les solstices restent identiques.

L'année est un cycle qui se répète, c'est là-dessus que s'est calé notre ADN (semble-t-il prévu pour 120 cycles), et qui va déterminer notre longévité.

Les cycles des saisons (0.25 an)

L'année terrestre est décomposée en 4 périodes, dont les débuts se produisent aux équinoxes et solstices.

Équinoxe de printemps (21 mars)

Le Soleil se lève plein Est et se couche plein Ouest. Le jour et la nuit durent chacun 12h (égaux). Les hémisphères Sud et Nord sont éclairés de la même manière.

Solstice d'été (21 juin)

Le Soleil est le plus au Nord possible : il se lève au nord-est et se couche au nord-ouest, et à midi, il est à sa plus grande hauteur de l'année. Le jour est le plus long de l'année et la nuit la plus courte. Mais comme les variations sont faibles, il est difficile d'estimer ce moment.

Équinoxe d'automne (21 septembre)

Idem équinoxe de printemps : de nouveau le Soleil se lève plein Est et se couche plein Ouest. Le jour et la nuit durent chacun 12h (égaux). Les hémisphères Sud et Nord sont éclairés de la même manière.

Solstice d'hiver (21 décembre)

Le Soleil est le plus au Sud possible : il se lève au Sud-Est et se couche au Sud-Ouest, et à midi, il est à sa plus basse hauteur de l'année. Le jour est le plus court de l'année et la nuit la plus longue.

Mois lunaire (0.08 an)

La Lune tourne en moins de 28 jours (27 jours 7 heures 43 minutes) autour de la terre.

Par contre, sa révolution synodique (son orbite apparente vue de la terre) est de 29 jours 12 heures 44 minutes et 2,9 seconde.

En effet, entre 2 phases identiques de la Lune, la Terre s'est déplacée sur son orbite : la Lune rentre dans l'ombre de la Terre et en sort donc plus tard. C'est ce qui explique que chaque jour, la lune se lève 50 minutes plus tard.

Comme son orbite est à peu près alignée sur le plan de l'orbite terrestre, elle parcourt en un mois lunaire les 12 signes du zodiaque, à raison de 2 jours par signe.

Le cycle synodique dépend de la date : il peut varier de 29 jours et 6 heures à 29 jours et 20 heures.

Pour des raisons mal élucidées (sûrement dues à la luminosité nocturne qui varie, où aux effets inconnus de la lumière solaire réfléchie s'opposant à celle qui traverse la terre) la Lune influe sur les êtres vivants, notamment la pousse des végétaux. Savoir où on en est de son cycle synodique est important pour les cultivateurs.

Nous prendrons le mois lunaire synodique de 29 jours et demi. Il y a 12,36827 mois lunaires dans une année solaire sidérale, ce qui fait que d'année en année la nouvelle lune de fin d'année se décale de 11,25 jours plus tôt.

Journées (0.0027 an)

Le soleil qui se lève et se couche chaque jour est aussi un évènement remarquable de notre vie. Combien de temps me reste-t-il avant que le soleil ne se couche et que je doive stopper mon travail par manque de lumière ? Ai-je le temps de faire les 2 h de marche pour rejoindre la maison ou dois-je m'arrêter à cet hôtel ?

La journée est la base de notre temps.

Cycle magnétique

Les 3 pics magnétique annuels (émission de fortes EMP par le noyau terrestre) ont lieu tous les 4 mois environ (quand l'un des 3 bras magnétique du Soleil frappe la Terre). Pas de date fixe bien précise, ils fluctuent sur 1 mois environ. Avec Nibiru dans les parages qui change les équilibres, ces marges sont encore plus grandes :

- printemps : mars-avril-mai (semble le plus étalé)
- été : mi-juillet à mi-août
- hiver (le plus intense des 3) : fin Novembre à mi-décembre

Il y a environ 2 à 5 jours d'émissions intenses (le pic), avec un plateau ascendant puis descendant de 1 à 2 semaines autour de ce pic.

pic EMP

Les EMP sont plus nombreuses lors des pics magnétiques, lorsque les bras magnétiques du Soleil frappent le coeur de la Terre. Les EMP n'augmentent pas en puissance lors des pics, c'est juste qu'elles sont juste plus nombreuses, ce qui augmente le risque d'être frappé par l'une d'elle.

Un pic EMP dure 2 semaine autour du pic central normalement.

Dates

Ces pics tombent une fois à l'automne, une fois un printemps et une fois en été. Le pic d'été qui tombe fin mai jusqu'à mi aout, le pic d'automne qui tombe toute fin novembre début décembre, et le pic de printemps qui tombe mi-février-mars, voire début avril. Ces pics ne tombent pas toujours aux mêmes dates parce qu'ils sont perturbés par l'autre cycle de 3 mois, le cycle gravitationnel.

Les écarts entre ces pics ne sont pas du tout stables. Parfois c'est plus long, parfois plus court.

Les summums magnétiques du Soleil ne sont pas toujours placés à égale distance dans chaque année, il y a des irrégularités parce qu'il y a un autre cycle qui fonctionne à 4 bras en parallèle (le cycle gravitationnel).

Le pic EMP d'été ne se situe pas toujours au 15 aout. Parfois il est en fin juillet, le 15 aout étant une situation où il a pris beaucoup de retard. En moyenne, il tombe beaucoup plus souvent au tout début d'aout. Idem pour celui de l'hiver, qui tombe entre fin novembre et mi décembre.

Effets de Nibiru

Plus Nibiru est proche, plus ces pics s'étalent, jusqu'à ne plus s'arrêter (le creux du cycle est aussi fort qu'un pic de l'année d'avant, comme c'est le cas en janvier 2020.

Hypothèse

A noter (observation AM) qu'un pic EMP dans les années 2010 semble suivre de quelques jours le passage de Mercure entre Soleil et Terre (qui se produit tous les 4 mois, 115 jours exactement), ce serait une relation à étudier pour voir s'il y a un effet, même si Harmo dit que les alignements de planètes n'ont pas d'effet sur les séismes, ils pourraient en avoir sur les pics magnétiques.

Cycle gravitationnel

Les bras solaires servent à faire avancer les planètes sur leur orbite.

Le pic gravitationnel à lieu tous les 3 mois, quand l'un des 4 bras gravitationnel du Soleil (symbole de la svastika) frappe la Terre.

Trajectoire apparente du Soleil

Le Soleil a une course apparente dans le ciel qui possède plusieurs particularités intéressantes à connaître. Bien entendu, pas un mot sur ces phénomènes à l'école, des gens de 70 ans découvrant qu'on peut voir la Lune en plein jour !

Ainsi, très peu savent qu'au solstice d'été du 21 juin, dans l'hémisphère Nord, le Soleil se lève et se couche orienté au nord, alors qu'à midi il est orienté vers le Sud. Et oui, même les façades au Nord peuvent être éclairées directement par le Soleil !

Résumé pour l'hémisphère Nord

En hiver, le Soleil se lève au sud-est et se couche au sud-ouest

À l'équinoxe, le 21 mars et le 21 septembre, le soleil se lève à l'est et se couche à l'ouest

En été, le soleil se lève au nord-est et se couche au nord-ouest

Le soleil est toujours au Sud au midi solaire (zénith), sa hauteur dans le ciel est alors maximale pour la journée.

Trajectoire variant selon les saisons

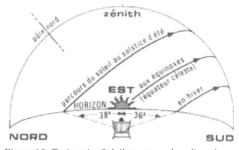

Figure 18: Trajectoire Soleil apparent dans l'année

Cette image est valable pour toutes les latitudes identiques à Paris. En bas au centre, le gars sur sa chaise longue observe l'horizon. Aux équinoxe, il voit le Soleil se lever plein Est, Au Solstice d'été du 21 juin (jour le plus long de l'année) le Soleil se lève Nord-Est à son maximum vers le Nord. Entre l'équinoxe de printemps et l'équinoxe d'automne, le Soleil se lève plus au Nord qu'en plein Est, dans un angle variant, pour Paris, de 38° au solstice à 0° aux équinoxe. Ensuite, pendant les 6 mois de période froide, le Soleil se lèvera plus au Sud, dans un angle variant de 0 à 36°. La courbe sur l'image marquée "en hiver" correspond à la trajectoire du Soleil lors du solstice d'hiver du 21 décembre.

Si on regarde la trajectoire lors du Solstice d'été, le Soleil se lève à 38° côté Nord, à midi il est environ 38° côté Sud, puis se recouche de nouveau 38° côté Nord. Ainsi, une façade plein Nord sera quand même éclairée une partie de la journée (sauf autour du midi solaire), contrairement à la croyance populaire. Cela est du à la rotondité de la Terre et à son inclinaison par rapport à l'écliptique, utilisez une mapemonde en posant un doigt dessus, faite la tourner et imaginez ce que voit le haut du doigt pour un objet au même niveau de la mapemonde qui représente le Soleil.

Plus on monte au Nord, et plus le point de lever de Soleil se décale au Nord, et donc la durée du jour augmente. Arrivé au cercle polaire, le Soleil ne se couche plus et est tout le temps visible pendant quelques jours à semaines plus on monte au Nord (idem pour l'hémisphère Sud). Il se produit la même chose, plus on monte au Nord, avec la trajectoire du Soleil en hiver. Elle se décale vers le Sud de plus en plus (nuits plus longues) jusqu'au cercle polaire où le soleil ne se lève plus.

Inversement, plus on se rapproche de l'équateur, plus cet écart de trajectoire été-hiver du Soleil se réduit, mais jamais au point que le Soleil se lève plein Est en permanence, à cause de l'inclinaison par rapport à l'écliptique (aux solstices un des tropiques est l'équateur).

L'angle que fait l'équateur céleste avec le zénith (l'axe normal à la surface terrestre sur laquelle on se trouve, dirigé vers le haut) est égal à la latitude du lieu (49° pour Paris, 43.4° pour Toulouse, 23° pour la Havane). Donc plus on monte au Nord, plus la trajectoire du Soleil se rapproche de l'horizon, plus on va vers l'équateur, plus elle se redresse.

Solstice d'été, le Soleil à Paris toujours balaye 270° de l'horizon, 180° aux équinoxes et 90° seulement au solstice d'hiver.

Réfraction par l'atmosphère

Le jour de l'équinoxe, vous allez vérifier si ce que je dis plus haut est vrai, et après mesure il s'avère que le Soleil, au lieu d'être plein Est, est encore légèrement Nord-Est (env. 0.5°) ! Comment c'est possible ?

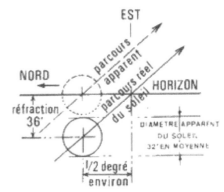

Figure 19: Réfraction de l'image du Soleil par l'atmosphère

Image toujours valable pour Paris. A cause de la réfraction de l'atmosphère, le Soleil va apparaître à nos yeux ébahis quelques temps avant sa position réelle, sur le principe du mirage. Sur l'image, le rond trait plein est le Soleil, sous l'horizon, et qui va bien se lever plein Est, et en trait pointillé le Soleil qu'on voit, et qui du coup passe plus au Nord.

Ainsi, à cause de la réfraction, le Soleil nous apparaît plus haut dans le ciel d'une hauteur équivalente à peu près à son diamètre.

Hauteur maximale dans le ciel atteinte par le Soleil

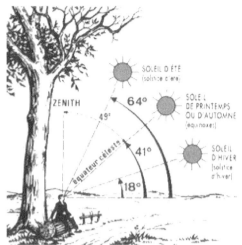

Figure 20: Hauteur zénithale le long de l'année

Image toujours valable pour Paris. Le midi solaire est le moment de la journée où Soleil est au plus haut, quand l'ombre d'un bon est minimale et uniquement orientée vers le Nord. A Paris, au moment des équinoxe, le Soleil au plus haut est sur l'équateur céleste, à 41° de l'horizon (90° du zénith moins la latitude de Paris de 49°). Il faut rajouter 23° pour avoir sa position la plus haute en été (64°, solstice d'été) et enlever 23° pour avoir sa position la plus basse (18°, solstice d'hiver).

Système Solaire > Terre > Effets de Nibiru

Survol

Un cycle naturel (p.)

Le passage de Nibiru fait partie des rythmes naturels de notre Terre, en contribuant au renouvellement de sa faune et de sa flore. Contrairement à l'Homme, les plantes et les animaux ont intégré les cycles de la planète X dans leur stratégie d'évolution/reproduction : 3 666 ans c'est très court à l'échelle de la Terre ! C'est pourquoi son passage ne sera pas annulé par les ET, il fait partie du cycle naturel de la vie. Tout au plus il pourra être retardé un peu.

Mouvements Terre (p.)

Voyons les mouvements de la Terre lors de la proximité de Nibiru, vus de l'espace. Ces mouvements expliquent les effets que ressentiront les habitants de la planète.

Actions (p.)

Nibiru exerce de fortes actions sur la Terre, principalement sur le noyau de la Terre, réchauffement qui engendre toute une série d'effets en cascades.

Chronologie (p.)

Les effets sur la Terre montent doucement pendant 70 ans, puis accélèrent pendant 25 ans, avant les 2 mois où les cataclysmes augmentent de façon exponentielle. Ensuite le premier pole-shift, le niveau de cataclysme redescend un peu pendant 7 ans (montée des mers de 200 m), avant le 2e pole-shift, plus puissant, puis 30 ans de pluie abondante.

Un cycle naturel

Notre écologie terrienne est extrêmement simple, quand on y inclut une forme de cycles de transformations réguliers. En fait, comme cela se produit pour la sédimentation fluviale (crues saisonnières) ou les stries des arbres (cernes de croissance), il est très facile de dater les couches géologiques puisqu'elles suivent un cycle de 3 666 ans. Chaque strate n'est qu'une feuille de plus dont la durée est obligatoirement de 3 666 ans, peu importe son épaisseur (qui dépend de nombreux facteurs : quantités de matières produite, densité des matériaux, compression etc...).

Peu importe qu'une strate ait 1 ou 50 cm d'épaisseur, l'alternance du cycle est constante.

Cette situation est assez exceptionnelle, et n'existe que peu ailleurs dans l'Univers, car rares sont les planètes soumises à de tels cycles. Mars a connu ces phénomènes dans les mêmes proportions avant de "mourir" magnétiquement. Donc on devrait retrouver le même système sur place au moins tant que Mars était active.

Dans la grande majorité des autres systèmes stellaires, il n'y a pas de cycles de destruction. La géologie est donc bien différente et les roches sédimentaires n'ont aucune stratification, puisque le climat et les conditions générales varient de manière bien plus progressives. Les changements sont si lents (température globale, chimie de l'atmosphère etc...) qu'il n'y a aucun accident cyclique de ce type, mais seulement des accidents aléatoires (impacts de météores par exemple). Les roches sont bien plus homogènes, sans strates.

Voilà un des gros soucis de notre espèce, elle n'a aucun point de comparaison : pas d'autres planète "habitée" à étudier, pas d'autre géologie que celle du système solaire (et encore, mis à part la Terre et Mars, on n'a pas vraiment d'information).

Notre énorme défaut, c'est de croire que ce que nous vivons est la normalité (anthropocentrisme, typique de l'humanisme des lumières). Or ce n'est pas du tout le cas. Nos modèles sont propres à notre planète et ne se reproduisent pas forcément ailleurs. Si nous avons toujours connu des strates et des fossiles, ce n'est pas forcément parce que ce sont des phénomènes "normaux". La fossilisation par exemple est extrêmement liée à Nibiru, parce que les catastrophes qu'elle engendre permettent de conserver intacts de très nombreux cadavres par ensevelissement. Sans Nibiru, les fossiles seraient extrêmement rares et seulement dus à des phénomènes naturels locaux géographiquement limités (crues, glissements de terrain, et encore, notre géologie est active parce que Nibiru sert de moteur : pas de Nibiru pas de tectonique des plaques, pas de montagnes, pas de continents séparés, pas de séismes). La profusion de fossiles, sans putréfaction, est connectée à ces cycles.

De même, la diversité des espèces / les extinctions de masse sont un résultat direct de l'instabilité apportée par Nibiru, un sacré catalyseur évolutionniste qui n'a pas son équivalent sur d'autres planètes abritant la vie (et donc celle-ci n'est pas forcée de s'adapter rapidement, ce qui laisse des formes de vie primitives perdurer des centaines de millions d'année sans renouvellement contrairement à ce qu'on voit chez nous).

Résumé des augmentations

Lien entre la hausse d'un phénomène, et la hausse des phénomènes liés à cette activité.

Suractivité du noyau terrestre

- Champ magnétique chaotique
  - dérive des pôles magnétiques
  - EMP du noyau
    - Éclairs plus puissants (1/2)
      - Hécatombe d'animaux (1/10)
    - Incendies de transformateur électriques
    - Incidents avions
    - Incendie usine (1/2)
    - Colonnes lumineuses EM
    - Spirales célestes (1/3)
- Faiblesse du bouclier magnétique
  - Trou couche d'ozone (1/2)
  - Spirales célestes (1/3)
- Dérive bras gravitationnels
  - Aurores boréales hors saison et sous le cercle polaire
- Réchauffement du manteau
  - dérive des continents
    - Activité sismique
    - Activité volcanique
    - Trompettes de l'apocalypse
    - Boums souterrains
      - Hécatombe animaux (marins) (1/5)
    - Pression dans la croûte terrestre
      - Sink Hole
      - Dégagement HC fossile
        - Trou couche d'ozone (1/2)
        - Accidents miniers
        - Accidents plateforme offshore
        - Explosion de maisons
        - Incendie usine (1/2)
        - Odeurs étranges inexpliquées
        - Hécatombes animaux (2/5)
        - Spirales célestes (1/3)
- Réchauffement du fond des océans
  - Réchauffement global atmosphère
  - Tempêtes et ouragans

Vacillement croûte terrestre

- Météo capricieuse
  - Saisons inversées
  - Alternance de semaines trop chaudes puis trop froides
  - Hécatombes animaux (1/5)
- Vagues scélérates
  - Accidents ou collision de bateaux
- Marées trop hautes ou trop basses

Astéroïdes

- Météores dans le ciel
- Explosions type Tcheliabinsk
- Chute de météorites
  - Humains
  - Maisons
  - Rivières ou lacs rouges (1/2)

Queue de Nibiru touchant la haute atmosphère

- Charges électriques

- Éclairs plus puissants (1/2)
  - Hécatombe d'animaux (1/10)
- poussière rouge
  - Couchers de Soleil magenta
  - Piliers solaires
  - Rivières ou lacs rouges (1/2)
  - Parhélie
  - Accusation mensongère du Sahara
- Hydrocarbures
  - Contrails d'avions
  - fils de la vierge
  - pluies d'HC
    - Routes glissantes

Mouvements de la Terre

Survol

Vu de l'espace (p.)

Une fois que Nibiru à sauté du dernier rail, elle s'approche en moins de 2 mois de la Terre (cataclysmes augmentent de manière exponentielle), la rotation de la Terre sur elle-même diminue, jusqu'à s'arrêter 3 jours. Pendant 6 jours, les 2 planètes vont s'éviter, puis Nibiru s'éloigne, coupe le couplage magnétique, et la Terre reprend rapidement sa rotation habituelle, la croûte terrestre basculant de 45° en quelques heures (le pole-shift).

Expliqué dans les crops circle (p.)

Les crops circles expliquent à notre inconscient ce qu'il va se passer sur Terre, traduisons ces crops pour notre conscient.

Je rajoute des hypothèses aux dires de Harmo, qui ne peut pas en dire sur ce passage critique.

La cinématique du passage est décrite dans le chapitre sur Nibiru (p.), je complète ici sur les effets que cela provoque sur la Terre.

Effets à grande distance

les champs gravitationnels et magnétiques s'étendent sur des espaces si vastes qu'ils sont suffisants pour créer des variations infimes, même à grande distance. Les effets de Nibiru sur la Terre peuvent se voir dès 1930 (selon les scientifiques russes, cités par Poutine), même si c'est de manière infime.

Les derniers rails d'approche de Nibiru

Plus Nibiru est proche, plus elle tend à tirer la Terre vers le Sud (la distance Soleil-Terre reste la même) :
- les constellations sont légèrement décalées vers le haut du point de vue terrestre.
- Le Soleil est plus haut dans le ciel, mais ceci est partiellement compensé par le basculement de l'axe de rotation de la Terre.

La Lune prend de 1 à 2 jours de retard sur son orbite habituelle et sur l'avancée de ses phases.

Il faut aussi prendre en compte l'oscillation journalière de la Terre (comme une toupie en fin de course), qui génère des mouvements gyroscopiques dans tous les sens : la Terre est un coup trop en avance sur son orbite, un coup trop en retard.

Difficile de donner des dates : la Terre mettra 1an et quelques mois pour faire le tour du Soleil, et un jour vaudra bientôt 25 heures, voire 48 à la fin.

Décalage magnétique de la Terre

Plus Nibiru approche, plus elle pointe son pôle nord magnétique sur nous, ce qui perturbe la circulation magnétique des particules. Pour contrer cette anomalie, la Terre fait plusieurs choses :

Noyau

Le noyau terrestre ne se pose pas de question, il essaie de s'échapper sur le côté Pour s'aligner sur le champ de plus en plus dominant : c'est pour cela que notre pôle magnétique nord se déplace si rapidement depuis 2000, et que ce mouvement accélère plus Nibiru se rapproche (l'orientation de l'axe de la Terre étant la résultante de l'addition du champ du Soleil, et du champ de Nibiru. Comme Nibiru se rapproche, la composante du champ de Nibiru augmente, et le champ résultant finit par ressembler de plus en plus au champ de Nibiru, la composante solaire devenant très minoritaire).

Inclinaison de la croûte

L'inclinaison du noyau, quand elle est très importante, est suivi avec retard par la croûte suit en retard à cause de l'élasticité du manteau, mais de façon incomplète. C'est surtout vers la fin, quand le vacillement s'arrêtera, que cette inclinaison sera visible.

Vacillement journalier de la croûte

Pour la croûte terrestre, c'est une autre affaire que le noyau.

Le pôle magnétique Nord de la Terre tente de fuir le pôle magnétique Nord de Nibiru, alors que notre pôle sud est attiré. C'est ce qui produit le vacillement (un balancement journalier, p.).

Le retard sur l'orbite

La Terre prend de plus en plus de retard sur son orbite, Nibiru la repoussant en arrière vu que Nibiru est un peu en avance sur le rail. C'est ce qui explique d'ailleurs en partie que Nibiru soit vue à droite du Soleil.

Les constellations de la grande ourse et de Cassiopée apparaissent légèrement décalées dans leur orientation par rapport au coucher du Soleil, mais pas assez pour être détectés avec nos moyens.

Le décalage d'orbite

Cette partie, Harmo avait du mal à comprendre ce que disait les ET (et ils lui ont fait savoir qu'une partie était mal comprise, sans pouvoir évidemment lui expliquer laquelle, Harmo n'étant pas capable d'appréhender certaines notions trop compliquées). Attention, j'ai fortement résumé ce qui suit, il se peut que la partie mal comprise ai disparue ! Ce qui suit sera donc à ajuster en fonction de ce qu'il se passe réellement le moment venu.

Si l'inclinaison du noyau terrestre (dérive des pôles magnétiques) soulage notre planète de la pression magnétique de Nibiru, cela perturbe la façon dont se diffuse sa gravitation. La gravitation est un champ à 4 pôles (disposés sur une ligne équatoriale) qui forme des "bras" en rotation autour des astres (à la manière d'une svastika).

Cette ligne dépend de la position du noyau, principal moteur de la gravitation. Or le noyau de la Terre étant en une position très penchée à cause de la pression magnétique, les bras gravitationnels ne sont plus alignés sur le plan de l'orbite normale de la Terre, donc en phase avec ceux du Soleil. Ces bras spiralés de la Terre et du Soleil s'emboîtent normalement comme des engrenages mais le fait que la Terre soit penchée perturbe le système. Les bras gravitationnels du Soleil étant bien plus puissants, la Terre est forcée de s'adapter là encore. La combinaison des pressions magnétiques de Nibiru et gravitationnelles du Soleil forcent la Terre a trouver une nouvelle place en équilibre. Pour ce faire, elle change donc d'orbite : elle descend en dessous du plan de l'écliptique et s'éloigne légèrement du Soleil. Cette nouvelle trajectoire plus ample n'est pas sans conséquence, car la vitesse de la Terre reste à peu près la même. Du coup, au lieu de mettre 12 mois pour faire le tour, la Terre en met un peu plus (8.33% plus de temps pour faire le tour du Soleil selon ce qu'à reçu Harmo, sans précision de date). Années après années, la position de la Terre se décale par rapport au Soleil, mais, dans l'hémisphère Nord, cette différence d'ensoleillement est un peu rattapée par le fait que la Terre étant en dessous de son orbite, elle reçoit grosso modo le même ensoleillement. Mais ça pourrait expliquer les canicules de 2018 et 2019 qui commencent début juin au lieu de début juillet ?

Les jours allongeant en même temps, il y aurait toujours 365 jours entre 2 solstices. Si ce phénomène se produisait dès aujourd'hui (2020), ça impliquerait que les journées durent 26 h. On sait que il y a eu souvent des magouilles sur l'heure depuis 2008, que depuis 2010 les serveurs informatiques doivent être impérativement synchronisés plusieurs fois par jours sur un site web référence, sous peine de dérive rapide, alors que dans les années 1990 ces problèmes de synchronisation ne se posaient pas. Depuis le début des années 1990, les montres et horloges diverses ont un composants basiques qui se synchronisent avec le signal de l'horloge de Francfort, pour que tout le monde se remette à l'heure en fonction d'un signal centralisé, mis à jour de manière opaque. Depuis 2019, les gens ont l'impression que leur journée est plus longue. Mais d'ici à ce que la journée fasse 26 h, c'est peu probable. Les Alts ont sûrement voulus indiquer que lors du point critique, les journées qui ralentissent auront commencé bien avant.

Faire le lien avec les prophéties islamiques qui parlent du temps qui passera plus vite !

Le dernier rail

Une fois sortie du dernier rail gravitationnel avant le notre, Nibiru va tout droit et très vite (un peu moins de 2 mois) vers le point d'équilibre.

D'après ce que j'ai compris, les catastrophes augmentent d'un seul coup après le saut du dernier rail, sans prévenir, et que cet état de catastrophes durerait 50 à 60 jours (le temps mis par Nibiru pour partir de sa dernière ornière et venir au point critique d'équilibre). Mais il se peut, les ET se réservant le droit ne pas trop en dévoiler sur les derniers temps, que les cataclysmes exponentiels (et donc leur point de départ, le cataclysme annonciateur) ne se produisent qu'après le point d'équilibre.

Le point d'équilibre (14 millions km)

Une fois franchi ce point critique (équilibre des forces de gravitation et de magnétisme), la Terre se rapprochera de Nibiru, et commencera à perdre de la vitesse de rotation, jusqu'à s'arrêter 3 jours (72 heures). Cette immobilisation est due au fait que la croûte terrestre est piégée (rift Atlantique bloqué en direction du pôle de Nibiru).

Les Lunes de Nibiru la précède

Les zétas décrivent une Nibiru avec sa queue cométaire en arrière, mais avec le tourbillons de Lune situé devant (vers le Soleil) car lors du freinage de Nibiru contre le Soleil elle sont passé en avant.

Ces lunes seront pourtant visibles de la Terre avant Nibiru elle-même. L'effet d'une Nibiru, dans son trajet inter-rail, freinée par le magnétisme de la Terre, tandis que les Lunes ne sont pas impactées par ce freinage, car non magnétiques ?

L'évitement

C'est la période entre le point d'équilibre (la rotation ralenti jusqu'à s'arrêter) et le point de passage (franchissement par Nibiru de l'écliptique).

Chronologie

- La Terre est piégée (le rift Atlantique, très magnétique, se verrouille progressivement sur le pôle de Nibiru).
- La Rotation de la croûte terrestre s'arrête progressivement, pour se figer pendant 72h (3jours), à cause du verrouillement final du rift Atlantique (tandis que le noyau/manteau continuent leur rotation sur l'inertie).
- Ce n'est pas clair, mais la Terre s'incline sur la gauche (de 90°) ou s'inverse totalement (180°) dans un dernier vacillement.
- 6 jours de lever de Soleil à l'Ouest (voir en suivant). Nibiru passe en apparent de la droite à la gauche du Soleil pendant ces 6 jours.

Calendrier Zétas

J'ai interprété comme j'ai pu le calendrier donné par Harmo à partir de celui des Zétas :

- 9 jours de vacillement sévère + ralentissement,
- 4.5 jours d'inclinaison statique à gauche (vacillement bloqué dans une position extrême).
- 2.5 jours d'arrêt progressif final de la croûte terrestre

- 3 jours de ténèbres au centre des USA (Soleil immobilisé à midi dans le ciel au dessus du rift Atlantique, en position fin d'après-midi en France, Soleil couché au Moyen-Orient)
- 6 jours du lever du Soleil à l'Ouest.

Les jours donnés par les contactés sont une durée estimative, sans compter qu'ils doivent sûrement jouer sur les mots pour tromper les élites (quand il y a 48 h entre 2 passages du Soleil au zénith, le mot jour ne veut plus rien dire, on ne sait pas si c'est une durée de 24 h ou l'alternance jour-nuit).

Il faut juste retenir que dès que le Soleil s'arrête dans le ciel, on reste à dormir dehors dans une tente ou dans sa tranchée anti-tornade.

Soleil se levant à l'Ouest

Semaine de lever à l'Ouest, annoncée par les prophéties islamiques et décrites par les anciens peuples.

La croûte terrestre, toujours verrouillée (rift Atlantique face au pôle Sud de Nibiru), suis Nibiru du regard pendant environ 1 semaine, tandis que Nibiru avance lentement, vu de la Terre, de la droite vers la gauche du Soleil. La rotation subie par la croûte terrestre, lors de ce mouvement contraint, est l'inverse de la rotation terrestre habituelle : le jour semble alors se lever lentement (en 6 jours) depuis l'Ouest (pour les pays du moyen orient).

Le danger, c'est que ce lent redémarrage du Soleil, dans une période où la croûte est toujours figée par Nibiru (donc avec les cataclysmes suspendus) peut être confondu avec la Terre qui repart doucement en normal, et peut faire croire que le plus gros des cataclysmes est passé (alors qu'il est encore à venir à la fin de ces 6 jours, quand la Terre va se retourner brutalement, puis ensuite reprendre doucement sa rotation habituelle).

Les éclipses

Sur toute la durée de l'évitement, Nibiru et la Terre vont "jouer" au yoyo ensemble pendant ces jours là, elles s'attireront magnétiquement tout en se repoussant gravitationnellement. Cette instabilité pourra modifier temporairement les positions par rapport au Soleil et créer quelques "éclipses" étranges dans les dernières semaines avant le basculement. La Lune étant aussi de la partie, cela risque d'être assez aléatoire, mais tout ne sera que momentané.

Critère de gravité du pole-shift

Les pole-shifts semblent plus destructeurs tous les 4 passages environ, mais ce n'est pas systématique.

La gravité des passages ne dépend pas de la distance du passage (qui reste toujours la même).

La seule différence, c'est l'état de la Terre lors du passage, de la position de la croûte, etc.

Par exemple, si l'équivalent magnétique de notre rift Atlantique actuel, le point le plus magnétique de la Terre, est proche naturellement du pôle de Nibiru lors du second passage, il y aura peu de mouvement de pole-shift pour rattraper le noyau, quand Nibiru va relâcher la croûte terrestre. La croûte bascule alors très peu.

Si un super-volcan est chargé, il explose et cela aggrave considérablement le passage pour tout le monde.

Ne pas oublier qu'un même passage peut être anodin à un endroit, et catastrophique dans la région d'à côté.

Il faut plus regarder la distance de déplacement du pôle géographique, d'un passage à l'autre. Il y a 12 500 ans (dernier suivi de pôle donné par les Zétas), le pôle s'est beaucoup déplacé par exemple, mais le déluge biblique ne s'est produit que le passage d'après (à cause des glaces du précédent pôle qui n'avaient pas fondues complètement depuis plusieurs passages, et se sont effondrées d'un coup lors du réchauffement suivant).

Tous les pole-shift n'ont pas la même intensité, suivant la position des belligérants Terre, Soleil et Nibiru. Malheureusement pour nous, il est prévu depuis fort longtemps par les ET bienveillants, que le passage de l'apocalypse serait particulièrement dévastateur, car les 3 astres majeurs en question formeront le triangle Altaïran : les directions des champs magnétiques et gravitationnels vont former une position particulière, dite d'indécision, où aussi bien le Noyau que la croûte de la Terre seront pris en étau, et qu'ils ne sauront pas à quel maître se plier. Ils passeront donc d'une position extrême à une autre en peu de temps (90°), beaucoup plus soutenue que lors du dernier passage de -1600 (10° seulement).

Quand le basculement n'est que de 10°, seule une petite extrémité des calottes fond et se reforme sur les nouvelles terres passées sur le cercle polaire. Le dernier pôle nord était bien plus vers le sud qu'aujourd'hui, c'est à dire que les Groenland et la Suède était bien plus recouverts de glace.

Passage : franchissement de l'écliptique

Nibiru pointe son pôle Nord vers la Terre. Au point de passage, la magnétisme de Nibiru supplante celui du Soleil, forçant la Terre à s'aligner sur Nibiru : la Terre pointe alors son pôle sud vers Nibiru, c'est le vacillement extrême.

Le passage correspond à peu près au moment où l'action du champ magnétique de Nibiru est le plus fort sur la Terre, mais pas totalement. Il y a d'autres facteurs en jeu que la distance entre les deux planètes : il y a l'action du Soleil et de Jupiter.

Une fois passée l'écliptique de la Terre, Nibiru s'éloigne rapidement (bien plus vite qu'elle ne s'est approchée) jusqu'à ce que le Soleil redevienne prépondérant sur notre noyau magnétique (le moment du découplage).

Découplage magnétique

Ce découplage est la cause du pole-shift (les gros dégâts sur Terre). Ce moment semble se produire au moment du passage, c'est pourquoi on peut utiliser indifféremment les termes de "pole shift", "passage' ou "découplage" pour parler du moment, même si ces termes ne désigne pas la même chose.

Il est possible aussi que ce découplage se fasse plusieurs heures / jours après le passage.

1er pole-shift

A réexpliquer de façon plus résumée, et répartir dans des paragraphes plus détaillés

La croûte glisse sur le noyau, et n'est attaché à lui que par le manteau qui est visqueux. En temps normal, le noyau n'a pas besoin de faire d'effort pour que la croûte le suive. Mais avec Nibiru dans les parages, noyau et croûte ne vont pas se comporter de la même façon : ils ne sont plus à l'unisson !

Alors que le noyau est un aimant à peu près uniforme, la croûte elle n'est pas aimantée partout de la même façon. Les continents sont des masses non aimantées, alors que la croûte océanique, formée par la lave qui remonte des profondeurs, est fortement magnétique. Pour exemple, au milieu de l'atlantique se trouve une immense chaîne de montagne formée par le rift océanique, une immense fissure d'où la lave sort

Cosmologie > Système Solaire > Terre > Effets de Nibiru

constamment. Cette lave, très chargée en nickel et en fer, forme un immense aimant qui part de l'océan arctique et descend jusqu'à l'antarctique. Cela forme une sorte de bande très aimantée posée sur une croûte qui ne l'est pas. L'atlantique agit comme une bande de fer et est attiré par Nibiru. Du coup, à chaque fois que l'atlantique fait face à Nibiru, il ralenti la rotation terrestre et oblige la croûte à s'orienter vers le sud.

Le découplage, c'est quand l'Atlantique cesse brutalement d'être figé par le magnétisme de Nibiru.

(et le noyau couplé à Nibiru c'est pas clair, à retravailler).

Le noyau terrestre reprend alors rapidement sa position initiale, se réalignant sur les forces (issues du Soleil) qui expliquent notre équilibre actuel (inclinaison de l'axe magnétique et de l'axe de rotation).

Grâce à la croûte terrestre (rift Atlantique) verrouillée à Nibiru, nous avons évité de trop ressentir les mouvements rapides faits par le noyau terrestre lors des derniers temps (notamment son inversion temporaire).

Après le découplage, ce n'est plus le cas, et la croûte va rapidement se réaligner sur le noyau redressé (mais avec retard), c'est ce qui provoque l'épisode du passage, qui crée tant de dégâts sur Terre.

C'est donc d'abord un réalignement du noyau (reprise de l'axe de rotation classique), suivi avec retard par la croûte terrestre (le manteau jouant le rôle de l'élastique qui rappelle la croûte en arrière).

Avec l'élan et l'action encore importante de Nibiru, la Terre va se mettre à rouler sur elle même, un peu comme un ballon sur de l'eau. Elle va chercher un nouvel équilibre.

Lors du retour brutal en place pour rejoindre le noyau (qui va mettre 24h, dont 1 heure de pleine vitesse à quelques km/h), la croûte va être malmenée : en 1 heure environ, elle va tourner autant qu'en 1 jour normal.

Force centrifuge lors de l'accélération et pleine vitesse

Les continents étant des grosses masses, et leur trajectoire étant curviligne, il va y effet des effets de force centrifuge qui vont attaquer les gros déplacements relatifs de plaque (bien que moins flagrants que lors du crash).

Tsunami lors de la pleine vitesse

À pleine vitesse, c'est surtout le fait que les océans restent fixes qui va provoquer une vague d'étrave, le tsunami généralisé, plus ou moins important selon le volume d'eau à déplacer, et les littoraux face au sens d'avancement. Les courbures géométriques, comme le Golfe de Gascogne, vont amplifier localement la vague d'étrave qui va déferler sur les rivages, augmentant la hauteur localement.

Décélération / crash

L'autre point critique, c'est quand la croûte aura rattrapé le noyau via l'élasticité du manteau. Le mouvement va s'interrompre assez brutalement.

Les humains pourront ressentir la décélération (Nancy Lieder décrit des gens propulsés en dérapage sur quelques mètres, l'un d'eux se cassant le bras en roulant sur lui-même, d'où son conseil d'être accroupi)

Pour donner une image exagérée, c'est comme un camion qui freine brutalement, toutes les caisses lourdes non attachées vont s'écraser et s'entasser les unes sur les autres sur l'avant du camion.

Pour les continents, qui font des milliards de millions de tonnes, cette force d'inertie au freinage (dissipation de l'énergie cinétique en déformation et chaleur) va être gigantesque. Propulsés dans un élan incontrôlé, les continents vont s'enchevêtrer les uns dans les autres : les subductions, les collisions et les écartements de plaques vont être démultipliées : ce qui se passe normalement en des milliers d'années de lents mouvements telluriques va être concentré en quelques heures. Quand on vous montre une montagne comme les Alpes en vous disant que ça a pris des millions d'années, en réalité, seules quelques heures suffisent à faire pousser les montagnes de centaines de mètres.

Séisme big one lors du crash

Un séisme généralisé (15+ Richter) secoue toute la planète lors du crash des plaques, avec des épicentres multiples dans toutes les zones susceptibles d'en être la source.

Tsunami de rééquilibrage lors du crash

Cet arrêt va aussi voir le sillage dans les océans rattraper les continents et leur monter dessus à l'arrière (le niveau de la mer s'étant enfoncé à l'arrière du déplacement, alors qu'il montait à l'avant), comme une vague de contre-retour. Il semble que c'est ces mouvements d'eau de rattrapage qui vont provoquer l'inondation de l'axe

Rhin-Rhône, pouvant remonter jusqu'en Suisse selon Nancy.

Fin du pole-shift : Axe de rotation apparent modifié

À cause de la viscosité du manteau, la croûte ne rattrape qu'à moitié le noyau retourné à sa place. Vu de la surface de la Terre, on a l'impression que l'axe de rotation a basculé de 45° dans le sens horaire (Nord en haut), même si vu de l'espace, cet axe de rotation reste quasiment le même par rapport à l'écliptique.

2e pole-shift

Au retour de Nibiru, tout se passe à l'inverse de l'aller.

Seule différence, mais importante, c'est que Nibiru nous revient non plus sur le côté comme au premier passage, mais la tête à l'endroit (c'est à dire inversée par rapport aux autres planètes : son pôle sud est en haut, son nord en bas).

Nibiru forcera la Terre à s'inverser tout comme elle : notre pôle nord va se retrouver au sud, et le sud au nord, ce qui est bien plus grave que la première fois qu'elle nous a embêté (où le pôle Nord de Nibiru était vers nous, et n'a pas obligé la Terre à une grosse inclinaison pour être repoussé et aligner le pôle magnétique Sud de la Terre sur le pôle magnétique Nord de Nibiru). Si en gros au premier passage, le rattrapage n'était qu'autour de l'axe de rotation (le rift Atlantique reprenant sa place plus en avant), ce coup ci, le rift va faire en plus une bascule totale autour d'un axe perpendiculaire à l'axe de rotation (la Terre ayant la tête en bas). Comme la position du rift après le premier passage aura changée, il est difficile d'anticiper le mouvement réel lors du second passage.

A cause de la croûte malmenée lors du 1er passage (bien plus fissurée) et du manteau bien plus chaud, et du fait que ce coup-ci la Terre se retourne complètement (donc pole-shift se faisant sur une plus grande distance), la puissance du pole shift est le double de ce qu'elle était lors du premier passage (les effets sont 1/3 plus forts que lors du 1er passage).

Lors du découplage magnétique du second passage, ce n'est pas juste l'Atlantique qui va revenir à sa place, c'est la Terre tout entière qui va faire un flip !

Plus de distance parcourue en 1 heure, donc plus de force centrifuge, et donc plus de catastrophes : là ce sera vraiment dramatique, beaucoup plus qu'au premier passage.

Surtout pour les tsunamis qui, suite à l'élévation de 200 m de la mer, seront non seulement plus hauts d'un tiers, mais en plus situés 200 m plus haut qu'au premier passage, et plus dans les terres suite au recul du littoral. Ils toucheront donc des zones épargnées lors du premier passage, des zones situées à 500 m de haut et plusieurs centaines de km à l'intérieur des terres lors du premier passage. C'est pourquoi il est important de connaître la géographie lors du second passage, et de ne pas s'appuyer sur la géographie connue lors du premier passage.

Déplacement des pôles après le pole-shift

Ce déplacement est moins important au premier passage qu'au second (à cause de l'amplitude différente, et de l'état dégradé de la croûte).

Les Alts ni les Zétas ne veulent donner la répartition des continents entre les 2 passages.

On sait juste qu'au bout de 2 passages, la croûte terrestre aura basculée d'environ 90° (les dirigeants ayant perdu leur pouvoir, il n'y a pas de risques à donner cette information).

Si on rajoute les mouvements relatifs des plaques tectoniques entre elles, il est difficile de prévoir vraiment à quoi ressemblera notre planète après le 2e passage.

Mouvements > Crops-circles

Les crops circle (CC) sont faits par les ET altruistes. Le but est de nous prévenir en parlant à notre cerveau inconscient, qui comprend ce message universel. Notre conscient lui n'y comprend rien, mais le jour venu, le conscient semblera tout comprendre de manière inexplicable...

Barbury castle 1991

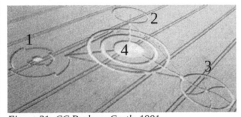

Figure 21: CC Barbury Castle 1991

Le triangle équilatéral qui relie les symboles externes 1-2-3 est le triangle Altaïran (p.), triangle équilatéral de 150 millions de km de côté (distance

Terre-Soleil). Ces symboles représentent le Soleil (3), Nibiru (1) et la Terre (2).

Les symboles 1 et 2 sont placés au 2 passages de Nibiru pour franchir l'écliptique, 1er passage en 1, 2e passage en 2 (en avance de 4 mois env. sur l'orbite). Ces passages se font au niveau de l'orbite de la Terre, vue du Nord, et sont donc séparés de 150 millions de km, le triangle ayant 3 côtés égaux.

Le rond 4 à l'intérieur du triangle + les deux cercles autour, représente le système solaire. Le rond 4 indique le système solaire dit "interne" (Soleil + toutes les planètes jusqu'à Jupiter incluse, le bord du rond 4 étant l'orbite de Jupiter). Les deux cercles complémentaires représentent les orbites de Neptune et Uranus.

Le rond 4 est tout lisse, pour indiquer où se produit le drame. C'est pour cela que le triangle et les 3 protagonistes semblent émerger de ce rond 4 (émergence symbolisée par les 3 traits sortant du rond 4 pour rejoindre les 3 pointes du triangle, comme si c'était un zoom).

Cela veut dire que le drame se fera à l'intérieur de l'orbite de Jupiter, ce qui est exact puisque Nibiru fait demi tour au niveau de la ceinture d'astéroïdes (orbite entre Mars et Jupiter).

Le symbole 3 est le Soleil, avec ses bras magnétiques qui donnent des maximums et des minimums magnétiques sur Terre).

Le symbole 1 est Nibiru, avec sa trajectoire spiralée et crénelée.

Barbury castle 2008

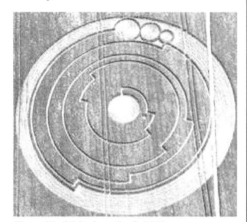

Figure 22: CC Barbury Castle 2008

C'est une image assez précise du trajet de Nibiru autour du Soleil, et ses passages d'une ornière gravitationnelle à une autre. La dernière ornière, la plus externe, correspond à celle de la Terre, c'est pourquoi elles se termine par 3 disques en haut (visibilité maxi de Nibiru puis son éloignement progressif).

Le nombre de tours sur une ornière n'est pas précisé sur le schéma. Par exemple, Nibiru peut très bien faire 10 fois le tour au niveau de Vénus (soit 10 ans, sa vitesse de révolution étant couplée à la notre). Les rails sont plus profonds proche du Soleil, donc Nibiru y reste plus de temps (plus d'énergie à fournir pour le sortir du rail).

Les ET ont utilisé une représentation picturale de Pi et de ses 10 premiers chiffres après la virgule. Ils auraient pu placer les longueurs entre les sauts au hasard, mais ils l'ont construits en respectant un enchaînement mathématique. Une fois le diagramme divisé en 10 sections égales , le long des décrochements de lignes , la virgule est le petit point à côté du centre après les 3 premières sections. En comptant les sections suivantes on obtient les 10 premières décimales.

[Hyp. AM] Les 3 points décroissants sur le bord extérieur mentionnent, en plus de l'éloignement progressif de Nibiru et de son retour à venir (une sorte de "à suivre..."), symbolisent aussi le fait que Pi est infini (une sorte de "etc."). [Fin Hyp.]

Rauwiller 2015

Rauwiller, Alsace, France, 30 m de diamètre, le 11/06/2015.

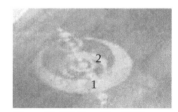

Figure 23: CC Rauwiller 2015

La symbolique est assez claire puisque ces cercles représentent des planètes. Les cercles plein sur une même ligne représentent Nibiru et leur taille variable correspond à la visibilité de Nibiru vue de la Terre : parfois très visible, parfois peu, elle atteint son maximum en bas dans le gros croissant (repère 1).

Le grand cercle (avec le plus grand croissant) représente Nibiru à son Maximum d'influence sur la Terre, le plus petit son minimum. Le croissant moyen avec l'anneau (repère 2) représente la Terre, qui est en opposition à Nibiru.

Remarquez que le plus grand disque sur la ligne se produit juste sur le plus gros croissant (repère 1) : cela veut dire que Nibiru aura son influence maximum au moment où elle sera la plus grosse, le plus visible dans notre ciel.

Quant à l'anneau au centre du crop (à l'endroit où il y a le croissant moyen qui représente la Terre), il marque le moment actuel, le moment où a été créé le crop dans le processus décrit par ces agroglyphes.

Le nombre de cercles sur la ligne centrale comptent comme des mois. Bien entendu, tout dépend de quel mois on prend pour le début du décompte (le petit croissant en haut).

CC inconnu

Pas eu le temps de chercher la date et le lieu de dépôt sur Terre.

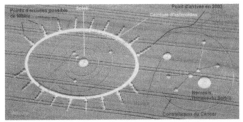

Figure 24: CC montrant la trajectoire de Nibiru

A gauche, le système planétaire (Soleil au centre) avec l'orbite surlignée qui est celle de la ceinture d'astéroïde. Les divers alignement de disques perpendiculaires à cette orbite sont les points d'arrivée possible de Nibiru (dans le système planétaire apparemment, pas sur cette orbite de la ceinture d'astéroïdes).

A droite, l'orbite de Nibiru avant son entrée dans le système planétaire en 2003. Les 6 étoiles reliées dessinent la constellation du cancer, le gros disque à droite représente Némésis, et à gauche de la constellation, c'est Nibiru.

Actions

Survol

Pavé gravitationnel

Nibiru agit comme un pavé dans la mare gravitationnelle du système solaire :
- la Terre avance par à-coups sur sa trajectoire,
- de nombreux débris (comme les astéroïdes).

Ces débris en profitent pour prendre des trajectoires différentes, dirigées vers Nibiru, donc vers la Terre, sur laquelle Nibiru est alignée.

Nuage de Nibiru (p.)

Les couches 3 et 4 de Nibiru sont si vastes (millions de km) et si étirées en queue cométaire, que la Terre est balayées par ces couches et en reçoit une partie lorsque Nibiru est au plus proche.

Vacillement (p.)

Chaque jour, la Terre vacille sous l'attraction de Nibiru, son pôle Nord formant un 8.

Réchauffement du noyau (p.)

Plusieurs actions de Nibiru expliquent le réchauffement du noyau terrestre. des réactions encore inconnues activées par les radiations de Nibiru, ou le frottement croûte-manteau provoqué par le vacillement journalier.

Actions > Nuage de Nibiru

Survol

Les couches 3 et 4 de Nibiru sont si vastes (millions de km) et si étirées en queue cométaire, que la Terre est balayées par ces couches et en reçoit une partie lorsque Nibiru est au plus proche.

Queue cométaire (p.)

Cette queue sort du pôle magnétique Nord de Nibiru, donc elle frappe la Terre quand le pôle Nord nibirien est dirigé vers la Terre.

Météorites (p.)

Les nombreux météorites de la ceinture de Nibiru, en plus de la gravité de Nibiru qui détourne des astéroïdes vers la Terre, expliquent la hause de météores entrants.

Plus Nibiru sera proche de nous, plus les météores seront nombreux. En Février 2017, un astronome russe a averti que nous entrions dans le nuage principal de Nibiru (plus de gros cailloux que le nuage externe), avec l'astéroïde anormal 2016-WF9.

Hydrocarbures (p.)

Les gouttelettes d'hydrocarbure de la couche 3 de Nibiru traversent notre atmosphère, provoquant des boules de feu et d'hydrocarbures, des chemtrails, des fils d'ariane.

Actions > Nuage > Queue cométaire

[Zeta] La queue cométaire de Nibiru sort par le pôle Nord de Nibiru. Donc quand le pôle Nord de Nibiru est pointé vers la Terre (vacillement du rift Atlantique trop au Nord, période de 15 jours de froid), nous sommes placés dans la queue cométaire : nous voyons plus d'explosion de lemonosov dans le ciel, et de retombées de gouttes d'huiles qui s'infiltrent dans le sol (si elles n'explosent pas dans l'atmosphère) pour former le pétrole. Et tous les effets annexes, comme les poussières rouges supplémentaires, les contrails d'avion plus visible, ou les décharges électrostatiques dans la haute atmosphère.

En gros, quand il fait plus froid que d'habitude, les pluies sont plus glissantes que d'habitude.

Bulles de Lemonosov

Quand les amas de gouttelettes d'hydrocarbures explosent dans notre atmosphère, on voit de grosses boules lumineuses, puis des ronds de fumées circulaires, résidus de l'explosion.

Si ces amas ne brûlent pas, il finissent par retomber sur le sol, s'infiltrent dans la terre, et vont former les nappes de pétrole.

Monster personna

Nous voyons de temps en temps de grosses boules optiques. Il s'agit d'un effet de loupe naturel, grossissant un objet lointain.

[zéta] Les explosions de Lemonosov peuvent sembler aussi grands qu'une planète lorsque l'effet Monster Persona est présent. Vu à l'horizon après le coucher du soleil, ces monster personna illuminés peuvent être alarmants.

Lumières venant de Nibiru

La lumière provenant du complexe de Nibiru prend de nombreuses formes, car elle est très malléable et se courbe facilement vers les puits de gravité ou les lignes de flux magnétique. Il y a soit la lumière provenant directement de Nibiru, soit les faisceaux lumineux se dirigeant vers l'espace qui sont pliés vers la Terre, soit la lumière focalisée vers la Terre comme un projecteur.

Collier de perle

La lumière de Nibiru est concentrée dans un tube de tourbillon lunaire et est donc émise à l'extrémité comme la lumière d'une lampe de poche. Dans un tourbillon lunaire, la lumière a été attirée par la gravité de nombreuses lunes, de sorte que cette lumière forme un collier lumineux de perles.

Et il y a aussi la lumière tirée en arrière vers Nibiru ou les tourbillons de la Lune, qui forme ainsi un monster persona.

Quand L'atmosphère est tropsaturée de gouttes d'HC

Maintenant que le brouillard de gouttes d'HC obscurcit la vue, toutes ces différentes lumières de Nibiru sont toujours présentes, mais sont cachées derrière le brouillard de gouttes. Les gouttes d'HC créent leur propre phénomène de courbure de la lumière pour plusieurs raisons. Le pétrole capte et déforme la lumière, d'où les arcs-en-ciel qui se forment lors des déversements de pétrole. Les gros amas de gouttes d'HC font tourner les faisceaux lumineux en rond, de sorte qu'ils apparaissent comme une grande masse. Il ne s'agit pas du phénomène Monster Persona, qui consiste simplement en des rayons lumineux se dirigeant vers l'espace et ramenés vers un puits de gravité pour former l'illusion d'une grosse boule. La masse de gouttes d'HC montre les limites réelles de la masse.

Actions > Nuage > Poussières colorées

Ces arrivées de matériel de l'espace (poussières du nuage qui se déverse sur la Terre quand la queue cométaire est dirigée vers nous, c'est à dire quand le pôle Nord de Nibiru est vers nous, et que la France est en position de trop froid via le vacillement journalier) se produisent en plus grande quantité et de plus en plus souvent au fur et à mesure de l'avancée de Nibiru, donnant par exemple des ciels rougeoyants ou magenta, mais également des neiges orangées ou des pluies chargées et colorées, qui n'auront rien à voir avec des sables venus des déserts environnants.

Actions > Nuage > Météorites

Influence gravitationnelle

La gravité de Nibiru perturbe les objets à sa portée. Pas d'impacts majeurs sur les gros corps voisins, la distance est trop grande (pas de marées gravitationnelles comme on peut le voir entre la Lune et la Terre). En revanche, sa gravité perturbe les petits objets qui se situent sur son passage, tels les astéroïdes, un peu comme un pavé qu'on jette dans une mare. C'est pourquoi le nombre de rentrées atmosphériques (météores, étoiles filantes) explose sur la Terre.

Étoiles filantes

Dans le paragraphe sur la ceinture d'astéroïdes (p.) nous verrons que les astéroïdes-comètes laissent des débris derrière eux, les essaims cométaires. Ce sont eux qui donnent les étoiles filantes. Mais il y a aussi les astéroïdes rocheux, qui donnent les météores, plus gros, brillants et de durée supérieure de combustion que les étoiles filantes.

Ces astéroïdes proviennent soit de la ceinture d'astéroïde (éjectés de leur orbite par le passage de Nibiru) soit du nuage de Nibiru lui-même.

Pour rappel, seuls les corps de moins d'1 km peut collisionner avec la Terre, au-delà, la gravitation répulsive est suffisante pour que Terre et comètes se repoussent.

Couleur

la couleur des étoiles filantes quand elles brûlent dans l'atmosphère est un résultat qui dépend de la composition chimique des météorites.

Les météores (=étoiles filantes) qui sont des débris de comètes sont blancs-jaunâtre la plupart du temps, mais il existe aussi d'autres étoiles filantes qui n'ont rien à voir avec les comètes, mais qui sont des débris errants d'origines diverses qui traînent dans le système solaire. La grande majorité de ces autres débris sont ceux qui proviennent de la ceinture d'astéroïde. On ne connaît pas encore exactement la composition de tout ces astéroïdes, qui est très variée. Il y en a qui contiennent des métaux, d'autres des roches, d'autres les deux...et même récemment on en a découvert qui avaient de l'eau.

Ça peut donner de beaux spectacles aussi, parfois de grosses étoiles filantes rouges, bleues et mêmes vertes, suivant les composants. C'est un peu comme quand on fait brûler des déchets, certains plastiques font des flammes bleues ou vertes. Ben c'est pareil pour les débris naturels de l'espace qui brûlent dans notre atmosphère.

Météores

Ce sont des corps plus gros gros que pour les étoiles filantes, leur apparence est donc plus puissante (visibles en plein jour, durée de combustion plus longue, voir même météorite touchant le sol, la combustion ayant été incomplète dans l'atmosphère).

Leur nombre augmente fortement en présence de Nibiru. Plus la Terre s'enfonce dans le nuage de Nibiru, plus la densité d'astéroïdes est importantes, et plus le nombre de météores augmente.

Couleur

la couleur des météores est due à 2 choses : une réaction par chaleur/combustion sur l'objet même, et donc la couleur dépend alors de la composition de l'objet (métal principal continu). la plupart des météores observées sont blanc/jaune, ou jaune/oranger car les premier sont des débris de comètes très pauvres en métaux et les second sont composés de fer (morceaux de la ceinture d'astéroïdes). Quant aux vertes elles seraient composées de magnésium.

On ne parle pas des traces d'ionisations des météores (les traînées derrière), mais de la couleur de la tête, qui elle, est seulement dépendante du constituant de l'objet (Bore, Magnésium fer etc...). Par exemple , l'O3 (ozone) ne rentre pas dans la couleur de la tête de l'objet.

météores verts

Normalement rarissimes, ils se multiplient depuis 2005, avec l''arrivée de Nibiru.

Météores du nuage de Nibiru

Hydrocarbures

Une lumière verte et blanche.

Oxydes de fer

lumière jaune très claire tirant très fortement sur le blanc.

Flerovium

Les météores noires à base de flerovium, qui produisent une lumière arc-en-ciel, ne représentent pas de danger vu leur faible nombre. Le seul danger est de s'en approcher à cause des radiations gamma ionisantes qu'elles émettent en continu, et surtout de les manipuler (leur déplacement augmente le niveau de radiations, surtout si on les choque).

Ces roches ne sont pas visibles quand elles tombent, parce qu'elles ne brûlent pas dans l'atmosphère. C'est en effet la combustion qui permet de voir les météorites classiques dans le ciel sous la forme d'étoiles filantes. Cela explique pourquoi les météores noires en flerovium ne produisent pas de trainée "classique", ni de "tête". La seule chose qu'on pourrait voir c'est la météorite elle même, mais elle est bien trop petite pour être distinguée à l'oeil nu à d'aussi grandes distances. c'est comme essayer de voir un caillou

Cosmologie > Système Solaire > Terre > Effets de Nibiru

noir de 30 cm en pleine nuit à 200 km de là où on est ! Seule la lumière arc-en-ciel qu'elle émettent par radiation trahissent leur présence et leur chute.

Appartenant au nuage le plus externe, ces météores se produisent au tout début de l'approche de Nibiru de la Terre.

Actions > Nuage > Hydrocarbures

Survol

Principe

Les poussières et des gouttelettes du nuage externe de Nibiru se déposent en haute atmosphère, et se mélangent aux composants de l'atmosphère, dont la vapeur d'eau. Les ajouts de Nibiru se retrouvent ensuite dans le cycle de l'eau (tombe avec la pluie, puis se retrouvent dans les cours d'eau, les nappes phréatiques, puis les océans).

C'est un peu comme avec les poussières volcaniques lors des éruptions.

Il y a donc un changement de composition progressif, mais pas d'effet mécanique direct.

Date

Avant 2013, les parties les plus lointaines de la queue de Nibiru réussissaient à atteindre la Terre lors de bouffées détachées de la queue et poussées par le vent solaire.

La Terre a été atteinte par les premières volutes de l'extrémité de la queue de Nibiru en Septembre-Octobre 2013, impliquant de nombreux changements dans notre atmosphère (comme les cheveux d'anges (fils d'Ariane) et les rivières rouges).

Les concentrations de débris sont faibles les premiers temps, mais suffisent à générer nombre d'anomalies, comme les cheveux d'ange, les nuages anormaux, les contrails persistants, etc.

Plus Nibiru se rapproche, plus les concentrations seront élevées, jusqu'à passer carrément dans le nuage d'hydrocarbures lors du passage.

Changement atmosphère

Nibiru ayant stationnée près du Soleil de 2003 à 2012 environ, il y a eu beaucoup de volutes de produits qui ont touché la Terre modifiant petit à petit certains équilibres physico-chimiques, notamment dans la haute atmosphère.

Mais le nuage de Nibiru n'est pas le seul coupable : l'activité de la Terre elle même à changé :

les volcans,

les dégazages souterrains de gaz fossiles, venant du sous sol compressé par la tectonique des plaques accrue,

Les changements biologiques (prolifération de certaines bactéries aux émissions de gaz différentes de d'habitude, etc...), ou pour ce passage, la pollution humaine (trafic accrue d'avions et de gros porte-conteneur, industrie chimique et raffineries relarguant des gas nocifs en masse dans l'atmosphère), contribuent aussi à ces changements.

On peut rajouter :

- les débris de la ceinture de Nibiru. Ces éléments solides sont responsables des nombreuses entrées atmosphériques (boules de feu, météorites etc...) constatées ces dernières années. Toutes ne sont pas liées non plus au nuage, car certains sont simplement des objets déjà présents dans le système solaire, dont la trajectoire est modifiée par Nibiru (le pavé dans la mare). Ces météorites en brulant dans l'atmosphère libèrent de grandes quantités de poussières et de produits chimiques suite à leur désintégration (soufre, fer, nickel, produits carbonés etc...).

- les gouttelettes variés d'HC de la couche 3 du nuage de Nibiru (p.). Quand les volutes du nuage touchent notre planète, ces produits se dissolvent dans l'atmosphère et rejoignent tôt ou tard l'eau liquide (fleuves, lacs et mers) où ils permettent l'explosion de certains micro-organismes (algues rouges par exemple, qui nettoient ces nutriments jusqu'à épuisement). Ces gouttelettes peuvent s'associer à l'eau alors qu'elles sont encore dans l'atmosphère, notamment dans les phénomènes neigeux pour former des polymères instables, d'où les cas de neige qui ne fondent pas à la flamme remarqués lors de certains épisodes météo.

- Plus nombreuses que les gouttelettes d'HC, de grandes quantités d'oxydes de fer (sous forme de poussières très fines) de la couche 4 du nuage de Nibiru, peuvent retomber concentrées dans certaines zones géographiques limitées (très visible dans la neige par exemple et parfois dans la pluie).

Ces cas s'amplifieront au fur et à mesure que la Terre entrera bien plus profondément dans le nuage de Nibiru.

En conséquence, on voit de plus en plus apparaître ces rayons de lumière traversant les

Actions > Nuage > Hydrocarbures

trouées des nuages, et visualisés par une atmosphère plus poussiéreuse.

Les contrails d'avions durent de plus en plus longtemps, faisant croire à certains à des chemtrails.

Pluies d'hydrocarbures

Ces pluies sont responsables de la formation du pétrole que nous utilisons tous les jours.

Nibiru piège à cause des tsunamis, des glissements de terrain etc.. des forêts entière sous le sol (ce qui crée ensuite par "étouffement" du charbon ou/et par décomposition du gaz méthane).

Le pétrole est généré lui par les chutes de naphte liés aux hydrocarbures de Nibiru finissent aussi par s'infiltrer en masse et à rejoindre des couches imperméables ou peureuses qui les piègent.

Souvent les deux se combinent, car les forêts englouties par les limons des tsunamis recueillent soit a priori soit à posteriori de grandes quantité de naphte (ce qui donne des gisements gaz+pétrole).

Ce naphte est décrit par les anciens comme un des éléments des passages de Nibiru. Quand ce naphte s'enflamme localement, cela peut malheureusement arriver surtout s'il se combine à des gaz volcaniques, il forme des pluies de feu (voir mythologie Mayas). Il est aussi décrit dans différents textes au moyen orient qui a été une zone très concernée par ces chutes aux derniers passages, c'est pourquoi on trouve énormément de pétrole très proche de la surface en Irak. Les sables bitumineux, qui sont exploité à Fort mac Murray (voir incendies Canada) prouvent aussi que les dépôts sableux ont été infiltrés par le naphte et ne dépendent pas de la décomposition organique.

Dans certains conditions très particulières, ces hydrocarbures peuvent former une sorte de neige qui ne fond pas (le cristal de glace sert de support et est recouvert d'une matière pseudo plastique issue de ces hydrocarbures), ou des flocons plus ou moins comestibles (la fameuse manne, agglomérat d'hydrocarbures et de pollens) ou des fils appelés cheveux d'anges (quand il s'agglomère avec/autour de fils d'araignées). La particularité de ces substances c'est qu'elles forment des polymères (c'est comme cela qu'on fait du plastic). Ces polymères sont attirés facilement par les poussières ou objets très fins par électrostatique (comme vos cheveux avec un peigne). Par contre, ils peuvent aussi se consumer avant, et là ils prennent davantage une couleur noirâtre, plus ou moins collante ou épaisse suivant la quantité d'eau qu'ils contiennent.

Les analyses démontreront la même chose qu'avec les cheveux d'ange, un mélange improbable de substances diverses avec une majorité d'hydrocarbures non différenciés, ou de sous produits d'hydrocarbures brûlés/ goudrons (analyses qui ont parfois été utilisées pour justifier à tort l'existence des chemtrails et l'origine humaine des cheveux d'anges).

Explosion de Lemonosov

Des "magmas" incandescents qui tombent du ciel.

Ces produits peuvent être visqueux, très épais, ou plus volatiles. Ils forment des amas dans l'espace qui sont attirés vers l'atmosphère terrestre et s'y enflamment. Plus ils sont volatiles, plus ils sont explosifs. Des flashes lumineux fin 2019ont été observés aux USA ont été expliqués sous le vocable d'explosions/flashes de Lemonosov (nom du satellite russe qui a découvert en premier ces phénomènes encore inexpliqués officiellement).

Voile opaque pour l'observation de l'espace

Effet loupe

La couche 3 d'HC, diffracte la lumière qui passe à travers. En effet, ce nuage n'est pas opaque, il est transparent, comme un brouillard. C'est pour cela qu'on voit encore les étoiles à travers, mais qu'il modifie la luminosité de Vénus et du Soleil quand on les regarde. Le nuage créé un effet loupe pour les fortes luminosités :

Lorsque les rayons du Soleil se reflètent sur Vénus, ceux-ci traversent la couche 3 pour arriver jusqu'à nous : se produit alors un effet de loupe qui grossit l'image de Venus et la rend bien plus brillante et plus grosse qu'avant.

Les étoiles sont trop lointaines, la quantité de photons nous arrivant est si réduite que les effets de loupes sont presque négligeables.. La couche 3 occulte au contraire les étoiles de faible magnitude et affaiblie la magnitude des autres, en concentrant hors de la Terre les faibles photons qui nous parviennent (principe du foyer d'un système optique, elles sont trop loin du foyer et on les voit floues, alors que les objets proches sont vus plus gros, comme une loupe qui n'amplifie correctement que les objets proches, et rend flous les autres).

Cosmologie > Système Solaire > Terre > Effets de Nibiru

Halo

Est apparu depuis 2013 environ, un halo lumineux discret autour de Vénus. Les astronomes ont essayé de trouver des explications, toutes moins convaincantes les unes que les autres.

Changement des couleurs

De plus, l'aspect huileux et spécifique de ces hydrocarbures qui flottent dans l'espace sous forme de micro gouttelettes change la couleur de Venus.

Couleur Soleil

La lumière rouge est plus déviée par le nuage que les lumières blanches et UV plus énergétiques, le Soleil nous paraît plus blanc et plus chaud.

Cheveux d'anges

Comme pour certaines observations d'OVNI, c'est le frottement des poussières entre elles, et l'ionisation qui s'en suit (comme quand on frotte un pull de laine sur une règle plastique) qui provoque ces filaments bien visibles retombant au sol.

En gros, c'est les polymères de l'atmosphère, liés aux hydrocarbures venant du nuage de Nibiru, qui se chargent en électricité statique, se collent les unes aux autres en formant de petites chaînes microscopiques. Si un fil de la vierge (araignée) flotte non loin, les petites chaînes se collent au fil, qui s'alourdit et tombe sous forme de cheveux d'anges.

Les polymère de Nibiru peuvent aussi se combiner avec l'eau, pour former une sorte de glace plastique, les molécules d'eau étant elles aussi polarisés électriquement (Plus négatif du côté de l'atome d'oxygène).

Actions > Couche d'ozone

Tout d'abord, l'affaiblissement du champ magnétique terrestre secondaire (octopôles) dans certaines zones de la planisphère ont des effets très notables : les particules spatiales très énergétiques, provenant du Soleil mais également de l'espace profond, qui en temps normal n'arrivent à se faufiler que vers les pôles (pôles gravitationnels), formant de belles aurores boréales, peuvent désormais pénétrer ailleurs : le champ magnétique global est relativement stable, mais des trous dans le bouclier magnétique de notre planète apparaissent parfois au-dessus de pôles secondaires.

Or la formation d'ozone dans la haute atmosphère, qui s'effectue indirectement grâce à ce bombardement continu venu de l'extérieur, ne se réalise plus comme à l'ordinaire, et la chimie entière des différents boucliers chimiques se métamorphose.

En plus de cela, les grandes quantité de méthane s'échappant du sol contrarient cette couche d'ozone, de même que le dioxyde de carbone provenant des volcans et du sous sol.

Actions > Un noyau terrestre perturbé

Cette partie devra avoir le survol de toutes les actions provoquées par un noyau perturbé, et qui se retrouvent un peu partout

Notre planète, mais également toutes celles du système solaire, et le Soleil lui-même, sont perturbés en présence de Nibiru. En ce qui concerne la Terre en particulier, c'est surtout son noyau très sensible aux champs magnétique qui se métamorphose.

Désorganisation puis vacillement du noyau

Le premier effet est une désorganisation interne des masses du noyau : de nombreux sous-pôles magnétiques se détachent et la résultante de ces champs, ce qu'on appelle le champ magnétique terrestre se trouve modifié, et les pôles se déplacent rapidement. Le second est une rotation des couches de matériaux en fusion dans le cœur de notre planète perturbée : le noyau ne tourne plus dans l'axe normal, mais il réagit comme une toupie qui arrive en fin de course et vacille, à droite, à gauche.

Désolidarisation croûte

Mais ce n'est pas le noyau lui-même qu'il faut incriminer : le noyau bouge telle une toupie, mais la croûte terrestre est relativement indépendante de lui : elle forme une sorte de coquille qui peut glisser sur le noyau liquide, tel un radeau.

Le noyau faisant sa danse, il entraîne plus ou moins la croûte avec lui, mais elle ne suit pas de façon exacte son moteur interne, tout dépend des frottements qui les lient. On peut donc voir la croûte rester bloquée sur une position pendant quelques temps, alors que le noyau, plus régulier, va continuer son va et vient. Puis pour des raisons liées à des aspérités, la croûte va se trouver happée par le mouvement et repartir dans l'autre sens.

Au final, si la danse du noyau est très régulière, ce n'est pas la même chose pour la croûte. Cela explique les épisodes de grand doux climatique, où l'anticyclone des Açores se trouve trop haut sur la France par exemple, comme en fin d'année 2011. Mais l'inverse est aussi vrai, quand ce même anticyclone se retrouve trop bas. Ces décalages sont dus à la mauvaise position de la croûte terrestre par rapport à son axe normal (inclinaison de 27°).

Accélération mouvement des plaques tectoniques

Ces mouvements brusques et rapides du noyau, quasiment quotidiens, engendrent de fortes tensions sur la croûte quand celle-ci est « accrochée » dans l'élan par la toupie centrale de la Terre, et ce n'est pas sans graves effets négatifs.

La sismicité globale tend à croître de façon visible : non seulement les séismes importants sont plus rapprochés et intenses, mais ce sont surtout les plus faibles qui sont de plus en plus présents et croissent exponentiellement.

Ainsi, on s'aperçoit effectivement que les forces cumulées des séismes sont de plus en plus grandes, et cela est fonction de la danse plus davantage marquée du noyau. La croûte souffre, et surtout quand elle se met à bouger d'un seul coup après une période de pause.

Les plaques tectoniques s'entrechoquent davantage, utilisant les forces potentielles dues à l'élan général de la croûte pour augmenter les effets de leurs collisions et subductions.

Effet Domino

La dernière décennie avant le passage de Nibiru, le déplacement des plaques (et donc les séismes associés à ces mouvements), un nouvel aspect : lorsqu'un séisme se produit, généralement à la base dans la région indonésienne, clé de voûte du système, une onde de choc parcours en quelques jours le monde entier et des séismes consécutifs se déclenchent : c'est ce qu'on appelle un effet domino. Chaque déplacement de plus en plus brutal de la croûte terrestre provoque généralement un gros tremblement de Terre dans le Sud de la ceinture de feu pacifique, la zone la plus fragile, et cette brèche forme comme une ouverture au déplacement de toutes les autres plaques qui se recalent systématiquement à sa suite : un séisme 7+ en Indonésie donnera au minimum 5 ou 6 séismes d'intensités variables de plus en plus loin sur la Terre, comme des ondes de choc, dans les 2 jours suivants.

Effets du déplacement accéléré

Ces pressions dans les couches sédimentaires et rocheuses ont de multiples conséquences partout sur la planète : non seulement cela donne des « sinkholes », des trous d'éboulement qui se montrent sans crier gare, mais en plus les strates pétrolifères et gazières augmentent en pression.

Ce sont surtout les gaz fossiles, et le méthane en particulier, qui sont à la source des plus graves dangers. Non seulement, les poches qui les contiennent augmentent en pression, mais c'est surtout le relâchement dans l'atmosphère ou dans l'eau de ces bulles géantes qui sont extrêmement nuisibles, car de monumentales quantités sont relâchées d'un seul coup, par milliards de litres.

Si ce phénomène de dégazage se déroule en mer, il prend souvent la forme de filets de bulles dans les cas les moins spectaculaires, comme on le voit au large de la Californie, mais quand de vraie bulles sont relâchées en quelques secondes, l'arrivée en surface provoque une onde de choc. Cette onde prend la forme d'une vague scélérate, c'est-à-dire un tsunami localisé qui épuise son énergie assez rapidement, mais il est quand même arrivé que ces tsunamis gaziers touchent les côtes, quand ils ne frappent pas directement des navires en haute mer.

Ces remontées brutales peuvent également être déclenchées par des tempêtes qui remuent les fonds marins et facilitent la rupture de la couche de sédiments qui emprisonne le méthane piégé en profondeur (Vendée sous Xynthia en 2010).

Un autre effet négatif du méthane est sa toxicité : soluble dans l'eau, son dégazage brutal empoisonnera ou assommera les poissons et les cétacés (morts en masse).

Le dernier point qui mérite d'être abordé ici, concerne à la fois atmosphère et sous-sol : il s'agit des sons mystérieux, tels des trompettes, qui surgissent aléatoirement dans le monde. Ces sons distordus, dont on trouve de nombreux témoignages spontanés sur internet mais aucun écho dans les médias officiels, sont en réalité créé par les formidables pressions dans la croûte terrestre qui vibre sous la contrainte, notamment grâce aux strates sédimentaires qui servent de cordes. Or quand ces cordes rencontrent des éléments du relief spécifiques comme des cavernes, des tunnels de grottes ou des barrages hydroélectriques, ceux-ci fonctionnent à la fois comme des chambres de résonnante ou comme des cordes vocales. Les vibrations, normalement inaudibles, sont amplifiées. De nulle part, des vrombissements terrifiants semblent avertir les populations sur place, incapable de comprendre l'origine de ces échos.

Les spirales célestes magnétiques, que l'on retrouve en très grand nombre dans les pétroglyphes de nombreuses anciennes civilisations sont aussi des signes que les anciens ont su graver dans la pierre pour les générations futures.

Actions > Vacillement de la Terre

Harmo ne donne pas tous les détails sur ce vacillement, pour laisser la météo se planter de plus en plus, alors qu'avant 2009 ils étaient super fiables et cela plus d'une semaine à l'avance.

Interaction magnétique Terre-Nibiru-Soleil

Lors du Minimum de Maunder (1645 à 1715), les savants observèrent que les températures terrestres se refroidirent, en même temps que le nombre de tâche solaire + son activité de surface furent en diminution très marquée. C'est l'activité du Soleil qui s'affaiblit, sa température de surface diminuant, comme le montre la variation en hausse de carbone 14 dans les bois vivant à cette époque, signe d'une activité solaire en berne, déviant moins les rayons cosmiques apportant le carbone 14. On observa aussi une nette disparition des aurores boréales (intensité et nombre), dont les Altaïrans révèlent qu'elles proviennent de l'activité du noyau terrestre (émissions de léllé).

Quand l'activité du Soleil est forte (nombreuses taches solaires) l'activité des aurores boréales est elle aussi amplifiée, preuve du lien entre le noyau de la Terre et celui du Soleil. Le paradoxe apparent des années 2000 (tâches solaires en berne et aurores boréales plus actives) n'en est pas un : le Soleil est très actif, tellement chaud que les tâches ne peuvent plus se former...

On retrouve la même chose lors du minimum de Dalton (1790 à 1830) : moins de tâches solaires, températures moyennes en berne, moins d'aurores boréales.

Si la gravitation reste la force la plus importante à longue, les forts magnétisme peuvent influer sur les planètes. Le noyau terrestre étant, comme celui de Nibiru, une immense dynamo, apporter à proximité de la Terre un autre champ maître que le Soleil, va changer l'orientation des pôles.

Nibiru est comme un pavé dans la mare, elles crée des anomalie magnétiques dans les flux de magnétons qui circulent de façon fluide d'ordinaire.

L'inclinaison de la Terre est le résultat des forces exercées par le Soleil sur notre planète (forces pas forcément magnétiques, Harmo ne veut pas préciser). Approcher un super aimant comme Nibiru, va changer l'équilibre des forces solaires quand Nibiru n'est pas là, et modifier cette inclinaison.

Pour résumer, les forces magnétiques agissant sur la Terre (le Soleil normalement, Soleil + Nibiru actuellement) sont la résultante de la composante des forces des 2 axes. Plus Nibiru se rapproche, et plus la résultante ressemblera à la composante imposée par Nibiru, cette dernière étant plus faible que le Soleil, mais bien plus proche. Voir le triangle Zétas qui semble indiquer cette résultante entre les 2 champs Soleil + Nibiru.

Pôles magnétiques

C'est pourquoi depuis l'an 2000, le noyau terrestre est repoussé de plus en plus par l'approche du pôle magnétique Nord de nous (dirigé vers nous) : le pôle Nord magnétique terrestre, qui se dirigeait lentement vers le Canada, à brutalement changé de sens dans les années 2000, et se dirige à grand pas vers la Russie.

Pôles géographiques

A mettre plutôt dans noyau terrestre perturbé au-dessus

En temps normal, le noyau de la Terre tourne régulièrement autour de son axe de rotation, aligné selon les forces du Soleil. La croûte suit le mouvement. S'il y a des écarts dû aux anomalies magnétiques, ils ne sont pas mesurables.

Nibiru perturbe les lignes de champ qui sont normalement équilibrées entre le Soleil, principal maître magnétique du système planétaire, et ses planètes filles possédant un champs magnétique propre (Terre, Jupiter, Saturne, Neptune).

Le noyau de la Terre se comporte comme un aimant qui tourne, et cet aimant est gêné par l'approche d'un intrus magnétique.

La rotation du noyau se met à osciller.

Écart d'orbite

Les 2 planètes magnétiques peuvent aussi se rapprocher par attraction réciproque. Ne pas oublier qu'on est dans le vide (sans maintien ni frein) et que les forces exercées le sont au niveau de masses planétaires.

Le vacillement journalier en 8

Vacillement journalier du noyau

Ce vacillement est due à l'excentration entre le Nord magnétique et le Nord géographique (axe de rotation).

Quand le pôle Nord excentré se dirige vers le Nord que Nibiru nous présente, il est repoussé en arrière.

Notre noyau ne sait plus quelles lignes de champ suivre (Soleil ou Nibiru), et tourne alors comme une toupie en fin de course (ce qui donne à ses pôles une forme de cercle au lieu d'un point).

Plus Nibiru se rapproche (pôle Nord dirigé vers nous), plus le noyau terrestre a un mouvement chaotique (notre pôle Nord doit s'écarter pour faire baisse la pression magnétique, car c'est le plus petit qui plie les genoux).

Le manteau étant élastique, ce vacillement du noyau se produit avec retard et amoindri sur la croûte, ce qui entraîne des soucis en surface, sur les plaques.

Tant que Nibiru est contre le Soleil, seul le noyau magnétique est concerné par ce vacillement, les frottements noyau-croûte provoquant le réchauffement du manteau.

Vacillement journalier de la croûte

A réécrire plus compréhensiblement

Quand Nibiru se rapproche, son magnétisme va se mettre à influer aussi sur la croûte terrestre, même si elle est moins magnétique que le noyau. Le vacillement de la croûte s'amplifie avec le rapprochement de Nibiru.

Alors que le noyau est un aimant à peu près uniforme, la croûte elle n'est pas aimantée partout de la même façon. Les continents sont des masses non aimantées, alors que la croûte océanique, formée par la lave qui remonte des profondeurs, est fortement magnétique. Pour exemple, au milieu de l'atlantique se trouve une immense chaîne de montagne formée par le rift océanique, une immense fissure d'où la lave sort constamment. Cette lave, très chargée en nickel et en fer, forme un immense aimant qui part de l'océan arctique et descend jusqu'à l'antarctique. Cela forme une sorte de bande très aimantée posée sur une croûte qui ne l'est pas. L'atlantique agit comme une bande de fer et est attiré par la planète X. Du coup, à chaque fois que l'atlantique fait face à la planète X, il ralenti la rotation terrestre et oblige la croûte à s'orienter en fonction de l'emplacement du pôle Nord de Nibiru, dirigé vers nous.

Le milieu de l'Atlantique est donc repoussé par le pôle Nord de Nibiru quand le rift fait face à Nibiru, donc quand le Soleil est presque au zénith du rift Atlantique (vu que Nibiru est presque alignée sur l'axe Terre-Soleil).

La croûte glisse sur le noyau et n'est attaché à lui que par le manteau qui est visqueux. En temps normal, le noyau n'a pas besoin de faire d'effort pour que la croûte le suive. Mais avec Nibiru dans les parages, noyau et croûte ne vont pas se comporter de la même façon : ils ne sont plus à l'unisson !

L' interférence de Nibiru avec les discontinuités magnétiques de la croûte (comme le rift) provoquent une bascule de la croûte terrestre 4 fois par jours sur son axe de rotation (une montée puis une descente quand le rift est face à Nibiru, puis la même chose quand le rift est de l'autre côté de la Terre par rapport à Nibiru).

Les 2 mouvements combinés

La combinaison de ces deux mouvements est chaotique : parfois ils s'annulent, parfois ils se complètent, et si on rajoute le fait que quand Nibiru relâche la pression, les forces d'alignement du Soleil reprennent le dessus, il est difficile de modéliser le vacillement tous les jours (ce pourquoi les images satellites météos montrent tant d'incohérence lors du recalcul).

S'y ajoute plein d'autres effets : les diverses particules venant du Soleil, la position des planètes, les ralentissements et accélérations que subit la rotation de notre planète au cours de la journée, etc.

Pour simplifier, on peut dire que l'axe de rotation forme un "8" tous les jours sur le pôle Nord.

L'effet le plus visible, c'est le Soleil qui se lève (ou se couche) pendant 2 semaines en avance sur l'heure légale, puis 2 semaines à peu près normale après, c'est 2 semaines où il a au contraire du retard.

Effet du vacillement sur la surface de la Terre

Ensoleillement

Pour une zone qui se situe sur une des boucles du 8 de vacillement journalier de la croûte, il y a effectivement un effet de montée et de descente des températures qui suit globalement une forme sinusoïdale, liée à la variation de l'ensoleillement reçu (l'axe étant plus incliné que d'habitude dans cette zone-là).

En journée, l'hémisphère nord atlantique descend plus bas que ce qu'il devrait être. Puis à l'opposé, dans la nuit, l'atlantique tend à remonter (toujours attiré par le champ magnétique de Nibiru), c'est la face pacifique, exposée alors au soleil, qui descend plus bas que d'habitude.

Si la zone est en face du centre du 8, il n'y a quasi pas de changement d'axe donc d'ensoleillement, les températures sont de saisons (à la réserve près que toute la planète se réchauffe, donc elles ont tendance à être plus chaudes que d'habitude).

Masses d'air perturbées

Les changements de températures sont liées à ce vacillement, mais en réalité de manière indirecte (hormis le ressenti du au rayonnement direct, face à un Soleil plus chaud qui nous éclaire plus en étant plus haut dans le ciel).

Les températures sont très liées à la circulation des masses d'air, bien plus encore qu'à celle du vacillement, et donc de la position des pôles.

Un pays a beau remonter plus au Nord, et donc recevoir moins d'ensoleillement, s'il reçoit des massez d'air chaudes, les températures seront supérieures aux normales, même en plein milieu d'une semaine de trop froid.

Ce mouvement de va-et-vient mélange les masses d'air chaudes et froides : les chaudes se retrouvent parfois trop haut, et les froides venues d'arctique trop basses. Le mouvement de va-et vient de la Terre dérègle les courants atmosphériques.

Certes, le vacillement perturbe la circulation des masses d'air, en faisant descendre les masse très froides plus au sud, mais ce n'est pas entièrement le vacillement qui provoque cela (la terre ne remonte pas de 1000 km vers le Nord).

Quand le vacillement amène régulièrement, pendant une période, une masse d'air polaire plus au Sud, cette masse d'air anormales, qui met du temps à s'évacuer, finit par former une langue (le lobe ou vortex polaire) qui, sur la lancée, continue sa progression plus au Sud. C'est pour cela qu'on a de la neige en Floride et des -45 au Québec.

Ces lobes polaires suivent les 4 huit combinés, ce qui provoque une sorte de trèfle à 4 feuilles, les feuilles étant ce que les médias appellent les vortex polaire (des températures glaciales descendant bien trop au Sud). Ce trèfle tourne autour de la Terre dans le sens anti-horaire vu du Nord. Ainsi, par exemple, on a des températures glaciales sur l'Europe, et une canicule en Russie centrale. Avec la rotation du trèfle, les températures anormales se déplacent, et 4 semaines après, c'est l'Europe qui a trop chaud et le centre de la Russie qui gèle.

Les jet stream sont décalés en altitude par ces lobes, même si on peut un lobe avorté sur l'Europe en plein hiver, incapable de descendre trop bas.

En effet, si une masse d'air trop chaude (anticyclone) se déplace sur la France, elle va mettre du temps avant de partir, d'où les mois trop chaud que nous connaissons. Cette douceur n'est pas forcément lié à l'inclinaison terrestre mais aux anomalies de la circulation des masses d'air. C'est pour cela qu'on parle de météo chaotique, parce qu'entre le vacillement qui fait pencher la Terre et les masses d'air qui vont n'importe comment hors des normales de saison, c'est un beau bazar complètement imprévisible.

Ce basculement bi-journalier occasionne non seulement des perturbations dans les flux d'air de l'atmosphère, mais également des perturbations dans les courants marins, ce qui n'arrange rien au climat erratique.

C'est aussi le vacillement qui crée les tempêtes récurrentes sur le nord ouest de l'Europe, et les chutes de température en Russie / Europe de l'Est, en y faisant déplacer les masses d'air.

Observations

L'inclinaison de la Lune au lever ou au coucher sont théoriquement mesurables, de même que l'heure ou le lieu où le Soleil se lève et se couche. Difficilement mesurable sans mesures précises (ou des extrêmes comme ce dont témoignent les inuits du Groenland, comme le Soleil, qui après 6 mois de nuit), réapparaît 2 jours trop tard que prévu en 2011), ces phénomènes seront de plus en plus visibles.

Sens de la Lune

Il est plus facile de regarder l'inclinaison de la Lune plutôt que celle du Soleil, parce qu'il y a plein de repères sur sa surface.

Cet alignement dépend de la position de l'observateur sur Terre (il est plus ou moins incliné selon qu'il soit aux pôles ou à l'équateur, galactiques tous les 2, donc des zones qui varient au cours de l'année).

En simplifiant, au lever en France la Lune est à +45° (+90° à l'équateur) et au coucher à -45° (-90° à l'équateur). Au pôle elle reste droite (et ne se couche pas).

Vacillement extrême

Plus le temps va passer, plus le 8 va être grand, et plus nous aurons des soucis de météo chaotique. A un certain moment, ces 8 vont créer des mini marées journalières anormales.

Ce vacillement journalier explique les variations de 20° C au sein d'une même journée, plusieurs jours d'affilée.

Cycles dans les vacillements

Variation mensuelle

Le vacillement journalier varie selon un cycle d'un mois.

En effet, les pôles magnétiques de Nibiru ne sont pas alignés avec son axe de rotation, et comme elle tourne sur elle-même (en 2 fois 28 jours a priori, Harmo ne détaille pas), sur environ 2 mois Nibiru va nous présenter son pôle Nord magnétique dans des directions différentes.

Les Altaïrans ne détaillant pas vraiment, Je retiens l'hypothèse que le pôle Nord de Nibiru est vers le Nord pendant 28 jours, puis vers le Sud 28 jours c'est l'inverse (mais toujours à l'opposé du Soleil, Nibiru ayant son axe de rotation plus ou moins aligné avec l'écliptique).

Selon la position du pôle Nord de Nibiru, le rift Atlantique est d'abord poussé vers le haut pendant 28 jours quand il passe devant le pôle de Nibiru, puis les autres 28 jours sera poussé vers le bas.

La Terre sort légèrement de son orbite

C'est l'hypothèse 1 qui semble être la bonne, ce qui implique aussi que pendant la période où le pôle Sud de Nibiru attire la Terre vers le bas (Nibiru placée dans l'hémisphère Sud), il rapproche aussi la Terre du Soleil. Et inversement quand c'est le pôle Nord de Nibiru qui repousse le rift vers le haut, la Terre est éloignée du Soleil. Ce qui expliquerait aussi, en plus de la variation saisonnière, que la Terre se réchauffe plus dans l'hémisphère Nord (tiré vers le Soleil + rapprochée) que dans l'hémisphère Sud (repoussé du Soleil).

La position neutre

Quand les 2 pôles de Nibiru sont perpendiculaires à nous, il n'y a plus d'attirance, la situation revient progressivement à la normale pendant ces 14 jours où il n'y a pas trop d'attirance d'un pôle sur l'autre.

Résumé

Sur une fréquence bi-mensuelle, Nibiru attire donc alternativement soit le pôle nord soit le pôle sud de la terre, soit aucun des 2. Ce qui se traduit, dans l'hémisphère Nord, par :

- 14 jours de trop froid, où le pôle Nord de Nibiru pointe sur la Terre : le sud terrestre qui est attiré vers le haut, et les continents remontent plus au nord que leur position habituelle : 14 jours plus froid pour l'hémisphère nord, et plus chaud pour l'hémisphère sud.
- 14 jours neutres quand les pôles magnétiques de Nibiru sont perpendiculaires avec la direction Nibiru-Terre, la Terre n'est plus soumise à l'influence de Nibiru au niveau magnétique et son axe de rotation reprend sa position habituelle, 14 jours avec des températures de saison.
- 14 jours trop chauds : Quand le pôle sud de Nibiru est orienté vers nous les continents descendent vers le sud : 10 jours plus chaud pour l'hémisphère nord, plus froid pour l'hémisphère sud.
- 14 jours de neutres, puis le cycle repart.

Cela est tempéré par le jet stream complètement chamboulé (comme en janvier 2019, ou le lobe polaire qui était censé frapper la France, comme le lobe polaire le faisait au Québec, était complètement écrasé vers le Nord. La France remontait bien au niveau du Danemark, mais un Danemark surchauffé par un air trop chaud, remontant plus haut que ne le faisait le vacillement de la Terre.

De même que le "trop froid", c'est relatif à une Terre surchauffée. Là où dans les années 1980 il aurait fait -15°C, on aura du -5° actuellement.

Cette oscillation mensuelle (temporisée par les mouvements aériens, les champs magnétiques des autres planètes / soleil, et le fait que les pôle magnétiques de Nibiru tournent progressivement) provoque cette alternance de froid polaire avec des températures supérieures aux normales, d'un mois à l'autre.

Ces variations vont devenir si fortes, qu'on ne saura plus si le printemps est déjà là, où si l'hiver se prolonge. On aura des gelées de plus en plus tardives, et dans les derniers temps, il prendra carrément le pas sur les saisons, avec un mois de juillet hivernal et un mois de janvier estival.

Variation saisonnière

Un autre critère influe le vacillement journalier, créant un cycle saisonnier.

La Terre tourne autour du Soleil, mais son axe de rotation, lui, reste toujours orienté pareil (pointé au Nord vers l'étoile polaire). C'est ce qui explique les saisons, qu'aux Solstices c'est soit l'hémisphère Nord qui pointe sur le Soleil, soit l'hémisphère Sud.

Nibiru, elle, pointe toujours sur la Terre. L'axe magnétique de Nibiru voit l'axe de la Terre tourner par rapport à lui, et donc aussi l'axe magnétique de la Terre. Le 8 du vacillement journalier, toujours orienté vers Nibiru, n'est donc pas orienté pareil toute l'année par rapport à l'axe de la Terre (donc le 8 n'est pas toujours aligné avec l'axe de la Terre).

L'excentration des pôles géographiques et magnétiques

Harmo donne un exemple : Le fait que le pôle magnétique terrestre soit décalé de l'axe de rotation de la Terre a son importance. Nibiru pointe son pôle Sud dans notre direction, attirant donc notre pôle Nord vers elle. Quand notre planète veut s'aligner avec la planète X, elle doit basculer sur le côté (AM : je n'ai pas compris cette phrase, mais Harmo semble dire que l'axe de rotation ne peut être déplacé dans un certain plan).

Résultat : Le Nord de la Terre plus chaud que le Sud

Globalement, l'hémisphère nord a tendance à être plus exposé au Soleil, et inversement, l'hémisphère sud est moins exposé. Cela explique pourquoi la calotte polaire arctique (nord) fond de plus en plus, n'arrivant pas à se reconstituer l'hiver, et que à l'inverse, les glaces de l'antarctique (pôle sud) ont tendance à s'épaissir.

Vibrations dues aux changements de vacillement

Ces frottements internes à la Terre, provoqués par le vacillement du noyau et le vacillement de la croûte, provoquent aussi des vibrations, parce que la partie élastique du manteau inférieur s'étire ou se contracte à cause des changements de vitesse et d'axe de rotation aléatoires du noyau (vacillement journalier, mais aussi son décalage d'un jour à l'autre avec les cycles mensuels et saisonniers du vacillement journalier qui se superposent).

Comme le manteau se comporte comme un élastique, ces excitations permanentes le font entrer en résonance, en plus de frottements des plaques tectoniques sur le manteau.

Influence des pics magnétiques

Le vacillement de l'axe terrestre a des mouvements quotidiens plus importants lors des pics magnétiques.

Influence de la position de Nibiru

Plus Nibiru sera proche de nous, et plus son influence magnétique réussira à sortir la Terre de l'alignement donné par le Soleil (donc un vacillement important).

Un mouvement complexe au final

Il y a donc plusieurs mouvements qui se complètent, formant un vacillement global complexe qui est difficile à décrire.

L'image du 8 fait par les pôles géographiques est assez parlante, mais sert juste de référence (c'est bien plus compliqué en réalité, raison pour laquelle les images satellites météos montrent tant incohérence dans le recalcul de la position des nuages).

Ce qu'il faut retenir ce sont les problèmes météo que cela engendre. Les alternance de déluges et de sécheresse intense tuent les cultures, noyant ou ratatinant tour à tour les semis.

Actions > Réchauffement du noyau

Survol

Plusieurs actions de Nibiru expliquent le réchauffement du noyau terrestre. Des réactions encore inconnues activées par les radiations de Nibiru, ou le frottement croûte-manteau provoqué par le vacillement journalier.

Réactions inconnues

Les Altaïrans ne développent pas plus, mais ça ressemble au principe de l'emballement nucléaire. Des fissions ou fusions d'atomes libèrent des particules inconnues, qui fissionnent à leur tour les atomes rencontrés sur leur chemin. Plus il y a de particules émises, plus il y a de réactions induites en retour.

C'est aussi le principe des observatoires de neutrinos. Plus la Terre est frappée par les neutrinos, plus il y a de réactions Vavilov-Tcherenkov observées. Peut-être pas un hasard si ces immenses détecteurs ont été construits nombreux depuis 2002, et que le film "2012" nous montre ces détecteurs de Neutrinos s'emballer juste avant l'emballement des cataclysmes naturels.

Frottements dus au vacillement

Nous avons vu, dans le vacillement journalier au dessus, qu'à la fois le noyau terrestre vacillait comme une toupie en fin de course, mais aussi la croûte terrestre.

Le problème, c'est que le Noyau de la Terre et son enveloppe, le manteau et la croûte terrestre, ne sont pas totalement solidaires du centre, parce que les couches qui les séparent (appelées discontinuités) sont élastiques. Quand le noyau joue à la toupie mal réglée, cela crée des frottement avec le manteau externe et la croûte qui ont de l'inertie, et qui de plus sont soumises à une autre attraction (le rift Atlantique, plus bas que le Nord magnétique.

Ce mouvement de va-et-vient de la croûte terrestre est donc complètement différent de ce que fait le noyau au dessous, et ce phénomène empire plus Nibiru se rapproche. Le manteau, qui fait la liaison entre les deux, se retrouve malmené et chauffe à cause de ces tiraillements.

Ces frottement dus à des mouvements différents entre croûte et noyau créent de la chaleur, ce qui explique l'augmentation des séismes, du volcanisme et le réchauffement global des océans par le fond.

Impacts du réchauffement du noyau

Survol

Ces impacts sont intermédiaires avant les effets finaux vus plus loin.

Plus il y a de chaleur, plus le magma et les gaz se dilatent, ce qui provoque :

- pressions dans la croûte terrestre, séismes et volcanisme, émission d'EMP (champ électromagnétiques très forts faisant griller l'électronique et les transformateurs électriques (surtension dans les bobines)), émission du méthane contenu dans le sol.
- réchauffement du fond des océans, ce phénomène étant amplifié à cause du réchauffement climatique (couche d'air isolante plus chaude), le noyau (qui chauffe en permanence sous l'effet des réactions thermos-nucléaires) ne se refroidit plus autant qu'avant (moins de transfert de la chaleur produite vers l'espace).
- liquéfaction du dessous de la croûte terrestre, plaques continentales plus mobiles, dérives des continents amplifiées, là encore plus de séismes et volcanisme autour des failles et des montagnes jeunes.
- Effondrement soudain de banquise, qui se seraient creusées par le dessous, provoquant un méga-tsunami.

Actions > Noyau > Dérive continentale

Appelée tectonique des plaques par nos scientifiques (afin de cacher la réalité derrière des mots incompréhensibles au commun des mortels), la dérive des continents est un phénomène lent, de l'ordre d'une dizaine de centimètres par an.

Mais lors des passages de Nibiru, le mouvement s'accélère jusqu'à atteindre plusieurs mètres par an, puis pendant les mois les plus critiques on arrive à des kilomètres, et plusieurs centaines de kilomètres lors du pole-shift.

Bruit de fond sismique

Dans les causes, nous avons vu que les variations dans le vacillement provoquaient des vibrations à cause du caractère élastique du manteau.

Comme une corde tendue, ou un ressort comprimé, ces tensions mécaniques se traduisent par des vibrations de très basses fréquences qui sont enregistrées depuis des années comme un bruit de fond par les sismographes. Ces appareils ont été recalibrés à de nombreuses reprises pour camoufler ce bruit de fond difficilement explicable mais de plus en plus fort et présent.

Trompettes de l'apocalypse

Sous certaines conditions, cette vibration (provoquée par le vacillement et le manteau élastique) se transmet en surface dans la roche, et comme dans un instrument de musique, certaines particularités géologiques transforment ce son de base en son audible, comme dans un instrument en cuivre ou en bois, le sous sol servant de caisse de résonance.

On entend alors des bruits de trompettes tibétaines.

Les frottements de plaques tectoniques à grande échelle peuvent générer l'excitation résonnante provoquant ces trompettes.

Les grottes, les aquifères, une alternance de roches plus ou moins dures et fines, une faille tectonique etc... sont d'autant de "caisses"/"cordes"de résonance potentielles. Les aquifères ont tendance à produire sous l'effet des vibrations basses fréquence du noyau des sons métalliques ressemblant à des scies en action, les grottes, de part leur forme, produisent logiquement des sont proches de ceux émis par les trompettes.

Ces sons se propagent dans le sol sur de grandes surfaces, et c'est pour cela qu'il est difficile de dire d'où ils viennent exactement. Ils semblent venir du ciel (sur les vidéos de trompettes les gens regardent le ciel, cherchant l'origine du son en haut), alors que c'est tout le sol qui fait haut parleur, et le son n'est que répercuté par l'atmosphère.

Les trompettes célestes sont donc en fait des trompettes terrestres !

Boums sonores

Ces sons sourds, entendus dans plusieurs département (L1>Trompettes et boums), et décrits comme des avions de chasse franchissant le mur du son trop près du sol, ont plusieurs origines :

1) Cavitation de masses d'air en altitude

Il s'agit d'effondrement soudain d'air en haute atmosphère, produisant ces ondes de choc.

Il existe et il existera de plus en plus d'anomalies, et ces phénomènes soudains de dépression sur une zone localisée en sont un exemple. Ce sont des "trous d'air", comme on peut en voir plus en altitude, mais normalement, ceux-ci n'arrivent que rarement au niveau du sol. Cela est lié à un gros mouvement d'air en haute atmosphère et qui se répercute sur les couches inférieures, par une onde de dépression, à l'image d'une implosion. Il n'y a donc pas de tornade, juste un gros mouvement d'air vers le haut en forme de colonne à base conique. C'est cette dépression soudaine qui a causé le "boum", non pas une explosion, mais une implosion atmosphérique.

2) Explosions de Lemonosov

Il y a une autre cause à ces explosions dans le ciel : Ce sont des réactions chimiques dans l'atmosphère : ceci est le résultat de la combustion spontanée d'éléments volatiles dans l'atmosphère (provenant de la queue cométaire de Nibiru, qui se déverse dans notre atmosphère des éléments les plus légers de son nuage, les poussières de fer et les gouttelettes d'hydrocarbures). Ces réactions sont très violentes et dégagent de la chaleur et de la lumière. ce sont des OVNI, mais rien à voir avec les vaisseaux ET. Ce sont des "objets" chimiques, qui, une fois la réaction finie, disparaissent (explosions de Lemonosov). Ils sont des indicateurs des changements dans l'atmosphère, notamment parce que le nuage de débris de Nibiru commence à atteindre notre planète et y dépose des hydrocarbures et d'autres éléments (oxydes de fer, hydrogène, ions chargés). Le même type de réaction, mais à plus grande échelle, s'était déroulée en Norvège sous la forme d'une grande spirale lumineuse. Ici, les résultats sont une explosion sonore, avec vision ou pas de boule de feu.

3) cavitation tectonique

Les plaques tectoniques, quand elles sont soumises à de très fortes contraintes peuvent soit de relâcher d'un coup (boum brefs comme des explosions ou des coups de canon) soit vibrer comme des cordes ou des plaques de métal (bruit de tonnerre ou de trompette quand il y a des caisses de résonance naturelles dans le sol comme des grottes ou des nappes phréatiques).

Dérive des continents accélérée

La croûte bouge beaucoup plus rapidement avec l'échauffement de l'intérieur de la Terre et le vacillement journalier. Les plaques tectoniques glissent les unes contre les autres comme jamais.

La plupart des mouvements de roches se font sans séismes, graduellement, avec juste un bruit de fond.

Un tremblement de Terre, ne se produit que sur une accroche, or en quelques années toutes les accroches sautent. Depuis 2017, un gros séisme n'est donc qu'exceptionnel, et beaucoup de choses se passent en sous sol sans qu'on s'en aperçoive. Et c'est bien là le souci, car des continents entiers sont en train d'avancer à grand pas, comme l'Inde, sans que les scientifiques ne s'en aperçoivent. Il a fallut le séisme au Pakistan pour qu'on se rende compte que quelque chose de grave se déroule sous nos pieds. Une île est même apparue des centaines de kilomètres loin de l'épicentre, ce qui montre bien que c'est tout le sous continent indien qui bouge et plisse sous la contrainte. Cette élévation de terre a été visible parce qu'elle est sortie de l'eau, mais combien de collines ont pu s'élever sur la terre ferme sans qu'on le sache ? Au Japon, après le séisme de Fukushima, les géologues ont mesuré des déplacements de plusieurs mètres aussi bien à l'horizontale qu'à la verticale, des collines entières s'étant soulevées :

Actions > Noyau > Dérive continentale

ce n'est pas le séisme qui crée cela, mais le déplacement des plaques, le séisme étant juste un petit accident de parcours !! Bref, ce qui s'est produit près de Nevers (EMP détruisant les transformateurs) montre que l'Europe est aussi touchée par ces pressions, et que nous ne sommes pas à l'abri de tous les phénomènes connexes, aussi bien les sources jaillissantes (comme à Rome), les remontées de gaz fossile malodorantes (Nantes) et les EMP qui profitent des fractures pour remonter du noyau (Bretigny, CERN et crash du GermanWing en même temps, etc.).

A noter qu'au bout de quelques années, les plaques ont tellement frotté les unes contre les autres que toutes les aspérités sont lissées, les plaques coulissent sans séisme, mais les ruptures / déchirement de failles sont alors plus forts et violents.

C'est pourquoi on voit des fissures s'ouvrir dans la terre, des plissements ou des orogenèses accélérées, bien que tout cela se fasse sans de grandes secousses.

Sol plus chaud, voir brûlant

Les couches de roches se déplacent rapidement le long des bordures de la plaque, des lignes de faille ou les zones de subduction. Ces roches frottent les unes contre les autres et échauffent la terre. C'est d'autant plus vrai que la manteau se liquéfient (ou plutôt leur viscosité diminue fortement, devenant très fluide) et que les plaques tectoniques glissent plus facilement, avec en corollaire l'augmentation de volcanisme.

Dans le passé, la chaleur de cette friction a été rapportée à la fois par les Indiens de la côte ouest des USA et par les habitants de la Méditerranée orientale. Ils nous disent qu'au cours des précédents changements de pôle, le sol semblait ainsi devenir aussi mou que de la cire ou du métal en fusion. Ceux qui se jetaient dans l'eau pour échapper au sol devenu brûlant étaient ébouillantés.

Séismes

Les plaques tectoniques bougent plus que d'habitude. Lorsque ça accroche, un séisme se produit. Comme la vitesse et les pressions étaient supérieures, les séismes sont plus puissants et destructeurs.

A mettre en partie dans L1 pour les détails concernant ce passage.

De gros séismes continuent de se produire, surtout dans les zones qui forment des verrous (les petites sous plaques qui empêchent les grosses de se déplacer : le proche orient-Turquie, l'Italie, l'Indonésie, L'Alaska et Vancouver, la Californie, l'Amérique centrale et plus particulièrement les Caraïbes.

Il faut également savoir que l'Indonésie est la clé de voûte principale de toute la géologie de la Terre, et que si ces îles coulent, cela va entraîner d'autres parties du monde à sa suite. Deux autres zones vont voir le niveau des mers monter : le sous continent indien (Indes, Pakistan, Bangladesh) ainsi que les caraïbes (Cuba, Jamaïque, Haïti), surtout à l'ouest.

Petite précision, l'enfoncement n'est pas régulier : la plaque pacifique fait l'accordéon, si bien que certaines zones voient leur altitude baisser puis, quelques temps après monter, mais en moyenne, l'Indonésie va sombrer lentement. Il n'est pas improbable que des îles disparues, comme l'île Sandy puisse réapparaître puis re-disparaître à cause de ce phénomène de plissement.

Volcanisme

Le réchauffement du manteau terrestre explique pourquoi les volcans gonflent sur toute la planète.

Sans compter qu'un manteau plus visqueux augmente la dérive des continents, donc la compression des volcans inter-plaques de subduction.

Plus les choses avancent dans le temps, plus le réchauffement est intense, et plus les volcans ont des réserves de magma et finissent par entrer en éruption.

Ce qui est anormal, ce ne sont pas les éruptions elles mêmes, mais que trop de volcans sont en activité en même temps, avec un taux d'éruption par volcan trop rapide (autant de magma évacué en 10 ans qu'en 3 600 ans).

En France, nous ne serons pas concernés car les chambres magmatiques de nos volcans sont sèches. Le phénomène qui les a créé a disparu depuis longtemps. Les volcans complètement éteints (comme le plomb du Cantal, un ancien super volcan type Champs phlégréens ou Yellowstone) ne se réveilleront pas.

Seuls les volcans en sommeil ou en récente activité sont concernés. Les volcans du massif central sont morts, il n'y a que des risques liés aux gaz prisonniers dans le sol (méthane, gaz sulfurés) et aux éruption magma-phréatiques. Cela peu donner une acidification de certaines eaux car les gaz sulfurés se dissolvent dans l'eau et donnent de l'acide sulfurique. Les dosages seront faibles et non dangereux pour la santé. Par contre, l'eau du robinet de certaines régions risque de chuter en pH (de 7,8 à 6 quelques jours dans le Morvan en 2013 par exemple), ce qui n'est pas dangereux (excepté pour les poissons).

Dégagements d'HC du sous-sol

Incendies de forêts gigantesques chaque année

Une météo extrême (violents orages apportant beaucoup d'eau, un soleil brûlant qui fait pousser énormément la végétation pendant quelques jours après la pluie, avant de griller et sécher la végétation sur place) apporte le combustible idéal (herbacées) aux départs d'incendies. Les "éclairs secs" (EMP électrostatique, records d'éclairs) apportent l'étincelle qui met le feu aux poudres.

A rajouter là dessus le sol sous pression qui se fracture, et libèrent les hydrocarbures piégés dans les roches (gazeux pour la plupart, mais possiblement liquides comme le pétrole) et vous avec ces flammes qui sortent du sol, et du coup des incendies impossibles à éteindre, alors que les pompiers avaient jusqu'à présent des moyens efficaces pour éteindre les incendies.

Les dégagements de gaz combustibles réactivent l'incendie éteint, et lui fait parcourir de grandes distances en peu de temps (les flammes suivant les fractures libérant le gaz), rendant sa progression imprévisible car indépendante du vent. Les nombre de départ de feu se multiplient, augmentant d'autant la généralisation de l'incendie.

Les incendies (en Grèce et en Californie par exemple pour 2018, voir L0) suivent les limites des plaques tectoniques ou des failles.

Les vents plus forts et plus chauds facilitent aussi la progression des incendies, de même que les périodes de sécheresse plus longue.

Sans compter le sol plus chaud (p.) qui favorise les incendies.

Orogénèse accélérée

Ce que la science nous dit prendre des millions d'années, ne prend en réalité que quelques jours lors du pole-shift.

Cette orogénèse s'amplifie progressivement avec la dérive des continents accélérées et prend donc des aspects destructeurs lors de la dérive énorme du pole-shift.

Il suffit de voir ce qu'en ont écrit les hébreux et les égyptiens vers -1500 pour se rendre compte du phénomène. La Bible prévient également que les montagnes seront chamboulées. Et c'est exact : les zones où les montagnes sont en construction vont subir des élévations très importantes de plusieurs dizaines de mètres en une heure.

Ce phénomène est visible dans une cité connue :Machu Pichu. Comme on le voit très bien, cette cité a été élevée d'un seul coup alors qu'elle était construite à l'origine sur une colline. Il y a une construction sur un piton rocheux qui surplombe la ville, surplomb qui n'a aucune voie d'accès au bout d'un pic abrupt. A l'origine, ce piton et le reste de la ville faisaient partie d'une même colline qui s'est rompue et a été soulevée par morceaux à différentes altitudes.

Actions > Noyau > Influence magnétique

Nous avons déjà vu (p.) les actions magnétiques des planètes entre elles. Voyons ce qu'il se passe quand Nibiru vient perturber cet équilibre.

Les scientifiques n'ont jamais vraiment été confrontés à ces interactions entre deux planètes magnétiquement actives. Vénus et Mars n'ont pas de champ magnétique actif, seulement un très faible résiduel. Les deux gros aimants du système solaire sont le Soleil et Jupiter. Jupiter est trop loin pour perturber la Terre même si son action existe. L'action de Jupiter reste cependant négligeable face à la toute puissance du Soleil.

Quand Nibiru (avec un noyau énorme rempli de fer de de nickel, 2 éléments clés du magnétisme des planètes) arrive dans le système solaire (avec ses rotations rétrogrades, son champ magnétique inversé et ses forces d'alignement inversées), la Terre, tout comme le Soleil et d'autres planètes magnétiquement sensibles comme Jupiter s'adaptent (même alors que Nibiru est encore très loin), la circulation des particules changent, les lignes de champ se courbent. Normalement un équilibre se crée mais comme Nibiru se déplace, l'équilibre varie dans le temps.

Tout est alors une question de distance et d'orientation des pôles (c'est à dire des lignes de champ). La Terre est alors comme un petit aimant à côté de bien plus gros qu'elle et ce n'est pas elle qui dicte sa loi. Le noyau, mobile, obéit alors aux contraintes extérieures et plus Nibiru approche, plus il a une rotation forcée et perturbée. Approchez deux pôles nord d'aimants, et vous voyez bien que le plus faible est repoussé. Si le pôle nord magnétique dévie (et inversement le sud), c'est que le noyau n'est plus centré dans sa rotation. Ce qui explique pourquoi un équilibre qui n'a pas bougé au moins de puis plusieurs siècles (depuis qu'on a des relevé des boussoles par les navigateurs) change rapidement depuis l'an 2000. Si le champ magnétique change, c'est que le noyau change. Pourquoi ? Simplement parce qu'un aimant bien plus gros passe régulièrement à sa portée.

Les champs magnétiques sont des choses liées par des forces physiques, et ces forces agissent à distance : c'est pour cela que les aimants s'alignent.

Ce qui est dangereux, c'est que Nibiru est un reliquat d'une planète géante proche d'une naine brune. Son noyau est disproportionné par rapport à sa taille, ce qui fait que son champ magnétique est gigantesque.

Pour résumer, le noyau sous stress bouge, accélère ou ralentit, ne tourne plus sur le même axe régulier, et cela se répercute de façon subtile sur les autres couches de la Terre, Manteau et Croûte, qui ont des capacités de résilience et d'absorption. Cela veut dire qu'ils ne répercutent qu'une petite partie du tumulte qu'il y a en dessous. Plus ce tumulte est fort (plus Nibiru est proche), plus le manteau et la croûte au dessus subissent les soubresauts, généralement avec un décalage : Nibiru est entrée dans le système solaire en 2003, et c'est seulement en 2004 que le premier séisme crustal (ou méga-séisme) est apparu en Indonésie. L'agitation du noyau entraîne par exemple un réchauffement interne de notre planète, chaleur qui se diffuse ensuite par le fond des océans. La rotation terrestre n'est plus aussi régulière et devient marquée par un vacillement quotidien, ce qui rajoute des perturbations au niveau des courants marins et aériens, entrainant toujours plus de chaos climatique etc...etc...

Tout comme Nibiru s'est retournée sur elle-même quand elle s'est approchée du Soleil (sous l'influence du fort champ magnétique de ce dernier), le même phénomène attend la Terre quand la distance Nibiru-Terre sera au minimum, et que le champ magnétique de Nibiru va englober le notre. Notre champ magnétique est lentement "remplacé" par celui de Nibiru, d'où son apparente dégénérescence les années qui précèdent, et qui font croire à un arrêt du magnétisme terrestre. La vérité, c'est que la Terre ne commande plus son magnétisme, les lignes de champs terrestres sont remplacées par les lignes de champ de Nibiru. Quand le processus sera complet, notre noyau sera contraint de s'aligner sur le champ de Nibiru, provoquant ainsi la fameuse inversion des pôles.

Mais cela ne s'arrêtera pas à une simple inversion de champ (donc de bascule des pôles magnétiques). Il s'avère que, comme les études de Mars l'on démontré, la croûte d'une planète possède son propre magnétisme. Elle fige dans ses roches, notamment la lave, le magnétisme : c'est ce qu'on appelle le géomagnétisme fossile. Une fois la lave solidifiée, l'orientation du champ fossile ne peut plus être rectifié : la croûte, figée, ne changera pas de sens pour son champ magnétique. Cela n'est pas un problème aujourd'hui, car le champ créé par le noyau et celui de la croûte sont alignés. Mais que se passera-t-il quand il y aura inversion du champ magnétique global ?

Le sens du champ magnétique est lié au sens de rotation de la dynamo. Si le champ magnétique de la Terre semble s'inverser (comme on le mesure dans les laves), c'est obligatoirement que le sens de rotation du noyau s'est aussi inversé ! Le centre de la Terre tourne à l'envers après une inversion... trop effrayant !

Or la croûte conserve son propre sens de champ magnétique, il est figé. En dessous, d'elle, le noyau en fusion change de sens, inversant ainsi le champ magnétique global de la planète... Que peut faire la croûte terrestre, mis à part s'aligner sur le nouveau champ ? Forcément que si le noyau change de sens, la croûte change de sens : une inversion du champ magnétique produit inévitablement une inversion des pôles géographiques (les pôles magnétiques de la croûte s'alignant sur ceux du noyau de la Terre).

Par la suite, Nibiru continue son chemin : quand elle sera suffisamment éloignée de la Terre (après le passage au plus près), le noyau retrouvera son vrai chef (à savoir le Soleil) et reprendra sa position normale. L'inversion du champ magnétique du noyau n'est donc que momentanée (le temps où Nibiru est suffisamment proche pour contrebalancer le champ du Soleil). La croûte terrestre devra une nouvelle fois suivre le mouvement et se réaligner dans le "bon sens". C'est pour cela que l'inversion des champs et l'inversion des pôles géographiques est bien plus complexe qu'il n'y paraît.

Il n'y a pas que la gravitation qui agit dans l'Univers, et le magnétisme y est loin d'être anecdotique.

Action de Nibiru au coeur de la Terre

Notre champ magnétique est une somme de champs secondaires qui, localement, peuvent être très perturbés (voire champ multipolaire). Le champ magnétique de Nibiru voulant s'imposer à la Terre, notre noyau réagit et les flux à l'intérieurs deviennent chaotiques : les charges électriques à l'origine du champ magnétique ne sont plus placées de façon équilibrée et les métaux lourds, normalement stratifiés, se mélangent. Certaines zones terrestres ont en sous sol des anomalies de ce type et le champ localement n'a pas de stabilité.

EMP par bulle magnétique

Les champs magnétique de Nibiru déforment les lignes de champs magnétique terrestres provoquant des perturbations dans les courants de déplacement de fer liquides du noyau. Ceci a pour conséquence un affaiblissement du champ magnétique terrestre qui déformé à l'extrême provoque des EMPs. Le champs terrestre déformé pouvant créer une bulle magnétique et quand elle crève, libère un champ électrique et du courant.

LP du noyau plus puissantes

Si le champ magnétique terrestre est perturbé, c'est que le noyau ne "tourne pas rond" au sens strict et figuré de l'expression.

Ces anomalies crées des "fuites" de lélés qui provoquent des EMP. Le passage de lélés provoque de forts courants électriques dans le sous sol (électrons) : ces courants agissent comme des bobines de cuivre et produisent des afflux soudains de magnétisme dans des zones précises pendant de brefs périodes (les EMP du noyau).

Figure 25: Colonne EMP environnée d'éclairs

Une EMP a été filmée le 30 mai 2016 lors d'un orage (des éclairs montants entourent tout le diamètre de la colonne invisible EMP sortant du sous-sol (1 km de large approx) avec des éclairs qui se prolongent de manière anormale pendant 20s, voir Figure 25) [EMP].

Normalement complètement invisibles, les colonnes EMP provoquent néanmoins des effets, comme par exemple des décharges anormales d'électrons, qui au lieu de passer des nuages vers le sol, sortent du sol et se déchargent dans les nuages. Ces éclairs sortent au niveau de la base de la colonne EMP et se diffusent ensuite en corolle.

Le champ magnétique atteint dans l'EMP une valeur si grande qui cela grille les circuits électriques, notamment en faisant surchauffer les bobinages (générateurs, moteurs électriques, dynamos, transformateurs).

Ces EMP ont lieu tout le temps, mais sont très faibles quand Nibiru n'est pas proche. La proximité de Nibiru, entraînant la surchauffe de l'intérieur de la Terre, augmente :
- la puissance des EMP (son intensité?) et donc ses effets,
- le nombre d'EMP générées,
- l'étalement des pics EMP (qui durent 6 semaines en 2017 au lieu de 2 semaines habituellement, puis qui finissent début 2019 par ne plus s'arrêter).

Favorisés par les fractures tectoniques

En ouvrant plus de passages vers la surface, la dérive des continents (p.) qui fracturent les roches, ou les déforment en provoquant des effets piezzo entre couches, augmente le nombre d'épicentres.

Effets sur la vie (p.)

Les EMP ont aussi des effets sur la vie terrestre.

Perturbation des pôles secondaires

L'apparition de sous-pôles à de nombreuses actions, comme transformer les rayons cosmiques, ce qui diminue la production de couche d'ozone (Nuage>Action>couche d'ozone p.).

EP amplifiés par la queue cométaire de Nibiru

Le phénomène des EP est accentué par les assauts de particules venant de Nibiru, notamment sa queue cométaire très chargée électriquement, qui charge en particules la haute atmosphère de la Terre (provoquant les sprites et autres phénomènes inconnus ou rares avant 2000). L'intensité des décharges électroniques (les charges de la queue se déchargeant dans la Terre en prenant l'autoroute que constitue la LP), même si cette décharge n'est pas forcément visible (comme par exemple un éclair).

Piliers de lumières

Liés aux LP, ces phénomènes rarissimes augmentent donc plus Nibiru est proche.

Les anunnakis connaissaient aussi ce phénomène et s'en servaient comme repère pour annoncer l'arrivée imminente de leur planète mère. Quand les anciens ou les anunnakis voyaient ces colonnes (par exemple qui sortaient de leurs constructions), ils savaient que le basculement des pôles était tout proche et prenaient leurs dispositions. Plus ils sont fréquents, plus l'arrivée de Nibiru est imminente, ce qui est un repère très pratique étant donné que Nibiru est très difficile à observer directement. Quand c'est le cas, que Nibiru est visible dans le ciel à l'oeil nu, il est déjà trop tard pour prendre ses dispositions, comme déménager la colonie ou le village sur les hauteurs, un déménagement qui demandaient de gros travaux qui pouvaient durer de nombreux mois.

Spirales célestes

Il s'agit d'un effet des modifications physico-chimiques de l'atmosphère (lié au nuage de Nibiru) couplé aux perturbations magnétiques générées par le noyau de Nibiru.

Au dessus de l'eau (qu'elle soit souterraine ou aérienne) ou dans des zones où les roches sont sous pression, il peut se produire des EMP à cause d'un effet d'arc lié à la décharge électronique qui se fait entre la roche et la queue chargée de Nibiru.

Ces spirales sont des phénomènes électriques liés aux EMP qui forment des plasmas. c'est pour cela qu'elles sont lumineuses et que la luminosité persiste.

La forme spiralée qui a été aperçue dans le ciel de Norvège en 2009 (L0) est une trajectoire connue par les physiciens. En effet, une particule chargée (électron, proton etc...) ou un faisceau de particules (qui peut être alors visible à l'oeil nu), suis une trajectoire circulaire dans le vide, dans un plan perpendiculaire au champ magnétique dans lequel/laquelle il/elle se trouve. L'expérience est tout à fait reproductible avec un matériel très simple. Le faisceau d'électron est bleu luminescent, même dans le vide.

Dans un environnement non vide, la particule sera freinée (perte de vitesse (de l'énergie) à cause des collisions avec les autres particules du milieu), suivra une trajectoire en forme de spirale, comme on peut l'observer dans les chambres à bulles des accélérateurs à particules, comme au CERN à Genève. Exemple d'école ou une particule (rayon gamma) se décompose en 2 spirales, l'une étant le fait d'un électron e- et d'un positron e+.

Ce type de lueur bleue est typique à l'inverse d'une ionisation de l'air. En effet l'air soumis à un fort champ électrique ou magnétique produit une lumière bleue. (comme dans le cas de la propulsion magnéto-hydro-dynamique (MHD)).

dans le cas de la spirale norvégienne, on remarque que pendant les 2 minutes qu'on duré le phénomène, la spirale reste mathématiquement parfaite. Il n'y a aucune déformation due au vent.

La seule chose qui n'a aucune prise au vent ne peut être qu'un phénomène qui n'est pas soumis aux lois des gaz et des liquides, c'est à dire des particules subatomiques (électrons par exemple). La Norvège est d'autant plus concernée car les aurores boréales sont le parfait exemple de ces phénomènes liées aux particules.

Pour résumer, c'est un phénomène lié à des particules (et pas à une fusée), car :

- non déformation par les mouvements de l'air.
- couleur bleu de la spirale descendante, courant d'électron rejoignant le sol depuis la spirale. Réaction physique au coeur de la spirale blanche qui émet une très importante quantité d'électrons, qui rejoignent le sol (retour au potentiel zéro ou masse).
- spirale parfaitement plane et perpendiculaire à la "trajectoire" bleue, ce qui ressemble tout à fait au comportement de particules chargées dans un champ magnétique.
- spirale due à des particules chargée, car perpendiculaire aux lignes de champ du champ magnétique terrestre, c'est à dire perpendiculairement à un axe nord-ouest / sud-est, car la ligne qui rejoint les pôles magnétiques de la terre a cette direction en

Norvège (le pôle Nord magnétique se situe au Groenland, donc relativement plus à l'ouest que pour nous).

Ce n'est pas parce que c'est en forme de cône que ça avance (ça reste au même endroit, localisé). Ces phénomènes sont des réactions chimiques qui jaillissent en faisceau à partir d'un point donné. Ce sont des plasmas chargés, des phénomène à la fois gazeux et électriques.

Nuage noctulescent, sprites

Un nuage lumineux qui apparaît lors de la proximité de Nibiru, des mêmes que les sprites ou les spirales célestes.

En juin 2013, le nuage de Chelyabinsk à fait le tour du monde. nous avons à faire avec une ionisation anormale : les nuages commencent à être chargés de particules qui ne devraient pas y être, particules fines qui sont les restes des (trop) nombreuses météorites qui se désintègrent quotidiennement dans le ciel. Plus l'activité des météores est intense, plus il y a ces poussières métalliques dans le ciel et plus les réactions chimiques qui s'y produisent sont visibles. Dans le cas des nuages russes, ces poussières réagissent avec le rayonnement EM chaotique. Tout simplement, les poussières de météorites en suspension dans les nuages brillent quand elles sont stimulées par les lélés venant du noyau terrestre. Pour simplifier, c'est un peu la même méthode employée dans les néons, un atome "excité" produit de la lumière. Dans un néon, c'est du gaz (du non ou autre) et l'excitant est un courant électrique qui le traverse. Electricité et magnétisme étant les deux mêmes faces de l'électromagnétisme, le même style d'excitation atomique peut se produise dans l'air si les rayonnements sont assez puissants. Les aurores boréales en sont un exemple. Dans notre cas, en Russie, ce n'est pas du gaz qui est stimulé comme dans un néon ou une aurore boréale mais quelque chose qui se trouve en suspension dans le nuage, ce qui le rend "phosphorescent", lumineux. C'est donc une combinaison de deux facteurs liés à Nibiru et qui sont anormaux : une trop grande présence de poussière météoritique et une EMP du noyau.

Dans nos "néons", on utilise des poudres phosphorescentes, souvent métalliques par exemple à bas de mercure ou de béryllium. On y trouve également des éléments appelés "terres rares", qui le sont effectivement sur Terre, mais pas dans les météorites. Il est connu que l'iridium par exemple est presque exclusivement d'origine météoritique quand on en trouve sur Terre. Dans les lampes fluorocompactes, on utilise par exemple du scandium, de l'yttrium, du lanthane, du cérium, de l'europium, du terbium et du gadolinium, tous précieux (c'est pas pour l'écologie que le recyclage des ampoules fluorocompacte a été mis en place hein :)). Imaginez maintenant les riches poussières de météorites qui stagnent dans les nuages et une bonne EMP du noyau qui vient les frapper, et vous aurez un "nuage fluorocompact" !

Décalage axe gravitationnel (aurores trop basses)

Un déplacement rapide et trop loin du pole gravitationnel (comme ça se produit en présence de Nibiru, sous l'effet de l'agitation du noyau) génère des aurores décalées.

les aurores "boréales" ne sont pas boréales pour rien, elles ne se forment que dans la région du cercle polaire. Si on les voit en France, très loin au Sud du cercle polaire, c'est qu'il y a un gros problème.

Ce déplacement de l'axe gravitationnel signifie que le noyau de la Terre a drastiquement basculé sur le côté. La croûte terrestre n'étant pas totalement solidaire du noyau (manteau intermédiaire visqueux), elle réagit en décalage des mouvement du centre de la planète. C'est le manteau terrestre, visqueux et élastique qui joue le rôle d'intermédiaire, répercutant en retard les mouvement du centre sur la surface solide. En gros, vous avez une boule de métal fondu au centre qui bouge vite, entourée d'un caoutchouc souple sur lequel se trouve une coquille fine.

Quelques jours après, la croûte va répercuter avec un délai le mouvement important et brutal du noyau, ce qui provoque séismes majeurs, bruits de trompettes, sinkholes, fuites de méthanes, LP, etc.

A noter que quand les aurores boréales anormales sont observées en France, de l'autre côté de la Terre, en Nouvelle Zélande, des aurores australes anormales sont elles aussi observées, bien trop au Nord de leur position habituelle. Les 2 lieux sont à l'exact opposés du globe par rapport au centre de la Terre.

Action > noyau > Relargage des gaz du sous sol

Survol

Le sous sol compressé par les déplacements tectoniques provoque des relâchements de gaz fossiles :
- le méthane (p.) : inodore, incolore, invisible, plus léger que l'air, très soluble dans l'eau. => Explosion de bâtiments, hécatombes d'oiseau, malaise dans les avions.
- le sulfane (p.) : odeur soufrée d'oeuf pourri, légèrement plus lourd que l'air, faiblement soluble dans l'eau => morts des sangliers bretons (algue verte accusée) ou odeurs d'égouts dont l'origine n'arrive pas à être localisée (Mercaptan accusé).

Ces 2 gaz sont inflammables et potentiellement mortels. Le méthane est d'autant plus dangereux qu'il explose spontanément, même sans présence d'étincelle, arrivé à une certaine concentration dans l'air.

Principe du relargage

C'est le même principe que la fracturation hydraulique pour récupérer les huiles et gaz de schistes du sous sol.

Les poches de gaz prisonnières des roches sont chauffées par le réchauffement du manteau terrestre, et comprimées par la poussée des plaques. La pression devient si forte qu'elle fracture la roche : le gaz peut alors s'échapper en surface sous la forme de grosses fuites de gaz fossile.

Ce phénomène avait précédemment été détecté avant les séismes. Mais depuis 2010, avec l'accélération des plaques tectoniques, il est devenu généralisé.

Dans la moitié des cas, ces gaz fossiles ne contiennent que du méthane, mais de nombreux gisements ont une part de sulfane. Ces différences sont liées à l'age des dépôts et de la nature des débris fossiles qui les ont fabriqués. Dans le cas de la région parisienne, ces dépôts ont une origine océanique et c'est ceux là qui sont chimiquement les plus chargés en sulfane (d'où les odeurs de Rouen, faussement attribuées au mercaptan).

Méthane

Conditions d'explosions

Le méthane (CH_4) n'explose que dans des conditions particulières, c'est à dire qu'il faut avoir les proportion exacte de 1/3 CH_4 et 2/3 d'O_2 pour avoir combustion.

Si les quantités de méthane sont supérieures à ces valeurs (trop de méthane et pas assez d'O_2), il n'y a pas d'explosion.

Action > noyau > Effondrement de banquise

Les articles mass medias disent que le Groenland fond par le dessous, que les lacs glaciaires se sont vidés inexplicablement. Sûrement que ces lacs glaciaires ont été vidés par un trou qui s'est formé sur le bas, ou via des fissures invisibles. Quand le lac est parti, ne reste qu'un gros trou, fragilisant la glace au-dessus... Vu que les calottes fondent par en dessous, cela reste généralement invisible. Il y a le risque d'un effondrement soudain des calottes glaciaires sur elles mêmes. Les banquises et les Inlandsis sont creux, comme des couvercles, même si de notre point de vue ils semblent encore intègres en surface. Sauf que sous le poids, le plafond peut tout à fait s'effondrer dans la cavité formée en dessous par la fonte.

Sur un Inlandsis ce n'est pas pas trop dangereux (sauf si il y a une base scientifique dessus).

Sur une banquise qui s'effondre en mer, ce serait le méga-tsunami. Surtout que la glace compressée par des kilomètres de glace au dessus, est bien plus lourde que la glace normale.

D'après Sitchin, les Zétas et les Alts, cela s'est déjà produit. Avec les deltas des fleuves qui s'effondrent, ce sont les pires événements qui peuvent survenir.

Action > noyau > Montée des eaux

Quand le noyau chauffe, il fait monter les eaux. deux raisons principales à la montée de la mer de 200 m après le premier pole-shift :
- fonte des glaces
- réchauffement des océans

Fonte des glaces

Fonte de toutes les calottes polaires, puisque les pôles géographiques seront déplacés. Or pour reconstruire un inlandsis, il faut des centaines d'années, alors que la fonte se fait sur 2 ans.

Tous les inlandis et glaciers de montagne, posés sur des terres, voient leur masse d'eau directement envoyées dans la mer. Les scientifiques l'estiment à +67 m de haut, les Altaïrans à + 100 m.

Attention aux inlandis de plusieurs km d'épaisseur, les glaces en dessous sont très compressées, et donc bien plus dense que la glace à pression normale. Il y aura bien plus d'eau relâchée que le volume observé.

Idem pour les glaces semblant sortir de l'eau, mais dont une partie de la masse repose sur le sol affleurant la surface de l'eau (seul le 1/3 de la banquise émerge). Cette masse ne flottant pas dans l'eau va se rajouter au volume des océans.

En attendant que l'eau soit re-stockée sous forme de glace (500 ans ?), le niveau des océans sera supérieur à celui actuel

Dilatation de l'océan

L'océan se dilate, et gonfle. 0 m selon les scientifiques humains, +100 m pour les Altaïrans.

Les océans vont être beaucoup réchauffés par le basculement des pôles qui va créer énormément de frottements noyau-manteau-croûte. La croûte océanique étant très mince, elle va servir de radiateur et le fond des océans, d'ordinaire très froid, va voir sa température grimper en flèche. Cette hausse provoque une importante dilatation qu'on considère très négligeable à notre niveau, mais qui sera énorme sur des masses d'eau aussi gigantesques.

Les Altaïrans estiment que cet effet participera pour moitié à la hausse du niveau des mers (soit 100 m).

Phénomène avant le pole-shift

ce phénomène est déjà en cours avant le pole-shift, puisque le noyau réchauffe déjà la croûte. C'est cela qui explique aujourd'hui la légère montée des eaux que les scientifiques observent, alors que la fonte des glaces actuelle est négligeable en comparaison.

Ce phénomène va juste s'accentuer à cause du basculement polaire qui fait quand même faire un tour presque complet à la croûte en 24 heures. La production de chaleur va être très importante sur ce très court délai, et le fond des océans va parfois bouillir (voir aussi les témoignages des amérindiens parlant de la terre devenue brûlante proche des zones de subduction, et de la sensation d'"ébouillantement (80°C ? car pas de bulles) quand on se jette dans l'eau, croyant se refroidir

les pieds). Ces masses d'eau vont absorber cette chaleur et gonfler par le fond sur toute la planète, ce qui contribuera à un climat global bien plus humide et doux. Cette chaleur du fond des océans (plus de 100°C) n'atteindra pas le haut de la croûte où nous habitons, les océans vont tout absorber avant comme de gros radiateurs.

Effondrement des continents

Avec l'effondrement de certains continents, le niveau de l'eau semble monter localement.

C'est pourquoi les Altaïrans donnent 215 m en moyenne pour la France, à cause de l'enfoncement de la partie Ouest de notre pays.

Action > Apparence du Soleil

Soleil plus brûlant

Le Soleil se réchauffe (p.), ses rayons sont plus énergétiques, on dépasse alors des seuils de fusion plus rapidement quand on atteint des durées d'exposition longues. Coups de Soleil avec des brûlures plus sévères en surface, plastiques qui fondent, feuilles des arbres/plantes qui cuisent (à différencier des feuilles des arbres qui sèchent à cause du manque d'eau). Les feuilles brûlées par ces rayons différents ont des tâches de brûlure sur le centre de la feuille, alors que les bords et la pointe restent verts (alors que c'est l'inverse dans le processus normal voulu par la plante et qui touche les extrémités en premier en cas de sécheresse).

Il résulte de ces rayons plus énergétiques une croissance exacerbée de la végétation au printemps, l'humidité de surface qui s'évapore après une seule après-midi de plein soleil, donc des incendies plus fréquents et plus durs à éteindre (plus de matériel sec à brûler).

Double Soleil

Plusieurs explications aux double Soleil :

Miroir gravitationnel avant 2010

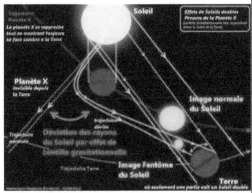

Figure 26: Double Soleil par effet gravitationnel (source Harmo)

Quand Nibiru est arrivée en 2003 et s'est placée en orbite très proche du Soleil, elle était assez près pour courber les rayons de notre étoile (Figure 26) et nous faire voir de temps en temps des doubles du soleil.

Ces doubles ne sont donc pas Nibiru, mais bien un mirage visuel : les rayons lumineux du Soleil, qui vont normalement se perdre dans l'espace, sont courbés et reviennent vers l'observateur, lui donnant l'illusion d'un objet lumineux dans le ciel, objet qui n'existe pas.

L'effet de lentille gravitationnelle a été maintes fois prouvé par l'astronomie moderne : un astre massif peut dévier les rayons de lumière (photons) qui passent à sa proximité, comme le ferait une lentille. Les rayons déviés sont renvoyés vers la Terre et créent une seconde image du Soleil : dans la zone limitée frappée par ses rayons, les gens peuvent donc voir pendant quelques temps deux soleils dans le ciel. En réalité, il y a l'image normale (souvent plus grosse) et une image fantôme.

Attention, il faut être au bon endroit et au bon moment, cette image double ne se faisant voir que sur une petite zone de la Terre éclairée par les rayons déviés. L'observation d'un Soleil double (mirage gravitationnel) reste donc limitée dans le temps et dans une zone précise.

Les planètes comme Vénus ou Mercure ne font pas de doubles par lentille gravitationnelle parce qu'elles sont trop petites et trop loin du Soleil. Nibiru, avant 2010, était sur une orbite extrêmement proche du Soleil, bien plus courte que celle de Mercure, et sa gravité 8 fois supérieure à celle de la Terre dévie les rayons solaires.

Effet prisme depuis 2015

Une fois Nibiru plus éloignée, cet effet de lentille gravitationnelle disparaît et on voit une accalmie des témoignages de ces Soleils doubles. Cette pause perdure jusqu'à ce que Nibiru soit cette fois bien plus proche de la Terre et que son nuage de débris composé d'hydrocarbures puisse servir de prisme. L'effet de Soleil double est différent techniquement, mais c'est tout de même un mirage du Soleil. Le résultat d'un mirage gravitationnel ou d'un mirage optique est le même : le nuage de Nibiru dévie les rayons solaires au lieu de les courber comme avant 2010 ce qui est globalement équivalent.

Effet de réverbération 2016

L'effet de prisme est en train d'être secondé par un effet de réverbération: en même temps qu'un Soleil double à l'Ouest au coucher du Soleil, apparaît maintenant une lueur rouge vif formant un grand disque à l'opposé (la partie suffisamment dense du nuage de Nibiru nous aurait dépassé, elle émettrait de la lumière car éclairée de l'arrière par le Soleil). Comme le 03/03/2016 au Brésil.

Effets

Nous avons vu les différentes causes des perturbations sur Terre causées par Nibiru, voyons maintenant tous les effets / symptômes générés par ces causes.

Effets > Gaz du sous-sol

2 gaz sont relâchés du sous-sol en pression (p.) : méthane et sulfane.

Origine des gaz fossiles

On les retrouve principalement dans les sols sédimentaires, où il existe des combustibles fossiles (pétrole, plus souvent gaz).

Ce gaz naturel est composé principalement de méthane, inodore et incolore, mais très toxique (comme le monoxyde de carbone), générant habituellement des maux de têtes, des malaises ou des vomissements. Pour cause, sa capacité à prendre la place de l'oxygène sur les globules rouges. Mais les gaz fossiles ne sont pas uniquement composés de méthane, généralement on y retrouve aussi des gaz sulfurés. Ces gaz sont très nauséabonds contrairement au méthane, même en infime quantité car notre odorat est extrêmement sensible à ces produits. Une toute petite quantité suffit à rendre l'air fétide, comparé souvent à l'odeur de l'oeuf pourri (le jaune d'oeuf étant riche en soufre).

En plus grande quantité, le sulfane devient vite irritant et change d'odeur, pour devenir plus soufré et plus agressif. Généralement il prend la forme de dioxyde de soufre, et devient un bon indicateur olfactif de la présence de méthane qu'il accompagne. Si odeur de soufre il y a, c'est qu'en même temps énormément plus de méthane s'est échappé puisque les deux gaz s'accompagnent dans le dégazage fossile !!

Le gaz méthane parisien est exclusivement d'origine sédimentaire. Il s'agit de la putréfaction des dépôts marins qu'il y a eu pendant des millions d'années. Mais ces dépôts se sont fait effectivement sur des sols actifs, de type volcaniques extrêmement anciens, d'où la haute teneur en Soufre des gaz fossiles de la région. Dans d'autres pays/région, le méthane est bien plus pur et donc moins nauséabond. A Paris, les deux phénomènes se sont combinés, les gaz soufrés s'étant accumulés dans les strates géologiques en même temps que le méthane.

Trous de l'enfer

Ces trous, apparus au début des années 2010, ont profondément marqué les esprits. Ils ressemblent à des dolines ou des sink-hole, mais ne se forment pas pareil.

Suite au réchauffement du noyau, le gaz chaud du sous-sol remonte des réserves du sous sol, et atteint le permafrost qui lui fait barrage. Le gaz ronge le permafrost et créer une cavité qui gonfle, le toit de permafrost ne cessant de perdre en épaisseur. Une fois qu'il est suffisamment fin et souple, le couvercle explose sous la pression (le gaz n'explose pas en lui-même). C'est pourquoi la matière est propulsée sur les abords, signe d'une explosion par dessous, et non d'un effondrement comme ce serait le cas d'une doline ou d'un sink hole.

Geisers

Ce sont des explosions de gaz ou de vapeurs d'eau qui, sous la pression, risquent de refaire surface brutalement. C'est ce qu'on appelle des explosions hydrothermales.

Méthane

Trous dans les nuages (poches en altitude)

Le méthane monte (plus léger que l'air) généralement jusqu'à atteindre les couches les plus froides de l'atmosphère, où il se densifie avec le froid et stagne sous forme de poches. S'il n'est pas dissipé par les vents, ces poches de méthane forment ces trous dans les nuages, caractéristiques.

Figure 27: Trou dans les nuages (poche de méthane)

Sous certaines condition météo (comme la photo ci-dessus), ces poches sont visibles car le méthane (invisible) expulse la vapeur d'eau des nuages sur les côtés, ce qui provoque les "trous" (la condensation de l'eau dans le méthane étant différente de celle dans l'air). L'eau est expurgée et tombe sous forme de pluie ou de brume en dessous de la poche. Parfois quand le Soleil donne sous le bon angle, on peut remarquer un effet irisé au niveau de la zone dégagée au centre, parce que le méthane n'a pas le même indice de réfraction que l'air (d'où le léger effet "arc en ciel").

Odeurs d'oeufs pourris (souffre)

Comme ce qui s'est produit partout dans le monde, dont Paris, le 11/05/2020 (L0).

Le bassin parisien est un sol sédimentaire, où il existe des combustibles fossiles (pétrole, plus souvent gaz).

C'est les gaz soufrés qui sont à l'origine de l'odeur, et ils indiquent que beaucoup plus de méthane s'est échappé.

Super-explosion (poche au sol)

Le méthane, s'échappant en grande quantité dans certaines zones peut stagner et exploser (Tunguska). Tous les forages pétroliers/gaziers sont en danger (Offshore ou continentaux), ainsi que les mines (coups de grisou, effondrement).

Malheureusement, le risque d'une super-explosion d'une poche de méthane type Tunguska est présent et même probable (l'unique critère est la météo).

Si les conditions sont défavorables (avec un vent qui ne dégage pas l'accumulation de méthane, un relief en cuvette, le bon taux d'humidité, le méthane se mélangeant à l'air au sol au lieu de monter, etc...), le méthane forme une poche géante qui ne s'évacue pas.

Les quantités qui sont parfois rejetées sont si importantes qu'une gigantesque poche peut se former. Il y a des zones qui sont plus propices que d'autres. En France, le bassin parisien est particulièrement concerné, parce qu'il y a énormément de gaz en sous-sol piégé dans les sédiments. C'est donc toute la vallée de la seine qui est concernée, et c'est le même topo de l'autre côté de la Manche (avec de nombreuses poches de méthane observées dans le ciel).

Quand le volume de Méthane et le volume d'Oxygène en contact atteint une certaine proportion, la réaction chimique peut se faire. Un simple éclair sec (p.), un météorite incandescent, un mouvement d'air en altitude comprimant le mélange gaz-méthane, ou simplement une étincelle due à l'activité humaine, fait exploser l'ensemble.

Il faut atteindre la température de 540 °C, pour que le méthane s'enflamme. 1 volume de méthane pour 2 d'oxygène selon réaction suivante:
$CH_4 + 2 O_2 \rightarrow CO_2 + 2 H_2O$ ($\Delta H = -891$ kJ/mol).

S'en suit une formidable déflagration accompagnée d'un important dégagement de chaleur. Si une simple bouteille de gaz peut faire exploser un immeuble, imaginez une poche contenant des milliards de litres de gaz fossile.

Ces phénomènes peuvent tout à fait se reproduire à l'approche de Nibiru, puisque le sous-sol relâche davantage de gaz fossile.

Tunguska

[Zétas] un énorme volume de gaz naturel s'est accumulé au sol, avec une cheminée/mèche faisant un filament loin en haut et au Sud-Est. Quand les turbulences en altitude ont comprimé les gaz au point de les faire s'enflammer, puis sous la compression exploser, on a vu un long tube incandescent (la combustion) remonter le tube/mèche vers le sol, avec les gaz issus de la combustion derrière. Puis une fois la grosse poche au sol atteinte, l'explosion qui a couché les arbres sur des centaines de kilomètres.

Eclairs secs

Ils sont favorisés dans les poches de méthane, sous l'effet du rayonnement cosmique ionisant.

des charges peuvent se former entre les différentes couches (Air-Méthane) sous l'effet de ces rayonnements, qui peuvent enclencher des échanges d'électrons (éclairs "secs") qui peuvent enflammer "spontanément" les produits en présence.

Pas besoin d'un fort mélange de Méthane-O2, la réaction s'enclenche sur la zone de contact entre la poche et l'air. La température monte rapidement, et on peut avoir un effet auto-explosif.

Ces cas sont rares (ce qui explique que Tunguska soit une anomalie dans l'histoire).

Plus la quantité d'oxygène disponible est importante (se rapprochant des quantités stoechiométriques ou de la zone d'inflammabilité) plus la réaction en chaine a des chances de se produire. Sinon, un simple flash avec des crépitements, ou des booms se font entendre, sans que personne ne sache d'où provenait ces phénomènes. ce sont simplement de mini-Tunguska qui avortent d'elles mêmes.

Chronologie

Survol

Tous les 3 666 ans, Nibiru repasse dans le système solaire, provoquant des dégâts sur son passage.

C'est lors du passage près de la Terre que se situent le paroxysme des dégâts concernant notre planète.

La croûte terrestre bascule sur elle-même, suffisamment rapidement pour provoquer :
- tsunami de plus de 100m de haut généralisé,
- Séismes records partout,
- bombardement météoritique intense,
- Ouragan record mondial.

Ces déplacements tectoniques provoquent la formation de nouvelles montagnes en seulement quelques jours, ou la disparition de continents entiers.

Les anciens pôles géographiques ayant bougé, et l'océan étant surchauffé, le niveau de la mer monte de 200 m de haut après le premier passage.

Cosmologie > Système Solaire > Terre > Effets de Nibiru

Du fait de la fragilisation de la croûte terrestre lors du 1er passage, les effets du 2e passage sont encore plus importants.

Visibilité Nibiru depuis la Terre (p.)

En bas à droite du Soleil, Nibiru est quasiment tout le temps cachée à un observateur terrestre. Devenant visible à l'oeil nu les dernières semaines, elle disparaîtra rapidement une fois la Terre passée, et sera plus visible au retour.

Faits observés actuellement (L0)

Anthropocène (extinctions massives d'espèces), élévations de la température moyenne mondiale inexorable depuis 1996, pôle Nord magnétique qui dérive, météores ou volcans 10 fois plus nombreux en 8 ans, crashs d'avions, déraillements de train et explosions de transformateurs électriques en hausse inéluctable, les signes de l'approche de Nibiru sont nombreux.

Chaque fois que quelque chose de rarissime ou de jamais vu se produit actuellement, vous pouvez être quasi sûr que ça vient de Nibiru...

Montée en puissance des cataclysmes (p.)

Les années avant le passage, les cataclysmes naturels montent crescendo.

Les mois avant le passage (p.)

Les cataclysmes augmentent soudainement, de manière exponentielle, 2 mois avant le passage.

Le 1er passage (p.)

Tsunami généralisé, séismes records, ouragan généralisé, tous les volcans qui éruptent, une grêle de pierres brûlantes.

L'inter-passage (p.)

La mer monte de 200 m de haut. Les eaux sont polluées par les poussières volcaniques, la pluie est continuelle. Le niveau des cataclysmes reste élevé.

Le 2e passage (p.)

Plus dur que le premier, les puissances sont le double, les effets un tiers en plus que le premier passage.

Chrono > Visibilité depuis la Terre

Taille apparente

Nibiru est 4 fois plus large que la Terre, mais restera tout de même à bonne distance, si bien qu'on ne la verra jamais plus grosse que notre Lune (qui elle est bien plus petite, mais aussi beaucoup plus proche).

Résumé de pourquoi on ne la voit pas (p.)

Invisible contre le Soleil

Entre 2003 et 2010, Nibiru est restée invisible même des satellites, car trop proche de la couronne solaire, elle était masquée par les occulteurs centraux des objectifs. D'où les projets type Haarp pour détecter son magnétisme.

Atmosphère dense absorbante

Une fois éloignée du Soleil, Nibiru continu à être peu visible.

En effet, son atmosphère très dense absorbe la lumière entrante mais n'en laisse que très peu ressortir, contrairement aux planètes classiques. L'albédo de Nibiru (sa brillance) est donc proche de celui d'une surface noire mate.

Émet dans l'IR

Son spectre d'émission est très déplacé vers l'infra rouge , et donc il faut un matériel d'observation spécifique (ce qui explique pourquoi le Vatican a financé un radiotélescope infrarouge sur le mont Palomar).

Arrive par le Sud

Nibiru a une orbite rétrograde très inclinée, et elle arrive par le sud, bien en dessous de l'écliptique. En 2003, lors de son arrivée, elle était observable dans l'hémisphère sud de notre planète, mais dans une zone relativement vide de l'espace où peu d'observateurs s'attardent.

Le nuage

Nibiru a drainé à chacun de ses passages de nombreux débris qui forment un nuage important et vaste autour d'elle, à l'image des anneaux de Saturne, mais dont le volume est bien supérieur. Ce nuage est composé en majorité de débris solides (astéroïdes de tailles variées allant de la poussière à plusieurs centaines de mètres), mais aussi de divers composés chimiques : hydrogène, eau, méthane, hydrocarbures et oxyde de fer entre autre. ce nuage forme comme un voile qui a tendance à modifier la lumière qui le traverse par diffusion. la planète X apparaît alors comme une tache floue et étendue ce qui fait grandement descendre sa magnitude, et donc notre capacité à l'observer.

La faiblesse de nos instruments

Il existe un mythe chez la plupart ds gens, entretenu par les autorités, qui veut que la NASA et consorts sont capables d'observer ce qu'il se passe dans le système solaire, notamment de cartographier les objets instables qui s'y déplacent, comme les astéroïdes. C'est un mythe, nous ne sommes pas capables de le faire malgré les prétentions des scientifiques. La preuve avec des incidents comme celui de Tcheliabinsk. Nous voyons seulement les astéroïdes les plus brillants, avec un albedo proche de 1. Ceux qui sont sombres, comme Nibiru, ne sont visibles que quand ils sont extrêmement proches de notre planète, d'où les frayeurs lorsqu'on s'aperçoit qu'un énorme caillou vient juste de frôler la Terre sans qu'on ne l'ai détecté avant.

Position relative au Soleil

Dans l'hémisphère Nord : Nibiru est d'abord en bas à droite du Soleil. Puis plus elle se rapproche de la Terre, plus elle se rapproche du Soleil, jusqu'à obscurcir la luminosité du Soleil avec son nuage les derniers temps. Ce rapprochement provoquera des éclipses anormales (non prévues). De même, la Terre ne sera plus sur son orbite normale, ce qui pourrait aussi aboutir à quelques surprises.

[AM :]Lors du passage, elle va passer de la droite à la gauche du Soleil ?

Les double soleil en augmentation

Les double Soleil (reflet du Soleil sur le nuage de Nibiru, mais pendant un temps limité sur une très faible portion de la Terre) vont augmenter avant l'apparition réelle de Nibiru, c'est à dire Nibiru ou son nuage vus par tous, partout sur Terre (et non un fugace mirage comme les double Soleil).

Hécate le précurseur

Trajectoire

C'est la kachina bleue des Hopis. Pour que Nibiru commence à être visible, c'est qu'elle est vraiment très proche, avec donc un ralentissement progressif de la Terre sur son orbite. Non magnétique, Hécate va continuer sur sa lancée, va rejoindre la Terre, la doubler en s'écartant du Soleil et en allant vers le bas.

Apparence

Dès qu'elle dépassera (en apparent) de la gauche du Soleil, on verra d'abord une tâche bleue sur l'écliptique, qui va s'en écarter de plus en plus.

Les premiers temps, la luminosité du Soleil étant trop forte, Hécate sera quasi invisible (sauf des télescopes) mais plus Hécate s'éloigne en apparent du Soleil, moins le Soleil la noie dans sa luminosité (elle se voit de plus en plus à la nuit tombée, même principe que Vénus).

Assez petite (taille de la Terre), Hécate sera difficilement visible à l'oeil nu avant de dépasser le Soleil (donc en retard de plus de 90° sur l'orbite par rapport à la Terre).

Hécate sera ensuite éclairée sur le coté, et donc depuis la Terre, on ne voit qu'un petit croissant de lumière assez fin. Hécate a l'avantage d'avoir un très fort albédo, c'est à dire qu'elle est très claire donc plus visible, malgré son éclairage incomplet. Comme elle a une atmosphère, la lumière reflétée par Hécate est bleue, ce qui la rend difficilement confondable avec les autres planètes visibles. Conclusion : Tant que la "petite" 'Hécate est encore loin, mal éclairée et décalée de plus de 90° (sur l'orbite) de la Terre, elle sera discrète. Dès que Nibiru va atteindre le point critique où elle ralenti puis repousse la Terre sur son orbite, Hécate va nous foncer droit dessus. Sa taille apparente dans le ciel, un meilleur éclairage (50% de la planète sera éclairée par le Soleil comme lors d'une demi-Lune) va faire apparaître un astre bleu sur l'axe des planètes (la ligne dans le ciel où navigue Vénus). Donc plus la Terre va prendre du retard sur son orbite, plus cette étoile va devenir grosse et bien bleue.

Lorsque cette planète va nous doubler, elle apparaîtra comme une seconde pleine Lune.

Des gens vont confondre Hécate avec Nibiru, la voir passer puis s'éloigner sans n'avoir provoquer aucun dégâts, les dégâts suite à l'arrêt de la croûte diminuer, vont croire que c'est fini et retourner dans leurs maisons... Grossière erreur, c'est pourquoi les Alts ont bien décrit Hécate, et que les Hopis parlent bien de 2 Kachina, la bleue qui avertit, la rouge qui détruit. Hécate est le dernier avertissement pour les Hopis.

Evolution de l'aspect de Nibiru

C'est uniquement dans les 2 derniers mois avant le passage que Nibiru deviendra vraiment visible, au lever et coucher du Soleil.

Éjection du dernier rail

Nibiru mettra alors 4 mois à rejoindre le point d'équilibre (14 millions de km). C'est au bout de 2 mois qu'elle commencera à devenir visible.

Si Nibiru est éjectée début Novembre (le croisement de bras solaires (pic magnéto-gravitationnel) sur Nibiru se produit 1 à 2 semaines avant la Terre) alors Nibiru est visible de la Terre vers le 25 décembre.

Cosmologie > Système Solaire > Terre > Effets de Nibiru

Saut de visibilité

Les Alts parlent d'un "saut de visibilité" aux alentours de Noël (Solstice d'Hiver , 25/12, ou 25 décembre) :

"Nibiru vue à l'oeil nu à Noël, clair comme de l'eau de roche / cristal"

Pilier de lumière / croix rouge

Si Hécate est à gauche du Soleil (lueur bleuâtre), Nibiru se trouve à droite du Soleil (lumière rougeâtre).

Nibiru sera moins visible directement que Hécate, car toujours noyée dans sa queue cométaire.

Tout d'abord Nibiru va apparaître par une sorte de pilier de lumière rouge à l'horizon (au lever ou au coucher du Soleil).

Puis sous la forme d'une grande croix (pour des raisons physiques liées à l'atmosphère) : lumière assez fade au départ, encore trop petite pour qu'on puisse distinguer la forme, mais suffisamment lumineuse => croix.

Bon nombres (chrétiens surtout) interpréteront mal cet effet d'optique... Et c'était voulu par les romains quand ils ont changé le signe du poisson par celui de la croix.

Le disque ailé

Après la croix apparaît le disque cornu.

Nibiru se rapproche et on commence à distinguer un disque qui semble avoir deux protubérances sur les côtés (halo du nuage interne de Nibiru), certains l'interprétant comme des cornes de taureau.

Nibiru étant toujours à contre-jour, c'est surtout ses "cornes" ou ses ailes, autour d'un centre plutôt rouge sombre, qui seront caractéristiques, et qu'on retrouve dans toutes les descriptions anciennes. Ces ailes ne sont que le nuage de débris (hydrocarbure et poussières) qui forment une queue. Vue de face, on dirait deux ailes rouges alors que c'est plutôt un cône aplati horizontalement en réalité. Ces ailes sont rouge vif parce que la lumière du Soleil passe à travers.

Le serpent/dragon qui ondule

Le disque est plus gros et on distingue la queue cométaire, rouge qui ondule = serpent ou Dragon céleste.

Chez les chrétiens, elle est décrite comme un dragon (ailé).

Grosse comme la Lune

C'est une fois au point d'équilibre (14 millions de km) que Nibiru est la plus proche de la Terre, donc la plus grosse dans le ciel et la plus visible. Elle sera à peu près grosse comme la Lune, en un peu plus petite.

Les derniers signes

Poussières rouges

Les derniers temps, l'atmosphère se saturera de poussières arrachées à la queue de débris de la comète géante. Principalement composée d'oxyde de fer, cette poudre de couleur rouille prend une teinte sang quand elle est mélangée à l'eau, et a même la particularité d'avoir également le goût du sang, l'hémoglobine en contenant. Ce signe fut particulièrement spectaculaire il y a 3500 ans à la période dite de l'Exode d'Égypte. La région du proche orient fut frappée directement par la queue de la comète, et c'est pourquoi de la « grêle » brûlante (des micro-météorites) ainsi que d'énormes quantités d'oxydes de fer furent déposés et charriés dans les eaux, les transformant en sang (Nil, mer Rouge).

Lunes de Nibiru

Nibiru a une dizaine de gros satellites, dont certains aussi gros que notre Lune (aucune collision possible pour rappel).

Les débris entourant Nibiru se trouveront piégés momentanément sur des orbites proches de la Terre, et resteront à faire quelques tours au dessus de nos têtes avant de s'en retourner.

Nous pourrons observer à l'oeil nu les satellites de Nibiru (les plus gros débris), qui seront le plus visible quand Nibiru sera au plus près de nous. Nous verrons alors une multitude de "lunes" dans notre ciel. Les deux plus grosses "Lunes" visibles seront la Lune elle même, et Nibiru (qui est rouge), accompagnées de plus petites liées à Nibiru.

Ces Lunes supplémentaires ne seront visibles que pendant quelques jours, confirmant ainsi un des signes majeurs promis par le prophète Mohammed sur la fin des temps.

Soleil arrêté 3 jours dans le ciel

Au maximum de ces va-et-vient, la surface de la Terre va même s'immobiliser 72 heures (après un lent ralentissement) avant de repartir dans une rotation normale. Suivant votre place sur le globe, vous serez témoins d'une nuit de 3 jours ou d'un jour interminable lui aussi 3 fois trop long.

Lever de Soleil à l'Ouest

Sera confirmé également, comme signe majeur annoncé par Mohamed, le lever du Soleil à l'Ouest : la Terre, dont le noyau de plus en plus malmené entraîne la croûte terrestre dans des comportements et des déplacements brutaux et aberrant, nous montrera une trajectoire apparente de notre Soleil extraordinaire : non seulement les journées ne dureront plus 24 heures, mais en plus la position de l'astre du jour sera incohérente, trop au Nord puis trop au Sud, tout comme la Lune qui ne sera plus à sa place ni dans la bonne inclinaison. La Lune et le Soleil n'auront évidemment pas bougé de place, ce sera la croûte terrestre qui aura glissé, et du coup notre façon de voir ces astres.

Autres signes secrets

Autant les Altaïrans que les Zétas ont gardé des signes que les illuminatis ne connaissent, afin que ces derniers ne puissent préparer une excuse à l'avance, comme avoir annoncé régulièrement depuis 2010 qu'il soit possible que la Terre attrape un astéroïde et semble avoir plusieurs Lunes temporairement.

Ces signes n'étant pas préparés, les médias, surpris, vont en parler, car cela n'entre pas dans les critères habituels de la censure. Ensuite, les scientifiques ne pouvant expliquer ces choses, ce type de phénomène rejoindra la longue liste des choses taboues qu'il ne faut pas relayer, mais le mal sera fait : l'accumulation de faits inhabituels et non expliqués interrogera de plus en plus les populations.

Approche du Système solaire

Lors des dernières dizaines d'années de son approche du Soleil, Nibiru est visible dans Orion. Ensuite, quand elle se colle entre le Soleil et la Terre, il n'est plus possible de la détecter aux télescopes, sauf aux IR quand elle s'est bien rapprochée de la Terre.

Éclipses anormales

Nibiru va un tout petit peu moins vite que la Terre : pour le moment elle a pris un peu d'avance sur son orbite parallèle à nous, c'est pour cela qu'elle est légèrement à droite du Soleil. Mais plus le temps passe et plus nous la rattrapons, si bien que Nibiru se décale (en apparent) lentement sur la gauche. Arrivera donc un temps où elle sera alignée avec le Soleil, et là on verra une baisse de luminosité significative du jour (à cause de la plus grande surface de nuage de Nibiru traversée). Cette "éclipse" atypique laissera encore plus apercevoir le rouge de Nibiru.

Visible de l'espace

Depuis l'espace, et notamment l'ISS, il n'y a pas d'atmosphère terrestre qui supprime le rouge foncé. Nibiru est très bien visible dans l'espace et depuis longtemps.

Le rouge profond de la planète devient irisé quand il traverse la couche 3 (irisation, c.a.d. effet prisme des gouttelettes), c'est pour cela que depuis l'ISS Nibiru apparaît rosée, avec des reflets vert clair tirant sur le blanc.

Pour la même raison de prisme, la queue cométaire change de teinte suivant l'angle de vue.

A propos de SOHO

Vu la piètre qualité des images SOHO et autres satellites de surveillance, on est pas prêts de voir le nuage de Nibiru parce que l'image est déjà tellement déformée que si on mettait un voile en gelée devant ça ne ferait aucune différence visuellement (ça resterait une image dégueulasse). Sur SOHO et compagnie, on ne voit que ce qui brille, et donc tout ce qui ne brille pas (comme Nibiru, planète noire sans albédo) reste invisible.

Chronologie

Invisible en plein jour

En bas à droite du Soleil, Nibiru est quasiment tout le temps cachée à un observateur terrestre, à cause du halo solaire.

En effet, l'atmosphère terrestre, frappée par les rayons du Soleil, voit ses atomes s'allumer. Le ciel devient une lampe qui nous éclaire, empêchant de voir toutes les étoiles qu'il y a derrière.

Ce qui complique les choses, c'est que :

- Nibiru est une planète noire comme du charbon, à l'aldébo quasi nul (elle ne renvoie pas les rayons lumineux reçus, alors que la Lune les renvoie quasi tous),
- Le nuage de Nibiru disperse les rayons lumineux, les empêchant d'atteindre la surface de la planète,
- Nibiru nous montre sa face sombre, et même un astre brillant comme la Lune (fort aldebo) n'est pas visible quand il est proche du Soleil en apparent.

Cosmologie > Système Solaire > Terre > Effets de Nibiru

Les seuls moyens de détecter Nibiru depuis la Terre, c'est :
- Télescope IR (Infra-Rouge) car Nibiru, comme tout corps plus chaud que le zéro absolu, émet un rayonnement infrarouge,
- Antennes pour capter le fort magnétisme de Nibiru (comme HAARP)
- Envoyer des satellites d'observation dans l'espace, non soumis au halo solaire, pour qu'ils nous renvoient les images.

Que des moyens que le peuple ne peut pas se payer, mais ses dirigeants si...

Visible le matin

Plus Nibiru avance, plus elle se déplacera, en apparent, plus en haut et plus à droite du Soleil.

A ce moment-là, le croissant visible depuis la Terre augmente, et c'est surtout la réflexion sur le nuage interne (les fameuses cornes) qui sera visible (aldébo proche de 0). C'est pourquoi Nibiru commencera à être visible le matin dans l'hémisphère Sud, quand Nibiru vient juste de se lever et que le Soleil ne l'est pas encore (le ciel restant encore relativement sombre).

Visible le Soir

Plus Nibiru approche, plus sa luminosité sera forte, et son déplacement vers le haut et la droite du Soleil fera qu'elle finira, juste avant d'être visible à l'oeil nu, observable au coucher du Soleil, quand elle sera elle aussi sur l'horizon.

Visible de nuit à l'oeil nu

L'observation de nuit (et donc à l'oeil nu) se fera uniquement les dernières deux à trois semaines "avant le passage à sa position critique" tout au plus (si vous avez une vue dégagée sur l'Ouest). Ce sera le seul moment où elle va remonter en haut à droite du Soleil dans notre ciel. Ainsi, le Soleil se couchera avant Nibiru, ce qui enlèvera toute la pollution lumineuse .

Ne comptez pas la dessus pour déclencher vos plans, mais plutôt sur les effets visibles (séismes par exemple).

Au départ, à l'œil nu, elle aura la taille d'une étoile.

Une petite tâche rouge qui grandira (la croix) pour devenir une tâche flanquée de 2 "cornes" lumineuse (le disque ailé), pour enfin atteindre sa taille maximale (de la même taille qu'un croissant de notre Lune, mais rouge sombre), le dragon qui ondule avec sa queue cométaire.

Éclipses anormales

Les jours avant le passage, le Soleil aura des éclipses anormales. Soit les lunes de Nibiru qui passent devant, soit le nuage qui vient assombrir le Soleil.

Au moment du passage

Le croissant de Nibiru se remplira pour enfin nous montrer une moitié de disque, au moment de du passage de la planète sur la trajectoire terrestre (au moment où Nibiru croise notre orbite). Même principe que pour la Lune et ses quartiers.

Visible après le passage

Une fois la Terre passée, le demi quartier de Nibiru enflera encore, jusqu'à atteindre une forme de disque entier (environ la taille apparente de notre Lune, bien que Nibiru se situe bien plus loin de la Terre).

Nibiru nous montre alors sa face éclairée, plus rien ne nous empêche de profiter du spectacle, si ce n'est le temps.

En effet, au fur et à mesure de son éloignement rapide (quelques jours), ce disque diminuera en taille pour enfin disparaître totalement (Nibiru, bien qu'éclairée pleinement, étant devenue trop loin par rapport à son aldébo trop sombre).

Ce sera un formidable mais effrayant spectacle si les nuages se dissipent!

Visible au retour

Nibiru, revenant du côté où elle est pleinement visible, apparaîtra quelques jours avant de refaire le 2e passage. La chronologie de la visibilité de Nibiru est juste l'inverse de l'aller.

Chrono > Montée en puissance

Alors que Nibiru n'est pas encore dans le système solaire, elle génère déjà beaucoup d'effets sur la Terre. Par exemple, les changements terrestres se mesurent depuis 1930, en 1960 certains auteurs remarquaient déjà qu'on avait des anomalies climatiques et sismiques anormales, mais c'est depuis 1996 que la hausse des catastrophes est bien visible.

Faire le survol à partir des parties ci-dessous.

Chrono > Montée > Invisible

Survol

Nbiru n'est pas parfaitement dans l'axe Terre-Soleil :

- décalée sur la droite vu du Nord, sous l'effet de la tendance à aller plus vite près du Soleil, et à pousser la Terre en arrière, c'est à dire en retard sur son orbite
- Au Sud de l'écliptique, donc légèrement sous le Soleil

On ne peut voir son transit (cône d'ombre se projetant sur la Terre) dans le disque solaire.

Elle est trop peu décalée par contre pour que le fin croissant soit assez important.

Sans compter que les différentes couches du nuage de Nibiru capturent la lumière de plusieurs façons.

Voir Nibiru c'est donc essayer de voir une "petite" planète (comparée au soleil), qui en plus :

- nous montre sa face sombre
- est rendue invisible par la luminosité solaire (p.)
- est quasi noire mat (tirant sur le rouge) donc ne renvoie quasi pas de lumière (faible albédo),
- est entourée d'un immense nuage de poussière filtrant la lumière qui pourrait se réfléchir sur Nibiru.

Le nuage de Nibiru disperse les rayons lumineux qui pourraient atteindre la planète Nibiru, re-disperse encore les rares rayons qui pourraient rebondir sur Nibiru (rares car faible albédo) et repartir vers la Terre.

Les rayons survivants, rouges très sombres, sont enfin complètement absorbés par notre atmosphère. Seuls quelques infrarouges arrivent à atteindre la surface de la Terre, mais invisibles pour nos yeux. Seuls quelques télescopes très puissants arrivent à les distinguer des infrarouges émis en masse par le Soleil.

Faible aldébo

La surface de Nibiru est rouge très sombre. Elle renvoie très peu de lumière.

Et cela, c'est sans compter la couche 2, le nuage de cendre volcanique, qui empêche la lumière d'entrer et sortir.

Peu de chance d'avoir des rayons réfléchis donc (comme pour Vénus ou la Lune quand elles sont loin de l'axe terre-soleil).

Nibiru montre sa face sombre

Nibiru, étant presque alignée dans l'axe Terre-Soleil, nous montre sa face non éclairée. C'est comme la Nouvelle Lune, on ne la voit depuis la Terre.

Quand nous voyons la lune ou Vénus, c'est que ces astres sont très décalés par rapport au soleil. Quand Vénus est entre le Soleil et la terre, nous ne la voyons plus. Idem pour la Lune noire. Nibiru c'est pareil, elle est tellement alignée entre le Soleil et la Terre que nous ne verrions même pas un mince croissant, même sans compter le faible albédo et les filtres qu'on va voir par la suite..

Comme elle tourne entre la terre et le soleil à la même vitesse angulaire que la terre, la configuration entre les 3 astres reste toujours la même, sa position reste quasiment fixe dans le ciel terrestre.

Noyée dans la luminosité diurne de notre atmosphère

La luminosité diurne du ciel (le ciel bleu en plein jour), c'est les rayons du soleil qui sont réfractés en partie par les molécules de l'atmosphère terrestre. De plus, les molécules de l'air absorbent les photons entrant, pour les réémettre dans une autre fréquence, se comportant comme une lampe. Tout le ciel devient bleu brillant, se comporte comme une énorme lampe aveuglante située à 50 km au dessus de nous, au point d'"éteindre" toutes les étoiles dans le ciel qui sont derrière cette lampe, même les plus brillantes.

Même la pleine lune devient en pleine journée à peine visible.

Quand on regarde au nord, le ciel est toujours bleu et lumineux. 30 minutes après le coucher du Soleil, vous y voyez toujours avec le ciel toujours lumineux. C'est vous donner une idée de la taille de cette "lampe" que constitue le ciel frappé par les photons solaires.

Cette lumière diurne augmente plus on tourne le regard vers le soleil, le ciel devenant blanc/lumineux autour du soleil, c'est le halo diurne solaire, qui double ou triple le soleil apparent lui-même.

Si en regardant au nord (partie la moins lumineuse du ciel diurne) on n'arrive pas à voir les étoiles très brillantes de la grande ourse, n'espérez pas voir dans la partie la plus lumineuse du ciel une petite planète noire et non éclairée, floutée par un nuage, derrière la lampe surpuissante du ciel.

Qu'en sera-t-il du croissant de Nibiru devenant plus gros, avec Nibiru s'écartant de plus en plus (et donc présente dans une partie plus sombre du ciel) ? Il restera encore plein de filtres à franchir pour cette faible lumière réfléchie par Nibiru, comme nous allons le voir.

Cosmologie > Système Solaire > Terre > Effets de Nibiru

Couleur Nibiru filtrée par notre atmosphère

Vu que la planète en elle même est rouge très foncé, et que notre atmosphère a tendance à filtrer cette longueur d'onde, aucune lumière de Nibiru ne parvient jusqu'au sol.

Ce n'est pas pour rien que notre ciel est bleu, cela veut dire que le bleu passe sans encombre mais que les autres couleurs, dont le rouge, sont atténuées. Une planète verte foncée serait également gommée.

Il faudra donc attendre que Nibiru soit bien plus proche pour que sa couleur rouge puisse apparaître malgré le filtre de notre atmosphère. Plus sa magnitude montera et plus il passera une fraction de rouge importante.

Filtrage par le nuage de Nibiru

Les caractéristiques du nuage de Nibiru (p.) expliquent pourquoi Nibiru est difficile à percevoir depuis la Terre. Il faut savoir que ces couches dépassent la dizaine de millions de km pour les couches les plus externes, et englobent aujourd'hui la Terre.

Effet prisme à l'aller

Le nuage fait un prisme, un peu comme les gouttes d'eau pendant une pluie. L'huile en suspension de la couche 3 dévie et réfléchie la lumière solaire, ce qui atténue la lumière du Soleil qui atteint Nibiru.

Effet prisme au retour

A cause du faible aldébo, les rares rayons traversant la couche 3, et se reflétant sur la couche 2, seront très rares.

Mais encore faut-il que ces rayons réfléchis soient dirigés vers la Terre.

Difficilement visible aux IR

Il nous reste le rayonnement intrinsèque de tout corps qui est plus chaud que le zéro absolu. Là encore, à 20°C de température, la planète Nibiru émet dans l'espace un rayonnement infrarouge très faible (moins énergétique que celui émis par le corps humain) qui doit à son tour franchir la dispersion par réfraction dans les gouttelettes du nuage.

Et même si une fraction de ce faible rayonnement arrive sur terre (et devrait être détecté par les télescopes au sol), ce rayonnement de 20°C est noyé dans le halo solaire. Pour imager, le rayonnement infrarouge à 20°C de Nibiru à du mal à s'imposer face aux 6 000 °C de la surface du soleil. Il faut de préférence des satellites infra-rouges hors atmosphère, bien qu'actuellement les gros télescopes au sol comme le Lucifer soient capable malgré tout de détecter Nibiru.

Chrono > Passage

Survol

Le pole-shift, c'est quand la croûte terrestre a été tournée (par la proximité de Nibiru) d'au moins 1/4 de tour (45°) pour le premier passage, et au moins 1/2 tour (90°) pour le second passage.

La croûte terrestre reste immobilisée dans cette position (de 45 ou 90°) pendant 3 jours, puis ensuite Nibiru passe devant la Terre (dans un sens d'Est en Ouest au premier passage, dans l'autre sens au retour). C'est pourquoi lors du premier passage, après les 3 jours d'immobilité, la rotation de la Terre semble repartir doucement dans le sens habituel (et que les gens redescendent et se font avoir), et qu'au second passage, le Soleil semble se lever dans le sens contraire à d'habitude (se déplace doucement d'Ouest en Est sur 6 jours).

Vérifier le sens dit au-dessus, l'ai écrit de mémoire

Quand Nibiru s'est trop éloignée et que le couplage se défait brusquement, la croûte terrestre reprend tant bien que mal sa place antérieure, mais ne s'y repositionne jamais complètement.

La croûte terrestre part donc d'une position bloquée, puis commence à se mouvoir pour rejoindre sa position précédente. Il y a alors une sorte de vibration, un tremblement, car la croûte se sépare en divers endroits du noyau/manteau. Le déplacement pour rejoindre la position précédente se fait en une heure, c'est là que les continents se déplacent sous les océans qui restent immobiles (le tsunami du pole-shift).

Lorsque croûte et manteau se retrouvent alignés, c'est là que se produit le choc (le séisme majeur du pole-shift). C'est la même chose dans un accident de voiture, ce n'est pas lors du déplacement qu'il y a le gros dégâts (à part le vent du déplacement / tsunami de pole-shift), mais quand on s'écrase contre le mur. Lorsque tout le monde est aligné, la croûte terrestre est brutalement freinée. Même si elle dépasse sur sa lancée la position d'alignement, le freinage brutal pousse les maisons en latéral, les continents se disloquent et forment des montagnes en quelques heures, de la tôle froissée.

Dureté (p.)

Différents facteurs expliquent si un passage (aller et retour) sera destructeur ou pas : distance de déplacement du pôle, position des bras du Soleil, état de la croûte terrestre, etc.

Passage 1 (p.)

Le moins dur des 2, car la Terre ne bascule que de moitié.

Interpassage (p.)

La fonte des glaces fait monter le niveau des mers.

Passage 2 (p.)

Le plus dur des 2, car Nibiru, arrivant tête en bas, fait complètement basculer sur elle-même la Terre.

Chrono > Passage > Dureté

En plus des causes physiques de la dureté du passage, les critères ne sont pas forcément les mêmes pour la vie que pour la géologie.

Lors des grandes extinctions animales, l'environnement complet de la Terre était déjà très dégradé.

Les 2 plus gros facteur d'intensité du pole-shift sont la :
- distance de déplacement des pôles,
- grosseur et nombre des météores.

Distance de déplacement des pôles

Pendant le passage

Plus les pôles se déplacent (angle de rotation important de la croûte terrestre), et plus le déplacement est destructeur (grande inertie lors de l'arrêt, provoquant le big One planétaire, tsunami de pole-shift plus élevé, Ouragan plus puissant.

position du pôle de Nibiru + Saison

[hyp. AM] La distance de déplacement du pôle de la Terre dépendra tout d'abord de la position mensuelle des pôles de Nibiru (elle tourne sur elle-même, avec des pôles magnétiques excentrés de l'axe de rotation). Si c'est le pôle Nord de Nibiru qui nous fait face (beaucoup de météores, car la Terre est dans la queue cométaire), il y aura beaucoup de déplacement en été (de l'hémisphère Nord) pour que le pôle Sud de la Terre s'oriente sur le pole Nord de Nibiru placé le plus haut qu'il puisse.

1er et 2e pole-shift

Au premier pole shift, le pôle magnétique Sud de Nibiru étant globalement orienté vers le haut, la descente du rift Atlantique pour se verrouiller magnétiquement dessus n'est que de 30° (à peu près). Cela dépend de la position exacte de ce pôle magnétique Sud de Nibiru, dont la hauteur relative varie en fonction de la rotation de Nibiru sur elle-même.

Au 2e passage, le pôle magnétique Sud sera globalement vers le bas (Nibiru s'étant retournée dans la ceinture d'astéroïde), donc la rotation de la Terre pour que le rift Atlantique s'aligne sera de près de 180°, donc plus importante que le premier passage.

Position du Soleil sur son axe

La Terre peut se retrouver piégée dans un bras gravitationnel du Soleil, au moment où Nibiru provoque le pole-shift, amplifiant ou diminuant le déplacement du pôle par rapport à son emplacement précédent (sachant que le départ de Nibiru de son dernier rail avait été déclenché par le passage d'un croisement de bras magnétique+gravitationnel, tout dépend du temps que mettra Nibiru a franchir l'écliptique, en fonction de l'encombrement gravitationnel des autres planètes).

État de la croûte terrestre

Plus la croûte terrestre sera chaude et disloquée, plus elle se déplacera facilement, et plus elle rattrapera sa position précédente, même si la forme des continents sera bien plus changée.

Après le passage

Les effets après le pole-shitf, diffèrent selon l'angle. Plus il est élevé, plus il y a de changement climatique.

90°

Là où c'est très éprouvant pour le vivant, c'est quand les pôles se retrouvent à l'équateur et l'équateur aux pôles (ce qui est prévu pour le passage de l'apocalypse).

180° (inversion)

Si le pole-shift est extrême (le pôle Nord devient le pôle Sud), il y a finalement moins de problèmes concernant les espèces vivantes, vu que les pôles se contentent de s'inverser, et il n'y a pas la montée de la mer de 200 m suite à la fonte des pôles, ni les changements de climats néfastes.

Grosseur et nombre des météores

Suivant comment les choses se goupillent, la Terre peut passer dans le nuage de débris dans sa partie la plus dense (météorites plus grosses et plus denses, donc plus nombreuses).

C'est ce qui se produit quand le pôle Nord de Nibiru est dirigé vers la Terre [Zétas], qui nous envoie alors sa queue comètaire dessus (l'hémisphère Nord se trouve alors dans un vortex polaire, se trouvant plus au Nord que d'habitude).

Chrono > Passage > Interpassage

Bruine

Se produisant systématiquement après le passage pendant des mois, puis plus tard en fonction des endroits.

L'atmosphère est basse (arrachement de la haute atmosphère lors du pole-shift), les nuages sont bas, le temps que l'atmosphère se reconstitue.

Les nuages étant bas, voir au niveau du sol, c'est comme un brouillard continu, et le brouillard (mélangé aux cendres volcaniques en basse altitude elles aussi) se dépose sous forme de pluie, ou de bruine, à chaque léger changement de température. Si l'endroit se trouve sous le vent d'une grande source d'eau (lac ou océan), il y aura ce brouillard jusqu'à ce que l'atmosphère se reconstitue, tout simplement parce que l'air qui passe au-dessus de la masse d'eau, passe ensuite au-dessus des terres, où il y a des changements de température qui précipitent la vapeur d'eau en gouttelettes.

Si la zone est en altitude, à l'intérieur des terres (l'air marin a perdu toute son eau rapidement, alors que précédemment cette vapeur d'eau pouvait monter en altitude et transporter l'eau loin), alors pas de bruine, et peut-être même de l'air sec.

Cette eau de pluie / bruine est bien sûr potable (évaporation de l'eau liquide des lacs ou océans).

L'atmosphère se reconstitue sur une période de 50 ans après le premier pole-shift, mais au bout de 5 ans elle s'est suffisamment reconstituée pour que les nuages s'élèvent et ne touchent plus le sol, terminant ainsi la période de bruine perpétuelle.

Obscurité

Une fois ces 5 première années de bruine perpétuelle passées, il restera de la pluie régulière, et surtout, nuages bas couplés aux cendres volcaniques, une obscurité qui continue pendant 20 ans encore.

Juste après le pole-shift, la luminosité est de 30% celle actuelle, allant en s'éclaircissant au fil des années : les cendres volcaniques en suspension dans l'air sont progressivement lessivées par la pluie (les poussières condensent la vapeur d'eau des nuages bas autour d'elles, s'alourdissant et tombant en goutte), laissant de plus en plus les rayons du Soleil frapper la surface de la Terre.

Chrono > Passage 2

Le pole-shift se fera sur plus de distance que la première fois. La puissance est 2 fois plus élevée, (donc les effets 1,3 fois plus forts) qu'au premier passage.

Chrono > Aftertime

Cette durée est le temps mis pour que l'équilibre de la Terre reprenne ses droits, soit 40 ans en moyenne après le passage pour ses effets les plus majeurs, et que le climat redevienne un minimum stable.

La bruine

Il pleuvra bien plus que d'habitude 50 ans après PS1. Il ne tombera pas des cordes en permanence, mais les couches nuageuses très basses seront responsables d'une bruine légère alternant avec un brouillard épais, intercalés de pluies. Cette humidité résiduelle assombrira les terres (30% de la luminosité actuelle), ne permettant pas aux cultures les plus exigeantes en éclairement d'aboutir.

Calottes polaires

Elles ne fondent généralement pas complètement, sauf lors de déplacements majeurs des pôles, comme la périhélie de l'apocalypse qui placera les calottes glaciaires sous le soleil équatorial.

La plupart des déplacements des pôles sont un léger ajustement du déplacement de la croûte terrestre, de quelques degrés.

Au cours des derniers déplacements, le pôle Nord s'est trouvé en France, dans le Wisconsin, en Sibérie, au Groenland et au-dessus de la glace de l'Arctique. Tout cela est suffisamment léger pour qu'il reste un peu de glace dans l'ancien pôle, comme le Groenland aujourd'hui (anormalement épais en glace par rapport aux autres même latitudes de l'hémisphère Nord, qui dégèlent en été).

Cette glace est encore plus épaisse si le pôle revient à cet endroit plus tard, sans que cette zone ai dégelée.

La confusion des scientifiques vient également du fait que la poussière qui se dépose sur les pôles est considérée comme très ancienne, alors qu'elle a pu être ramassée et livrée d'ailleurs : si vous prenez un objet dans le grenier, qu'il est couvert de poussière datant d'il y a 100 ans et que vous le secouez sur la table de la salle à manger, cela signifie-t-il que la table n'a pas été utilisée depuis 100 ans ? La poussière est transportée au loin, pendant les tempêtes, en altitude, et se dépose sur la glace qui est ensuite recouverte de plus de glace.

En 4D

Avec un Soleil plus froid, ces calottes polaires seront supérieures à tout ce qu'on a connu, et le niveau des océans plus bas (donc les terres émergées plus vastes).

Système Solaire > Terre > Effets de Nibiru > Chrono > Passage 1

Survol

Températures

Qu'importe quelque part que ce soit en hiver ou en été selon les Zétas : lors de l'inclinaison vers la gauche, qui couchera la Terre sur le côté, elle se prélassera sous le soleil d'un pôle à l'autre pendant plusieurs semaines, il n'y aura alors ni hiver ni été.

Les 3 jours d'éclipse plongeront les terres de l'hémisphère Nord dans le froid, facteur qui aura tendance à répartir la chaleur et le froid de façon inattendue.

Puis le ralentissement et l'arrêt de la rotation, qui placera certaines terres sous le soleil sans fin, et d'autres dans une aube ou un crépuscule ou une nuit prolongés. Pendant cette période (ralentissement et arrêt), l'atmosphère sera agitée par de nombreuses et violentes tempêtes, distribuant la chaleur et le froid.

Il y a aussi le facteur de la Terre qui se rapproche de Nibiru pendant l'arrêt de la rotation, ce qui augmente la chaleur distribuée par les vents violents et les tempêtes.

2 mois avant

Qu'en est-il des cataclysmes exponentiels pendant cette période .C'est un peu comme si tous les tremblements de terre prévu sur 100 ans s'étaient donnés rendez-vous le même jour. A titre d'indication : prenez le plus gros séisme enregistré dans votre région jusqu'à présent, et ajoutez +2 pour avoir ce qui va se produire chez vous. les zones déjà connues pour leur forte sismicité verront des tremblements violents, et que d'autres, plus stables, seront relativement "épargnées".

Mais si on regarde l'Italie, Los Angeles, le Japon... tous ces pays où il y a eu de gros séismes et de gros tsunamis dans le passé, et bien là, il se produiront tous en même temps. On doit s'attendre à voir les volcans actifs rentrer en éruption, des tsunamis comme en 2004, des tremblements de Terre comme à Fukushima. Mais plutôt que d'arriver chacun leur tour, sur des dizaines et des centaines d'années, ils arriveront tous en même temps.

3 jours d'arrêt

Fin du vacillement

La croûte terrestre ne vacille plus, donc plus de marées/tsunamis anormaux.

Séismes

La croûte aura été malmenée dans les semaines précédentes, le déclenchement des séismes ne baissera pas (les tsunamis par séismes ou effondrement pourront donc toujours se produire, même s'il n'y a plus de vacillement).

Climat

Le vacillement qui s'accentue et précède les 72 heures d'arrêt sera suffisant pour créer une météo capricieuse. Les masses d'air malmenées sont poussées les unes contre les autres (parce que le sol en dessous fait des allers et retour) , la couverture nuageuse et le vent risquent d'être prédominants pendant la période du passage.

Face éclairée

Être sur la face ensoleillée ne pose pas de problème majeur. Même en cas de météo clémente, les températures monteront à la manière de la canicule de 2003 mais devrait vite retomber car la nature rectifie rapidement les déséquilibre en provoquant des vents et des orages. Il faut plutôt donc vous attendre à du vent et de la grêle, peut être quelques tornades (moins pires que la tempête qui suivra le pole-shift) !

6 jours inversés

Cosmologie > Système Solaire > Terre > Effets de Nibiru > Chrono > Passage 1

Pole-Shift

Survol

Nuage de Nibiru

Lorsque Nibiru sera au plus près, nous serons en plein dans son nuage, avec une densité plus forte que celle que nous avons eu auparavant, quand la Terre n'était que frappée par les volutes de la queue cométaire (nuage distendu par le vent solaire). D'où les problèmes décrits par nos ancêtres témoins de ces événements :

- poussière rouge d'oxyde de fer qui se dépose en masse,
- pluie de naphte,
- grêle / micro météorites qui brûle au sol (issus de la ceinture de Nibiru)
- éclairs spectaculaires dans la haute atmosphère (le nuage étant très fortement ionisé)
- etc.

Lunes de Nibiru

Ces lunes sont petites, mais pourront être visibles si elles s'approchent de notre planète. Il n'y a pas de risques de collision avec la Terre (taille suffisante pour générer de la gravitation répulsive).

Ce sera un "beau" spectacle. Harmo a eu plusieurs fois des visions où il y avait plusieurs "lunes" dans le ciel : notre Lune classique, mais également des plus petites.

Cela semble être confirmé par les prophéties musulmanes qui annoncent la même chose (la multiplication des lunes dans le ciel).

Pole-Shift > Tsunami

Les raz-de-marée sont plus sévères du côté non éclairé de la Terre, car les eaux seront repoussées par Nibiru.

Pole-Shift > Séismes

Au-delà de 7 ou 8, les mesures sismiques sur l'échelle de Richter n'ont plus aucune signification; 15 sera à l'ordre du jour lors du pole shift.

Les secousses ne deviennent guère plus sévères lorsque l'ampleur dépasse 7 ou plus; cela dure simplement plus longtemps. Même à une bonne distance de l'épicentre, là où il n'y a pas de forces de compression, il y a d'autres dangers à prendre en compte, les ondes de surface. Celles-ci roulent à la surface de la terre comme des vagues sur l'eau, et on les a vues mesurer 1 ou 2 m d'amplitude.

Si les secousses deviennent suffisamment violentes, le sous-sol sableux devient liquide, agité en va-et-vient. Il est calculé par la science que lors d'un séisme, les fondations des immeubles à New-York s'enfoncent dans le sol devenu liquide, et que les bâtiments tombent comme des arbres déracinés.

Ne restez pas dans vos maisons le jour du passage !

Pole-Shift > Haute atmosphère arrachée

Lors du pole-shift, une partie de l'atmosphère terrestre part dans l'espace, il faut qu'elle se reconstitue par évaporation des océans pendant 50 ans (40 ans après le dernier pole-shift).

Vie

Cellule : coopération d'atomes

La vie apparaît soit par création spontanée par voie chimique via la mobilité d'atomes dans l'eau, soit par ensemencement depuis une autre planète où la vie était déjà présente.

Création

Eau liquide

Il faut d'abord une planète où il y ai de l'eau liquide, pour que les molécules constituant l'ADN puissent se regrouper, donc être mobiles. Seul un milieu liquide permet cela, en l'absence de tout organe de déplacement des atomes et molécules de base.

Pour que l'eau soit liquide, il faut :
- température :
  - planète suffisamment proche d'une étoile (trop loin l'eau devient glace, trop mais pas trop sinon on passe en phase vapeur),
  - ou planète suffisamment grosse pour que les réactions nucléaires de son noyau puisse chauffer sa propre atmosphère, ou du moins des grottes proches du noyau de la planète

(ce qui est le cas souvent avec l'état solide moins volumineux que l'état liquide ou visqueux, donc création de vides lors du refroidissement de la croûte).
- planète suffisamment massive pour conserver son atmosphère, et permettre de garder la chaleur.
- Idéalement avec un champ magnétique détournant du sol les rayons cosmiques ou les vents ionisants issus de l'étoile, et qui endommageraient à plus ou moins long terme le noyau d'ADN, même si l'atmosphère suffit généralement à stopper ces rayons, et que la croûte durcie d'une planète arrête ces rayons pour la vie dans les grottes.

Le noyau d'ADN

Les atomes dissous dans l'eau se combinent entre eux par réactions chimiques, formant des molécules. Ces molécules de bas niveau d'énergie (CO_2, O_2, H_2O) se complexifient à chaque éclair électrique (frottement de particules entre elles) ou proche des sources de chaleurs (volcanisme), ou par réactions chimiques, pour former des chaînes carbonées HC, les acides aminés ou protéines. Les molécules créées d'acides aminés sont assez stables pour résister à la plupart des autres molécules rencontrées.

Une des molécules stable qui se forme à partir des acides aminés est l'ADN (molécule en hélice), résistant à pas mal d'agression chimique, permettant de stocker de l'information et fabriquer les protéines nécessaires à sa construction puis à son développement.

Toutes les formes de vie de l'Univers sont fondées sur une même technique d'assemblage génétique codé par l'acide polymère et ses différentes briques, les nucléotides, qui sont des points de convergence obligés dans le grand schéma cosmique de la vie. La matière telle qu'elle est constituée, et les combinaisons d'éléments, aboutissent nécessairement à cette solution. Cette notion de nécessité est dictée par des facteurs quantiques, et l'ADN ainsi que ses 4 nucléotides sont les plus optimaux. D'autres versions de ce système de construction biochimique peuvent apparaître mais sont moins performantes, et elles n'aboutissent pas à la formation de cellules vivantes complexes.

L'ADN est donc le seul langage commun entre toutes les formes de vie, mais si les combinaisons sont nombreuses, elles ne sont pas infinies.

Il y a des modèles liés à la structure même de l'ADN, si bien que la Nature a tendance à utiliser les mêmes schémas un peu partout. Ainsi, l'œil, organe sensitif servant à capter les radiations afin de faciliter une meilleure compréhension de l'environnement, est très répandu, sous une forme ou une autre (facettes, globe, membranes sensibles). De même, afin de pouvoir fabriquer des objets et se servir d'outils, les formes de vie intelligentes ont toujours recours à des organes préhensiles, que ce soit des mains, des pinces, des ventouses ou des tentacules.

On retrouve donc sur différentes planètes des espèces évoluées assez semblables à certaines formes de vie terrestres, vivantes ou disparues : céphalopodes, insectes, reptiles, vers, batraciens, poissons, oiseaux, acariens, crustacés, trilobites etc... mais tous les modèles de base n'ont pas été automatiquement tous représentés sur notre Terre (ou n'ont pas encore tous été découverts), même si notre planète a su développer un échantillon représentatif des différents patrons des possibles génétiques.

Formation de la cellule

Au cours des millénaires, ces acides aminés s'organisent en noyaux. Ce noyau contient le code pour se régénérer à l'identique, fabriquer de la matière nécessaire à la survie, etc.

Ces noyaux, qui en se complexifiant deviennent plus sensibles aux agressions extérieures des autres molécules, finissent par se protéger du milieu extérieur avec une membrane cellulaire lipidique (goutte d'huile insoluble), donnant les premières cellules (le milieu interne étant de même nature que l'extérieur, c'est à dire de l'eau salée).

Cela se fait dans les premiers 500 millions d'années après la formation de la terre.

Énergie de la cellule

Suivant l'organisation de l'ADN de la cellule, cette dernière va prélever sa nourriture dans l'environnement extérieur et la dégrader pour en tirer son énergie, soit par fermentation, soit par dégradation de matière via la lumière (photosynthèse) soit sous l'action d'un oxydant comme l'oxygène (oxydation).

Fermentation

Les premières réactions de récupération d'énergie se font par fermentation, sans oxygène, dans certaines de ces cellules primitives.

Photosynthèse

Puis la photosynthèse apparaît, dans d'autres cellules spécifiques, les chloroplastes. Ces chloroplastes sont absorbées par des cellules plus grosses (la grosse cellule étant alors constituée de son noyau et des plus petites cellules choloroplaste, tout le monde étant protégés par la même membrane cellulaire). Entre la cellule avalante et les chloroplastes une coopération intervient, les choloroplastes apportant l'énergie à la cellule qui l'a absorbée et qui en retour le protège et lui fournit lamatière première.

Les processus de photosynthèse étant plus performant que la fermentation, les cellules à chloroplastes supplantent vite les cellules à fermentation, qui ne peuvent alors vivre que dans les milieux où elle est sans concurrence (où la phootsynthèse ne marche pas), à savoir les endroits sans lumière et sans oxygène.

Globalement sur la planète, il s'en suit une élévation dangereuse du taux d'oxygène dans l'air. La nature va alors trouver un moyen de régulation.

Oxydation

Une nouvelle façon de synthétiser l'énergie apparait dans de petites cellules simples, les mitochondries. Cette synthèse d'énergie est l'oxydation, utilisant l'oxygène de l'air. Cela permet de contrebalancer le processus de photosynthèse et là encore d'obtenir un équilibre. Ces mitochondries sont par la suite absorbées par des cellules plus grosses, comme cela s'était déjà fait pour les chloroplastes. Les cellules avec chloroplastes aussi absorbent des mitochondries, pour bénéficier des 2 modes dé génération énergétique, et ainsi fonctionner indifféremment jour et nuit.

Comportement de l'ADN

Toutes les formes de vie dans l'univers sont basées sur l'ADN, donc on pourrait dire que toutes les espèces de l'univers ont les mêmes comportement et besoins animal de base.

Inné

L'inné est le matériel génétique que nous avons à la naissance. Il nous vient de nos parents, et de la grande chaîne d'ancêtres qui nous précède.

Acquis

L'acquis, c'est l'homme que nous devenons malgré notre patrimoine génétique. Inné et acquis jouent à 50% chacun dans notre développement. Par exemple, quelqu'un qui a un inné a être mince mais qui depuis l'enfance se gave de cochonneries devant la télé sans faire de sport deviendra obèse, même s'il le deviendra moins vite que quelqu'un qui y est prédestiné au niveau génétique.

Qu'est-ce que l'acquis? (on pourrait dire l'âme). Pourquoi à partir d'un même patrimoine génétique 2 frères seront différents de caractère et de destinée? Nous en reparlerons dans la partie spiritualité.

Épigénétique

Validé seulement en 2013, on sait désormais qu'il est possible au cours de la vie de modifier son génotype (via l'activation ou désactivation de certains gènes au cours de la vie, en fonction de l'environnement extérieur ou de l'usage que nous faisons de notre corps) et de le transmettre à sa descendance.

L'acquis devient inné pour la génération suivante...

Il est aussi possible pour un corps avec une âme expérimentée de modifier l'expression de ses gênes, et ainsi de le transmettre à ses enfants.

Nos ancêtres, sans le vouloir, ont aussi noté dans leurs gênes tous leurs doutes, leurs peurs, le stress qu'ils ont traversé, s'ils ont eu faim. C'est toute cette mémoire génétique qu'il nous faut de temps à autre surmonter, et qui explique des fois l'apparition de malades mentaux ou d'autistes qui sont là pour exprimer cette mémoire afin de repartir sur de bonnes bases pour les descendants des autres membres de la famille.

Dans l'Univers

Sur une bonne partie des planètes

Cette apparition et développement de la vie se retrouve sur un nombre incalculable de planètes de l'univers, chaque ADN étant favorisée ou non par son environnement, donc par les conditions de sa planète d'origine.

En surface ou en profondeur

Notre science à tendance à s'arrêter à la vie océanique en surface ou avec atmosphère exposée extérieure, alors que toutes les planètes rocheuses, à la surface désolée, grouille de vie dans les grottes protégées à l'atmosphère proche du noyau actif et chaud.

Magnétosphère

Contrairement à ce qu'on nous fait croire (pour cacher l'existence des ET), c'est l'atmosphère (son épaisseur et sa composition) qui fait 99% de la protection contre les rayonnements extérieurs. La magnétosphère ne joue qu'un petit rôle dans la déviation des rayons cosmiques.

Expansion extra-planétaire

La vie sur une planète hostile peut provenir d'autres planètes.

- Soit des espèces qui ont appris le voyage spatial et importe volontairement ou non des briques d'ADN via des microbes (voir le mal qu'ont les astronautes a éradiquer toute forme de vie sur leurs vaisseaux, ou encore les bactéries et animaux qui survivent à plusieurs années sur les parois d'un vaisseau).
- Soit apporté de l'espace sous la forme de micrométéorites pleines de briques de la vie, météorites issues de la dislocation d'une planète ayant portée la vie (mais instable à cause des influences de planètes géantes proches). C'est ce qui s'est passé avec Tiamat, l'ancêtre de la Terre, qui a essaimé via la ceinture d'astéroïdes sur toutes les planètes inaptes à créer la vie mais aptes à la recevoir.

Clonage d'adulte

Les généticiens humains butent sur la télomérase (compte à rebours) et sur l'épigénétique de l'ADN poubelle, pour arriver à cloner un adulte parfaitement.

Le fameux ADN poubelle n'en est pas comme on vient tout juste de s'en apercevoir : outre les gènes déjà répertoriés et dont on a découvert l'utilité, il en existe une multitude qui ont pour rôle de dire comment se servir des gènes de surface . C'est une découverte récente qui est appelée épigénétique, c'est à dire que notre ADN s'adapte en fonction de notre environnement : il ne change pas en profondeur mais il peut se réguler dans l'expression des gènes codant. Dans certaines conditions il produira telle ou telle hormone / protéine en quantité donnée, et si les conditions environnementales changent, il peut réduire la production ou l'augmenter, activer certains gènes muets ou en désactiver d'autres etc... L'ADN est donc une vraie usine à gaz et non une chose figée, mathématique et automatique comme on le pensait avant. Autrement dit, les humains n'ont étudiés que l'emballage, reste environ 95% du fonctionnement de l'ADN total à découvrir. Si les zétas sont autant sollicités pour leur grande connaissance sur ce sujet, c'est aussi parce que peu d'espèces sont arrivées à décrypter complètement le fonctionnement de cet ADN qui est extrêmement complexe mais commun à toute forme de vie dans la Galaxie. Même les meilleurs ET en la matière sont obligés de travailler dur pour faire évoluer une espèce comme ils le font aujourd'hui avec nous. C'est un travail très délicat et de longue haleine, très très loin de notre portée.

Une autre "sécurité', c'est la télomérase (à chaque duplication, l'ADN poubelle du bout des télomères diminue, au point qu'en fin de vie, il n'y en a plus, l'individu ne peut plus se régénérer et meurt). Cette sécurité explique qu'un clone d'adulte naîtra avec le même âge génétique que l'adulte cloné). Les anunnakis, bien plus avancés que nous sur ces sujets, ont réussi à faire sauter la télomérase, ce qui leur a permis d'abolir la vieillesse par génie génétique dans leur espèce.

Évolution : coopération de générations

Survie

Comme la cellule finit au fil du temps par s'abîmer ou de disparaître lors d'un accident mortel, elle génère des cellules enfants pour faire survivre son ADN et se multiplier.

Amélioration

Ses enfants se mélangent entre eux pour recombiner et faire varier l'ADN, ce qui permet l'apparition d'individus avec des caractéristiques légèrement différentes : ils sont ainsi complémentaires dans le cadre de l'entraide, et permet plus de résistance en cas de changement brutal de l'environnement.

Adaptation

L'environnement change, apportant en retour une adaptabilité du vivant. La reproduction (ou les mutations aléatoires) favorise l'apparition de nouveaux caractères physiques, qui vont supplanter les cellules moins performantes s'ils sont plus adaptés à l'environnement car ces derniers se reproduiront plus.

Si son environnement change, la cellule peut aussi modifier son ADNde son vivant, pour mieux s'adapter à son nouveau milieu, et transmettre cette évolution à ses descendants (épigénétique).

Différenciation

Au fur et à mesure du temps, les cellules enfant ont tellement mutées et se sont recombinées ou adaptées à leur nouvel environnement, qu'elles n'ont plus rien à voir physiquement, physiologiquement ou fonctionnellement avec les autres descendants de la cellule mère. Des espèces différentes se sont créées.

Les formes que peut prendre la vie à partir de ce codage génétique sont nombreuses mais pas infinies. Ce qui explique que toutes les vies se ressemblent un peu.

Souvent les différences se font sur la taille des organes, selon un schéma commun. Souvent aussi, seules quelques espèces ou caractères survivent (par exemple, tous les animaux avec des yeux, puis ensuite tous les animaux avec des yeux qui peuvent se déplacer) et donnent lieu à de nombreux descendants, qui ont tous des origines communes dues à leur ancêtre commun (la cellule qui avait des yeux par exemple).

Sélection naturelle

Les organismes vivants évoluent, soit par mutation, soit par adaptation au milieu. Le nombre de mutations génétiques (aléatoires ou non) augmente quand l'environnement change, les individus eux mêmes voient leur génotype modifié au cours de leur vie par des virus, ce qu'ils mangent, etc. et transmettent ces caractéristiques à leurs enfants. Les espèces s'adaptent au mieux, sur des centaines de millions d'années.

Comme on l'a vu plus haut dans les cas des Lemmings, la sélection naturelle fait que seuls les individus les plus résistants, les plus adaptables ou les plus chanceux survivent lors des crises arrivant régulièrement, à cause de la non régulation.

Prenons par exemple la première colonie de cellules qui ai développé des organes de vision. Cette espèce tellement mieux adaptée à la survie à pris le pas sur les autres, et aujourd'hui la quasi-totalité des êtres vivants viennent de cet organisme qui a su développer des yeux. Même les animaux vivant perpétuellement dans le noir (fonds sous marins, grottes) descendent de ces organismes car ils possèdent des yeux, même si ces derniers, inutiles, sont très peu développés. On peut imaginer que les organismes avec les yeux moins développés mais du coup ayant plus d'oreille, d'odorat, etc. sont aller dans les endroits sombres où ils étaient les plus forts, ou encore que pris au piège dans une grotte sous marine effondrée, seuls ceux qui avaient la plus mauvaise vue ont pu survivre mieux avec les sens restants, toute mutation visant à diminuer les yeux prenant le pas sur les autres non modifiés. Ou alors quelque chose dans l'ADN bloque le développement d'une fonction quand celle-ci est devenue inutile?

Concernant la bipédie : La forme bipède n'est pas une finalité. Ce qu'il l'est par contre, c'est de libérer un moyen de saisir des objets, car sans cette capacité, aucune espèce ne peut utiliser d'outils. On peut considérer par exemple que la trompe de l'éléphant est un organe préhensile, qui peut lui servir à utiliser des outils, même rudimentaires. De nombreuses races d'ET ne sont pas bipèdes, mais la totalité de celles qui fondent des civilisations ont un organe préhensile : tentacule, trompe, pince etc... les choses sont très variées. Dans ces conditions, on comprend bien qu'être sur deux pattes n'est pas obligatoire. Les mammifères terrestres auraient eu 6 pattes au départ, deux seraient peut être devenues des mains, et nous marcherions sur 4 pattes quand même, un peu comme certaines créature mythologiques (centaure). Dans l'Univers, vu qu'il y a beaucoup plus d'espèces aquatiques que terretres, on peut même dire que la bipédie est très minoritaire.

Coopération

Les symbioses montrent que des êtres dits faibles, mais qui coopèrent, s'en sortent mieux que par la sélection naturelle. Ce qui a amené à ce changement brutal de paradigme en 2005, avec la parution du livre "le gêne altruiste".

A développer

Accumulation d'informations (épigénétique)

La cellule possède un ADN avec de nombreux gènes (liés à son adaptation passée à différents scénarios de vie). Mais c'est aussi une grande collectionneuse, chopant tous les ADN qui passent à proximité (bactéries, virus, etc.) pour enrichir sa collection d'expérience. La science actuelle nomme cet ADN poubelle, parce que ce sont des gènes en dormance qui ne s'expriment pas. Mais la cellule peut choisir lesquels exprimer en fonction de son environnement, et transmettre cette caractéristique à ses descendants.

Organisme : Coopération de cellules

Nous venons de voir qu'il fallait de l'eau liquide pour que les éléments de base puissent migrer et s'assembler entre eux pour former l'ADN, une molécule très stable. Ce noyau d'ADN forme les premières cellules.

La coopération et l'unité ne s'arrêtent pas là. Les cellules individuelles vont à leur tour s'assembler et coopérer entre elles pour former un organisme, un individu où chaque cellule est spécialisée dans une fonction, les cellules tirant bénéfice de la complémentarité de chacune.

Assemblage de cellules

La coopération entre cellules montrant son efficacité, les cellules finissent par s'assemblent entre elles former un organisme vivant. Chaque cellule se spécialise dans une fonction (une pour attraper la nourriture, une pour la bouche, une pour digérer, une pour coordonner l'ensemble, une pour déplacer tout le groupe, etc ...).

L'organisme est autonome

Le comportement des organismes multi-cellulaires peut être le même en général que celui d'un organisme mono-cellulaire, même si une cellule d'un organisme n'est généralement pas autonome et meure si on la sort de son organisme.

La symbiose

Certaines espèces cohabitent en symbiose, il est alors difficile de dire si chaque espèce coopère ou si la symbiose fait un organisme constitué de plusieurs organismes. Par exemple, notre biotope intestinal fait partie de notre peau et barrière protectrice, et chaque espèce (humain ou biotope) aurait du mal à vivre l'un sans l'autre.

Les différents types d'organismes

Les humains ont une mauvaise tendance à se considérer eux et leur environnement comme la norme alors qu'en vérité dans l'Univers, c'est plutôt l'inverse. Par exemple, il existe peu de vie aérienne (les continents émergés sont assez rares, provoqués chez nous par l'arrachement de la Lune et l'énorme trou de l'océan Pacifique) et encore moins de vie humanoïde. La grande majorité des espèces et des environnements vivants sont aquatiques.

Différentes architectures

virus (p.)

A développer

Bactéries (p.)

A développer

Algues (p.)

A développer

Végétaux (p.)

A développer

Animaux (p.)

Les êtres vivants animés, qui bougent et qui sont un minimum complexes. On retrouve les insectes (dont les parasites, importants à connaître si on veut s'en débarrasser), et les 2 grands modes de reproduction, les reptiles (ovipares) et les mammifères.

Organisme > Animaux

Les animaux sont des êtres vivants animés, qui bougent et qui sont un minimum complexes.

Nous allons voir le fonctionnement spécifique des animaux en temps qu'organisme vivant (coopération de cellules spécialisées entre elles).

Classement

Les espèces humanoïdes sont rares par exemple, et les mammifères encore plus. Dans l'évolution normale de la vie sur les planètes, celle-ci se développe surtout autour des invertébrés d'abord, et surtout des créatures aquatiques ensuite (parce que les planètes habitables aquatiques sont les plus nombreuses). Sur Terre, Nibiru a forcé la nature à s'adapter aux catastrophes, et donc les premières espèces ont disparu pour laisser place à des plus complexes et ainsi de suite, c'est pour cela que nous sommes des mammifères terrestres à sang chaud, bipèdes et non des céphalopodes aquatiques avec 8 tentacules et une hémoglobine à base de cuivre.

Sur les autres planètes généralement, l'environnement est plus calme, et donc les formes de vie qui se développent jusqu'à devenir intelligentes ont tendance à partir sur des structures génétiques plus basiques : pieuvres, insectes, mollusques et j'en passe. Il existe aussi des espèces végétales, qu'on pourrait comparer à des arbres, et qui ont une activité plus lente que la nôtre, ce qui n'enlève rien à leur intelligence.

Nous ne sommes pas du tout au centre de la création, et Dieu a eu beaucoup d'imagination !!

Insectes

Les parasites

Les parasites sont les bêtes qui embêtent l'homme, mais après tout chaque espèce est le parasite d'une autre. La vache est le parasite de l'herbe, le loup est le parasite de la vache, la puce est le parasite du loup.

La puce (L4>parasites>insectes)

La puce est généralement apportée dans les maisons par les animaux de compagnie. Voyons son cycle de vie pour mieux s'en débarrasser.

La pyrale du buis (L4>parasites>insectes)

Ce papillon importé vers 2008 en France est en train de tuer tous les buis du pays, bien aidé par le réchauffement climatique lui permettant de faire 4 générations très voraces par an. Une fois les buis décimé, il s'attaque aux autres végétaux.

Reptiles

A développer

Mammifères

A développer

Besoins

Les hommes sont des animaux comme les autres. Ils ont des besoins, c'est à dire ce qui dicte leurs comportements et leur vie. Voyons les principaux besoins liés à l'organisme / au corps physique :

Besoins primaires

- Se nourrir => survivre pour le lendemain
- Prolonger sa vie => Se reproduire, favoriser ses enfants, faire passer ses idées à la postérité, laisser son nom dans l'histoire

Besoins secondaires

- Se protéger des éléments, des fauves => vêtements, abri
- Bien vivre => santé
- Se faire plaisir => profiter de l'existence, être heureux

Besoins tertiaires (p.) Voir Vie>communauté>besoin tertiaire

Principalement lié à l'interaction sociale, interaction avec ses semblables ou d'autres formes de vie.

Reproduction : coopération de génomes

Le but est de mélanger les génomes de 2 individus pour avoir des enfants plus forts et plus résistants que leurs parents.

Mono-parental

La reproduction fait forcément intervenir 2 partenaires, afin de redistribuer le génome. Mais en l'absence de partenaires, de nombreuses espèces font des enfants, avec ADN différent ou non.

Cette reproduction d'un même individu est souvent un mode de reproduction additionnel au mode multi-partenaire classique.

Clônage

L'individu se duplique à l'identique, l'enfant généré a le même ADN.

Bouturage

Si un individu perds un bout de lui-même, ce bout devient un individu à part entière.

Marcotage

Idem que le bouturage.

Clonage technologique

Les Zétas utilisent le clonage à l'occasion, mais c'est rare. Le corps cloné permet tout à fait l'hébergement d'âmes, n'étant pas différent d'un corps formé "naturellement".

ADN différent

Parthénogenèse

Division à partir d'un gamète femelle non fécondée. Mode de reproduction monoparental.

Autofécondation

Mode de reproduction monoparental, un hermaphrodisme se reproduisant avec lui-même (un gamète femelle fécondé par un gamète mâle, dans ce cas là les gamètes du même individu).

Non sexués

Au sens où un individu n'a pas de genre sexuel défini.

Hermaphrodites

Ont les deux sexes. Ils ne sont pas sexués dans le sens où il n'y a pas de mâles et de femelles, tout le monde est identique et peut se reproduire avec n'importe quel autre membre de l'espèce. C'est justement d'une de ces espèces que provient Jésus, ce qui explique son homo-sexualité.

Sexué

Les individus ont des genres sexuels différenciés.

Modes

Multispores

Certains champignons, au lieu de 2 gamètes mâles et femelles, font intervenir 3 types de spores à partager avec d'autres individus de la même espèce.

Multisexes

des espèces à 3 ou 4 sexes différents (comme les cloportes).

Échanges

Dans les cas non monoparental, 2 partenaires interviennent.

Les individus des 2 sexes échangent matériel génétique par le toucher,, des spores comme les champignons, ou des spermatozoïdes lâchés dans l'eau comme pour certains poissons. Ces procédés font intervenir le hasard dans le choix des gamètes (donc de leur matériel génomique) qui s'alliera avec une gamète de sexe différent.

Genre changeant

Des espèces changent de sexe suivant les besoins, l'âge ou la taille.

Hermaphrodisme accidentel

Pour rappel c'est le caryotype XX ou XY qui détermine le sexe physique du corps. Les espèces sexuées comme l'homme peuvent voir naître des hermaphrodites (2 sexes apparents en même temps) qui cachent plusieurs causes possibles.

Pseudo-hermaphrodite

1 naissance sur 2 500.

Le sexe apparent ne correspond pas au caryotype, mais c'est uniquement une malformation physique : les gonades correspondent bien au caryotype : une femme aura ses bourses vides, un homme aura un vagin sans utérus ni règles, et ses testicules restées dans l'abdomen (qu'il vaudra mieux enlever au passage, ces testicules non descendues ayant tendance à dégénérer en cancer).

Accidents hormonaux

Des accidents hormonaux peuvent conduire à la malformation du sexe d'origine dans le sexe opposé. Sachant par exemple, que le sexe masculin est la transformation du sexe féminin lors de la grossesse (fermeture du vagin, développement du clitoris en pénis), qui peut mal se faire. L'individu est XY, mais il a gardé le vagin d'origine, qui aurait du normalement se fermer.

De manière identique, trop de molécules mâles vont fermer le vagin d'une femme, et faire se développer un pénis, petit généralement.

Vrais hermaphrodites XX ou XY

1 naissance sur 100 000.

90% des cas sont XX, 10% sont XY.

Les 2 gonades sont présentes (testicules et ovaires), les personnes sont fertiles et peuvent porter un enfant. Mais pour les caryotype XX, les gonades mâles ont tendance à dégénérer et à se cancériser (sûrement le résidu d'un faux jumeau) et le sexe masculin est peu voir pas fertile, c'est pourquoi il est retiré quand ça pose problème.

Des problèmes d'écoulement urinaire peuvent se poser (selon le degré de fusion des sexes) et nécessiter une opération chirurgicale pour corriger le problème.

Vrais hermaphrodites XXY

Chromosome supplémentaire dont le résultat est aléatoire, et se traduit par un retard psychomoteur. Phénotype masculin dans 80% des cas.

Communauté : coopération d'individus

Partie à résumer et retravailler, vieilles conceptions

Pour la même raison que les cellules se sont regroupées pour former un organisme complexe, plus fort qu'une cellule seule, les organismes/individus se regroupent entre eux pour former des sociétés plus fortes que l'individu seul. Les organismes ont la même structure sociale que les cellules : soit la coopération, soit la prédation, d'espèces moins fortes ou même au sein de sa propre espèce.

Vie > Communauté : coopération d'individus

Clan formé de plusieurs individus

Au fil des millénaires, le vivant se complexifie, comme les cellules qui se sont regroupées pour former un organisme plus fort qu'une cellule seule, les organismes/individus se regroupent entre eux pour former des sociétés/clans plus forts que l'individu.

Les organismes ont la même structure sociale que les cellules : soit la coopération pour un but commun (les fourmis), soit la hiérarchie pour la prédation d'espèces moins fortes (les lions).

Organisation sociale des cellules

Quand la cellule rentre en concurrence avec ses consoeurs pour les éléments nutritifs du milieu, soit la cellule part plus loin, soit elle s'avère plus performante que ses collègues pour récupérer / utiliser avec plus d'efficacité, les ressources du milieu.

Mais généralement les cellules coopèrent face à un problème ou pour faciliter l'extraction de nourriture du milieu. Plus la redistribution des ressources à été équitables, plus les cellules individuelles sont fortes et la communauté résiliente.

Quel que soit le type d'organisation, la communauté génère des richesses, et ces richesses sont :

- hiérarchique / égoïste : richesses redistribuées en majorité à la plus grosse cellule qui grossi d'autant plus et s'appropriera toujours plus de richesse,
- altruiste / coopératif : répartition équitable des richesses qui profite à tout le groupe, ce dernier étant plus fort lorsque qu'arrive un danger plus gros que la plus grosse cellule individuelle.

Besoins tertiaires : la vie sociale

L'individu a des besoins primaires et secondaires (p. 152), liés à la survie de l'individu même. Mais il a aussi des besoins de sociabilisations, qui ont besoin d'être satisfaits :

- Se protéger et s'assister contre la nature hostile => regroupement
- Besoin de reconnaissance des autres => acceptation par un groupe, appartenance à un clan/groupe, relations sociales, parures

Surmoi : Comportement social

C'est l'apport de la civilisation et de l'éducation, qui fait que l'homme surmonte ses instincts primaires de bête (l'inconscient de Freud). Quand on croise une jolie fille dans la rue en période d'ovulation, tous les mâles dominants du coin ne vont pas se jeter les uns sur les autres pour que le plus fort physiquement ou le plus rusé, une fois assommé les adversaires, ne se jette sur la fille pour copuler avec elle (consentante d'ailleurs puisque son besoin de procréation lui demande de choisir les meilleurs gênes).

- Je vous l'accorde, le comportement humain actuel n'est souvent pas si éloigné de cette tendance sous jacente de l'homme! -

Les besoins primaires et secondaires de l'homme ne sont pas loin.

Comme pas mal de nécessités sont bridées par la société (compétition pour tirer son coup par exemple) il y a une grosse part d'agressivité qui n'est pas exprimée et peut faire péter les plombs (principalement les hommes qui sont touchés) => chasse, guerres, sport, jeux du cirque, aventures.

En plus, le défoulement de ces passions, bien canalisée, peut servir à autrui. Par exemple, prenez des jeunes hommes, empêchez-lez de sortir pour rejoindre leur copine, exacerbez leur côté guerrier, et vous pouvez faire ressortir toute cette haine lors des combats comme les guerres. Ils travaillent et meurent pour vous.

Bien ou mal, aider ou exploiter

A partir de maintenant nous allons introduire la partie suivante sur la religion et la politique.

Le bien et le mal biblique existent bien, il s'agit en fait pour l'homme de choisir le camp :

- des altruistes, qui vont vivre en symbiose avec autrui, chercher à participer, construire un monde meilleur, s'entraider.
- de ceux qui cherchent à exploiter leur prochain, l'envie, le jalouse, chercher à capter le regard pour plusieurs raisons psychologiques (complexes, échecs passé, revanche, ...), aiment détruire sans volonté constructrice derrière.

Domination

Dès que l'homme commence à avoir un pouvoir sur les autres, il va chercher à en avoir de plus en plus. Je ne pense pas que ce soit le pouvoir qui corrompe l'homme, mais le fait que l'homme mauvais cherchera toujours à avoir le pouvoir, et c'est ce type d'homme qu'on retrouve en grande majorité dans les arcanes du pouvoir.

Plus il en a, et plus il se battra pour en acquérir encore plus (ça se vérifie avec le pouvoir, l'argent qui est le symbole du pouvoir). Il s'acharnera sur ceux qui en ont encore moins que lui.

Ceux qui ont du pouvoir sont prêt à se battre plus pour le conserver que ceux qui veulent seulement en acquérir davantage.

Posséder du pouvoir active les zones cérébrales liées au plaisir et à la déshinibition (certains dirigeants sous l'effet de cette ivresse du pouvoir sous estimerait les conséquences de leurs actes, comme le célèbre "cass' toi pov' con"...). Malheureusement, cela indique que ceux en haut de la hiérarchie seraient donc heureux... La justice n'existe pas en ce bas monde!

Au sein de la société, les hommes avec du pouvoir sont considérés comme plus sexy et charismatiques, car plus masculins (les femmes avec pouvoir sont donc perçues comme moins séduisantes qu'un homme qui a du pouvoir). Ces hommes de pouvoir sont plus attirés par la beauté physique et le sexe, cherchent plus à plaire, multiplier les conquêtes. Les managers sont ainsi plus volages que la moyenne (confiance en soi, envie de séduire, et sex-appeal perçu par autrui supérieur pour les personnes apparemment puissantes (il suffit de faire semblant en ayant des grosses voitures, des chaines en or, des habits de marques, ...)).

On retrouve ici le singe chef de clan qui à le seul droit de distribuer son génôme aux femelles, ces dernières allant jusqu'à avorter spontanément le jour ou le chef de clan se fait renverser (sachant que le nouveau chef de clan tuera les petits à la naissance).

Le but en arrière plan étant de faire la sélection naturelle pour que seuls les êtres les plus adaptés survivent.

Par contre le pouvoir exige une attention de tous les instants pour ne pas le perdre, ce qui engendre du stress et en général une moindre durée de vie.

Une minorité détient le pouvoir et oriente la société dans les intérêts personnels de la classe dirigeante. Notre monde actuel est un bon exemple de ce type de société. Le développement est beaucoup plus long et incertain, toujours voué à un moment ou un autre à l'échec. Ces sociétés sont généralement expansionnistes car très dépensières en ressources, l'exploration de l'environnement étant de faire de leurs habitants des esclaves et de piller leurs ressources. Ces civilisations égoïstes ont perdu le dialogue avec leur âme (car la télépathie enlève la possibilité de mentir à son prochain, de cacher des complots, etc.), et

raisonnent au niveau individu au lieu de communauté. Persuadés que tout s'arrête après la mort physique, ils ne pensent pas à améliorer le monde dans le but d'en profiter lors de leur prochaine incarnation

Participation

Certains hommes font passer leur bonheur dans l'aide de son prochain. On retrouve ces gens au sein des religions au niveau le plus bas.

La plupart des gens ont peur de prendre des décisions, et se complaisent bien dans le système dominant - dominé, car incapables de ne pas stersser devant l'étendue des choix à faire dans l'existence, et des risques engendrés par ces choix. C'est pourquoi la société préfère laisser le pouvoir décisionnel à une poignée d'inconscient, ça revient à tirer à pile ou face (droite gauche, toujours ce choix binaire pour ne pas trop compliquer, jamais de troisième choix ou de compromis).

Pyramide sociale

Pour qu'une société marche, il faut quelques têtes et beaucoup de bras. C'est la pyramide sociale, ceux qui sont en haut sont les moins nombreux et sont ceux qui ont le plus de pouvoir. La plus grosse part du gâteau est mangée en haut, seules les miettes arrivent en bas. C'est un peu le principe de la pyramide alimentaire, puisque ceux d'au dessus exploitent le travail de ceux d'en dessous.

D'ailleurs, c'est exactement la même chose que la pyramide alimentaire, les prédateurs au sommet et le menu peuple en bas pour servir de nourriture.

Stratégies de survie - concurrence ou coopération

Si le milieu de nourriture est stable, les prédateurs doivent rester stables. Chaque naissance est l'occasion de se remettre en question et après des luttes dans la même espèce ou vis à vis de luttes avec d'autres prédateurs seuls les plus forts survivent.

Mais la stratégie de coopération marche aussi, des organismes plus faibles mais complémentaires s'associant les uns aux autres pour survivre dans des endroits difficiles, où seule l'alliance permet la survie. Tel organisme capable de mieux assimiler les nutriments sera protégé par un autre organisme, plus spécialisé dans un autre nutriment. Ils forment un super organisme, dont chaque partie pourrait vivre toute seule mais plus difficilement, et serait plus sensible aux aléas. L'exemple typique est la symbiose, par exemple le champignon prélevant les nutriments sur les racines des arbres et lui redonnant des moécules complexes que seul lui peut synthétiser.

Evolution sociétale

Les individus d'une même espèce se regroupent ensemble, suivant le principe 1+1 = 3. Si un individu à un coup de mou, ou se fait attaquer par un prédateur, un autre membre du groupe peut le protéger, et ce dernier sera en retout lui aussi protéger lors d'un prochain coup de mou ou de malchance. Des fois il faut être 2 pour soulever un rocher, attaquer une proie plus grosse, etc.

Mais là aussi différentes organisations peuvent se mettre en place.

communauté/coopération

Un fonctionnement ou les gens de la communauté mettent leurs compétences en commun pour améliorer leur vie en même temps que celle de la communauté. Il n'y a pas de chefs, juste une assemblée de sages fonctionnant de manière transparente et oeuvrant pour le bien être général. Les gens savent que leur vie matérielle est limitée dans le temps, et que la terre qu'ils lèguent à leurs enfants est en fait la leur par le biais des réincarnations successives. Les décisions prises sont toujours les mailleures pour la communauté, chacun est mis à la place ou il est bon, personne ne travaille moins qu'un autre, ni n'est mieux considéré, et les personnes ne restent jamais longtemps au même poste.

modèle pyramidal de domination hiérarchique (la loi du plus fort)

De l'autre une société hiérarchiste, ou tout le monde doit obéir à quelqu'un de plus haut placé, dont le but est de favoriser la vie de ceux placés en haut, ceux en bas ne recevant que des miettes. Les "élites" sont persuadés que tout finit à leur mort terrestre et ne se préoccupent pas du futur (après moi le déluge), ils favorisent leur patrimoine génétique et font tout pour prolonger leur vie, même avec un corps sénile. Ils ne sont que des animaux au plus bas degré d'évolution. Ils s'accrochent avec désespoir à leur place dans la pyramide, et c'est une lutte de tous les instants pour conserver leur position sur cette échelle. Ils n'ont pas d'amis, seulement des alliances temporaires et de circonstance. Ce système est très destructeur et de faible rendement, et normalement est très minoritaire dans un milieu non biaisé. Par exemple, depuis 4000 ans, c'est ce système qui perdure car une classe dirigeante a été mise en place par une civilisation plus avancée que nous, et cette classe a toujours su garder un niveau technologique d'avance de même qu'une manipulation des individus dès leur plus jeune âge.

C'est le modèle hiérarchique qui prédomine sur terre actuellement, et qui l'amène à sa perte. Le capitalisme établit que si les forts augmentent leurs richesses, ceux d'en dessous bénéficie aussi de cette croissance. Et que le marché s'équilibre naturellement pour s'autoajuster.

Si le modèle coopératif s'équilibre par une auto-gestion et évite les crises, le modèle hiérarchique n'est qu'un rapport de force constant ponctué de nombreuses crises de rééquilibrage, empêchant l'émergence d'une intelligence supérieure (la majorité meurt régulièrement faute de s'être auto-limité en accord avec l'environnement). Comme exemple, les lemmings qui croissent de manière incontrôlée dans la prairie, entrainant au fil des années une hausse progressive des prédateurs, qui finissent par manger la plupart des lemmings. La majorité des prédateurs meure, jusqu'à ce que la population lemmings se reconstitue au bout de 3-4 ans et que recommence le cycle.

Dans l'univers, c'est le modèle coopératiste qui est le plus nombreux et le plus puissant, car le modèle hiérarchique freine l'éclosion spirituelle (voir au contraire tend à le cacher).

Asservissement par le besoin

Les organismes vivants ont des besoins vitaux vus précédement.

Ces besoins sont très utilisés en marketing, pour trouver le produit que l'homme sera quasiment obligé d'acheter.

Les spéculateurs aussi misent sur ces marchés, on a vu le marché de l'immobilier, racheté par une poignée d'investisseurs qui créent ensuite une notion de manque, puis depuis la crise de 2007 c'est maintenant le besoin primaire par excellence, la nourriture, qui est visée (libéralisation des marchés agricoles en 2009 dans le silence médiatique le plus complet) et qui va poser à l'avenir les plus graves problèmes.

Le droite de tous les pays jouent sur le besoin de sécurité pour asservir le peuple, voir par exemple Sarkozy en 2007 qui dénonce les violences des banlieues, des CRS mettant eux mêmes le feu au voiture, et le retrait l'année d'après de 10 000 policiers pour augmenter la délinquance et s'en suit le sentiment d'insécurité.

Communauté : coopération d'individus

Les espèces

Les individus sont assemblés en communauté, et toutes les communautés forment l'espèce.

Durée de survie d'une espèce

La survie est une espèce restant globalement inchangée dans sa forme et sa culture.

Génétique

Avant tout, c'est la façon dont la forme génétiquement modifiée est adaptée à son environnement. Une faible adaptation à l'environnement est presque synonyme de changement, et le changement se produit, soit par :

- écoeurement d'une vie trop dure suivi d'une extinction de la race,
- évolution de l'ADN pour s'adapter (intervention ET en génie génétique principalement selon les Zétas, spécialisés dans ces choses).

Culture

Facteur secondaire de survie. La complexité de la culture influe sur la durée de survie d'une espèce. La simplicité n'est pas la meilleure solution. Tout comme la génétique complexe permet à un organisme de réagir à une situation donnée de nombreuses façons différentes (augmentant les chances de survie et le nombre de réponses aux multiples configurations rencontrées), les cultures ont besoin de profondeur pour survivre.

Un soldat ne disposant que de 2 actions alternatives risque de mourir au combat, mais un soldat autorisé à compter sur ses propres ressources, donc ayant le choix dans ses décisions, survivra.

Nous parlons ici de libertés, afin que la culture puisse s'adapter au fil du temps, en allant dans de nouvelles directions. Les cultures rigides ne survivent pas. La culture doit laisser le potentiel individuel pouvoir s'exprimer librement, afin d'obtenir la meilleure réponse possible aux nombreux challenges de la vie.

Communication

Qui dit plusieurs individus, dit besoin de communiquer entre eux pour adapter leurs actions (comme les cellules le font au sein d'organisme, via les hormones (chimie) et influx nerveux (électricité)).

Il s'agit alors de transmettre de l'information, d'un individu à l'autre, voir d'une génération à l'autre. Les espèces vivantes utilisent généralement les organes qu'elles possèdent.

Toutes espèces

Télépathie

Ces ondes télépathiques, émises par les cellules, sont réceptionnées par une sorte d'antenne dans notre cerveau.

La visions

Pour les espèces vivant dans des zones éclairées, les mouvements ou postures (langage des signes peuvent servir à véhiculer de l'information).

Couleurs

Les seiches communiquent quant à elles par la vue, notamment grâce à leurs cellules chromatiques situées dans leur peau, dont elles peuvent faire varier la teinte. Elles émettent alors des séquences visuelles et chaque couleur donne un ton au message envoyé (rouge = colère ou frustration, bleu = message sexuel, blanc = peur etc...), le fond étant une sorte de message cyclique très rapide des chromatophores sombres (ce qui prend l'aspect de pulsations ou de raies qui se déplacent rapidement sur le corps de l'animal).

Toucher / Chimie

Les Altaïrans sont des créatures aquatiques, qui ne possédant ni organe de vocalisation, ni de glandes phéromonales (qui seraient difficilement contrôlables dans l'eau), communiquent par le toucher en échangeant des molécules "souvenirs" sécrétées par leur cerveau. Leurs lettres et leur alphabet ne sont donc pas visuels [impossibles dans les lieux sombres], mais chimiques.

Les études scientifiques prouvent que la technique du stockage chimique d'informations fonctionne pour certaines créatures terrestres qui conservent chimiquement un apprentissage dans leur propre corps, apprentissage qui peut perdurer même si leur cerveau a été détruit. Cela veut dire que des molécules-souvenirs peuvent être conservées et mobilisés plus tard dans le corps pour être réutilisables ensuite par le cerveau, même s'il a été entièrement régénéré (expérience sur les vers de terre, a qui ont a appris à se diriger vers la lumière, un comportement adopté par des vers de terre a qui on fait manger leurs congénères dressés à aller vers la lumière). Des ET communicant entre eux par voie chimique, communiquent également avec les personnes qu'elles contactent avec le même procédé (voir la sorte de mie de pain que les ET donnaient à Harmo, et qui mettait 3 mois à diffuser dans le cerveau, procédé dont parle St Jean dans l'apocalypse).

Infrasons

Surtout efficaces pour les espèces aquatiques, les espèces hors de l'eau ont conservé pour certaines ces organes issus de leur passé aquatique.

Ainsi les éléphants, autrefois des mammifères amphibies, qui ont conservé dans leur évolution une cavité dans leur crâne qui leur permet d'émettre des infrasons sur de très grandes distances, permettant de coordonner leurs déplacements en groupes ou de situer leurs congénères.

On trouve aussi des oiseaux, les engoulevents, qui ont développé le même système d'écholocalisation que les chauves-souris qui leur permet aussi bien de chasser que de communiquer. La Nature a plus d'un tour dans son sac et l'évolution dote les créatures de capacités variées au fur et à mesure du temps et des contraintes environnementales.

Espèces hors de l'eau

Phéromones

Mode de communication pas possible de manière complexe dans l'eau.

Les phéromones peuvent aussi être des substances lâchées dans l'atmosphère, et qui induirait une réaction automatique de la part des individus touchés (comme le frelon en mode attaque lâche des phéromones d'attaques qui activent en mode attaque tous les frelons du voisinage).

Les fourmis, par exemple, utilisent le sens du toucher + la transmission de phéromones pour se transmettre de l'information. Dans ce cas, un livre fourmi équivaudrait alors à quelque chose qu'on toucherait et dont chaque "page" fournirait une quantité de phéromones messagères.

Écosystème : coopération d'espèces

Les différentes espèces interagissent entre elles pour former un super être vivant, l'écosystème, où chacun à son rôle à jouer, comme les cellules d'un organisme. Nous percevons au passage comme une fractale, le fait que quand on regarde l'univers aux différentes échelles, on retrouve toujours les mêmes schémas sous-jacents.

Pyramide alimentaire

Une loi de la nature apparaît : certains organismes récupèrent les sels minéraux directement dans leur environnement immédiat. Ces éléments se faisant de plus en plus rare, ils les synthétisent directement. D'autres organismes, plutôt que de s'emmerder à passer leur temps à bouffer et à utiliser toute son énergie à créer des éléments nécessaires à la vie, préfèrent prendre directement le travail d'autrui en bouffant les éléments déjà synthétisés par les organismes plus faibles. Ces profiteurs sont à leur tour chassés par des prédateurs plus gros, et ainsi de suite jusqu'au sommet de la chaîne alimentaire, où l'on retrouve les animaux les plus gros, rapides ou intelligents. Quand ces superprédateurs meurts, tous les éléments qu'ils ont récupérés au cours de leur vie sont récupérés par les autres organismes, principalement par ceux en bas de la chaîne alimentaire. Le cycle de la vie, un équilibre précaire qui, s'il n'est pas respecté par un des maillons de la chaîne, mets en danger tout l'écosystème (comme une communauté, comme un organisme).

Le superprédateurs mange moins que ceux tout en bas, qui ont besoin de récupérer beaucoup d'éléments de basse valeur pour en faire quelques uns potables. C'est pourquoi cette chaîne alimentaire prend la forme d'une pyramide, avec moins de prédateurs au dessus que de proies en dessous. Si un déséquilibre apparaît, il y a un rapide retour à la forme de pyramide.

Par exemple les lemmings : ces petites bêtes ne se suicident pas collectivement en masse comme dans le film de Walt Disney. Elles prolifèrent tellement que leurs prédateurs prolifèrent aussi. Au bout d'un moment, il y a plus de Lemmings que d'herbe, ou encore arrive un incendie ou un cataclysme qui détruit les prairies, donc les lemmings meurent de faim. Les prédateurs mettent plus longtemps à mourir, en attendant ils déciment les lemmings qui restent, se battent entre eux pour les derniers lemmings, avant de mourir à leur tour de faim. Les saisons qui suivent, l'herbe repousse, les lemmings survivants (les plus résistants ou les plus chanceux) repartent à se multiplier en l'absence de prédateurs suffisants, et les prédateurs (eux aussi les pluys résistants ou les plus chanceux) refont de nouveau des petits. Ce n'est qu'une suite ininterrompue de croissance suivie d'extermination, aucun être vivant ne se régulant de lui-même.

Rôle de chacun

Chaque espèce (ensembles des organismes semblables) joue un rôle au sein d'un écosystème :

les végétaux pour produire des nutriments à partir de la lumière, les herbivores pour utiliser ces nutriments, les prédateurs pour réguler les herbivores, etc. Un écosystème est donc comme un organisme vivant.

Si le milieu de nourriture est stable, les prédateurs doivent rester stables. Chaque naissance est l'occasion de se remettre en question et après des luttes dans la même espèce ou vis à vis de luttes avec d'autres prédateurs seuls les plus forts survivent.

La coopération entre espèces

L'exemple typique de l'alliance d'organismes pour produire un super-organisme plus résistant est la symbiose, par exemple le champignon prélevant les nutriments sur les racines des arbres et lui redonnant des molécules complexes que seul lui peut synthétiser.

L'écosystème est comme un super organisme vivant. A chaque fois qu'on change d'échelle, on retrouve toujours un peu les comportements de la base, comme un univers fractal.

Conscience : coopération de neurones

Survol

La conscience est simplement la capacité d'un organisme à se conceptualiser comme distinct des autres.

Elle diffère de l'intelligence, qui existe chez des animaux tels que les singes, qui peuvent comprendre comment se procurer de la nourriture à l'aide d'outils, et utiliser le langage dans une certaine mesure. Mais le singe ne se considère pas comme séparé du monde qui l'entoure. À moins que cette capacité n'évolue, l'animal ne possède pas d'âme, car il ne fait que suivre ses instincts.

Conditions d'apparition (p.)

La conscience de soi apparaît dans un cerveau suffisamment complexe et intelligent, au sein d'un organisme vivant suffisamment longtemps.

Espèces privilégiées

Les premiers organismes intelligents apparaissent généralement sur des espèces marines, elles sont majoritaires dans l'univers.

Cerveau = conscience

âme (p.)

Le cerveau physique existant en dimension 9, la conscience de soi survit à la mort. Ce double de lumière va s'incarner dans un foetus de son espèce, l'âme continuant à se densifier, réincarnation après réincarnation.

Incarnation (p.)

L'âme vient de la vie, elle n'est donc rien sans son véhicule. Les 2 sont en symbiose.

Conditions d'apparitions

Espèce vivant suffisamment longtemps

Le qi s'agglomère avec le temps, et il faut plusieurs années (40 ans en moyenne chez l'homme) pour que l'âme s'installe pleinement dans son nouveau corps (conscience>âme p.). C'est pourquoi la conscience n'apparaît que chez les espèce vivant plus de 40 ans.

Taille de l'individu

Il faut une taille minimale d'organisme pour que le qi aggloméré soit suffisamment dense et volumineux.

Cerveau

Il faut une taille minimale de cerveau pour que la conscience puisse émerger. Le foetus de l'Acatama, pris par erreur pour un ET (15 cm de haut) était trop petit pour que le cerveau ai pu analyser suffisamment l'environnement et en faire émerger une conscience.

Cerveau

Saut quantifié pour accéder à la conscience

Comme tout dans l'Univers, l'apparition de la conscience se fait par saut quantifié, au bout d'un certains niveau d'intelligence et de compréhension. La conscience de soi, de son individualité, de la différence entre soi et son environnement.

Ces espèces intelligentes sont principalement caractérisées par un organe préhensile, pour donner corps à leur réflexion.

Je parle ici du véhicule matériel de la conscience, le cerveau. Je ne parle pas de sa contrepartie énergétique, l'âme.

Vie > Conscience : coopération de neurones

Apparition de la conscience

La course à l'évolution amène les individus à faire des prévisions sur le déplacement de la nourriture, comment attaquer une proie, etc. Une forme de conscience apparaît. Et c'est là que nous retrouvons les qis, ces briques élémentaires constituant de toute matière. Elles se concentrent en grand nombre à l'intérieur des êtres pensants, d'autant plus que cette conscience est évoluée.

Qu'est-ce que la conscience ?

Grosse problématique.

Conscience mécanique (intelligence)

Certains estiment que la conscience naît quand le cerveau acquière une forme suffisante d'intelligence mécanique, à l'image d'une intelligence artificielle. Ils confondent souvent "conscience" et "intelligence".

Conscience morale

On peut trouver aussi une autre définition de la conscience dite morale, la petite voix qui nous dit de faire ceci ou cela, ou de ne pas le faire. Cette conscience là, c'est la lutte constante entre les deux tendances spirituelles (les 2 loups), égoïste et altruiste.

C'est aussi la bataille entre les pulsions et les règles. Sauter sur une femme pour abuser d'elle peut être une pulsion biologique, mais cette pulsion peut être retenue par la conscience morale.

Cette conscience morale peut être froide ou égoïste, si la personne se retient parce que :

- froide : on lui a appris que c'était mal.
- égoïste : peur des conséquences sociales / matérielles pouvant nuire à cet égo.

La conscience morale chaude (ou altruiste) qui retiendra la personne non pas par manque de désir, mais parce que cette femme est une personne, qu'elle souffrirait de notre attaque, qu'elle a ses propres choix et ses propres désirs, et que lui sauter dessus comme sur un tas de viande, c'est inenvisageable.

Ces processus de conscience morale sont présents sous une forme ou une autre chez toutes les personnes, dans leur inconscient, et se combinent tour à tour. Certaines sont majoritaires chez certains, et minoritaires chez d'autres, mais elles sont toujours là toutes les 3 (froide, égoïste, chaude).

Conscience = "prise de conscience"

Ce que j'appelle conscience est ce phénomène d'"avoir compris", ou "Eureka". C'est cette conscience qui mène à la création d'une âme dans un corps.

Lorsqu'un corps ou une espèce est assez intelligente, elle s'aperçoit, par ses processus mentaux de décryptage de son environnement, qu'elle ne fait pas partie de celui-ci, qu'elle est un individu.

Cette conscience de la dualité semble s'accompagner de la conscience qu'on n'est pas obligée de suivre sa programmation génétique, qu'on peut s'affranchir de ses instincts (les lois naturelles). Si les prédateurs fonctionnent en meute hiérarchistes, où dominent la loi du plus fort, on n'est plus obligé de suivre cette tendance de nos instincts.

La conscience nous coupe des équilibres naturels: l'homme est conscient d'être un individu indépendant de son environnement, contrairement aux animaux qui sont esclaves de leurs instincts innés. Pour certains, ce niveau de conscience est le signe de l'apparition de l'âme et de la dualité Corps matériel/Corps spirituel

Par ces possibilité de choix par rapport aux instincts, et cette conscience d'être dissociée, la conscience acquière le libre arbitre : un seuil est franchi et l'âme primitive et non individualisée change, elle prend conscience d'elle même et devient une entité distincte du "grand tout", avec son indépendance.

En ce sens, l'animal n'est pas conscient de ce qu'il est et de ce qu'il fait. Il ne connaît pas la notion de bien et de mal. Il sait seulement qu'il a bien fait ou mal fait d'après son éducation si c'est un animal domestique, mais son jugement ne sera pas le sien, ce sera le vôtre.

Les animaux sont innocents, parce qu'ils ne peuvent pas juger, ils n'ont pas le libre arbitre (celui de dépasser sa programmation automatique, de ne pas prendre la solution la plus évidente dans une situation donnée). Un animal n'est pas conscient, même s'il est sensible et possède une âme, certes primitive, mais une âme quand même.

La conscience correspond à une âme qui a découvert que le libre arbitre existe.

L'individualisation et le détachement des instincts est donc nécessaire à l'apparition de cette conscience, offrant donc à l'homme le libre arbitre. Dans ce domaine cependant, l'humanité, dans sa maturation spirituelle, a oublié ses origines et a fauté par anthropocentrisme, oubliant que même si son esprit est libre, son corps reste dépendant de son environnement, des autres et du grand tout en général (le satanisme, ou croire que son libre arbitre est tout puissant).

Cette première étape de conscience imparfaite (qui ne tient pas compte des autres) conduit généralement à des pertes irréparables (la stérilisation d'une planète riche en vie et d'une espèce à fort potentiel = la Terre et l'Homme). C'est pourquoi, les ET compatissants qui ont déjà vécu ce passage, et qui ont vu que cette leçon est trop cher payée, feront tout pour que nous ne la revivions pas. Surtout sur la Terre, une planète ou tant d'espèces prometteuses co-habitent, où la biodiversité est si riche (nous sommes issus d'une très très longue évolution naturelle qui nous a offert un patrimoine ADN particulièrement fourni grâce aux destructions de Nibiru).

Le 2e saut de conscience (spirituel)

Notre espèce est très jeune et nous ne touchons que les premiers stades d'évolutions. Le premier (vu juste au -dessus) est :

- acquisition du libre arbitre (libération des instincts)
- prise de conscience de notre individualité (passage animal - humain)

Nous sommes aujourd'hui à un seuil critique avant une deuxième étape, celle de la prise de conscience d'appartenir à un tout cohérent (le grand tout). A ce carrefour évolutif, il y a deux voies :

1. celle d'une individualité poussée à l'extrême (Individualisme / égoïsme) où le monde semble s'organiser autour du SOI et pour le soi,
2. celle d'être individu dans une communauté et un environnement interdépendant, la conscience à la fois d'être "un" parmi le "UN".

L'Univers est fait de tel sorte que la première voie n'est qu'un cul de sac évolutif.

Niveau de "conscience"

Les mots sont trop fourre-tout pour aborder de telles notions. Il faut avant tout que nous comprenions/vivions/ressentions cette appartenance au grand tout, alors que pour l'instant, les humains les plus avancés ne font que le conceptualiser mentalement (ou inconsciemment pour les plus avancés).

C'est là que le niveau de conscience rejoint la notion de dimension : Il y a 7 stades d'évolution des êtres conscients, et nous n'abordons que le second.

Toutes les espèces en dimension supérieure à la notre ont toutes atteint l'état du "TOUT", c'est à dire la conscience d'appartenir à l'UNIVERS (le grand tout), ne faire qu'UN avec le TOUT, dans une "Grande Compassion Universelle", stade préalable à tout autre stade évolutif supérieur d'intelligence. Même les reptiliens, même s'ils jouent avec cette compréhension pour n'en titrer des avantages que pour leur individualité, ce qui les limite en compréhensions ultérieures.

En somme, **un individu ne peut comprendre le grand tout, qu'en ne faisant qu'un avec lui**, que ce soit technologiquement ou spirituellement (les deux vont en parallèle, car il faut acquérir assez de maturité spirituelle et éthique pour pouvoir maîtriser techniquement et sans risque les puissances contenues dans l'Univers)

Choix de la voix d'évolution

sachant tout cela, nous avons un choix personnel à faire :

- prendre la voie cul de sac et continuer à se croire au dessus de tout (ce qui nous mènera à notre propre destruction et probablement à celle de la Terre)
- prendre la voie de l'"ascension" (évolutive et spirituelle).

C'est un choix INDIVIDUEL qui sera pris en considération quand toutes les entités intelligentes auront jugé que nous ne pouvons plus gérer les choses seuls, c'est à dire avant un point de non retour (destruction environnementale irréversible, extinction inévitable de notre espèce etc...). Certains ont appelé ça poétiquement "le jour du jugement", on comprend aisément de quoi il est question.

Niveaux de conscience dans l'univers

La nature des autres êtres/races ayant parcouru avant nous les phases de l'évolution des êtres conscients est donc multiple, suivant à quel stade l'espèce concernée se trouve.

Certaines races nous accompagnant ne sont guère plus avancées que nous, tandis que d'autres en sont à des états de conscience où avoir un corps matériel n'est plus une nécessité et où l'esprit peut modeler la matière.

Conscience > âme

La conscience engendre une accumulation de qis, qui conservent le fonctionnement de la pensée / conscience après la mort.

A priori, l'individualisation et le libre arbitre acquis lors du premier niveau de conscience devrait être la même chose que l'individualisation d'une âme, mais ça se pourrait que ce soient 2 phénomènes découplés (un individu conscient pouvant ne pas allumer d'âme individuelle ?).

Qi attiré par la vie

Les Zétas semblent dire que les échanges chimiques semblent attirer le qi, uniformément réparti dans l'univers. Les végétaux auront plus de qi qu'une pierre.

Ensuite les échanges biochimiques dans le cerveau des espèces conscientes attire encore plus les qi qu la vie simple. Les animaux auront plus de qi que les végétaux, et plus l'animal est intelligent, plus il aura des qis. Les Zétas disent que les qi trouvent l'environnement de la conscience plus intéressant, accréditant l'idée que les qis sont doués de conscience propre. C'est plus une question d'attirance/attraction des qis par un environnement propice. Se figer/congèle/solidifie parce que cette solidification est intéressante pour le qi.

Si les liens entre les qis ne sont pas assez forts, le qi se redisperse lorsque les échanges chimiques entre cellules s'arrêtent (mort de l'animal).

Âme animale et comportement social

AM : Pourquoi la plupart des animaux en meute montrent une organisation hiérarchique ? Pourquoi des lions vont sauver une petite fille d'un viol sans lui faire de mal ?

H : Les animaux n'ont pas d'âme individualisée mais une proto-âme quand même, et celle-ci est totalement neutre spirituellement. Il n'y a donc aucun comportement, chez les animaux, qui serait dicté par la compassion ou l'égoïsme.

Il existe quelques exceptions, car il arrive que des âmes conscientes fassent un retour en arrière et s'incarnent dans des animaux. C'est rare mais ça arrive.

Les animaux ne sont pas des monstres assoiffés de nourriture, ils ont aussi des comportement sociaux. Il y a souvent une confusion entre un comportement social, qu'on retrouve chez les humains, et un comportement spirituel. Le comportement social est une méthode pour vivre ensemble qui est basée sur la survie, la sécurité, la reproduction, tout ce qui aide une espèce, et donc une meute à survivre. Environ 70% des gens ont en fait seulement un comportement social, c'est à dire animal, et l'âme n'intervient que dans de très rares cas (voir âme diffuse plus loin, p.).

Ces comportements sont dictés par des règles sociales, pas par la conscience spirituelle. On se marie, on a des enfants, et surtout on montre du doigt celui ou celle qui ne suit pas le modèle. C'est comme cela qu'un homme qui épouse une femme de 25 ans son ainée ne crée que de l'incompréhension, ou des moqueries (voir des insultes), qu'on dit qu'il a épousé sa mère etc... Ou que les homos sont stigmatisés, qu'ils ne peuvent pas élever correctement des enfants adoptés ou qu'ils ont un comportement contre nature. Par contre, un homme qui a de nombreuses maitresse est un playboy, un autre qui épouse une jeune de 20 ans sa cadette un mâle etc... Il y a le comportement social mécanique, et celui qui peut être dicté par des phénomènes spirituel plus profonds, qui n'ont alors peut être rien à voir avec la reproduction, mais avec des affinités intellectuelles etc... La grosse différence entre l'Homme et l'Animal dans ses comportements, c'est que l'être humain est beaucoup plus lié à des comportement artificiels les règles sociales, que par des comportements instinctifs et génétiques, bien qu'ils soient toujours présents chez l'Homme bien sur. Sinon, 70% des gens sont des animaux au sens comportemental du terme. C'est pour cela qu'on peut retrouver aussi chez les animaux des concepts sociaux, une hiérarchie, mais cette hiérarchie n'a rien à voir avec de l'égoïsme ou la spiritualité, elle est dictée par une méthode de survie que l'espèce a mise en place. Les alphas chez le loup servent avant tout à sélectionner un patrimoine génétique, le mâle le plus fort étant souvent celui qui aura la plus grande descendance. Ce sont donc des choses qui sont liées à l'évolution, pas à la spiritualité.

Âme = Vie dans toutes les dimensions

Comme le qi s'agglomère dans le corps physique, et que le qi vibre dans toutes les dimensions, c'est comme si le corps physique se dupliquait dans les dimensions supérieures.

Esprit : copie de l'ego physique

[Hyp. AM] A priori, tous les êtres vivants ont un esprit, une correspondance de vibration au niveau divin de leurs qis. A la mort, s'ils n'étaient pas assez liés par une conscience, ils se redissolvent (trop liés à leurs particules qui vibrent dans les dimensions matérielles ?).

Si l'incarnation a été assez riche, l'esprit se conserve. Il retourne au niveau de l'âme évolutive, où il continuera à vivre. Cet esprit est donc lié à l'incarnation, et pas à l'âme évolutive qui a vécu plusieurs incarnations. C'est sur cette manière de rejoindre l'âme évolutive qu'on a assez peu d'infos.

Dans les voyages astraux, on se retrouve en premier dans l'esprit (le corps éthérique?) et on peut monter ensuite dans l'âme évolutive pour être moins dépendant de la matière. [fin Hyp. AM]

Initialisation d'une âme individuelle

Le cerveau humain génère une conscience physique, ce qui génère dans les plans supérieurs une âme diffuse. Sous certaine condition, cette conscience va se fortifier suffisamment pour franchir un seuil d'énergie quantique, afin que cette conscience survive à la mort du corps animal, et puisse se réincarner dans un corps de la même espèce. Cette conscience est devenue une âme individualisée, immortelle.

Évangile selon Judas

Le Codex Tchacos, un apocryphe attribué à Judas (qui n'a jamais donné Jésus aux romains, vu que tout le monde à Jérusalem savait où se trouvait Jésus...).

Jésus apprend à Judas qu'il existe deux sortes d'êtres humains, en réalité deux lignées humaines : « la grande génération sans archonte au dessus d'elle » et la « génération perdue ».

Toujours dans le Codex, la génération adamique, ceux à qui l'archange Gabriel a accordé l'esprit éternel et qui appartient par conséquent à « la grande génération sans archonte » regagnera le royaume dont elle est issue. Elle retrouvera sa source, toujours porteuse de son âme éternelle. Quant à la seconde génération, elle est dépourvue d'âme éternelle mais possède « un esprit à titre temporaire pour le service » reçu de l'archange Michel, une notion assez mystérieuse qui met en évidence que l'intelligence –une forme d'intelligence plus mécanique- aurait été donnée à cette humanité uniquement pour servir pour un temps déterminé.

Les archontes sont une donnée récurrente dans l'ésotérisme, et désignent les anunnakis, les géants qui dirigent l'humanité en secret, derrière les sociétés secrètes illuminatis.

Les 2 catégories d'humains

L'Évangile de Judas est expliqué par Harmo.

Il existerait des humains dotés d'une âme solide, dense et d'autres qui ne seraient dépositaires que d'une âme diffuse.

Âme diffuse

Ce sont les humains qui, à la naissance, n'ont pas reçu une âme ayant déjà vécu d'autres vies. En effet, pour qu'une âme puisse subsister après la mort, il faut qu'elle se fortifie suffisamment pour ne pas se disloquer hors du corps matériel. Malheureusement, une vie ne suffit parfois pas à renforcer cette âme nouvelle, si bien que ce corps spirituel se disloque et retourne à son état de "matière première", c'est à dire sous une forme non individualisée et retourne alors rejoindre la "réserve" de matière brute, le qi réparti partout dans l'univers (se déconcentre). C'est un peu comme si un glaçon n'était pas suffisamment pris et que du coup il fondait et retournait sous forme d'eau dans un immense océan. Le corps reçoit donc une âme "temporaire" et la restitue à la mort s'il n'a pas réussi à la renforcer. Comme les animaux. Sa vie est toujours conservée pour toujours dans le grand tout, mais son individualité ne se conserve pas et n'évoluera plus par la suite.

[Zétas] L'échec de l'allumage de l'âme est dû à une vie facile, un style de vie paresseux ou indolent, à un manque d'intelligence natif ou à un manque de stimulation. À cet égard, la vie difficile et stressante est un avantage plutôt qu'un inconvénient.

Le défi peut être considéré comme un casse-tête à résoudre, ou comme une situation très émotionnelle, ou encore comme une situation nécessitant beaucoup de détermination.

Vie > Conscience > âme

Ainsi, un enfant handicapé, déterminé à poursuivre son rôle dans le groupe, travaillera un défi, un puzzle, qui nécessite un travail mental ainsi qu'un accompagnement émotionnel. Parfois, une âme fait des étincelles dans une incarnation vierge quand l'humain est vieux, désire ardemment aider les jeunes mères et leurs enfants mais en est à peine capable à cause d'une infirmité. Le fait de naître beau et d'avoir une vie sans soucis n'est pas le plus grand facteur de motivation pour la croissance spirituelle ! Les incarnations dans des corps paralysés ou affligés se produisent en effet même pendant la 4ème densité, et ne sont pas du tout évitées, car une telle incarnation est considérée non seulement comme une aide, à l'occasion, à l'entité mais aussi comme une opportunité pour ceux qui l'entourent.

[AM] Comme si chaque événement marquant, chaque émotion forte, chaque volonté forte, chaque réflexion mentale intense, chaque questionnement, chaque conscientisation, chaque éclair de génie, chaque invention, etc. attirait des qi, qui voudraient voir ce qu'il se passe : cela vaut-il la peine d'être vécu, mémorisé et transmis ?

Âme individualisée

Les humains qui ont eu la chance de recevoir une âme ayant réussi à se renforcer suffisamment lors de leur première vie pour ne pas se disloquer (à avoir fait le saut quantique pour se lier suffisamment et exister après la mort). Cette âme est donc individualisée et définitive, immortelle. On peut dire que c'est comme en physique relativiste, le monde des âmes est quantifié (Il y a des gap à franchir, des étapes ou paliers un peu comme dans les jeux de rôle).

Conditions pour s'individualiser

Une âme diffuse ne s'individualise pas à tous les coups, cela dépend des conditions dans lesquelles évoluent l'humain lors de sa vie. Si la personne ne vit pas suffisamment d'expériences enrichissantes (par exemple en restant devant la TV en ermite...), elle n'accumulera pas assez d'expérience émotionnelle, condition nécessaire pour que l'âme naissante puisse obtenir de l'"énergie spirituelle" supplémentaire et donc se renforcer. Pour simplifier, il faut faire vibrer son âme avec des émotions pour que celle-ci puise dans son environnement de quoi se construire.

Âme évoluée : renforcement de l'âme individuelle

Une âme individualisée, qui a pu passer le premier stade d'initialisation, va se renforcer au cours de ses multiples vies, plus ou moins vite suivant les circonstances (on a le droit quand même à un vie douillette et sans souci de temps en temps !).

Vieilles âmes pas forcément évoluées

Certaines âmes très anciennes, ayant vécues des centaines de vies et parfois beaucoup plus, sont appelées "vieilles âmes". Mais vieillesse ou nombre de vies / d'expériences n'est pas forcément synonyme d'évolution : une âme qui persiste à faire les mêmes erreurs de vie en vie va stagner sans apprendre grand chose, encore pire pour celles qui choisissent la voie de l'égoïsme. Ainsi, une âme vieille peut être moins expérimentée qu'une âme jeune.

C'est pourquoi je préfère le terme d'**âme évoluée** à celui de vieille âme ou même "âme expérimentée" (on peut avoir plein d'expériences et ne rien en tirer).

Conditions d'évolution

Réfléchir consciemment pendant son incarnation, vivre des vies riches et évolutives, en émotions et en connaissances.

Niveau d'évolution

Souvenance des vies antérieures

À cause du subconscient, les informations ne vont que dans un seul sens, c'est à dire du corps qui les perçoit vers l'âme qui les stocke, si bien que normalement, notre corps n'a aucun souvenir de ce que son âme incarnée a déjà emmagasiné, donc de ses vies passées.

Cependant, il y a des exceptions à la règle, et lorsque l'âme évolutive acquière une "densité" suffisante (âme évoluée), elle a donc la capacité de renvoyer une partie du savoir qu'elle a engrangé, et pas seulement ceux de l'incarnation courante.

Ceci n'est cependant qu'un savoir passé, et il est question ici plutôt de connaissances. Certaines personnes ont de façon innée des prédispositions pour des langues étrangères, les mathématiques la musique, qui ne peuvent être expliquées par un point de vu purement génétique/éducatif.

Accès à son âme accomplie

Quand l'âme évolutive atteint un degré suffisant de maturité (un nouveau seuil quantique), elle est capable de lire les chapitres à l'avance, dans la mesure du possible, si son âme accomplie le lui autorise (celle que l'âme évolutive va devenir, et qui se trouvant hors du temps et de l'espace, a déjà vécu les vies qu'il reste à l'âme évolutive à vivre.

Connaissance du futur réalisé

L'âme accomplie peut donc, dans ces cas, communiquer à l'âme évolutive les infos sur ce qui s'est réellement passé (il faut donc que ces événements ne soient pas soumis au libre arbitre), et cette dernière les retransmets au cerveau physique sous forme de flashs, visions ou connaissances sur le futur de l'incarnation en cours, ou des futures incarnations (cas des prophéties parlant d'événements qui se produiront dans des milliers d'années.

Loin de simples impressions de déjà vu, il peut donc arriver que des flashs / impressions / connaissances, que nous n'aurions pas pu avoir nous soient communiquées sur un lieu une personne, un évènement de notre vie qui ne s'est pas encore produit.

Pour Harmo, ces visions étaient toujours de points clés de sa vie, où il avait à prendre des décisions qui allaient orienter le reste de mon existence. Des carrefours importants. Ces visions faisant intervenir des personnes réelles inconnues pour lui à l'époque, il ne s'agit pas d'imagination concernant l'avenir, de projections à partir des données de l'époque.

EA

Les âmes expérimentées (qui ont) ont acquis une telle densité, qu'elles n'ont parfois même plus besoin de corps physique pour interférer avec le monde matériel...

Cette évolution se fait progressivement. Les humains des années 2000 ont encore besoin de leur corps pour progresser spirituellement, arrivant à peine à maîtriser leur corps.

Certains ET un peu plus avancés spirituellement sont par exemple capables de modifier l'expression de leurs gènes par la force de l'esprit. Notre science découvre à peine ces phénomènes grâce à l'épigénétique.

Sur l'échelle spirituelle, c'est à partir du niveau 6/9 que l'âme n'a plus besoin de support biologique, mais surtout au niveau 7/9. C'est possible aussi aux niveaux inférieurs, mais sur de plus courtes périodes. Les humains et les entités de niveau 3/9 peuvent par exemple rester environ 50 ans sans être incarnés. Les zétas et autres ET de niveau 4 (il n'y a pas encore de population zéta de niveau 5) peuvent en général rester plus longtemps dans ces états désincarnés, mais eux aussi ont des limites assez vite atteintes.

Attention, je parle des corps humains "normaux", car il ne faut pas oublier que dans un corps de dimension 3 peut se trouver une âme de dimension supérieure (et idem chez les zétas). Jésus par exemple avait bien un corps d'humain (fils d'homme), mais avait une âme bien plus vieille, évoluée à 8/9 et non originaire de la Terre. C'est un exemple extrême bien entendu, mais c'est plutôt courant sur Terre en ce moment.

Coexistence des 2 types d'âmes

Au sein d'une même espèce

L'existence de ces deux catégories d'êtres conscients dans une même espèce se produit quand il y a plus de naissances que d'âmes mûres disponibles, ce qui se produit dès qu'une espèce comme l'homme subit une forte progression démographique. Parfois, ce manque est comblé par des âmes venues d'autres mondes mais cela ne suffit la plupart du temps pas à remplir tous les verres, si je peux me permettre l'expression. L'inverse est aussi possible et dans ce cas beaucoup d'âmes restent en stand-by. Plus rarement, il est aussi possible que plusieurs âmes (2 voire 3) cohabitent dans un même corps mais c'est extrêmement rare.

Au sein d'une même famille

on ne peut pas différencier de manière évidente qui a une âme et qui n'en a qu'une temporaire. Il n'y a ni condition de race, de lieu ou de condition sociale. Au contraire souvent on retrouve des personnes des 2 catégories sous un même toit.

Comment les reconnaître ?

Les personnes capables de différentier chez leurs congénères qui a une âme solide ou de qui a une âme provisoire sont relativement rares, et il n'y a jamais de totale certitude à ce sujet. Donc cette croyance ne peut pas mener à la formation de castes ou de racisme (ou de questionnement à la Valladolid) si l'on tient compte de ces faits. Ces questionnements racistes sont la plupart du temps le fait d'âmes certes "solidifiées", mais immatures, qui n'ont rien à voir avec des questionnements réellement religieux, puisque ces affaires ne sont que des prétextes pour justifier l'utilisation des autres (guerres, esclaves etc...). Décider que les indiens ou les noirs n'ont pas d'âme, c'est se donner bonne conscience pour les traiter comme des objets qu'on jette à sa guise. Ce n'est pas de la religion, c'est se servir d'elle pour des intérêts bien matériels.

Je vous rappelle à ce propos d'ailleurs que certains chrétiens n'ont toujours pas tourné la page de Valladolid, la preuve en est des programmes d'arme ethnique "Coast" en Afrique du sud et d'armes bactériologiques visant à stériliser les populations noires interrompues (officiellement) en 1972.

Capacités de l'âme

Super mémoire

L'âme enregistre tout ce qui arrive au corps, sans déformation, sûrement la partie inconscient de l'âme, qui fait que plusieurs vies après, on se souvienne, en hypnose régressive, comme si l'événement se déroulait de nouveau, avec tous les détails et tous les sens.

A partir du moment où le corps a été mis en contact avec un phénomène paranormal, ce dernier est susceptible de se reproduire (par exemple, sortie du corps, vision de défunt, poltergeist, etc.). C'est mémorisé dans l'âme, et donc reproductible de vie en vie (comme les sorties du corps accidentelle dans une vie, l'âme mémorise comment ça s'est passé). Ceux qui ont eu une NDE sont capables de s'en rappeler sans faillir 30 ans après, montrant qu'ils se reconnectent à l'inconscient pour raconter cette expérience.

[AM : est-ce une capacité de l'inconscient physique, que la partie inconscient de notre âme reproduit, ou est-ce l'âme uniquement capable de cette prouesse, l'inconscient accédant à l'âme pour se souvenir aussi bien ?]

Incarnation

[Zétas] Au tout début, sur une planète, quand une âme est suffisamment liée pour former un moi, elle se réincarne naturellement dans un individu sans âme.

Au début de l'espèce, quand il n'y a pas de guides d'incarnation, ça peut être anarchique : 2 entités peuvent chercher à s'incarner dans un même individu, et ce n'est confortable pour personne : ni les entités, ni le corps. Au final, seule l'âme la plus forte reste.

Ensuite, des âmes deviennent assez fortes pour imposer aux autres (en manipulant le qi, ce qui fait comme une cage dans laquelle rester) dans quel corps s'incarner pour profiter au mieux de l'expérience en dimension 3.

Après un certain point, lorsque les leçons à tirer de la réalité de la vie ont été bien apprises par les nouvelles entités formées, les incarnations guidées deviennent la norme.

Ceci afin d'aider les entités en formation à maximiser la sagesse à tirer de leurs incarnations. Les entités formées, opérant en 4ème densité ou plus, entourent l'entité immature lorsqu'elle s'est libérée d'un corps mort ou mourant, et communiquent. Ces conférences peuvent être courtes, avec une seconde incarnation se produisant presque instantanément lorsque le chemin est dégagé et les possibilités d'incarnation disponibles, ou peuvent s'éterniser si la leçon à tirer nécessite un environnement particulier ou si les possibilités d'incarnation sont limitées.

Pendant ce temps, l'entité en formation ne vagabonde pas, car elle est essentiellement regroupée avec d'autres comme elle, et trouve cela stimulant. Comme les incarnations sont naturelles, lorsque l'entité en formation est guidée vers un nouveau corps, elle s'installe volontairement. Les questions en suspens au moment de la mort redeviennent prépondérantes, et l'entité en formation repart pour la grande exploration que la vie lui offre.

Être incarné est bien plus stimulant et fascinant que l'alternative, être désincarné, à ce stade, et les expériences Out-Of-Body se produisent rarement à moins que le traumatisme du corps soit extrême. Lors des premières incarnations, la jeune âme se voit offrir la meilleure opportunité de croissance en se voyant offrir un champ vierge à chaque incarnation. S'ils ont commis une erreur dans une vie antérieure, ils ne sont pas accablés par la culpabilité. S'ils sont en colère à cause d'une chose qui leur a été infligée dans une vie antérieure, ils ne sont pas accablés par la colère. Ils peuvent aborder à nouveau des situations qu'ils ont mal gérées dans des vies antérieures, et les corriger cette fois-ci.

Dans les incarnations de 3ème densité, les leçons à tirer sont de développer un concept de soi, un concept de l'autre, et de former une attitude envers les relations avec les autres. Ces leçons peuvent s'appliquer à tous les types de corps et ne nécessitent pas de facilités telles que des pouces opposables.

Les mondes de 3e densité où l'espèce intelligente est habile et où la manipulation de l'environnement est possible passent du temps à explorer les concepts universels, mais leur compréhension de l'Univers n'est, en somme, pas plus avancée que celle acquise par les espèces non habiles qui passent leur temps à réfléchir au monde qui les entoure. À un certain moment, après plusieurs milliers d'incarnations, le jeune esprit a eu ses chances. Il a revisité, ou refait l'expérience, de ces situations à plusieurs reprises, et commence à former des schémas. Les guides de naissance l'aident dans ce domaine, en lui offrant des incarnations qui remettent en question les points de blocage de la jeune âme.

Cependant, les âmes ont leurs penchants, leurs inclinaisons et les chemins qu'elles préfèrent suivre, tout comme les humains s'enlisent dans leurs voies. Et lorsque cela devient évident, les guides de naissance se mettent à utiliser ces inclinaisons pour le bien de tous, plutôt que de se contenter de répéter des schémas.

Les âmes ont la capacité mentale que possède le cerveau humain, et plus encore. Elle n'oublie rien ! Et elle peut donc penser et décider, elle le fait en effet, et se dispute parfois avec l'humain incarné.

Durée d'incarnation

Quand s'incarne une âme, et quand repart-elle ?

Absence d'apprentissage

Début de vie

A quel moment l'âme s'incarne ? Au moment de la fusion spermatozoïde / Ovule ? Non, pas de conscience, pas de corps encore pour accueillir une âme.
Au moment où le bébé serait capable de vivre hors de la mère ? Non, car ce moment dépend de l'avancée de la science.
C'est tout simplement où le cerveau est assez mature pour commencer à prendre conscience de sa conscience et de son environnement extérieur, vers 5 mois de grossesse. Mais ce n'est qu'un lien alors, l'âme n'est pas complètement incarnée encore.
[Zéta] Le minuscule fœtus, dans les premiers mois, n'offre pas à l'entité en attente d'incarnation une expérience d'apprentissage (cerveau pas assez développé pour avoir un début de conscience).

Après 5 mois, l'entité se familiarise avec son futur foyer, mais pas au sein du minuscule fœtus, qui vit impuissant au milieu de fluides en surcharge et dans un environnement où les leçons de la vie ne peuvent être apprises, car l'action et la responsabilité sont impossibles.
Cette distance continue les premiers temps après la naissance : Le sommeil est à l'ordre du jour, et lorsqu'il ne dort pas, le nourrisson est rongé par la faim et les préoccupations sécuritaires. L'entité (âme) qui attend de s'incarner est autorisée à être hors de son corps pendant un certain temps, des mois en fait, avant d'être obligée de s'installer à plein temps dans son nouveau foyer.

Fin de vie

Cette distance d'incarnation qu'à le bébé jusqu'aux premiers mois après la naissance, c'est ce qu'il se passe aussi avec le cas des corps gravement blessés, dans le coma ou gravement atteints, se concentrant sans cesse sur la gestion de la douleur. Dans ces cas de fin de vie, l'entité s'en va, pour observer de loin (même si elle est toujours liée au corps, elle ne subit plus la dégradation, et accompagne son véhicule jusqu'à la fin).

Illumination (âme accomplie)

Lorsque l'âme évolutive, qui est toujours liée au temps (vie antérieures connues, vies ultérieures restant à expérimenter) est assez mature (l'illumination), elle sort complètement de toute limite de temps ou de matière, et devient l'âme accomplie, celle qui vibre en dimension 9. En gros, c'est comme si à ce stade, on pouvait lire toutes les pages du livre de nos vies sans les tourner, alors que normalement on est obligé de lire page par page (la page qui est en train d'être lue étant le présent). Donc, il n'y a plus ni de passé, ni de futur, ni de présent, et l'âme accomplie peut donc envoyer des informations sur ce que nous appelons l'avenir, ou autre type d'information, à l'âme évolutive, en cours d'incarnation ou non.

Renforcer son aura protectrice

Les forces pensées (des pensées émises par quelqu'un dans l'histoire et qui sont autour de nous sous forme de nuages noirs) tournent autour de nous en attendant que notre aura diminue suffisamment, ou présente une faille, pour rentrer dans notre corps (nous rendant malade ou victime de pensées néfastes (formes pensées) tournant en boucle).

La méditation, en renforçant l'aura, permet d'éloigner ces forces-pensées, de se retrouver soit même sans toutes ces énergies néfastes extérieures à nous-même.

L'équilibre cosmo-tellurique

Une visualisation est efficace. Debout, pieds écartés légèrement, entrer en Zen, s'ancrer à la Terre en laissant le flux de particules telluriques rentrer dans notre corps (pied et scrotum) et irradier le coeur par en bas. Laisser les rayons cosmiques rentrer par le haut du crâne et nettoyer le corps comme une douche en envoyant la saleté au centre de la Terre. Puis concentrer les rayons cosmiques dans le corps, en harmonie avec les rayons telluriques. Chaque inspiration énergise le coeur, et chaque expiration amplifie l'aura autour de nous. ON peut étendre l'aura à 1 m autour de nous, aucune entité ne doit rentrer plus près. Ensuite, augmenter l'aura en mettant dedans la notion d'amour.

Les différents corps

D'après Harmo, les différents corps sont une mauvaise compréhension de ce que l'on est réellement. Les chakras sont les ancrages de l'âme dans les différentes glandes du corps.

[Hyp. AM] (d'après une vidéo de Claire Thomas sur la vie après la mort) :

- **corps mental** = partie du cerveau où se trouve le conscient.
- **Corps émotionnel** = les différentes glandes du corps via lesquelles l'âme peut communiquer avec le conscient.
- **Corps énergétique** = Esprit ? (copie énergétique du corps dans la dimension divine?)

Les entités bloquées sur Terre (qui n'ont pas voulues prendre la lumière tout de suite) voit leurs corps mental, énergétique et émotionnel qui ne meure pas (le périsprit des spirites, le corps éthérique des énergéticiens, qui est censé mourir lui aussi lorsque l'âme prend la lumière et y reste, donc lié au corps (qui y retourne quand on se nettoie de l'éther lors des décorporations)). Ces bloqués se présentent au médium avec leurs blessures physiques, le corps correspondant n'étant pas dissous (de manière générale, les médiums ne captent que les entre-deux, ou les attaches liées au vivant qui a gardé une partie éthérique du défunt). Un bloqué peut aussi empêcher un mourant d'aller dans la lumière, en lui racontant des mensonges. Ou encore, des âmes du bas astral, attiré par les sentiments lors de la mort (tristesse, suicide) qui puissent bloquer le défunt).

Les défunts, avant la lumière, se retrouvent dans ce qu'ils imaginent de la mort, ils peuvent se retrouver dans le rien.

Entre 3 et 5 h du matin, le conscient est généralement au repos (même éveillé), c'est pourquoi on rêve (ouverture aux messages de l'inconscients, même s brouillés par le subconscient), et conscient, c'est là que l'âme s'exprime le mieux (et qu'on peut être le plus productif).

A priori, l'âme étant la recopie du corps physique en dimension 9, le conscient en fait toujours partie. Quid des réincrnations où une conscience énergétique écrase la précédente ? Vu que tout se passe en même temps en dimension 9, il y aurait plus addition séquentielle, mais dans un ordre quand même, vu que les traumas des vies d'avant peuvent se retrouver dans les vies d'après (et pas du futur vers le passé de ce que j'en sais).

Lors de la mort, il faut prendre la lumière sinon on reste bloqué. Par contre ensuite, des anges vont nous conseiller, comment savoir si c'est de bons conseils, ou juste des choses pour nous garder sous leurs contrôles ? Sachant que même les altruistes peuvent voir débarquer les égoïstes qui vont chercher à les piéger ? Seul votre discernement doit primer, comme d'habitude !:) Vous êtes libre et maître de vous-même, vous pouvez échapper aux pièges du karma (retenter sans fin une leçon pas apprise, se dire que ce n'est pas primordial après tout).

Nous sommes tous égaux, Lucifer, nous et les archanges, nous sommes nos propres maîtres, et ils ne peuvent rien nous imposer (sauf certaines incarnations qui semblent contraintes).

Le but sur Terre est de se libérer du Karma (résoudre ses défauts, et problèmes), de redevenir son propre maître, de comprendre qu'on est tous égaux (entre Lucifer et une fourmi), qu'on est dans l'aide aux autres. D'être dans la paix, dans l'amour, dans la joie et dans la sagesse, c'est la mission universelle. Ensuite, se rajoute la mission de sa famille (ceux qui vont guérir, d'autres bâtir, d'autres créer, etc.).

Une âme est expérimentée ou non, ça n'a rien à voir avec la notion de vieille (nombre d'années de vies vécues, nombre d'incarnations, etc.) C'est avant une notion de compréhension de ses expériences, de conscientisation des choses.

La conscience lors de la mort, doi se libérer de l'égo (l'idée qu'elle est encore tel corps physique qu'elle vient d'incarner).

Fin Hypothèse AM.

Où va la conscience après la mort ?

L'âme évolutive

La conscience de l'individu que nous sommes ne disparaissent pas après la mort, mais sont stockés dans une super entité (âme accomplie), qui est comme le livre de nos vies passées, présente et futures. L'âme évolutive, se trouvant dans les basses dimensions où notre corps se trouve, n'a accès qu'aux vies antérieures, à moins de demander à son âme accomplie.

L'esprit

Les choses semblent plus compliquée que ça, car la personne décédée continue de vivre et d'évoluer, mais dans une trame de temps différente de la notre. C'est l'esprit, qui continue à vivre indépendamment de ses précédentes et futures incarnations.

Le film "Nosso Lar" de Chico Xavier montre bien cette vie astrale intermédiaire.

l'âme n'a pas de poids

Lorsque le corps physique cesse de fonctionner correctement lors de la mort, une série de processus chimiques se déclenchent, notamment un arrêt de la respiration et des modifications chimiques par l'arrêt simultané du métabolisme normal. Ces processus chimiques notamment gazeux se produisent dans les secondes suivant la mort (le sang ne circule plus, l'influx nerveux s'arrête etc...) expliquent les "21 grammes" de différence (une expérience biaisée en réalité, l'expérimentateur ayant fait une 40aine de corps avant d'en avoir un qui montre une baisse de poids). Le corps astral, ou âme ou esprit, peu importe, n'a pas de masse puisqu'il n'est pas composé de la même matière que le corps physique. Son énergie/masse n'est donc pas mesurable grâce à des instruments qui eux sont faits de la même matière que notre univers physique.

Gérer les fantômes / poltergeist/attaques de démons

Esprits défunts

Les esprits défunts, pour certaines, souhaitent garder ou prendre contact avec leurs proches. Comme le deuil (p.) n'est pas encore fait ni d'un côté ni de l'autre, on peut accepter des choses inconsciemment qui vont se traduire par des hantises. De nombreux esprits ont du mal à quitter ceux qu'ils aiment car ils pensent qu'ils peuvent encore veiller sur eux même après la mort. Ce n'est cependant que rarement le cas et le fait que ces esprits soient souvent maladroits dans leurs tentatives de communication fait plus peur que cela ne rassure.

Ils ne peuvent rien vous faire

Déjà ne pas en avoir peur, ce sont des humains qui ne vous faisaient pas peur de leur vivant, aucune raison que morts ils vous fassent peur non plus... S'ils étaient baraqués et agressifs de leur vivant, aujourd'hui ils ne peuvent plus rien vous faire, donc zen !

En réalité, la seule action qu'ils peuvent avoir sur vous, c'est vous persuader vous-même qu'ils peuvent vous atteindre. A ce moment-là c'est vous qui vous faites du mal (ou qui lui donner le pouvoir d'agir sur vous, ou de rentrer par vos failles grandes ouvertes), l'entité se contente de vous téléguider ,c'est vous qui vous frappez en réalité.

Il peut aussi s'agir de votre propre âme qui fasse les poltergeists, pour vous faire passer un message.

Peu d'actions possibles sur la matière

Ils peuvent faire varier la température ambiante (sensation de froid ou de courant d'air), et leur présence peut être ressentie également. Il s'agit là de capacité de communication liées aux âmes (esprits) et les esprits des défunts peuvent essayer de prendre contact directement avec l'esprit des vivants sans passer par le corps (communication immatérielle, une forme de télépathie ou de 6e sens).

Ces communications inter-esprits peuvent prendre la forme d'hallucinations légères et brèves, de bruits et d'odeurs familières. Ce sont en réalité des sons, des impressions, des odeurs ou des images (comme la silhouette furtive de la personne décédée) sous forme d'"images mentales" projetées par le défunt, des souvenirs envoyés par

Vie > Conscience > âme

l'esprit pour communiquer, pour dire tout simplement "je suis là, tu me reconnais ?". Mis à part cela, leurs possibilités sont très restreintes, alors même si un jour quelqu'un a la visite d'un ennemi défunt, ça n'irait pas bien plus loin ! Ce n'est que parce que la société nous a persuadé que la vie après la mort n'existe pas que ce genre de choses nous impressionne tellement, et nous terrorise : c'est ça avoir nos croyances chamboulées, d'où le déni adopté par la plupart des individus face à des phénomènes dépassant leur compréhension. + la peur naturelle face à tout phénomène inconnu, dont on ne sait pas s'il peut être dangereux ou non.

La peur d'une possession entretenue par le système

N'oubliez pas : vous faire peur permet d'avoir le contrôle sur vous.

Le mythe de la possession a été construit par les religions, soit pour expliquer des cas pathologiques, soit pour trouver des prétextes à des maltraitances. "Si tu ne suis pas les règles, alors on va t'exorciser", et les exorcismes ne sont au final qu'une longue torture. C'est imposer sa foi par la terreur, ni plus ni moins. Faire peur avec les possessions a été utilisé aussi comme moyen de remplir de nouveau les églises face à l'apostasie de masse des temps moderne, c'est pourquoi ces légendes ont été soutenues/entretenue par le cinéma, les médias et les institutions religieuses. Par cette peur d'être possédé, les gens sont poussés dans les bras des religions afin d'être protégés.

C'est là que le formatage télévisuel entre en jeu : les films comme l'exorciste montre que les fantômes tuent les vivants (ce qui ne s'est jamais vérifié dans la réalité).

Ce qui fait surtout peur dans ces visites c'est tous les a priori qu'on a sur elles, car la religion a rendu les gens paranoïaques avec ses histoires de démons et de hantises à faire peur.

Les histoires de fantômes, de poltergeist ou de possessions sont souvent complètement exagérées (ou inventées), mais la réalité est souvent bien différente. Vu que les prêtres font à la fois le diagnostic et le remède, ils sont loin d'être objectifs. Ils utilisent le fait que les gens ne comprennent pas ce qui leur arrive, pour mieux leur faire gober n'importe quoi, et surtout leur suggérer qu'ils ont été de mauvais chrétiens, que c'est leur faute si le diable et ses démons les poursuivent.

L'Église nous fait croire qu'une personne qui n'est pas croyante n'est pas en sécurité, donc elle doit vite rejoindre l'Église. C'est de la propagande pour recruter des esclaves bien obéissants. Les religions ne sont normalement pas faites pour faire peur au gens, mais au contraire pour les libérer. Les prophètes ont dit que si on était bon, on n'avait rien à craindre. Il n'ont jamais dit que si on léchait bien les soutanes, on n'avait rien à craindre.

Fausses possessions

Les possessions [AM : contre son gré] n'existent pas, car le libre arbitre est une valeur fondamentale. C'est le même principe que les hypnoses qui ne peuvent se faire sans notre accord (p.). Nulle entité n'a le droit de priver une personne de cette liberté absolue.

Dormir debout pendant 4 heures n'est pas une possession. Notre psychée est très compliquée, car 90% de notre cerveau forme ce qu'on appelle l'inconscient. Et nous sommes le jouet de cet inconscient la plupart du temps. Donc ce qui peut paraître comme une possession extérieure peut simplement être une prise de pouvoir de cet inconscient. Le film l'"exorcisme d'Emily Rose" traite de ce phénomène d'ailleurs. Quand de gros traumatismes sont enfouis profondément dans notre esprit, ils peuvent prendre le pouvoir. C'est aussi avec ce processus qu'apparait par exemple la maladie de Gille de la Tourette, les TOC, les phobies etc...

Les religions ne comprenant pas ce phénomène, ou ne voulant pas le comprendre, se sont jouées de cela. C'est pour cela que je dis qu'elles ont expliqué/fait passer des pathologies avec/pour les possessions.

Les symptômes peuvent donc varier d'un individu à l'autre, mais sont très proches de ceux décrits chez les "possédés". Est ce que la personne qui sort des insultes en continu est possédée par un démon, ou tout simplement est elle victime du syndrome de la Tourette, tout bêtement ?

Vraies possessions (p.)

Elles sont liées à ce qu'on appelle un Walk-In, une âme qui laisse son corps et autorise une autre entité à en prendre le contrôle.

MK-Ultra

Le problème c'est qu'à scruter le mal, on finit par intégrer ses concepts. Les satanistes ne font pas rentrer des démons dans des corps, comme ils le croient, mais détruisent la psyché des gens (d'eux-mêmes souvent) en commettant des atrocités. Le cerveau est endommagé, et comme le but est de bannir toute compassion, ils se prennent pour des gens différents ensuite, comme s'ils s'étaient transformés, eux ou leurs victimes, puisqu'ils essaient aussi de transformer des enfants.

C'est le conscient qui se reconstruis plusieurs personnalités, plus aptes à répondre à telle ou telle situation.

Les observateurs extérieurs peuvent finir par croire qu'ils font effectivement rentrer des démons dans des corps, c'est bien cela le problème (et qui explique que MK-Ultra se prolonge à travers les âges). Ce n'est pas parce qu'ils vouent un culte à Satan que Satan (dans le sens égal de Dieu en négatif) existe ou que des démons sont impliqués. Tout cela manque de recul.

Esprits communiquants

[Zétas] Comment les esprits peuvent communiquent par téléphone, ou être entendus sur un magnétophone ? Les esprits communiquent avec la personne, d'âme à âme, et la personne perçoit ce qu'elle s'attend à entendre sur l'enregistrement ou au téléphone. Les malades mentaux entendent des voix, alors qu'aucune voix n'a parlé, par exemple. La plupart des cas documentés sont tels que le son perçu comme étant le message pourrait être interprété de nombreuses façons différentes. Néanmoins, la communication peut être tout à fait réelle, et le résultat de toute action entreprise sur la base du message relayé, qui peut consister à tenter de résoudre un crime ou à conseiller une personne en difficulté, utile.

Protections

AM : Je rajoute ici les protections contre les possessions, issues de la croyance populaire. Ces remèdes croient que des entités peuvent nous atteindre, en contradiction avec ce que Harmo dit plus haut (c'est l'âme de la personne qui s'auto-inflige les fausses possessions, les traiter par hypnose régressive).

On parle ici des harcèlements d'entités extérieures à soit, harcèlement qui vient avant tout du fait qu'on autorise cet extérieur à avoir emprise sur nous.

Normalement, juste les 2 paragraphes suffisent, être altruiste, et discuter avec les défunts.

Être connecté au grand tout

Si on est connecté au grand tout, si on vit en harmonie avec lui, rien ne pourra vraiment vous toucher, les basses énergies ne vous verrons même pas, car ce sont des ombres occupées à fuir la lumière, donc si vous vous placez du côté lumineux, pas de problème.

Recentrez-vous, rentrez en empathie avec votre environnement pour y puiser la force nécessaire et donner de l'amour à l'environnement

Discuter

Entités

Les entités sont des êtres conscients, capables de réfléchir, d'interagir, de changer en fonction de votre discours. Même si vous ne les entendez pas, eux vous entendent, donc parlez à haute voix, ou pensez à eux très fort, et envoyez leur vos pensées que vous souhaitez leur faire passer.

Si c'est un proche qui veut vous aider, faites-lui comprendre qu'il vous fait plus peur qu'il ne vous rassure : ça ne l'empêchera peut être pas de rester, mais lui fera comprendre ton ressenti, et les phénomènes s'arrêteront.

Il faut avoir de l'empathie pour les entités coincées dans notre monde, car la plupart sont perdues et demandent de l'aide. D'autres sont là pour nous aider (ce qu'on appelle des anges gardiens) mais d'autres sont clairement mauvais et nous veulent du mal.

Il faut savoir différencier les fantômes qui vous suivent (vous êtes un passeur d'âmes, à vous de donner de l'attention à cette entité, lui expliquer que n'ayant plus de corps physique, elle n'a plus rien à faire dans cette dimension, que des gens sont là pour lui dans la lumière, que la vie continue au-delà, que tout leur sera pardonné, pour justement éviter les cas comme ça où ils sont coincés).

En effet, souvent les âmes coincées, sont des personnes qui ne savaient pas que la vie continuait, qui retournent là où elle se plaisaient dans leur vie (ou le lieu où ils sont toujours resté) et attendent, ne sachant pas quoi faire.

Donc dite leur de s'approcher de la lumière et continuer sa vie dans les dimensions supérieures bien plus belles.

mémoires

Si ce sont des empreintes énergétiques, nettoyer les murs, les faire partir, en écoutant ce stress qui est resté, en disant que tout ça est fini, que ça n'a plus lieu d'être dans notre nouvelle Terre d'amour. Bien conscientiser le problème et les solutions qui auraient dû être prises, le non jugement des actes de l'époque. Faites le psychologue de ces émotions refoulées, et non amenées à la lumière.

Satisfaire les demandes de l'esprit

Normalement, en discutant, on explique au défunt que ce qu'il demande n'a pas lieu d'être. Même si répondre à ses demandes, du moment que ce n'est pas trop gourmand en temps ou impossible, est une manière de lui montrer qu'il compte encore.

Par exemple, des phénomènes qui apparaissent quand on retire les croix de la grand-mère, qui étaient partout dans la maison.

Remettre les croix dans votre maison n'est pas nécessaire en soi, à moins que cela ait tenu vraiment à coeur à l'esprit de votre grand mère qui vous visite. Les esprit sont souvent très attachés à ces détails, car pour eux cela fait partie de ce qu'ils ont laissé en héritage pour prendre soin de ceux qui restent après eux. Une grand-mère très croyante (même si elle n'était pas forcément très pratiquante), quand elle voit qu'on retire ses croix, ça lui fait peur, et elle va rester pour vous protéger, vu que les croix n'étaient plus là pour le faire. C'est comme ça que les esprits fonctionnent.

Bulle de protection

Si vous êtes attaqué par des entités agressives, déjà, ne leur donnez pas d'importance, elles ne peuvent vous faire que ce que vous autoriser.

Allez en état de Zen, puis visualisez votre bulle de protection lumière qui s'élargit autour de vous, infranchissable à toute mauvaise énergie. Aspirez la lumière divine, l'amour inconditionnel de toute chose, et à l'expiration envoyez cette énergie dans votre bulle qui s'étend à 20 m, voir à toute la maison. Vibrez de bonnes vibration altruistes.

Parlez d'amour

N'hésitez pas à leur envoyer de l'amour, à leur parler d'amour, d'aide aux autres, de Jésus et de l'amour inconditionnel, de respect des autres. Encore et encore, jusqu'à les saouler : des entités néfastes égoïstes ne stoppent pas leur possession parce qu'elles ont peur de Jésus. C'est juste que détestant les discours qui les ramènent à la raison, elles vont se lasser très vite et aller voir ailleurs, repoussées par votre discours… C'est comme quand vous parlez à votre ado de travail, de responsabilités, d'obéissance à la norme, isl cherchent à s'évader au plus vite !

Il faut savoir que c'est pareil dans l'autre sens, vous avez le droit de repousser les personnes qui vous tiennent un discours égoïste (« tu es le meilleur, les autres on s'en fout, seul toi est important »).

Le rituel catholique d'exorcisme, ça consiste à répéter sans fin des paroles d'altruisme, jusqu'à ce que l'entité égoïstes en ai marre et se barre.

Spiritisme (ouija, prières, incantations)

Ces poltergeist semblent liés à des personnes.

Pourquoi ?

Ce qu'il faut retenir, c'est que quand nous demandons quelque chose à quelqu'un d'invisible, lors d'un ouija, d'un pendule, d'une prière, de l'obsession de réussir quelque chose, ces demandes sont entendues par les entités. C'est pourquoi il faut demander à son âme, pas à d'autres entités.

Si la demande est très forte, et que notre âme est d'accord, l'appel est entendu et des entités y répondent. Ces entités n'ont le droit de répondre qu'aux demandes de leur niveau spirituel. Si vous voulez jouer avec un ouija, vous aurez des entités immatures et blagueuses qui vont répondre (les blagues ne vous feront pas rire vous...). Si vous voulez avoir des informations qui vont vous aider personnellement, pire si c'est au détriment d'autrui (comme demander d'être aidé dans un concours) vous allez attirer des entités qui ne chercheront qu'à vous exploiter et vous baiser en retour... Idem si vous demandez une guérison juste pour vous même, vous n'aurez des entités qui ne bossent que pour leur propre intérêt et n'en ont rien à foutre des autres, vous en premier. Ce sera alors un marché de dupe (vous verrez mieux, mais vous perdrez une jambe pour donner une image).

Si vous demandez de l'aide pour autrui, vous arrirerez à vous des entités bienveillantes envers les autres... qui ne vous feront donc pas de mal. Si c'est la connaissance pure qui vous anime, comme Alan Kardec par exemple, vous aurez des entités évoluées qui vont répondre.

Comment s'en débarrasser

Si vous vous êtes acoquiné avec des entités pas sympa, il faut savoir qu'il y a une règle de base de la vie, que même les entités doivent respecter. Vous avez votre libre arbitre. Les entités égoïstes ne prennent "possession" de vous que parce que vous avez des failles énergétiques, émotionnelles, etc. N'ayez pas peur, ne soyez pas en colère, calmez-vous, devenez plus bienveillant avec les autres, y compris votre corps et votre âme. Qu'importe si le contrat avec le diable ou autre courrait sur plusieurs réincarnations, rien ne vous oblige à vous soumettre à personne. Les entités n'ont fait que vous tromper et vous manipuler pour que vous leur donniez de vous même votre libre arbitre. Là où c'est traître c'est que souvent c'est inconscient, notre mental n'en a pas souvenir ou conscience.

Bref, affirmez très fort que vous ne voulez plus être possédé ni subir ces événements. Soyez ferme, et répétez-vous le régulièrement, souvent l'entité laisse un manque au début dans la vie et on a tendance à la rappeler. Cette demande d'être libéré doit venir de l'âme, la seule à avoir un libre-arbitre à ce niveau.

Ces phénomènes de hantise sont une autorisation de notre âme, qui se sent prête à faire vivre à nos corps la révélation de visu que nous ne sommes pas qu'un corps humain mortel ! C'est notre âme / inconscient qui autorise ces phénomènes à parvenir dans notre réalité, ne l'oubliez pas !

Le débutant a forcément peur de ce phénomène inconnu (et c'est normal : tout animal, face à un phénomène jamais vu, s'enfuit d'abord puis regarde de loin, tant notre monde est plein de menaces et de prédateurs qui veulent nous manger...). Il faut dépasser la peur, ces choses en peuvent rien vous faire (si ce n'est ce que vous acceptez de leur part).

Ces manifestations ne sont là que pour nous prouver leur réalité. Inutile de chercher à convaincre les endormis avec votre expérience, ils vivront eux-même ces expériences quand ils seront prêt, avant ils se contenteront de fermer les yeux, de se boucher les oreilles, et de se dire qu'ils ont rêvé !

De même, une fois qu'on a compris, inutile d'être persécuté par ces phénomènes, de laisser des "entre-deux" nous pourrir la vie.

Ces "entre-deux" sont des âmes athées, qui ne savent pas que la vie continue après la mort, et qui ne savent pas quoi faire désormais. Ils restent bêtement à errer dans les lieux qu'ils aimaient, devant se cacher de temps en temps parce qu'une lumière inconnue s'approche d'eux... Il y a aussi les âmes rongées par le remord de leurs actes, qui ont peur du jugement de leur propre âme... Cette âme sera forcément bienveillante avec elle-même, il faut se pardonner si on veut être pardonné. Comprendre ses erreurs, s'engager à ne plus les refaire, voilà la clés des situations paraissant inextricables :)

2 solutions pour se débarrasser des phénomènes qui n'ont plus lieu d'être :
- les informer (même si vous ne les ressentez pas, ils vous entendent) qu'ils n'ont rien à faire dans ce monde, qu'ils sont morts, qu'ils n'ont plus de corps physique, et qu'une vie bien plus passionnante les attend de l'autre côté. Que quoi qu'ils aient fait de mal dans leur vie, la lumière n'est qu'amour et pardon, que rien n'est définitif dans l'immortalité (et heureusement !)
- S'ils ne veulent pas partir, c'est leur choix, mais que vous ne voulez plus les voir ou sentir leur présence. Votre intention et votre libre arbitre ont beaucoup plus de pouvoir dans cet entre-deux que dans notre réalité de tous les jours ! Là encore, ne pas hésiter à demander au grand tout de les dégager de votre vie s'ils s'incrustent, ou alors, c'est que vous avez quelque chose à résoudre en vous, à vous de méditer sur ce que cette expérience peut vous apporter de bénéfique !

Hantises

Ces poltergeists semblent liés à un lieu et à une entité qui y est bloquée.

Certaines maisons sont habitées par des entités qui ont mal réussi leur mort et restent bloquées dans un périmètre (maison, champs, objet). Elles ressassent et tournent en rond, font toujours les mêmes choses. Si dans ce lieu arrive quelqu'un de sensible (médium) avec des failles de même type que l'entité, qui émet les mêmes douleurs ou le même mal-être, l'entité va résonner avec le médium et au fil du temps va en tirer beaucoup d'énergie suffisante pour obtenir des effets physiques (bruits de pas, apparitions, etc.). Ces poltergeist issus d'âmes en peine semblent moins violent et farceurs que ceux d'esprits maléfiques liés à une personne.

C'est bien le médium qui active le fantôme. D'autres familles, moins sensibles ou avec des problèmes différents, ne déclencheront rien dans cette même maison.

Il faut guérir la personne vivante des failles qu'elle a, du mal être ressenti intérieurement (dans l'inconscient / âme), et l'entité si elle est prête. Les fantôme se matérialisent plus facilement la nuit, dans l'obscurité, dans un endroit frais, avec de l'humidité. Ils peuvent se cacher et ne pas être détectés avant plusieurs nuits passées dans leur zone de prédilection. Il faut que le passeur d'âme dépasse ses peurs qu'il ressent nécessairement

Vie > Conscience > âme

dans ces endroits où personne ne veut aller car il se sent mal. Au bout de plusieurs heures à attendre le contact, il ressent l'abaissement rapide de température (mesurable au thermomètre). Ensuite une forme apparaît, de tous les types possibles (grande, petite, vaporeuse, sombre et dense, bien formée, visage, enfant ou monstre hideux pour vous faire peur, jusqu'à la forme 3D semblant réelle, glacée voir chaude et respirante, etc.). Peut importe la matérialisation obtenue, c'est une image que se donne le fantôme (aspect au moment de sa mort avec les dégâts physiques, aspect juste avant sa mort, aspect jeune, etc.). Il faut beaucoup d'énergie au fantôme pour se matérialiser, il va la chercher en premier dans l'eau (salles de bains en général premier lieu d'apparitions ou de sensations), dans les animaux de la maison, dans les plantes, les piles des appareils des chasseurs de fantômes, puis dans les humains (l'énergie qu'ils veulent bien laisser s'échapper, comme les émotions (peur ou joie)). A noter que les assassins ou les Pervers narcissiques, qui de leur vivant se nourrissaient de l'angoisse de leur victime, continueront à le faire en prenant des formes terrifiantes. D'autres entités, moins dans l'égo, resteront évanescente ou floue, ayant dépassé cette notion du paraître. D'autres au contraire, apparaîtront bien habillées et propres sur elle.

Derrière l'apparition, il y a une pensée. Qu'elle provienne d'une âme ayant été incarnée ou d'une forme-pensée, d'autant plus puissante qu'elle a été collective.

Pour l'esprit derrière, le temps n'est plus le même que pour nous. Plus il était bas en vibration, plus son temps est ralenti par rapport au notre. Certains êtres noirs auront vu 15 secondes s'écouler de leur côté que pour nous 1 siècle se sera écoulé.

Nous apparaissons comme des fantômes aux fantômes, et il peut y avoir difficulté à leur faire comprendre que ce sont eux qui sont morts et pas nous (ils ignorent souvent qu'ils sont morts, une forme de déni puissant).

Souvent d'ailleurs les poltergeist (coups dans les murs, portes qui vous claquent au visage) ne sont que des tentatives des entités de vous faire partir parce qu'ils ont peur de vous. Ils ressentent une énergie qui vient les chasser de leur espace où ils sont bloqués.

Ces fantômes ne sont plus forcément des êtres pensants, mais des restes de banques données restées bloquées entre 2 mondes. Ce ne sont plus à proprement parler des âmes. Ce peuvent être aussi des âme qui souffrent et ont besoin d'être entendues et comprises. Il faut leur donner cet amour donc ils manquent. Inutile de prendre de l'encens où de les faire partir à coup d'énergie. Y aller avec l'envie d'aider, pas besoin d'être médium pour soulager un lieu, il suffit d'avoir l'envie d'aider.

Ces morts peuvent être des personnes qui avaient une grande envie de vivre, un but qui les transcendaient et leur faisait continuer malgré la fatigue, l'adversité, voir même la mort…

Transformation de poltergeist

Si le poltergeist dure, les 2 types de poltergeist se mélangent. Les entités du lieu attirent d'autres esprits plus violents, ou ces entités s'accrochent et se mettent à suivre le médium où qu'il aille.

Résumé

Il faut trouver puis guérir le médium d'abord, et l'entité si elle est d'accord. Dans une famille, le médium sera le plus exubérant, le plus renfermé, l'ado en crise existentielle. Patricia Darré raconte l'histoire d'une famille avec un poltergeist en HLM très violent (l'armoire qui bouge en permanence en plein jour devant tous les voisins). En fait, Patricia découvre très vite que c'est la fille de 25 ans (au chômage car au boulot elle faisait tout voler autour d'elle...) qui n'avait trouvé (du moins son inconscient) que cet exutoire au traumatisme subi par les viols répétés de son père, et dont elle n'arrivait pas à parler. Pas d'autres esprits ici que l'âme incarnée souffrante du médium… La fille raconte ses viols, et depuis les phénomènes ont cessés. Le non-dit, l'obligation de vivre avec ses tortionnaires peuvent provoquer ces phénomènes.

Attaques de démons sur les saints

Tout simplement la preuve que ces êtres, sous les contraintes de leur époque, ne vivaient pas en accord avec leur âme...

Les stigmates (destruction du corps) vont souvent de paire avec les attaques de démons. Ainsi, tous les vendredis soirs, les portes des Curés d'Ars, Padre Pio, Emmerich, Marthe Robin et Thérèse Neumann étaient verrouillées, et tout le monde prenait le large face à ces déchaînements de violence qui faisaient trembler toute la maison et terrifiaient les voisins.

Des saints pourtant puissants, qui ont accès à l'inédie, aux visions du passé, présent dans d'autres lieux, ubiquité et visions du futur, ainsi qu'aux guérisons miraculeuses.

Beaucoup revivent aussi la passion de Jésus, avec force effusions de sang qui faisaient s'évanouir les témoins.

Ces saints étaient tout simplement victimes de leur propre inconscient (donc de l'âme), qui est tout à fait capable de créer les stigmates.

Les privations et les auto flagellations sont généralement le symptôme du conflit intérieur que ressentait ces gens, un peu à l'image que ce que nous vivons, car il était dur pour eux d'être des messagers dans un environnement aussi hostile que celui de leur époque, ou encore de participer au mensonge de l'Église, aux malversations et contrôle du peuple (ces saints se rebellaient tous contre leur hiérarchie).

Bernadette Soubirou a fini enfermée dans un couvent contre son gré par exemple, après avoir tenté de nombreuses fois de s'enfuir sans succès.

Avant d'être reconnus, les saints sont énormément attaqués, plus même par le Vatican que par les sceptiques. En effet, le Vatican refuse les miracles, et de manière générale tous ceux trop près de Dieu, qui pourraient raconter une version des faits variant beaucoup du dogme officiel.

Par exemple, le Vatican a fait isoler dans sa cellule le Padre Pio pour l'empêcher de guérir les gens (ils l'ont mis en prison...), mais face aux 40 000 personnes qui venaient tous les jours, et aux émeutes que cela a généré, le Vatican a du faire volte-face. L'exemple aussi se produit à la mort de Padre Pio. Alors que son fantôme apparaît à la fenêtre aux dizaines de milliers de personne venues se recueillir sur son corps, le supérieur fait mettre un drap sur la fenêtre pour cacher le miracle. Vexé, le Padre apparaît alors à toutes les fenêtres du monastère en même temps !

Critiquer l'Eglise en étant religieux ou religieuse (ou pire, simple paysanne pieuse médium donc considérée comme un peu sorcière), ce n'est jamais facile, surtout à ces époques où la religion et le Clergé étaient dictatoriaux. Forcément que cela laisse des problèmes sociaux et psychologiques.

Aujourd'hui cela se manifesterait par une dépression, ou des angoisses, mais chez un religieux/une pieuse personne qui n'a comme exutoires que la flagellation ou le jeun, ce sont ces voies qui sont choisies. Nous prenons des antidépresseurs, ils s'auto-punissent, question de culture et d'époque.

Pouvoirs psys

La médium Patricia Darré raconte un poltergeist atypique sur lequel elle a travaillé.

Dans un HLM de Bourges, une énergie très puissante qui agissait en plein jour aux yeux de tous : une armoire qui fait l'aller-retour en permanence dans la pièce, tous les objets qui volent en éclat, les verres projetés contre le mur, les chaises qui volent et se déplacent devant tous les voisins réunis. Tout ça depuis 3 semaines, le curé n'a pas voulu venir. Le poltergeist est atypique dans le sens où quand c'est des fantômes derrière ils n'aiment pas le public ni la lumière du jour, et les HLM sont trop récents pour avoir un lourd passif de décédés.

Quand Patricia arrive, toutes les personnes dans la pièce reçoivent en même temps un SMS sans expéditeur, disant "je vais tous vous tuer". Le SMS disparaît au bout de 10 minutes.

Patricia recherche alors la personne qui déclenche le phénomène. Cette personne est généralement facile à détecter (personne en crise qui n'a que le moyen du poltergeist pour exprimer son mal-être intérieur). Patricia interroge la fille de 24 ans qui ne travaille pas et est obligée de rester avec ses parents dans l'appartement. La jeune fille, apprentie coiffeuse, lui dit que sa patronne ne veut plus qu'elle vienne à son travail, car quand la fille est là tout les objets volent de partout dans le salon de coiffure... La fille n'a pas fait le lien sur le fait que où qu'elle se trouve, le poltergeist la suive : il lui semblait normal que le démon du poltergeist la suive ailleurs...

Patricia a alors une information qui lui arrive. Elle demande à la fille "C'est votre papa qui vous a violé". La fille lui demande comment elle peut le savoir, qu'elle n'en a jamais parlé à personne. Patricia propose à la jeune fille d'aller voir un psy, mais cette dernière préfère vider son sac tout de suite. La jeune fille raconte qu'elle ne s'est jamais remise de ces viols nombreux mais pourtant anciens, qu'elle déteste son père et toute sa famille qui n'a rien dit et ne l'a pas protégée.

Elle n'a pu parler de ces choses-là avec personne, et c'est resté enfoui, dans l'inconscient, inconscient qui maîtrise une énergie énorme et n'a pu trouver que cet exutoire de faire voler les choses par télékynèse pour faire ressortir le mal-être dans le monde réel, et demander à ce que les choses soient dites, que le problème soit analysé par le conscient et pardonné.

Evidemment, après que la fille ai vidé son sac, le poltergeist s'est arrêté.

Dans cette histoire, ce n'est pas le poltergeist (et son énergie paraissant paranormale) qui est impostant, mais de l'inconscient. Cet inconscient n'arrive pas, ou difficilement, à faire remonter au conscient les choses qui le turlupine. Il n'a a sa disposition que les maladies, les actes manqués, les synchronicités pour communiquer avec nous. Ou les phénomènes dit paranormaux comme dans le cas de ce poltergeist.

Vous imaginez bien que si notre cerveau est capable de déplacer des armoires en plein jour devant tout le monde, il a la capacité de générer des cancers en nous (c'est même plus facile pour lui, vu la disproportion énorme entre le nombre de cancers et le nombre de poltergeists ! :)).

La parole est libératrice, évitons les non-dits et les rancoeurs secrètes qui tournent en boucle et s'amplifient. Conscientisons toutes ces choses pour redevenir en accord avec notre moi profond.

Si une âme peut créer un cancer, elle peut évidemment défaire ce qu'elle a fait : ce sont ces guérisons qui nous paraissent miraculeuses/paranormales, mais qui ne sont que le signe de l'arrêt d'un désordre d'une âme qui n'aime plus sa vie, ou qui souffre trop sans pouvoir formaliser son mal-être.

La méditation peut aider à atteindre les parties profondes de notre être (l'inconscient). Combien de personne disent vouloir se battre contre leurs multi-cancer, mais ne font qu'effleurer le problème intérieur. L'opération chirurgicale ou chimique enlève un cancer, mais l'inconscient en créera d'autres ailleurs : une guerre perdue d'avance, mieux vaut affronter ses démons intérieurs que vivre l'enfer de la chimio...

L'inconscient, en ésotérisme, est souvent appelé le saboteur, tout simplement parce que le conscient, formaté par la société matérialiste, ne comprend pas pourquoi son âme, qui a d'autres objectifs bien plus spirituels, l'entraîne sur d'autres voies lui semblant incompréhensibles.

Équilibrer tout le monde, accorder tout le monde (corps-conscient-inconscient), un des buts de la vie ! :)

Visions

Beaucoup de personnes voient des tsunamis en ce moment. Visions d'une vie passée, ou vision de l'avenir ?

Si l'émotion a lieu en même temps que la vision, c'est une remémoration venant de la mémoire absolue de l'inconscient.

Si l'émotion, comme la peur, vient après l'information de la vision (qui n'est pas accompagnée d'émotion sur le coup), il s'agit d'une vision de l'avenir (avenir probable généralement).

Objets chargés

Doudous

Les statues menhirs, les doudous, les objets du quotidiens à qui ont affecte une personnalité, se chargent d'une énergie autonome, une forme pensée.

Objets maléfiques

Quand vous récupérez un vieil objet, vous ne savez pas avec quoi il a été chargé. Par exemple, les guérisseurs, avant de se décharger sur les plantes, puis directement dans la Terre, le faisaient sur des objets ou des poupées. Ainsi, quelqu'un qui avait ressassé sans cesse de mauvaises pensées qui l'avaient rendues malades, le guérisseur les prenaient avec lui, puis les mettaient dans cet objet.

Il peut aussi s'agir d'un objet chargé de mauvaise pensées directement, comme les sorcières aimaient le faire de poupées, ou comme ça peut se produire avec les tableaux de démons satanistes dont nos culture se repaît (si une image fait peur à vos enfants, jetez-la).

Ces objets peuvent provoquer des poltergeist ou des maladies chez vous. Ceux qui achètent ces vieux objets cherchent, consciemment ou non, ces énergies. L'énergie résonne avec celle du médium pour produire des phénomène.

Magie noire

Toutes les particules vibrent en dimension 9, donc les âmes noires aussi. Les notions de haut et bas astral doivent se référer aux vibrations dans la dimension divine.

Pour la magie blanche noire, il faut :

- de certaines capacités génétiques (souvent au sein d'une famille) => la machine (le corps)
- Une tradition familiale ou d'éducation => la notice d'emploi de la machine
- un groupe d'âme autour de soi (guides au anges gardiens, autour de l'âme), de même vibration

Où envoyer les mauvaises énergies ?

Nettoyer énergétiquement le produit en envoyant les mauvaises énergies à la Terre :

Si on demande aux énergies d'aller voir ailleurs (soit se stocker dans la terre, soit à l'expéditeur), ces mauvaises énergies restent agglomérées, prêtes à se jeter sur tout être vivant).

C'est pourquoi il vaut mieux visualiser une douche de lumière bleue venant du ciel, qui dirige, en les dispersant, ces énergies au centre de la Terre, où elles seront recyclées (les disperser en particules est important, en cassant les liens entre les particules, pour que la mauvaise énergie, une construction de qi, n'existe plus, qu'elle soit recyclée en particules élémentaires sans lien entre eux).

On peut aussi imaginer autour de soi, une bulle de protection qui détruit en millions de particules étincelante toute énergie néfaste qui nous serais envoyée.

Quand on reçoit de la magie noire, il y a toujours le lien vers la personne qui l'a envoyer. Le renvoyer simplement n'améliorera pas cette personne (qui se reprend ses mauvaises pensées dans la tête), la transmuter et lui renvoyer de l'amour (ce qui va la faire changer d'avis à votre égard, et va l'améliorer). Lui renvoyer simplement c'est lui faire du mal, donc ça se retourne contre vous aussi.

Walk-in : Corps qui change d'âme

Les âmes ne sont pas verrouillées et il arrive que des personnes changent en cours de route, parfois en bien, parfois en mal. Certaines âmes quittent leur corps prématurément par choix pour des raisons variées et la place étant libre, une autre peut venir s'incarner. Ces cas ne sont pas légion non plus, mais ils existent.

Appelée la transmigration. C'est une incorporation sur le long terme, l'âme d'origine quittant son corps (mais gardant priorité pour le reprendre si elle le souhaite).

Droits de propriété du corps

Les mécanismes des conflits de propriété sont complexes, car ils dépendent des esprits en question. Ce sont principalement des mécanismes liés à la maturité des **deux âmes en conflit de propriété**. Généralement, le changement de propriétaire est impossible, ce qui rend le voyage astral quasiment totalement sans danger.

Par contre, il existe des esprits, qui ne sont pas satisfaits de leur vie terrestre, immatures, envisageant de mettre fin à leur corps physique, ou souhaitant le quitter tout simplement, et en sont empêchés par les "guides", ces entités supérieures qui veillent au grain.

Dans ces cas là, il est possible que leur requête soit acceptée, et qu'une autre entité puisse remplacer la précédente.

Le propriétaire précédent ira, lui, s'incarner ailleurs. Bien sur, on n'échappe pas aux leçons de la vie, et l'âme en fuite de responsabilité sera replacée dans un environnement propre à lui faire comprendre ses erreurs. Les guides acceptent donc parfois ces changements uniquement dans la mesure ou la nouvelle âme y gagne davantage que la première.

C'est le même principe pour ceux qui sont ressuscités après une mort temporaire, que ce soit à l'hôpital, ou au bout de plusieurs jours grâce aux appareils de régénération anunnaki.

Possession / incorporation impossible sans accord du propriétaire

La véritable possession est volontaire, c'est à dire que l'âme résidente autorise une autre âme à partager un corps. La véritable possession n'est donc pas possible si l'âme résidente refuse l'entrée à l'autre âme, et en cela, les gardiens empêchent toute exception à cette règle. Il n'y a donc absolument rien à craindre de ce côté là.

Ce qu'on appelle possession est plutôt un accord de partenariat entre une âme faible et une âme plus forte qui vient se superposer volontairement à elle.

Possessions négatives

Il n'y a pas vraiment de possession par des entités bénéfiques, qui préfèrent elles laisser le libre arbitre intact quoi qu'il arrive. Par contre il y a des possessions négatives dans le sens où une âme jeune peut être tentée d'accueillir une âme immature plus expérimentée et tournée vers elle même, dans sa recherche de conseils, le but étant de faciliter son accession à plus de pouvoir, de richesse et de sécurité. La personne passera donc d'un mode intéressé par ses propres intérêts à un mode très intéressé par ses propres intérêts, ni plus ni moins. Quelqu'un qui est perdu ne peut que perdre davantage quelqu'un qui commence à se perdre, en quelque sorte. Ou pour simplifier, la personne passe d'une compassion envers son prochain de faible à inexistante... mais ces cas sont

Vie > Conscience > âme

très rares et touchent souvent des gens déjà proches du pouvoir.

Changement de personnalité

Après le Walk-In, que voit-on au niveau physique ? La personne peut changer dans sa vision de voir le monde, ses choix éthiques, etc... Il faut bien comprendre que corps n'est qu'une machine biologique, certes sensible et à respecter, mais que c'est l'âme qui fait le fond et oriente les choix importants dans la vie.

Mais le comportement de la personne ne changera pas spontanément et brutalement comme dans le cas d'une possession, l'âme ne dictant pas à ce point le comportement des gens.

Même corps

Concrètement, après avoir ressuscité, le corps sera le même, (donc mêmes souvenirs, même tics, mêmes impulsions instinctives dictées par l'ADN, etc.).

Un homme ou anunnaki, qui aime les brocolis, continuera à les aimer (ou à les détester), il aura toujours les mêmes tics, le même rire, la même démarche, le même vocabulaire etc... Parce qu'une grande partie de notre comportement est génétiquement programmé ou acquis à travers notre éducation ou notre histoire (c'est le cerveau biologique qui en a la charge, pas l'âme).

Grandes aspirations, choix et questionnements différents

Par contre, le comportement général de la personne (anunnaki ou humain) pourra être sensiblement différent après le Walk-In. L'âme est le moteur principal de la volonté et de la conscience (la petite voix symbolique qui fait culpabiliser ou inversement) et donc l'orientation spirituelle peut être modifiée.

La résurrection n'est donc pas anodine en ce sens, et cela a parfois fait se poser d'étranges questions aux anunnakis, témoins de ces changements sur leurs congénères morts et revenus à la vie. Les choix éthiques que feront l'individu seront alors peut être inversé, il pourra faire preuve de plus ou moins d'empathie, de scrupules, d'inspiration, de motivation, de foi, etc.

Ces choix différents montre que c'est bien l'âme qui a principalement le libre arbitre.

Harmo ne parle pas des expériences de vie après la mort, où généralement, celui qui l'a vécu est complètement transformé. Soit c'est le conscient qui a pris conscience de son âme, soit c'est un walk-in (comme Ian Stevenson l'a montré, avec les enfants décédés qui étaient réincarnés par une âme défunte, qui se souvient pendant un temps de ses vies antérieures).

Conscience > Incarnation

Survol

But (p.)

Sexe (p.)

Méditation (p.)

La méditation d'analyse (p.) aide à calmer le conscient pour laisser l'inconscient s'exprimer, et donc à réaliser l'éveil.

Prânisme (p.)

Se nourrir de prâna, c'est accélérer la reconnexion conscient - inconscient.

C'est aussi se nettoyer des mémoires dissonantes, qui risquent d'entrer en résonance avec ce qu'on capte des autres, et qui rendent douloureuse cette unité retrouver. Grâce au nettoyage opéré lors de la transformation, les mauvaises énergies n'adhèrent plus à rien en nous.

Pourquoi s'incarner ?

Difficile de donner une réponse définitive. Déjà, toute vie consciente génère une âme, qui aura besoin de se réincarner rapidement pour se densifier.

Il y a ensuite des expériences / apprentissages qui ne sont peut-être possibles qu'en incarnation.

Lors de NDE, les expérienceurs racontent avoir la connaissance absolue de tout, mais ne pas arriver à ramener cette information dans la matière. Sylvain Didelot faut l'analogie suivante : l'âme a beau connaître les plans des manèges type montagne russe, toutes les équations qui s'appliquent sur le corps à ce moment-là, ils ne pourra connaître les émotions ressenties qu'en expérimentant lui-même le manège. On est venu pour vivre des sensations et des émotions, à aimer et pas à savoir (connaissance), mais plutôt le savoir émotionnel, apprendre à faire un et à le ressentir. Les mathématiques non appliqués ne servent à rien, la Terre est un espace d'application.

Guides de réincarnation

A ne pas confondre avec les guides d'incarnation (les anges gardiens qui aident au cours de l'incarnation). Ces guides choisissent qui (âme) s'incarne dans qui (corps).

Les âmes sont loin d'être complètement libres pour choisir leur incarnation, ce serait un peu facile. Qui voudrait alors s'incarner dans une personne ayant une grave maladie génétique ? Un lourd handicap ? Se retrouver en Inde chez les intouchables ?

Les lois "karmiques" sont extrêmement complexes et visent à donner une vie qui permettra à l'âme de compléter ses lacunes et se rendre compte de ses erreurs.

C'est pourquoi s'incarner dans un physique/situation sociale difficile n'est pas forcément une punition. Tout dépend de l'histoire de l'âme. Certaines, par compassion, s'incarneront dans une personne à la santé fragile pour pouvoir soutenir les parents qui eux auront du mal à gérer le handicap. Vous pouvez donc avoir (et c'est souvent le cas) de vieilles âmes dans des corps fragiles, parce qu'ils sont aussi là pour donner une leçon de courage aux autres.

Les incarnations sont loin de se faire à la carte, sauf si vous êtes déjà bien avancé dans votre apprentissage. Les âmes neuves par exemple (moins de 2 incarnations) sont fragiles et doivent très rapidement trouver un autre "hôte" symbiotique sinon elles disparaissent en temps qu'individualités (elles retournent dans la masse spirituelle de l'Univers, le qi).

Il y a aussi des contraintes pratiques, une âme ayant énormément de mal à s'habituer à une biologie particulière. Si il lui a fallu des dizaines de vies pour s'habituer au corps humain, il sera difficile pour elle de créer une symbiose dans un corps trop différent par la suite : en gros, si tu es habitué à être dans un humain, tu es presque obligé d'y retourner.

Bien entendu, toutes ces contraintes diminuent avec l'avancement spirituel, et là oui, quand l'âme est très avancée, les choses se font plus librement. L'âme, en l'occurrence, est aussi plus "mature" et "responsable". Est ce que vous laisseriez un enfant de 2 ans aller jouer au bord de l'autoroute si il en exprime la volonté ? Non, et bien ça fonctionne pareil !

Karma

Les incarnations ne nous font pas forcément vivre l'envers du décor, le bourreau ne devient pas victime.

Les incarnations n'ont rien à voir avec les fautes ou ce qu'on a pu faire dans une vie précédente. il n'y a rien d'automatique. Les incarnations sont décidées dans un plan global d'évolution par des entités désincarnées qui servent de guides, et leur but est que nous apprenions des leçons spirituelles. Ces leçons peuvent être apprises dans de très nombreuses situations. Tout dépend donc du pourquoi. Une mère infanticide peut avoir tué son enfant pour 10.000 raisons différentes, négligence, problèmes sentimentaux avec le père, meurtre gratuit, problèmes psychiatriques, drogues etc... Les leçons pour un même acte ne seront donc pas du tous les mêmes. Un pédophile qui a de graves traumatismes parce qu'il a été lui-même abusé n'a pas d'excuse en soi, bien entendu, mais aura une leçon complètement différente d'un pédophile qui le fait par besoin de domination sur un faible ou par pulsions/frustrations sexuelles. On sait que le corps peut pousser une personne à des pulsions sexuelles déviantes dans un environnement qui crée de graves frustrations, c'est notamment souvent le cas chez les prêtres catholiques. Tous n'ont pas été violés pendant qu'ils étaient enfant de coeur, et ensuite reproduisent les sévices. Empêcher quelqu'un d'avoir des relations sexuelles normales peut résulter, si l'âme n'a pas assez de force, à des actes pédophiles, et en cela le célibat des prêtres est terrible. Si le prêtre ne trouve pas d'exutoire à ses pulsions sexuelles (la bonne du curée ou un autre prêtre dans le cas d'une homosexualité latente), il peut alors avoir un comportement de prédateur. La leçon spirituelle pour l'âme sera alors le contrôle du corps et des pulsions. En ce sens, ce curé pédophile peut très bien se retrouver dans le corps d'une mannequin suédoise, harcelée par la gente masculine. Elle comprendra alors l'étendue de la puissance des hormones mâles sur le comportement des hommes qui n'ont pas assez de self contrôle pour en devenir des animaux bavant. Le souci n'est pas la pédophilie, mais l'incapacité de l'âme à résister à des pulsions sexuelles, et bien évidemment par dessus le marché un manque de compassion évident pour les jeunes victimes. La leçon sera donc double, et portera sur les deux principes, compassion et contrôle du corps, et cela peut se faire sur plusieurs vies. Après mannequin suédoise, qui sait quelle incarnation suivra, parce qu'on faut parfois plusieurs vies pour comprendre une seule leçon, et même des centaines pour les plus dures à intégrer. On peut apprendre plusieurs leçons en même temps, et du coup, la variété des vies qui nous sont proposées après la mort est donc très large. Il est même rare qu'un pédophile se réincarne en victime de pédophile, car si la leçon a n'a pas fonctionné à ce niveau lors de la vie précédente, peut être faut il changer la méthode.

Malheureusement, certains utilisent ce domaine pour justifier des stigmatisations. Un handicapé devient alors un coupable, parce que s'il se retrouve dans cette condition, c'est qu'il a du faire du mal dans sa vie précédente. C'est une très mauvaise utilisation du karma et des réincarnations, qui en fait justifie un élitisme. Les beaux, riches et puissants sont récompensés pour leur vie précédente, et les pauvres et les handicapés pour leur vices passés ? On voit tout de suite où ces gens veulent en venir. Ce sont généralement des théories qui émanent de spiritualités/groupes élitistes, qui veulent justifier leur position par un mérite qui n'existe pas. C'est extrêmement dangereux et complètement faux. Au contraire, beaucoup d'handicapés recueillent des âmes profondément altruistes, parce qu'elles sont capables de vivre avec le handicap. C'est pour cela que les personnes avec des problèmes de santé très graves, sont aussi souvent des gens avec une personnalité hors du commun.

Anges gardiens

Encore appelés "guides d'incarnation", mais la dénomination est trop proche de "guides de réincarnation".

Les anges gardiens nous aident au cours de notre incarnation.

Les "anges gardiens" sont surtout des conseillers. Parfois ils offrent un soutien logistique mais c'est rare (obligation de neutralité d'action), cela passe dans le domaine des exceptions (comme les protections de personnes clé contre les assassinats etc...). Ils sont là pour nous donner des informations, mais pas pour agir à notre place.

Ils ne sont pas forcément attirés et constamment présent. Ce ne sont pas des anges "gardiens", qui sont expressément là pour vous tenir la main constamment, comme souvent il y a beaucoup d'abus. On pourrait plutôt parler d'assistants ou de conseillers qui interviennent lorsque vous envoyez l'Appel (ET>Appel p.), c'est à dire que votre cerveau se manifeste au niveau télépathique. Ce "cri" ou "chant" involontaire est capté pour les entités (ET quand ils sont incarnés ou entités spirituelles quand ils ne le sont pas), et celles-ci y répondent en fonction de la nature de cet appel. La prière est une forme d'appel vue sous un aspect religieux, mais une inquiétude ou un questionnement philosophique ou spirituel, une envie d'agir pour une autre personne mais aussi une frustration, une peur etc... peuvent déclencher ce type de chose. Il y a des gens qui "chantent" tout le temps, et d'autres qui sont de grands muets. La présence de ces conseillers est donc très dépendante de votre propre situation. Attention, si votre appel est égoïste, le conseiller sera du même bord que le motif de l'Appel. Idem avec un appel altruiste, et bien sûr les conseils seront eux mêmes orientés de cette manière.

[AM : ceux qui répondent à l'Appel ne sont pas du même bord que la personne qui Appelle, mais du même bord que la demande elle-même.]

Jalousez un collègue de travail ou un voisin et vous envoyez ce type de message négatif. Si cela en vire à l'obsession, le message sera entendu d'autant plus fort, et vous aurez "un petit diable rouge sur votre épaule gauche" à coup sûr. La haine, la peur, la jalousie, la possessivité (ne désirez un autre que pour soi même), l'orgueil, l'ambition matérielle, la soif de l'or ou l'obsession du luxe ou du status social et j'en passe et des meilleures attireront les entités mauvaises conseillères. Alors certes elles vous inciterons à des actes égoïstes, mais vous aurez un retour de bâton car ce sont "des mauvais génies", où ce qui est offert est un piège plutôt que l'exaucement d'un "voeu". Si à l'inverse vous faites le bien autour de vous, que vous êtes impliqués sincèrement dans le bien des autres, au quotidien ou dans des actions ponctuelles, vous aurez de l'aide des entités bienveillantes, les seules à ne demander, comme vous, aucune contrepartie en retour. Mais en aucun cas la même entité a priori neutre ou bénéfique ne sera toujours collé à vos basques. Si vous êtes un gros égoïste motivé par des pulsions du même type, vous n'aurez sûrement pas "d'ange gardien" à vos côtés. Si vous agissez dans une bonne action, ou voulez vous investir dans une bonne action, on vous y aidera. C'est aussi simple que cela !

Besoin du corps physique pour l'apprentissage

Certains sont tentés de suicider face à Nibiru, croyant que l'âme peut se démerder sans corps.

Mais si les corps n'avaient pas d'utilité dans le développement spirituel de l'âme, pourquoi en aurions nous ? La fuite n'a jamais été une solution dans ce cadre. C'est comme si vous aviez un examen et que vous ne vous rendiez pas à l'épreuve. Nos âmes sont encore dans une situation où elles sont incapables d'évoluer seules, le corps leur permet encore de voir, ressentir, interférer avec l'environnement. Ce ne sera pas toujours le cas, il arrive un moment où une âme suffisamment évoluée peut interagir avec la matière sans intermédiaire, c'est le cas pour certaines entités dites "ascensionnées" (p.). Le chemin est long, et en attendant nos âmes ne sont pas assez "denses" et expérimentées : elle ne sont même pas capables encore de maîtriser le corps dans lequel elles "habitent".

Les animaux supérieurs

Il peut arriver qu'en cas de manque de corps (comme ceux qui auraient baissé les bras trop rapidement face à l'adversité de Nibiru), les jeunes âmes se réincarnent dans les animaux supérieurs (chien, chat, chèvre, cochon, vache etc... ceux-ci étant les plus proches de l'ancien conteneur). L'avancement spirituel est alors en pause, parce que ces animaux n'ont pas une biologie adéquate pouvant favoriser l'apprentissage émotionnel de l'âme.

Pour que l'âme comprenne les interactions avec son environnement, il faut que le cerveau de l'espèce soit capable de traiter un minimum les informations [âme>conditions d'apparition]. C'est le cas de l'homme, pas du chien ou du chat (ce qui ne veut pas dire que Chien et chats ne ressentent pas d'émotions etc... la forme de leur âme est simplement différente).

Influence du corps sur l'âme

Le corps n'influence pas l'âme, c'est un système qui ne va que dans un sens. [AM : l'âme observe les comportements, et si elle s'incarne dans un corps d'une espèce différente, ça ne va pas la défigurer, l'âme n'ayant pas d'aspect] Si l'âme n'est pas assez forte pour "dompter" le corps, celui-ci continue sur sa programmation de base, l'instinct et donc son comportement par défaut. A ce moment là, le corps se comporte comme un "animal", strictement sur sa programmation génétique. Beaucoup de comportements, même chez des gens qui paraissent intelligents au premier abord, peuvent être dictés par l'instinct. C'est d'autant plus vrai pour les instincts de base comme la reproduction, l'instinct de survie ou de paralysie face à un danger, la colère etc... "Ne pas pouvoir s'empêcher de faire quelque chose" est un signe que l'âme n'est pas d'accord mais que le corps n'en fait qu'à sa tête. Plus la pulsion est puissante plus l'âme a des difficultés à empêcher l'acte si elle le trouve mauvais. Dans le cas d'un ET s'incarnant sur Terre, même si l'âme n'est pas dès le début en adéquation totale avec le corps, il y a suffisamment de marge pour empêcher les actes jugés non éthiques généralement, surtout si l'incarnation est volontaire et missionnée. En revanche, il arrive parfois que les âmes d'espèces éteintes ou qui doivent être sorties d'un environnement qui ne leur convient pas (imaginez une âme qui devient compatissante et qui s'éveille dans un monde reptilien), soient transférées sur d'autre planètes plus propices à la suite de leur apprentissage. Mais ces cas ne sont pas la majorité, surtout depuis quelques années où les incarnations ET sont très nombreuses et visent à aider l'Humanité dans sa maturation. Il y a actuellement environ 25 % d'âmes compatissantes sur Terre et environ la moitié (voire plus) son des âmes ET venues spécialement pour donner un coup de main. Peu de ces individus sont au courant de cette caractéristique mais elle n'est pas rare du tout ! (10% de la population = 700 millions d'humains).

Le corps a du mal à se rendre compte de son âme

L'humain a du mal à avoir conscience en général qu'il existe en fait une âme dans un corps. Il y a de nombreux facteurs à cela, dont la culture et l'éducation qui sont prépondérantes dans cet aveuglement. Même si certaines religions parlent d'âmes, leur vision est souvent simpliste ou corrompue, et ne relate pas vraiment la nature exacte des interactions âme corps, ou de la nature exacte de l'âme. Il existe aussi un phénomène d'amnésie lors de l'incarnation qui empêche le corps de récupérer les souvenirs des vies antérieures mais aussi de comprendre la différence entre ce qui vient du cerveau (le corps biologique) de l'âme (l'esprit ou le cerveau spirituel en quelque sorte). Nos pensées nous parviennent de manière neutre, sans qu'on sache qui les a produites ; est ce le cerveau conscient, le cerveau inconscient ou quelque chose d'autre encore. Souvent les 3 sources se confondent. L'être humain a aussi ce défaut d'avoir un cerveau coupé en deux, et malheureusement pour nous, l'âme est connectée à l'inconscient et pas au conscient, ce qui rend l'accès encore plus délicat. Ce que nous percevons comme "notre pensée" est issu d'un processus très complexe où les 3 intervenants se disputent le micro et parlent en même temps. Dans ce contexte, il est extrêmement difficile de se rendre compte que nous sommes aussi bien une âme qu'un corps, du moins sans aide extérieure. Les ET peuvent prodiguer ce type d'enseignement lors de leurs visites, et une fois cela intégré, il est facile de savoir ce qui provient du cerveau et ce qui provient de l'âme. Souvent les gens éduqués/initiés de cette manière se sentent comme avec deux personnalités (à ne pas confondre avec une double personnalité pathologique), où tout en étant toujours la même, on se sent parfois "je" et d'autres fois "JE". Le "je" parle comme un humain standard et se comporte comme un humain standard, mais parfois nous envahit une sorte de "grandeur" ou de sentiment spirituel profond où c'est le "JE" qui s'exprime plus que le "je". C'est difficile à décrire tant que l'on ne l'a pas vécu, mais la différence est repérable. Le "JE", n'intervient pas dans le quotidien, mais uniquement dans des situations où cela est nécessaire et où la spiritualité est exacerbée. Si vous regardez certains passages des biographies de Jésus, notamment l'évangile apocryphe selon Judas, vous verrez qu'il est décrit dans son comportement avec ses disciples, parfois comme un enfant, parfois comme un homme, et parfois comme un vieillard. Pas parce qu'il changeait de forme, mais parce que son comportement changeait suivant les situations. C'était une personne qui :

- aimait rire, comme un enfant,
- savait se comporter en adulte responsable, à la fois dans la société, à la fois envers ses proches et sa famille,
- donnait son enseignement en parlant comme un vieillard empli de sagesse et d'expérience.

C'est tout a fait symptomatique de ces variations et des prises de parole du corps ou de l'âme, du "je" ou du "JE".

Une fois qu'une personne a pris réellement conscience spirituellement de sa dualité corps-âme, les deux coexistent mais peuvent se céder la place suivant celle/celui qui sera la/le plus à même de s'exprimer dans une situation donnée. Chez les personnes qui n'ont pas acquis cette conscience profonde de leur nature double, les deux parlent en même temps indistinctement et le message est alors bien plus flou, car on ne peut être efficace à répondre à une question quand on est deux (voire trois) à parler en même temps.

Harmo fait le lien avec l'énergie qui lui permet de répondre à autant de questions : "Il semble que je ne sois pas toujours aux commandes. Il y a un "moi" et un "MOI" qui se partagent tout individu, le moi étant la personnalité normale, et le MOI ce qui est plus profondément lié à l'âme, ou du moins à l'inconscient (soit 90% de notre cerveau je le rappelle). Dans certaines conditions, marc laisse la place à Marc et ça se fait tout seul ! "

Ancrage de l'âme au cours de l'incarnation

On peut l'appeler ancrage de l'âme dans le corps, pourcentage de symbiose corps-âme, etc. C'est le temps que met l'âme à se déployer dans le corps.

L'âme met plus longtemps que l'on pense à arriver à son maximum pour s'installer dans son corps. Il faut entre 30 et 40 ans pour y arriver.

Pour donner l'exemple de Jésus, une âme super évoluée, un corps préparé pour que l'incarnation se fasse rapidement, il a quand même fallu 30 ans...

Ce sont des principes qui sont valables pour tous (ce n'est pas lié à la constitution de l'espèce, c'est des règles physiques d'interdimension), c'est pourquoi l'espérance de vie d'une espèce joue grandement sur sa capacité à devenir consciente (une espèce qui ne vit que 10 ans n'arrive jamais à exprimer son potentiel spirituel. Toutes les espèces qui se sont révélées conscientes comme les humains sont des espèces vivant plus de 40 ans).

Jésus a donc mis près de 30 ans pour arriver à son maximum de maturité spirituelle (ce qui ne veut pas dire qu'il n'était pas sage avant !), ce qui est assez exceptionnel mais compréhensible vu son origine "karmique". Normalement, on considère que la moyenne est autour de 40 ans. ce n'est pas un hasard si les contactés prennent leurs missions totalement en charge aux environs de cet âge là. Attention, je ne dis pas qu'avant 40 ans on est pas sage et spirituellement avancé. Je dis juste que le maximum est atteint tard. Il existe de nombreuses personnes qui sont plus sages à 7 ans que d'autres ayant dépassé la 60aine !! Cela dépend de la maturité de l'âme qui s'incarne, certains, comme Jésus, démarre sur les chapeaux de roue et d'autres ne décolleront jamais vraiment.

Mode opératoire

Chakras = points d'ancrage de l'âme dans notre dimension

Il y a forcément un lien concret qui lie l'âme et le corps matériel, et ce lien n'est pas aussi solide qu'on peut le penser. Les deux ont besoin de s'apprivoiser l'un l'autre, de tisser cette symbiose. Cela est valable pour toutes les créatures intelligentes qui abritent une âme individualisée dans l'Univers, aussi bien les ET , les reptiliens, les anunnakis, les humains dont les contactés.

C'est un processus, une loi universelle, elle est complètement dissociée des missions ou des leçons avec lesquelles les âmes sont confrontées d'une vie à une autre.

L'âme doit s'habituer à son nouveau corps et s'ancrer à des points spécifiques qui sont parfois connus sous le terme de chakras. Ces points d'ancrage sont nécessaires car il ne faut pas oublier que les âmes ne sont pas dans notre dimension et de la même nature que la matière connue. Cela lui permet, avec le temps, de connaître comment fonctionne le corps et se mettre en phase avec lui complètement.

Conditions de l'ancrage

Il existe de nombreuses conditions qui font/empêchent l'âme de se fixer complètement dès la naissance.

Le temps d'ancrage complet est plus ou moins court/long selon :

La durée d'incarnation

Plus le corps est jeune, et moins l'âme a le contrôle du corps et de certaines pulsions instinctives, pulsions qui peuvent parfois s'exprimer, même si l'âme est éthiquement contre.

L'histoire de l'âme

Les précédentes incarnations, la personnalité de l'âme.

Le sexe

Si une âme qui a l'habitude d'être dans le corps d'une femme se retrouve dans le corps d'un homme (et vice versa) alors que ce n'était pas son "habitude", elle mettra un peu plus de temps à s'accommoder des différences morphologiques et sexuelles.

L'espèce

C'est beaucoup plus délicat encore pour des entités originaires d'espèces complètement différentes, comme des céphalopodes intelligents ou même des invertébrés complexes. Avoir deux bras, deux jambes et une tête n'est pas la situation majoritaire dans l'Univers mais au contraire une minorité.

Les étapes de l'ancrage

L'ancrage n'est pas un processus linéaire (du genre à 1 an on a 5% d'ancrage, à 2 ans on a 10%, etc.) mais un processus quantifié avec des "sauts" qui se traduisent par une prise de conscience accrue, assez visibles quand y regarde de plus près (surtout la dernière, vers 40 ans, que toutes les cultures appellent "la crise de la quarantaine").

En estimant de manière très approximative l'avancement de l'ancrage de l'âme dans un corps au cours de la vie, ça donne ça :

0% avant le 3e mois (proto-foetus)

Le proto-foetus, avant 3 mois de grossesse, n'est pas un être vivant, dans le sens où le cerveau et le métabolisme ne sont pas actifs (pas de processus de pensée). On ne parle même pas de foetus, car les organes ne sont pas fonctionnels, l'innervation ne fonctionne pas.

0% entre 3 et 5 mois (foetus)

Le foetus, entre 3 et 5 mois, n'est pas différent d'un chat ou d'un chien (ce n'est pas péjoratif).

Le cerveau et le métabolisme sont actifs, mais insuffisants pour qu'une âme se fixe.

Le foetus est alors un être sensible, vivant, qui peut souffrir, mais dont l'intelligence n'est pas assez développée pour abriter une âme individualisée déjà existante, ou même en créer une.

2% à partir du 5e mois de grossesse

L'âme n'entre en symbiose (et encore, seulement à 2%) uniquement à partir du 5ème mois de grossesse, quand les processus de base du foetus sont suffisants. Ce qui rends erronée la notion d'anniversaire basé sur la naissance...

C'est pour cela que les ET reprennent les bébés modifiés des femmes abductées inséminées artificiellement à 5 mois, juste avant qu'une âme n'ait commencé à se fixer. Le foetus est alors mis en sommeil, en stase complète, comme figé dans le temps dans ces fameuses petites cuves que les abductés voient assez fréquemment. A ce stade, on parle bien de foetus, pas de bébé. Cela ne veut pas dire qu'on doit le traiter avant 5 mois comme un objet qu'on peut détruire ou utiliser, mais que le foetus n'est pas encore habité. Ces caractéristiques sont importantes à connaître ne serait-ce que par rapport à l'interruption volontaire de grossesse.

Vie > Conscience > Incarnation

Après 5 mois, les pensées du bébé se complexifient et dépassent bien plus qu'on ne le pense généralement celles des animaux les plus avancés (dauphins, éléphants etc...) de ce point de vue.

La symbiose augmente lentement durant les premières années.

Rien à voir encore avec le développement et la maturité intellectuelle : des enfants de 5 ans peuvent avoir l'intelligence d'un enfant de 10 ans.

On parle bien là de processus spirituels, d'une orientation éthique, pas du développement cognitif ou physique.

Avant 7 ans, l'enfant ne se posera pas, ou que de façon mimétique, de questions de fond sur son environnement : le bien le mal, les autres, l'univers, la religion, la vie, la mort sont mal comprises avant cet âge même si l'enfant répète et parait informé par l'entourage. Il y a une différence entre savoir et comprendre. On peut expliquer à un enfant de nombreuses choses, mais il répétera les mots sans forcément y associer un questionnement réel et profond.

Cap des 7 ans

La symbiose passe généralement un cap vers les 7 ans (d'où le fameux âge de raison).

12 ans

Le stade suivant se produit généralement vers 12 ans.

Attention, il faut bien différencier de la puberté (un processus physique de différenciation sexuelle et de croissance extrême).

20-24 ans

Enfin, un autre quanta est franchi entre 20 et 24 ans.

25-40 ans

Le dernier saut quantique se produit entre 35 et 45 ans (30 ans chez Jésus).

Les variabilités selon l'individu

Certains individus ne franchissent pas les premiers stades, ce blocage est complètement indépendant de l'intelligence ou de l'instruction.

Il arrive même que des scientifiques, des intellectuels, des hommes politiques ou des dirigeants de multinationales de plus de 40 ans, avec beaucoup de bagages/de responsabilités, n'aient pas la maturité spirituelle d'un enfant de 7 ans. A ne pas confondre non plus avec ceux qui sont bien matures spirituellement, mais orientés sur eux mêmes, ce qui est une autre histoire !!

Action de l'âme évolutive sur l'individu

Je parle ici de l'âme évolutive, sur le corps physique et l'esprit qui correspond, l'ego.

L'âme ne se manifeste que dans les choix que nous faisons, notamment à travers ce qu'on appelle à juste titre la conscience, bonne ou mauvaise. Elle transparaît donc concrètement dans nos jugements du bien et du mal, et surtout dans la compassion, le remord et la culpabilité. L'image du petit ange et du petit diable posés sur les épaules, symbole des petites voix de notre esprit est une image assez bonne de l'influence de notre âme sur notre comportement. Ce qu'on appelle aussi f**orce de caractère, ou volonté d'un individu**, est aussi liée à l'âme est est le reflet de sa capacité à influencer le corps et lui permettre de dépasser ses instincts génétiquement hérités.

L'âme est donc **capable de contredire des comportements naturels** dictés par la génétique, comme par exemple un comportement agressif. Une personne ayant des pulsions physiques (accès de colère, agressivité, etc...) liés à son code génétique peut être dans le quotidien tout à fait calme, ses pulsions étant contrôlées par l'âme qui les régule, notamment quand cette âme juge que ces pulsions peuvent blesser physiquement ou moralement des proches. A l'inverse, une personne ayant un patrimoine génétique facile et calme peut se révéler colérique dans le quotidien si l'âme a un penchant agressif du à son immaturité et à sa soif de pouvoir.

L'âme joue davantage sur la profondeur émotionnelle et les sentiments (attachement affectif, compassion, éthique, sentiment religieux véritable...) que sur le comportement individuel au quotidien. Par exemple, les gens qui ont une âme très immature (jeune) ne se posent pas de grandes questions existentielles, ont une vue étriquée de leur environnement social, du monde et des enjeux sur le long terme, ne sont pas inquiets des tenants et des aboutissants de leurs démarches/actions au delà de leur quotidien et de leur espace de vie, etc.

L'effet de l'âme sur le corps se voit bien lors des walk-in (p.).

L'âme qui guérit le corps

Notre corps en effet a des limites, et l'age n'y arrange rien. Mais on ne demande pas à un paralytique de construire une maison. Chacun doit faire selon ses moyens, et parfois, la parole est l'arme la plus puissante. Pas besoin de bras ou de jambes.

L'influence de l'âme sur le corps ne connaît AUCUNE limite, sauf celle que nous nous fixons.

Si tu as le moral en fond de cale et/ou un physique qui flanche, c'est clair que savoir que l'âme peut tout ne servira à rien, vu que cette dernière ne voudra pas.

Les dominants ne sont pas des reptiliens

AM : Les dirigeants sont des humains hiérarchistes adeptes des anciens dieux anunnakis, dieux qui eux-mêmes étaient des adeptes de leurs anciens maîtres reptiliens.
Mais l'erreur est minime de dire que les dirigeants sont des reptiliens, il faut juste retenir qu'ils ne veulent pas notre bien et qu'ils chercheront toujours à nous exploiter un peu plus (tant que je gagne je joue comme le disais Coluche, tant qu'on dit rien ils continueront).

H : Tout tiens dans le fait, en effet, qu'il n'y a pas beaucoup de différence spirituellement entre certains de nos dirigeants et les ET les plus cruels de notre secteur. Même façon de penser, de procéder, sans scrupules et calculateurs et cela dans leur seul intérêt. Cela aboutit presque toujours sur des sociétés élitistes où les ressources sont mises dans les mains d'une minorité infime, au dessus de la justice et qui exploite le reste de la population sans vergogne. Sur Terre on y est déjà, c'est peut être moins visible en France mais allez dans des pays plus pauvres, c'est alors une évidence. Tous ces dirigeants ne sont pas des psychopathes, car cela est une maladie mentale. Là on est dans une orientation spirituelle qui n'a rien de pathologique. Enfin, parmi ces gens il existe en effet une secte qui voue un culte aux anciens dieux, les anunnakis, et comme ces mêmes anunnakis vouaient un culte eux mêmes aux reptiliens, le lien est évident.

Malheureusement, il n'y a pas besoin d'être un extraterrestre reptilien pour être une ordure, les humains (pas tous !) s'en sortent très bien aussi. L'Humanité contient des gens aussi exécrables qu'il y en a de bons. Il ne faut pas tomber dans le piège de dire que l'Homme est bon par nature, c'est faux. L'être humain est une espèce, et dans cette espèce il y a des spiritualités variées allant dans les deux extrêmes, l'égoïsme et la compassion. Cela n'a rien à voir avec l'espèce humaine particulièrement, c'est un point commun à toutes les espèces intelligentes dans l'Univers.

Pour l'instant, l'Humanité n'ayant pas été séparée entre ses 2 factions spirituelles, elle reste une espèce hétérogène où le pire comme le meilleur se côtoient. Cette cohabitation est de plus en plus difficile ces dernières années, ce qui est la preuve que nous sommes à la porte de la séparation en deux sous espèces humaines, où les altruistes et les hiérarchistes se sépareront définitivement. Que vous ressentiez certains de nos dirigeants comme des monstres est tout à fait légitime dans ce contexte, mais pas besoin d'être un ET pour être spirituellement un monstre au final. C'est symboliquement vrai que nos dirigeant sont des "reptiliens" puisqu'ils ont la même spiritualité, mais physiquement cela reste bien des humains.

But de l'incarnation

L'expérience de l'incarnation [ter2] c'est quand même avant tout le conscient qui doit expérimenter. Si les guides voient que la conscience s'appuie trop sur eux (intuition, connexion à l'inconscient), ils s'éloignent un peu pour ne pas trop modifier l'expérience et laisser le libre arbitre et l'expérience se poursuivre.

En effet, le but de l'existence terrestre est l'apprentissage de l'amour et de l'unité sous toutes ses formes. Apprendre l'amour et l'unité par le corps, par la divinisation du corps et de la matière fait partie de l'expérience.

Une vision trop éthérée empêche un équilibre utile au développement de l'âme et même si une vie n'est jamais perdue, votre progression se fait en conscience et pas seulement en guidance. En gros, il faut comprendre ce qui vous arrive, pourquoi ça vous arrive, et ne pas tout faire au pif parce que vous ne comprenez rien et ne cherchez pas à comprendre ou à réfléchir.

Nécessité de l'incarnation

Les âmes évolutives non incarnées ont tendance à perdre en évolution, en conscience, et à se dissoudre peu à peu. C'est pourquoi l'apprentissage et l'évolution se fait dans l'incarnation, pas en étant désincarnées.

Seules les âmes évolutives très évoluées / matures / denses peuvent évoluées et se développer dans le monde astral (voir voyage astral p.). Et encore, Jésus en est l'exemple, l'incarnation d'une EA est un accélérateur d'évolution sans pareil.

Vie > Conscience > Incarnation

Pourquoi continuer à vivre ?

Nous avons une âme immortelle, pourquoi s'embêter à chercher à survivre dans les moments difficiles, comme le passage de Nibiru ?

Ce paragraphe reprend rapidement certains développements vus plus en profondeur dans L1>dé-formatage, qui étaient plus spécifiques au passage de Nibiru.

Celui qui voudra sauver sa vie la perdra (L1)

Une phrase de Jésus qui demande à respecter autant sa vie que celle des autres, à ne pas faire le mal sous prétexte qu'on a peur de la mort, et qui rappelle que comme c'est notre vie d'après qui compte (vu qu'on fini toujours par mourir), autant ne pas la saloper par nos actes égoïstes de cette vie. Se sacrifier pour sauver 100 enfants n'implique pas pour autant qu'on se suicide pour des raisons égoïstes !

Jamais de suicide

Tous ceux qui se sont suicidés par mal-être, se sont aperçu que une fois mort, le mal-être était toujours là, amplifié, et ce coup-ci, pas moyen d'y échapper... Le principe du retour de bâton rend encore plus pénible cette faute que nous avons faite en tuant un être vivant, notre humain (pour qui nous avons autant de devoirs qu'avec les autres véhicules humains).

Le but de la vie étant d'apprendre une leçon, il ne faut jamais se défiler pour cette leçon, vu qu'on devra la faire quoi qu'il arrive.

Le suicide/fuite (ne rien faire pour empêcher sa mort, excepté dans les cas de nobles desseins) est la pire chose spirituelle que l'on puisse faire.

Respecter la vie et son corps

Il faut respecter le corps qui nous sert de véhicule et nous fait vivre toutes ces expériences, nous sommes chargé de lui et de sa bonne santé, nous nous sommes engagés, il faut tenir le contrat jusqu'au bout, avec bienveillance et gratitude pour ce corps.

Si l'âme survie au corps, ce n'est pas pour cela que le corps n'a aucune importance, il faut le respecter, notre âme à charge de corps (en est responsable, de sa survie et de son bon entretien). La vie dans l'Univers doit être protégée, c'est de la vie que vient notre âme, ne l'oublions pas. La vie est un cadeau précieux, qu'il ne faut gâcher (et qui génère le retour de bâton).

Si le corps est malade, l'âme en subit les conséquences, et s'il souffre ou meurt, cela laisse forcément une cicatrice spirituelle. Si la mort est violente, injuste et chargée d'émotions négatives, la cicatrice sera profonde, et suivra l'âme tout au long de ses pérégrinations. La relation corps-âme est symbiotique, pas parasitaire !

Impact sur ses proches (L1)

Il n'y a pas que votre corps dans cette histoire. Il y a aussi vos proches a qui vous retirez un soutien, qui vont être complètement choqués de votre abandon, qui devront gérer le désordre que vous laissez derrière vous.

Protéger les incarnations suivantes (L1)

Après les catastrophes, il y aura beaucoup moins de corps humains à disposition, les places pour la réincarnation risquent d'être chères. Comme la majorité des âmes actuelles sur Terre sont peu densifiées, elles devront pourtant se réincarner très rapidement. Les moins évolués devront se réincarner dans des animaux, ce qui n'est pas plaisant et constitue une régression. Plus il y aura de survivants, plus il y aura de corps disponibles pour les âmes peu expérimentées.

Un tri des âmes bâclé (L1)

Ceux qui sabordent leur survie au moment du tri des âmes, il y a de grandes chances qu'ils soient directement emmené sur la prochaine planète école ou prison, sans pouvoir bénéficier de la période d'apprentissage entre l'aftertime et l'ascension période qui aurait pu faire changer le choix spirituel de leur âme.

Une vie meilleure arrive (L1)

De manière générale, la vie est toujours mieux dans le futur, ne serait-ce que par notre capacité à apprécier de plus en plus les choses.

Les grandes étapes de la vie

On est généralement averti à l'avance des changements profonds dans sa vie. Harmo décrivait ainsi son ressenti avant de perdre son conjoint et sa maison : "Je ressens un très gros changement en moi, difficile à expliquer, qui a commencé avec un profond sentiment de tristesse mais sans désespoir, puis une montée "d'énergie" très importante qui est encore présente aujourd'hui. C'est comme si un côté "mystique" s'était réveillé et me pousse à l'action. Généralement ce type de changement profond qu'on peut ressentir augure toujours le passage à une étape suivante de sa vie."

Eveil

Survol

Base de l'éveil (p.)

Il faut rechercher la pureté, en tout temps et lieu. être aussi propre à l'intérieur (pensées, ressenti) qu'on l'est à l'extérieur (paroles, actions). Le travail se fait à tous les niveaux.

Ne plus faire entrer d'impuretés en soi (alcool, nourriture lourde, êtres mauvais, se focaliser sur les points négatifs du monde).

Quand on est pur, tout vient plus facilement, l'esprit est plus clair, on a plus d'énergie pour réaliser son oeuvre.

L'éveil, l'abondance de l'Univers ne doit pas être recherché pour des buts et intérêts personnels, elle viendra naturellement à celui qui se rapproche de la lumière, qui veut se purifier encore et encore.

Causes de la séparation

L'éducation, le double cerveau ajouté par les reptiliens, la chimie dans les vaccins, les médicaments et la malbouffe, le matraquage des médias, les ondes font que l'homme est déconnecté de son âme (moi supérieur), le seul qu'il devrait écouter pour son incarnation en cours.

Reformater le subconscient

Formatage du subconscient

Les rêves sont des expressions de notre inconscient qui a enfin la parole quand le conscient prend un peu de repos. Le cerveau conscient n'est jamais complètement éteint et continue à transformer la parole de l'inconscient pour la rendre "politiquement correcte" et digestible. Cette partie du conscient est ce que la psychanalyse appelle subconscient.

Un exemple simple, c'est que si ton inconscient a envie de tuer quelqu'un qui t'embête dans la vraie vie, il te le suggère en rêve de façon claire, mais comme le subconscient trouve cela dérangeant (pour ta morale, tes principes etc...), il va transformer la scène. A la place d'étrangler ta belle mère, tu étrangleras quelque chose qui la représente, comme son camélia préféré, ou son caniche.

Le subconscient censure tout, ne s'éteint jamais, et interprète et traduit les expériences de l'âme, aussi bien les messages dans les rêves que ceux que l'âme peut ramener après un voyage hors du corps.

Le cerveau inconscient n'a pas de censure, il peut recevoir directement les messages télépathiques pour peu que tu ais le vocabulaire nécessaire. Tout le monde reçoit donc en continu les messages télépathiques de masse envoyés par les ET, mais ces messages n'atteignent jamais le conscient à cause du subconscient.

Pour les gens qui ont réussi à débloquer ce filtre, même partiellement, les messages de l'inconscient dans les rêves ou ceux envoyés par les ET par télépathie, ou encore leurs visites ET effacées de la mémoire consciente, peuvent alors remonter (voir toutes les communications possibles de l'inconscient p.). C'est l'inconscient qui transmet ce qu'il a reçu ou stocké dans sa super mémoire (qui est parfaite) et que le filtre ou subconscient laisse passer.

Chez la plupart des gens, ce "subconscient" est très rigide et laisse peu de choses ressurgir. Les conflits moraux internes par exemple peuvent être refoulés, et rendre le corps malade, car la maladie est bien souvent la seule place où l'inconscient peut s'exprimer.

Atténuer son "filtre"/subconscient, est ce qu'on appelle "l'éveil" : il s'agit d'une reprogrammation des rigidités qui ont pu être introduites dans notre éducation/vie (morale, spirituelle, nos expériences vécues, notre opinion, les a priori = le formatage), de nos peurs, de nos (fausses) certitudes, de nos connaissances (scientifiques, historiques etc...).

Reprogrammation

Cette reprogrammation peut être effectuée par divers moyens :

3. La foi : L'apprentissage, qui nécessite d'être guidé par une personne/guide, un maître (dans le bon sens du terme, un guru, pas un gourou) qui a déjà réussi cette reprogrammation et qui peut enseigner son expérience. La foi dans Jésus ou Boudha par exemple, des maîtres dont l'histoire et l'héritage nous a retransmis suffisamment de contenu exploitable pour réaliser l'éveil.
4. La sagesse : Une réflexion profonde individuelle et l'introspection, notamment par la méditation (non contemplative mais d'auto-analyse), la connaissance de soi.
5. Le Savoir : L'expérience vécue et l'acquisition de connaissances (qui permet de dévoiler les mensonges et les fausses certitudes). La connaissance disciple les illusions liées à l'ignorance.

Vie > Conscience > Incarnation

Combiner les différents moyens est possible, mais une voie est souvent plus facile à suivre que les autres (cela dépend de votre propre situation, possibilités, sensibilités). Une fois ce travail fait, ou en cours (car il est difficile de se nettoyer totalement), le cerveau peut acquérir une forme de symbiose entre conscient et inconscient sans être parasité par la dictature du subconscient. C'est l'éveil spirituel. C'est à cette seule condition qu'on peut accéder à ce qui se cache en nous et qui ne demande qu'à s'exprimer.

Chaque voie a aussi ses pièges :

1. la Foi sans conscience (celle qui vous fait tomber dans les bras des gourous par absence de réflexion et de prise de recul de votre part)
2. Le Repli sur soi pour soi même et non pour les autres (se regarder le nombril, c'est à dire se focaliser dans son introspection sur sa seule amélioration en oubliant que le but de l'Eveil reste et restera l'accès à la Compassion ultime)
3. Le Matérialisme et le Dogmatisme (vouloir tout expliquer par un savoir incomplet, et croire que l'on sait tout).

Hypnose

Les personnes facilement hypnotisables sont celles qui ont un subconscient extrêmement rigide et sont très formatées. Les autres ont une perméabilité conscient inconscient plus forte, et sont donc habituées à gérer ces accès, elles résistent d'autant mieux aux inductions extérieures. C'est un peu contre-intuitif au premier abord.

Homo Plenus

Nous sommes pour l'instant incarnés dans des corps d'Homo Sapiens, comportant le défaut d'avoir deux cerveaux indépendants. Il faut faire avec dans cette vie (ce défaut n'empêchera pas Jésus de s'illuminer et d'atteindre le niveau divin), jusqu'à ce que les zétas enclenchent la modernisation génétique de l'être humain avec l'Homo Plenus.

L'homo plenus (ou du moins le proto-homo-plenus, des hybrides créés par les Zétas, qui vont ensuite se mélanger au reste de l'humanité, formant la future version de homo plenus) a été créé par les Zétas pour faire avancer notre espèce d'un autre cran, c'est leur mission en qualité de "cultivateurs" ou "catalyseurs d'évolution". Cette évolution s'est déjà produit au moins une dizaine de fois dans notre histoire, donc le processus est aujourd'hui bien rôdé.

Les proto-homo plenus sont pour l'instant stockés dans les vaisseaux zétas, en attente d'implantation dans des humaines "standards" quand le moment sera devenu propice (télépathes, ils dépériraient dans le monde actuel où tout n'est que faux semblant), pour une transition en douceur et progressive (il semblerait que le but soit que l'homo sapiens actuel s'hybride a la nouvelle espèce, ce ne sera pas un remplacement massif et brutal comme avec Neandertal). Ce projet génétique est à l'origine et l'explication du programme d'abduction mis en place par les Zétas depuis le milieu du 20e siècle.

Dans l'homo plenus, les choses sont plus simples, car il n'y a plus qu'un seul cerveau fusionné. On a donc facilement accès à l'inconscient, mais c'est à double tranchant puisque le subconscient (filtre qui censure) est aussi fusionné dans le tout. Les méthodes d'éveil seront toujours valables et nécessaires, mais les résultats seront plus visibles qu'actuellement. Cela ne nous dédouanera pas de toute manière d'un travail personnel, car l'éveil ne va jamais de soi, il demande un effort avec ou sans cerveau fusionné. Ce que vous apprendrez donc dans cette vie servira tout aussi bien dans les suivantes, donc n'hésitez pas, plus on s'y prend tôt mieux cela vaut !

Intuition

Développer le lien à son inconscient (donc à son âme), est aussi appelé développer son intuition. Il s'agit de savoir reconnaître qui parle (votre mental, votre égo, votre inconscient, votre âme, ou une énergie étrangère(esprit du lieu, maître d'ascension, forme pensée, animal, télépathie de vivant, fantôme, esprit bas-astral, etc.)).

Principe

L'intuition c'est quand on prend la bonne décision sans savoir comment on a fait, consciemment, pour la choisir (pas de cheminement logique). Ça s'est fait tout seul, notre regard a été attiré par le bon objet au bon moment, etc.

Faire parler son intuition

Méditation

La méditation (éteindre le conscient) permet de mieux être à l'écoute de ce que le corps ou l'inconscient vous envoie. Poser la question faire le vide, et l'idée qui vient sera l'intuition.

Sommeil

On peut aussi se coucher avec une question, et se réveiller le lendemain avec la solution.

Sentiments / émotions

C'est l'inconscient toujours qui gère ces émotions. Par exemple, vous sentir mal à l'aise avec quelqu'un, c'est que votre inconscient cherche à vous passer un message. Il a détecté un problème que votre conscient n'a pas encore vu, ou ne peut avoir connaissance (comme les mauvaises pensées de cette personne envers vous, ou sa spiritualité à l'inverse de la votre).

Idées subites

Si une idée impromptue survient lors d'une discussion, suivez-la, il peut s'agir de votre inconscient qui vous oriente sur une direction. Par exemple une maldie de votre corps qui ne s'est pas encore déclenchée, ou sur une maladie de votre interlocuteur.

Laisser aller les yeux

Dans une situation inconnue laissez aller vos yeux. Ils se poseront sur un élément qui vous donnera un indice sur ce qu'il se passe.

Mal au ventre

Le ventre serré est une manière de parler du corps, alerter qu'il y a quelque chose qui ne va pas.

Reconnaître son intuition

Beaucoup de choses peuvent répondre à votre question (conscient, égo, petite voix, entités parasites, corps, etc.). Il est important de parler à votre âme et d ene pas se laisser abuser par ses fausses croyances ou sa forte volonté de voir ce que le conscient veut voir.

L'inconscient (relié à l'âme), maîtrise aussi les glandes du corps. Il peut faire résonner le corps pour que vous sachiez que c'est lui, ou que cette solution lui convient. Mais attention, les glandes peuvent aussi être activées par le conscient. Sachez reconnaître quand la réponse vient de votre âme, ou de quelque chose d'autre.

Travailler de manière consciente

Si le problème est complexe, inhabituel pour vous, ou si vous devez prendre une décision importante, faites des recherches ou demandez des conseils avant d'utiliser votre intuition.

Laissez ensuite parler votre intuition. Ce sera beaucoup plus efficace car vous vous servez en même temps que vos connaissances pratiques, vos attentes raisonnables et une bonne compréhension de vos options.

Les automatismes réflexes

Quand on pratique un sport, la conduite, de manière régulière, le corps se mets en pilotage automatique où il est très bon : c'est l'inconscient qui a pris le pas. Le conscient peut alors penser à autre chose et laisser le corps faire. Souvent, penser à ce qu'on est en train de faire (porter la conscience sur nos actes) perturbe le mécanisme et enlève la synchronisation. Il faut alors observer comment le conscient lâche le contrôle et laisse l'inconscient gérer les réflexes et les mouvements habituels.

Peur de mourir

Réflexe instinctif

La peur de la mort, tout d'abord, c'est la conscience qu'a notre corps physique qu'il peut cesser de fonctionner : c'est l'instinct de survie, génétiquement programmé. Cet instinct peut cependant être court-circuité par l'âme qui peut convaincre le corps de se sacrifier pour sauver un proche par exemple. Dans le cas d'âmes immatures ou d'âmes jeunes, de tels cas de conscience n'existent pas et ces gens ne prendront jamais le risque de perdre leur vie pour en sauver d'autres, au contraire. Il arrive aussi que des âmes compatissantes soient débordées par l'instinct de survie, mais dans ce cas, la personne qui n'a pas eu le courage est ensuite assaillie de remords, chose que n'aura jamais une âme fermement immature qui se trouvera toujours de bonnes excuses pour se disculper.

Réflexe de l'âme

Altruisme

Il existe une autre peur de la mort qui n'est cette fois pas dictée par la génétique : une âme compatissante craindra la mort du corps physique, notamment quand la personne est indispensable au bien être de ceux qu'elle aime, ou que son rôle matériel est utile à la communauté. Une personne ayant des enfants par exemple aura alors peur de la mort, mais n'a pas forcément peur de sa propre mort mais des conséquences que cela aura sur sa famille. Dans ces cas on peut dire qui c'est une peur par compassion.

Égoïsme

Une âme immature pourra également pousser à avoir peur de la mort car elle perdrait du même coup tous les avantages matériel dont le corps jouit. L'âme elle même n'est pas sensible au confort matériel, mais est très attirée par le pouvoir qu'elle peut avoir sur les autres par son intermédiaire.

Chose normale

La peur de la mort est une chose normale, même pour les plus spirituels d'entre nous. Elle peut revêtir plusieurs aspects, et être atténuée par nos convictions "religieuses".

Avoir peur de mourir n'est pas un sentiment égoïste, et beaucoup de personnes refusent d'admettre leur peur parce qu'elles considèrent le contraire.

Avoir peur de mourir ce peut être aussi avoir peur d'abandonner ses proches et de les faire souffrir, ses enfants, ses parents, ses amis... L'important dans la crainte de la mort ce n'est pas la mort elle même quand on a de bonnes convictions sur l'au-dela, la réincarnation etc... (ce n'est pas le cas pour des athés par exemple), c'est bien d'imaginer les conséquences qu'aura notre disparition.

Ensuite, et comme il a été dit déjà, il ne faut pas confondre la mort et la façon de mourir. La première est liée à l'esprit et au spirituel (nos convictions) et la seconde au matériel (notre corps, l'instinct de conservation et la souffrance physique).

Il ne faut pas avoir peur de la mort, mais aussi avoir envie de vivre : un équilibre nécessaire pour maintenir sa vie en marche.

Peur des bêtes

Les phobies de animaux peu dangereux (araignées, souris, serpents... je ne parle pas de tigres ou cobra qui sont nos prédateurs et sont réellement dangereux) sont complètement ridicules. Ça ne coûte pas grand chose d'arrêter de faire le peureux et de sortir une araignée de son appartement sans lui faire de mal. On apprend à aimer quelque chose, donc à ne plus en avoir peur, quand on se renseigne sur elle, quand on apprend à la connaître.

Renseignez-vous sur la vie de ces bêtes qui vous font peur irrationnellement, étudiez leur vie, leur manière de fonctionner, cherchez en vous d'où viennent ces émotions paralysantes.

Il faut arrêter d'avoir peur de la nature. Quand on voit une vipère, il suffit de rester à distance. Pareil avec les araignées.

Les phobies ne sont qu'une extériorisation d'une peur trop importante de la mort.

Il y a un dicton qui dit que celui qui n'a pas peur de la mort est immortel jusqu'à l'heure de son trépas. En gros, si vous n'affrontez pas votre mort future avec courage, vous ne vivez pas vraiment.

La compréhension de la compassion, l'illumination tant cherchée par certains, se trouve en aidant la vie, en la respectant.

Sexe

Le couple est une entité mâle-femelle, créée dans le but d'assurer la continuité de l'espèce (avoir un rapport sexuel pour générer un enfant).

Cette notion de couple sexuée n'est pas une généralité dans l'Univers : pour assurer la descendance de son corps physique, les espèces ont le choix entre clonage, hermaphrodisme, changement de sexe au cours de la vie, etc. Et cela même pour les espèces conscientes, comme beaucoup d'ET très évolués sont hermaphrodites. Les histoire de Ying et Yang les font bien rigoler de là-haut, une perversion Raksasas.

Beaucoup de questions, et de stratégies, ont été élaborées au cours des milliards d'années. Qui doit mélanger leurs ADN ? Qui aide la femelle en gestation ? Qui élève les enfants ?

Sexe > Bases

Impact sur nos âmes

Même après plusieurs ascensions spirituelles, nous conserverons cette sexualité séparée propre à notre espèce.

Raisons de se mettre en couple

Reproductrice

Des êtres peuvent être poussés l'un vers l'autre pour des raisons de compatibilité d'ADN, ce qui ne va pas forcément de paire avec une entente parfaite des caractères.

Sexuelle

Le corps a besoin de prolonger son ADN, donc de trouver des partenaires. Passant par le plaisir, avec quelle personne on ressent le plus de plaisir (indépendamment de la reproduction).

Complément d'âme

La solitude peut peser, ou certaines personnes sont agréables à vivre, ou nous apporte des compléments appréciables, sans compter l'intérêt de se tenir les coudes, de s'épauler dans les coups durs. Ces partenaires peuvent alors ne pas être du même sexe.

Histoire

Chasseurs-cueilleurs

Les enfants appartenaient à la communauté, et étaient élevés par elle. Les couples sont libres de rester ensembles ou pas.

Pour ne pas saccager les ressources locales, les femmes allaitaient leurs enfants 3 ans, et donc n'accouchaient que tous les 3 ans.

Si l'homme a gardé ce mode de vie pendant des millions d'années, et qu'il ne l'a perdu que sous la contrainte, c'est peut-être qu'il y a une raison.

Agriculteurs-éleveurs

Le couple a été érigé au rang de dogme par les religions sémites. Afin de conserver trace des lignées de sang (d'où devaient émerger leur messie) les religions ont toujours été très pointilleuses à savoir qui avait forniqué avec qui (les registres paroissiaux par exemple).

Schizophrénie sexuelle

Le sexe doit répondre aux besoins des anunnakis, besoins opposés :

- limiter les naissances pour ne pas déborder leurs maîtres
- élever le taux de reproduction pour conquérir le monde et faire les guerres de pouvoir entre anunnakis

Domination

La sodomie est très utilisée chez les anunnakis, le dominant marquant ainsi son pouvoir sur le dominé.

Mutilations

Les sociétés anunnakis, à cause du tabou anunnaki sur le sexe, très présent au sein des sociétés sémites, pratiques des mutilations sexuelles (circoncision et excision). Fausses raisons rituelles invoquées :

- enlever la partie mâle d'une femme, la partie femelle d'un homme,
- rappeler les sacrifices d'enfant qui avaient lieu du temps des annunakis

Aux USA, des fausses études du début du 20e siècles ont fait croire que la circoncision diminuait le risque d'infection, ce qui s'est révélé faux (c'est l'inverse, comme on pouvait s'y attendre).

Ces pratiques permettent avant tout d'éviter la masturbation et le plaisir pendant l'acte, pour le rendre le plus mécanique possible, servant juste à la procréation demandée si le chef anunnaki prévoit une guerre contre son cousin du territoire d'à côté.

La pudeur suivant les cultures

Certains musulmans, comme les juifs et les catholiques de l'époque, sont pudiques au point de cacher le moindre carré de peau et de cheveux, avec des vêtements amples cachant les formes du corps.

Cela est dû au climat du Proche-Orient où sont nées les 3 religions du livre, des zones désertiques sans ombre et très chaudes, nécessitant de protéger le corps du Soleil.

Les Yanomanis (tribu amazonienne) vivent complètement nus.

Cela est dû au milieu naturel (sous les arbres donc abrité du Soleil, dans un climat très chaud et très humide, où le port d'un vêtement est insupportable et vecteur d'apparition de parasites).

Au milieu, les occidentaux autorisent des monokinis sur les plages. Chaque culture a une vision propre, liée à l'histoire et à ses propres idéologies, de ce qui est sexuellement explicite ou ce qui ne l'est pas.

Dans tous les cas, il n'y a aucun mal objectif, ni à sortir voilé, ni à sortir nue, l'idée ici n'est pas de savoir juger si ces règles sont bonnes ou mauvaises pour la femme. Ce n'est que la culture du lieu qui va modifier la donne.

la pudeur est une notion acquise par l'éducation, que ce soit de façon consciente ou non. Les parents, qui eux mêmes tenaient ces règles de bonnes mœurs de leurs parents, ont intégré ces principes et ne peuvent plus retourner en arrière facilement (endoctrinement profond, formatage qui ne se retire que par une introspection poussée que peu de gens ont le temps et le courage de faire, le vrai sens du djihad Coranique).

Plus de 1400 ans d'Islam ont changé la façon de voir le monde de multiples générations successives de populations humaines. L'Islam est loin d'être la seule religion concernée, précisions le, la pudeur des juifs ou des catholiques est également connue pour sa rigueur, même si c'est moins visible aujourd'hui.

Dans l'absolu, l'idée de départ est de reconnaître que l'homme mâle se comporte d'une certaine manière comme un animal mené par des pulsions. C'est un constat de faiblesse qui n'est pas généralisable, mais qui est observable pour une certaine partie de la population. Les proportions changent mais il y a un fond de vérité. Même

Vie > Conscience > Incarnation

chose pour la femme mais avec des implications différentes selon les cultures.

Le but de toute règle vestimentaire liée à la pudeur, c'est de diminuer autant que possible les tentations sexuelles. On oublie souvent de dire que chez les musulmans, par exemple, l'homme a aussi des obligations vestimentaires strictes. Un homme iranien ne sortira pas en public en maillot de bain "slip", ni même ne laissera voir le haut de sa cuisse ou même laissera deviner sous un vêtement inapproprié son anatomie virile.

Dans le même esprit, dans nos cultures occidentales, il n'y a pas si longtemps, une femme qui montrait ne serait-ce que sa cheville était réprimandée sévèrement pour atteinte aux bonnes mœurs.

Ce que je veux démontrer là, c'est qu'une femme musulmane traditionnelle, qui dévoile ses cheveux, est perçue comme une "prostituée" dans un contexte religieux et culturel conservateur. Ce n'est pas une loi qui dicte cela, c'est la culture et les habitudes de cette communauté. C'est exactement comme si aujourd'hui, une femme à Paris sortait dans la rue habillée seulement d'une petite culotte en dentelle et sans soutien gorge.

Bien entendu, au départ, l'idée musulmane/catholique/ juive et j'en passe de protéger les femmes en les cachant de l'appétit animal des hommes est un concept erroné, car la population s'habituant aux normes de pudeur, de nouvelles parties du corps deviennent érotiques à la place de celles que l'on a caché. Des femmes en Niqab ne montrent pas leurs seins ou leurs jambes, peu importe. Une cheville peut être aussi érotique pour un homme habitué à ces règles qu'un sein dévoilé. A quoi un homme juge-t-il qu'une femme en Niqab est attirante ? A sa silhouette et à son regard. Les yeux et les formes deviennent à leur tour érogènes, et c'est un cercle sans fin : si on cache les yeux, on règle le problème pour un temps (d'où les voiles-grilles sur les Niqabs les plus austères) jusqu'à ce qu'un autre critère devienne le critère érogène. On ne voit plus les yeux, on voit la forme générale et elle devient le critère érogène. Peu importe, pour éviter de laisser deviner les formes érogènes de la femme sous la combinaison intégrale, on la met dans une boîte... mais une boîte qui parle. La voix devient alors le critère de jugement de l'attirance masculine envers les femmes etc... etc...

A l'opposé de ce processus qui enferme de plus en plus la femme dans une boîte, sommes nous prêts à être tous entièrement nus ? Car le processus est valable dans l'autre sens. La libération de la femme des contraintes liées à l'érogène sera alors d'enlever un à un les vêtements qui la voile. On supprime la grille, c'est le voile qui devient une contrainte. On enlève le voile, c'est la robe longue qui empêche les chevilles d'être vues. En Europe, nous avons fait exactement le processus inverse, si bien que les célébrités féminines peuvent aujourd'hui se présenter sur le tapis rouge avec de robes qui ne voilent rien de leur anatomie.

Pour conclure, il vaut mieux travailler sur les pulsions humaines dès l'enfance, et se vêtir de manière adaptée à son lieu de vie.

Sexe > Homosexualité

L'homosexualité est un cas minoritaire dans le genre humain, et le restera. Même si ce n'est pas un mode de sexualité à suivre, les individus homosexuels, qui n'ont pas choisis ces attirances et doivent faire avec, sont à respecter comme tous les autres individus.

Les raisons naturelles

- Accidents hormonaux lors de la grossesse,
- une âme d'un genre sexuel bien marqué, devant s'incarner dans un corps du sexe opposé,
- une âme ET asexuée qui doit gérer trop de nouveautés à la fois, liées à un corps d'incarnation inconnu,

Accidents hormonaux

Le foetus est indifférencié au début de sa croissance. Ce n'est qu'à un moment du développement, qu'un excès ou manque d'hormone va conduire le clitoris à se transformer en pénis, et la vulve à se souder, fabriquant un sexe mâle.

Lors de cette phase, il peut arriver, suivant l'alimentation de la mère, sa fatigue, etc. que ces hormones soient inhibées ou en excès, et que la différenciation sexuelle ne se fasse pas. Le sexe physique n'est alors pas celui génétique (XX pour les femmes, XY pour les hommes).

Obligation karmique

Les âmes qui ont trop souvent été plongées dans le corps de femmes (et vice versa d'hommes pour les lesbiennes), ont du mal à s'adapter au changement.

Par exemple, si une âme très sexuée femelle, doit expérimenter le pouvoir dans une société hiérarchique (donc très machiste), elle est obligée de s'incarner dans le corps d'un homme, et donc avoir des affinité sexuelles différentes de son corps.

Si un dirigeant fait la femme (est bi comme on dit), il peut s'agir de ça. Parce que si c'était l'inverse, ce serait la sodomie de domination anunnaki.

ETI

Les âmes ET nouvellement incarnées dans un corps humain sexué, alors que depuis des millions d'incarnations se trouvait dans un corps hermaphrodite asexué, doit à la fois gérer un corps d'une espèce nouvelle pour lui, d'une civilisation retardée, et par-dessus ça la notion de différenciation sexuelle. N'ayant pas le temps de s'adapter au nouveau corps et à la nouvelle espèce, l'homosexualité est une sorte d'effet secondaire du à une incarnation trop brutale. Ce fut le cas de Christ, lors de ses incarnations en David ou Jésus, pas aidé par une société patriarcale et machiste stricte, ou les seules âmes évoluées, vers lesquelles Christ allait se diriger pour oeuvrer à l'évolution de l'humanité, étaient forcément incarnées elles-aussi dans des corps mâles.

Sensation de déjà-vu

- Dysfonctionnement momentané de la mémoire ou autre phénomène d'illusion neurologique (ce qu'on voit a été stocké en mémoire avant que le conscient n'ai reçu l'information visuelle venant de l'inconscient, ou encore résurgence d'un événement similaire mais oublié),
- Envoi d'information passée d'une vie antérieure (on sait alors ce qui s'est passé à cet endroit à l'époque, on connaît les lieux, alors que c'est la première fois qu'on les voit, on peut dire qu'il y a un puits de telle forme derrière la maison qu'on regarde, alors que rien ne nous permet de le savoir dans l'instant présent),
- Envoi d'information "future" (qui est en réalité hors du temps) venant de l'âme accomplie,
- Communication non physique (les âmes peuvent communiquer entre elles si elles sont assez évoluées),
- Communication extrasensorielle (télépathie) non maîtrisée (entre les cellules cérébrales de 2 corps physiques, comme une expérience par A qui entre en résonance avec B, qui a déjà vécu cette expérience),
- Rencontre réelle lors d'une abduction inconsciente (pour les personnes qui nous semblent familières) par l'intermédiaire des enlèvements ET (team mates).

Voyage astral

Le voyage astral n'est pas quelque chose que tout le monde peut effectuer. C'est une capacité acquise accidentellement dans une vie et dont l'expérience et le mode d'emploi est conservé ensuite par l'âme évolutive (le corps astral).

Pour pouvoir réaliser une dé-corporation, il faut déjà que notre âme évolutive en ai fait l'expérience, accidentellement, dans cette vie ou dans une autre.

Une dé-corporation accidentelle se produit lorsque le corps est soumis à un stress suffisamment fort pour que l'esprit estime que les carottes sont cuites et quitte le corps prématurément, avant la mort effective du corps qui l'abrite. Pendant quelques secondes avant la mort, l'âme se libère mais dans ce laps de temps (qui peut atteindre parfois quelques minutes), le corps peut revenir à la vie (Comme dans le cas des Expériences de Mort Imminente).

Il y a plusieurs cas possibles :

- le corps, lors d'un accident, d'une maladie etc... se retrouve très mal en point mais ne décède finalement pas.
- lors d'un grand stress émotif (un décès, un choc face à une scène insoutenable...)
- lors d'anesthésies ou de malaises (le corps spirituel, si il est peu expérimenté, peut être induit en erreur et croire que le corps physique est décédé)

Le voyage astral n'est donc pas quelque chose qui s'apprend mais qui se sait. Une fois su, on peut apprendre des moyens de le déclencher assez facilement, mais cet apprentissage est inutile si on n'en a pas la capacité au départ.

Une fois l'âme "libérée", il n'y a pas de limites de temps et d'espace pour les pérégrinations du corps astral dans l'absolu. Les limites du voyage astral sont donc tout simplement celles de l'esprit lui même, suivant s'il est très mature et expérimenté (dense spirituellement), ou novice. Mais sur ce point, ce n'est pas dans le voyage astral que l'âme mûrit, ce serait presque le contraire, car le plus souvent cette quête de la dé-corporation correspond plus à un désir inconscient de fuir la dure réalité que d'y faire face.

Dans de rares cas, la décorporation trouve une utilité, comme ces personnes qui effectuent des voyages astraux involontaires pour rendre visitent à des proches prisonniers ou enlevés.

De plus, même lors d'un voyage astral réussit, il faut que l'âme ait suffisamment d'expérience pour ensuite retransmettre le message (les visions) au corps et au conscient, et seules les âmes les plus denses ont cette capacité. La plupart du temps, les visions vont être déformées et mal traduite par le conscient, et c'est pour ça que la plupart des voyages astraux ont des tendances psychédéliques, où le voyageur croit avoir visité des mondes et rencontré des créatures bizarres.

Seules des âmes très avancées spirituellement, et ayant vécu sans la nécessité de posséder un corps physique pour continuer leur évolution spirituelle (ce qui arrive dans les plus hauts stades de maturation), ont le savoir faire pour traduire le message correctement.

Les risques

De plus, il y a des risques à effectuer des voyages astraux. Bien que l'âme garde toujours un lien avec le corps (ce qui est nommé à tort le cordon d'argent: ce cordon hypothétique n'est que l'oeil discret que l'âme garde sur sa maison pendant son absence), il n'y a aucune relation réelle entre l'âme et le corps. Il ne s'agit que d'une attribution faite par ce que l'on pourrait nommer des "Guides", qui veillent au bon déroulement des incarnations, et surtout à ce que chaque âme reçoive un corps qui pourra, durant sa vie, être le plus propice à sa maturation spirituelle. Ce sont ces guides qui font la police, et qui renvoient les "corps éthériques" dans les corps physiques qui leurs sont attribués quand ils jugent cela nécessaire. Ce renvoi peut être du par exemple à la volonté d'un autre esprit de prendre possession du corps laissé libre. Quelques fois aussi tout simplement, le corps astral est renvoyé manu militari dans le corps physique s'il lui a pris l'envie de ne plus y retourner du tout. On n'échappe pas à son destin, en quelque sorte. On préfère mettre fin au voyage plutôt que l'âme y prenne trop goût, pour ainsi dire, c'est pour cela qu'il est difficile de faire des voyages astraux sur de longues périodes sans interruptions.

Ce que l'on peut rencontrer durant les voyages astraux est donc différent d'un individu à un autre, suivant la capacité de chacun à percevoir que ce qui a été vu par l'âme lors de son périple. On peut également y faire de mauvaises rencontres et même si les "Guides" veillent au grain, les mécanismes sont très complexes et peuvent aboutir dans des cas particuliers à un changement de propriétaire ! (walk in p.).

Conscience > Incarnation > Méditation

La méditation, en plus de la gestion du stress et de se recentrer dans sa vie, est la base de tout pour ressentir le Qi et se reconnecter à Dieu. Développement personnel = méditation.

Il s'agit d'atteindre le Zen (au niveau du conscient) pour laisser s'exprimer les niveaux de conscience supérieurs (inconscient, âme, autres énergies).

C'est l'alignement de tous les corps qui nous constituent, notre cerveau entièrement synchronisé entre ses différentes parties.

Dangers

Réveiller les traumas

La méditation, c'est accepter sa vulnérabilité, apprivoiser ses émotions, et se délivrer de ses souffrances. On lâche les défenses psychiques, on fait remonter les traumas et accidents non résolus/acceptés de sa vie, et autres souvenirs enfouis (maltraitance, viol, moqueries ou persécutions). C'est une bonne chose, et un des buts de la méditation (accepter ses faiblesses pour en prendre conscience et les travailler pour refermer les failles), mais il faut prendre conscience de ces traumas psychiques qu'il faudra affronter de face, ne pas les réenfouir de nouveau, ou faire une dissociation et croire que c'est arrivé à un autre.

Il est conseillé, pour ceux souffrant de pathologie psychique, de se faire aider par une personne extérieure qui connaît le domaine et vous veut réellement du bien (et pas uniquement vous exploiter financièrement pendant des années, normalement en une ou 2 séances c'est terminé).

Étouffer le problème

La méditation est utilisée dans les entreprises pour repousser la fatigue et le burn-out, faire que les cadres continuent à travailler sans relâche pour un travail qui ne leur convient pas, pour des buts contraires à ceux du développement humain. Elle ne fait que repousser le traitement du problème de fond, et amplifie alors la chute de toute façon inéluctabe. C'est pourquoi la méditation analytique est primordiale, et doit être la première à faire.

Le narcissisme

Méditer en permanence sur soi-même c'est se couper des autres et de la vie, de cette réalité que nous sommes tous reliés en interactions perpétuelles, et exacerber son égoïsme plutôt que l'empathie aux autres. Regarder les autres c'est voir ses propres défauts, et pouvoir travailler dessus. Si l'on ne prend que soi comme repère, on dérive rapidement hors de la réalité.

Égrégores et méditations de masse : croyance des hiérarchistes

Nous verrons plus loin ce qu'en dit Harmo.

La méditation sur une divinité, un saint ou autre image est une technique utilisée par les religions pour que des centaines de milliers d'adeptes donnent de l'énergie à une égrégore, énergie que les chefs religieux sauront utiliser à vos dépends ou pour eux-mêmes. Évitez ce genre de méditation qui n'apporte rien au niveau spirituel, voir vous prépare à de futures possessions. C'est d'ailleurs pour cette raison que l'Islam refuse le culte aux images, ou la représentation de Dieu sous une forme quelconque.

Vous connaissez maintenant le but de ces rituels magiques à la même heure partout sur la planète (genre la messe du dimanche) et de manière approfondie lors des conjonctions planétaires (comme le 24 décembre au soir, au moment de la reprise de la croissance du taux vibratoire de la planète 3 jours après le solstice d'hiver, les feux de la saint Jean 3 jours après le solstice d'été, carême, etc.).

Les chefs religieux savent à partir de cette énergie télépathique envoyer des injonctions que nous prenons pour nos propres aspirations.

Le New Age est l'un de ces programmes de manipulation des peuples.

Oeuvrer plutôt que méditer

Ne rien vouloir, juste observer ce qui passe dans notre mental AFIN que la Conscience Pure s'épande et se révèle à travers nous. Si vous oeuvrez tous les jours à l'amour inconditionnel, inutile de faire des méditations guidées, des captures d'énergies au profit de l'ombre. Qui sommes nous pour imposer un Vouloir à l'Univers ? Oeuvrons juste à son oeuvre, qui donne le meilleur chemin possible pour tous.

Les Merkabah pour reptiliens

Hypothèse AM : Quand on médite, les individus vibrant haut montent directement se connecter aux énergies de "respiration" / de l'Univers (là où la vieille énergie est "réoxygénée" / transmutée, et prête à servir de nouveau). Accéder à cette transmutation, c'est se connecter à l'énergie de vie, celle de l'Univers (qui est un organisme vivant, dont la Terre est une cellule (pas un organe, ni un atome).

Les individus vibrant bas ne sont pas capable de s'y connecter. Ils récupèrent alors les énergies de groupe, plus denses et donc maniables, pour s'en entourer comme des cocons afin de s'en faire des vaisseaux / merkabah, et surfent sur cette énergie / égrégore de masse pour monter là où leur spiritualité ne le leur permet pas...

Ces nettoyages d'énergies se font à intervalles réguliers dans l'Univers, d'où la notion de "portail énergétique", ces cycles que les anunnakis ont toujours pris soins de faire respecter aux peuples (comme les fêtes des rameaux, St Jean ou Noël, etc.) afin d'en retirer de l'énergie.

Quand on demande à l'hypnotisée (qui a l'air vraiment très forte et bien orientée spirituellement) qui sont les basses vibrations qui profitent des ces méditations de groupe, elle dit qu'elle voit une queue de lézard dépasser...

S'en servir comme marche-pied

Certaines des conscience non humaines qui profitent de ces méditations utilisent le véhicule pour monter se nourrir à la transmutation (et passer le portail en se drapant dans des énergies d'amour et de bonne volonté de la part de ceux qui méditent).

S'en servir comme nourriture

D'autres consciences non humaines restent sur le côté (pour ne pas être aspirés vers le haut ou passer le portail de régénération), et se nourrissent de l'énergie du vaisseau qui passe près d'eux.

Ne voulant pas transmuter, ces consciences se servent même de l'énergie densifiée de l'égrégore pour s'alourdir et ne pas être emmenés vers le haut.

C'est dingue, nos bonnes intentions à vouloir la lumière sur Terre servent en réalité à garder l'ombre sur Terre, tout l'inverse de ce que l'on voulait !!!

Portail énergétique

Cette transmutation des énergies se faisant à l'échelle de l'Univers (qui ressemble au processus

Vie > Conscience > Incarnation > Méditation

de gravitation au sein de la terre, avec des bouffées de lélé sortant régulièrement des gravitons transmutés dans le noyau des planètes) ressemble à un portail, des grandes portes qui s'ouvrent et se ferment, comme les valves du coeur. Ce mouvement à l'air assez lent, car les 2 orientations spirituelles se battent à se moment pour faire monter les énergies de la Terre, tandis que les égoïstes se mettent sur le côté, se nourrissant des énergies qui montent, les empêchant d'être transmutés et de plus, alourdissant les énergies de la Terre / ou les gardant en basse vibration.

Méditations servant l'ombre

On pouvait s'en douter : des appels à la méditation mondiale sont relayés en masse via les algorithmes de Facebook et Google (qui bizarrement, ne censurent jamais ce type d'appel, voir les mettent en avant...).

Méditation solitaire

La clé est de méditer seul, de ne pas unir ses énergies aux autres dans le but d'imposer sa volonté à l'Univers. Pour rester libre, pour surfer sur le sommet de la vague d'énergie qui fait passer le portail, et pouvoir en bénéficier pleinement, il faut faire la méditation de façon individuelle. Ne pas s'attacher à un groupe, et bien demander à garder sa liberté et son individualité. Chaque conscience humaine qui se connecte à ce moment est détectée et aspirée, comme une aimantation avec le groupe. Pour éviter ça, il fait conscientiser sa bulle d'individualité, et demander / intention à ne pas être associé à d'autres énergies qui ne sont pas les notre, de monter "haut, droit et fort" en ligne droite sans être dévié, en surfant sur le haut de la vague, pour être transmuté (transformer des énergies d'un type en un autre type).

Le Soleil-source est la cible, et le portail est la direction / le chemin pour s'y rendre. Ce portail est un endroit de l'Univers (par exemple, une "conjonction vénus-Saturne" semble indiquer le lieu d'un portail). Il y a une multitude de portails, chacun avec sa fréquence, plus ou moins puissants.

Quand on parle de planètes, ce ne sont pas les réelles planètes, mais les conventions occultistes associées à ces noms. Ces planètes en conjonction sont en réalité des énergies (tout n'est qu'onde et fréquence) qui sont dans d'autres dimensions / fréquences.

Ces portails semblent liés à des événements sur Terre (les plus importants faisant appel aux masses), que les 2 orientations spirituelles veulent franchir en même temps.

Masse de l'énergie

Si on fait la méditation à l'échelle individuelle, on favorise les bonnes énergies qui utiliseront le portail. Les méditations de masse font monter quelques une seulement des mauvaises énergies qui montent sur les autres.

Les puissances de l'ombre ne peuvent pas se nourrir des énergies de méditation individuelles, qui sont trop légères, trop rapides, trop puissant, insaisissables pour ces basses vibrations (encore une analogie avec les gravitons sortant de la Terre avant d'y retourner).

La masse de méditants alourdit ces vibrations émises (trop de particules liées qui s'attirent, qui s'agglomèrent et s'alourdissent), les rendant accessibles et manipulables par les basses dimensions.

Trop nombreux individuels ça marche, trop nombreux agglomérés c'est récupéré.

Le groupe de 2 ou 3 peut permettre à une âme pas assez forte de se connecter, grâce à l'aide des 1 ou 2 autres. Mais pas plus car plus c'est aggloméré plus c'est récupérable.

Aparté sur la réalité

Des informations données par l'âme de la personne hypnotisée :

On créé notre réalité jusqu'au plan physique 3D, en densifiant les énergies vibrations des plans supérieurs. Dans ces dimensions supérieures, tout est information (qui est une énergie), tout est disponible. C'est ensuite notre création (assembler les énergies dans un certain ordre, et alors la création apparaît dans notre réalité). Ceci se passe à tous les niveaux, aussi bien individuel que collectif. L'énergie se densifie en matière d'une certaine façon, via l'énergie de création

Égrégore selon Harmo

Les égrégores n'existent pas par les objets, mais se forment par des liens spirituels entre les personnes. Une égrégore n'est pas une entité autonome, mais une mise en commun d'un petit bout d'âme afin de permettre un esprit de groupe [AM : l'égrégore].

Cela arrive dans les espèces immatures comme les humains, qui n'ont pas encore de liens directs les uns avec les autres, sont obligés de passer par un artifice.

Certains ont situé physiquement cet égrégore dans des objets, comme des statues ou des images, mais l'égrégore existe en dehors de tout lien matériel. Ensuite, il y a eu beaucoup de fantaisie autour de cela, et tout n'est pas à prendre au pieds de la lettre. Un égrégore ne peut pas posséder un golem par exemple.

Les illuminatis font de la magie [noire] (et ils croient à son efficacité), mais elle reste stérile, parce que leurs croyances ne sont que des superstitions. Ce sont des rituels qui n'apportent rien de concret, ni en terme d'énergie, ni en terme spirituels.

Il ne faut pas oublier que les illuminatis sont héritiers des anunnakis. Ils répètent sans comprendre des gestes que les géants faisaient pour des raisons précises. Boire du sang était vital pour les anunnakis, car ils manquaient de fer sur Terre. En a découlé toute une magie et des rituels liés au sang et aux sacrifices, et pas seulement chez les illuminatis. Idem avec l'astrologie et la numérologie, des croyances fausses que les anunnakis ont. [AM : probablement, là encore, des gestes que faisaient les raksasas (comme calculer les trajectoires dans l'espace, regarder à quel moment leur planète serait la plus proche pour consommer moins de carburant, les positions des planètes entre elles pour calculer les effets de fronde gravitationnelle, comme nous le faisons avec nos sondes spatiales actuellement), et que les anunnakis, puis les illuminatis, ont répété sans comprendre pourquoi leurs dieux faisaient ça].

Les alimenter en énergie

Nous ne leur donnons pas d'énergie subtile en regardant des symboles, ou en méditant devant les mêmes images partout dans le monde, aux mêmes heures, en ayant les mêmes représentation mentales d'un saint ou de Jésus, représentations pourtant éloignées des vrais personnages

Ce qui les renforce, c'est leur propagande constante à préserver un système qui les maintient, eux et les autres Elites au pouvoir. A chaque fois que nous sommes contaminés par ces idées (astrologie, numérologie, se battre pour devenir le meilleur), nous nourrissons leurs idéaux. Nous ne les nourrissons pas avec une énergie subtile, nous les nourrissons pratiquement, de notre vie physique, en les servant et en leur donnant notre pain, et en validant leurs concepts serviteurs-maîtres. Prier une icône ne leur apportera aucun avantage, mais payer un de leur produit nous obligera à travailler comme esclave pour eux.

Concrètement le rêve américain, les enfants qui veulent devenir des stars, c'est ça qui les nourrit, parce que cela veut dire que les gens ont intégré leur société hiérarchiste avec une élite et des sujets, des winners et des loosers. Et le peuple va se démener pour correspondre à l'idéal illuminati, et donc défendre un système où les illuminatis se font servir comme des rois sans rien faire...

Il n'y a rien de magique là dedans, c'est purement idéologique.

Bien-être recherché

- Gestion du stress, de l'anxiété chronique, de l'insomnie, de la rumination mentale.
- Gestion de l'impulsivité (accès de colère, crises de boulimie),
- Gestion de la douleur chronique,
- Gestion de la détresse face à un mal-être psychologique ou une maladie chronique.
- Amélioration du perfectionnisme excessif.
- Éveil spirituel

Les différents types de méditation

Même si la méditation reste de calmer le conscient (état de Zen, où le conscient est mis en arrière plan, en lâcher prise), les buts recherchés sont multiples.

Pour éteindre l'intellect (cerveau gauche), il faut faire concentrer son attention sur des sujets peu intéressants et peu variés (comme répéter le son « OM » en boucle, ou aligner des symboles simples sur une feuille), le cerveau gauche se lasse vite et laisse le cerveau droit, l'inconscient, faire le boulot. C'est de l'auto-hypnose, car ce qui rentre en mémoire n'est plus contrôlé par le conscient ou le subconscient.

Analytique

En cas de problème psychologique, de blocage émotionnel non résolu, d'un conflit de la journée que l'on va analyser, on essaye de faire le vide dans sa tête, on place sa conscience en arrière, et on observe les pensées qui nous viennent. Une fois la pensée analysée, on la laisse partir dans le flot du courant, on regarde celles qui arrivent derrière.

Vie > Conscience > Incarnation > Méditation

Concentration

On prend un sujet quelconque (un insecte, un point sur une feuille blanche, un jardin zen) et on se concentre à bien analyser le sujet, a en apprécier les détails, les changements de teinte, à essayer de le reproduire en pensée même les yeux fermés.

C'est un entraînement par la suite à ne se concentrer que sur un seul sujet, conscient et inconscient, afin par le suite d'être plus efficace.

Alignement

On se reconnecte à l'Ici et maintenant, on réinvestit son corps et ses sensations, on profite pleinement de son incarnation en ressentant les choses plutôt qu'être perdu dans ses pensées.

Repos (Faire le vide)

Le but est de ne plus penser à rien. Ça permet de reposer le cerveau, on est plus en forme ensuite qu'après avoir dormi. Le but est de laisser toutes les pensées s'écouler. Une autre revient, on ne la combat pas, on la laisse partir, et ainsi de suite. Essayer de tenir le plus de minutes comme ça.

Le but est de s'entraîner à rester aligné, ce qui permet par la suite d'atteindre plus rapidement cet état de conscience modifiée.

Éveil (p.)

Il ne s'agit ni plus ni moins que de se reconnecter à son âme. U alignement poussé.

non verbale / communication animale

A l'instar de Marc Auburn, dans son livre "0.001%", j'ai aussi remarqué que quand on réfléchi, quand on a une voix dans la tête qui formalise ses pensées en paroles, les chiens aboient sur votre passage.

Quand on coupe le mental, qu'on vit l'instant présent, sans paroles internes, les chiens n'aboient plus sur votre passage.

Je passe régulièrement devant un chien, qui m'aboie dessus en permanence, ainsi qu'à tous les gens qui passent. Sauf une personne. En discutant un peu, cette personne à l'air d'être en permanence en méditation (elle a aussi des capacités médiumniques).

Ce qui est hallucinant, c'est que quand son conjoint prend la voiture, le chien aboie. Quand c'est cette personne qui prend la même voiture, le chien n'aboie pas, se couche, et suit la voiture du regard en baillant de contentement. SI plusieurs personnes dans la voiture, celles sur qui le chien aboie + n'aboie pas, alors le chien n'aboie pas, rassuré par la personne qui lui parle en télépathie (bien que la personne ne pense pas à ce chien consciemment, elle oublie même que le chien existe).

Cette personne me racontait qu'un jour, elle était dans une sorte d'auberge de jeunesse, la femme de ménage avait passé la serpillière, et tous les animaux du coin avaient marché devant sa porte tournant en rond, ça se voyait avec les traces faites en séchant. Il n'y avait que cette porte qui avait des traces !

Zen

Pour méditer, on laisse ses pensées aller, et quand il n'y en a plus, on est en mode Zen / éveillé / non verbal / inconscient.

C'est se mettre en état de réception plus fine, capter des choses subtiles que nos organes physiques ne captent pas. Avec l'expérience, vous pourrez vous mettre dans cet état à tout moment et toutes conditions de la journée.

C'est équilibrer le dialogue entre conscient et inconscient. L'inconscient ne juge pas, il absorbe les choses comme des expériences. Il est demandé de ne pas juger en état Zen, mais en fait, si l'inconscient est activé et qu'on place sa conscience dans l'inconscient, le non jugement vient tout seul.

Plus que de la relaxation

Notre culture appelle « Zen » ou « Cool » de calmer une excitation, ce qui est loin de l'état de Zen, ouvert à tout ce qui vient de l'environnement via activation des infos venant de l'inconscient.

La relaxation est un relâchement, une détente physique, musculaire et émotionnelle. Elle peut servir face à une attaque de panique, conflit interpersonnel, etc.

Le Zen correspond à un mode d'éveil, d'attention et de conscience, d'être ouvert à l'expérience du moment, quelle qu'elle soit, sans chercher à la modifier.

Entraînement – La minute

Si vous dites à votre conscient de s'endormir pour 15 minutes voir plus, il va s'énerver car vous avez d'autres choses à faire. Dès le départ il enverra des images ingérables. Partez donc pour une méditation de 1 minutes [ter2].

Zen

Mode opératoire

Placez-vous confortablement dans un endroit calme, où vous ne serez pas dérangé.

Fermez vos yeux ou gardez les entrouverts, comme vous préférez.

Portez votre conscience dans l'ici et maintenant, dans ce temps et cet espace.

Posez à votre gauche tout le passé (regrets, remords, joies), à votre droite tout l'avenir (envies, peurs). Tout ça peut attendre une minute.

Respirez calmement.

Laissez votre énergie de dimension divine (âme) redescendre sur vous.

Scannez votre corps, trouvez l'endroit où il y a le moins de tension possible. Placez la conscience en cet endroit calme et paisible. Respirez tranquillement dans cet endroit pendant une minute. Ressentez comme cette minute est précieuse, savourez-en chaque seconde, secondes où il n'y a rien avant ni après.

Si vous vous désunissez, ce n'est pas grave, finissez votre minute de respiration tranquille, ça sera mieux dans un moment.

Plus vous reproduirez cet exercice, plus il sera facile de tenir toute la minute, voir au-delà.

Bénéfices

Après cette minute de Zen, vous pourrez ensuite repartir dans votre vie avec une conscience plus stable et reposée.

Dans cet état de Zen, vous recevrez, petit à petit, de plus en plus d'infos subtiles de votre inconscient, de votre corps, ou de vos pensées.

Prière matinale

Cette minute de respiration peut être faite tous les matins, en pensant la prière suivante : « Guides et Anges de Lumière, merci de votre présence à mes côtés, je salue encore l'expérience de ce jour qui, avec vous, sera merveilleuse et va m'apporter encore beaucoup d'occasions d'aimer ».

La journée se passe dans un état plus stable, l'accompagnement des anges gardiens se ressent plus. Par exemple, à chaque fois que notre pensée s'éloigne de l'amour, ou que le véhicule corporel prend un risque, une pensée d'avertissement informe le conscient de la dérive ou du risque. C'est au final le conscient qui aura son libre arbitre bien évidemment.

Vivez tout cela légèrement, simplement, car vous entrez en contact avec l'invisible.

Focus / Attention

Notre vie quotidienne nous demande d'être multi-tâche. Réfléchir à notre boulot, faire en même temps des mouvements relativement compliqués, tout en ayant un minimum d'interactions sociales avec ses voisins. Les automatismes du corps, un conscient devant hiérarchiser les taches, mémoriser tout ce qu'il y a à faire dans le futur, l'inconscient pilotant les actes réflexes, le cerveau reptilien qui surveille son environnement peu sûr, les peurs en tâche de fond qui prennent beaucoup d'analyse, tout cela surcharge le cerveau, et incite le conscient à échapper à l'Ici et maintenant. En plus de reposer le cerveau (on oublie tous ses problèmes passés, toutes les angoisses futures, on éteint tout les niveaux pour ne se concentrer que sur une tâche) porter TOUTE son attention sur quelque chose permet de donner un centre d'intérêt à tous nos corps (corps, conscient, cerveau primaire, subconscient, inconscient, émotions (système glandulaire) et âme). Tout le monde travaille au même but, et se resynchronise, se réaligne. Ici et Maintenant.

Mais attention, quand on est en état de Zen, l'inconscient est pleinement activé, et cet inconscient voit toute la scène en même temps, ressent toutes les choses en mêmes, et attentif à tout ce qui est dans son environnement, il est partout dans l'Univers, et pas concentré en un point comme pour le focus de concentration qui permet d'arriver à cet état.

Mantras

Pour rentrer en état de Zen, il faut que le conscient se coupe et ne soit plus qu'observateur, sans chercher à influer. Pour atteindre cet état, il faut un stimulus basique et répétitif à la bonne fréquence. Certains arrivent à sortir de leur corps juste par le défilement des lumières publiques de la route alors qu'ils roulent, ou avec des lumières stroboscopiques. Des hypnotiseurs font un pendule avec leur montre (un fil et un poids quelconque), les aller et retours vous endorment. On peut faire chatoyer le lumière sur une pierre précieuse, répéter à l'infini le même dessin, ou répéter en boucle le même son « OM », l'important c'est se concentrer sur cette répétition, et ne pas laisser le conscient abandonner l'observation et partir dans ses pensées.

C'est le corps qui reçoit les stimuli extérieurs répétitif (le mantra) et le conscient choisit de regarder ce que le corps voit, ou d'aller récréer des

Vie > Conscience > Incarnation > Méditation

pensées ou rêveries en se coupant du corps (donc de l'ici et maintenant). Si le conscient se force à rester dans le moment présent, et que ce moment n'est pas très enrichissant, il va se mettre en mode hypovigilance, et regarder ce que l'inconscient a à lui proposer d'intéressant pour passer le temps.

Respiration

Se focaliser sur sa respiration est facile pour le débutant, comme mantra ou chose répétitive permettant d'endormir le conscient.

On se concentre sur sa respiration, sans chercher à la modifier. On l'observe et on la suit, c'est tout ; ce n'est pas un exercice sur la respiration; elle ne sert que comme une " ancre" pour revenir au moment présent.

Comme l'important est de porter son attention sur un truc chiant et répétitif, on peut porter son attention sur le ventre qui gonfle ou dégonfle, l'air qui passe par le nez, dans un sens et dans l'autre, etc.

Pensées

De nombreuses pensées ou émotions surviennent, on les observe sans rien rajouter, sans chercher à analyser, on les laisse s'éteindre ou s'éloigner dans le courant du temps sans les retenir… et on revient dès que possible au moment présent, en se ré-ancrant sur sa respiration.

Lâcher prise

Le Zen, c'est surtout lâcher prise, regarder ce qui arrive, sans chercher à agir dessus, à juger, à anticiper ce qui va arriver ensuite, d'où ça vient. Juste contempler avec attention se qui se produit, ce qui est à cet instant.

méthode 4-7-8

Permet de se vider l'esprit, retrouver son calme et détendre les muscles, voir de s'endormir rapidement.

Placer le bout de la langue contre le palais, juste derrière les incisives supérieures, et garder cette position durant l'intégralité de l'exercice.

Commencez par expirez tout l'air contenu dans vos poumons par la bouche. Quand vous êtes arrivé au bout, soufflez encore, il en reste toujours un peu qui ne se vide jamais et vous intoxique. Ressoufflez encore, vous voyez qu'il en restait pas mal en fait !

1. Fermez la bouche et inspirez doucement par le nez en comptant mentalement jusqu'à 4

2. Retenez votre respiration en comptant mentalement jusqu'à 7

3. Expirez de nouveau l'air par la bouche bruyamment en comptant mentalement jusqu'à 8

Refaites 4 fois les étapes 1,2 et 3.

La méthode demande un peu d'entraînement mais s'avère particulièrement efficace. Après environ quatre à six semaines, vous verrez de magnifiques changements dans votre corps.

Faire Un (Harmo)

Pour rappel, « nous » sommes constitués de 3 corps physiques, corps physiques, cerveau conscient (10%) et cerveau inconscient (90%) relié au corps invisible, l'âme (voir Vie>animal Humain>3 corps p.).

Dialogue Conscient - Inconscient

Le subconscient permet de discuter entre l'inconscient/âme et le conscient. Atteindre le Zen avec la communion avec l'unité (voir en suivant) permet d'améliorer la communication de notre conscience, l'égo, avec son âme (reliée au grand tout, à l'unité).

Entre les 2, il y a le subconscient. Or, la main mise psychologique de la société est extrêmement bien ancrée dans notre subconscient. C'est le formatage qui commence alors que nous sommes encore dans le ventre de notre mère. Et tout est fait pour interdire au subconscient de relayer au conscient les messages de l'inconscient.

Atteindre le Zen

Une méthode donnée par les Altaïrans à Harmo, qu'il utilise depuis tout petit, et à 45 ans il n'a pas changé de méthode.

Cette méthode pour atteindre le Zen est la même pour l'hypnose et le voyage astral. C'est grâce à l'écoute de son inconscient, depuis assez jeune, que Marc peut demander à contacter son âme en cours de conversation. Ça vient tout seul quand on est en zen.

Cette méthode de méditation d'endormissement du corps se fait instantanément par la suite, quand on a l'entraînement.

Méthode

Se détendre, se concentrer sur quelque chose, et endormir ses membres un par un, jusqu'à ce qu'il n'y ait plus que le conscient. Pour cela, Harmo porte sa conscience sur ses pieds, puis endort les pieds (les sensations n'arrivent plus à la conscience). On remonte ainsi les membres (on doit aussi sentir puis défaire tous les muscles du visage, il y en a beaucoup).

Zen de communion avec l'unité

Une fois en zen (avec méthode d'endormissement du corps), rentrer en "compassion" (essayer de ressentir le monde autour de soi, et de ne faire qu'un avec lui). Rochers, arbres, table, sol, chaise ou tout autre élément de son environnement deviennent "soi", comme si les frontières physiques s'étendaient de plus en plus loin... Quelque fois on "est" la montagne sur laquelle on est monté et à l'extrême la Terre entière... Un peu comme si on faisais communion avec l'Univers en quelque sorte…

Ensuite il est vrai que c'est difficile de redescendre au quotidien mais quand on le fait, on a une sérénité profonde et notre relation avec les autres dépasse les petits tracas de tous les jours qui créent des tensions inutiles, ça aide énormément à relativiser.

Zen de Dialogue conscient - corps

Si c'est le dialogue avec votre corps qui vous intéresse; considérez que tous vos organes sont des êtres vivants indépendants en pensée et parlez-leur... vous apprendrez beaucoup d'eux, non pas parce qu'ils parlent avec des mots, mais vous saurez intuitivement au bout d'un certain temps ce qu'il souhaitent, s'ils souffrent, s'ils sont fatigués... Vous pouvez aussi les encourager et cela peut améliorer une cicatrisation, une rémission etc... Bien sur tout cela a des limites mais ça fonctionne assez bien et ça permet d'avoir une bonne santé en accord avec son corps. Harmo utilise énormément cette écoute de son corps pour savoir ce qu'il a besoin au niveau alimentaire par exemple. Il arrive à savoir s'il a besoin de protéines, de sucres lents ou de vitamines, car il existe plusieurs types de faims qu'il suffit de bien distinguer.

Analytique

Méditation servant au développement personnel. Elle consiste à savoir regarder ses pensées passer pour analyser comment marche le conscient, pourquoi il réagit comme ça dans telle situation, quels sont les causes sous-jacentes, traumatismes enfouis, messages du corps ou de l'âme qui essaient de faire remonter quelque chose au conscient.

Voir les pensées qui induisent des émotions en nous, qui nous font le plus mal, et qu'on a tendance à refouler pour ne pas les regarder en face. Au contraire, respirer un bon coup, et les appréhender petit à petit pour les débloquer, et faire que ce n'est plus que de l'information, comment éviter de se retrouver dans cette condition, qu'est-ce que ça nous a apporté, de quoi avons-nous réellement peur, etc.

Cette médite augmente la connaissance de soi, permettant de se reprogrammer les croyances et mauvais réflexes ou biais de raisonnements inculqués dès l'enfance.

Alignement

Principe

C'est ce qu'on appelle aussi la pleine conscience : Diriger son attention, délibérément, sur le moment présent, sans jugement de valeur sur l'expérience vécue, avec bienveillance. L'alignement est une pratique de l'attention et de l'éveil, soit dans une pratique dédiée (méditation corps posé) ou au cours de ses activités quotidiennes (méditation corps actif).

L'alignement favorise l'acceptation inconditionnelle de l'expérience du moment (sensations, émotions, pensées, éléments de l'environnement extérieur), en se détachant d'un mode habituel réactif (jugement, évaluation, catégorisation ou évitement de l'expérience), mode réactif qui est fréquemment à la source de souffrances individuelles (autodépréciation, regrets, inquiétudes, anticipations anxieuses...).

Ici et maintenant

Écouter et ressentir ce qui nous entoure, vivre avec le conscient harmonisé à l'inconscient. C'est voir un arbre (conscient / cerveau gauche) et voir à la fois la vie dans cet arbre (inconscient / cerveau droit).

L'alignement en temps que prânique (p. 228) apporte d'autres avantages en consolidation, comme de générer de l'énergie plutôt qu'en consumer.

Alignement de tous les corps (p.)

Au niveau physique, tous les corps s'alignent (mental, spirituel, émotionnel, spirituel). C'est à dire que le cerveau marche en phase au niveau de tous ses composants : le cerveau cognitif (hémisphère droit / inconscient et hémisphère gauche / conscient) en phase avec le cerveau émotionnel et le cerveau reptilien. Ça ne se fait pas forcément au niveau spirituel (corps énergétique, âme évolutive, âme accomplie) mais avec le temps et l'expérience les corps non visibles s'alignent aussi.

Techniques d'application

- attention sur les perceptions internes et externes, les sensations corporelles, les pensées et émotions ;
- mise en évidence du :
  - « pilotage automatique » de l'individu au quotidien,
  - mode « être » en parallèle du mode « faire ».
- Repérer les habitudes cognitives qui alimentent les ruminations mentales, et l'entraînement à l'acceptation du moment présent.

Porter attention au moment présent. On ne se met plus le doigt dans le nez sans réfléchir, de manière inconsciente. On ne prend une plus une position pendant des heures qui mets en déséquilibre le poids du corps, la douleur de cette position trop longtemps prise n'arrivant au conscient que lorsqu'on revient au temps présent après la réflexion où on était à fond dans une seule tâche. On est en mode non verbal (plus de voix dans la tête qui parle en français), mais en ressenti, sons, images, ce que l'inconscient envoie au conscient via le cerveau émotionnel, ou le corps via le cerveau reptilien).

Activités qui favorisent l'alignement

la danse, ou le yoga, par la concentration, impliquent l'alignement.

Énergétique (p.)

Voir dans la partie prânisme les exercices d'absorption de prâna.

D'éveil

A résumer, voir à refaire, pas terrible.

Se mettre en Zen.

Dire à son corps que, d'une façon naturelle et sans souffrir, toutes ses toxines, qui ne correspondent pas à Gaïa/la matrice, doivent quitter son corps. C'est très utile, on devrait le faire tous les jours.

Ensuite, demander à son moi supérieur de se connecter/relier à soi.

Lorsqu'on parle à son moi supérieur, on va, avec l'aide des forces de pensées, dans un endroit spécial. Par exemple, à côté d'un arbre, au bord de la mer que l'on peut toucher. On peut aller en pensée où on veut. Là où ça nous plaît. Ça peut être un endroit inventé, où l'on retourne régulièrement en méditation, que l'on prend soin de visualiser, de construire, de bâtir progressivement jusqu'à ce qu'il acquiert une force de réalité.

Aller dans cet endroit, regarder l'eau, puis ce qui l'entoure. Sentir l'odeur de l'endroit, toucher l'eau, la ressentir.

Nommer cet endroit "la place des vérités secrètes", de cette façon, personne ne peut y entrer. Il correspond au centre profond de notre moi, a nous en quelque sorte, où l'on peut toujours se réfugier en cas de problème. Il devient un sanctuaire.

Ensuite il faut essayer de concevoir son moi supérieur. Au début, on est submergé par un amour gigantesque. Si énorme qu'on a l'impression de ne pas pouvoir le contenir dans notre corps. Après cela, on se sent soulagé et en fait.

Une fois cet état atteint, on peut parler à la matrice. Lui demander ce qu'on aimerait (qui ne doit pas léser ou intervenir sur autrui). On ne peut pas guérir sa grand-mère, mais on peut lui demander de quoi elle est malade. - A noter qu'habituellement, il est précisé qu'on ne peut demander pour soi mais que pour les autres -

Poser la question, même mentalement, le moi supérieur sait ce qu'on veut. Faire le vide, la réponse arrive. La réponse ne peut être fournie que par bribes, le cerveau humain étant limité et ne peut emmagasiner trop d'informations.

Si on veut guérir, le cerveau montre d'abord la maladie, ensuite la cause. Ce n'est qu'en résolvant la cause qu'on pourra guérir. Pour cela, il faut vraiment tenir à ce qu'on dit.

La réponse peut arriver sous forme de "film" dans sa tête, de message, de pensée, ou sous forme de rêve.

Si c'est une maladie karmique, il nous le fera savoir. Mais il faut savoir que nous vivons une époque où nous pouvons résoudre tous nos problèmes du passé. Ce qui est important c'est de le vouloir.

Musique

La musique a un très gros impact sur nous (les humains), notamment la capacité de modifier les ondes cérébrales, et donc de passer en mode "transe". Ce sont des états physiques qui favorisent l'expression de l'âme, donc ils sont très utiles. Tous les peuples les ont utilisés dans ce but et cela est très très ancien.

Mais attention, ce vecteur modifie nos émotions, et peut au contraire être utilisé pour formater notre inconscient. Comme la musique qui change notre manière de percevoir l'environnement en générant une émotion hors contexte.

les rythmes et les mélodies ont une capacité très efficace de modifier la perception de notre environnement en nous dictant nos émotions. Le cerveau fait le lien entre l'auditif et "l'ambiance" générale: "les oiseaux chantent, c'est le printemps" pour résumer l'idée. La Musique agit donc comme une sorte de psychotrope qui vous change la façon dont vous percevez le monde, soit en positif (et ce la est utilisé à fond dans les publicité, les films et dans les grands magasins), soit en négatif (pour démontrer la culpabilité d'une personne, qu'une situation est angoissante ou interdite, que le fait divers est plus ou moins grave). Il existe des expériences intéressantes à réaliser chez soi, comme regarder la publicité sans le son (c'est même très drôle tellement c'est ridicule et gros comme une maison), ou passer des musiques décalées sur des images qui ne correspondent pas aux émotions véhiculées par le son. Passez une scène où un lion dévore sauvagement une gazelle après une course poursuite dans la savane sur une musique de Benny Hill, ou un enfant en train de jouer tranquillement dans un parc avec une musique terriblement angoissante. La plupart des gens vont trouver le premier cas ridicule et vont même sourire, alors que dans le second ils angoisseront parce qu'ils penseront que l'enfant va forcément se faire attaquer. Une même scène objective peut être complètement manipulée par la bande son, et c'est très grave, puisque que c'est couramment utilisé pour pousser les gens dans des opinions pré-décidées (en politique etc...). On peut très bien faire passer quelqu'un pour un idiot ou pour un sage, simplement avec une bonne prise de vue et une bande son adéquate. Il y a un immense danger de manipulation médiatique qui passe par le son bien plus que par l'image, parce qu'avec les mêmes images, on peut faire ressentir une chose ou complètement son opposé à un public.

L'ufologie en a subi les plus grands frais, car il est trop facile de décrédibiliser les témoins et les images avec simplement une musique bizarre de petits hommes verts ou de soucoupes volante. Nous sommes tous des chiens de Pavlov quand nous regardons des images et encore plus quand nous écoutons des sons, parce que notre cerveau a appris a être critique sur le visuel mais pas du tout sur l'auditif.

Hypnose

C'est une méditation guidée par une personne extérieure, assez dangereux, car cette personne peut prendre le pas sur vous ou vous manipuler / vous induire des faux souvenirs.

Comme pour la possession, on ne peux pas hypnotiser quelqu'un qui ne le veux pas (libre arbitre toujours). Nous en revenons à qui faire confiance.

L'hypnose ne nous fait perdre conscience du tout, car on se rappelle très bien ce qu'on fait pendant qu'on est hypnotisé.

Les gens qui font des spectacles comptent sur le fait que le public leur est acquis et qu'il se laisse manipuler. C'est aussi possible dans des groupes restreints, car la pression collective force les gens à suivre le mouvement.

Hypnose régressive

Quand l'hypnose regressive est utilisée, elle permet de faire remonter des souvenirs réels, comme le montre le Dr. J. E. Mack. Les faux souvenirs induits sous hypnose ne comportent en effet aucune forme d'émotion car il n'ont pas été vécus, alors qu'au contraire, une abduction réelle replonge l'expérienceur dans sa terreur, souvent très vive (voir ET>contacts>conscient coupé p.).

Donc certes, une fausse abduction **peut être induite**, mais elle reste creuse et formée d'images mentales récupérées dans la culture de la personne influencée. Les vraies souvenirs d'abductions ont donc deux caractéristiques importantes qui les différencient des fantasmes induits par l'hypnotiseur, ou par l'imagination de l'expérienceur fantasmant :

• elles sont vécues **émotionnellement**,

• impliquent des scènes et des visions **inconnues** dans l'iconographie existante (films, BD, témoignages d'autres abductés etc...).

Conscience > Incarnation > Prânisme

L'éveil est favorisé par le jeûne (cesser l'alimentation physique quelques jours), voir carrément par le prânisme (cesser complètement la nourriture physique, et se nourrir de qi (appelé prâna par les hindous, le nom de prânisme fait consensus)).

Je dois préciser qu'au moment d'écrire ces lires, je n'ai pas expérimenté moi même l'état prânique, bien que je m'en sois approché à quelques reprises.

Merci à Henri Monfort, Alyna Rouelle, Gabriel Lesquoy, Claude Tracks et Alice Bruyant pour leurs conseils donnés sur internet, donc je fais un condensé ici.

Il me faut préciser que, s'ils n'ont pas nié la réalité du prânisme, ni Harmo, ni les Zétas, n'ont détaillés cette possibilité.

Survol

Vocabulaire

Voir le glossaire pour les définitions des différents jeûnes utilisés. Pour résumer : Un jeûne c'est boire de l'eau, mais ne pas absorber de nutriments (que ce soit par la nourriture solide ou par des liquides alimentaires).

Un liquide alimentaire, c'est tous les liquides sauf de l'eau. On y trouve tout ce qu'il n'y a pas besoin de mâcher ou de mastiquer : comme les soupes claires, les bouillons, les infusions, les jus.

Un jeûne hydrique, c'est absorber uniquement des liquides alimentaires comme nutriments.

Un jeûne sec, c'est un jeûne sans boire d'eau (plus rien ne rentre dans le système digestif, excepté la salive et autres sécrétions naturelles).

Un jeûne court c'est moins de 3 jours, un jeûne long c'est plus de 3 jours.

Le prânisme n'est pas un jeûne

Une notion **primordiale** à comprendre !

jeûne, aucune entrée d'énergie dans le corps, mortel en quelques semaines (p.)

Le jeûne a pour but de faire une pause alimentaire pour reposer le corps, le circuit de digestion, et activer l'autophagie (le corps se nourrit de sa propre masse, en commençant par les déchets, les cancers et les réserves), autophagie qui nettoie l'organisme.

En 2016, la science a découvert que le jeûne accélérait les réparations de l'ADN, et diminuait les cancers existants. Il nous reste plein de bienfaits à découvrir.

Un jeûne est une pause, ce qui implique qu'il est limité dans le temps. Au delà d'un certain nombres de jours, le processus s'inverse et devient néfaste.

Si la personne tombe en dessous du poids vital limite haute, le corps va commencer à se nourrir de ses propres organes (muscles, peau, etc.), l'aspect physique s'en ressent, de même qu'un vieillissement accéléré.

Si le jeûne est malgré tout prolongé, le poids diminue inexorablement, jusqu'à tomber en-dessous de la limite vitale basse. Une fois franchie cette limite, le corps mourra à terme, même si la personne recommence à manger.

Le jeûne impose de se reposer, de rester au chaud, afin de ne pas trop puiser dans les réserves énergétiques du corps. La force et l'énergie diminuent inexorablement.

Prânisme, entrée permanente d'énergie, durée illimitée

Avec le prânisme, l'absence de prise de nourriture physique devient permanente.

Pour obtenir cela, il faut donc que l'énergie des aliments physique soit remplacée par l'énergie du qi.

Le corps ne fait pas de jeûne, il se nourrit de qi.

Il n'y a pas de changements pour le corps, excepté les gains divers (santé-régénération, vitalité, moins besoin de dormir, etc.).

Les critères de base du prânisme (p.)

Comme il est important de différencier rapidement si on est dans un jeûne prolongé mortel ou un prânisme régénérant, plusieurs critères sont à prendre en compte, dont les plus importants sont :
- Poids stabilisé
- Énergie démultipliée
- Aucun déchet dans les urines

Les dangers lors du chemin prânique (p.)

En plus des dangers du jeûne prolongé, on peut avoir des pertes d'équilibre, et une fatigue du coeur.

Les divers noms

Le prânisme est aussi appelé respiriannisme (breatharian en anglais), ou encore SunGazing. Ces termes sont à éviter, car ce n'est pas par la respiration, ni par les rayons du Soleil, que l'on se nourrit. Ce ne sont que quelques techniques de

Conscience > Incarnation > Prânisme

visualisation parmi d'autres pour se remplir d'énergie prânique.

Le prâna est appelé qi dans ce livre (p.), amour chez les catholiques (vivre d'amour et d'eau fraîche, voilà ce que ça veut dire vraiment...) etc. Le notion de prânisme existe dans toutes les cultures.

Les différents niveaux

Nous sommes tous prâniques, à un niveau plus ou moins élevé d'absorption de qi en plus de l'alimentation physique classique.

Il y a différents niveaux de prânisme :

- solidien : nourriture solide traditionnelle.
- liquidien : ne boire que de la nourriture liquide (jus, soupes, infusions).
- inédien : ne boire que de l'eau (avec possibilité d'une hostie, d'un café ou autre infusion par jour, qui ne suffirait pas à expliquer la survie vu le petit nombre de calories).
- prânien : ni manger ni boire.

Principe de se nourrir de qi (p.)

Le qi permet de nourrir le corps physique, suivant le même principe que le Reiki utilise le qi pour guérir le corps physique. Les cellules, au lieu de transformer l'ATP (issu de la digestion) en énergie, captent directement le qi (énergie) qui nous entoure, qui baigne ce qu'on appelle "vide" entre les atomes.

La nourriture qi se trouvant partout autour de nous dans l'Univers, on peut se nourrir de qi même au fond d'une grotte.

Se nourrir de qi, c'est une capacité que notre corps possède à la naissance, avant que les capteurs ne se referment, faute d'utilisation. Il s'agit de les réouvrir.

Comment fonctionne l'absorption ? On a de nombreuses hypothèses, mais rien de sûr jusqu'à présent. Ce qui est sûr, c'est que ça nécessite d'être en phase avec le mouvement d'Amour Universel, de ne pas nager à contre-courant pour des intérêts égoïstes contraires à l'intérêt de tous.

L'effet boule de neige

Depuis les années 2000, il y a des milliers de prâniques de par le monde (dont certains le sont depuis plus de 10 ans). Comme nous somme tous reliés par le champ quantique, si leurs cellules savent comment utiliser le qi, nos cellules le savent aussi.

Cette facilité à devenir prânique augmente au fur et à mesure de la hausse du niveau vibratoire de la Terre, et du nombre de personnes qui deviennent prâniques.

Les changements / avantages apportés par le prânisme (p.)

A noter qu'il n'y a aucun désavantage...

On remange un peu de temps à autres si on a envie ou besoin.

+ de temps pour vivre (+ d'énergie et d'acuité mentale, sommeil divisé par 2, temps de repas supprimé, inutile de travailler pour manger).

Plus de place (suppression de la cuisine et des WC).

Guérison, régénération / rajeunissement du corps, une meilleure santé générale, moins de maladies.

Un choix de l'âme (p.)

Il faut que la volonté d'être prânique vienne de l'âme. Plusieurs critères permettent de le reconnaître.

Facilité accrue (p.)

Plus le nombre d'humains ayant accédés au prâna augmente, plus il sera facile aux nouveaux d'accéder au prâna, en se connectant à l'énergie des précurseurs humains.

Les 3 phases (p.)

Il y a 3 phases pour devenir prânique, que nous allons détailler par la suite.

Phase 1 > Préparation (p.)

En général au moins un an, pour se préparer psychologiquement et corporellement. On fait des jeûnes pour détoxifier son corps.

Phase 2 > Transformation (p.)

On arrête la prise de nourriture solide (plusieurs processus possible), et via l'alignement, on apprend à se nourrir de prâna. On fait face à tous les abandons et deuils (p.) qu'il faut accepter, à la remonté des failles psychiques qui nous diminuaient, au surplus d'énergie auquel on n'est pas habitué.

Phase 3 > Consolidation (p.)

Une fois transformé, il faut choisir de rester prânique, un questionnement de tous les jours.

Au-delà du prânisme (p.)

Une fois prânique, il n'y a tout simplement plus de limites physiques. Se régénérer et vivre en bonne santé et plus longtemps, se former le corps à volonté, voir ne plus respirer du tout...

Vie > Conscience > Incarnation > Prânisme

Exemples de prâniques (p.)

Quelques prâniques qui ont popularisé la technique, et qui ont joué le rôle de défricheurs.

9 critères indicateurs

Comme le jeûne est dangereux s'il dure trop longtemps, il est important de différencier assez rapidement l'état prânique.

Les 3 critères de base

Il est impératif que les 3 critères soient remplis, et pas 2 seulement sur les 3.

- **poids stabilisé** (on peut même décider de le faire augmenter par la suite).
- **gain d'énergie vitale**, de peps, de punch (pas de fatigue)
- **Taux de corps cétoniques nul** dans les urines

Avertissement sur le poids

Le corps a des grandes réserves, il est possible de vivre un moment sur ces réserves sans perdre de poids, donc le critère du poids stabilisé est difficile à estimer.

Mesurer les corps cétoniques

Pour mesurer le taux de corps cétoniques dans les urines, on utilise les bandelettes réactives à corps cétoniques (vendues en pharmacie). On urine dessus, et ça indique le nombre de déchets produits par notre corps. Un prânique doit être à zéro.

Sans ces bandelettes, il est possible d'estimer à l'odeur la quantité de déchets produits.

4 critères additionnels

Ces critères peuvent arriver aussi lors d'un jeûne, donc ils sont moins significatifs.

- **temps de sommeil divisé par 2** (seules 4 à 5 heures de sommeil suffisent, en se levant on a autant d'énergie que si on avait dormi 10h), avec peut-être de micro-siestes de 5 à 10 minutes maxi de sommeil très profond.
- **corps restant chaud** (pas de sensation de froid permanente, peut ne pas se voir en été),
- **joie intérieure sans aucune raison**, une béatitude constante et un bien être sans faille,
- **Salivation augmentée**.

2 critères définitifs

Si vous dépassez les records du livre "Guinness des records", c'est que c'est bon !

Toujours vivant après 3 mois sans manger ? Vous êtes inédien.

Toujours vivant après 18 jours sans boire ? Vous êtes prânien.

A noter que l'écossais Angus, dans les années 1960, est passé de 207 kg à 81 kg en ne mangeant rien pendant 382 jours, excepté quelques tisanes et compléments en vitamine. Il a juste vécu sur les 125 kg qu'il avait en excès.

Les dangers lors du chemin prânique

Dangerosité du jeûne prolongé

Si la perte de poids continue, et que l'un des 2 autres critères de base ne se manifeste pas, le corps n'est pas devenu prânique mais fait un jeûne, mortel au bout de quelques semaines (voir de jours si l'on ne boit pas), car passé un poids limite, reprendre la nourriture ne sert plus à rien.

En effet, le jeûne c'est tout le contraire du prânisme :

- on n'a plus d'énergie, il est conseillé pour un jeûne de ne pas se dépenser et de rester au chaud sous la couette.
- le temps de sommeil augmente pour se reposer.
- le poids descend inexorablement,
- on a froid car on n'a plus d'énergie excédentaire pour se réchauffer.
- Problèmes de santé, comme les chevilles qui gonflent, ou une crise cétonique (haleine forte, fièvre modérée (38°C), fatigue, pâleur, troubles de la conscience)

Pertes d'équilibre pendant la transformation

L'autre grand danger, pendant la phase de transformation de 3 semaine, sont les pertes d'équilibre (2 ou 3 morts recensés, chutes sur la tête). D'où l'intérêt de bien se reposer pendant cette phase, et d'être vigilant quand on est debout et qu'on sent des vertiges venir. Ne pas non plus faire d'acrobaties, les réflexes sont amoindris.

Crises cardiaques

Sur les milliers de témoignages, seul un mort par crise cardiaque.

Un jeûne mets le coeur à rude effort. Quelqu'un de très cardiaque (condamné à plus ou moins brève échéance), pourrait y laisser sa peau. Mais d'un autre côté, avec un coeur en mauvais état, il n'y a pas beaucoup d'autres solutions que le prânisme pour s'en sortir...

Donc soyez bien conscient de cette fragilité du coeur, faites des efforts modérés en ressentant bien les choses, restez avec vos médicaments et proches d'endroits adaptés à votre handicap.

Le poids limite minimum

Poids limite basse

Le poids minimum limite basse est le point critique du processus. Descendre en dessous c'est mourir assurément.

Ce poids est le poids de trop tard. Vous ressemblez déjà à un squelette, et avez provoqué des dégâts dans votre corps.

Pour une personne d'1m75, ce poids doit être de 40 kgs. Thierry Casasnovas dit être descendu à 33 kg pour 1,75 m, mais il était alors mourant, et ne s'en est tiré que par un miracle.

Poids limite haute

Le poids mini limite haute doit être défini à l'avance.

Rester au dessus, c'est ne pas devenir squelettique, et s'éviter des soucis de santé ultérieurs.

Il faut définir, avant le processus, le poids de limite haute proche du poids de bien être (5kg en dessous pour les minces).

Limites difficiles à établir

Certains mentionnent des pertes de poids très importantes, qui étaient nécessaires pour bien faire disparaître toutes les toxines. C'est pourquoi cette question des poids limites dépend de chacun, et doit être étudiée en fonction de vos ressentis.

Calculs avec l'IMC

En calculant l'IMC (poids (kg) divisé par sa taille (m) au carré), on peut estimer le poids limite haute à ne pas franchir.

Selon la densité et la grosseur des os (facteur génétique), la musculature et le type de muscles, un non prânique doit se situer entre un IMC de 18 et 25 pour avoir un poids estimé normal.

L'état prânique entraînant le poids du bol alimentaire en moins (nettoyage du contenu des intestins) et divers stocks devenus inutiles en moins, Les poids limites habituels peuvent être descendus de 2 ou 3 kg.

Par exemple, pour 1,82m, le poids limite haute (avant dénutrition, soit une IMC de 16,5) est 55 kg. En dessous, la personne est considérée comme maigre, bien que se vie ne soit pas encore en danger (on n'est pas encore au poids limite basse vital, qui doit se situer aux alentours de 45 kg).

A 57 kg, l'IMC est de 17,2. Et à 62 kg, l'IMC est de 18,5.

Respecter le poids limite haute

Il vous faudra alors viser un IMC de 17,2 (57 kg)pour garder un certain confort, et une IMC de 16,5 (55 kg) comme poids limite haute à ne pas franchir.

1,82 m pour 55 kg, c'est les mensurations du mannequin Claudia Schiffer quand elle était très maigre, les os étaient bien visibles, sans qu'elle ne ressemble non plus à un déporté d'Auschwitz

On peut encore enlever 2 kg (53 kg) si on veut vraiment voir ses limites, et faire un nettoyage en profondeur.

Si vous descendez trop vite (plus de 0,3 kg par jour), et que vous franchissez le poids mini fixé à l'avance, reprenez progressivement la nourriture, et attendez de rééquilibrer tout ça pour estimer de manière plus précise votre poids de forme.

De manière générale, ne vous focalisez pas trop sur votre poids, tant que vous ne vous approchez pas des limites hautes, et que vous n'en souffrez pas trop.

Principe de se nourrir de qi

D'où vient l'énergie ?

On est prânique à la naissance, puis ensuite les capteurs se referment. Vous ne mangiez rien, vous couriez tout le temps, vous aviez un cerveau vif et curieux, puis la société vous éteint. Il s'agit juste de réouvrir les capteurs.

Se connecter à la Source ?

Le prânisme, c'est aller puiser son énergie vitale là où elle est illimitée, là où chacun a plus de puissance qu'une étoile : dans l'élément le plus petit possible de matière, le qi. Ce n'est pas le qi qui recèle cette énergie, mais c'est la connexion avec l'ensemble des qis, la Source de toute chose, Dieu ! Et heureusement, on ne peut arriver qu'à se connecter à la Source qu'en étant vraiment en harmonie avec les Lois de l'Amour, l'Amour, Qi, Source, Nature, Univers, Dieu, étant des mots désignant la même chose.

Vie > Conscience > Incarnation > Prânisme

Dimensions supérieures ?

Pour l'instant, la science est incapable de dire d'où vient l'énergie des prâniques. Comme rien ne se crée rien ne se perds mais tout se transforme, on peut supposer que cette énergie vient de dimensions encore inconnues. Comme ces dimensions d'où apparaissent fantômes ou OVNI, et où ils retournent quand ils disparaissent de notre regard / de notre dimension. Ces dimensions sont forcément supérieure à la notre, car l'énergie descend des hauts potentiels vers les bas potentiels (à moins de fournir de l'énergie pour rehausser son potentiel, ce qui se passe dans les pompes). Nous nous nourrissons donc du mouvement global de l'énergie à ascensionner puis chuter sans cesse, de la même manière que les électrons ne cessent de se mouvoir autour du noyau, l'aimant de générer du magnétisme.

Fluctuations du qi ?

La mécanique quantique propose aussi des pistes. On sait que l'énergie du vide fluctue en permanence, la somme de ces fluctuations étant nulle. Mais mettez dessus un pont de diode (celui utilisé dans les alternateurs pour inverser le sens des parties négatives du courant, et faire en sorte que toutes les fluctuations aillent dans le même sens) vous aurez une source d'énergie infinie (l'effet casimir).

Son âme ?

Ce serait l'inconscient qui fournirait la nourriture prânique, donc l'âme, elle-même un agglomérat de prâna, qui est de l'énergie pure. Mais on ne va pas vider son âme de son prâna, ni pomper l'énergie dans son environnement (et donc là où il est le plus dense, dans l'âme des autres) comme le font les égoïstes occultistes, comme beaucoup de guérisseurs ou de voyants des années 1960 le faisaient, utilisant des vieux grimoires ou traditions hermétistes d'origine sataniste). Quand ces gens avaient usés toute l'énergie de leur âme, ils étaient alors tenté de passer un pacte pour continuer à aller dans la mauvaise direction, payant cher par la suite ce pacte.

Le prânique altruiste s'aligne juste avec le flux de vie, c'est l'énergie de Dieu / de l'Univers qui nous traverse, qui va être la source de notre énergie. C'est sa vie même, son abnégation, qui fait qu'il suit le sens du courant universel, sans chercher à nager à contre courant (énergie négative) et donc à pomper dans celle des autres pour des intérêts purement personnels et à l'encontre du but global.

Avantages du prânisme

Il n'y a que des avantages à être prânique! Nous allons détailler les avantages procurés, pour essayer de comprendre l'énorme changement que ça apporte dans notre vie.

Respect de la vie

Il n'y a plus besoin de prendre la vie d'autrui (animaux, plantes, hommes ayant des denrées quand on n'en a plus) pour vivre. Nous sommes tous frères (tous issus du Qi) et on ne mange pas son frère.

Il n'y a plus de souffrance animale à infliger dans les élevages industriels, ni d'abattage en masse.

Il n'y a plus de famines et d'enfants qui meurent de faim.

Moins de guerre posée par les problèmes de sécurité alimentaire.

Un outil de domination de moins pour la classe dirigeante occulte.

Moins d'emprise sur la terre (on ne mange pas les fruits dont les oiseaux ont besoin).

Un respect de sa propre vie, en ne mangeant plus les saloperies industrielles qui nous fatiguent, nous déglinguent le corps et la santé.

Liberté sur son chemin de vie

On n'a plus peur de ne plus recevoir un salaire, se libérant ainsi de l'esclavage, de devoir travailler pour manger.

Gain d'énergie pour réaliser notre chemin de vie.

Moins de maladies qui sont des freins.

Acuité mentale permettant d'être plus conscient, de mieux apprécier ce qui nous entoure.

Gain de temps pour faire ce qu'on est venu faire sur terre.

Nous sommes plus résilients aux crises, une peur de moins.

Possibilité de faire de longs voyages sans se soucier de la logistique.

Hausse de sérénité grâce aux peurs qui disparaissent (peur d'avoir faim demain, de manquer d'énergie, peur du futur).

Joie et bonne humeur : le prâna est une énergie d'amour. Dans cet état là, plus de tristesse, plus de dépression. Un mieux vivre, car on a plus de joie.

Se préparer au passage dans une dimension vibratoire supérieure, qui est la prochaine étape de notre évolution.

Améliorer notre spiritualité.

Faciliter les évolutions de conscience comme le voyage astral, les capacités médiumniques.

Écologie - Moins de pressions sur la planète

Il n'y a plus de champs pour les cultures et l'élevage, l'emprise humaine sur la terre est moindre, + de biodiversité, un monde plus agréable à vivre.

Il n'y a plus de circuits de production ou de distribution agricoles qui pollue notre air (tracteurs, chaufferies, camions de transport, avions, vaccins pour les animaux d'élevage, lumières pour les poulaillers industriels, etc.).

Il n'y a plus besoin d'aller aux toilettes, au diable les assainissements individuels compliqués et les pollutions multiples.

Plus besoin de produits vaisselle polluants, de lave-vaisselle énergivores, tant au niveau de l'eau consommé que de l'électricité.

On n'est plus obligé de passer par les phases très énergivores d'absorption de nourriture classique, digestion (transformation en Qi pour résumer), désintoxication puis élimination des déchets. Le rendement d'un tel système est déplorable, car une très grosse partie de l'énergie entrante est utilisée dans le processus de transformation lui-même.

Gain de temps

Le prânisme c'est un temps phénoménal libéré pour l'avancement de la société :

- Toutes les forces vives travaillant dans l'agricole, les marchés, etc. le feront dans un autre secteur, plus profitable à l'épanouissement de la société.
- temps passé à la recherche de nourriture (au boulot pour gagner les sous, au magasin pour l'acheter, à la chasse ou à la pêche, à la cuisine pour la préparer, au jardin, etc.)
- Temps passé à absorber la nourriture, à la mâcher
- Temps passé au toilette pour évacuer la nourriture.
- Temps passé pour faire la vaisselle, pour la ranger
- Temps passé à évacuer les restes de nourriture ou de préparation.
- Sommeil au moins divisé par 2.
- Plus d'énergie pour faire les choses plus vite, moins de temps de repos.

- acuité et vivacité mentale améliorant la productivité de notre oeuvre

Gain de créativité

Quand on est prânique, on est a fond. On est plus créatif, on ne dort plus, les prâniques comparent cet état à prendre de la coke, mais avec que des effets bénéfiques évidemment.

Stabilité émotionnelle

Un des effets le plus visible de la transformation, c'est la vivacité, l'énergie débordante, mais associé avec un grand calme, une stabilité émotionnelle.

On ne réagit plus aux attaques, parce que nos failles ont été comblées, il n'y a plus besoin de se mettre en colère. Plus de réactions des émotions programmées (à un stimulus, une réaction émotionnelle sera toujours la réponse).

Alignement

A tout moment, conscient et inconscient sont équilibrés, toutes les décisions se font à partir de notre soi supérieur, l'âme, et non plus à partir des programmations automatiques du conscient, imposés par le formatage de la société, les atavismes, etc.

Déjà, le conscient sort du mode automatique, similaire à celui du cerveau émotionnel, mais rentre dans un vrai mode d'analyse (à un stimulus donné, la réponse du conscient ne sera jamais forcément la même, au contraire du cerveau émotionnel qui réagit de manière basique, préprogrammée, sans réfléchir). Plutôt que de vivre en automatique comme la plupart des gens (cerveau cognitif coupé, seul le cerveau émotionnel basique est activé, voir juste le cerveau reptilien pour les plus frustres), on enclenche d'abord le conscient, puis on laisse l'inconscient accéder à la conscience du conscient.

Gain de place

Il n'y a plus de pièce dédiée à la cuisine, ni de salle à manger, de meubles avec la vaisselle, les instruments pour faire la cuisine, les couverts, ou encore les placards de stocks de nourriture, la grange pour stocker le foin des bêtes, les outils agricoles comme les tracteurs, charrue, moissonneuse-batteuse, etc.

Nous reprenons notre juste place dans l'univers. Fini les maisons immenses ou les sac à dos trop lourds!

Vie > Conscience > Incarnation > Prânisme

La santé parfaite

Le prânisme peut être une voie pour guérir d'une maladie grave. Il n'y a pas vraiment guérison, juste retour à l'état normal de santé / bon fonctionnement. La maladie n'avait pas lieu d'être, ce n'était qu'un désalignement / dissonance. Plus on se réaligne, plus on résonne en phase, plus on est centré. La maladie / désalignement disparaît plus on s'aligne. Il y aura des fluctuations autour du point zéro (alignement) par la suite, mais c'est que des fluctuations de plus en plus faibles.

Dit autrement, les aliments font couvercle sur les mémoires dissonantes (on mange pour étouffer les émotions, les entités ou les expériences qu'on n'est pas prêt à gérer). En arrêtant les aliments, ces dissonances sont accueillies par le conscient, et dissipées, favorisant la résonance / alignement.

Hausse du tonus, moins de fatigue

L'univers est grand, nous sommes tout petit. Nous avons tout intérêt à se reconnecter à l'univers qui va nous soutenir de ses bienfaits.

Possibilité de fournir des efforts physiques intenses et prolongés. La sensation permanente de vivre entouré d'amour, de sentir fort, protégé et en sécurité.

Guérison / régénération puis insensibilité à la maladie

C'est notre aura, notre champ énergétique qui va nous alimenter, et au passage ce dernier va se renforcer.

L'énergie qui n'est plus dépensée à la digestion va se porter sur les endroits du corps où il y a besoin de réparation. De vieilles maladies disparaissent.

Ceux qui sont malades se guérissent, puis tout le monde arrive à un état d'équilibre qu'on appelle la santé (ce qui n'était pas gagné dans notre monde moderne).

Il n'y a plus d'attaquant vu qu'il n'y a plus d'attaqué. Les virus, bactéries et pollution sont aussi du prana, ils ne vont pas s'attaquer eux-même. Nous reprenons la place qui nous est dévolu dans l'univers.

En augmentant son niveau vibratoire, la réalité change. Vous n'êtes plus malade car la maladie n'existe plus, le loup côtoie l'agneau sans lui faire de mal car il n'a plus faim.

Rajeunissement

Les effets suivants sont observés sur la santé : les cheveux plus forts et qui repoussent malgré une calvitie avancée, les ongles plus épais et résistants, les dents qui repoussent, disparition des rhumatismes articulaires et des douleurs de dos, la peau sèche soumise au psoriasis qui redevient souple, lisse et jeune. Les mycoses qui disparaissent.

Prahlad Jani, le yogi indien de 85 ans (prânique depuis l'âge de 15 ans), possède la plupart de ses organes (dont le cerveau) qui sont dans le même état que pour une personne de 25 ans. Aucun signe d'usure.

Vie allongée du corps physique?

On peut théoriquement vivre aussi longtemps qu'on le veut, avec l'apparence que l'on veut (nous créons notre réalité).

Corps incorruptible ?

Nos cellules finissant par se nourrir elles-mêmes du qi, de manière automatique. Il ne serait pas étonnant qu'une fois leur âme partie, certains corps de prâniques ou individus très spirituels - comme pour les saints catholiques ou les méditants bouddhistes - se révèlent, plusieurs mois / années après leur inhumation, toujours "vivant", c'est à dire sans décomposition, sang rouge vif qui coule si on perce la peau, peau souple, pas de rigidité cadavérique, etc. Les cellules n'ayant plus besoin de la respiration, de la circulation sanguine, et pouvant donc continuer à se maintenir en inspirant puis rejetant le qi.

Cela reste évidemment à démontrer, les possibilités de fraudes pour les corps dits imputrescibles empêchant jusqu'à présent de valider ce point.

Capacités renforcées

Notre corps, en plus de revenir à la santé parfaite, va augmenter ses capacités.

Plus ni chaud ni froid

Le chaud et le froid sont de la dualité. Une fois prânique, Montfort dit qu'il ne ressent le froid que comme une caresse, une information. Son corps se contracte et prend 3 kg dans la nuit à -10°C, et quand il part ensuite en Italie où il fait 40°C il perds 3 kg dans la nuit. Il pense que son corps se contracte avec le froid, est plus dense, et s'expanse avec la chaleur.

Sens démultipliés

En plus de guérir les pathologies qui nous affectent (myopie, surdité), on voit désormais plus loin et plus près, l'odorat se fortifie, l'ouïe aussi.

Éveil / Pouvoirs psys

Les méditations sont plus profondes et les découvertes intérieures insoupçonnées. Chez les jeunes générations, des capacités latentes comme la télépathie, la clairvoyance, la claireaudience, la télékinésie, la lecture d'aura, les projections de conscience, la décorporation, le voyage astral sont réactivées, et pratiquement chez tous des capacités thérapeutiques et artistiques accrues. Ces effets sont moindres si on continue à boire de l'eau, et encore moins pour les personnes âgées.

Quelque part, il n'y a plus vraiment de limites. Vous pouvez léviter si vous le désirez.

Gain d'argent

L'argent est une donnée qui tend à être obsolète, mais pour le temps qu'il nous reste à vivre dans l'ancien monde c'est 300 euros d'économisés environ par personne et par mois, ce n'est pas négligeable. A lier à l'arrêt de la cigarette ou d'autres addictions dépensières qu'il sera plus facile d'arrêter.

Un choix de l'âme

Tout le monde peut devenir prânique, à la seule condition que vous y soyez poussé par votre âme. C'est à dire que vous ressentiez un besoin profond pour ça, que vous ayez déjà, sans savoir pourquoi, commencé à changer d'alimentation, passé au jus, etc.

Il faut être sur que ce n'est pas par fainéantise, ou par peur de mourir de faim, qu'on cherche à devenir prânique. Il ne faut pas que ce soit un défi, un challenge, ou un forçage du corps. Il faut bien que ça vienne du fond de vous même, sans orgueil ou esprit de compétition.

Au début seuls des médiums, yogis ou chamans se sont lancés dans le prânisme, sur les instructions de leurs guides supérieurs. Une fois la transformation de ces précurseurs faite, tous les humains ont accès à l'expérience des précurseurs (et cela, de plus en plus facilement au fur et à mesure que le nombre d'humains accédant au prâna augmente).

Ce qui doit vous faire reconnaître un appel de l'âme, c'est un intérêt inexplicable, une intuition envers le prânisme, qui normalement devrait faire rigoler n'importe qui de censé.

Ensuite, un corps qui accepte de moins en moins d'aliments, qui vous implore de réduire puis vous fait sentir qu'il faut arrêter les aliments solides.

Il m'est arrivé d'avoir des phénomènes paranormaux, par exemple un détecteur de fumée qui s'enclenche subitement au moment où je craquais sur un aliment alors que j'essayais de ne plus manger.

C'est la prise de conscience de la beauté de l'âme de chaque animal, l'envie de ne pas être une plaie pour son environnement, de ne plus prendre la vie, ni les ressources nécessaires à d'autres, de vibrer haut en vibrations d'amour pour autrui.

En être bien convaincu au fond de soi-même, sûr de ce que l'on veut et que l'on sait être possible.

C'est notre âme aussi qui nous dit si c'est le moment, si c'est notre chemin. Sans accord avec elle, si ce n'est pas notre karma, c'est voué à l'échec.

Votre intuition vous guidera. Si vous avez lu ce chapitre jusqu'ici, ce n'est pas par hasard, et on peut considérer que votre âme est d'accord !

Il peut être important d'être en connection avec notre guide spirituel, notre âme, la réalité de ce que l'on est. C'est notre guide qui peut nous dire si l'on est prêt, si c'est le bon moment, si c'est juste que l'on devienne prânique. Si l'on n'est pas en accord avec âme, on fera tout simplement un jeûne au lieu de se nourrir de nourriture prânique.

Facilité accrue

Les cellules de chaque humain étant reliées à celles des autres humains par un champ quantique (ou champ télépathique), nos cellules savent instinctivement comment passer en mode prânique, simplement en se connectant à l'énergie des humains déjà prâniques, et en apprenant d'eux.

Ça se passe aussi au niveau des mémoires de nos espèces, et au niveau de la programmation génétique. Il semble que les codons d'ADN liés au prânisme, auparavant en dormance, s'activent d'eux même.

En alignement, on se connecte à cette énergie / information de transformation prânique, et on demande au corps (et à toutes les cellules de notre corps) d'activer l'état prânique (toutes les cellules du corps se mettent à trouver l'énergie dans le prâna, et plus dans les nutriments apportés par le sang et transformés par les mitochondries).

Suite à l'élévation global de la conscience humaine et du niveau vibratoire terrestre, ce qui n'était à l'époque possible qu'aux mystiques ou saints de haut niveau spirituel, l'est aujourd'hui au citoyen lambda.

Vie > Conscience > Incarnation > Prânisme

Il faut quand même avoir un niveau minimal d'énergie vibratoire (hautes vibrations), c'est à dire chercher à s'améliorer spirituellement, vouloir aimer son prochain comme soi même, ne pas le juger, bref tout le contraire que de vouloir asservir son prochain et développer son égo (il faut donc se débarrasser des mauvais conditionnements automatiques que le système a formaté en nous).

Il faut savoir aussi que nous produisons notre propre réalité. Plus on avancera dans le processus, plus des transformations spirituelles vont se réaliser spontanément, il faut accepter de changer dans sa personnalité, ne pas aller contre le courant qui nous porte vers le haut. Les tentations d'abaisser de nouveau ses vibrations seront grandes pour rester en lien avec son entourage par exemple.

L'absorption du prâna se fait au début en conscience (exercices faits en alignement), puis ensuite ça se fera tout seul dès lors qu'on vive dans la lumière, c'est a dire faire ce qui nous fait vibrer, éviter les basses vibrations de la société qui s'effondre, etc. Nous nous mettons à vibrer le prâna, et à faciliter l'accession prânique à ceux qui suivent.

Phase 1 (préparation) - 1 an

Survol

Pendant 1 an on mange de moins en moins, passant de 3 repas à 2 (midi et soir) puis à un seul (vers 14h).

Des aliments avec de plus en plus de prâna :
- de moins en moins de viande,
- nourriture bio
- aliments vivants (de notre jardin, sans pesticides)
- de plus en plus crus

On fait de temps en temps de petits jeûnes de 1 à 3 jours maxi, sans oublier de boire beaucoup.

Le but est de détoxifier progressivement le corps de toutes les saloperies accumulées à cause de notre société industrielle. Ça permettra, lors du jeûne de la première étape de la transformation, de limiter la quantité de toxines relâchées dans l'organisme lors de la fonte des cellules graisseuses, et donc la fatigue ou les maux de tête ressentis.

L'expérience apprise lors de chaque jeûne sera acquise, et le problème ne se reposera plus (perso, au bout d'un jour pour le 1er jeûne j'ai eu mal au ventre, intestins bloqués, 2eme jeûne au 2e jour haleine de chacal, mais ces 2 phénomènes ne se sont plus reproduites pour les jeûnes suivants).

On fait le travail préliminaire d'accorder tous nos corps (physique, émotionnel, conscient et inconscient) pour que tous soient prêt à la transformation (qu'il n'y ai pas un corps qui ne veuille pas et fasse tout capoter).

Chercher la Source du qi au fond de nous

Résumé d'un texte de Claude Tracks.

Il faudra aller le carburant qi au coeur de nos cellules, au plus profond de notre être.

Il faudra déjà savoir qui nous sommes, quels sont tous les corps qui nous constituent.

En traversant tous nos corps, nous allons les chambouler, il faudra les préparer. Il faudra débloquer les peurs, colères et blessures mises au jour par cette plongée en nous mêmes, et qui nous empêcheront de descendre plus profond tant que nous ne les auront pas nettoyées.

Rechercher en nous plutôt qu'à l'extérieur, c'est retrouver son autonomie. Aimer quelqu'un dont on n'a pas besoin, c'est ça le vrai amour inconditionnel et universel !

Être prânique, c'est l'unique manière d'être autonome de toute énergie extérieure à nous-même, remplie de notre seule identité, et pas d'identités externes voir parasites (comme ressentir les énergies de peur de l'animal abattu dans des conditions atroces, se nourrir des poisons qui lui ont été injectés, des mauvaises conditions dans lesquelles il a été élevé).

Se nourrir au fond de soi, c'est devenir indépendant des mauvaises énergies qui vous environnent, c'est propulser dans son environnement directement l'énergie la plus pure, celle de Dieu.

Vos attaches intérieures doivent êtres plus fortes que toutes les attaches extérieures que vous pourriez avoir encore. Vous allez rencontrer beaucoup d'énergies différentes sur votre chemin, ne vous arrêtez pas dès qu'une énergie vous retiens ou vous attire (surtout dans les rêves).

C'est ce que nous avons à apporter aux autres qui nous différencie, pas ce que nous avons en commun et que chacun peut trouver chez soi. Chacun de nous est une partie unique et irremplaçable du TOUT (Dieu). Nous nous différencions chacun des autres principalement par nos goûts, nos aspirations, nos spécialités et surtout par les valeurs que nous défendons et que nous incarnons. Si nous savons qui nous sommes, nous sommes capables de nous désintégrer derrière un mur et de nous reconstituer de l'autre côté. Ce mur peut être un voyage dans une autre dimension ou tout simplement la mort. C'est pourquoi il est important de savoir qui nous sommes vraiment, séparer l'intérieur d'ajouts et attentes diverses que les autres mettent en nous.

Absorption prânique : aller cherche le qi (énergie et Conscience), non seulement dans nos cellules mais aussi dans notre ADN et dans nos chakras (notre aura).

Préparation des 4 corps

Il faut dès maintenant se préparer physiquement (corps), mentalement (conscient), émotionnellement (cerveau émotionnel), spirituellement (inconscient).

Je parle des 4 corps physiques, qui sont dans notre corps physique, sachant que 3 sont reliés à l'âme, seul le conscient étant tout seul dans son coin.

S'aligner (Zen) puis demander aux différents êtres/corps qui nous composent de nous aider à franchir ce cap. Il faut encore une fois le vouloir au fond de soi. Méditez en visualisant chacun de vos corps.

Il ne faut pas brusquer l'un de votre corps, il faut les accompagner, les rassurer, leur demander de travailler de concert.

Corps physique (p.)

L'avertir en avance, lui demander s'il est d'accord, parler à ses cellules en alignement, pour leur demander de passer en mode prâna.

Il s'agit aussi de le détoxiner progressivement, de l'habituer au changement de rythme alimentaire.

Corps émotionnel (p.)

Corps mental (p.)

Corps spirituel (p.)

Ressentir le prâna (p.)

A travers des jeûne, on s'entraîne à ressentir le prâna, à laisser cette réalité s'installer doucement.

Exercices d'absorption prânique (p.)

Ces exercices vous aideront à ressentir le prâna, à vous en nourrir en conscience. Une fois la transformation bien installée, cette phase d'absorption se fera toute seule au niveau cellulaire.

Phase 1 > Corps physique

Suivre un régime alimentaire avec de la nourriture Vivante, Végétale et Variée + des pauses alimentaires de 24 h chaque semaine.

Le but de cette préparation est de diminuer la quantité de toxines présentes dans la corps, notamment dans les cellules graisseuses, et qu'on a accumulé tout au long de notre vie. Cela nous servir lors de la 2e semaine de jeûne à ne pas nous en prendre trop dans la gueule d'un coup, et aussi à diminuer la dépendance du corps vis à vis de la nourriture, à ne pas bloquer les intestins, etc.

Cette phase permet aussi de se sentir plus en forme physiquement, d'avoir moins de médicaments liés à la malbouffe (capitaux liés à l'industrie pharmaceutique), comme les anti-douleurs liés aux migraines et autres.

Instinct de manger primordial

L'instinct de manger est un instinct primordial de notre corps animal (sans ça il meurt). C'est un instinct inscrit au plus profond de nos cellules, de notre ADN : sans énergie, tout s'arrête.

Bien comprendre qu'on n'arrête pas de manger, mais qu'on améliore son mode d'alimentation, pour une nourriture bien meilleure pour tous les corps. Et ça, il faut aussi le faire comprendre au corps, à toutes les cellules qui le compose : elles continueront à recevoir de l'énergie, sous une forme qu'elles ont déjà expérimenté en plus, mais dont elles n'ont plus trop l'habitude.

Attention à ces forces instinctives, celles qui vont nous pousser à aller chercher la nourriture. Elles sont très puissantes. Un végétarien depuis 10 ans, s'est soudainement vu obligé de partir faire plusieurs kilomètres en pleine nuit, pour aller manger un steak cru ! On est comme un tigre dans ces moments-là, la réflexion est coupée.

L'informer consciemment

Le passage ne se fait pas contre le corps mais avec lui. Lui montrer que c'est dans son intérêt de vivre de l'énergie universelle, avec des alignements réguliers, des observations que tout va mieux lors du jeûne, lui montrer les intolérances alimentaires qui l'empoisonne, lui vanter les intérêts d'une vie meilleure, en bonne santé et plus longue, etc.

Diminuer la quantité de nourriture ingérée

Nous mangeons beaucoup trop pour l'activité physique que l'on a dans notre vie sédentaire. Il faut commencer par diminuer la quantité de nourriture ingérée, pour habituer progressivement son corps.

Un avantage commence à apparaître à moins manger, c'est que les cellules passent dans un mode de fonctionnement plus économe, libérant moins de radicaux-libres et toxines, donc usant moins le corps. Dans les études, les singes ascètes sont plus vivaces et vivent plus longtemps que ceux avec le régime fast-food.

Descendre à 1 repas par jour

Un repas par jour est largement suffisant. En effet, le processus digestif est le suivant : nous mâchons la nourriture, l'estomac la digère, l'intestin prélève dans le bol alimentaire les nutriments dont le corps à besoin (15% environ) puis le reste est évacué. Ensuite, le corps doit se détoxifier en éliminant les métaux lourds ou les corps toxiques dont notre agriculture industrielle aime saturer nos aliments. Le problème c'est que cette phase de détoxination n'a pas lieu, car nous ingérons de nouveau de la nourriture 3 à 6 h après notre dernier repas. Du coup toutes les toxines vont s'accumuler dans nos cellules graisseuses, les articulations, et les muscles, en attente d'une évacuation ultérieure, dès qu'on arrêtera un moment de manger (chose qu'on ne fait jamais en fait, surtout depuis qu'on ne respecte plus les périodes de jeûne demandées chez les catholiques (carême) ou les musulmans(ramadan)). Au final, ça provoque la fatigue, l'usure du corps, la maladie, voir pire. Il est donc important d'avoir des périodes de 16h de jeûne dans la journée, donc ne prendre qu'un repas.

Par contre il est important de bien boire en se levant et de s'hydrater régulièrement.

Que le repas de midi

A quel moment de la journée prendre son unique repas ? Il faut s'inspirer des chasseur-cueilleurs qui nous ont donnés notre ADN après l'avoir façonné sur des millions d'années : Ils dormaient dans un endroit sûr (loin des zones de nourriture et donc des prédateurs, donc 1 à 2 heures de marche), et toujours proche d'un point d'eau. Ils ne commençaient à manger que vers 11 h, puis devaient de nouveau réintégrer l'abri le soir.

Viser un repas en milieu de journée active (1 h après le lever, 1 h avant le coucher), donc vers 14 h pour une journée 9h-19h, semble judicieux. Par contre, comme un jeûne ne concerne pas l'eau, il faut se réhydrater le plus souvent possible.

Cardio lent le matin à jeun

Nos ancêtres faisaient de la marche pour rejoindre le lieu de nourriture, donc un cardio lent, qui était fait à jeûne mais n'engendrait pas d'hypoglycémie, le corps est fait pour ça.

Pas d'activité physique passé 24h de jeûne

Passé 24 h de jeûne, le corps se mets en mode économie et produit des toxines lors des efforts physiques intenses, donc passé 24 h de jeûne on bouge sans forcer.

Augmenter la qualité de la nourriture

Maintenant que vous mangez moins, vous pouvez augmenter la qualité de la nourriture, en prenant de la nourriture bio, directement au producteur local, sur les marchés, les magasins bio. Cela permettra de commencer la détoxination du corps.

Éviter la nourriture industrielle comme les pâtisseries, les boites de conserves, les pizzas, etc.

Diminuer la quantité de viande rouge et d'excitants comme le café ou l'alcool, puis la proportion de viande, le but étant d'aller de omnivore à végétarien, puis végétalien (plus d'oeufs ou de lait), puis frugivore (plus que des fruits non transformés).

Quand vous mangez, faites-le en pleine conscience. Concentrez vous sur ce que vous mangez (plus de télé, d'ordi ou de discussions), regardez la nourriture avant de la mettre dans la bouche, envoyez lui des bonnes ondes, remerciez la de vous nourrir, préparez votre corps à accueillir cette nourriture, prenez le temps de mâcher, de ressentir toutes les sensations recueillies par le palais, de bien l'imbiber de salive, etc. Voir "comment bien manger" (p.).

Végétaux vivants et variés

Pour finir, afin de nettoyer l'intestin, on ne mange plus que des végétaux frais et sains (bio, ou mieux de votre jardin sans pesticide ou autres) :

fruits (sucre rapides donnant la vitalité et faisant monter la glycémie dans le sang)

légumes (le végétal portant le fruit, qui a stocké des sucres différents que ceux qu'il donne dans ses fruits, et qui ont tendance à faire baisser la glycémie sanguine)

Prendre les 2 en même temps. Cela vous donnera un bol alimentaire et un transit facile à évacuer par la suite.

Ces végétaux peuvent être pris solides ou sous forme de jus, comme vous le sentez. Liquides, vous économisez l'énergie de digestion à dégrader les grosses molécules.

Faire des jeûnes courts

Faire des courts jeunes de 3 jours maxi, ou des diètes (que des fruits ou des potages sur une journée). Cela diminue les cellules graisseuses et leurs toxines stockées dedans.

Par contre il faut pouvoir éliminer ces toxines remises en circulation dans le corps => sport complet qui fait transpirer, jus diurétiques en fin de jeûne (asperges vertes pour les reins, pomme pour les intestins, kiwi pour nettoyer les protéines traînant dans les intestins).

Faire des jeûnes à sec

Une fois que vous serez familiarisé avec les jeûnes courts (où on continue à boire de l'eau), vous pourrez expérimenter les jeûnes courts secs, où les bienfaits d'un jeûne court sont démultipliés par le fait de ne pas boire d'eau (p.).

S'approcher de son poids idéal

Si vous avez beaucoup de kilos à perdre, faire du sport, établissez à la louche le poids qui vous irait, plus vous descendrez plus vous aurez une idée précise du poids à atteindre. Ce poids sera celui atteint au bout des 2 semaines de la transformation, sachant qu'il ne sera pas figé, vous pourrez le faire évoluer ensuite selon votre bon vouloir (en plus ou en moins).

Il est important d'établir un poids limite sous lequel on ne descendra pas, histoire de ne pas ressembler à des squelettes anorexiques.

Vers la fin : manger quand on le sent

Vers la fin, il se peut que vous ne mangiez plus qu'un jour sur 2, quand vous le ressentez.

Aller dehors

On est fait pour aller dehors et on se régénère fortement à chaque fois. Autant prendre cette habitude qui vous permettra de vous ressourcer lors de la transformation, qui vous aidera les premiers à mieux absorber le prâna.

Phase 1 > Corps émotionnel

Les jeûnes préparatoires feront remonter plusieurs émotions / failles psychologiques. Un corps lié à l'inconscient (donc à l'âme), qui n'est qu'une manière d'envoyer des informations au conscient.

Le cerveau émotionnel est l'interface entre le corps physique (cerveau reptilien) et le conscient.

Mettre en ordre sa vie

La diète fait ressurgir toutes vos peurs, votre stress inconscient. Rangez votre maison, faites tout ce qui traîne et vous bouffe la vie.

Que représente la nourriture ?

Attention et amour

Lorsque nous pleurions bébé c'est parce que nous voulions de l'attention et de l'amour, et bien souvent on a répondu à nos attentes en nous donnant à manger.

Juste après notre naissance (l'une des expériences les plus traumatisantes de notre vie en Occident), nous avons été brutalement privé de la chaleur et confort du ventre maternel, notre respiration et nourriture ombilicale coupée brutalement. Une fois placé sur le sein maternel, la chaleur et le sucre naturel qui se trouvent dans le lait nous ont rassurés! L'attachement à la nourriture est proportionnel à l'état de souffrance qu'il nous a fait oublier. Cette règle est aussi valable dans les relations amoureuses.

Quand on déprime, on se met à manger. Il s'agit ici de nourriture affective ou émotionnelle, pas d'un besoin organique, qui nous ramène aux moments de notre enfance (quand on calmait nos pleurs à coup de desserts et de câlins), où nous cherchons réconfort et rassurance. Il faut se rendre compte que cette nourriture physique ne nourrit pas émotionnellement parlant.

Cette nourriture-compensation est au passage un réel poison : Nous mettons nos mauvaises vibrations du moment dans cette nourriture, qui va ensuite s'ancrer au plus profond de nos cellules. Et c'est ces sales vibrations que vous verrez remonter à la surface lors du nettoyage.

C'est la même chose qui se passe lors nous grignotons en regardant un film : les vibrations du film (forcément mauvaises, c'est voulu pour ça) vont rentrer au plus profond de nous, en plus des idées inconscientes véhiculées par l'histoire et les dites "aberrations" du scénario (aberrations volontaires, qui formateront vos comportements futurs à force de films aberrants qui vont devenir votre norme).

Déstresser

La vie amène une tension / stress permanente : la volonté de tout contrôler, que les autres ne se conforment pas à ce qu'on voudrait qu'ils soient, la peur instillée au boulot, peur de perdre son emploi (peur de mourir selon ce que nous inculque inconsciemment le système), etc.

Cette tension permanente fatigue le conscient, qui a besoin d'être endormi par la nourriture (ce qui ne fait pas partir la tension, mais coupe les capteurs du conscient, l'inconscient et le corps restants connectés et se détruisant sous le stress).

Comme un drogue, on devient dépendant de cet endormissement, il faut régulièrement reprendre de la nourriture, et il en faut de plus en plus.

Si on arrive à trouver la source de la tension (méditation par exemple), et qu'on la gère en conscience, cette tension disparaît, et avec elle le besoin d'endormir le cerveau, donc de manger.

Comportement grégaire

Notre environnement social sera notre pire embûche. Quand on arrête de manger, nos amis ou famille ont tendance à manger beaucoup plus pour compenser à notre place (de bonnes choses en général...), et ils le feront devant vous... Sachez que ce peut être dangereux pour leur santé de trop manger, les prévenir de l'existence de cette compensation inconsciente.

Les autres vont vous projeter dessus leur peur de mourir de faim, et s'ils sont plusieurs, c'est une sacrée énergie qu'il vous faudra contrer.

Rassurez-vous, quand vous aurez intégrez le fait d'être prânique, ce fait sera tellement naturel pour vous, tellement bien installé, que les gens ne s'apercevront même plus que vous êtes à leur table et que vous êtes le seul à ne pas manger, même s'ils ne connaissent pas la notion de prânisme et qu'ils ne savent pas que vous l'êtes. Tout simplement parce que vous ne leur envoyez plus un appel au secours inconscient !

Les plaisirs qui entourent l'alimentation solide

Manger en groupe offre un aspect convivial. Vous croyez qu'il faut manger pour ressentir ce plaisir, alors que vous pourrez toujours partager ces bons moments de partage, même sans manger.

Il y a le plaisir de manger de la bonne nourriture, d'activer les papilles réceptrices du goût, la libération de dopamine quand on mange un exhausteur de goût (voir "addiction" plus loin). Là aussi il faut travailler dessus.

Addiction aux drogues alimentaires

Dites vous que vous êtes dans la même situation que le fumeur, l'alcoolique ou le drogué qui s'arrête.

Il faudra résoudre des compulsions qui nous poussent à se remplir plutôt que se nourrir, chercher pourquoi nous faisons cela.

Certains aliments ont été artificiellement placés dans notre alimentation, dans le but de faire "tomber" la Conscience de l'Humanité au plus bas possible.

Les habitudes

Une drogue est une substance, une personne, une habitude de vie, bref quelque chose que l'on pratique quasi tous les jours et qui influence notre conscience, change nos perceptions et crée une accoutumance, une addiction. Les habitudes et les rituels tuent la spontanéité, l'éternellement nouveau, la créativité, qui sont les caractéristiques principales de la vie.

Le plus grand des rituels, surtout en France, c'est manger.

Effets des aliments

Connaît ton ennemi !

Il est bon de savoir l'impact des drogues alimentaires sur notre comportement, pour anticiper ce que le sevrage va provoquer.

Toutes les substances suivantes ont un haut pouvoir "addictif" et surchargent le système immunitaire.

Leur suppression de votre vie va entraîner des effets positifs, mais après la période de compulsions qui vous tentera afin de reprendre leur consommation. Ces compulsions dépendront de l'effet de ces substances.

Leurs tendances principales :

- nicotine (provoque une angoisse subtile permanente),
- alcool (coupe les liens corps - âme)
- cannabis (coupe le lien avec l'âme pendant 1 semaine, voir plus à l'usage, le corps n'étant plus qu'un animal sans âme en dérive incapable de vivre sa vie correctement)
- chocolat (provoque un dérèglement affectif)
- pomme de terre (rend matérialiste, détruit les yeux, la vue et le goût)

- blé industriel (provoque le contraire de la méditation sur l'activité électrique du cerveau, rend nerveux et agressif)
- produits laitiers (haut pouvoir pathogène, intolérances, surtout une fois "pasteurisés")
- café (favorise le conscient au détriment de l'inconscient)
- thé (favorise la pensée sans consistance, défavorise la pensée ordonnée. Le thé nous fait fonctionner sur un mode qui a des difficultés à mettre deux pensées ensemble)
- Sel ajouté (fatigue le système immunitaire et le coeur, addictif)
- sucre raffiné (renforce l'égocentrisme, fausse notre système de perception)
- aspartame (enlève la volonté, abaisse le niveau de conscience)
- Soja non fermenté (rend dépressif et suicidaire, dérègle le système hormonal et immunitaire, coupe de l'âme, diminution des capacités cognitives)

Les exhausteurs de goûts

Sachez que la nourriture industrielle est remplie "d'exhausteurs de goût", un terme marketing mensonger en réalité : il s'agit d'hormones qui sont captées par les pupilles et envoient directement au cerveau un ordre surpuissant, nous demandant de s'empiffrer, de remettre un aliment dans la bouche alors qu'on vient à peine d'enfourner le précédent, qui est à peine mâché, et loin d'être mastiqué comme il se devrait (ces hormones nous incitent à avaler pour plus vite mettre un autre dans la bouche).

Ces exhausteurs de goûts ne sont ni plus ni moins que des drogues, il est normal que vous y soyez accro. C'est comme si on avait mis de la morphine ou de l'héroïne dans vos aliments, et que vous ne puissiez plus vous en passer par la suite. Mais c'est plus facile de s'en défaire quand on a conscientisé ça.

Ce signal envoyé par les exhausteurs de goûts est plus fort que le signal de satiété, expliquant pourquoi on peut manger même sans faim, et que souvent on mange sans s'en rendre compte (en regardant la télé ou en parlant par exemple) jusqu'à ce que la main rencontre avec surprise le fond du paquet de petits gâteaux...

La sensation de manque nous fait ouvrir un autre paquet de petit gâteaux la plupart du temps.

Ce sont des signaux chimiques, auxquels il est dur de résister. Nous sommes littéralement accros à ces produits (des drogues, il faut dire ce qu'il en est réellement), c'est pourquoi le sevrage va être dur.

Certains sont moins sensibles que d'autres a ces addictions.

Ce comportement est voulu. Ce qu'il se passe c'est que nos ancêtres chasseurs-cueilleurs n'avaient pas accès à tous les nutriments nécessaires (comme le sel ou l'iode pour ceux loin de la mer) et leur corps les incitaient à se jeter littéralement sur les produits rares, afin de faire des stocks pour cette occasion qui n'allait pas se représenter de si tôt. C'est le cas aussi pour des raisins secs ou figues séchées, phénomènes naturellement rare (ils ont tendance à pourrir) et incitant à manger plus de ces raretés que notre corps n'en a temporairement besoin. Ce comportement de goinfre n'est bon que pour l'économie de ces entreprises qui nous empoisonnent... Ce comportement (inadapté dans notre mode actuel), est renforcé par le formatage inconscient de leurs pubs, qui se rajoute à la manipulation par les hormones.

Comprendre que ces atavismes compulsifs sont très profonds et nous relient à l'animal.

Se sevrer en douceur

Le sevrage est quelque chose de violent pour le corps. Quoi qu'il en soit, ne culpabilisez pas non plus si vous ne réduisez pas les doses assez vite, ou si vous reprenez de temps à autre un des ces poisons : pour y arriverez bien un jour ou l'autre, drogue après drogue.

Commencez par les plus néfastes, histoire de regagner progressivement l'énergie qui vous permettra de supprimer unes à unes les autres..

Les émotions profondes

Une fois éliminées les émotions de surface, l'absorption de qi dans votre aura aspirera l'énergie de nos qis, de notre infiniment petit. Si une émotion monte avec, l'accueillir, la laisser s'exprimer (en pleurant, en criant s'il le faut), écouter le message qu'elle a à nous transmettre.

Plus vous nettoierez ces émotions parasites, plus la connection avec votre âme supérieure se fera précise.

Les émotions de colère ou de tristesse, viendront principalement de vos croyances, des modes de vie, comme la religion occidentale avec toutes ses erreurs et ses interdits injustifiés. Votre âme dialoguera avec votre conscient, pour lui expliquer les vraies lois d'Harmonie avec l'Univers.

Vie > Conscience > Incarnation > Prânisme

Phase 1 > Corps mental (conscient)

C'est l'inconscient (et l'âme qui y est reliée) qui fournira le prâna au corps. Encore faut-il que le conscient le laisse faire...

Si le conscient ne sait pas que c'est possible, si l'explication sur le fonctionnement prânique ne lui va pas, il bloquera toute entrée de prâna, et le corps restera en mode jeûne. Se mettre en mode nocebo plutôt que placebo.

N'oublions pas non plus que notre mental est là pour nous servir, et non pour nous diriger. Il nous faudra éduquer notre mental.

Il suffit donc tout simplement de passer outre les limitations mentales que l'on s'impose depuis tout petit. Le Qi n'a pas de limites. La cellule à une paroi, mais le qi ne connaît pas cette frontière. Il baigne tout le vide entre les atomes de la paroi, de chaque côté, il est dedans et dehors, il fait partie des atomes de la cellule. Si l'on se mettait au niveau du qi (l'élément le plus petit de l'univers), 2 atomes de la paroi seraient aussi éloignés que la terre et la lune, il n'a donc aucune difficulté à passer entre les 2. Le qi est le même d'un côté et de l'autre.

Il faut visualiser le prâna pendant tout ce temps, s'entraîner à la percevoir, à la sentir, à le respirer.

C'est à ce niveau-là qu'il faut travailler pour absorber le Qi. Il faut franchir la paroi de cette cellule, arrêter de croire qu'elle est différente de l'énergie qui la baigne, et ainsi laisser le Qi nous nourrir.

Pour résumer, il faut arrêter de croire que c'est impossible, faire exploser ce blocage mental.

Il faut que le mental se rende compte que l'énergie qi existe, qu'on nous ment depuis tout petit sur le sujet, et que le prânisme est bien réel et possible. Il faut en être sûr au fond de soi.

Faire sauter les verrous imposés par la société. Prenez par exemple la première phase que les gens vous sorte : "si on ne mange pas on meurt". Dit d'une façon qui n'autorise aucune discussion, c'est un dogme. Ensuite ils vous parleront de jeûne, en disant qu'il ne faut pas bouger, etc.

Quand tous les gens vous sortent la même chose, c'est qu'il y a anguille sous roche au niveau de la manipulation psychique des foules dans notre système.

Toutes vos certitudes, vos croyances vont exploser (il n'y a pas de vie après la mort, les ET n'existent pas, le qi n'existe pas, seule la sciences officielle du journal de TF1 à raison, la télékinésie et la télépathie n'existent pas, seul le hasard ou notre volonté guident nos pas, les politiques sont plus intelligents que nous, il faut que j'obéisse à mes chefs qui ne se trompent jamais, la majorité a forcément raison et mille autres balivernes). Ce sont les barreaux de notre prison intérieure, toutes ces limites sont des peurs. C'est la voie du guerrier, il va falloir regarder ses peurs en face. Il va falloir basculer de notre mental raisonnant à notre mental intuitif. Le mental raisonnant doit être au service de l'intuition, et non l'inverse.

Phase 1 > Corps spirituel (inconscient)

Cette préparation se fait normalement toute seule si notre âme est en accord (p.), car l'inconscient (partie physique du cerveau) est reliée à l'âme.

C'est la conscience du qi qui fige la matière. C'est donc notre âme qui doit avoir l'intention de nous rendre prânique, et qui va fournir l'énergie à notre corps fait de matière.

Il faut adapter son alimentation à son niveau spirituel, et ne pas croire que juste changer d'alimentation va tout changer sur le spirituel. Ce qui change tout, c'est la remise en question des croyances de l'âme, et les expériences que notre âme ose faire ou ne pas faire !

Si c'est notre alimentation qui est le moteur principal de notre état spirituel, cela devient une source de dépendance et non de liberté.

La nourriture peut beaucoup aider pour faire monter notre niveau de vibration, notre niveau de bien être et surtout notre niveau de conscience. Je ne vous demande pas de me croire sur parole.

Mais c'est surtout le travail spirituel, les méditations de compensations, comprendre que les autres c'est nous, avoir d'el'empathie avec eux, comprendre pourquoi ils ont tel comportement, se rappeler que tous nous avons été tenté à un moment ou autre d'avoir les mêmes croyances, les mêmes comportement immatures. Pardonner, accompagner, toujours avec bienveillance, c'est ça qui fait monter les vibrations énergétiques. La nourriture prânique favorise ce travail spirituel, mais ne le remplace pas.

Élever son taux vibratoire

Peut-on devenir prânique quand on a une vie de famille trépidante en ville ? Oui, si cette vie est celle qui vous donne du plaisir, qui vous donne de la joie, qui vous donne l'impression d'avoir un but, de progresser. Vous êtes déjà dans des niveaux élevés.

Si c'est une vie subie qui ne vous plaît pas, qui vous semble une impasse, que ce soit au niveau relationnel ou professionnel, peut-être est-il temps de reprendre le contrôle de sa vie ?

Phase 1 > Processus de ressentis du prâna

C'est les pauses alimentaires, mises à profit pour débroussailler un peu ce qu'on aura à affronter lors de la transformation.

8 jours Akahi

Un processus préparant à ressentir le prâna. Pendant le processus, on médite, on fait des alignements, et exercices d'absorption de prâna (p.).

Pendant 3 jours on diminue progressivement la nourriture (fruits, jus de fruit, eau), 3 jours de jeûne sec, puis reprise progressive (eau, jus de fruit, fruits).

Il faut en faire 2 avant de ressentir les effets bénéfiques.

Depuis 2019, de plus en plus de personnes deviennent prânique au bout d'une semaine seulement, donc il se pourrait que ce processus suffise à engendrer en vous la transformation (phase 2).

Phase 1 > Exercices d'absorption prânique

Ces exercices sont à expérimenter dès la phase 1 pour s'y habituer et s'entraîner, mais c'est une fois que le jeûne de phase 2 (transformation) incitera les cellules à activer les capteurs prânique qu'il montrera tout son potentiel. Une fois l'état prânique activé, cette absorption se fera naturellement en automatique par les cellules.

Le qi est une conscience, il sait très bien comment vous nourrir.

Ces exercices consistent à demander, en conscience, au qi de venir nourrir chacune de vos cellules. Et toujours en conscience, on demande / active à chacune de nos cellules de changer de carburant, et de se nourrir directement de la Source, l'ensemble des qis.

Principe

Apprenons tout d'abord à "manger" le qi. Il ne s'agit pas ici de la digestion classique, car le qi n'est pas détruit pour que le corps n'en assimile ensuite que 15% pour l'utiliser dans des réactions chimiques à faible rendement. Le qi universel va vibrer en nous, nous soutenir, nous donner de l'amour, que nous allons redonner ensuite dans un échange incessant.

1er temps : absorption consciente

C'est la nouvelle nourriture spirituelle (le qi) que l'on va absorber en place de l'ancienne nourriture chimique.

Cet exercice d'absorption est notre nouveau repas :

- En état méditatif, on demande aux cellules d'activer les capteurs de prâna, de se servir du prâna pour se régénérer et vivre.
- Concentrer le qi (même principe que le reiki).
- Diffuser le qi dans tout le corps, pour que les cellules l'utilisent en lieu et place du classique ATP.

Ces exercices seront utiles lors des pauses alimentaires de la préparation (pour s'y habituer), et dans les premières semaines de la transformation.

A faire, après le sommeil, quand la faim se fait sentir.

Ces exercices permettent aussi à l'instinct et aux peurs de se calmer, en se rendant compte de l'énergie illimitée contenue dans le qi.

Réalignement

On sort du stress, de la peur, de la tristesse, etc. en se mettant en alignement (p.) en se recentrant sur l'ici et maintenant, ce qui a pour effet de réaligner tous les corps.

On se mets dans des états vibratoires élevés, pour absorber des énergies élevées.

Démarche consciente : Demande aux cellules d'activer les capteurs de qi

Se recueillir/méditer, une petite prière aux guides pour leur demander de nous permettre de nous nourrir.

Parler à son corps, a toutes les cellules de son corps, pour leur demander d'entrer en résonance avec le qi, l'Amour Universel. Leur demander d'activer les capteurs de prâna, de se nourrir de prâna (au lieu du mode chimique classique avec l'ATP).

Cette démarche consciente est importante, c'est elle qui active notre corps à se nourrir de prâna. La conscience permet de sortir des croyances

Vie > Conscience > Incarnation > Prânisme

erronées, comme celle qui dit que si on ne mange pas, on va mourir. C'est l'inverse en réalité, ne pas manger permet de vivre une vie riche au-delà de tout ce qu'on pouvait imaginer !

Comme nous créons notre réalité, être enfermé dans des croyances fait que ces dernières se réalisent (effet nocebo).

L'ancrage à la Terre et au ciel

Cet ancrage est important, car c'est lui qui nous relie au qi, aux dimensions supérieures. Plus notre alignement nous a placé dans un état vibratoire élevé, plus le qi reçu sera énergétique et nourrissant.

On peut se mettre pied nu sur l'herbe pour faciliter le transfert d'énergie terre-ciel lors de l'alignement. Le port de vêtements en fibres naturelles facilite aussi le transfert.

Toujours dans l'état méditatif, on commence par s'ancrer à la Terre (on visualise une ligne qui relie le chakra du nombril avec le centre de la Terre), puis on évacue les énergies usées (on visualise les boues rouges très sombre dans notre corps s'évacuant vers le sol via les pieds et le chakra racine).

Puis on fait la respiration du coeur : on laisse l'énergie tellurique rouge claire monter via nos pieds et chakra racine dans tout notre corps jusqu'au chakra du coeur (voir glossaire), on laisse l'énergie bleue cosmique très lumineuse descendre par le chakra coronal jusqu'au chakra du coeur. Les 2 énergies terre-Ciel s'amalgament, se mélangent, en une boule de qi très concentrée.

Le chakra du coeur est l'équivalent énergétique de l'organe coeur physique, qui assure le processus de répartition des nutriments vers les cellules. C'est ce que fait le chakra au niveau énergie, en alimentant les organes du corps via les méridiens, l'équivalent énergétique des vaisseaux sanguins. C'est pourquoi, c'est pas bête de concentrer le qi à cet endroit là, surtout que le but ensuite est de redistribuer le qi à tout le corps, à tous les organes, à toutes les cellules.

Distribution du qi dans le corps

Le qi est aspiré lors de l'inspiration dans le chakra du coeur, puis lors de l'expiration, les particules de qi de cette boule se redistribuent dans tout le corps, alimentant les cellules (a qui on a précédemment demandé d'activer les récepteurs de prâna).

Laisser le qi envahir tout son corps, jusqu'aux extrémités. Cela remplace le sang qui alimente les cellules en nutriments.

Nous sentons les qi pénétrer dans toutes nos cellules.

Parler à ses cellules et leur demander de prendre dans le qi tout ce dont elles ont besoin, transformant si besoin l'énergie en matière.

Évolution de l'exercice

Les premiers temps, vous voudrez peut-être visualiser le prâna se dirigeant vers votre estomac, un mode d'absorption de nourriture que votre corps connaît bien.

Avec l'entraînement, chaque grosse inspiration consciente va créer une dépression dans notre corps, dépression qui va attirer le qi qui nous entoure (pas celui de notre âme / corps spirituel, ni celui de notre corps énergétique, mais celui de notre environnement, qui ne fait pas partie de notre individualité, même si au niveau divin nous sommes lui au final).

Exercices après exercices, le qi va réencoder notre ADN cellulaire, et les cellules se nourriront d'elles même de qi en permanence, sans attendre l'ATP apporté par le sang, après moults transformations physiques et chimiques d'aliments morts.

2e temps : assimilation inconsciente, on baigne dans l'énergie

Très vite, ces exercices d'absorption seront inutiles, car le qi rentre en permanence et automatiquement dans notre corps devenu prânique et nous alimente.

Le qi est présent de manière illimité autour de nous, dans toutes les phases de la matière (air, liquide, solide, car c'est le constituant de base de tous les atomes et c'est lui qui rempli le vide). Nous nous régénérons à tous moment de la journée.

Il semble que cette absorption du qi extérieure à notre âme se fasse au niveau de notre corps énergétique qui environne nos 4 corps physiques, voir de l'âme encore au dessus.

Le Qi nous apporte tous les éléments nécessaire à la vie, à la santé et à l'harmonie / bien être dans les 4 niveaux de l'être : physique, émotionnel, mental et spirituel.

Le corps physique fait Un avec l'Univers et son énergie infinie, ses cellules absorbent le prâna, en n'utilisant que la quantité exacte de Qi dont elles ont besoin. Il n'y a plus de frontière entre

Phase 1 > Exercices d'absorption prânique

l'intérieur de nos cellules et l'extérieur, c'est comme si la membrane de la cellule avait disparue au niveau de la dimension du qi.

Ce sont en plus les 5 sens physiques du corps qui absorbent en permanence le prâna via ce qu'ils captent (une lumière, un son, un toucher, une odeur, un goût).

Le corps émotionnel aussi se nourri de prâna, quand on est heureux, qu'il y aura du soleil, un joli paysage, un vent froid sur la peau avec les gouttes de pluies sur le visage, etc.

Le corps spirituel se nourrit de prâna au fil des expériences qu'il peut vivre pleinement.

Le corps mental se nourrit d'analyse d'observations et de compréhension.

Dans cette phase d'absorption permanente, il est important de faire ce que l'on a envie, de rester dans un état vibratoire élevé, de se nourrir de notre aura contente de suivre le courant de la source.

Il peut arriver que le niveau vibratoire baisse (désalignement, pas en phase avec la Source), et que temporairement on doive refaire des exercices d'absorption prânique.

Inspiration et expiration

A l'inspiration du qi au plus profond de vos cellules / de vos qis, vous envoyez toute votre attention vers l'intérieur, vous aspirez le monde autour de vous vers l'intérieur.

À l'expiration, vous projetez le monde Divin comme vous le rêvez autour de vous. Et au plus proche vous êtes des Lois et modes de vie de l'Amour, au plus votre projection sera réussie et précise !

Phase 2 (transformation) - 1 mois

Survol

Le cocon (p.)

Il vaut mieux s'isoler des autres le temps de la transformation, se mettre au repos, enlever les contraintes diverses. On est une chenille qui va en ressortir papillon.

Laver le corps tous les jours (p.)

Le corps va émettre des toxines libérées des graisses (par la peau), de même qu'il faut se laver et les dents + le colon selon certains.

Processus de 28 jours (p.)

Il s'agit de 4 semaines, la première aux jus, les 3 semaines restantes en jeûne (avec prise de quelques liquides alimentaires si besoin). La dernière semaine doit voir l'énergie revenir :

- Si l'énergie n'est pas revenue, c'était un jeûne, vous réessaierez plus tard,
- si l'énergie est là, vous êtes prânique, à vous de voir si vous continuez ou pas.

Arrêter la pause alimentaire

Si vous craquez et vous remettez à manger, attention à l'effet rupture de barrages, où toutes vos fringales retenues depuis plusieurs jours, vont se déverser d'un coup : vous aurez alors tendance à prendre en un seul repas tout ce qui vous a manqué... Trop de nourriture sur un estomac rétrécit n'est pas bon.

A la fin du processus, si les critères du prânisme (p.) ne sont pas respectés, reprendre un repas par jour. Progressivement, en commençant par reprendre des jus de fruits (très énergétiques), soupes, puis aliments solides. Si ne boire que des jus vous va, inutile de repasser à plus solide.

Analysez ce qui s'est passé, retravaillez sur le corps qui a fait défaut, puis reprendre le processus de transformation. Tout expérience de jeûne vous fait progresser pour mieux réussir la transformation suivante.

Phase 2 > Le cocon

La transformation est une pause dans votre vie habituelle, il faut donc tenir cette dernière à l'écart.

Cocon

Comme la chenille va devenir papillon, on se met dans un cocon, de préférence loin du monde et de son stress. Car lors de cette transformation, la chenille devient une bouillie infâme avant d'émerger en papillon. Le milieu de la transformation vous transformera en bouillie infâme. Il faut toucher le fond pour prendre appui sur ce fond et donner l'impulsion qui nous fait remonter à la surface, libéré des anciens fardeaux.

Se consacrer à la transformation

Ne pas vous lancer en parallèle dans un projet, qui vous stressera si vous voyez que temporairement, vous n'avez plus assez d'énergie pour le mener à bien (et vous incitera à manger pour finir un truc en cours). N'oubliez pas que le temps que vous gagnerez une fois prânique, et l'énergie pour aller plus vite, vous feront rapidement rattraper par la suite ce que vous considérez comme une perte aujourd'hui !

Vie > Conscience > Incarnation > Prânisme

S'isoler

Il peut être bon de se mettre temporairement à l'écart, pour ne pas avoir à gérer les réactions d'autrui.

Si l'on n'est pas coupé du monde, on va avoir une pression phénoménale qui va s'exercer sur nous, il faut bien être sûr de soi, de ce que l'on veut faire, avoir la détermination du guerrier shamane qui affirme son choix, ce qu'il veut incarner, ce qu'il est.

omme déjà dit dans la partie préparation (p.), les premiers temps, si vous ne mangez pas (vous jeunez) les gens vous proposeront spontanément de la nourriture en excès, remarqueront immédiatement que vous ne mangez pas, vous pressureront de questions pour vous faire douter, du genre "tu as vu comme tu es maigre" (alors que vous l'avez toujours été !). En réalité, ce qui se passe, c'est que les autres sont des miroirs, qui mettent en relief vos failles.

Ensuite, une fois le prânisme implanté en vous, ces failles et ces doutes de votre part n'existeront plus, et les autres ne remarqueront même plus que vous ne mangez pas.

Se faire accompagner

Lors du jeûne au début, le plus grand danger réside dans les malaises éventuels, les pertes d'équilibre qui en résultent. Garder quelqu'un sous le coude qui pourra analyser avec un oeil extérieur ce qui se passe, être là en cas de problèmes, vous conseiller, etc. C'est pourquoi quelqu'un qui l'a déjà fait est un plus.

Les stages en groupe ont ceci de bien qu'on coupe vraiment de toute notre vie, des perturbations qui pourraient arriver dans un environnement où le téléphone reste branché, où la vie extérieure trépidante continue à nous appeler en permanence. La présence d'un groupe favorise l'esprit grégaire et le soutien lors des faiblesses, raconter ce qui nous arrive.

Dormir quand on est fatigué

Une évidence qu'on avait perdu, en s'empiffrant de sucres rapides lors des chutes d'énergie, plutôt que laisser le corps se régénérer.

Mettre tous les corps au repos

C'est un jeûne, donc mettez tout le monde au repos, y compris le conscient.

Profitez juste de l'Ici et maintenant (alignement), soyez dans la Nature.

Corps mental

Ne réfléchissez pas trop, ne pas trop lire.

Corps physique

Quand le corps manque d'énergie, il nous fatigue exprès, mets des maux de tête, pour se mettre en mode économie d'énergie. Inutile de lui demander de se mettre inutilement en stress + adrénaline pour arriver à continuer à s'activer.

Ne fatiguez pas les yeux à conduire trop longtemps. N'allez pas courir, travailler fort, ou faire de longues marches. Se tenir au chaud, pour ne pas demander trop d'homéostasie au corps. Boire trop d'eau refroidi le corps.

Corps émotionnel

Pas d'émotions fortes, de stress, d'où l'intérêt de se placer dans un cocon pour le processus de transformation.

Corps spirituel

Ne sollicitez pas trop l'inconscient, donc ne faites pas trop de méditations, ni de musique ou de films.

Phase 2 > Laver le corps quotidiennement

En détoxinant, le corps va se débarrasser des toxines comme il peut.

Lavage des dents

Il semble important de continuer à se laver les dents tous les jours, même si vous ne mangez plus. En effet, un petit film se dépose chaque jour.

Pour le bain de bouche à l'eau, on peut recracher après si on ne veut plus boire d'eau.

Lavage du corps

Soit lavage à l'eau seule (le gel douche et ses poisons sont absorbés par la peau) soit frottage à sec pur enlever les peaux mortes et les diverses excrétions, provenant des toxines qui étaient stockées dans les graisses.

Lavage intestinal

Ce lavage est à éviter si possible, et n'est pas nécessaire avec la préparation de la nourriture végétale vivante variée, avec une activité physique et une bonne hydratation (l'hygiène de vie que vous acquise lors de la préparation).

Les lavages les plus profonds (purge et irrigation) sont à faire juste avant le processus, pas pendant.

Généralement, quand on arrête de manger solide, le transit intestinal s'arrête.

C'est pourquoi le respect de la préparation, à savoir ne prendre plus que de la nourriture vivante, variée et végétale avant le processus, plus la pause alimentaire de 24 h chaque semaine, diminue les besoins de nettoyages ultérieurs, voir rend inutile les nettoyages décrits par la suite.

Pour certaines personnes, il semble que ça s'évacue naturellement par la suite, mais pour les autres, les selles vont pourrir dans l'intestin, et les toxines dégagées iront dans le sang via la paroi intestinale (surtout si elle est déjà poreuses suite à tous les poisons de la nourriture industrielle). Toxines qui se rajouteront à celles libérées par l'utilisation des graisses, et qui vous feront passer un mauvais jeune (inflammations, maux de têtes, brouillard mental, fatigue, etc.).

Même 3 semaines après n'avoir rien manger, on continue à évacuer des selles, le colon étant rempli de coudes et sinusoïtés.

Dans les Védas, le processus s'accompagne d'un lavage du colon journalier.

D'où la nécessité de lavements tous les jours, et d'irrigation colonique pour bien décrasser en profondeur.

Lavement du colon (p.)
Lavage quotidien léger de la partie terminale (le rectum).

Purge (p.)
Purge chimique au sulfate de magnésium, assez agressive.

Irrigation colonique (p.)
Nettoyage plus en profondeur de l'intestin, sous pression.

Phase 2 > Processus de 28 jours

Survol

Le processus est inspiré des 21 jours Nirahara d'Alice Bruyant, un processus lui-même inspiré de pratiques trouvées dans les Védas indiens. Des pratiques rodées pendant 5 000 ans...

Ce processus est appelé généralement 21 jours (pour des raisons de traditions occultistes de numérologie, 3 fois 7). Les occultistes oublient de tenir compte de la semaine de préparation juste aux jus, semaine très importante pour se mettre parfaitement en condition.

Ces processus ne sont pas figés. La capacité à devenir prânique étant de plus en plus facile avec le temps, si ça se trouve juste les 8 jours Akahi (pause alimentaire, p.) lors de la préparation auront suffit à vous rendre prânique.

De plus, vous pouvez sans problème changer le processus qui suit, en fonction de vos ressentis.

Il y a 4 étapes dans le processus proposé, d'une semaine chacune (durée estimative, ce qui va prendre 3 jours chez l'un va prendre 8 jours chez l'autre, certaines phases déjà acquises lors d'expériences précédentes n'auront plus à être à faire, etc.).

Le but est d'aligner les 4 corps :
- physique par la détoxination préparatoire.
- émotionnel par la résolution des compulsions.
- mental en acceptant que se nourrir de prâna est possible
- spirituel, notre âme est d'accord, c'est bien notre chemin de vie.

Que des liquides (p.)
Plus facile que le jeûne sec, on ne prend que des liquides. Permet de travailler en même temps, même si les nettoyages émotionnels se feront plus facilement si on est seul, et qu'on peut pleurer à sa guise, crier, etc.

2 jours de nourriture solide (p.)
Pour diminuer la pression, 2 jours de décompressions (pas obligatoires) sont prévus.

Semaine 1 - Préparation (corps physique) (p.)
Habituer le corps à ne se nourrir que de façon liquide, pour préparer la semaine de jeûne. Évacuer les intestins.

Semaine 2 - jeûne (corps physique et émotionnel) (p.)
2 jours à l'eau.

1 jour avec un repas solide si besoin.

4 jours à l'eau.

Détoxine le corps physique, le libère des derniers kg en trop (atteindre son poids nominal).

Effacement des mémoires cellulaires (toutes les maladies, stress, tensions qu'a subi notre corps en tant qu'individu (dans cette vie-là), inscrites à la surface de nos cellules, ou les modifications de notre génome au cours de notre vie par épigénétique).

Le jeûne incite les cellules de notre corps à passer d'abord dans un mode énergétique chimique d'économie (moins oxydant), puis ensuite à activer le mode d'état prânique.

Semaine 3 - Nettoyage profond (corps physique et émotionnel) (p.)

2 jours à l'eau.
1 jour avec un repas solide si besoin.
Tout le reste du processus à l'eau.
Effacement des mémoires. En prenant un ordre de profondeur croissante, les mémoires :

- émotionnelles (notre rapport avec la nourriture, la boulimie)
- génétiques/familiales liées aux maladies de notre ascendance familiale (comme les cancers ou maladies se déclenchant de génération en génération à un âge déterminé), et ce en remontant jusqu'à l'homme préhistorique de notre arbre généalogique. On se guérit soit on, on guérit ses ancêtres, on guérit ses enfants.
- de ses vies antérieures, notamment les vies où on a eu un problème avec la nourriture.
- ancestrales/instinctives, basées dans la cerveau reptilien (notre animalité). Les instincts sont plus forts que tout, impossible de leur résister, il faut en faire des alliés et juste les rassurer en leur disant qu'ils vont être alimentés en abondance de prâna et qu'ils ne vont pas manquer.
- du champ quantique humain auquel nos cellules sont reliées, mémorisant tous ceux qui sont morts de faim depuis la nuit des temps.

Calme du conscient, spiritualité plus ouverte sur l'extérieur qu'égocentrée, un fois le corps mental (cerveau cognitif, externe) et le corps émotionnel (cerveau émotionnel, intermédiaire) calmés, on peut parler au corps physique (cerveau reptilien, le plus interne), pour le calmer aussi. Discussion en direct avec son corps, et les cellules de son corps.

Semaine 4 - Installation (conscient et inconscient) (p.)

Installation du processus : Vérifier tout d'abord qu'on est prânique avec les 3 critères (poids stable tout le long de cette 3e semaine de la transformation, pas de perte d'énergie, moins besoin de dormir). Les cellules activent leur métabolisme pour vivre du Qi, notre corps apprend d'abord à aspirer ce Qi depuis l'extérieur, puis ensuite en passant par notre aura, avant que l'on se rende compte qu'on ne fait qu'un avec l'univers et que notre dualité avec l'univers (moi et l'univers à côté) disparaisse, que les membranes des cellules n'existent pas, et qu'on peut se connecter directement à la source infinie d'énergie, sans passer par les exercices d'absorption de prâna des premières semaines.

Que des liquides

Le jeûne n'est pas sec, c'est à dire qu'on boit de l'eau uniquement (permet un processus assez doux et efficace, contrairement aux processus des années 1990).

Si vous craquez (trop faim par exemple), efforcez-vous de n'absorber que des liquides alimentaires (rien qui se mastique, se mâche ou se croque).

Avoir l'estomac toujours plein de liquide, c'est une astuce pour détourner nos fringales (de petits gâteaux ou de pizza par exemple, 0% de prâna) vers des produits plus vivants et sains (jus frais à 30% de prâna), et plus faciles à évacuer.

Ce qui est intéressant, c'est qu'un chocolat chaud ne remplacera pas l'envie de pain au chocolat, il vous faudra quand même travailler sur pourquoi cette envie de chocolatine vous viens.

Essayez quand même de prendre des boissons les moins caloriques possibles : plus le corps aura de nutriments, moins il sera obligé d'aller vers le prâna.

Les boissons sont à volonté, selon comme vous le sentez (ne pas boire plus de 2 litres non plus).

Les 2 jours de nourriture solide

Il y a 2 jours où on remange solide (si vraiment on en a trop envie) permettent de ne pas ressentir trop de frustration.

Toujours remanger légèrement, attention à l'effet "je mange ça, puis ça, puis...".

Le 10e jour, on a le droit de remanger légèrement, pour expérimenter ce que ça nous fait, voir pourquoi on mange, quelles émotions sont alors étouffées par la nourriture.

Le 18e jour on a le droit de remanger légèrement de nouveau, pour voir quels programmes subliminaux s'activent à travers ce repas.

Ces jours ne sont évidemment pas obligatoires. Ils permettent juste de se donner des soupapes de décompression, de se dire "Ok, j'ai trop envie de remanger, je le ferais dans 2 jours".

Une fois ces fringales satisfaites, et on peut voir quelles émotions ont été éteintes par le fait de manger. En traitant l'émotion qui ne s'exprime jamais, il n'y aura plus besoin de cette fringale par la suite. L'objectif étant bien sûr de faire face à cette émotion, sans avoir besoin de compenser / nourrir cette émotion, avec de la nourriture solide ou liquide. On ne traite donc pas chaque fringale par cette méthode de satisfaire cette fringale !

1ère semaine : régime liquide

C'est la préparation finale

Cette semaine va être un condensé de toute votre année de préparation, une préparation finale, et une entrée en douceur dans le processus.

commencer à baisser drastiquement sur quelques jours les apports de nourriture, histoire que le bol alimentaire (la merde dans les intestins...) dégage en douceur. Prendre des laxatifs comme le jus de pruneaux avec du jus de raisin, manger des épinards (aliments avec beaucoup de fibres) ou de la salade.

Régime alimentaire

Histoire de se faciliter le jeûne, la première semaine ne prendre que des jus bio (sans partie solide dedans) afin de dégager le bol alimentaire (200 ml de jus de raisin suivi de 200 ml de jus de pomme marche bien chez moi pour faire aller à la selle, même 7 jours après avoir arrêté de manger).

Mollo avec les jus, le corps ne sait pas comptabiliser l'énergie absorbée sous forme liquide et se retrouve d'un coup avec trop d'énergie à gérée sans qu'il ai eu le temps de le préparer, j'ai eu comme ça des grosses palpitations cardiaques d'un coup et une grosse fatigue simultanée, comme si on m'avait injectée toute une seringue de sucre dans le sang ! Donc n'en absorber pas trop d'un coup, il est possible de boire 1 l de jus de pommes alors que le corps saturerait et enverrait la satiété pour les 2 kilos de pommes correspondant à ce litre de jus...

Éviter trop de potage ou soupe (grosse quantité énergétique, trop solide pour ne pas être comptabilisé par le corps, et générant un bol alimentaire qui mettra du temps à s'évacuer). Les potages peuvent être utilisés les 2 premiers jours, pour favoriser l'évacuation ultérieure du bol alimentaire précédent.

On peut prendre des bouillons, sans rien de solide toujours.

Lâcher prise de temps à autre

Comme on donne des friandises à un animal qu'on éduque ou dresse, on peut lâcher quelques douceurs à notre animal, le corps. Ça peut être du café, des smoothies qu'on aime bien, etc.

Lavements

La plupart recommandent de prendre des lavements (insertion d'eau chaude dans l'anus), qui permettent de nettoyer les intestins, et d'évacuer le bol alimentaire qui se bloque quand on cesse de prendre de la nourriture.

2e semaine : jeûne

On ne boit plus que de l'eau. Si on a faim :
- boire de l'eau (permet de calmer les envies et instincts, tout en maintenant l'hydratation du bol alimentaire qui s'évacuera plus facilement ainsi)
- exercice d'absorption prânique (p.).

Cette période de jeûne sera de moins en moins longue au fur et à mesure des essais du processus, car on se reconnectera plus rapidement au prâna au fur et à mesure des expériences.

Faire des journées sans boire peut se révéler un booster pour le processus (intensité et rapidité), qui est plus intense, voir initiatique.

Programmation du corps

Définir la date du début de la transformation quelques jours avant, et chaque jour répéter à son corps qu'il va commencer à se nourrir de prâna à cette date-là. Ne pas lui dire d'arrêter de manger, sinon il va se préparer à un jeûne.

Pourquoi jeûner ?

On pourrait imaginer qu'on pourrait continuer à se nourrir normalement, tout en faisant les exercices d'absorption prânique, et ne s'arrêter de manger que quand l'absorption de prâna serait enclenchée.

Mais à ce moment là, on ne bénéficierait pas du nettoyage émotionnel, énergétique, physique, mental, apporté par le jeûne. De plus, si nos cellules ont accès à 2 types de nutrition, elles recevraient des ordres contradictoires, et ont tendance à privilégier le mode auquel elles sont habituées.

C'est une reprogrammation de l'ADN, il faut forcer un peu le corps à aller vers ce nouveau carburant, quelque part ne pas lui laisser le choix de la facilité.

C'est un peu comme Docteur Strange, qui n'arrive pas à ouvrir un portail de téléportation, est téléporté par son maître sur l'Éverest, puis il a 2 minutes pour réussir à ouvrir son portail sous peine de mourir de froid.

Ici c'est pareil, il faut que le corps soit au pied du mur pour arriver à le franchir en se téléportant de

Vie > Conscience > Incarnation > Prânisme

l'autre côté, laissant les éléments trop lourds et inutiles ne pas se téléporter avec le nouveau corps tout neuf.

Effets sur le corps

Il y aura une perte de poids (graisse excédentaires, toxines diverses, etc.) jusqu'à une stabilisation autour du dixième jour. Si vous êtes minces cette perte de poids ne doit pas être excessive.

On doit se sentir bien et léger.

Au bout du 4eme jour, le corps doit nous faire ressentir qu'il a compris. Il passe dans un autre fonctionnement.

5e jour, croissance extraordinaire des 5 sens, surtout odorat et vision (plus besoin de lunettes pour les faibles corrections).

De bonnes nuits réparatrices.

Petites douleurs corporelles

Si vous sentez des petites douleurs à certains endroits, cela peut provenir d'endroits où l'énergie ne passe pas bien. En général, lorsqu'on était petit et lors d'expériences comme celle d'une grande douleur, d'une grande peur ou d'une grande tension, on a crispé certaines parties de son corps, et cela rend difficile le passage de l'énergie. Lorsque l'énergie stagne, elle a tendance à pourrir, un peu comme c'est le cas avec l'eau. Vous pouvez masser ce point en respirant profondément, en évacuant par visualisation le blocage qui se dissipe dans l'énergie de l'Univers.

Effets de la détoxination

Lors de cette première étape de jeûne, le corps se nettoie et se détoxine, et on peut avoir des effets secondaires comme la migraine, des douleurs articulaires, nausées, fatigues, perte d'énergie, tête bourdonnante, vertiges, pertes d'équilibre, mauvaise haleine.

Les symptômes varient forcément d'un individu à l'autre. Les sensations d'un jeûne, mais juste sur une semaine.

Il y a aussi le fait que sans manger, le bol intestinal reste plus longtemps dans l'intestin, et des toxines qui normalement ne sont pas absorbées le sont à ce moment-là. D'où l'intérêt de reduire la semaine d'avant les quantités et de manger principalement des aliments liquides.

Ces symptômes de fatigue peuvent également provenir des efforts physiques même minimes que l'on fait, le corps au bout de 24h de jeûn bascule en mode éco et tout effort produit des toxines pour nous assommer et nous faire tenir tranquille. C'est pourquoi il est conseillé de rester tranquille à la maison cette première semaine, de lire, et de se reposer dès qu'on sent la fatigue.

Le plus dangereux sont les pertes d'équilibre, j'en ai moi-même été victime (une glissade difficilement évitable sur du gazole mouillé, mais que j'aurais peut-être mieux gérée avec un cerveau qui percute plus vite).

Réveil des instincts

Si vous n'êtes pas habitués à ne boire que des jus, ces instincts (ou compulsions) auront commencé à vous taquiner dès la première semaine.

Les instincts vont forcément arriver au bout de quelques jours, plus forts que tout (comme par exemple une profonde envie d'un steak cru pour avoir le goût du sang dans la bouche) car les programmations de base de l'ADN (les instincts, le corps physique comme une coopération de cellules individuelles) vont s'inquiéter (sauf si on les a précédemment prévenu, et que ça a été bien compris).

L'instinct, c'est la force qui a fait soulever un camion de 5 tonnes par une femme de 50 kg dont le petit garçon est coincé dessous. Qui vous fait vous téléporter quand votre enfant tombe au fond de la piscine, alors que vous êtes à plus de 100 m.

On ne lutte pas contre des instincts aussi forts ! On en fait des alliés, on les laisse au contraire nous porter vers leur intérêt, le prâna.

C'est pourquoi, dans la phase de préparation, le corps a été prévenu qu'il allait être alimenté en abondance du prâna. Si ce n'est pas intégré, refaire les alignements de communications avec le corps, qui cette fois ne seront plus abstraites, car le corps s'apercevra, lors des exercices d'absorption prânique, que les cellules fonctionnent réellement au prâna, et que ce mode de fonctionnement énergétique est plus plus intéressant et puissant que le mode chimique habituel.

Prendre des pauses

La prise de repas découpe et rythme la journée. Conservez ce rythme, en remplaçant les repas par les exercices d'absorption prânique.

Réduire la faim

Globalement, la faim vous embêtera moins que les compulsions provoquées par les sursauts du conscient (voir plus bas).

Les premiers jours, quand on sent qu'on a faim (gargouillements du ventre par exemple, surtout aux heures de repas où dans les moments où l'on a l'habitude de grignoter, simple réflexe pavlovien), on fait un alignement au lieu de manger classique.

A noter que boire de l'eau est un bon coupe faim quand on a une envie irrépressible de manger (vous savez, de ces envies induites par la pub quand on se met devant la télé).

Ne pas hésiter à boire sa salive si on pense trop à la nourriture, puis évacuer ces pensées en méditant, on s'apercevra en fait qu'on n'a pas vraiment faim.

Calmer ses instincts/compulsion

Si vous sentez une force irrépressible vous entraîner vers le frigo ou les petits gâteaux, faites un coup d'alignement pour ressentir toute la force illimité qui rentre en vous, histoire de rassurer l'instinct. Pour les compulsions maladives, reliquat de votre ancienne boulimie, faites le guerrier et soyez sûr de ce que vous voulez. Faite un coup de méditation pour discuter avec cette envie et lui dire que elle en a bien profité jusqu'à présent, mais que maintenant on est passé à autre chose.

Se rappeler des analyses faites dans la phase de préparation. Par exemple, quand n voit une pizza, se rappeler qu'on a déjà analysé le problème, et que c'est la pizza photoshoppée qui nous donne envie. Se rappeler que ce n'est pas si bon que ça et qu'on est déçu une fois fini. Analyser le besoin de chaleur humaine ressentie dans l'enfance autour des repas familiaux, que l'on cherche à retrouver mais qui ne revient jamais. Retrouver cet esprit qui n'a pas besoin d'avaler quelque chose pour se reproduire, et bien se rendre compte qu'aucun aliment ne pourra surpasser le qi ! Si c'est trop dur, se calmer, et manger un peu de l'aliment, se rendre compte que ça n'apporte rien, qu'on est déçu et que ça pèse sur le corps qui nous le reproche. Mais mettre le petit doigt dans l'engrenage et toujours dangereux!

Fin de la 2e semaine

A un moment, on va être persuadé que ce qu'on fait est la bonne chose, que ce chemin est pour nous, car l'intuition est connectée à notre plan spirituel. Ça coule de source, c'est notre guide de lumière qui nous confirme qu'il est OK.

On est alors prânique, et la reconnexion à son âme est plus facile.

3e semaine : reprise d'énergie

Nettoyer toutes les mémoires

Les mémoires ont commencée à se nettoyer la 2e semaine, mais le nettoyage s'amplifie la 3e semaine.

La 3e semaine aussi il faut se reposer, mais plutôt méditer, se concentrer sur soit-même, visualiser le Qi. Se remettre au fond de soi, se cocooner.

C'est le grand enseignement de cette 3e semaine : il faut accepter de ne se concentrer que sur le processus durant cette période. Accepter la douleur, accepter que les choses mettent du temps …

Importance du sommeil : couper le conscient, c'est laisser l'inconscient, donc l'âme, et le corps, s'exprimer pleinement, se régénérer. A la moindre fatigue, se coucher, quitte à ne dormir que 5 minutes, ou 2 jours si le besoin s'en faisait sentir.

Nettoyage des mémoires cellulaires

Effacer de nos cellules les traces des maladies que l'on eues, les mémoires ancestrales qui demandent d'aller chercher de la nourriture, la mémoire des personnes qui sont morte (dans nos vies antérieures, dans nos ancêtres) ou sont en train de mourir de faim dans le monde. Toute la mémoire génétique et atavique (au niveau de l'espèce humaine depuis la préhistoire). C'est toujours un jeûne, mais les cellules s'habituent à ne pas manger de nourriture classique.

Les maladies en cours s'effacent aussi, c'est pourquoi il n'est pas nécessaire d'attendre d'être guéri pour commencer.

Dans les mémoires cellulaires, le mémoires familiales sont très importantes. C'est par exemple les rhumatismes qui commencent tôt par qu'un de ses parents l'a eu, les crises cardiaques au même âge que ses parents, les cancers déclarés aux même âges, etc. Tout ça disparaît de nos cellules, c'est comme si on épurait notre karma, en réécrivant le code ADN on enlève touts les mauvais côtés de l'épigénétique que nos parents ont installés dans nos gènes, ou que nous avons inscrits nous-mêmes pour suivre l'exemple parental.

Nettoyage des mémoires émotionnelles

Comprendre ce que la nourriture symbolise émotionnellement pour nous, toutes les émotions qui étaient étouffées par l'absorption de nourriture.

Un travail déjà entamé lors de la phase préparatoire (p.), mais qui vous servira alors de

Vie > Conscience > Incarnation > Prânisme

travaux pratiques de ce que vous avez déjà conscientisez. Il s'agit alors de vivre en conscience les cas envisagés.

Gérer le retour d'énergie

Vers le 17e jour, l'énergie revient, avec des nuits de sommeil plus courtes et un meilleur moral. Le mental revenant au galop, il ne faut pas perdre sa concentration, sinon on retombe dans le jeûne.

4e semaine : Installation nourriture prânique - Stabilisation et reprise d'énergie

On recommence à bouger, aller marcher de plus en plus au fur et à mesure que les forces reviennent. Le poids doit se stabiliser. On se sent plus léger, on prend plaisir à ressentir les choses.

Les semaines 2 et 3 on a fait un jeûne, on a pris sur nos réserves, dans une vision dualiste d'avec l'univers. On a consommé nos propres réserves. Maintenant il s'agit de faire un avec l'univers/Qi. Les critères du prânique (p.) sont vérifiés, tous les avantages commencent à apparaître (p.).

Stabilisation du poids

Après la passage et l'arrêt de nourriture classique, quand l'alignement n'est plus nécessaire, on se stabilise au poids demandé à notre corps au début du passage, qui est notre poids de bien-être. Dès la deuxième semaine il est possible de reprendre un peu de poids si on en avait trop perdu la première semaine. Ou on continu à en perdre si on est encore trop gros, que le poids de confort (poids nominal) n'a pas encore été atteint.

Augmentation d'énergie, de santé

Une fois connecté à l'énergie de l'Univers, on a une énergie illimitée. Plus on agit, plus on a d'énergie.

On ressent une énergie illimitée, plus de fatigue, ni d'usure, ni de vieillissement, on a même tendance à rajeunir. Le sang veineux est rouge clair, presque la même couleur que le sang artériel, indiquant qu'il y a moins de processus chimique au niveau des cellules. Cicatrisation très rapide. La peau s'améliore, les cheveux et poils repoussent. On récupère très rapidement, en l'espace d'un quart d'heure à 20 minutes.

Temps de sommeil divisé par 2

En dormant 4 h, on s'est autant régénéré que si on avait dormi 10 h.

Phase 3 (consolidation) - toute la vie

Vivre dans notre aura

L'aura, notre champ énergétique (tous nos corps physiques, énergétiques et spirituels), va prendre des proportion incroyable. On peut la repousser aussi loin qu'on le veut (à la dimension d'une pièce, d'un lieu, etc.). On va concentrer le qi dans cette aura, qui fait que notre corps va être alimenté en qi par tous les pores de notre peau, 24h sur 24h. Il n'y a alors plus besoin de rien faire (alignements, visualisation, yoga ou méditation).

C"est la béatitude, on est plein tout le temps. Plein d'amour, il n'y a plus de solitude. On prend sa place dans l'univers, pas plus pas moins.

Cette aura d'amour et d'énergie peut être augmentée avec la technique de la bulle de protection, on fait rentrer les énergies dans le coeur à l'inspiration, comme vu lors de l'alignement, cette bulle d'énergie concentrée sur le coeur s'expanse lors de l'expiration pour faire une aura pouvant s'étendre sur 20 m si on le désire.

Remotivation à chaque instant

Plus on avance dans le processus, plus on sent l'énergie revenir, plus le conscient s'impose et souhaite retourner à l'étape du jeûne, maintenant que le corps va mieux. Il est facile de perdre ses objectifs en cours de route, que la fatigue mentale nous fasse oublier pourquoi on fait ça, de perdre le lien avec son âme. Il faut tout les jours se remotiver, être un guerrier. Il faut bien que le conscient comprenne que le corps n'est plus un mangeur. Plutôt que de négocier à chaque tentation, il est plus facile de dire "je ne mange plus, c'est comme ça". Ça aide à développer l'intention, la fermeté et la volonté qui servent en ésotérisme.

On peut toujours lâcher un peu du lest avec un verre de jus de fruit par jour.

Monfort dit qu'il continue à prendre une tasse de café par jour, Leroy qu'il mange des champignons de temps à autres, Alice Bruyant un smoothie par semaine. Il semble important de savoir relâcher de temps en temps.

Être dans l'Ici et maintenant

Ne plus faire rentrer d'informations nourriture, fait qu'on se nourrit de plein d'autres informations prâna, comme la lumière, la joie, le Zen, l'instant présent, les relations, les couleurs, les odeurs, et tant d'autres choses présentes partout autour de nous, mais qu'on dédaigne habituellement..

C'est faire circuler les énergies librement en nous, à travers tous nos corps, laisser le mouvement de la vie se faire en nous, enlever les résistances qui freinaient le mouvement. Être en cohérence entre ce qu'on vit dans le corps et ce que conçoit le conscient et l'inconscient.

C'est aussi s'aligner dans l'axe du temps, en vivant l'Ici et maintenant (alignement p.).

Se projeter trop dans le futur (stress) ou dans le passé (dépression, regrets) dépense de l'énergie. Rester dans le présent ne dépense pas d'énergie, et au contraire en génère.

Accepter plus de bonheur et de santé au quotidien

Si le conscient où l'âme croient qu'il ne mérite pas une vie facile, il va être compliqué d'accepter l'état prânique, qui peut faire l'objet d'un changement de l'orientation du choix de vie d'incarnation.

État en sortie du processus

A la sortie du processus, il y a plusieurs choix possibles, dépendants de notre état.

Prânien

poids stabilisé et pleine forme, on peux progressivement réduire la boisson jusqu'à l'arrêter complètement.

Inédien

poids stabilisé et pleine forme mais on ne se sent pas d'arrêter la boisson, continuer à boire de l'eau, voir des jus de temps à autre.

Liquidien

On continue à prendre des jus de fruit contenant des substances solides, comme le jus d'oranges, de poires, de bananes, de pommes, de mangues et autres, qui évoluent en tisanes et bouillons de légumes.

Reprise alimentation classique

trop de poids perdu, on continue à en perdre et on se sent fatigué en permanence. Reprendre progressivement une nourriture solide et liquide comme avant le processus.

Evolution progressive

Voir le cas de Victor Trouviano qui au sortir de son processus de 21 jours était devenu liquidien, puis qui devient inédien 10 mois après, puis quelques mois de plus pour devenir prânien.

Luminique

Nombreux sont les prâniques qui ne se voient pas encore vivre toute leur vie sans rien manger de solide (ne serait-ce que pour profiter de l'excitation des papilles gustatives).

Ils vivent alors en luminiques, c'est à dire décident de remanger de temps en temps, du moment que c'est fait avec plaisir.

Mais attention : tous les prâniques constatent que si on mange trop souvent alors qu'on est prânique, les problèmes réapparaissent très vite (l'âme et le corps ne sont pas heureux de voir réapparaître ces toxines, qui ne satisfont que le conscient qui reçoit ses décharges de dopamine, comme une drogue).

Ces repas réveillent des mémoires, et les premières sensations de faim, absentes jusque là, apparaissent.

Le processus de digestion est tellement difficile, que ça devrait normalement dissuader le prânique d'essayer de remanger, les fois où il en aurait envie.

Il est important de rester à l'écoute de son corps (et pas à l'écoute de l'extérieur, comme les amis, la société, les médecins qui n'y connaissent pas grand chose). Il aura peut-être envie de fromages de temps à autres, ou de tomates, ne pas s'en vouloir pour ça, et il n'a besoin que de toutes petites quantités de rééquilibrage.

Rester prânique

Trouver jour après jour les astuces pour rester prânique, se confronter aux peurs des gens qui nous entourent, ne pas les laisser prendre le pas sur notre volonté et nos désirs, comme souvent dans la société humaine.

Le mieux est de suivre la voie du chamane : rien ni personne ne doit pouvoir me dire ce que je dois faire ou ce que je dois être. Être ferme dans son intégrité, dans ce qu'on veut (doit être) : nager dans le sens du courant de son karma/destin.

Il ne faut pas essayer de convaincre son entourage, certains ne peuvent ou ne veulent pas y croire, vous ne pourrez rien pour ça. Vous ne pourrez jamais le prouver, et il ne faut pas essayer de les convaincre d'essayer pour qu'ils testent eux même la réalité du phénomène. Ça leur parlera ou pas (voir "choix de l'âme" p.).

Ce n'est pas à votre entourage de vous dicter ce que vous devez faire, même s'ils le font par amour, vous font du chantage affectif, qu'ils vous projettent leurs propres peurs.

Pour la vie sociale, le plus dur est le restaurant : commandez une salade, le restaurateur est content, vous le partagez entre tous vos amis, qui sont aussi contents, et vous restez prânique.

Pas de pression

Être prânien n'impose aucune croyance, n'impose pas de ne plus remanger. Vous pouvez remanger quelques jours, ça n'enlèvera pas votre état prânique. Cette période où vous remangez de temps à autre (mais toujours en conscience) fait partie de votre expérience de vie.

Au-delà du prânisme

Phase 4 : Réveil (p.)

Le corps est l'âme, le conscient est l'âme, tout est unifié, on sait quelle partie de nous exprime quel besoin, tout est lié.

Régénération cellulaire

Il est possible aux télomères de se rallonger, aux cellules souches partout dans notre corps, de se multiplier et se réactiver pour remplacer les cellules endommagées par le nombre de divisions au cours de leur vie.

Rajeunissement, vie plus longue.

Non respiration

Il devrait être possible de ne quasiment plus respirer, l'oxygène ne servant qu'aux réactions chimiques lié aux aliments. Ça peut être utile en cas de conditions vraiment dégradées sur la planète, ou pour se déplacer sous l'eau sans bouteille de plongée. Des cas de yogis emmurés vivants dans des bâtiments étanches en attestent.

Exemples de prâniques

Nous avons vu dans L0 les prâniques validés de manière scientifique, par des études rigoureuses. Voici quelques prâniques célèbres, dont le témoignage est intéressant, et qui ont su créé une synergie autour d'eux, et dont je me suis inspiré pour faire le dossier sur le prânisme.

Pour certaines personnes, parvenir au prânisme est une pure et simple transition vers un mode d'alimentation nouveau, alors que pour d'autres il s'agit d'une élévation spirituelle très intense.

Gena P.

Témoignage anonyme de 2012, d'une Française prânique depuis 1993 (à une époque où aucune information n'existait sur le sujet, excepté les cas catholiques comme Marthe Robin).

Ce témoignage est intéressant par la notion de prânisme spontané, phénomène arrivé à beaucoup de personnes depuis 1990. Je résume :

"Je méditais avant de commencer ma journée en 1993. C'est à dire se connecter à la Source matrice de la Terre (pour l'ancrage) puis à la Source Céleste (source d'Amour). Je l'appelai la Double connections de la Connection. Mes intentions étaient de me laisser remplir au fur et à mesure que mon ancrage à Gaïa s'établissait.

Me remplir, me nettoyer, me purifier, me guérir, m'enseigner et me nourrir puis transférer mon énergie à Gaïa et tout autour de moi sur des km à la ronde.

C'est ainsi que peu à peu des pavés de savoir remontèrent en moi quand je fus prête à les conscientiser. C'est ainsi que peu à peu s'ouvrit mon champ de conscience et de compréhension et que je m'ajustai aux énergies extérieures terriennes ou extra terriennes.

Une guidance intérieure (sorte d'intuition au début gagna le pas). Puis cette guidance augmenta pour devenir un câblage, une connection large, sûre et sur de nombreuses interfaces (modes et mondes).

Je reçu des enseignements de pensées, des modes, des infos parfois très techniques, et des mots nouveaux que maintenant je retrouve ici et là à travers des transmissions établies par d'autres sur la toile et c'est rassurant (cela me conforte de la nature des choses nouvelles qui m'ont été transmises longtemps en arrière et qui deviennent quasiment naturellement admises pour beaucoup plus de consciences).

Reconnaissante envers l'Univers de tout ce qui m'est offert de comprendre (car je n'aime pas m'adonner à la lecture, sauf pour étudier et passer mes diplômes).

Consciente qu'il m'est possible maintenant d'aider gratuitement tous les êtres que l'univers me fait croiser sur ma route. J'insiste gratuitement car ayant reçu tout gratuitement, je trouve logique de ne tirer profit de rien ni de personne.

Notre rôle à tous étant de faire de nous des êtres libres, complets, riches de palettes, et indépendants, tout en étant inter-connectés soi-même entre nous-même et avec l'Univers, sur la fréquence la plus harmonieuse qui nous est permise d'intégrer et de maintenir à son taux le plus haut sur le mode de la constance.

Nous sommes amenés à devenir en quelques sortes des voyageurs intemporels et c'est magnifique, du moins le peu que j'en ai vu !

Je sais que tout ce que j'ai compris, ne peut être divulgué à tous vents et à n'importe qui…

Je sais aussi que le champ des consciences travaillées, en ce moment plus que d'habitude, permettra la Compréhension et l'acquisition d'une nouvelle Sagesse, puis d'embrasser de nouveaux modes de fonctionnement dans la joie et sans aucun appréhension, car la peur ne fait pas partie du mode opérant d'un futur qui dans la réalité en cours se trouve déjà là, prêt à s'intégrer dans cette réalité, en fond de toile (transition actuelle).

Ajustement, calibrage, résonance, radiance, aimante, opérante, co-opérante, oeuvrant… équilibres des forces et des niveaux, kha, reliance… bref une pléiade de mots qui à l'époque en 2000 semblaient sortir d'un registre syntaxique peu populaire.

Peu importe les sources des informations. Sauf pour Mickaël Archange qui fut vite identifié quand il me remit l'épée en présence de Gabriel Archange (rêve éveillé, juste après m'être réveillée d'une belle et bonne nuit de sommeil réparateur).

Les maîtres de consciences, car s'est ainsi que je les appelle, qu'ils viennent de fréquences hautes ou moins hautes, fonctionnent en relation, en partenariat, pour former des collectifs.

J'appris aussi pour les avoir visité que les moyens de transports que nous nommons OVNI, sont pour ceux qui sont alignées sur de très hautes fréquences, composés de différents et synchrones véhicules de Lumières et que la réunion de ces différents corps, donc de champs de lumière qui englobent des consciences unifiées, créent un collectif, et donc un champ unifié permettant de braver les lois physiques de notre terre jusqu'à un certain niveau de fréquence.

La Terre est dense encore pour eux et cela plombe leurs fréquences, donc ils doivent restés à une certaine altitude requise.

Bref, leurs véhicules sont vivants, matriciellement vibrant.

Que le plasma stellaire existe et que, incorporé dans un collectif, donc dans un champ du collectif, cela crée une interface de navigation stellaire comme le fait un peu nos GPS, sauf que le plasma stellaire intégré dans le champ de lumière collective, devient inter-communicatif, aligné sur la fréquence de la pensée du collectif lui même..

On pourrait croire que le plasma est vivant.

Oui et non.

Il suffit de penser là où l'on veut aller pour que le plasma nous dessine un plan de vol ajusté à la pensée du collectif naviguant.

Ayant vécu le temps d'une expérience dans un champ collectif, ayant été appelée à m'y joindre en tant que visiteur, pour comprendre quelque chose de particulier, et notamment ceci, que les autres vaisseaux solides fait d'une structure dense, émanant des champs de fréquences moins hautes sont amenés à se crasher ici sur terre si une défaillance ou une interférence survient.

Pourquoi ces descriptions de Merkabah ? Se nourrir de lumière, suite à de nombreuses doubles connections, ont permis à mon champ d'énergie (Merkabah) à augmenter sa fréquence.

Tous mes ordinateurs ou appareils sensibles (téléphones…) bugguaient ou plantaient. J'ai donc du apprendre à me familiariser et à les ajuster en fonction de ce que j'avais à faire.

Mon potentiel de guérison spontanée s'en est trouvé activé aussi ensuite. En 1996, j'expérimentais ce nouveau attribut pour soulager les douleurs des autres.

Mais le plus grand défi a été d'enrayer une maladie orpheline (l'endométriose) dont je souffrais extrêmement au point d'arrêter de travailler pendant 10 ans et me suffire du RMI pour m'adonner à la guérison et à la compréhension de moi-même surtout. Car si je pouvais soulager ou réparer les bobos des autres, alors pourquoi ne pas avant tout s'occuper du mien ?

Les médecins qui me disaient que si j'arrêtais les traitements, je finirai pas avoir un anus artificiel apposé sur l'hyponcondre droit !… (la peur était une arme redoutable)

Mais sans la double connections faites au cours de mes méditations, je n'aurai pas pu me retrouver et agir dans le fond des choses, au niveau de mon âme, car l'endométriose trouvait son étiologie dans mon bagage mémoire atmique.

Du coup je me sers de mon métier d'infirmière pour prodiguer et diffuser cette énergie que je

Vie > Conscience > Incarnation > Prânisme

nomme énergie d'Amour puisqu'elle me remplie, m'a guéri et me nourrit.

J'en suis la preuve vivante, nos corps peuvent s'auto-régénérer.

Nos corps reçoivent, par les soins de la Lumière, les nouveaux codes d'activations.

La connection doit être toujours vérifiée car une seule pensée négative, un jugement, une attitude basse, interrompent la Connection. Alors le champ se rétrécit, la fréquence baisse (bref je redevenais comme avant et étais obligée de combler les manques par des apports basiques pour palier à l'énergie manquantes : manger…).

Comment sait-on qu'on est bien en Connection (doubles connections) ?

On ressent son axe spinal tourner harmonieusement.

Plus on emmagasine de lumière et plus le sas doit laisser passer l'énergie reçue en la matrice de Gaïa. L'ancrage doit alors s'élargir pour permettre le passage de l'énergie via le dernier chakra afin de s'éviter l'auto-combustion d'abord, car quand l'axe spinal commence à s'accélérer, si le corps n'est pas capable de la contenir, il y a sensation de tournis, vomissements parfois, et maux de tête ensuite garantis… donc attention a bien vérifier ses sorties d'énergies, car le corps ne doit pas contenir plus qu'il ne peut, sinon grillage de fusibles au niveau de la santé mentale.

Ne jamais provoquer ce qui est communément appelée la « montée de kundalini ».

Certains s'adonne à réveiller le feu sacré alors que la kundalini est le carburant qu'il nous faut respecter, car il aura son utilité plus tard dans l'activation de nos champs de propulsion pour voyager dans un état de trans-dimensionnalité avec nos corps de base merkhaviquement activé.

Je n'ai jamais poussé cela à son maximum pour faire comme Padré Pio, se retrouver en 2 espaces simultanément.

Je ne recherche pas les expériences, c'est plutôt elles qui viennent à ma rencontre.

Je les appelle peut-être (loi de l'attraction), mais pas par ma volonté consciente.

Une fois, je fis l'expérience de l'invisibilité (pendant 1 h 30, au moins, ma soeur me chercha dans une église qui ne comportait qu'une porte d'entrée et ne me voyant pas, elle m'accusa de m'être cachée). Je compris que j'étais devenue invisible (sûrement à force de prier avec tant de ferveur !), et ce, sans pour autant me rappeler où je me suis retrouvée dans cet espace de non-temps de cette invisibilité (une expérience pas recherchée mais plutôt le fruit d'une longue période de pratique de méditations en amont).

Depuis je me connecte relativement moins souvent, car n'en ressent pas le désir. Je me sens appelée à vérifier mes connections par un appel intérieur (sorte de désir profond).

Je me nourris de lumière mais je fais aussi l'expérience de me nourrir de temps en temps de choses denses (de légumes exclusivement et bio).

Les 2 modes sont incompatibles, en tout cas pour moi.

Cela encrasse mes canaux, me plombe quelque peu pour ainsi dire, et la montée de mes fréquences sont moins pures, moins hautes et plus lentes aussi.

Mais j'avais envie de revenir à cet ancien mode, car je suis très gourmande. Mais c'est bien aussi car j'ai compris un truc de plus.

Je sais par expérience, quand on se nourrit d'énergie (quand le processus s'enclenche) qu'au début on maigrit beaucoup et on fait des petits cacas en formes de crottes de biques et qu'on fait peu pipi mais qu'on est amené au début à se purger, donc on boit régulièrement en fonction de ses besoins.

Il ne faut pas se priver.

Le mode lumière se substitue au mode dense, progressivement.

Il n'y a pas eu d'arrêt brutal du style : « tient, je décide de ne plus manger et de me nourrir que de lumière ! Non cela ne c'est pas passé comme cela pour moi ! ».

Le poids se stabilise après et ne chute plus.

On a une pêche, une énergie phénoménale, et on dort peu.

Du coup méditer pour se double connecter n'est plus une perte de temps, au contraire.

De plus en plus, nous serons appelés à faire cette expérience et à en témoigner.

Il n'y a pas de méthode générale. Je ne crois pas !

Cela se fait au fur et à mesure que nous intégrons de plus en plus de lumière via la doubles connections (la Connection).

Pendant le travail qu'opère la double connection, et une fois les intentions émises, ne plus penser à rien et se laisser faire, car une seule pensée peut parasiter et figer le remplissage.

A la fin de ce travail on se sent régénéré, en pleine forme, heureux, serein, les idées claires et vierges de tout formatage, et ce au fur et à mesure que le travail se répète dans le temps et l'espace.

La lumière transporte l'Amour, et l'Amour c'est de la Lumière haute fréquence (la plus haute). Voilà ce dont je prends conscience.

Jasmuheen

Ellen Green de son vrai nom, devenu prânique en 1995, est célèbre de par son livre sur le sujet qui a connu une diffusion internationale, et popularisé l'idée du prânisme pour tous (auparavant seulement connu chez les grands mystiques).

Beaucoup de témoignages montrent que pas mal de personne avant Jasmuheen devenaient prâniques spontanément, et j'imagine qu'encore une fois, pour contrer le mouvement, la CIA a envoyé un debunker saloper le mouvement, en donnant de mauvais conseils, en popularisant le new-age luciférien, et en décrédibilisant le sujet. Est-ce que Jasmuheen est un debunker ? Je n'en ai aucune idée, mais gardez en tête que c'est une possibilité.

Reste que Jasmuheen (excepté le film "lumière" de 2009) est la seule a avoir été popularisé par les médias aux ordres des grands patrons.

Lors d'une émission de télé, Jasmuheen a échouée à démontrer qu'elle était prânique (en quelques jours, sa santé se détériorait petit à petit, elle faisait un jeun en réalité).

Sa méthode pour devenir prânique était très dure pour le corps (1ère semaine à attaquer brutalement 7 jours de jeûne sec), et semble avoir plus empêcher le réveil prânique des populations qu'autre chose.

Henri Monfort

Devenu prânique en 2003, il change la méthode de Jasmuheen, en continuant à boire de l'eau, et en ne prenant pas de jus après la première semaine.

Il retrouve des cheveux en étant prânique, il passe de 120 kg (net surpoids) à 60 kg.

Faisant des nettoyages énergétiques, il a besoin de boire de l'eau pour évacuer les mauvaises énergies prises aux clients. Il continue à boire un café par jour.

6 ans après il fait ses premiers stages (payants, et assez chers), il est encore mince.

En 2017, il est tout bouffi (sûrement des réglages intérieurs à faire encore, Henri a un ton qui me semble hautain lors des conférences), et se retire de la vie publique en 2018, arrêtant de faire des interviews, des conférences, ou des vidéos.

Le film "lumière"

Ce film, ayant eu une diffusion relativement importante dans le monde, et dans le milieu déjà versé dans la spiritualité, c'est lui qui déclenchera en 2009 la nouvelle vague de prâniques, s'inspirant d'abord du livre de Jasmuheen, avant que de nouveaux processus bien plus faciles n'apparaissent spontanément.

Ricardo et Camilla Akahi

Liquidiens depuis 2009 (avec absorption de liquide à l'occasion, vraiment rarement), il ont eu 2 enfants (grossesses en étant liquidienne, généralement une demande de l'âme de l'enfant pour disposer d'un corps plus apte à une grande incarnation spirituelle).

Le premier enfant, un garçon, a été allaité jusqu'à ses 3 ans. Lorsque l'allaitement a cessé, l'enfant n'est pas passé aux aliments solides, et est devenu directement liquidien.

Les parents se sont aperçus que à 1 an, le garçon faisait naturellement les exercices de respiration (absorption du qi) que ses parents. Sans qu'on lui ai montré, l'enfant connaissait déjà ce chemin, avait déjà été prânique.

Avec la scolarisation obligatoire aux USA, les enfants sont devenus lumineux, mangeant s'ils en ont envie.

Alyna Ruelle

Ayant vu le film documentaire lumière, elle s'essaye au processus quelques années plus tard. Lors de la première semaine sans manger ni boire, elle sent le qi la nourrir. Elle reprend la nourriture végétarienne quotidienne, mais déclare une grosse quantité d'allergies alimentaires. Chaque fois qu'elle élimine un aliment, un autre devient allergique. Ne mangeant plus que des fruits et légumes crus, sa soif d'épanouissement spirituel la pousse à passer aux jus fait de par elle-même. Même si l'idée de ne plus jamais manger toutes ces bonnes choses lui paraît pénible. Son conscient et ses émotions ne sont pas prêt, alors que son corps était déjà au prâna, ce qui induit toutes ces allergies. Elle alterne jours de jeûne, partiel ou total (c'est à dire en buvant mais ne mangeant pas, ou au contraire en ne faisant ni l'un ni l'autre) et jours où elle s'alimente de manière classique. Elle se fait e temps en temps plaisir avec des aliments allergènes, pour ne pas générer de frustrations et de crispations.

Pour se nourrir de qi il faut s'abandonner à lui, et le contrôle est contraire à l'abandon. Il lui fallait donc « lâcher prise », lâcher ses principes sur l'alimentation : le cru c'est mieux que le cuit, le bio c'est mieux que le non bio, etc.

De toute façon, qu'elle mange une pizza industrielle ou un légume frais de son jardin, c'était incompréhension cellulaire et lourdeur du corps.

Désormais, chaque fois qu'elle mangeait quelque chose, c'était en ayant conscience que son corps n'en avait pas besoin, et qu'elle ne satisfaisait que ses émotions et son conscient.

Chaque jour nous réitérons notre confiance dans le fait que nous nous suffisons à nous mêmes, dans la mesure où nous sommes reliés à notre être divin et à la Source de qi.

L'accession à la nutrition par la lumière ne réside pas en l'aptitude d'un individu à maîtriser son corps ou au contraire à son incapacité à le faire, mais à sa disposition à changer son appréhension de l'existence.

Le corps

Ayant eu peur au début des carences, elle s'aperçoit que celles qu'elle avait avant disparaissent (son corps recrée les matières dont elle a besoin, depuis le qi).

Jour après jour, son corps ne demandait qu'à l'aider dans sa démarche. Une relation active s'installe entre corps et conscient : Alyna apprend à lui parler, à lui demander son autorisation parfois, à beaucoup lui demander pardon aussi, à le prévenir, à le remercier, et surtout à l'écouter. Elle lui demande souvent son aide, sa compréhension et sa coopération.

Ce corps, il s'agit de le transformer, de le transmuter, non pas par la force, mais par l'amour qu'on lui porte et par notre conscience de lui et de son importance.

il faut s'ancrer davantage dans son corps pour faire l'expérience à travers lui de cette nouvelle nutrition.

Alyna est accompagnée, grâce à sa médiumnité, par des êtres éthériques merveilleux de toutes natures, de tous âges, de toutes cultures et toutes époques, qui lui ont offert les récits de leurs expériences, l'ont conseillée, encouragée, rassurée

aussi. Laissez parler votre intuition qui saura vous guider aussi.

Pour Alyna, pas de préparation particulière pour évacuer le bol alimentaire, tout se fait tout seul par le corps.

Elle voit le prâna dans l'air qui l'environne.

Une fois inédienne, une pensée négative la fatigue et lui cause des maux physiques, alors que des pensées d'amour la nourrissent et la guérissent.

Faire le choix d'une telle transmutation reflète le choix du Qi. Pas seulement pour ne plus avoir à manger de matière, mais pour ne plus être limité, dépendant ou asservi par elle.

La matière est le moyen, l'instrument par lequel il nous est possible de manifester notre lumière et de créer. C'est notre pouvoir créateur qu'il nous faut reconquérir pour rompre tout asservissement et atteindre l'état d'Être Libre et Souverain. Se nourrir de lumière, c'est accueillir l'Unité en soi, et abandonner derrière soi la dualité.

La suite sera à intégrer dans les conseils généraux

Freins au passage ?

Pour s'habituer, chaque fois qu'on mange, se poser la question pourquoi on le fait. Parce que c'est l'heure, parce que les autres nous l'on demandé, parce que j'ai une déception, etc. Voici les différentes causes possibles d'envie de manger.

La faim

Il faut se faire aux sensations nouvelles d'estomac vide, de corps léger.

La peur de manquer

Notre société invente chaque jour des besoins nouveaux, provoquant en nous des faims gigantesques et irrépressibles, des manques virtuels qui ne sont pas les notre. Des émotions surgissent de ces manques artificiels : la colère, la peur panique, la tristesse, la mélancolie, l'ennui, etc. Les laisser sortir de soi sans les retenir, ne pas leur prêter attention, juste les reconnaître pour ce qu'elles sont, juste des émotions enfouies qu'il faut libérer pour accéder à un état d'être supérieur.

Ne pas mépriser ces émotions, mais acquérir sur elles une autorité totale. Et pour trouver cette autorité, il nous faut consentir à vivre ces états, à les embrasser pour les traverser. Sans rectitude provoquant des cassures, juste en se reliant à sa conscience. Juste équilibre entre souplesse et fermeté. Souplesse qui nous permet de ne pas entrer en conflit avec nous mêmes et de conserver la sérénité nécessaire pour vivre les choses de manière agréable ; Fermeté qui nous replace sans cesse dans notre devoir d'autorité et nous donne la force de demeurer concentré et relié à notre but.

Se rappeler que tout craquement aboutit à manger, et à se trouver insatisfait. On pourrait manger à s'en péter le bide, qu'on serait autant satisfait et fatigué.

Ce n'est pas de la nature de l'aliment lui même dont nous avons envie mais de ce qu'il représente à nos yeux : un souvenir, une personne, un lieu, une habitude pour célébrer ou marquer un évènement. Le rituel et le rythme peuvent nous manquer. Lorsqu'on accède au prana, la journée parait tout à coup extraordinairement longue. On réalise alors le temps que monopolisait notre alimentation avant, et celui dont nous disposons donc à présent ! Cette longueur de la journée peut déstabiliser au début. Ne pas hésiter à varier les activités alors.

Lorsqu'on est nourrit par la lumière on se sent si rempli d'amour, on éprouve tant de beauté et de fluidité, tout nous est si facile, léger, évident, agréable et tout nous est tellement possible qu'on est honteux après avoir craqué et mangé. laisser aller cette culpabilité.

Dissocier émotion et nourriture

un choc, une mauvaise nouvelle, ça va nous donner envie de grignoter. Se poser, et s'apercevoir que manger ne va nous apporter de plus. C'est juste un besoin de combler ou de faire taire l'émotion. Plutôt que la facilité de manger et d'enfouir du coup cette émotion (qui va s'accumuler avec toutes les précédentes non traitées) , il faut parler à l'émotion comme à un petit enfant, la rassurer. Il faut laisser l'émotion s'exprimer pleinement, les laisser exister (sans forcément les exprimer à l'extérieur) pour qu'elle se nettoie et disparaisse, et avec la faim qui y était reliée.

Donc, en cas d'émotions, s'accroupir ou s'asseoir au calme. Laisse l'émotion s'exprimer de partout (tête corps, mental, les organes, etc.). Que ce soit la joie, l'ennui, etc. les laisser pénétrer partout, nous traverser puis partir définitivement, car il fallait que nous vivions cela. Sans faire intervenir le jugement du conscient (l'éteindre) et laisser s'épanouir l'émotion pour qu'elle se libère après avoir fait son travail.

Conscience

C'est notre aspiration à vivre dans la Conscience de notre état d'être de qi qui nous permet d'accéder à ce dernier ; c'est notre Conscience qui transforme notre corps au point qu'un beau matin on se réveille sans le moindre besoin, en ayant presque oublié ce qu'est la faim, et que la notion de manger nous est devenue quasi-abstraite ; c'est elle enfin qui, par tous ces efforts produits pour placer sous notre juste autorité tout ce qui n'est pas elle, tout ce qui n'est pas Dieu (ou Conscience supérieure) en nous, devient libre.

Inconscient

Enfin, c'est dans l'inconscient que se trouve la véritable clé. C'est lui le maître du jeu. C'est avec l'inconscient apaisé et confiant que l'on franchit la dernière étape, celle du choix de la liberté. De faire l'expérience du divin, et du divin en soi.

Rapport aux autres

Se rendre compte du pouvoir des autres sur nos actes et pensées : croire qu'une tablette de chocolat nous fera sentir mieux, que on sera respecté des autres si on boit de l'alcool (alors qu'en réalité c'est tout le contraire).

On se prend les peurs des autres qui nous forcent à manger au début. Alors qu'une fois que c'est accepté intérieurement, les autres ne voient même plus que vous ne mangez plus.

A ranger

Plusieurs notions intéressantes sur l'unité (non dualité) et le prânisme, intéressant.
https://www.youtube.com/watch?v=iWIftZ3JoIY
Extrait interview alyna Ruelle.

ne pas culpabiliser si on remange, ça fait chuter les vibrations. Laisser le corps dire au revoir aux aliments toxiques dont notre société l'a abreuvé depuis la naissance, et surtout à toutes les émotions, bonnes ou mauvaises, associées à ces ingestions.

Accepter avec amour de laisser son corps dire au-revoir à certains, même s'ils sont super toxiques comme les pizzas, ou les pâtes au fromage pour les intolérants au gluten et au lait. Rassurer la personne à l'intérieur qui a besoin de ça. Ne pas donner une date de départ, y aller à son rythme.

Ne pas culpabiliser si on remange, ça fait chuter les vibrations. Le faire avec amour. Y aller à son rythme, même si pendant des mois on est obligé de manger un fruit par semaine, tant pis, on le donne au corps s'il en a besoin pour se rassurer.

Vie > Conscience > Incarnation > Prânisme

Le prânisme arrive d'un coup. Du jour au lendemain on n'a plus besoin de dormir, il faut l'accepter psychologiquement, émotionnellement, mentalement, etc.

L'idéal, c'est d'arrêter la viande, puis les produits issus de la viande, puis le cuit, puis juste les fruits, puis juste les jus de fruits, puis plus que de l'eau en en appréciant toutes les saveurs voir en l'énergisant.

Pour faciliter les envies au début, ne manger qu'une fois par jour, et remplacer les heures de repas par du yoga nourrissant, de la méditation, des rituels qui détournent l'esprit de la nourriture.

Faire des exercices physiques permet de rassurer le corps qui voit qu'il a toujours de l'énergie. De la respiration ou marcher en pleine nature, bord de mer, etc.

Visualisation, pour voir que la matière circule. La visualisation de gouttes de lumières tombant au goutte à goutte du ciel, qui passe par a nuque et irradiant tout le corps organe par organe. Ça aide bien au début à donner la sensation de satiété même sans manger. On ressent ce liquide dans la bouche, dans la gorge, avec le goût, un peu ce que raconte Montfort sur la salive nourricière. Ensuite la visualisation n'a plus lieu d'être.

La méditation de l'équilibre Terre-Ciel

Quand le conscient panique (tu te rends compte tu ne manges pas) l'énergie de la terre aide à se ré-ancrer. Laisser l'énergie de la terre monter (plutôt que plonger ses racines comme on a l'habitude de la faire). ça fait un appel avec l'énergie du ciel qui descend par le haut du corps et vient s'équilibrer au niveau du coeur avec celle de la terre venant des pieds, et là on est pleinement dans son corps.

Une des clés est d'être très présent dans son corps, ancré, relié. Si on s'échappe dans le conscient, c'est fichu.

Mourir de faim

Les gens qui meurent de faim : certains meurent de soif en 3 jours, parce qu'ils croyaient que c'était la limite humaine. Alors qu'on tient facilement 12 jours.

Le prânisme arrive d'un coup. Du jour au lendemain on n'a plus besoin de dormir, il faut l'accepter psychologiquement, émotionnellement, mentalement, etc.

Dépasser ses croyances limitantes. Voir ceux qui font apparaître des plaies sur leur corps juste parce qu'ils y croient (effets nocebo). Si on croit qu'on va mourir de faim, le corps va stigmatiser puis se conformer à cette croyance.

Il reste la sensation de la faim, pas la faim elle-même. Il faut arriver à passer les derniers blocages qui restent et qui garde cette sensation de faim active.

Au moment où on passe prânique, on a une zone de confort./ Lors des moments de panique, on a possibilité de remanger pour calmer une partie du corps. Ce n'est pas possible en cas de famine.

Il faut dissocier les émotions et le besoin de manger pour se réconforter. Par exemple on a un choc, une mauvaise nouvelle, ça va nous donner envie de grignoter ou une grosse faim. Il faut alors se poser, et s'apercevoir que l'événement n'a rien à voir avec le besoin de chocolat par exemple, et que le fait de manger ne va nous apporter de plus. Besoin de combler ou faire taire l'émotion. Lui parler comme à un petit enfant à l'émotion, et le rassurer. Il faut laisser l'émotion s'exprimer pleinement, les laisser exister (sans forcément les exprimer à l'extérieur) pour qu'elle se nettoie et disparaisse, et la faim on n'en parle plus. ON les laisse exister sans faire d'amalgame avec quoi que ce soi d'autre. Beaucoup l'expriment à l'extérieur sans la vivre à l'intérieur.

Alyna raconte la rage qui l'a prise un matin au réveil, sans raison, sans justification. Elle fait le vide, s'accroupit, et la laisse se développer comme elle veut parce qu'elle ne veut pas vivre cette sensation encore une fois. Elle la laisse s'exprimer de partout (tête corps, mental, les organes, etc.). Il faut avoir le courage de vivre ses émotions à fond plutot que les étouffer ou les détourner. Que ce soit la joie, l'ennui, les laisser pénétrer partout et les laisser se libérer. nous traverser puis partir définitivement, car il fallait que nous vivions cela. Sans faire intervenir le jugement du mental, l'éteindre et laisser s'épanouir l'émotion pour qu'elle se libère après avoir fait son travail.

Le passage au prâna dépend de ce qu'on a choisit. On peut faire le processus de 21 jours, devenir physiologiquement prânique en 3 semaine (on est nourri par le qi) et continuer à avoir faim tout le reste de sa vie (ou pas, c'est une possibilité), ou alors s'arrêter progressivement, ça dépend des personnes. Il reste la sensation de la faim, pas la faim elle-même. Il faut arriver à passer les derniers blocages qui restent et qui garde cette sensation de faim active. Il y a aussi ce jugement sur la nourriture, qui n'est pas assez lumineuse, qui empêche de faire disparaître la sensation de faim.

Exemples de prâniques

Être prânique n'est pas mieux que de ne pas l'être, on a une expérience à vivre et pour beaucoup la nourriture physique fait partie de la vie physique, il ne faut pas juger.

Pour s'habituer, chaque fois qu'on mange, se poser la question pourquoi on le fait. Parce que c'est l'heure, parce que les autres nous l'on demandé, parce que j'ai une déception, etc.

Dans la période où nos sens sont exacerbés, il vaut mieux s'éloigner de toute odeur de bouffe ou de gens qui mangent parce que c'est un coup à manger.

Pour l'élément liquide. Moins on mange, moins on a soif (une grosse partie de l'eau sert à la digestion). Et pourtant au début il faut boire beaucoup car il faut fluidifier le corps, le laver, etc. Une fois le fonctionnement prânique installé, il y a une hydratation permanente du corps qui se fait. Continuer de boire est donc un choix (Alyna c'est surtout par gourmandise). Ce n'est plus une nécessité pour que le corps aille bien.

Plus de selles ni d'urine. Les règles féminines continuent, la transpiration aussi.

Le prânisme est lié à la spiritualité. On ne peut s'arrêter de manger si l'on ne ressent pas d'amour inconditionnel pour toute chose, y compris son corps.

Lors du processus de 21 jours, jour 3 à 4, on sent un retournement/renversement dans la fonction des organes, qui est changée. Comme si les capteurs d'énergie interne s'étaient retrouvés à l'extérieur. Il faut aimer ses organes de digestion (tous les organes sont nobles), ils ne s'atrophient pas donc continuent à contribuer au fonctionnement. Ce retournement peut se produire sur plusieurs organes en même temps, mais généralement ils sont à la suite les uns des autres, dans un ordre qui est personnel. Ça dépend de leur fonction digestive ou émotionnelle. Par exemple, les règles douloureuses ne le sont plus.

Quand on ne mange pas, les neurones de l'intestin (le 2nd cerveau) semblent participer à autre chose, comme des émissions radio, communication avec les autres êtres, etc. Quand on remange, cette fonction s'éteint le temps de la digestion.

Pour ceux sous traitement, c'est pareil. Il ne faut pas être dans le jugement que les médicaments c'est mauvais, ou au contraire que c'est ce qui nous tient. Accepter les choses comme elles sont, restaurer son corps, et les médicaments deviendront inutiles.

Pour être en paix avec le système d'esclavage qui nous rend malade. Il faut être au courant de ce qu'il fait, ne pas manger les poisons qu'il nous force à avaler, mais quelque part c'est ce qui nous a permis d'être à bout et de sortir du système.

80% de ce qu'on trouve sur le marché est là pour nous tuer à petit feu. Est-ce qu'on se laisse tuer par cette information? Non, on l'accepte et on choisit d'incarner quelque chose d'autre de meilleur pour aider les autres à en sortir. C'est accepter que le mal soit là pour que les gens choisissent le bien, et de guérir la blessure que m'a provoquée la connaissance de cette info. On peut manger de la pizza à cause des envies provoquées, sans juger les saloperies dedans car on sait qu'elles ne nous atteindront pas.

Il faut être bien dans son corps, car ce qui est important pour rendre le monde meilleur, c'est ce qu'on émet, comment on se sent.

Le but du pranisme est d'être libre, vis à vis de toutes les dépendances et toutes les substances même nocives. EN dialoguant avec les cellules de son corps, on peut leur demander d'évacuer la substance toxique. Cette substance ne peut avoir d'action sur nous. On se rend alors compte qu'on cède son pouvoir continuellement à des choses qui sont moins que rien, alors qu'on est le divin et qu'elles ne peuvent rien faire.

Alyna raconte qu'au moment où le processus prânique c'est installé, une partie de ses 4 dents dévitalisées se sont revitalisées, toutes ses caries ont disparues (le dentiste lui ayant dit qu'il fallait dévitaliser 12 autres dents, elle avait refusé les soins).

En dialoguant avec les cellules de son corps, on peut leur demander d'évacuer la substance toxique. Cette substance ne peut avoir d'action sur nous. On se rend alors compte qu'on cède son pouvoir continuellement à des choses qui sont moins que rien, alors qu'on est le divin et qu'elles ne peuvent rien faire.

Au tout début, ce qui nous indique l'état prânique, ce n'est pas forcément le sommeil, mais la régénération permanente, surtout après un effort physique. On ressent encore la fatigue, on se pose, on se dit qu'on n'a pas l'obligation de manger, et ça monte comme une pile. Ensuite on n'a plus besoin de se poser pour que ça ai lieu, c'est permanent. Il faut s'assurer du maintien d'un taux d'énergie très forte, d'une joie, d'un bien être, de la santé.

Vie > Conscience > Incarnation > Prânisme

C'est à nous de définir qu'est-ce qu'on accepte de voir se manifester en soi.

Le point de basculement c'est quand on n'a plus du tout besoin de manger, même plus une fois par mois.

Si on croit qu'un aliment est mauvais pour le coeur, il le sera. Si nous croyons que nous allons vieillir ou même mourir, nous le ferons. Est-ce que nous laissons une tasse de café flinguer notre coeur? ou si je suis au-dessus de ça?

Quand on est en paix avec ce qu'on est il n'y a plus de problèmes avec l'extérieur, ou quand il y en a ça ne nous affecte pas. SI on est prânique et qu'on l'assume, personne ne viendra nous faire des leçons de morale. Au début, quand ça nous affecte, utiliser l'humour pour faire comprendre qu'autre chose peut-être pas mal.

Le prânisme aide à vivre l'expérience d'unité (on arrête de se limiter à un corps) mais n'est pas une obligation pour ça.

Quand on est chaque chose (l'unicité), on a du mal à être dans le jugement car toute chose est un cadeau et sa raison d'être. Cet état est permanent, et permet de traverser les choses les plus merveilleuses et les plus terribles avec la même paix.

Quand on est l'unité, qu'on n'est plus séparé des autres (non dualité) tout vibre à la même fréquence, il n'y a plus de basses ou hautes vibrations. Il n'y a pas de bien ou de mal, tout me fait du bien ou tout est juste.

La gratitude permet de passer de la conscience que tout est cadeau à l'expérience que tout est cadeau. On est dans un état où rien ne peut nous atteindre, quoi qu'il se passe on reste soi, droit. Que ce soit les bruits forts désagréables, le froid ou le très chaud (le prânisme décuple le régulateur thermique du corps). On ne peut plus être blessé par quelque chose de l'extérieur puisqu'il n'y en a plus (et il n'y en a jamais eu).

On fait des aller-retours au début avec cet état d'être le tout. 20 min, 1 heure, une journée.

Au début ça peut terrifier. Aucun événement ni mauvaise nouvelle ne peut nous faire chavirer, on a l'impression de devenir insensible, d'abandonner l'état humain, ses proches. Quand l'unité est installée on ne fait plus de couches ou de cases dans la réalité, comme les dimensions.

Si on veut se nourrir de prâna il faut adorer se nourrir (et non seulement manger).

Pour accéder à cet état d'unité, il n'y a pas d'état de santé minimum à avoir. On est tous dans l'unité, il faut juste accepter d'en prendre conscience. Ces limites et voiles d'oublis ont été posés pour faire une expérience aussi forte aussi profonde dans la matière. Si on se rappelait d'emblée qu'on était illimité et éternel, ce ne serait pas du jeu. On fait des retrouvailles avec l'unité, ce n'est pas une découverte. On se rend compte que c'est l'état qui nous est le plus familier depuis toujours.

Quand on n'arrive pas à arrêter un aliment ou une addiction, il ne faut pas l'arrêter. Il faut aimer cette chose, pour que déjà elle ne nous fasse plus de mal, faite qu'il n'y ai plus de différence entre la méditation et la consommation de cette chose. Et un jour on n'en aura plus besoin, et on n'aura pas souffert.

Il y a des prâniques qui continuent à manger parce que dans leur vie ou celle de leurs proches il y a encore besoin de passer par cette expérience. Le jour où il n'y en a plus besoin ça disparaît.

La question du poids. Chaque fois qu'on fait une transformation alimentaire ou se débarrasse de substances dont on n'a plus besoin donc il y a toujours une perte de poids. Quand on ne perd plus de poids (voir qu'on en reprend) c'est un des signes indiquant qu'on est nourri. le poids n'est pas seulement du aux éléments physiques de notre corps. Il est important de se fixer un seuil à ne pas dépasser, pour ne pas avoir peur dans le miroir et se sentir bien. Des fois, quand on libère une mémoire, conditionnement, on perds 2 kg. On pourra éventuellement les reprendre après si on en a envie. Quand on perds trop de poids (conditionnement prânique tardant à s'installer, c'est qu'il y a encore une envie du corps de vivre quelque chose avec la nourriture. Le seul devoir c'est d'être bien, peut importe si c'est dans 3 ans qu'on arrêtera.

Quand on opère un changement, on n'a pas a se détoxiner de quoi que ce soit qui ne pourra plus nous atteindre. Idem pour les mémoires psychologiques ou héréditaires, ça nettoie tout seul avec l'unité. Si on croit qu'on a des mémoires, on les a. Si on n'y croit plus, elles n'existent pas. Idem si on croit qu'on a des polluants dans le corps, si on n'y croit pas ils s'évacueront tous seuls. Soit on escalade progressivement la pyramide des polluants, soit on va directement à l'unité qui remets tout à plat, et on se rend compte qu'on est tout, au même niveau, au même moment dans toutes les époques dans tous les corps dans tous les espaces ça règle le problème (TOUS les problèmes en fait !).

Pendant longtemps on a du inventer plein de conception pour imaginer qu'il y avait d'autres chose que d'autres corps, d'autres réalités, d'autres dimensions qu'on ne voyait pas dans notre dimension. Pendant longtemps la psychologie a fait un bien fou à l'humanité. On a ensuite découvert les mémoires génétiques, les mémoires vibratoires, les autres vies, les autres dimensions, etc. On en découvre toujours plus qui créent des liens, des blessures, des attaches. Cela nous a aidé à accéder à des niveaux de conscience au dessus. Mais on pourrait chercher sans cesse.

Quand on est prêt, on passe à autre chose. La psychologie continue aujourd'hui a sauver la vie à certaines personnes, ce n'est pas mieux ou moins bien, mais qu'à ce niveau de compréhension on n'en a plus besoin. Est-ce que je continue à me prendre pour quelqu'un qui a plein de problèmes ou est-ce que je décide que mon pouvoir co-créateur c'est maintenant, que l'unité c'est maintenant. Arrêter de renforcer le fait qu'on ne soit pas bien, on trouvera toujours un détail sur lequel on pourrait s'arrêter indéfiniment.

Après le prânisme ou l'unité, il y a forcément des jours ou ça va moins bien, sorte de rechute, mais il ne faut pas en laisser trop souvent ou longtemps. Ne pas paniquer au moindre truc de travers. Un estomac qui gargouille n'est pas forcément parce qu'il a faim, mais qu'il est vide et peut se relâcher. Si on a envie de s'allonger, c'est pas forcément l'énergie musculaire mais que 80% de l'énergie est prise ailleurs et que le physique n'est pas la priorité.

Les animaux peuvent être prânique, comme leur maître prânique. Quand il vit avec vous au quotidien il devient prânique avant vous. Ils sont beaucoup plus dans les possibilités du champ vibratoire, et dès que cette possibilité apparaît, ils y vont tout de suite. Un prânique qui va chez des amis, leurs animaux diminuent la consommation de moitié, voir ne mangent plus à des moments. Les animaux peuvent aussi le faire spontanément.

Alyna vibre tellement haut en vibration qu'elle dit qu'elle ne ressent plus de besoins sexuels, lui paraissant bien fade à côté des sensations ressenties au contact du prâna (asexuelle).

Elle garde l'absorption d'eau, même si elle a tenu 1 mois sans boire.

Alyna fait des soins énergétiques pour les autres, mais ces soins semblent toujours souvent provoquer des problèmes aux prâniques (voir Henri Montfort qui se mets à enfler au fil des années). Et même aux non prâniques d'ailleurs, un guérisseur doit faire attention à ne pas donner son énergie vitale, à ne pas prendre le mal sur lui, à bien se décharger, à ne pas faire traverser l'énergie à travers lui comme le fait croire le reiki, et souvent, même si tous les points influer sur les autres entraîne facilement des retours de bâtons par l'échange entre individus.

La suite de l'histoire d'Alyna

Ayant arrêté complètement de manger en mars 2014, Alyna reprend à manger en luminique (de temps à autre pour faire plaisir aux amis) en décembre 2016. Comme d'autres prâniques, lorsqu'ils reviennent à l'alimentation solide, Alyna parle de son corps qui se rebelle si elle remange trop souvent, et refuse catégoriquement cette nourriture.

La suite pour Alyna est malheureusement plus triste. Je n'ai pas eu d'informations directes, c'est un recoupage d'infos diverses. Je ne m'appesantirais pas sur ces sujets personnels, juste le minimum pour satisfaire à la rigueur scientifique.

Fin décembre 2017, Alyna perds son compagnon (suicide) après 9 ans de vie commune. Elle se retrouve en même temps sans logement, perdant la plus grande partie de ses affaires.

N'arrivant pas à surmonter le choc émotionnel, Alyna reprend à manger, avec gros problèmes de santé immédiats (fatigue chronique principalement), son corps refusant cette nourriture. Ses symptômes ont été associés, par son médecin, à la maladie de Lyme (maladie fourre-tout), et Alyna, au bout de 2 ans, se retrouve ruinée par les traitements contre le maladie de Lyme, coûteux et qui ne marchent pas. Problème, c'est qu'Alyna, dans son épuisement extrême, refuse tout contact extérieur et, semble-t-il, tout recul sur ce qu'il lui arrive. Elle n'a plus l'énergie de se lever / vivre (ou même de juste répondre au téléphone), et début 2020, elle semble déçue d'arriver à se réveiller tous les matins, sont corps refusant de mourir (tout indique qu'Alyna ne veut plus vivre, ne demande plus à se régénérer).

Gabriel Lesquoy

Infirmier de profession, il tombe sur le documentaire "lumière" fin 2011. Rejetant d'abord l'idée, l'idée fait tout de même son chemin. Début 2012, alors qu'il va acheter une fougasse en

Vie > Conscience > Incarnation > Prânisme

boulangerie, une tête de mort se superpose au produit. Il arrête net la viande. Il se mets à manger moins, passe de 3 à 2 puis 1 repas par jour. Il enlève progressivement tout, sauf les fruits et légumes. Été 2012, il s'initie à la nourriture prânique, et en 2016, il ne mange plus que du chocolat et des champignons crus une fois tous les 36 du mois...

Alice Bruyant

Née vers 1965, nomade depuis 2015, juste avant de vivre sa première expérience d'alimentation prânique en décembre 2015 (après plusieurs années de préparation à ça, bien que le fait que toute sa famille travaille dans la restauration depuis des générations, et qu'elle adore bien manger, ne l'ai pas beaucoup aider à arrêter la nourriture solide).

Elle se reconnecte à son âme peu après, pour canaliser de très beaux messages, mais aussi sur les événements à venir qu'il faut préparer.

A l'été 2018, après des phases d'alternance entre nourriture prânique et remanger pendant 2 ans. elle s'installe dans l'état prânique complètement (en janvier 2020, elle n'avait pas repris la nourriture). Elle appelle le prâna global (Dieu) le champ quantique unifié.

Elle ne remange plus rien de solide, mais ça peut lui arriver, peut-être une fois par semaine, de reboire un jus d'orange ou autre. Mais juste par plaisir, ce n'est pas ça qui va apporter beaucoup de calories.

Entre 2018 et 2019, elle vit sur les routes, dans son camping-car, sillonnant la France pour donner des conférences. Elle fait des activations prâniques à distance, s'occupant d'un groupe en passant 2 h tous les soirs pour les entretiens individuels.

Depuis le printemps 2019, Alice ressent le besoin de parler du prânisme sur les groupes de collapsologie, mais chou blanc. Elle n'avait pas pensé au groupe Nibiru-Pré-Vision, sur lequel elle était depuis 2015.

Elle pense qu'il serait bien que dans chaque groupes de l'aftertime, il y ait au moins une personne prânique, ou du moins qui ai ressenti dans ses cellules cet état, pour ensuite le rayonner aux autres membres du groupe, activant aussi chez eux en partie cette transformation. Même si tout le monde n'a pas vocation à vivre cet état, ou même à se stabiliser dans cet état, temporairement le prânisme peut faire la différence dans les coups durs.

Fin 2019, elle se pose dans un terrain éloigné de tout dans la Drôme, pour faire de la permaculture, et préparer les événements à venir. Car contrairement au reste du mouvement New Age, elle ne se voile pas la face.

Comme elle ne se voyait pas prânique à vie, elle ne s'interdit pas un jour de reprendre de temps à autre à manger.

Principes

A mettre dans les principes

Comment se lancer dans une démarche prânique.

En conscience, on vient demander/commander au prâna de venir alimenter nos cellules, de rééquilibrer nos champs énergétiques. Et en conscience, on demande / commande à chacune de nos cellules de changer de carburant, donc de se nourrir de prâna.

Tout se fait en conscience. Une connexion active au prâna, de méditation pour se maintenir dans des états vibratoires élevés (jusqu'à ce qu'on soit en permanence dans cet état, qu'on absorbe le prana par toutes ses cellules, et que la conscience n'ai plus besoin de se poser sur le phénomène pour qu'il se produise, que notre corps devienne autonome là dessus).

La connexion avec Dieu peut être visualisée par la respiration, le prâna qui rentre dans notre corps. Mais aussi par la méditation de l'ancrage à la Terre et au Cosmos, etc.

Les gens qui meurent de faim sont enfermés dans cette croyance que s'ils n'ont pas à manger, ils vont mourir. Comme ils créent leur réalité, ils font ce qu'ils croient, comme quelqu'un qui meurt par effet nocebo.

Reprendre la vidéo à 11 min 45

Coopération d'incarnations : la réincarnation

Tout le monde ne se souviendra pas de ses vies antérieures

Pourquoi l'autre il a le droit de se rappeler de ses vies antérieures et pas moi !

Il faut en avoir

Déjà, vu l'explosion démographique depuis 1950, la plupart des âmes sur Terre vivent leur première incarnation, et beaucoup, par manque de passion ou de curiosité ou de questionnement/recul/réflexion sur leur vie, ne s'allumeront pas. S'ils n'ont même pas une vie spirituelle aujourd'hui, comment se souviendraient-ils de vies antérieures ?

Le corps ne peut vivre comme l'âme

Ensuite, on sait que l'âme s'incarne pour apprendre des leçons, expérimenter des choses, qu'elle ne peut pas faire en étant désincarnée (plus elle aura d'expérience, plus elle pourra passer du temps hors incarnation). Chaque chose en son temps donc, et toute sortie astrale et remémoration de vie antérieure est considérée comme du temps perdu pour faire ce qu'on a à faire sur cette Terre. L'âme se rappelle très bien de ses vies antérieures, même si l'humain dans lequel elle s'est incarnée ne s'en rappelle pas. C'est donc une demande de l'humain qui ne sera pas honorée, malgré des années de méditation ou de suppliques incessantes.

L'âme ne rejouera pas les vies passées intéressantes (en restituant images, sons et émotions), car elle considère ces demandes comme de la curiosité oisive de la part de l'humain, qui n'est pas traité comme un égal [de l'âme] pendant l'incarnation. Les humains cherchant à reconstruire leurs vies passées, contre leur âme, mènent un combat difficile et perdu d'avance.

Ne reviennent que s'il y a besoin

Pourquoi alors certains se rappellent de leurs vies antérieures ? Tous simplement parce que l'âme s'est incarnée pour résoudre des problèmes non résolus qu'elle traîne de vie en vie, et que cette période d'apocalypse est le bon moment pour se débarrasser des boulets karmiques. Voilà pourquoi l'humain reçoit de l'âme des images de ses vies antérieures, afin qu'il résolve dans la matière ce qui n'a pas été résolu avant, et qui empêche l'âme de progresser.

Rappelez-vous : une hypnose régressive de 10 minutes est plus efficace que 20 ans de psychanalyse dans certains cas, quand c'est dans les vies antérieures.

Les vies passées sont le plus souvent rappelées par le message subtil que l'âme donne à l'incarnation actuelle, le corps. Si l'âme est fortement impliquée dans la résolution/acceptation et la réparation des erreurs du passé, elle peut être ferme pendant ces messages envoyés au conscient (messages concernant une ou des vies passées répétant ces erreurs), de sorte que l'humain n'a pas de répit tant qu'il n'est pas en phase avec le programme d'incarnation.

C'est au cours de cette incarnation "rédemption" que les humains déclarent avoir découvert des vies antérieures.

Les doués

Au delà de ça, certaines incarnations semblent douées de facilité pour convaincre l'humain qu'il n'est pas qu'un animal dont la pensée retourne au néant quand le coeur s'arrête. Ou encore, dont la mission de vie est justement de développer les pouvoirs de l'âme sur le corps humain.

Ne se rappelle que des vies exceptionnelles

Seulement les bons côtés

[Zetatalk] Toutes les vies antérieures sont généralement romantiques ou impressionnantes - vécues à une époque intéressante, connue par l'écriture (une période très courte par rapport à l'humanité totale), dans un cadre élégant, en pleine santé, intelligentes et séduisantes.

Comment c'est possible, sachant que la plupart des vies passées sur Terre sont des problèmes de santé amplifiés par rapport à aujourd'hui, des membres manquants ou mutilés, que 95% de l'humanité est d'une intelligence moyenne à médiocre ?

Les difficultés à se remémorer consciemment

Les humains qui fouillent dans leurs vies antérieures sont confrontés à de nombreux obstacles. La forme humaine n'a aucun souvenir des vies passées, et l'esprit a du mal à parler son mental de sujets dont le mental n'a pas la notion. L'élaboration de concepts, chez le petit enfant ou l'adulte, se fait pas à pas. Les concepts complexes sont construits à partir de nombreux petits concepts, et là où les petits concepts n'existent pas, la voie [pour continuer à construire] est bloquée.

Une culture connue

Les vies passées sont un retour en arrière dans une histoire enregistrée nulle part sur Terre - les conditions de vie, les cultures et les traditions, et l'apparence physique sont toutes au-delà de l'imagination des humains vivant aujourd'hui. On ne se souviendrait pas d'une vie passée en tant qu'homme des cavernes, où le régime alimentaire était composé d'insectes et de vers et même, dans des cas désespérés, d'excréments d'herbivores.

C'est pourquoi les vies passées dont on se souvient ont tendance à s'inscrire dans l'histoire écrite.

Mémoire sélective

Ajoutez à cette mémoire sélective la tendance humaine à nier les désagréments. Une vie passée où l'humain était laid et se comportait de manière atroce ne serait probablement pas mise en avant, et les vies passées qui ont passé les critères d'acceptation minimums, sont alors élaguées et modifiées par les humains qui s'en souviennent, tout comme ils ont une mémoire sélective de leur incarnation actuelle.

Expansion : coopération de communautés

Remplir le vide

La vie, pour explorer et tirer parti de son environnement, doit se développer pour remplir tout l'espace, afin de profiter de la moindre opportunité, diversifier ses expériences de vie.

Le plus connu de ces changements de milieu est le passage de l'océan à la terre ferme.

Exploration de son environnement

Après l'apparition de la première cellule (forcément dans de l'eau liquide), les millénaires continuent de défiler, la vie dans les océans se développe, subit des surpopulations et des extinctions massives.

L'individu qui naît dans un endroit est très vite soumis à une concurrence de son espace vital par ses autres congénères ou par la surpopulation de prédateurs. Il doit donc se battre, et souvent s'éloigner vers d'autres lieux plus tranquilles ou moins densément peuplés. C'est la pression démographique, qui s'équilibre si elle est contrebalancée par une autre pression (autre communauté identique proche).

Il y a aussi l'appel de l'inconnu, voir si c'est pas mieux ailleurs, s'il n'y a pas des gens plus intéressants, des choses plus jolies à voir, des aventures intéressantes à vivre, des sensations nouvelles à explorer, plutôt que la routine en restant au même endroit.

Modification de l'environnement

Les conditions de vie peuvent changer, surtout sur une nouvelle planète où les choses sont encore instables.

Seuls les individus les mieux adaptés survivent dans ces nouveaux milieux, que ce soient les mers très chaudes de l'équateur ou très froides des pôles, ou encore des rivières puis des ruisseaux. De même que l'acidité de l'eau, les micro nutriments, etc. ne sont pas les mêmes partout dans les océans salés ou les lacs d'eau douce (issue de la pluie, eau déminéralisée, donc sans minéraux exceptés ceux des roches rencontrées). La sélection naturelle favorise donc les individus capables de s'adapter à différents milieux.

Comme nous le verrons plus tard spécifiquement pour la vie sur Terre (p.), la Terre est particulièrement concernée par ces modifications incessantes de l'environnement, entraînant une vie très adaptative.

Les êtres vivants (animaux et végétaux) sont soumis à de perpétuels bouleversements de leur milieu, et doivent s'acclimater, soit migrer vers des contrées plus hospitalières. Il y a eu plusieurs extinctions massives au cours de l'histoire connue de la Terre (on observe dans les couches géologiques des absences de fossiles au-dessus des hécatombes avec enchevêtrement de beaucoup de fossiles) avant que les survivants de ces extinctions ne recolonisent le milieu, soit par apparition de conditions plus favorables, soit par l'adaptation de ces espèces à ce nouvel environnement.

Changement de milieu

Saturation d'un milieu

L'océan est bientôt trop petit, trop dangereux, tout les océans du globe ont été colonisés.

Exemple : passer de l'océan à la terre ferme

Il faut envisager de coloniser la terre ferme. Mais la cellule de base pour ça ne peut pas changer du tout au tout, elle doit toujours vivre dans l'eau salée. C'est dans l'eau que se font les réactions chimiques, que flottent les nutriments, etc. L'organisme (au sens organisation de cellules) ou la cellule (les êtres unicellulaires) s'adaptent de nouveau pour que leur membrane extérieure, la peau, leur permettent d'emporter, à l'air libre, l'eau salée où doivent vivre les cellules dont ils sont constitués.

Les microbes colonisent d'abord la terre ferme, en étant apportés par les vagues, le vent, et l'extension progressive au fil des millions d'années d'organismes pouvant se déplacer même un peutit peu. Les plantes suivent (avec les algues de rivage qui avaient du s'adapter aux marées et à vivre la moitié du temps hors de l'eau), suivi des insectes. Les reptiles s'aventurent sur la terre ferme, avec leur peau protégée par des écailles.

Emport du milieu d'origine avec soi

Tous les organismes vivants actuels (humains compris) sont encore composés d'un grand pourcentage d'eau salée, dont a besoin toutes les cellules qui nous composent, cellules individuelles qui organisées forment un organisme vivant.

L'eau interne s'évapore, il faut donc que l'organisme reste proche de source d'eau pour remettre à niveau sa quantité d'eau interne.

Pour s'affranchir totalement du milieu marin, il nous fallait une invention pour que les petits se développent comme dans le milieu aquatique d'origine, ce fut l'oeuf (pour les reptiles et les insectes, à l'instar de ce que faisaient déjà les poissons).

Tous les animaux terrestres (hommes compris, excepté les insectes) dérivent des reptiles qui ont colonisés la terre.

Evolution spécifique au nouveau milieu

Il y a ensuite diverses évolutions, comme les animaux homéotermes (à sang chaud), moins dépendants des aléas climatiques, le fait de protéger ses petits en les allaitants (les mammifères). Les bouleversements climatiques subis au fil du temps par la terre (météorites, éruptions volcaniques, climat tropical puis glacière) s'ajoutent à l'évolution de toutes ces petites bêtes, qui s'adaptent en permanence aux nouvelles conditions climatiques (même les dinosaures s'adaptent en réduisant drastiquement leur taille (Lamarck), ou vu sous un angle différent seuls les petits dinosaures survivent!(Darwin)). Certains mammifères retournent se réfugier dans l'eau, comme les baleines ou les dauphins. Les primates restés sur terre adoptent un cerveau plus complexe, gérant la peur, la fuite devant un danger, etc. qui se rajoute au cerveau reptilien d'origine, le paléocortex.

Stagnation

Quand il n'y a plus assez d'individus d'une espèce, les chances de mutations (y compris celles qui sont bénéfiques et font évoluer les espèces) deviennent très faibles, à cause d'un pool génétique réduit et que, si l'espèce perdure, elle n'évolue plus comme dans le cas du coelacanthe où les individus actuels sont semblables à leurs lointains ancêtres. Les dinosaures par exemple, gros donc peu nombreux, sont identiques sur des millions d'années.

Extinction

Souvent la suite d'une stagnation, Si les animaux sont trop proches génétiquement, c'est un terrain idéal pour les virus passant d'une espèce à l'autre, et maintenant des populations basses.

De plus, la faible variabilité des compétences et le petit nombre d'individus rend la communauté très sensibles aux catastrophes, provoquant l'extinction de l'espèce.

Expansion des communautés

Les communautés se développent, techniquement et spirituellement.

Evolution des êtres vivants - communautés

Le big bang a lieu il y a près de 15 milliards d'années, les premiers systèmes solaires de notre galaxie se forment il y a au moins 14,5 milliards d'années (pour des galaxies proches de nous).

Au fil des millions d'années qui s'écoulent, les êtres vivants se complexifient, certaines espèces deviennent intelligentes et forment des civilisations. Ces organismes ont tous la faculté d'avoir des membres préhensiles pour manipuler des outils et dépasser leurs limites physiques.

Les civilisations s'écroulent lors des catastrophes cosmiques (astéroïdes, variation climatique, famine, guerres de pouvoir, différence de point de vue, attaque de parasite) mais ça repart à chaque fois, jusqu'à ce qu'une civilisation devienne assez sage pour adopter le mode coopératif et travailler tous ensemble pour le bien-être de la communauté et leur développement spirituel.

Ils cherchent alors à rencontrer d'autres civilisations pour s'enrichir mutuellement, pour mettre en commun leurs connaissances et forces, ou juste pour étudier des espèces d'autres planètes par intérêt scientifique ou spirituel (essayer de comprendre le grand dessein de Dieu). Sans compter le réflexe naturel de l'aide aux autres qui animent les empathiques.

Vie > Expansion : coopération de communautés

Sortie de la planète mère - découverte de l'espace

Les organismes évolués spirituellement et scientifiquement découvrent les lois physiques de l'univers. Ils découvrent le voyage spatial vers les planètes proches, facilité ensuite par le voyage interdimensionnel (passer dans la dimension supérieure augmente la vitesse possible dans l'espace). Malgré tout, les voyages se limitent aux systèmes stellaires proches.

Ces voyages interstellaires leur permettent le déplacement d'espèces menacées sur des planètes plus appropriées, ou encore la surveillance des divers mondes habités pour suivre leur évolution, comme nos scientifiques qui peuvent passer plusieurs années à se geler les miches pour observer une colonie de pingouin.

Une grande communauté d'espèces intelligentes altruiste émerge, la grande confrérie pour notre secteur de la galaxie.

Sociétés hiérarchiques

Certaines espèces ne suivent pas le mode coopératif, et fonctionnent en mode hiérarchique. A savoir qu'une minorité détient le pouvoir et oriente la société dans les intérêts personnels de la classe dirigeante (mode de nos sociétés humaines actuelles). Le développement est beaucoup plus long, mais il arrive de temps à autre qu'un roi rassemble suffisamment les suffrages, manipule mentalement suffisamment ses sujets pour donner une impulsion patriotique et développer le développement spatial, en général pour asservir les autres planètes, faire de leurs habitants des esclaves et piller leurs ressources.

Ces civilisations égoïstes ont perdu le dialogue avec leur âme (car la télépathie enlève la possibilité de mentir à son prochain, de cacher des complots, etc.), et raisonnent au niveau individu au lieu de communauté. Persuadés que tout s'arrête après la mort physique, ils ne pensent pas à améliorer le monde dans le but d'en profiter lors de leur prochaine incarnation.

Ces civilisations égoïstes sont minoritaires dans l'univers, et bien inférieures en pouvoir aux premières civilisation altruistes (appelées les civilisations primordiales, qui sont plusieurs dimensions au-dessus de nous et agissent de concert avec les EA concernant le destin du monde). Tout comme nous laissons le lion tuer la gazelle, ils les laissent faire au nom de la non-intervention, mais toujours dans certaines limites.

Ascension

Comme nous le verrons au prochain paragraphe, les espèces suffisamment conscientes finissent par faire ascensionner tout leur environnement dans la dimension supérieure.

Mort des étoiles

L'étoile ayant vu naître la civilisations finit par disparaître, et les organismes vivants sont emmenés par la grande confrérie sur d'autres planètes d'autres systèmes stellaires. Les civilisations avancées sur des dimensions bien plus élevées ne sont même plus impactées par cette disparition.

C'est ainsi que de nombreuses étoiles avaient déjà disparu lorsque notre système solaire complet se forma, relativement récemment dans l'histoire de notre univers (plus de 8 milliards d'années après le big bang). Mais les civilisations ET étaient déjà nombreuses à assister à la naissance de notre soleil.

Développement de la vie - concurrence et coopération

Dans la nature, 2 gros schémas de survie et de développement existent, nous les rencontrerons tout le long de cette page. Il s'agit de la stratégie de développement. Soit le modèle de la communauté/coopération (modèle du service envers autrui), soit le modèle pyramidal de domination hiérarchique (la loi du plus fort, service envers soi).

C'est le modèle hiérarchique qui prédomine sur terre actuellement, et qui l'amène à sa perte. Le capitalisme établit que si les forts augmentent leurs richesses, ceux d'en dessous bénéficient aussi des miettes de cette croissance. Et que le marché s'équilibre naturellement pour s'auto-ajuster. Ca fait 50 ans qu'on voit que ce modèle n'est pas vrai.

Si le modèle coopératif s'équilibre par une auto-gestion et évite les crises, le modèle hiérarchique n'est qu'un rapport de force constant ponctué de nombreuses crises de rééquilibrage, empêchant l'émergence d'une intelligence supérieure (la majorité meurt régulièrement faute de s'être auto-limité en accord avec l'environnement). Comme exemple, les lemmings qui croissent de manière incontrôlée dans la prairie, entraînant au fil des années une hausse progressive des prédateurs, qui finissent par manger la plupart des lemmings. La majorité des prédateurs meure, jusqu'à ce que la population lemmings se reconstitue au bout de 3-4 ans et que recommence le cycle.

Dans l'univers, c'est le modèle coopératiste qui est le plus nombreux et le plus puissant, car le modèle hiérarchique freine l'éclosion spirituelle (voir au contraire tend à le cacher).

Histoire des civilisations ET

Histoire de l'univers avant la Terre

Notre Terre ne s'est créé qu'il y a 4,7 milliards d'année, alors que l'univers existait déjà depuis 10 milliards d'années. Le système solaire est donc très jeune comparé à d'autres étoiles de l'univers. Pendant ces 10 milliards d'années, sur d'autres planètes d'autres systèmes stellaires et d'autres galaxies, des êtres intelligents ont évolués puis se sont éteints. Certaines civilisations ont atteint un niveau de coopération tels qu'ils sont arrivés à obtenir un niveau technologique et une entente leur permettant de quitter leur planète d'origine pour explorer d'autres mondes. Ils ont finis par rencontrer d'autres civilisations. Le but de ces êtres compatissants pour la vie est de rencontrer d'autres formes d'intelligence pour sortir grandies de ces rencontres.

Ils respectent les règles de libre arbitre pour laisser les espèces se développer et leur donner une chance d'atteindre un niveau supérieur de conscience.

Au bout de quelques temps, des extraterrestre venus d'une planète lointaine on mis sur la terre des espèces pour regarder leurs évolutions. Quand des impasses se produisaient, les espèces étaient détruites massivement et le cycle repartait.

Mais ils ont toujours joués le rôle de guides spirituels à l'échelle des civilisations, à savoir qu'ils donnent de petits coups de pouces, mais ne peuvent arriver avec leur gros sabots, tuer les rois et imposer la coopération entre les hommes, ou encore libérer d'un coup les camps de concentration. Comme à l'échelle individuelle nous sommes laissés libres de nos actes.

Communication

Les individus communiquent entre eux par divers moyens : sons, signes (bien que ce n'est pas pratique dans le noir ou si la personne ne nous regarde pas) ou chimiques.

Les espèces qui communiquent par télépathie finissent par voir leurs organes de communication s'atrophier (ils nécessiteraient tout un réseau neuronal et une musculature spécifique pour cette fonction).

La télépathie est le langage universel, compris par toutes les créatures capable de le faire. C'est pourquoi les ET hiérachistes comme les reptiliens commencent par enlever cette capacité à leurs esclaves pour que ces derniers ne puissent lire dans le cerveau de leur maître. Et comme ces maîtres sont perpétuellement en lutte entre eux pour le pouvoir, peu ont gardé cette capacité car elle fonctionne dans les 2 sens (on peu tout savoir des autres mais ils savent tout de nous). Difficile quand on veut comploter contre les autres.

C'est ce qui est arrivé aux humains, les reptiliens ont bloqué génétiquement ces capacités dans l'inconscient par génie génétique. Ce défaut devrait être corrigé par les zetas dans notre prochain mode d'évolution (en plus de n'avoir plus qu'un cerveau au lieu de 3, nous aurions l'antenne réceptrice de télépathie).

Il n'est pas possible de mentir par télépathie, c'est les âmes qui communiquent entre elles.

Les ET hiérachistes peuvent communiquer artificiellement (avec de la technologie) des mots (une voix avec des mots humains et une construction séquentielle dans le temps) dans la tête ressemblant à de la télépathie. Mais ce sont des mots, alors que la télépathie se passe de mots (communication instantanée et ne passant pas par un langage, l'information est d'un coup présente dans la tête sans que des phrases aient été prononcées, et quand les gens veulent raconter leur expérience, ils ne trouvent pas les mots et ont du mal à l'expliquer, disant que le langage humain n'est pas assez riche).

Le ET télépathe ne se donnent pas de nom (pas besoin). Par contre les ET égoïstes se donnent des noms, comme le chef reptilien s'est nommé grand Krill lors de sa rencontre avec les humains.

Exemple de télépathie Zéta

Les Zétas sont conscients de l'orientation spirituelle de celui qui pose la question, par de nombreux moyens. Ils peuvent interroger l'âme ou écouter les pensées, deux méthodes qui donnent des indices indéniables sur l'orientation.

Comment trouver l'humain qui interroge ? La télépathie fonctionne en trouvant la source qui pense au sujet. Dans le cas d'une question posée sur Zetatalk, l'humain pense au site Zetatalk, aux questions postées récemment, et à sa question en particulier. L'humain est concentré sur sa question, par fierté, par empressement, ou simplement pour pouvoir répondre rapidement si nécessaire. C'est donc facile à le retrouver.

Les dimensions de l'univers

L'univers est constitué de plusieurs "dimensions", ou encore vibrations (chaque dimension pouvant être vu comme une vibration, par exemple le jaune, la dimension parallèle sera le rouge, qui ne peut être vue dans la dimension jaune car pas la même vibration). Voir la page sur le Qi pour plus d'explications.

Les ET les plus évolués sont parvenus à passer dans la dimension supérieure, où par exemple la vitesse de la lumière est 10 fois la notre. Ils peuvent abaisser leurs vibrations pour reparaître dans notre univers.

Les ET hiérarchistes

Ils n'ont pas d'empathie pour autrui. Ils ont une âme, mais encore infantile, non évoluée. Un bébé ne pense qu'à lui, braille quand il a faim, pique une colère quand il n'a pas ce qu'il veut, veut tout et tout de suite, ne réfléchi pas aux conséquences. Ne veut pas partager ses affaires, même s'il ne s'en sert pas. Il ne viendra pas en aide aux autres, il est indifférent à la souffrance des autres (comme lorsqu'il maltraite un animal).

Leur âme peut arriver à se remettre en question et à faire un retour en arrière pour apprendre le développement de partage et de relation aux autres qui lui fait défaut.

Jardiniers : Coopération de planètes

Ensemencement

Il existe des civilisations non humaines hautement sophistiquées dans l'Univers, et dans notre Galaxie en particulier, mais leur apparition n'est pas toujours le fait du hasard. Si les premières à se développer ne devaient leur existence qu'à des conditions environnementales particulières, une évolution lente et beaucoup de chance (l'évolution décrite jusqu'ici), ces civilisations dites primordiales (car non modifiées génétiquement par d'autres espèces ET) restèrent longtemps anecdotiques. Certes, la vie en général est courante, mais de là à ce qu'elle puisse aboutir à une espèce ayant une conscience et pouvant développer des technologies de transport interplanétaire, il y a quand même un grand fossé.

Les premières grandes civilisations galactiques furent donc rares et éparpillées. Pendant des millions d'années, certaines furent complètement isolées, pensant être uniques en leur genre, et cherchant partout, sur toute planète visitable et potentiellement habitée une autre espèce avec qui partager leur existence, leur culture, leurs interrogations sur le sens de la Vie, du Monde.

Certaines parvinrent à se rencontrer, mais ce ne fut pas suffisant : l'Intelligence a besoin de découvrir, et une autre civilisation est le plus formidable terrain d'apprentissage et de découverte.

Partant de ce principe, ces civilisations primordiales décidèrent donc, de façon unilatérales ou de concert, de favoriser l'émergence d'autres formes de vie conscientes partout où cela était possible : plutôt que d'attendre que le hasard et le temps fassent leur interminable travail, elles décidèrent d'intervenir pour accélérer le développement de formes biologiques ayant un potentiel génétique pouvant déboucher sur une nouvelle civilisation galactique. Ainsi les premières civilisations cultivatrices se mirent à parcourir l'Univers pour sélectionner, hybrider, modifier et encadrer des mondes entiers dans ce seul but d'agrandir leur cercle.

La suite sera vu dans l'ensemencement de la Terre (Vie>syst sol>Terre p.).

Transplants

Au moment où les conditions de la planète changent drastiquement, et vont faire disparaître une espèce, cette dernière est transplantée sur une planète adaptée à cette espèce.

Cette notion de transplant est importante car elle montre le soin tout particulier que les espèces cultivatrices entretiennent avec les autres formes de vies conscientes. Cette méthode de transplant, afin d'éviter des extinctions face à des changements brutaux est très prisée, et de très nombreuses espèces sont en réalité des transplants et ne sont pas originaires des mondes dans lesquels elles évoluent actuellement. Ce n'est pas le cas de l'homme, mais de nombreux environnements ont accueilli des réfugiés biologiques, ce qui a permis de sauvegarder et de multiplier la communauté des peuples galactiques. On peut donc distinguer trois types de civilisations, ou d'espèces intelligentes :
- les espèces autochtones naturelles, celles qui sont apparues sans aucune intervention

extérieure, qu'on appelle civilisations primordiales, et qui sont souvent cultivatrices
- les espèces autochtones artificielles, comme l'être humain, dont l'évolution a été encadrée et accélérée par les civilisations cultivatrices
- les espèces non endémiques artificielles, ou transplants, qui ont été déplacées soit pour les sauvegarder, soit pour inséminer des mondes primitifs.

Ascension : coopération de dimensions

Survol

Le but de la vie est d'expandre la matière non plus de manière horizontale dans la dimension 1, comme le big bang l'a fait, mais de manière horizontale, dans les dimensions supérieures, jusqu'à présent vides de matière.

Avertissement (p.)

Les infos données sur l'ascension sont très parcellaires et incomplètes.

Ascension de matière (p.)

Dans la partie cosmologie, nous avons vu que la matière du big bang, sous l'effet de la vie, allait coloniser progressivement les dimensions supérieures, sous l'effet de l'expansion de conscience.

La première ascension de la Terre (p.)

Harmo ne donne pas beaucoup d'infos dessus (cette ascension risque de se faire bien après l'apocalypse, donc ne concerne qu'une minorité d'entre nous), mais il semblerait que dors et déjà, une partie du système solaire ai ascensionné.

Avertissement : infos très incomplètes

L'ascension de la Terre est un sujet qui diverge sur beaucoup de détails entre Harmo et Nancy Lieder. D'après ce que j'en ai compris, les Alt donnent très peu de détails sur l'ascension, qui ne nous concerne pas pour le moment (il faut d'abord survivre à Nibiru). J'ai fait ce que j'ai pu pour la synthèse, mais plusieurs points sont ambigus ou contradictoires, à prendre comme une explication sommaire sur ce qu'il se passe réellement. Vu le nombre d'espèces très évoluées qui observent la Terre pour cette préparation d'ascension, c'est qu'il s'agit d'un phénomène complexe et très mal compris de la plupart des civilisations, d'où leur intérêt à étudier en détail le phénomène à chaque fois que ça se produit.

Bascule de densité

[Zétas] L'ascension est décrit par les Zétas comme un changement de densité, car le taux vibratoire des atomes augmente en vitesse, allégeant/éclaircissant/détendant/éclairant/illuminant/soulageant [AM : le mot d'origine "lightening" veut dire toutes ces définitions, et toutes peuvent convenir, je le comprends comme diminuant la densité (au sens nombre d'atomes dans un espace donné)] la densité de la matière physique. Les humains ne remarqueront probablement pas la différence en faisant l'expérience de ce changement de fréquence vibratoire, sauf qu'ils pourront trouver plus facile d'être spirituels, d'avoir des conversations d'âme à âme et de ressentir l'apport prédominant de l'âme comme plus prononcé que les sensations du corps physique.

Principe

Quand une espèce comporte suffisamment d'individus de même orientation spirituelle (altruiste ou hiérarchiques, bien que cette orientation spirituelle soit limitée, seules les plus basses dimensions étant accessible) ils peuvent provoquer l'évolution de toute la planète et des individus de même orientation spirituelle dans la dimension supérieure.

Selon Harmo, les individus indéterminés restés en arrière, privés d'énergie vitale, finissent leur vie dans la dimension de la planète qui se meurt, et vont se réincarner sur d'autres planètes écoles. Selon les Zétas, ils basculent de densité avec les autres, puis iront, à leur mort, se réincarner dans la planète école.

Comme chaque humain est autorisé à vivre jusqu'à la fin de sa vie, et comme il y a un mélange d'indécis et de Service-à-soi sur Terre, cette ascension ne se produit pas avant que la majorité des survivants soient morts.

1e ascension humaine

La Terre sera vivable et stable pour des milliards d'années encore, une fois passée dans la densité supérieure. La Terre sera notre foyer principal pour bien bien longtemps encore, et jusqu'à ce que nous ayons atteint notre maximum spirituel, l'illumination.

A ce moment là, nous serons pure "énergie", nous serons hors du temps et de l'espace et nous serons partout et nulle part, n'ayant plus besoin de planète (même ascensionnée) ou de réincarnation !

Système solaire complet

Survol

Apparition et développement sur Tiamat (p.)

Sur Tiamat, se développe naturellement la vie au cours des milliards d'années qui suivent sa création (pas d'intervention extérieure ET, comme ils le pratiquent souvent).

Ensemencement (p.)

Les briques de cette vie se retrouveront, après la dislocation de Tiamat, dans les astéroïdes de la ceinture principale d'astéroïdes, et ensemenceront les planètes propices à la vie sur lesquelles ils s'écraseront (Nibiru, Mars et Phobos). Et bien sûr sur Terre (issue de Tiamat).

Terre (p.)

La vie issue de Tiamat repart rapidement après sa dislocation en Terre et Lune (que ce soit par les briques d'ADN encore présentes à sa surface, le bombardement météoritiques, puis l'introduction d'espèces aliens par les ET).

La Terre réunit des conditions propices à la vie et au foisonnement de celle-ci, y compris les régulières destructions provoquées par Nibiru qui génère une diversité sans pareil.

Lune (p.)

La Lune, inhospitalière, contient peut-être une forme de vie primitive dans son sous-sol. Ce qui est sûr, c'est que les Anunnakis s'en sont servis comme base de lancement, et ont laissé de nombreux déchets spatiaux derrière eux. Les ET hiérarchistes s'en servaient aussi comme base arrière, mais depuis les années 1970, personne n'a le droit d'y demeurer à demeure (les hiérarchistes peuvent s'y poser à l'occasion).

Niribu (p.)

Recouverte d'océans et de quelques terres émergées, la chaleur de son noyau permet la vie à sa surface, mais peu nombreuse comparée à la terre. Elle dispose d'une atmosphère respirable. Elle est peuplée par d'anciens homo habilis qui ont évolués en anunnakis.

Ceinture principale d'astéroïdes (p.)

La ceinture principale d'astéroïdes se trouve entre Mars et Jupiter, et provient en partie de la dislocation de Tiamat. Il y a donc de l'eau et des briques d'ADN sur beaucoup de ces astéroïdes.

Cette ceinture est la source de toutes les comètes du système solaire. Ces comètes sont des astéroïdes déviés lors des passages de Nibiru.

C'est la ceinture principale qui a permis d'ensemencer avec la vie de Tiamat les planètes ou lunes du système solaire.

Mars (p.)

Cette planète éteinte n'est pas actuellement une bonne base pour une vie luxuriante. Anciennement plus propice à la vie, la pollution des anunnakis pendant des milliers d'années pour l'extraction de l'or à faire disparaître dans le sous sol martien une grande partie de l'eau de surface, entraînant la perte d'une grosse partie de l'atmosphère et donc un refroidissement général. Malgré tout, une faune minimaliste continue de subsister, importée des endroits les plus hauts et extrêmes de la Terre. Des algues et lichen à la surface des rochers, ainsi que des insectes et vers dans le sol, forment la base d'une mini pyramide alimentaire, des souris se nourrissent de cette base alimentaire, et sont régulées par des faucons. La Nasa truque évidement ses vidéos, même si quelques erreurs sont passées au travers de la censure.

Actuellement, des ET replantent pour faire repartir doucement la vie sur des milliers d'années, et les oligarques ont des vues pour se réfugier sur Mars, plus facilement habitable que ce qu'on nous a fait croire.

Phobos, satellite de Mars (p.)

Issu de la dislocation de Tiamat en même temps que le Terre, il s'accroche à Mars tardivement. Comme la Terre, il est très riche en minerais. Il y a encore une colonie minière anunnaki active et semi-automatisée sur les lieux, ce qui explique les destructions systématiques des premiers satellites humains qui ont essayés d'approcher Mars. Les élites ont cherchés par la suite à contacter les "dieux" par la suite, mais sans succès.

Hécate (p.)

La principale base Raksasas se trouve sur Hécate. Il y a eu une tentative de colonisation humaine lors des contacts MJ12-Raksasas entre les années 1940 et 1990, mais ce fut un échec (les soldats humains furent torturés puis tués). Des études ont été menées, il en ressort que comme la planète est stérile et sans atmosphère, notre technologie actuelle ne permettrait pas une évacuation des élites sur Hécate, pour échapper à Nibiru.

Némésis

Connue des sumériens aussi.

Connue de la science

La "planète 9", alias Némésis, était une chose logique et calculée depuis longtemps grâces aux perturbations des orbites des planètes lointaines, dont Pluton (voir le combat d'Urbain le Verrier). Ces calculs ont mené à la découverte de Némésis avant l'arrivée de Nibiru en 1983.

Censure

Comme il y avait une omerta sur les ET et l'origine des religions humaines (les anunnakis sumériens étant les 2 !) Némésis fut classée sous secret défense.

Tiamat

La vie apparaît naturellement sur Tiamat

Pas de vie sur Perséphone, car c'était une étoile naine éteinte.

Sur Tiamat (p.), 2 milliards d'années (en enlevant les 300 millions d'années pour que la planète se stabilise après la dislocation de Perséphone) ont été suffisants pour que la vie apparaisse spontanément, puis se développe.

Tiamat est une planète océanique (pas de terres émergées, ou à peine un rocher épars selon les Zétas). Elle est située entre Mars et Jupiter, à l'emplacement de l'actuelle ceinture principale d'astéroïdes. Elle partage son orbite avec les déchets de la première dislocation de Perséphone, à savoir les astéroïdes métalliques issus des restes de noyau solidifiés, ainsi que beaucoup d'eau. Le plus gros des astéroïdes est Cérès.

La vie apparaît spontanément et se développe sur Tiamat au bout de plusieurs centaines de millions d'années après la première dislocation. Comme les plus anciens météorites (qui proviennent tous de la ceinture d'astéroïdes) sont estimés à 7 milliards d'années (1ère dislocation), et que les plus récents sont estimés à 4,7 milliards d'années (2e dislocation), on peut estimer que la vie sur Tiamat a eu 2 milliards d'années pour se développer.

Les ET interviennent parfois pour lancer ce processus, mais Tiamat a développé de la vie naturellement. C'est donc elle qui est la source première de la vie dans le système solaire. Harmo ne précise pas pourquoi les ET n'ont pas implantés la vie.

Une vie sur Tiamat entièrement océanique

Comme il n'y a pas de terres émergées, la vie sur Tiamat n'a pas connue la conquête d'un nouveau milieu comme sur Terre. Toutes les espèces vivaient dans l'eau, et peu devaient s'appuyer sur les fonds marins comme le font les gastéropodes, coques ou autre crustacés, de par la grande profondeur avant de trouver une surface solide. Idem pour les plantes, qui devaient toutes être flottantes.

[Zétas] Tiamat ne portait comme vie que des créatures froides qui vivaient dans les eaux sombres sur la maigre végétation qui y poussait.

La vie de Tiamat se retrouve dans les astéroïdes

Lorsque Tiamat se disloque, la vie a déjà 2 milliards d'années de développement.

C'est pourquoi on trouve des traces d'ADN sur les météorites qui tombe sur terre et qui proviennent de la ceinture d'astéroïdes. Les astéroïdes issus de la 2e dislocation sont riches en hydrocarbures et eau, alors que les premiers, issus de Perséphone, ne contiennent pas de traces de vie.

On trouve dans ces comètes/météorites de l'eau bien sûr, mais aussi des gaz carbonés fossiles/des hydrocarbures issus d'une ancienne biomasse vivante... et non terrestre. Elles sont à elles seules la preuve qu'avant la Terre, il y avait une immense planète océanique qui abritait DÉJÀ de la vie, mais qui a été détruite. Notre propre "vie" terrestre s'est fondée sur ces matériaux organiques préexistants pour se développer. La Vie n'est donc pas apparue sur Terre, mais sur "Tiamat". C'est pour toutes ces raisons que les comètes intéressent tant les scientifiques et les gouvernements, mais qu'en même temps elles restent extrêmement tabous bien entendu quand il s'agit d'en parler au grand public. N'allons surtout pas dire que Dieu a créé la vie dans un autre océan que le nôtre…

La vie reprend sur la Terre

La vie sur Terre (planète semi-océanique, c'est à dire avec des terres émergées), grâce aux briques héritées de Tiamat, reprend son développement quelques centaines de millions d'années après la création de la Terre. Les destructions régulières provoquées par les passages de Nibiru sont un boost pour la diversité et l'adaptabilité des espèces.

Ensemencement

Les comètes et météorites (issus de la ceinture d'astéroïde) ensemencent Nibiru et Mars avec les briques de vie issue de Tiamat (la source première de vie).

Nibiru a de la vie parce que c'est aussi une planète de type océanique. Il y a d'ailleurs plus de surface d'océan sur Nibiru que sur Terre. Tout comme notre planète, elle a été contaminée par les restes de la vie s'étant développée sur Tiamat, notamment par l'intermédiaire des comètes et des astéroïdes. A chaque fois que l'un d'entre eux tombe, il apporte des briques rudimentaires de la vie. Si elles trouvent un milieu adéquat, elles reforment une vie primitive et l'évolution repart. Ces briques ne se sont pas formées dans l'espace comme les scientifiques le pensent, mais sur une planète aujourd'hui disparue, la fameuse Tiamat. Toutes les planètes du système solaire ont reçu cette semence, mais peu d'entre elles peuvent convenir comme pouponnière de vie. Mars, la Terre, Nibiru et certaines lunes contenant de l'eau liquide sont de parfaits endroits pour que le vie reparte à partir de ces petits éléments hérités du fond des âges.

On sait depuis longtemps que les météorites possèdent les briques de la vie. l'expérience d'étalement d'un toile collante hors atmosphère a également prouvé l'existence de brique de la vie (ARN-ADN) errant dans l'espace. Bien entendu, parce que l'espace est rempli de poussières. Mais d'où viennent ces poussières sachant que Nibiru et son nuage de débris est rentrée dans le système solaire en 2003, que des comètes en perdent des tonnes à chacun de leur passage etc... Or tous ces éléments sont nés de Tiamat : comètes astéroïdes, nuage de débris de Nibiru. Tous ces acides aminés, et cet ADN-ARN viennent d'une même source, ils ne se forment pas dans l'espace. Imaginez une planète océanique géante pleine de vie qui se désagrège (Tiamat), vous "contaminez" forcément tout l'espace aux alentours avec des restes organiques.

Par contre les passages de comète n'ont rien à voir avec les grandes épidémies. Cela n'est pas lié à ces matériaux organiques fossiles. Il n'y a pas de corrélation objective. Par contre, les gens ont tendance à avoir cette croyance parce qu'ils se souviennent via l'inconscient collectif, que les comètes (Nibiru) annoncent des catastrophes (cataclysme mondial du basculement les pôles). C'est pour cela que les humains sont à la fois fascinés par les comètes et les craignent en même temps. Comètes et astéroïdes sont inoffensifs au niveau pandémique/risque biologique. Par contre, les impacts de météorites sont dangereux parce qu'ils produisent localement des gaz toxiques à l'impact. C'est pour cela qu'il y a eu des centaines de personnes incommodées quand un gros météore s'est écrasé il y a quelques années au Pérou. Ce sont tous des badauds qui ont respirés des gaz nocifs qui s'échappaient encore du cratère. La curiosité est parfois un vilain défaut.

Lune

Vie passée

La vie sur des endroits hostiles comme la Lune peut aussi être faite par des êtres vivants utilisant une technologie, comme les ET l'ont fait il y a longtemps en recréant artificiellement un environnement propice dans des bases étanches.

La Lune a été visitée par de nombreux ET dont les anunnakis qui s'en servait de lieu de relais / abse arrière pour leur transit Terre-Mars-Nibiru (p.).

Comme les anunnakis sont de gros pollueurs, et que des pannes sont possibles (leur technologie est du même niveau que la nôtre), il était courant qu'ils laissent derrière eux des machines en panne, des containers et même des mini-réacteurs nucléaires fissurés.

Comme sur la Lune il n'y a pas de végétation, de précipitation et d'oxygène corrosif, ni de vent pour les recouvrir de poussière, les objets restent en place durant des milliers d'années comme si ils avaient été déposé là hier. La Lune est jonchée de choses, notamment dans les zones où les anunnakis avaient des infrastructures.

90% des traces non humaines sur la Lune sont l'œuvre des anunnakis, le reste des Raksasas.

Vie actuelle

Il n'y a plus de bases ET actives sur la lune depuis un certain temps (même sur la face cachée), ni de voyages habités humains (même officieux). Même s'il est possible d'y trouver quelques vaisseaux reptiliens temporairement, les ET hiérarchiques ayant une technologie plus limitée. Ce qui n'empêche pas les ET de se montrer régulièrement.

Ces très nombreuses traces d'activité non humaine ont poussé la NASA a truquer et retoucher certains films des explorations effectuées. Elle a effectivement refilmé certaines scènes de l'alunissage de 1969 dans des studios ce qui explique de nombreuses rumeurs (que l'homme n'a jamais été sur la Lune).

La Lune peut bien héberger des formes de vie spécifiques, basées sur des formes bactériennes décomposant des sources d'énergie minérales, dans des oasis cavernicoles, et que cette vie primitive ait pu évoluer vers des êtres multicellulaires plus complexes, de type insectoïdes ou d'invertébrés (types vers ou crustacés). On pense savoir aujourd'hui que la Lune possède de l'eau, et en profondeur, grâce à la pression, rien ne nous dit que cette eau ne forme pas des poches dans lesquelles la vie aurait pu évoluer selon un chemin adapté aux ressources disponibles. On a visité moins de 1% de la surface, et on ne connaît rien des 100% qui se trouvent en dessous de celle-ci.

Nibiru

Si techniquement, Nibiru est une étoile, elle ressemble bien plus à une planète rocheuse (elle abrite un océan, quelques grosses îles et une atmosphère respirable). La dispersion des îles explique que les anunnakis sont de grands navigateurs et n'hésitent pas à construire un port sur l'île de Pâque au milieu de rien, en utilisant des bateaux moins énergivores et avec plus de charge utile que leurs avions.

Les 40 ans que Nibiru passe dans le système solaire, où elle se trouve très proche du Soleil, sont une catastrophe pour la vie de surface qui disparaît complètement, sans affecter la vie souterraine dans les grottes.

Éclairement

2 saisons seulement :
- 1ère saison : Nibiru est loin du Soleil et vit en autarcie grâce son noyau actif (durée : 3620 ans)
- 2e saison, Nibiru est trop proche du Soleil (la moitié du temps où elle traverse le système solaire), sa surface est dévastée (20 à 25 ans).

Nibiru passe 99% de son temps dans l'espace, non soumise à l'éclairement d'une étoile (comme la Terre l'est du Soleil, ou comme Nibiru l'est les 40 ans où elle révolutionne autour du Soleil).

Le noyau de Nibiru émet beaucoup de radiations non EM et d'infrarouges EM, mais peu de lumière visible (seulement du rouge très ténu, le bas du spectre EM que nos yeux peuvent détecter), la planète produit donc sa propre lumière diffuse, qui traverse la croûte solidifiée.

La lumière qui sort du noyau de Nibiru n'arrive pas à traverser les masses continentales trop épaisses (le centre des îles qui parsèment les océans, grosses comme le Japon). La lumière sort des profondeurs des océans où la plaque est extrêmement fine, et le volcanisme très actif.

Cette lumière émise ne traverse jamais une atmosphère extrêmement épaisse. Toute la lumière qui vient du noyau de Nibiru est reflétée vers le sol, créant un monde lumineux, sans avoir besoin d'un Soleil extérieur comme c'est notre cas. Le ciel est comme phosphorescent en continu, générant une lumière diffuse (venant du sol et du ciel) dont le spectre lumineux est dans les IR (au contraire de celui reçu sur Terre, décalé dans les longueurs d'ondes EM plus énergétiques (UV voir rayons gammas). Sachant que notre oeil humain n'est sensible qu'à une toute petite partie du spectre du Soleil, ce qu'on appelle la lumière visible (du violet au rouge).

Pour les esclaves habilis fraîchement débarqué de la Terre, ce monde nibirien était sombre, seulement éclairé par des océans et un ciel rougeâtre. A titre de comparaison, c'est comme quand chez nous il y a beaucoup de nuages bas et qu'on voit la lumière des villes se refléter dedans.

En effet, nous ne sommes pas capables de voir d'autres types de lumière émises par le Soleil (comme les ultraviolets ou les infrarouges), alors que d'autres animaux sur Terre ont développé ces capacités. Les abeilles voient les UV parce qu'ils sont abondants en été, et rendent les fleurs très lumineuses. Cela permet donc aux abeilles, par rapport à nous, de voir les fleurs de bien plus loin et plus précisément. Certains reptiles peuvent "voir" les IR grâce à des récepteurs spéciaux, une adaptation pratique puisqu'elle leur permet de chasser la nuit (les petits mammifères au sang chaud émettent des infrarouges, Les IR étant émis par tout corps dépassant le zéro absolu, leur fréquence augmentant d'autant que leur température s'élève, devenant visible à l'oeil humain (rouge tenu) dès 500°C pour le métal). Les habilis ne voyaient, avec leurs yeux terrestres, que le haut du spectre de la lumière de Nibiru. Au cous des 2,5 millions qui ont suivies, leurs yeux se sont adaptées à ces nouvelles fréquences, descendant dans les IR, et Nibiru leur apparaît aujourd'hui très lumineux, même dans la plus profonde des grottes (qui de par sa température, voit ses parois émettre des IR et donc éclairer comme une lampe).

Vie

La vie existe sur Nibiru, même si elle n'est pas aussi diversifiée et foisonnante que sur notre planète.

Il n'y a qu'une année tous les 3666 ans, ce qui fait que le rythme de développement et de vie des espèces est très lent. Le problème majeur posé par ce très lent renouvellement des générations est celui de la vitesse d'évolution des espèces sur Nibiru comparativement à celles de la Terre. Si les mouches drosophiles sont capables de donner naissance à plusieurs générations en quelques jours, ce n'est pas le cas des vies endémiques de Nibiru.

La diversité et la complexité des espèces sont considérablement moins abouties que leurs équivalentes terrestres. Seules des formes de vie végétales primitives sur les sols émergés et une faune restreinte d'organismes simples dans les océans ont pu se développer. On peut dire que sur Nibiru la vie est à un stade pré-cambrien par rapport à notre histoire terrestre et qu'il n'y a pas eu l'explosion que nous avons connu il y a environ 550 millions d'années.

Photo-Synthèse IR

Cet éclairement diffus permet à des végétaux de surface (sur la terre ferme des îles) de se développer avec un type de photosynthèse particulier (adapté au spectre lumineux de Nibiru, principalement dans les longueurs d'ondes IR), mais aussi a des végétaux de grottes suffisamment profondes pour que le rayonnement interne puisse traverser, et de pousser uniquement avec le rayonnement venu du noyau.

La vie utilise aussi d'autres rayonnements, qui existent aussi sur Terre. Mais comme ils n'ont pas encore été repérés par nos physiciens, Harmo ne peut pas s'étendre sur le sujet.

Grâce à cette forme de photosynthèse, la flore produit, comme sur Terre, de grandes quantités d'oxygène afin de synthétiser des matières carbonées. Ce qui a généré une atmosphère compatible avec les formes de vie terrestres.

Vie océanique abondante

Il y existe également de vaste océans d'eau salée avec une faune et une flore aquatique abondante, même si elle est peu évoluée.

Vie terrestre réduite

Sur la "terre" ferme de Nibiru, très volcanique, les conditions sont plus difficiles. La vie se trouve surtout le long des côtes, ou dans les plaines formées par les coulées de lave solidifiées recouvertes de cendres fertiles. Mais au centre des plaques trop épaisses, où la lumière venant du noyau n'arrive pas à traverser, et où la lumière réfléchie par les nuages n'est pas suffisante, la végétation ne pousse pas.

Les minéraux spécifiques

La vie sur Nibiru est exposée aux minéraux qui saturent le sol ou l'eau, comme le fer (qu'on retrouve en masse déjà dans l'atmosphère ou les nuages externes de la planète, et qui donne la coloration rouge sang aux rivières terrestres, ainsi que ce goût d'hémoglobine) ou le Flerovium.

Destructions près du Soleil

Quand Nibiru retourne dans le système solaire, son atmosphère épaisse (un bouclier impénétrable) est bombardé par le vent solaire. Plus Nibiru approche du soleil, plus elle est attaquée. Comme Nibiru passe très près de notre étoile, elle encaisse de nombreuses éjections de masse coronale (ces vents puissants chargés et très chaud (plasma)). Ces éjections perforent l'atmosphère bouclier de Nibiru et réussissent à passer à travers. Le champ magnétique de Nibiru est bien plus puissant que le notre mais comme la planète errante est trop proche du Soleil, elle ne peut endiguer ces attaques.

Lorsque le bouclier est percé, la surface de Nibiru est brûlée par les radiations.

Les végétaux sont détruits, mais comme ils s'enracinent profondément, ils survivent à ce bombardement.

Les animaux s'enfouissent dans des terriers et attendent le retour à des conditions viables grâce à leurs réserves (corporelles ou stockées dans les terriers). Cela empêche donc la faune d'atteindre de grandes tailles, il n'existe pas naturellement d'animaux plus grands que des chats sur Nibiru.

Quant aux océans, l'eau sert de filtre et protège la flore et la faune aquatique qui n'est que peu impactée.

Pour survivre, les anunnakis se réfugient, comme les animaux endémiques, dans des cavernes artificielles, notamment les mines creusées dans les montagnes.

Contrairement à chez nous, où les plantes ont besoin de soleil, sur Nibiru les végétaux ont besoin de la lumière du noyau, et en creusant assez profondément dans le sol, il est possible de cultiver ces plantes qui bénéficient des radiations du sous-sol. Les anunnakis sont donc tout à fait capables de se nourrir pendant cette période, sans parler des réserves qu'ils ont pu constituer auparavant.

Un fois Nibiru partie du système solaire, la vie reprend son cours normal.

Colonisation hiérarchique

Les conditions de vie similaire à la Terre ou à la planète des Raksasas, fut que les colonies Raksasas s'implantèrent et devinrent même prospère : loin du Soleil sous la Terre, avec un sous-sol beaucoup plus riche que notre planète bleue, Nibiru put donc nourrir et abriter une colonie Raksasa prospère.

Ceinture d'astéroïdes

Cette ceinture a été étudiée précédemment au niveau géologie (p.).

C'est la 2e dislocation, celle de Tiamat (une géante océanique sur laquelle la vie est apparue spontanément et s'est développée sur plusieurs milliards d'années) qui a généré les astéroïdes contenant encore les briques d'ADN de la vie de Tiamat.

En s'écrasant sur des planètes ou des lunes propices au maintien voir développement de la vie, ces météorites contenant les briques d'ADN permettent de recréer la vie partout dans le système solaire (voir le système solaire complet via Nibiru qui va ensemencer le système planétaire de Némésis).

Les briques de la vie dans l'espace

Les scientifiques savent depuis longtemps que les comètes possèdent de l'eau bien sûr, mais aussi des gaz carbonés fossiles/des hydrocarbures issus d'une ancienne biomasse vivante... et non terrestre. On sait depuis longtemps que les météorites possèdent les briques de la vie. L'expérience d'étalement d'un toile collante hors atmosphère a également prouvé l'existence de brique de la vie (ARN-ADN) errant dans l'espace. C'est parce que l'espace est rempli de poussières. Mais d'où viennent ces poussières, sachant que Nibiru et son nuage de débris est rentrée dans le système solaire en 2003, que des comètes en perdent des tonnes à chacun de leur passage etc... Or tous ces éléments sont nés de Tiamat : comètes astéroïdes, nuage de débris de Nibiru. Tous ces acides aminés, et cet ADN-ARN viennent d'une même source, ils ne se forment pas dans l'espace. Imaginez une planète océanique géante pleine de vie qui se désagrège, vous "contaminez" forcément tout l'espace aux alentours avec des restes organiques.

Toutes ces observations sont la preuve qu'avant la Terre, il y avait une immense planète océanique qui abritait DEJA de la vie, mais qui a été détruite.

Astéroïdes preuves de la vie ET

Notre propre "vie" terrestre s'est fondée sur ces matériaux organiques pré-existants pour se développer. La Vie n'est donc pas apparue sur Terre, mais sur Tiamat. C'est pour toutes ces raisons que les comètes intéressent tant les scientifiques et les gouvernements, mais qu'en même temps elles restent extrêmement tabous bien entendu quand il s'agit d'en parler au grand public. N'allons surtout pas dire que Dieu a créé la vie dans un autre océan que le nôtre...

Comètes comme sondes d'observation

Les comètes, ces immenses objets ont l'avantage, contrairement aux autres astéroïdes stables de la ceinture principale, de voyager dans le système solaire, et ils ont de ce fait parfois servi d'avant-postes pour les explorations spatiales des anunnakis. Le module Philae sur la Comète Tchouri n'est pas tombé en panne, mais son objectif réel étant tout autre que de s'intéresser seulement à la comète, les données sont restées confidentielles. On nous a fait le grossier "coup de la panne". Il y a en réalité sur cette comète un avant post anunnaki désaffecté, que les agences spatiales voulaient observer de plus près. Si c'est l'ESA qui s'y est collée, c'est parce qu'elle na jamais eu accès à d'autres ruines contrairement aux USA (Lune et Mars). Les tentatives russes se sont davantage orientées sur Phobos, mais l'avant post anunnaki de Phobos n'est pas abandonné contrairement à celui de Tchouri. La réplique à l'approche des sondes russes a été expéditive. Les anunnakis sont très territoriaux et nous considèrent toujours comme des sous-individus qui ne sont pas dignes des technologies utilisées. Ils savent très bien que c'est leur ancien matériel qui a servi de base à notre récent et fulgurant essor technologique, grâce à la rétro-ingénierie. Sans ces éléments, nous n'aurions sûrement pas atteint l'ère atomique et encore moins l'ère spatiale en des temps aussi brefs. C'est donc bien en se basant sur les déchets et autres poubelles des anunnakis que nous avons pris 200 ans d'avance sur notre véritable niveau technologique. En sommes nous pour autant une sous-espèce, c'est un autre débat.

Cérès

A une époque, les anunnakis ont emmenés sur Cérès une importante quantité d'eau provenant de Mars pour leur colonie.

Comme pour Phobos, il y a actuellement, encore active, une base anunnaki sur Cérès, mise en quarantaine de l'humanité (si l'humanité envoyait une sonde pour contacter les géants, cette sonde serait désactivée par les ET du conseil des mondes, idem dans l'autre sens avec les anunnakis cherchant à contacter les humains).

Les comètes n'apportent pas d'épidémies

Les passages de comète ne sont pas liés aux grandes épidémies comme le veut la croyance populaire.

Ces épidémies n'est pas lié à ces matériaux organiques fossiles (les poussières de l'espace contenant de l'ADN). Il n'y a pas de corrélation objective. Par contre, les gens ont tendance à avoir cette croyance parce qu'ils se souviennent via l'inconscient collectif, que les comètes (Nibiru) annoncent des catastrophes (cataclysme mondial du basculement les pôles). C'est pour cela que les humains sont à la fois fascinés par les comètes et les craignent en même temps. Comètes et astéroïdes sont inoffensifs au niveau pandémique/risque biologique. Par contre, les impacts de météorites sont dangereux parce qu'ils produisent localement des gaz toxiques à l'impact. C'est pour cela qu'il y a eu des centaines de personnes incommodées quand un gros météore s'est écrasé il y a quelques années au Pérou. Ce sont tous des badauds qui ont respirés des gaz nocifs qui s'échappaient encore du cratère. La curiosité est parfois un vilain défaut.

Mars

Survol

Conditions de vie originelles (p.)

Bien qu'austère, la planète était plus propice à la vie qu'aujourd'hui, avec des températures plus clémentes et de l'eau liquide en surface. Les chèvres de la Terre arrivaient à y vivre.

Colonie Anunnaki (p.)

Il y a plus de 450 000 ans, Mars fut la 1ère planète du système solaire colonisée par les anunnakis.

Disparition de l'eau (p.)

Le pillage de l'eau par les anunnakis, pendant des milliers d'années, à fait disparaître dans le sous sol martien la majorité de l'eau de surface, entraînant la perte d'une grosse partie de l'atmosphère, et donc un refroidissement général.

Conditions de vie actuelles (p.)

Les conditions ressemblent aujourd'hui à celle d'une toundra glacée à haute altitude.

Une faune minimaliste, dont une partie terrienne, continue de subsister : algues, lichen, insectes et vers forment la base d'une mini pyramide alimentaire, des souris terriennes s'en nourrissent, et sont régulées par des faucons.

La vie va repartir (p.)

Actuellement, des ET replantent pour faire repartir doucement la vie sur des milliers d'années

Censure actuelle (p.)

Les images envoyées des rovers sont retouchées pour cacher les traces de vie, de l'exploitation anunnaki par le passé, le fait que la planète est actuellement rapidement habitable.

Mars > Conditions de vie originelles

Atmosphère respirable

Même si le taux d'oxygène est inférieur à celui de la Terre, c'est comparable à vivre en altitude sur Terre. Le taux d'oxygène et la pression devaient être supérieures à celles actuelles, avant qu'une partie de l'atmosphère ne disparaisse suite aux anunnakis.

Pas de magnétosphère

Du fait de son noyau éteint, Mars ne possède pas de magnétosphère comme la Terre. Ce qui n'empêche pas la vie (l'atmosphère fait 99% de la protection contre les rayonnements extérieurs).

Moins touchée par Nibiru

Mars est préservée de Nibiru vu que ce n'est pas une planète magnétique. Même si le rayonnement solaire supérieur réchauffe l'atmosphère, au point de faire fondre beaucoup plus ses calottes glaciaires.

Mars > Conditions de vie originelles

Par contre, une partie de son atmosphère se retrouve arrachée à chaque passage, diminuant à chaque fois les possibilités de la vie.

Conditions de vie

Mars était dans le passé bien plus fertile et proche des conditions terrestres que maintenant, avec des lacs et des mers, des fleuves, de la pluie et des nuages.

Les températures étaient plus clémentes grâce à l'atmosphère.

Plus dure que la Terre

Mars a peu d'eau comparé à la Terre, et moins de chaleur (plus loin du Soleil, et noyau éteint).

La vie se trouvait seulement là où l'eau n'était pas gelée.

L'atmosphère entourant une planète aquatique peut se reconstituer rapidement après un passage de Nibiru, mais pas sur Mars. De plus, chaque reconstruction enlève de l'eau déjà rare.

Dans le passé, la vie sur Mars avait un niveau similaire à la planète mère des Zétas - la mousse, les insectes et les vers. Sur de tels mondes, il n'y a pas assez de nourriture dans la chaîne alimentaire pour soutenir les animaux au-dessus de ce niveau, et les revers se produisent à plusieurs reprises. Un reptile mangeant des insectes pourrait bien apparaître, mais il mourrait pendant les périodes de vaches maigres, encore et encore. Ainsi, de telles planètes stagnent au niveau du développement de la vie.

Espèces rencontrées

La vie y était bien plus riche que maintenant, bien que restant très primitive. Plusieurs petites espèces endémiques, de la vie aquatique primaire (poissons, algues, mollusques).

Adaptation d'espèces terrestres évoluées

Des espèces terrestres, importés par les anunnakis, s'adaptèrent à la végétation martienne (des ovins en particulier, des oiseaux, et les inévitables souris qui se logent dans les soutes avec le grain)

Mars > Colonisation anunnaki

Survol

Destruction cycle de l'eau par les anunnakis (p.)

Conséquences de la disparition de l'eau (p.)

En faisant disparaître l'eau de surface, toutes les espèces aquatiques disparaissent, l'atmosphère s'amincit, les températures chutent.

1ère planète colonisée

Les conditions de vie plus adaptées aux anunnakis que celles de la Terre (Soleil plus loin, moins de prédateurs dangereux) explique que Mars fut la première colonie anunnaki dans le système solaire, bien avant la Terre (-500 000 ans ?).

De plus, de grands mammifères carnivores parcouraient alors la Terre en grand nombre. Nibiru n'a pas de tels carnivores, et aussi grands et musclés que sont les anunnakis, ils ont tremblé à la pensée de se confronter à ces prédateurs.

L'atmosphère permettait d'y vivre avec un équipement léger (mais pas totalement à l'air libre).

Les anunnakis y ont vécu des millénaires, laissant des traces partout sur le sol martien, que ce soit des ordures quotidiennes, jusqu'aux installations massives types tertre ou pyramides, aujourd'hui en ruine.

Mars base arrière

En plus de l'exploitation des mines permanentes, Mars servait de base arrière et de transit vers Nibiru pour les stocks d'or terriens.

Avant le pole shift, quand Nibiru est dans le système solaire, les transports d'or, ou même de l'empereur, partent d'abord dans les stations orbitales de la Terre, via les fusées. (qui font plusieurs aller et retour entre la Terre et la base orbitale) Puis de la station vers la Lune. Depuis la Lune, des vaisseaux dédiés vont se poser sur Mars, histoire d'échapper aux cataclysmes. Ensuite, il semble que les anunnakis attendent que Nibiru ai dépassé Mars (et donc expose sa face libérée du nuage vers Mars).

Ensuite, il suffit d'aller directement de Mars à Nibiru, profitant que la queue cométaire et le collier de Lunes soient de l'autre coté, seul moment où les anunnakis peuvent sortir de leur planète.

Importations depuis la Terre

Sur Mars, les anunnakis ont utilisé l'architecture de pierre et de mortier qu'ils connaissaient, mais ont importé de la Terre plusieurs éléments pour agrémenter leur séjour (bois précieux, fleurs et chants des oiseaux).

Importation d'espèces vivantes

On retrouve aussi beaucoup de bétail, comme des chèvres, des récoltes, des réserves de viande et de poissons, récupérées de la Terre, que les anunnakis mangeaient lors de leur export sur Mars pour échapper aux 2 pole-shift de la Terre.

Le bétail vivant, ramené de la Terre, subsistait en mangeant la mousse qui poussait suffisamment à cette époque.

Une espèce non prévue par les anunnakis, ce sont les souris. Ces rongeurs, issus des hauts plateaux andins (Nazca), sont un accident (difficile d'interdire les soutes ou les réserves de nourriture à ces petits animaux qui se faufilent de partout). Leur prolifération a contraint les anunnakis à importer des prédateurs issus eux aussi des zones sèches et désertiques d'altitude de la Terre, comme des faucons.

Disparition de la vie terrestre

Lors du refroidissement de la planète et de la disparition de l'atmosphère causé par les anunnakis, cette faune et flore importées se sont éteintes. Seules les souris (très tenaces comme animal..) et les faucons qui les mangeaient ont survécus.

Mars décevante pour les anunnakis

L'exploitation de la planète se révéla assez décevante pour les anunnakis : peu de traces des Raksasas (planète assez pauvre en or, seuls quelques postes avancés avaient été placés par les reptiliens), et les quelques ruines trouvées ne révélèrent pas d'artefacts majeurs. Ils se tournèrent rapidement vers Phobos.

Sur Mars, tout ce qui put être récolté le fut (or, mais aussi eau et nourriture), ce qui endommagea irrémédiablement son environnement.

Le départ des anunnakis

Bientôt l'atmosphère était trop ténue pour respirer, et trop froide pour les anunnakis, habitués sur Nibiru à vivre un été perpétuel.

Les anunnakis ne furent donc pas mécontents de quitter Mars, même si c'est une espèce qui se contente de peu (ils reste toujours une petite équipe sur Phobos).

Surtout que la Terre semblait maintenant plus prometteuse : ils avaient conçu des moyens de traiter avec les carnivores, spécialement en plaçant en tampon des groupes d'esclaves humains entraînés à les défendre (des gardes du corps qui se font manger à leur place).

Mais leur départ de Mars est surtout logistique, la planète n'étant plus assez rentable pour être exploitée.

Technologie développée sur place

Les anunnakis restant sur place pendant 3 600 ans, ont appris comment créer et maintenir leur propre atmosphère dans des chambres étanches à l'air.

Cette technologie mobile fut réemployer ailleurs dans le système solaire pour des opérations minières, et sont encore en activité, comme sur Phobos.

Ruines et vestiges anunnakis

Mars, comme la Lune, est aussi une vaste poubelle, puisque les anunnakis y ont séjourné sur des centaines de milliers d'années (elles servaient toutes les deux de tremplin pour la Terre).

On y trouve des ruines, des statues, des objets courants, du matériel de minage abandonné, ou encore des pièces mécaniques diverses etc...

Mars > Rupture du cycle de l'eau

Survol

Le pillage excessif des anunnakis endommagea grandement l'environnement martien très fragile, rompant les équilibres qui permettaient à ce milieu de se régénérer, au point qu'une désertification galopante s'installa ; l'eau liquide et l'atmosphère disparurent presque simultanément, ainsi que la vie microbienne.

Pas de bombes nucléaires

Les anunnakis n'ont jamais hésité à balancer des bombes nucléaires sur les villes humaines devenues hors de contrôle.

Mais en l'absence de colonies humaines sur Mars, et en fonction du faible nombre d'anunnakis, aucune raison d'avoir lancé des bombes nucléaires. Ce n'est donc pas ça qui explique la disparition de la vie.

Utilisation de l'eau par les anunnakis

Pour les mines

Les anunnakis ont puisé dans les océans martiens pour leurs activités minières en sous sol (minage par jets de pression et lessivage). Le problème, c'est que cette eau restait ensuite dans le sous-sol (mines) où elle était utilisée.

Pour cela, les anunnakis ont canalisé le ruissellement sur la surface relativement plate de Mars, et l'ont fait d'une manière irréfléchie en dirigeant les eaux usées dans des cavernes souterraines. L'eau rare de surface a été envoyée sous terre...

Les eaux usées étaient envoyées sous terre au lieu d'être réparties comme avant sur la surface de Mars (d'où elle pouvait de nouveau s'évaporer et retourner dans l'atmosphère).

Pour les autres colonies

Les anunnakis emmènent de grandes quantité d'eau sur leurs autres colonies pour assurer l'approvisionnement de leurs populations ((dont Phobos ou Cérès). Mais aussi sur Nibiru, qui souffre elle aussi de graves problèmes environnementaux.

Refroidissement de la surface

Une série d'événements irréversibles a été déclenchée. La surface de Mars s'est refroidie lorsque l'atmosphère s'est amincie (moins d'eau en surface du sol pouvant s'évaporer dans l'atmosphère) et la surface, se refroidissant, a accéléré ce processus (plus le sol était froid, mois il y avait d'eau qui s'évaporait).

Cycles perturbés

Pourquoi l'atmosphère s'est amincie ?

L'atmosphère d'une planète a besoin d'être entretenue par des cycles, notamment des échanges avec les masses d'eau (qui captent les gaz et les rejettent), mais aussi la vie (qui contribue très fortement à libérer l'oxygène contenu dans les métaux oxydés).

La disparition des océans et de cette vie a fait disparaître ces cycles.

On le voit bien : si dans les années 1980 on nous disait que l'Amazonie était le poumons de la planète, aujourd'hui qu'elle a disparue, on voit bien que c'est les océans, avec leur phyto-plancton, qui est responsable de la création de l'oxygène sur Terre. C'est ce poumon qu'ont détruit les anunnakis.

La destruction de l'atmosphère par les anunnakis a coupé net le cycle de l'eau qui a fini par se stocker dans le sol (surtout avec les canaux créés pour collecter l'eau de surface).

L'eau de surface ne pouvant plus s'évaporer et retourner dans l'atmosphère, c'est moins de vapeur d'eau dans l'atmosphère c'est cette dernière qui s'amincit, le sol se refroidi (moins d'atmosphère pour capter les rayons solaires), moins d'évaporation du peu d'eau qu'il reste en surface à cause du sol plus froid, c'est un cercle vicieux rapide.

Le cycle de l'eau et des gaz de l'atmosphère martienne s'est écroulée et la planète s'est rapidement détériorée.

Mars > Vie actuelle

Mars ressemble à une vaste toundra terrestre désertique d'altitude (6000 m). C'est un peu le désert de Gobie (froid) placé à 6000 mètres d'altitude (oxygène faible).

Sécheresse de surface

Les cadavres ne se décomposent pas sur cette planète (trop sec), et se momifient naturellement.

Présence de l'eau

L'eau existe sous forme liquide à certains endroits sous forme de marécages, ou sous la forme de brouillard dont se nourrissent les végétaux primitifs. On trouve de l'eau liquide dans les canyons.

Un environnement qui continu de se dégrader (p.)

C'est principalement les tempêtes, provoquées par une atmosphère amincie, qui érode chaque jour un peu plus la surface, et la vie microbienne qui s'y accroche.

Mini-écosystème (p.)

Des bactéries, du lichen, des vers, des souris et des faucons : on en a vite fait le tour !

Une planète qui continue de se dégrader

Dans ces nouvelles conditions (océans devenus souterrains ou exportés sur d'autres planètes), Mars connaît un chaos climatique intense à cause de son atmosphère détruite en grande partie.

De grandes tempêtes y voient le jour, et abîment encore davantage le peu de vie subsistant à sa surface, entraînant toujours plus la petite planète vers une infertilité totale.

Mini écosystème

Vie végétale

Il reste, du passé plus fertile, de la végétation de type toundra boréale : mousses, lichens, quelques végétaux supérieurs. Ces organismes très résistants que l'on trouve aussi sur Terre dans les zones les plus inhospitalières.

Vie animale simple

Mars possède aussi une faune d'insectes et de vers dans le sol ou a sa surface.

Vie animale supérieure

Cette base alimentaire (vie végétale et animale simple) sert de nourriture aux animaux supérieurs terrestre.

Tous les animaux importés volontairement par les anunnakis, comme les ovins, sont rapidement morts lors du refroidissement de la planète. Seuls les faucons ont survécus.

Les animaux supérieurs ne consistent donc plus que dans les passagers clandestins que furent les rongeurs, qui se nourrissent de la base (lichen, vers et insectes), et quelques faucons, qui se nourrisent (et régulent) les rongeurs.

Adaptation des faucons

C'est le point sur lequel j'ai achoppé au début, j'imagine que ce sera la même chose pour vous ! Autant sur les souris on n'a pas de doutes, autant sur les oiseaux il faut détailler.

Mars est l'équivalent d'une atmosphère terrestre à 6000 m d'altitude. Or, on voit bien des oies voler à 10 000 m d'altitude... Le vautour de Rüppell est un champion des vols les plus hauts ! Rencontré par des avions de ligne à quelque 11.300 mètres d'altitude, il est probable qu'il puisse monter encore plus haut ! Il fait pourtant -60°C à ces altitudes.

Les oiseaux ont l'avantage d'avoir non seulement le sang chaud, une bonne toison de plumes/duvet, mais aussi un système d'approvisionnement en oxygène largement supérieur à ceux des mammifères. En plus de leurs poumons, leurs os creux sont capables de faire circuler l'air (comme nos sinus) et de capter l'oxygène. Ils peuvent aussi faire intervenir différents types d'hémoglobines en fonction de l'altitude où ils se trouvent.

Nous le voyons, même dans des conditions d'oxygène et de pression atmosphérique réduit, les oiseaux peuvent voler, surtout sur Mars avec une gravité inférieure.

Mars > Relance de la diversité de la vie

Les ET bienveillants ont mis en place depuis quelques décennies des programmes de "repeuplement" de Mars, notamment l'acclimatation de plantes terriennes génétiquement modifiées qu'ils réimplantent dans les zones les plus propices de Mars.

Harmo décrit ainsi une grande plaine de sable à perte de vue, entre le rouge et l'ocre. Un ensemble de petites mares très peu profondes (quelques centimètres d'eau), avec au bord quelques plantes. Cette acclimatation est très difficile, à cause de l'atmosphère et de la nature du sol.

A long terme, il est prévu qu'avec ces actions, cette planète retrouve une atmosphère correcte et que la vie puisse de nouveau s'y développer de façon satisfaisante, même si ces processus sont très lents. Mars n'a pas été détruite depuis si longtemps que cela, et il y a d'autres priorités pour l'instant. Mais il est fort probable que dans un avenir pas si lointain, l'espèce humaine participera à ce programme.

Mars > Censure

Survol

Les tests de la vie sur le sol martien étaient positifs dès la première sonde de 1976, Mais la NASA a refusé de confirmer le résultat.

Raisons (p.)

Principalement parce que les élites veulent s'y réfugier pour échapper à Nibiru, pour cacher la vie ET aux ultra-orthodoxes de toutes les religions, ou pour ne pas avoir à expliquer comment des souris et faucons terrestres ont été emmenés par les Anunnakis là-haut, et enfi pour tous les assassinats réalisés en 70 ans pour protéger le secret.

Comment (p.)

Les caméras martiennes ont un filtre coupant la couleur du lichen, les images ne sont pas en temps réels et peuvent être retouchées, les résultats des sondes censurés et trafiqués.

Traces anunnakis (p.)

Les traces de la colonisation anunnakis sont elles aussi systématiquement retirée, et ce sont les zones les moins urbanisées sur lesquelles sont envoyés les rovers officiels.

Raisons

Les informations sur Mars, sur les ET, etc. sont censurées pour plusieurs raisons :

- Les oligarques ont pour but de se réfugier sur Mars afin d'échapper à Nibiru, donc les informations validant une implantation assez aisée ne doivent pas arriver au grand public).

Voir les tentatives désespérées d'Elon Musk pour accélérer le projet via ses fusées Space X (les ET n'autoriseront personne à échapper à la leçon).

- Aux USA, les mots "martiens" et "extraterrestres" sont presque synonymes, donc avouer que la vie existe sur Mars, par analogie le public comprendraient "les ET existent", donc les ET et tout le reste. Même si à la base l'annonce ne dévoile que des bactéries primitives découvertes dans le sol martien...
- La vie sur Mars étant d'origine terrestre (faucons et rongeurs), comment expliquer leur présence là-haut sans parler des anunnakis qui les y ont amenés ?
- La vie ET est un tabou absolu. On ne se rend pas compte en France à quel point la religion est le ciment des autres pays du monde, tel l'Angleterre, les USA, l'Arabie Saoudite, l'Iran ou Israël par exemple. La vie ET met à terre la base des civilisations du livre, qui commencent par "Dieu fit l'homme à son image". Si Dieu a fait la vie sur d'autres planètes (qui ne nous ressemblent pas forcément), adieu l'anthropocentrisme de nos religions...
- Le mensonge dure depuis 70 ans (Le secret défense sur la vie extraterrestre fut imposé à la Nasa par l'armée depuis les années 40), et pas mal d'assassinats pour "raisons d'état" ont eu lieu concernant les lanceurs d'alerte, notamment Kennedy qui voulait divulguer la présence ET, ou tant d'autres. Les responsables du mensonge sont bloqués, relâcher le secret défense c'est s'exposer à la vindicte populaire (les Américains sont très pointilleux sur leurs impôts et les déclassifications). Du coup, ces gens vieillissants conservent coûte que coûte le statu Quo en attendant leur mort.

De plus en plus d'employés de l'agence n'en peuvent plus de mentir, et maintenant que Nibiru approche, c'est devenu insupportable pour la conscience de ces gens. Il y a de très fortes pressions en interne, et les ET soutiennent cette pression.

Aux USA, le degré d'acceptation tombe dans des extrêmes. Une partie de la population est très ouverte sur le sujet, encore plus qu'ailleurs dans le monde, mais on trouve dans le même pays la partie de la population la plus fermée aussi, notamment chez les extrémistes chrétiens qui sont légion. Quand on pense que des millions de personnes aux USA refusent la théorie de Darwin sous prétexte qu'elle est diabolique et prennent Obama pour l'antéchrist (alors que ses prédécesseurs eux ont été de vrais bouchers), leur capacité à comprendre le monde est entachée par des sacrées barrières dogmatiques.

Comment

les ET bienveillants ont favorisés les programmes d'exploration de Mars afin que la vie y soit découverte et rendue publique. Or la NASA, entre autre, pour les raisons vues ci-dessus, a camouflé les preuves qui ont été recueillies dès le début par les rovers : par exemple, les images de Mars (Sondes et Rovers) sont réelles mais passées sous des filtre enlevant toutes les couleurs en dehors des bruns (effaçant les couleurs bleues et vert), tout cela pour cacher le fait que Mars a de grandes zones recouvertes d'organismes chlorophiliens, comme des mousses (verts) ou des lichens (bleus). Si bien que les mousses et les lichens ne peuvent pas être distingués sur les roches, mousses et lichen sur les images ressemblant aux pierres qui les entourent.

Les animaux trouvés sur Mars sont systématiquement effacées (les images ne sont pas en direct, la retransmission est coupée ou les images photoshoppées avant diffusion), même s'il y a des fois des couacs (comme vu dans la page sur les indices de la vie martienne). Il existe une cellule spéciale à la NASA pour retirer les anomalies des images.

Enfin, les premiers tests du sol ont montrés une activité bactérienne, la NASA est au courant depuis le début mais cette activité n'a jamais été divulguée.

Les conséquences ensuite vont très loin, parce que c'est comme un mauvais jeu de causes et d'effets. La NASA est contrainte de soutenir ses mensonges par d'autres mensonges (comme nier que Mars a une vraie atmosphère).

Traces anunnakis

La NASA a toujours refusé de survoler à nouveau le fameux visage de Mars (L0), sauf lorsqu'elle s'est doté d'un service de retouche d'image numérique, à l'occasion d'un nouveau satellite avec plus de résolution (on voit moins bien qu'avec l'ancien).

La NASA a très bien su envoyer ses Rovers sur les zones qu'elle savait "propres" à l'avance. N'empêche que parfois, elle y trouve aussi des artéfacts et qu'elle les censure systématiquement.

Sans compter qu'au début, la NASA n'hésitait pas à couper franchement dans les images retransmises par le rover, avant que trop de suspicion ne se lève et qu'ils créent un service de bidouillage des images.

Mars > Tentatives de colonisation humaine

Mars est tout à fait habitable pour les humains, avec une période d'adaptation et un équipement adéquat.

Le programme space X est une tentative des ultra riches de se dérober à Nibiru. En parallèle, Obama a coupé les vivres à la NASA depuis 2012 parce qu'elle a refusé de participer à l'annonce officielle, et il faut bien trouver un moyen de continuer ces programmes de surveillance de la Nibiru. Le programme privé est donc venu prendre la suite du programme public. Pourquoi les capsules s'appellent "Dragon X" si ce n'est pas une référence à Nibiru (encore appelée Dragon rouge ou Planète X) ?

ISS

L'ISS sert à surveiller l'avancée de Nibiru, et aussi de support pour une éventuelle fuite des Elites (vers Mars notamment). Space X permettait au départ aux ultra fortunés d'effectuer des tests et de préparer du matériel en vue de cette fuite, mais depuis que les ET ont fait exploser les fusées qui transportaient ce matériel intentionnellement, elles sont plus ou moins vides aujourd'hui. A chaque fois qu'elles emmenaient des expériences ou du matériel lié à la fuite, elles explosaient, les autres non, le message a été vite reçu. Les astronautes vont régulièrement rejoindre l'ISS pour sauver les apparences mais aussi récupérer des données, réparer le matériel en panne etc... De même Space X doit ravitailler la station un minimum pour ces courtes missions, mais en général le programme est mort. Musk n'arrivera pas à accomplir son but d'envoyer des hommes sur Mars avec son nouveau programme "Dragon rouge", même si il en garde espoir. En 2019, alors que toutes ses fusées prototypes de 3 astronautes avaient explosées, Musk a carrément construit des fusées de 100 personnes d'un coup. En mars 2020, déjà d'eux d'entre elles ont explosées sans raison valable. 100% d'échecs, mais Musk s'obstine...

Phobos, satellite de Mars

Eau venant de Mars

A une époque, les anunnakis ont emmenés sur Phobos une importante quantité d'eau, provenant de Mars, pour leur colonie.

Présence de mégalithes

Sur les images des sondes, on voit des sortes d'obélisques égyptiens (détectés via leur ombre) et 3 parfaitement alignés sur de grandes distances. Il s'agit des mêmes constructeurs qui ont batis les obélisques égyptiens, à savoir les anunnakis.

Base minière anunnaki encore active

Il y a encore une colonie anunnaki sur les lieux (avec Cérès et d'autres endroits non révélés), ce qui explique les destructions systématiques des premiers satellites russes qui ont essayés d'approcher Phobos.

Ces bases sont placées en quarantaine par le conseil des mondes, l'humanité n'a pas le droit de les contacter.

Pour les anunnakis, c'est une base minière semi-automatisée. Les anunnakis qui y vivent se relaient, car la plupart du temps ils sont en hibernation / stase (sommeil profond). Cette base est armée et peut détruire les sondes terrestres si elles passent trop près et sont considérées comme une menace ou une gêne.

Ces anunnakis n'ont en effet pas de devoir de neutralité comme les jardiniers de la terre, et ils s'en foutent qu'on les détecte ou non. Les attaques anunnakis près de Phobos seront montées comme une panne définitive de la sonde. Si les anunnakis n'ont pas besoin d'être discret, les gouvernements pour l'instant occultent systématiquement ce qui n'est pas humain.

Les tentatives de contact des élites humaines

Les anunnakis avaient abattu la sonde russe Phobos 2 la dernière fois que les Russes avaient franchi la limite de leur espace sécurisé. La nouvelle sonde russe phobos-grunt lancée récemment n'a pas entraînée de réaction des anunnakis, car la sonde n'est pas entrée dans leur périmètre de défense. En fait, elle n'a pas réussi à prendre la bonne trajectoire. Les Russes pensent à un sabotage et ils ont raison, mais pour comprendre il faut reprendre l'historique depuis le début.

Il semble que les gouvernements savent qu'il y a quelque chose d'anormal avec Phobos depuis longtemps et même qu'ils savent que Phobos est habitée. Ce la explique l'intérêt d'envoyer autant de sonde pour étudier ce petit bout de caillou sans vraiment d'intérêt. Pourquoi le si peu d'intérêt pour Deimos, l'autre satellite de Mars ?

La sonde russe Phobos 2 a été abattue par un missile anunnaki (un peu d'équivalent de nos propres engins) parce qu'elle était rentrée dans leur périmètre de sécurité (donc trop proche). Les Russes ont eu le temps de voir les dernières images de leur sonde avant sa destruction et ont censuré les images, car elles montrent clairement l'attaque, et donc prouvent que Phobos a bien une installation extraterrestre. D'ailleurs, les Russes ont des preuves aussi de ces installations à la surface qui sont visibles sur leurs clichés.

Les Américains sont également informés de ces choses car les Russes coopèrent avec eux depuis des années, mais eux n'ont pas de preuves concrètes de ces installations contrairement aux ruines lunaires ou martiennes, ce qui les focalise plus sur Mars elle même.

Cela explique aussi pourquoi les Russes ont envoyé autant de sondes vers Phobos plutôt que vers Mars (et pourtant cela revient au même techniquement). Pourquoi les Russes sont obnubilés par Phobos et délaissent Mars, qui a pourtant un plus grand potentiel de colonisation ?

Les Européens ne sont pas fous, et leur sonde sert justement à vérifier si Phobos est creux, ou du moins si il y a une importante installation à l'intérieur : elle est restée à distance pour éviter un incident de type Phobos 2. C'est ce qu'on voit d'ailleurs sur le site de l'ESA, les instruments embarqués sont exclusivement destinés à mesurer la densité et la gravité de Phobos. Cela prouve que le but est bien de valider les informations russes à ce sujet. Il ne faut pas oublier que les élites européennes notamment cherchent divers moyens d'échapper à Nibiru et que certains sont tentés naïvement de rentrer en contact avec les anunnakis de Phobos pour obtenir leur aide (et pourquoi pas un asile temporaire), ce qui est une perte de temps total vu comment les géants nous considèrent (comme des animaux comestibles ou au mieux des esclaves utiles). Cette volonté de prise de contact ait été manipulée par certains illuminatis qui rendent un culte à ces anunnakis. Toujours selon ces ET, ces tentatives n'aboutiront pas pour deux raisons : les anunnakis ne sont pas réceptifs et les autres ET plus évolués ne laisseront pas les élites s'enfuir de la Terre. Les élites doivent rester sur le navire comme le reste de la population.

Les Russes quant à eux n'ont pas l'intention de s'enfuir ni de communiquer avec les anunnakis : leurs sondes servent à jauger le potentiel militaire des géants sur Phobos parce que Moscou a très peur depuis que la sonde a été abattue à la fin des années 80. Pour les Russes, l'attaque des anunnakis était un acte de guerre, mais ils ne sont pas certains à 100% de l'espèce ET exacte qui les a attaqué, même s'ils ont des doutes. Les nouvelles sondes phobos-grunt sont donc des sondes espionnes qui ont pour but de rentrer de nouveau dans le périmètre de défense anunnaki afin de les tester (quitte à être détruites au passage).

C'est pour cette raison que les ET altruistes plus évolués ont fait échouer Phobos-grunt au grand désarroi des Russes, et ce afin d'empêcher ceux-ci de chercher la petite bête à plus fort qu'eux, la réaction des anunnakis pouvant être éventuellement très violente en retour (ils s'énervent très vite, sont très agressifs et territoriaux) ! Ils ont dans leur arsenal sur Phobos des moyens de défense de type nucléaire qui pourraient très bien être lancés sur Terre afin de riposter aux incursions russes. Les anunnakis ont les instruments et la technologie pour savoir d'où les sondes sont tirées et pourraient riposter, ce serait bien leur style ! Ils ne se sont pas gênés dans le passé pour atomiser des civilisations entières sur Terre parce qu'elles étaient gênantes ou représentaient un danger proche de leurs propres colonies (comme Sodome ou Mohenjo Daro).

Hécate

Cette planète est appelée la jumelle de la Terre, car elle est sur la même orbite de la Terre, à l'opposé par rapport au Soleil. En tant que possible lieu de repli des élites, sa découverte récente fut tenue secrète.

Connue dans les archives humaines

Encore appelée Vulcain, il s'agit d'une planète morte jusqu'alors inconnue (bien qu'elle fasse l'objet de théories très sérieuses en Astronomie, notamment à cause des perturbations de Mercure), une planète jumelle à la Terre (même orbite, mais située de l'autre côté par rapport au soleil).

Hécate est la dénomination que les scientifiques américains lui ont donné à sa confirmation (mais non reconnue officiellement car sous le sceau de plusieurs secrets défense). C'est du coup le nom retenus par les Altaïrans d'Harmo.

C'est très probablement la Kachina bleue des Hopis.

Connue de sumériens

Les anunnakis (et leurs serviteurs sumériens qui écrivaient les tablettes) connaissaient 12 planètes (voir les dessins sur les tablettes, indiscutables !).

Sitchin (dans son livre *la 12e planète*), qui ne connaissait pas Hécate, pensait qu'ils comptaient, en plus de 8 que l'on connaît, Pluton + le Soleil + Nibiru + notre Lune.

L'erreur de Sitchin a été de penser que la Lune était considérée par les anciens sumériens comme une planète à part entière. La Lune étant un petit satellite froid et insignifiant (comparés à ceux de Jupiter par exemple), l'hypothèse de Sitchin était peu cohérente.

Les sumériens connaissaient évidemment Hécate, et c'est elle qui faisait partie des 12 planètes du système solaire.

Découverte récente

Impossible de voir Hécate sans y aller avec une sonde. C'est pourquoi elle n'a été découverte en direct que dans les années 1990, lorsque les USA ont envoyé des engins type SOHO pour observer le Soleil. A cause du projet secret de colonisation fait précédemment par l'armée US, cette planète était sous secret défense.

Planète stérile

Hécate est complètement stérile. La composition de son atmosphère (très légère) ne permet pas aux humains de respirer à l'air libre. L'absence d'océans, même si l'eau est présente, à empêcher la vie de s'y développer.

Hécate possède une base Raksasas

La température en surface est dans les standards terrestres, d'où son choix par les ET et les élites humaine pour y construire des bases.

Cela fait très longtemps que les raksasas y ont établie leur principale base. Et les élites humaines le savent. Si le feuilleton américain *Star trek* situe une civilisation sur une certaine planète Vulcain, avec des habitants aussi froids et calculateurs que des reptiliens (le personnage nommé Spock), ce n'est pas un hasard.

Il reste une présence reptilienne minimale sur Hécate, mais la plupart des reptiliens de Sirius ont quitté le système solaire quand ils ont perdu la bataille d'influence sur la Terre contre la coalition des ET bénéfiques. Nibiru arrivant, ils cherchent juste à faire en sorte que le maximum d'humains meurent dans l'incompréhension et la colère (afin de les faire basculer dans leur camp), et attendent juste leur moment pour réaliser leur moisson (récupérer tous les gens qui auront fait le même choix d'orientation spirituelle qu'eux) quand le moment sera venu.

Les échecs de la colonisation humaine

Les Raksasas, lors de leurs rencontres avec les Elites mondiales entre les années 40 et les années 90, avaient promis à ces élites de les évacuer sur leur base de Hécate pour éviter les destructions de Nibiru.

Une tentative de colonisation d'Hécate par des humains, avec l'aide technique des Raksasas, fut faite via un projet secret chapeauté par l'armée US (donc sous le sceau du secret défense) (L1>Groom Lake 1946).

Des soldats sur-entraînés et sélectionnés furent remis aux reptiliens. Une base fut construite par les reptiliens sur Hécate et les humains "cobayes" transportés sur place par leurs soins, mais cette base a rapidement cessé de donner de ses nouvelles après sa mise en service.

Sur les 100 humains emmenées par les Reptiliens depuis Groom Lake, aucun n'est revenu, et les Américains ne savent toujours pas ce qui leur est arrivé.

Certains humains ont été emmenés sur les planètes reptiliennes et y ont péri à cause des mauvais traitements. Les autres ont été torturés puis sacrifiés sur place, avant d'être mangés (les rituels Molochiens de récolte d'adrénochrome sont directement dérivés des rituels raksasas...).

Depuis les années 1990, les Reptiliens ont cessé le contact avec les FM US, laissant la promesse d'évacuation de la Terre non tenue.

Certains parmi les élites avaient des plans pour s'y rendre par eux même, et d'y construire leur propre base, mais nos progrès en matière spatiale ne sont pas suffisants (il s'est avéré que Hécate est complètement stérile et ne possède pas d'atmosphère respirable).

Censure sur la découverte de Hécate

La découverte de Hécate a été tenue cachée, pour de très nombreuses raisons :

- la principale base ET reptilienne Raksasas se situe sur cette planète (risque de découverte d'ET alors que la censure officielle ne l'autorise pas)
- Les Raksasas avaient promis aux élites de les évacuer là bas.
- Certains parmi les élites avaient des plans pour s'y rendre et y construire leur propre base.
- les Américains, NASA en tête, avaient tourné en ridicule la théorie Hécate contre les autres astronomes qui avaient deviné son existence. Plutôt que d'avouer leur erreur, et donc leur incompétence (qui n'est plus un secret aujourd'hui), la première agence scientifique du monde s'est enfoncée dans son mensonge. Il faut dire qu'entre la vie sur Mars, l'existence des ET et des ruines sur les planètes visitées et la Nibiru, ils n'étaient pas à une censure près.
- la NASA est soumise au secret défense puisqu'elle est sous la tutelle de l'armée US, ce qui veut dire que tout ce qui fait l'objet de projets secrets ne peut être révélé par la NASA. Hécate en fait partie, puisque elle fut colonisée par des humains avec l'aide technique des ET (expérience secrète ratée). Donc double sceau secret défense, lié aux projets secrets et à la présence ET.

Système solaire > Terre

Survol

Gaïa(p.)

La Terre n'est pas une entité consciente et vivante, cette idée fausse vient des anunnakis qui prenait des planètes comme symbole. Cela dit, la biomasse dans son ensemble peut être vue comme un organisme vivant intelligent.

Spécificités favorables (p.)

La Terre est une super planète habitable, donc les conditions de vie sont presque idéales, y compris les destructions de vie qui permettent une diversité de vie rarissime.

Histoire (p.)

La vie sur Terre vient de Tiamat, additionnée par la suite d'espèces transplantées, ainsi que des coups de pouce génétiques pour améliorer l'évolution de la vie consciente.

Effets de Nibiru (p.)

Tous les 3 666 ans, la planète Nibiru vient détruire en partie la surface de la Terre (p.).

Les conditions environnementales changent complètement, la position des continents est bouleversée, et les animaux peu mobiles ou peu adaptatifs peuvent être condamnés.

Ces chamboulements provoquent des hécatombes d'animaux, des cimetières de charognes qui s'accumulent là où s'arrêtent les tsunamis, les futures zones fossilifères.

Gaïa

Pour ce qui est sous nos pieds (tout ce qui est minéral), ce n'est que de l'inerte (dans le sens non vivant). Tout dans l'univers est en mouvement, de la plus petite particule aux plus grands amas de galaxies, donc rien n'est vraiment inerte. De plus, la matière étant faite de qi, on ne peut pas dire qu'il ne peut pas y avoir d'énergie dans la planète Terre, énergie qui a une conscience.

La Vie sur terre forme une entité complexe qui est capable d'influer sur les équilibres biologiques et l'évolution des êtres qui la compose, on peut considérer cette biomasse totale comme intelligente.

Que le minéral ait une influence sur le vivant oui, et il y a des équilibres à respecter, comme celui de ne pas creuser n'importe où et sortir n'importe quoi du sol. Il y a des processus complexes qui se déroulent sous nos pieds, que ce soit dans le cycle de l'eau ou dans les équilibres chimiques des sols et des océans. Respecter la terre, dans le sens "sous sol", c'est garantir que les choses restent à leur place. Puiser dans les nappes phréatiques, pomper du pétrole, extraire des métaux lourds, canaliser des fleuves ou même rejeter des gaz, tout cela rompt l'équilibre biochimique dans lequel la Vie s'est développée. Donc extraire des matières du sous sol peut rompre l'équilibre et mettre en danger la biosphère, la Gaïa vivante.

Les deux "Terres" sont liées, mais il ne faut pas confondre la maison avec la vie qui habite dedans.

Terre vivante (et intelligente) et Terre minérale (mécanique) sont liées. C'est comme un escargot et sa coquille. Peut on dire qu'un os est intelligent ? Non par contre, il fait partie d'un organisme qui lui est intelligent. Quand on meurt, nos os subsistent... si Gaïa meure, la planète Terre subsiste. Le sous sol et la planète rocheuse c'est le squelette. La Vie ce sont tous les tissus et la moelle qui sont tout autour, le tout formant Gaïa, la Terre-mère, un super-organisme vivant. La seule différence c'est que Gaïa ne modifie pas la structure interne de la terre, même si elle en modèle l'extérieur. Le sous sol, la terre rocheuse n'est finalement qu'un support.

Spécificités favorables

Beaucoup de caractéristiques font de la Terre une planète luxuriante et favorable à une vie variée :

- Le noyau terrestre génère un champ magnétique qui protège la surface de la terre des rayons cosmiques et solaires à haute énergie, , nocifs pour la stabilité de l'ADN.
- Noyau chaud pour brasser les atomes dans les volcans et réchauffer le fond des mers.
- Son éloignement suffisant du Soleil (ni trop chaud ni trop froid, dans la plage de l'eau liquide), couplée à la chaleur de son noyau, permet une température moyenne de 20°C, permettant le maintien de l'eau liquide et d'un climat tempéré.
- Température tempérée grâce à une atmosphère
- Atmosphère suffisamment épaisse pour protéger la surface des impacts d'astéroïdes et des rayons cosmiques.
- Planète suffisamment massive pour conserver son eau et atmosphère.
- Présence d'une lune provoquant des marées (interface mixte océan-terre, sol passant la moitié du temps dehors, l'autre moitié sous l'eau).
- Tourne suffisamment vite sur elle-même pour qu'aucune de ses faces ne soit trop longtemps exposée au soleil, ni qu'aucune face ne se refroidisse de trop.
- Quasiment toute la surface de la terre est habitable grâce à son axe de rotation incliné permettant d'avoir des saisons et de répartir les saisons chaudes entre les 2 hémisphères, générant des comportements migratoires chez les êtres vivants.

La Terre est dans la partie haute des mondes habitables, c'est à dire qu'elle a une diversité supérieure à la plupart des mondes qui abritent la vie.

Le fait que la Nibiru détruise et modifie très régulièrement les conditions climatiques et géologiques fait que l'évolution naturelle des espèces est contrainte à être très rapide afin que la vie, à chaque passage, puisse reprendre. Le résultat, c'est que la Terre fait en 1 million d'années plus de diversité que la plupart des autres mondes dans toute leur existence. La biodiversité explose puis disparaît de façon cyclique,

permettant une évolution immensément variée, sans stagnation, chaque extinction permettant à de nouveaux modèles de vie de se développer à leur tour, toujours plus intelligent, plus variées et complexes. Sans ces remises à zéro, les reptiles ne seraient jamais apparus, les mammifères et l'homme non plus.

C'est ce qui explique aussi pourquoi la Terre est un jardin très prisé des jardiniers ET, ceux qui ensemencent et développent la vie sur les autres planètes.

Histoire

Survol

La Terre est la planète la plus jeune du système solaire. La vie y est récente. Il faut se rendre compte que certaines civilisations ont vu notre Étoile se créer, la Terre s'accrétionner, les premières bactéries se répandre dans les océans primitifs, alors qu'eux-mêmes avaient déjà la possibilité de voyager entre les galaxies.

Vie issue de Tiamat

Sur Tiamat (géante océanique dont la dislocation à donné la Terre et la Lune), la vie est apparue spontanément. Quand Tiamat s'est disloquée pour donner la Terre, et une fois la croûte terrestre suffisamment refroidie,la vie est repartie assez vite (quelques centaines de millions d'années) grâce aux briques de vie de Tiamat (ADN-ARN) toujours présentes dans l'eau et dans les météorites.

La nouveauté de la Terre par rapport à Tiamat c'est :

- rayonnement solaire plus important (orbite plus proche du Soleil),
- présence de terres émergées, pour l'instant vierges de toute vie non marine.
- présence d'une Lune créant des marées.

Ensemencement ultérieur

En plus de l'ADN présent en surface (eau) et issue de Tiamat, la vie sur Terre a subi plusieurs ensemencements :

- bombardement météoritiques
- introduction d'espèces aliens par les ET

Les dinosaures (p.)

Les dinosaures étaient peu adapté aux changements, et chaque fois que leur continent se déplaçait trop au nord et que la mer les empêchaient de se déplacer, ils ne pouvaient survivre (excepté les dinosaures volants qui migraient vers le sud et ont donnés les oiseaux actuels). Le déclin des dinosaures à débuté des millions d'années avant le début de leur extinction. D'ailleurs ils n'ont pas tous disparus d'un coup, mais se sont éteints progressivement, et on en retrouve encore de nos jours (en plus des oiseaux).

Terre creuse (p.)

Dans cosmologie > Terre creuse (p.), nous avons vu que la croûte terrestre, très épaisse dans certaines zones, est un véritable gruyère où on peut trouver d'immenses cavités, des mers et même des civilisations.

Dans ces poches grandes comme des départements français, il y a parfois de la vie, une vie en autarcie qui s'est développée à l'écart de notre monde de surface, mais qui est issue du monde de la surface.

Soit ces cavités énormes ont été "contaminées" par de la vie extérieure terrestre (via l'eau qui s'y écoule ou les grottes d'accès), soit ensemencées par les ET pour transplanter des réfugiés d'autres planètes.

C'est dans une de ces cavités qu'est apparue la première la conscience sur notre planète, les bélemnites.

Espèces conscientes (p.)

On n'est pas les premiers être conscients à être apparus spontanément sur Terre. Des espèces conscientes, aujourd'hui disparues, ont précédées l'homme. Principalement des céphalopodes développées dans les grottes sous marines de l'actuel Pech de Bugarach, ou encore des raptors primitifs ayant atteints l'âge du bronze. Le genre homo, développé par plusieurs ET, comme les bienveillants Zétas ou Pléïadiens, saccagés en partie par les hiérarchistes Raksasas et anunnakis.

Histoire > dinosaures

L'erreur de la couche KT

Le 19 avril 2016, les médias nous apprennent que le règne des dinosaures a duré 150 millions, et qu'ils ont été en déclin les 40 derniers millions d'années. Les dinosaures n'ont pas disparu brutalement il y a 65 millions d'années :

- Les traces trouvées par les paléontologues, comme la couche KT (la couche qui sépare 2 couches géologiques, et attribuée à cet événement tueur d'il y a 65 millions d'années), n'est pas unique. Ce type de couche se produit localement lors des différents passages de Nibiru, notamment parce qu'elle entraîne non seulement de grands incendies mais aussi beaucoup de météorites qui s'accumulent sous forme de poussière. Le taux élevé en iridium et en carbone de ces couches noires ne sont pas la preuve d'un impact unique, mais de pluies de météorites. Ces traces ont pu faire croire à un astéroïde tueur de dinosaures.
- Les volcans étant aussi bien plus actifs pendant les passages de Nibiru, des traces d'activité volcanique intense ont fait penser que la fin des dinosaures avait pu être causée par le volcanisme.
- D'autres scientifiques, prenant la voie du milieu, ont émis l'hypothèse que l'impact de l'astéroïde avait fracturé la croûte terrestre et généré un volcanisme à l'opposé de la Terre, expliquant la couche de cendres météoritiques et volcaniques dans la couche KT, les 2 effets se cumulant pour tuer les dinosaures.

En réalité, les deux théories d'extinction des dinosaures (volcan ou astéroïde) ont raison et tort en même temps. Si les traces découvertes par les deux théories sont valides, ce ne sont pas des faits uniques qui se sont produit il y a 65 millions d'années tuant en un seul coup toute la faune. Ces catastrophes se produisent tous les 3 666 ans, à des échelles plus ou moins importantes. L'erreur est de croire que ça ne s'est produit qu'une fois, faussant complètement l'échelle de temps de la science (chaque fois qu'on trouve une couche KT, on la date de 65 millions d'années et on s'en sert de référence pour les autres couches locales, en oubliant de regarder en dessous et de s'apercevoir qu'il y a plein de couches KT superposées).

Le déclin progressif des dinosaures

Pauvreté génétique

Les dinosaures étaient effectivement en déclin bien avant les derniers 65 millions d'années, et ce à cause de leur trop grande proximité génétique. Tous les grands animaux de l'époque n'étaient dérivés que de 3 types de dinosaures seulement, ce qui en faisait un terrain extrêmement prolifique pour les virus. A comparer, les mammifères actuels sont bien plus variés, ce qui réduit d'autant le passage d'une espèce à une autre de maladies virales.

Vie > Système solaire > Terre

Un virus tue les plus gros

C'est d'ailleurs un virus qui a tué beaucoup de dinosaures, du fait de leur proximité génétique.

Tous les dinosaures étaient malades, mais les plus petits avaient besoin de moins manger que les plus grands, et c'est ainsi qu'ils l'emportèrent.

Peu adaptables aux changements brutaux de géographie

Les dinosaures ont été très affectés par la géographie, notamment parce que le super continent unique qui leur avait servi de lieu de vie et d'évolution pendant des millions d'années s'est fracturé petit à petit suite à plusieurs passages de Nibiru et ses basculements de croûte terrestre. Ce continent unique s'étendant du nord au sud était idéal pour les sauriens : ils se déplaçaient du nord au sud pour être toujours dans des climats aux températures leur convenant. Leur nombre explose, ce qui explique les nombreux fossiles trouvés sur la planète.

Or les dinosaures étaient de grands migrateurs (comme les oiseaux qui sont leurs descendants). Ces migrations étant terrestres, le découpage en plusieurs continents les empêcha de se déplacer lors des basculements de pôles suivant, coinçant des millions de dinosaures sur des zones trop froides, augmentant drastiquement la fin de leur règne (et tous les 3 666 ans, ça va vite).

Les dinosaures n'ont pas disparus il y a 65 millions d'années

On trouve beaucoup de dinosaures empilés, comme tous les mammouths empilés, à cause des raz de marées de Nibiru. Localement des milliers de dinosaures sont morts en même temps, mais ça ne veut pas dire que tous les dinosaures de la planète sont morts en même temps ! Tous ceux à plus de 200 m de haut ont survécus. Seuls des endroits particuliers où on retrouve l'entassement contre une crique, puis les bonnes conditions de conservation, permettent de retrouver abondamment des fossiles. Mais en fait on pourrait en retrouver un peu partout. C'est dommage par exemple que les dernières phosphatières, riches en fossiles (dont les derniers animaux des derniers millénaires), soient exploitées intensivement sans qu'on cherche à en analyser les fossiles, dont le prix est pourtant largement supérieur à celui du phosphate extrait. Fait exprès ! ?

Les dinosaures terrestres ont subsisté en se déplaçant sur les plus gros continents dans des zones de refuge. Lorsque le nord de l'Amérique s'est vu geler, ils se sont déplacé vers le Mexique, dans une zone assez étroite. Leur nombre restreint leur a juste permis de survivre mais pas d'évoluer (une chose encore à découvrir pour les scientifiques, l'évolution est stoppée quand une population animale tourne au minimum d'individus, d'où l'existence de fossiles vivants comme le Cœlacanthe.).

Les populations drastiquement réduites ne donnent plus pléthore de fossiles comme avant, ce qui a pu faire croire à leur disparition. Les découvertes de dinosaures momifiés (et non fossilisés) sont très récentes et étouffées par l'omerta scientifique.

Ce sont les anunnakis, arrivés il y a 450 000 ans, qui, par la chasse sportive (pour les trophées), ont décimé ces populations de dinosaures au Mexique. Les témoins humains de ces chasses ont d'ailleurs gravé ces scènes sur la pierre en Amérique du Sud où d'autres dinos ont également survécus pendant un certain temps. Les figurines d'Acambaro sont également des témoignages des humains de l'époque avant la disparition des derniers dinos de leur région.

Evolution des dinosaures bloquée

Quand il n'y a plus assez d'individus d'une espèce, les chances de mutations (y compris celles qui sont bénéfiques et font évoluer les espèces) deviennent très faibles, à cause d'un pool génétique réduit et que, si l'espèce perdure, elle n'évolue plus comme dans le cas du coelacanthe où les individus actuels sont semblables à leurs lointains ancêtres.

Ce qui est applicable au Cœlacanthe l'est aussi aux dinosaures. Ces gros animaux étaient forcément en nombre réduit (grands territoires de chasse). Les dinosaures ont survécu en petit nombre depuis 65 millions d'années. C'est pourquoi les représentations qu'on trouve sur les pierres d'Ica ou les figurines d'Acambaro (Mexique) ressemblent à ce que nous connaissons des dinosaures du Jurassique tardif/Crétacé. Ceux qui existent encore ne sont pas bien différents de ceux qui existaient déjà il y a 65 millions d'années à cause de ce blocage !

Les dinosaures actuels

Les oiseaux actuels sont des dinosaures (des descendants des raptors) qui, grâce au vol, ont pu contourner les migrations terrestres devenues impossibles.

Il reste aujourd'hui quelques espèces de dinosaures terrestres toujours en vie mais peu nombreuses :
- des prédateurs (type T-Rex) en Australie du nord, dans la vaste zone marécageuse en Terre d'Arnhem (une réserve arborigène),
- des herbivores (type diplodocus et brontosaure) au Congo

Les rumeurs selon lesquelles des ossements récemment découverts de dinosaures avec de l'ADN intact, et beaucoup trop jeune pour dater de 65 millions d'années sont vrais. Il existe effectivement des dinosaures morts bien après cette date, notamment des animaux de la famille des Triceratops en basse Californie. Ces découvertes sont systématiquement écartées puisqu'elles valident de nombreux points connexes qui sont tabous. Si les Dinosaures ont survécu, alors les figurines d'Acambaro sont vraies, tout comme les pierres d'Ica... et là on ouvre la boite de pandore (anunnakis, extra-terrestres reptiliens, apocalypse, etc.).

Nessie (monstre du Loch Ness)

Nessie est une forme de poisson benthique (vivant sur les fonds, loin de la surfae de l'eau) qui se nourrit exclusivement au fond de débris et de cadavres charriés par les rivières (notamment des moutons). Son métabolisme est très lent, il peut rester sans manger pendant de longues périodes.

Il ne nage pas entre deux eaux mais reste à fouiller le sol grâce à un odorat très développé (barbillons). Ces animaux existent aussi en mer (se nourrissent des cadavres de poissons et de cétacés).

Certains de ces poissons ayant été piégé dans le Loch Ness quand le niveau des eaux s'est modifié.

Le seul moment où ces animaux sont visibles, c'est quand ils remontent en surface pour changer l'air de leur vessie natatoire (ou prendre un bain de soleil).

Un mal pour un bien

Les mammifères (donc les humains) n'auraient jamais pu se développer au niveau actuel si les dinosaures n'avaient pas été balayés lors de la dernière grande extinction massive d'il y a 65 millions d'années (fin du Crétacé).

Les mammifères commencèrent leur développement en s'accaparant des niches écologiques de plus en plus nombreuses et variées, au fur et à mesure que les dinosaures laissaient la place.

C'est d'abord les dinosaures aviens (volants, des gros oiseaux en fait) ont survécu et ont prospéré, tenant le haut de la pyramide alimentaire ainsi que de nombreux autres secteurs, car leur capacité d'adaptation, leur sang chaud, leur aptitude à se déplacer sur de grandes distances (pour les espèces volantes), ainsi que leur système d'oxygénation, leur donnèrent un avantage certain sur les mammifères, qu'ils soient marsupiaux ou placentaires.

Ce stade de développement de la vie se retrouve aussi sur d'autres mondes vivants, et il existe des espèces intelligentes proches des oiseaux terrestres, ainsi que d'autres intermédiaires entre les reptiles et les dinosaures aviens.

Histoire > Conscients

Survol

Voyons les espèces conscientes de leur égo, s'étant développées naturellement sur la Terre, même si elles peuvent avoir été génétiquement comme c'est le cas du genre homo.

Bélemnites (p.)

Céphalopodes marins ayant vécus dans la Terre creuse sous le pech de Bugarach, emmené par la suite sur une autre planète, quand les conditions de leur grotte se sont dégradées.

Raptors primitifs

une espèce reptilienne qui n'a pas dépassé le niveau technologique de notre âge du bronze.

Ces reptiliens primitifs ont vécu à ce qu'on appelle l'âge des dinosaures, dans les derniers temps avant le début de leur extinction progressive il y a 65 millions d'années. Suite à un gros bouleversement environnemental enclenché par plusieurs passages de Nibiru importants à cette période, les conditions de vie de cette espèce s'étant très dégradées, elle a été transportée sur une autre planète. C'est ce qu'on appelle une transplantation. Aujourd'hui ces reptiliens existent toujours, mais ne semblent pas être les Raksasas, ni les raptors cavernicoles, au seuil de la conscience.

On retrouve parfois des artefacts dans les roches dont on ne comprend pas l'origine (des marteaux, des vases, des objets métalliques). Certains, trouvés dans du charbon, ont simplement été

Vie > Système solaire > Terre

perdu/abandonnés par ces créatures sur leur lieu de vie (des forêts primaires chaudes) au milieu des débris végétaux qui se sont avec le temps agglomérés pour devenir ce charbon. Ce sont des traces archéologiques rares, car il faut des conditions particulières pour l'objet résiste au processus de fossilisation.

Homo (p.)

L'homme est le dernier avatar de la conscience sur Terre.

Histoire > Conscients > Homo

Les primates bipèdes intelligents du genre homo montrent trop de mutations majeures instantanées, et cela sur trop peu de milliers d'années, pour qu'on puisse croire que ce soit simplement le fruit du hasard.

Les grandes évolutions récentes

L'homme a subi plusieurs évolutions majeures et inexpliquées (manipulations génétiques de divers ET), ce qui indique qu'on n'est pas tout seul.

Homo est une espèce que les Zetas (et d'autres ET comme les Pléïadiens) ont développés tout au long de plus de 7 millions d'années, avec des interférences d'autres ET hiérarchistes qui ont bridés notre cerveau pour nous transformer en esclaves dociles. Chaque manipulation génétique exogène conduit à l'apparition d'un humanoïde complètement nouveau, qui se mélange aux précédents par brassage génétique et différentes migrations.

La taille du cerveau n'est pas un indicateur d'évolution : Habilis et Sapiens ont des volumes crâniens inférieurs à leur prédécesseur, respectivement Erectus et Néanderthal.

Harmonyum nous donne (à titre indicatif, en fonction de ce qu'il a le droit de dire) la chronologie humaine suivante (entre parenthèse le nom de l'espèce alien qui effectue la manipulation génétique) :

- Homo erectus (Zeta) avant 5 millions d'années.
- Homo habilis (Raksasas) il y a 5 millions d'années.
- Homo néanderthal (anunnakis) il y a 425 000 ans
- Homo Sapiens (Zetas) il y a 400 000 ans

L'histoire du genre homo est détaillée dans L1.

Organisation sociale

Les hommes ont passé 7 millions d'années en mode chasseur-cueilleur. Il n'y a que depuis 6 000 ans en France que les hommes ont été sédentarisés de force par les illuminatis (les tribus sauvages pourchassés par les envahisseurs sumériens, et mis en esclavage).

Ce mode agriculteur est moins adapté à l'homme, qui devient plus petit et perclus de maladies opportunistes et de caries, tout en vivant 2 fois moins longtemps.

Evolution du morphotype

Naturelle

Les hommes s'adaptent aussi à leur environnement.

Ensoleillement

Ceux qui vivent à l'équateur conservent leur mélanine tout le temps, utile pour se protéger du soleil (notamment des utlra-violets). Plus on monte au Nord, et plus la peau devient blanche (absence de mélanine car moins de soleil). En effet, la synthèse de mélatonine devient de plus en plus inutile plus on monte au nord, et ça permet de capter plus d'ultra-violets importants dans la synthèse par le corps de la vitamine D.

Du coup, si l'homme n'a pas accès aux produits de la pêche, une peau noire l'empêcherait de synthétiser la vitamine D avec le faible ensoleillement des hautes latitudes, et il serait désavantagé par rapport aux peaux plus claires.

Les inuits, très proche du pôle nord, qui ne mangent que des produits de la pêche notamment les abats (foie,coeur) donc ont de la vitamine D en pagaille, ont ainsi pu conserver leur teint cuivré.

Pour la température extérieure, quand il fait très chaud, le mécanisme thermorégulateur principal c'est la sueur. Il faut donc avoir une surface de peau grande, donc de longues jambes, de longs bras… Quand on prend les Esquimaux au contraire dans un pays froid, ils sont trapus et ce sont les membres qui raccourcissent.

Plus on va le Nord, plus les hommes ont des nez petits et étroits. Tant qu'on respire un air chaud, il n'est pas nuisible pour les poumons. Mais, dès qu'on va dans des contrées où l'air est plus sec et plus froid pour les poumons, cela fait sécréter du mucus qui s'infecte et on meurt plus facilement de bronchite, de pneumonie...

Ces caractères se développent soit par favorisation des individus avec ces caractéristiques, plus adaptés à leur environnement, soit par épigénétique, c'est à dire mutation rapide de leur ADN pour s'adapter, ces caractères étant transmis à leurs descendants.

Espèce peu variée

Comparé à l'histoire de la terre qui durerait 24 h, l'homme n'est là que depuis les 2 dernières minutes. C'est pourquoi c'est l'une des espèces animales et végétales dont les gènes ont le moins de variations, n'ayant pas eu le temps de muter d'une région à l'autre. Il est courant de trouver un organe compatible entre un asiatique, un Africain ou un Européen alors qu'il est incompatible entre les membres d'une même famille. A titre de comparaison, il y a 400 fois plus de différences entre 2 chênes qu'entre 2 hommes. Quand homo existe depuis 7 millions d'années, la chouette existe depuis 85 millions d'années, le requin depuis 200 millions d'années.

Les différences morphologiques entre les hommes sont peu nombreuses, on peut citer par exemple la couleur des yeux, des cheveux, la taille du nez, la quantité de mélanine dans la peau (donnant sa coloration), la taille, forme du front, des pommettes et du menton, la perte des cheveux précoce, le blanchiment des cheveux précoce, le type de muscles, quantité d'hormones présente dans le corps, manière de stocker plus ou moins de graisse (type de métabolisme), etc.

Ces différences d'apparence ne sont en aucun cas le signe d'une supériorité ou inferiorité quelconque.

Génétique

D'après Nancy Lieder, il y a eu 6 grandes espèces pour homo erectus, basée sur du génome ET différent (Zéta, Pléïadien, etc.), et des primates différents (par exemple Orang-Outan pour les Chinois). Le comportement de base du singe se retrouve dans le comportement des hommes d'aujourd'hui (par exemple, les Chinois, très intelligents, auront tendance à fuir le conflit, et ne se battre qu'à la dernière extrémité, alors que d'autres types d'humains, basés sur des bonobos plus agressifs, auront tendance à taper avant de discuter).

Avec le mélange des gènes, toutes ces différences ont tendance à s'applanir, chaque individu pouvant puiser dans sa banque de gène ce qui lui convient le mieux.

D'après Harmo, les Anunnakis, quand ils ont créé Néandertal, sont partis sur 12 génotypes anunnakis. Ce qui explique notre grande homogénéité.

Terre > Effets de Nibiru

Voyons les effets de Nibiru sur la vie terrestre.

La Nature habituée

Même dans les pole-shift les plus durs pour la vie, la Nature est habituée aux passages de Nibiru. L'évolution a suivi et intégré ces événements qui sont très courants. Qu'est ce qu'un cycle de 3 666 ans sur 4 milliards d'années ? Le passage de Nibiru est un phénomène extrêmement fréquent dans l'histoire géologique finalement.

Les animaux sont capables de se déplacer sur de grandes distances, aussi bien au sol (mammifères, insectes) que dans l'air (Oiseaux etc...) ou dans l'eau (la migration la plus facile). Si aujourd'hui la grande majorité des oiseaux migrent l'hiver et l'été, c'est parce qu'ils ont gardé de très vieilles habitudes des anciennes configurations géologiques. Ils se trouvent un coin frais et riche en nourriture l'été, et se réfugient au chaud l'hiver. Ils feront exactement cela sous la nouvelle configuration. Quant aux mammifères, l'histoire a montré que les espèces sont capables de se déplacer d'un bout à l'autre de continents, voir même parfois sur des îles en utilisant les débris flottants. Certaines espèces s'éteindront parce qu'elles sont incapables de bouger ou parce qu'elles sont sur-adaptées à une nourriture qui disparaîtra momentanément.

La diversité biologique et animale ne serait pas aussi variée sans Nibiru qui oblige les espèces à constamment trouver de nouvelles solutions. Sans ces cycles d'extinctions et de repopulation, la Terre serait encore habitée par des trilobites (des crustacés primitifs) de 3cm. Par exemple, c'est l'extinction progressive des dinosaures enclenchée par les passages de Nibiru et la fin du supercontinent qui font que nous sommes là.

Nibiru a toujours les mêmes effets sur la Terre, le danger vient donc surtout du fait que ses habitants ne sont pas forcément prêts au choc. Il y a 3 666 ans, les civilisations archaïques ont pu facilement se reconstruire, et ce fut encore bien plus facile 3 666 ans plus tôt quand la plupart des humains vivaient de pêche et de cueillette. Ce qui va faire des deux prochains passages une catastrophe, ce n'est pas Nibiru, c'est l'incapacité de l'homme et de sa civilisation moderne coupée de la réalité à encaisser le changement. Tout a été fait dans un

Vie > Système solaire > Terre

contexte d'immobilité, d'immuabilité. La Nature, elle, a tenu compte de ces aléas dans ses mécaniques, pas nous. Nibiru n'y est pour rien, c'est l'homme par son aveuglement et sa suffisance (merci les Elites...) qui a creusé sa propre tombe.

Causes

Voir (L0>Nibiru>Présent>Vie) pour les nombreux cas enregistrés depuis 2010, ou *Terre>effets de Nibiru* pour la description des causes (p.).

Plusieurs causes à ces hécatombes (hors les passages en eux-même).

Ces causes peuvent tuer, ou tout simplement fatiguer les organismes vivants : les cumuls ou les superposition d'effets finissent par provoquer des génocides :

- La pression dans la croûte terrestre fracture les roches et libère les gaz fossiles (p.) :
  - Le sulfane stagne au sol, et explique les morts d'animaux terrestres respirants près du sol (comme les sangliers en Bretagne où on accuse faussement les algues)
  - Le méthane monte et forme des poches en altitude, provoquent la mort des oiseaux qui traversent la poche (asphyxie p.).
- Le climat et les courants marins qui modifient brutalement les cycles et les températures. L'homme peut mettre des vêtements en cas de refroidissement brutal, pas les animaux, à qui il faut plusieurs jours d'adaptation (or on parle de 30°C de moins en une heure ou deux).
- Les changements chimiques de l'atmosphère et des océans (pH par exemple) liés aux éléments déversés par le nuage de Nibiru dans la haute atmosphère, et qui se retrouvent au final dans le cycle de l'eau.
- Les explosions sous marines, notamment sur les rifts, mais également les sons parasites (trompettes de l'apocalypse, bruit de fond sismique permanent) sont perturbants pour les mammifères marins, qui s'échouent, sonar déréglé.
- Les espèces qui sortent de leur biotope naturel, et qui entrent en compétition avec les autres espèces (comme les monstres des profondeurs qui remontent vers la surface des océans à cause des trémors continus de l'activité terrestre). Ils se retrouvant dans des conditions pour lesquelles ils ne sont pas adaptés.
- L'affaiblissement des défenses immunitaires de tous les animaux (homme compris) à cause des conditions instables (climat et météo instables et cahotiques, pH, résonance de Schumann montant en fréquence et à laquelle les organismes ne sont pas habitués, problèmes sociétaux, etc...) mais aussi des radiations diverses et EMP venant du noyau terrestre. Ces multiples stress, liés à Nibiru, diminuent l'immunité des animaux/végétaux (humains compris). Les virus mutent donc plus vite, car leur terrain de développement est moins protégé (système immunitaire fragilisé).
- La prolifération de formes de vie opportunistes (virus / bactéries / planctons / etc...) profitant de l'augmentation des température et du CO_2 ,déséquilibrant les écosystèmes.
- La pollution et l'activité humaine qui ont grandement affaibli l'environnement, et cela bien avant l'arrivée de Nibiru (pesticides tuant la base de la vie, herbicides nuisant à la diversité, plastiques polluants les océans, lâchage de résidus d'extraction minière comme le zinc+arsenic+cyanure+plomb relâché en 1987 à Decazeville par l'usine Vieille Montagne, le PCB de Monsanto ayant saturé les poissons de la mer du Nord, destruction des forêts primaires, etc.).
- Les catastrophes météos, les incendies gigantesques inarrêtables ou les éclairs plus intenses donc plus mortels qu'à l'accoutumée.

Les cétacés, étant en fin de chaîne alimentaire, cumulent les poisons qui atteignent leur cerveau, ce qui les rend très fragiles aux changements environnementaux. C'est notamment leur système d'écho-location qui en est victime et les explosions marines peuvent totalement paralyser leurs sens déjà mal en point.

Comportement anormal des animaux

Les animaux réagissent à de stimuli invisibles/inaudibles pour l'homme. Les oiseaux par exemple se regroupe dès juillet, prêt à migrer. Les dauphins s'éloignent par milliers de côtes peu avant que des sons anormaux soient entendus par les humains.

Les animaux de zoo ou domestiques ne pouvant pas migrer quand ils sentent un danger, le stress et la frustration leur font adopter des comportements agressifs. L'Homme n'est pas différent, et les altercations et attaques au couteau se multiplient, signes d'un stress et d'une peur refoulée et mal conscientisée.

Crises d'asthme

On voit de nombreuses crises d'asthme, même chez des non asthmatiques. Elles sont en réalité provoquées par les particules en suspension dans la queue de Nibiru qui fouette régulièrement la terre, particulièrement dans l'hémisphère Sud. Nibiru étant légèrement au sud de l'écliptique, l'Australie est ainsi particulièrement touchée, et d'autres pays le seront également à l'avenir, et ce de plus en plus.

Phénomène sous estimé

Les oiseaux par exemple, sont des animaux qui sont vite décomposés dans la nature. Donc à part s'ils tombent par milliers sur une route passante, tous ceux qui meurent dans la forêt ou dans les champs à côté de la route, voient leurs cadavres caché par la végétation, et rapidement éliminés.

Anoxie au méthane aérien

Non perceptible

Le méthane crée une asphyxie imperceptible, car sans odeur et sans saveur. C'est pourquoi dans le méthane vendu dans le commerce, on rajoute des composants soufrés pour l'odeur.

Anoxie

Le méthane a la particularité, comme le monoxyde de carbone, de se fixer sur l'hémoglobine avant l'oxygène, ce qui empoisonne votre sang. Vu que vos organes et votre cerveau n'ont plus d'oxygène apporté par le sang, vous perdez connaissance.

Ce remplacement de l'oxygène provoque l'anoxie, le manque d'oxygène dans le sang (ce qui amène la mort des cellules).

Il suffit de 30% de méthane dans l'air pour tuer un humain, et les poissons et les oiseaux soient encore plus sensibles que nous à ce phénomène.

Symptômes de l'empoisonnement

Maux de tête, nausées voir vomissements, perte de concentration, une fatigue générale et parfois une somnolence, jusqu'au malaise. C'est typique d'une anoxie type méthane ou CO, et c'est ce qui est observé dans les malaises dans les avions depuis 2015.

Quand l'empoisonnement est progressif, il peut amener le cerveau à se mettre en sommeil pour éviter les dégâts à cause de l'anoxie.

Taille de l'individu

Plus l'animal est gros, moins il sera intoxiqué (effet de dilution). Sauf s'il reste trop longtemps dans la poche de méthane.

Oiseaux

Les oiseaux sont de très gros consommateurs d'oxygène pour le vol : l'effort pour battre des ailes est intense, et les oiseaux absorbent plus d'air qu'un animal posé au sol.

Les oiseaux sont asphyxiés lors de la traversée de la poche de gaz stagnant en altitude.

Là où les passagers des avions traversant ces poches se contentent d'avoir des malaises allant jusqu'à s'évanouir, les oiseaux tombent dans des états comateux sévères, voir meurent directement pour les plus petits. Ils tombent, et c'est le choc violent avec le sol qui les tue.

Mammifères terrestres

Les mammifères terrestres (dont les humains), peuvent ressentir les effets de cet empoisonnement, sans mourir (ils se contentent de s'évanouir dans le pire des cas, pour mettre le corps au repos et diminuer au minimum la respiration et le besoin d'oxygène).

Anoxie au méthane dissous dans l'eau

Le méthane est soluble dans l'eau, où il intoxique les créatures de la même manière que dans l'air : au lieu d'absorber l'oxygène dissous dans l'eau, l'organisme absorbe le méthane, qui se fixe dans son sang.

Une fois dans le système sanguin, le méthane forme des micro bulles de gaz dans le sang, provoquant des problèmes cérébraux (anévrismes), cardiaques et pulmonaires. S'en suivent des vertiges, nausées, incoordination des mouvements, malaises, pertes de connaissances partiels ou totaux. Les échouages massifs viennent de ces intoxications.

Poissons

Les poissons ou les étoiles de mer meurent, car ils respirent directement l'eau contaminée.

Cétacés (p.)

Les cétacés (qui respire l'air de surface) sont empoisonnés de l'intérieur lors de l'ingestion de nourriture contaminé au méthane.

Le méthane qui empoisonnent certaines zones des mers et océans où séjournent les baleines, provoquent des lésions sévères dans leur organisme.

Vie > Système solaire > Terre

Gaz volcaniques dissous dans l'eau

Encore plus mortels que les gaz du sous-sol dissous dans l'eau (comme le méthane vu précédemment), ces émanations volcaniques sous-marines provoquent des hécatombes le long du rift Atlantique par exemple.

Explosions sous-marines

Si dans l'air compressible, les explosions venant du sous-sol sous pression n'ont que peu d'impact (la compressibilité de l'air amortit l'onde et ses dégâts), dans l'eau incompressible, elles sont dévastatrices pour les "oreilles" des êtres vivants.

Les explosions détruisent le système radar sonore indispensable au repérage des baleines. Elles ont ensuite du mal à se déplacer (ce sont souvent de grandes migratrices), à chercher leur nourriture (qu'elles ne peuvent plus écho-localiser), et communiquer (et donc se reproduire).

C'est pourquoi on voit tant de cétacés s'échouer sur les côtes (qu'ils ne "voient" plus), et qui une fois remis en mer, se redirigent encore vers les côtes, comme rendus complètement aveugles...

300 baleines retrouvées mortes dans un fjord (L0)

Explosions sous marines et méthane dissous provoquent la mort des cétacés.

1 baleine morte sur 2 flotte une fois en décomposition (l'autre 50% est dévorée ou tombe sur le fond) : 300 baleines, ça veut dire 600 mortes en réalité.

Ensuite, ce fjord sert de lieu d'échouage aux cadavres parce qu'il finit en cul de sac, c'est un effet d'entonnoir, si bien que les cadavres flottants ont plus tendance à s'y entasser qu'ailleurs. Ce phénomène de "cimetière de baleine" est connu en paléontologie, notamment dans une région d'Egypte où on retrouve des centaines de fossiles de baleines concentrés dans un même lieu. La conclusion, c'est que les quelques spécimens que l'on découvrait jusque là sur les côtes n'étaient que le sommet de l'iceberg : la mortalité des baleines est très élevée, mais entre celles qui tombent au fond ou celles qui sont amassées dans des cimetières de baleine non répertoriés, le nombre réel prouve une réelle hécatombe.

EMP (kill shot)

L'EMP généralisée qui se produira au moment du pole shift peut atteindre les personnes fragiles dans certaines mesures :

1. les EMP ont un effet sur le cerveau humain et cela peut enclencher des réactions de choc (choc magnétique) sur les neurones. Cela n'est pas dangereux pour 95% des gens sauf pour ceux qui ont une fragilité spécifique. Une forte hypertension par exemple peut provoquer une attaque cérébrale à cause d'une EMP trop forte. Plus spécifiquement, le symptôme le plus courant sera des pertes de consciences momentanées sans séquelles majeures. Ces effets seront identiques à ce qu'on peut observer en magnéto-thérapie par chocs magnétique utilisés en psychiatrie. Ce choc tend à réinitialiser les rythmes cérébraux des neurones (d'où une perte de conscience courte sans malaise physique, ou encore des pertes de mémoire). Les épileptiques peuvent prendre des crises.

2. les personnes fragiles du coeur portent souvent des appareillages (type Pace-makers) qui pourront être atteints si elles se trouvent pile poil sur des zone d'EMP localisées, ou lors de l'EMP généralisée. De même les personnes au coeur fragile sans appareillage peuvent être atteintes indirectement car le stress provoqué dans le cerveau par l'EMP, et finalement sur tout le corps (en plus du stress lié à des événements inattendus et surprenants) peuvent se combiner et mener à une crise cardiaque précoce.

3. Le stress général, même sans fragilité particulière, peut mener le corps à une mort subite, car la combinaison du choc psychique et du stress physique peuvent aboutir à une attaque (cérébrale et/ou cardiaque). C'est notamment pour cette raison que les ET ne se montrent pas en chair et en os pour l'instant, le choc pouvant être fatal pour une grosse partie de la population humaine en 2014. Si la mort ne se produit pas au moment de la rencontre, le stress post traumatique peut avoir le même effet à retardement (dépression profonde, mécanismes d'autodestruction interne etc...). La psychée humaine est bien plus fragile que nous le pensons généralement. C'est pourquoi aussi bien par rapport aux événements à venir que par rapport aux contacts ET, plus ces idées ont été intégrées par les personnes et moins le stress traumatique qui y est associé est grave. La vision de Nibiru en elle même tuera des gens simplement par le choc psychologique

qu'elle engendrera, c'est pourquoi une annonce, même partielle, sauvera quantité de personnes.

En conclusion, tous ces phénomènes combinés ont un impact sur les humains dès à présent, car le stress s'avère dors et déjà très important : le climat chaotique, la société dés-humanisée, la crise économique, mais aussi les radiations du noyau terrestre, les changements chimiques de l'atmosphère, les EMP etc... contribuent déjà à provoquer des morts brutales et subites souvent en aggravant des problèmes de santé pré-existants. Il est fort probable que nos coeurs et nos cerveaux soient mis à rude épreuve, mais cela ne mènera pas systématiquement à des crises cardiaques lors d'un "kill shot". Ces risques ne représentent pas le danger principal qui nous attend, même si les personnes fragiles doivent redoubler de vigilance pour leur santé, qui, de toute manière et pour tous les humains de façon générale, est grandement dégradée depuis quelques années.

lors du passage de Nibiru nous serons témoins de comportements incompréhensibles. Le choc et le déni seront si importants chez certains que nous verrons des gens dans des situations incohérentes et irrationnelles. Si certains iront piller des téléviseurs grand écran, d'autres profiteront du beau temps pour faire bronzette. L'idée, c'est que ces personnes ne peuvent pas imaginer et intégrer le changement, y résistent et finissent par faire comme si rien ne se déroulait sous leurs yeux. Au contraire, ces comportements sont souvent une volonté de renforcer le déni par leur aspect contradictoire. Si la situation n'était pas si grave, cela en serait plutôt comique !

Leucitisme

Les bisons blancs, et autres animaux leucitiques (et pas albinos) se rencontrent de plus en plus avec le stress tectonique, et les failles dans le sous sol qui permettent à certains rayonnements de remonter et d'agir sur le gène de la couleur de peau ou de poils.

Les Zétas expliquent le phénomène de la façon suivante : le bronzage (coloration des pigments) s'active quand la peau est exposée au Soleil trop fort. La peau a besoin de lumière pour synthétiser la vitamine D, mais trop de Soleil brûle la peau, d'où la protection par la mélanine.

Les noirs, vivant entre les tropiques, exposés tout l'année à trop de Soleil, sont obligés de garder en permanence cette protection activée, et le mécanisme d'adaptation (dé-bronzage) a disparu.

Les blancs, exposés chaque année à des pénuries de Soleil, sont obligés d'activer ou non cette protection pour que la synthèse de vitamine D marche quand même en hiver. En hiver, la protection est désactivée, ils sont alors blancs comme un cachet d'aspirine. En été, quand ils reçoivent les rayonnement solaire, le mécanisme de protection s'enclenche, et ils bronzent, jusqu'à s'approcher du niveau de mélanine des noir si placés entre les tropiques.

C'est le même mécanisme de dé-protection qui se produit avec l'arrivée de Nibiru. Le noyau terrestre émet des rayonnements caractéristiques de l'arrivée de la planète Nibiru, et des 50 ans d'absence de Soleil qui vont suivre. Certains animaux activent alors, trop tôt, le mécanisme de leucitisme : même principe que pour les noirs, mais inversé : vu qu'on sait qu'on n'aura plus de Soleil avant un moment, leurs gènes se débarrassent du mécanisme de protection qui active le bronzage. C'est d'ailleurs ce mécanisme de désactivation de l'adaptation au Soleil qui s'est produit avec les anunnakis : quand il n'y a plus de Soleil, le mécanisme de l'adaptation au Soleil (bronzage) n'a plus lieu d'être.

La dérive des continents

Nous avons vu les causes et les effets dans cosmologie (p.).

Les déplacements restent très lents sur 3 600 ans : par exemple, il y a 2000 ans, la ville d'Ys en Bretagne était encore émergée, et le prolongement des alignements de Carnac, actuellement sous l'eau, encore émergé. Sûrement que des îles actuelles étaient encore reliées au continent. Mais ces effets très localisés n'ont que très peu d'impact sur la vie.

Par contre, là où c'est impactant, c'est le déplacement rapide lors du pole-shift. Des zones tropicales se retrouvent aux pôles, les rifts océaniques s'écartent ou se compriment, des continents s'enfoncent sous les eaux tandis que d'autres émergent (ou réémergent). Sans parler des autres phénomènes liés (comme l'orogénèse) que nous verrons à part.

Par exemple, c'est effondrement dû à l'écartement du rift océanique qui explique la disparition sous les eaux de l'Atlantide (une terre située entre l'amérique et l'Europe/Afrique) dont il ne reste plus que les Açores à l'Est, et Cuba/Bahamas à l'Ouest.

Vie > Système solaire > Terre

Cela à des effets sur la vie, comme pour les dinosaures, des animaux peu adaptés aux climats froids, et qui n'ont pas pu trouver de terres émergées proches de l'équateur lors d'une configuration de la Terre après un passage de Nibiru. Seuls les oiseaux ont pu traverser les mers pour rejoindre des régions plus propices.

Cette dérive rapide des continents explique que dans les phosphatières (trous dans un causse calcaire où tombent les animaux au cours du temps) se retrouvent des fossiles d'animaux des 100 derniers millions d'années (des couches contenant des animaux tropicaux, surmontées de couches avec des animaux polaires comme les mammouths). Cette alternance de fossiles indique que la même partie d'une croûte terrestre se retrouve alternativement à l'équateur ou aux pôles géographiques (variant dans des positions intermédiaires).

Terre > Effets de Nibiru > Interpassage

Obscurité

La plupart des plantes qui demandent un ensoleillement important se font déborder par les plantes aimant l'ombre suite aux 25 ans de pénombre et de bruine. Idem pour celles adaptées à un climat sec, qui pourrissent avec les précipitations perpétuelles.

Si les plantes sont d'égales valeurs face à l'ombre, elles vont toutes vivoter le temps que la lumière revienne.

Les animaux doivent manger moins de plantes, ou alors changer de régime alimentaire pour s'adapter aux nouvelles espèces opportunistes, plus adaptées aux nouvelles conditions.

Stockez des graines et du bétail ou des poissons pour le climat cible ! Participez à l'établissement d'une nouvelle faune et d'animaux domestiqués. Cela comprendrait les mauvaises herbes, qui sont souvent rustiques, et les cultures domestiquées qui sont cultivées pour obtenir des produits de haute qualité, et non pour leur rusticité. Les mauvaises herbes ne sont peut-être pas les bienvenues aujourd'hui, en fait elles sont exclues ou interdites, mais dans l'après-temps, elles seront probablement les produits les plus probables. Pensez donc à la cible, et voyez comment vos sources alimentaires locales s'en sortiront. Si elles sont bonnes, vous avez de la chance, sinon, planifiez agressivement la cible. Prenez la responsabilité de votre survie, de votre vie dans l'Aftertime, et ne vous excusez pas !

Terre creuse

Nous avons vu les caractéristiques géologiques (p.) de ces cavités, issus du refroidissement d'un magma rempli de gaz formant des géode de gaz en son sein.

Voyons la vie qui s'est développé dans ces cavités souterraines plus ou moins profondes (70 km de profond max).

Origine de la vie souterraine

Il y a parfois de la vie, une vie en autarcie qui s'est développée à l'écart de notre monde mais qui en est issue.

Il y a aussi des aquifères qu'on pourrait comparer à des mers intérieures, avec des formes de vies aquatiques ayant évolué à partir de formes terrestres très anciennes. Dans certains cas, ces cavités énormes ont été "contaminées" par de la vie extérieure par l'intermédiaire de l'eau qui s'y écoule (grottes d'accès), parfois ensemencées par les ET pour sauvegarder des espèces précieuses. Les cavités sont habitées par des créatures primitives (insectes, arthropodes, poissons). Les créatures intelligentes sont rares : raptors, salamandre, big foot et MIB en sont les exceptions.

Protection contre les intrusions humaines

L'entrée des cavités de surface (p.), accessibles depuis des grottes sédimentaires, est parfois surveillée par les ET qui veulent éviter que l'homme les découvre et détruise la vie qui s'y trouve.

Ces espèces cavernicoles sont en quarantaine par rapport à nous (dans le sens où les ET jardiniers les protègent de notre invasion).

Il est possible, une fois que l'humanité sera pacifiée, que des interactions soient autorisées mais en attendant, nous sommes bien trop agressifs. Aucun renseignement détaillé ne sera fourni sur ces espèces (lieu où ils sont, biologie etc...) parce que cela pourrait trahir leur présence.

Cavernicoles disparus : bélemnites

Harmo a un jour été emmené en visite instructive ET dans une cavité sous le mont Bugarach.

Aujourd'hui presque asséchée (si trop près de la surface, ces cavités sont elles aussi exposées aux changements de Nibiru), cette cavité avait abrité une espèce de céphalopode d'assez grande taille, aujourd'hui disparu (Harmo n'a pas vu l'animal vivant, mais a suivi leur évolution via des images télépathiques).

Il y avait plein de rostres au sol, il s'agissait probablement d'une espèce proche des bélemnites qui ont eu leur apogée au jurassique.

Il y avait aussi des objets non naturels, fabriqués, des outils primitifs.

Figure 28: Belemoidea actuels

Figure 29: Rostre fossile de Bélemnite

Ces bélemnites intelligents (de la cavité de Bugarach) sont importants, car ils semblent avoir constitués la première espèce intelligente de la Terre.

Ils ont probablement, à l'origine, été importé dans cette cavité par des veines d'eau venant de la surface, à une période reculée, et s'étaient adaptés à ce nouvel espace.

La taille très importante de cette alvéole a permis de soutenir un cycle de vie, certes primitif, mais quand même assez poussé.

Ces céphalopodes avaient évolué vers une certaine forme d'intelligence, et vivaient en communauté structurée, un peu comme les dauphins. Ils avaient été poussés à cela à cause des conditions difficiles de survie dans cette cavité, qui demandait un partage et une gestion des ressources alimentaires. Cette contrainte les a donc poussé à avoir un cerveau plus gros, car ces céphalopodes, en plus d'avoir construit des relations sociales, se comportaient à la manière d'écureuils en se faisant des réserves.

C'est ces contraintes qui avait poussé leur développement cérébral, car il fallait qu'elles évaluent quelle quantité de nourriture stocker et gérer leur "grenier". Une faible population, ainsi qu'un rythme de reproduction réduit, les avaient empêché d'entrer dans un système de concurrence, mais au contraire les avaient mené à plus de coopération.

Cette espèce de calmar intelligent avait été transférée sur une autre planète par les ET bienveillants (pour éviter qu'ils ne disparaissent suite aux changements dans la cavité), car leur forme de conscience méritait d'être préservée.

Cette espèce, aujourd'hui disparue de l'Univers, a donné une forme de civilisation très avancée par la suite.

Cavernicoles actuels : Raptors

Les ET évolués ont ensemencé sous Terre une ancienne espèce de dinosaure (type raptor, origine terrestre ?) qui est au seuil d'atteindre la conscience (comme l'humain).

Cavernicoles exogènes (p.)

Ces espèces transférées depuis d'autres planètes (salamandre, Big Foot, MIB), seront détaillées dans la partie sur les ET.

Corps Humain

Voir si cette partie n'a pas des doublons avec Vie>conscience ?

Dans vie>conscience, nous avons vu ce qu'était l'âme et la conscience, voyons comment ça s'organise dans le corps humain, et sa particularité d'avoir un cerveau analytique séparé en 2.

3 corps

Il y a 3 entités en "nous" :
- le corps physique, un assemblage de cellules qui travaillent en coopération, gérée par un système autonome de survie, à savoir :
  - un cerveau primaire,
  - un système nerveux autonome (battements du coeur par exemple),
  - une autonomie de chaque cellule. Chaque cellule a des communications télépathiques, chimiques et électriques avec les autres cellules du corps.

- Le conscient (mental), nos pensées et capacités d'analyses visibles (10 % du cerveau analytique) une couche supplémentaire posée sur le corps, et qui a du mal à dialoguer avec le corps et avec l'inconscient.
- L'inconscient, la partie du cerveau en contact avec l'âme, 90 % de notre cerveau analytique, générant une analyse invisible (aux yeux de la pensée/conscient) mais qui se ressent via un mal-être, ou des éclairs de génie venus d'on ne sait où.

Ce qu'on appelle l'égo est placé à la fois dans le conscient, mais bien plus au niveau du corps physique.

A chacun de trouver comment il peut dialoguer avec son inconscient et son corps (atteindre l'unité interne, et du coup l'unité avec l'Univers, voir méditation (p.) ou éveil (p.)), car au final, autant il y a d'êtres humains, autant âmes et corps ont de langages intimes propres pour communiquer.

Notre corps n'est qu'une enveloppe (certes intelligente) pour une entité immatérielle mais pourtant bien réelle.

A notre mort, seule l'âme garde notre individualité.

Âme et réincarnation

Plus l'âme humaine est dense, plus elle peut passer de temps en étant désincarnée. Les jeunes âmes humaines doivent se réincarner très rapidement après la mort.

Telle que je l'interprète, pour moi, l'âme est une recopie dans la dimension 9 de notre corps physique (la matière qui nous constitue étant constituée de qi, ces qi existants dans cette dimension 3 et dans la dimension 9). De plus, les morts gardent les traits du conscient de leur vivant.

Harmo dit que l'éveil est utile dans l'autre vie, ce qui indique que nous gardons nos 2 cerveaux dont il vaut mieux réussir le lien.

Mais à d'autres moments, Harmo parle de réincarnation, le fait que l'on parcourt différentes vies qui construisent notre personnalité inconsciente (âme) en fonction de nos actes passés. Ce qui impliquerait que l'âme est principalement la partie inconsciente, et que le conscient resterait accroché à un corps énergétique. Ce qui expliquerait ces histoire d'âme accomplie, avec différentes couches correspondant aux différentes vies, comment faire cohabiter dans la même âme autant de vies différentes de réincarnation ? Comment parler avec des défunts 1000 ans après leur mort, et que pour eux ils aient l'impression que quelques jours seulement se soient déroulés ?

Cerveau

3 couches de cerveau

La science connaît 3 cerveaux humains :
- cerveau reptilien, de base, gérant les réflexes, l'équilibre, mais aussi les réflexes primaires de défense du territoire ou de reproduction.
- Cerveau émotionnel, cerveau plus évolué générant la peur qui nous fait fuir les situations dangereuses. L'émotionnel prend le pas sur le reptilien (on défend son territoire, sauf si l'intrus est 2 fois plus grand que nous).
- cerveau cognitif, s'opposant en permanence aux 2 cerveaux primaux, l'enveloppe extérieure, apparue en dernier dans notre évolution, qui gère l'art, l'intelligence, la construction, etc.

Le cerveau cognitif est composé de 2 hémisphères, avec chacun 5 parties (de l'avant vers l'arrière) :
- préfrontal (siège des fonctions cognitifs élevé),
- pariétale (ou somatosensoriel),
- temporal,
- moteur,
- occipital (relié à la vision)

Chaque partie présente des caractéristiques différentes (l'ère de broca, l'ère auditive dans le lobe temporaux, etc.). Le conscient serait le préfrontal (voir le pariétal), et l'inconscient le reste du cerveau cognitif.

le cerveau est une entité fonctionnelle intégrale, il ne peut-être divisé sans nuire au comportement cognitif ! (l'un ne marche pas sans l'autre, ou a besoin de l'autre selon les échelles évolutives).

Cerveau disproportionné

Le cerveau humain, s'il semble commun à celui de tous les animaux au niveau de son architecture, à la plus grande allométrie (rapport "volume cerveau" / "volume du corps") du monde animal. Parmi les animaux à l'allométrie élevée, on trouve aussi les requins, les dauphins, les perruches, les perroquets. Autre différence, le cerveau humain continue de se développer pendant 6 ans après la naissance. L'environnement, la famille et la culture auront un effet sur la maturation du cerveau humain, en raison de sa grande plasticité. Par rapport aux autres espèces, l'homme est celui qui présente le cortex (partie antérieure du cerveau) le plus développé.

Automate du corps

Une bonne partie de notre cerveau sert à la coordination motrice des jambes, au fonctionnement automatique ou conscient du corps et des diverses glandes.

Étude du cerveau

Les scientifiques, via un EEG, mesurent l'activité électrique du cerveau. Il savent qu'une grosse partie est aussi chimique (hormonal), mais ne pouvant le mesurer (si ce n'est avec des traceurs chimiques), pour l'instant il laissent cet aspect des choses de côté.

La presque totalité de l'activité du cerveau est chimique. L'activité électrique n'est que la surface de l'iceberg, elle est juste là pour synthétiser l'activité chimique et la transmettre à la conscience (lobes frontaux principalement) : elle recueille l'info et fait passer un résumé.

Cerveau > Partie analytique

Survol

Seule une partie du cerveau finalement sert à créer la pensée ou la réflexion, c'est le cerveau analytique, servant à contrôler les mouvements conscients du corps, et à analyser les informations venant des capteurs sensoriels (œil, oreille, etc.).

Cette partie analytique du cerveau humain a la particularité d'être double. Je ne parle pas des 2 hémisphères gauche et droit, mais de 2 parties de cerveaux au fonctionnement indépendant, conscient et inconscient.

Il s'agit réellement de 2 cerveaux indépendants, pouvant fonctionner indépendamment l'un de l'autre (voir le conscient coupé lors des abductions (p.), tandis que l'inconscient analyse et enregistre tout).

Chacune de ces parties du cerveau a des fonctions spécifiques complexes. Ce qu'il faut retenir, c'est que chaque partie (conscient et inconscient) est capable d'une raisonnement indépendant, et de traiter l'information qui lui est fournie.

Origine du double cerveau (p.)

Inconscient (p.)

Dans le centre du cerveau. Inaccessible au conscient, mais qui représente pourtant 90 % de nos capacités d'analyses, capacités non utilisées par le conscient la plupart du temps.

Conscient (p.)

Dans les lobes frontaux. Notre pensée, notre imagination, notre réflexion, utilisent seulement 10% de notre cerveau analytique. C'est ce que nous ressentons de nous-même.

Origine du double cerveau

[Zétas] Il ne s'agit pas d'un développement évolutif, mais d'un résultat du génie génétique. Les ingénieurs généticiens [AM : non précisés, mais probablement anunnakis, vu que les anunnakis ne semblent pas avoir 2 cerveaux] n'ont pas voulu perdre quelque chose, qui aurait été perdu en passant à un seul cerveau.

Tous les hominoïdes qui visitent la Terre en ce moment ne sont pas ainsi affligés de 2 cerveaux indépendants, et les âmes qui s'incarnent en humains en ce moment ne le seront pas non plus à l'avenir, car les proto-plenus n'auront pas deux cerveaux séparés. L'inconscient est un cerveau complet, qui se souvient de tout ce qui se passe avec intégrité. Les scientifiques humains qualifient souvent l'inconscient de fauteur de troubles, qui raconte des histoires, mais le contraire est vrai. C'est le conscient qui va dans le déni, oubliant ou évitant ce qui est inconfortable. Dans ce rôle, il fabrique aussi !

Lors d'une amnésie d'abduction, le pont vers l'inconscient est déconnecté, chimiquement, le conscient gardant le contrôle. L'humain oublie le passé, et peut concocter n'importe quel passé avec lequel il se sent à l'aise, mais en général, il oublie simplement un traumatisme ou une culpabilité récente. Pendant la visite, les Zétas utilisent cette connexion chimique pour permettre à la visite d'être enregistrée uniquement dans l'inconscient, sur lequel on peut compter pour conserver la mémoire avec intégrité. Lorsque le contacté est prêt, émotionnellement, à traiter le rappel, il le fait en construisant un pont entre le subconscient et le conscient, mais il est de toute façon guidé par ses connaissances inconscientes. Si le contacté se remémore des parties hors de son regard, c'est qu'il a forcé la remémoration, et le subconscient a inventé les faux souvenirs.

Il existe des formes de vie à 2 têtes, toutes deux dotées d'un cerveau, qui ne peuvent communiquer l'une avec l'autre que par l'extérieur (en parlant par exemple) !

Vie > Corps Humain

Inconscient

Présentation

Localisation dans le cerveau

Harmo parle de partie centrale, après avoir parlé des lobes frontaux. J'imagine qu'il s'agit des lobes centraux du néo-cortex supérieur, et non du cerveau émotionnel.

90% du cerveau analytique

Nous avons vu l'homme sans inconscient (L0>inexpliqué), l'histoire de cet homme dont 90 % du cerveau manquait, mais qui avait l'air normal, avec un QI de 85 (contre 100 pour la moyenne, 160 pour les hauts potentiels).

Ce cas montre que seulement 10% de notre cerveau sert à notre quotidien en qualité de "cerveau conscient", alors que les 90 % restant du cerveau analytique constituent l'inconscient, même s'ils sont actifs en permanence, sont déconnectés du conscient. C'est pourquoi des cerveaux endommagés montrent rarement de gros dégâts comportementaux (conscient), le risque de toucher les 10 % des neurones servant au conscient étant plus faible.

Le QI légèrement inférieur est simplement lié au fait que son cerveau conscient n'a pas accès à la formidable machine qui tourne en arrière plan chez les autres personnes, l'inconscient. Le fait que la moyenne des humains ont 100% de leur cerveau mais ont un QI inférieur à 100, montre que ces gens-là n'utilisent que 10 % de leur cerveau total.

Si le conscient des gens au QI moyen accédait à leur inconscient, leur QI monterait en flèche.

Les gens hyper intuitifs ou intelligents, au contraire de la moyenne, piochent volontiers dans l'inconscient pour avoir des raisonnements nouveaux, ce qui augmente sensiblement leur capacité d'adaptation et donc leur intelligence.

Donc, excepté pour ceux qui savent s'ouvrir aux messages de leur inconscient, nous dépensons 90 % de notre énergie du cerveau « pour rien » de pratique...

L'imagerie n'isole pas le conscient de l'inconscient

Quand on fait une imagerie cérébrale, tout le cerveau s'active. C'est pourquoi la science dit avoir prouvé qu'on utilise bien 100 % de notre cerveau. Sauf qu'ils ne savent pas dire (encore) quelle partie du cerveau est le conscient, quelle partie est l'inconscient. Il voit qu'une partie du cerveau s'active, sans avoir compris que seulement 10 % de ces parties actives sont le conscient, et les 90 % restants, activées en même temps que le conscient, sont les zones de l'inconscient, dont le traitement est plus complet et élaboré que notre conscience, mais malheureusement dont notre conscient ne bénéficie pas.

Les traces de l'inconscient dans le conscient

L'inconscient est la partie du cerveau relié à notre "intuition", notre 6e sens et tout un tas de choses qui sont absentes dans le conscient.

On retrouve les traces de l'inconscient dans :

- les éclairs de génie fulgurants, dont on se demande d'où ils viennent, vu qu'il n'y a pas de traitement analytique conscient.
- Ces flashs de mémoire qui nous reviennent d'un coup au bon moment, mémoire bien plus réelle que la petite mémoire de notre conscient, où l'événement complet est stocké (avec sons et odeurs, comme la madeleine de Proust).
- Les pensées visionnaire, comme penser à quelqu'un, puis le téléphone sonne et c'est cette personne.
- Les actes manqués, comme si un saboteur venait nous pourrir régulièrement la vie, nous faire échouer, etc.

S'exprime avec le conscient coupé

A noter que l'hypnose coupe le conscient (comme le sommeil en partie), et laisse alors s'exprimer l'inconscient, au langage différent, comme les autistes intelligents, qui ont au contraire un conscient trop faible pour se comporter de manière « normale » avec les autres humains.

Les défunts contactés par les médiums, et qui sont allé dans la lumière, semblent débarrassés en partie des limitations du conscient, du masque social, des problème d'égo, etc.

Traitements de l'inconscient

Avant la pensée, il existe ce que la psychologie a nommé inconscient (activité du centre du cerveau analytique).

L'inconscient est capable de raisonner ,et a pour fonction principale de récolter les informations brutes apportées par les sens (comme redresser les images inversées envoyées par la rétine), et de les stocker en mémoire par voie chimique.

L'inconscient est en lien avec le corps et l'âme.

Fragilité de l'inconscient

La plupart des gens n'ont pas conscience de la fragilité de notre inconscient. 99% des personnes auraient un choc si violent en voyant un ET, que soit ils en mourraient, soit ils perdraient la raison. Sans parler des conséquences sur le long terme (dépression, désocialisation).

1 personne sur 2 prend un malaise quand elle voit 2 hommes s'embrasser devant eux pour la première fois, et 1 personne sur 5 est prise de nausées. 2 personnes sur 3 regardent leur main quand elles serrent celle d'un noir pour la première fois. Ce n'est pas une question d'homophobie ou de racisme, c'est une question de formatage psychologique et d'intégration de quelque chose d'inconnu. L'intégration des nouvelles expériences, surtout si elles sortent de l'ordinaire connu, est un processus complexe et déstabilisant.

Nos images mentales sont très rigides, elles sont apprises par notre éducation et dès qu'elles sont contrariées, notre cerveau tombe en crise à cause du traumatisme de la remise en question.

En psychosociologie, on symbolise nos principes et nos concepts mentaux comme une pyramide. Toutes nos certitudes, nos opinions, reposent sur des bases qu'on a acquis tout au long de notre vie, mais si un jour, on brise une des pierres qui est à la base, c'est toute la pyramide qui peut être déstabilisée.

Bien sur, ces briques de base peuvent évoluer petit à petit, on peut les renforcer...ou les affaiblir. C'est le système utilisé par la PNL, la programmation neurolinguistique par exemple.

En ce qui concerne les ET, les films hollywoodiens qui montrent des monstres aliens cruels et immondes fragilisent notre inconscient qui devient de moins en moins préparé à affronter la rencontre. Au contraire, lors de la vision d'un alien, le cerveau ressort tout ce qu'il a vu et appris sur les aliens, et vu qu'il y a plus d'horreurs que de gentils aliens bienveillant, le choc est terrible.

Le problème à la base de cela : **notre inconscient ne fait pas la différence entre le conte de fée et la réalité**, si bien que tous les films que vous voyez, bien que vous sachiez consciemment que c'est du faux, est enregistré comme une expérience réelle et vécue par votre inconscient ! Imaginez les conséquences terribles de ce processus !! La TV, les médias et la société en général sont complètement irresponsables, et si la société est de plus en plus violente, c'est aussi parce que les gens sont de plus en plus exposés à cette violence médiatique qui forme des images mentales faussées dans notre esprit.

Or plus le temps passe et plus il y a une surenchère dans les films d'horreurs et fantastiques, si bien que notre pyramide mentale est de plus en plus fondée sur de sombres et dangereux mensonges, complètement décalés par rapport à la réalité du monde. Non la forêt n'est pas remplie de sorcières et de démons près à vous bondir dessus pour vous dévorer. N'empêche que si vous tentez l'expérience d'une sortie en forêt de nuit, vous allez sentir monter une peur et une angoisse qui vous submergera. Sûrement même que vous ne descendrez pas de votre voiture, ou plus sûrement encore, vous n'oserez même pas tenter l'expérience.

Erreurs de lecture

J'ai découvert il y a peu (mais je le soupçonnais déjà) que le cerveau est capable de faire lire n'importe quoi, parce qu'il part généralement sur un mode subjectif. Ce n'est pas le sens neutre de la phrase qui est comprise, mais une interprétation qui dépend de l'état d'esprit du lecteur. C'est comme une personne qui regarde un tableau, mais qui ne veut voir que ce qu'il y a de rouge dessus, parce qu'elle a décrété que le monde était rouge. Malheureusement, il semble qu'il soit impossible de suggérer autre chose, puisque cela provoque une rigidité mentale quasi irrémédiable. Ce que finalement il était déjà possible d'observer par l'expérience trouve des explications dans la structure et le fonctionnement cérébral. En ce sens la science redécouvre ce que les spiritualités avaient déjà bien étudié. N'est de pire aveugle que celui qui ne veut pas voir.

Réparation de l'inconscient

Il faut faire un énorme travail sur soi pour réparer les dommages, et c'est vraiment pas à la portée de tous, surtout quand on n'est pas au courant de ce processus vicieux de pollution mentale.

Comment Harmo a réussi à se souvenir de ses abductions ? Parce qu'il a fait un énorme travail sur ses peurs (p.) et nettoyé un peu du formatage type Budd Hopkins qui nous fait voir le monde en noir.

Tant que les gens n'auront pas conscience que leur cerveau a été mal programmé par toute cette noirceur imaginaire, ils n'arriveront pas à s'en sortir, et à fonder une société apaisée, en paix avec la nature, avec elle même et donc prête au contact conscient avec les autres civilisations avancées.

Chez les peuples en harmonie avec leur environnement, il n'y a pas de psychopathes ou de brigands/assassins nocturnes qui vous attendent dans la forêt la nuit : la nuit est un monde de paix où la vie suis son cours comme le jour. Quelque part, ça montre que notre civilisation ne mérite pas de vivre sur Terre puisque non seulement on ne comprend pas du tout la nature, on en a peur et on la détruit. On est vraiment sur une mauvaise voie, complètement corrompue et décalée par rapport aux équilibres naturels.

Libre arbitre

Seul l'inconscient à son libre arbitre (et c'est pourquoi les ET demandent à l'inconscient plutôt qu'au conscient perdu dans ses illusions et ses peurs, ses formatages et biais de raisonnements imposés par la société.

Bien et mal

La notion de bien et de mal ne se trouve pas dans la partie consciente du cerveau, mais dans sa partie centrale : c'est notre inconscient qui reflète la véritable nature de notre esprit et de la réelle motivation de nos actes.

C'est ce qui autorise les ET à discuter avec notre inconscient lors des visites ou abductions (p.).

Capacités dues à l'âme

En se connectant aux âmes (évolutive et accomplie), l'inconscient a donc les capacités et connaissances que l'âme a :
- connaissance des vies antérieures (les siennes ou celles d'autres âmes),
- connaissance de son futur écrit (et pas probable) et de ses vies futures (pour les âmes qui sont capables de l'encaisser),
- infos cachées,
- action sur le corps et ses fonctions non conscientes,
- peut suivre l'âme dans ses pérégrinations (voyage astral),
- miracles / télékinésie (action sur la matière).

Quand le conscient accède pleinement aux capacités de l'inconscient, c'est l'éveil...

Guérison

Je parle de maladie, de dis-fonctionnement inexpliqué du corps. Pas de rayonnements ionisants, de pollution excessive, d'empoisonnement ou autre, qui dépasseraient les capacités adaptatives du corps (et qui là nécessiterait l'intervention psy miraculeuse de l'âme, vu dans le paragraphe précédent). Ni non plus de jambe cassée, ou de grosses blessures du à des accidents / chocs.

Revenons sur les guérisons apparemment miraculeuses du corps, dès lors qu'on traite / rassure l'inconscient. En réalité, il n'y a aucune raison de tomber malade. Une maladie c'est donc un message de l'inconscient vers le conscient. L'écouter, c'est supprimer le message d'alerte, et donc guérir !

L'origine des maladies, ou plutôt de la non capacité de notre corps de fonctionner au maximum de ses capacités, est à 90% due à l'inconscient, et 10% à l'alimentation. L'inconscient est responsable / la cause de la plupart des maux physiques que nous avons. Il suffit qu'il arrête de rendre malade le corps pour que la santé revienne.

Je ne dis pas que votre inconscient vous fait prendre la grippe, mais simplement que c'est votre inconscient qui régule votre système immunitaire et qui vous permet de guérir (effet placebo), ou dans le cas inverse de traîner avec l'infection (effet nocebo). Un jour, on s'apercevra que le système immunitaire et ses déviances, que sont les maladies auto immunes, Alzheimer, et la cancérogénèse, sont liées à des faiblesses immunitaires provoquée ou soutenues par l'inconscient.

La plupart des processus du corps sont gérés par ces 90% du cerveau cognitif qu'est l'inconscient, et notre corps est donc très dépendant de ce qui se passe en profondeur dans notre inconscient. La somatisation est beaucoup plus importante que ce que la médecine croit, mais cela est très dérangeant (et peu lucratif en médicaments), c'est pourquoi c'est encore très tabou dans le monde de la médecine.

Dans le milieu hospitalier, l'effet placebo est vérifié tous les jours. Si vous saviez le nombre de sucrettes (bonbon sucré ne contenant aucun médicament) qui sont distribuées à notre insu et qui sont beaucoup plus efficaces que de vrais médicaments, vous seriez choqués. Ce ne sont pas des choses qui s'ébruitent, car le placebo ne fonctionne que si la personne ne se doute de rien. Comme le cas de personnes qui prennent une sucrette le soir à la place de leur somnifère habituel (qui lui est un vrai médicament) et qui disent au réveil que ce qu'on leur donné était trop fort, et que ça les a complètement assommé ! L'effet placebo pose aussi le problème de l'arnaque des labos pharmaceutiques et du coût pour la société. Les rares études sur le sujet, montrent que systématiquement 33% des personnes s'en sortiront sans médicament. Si on explique aux patient l'effet placebo (méthode Coué), alors c'est 66% des patients qui guérissent tout seul. Harmo semble dire qu'il devrait y avoir 90% des personnes, attentives aux messages de l'inconscient, qui avec une hypnose pourrait guérir sans médicaments...

C'est la personne elle même (du moins son inconscient) qui ne désire pas guérir. Cela pose énormément de problèmes éthiques : quand il est question d'un psoriasis, cela passe encore, mais comment aborder le problème avec un cancer ? Le cancer est une volonté de la personne, inconsciemment, de s'autodétruire. La science sait aujourd'hui que le corps de chacun lutte constamment contre des cellules cancéreuses qui apparaissent en permanence, mais l'on ne comprend pas encore (du moins officiellement...), pourquoi d'un seul coup le corps cesse de se défendre et laisse une tumeur se développer (voir le gcMap et négalase p.).

On va faire la liste de tous les produits cancérigènes, alors qu'il ne sont responsables qu'à 10% des raisons du développement du cancer chez l'homme.

Télépathie

Physique (cerveau)

Une communication via le cerveau, mais l'homme n'a pas encore la maîtrise de cette capacité. Environ 1% des humains seulement on la faculté de la développer.

Il n'y a pas besoin de langage ni de traduction, cette communication se réalise par images mentales (pouvant être à la fois des images, des sons, des émotions etc...). Concrètement, pour que vous puissiez imaginer ce qui se produit, c'est comme si la personne partageait avec vous un souvenir ou un rêve, comme une sorte de film qui se diffuse dans les deux cerveaux en même temps. Le sens est limpide, clair et sans ambiguïté car le message télépathique comprend de très nombreuses informations, à la fois visuelles, olfactives, auditives, émotives etc... de plus c'est un peu comme un message vocal, on reconnaît la personne sans qu'elle se nomme, il y a comme un "timbre" télépathique propre à chacun.

Implantation dans le cerveau

Harmo dit que nous avons une antenne physique dans le cerveau, nous servant à capter la télépathie (onde émise par les autres cellules vivantes, même lointaines). C'est indépendant du dialogue d'âme à âme qui n'a pas besoin de support physique. Il dit que le circuit de réception (un sens qui alimente l'inconscient, comme le font les yeux) est coupé génétiquement.

C'est le développement de cette antenne physique (un organe au centre du cerveau), qui a été désactivé (gène devenu non codant) par le génie génétique des Raksasas.

En tout cas, les ET vont changer ça dans notre génome prochainement (avec l'accès à l'inconscient, donnant les lectures karmiques et les pouvoirs psys).

Pour exemple, prenons le cas de Nancy Lieder : elle a reçu un implant de l'ADN Zéta dans le centre de télépathie de son cerveau, à la fin de sa vingtaine, bien avant qu'elle ne soit consciente d'être une visitée. Pourquoi n'y a-t-il pas plus de Nancy ? Il y a des caractéristiques uniques requises d'une personne jouant ce rôle de visité : Nancy a le courage de résister à la pression du Service-à-Soi, car elle a un immense courage et refuse d'être intimidée. Elle a une longue histoire de Service-à-Autre et de fermeté dans sa position contre l'intimidation du Service-à-Soi, ce qui nous permet de lui faire confiance dans ce rôle.

Compatibilité génétique

Je ne sais pas si Harmo parlais d'une modif génétique pour activer le canal physique de la télépathie, mais il semble dire qu'il faut, pour qu'un humain parle aux Altaïrans par télépathie, qu'il ai des gènes d'Altaïrans.

Spirituelle (Âme à âme)

Une communication extra corporelle d'âme à âme sans passer par le corps. Dans ce cas, le corps n'est pas informé directement du contenu exact du message mais l'inconscient, via des mécanismes liés à l'influence de l'âme sur le corps, va agir en conséquence des nouvelles instructions s'il y en a.

Les ET sont télépathes, et communiquent directement avec notre âme via l'inconscient télépathe. Comme c'est notre âme qui est le véritable décideur, c'est avec elle qu'ils prennent les décisions.

Le filtre du subconscient

Que la communication télépathique soit physique ou spirituelle, le conscient de certains peut recevoir les 2. Encore faut-il que le subconscient fasse son boulot, par que les 2 types de télépathie arrivent à l'inconscient, et doivent ensuite remonter au conscient.

Un médium me dit que quand il utilise la télépathie, il n'est pas dans le même mode que quand il parle aux défunts (la télépathie c'est plus facile).

Est-ce que l'antenne télépathique (forcément décryptée par l'inconscient qui mets en forme tous les signaux issus des capteurs sensoriels comme les yeux) passerait par un circuit du subconscient différent des circuits venus de l'âme ou des yeux par exemple.

Mais il se peut aussi que le contact spirituel prenne plus d'énergie quand on parle à des défunts vibrant plus bas.

Les actes automatiques

Dans L0>faits inexpliqués>conscient-inconscient, nous avons vu Nicolas Fraisse qui plaçait sa conscience dans son âme, et partait faire des sorties de corps, pendant que son corps faisait des tâches en automatique, comme conduire.

Le "don" de Nicolas c'est de bénéficier de ce subconscient qui laisse les infos arriver à la conscience.

Quand on conduit, qu'on épluche des patates, qu'on nous demande le résultat de 2+2 (appris par cœur à l'école), c'est le boulot répétitif que le conscient déteste (il s'endort vite) laissant l'inconscient (ou le cerveau émotionnel, ça reste à analyser) gérer les choses en automatique (une sorte d'hypnose). Comme l'inconscient est un super calculateur « autiste », il va s'amuser pendant des heures à éplucher des patates, pendant que le conscient soit cogite, rêvasse, ou comme dans le cas de Nicolas, va regarder ce que son âme va faire dans d'autres endroits (en regardant les infos retransmises par l'inconscient, qui peut gérer la coordination des poignets pour l'épluchage, et la retransmission des infos issues de l'âme vagabonde. Le subconscient (partie du conscient) traduit les images envoyées par le subconscient au conscient. Les signaux du corps sont alors coupés, quelqu'un peut parler à côté le conscient ne se laissera pas distraire. Un peu comme quand on est plongé dans un livre, et que l'inconscient recréé l'action lue comme un film captivant.

2e point fort, c'est la capacité de l'âme de Nicolas à se balader dans les dimensions. Ces dimensions sont des changement de "vibrations", les propriétés dimensions / temps étant changeantes. Dans les dimensions supérieures, 4 heures écoulées c'est 15 minutes ici. Quand Nicolas raconte qu'il peut vivre plusieurs années en moins d'une minute dans notre dimension, c'est qu'il monte sacrément haut en dimensions !

Les abductions (p.)

Conscient coupé, c'est l'inconscient qui est au commande. D'où cette impression de faire des actes illogiques (pour le conscient qui regarde, pas pour l'inconscient qui sait pourquoi il fait cela), ou d'avoir une forte envie de dormir subite (pour répondre à l'appel des ET) alors que le conscient lutte pour finir de regarder sa série TV préférée.

Ou encore les émotions contradictoires : la peur de l'inconnu, l'inconfort de la perte de contrôle, générée par le conscient qui ne comprend pas ce qui arrive, et les émotions de curiosité et d'enthousiasmes générées par l'inconscient (types et niveaux d'émotions différentes selon le cerveau émetteur ? ou conscient arrivant à se tromper lui-même ?).

Pré-filtre (substitution symbolique)

Avant le filtre du sub-conscient, l'inconscient pré-filtre les infos envoyées au sub-conscient, histoire de sauvegarder la santé mentale du sujet. Sachant que le sub-conscient remettra ou non une couche derrière.

Face à un évènement traumatisant, l'inconscient va sauvegarder l'intégrité des valeurs de la personne (sa santé mentale), en substituant des images adoucies de l'évènement. Il utilise alors des images symboliques et remplace le vrai souvenir par cet écran. Voir par exemple, le témoignage de Harmo (L0), dont l'esprit remplaçait l'OVNI par un King-Kong géant, voir par un avion de ligne. Ou encore, ce reporter de guerre en burn out qui devant un cadavre éventré les tripes à l'air, voit une grosse tâche blanche en lieu et place des intestins répandus. Ou ce banquier en burn-out, qui un matin se place devant son écran, et voit un écran blanc, alors que son collègue confirme qu'il y a bien des chiffres devant l'écran.

Cet écran adoucissant dure jusqu'à ce que l'individu soit consciemment capable de faire face à la vérité, sans dommages. En effet, dans la nature hostile, les crises d'angoisses et stress peuvent conduire à un comportement suicidaire, refus de s'alimenter, dépressions, prostration, et toutes ces baisses de régime qui mènent à la mort face aux prédateurs. Tous ces mécanismes naturels de défense (substitution symbolique, création d'images ou de comportements obsessionnels compulsifs) sont donc génétiquement programmés dans notre cerveau.

Dans le cas des abductions, tant que le recouvrement et l'acceptation d'un évènement traumatisant n'est pas totale, il y a un fort risque que le témoignage soit biaisé, à cause des ces mécanismes de substitution symbolique.

Au début du processus de la re-mémorisation de Harmo de ses abductions, le symbole du King-Kong (un King-Kong géant qui s'approchait de sa maison et le mettais dans sa bouche) s'est une première fois éclairci : King-Kong ne le mettait plus dans sa bouche mais l'emmenait dans le ciel, et Harmo avais énormément de **vertige** (1ere peur dépassée). Ensuite, le King-Kong géant est devenu un King-Kong à taille humaine qui le prenait dans ses bras et l'emmenait vers une soucoupe (2e peur dépassée : l'existence d'un vaisseau). Dans cette 2e phase, jamais Harmo n'entrait dans la soucoupe. C'est dans une 3e phase qu'il a vu comment il rentrait dans le vaisseau avec le King-Kong à taille humaine, et cela se faisait par "télé-transportation", qui vous fait passer de l'extérieur vers l'intérieur grâce à un dispositif placé sous le vaisseau et qui émet une lumière rougeoyante (3e peur : la sensation de se dématérialiser et rematérialiser, qui est très déconcertante). Enfin, le King-Kong, dans une 4e phase, n'était pas un King-Kong mais un grand ET poilu humanoïde sans nez (d'où l'assimilation à un gorille), entouré de petits gris (4e peur : la rencontre avec des entités non humaines).

Il y a donc un processus complexe qui enlève petit à petit les voiles, au fur et à mesure où on passe à travers certaines peurs et qu'on les accepte. La vision des ET était pour Harmo la pire chose, la plus déroutante, donc l'écran du King-Kong a été le dernier à s'enlever. C'est normal, nous avons toujours nos réflexes d'êtres vivants confrontés à une autre espèce vivante. Sur Terre, il faut vite savoir si la nouvelle bête est hostile ou non d'instinct, ça évite de se faire manger par le premier prédateur venu (instinct de conservation).

Dans le cas des abduction, l'hypnose (celle qui coupe le conscient) court-circuite le circuit de reconnaissance de réalité du conscient, et que les témoignages ne reportent que des stades partiels de la vérité.

Par exemple, si Harmo avait fait une hypnose régressive alors qu'il n'était qu'au 3e stade (un King-Kong l'emmène dans un vaisseau), il manquait encore plein d'éléments au témoignage, comme la téléportation et les ET. Les manques, comme l'entrée dans le vaisseau, sont courants dans les témoignages d'abduction sous hypnose régressive (sans compter les fantasmes rajoutés par l'hypnotisé ou l'hypnotiseur).

Manipulation extérieure de l'inconscient

L'inconscient n'a pas de contrôle de réalité

On a vu que c'est le conscient qui possède le contrôle de réalité (si le conscient est éveillé, ce qui vient de l'inconscient est la réalité, s'il est endormi, c'est du rêve).

Le problème, c'est que c'est l'inconscient qui prétraite les infos des capteurs (comme yeux - oreilles) avant de l'envoyer au conscient. Quand l'individu regarde un film, l'inconscient n'a pas le traitement pour faire la différence entre la réalité et la fiction (dans la jungle, pas de télé, tout ce qu'on voit est réel). D'autant plus efficace quand le film est prenant, et qu'on est captivé par le film.

Images lors des abductions

Si pour la plupart des abductés c'est leur inconscient qui applique la substitution afin de diminuer la peur de l'expérience, rien n'empêche des ET malveillants de manipuler l'inconscient des âmes immatures qu'ils exploitent, pour lui faire envoyer au conscient les images qu'ils désirent (souvenirs écrans, ou se cacher derrière un maquillage télépathique). Nous tromper, en utilisant nos propres procédés naturels de tromperie et de substitution symbolique.

Formatage par la publicité

La publicité ne sert pas simplement à vendre des choses, ça sert surtout à **formater les gens**.

Mettre les points ci-dessous dans "domination des masses", et analyser pourquoi la pub influe sur notre inconscient pour initier le besoin en nous.

Achat impulsif

Dit encore "coup de coeur". Le vocabulaire de la pub est très clair : n'hésitez pas, succombez, folie, faites vous plaisir, tentation, etc... le but est clairement de **vous faire abandonner toute raison et de vous rendre hyper spontané**. C'est très dangereux car cela mène facilement de nombreux foyers au **surendettement**... (dépendance financière vis à vis du système, et les gens dans la merde passent tout leur temps à bosser pour s'en sortir).

Chez les incas, il était interdit de fermer sa porte et les elites faisaient travailler les gens le plus longtemps possible car c'était pour eux un moyen d'éviter aux citoyens de base de se poser des questions et de remettre en cause le pouvoir dictatorial en place. Ils étaient trop occupés, pas le temps de réfléchir ou de se poser pour méditer... ou comploter ! C'est l'endormissement social des masses par le métro-boulot-dodo.

Comportements projetés

L'homme est un animal grégaire qui cherche à se fondre dans le troupeau.

c'est a travers la publicité qu'on projète tous les stéréotypes et les modèles de comportement, auxquels nous nous rattachons pour faire nos choix afin de mieux nous insérer dans la société : la façon de s'habiller etc... N'avez vous jamais remarqué que les ménagères de moins de 50 ans rêvent d'avoir une cuisine toute équipée avec un beau carrelage blanc qui brille et des gosses qui jouent sur le sol ? Mais je vais pas vous faire un cours sur les habitus sociaux, je vous conseille de lire les travaux de Pierre Bourdieu, ça fait un choc la première fois.

Création du besoin

Et oui, la pub n'étudie pas notre comportement ni nos habitudes pour les reproduire dans ses modèles, elle les crée : c'est la faculté de "création du besoin". c'est typiquement le cas de la mode, qui n'est pas décidée dans la rue mais dans des agences. (Cette année c'est le blanc et noir ?). Ce qui prouve bien que la pub/marketing, ce n'est pas un milieu hétérogène, mais très organisé, avec des décideurs et des exécuteurs. Elle n'est pas formelle (ce n'est écrit nulle part), mais n'empêche que ça fonctionne de façon très hiérarchisé quand même. La publicité est donc une dictature "comportementaliste".

Formatage par les films

Les miroirs ont toujours été vus en "ésotérisme" ou dans les romans fantastiques comme des portes vers un "autre monde", une sorte de fenêtre sur une réalité parallèle. C'est pour cela que les films d'horreur utilisent les miroirs pour en faire sortir des démons, un double maléfique ou des esprits etc...

Tous ces films ne sont pas anodins : même si le conscient sait que ce n'est qu'un film, ils ont un impact sur notre inconscient (qui lui ne fait pas la différence entre réalité et fiction, n'ayant pas de circuit de reconnaissance de réalité comme le conscient). Tous les évènements nouveaux sont alors considérés comme potentiellement réels, et cela est très dangereux pour notre personnalité. Même si notre raison/conscient nous dit que ça n'existe pas, notre inconscient lui croit que c'est réel, et c'est ce qui provoque les angoisses et les peurs paniques (comme les réactions disproportionnées du public US lors de la sortie du film "l'exorciste", "les oiseaux", ou les phobies d'aller nager suite au film "les dents de la mer").

De manière générale, évitez de regarder des films d'horreur, c'est très dangereux pour votre psychée/inconscient. De ce point de vue, désintoxiquez vous immédiatement.

Tous ces films violents, d'horreur etc sont des **parasites psychologiques** et **fonctionnent comme des virus** conceptuels, c'est à dire qu'ils donnent de faux principes à votre inconscient, qui une fois qu'il les a intégré, considère que c'est vrai et réagit en conséquence: ce que vous appelez votre "imagination", n'est que la crainte de **votre inconscient qui prend le danger au sérieux** et reste sur ses gardes, quitte à vous faire halluciner pour vous faire prendre conscience du danger potentiel. Vous réagissez donc face aux miroirs comme une proie qui reste sur ses gardes quand elle sent qu'un prédateur rôde, d'où cette sensation de présence et un métabolisme qui s'accélère jusqu'à la sensation d'angoisse. Votre inconscient vous prépare physiquement à fuir si un prédateur surgit, un instinct ancestral de survie hérité de notre évolution.

C'est valable aussi pour d'autres types de films, car ils véhiculent tous des clichés ou des idées dangereusement fausses (comme les réflexes égoïstes "ma famille d'abord", patriotisme, etc.). D'ici quelques années, on verra que la TV et le cinéma ont eu un impact psychologique désastreux, un prochain scandale type vache folle.

Formatage par la télé

L'âme est une chose immortelle, indestructible. Si la télé ne peut la tuer, elle peut la déformer, la tromper, la détruire en en imprimant des images mentales (concepts, imaginaire, principes moraux ou comportementaux) néfastes dans l'inconscient des individus. Si l'âme est indestructible, elle n'est pas immuable, elle se construit, se densifie et se

Inconscient

complexifie au fur et à mesure des vies qu'elle incarne. Pour se faire, elle apprend à travers le corps, c'est ce que l'on nomme la maturation spirituelle.

La télé peut être débilitante, quand on s'en sert comme moyen de pure distraction, c'est à dire qu'elle empêche le corps, l'inconscient et donc l'âme d'appréhender la réalité.

La télé peut même être distractive dans le sens ou elle distrait l'âme de son véritable objectif, c'est à dire apprendre.

Comme toute technologie, elle n'est coupable de rien, c'est la maturité de celui qui l'utilise qui fait qu'elle est bénéfique ou non.

Formatage musical

La musique influence nos ondes cérébrales et a tendance à couper le conscient (méditation > Musique p.).

La TV n'est pas la seule à pouvoir avoir une mauvaise influence. La Musique est peut être encore plus dangereuse, puisque par son intermédiaire, on peut influencer le ressenti émotionnel d'une personne. En ce sens, elle dicte un choix émotif dans des situations qui ne sont pas forcément adaptées, ou est un moyen d'altérer la perception des faits : prenez un reportage sur les OVNI, mettez une musique ridicule et c'est tout le sens des images qui est perverti. A l'inverse, prenez des images de football pour annoncer un match, puis mettez y une musique épique et vous rendez l'évènement universel, alors que c'est un non-évènement anodin, stérile et complètement distractif spirituellement !

Formatage culturel

Les mêmes principes que la pub sont utilisés à l'école, par la famille, au cinéma / théâtre, ou auparavant, dans les discours d'église.

Par exemple, la peur du noir, elle nous est inculquée par les contes de fées, les films à dormir debout, et par la religion qui place tous les démons les plus terribles dans la nuit. Toujours à cause de l'inconscient incapable de faire la différence entre imagination et réalité.

Idem pour les réactions égoïstes, croire que si est au chômage on meurt instantanément, qu'il faut que les riches prennent tout votre argent si on veut être plus riche, etc.

Conscient

Pensée

Ce que nous percevons comme notre "pensée" (celle que vous avez en ce moment) est le résultat final de l'activité de traitement du cerveau frontal, le conscient.

Le rôle du conscient est principalement de raisonner (logique) et de traiter l'information qui lui est transmise par l'inconscient. La pensée arrive donc après l'inconscient.

C'est le conscient qui décide ce qui est conforme à la logique, ce qui est soutenable de se souvenir (ce cerveau peut bloquer ou transformer certains souvenirs ou certaines pulsions incompatibles avec nos principes moraux).

Circuit de reconnaissance de réalité

Les infos venant de l'inconscient passent toute par l'inconscient. Mais certaines doivent passer par des canaux actifs que en veille, ce qui permet de faire la différence entre ce qui arrive réellement à l'individu, et ce qui se passe en rêve, ou quand on regarde un film. C'est les mécanismes naturels de recouvrement et d'acceptation des véritables expériences.

C'est donc le conscient qui détermine le contexte des infos qui nous arrive. Ce qui explique que conscient coupé lors des abductions, l'expérienceur a du mal au début à déterminer si c'est un rêve ou si c'est réellement arrivé au corps physique.

Conscience et libre-arbitre

C'est la conscience de soi, le choix du libre-arbitre, c'est à dire prendre des décisions pas forcément automatiques, et uniquement dictée par l'instinct ou la programmation du cerveau ou de l'ADN, comme les autres espèces animales.

A faire le lien avec le cerveau conscient, qui ne sort pas en résultat des résultats pré-programmés comme le cerveau émotionnel (pour qui un stimuli = toujours la même réponse).

Non connecté à l'âme

Un défaut qui devrait être corrigé après la période des passages de Nibiru grâce au génie génétique des zétas. C'est pourquoi en attendant il faut entraîner le conscient à se connecter à l'inconscient, qui lui est connecté à l'âme.

États de conscience (EC)

On peut approximer le niveau de fonctionnement de la conscience par les EEG, notamment la fréquence des ondulations mesurées. Ce n'est qu'un indicateur sur le fonctionnement du conscient, tout comme on mesurerait la consommation électrique d'un ordinateur, sans savoir s'il calcule des images ou les simulations météo. On peut juste savoir s'il fonctionne beaucoup ou pas.

EC1 : Rythme Delta (moins de 3,5 Hz)

C'est purement l'inconscient qui travaille, le conscient étant au repos. Sommeil très profond (sans rêve). Plus nous sommes bas, plus ça s'approche du coma, puis de la mort cérébrale à 0 Hz (aucune activité n'est produite par le cerveau physique, les mémoires enregistrées à ce moment-là, comme le tunnel de lumière lors des morts imminentes, vient de la partie non visible / matérielle de notre être.

EC2 : Rythme Théta (3,5 à 7,99 Hz)

7 Hz : Sommeil léger. Plus la fréquence descend, plus le sommeil est profond.

Hypnose guidée (profonde et régression) et la zone d'insensibilité à la douleur (hypnose d'anesthésie).

Les méditations profondes seul, en dessous de 7 Hz, ont tendance à nous faire passer dans le sommeil, au contraire des hypnose guidées (le conscient n'ayant pas à réfléchir pour gérer la descente en fréquence, la gestion entraînant une remontée de la fréquence).

EC3 : Rythme Alpha (8 à 13,99 Hz)

Dès que nous avons les yeux fermés, que nous prenons une position confortable, allongé sur un lit par exemple, automatiquement l'encéphalogramme affiche un ralentissement des ondes cérébrales. Plus nous méditons, plus nous ralentissons le rythme, jusqu'à la méditation à 8 Hz.

À ce rythme, les deux hémisphères du cerveau arrivent à fonctionner ensemble dans une harmonie parfaite (au contraire du rythme béta qui favorise le conscient). Tout ce qui vient de l'inconscient remonte plus facilement au conscient (créativité, intuition, réponse aux problèmes de santé ou d'inconfort dans sa vie, etc.).

Le rythme alpha se décompose en 4 niveaux (fréquence décroissante) :

- 4 : proche de l'état d'éveil, s'active d'une manière automatique dès que l'on prend une position de relâchement, soit confortablement installé dans un fauteuil, ou allongé sur un lit, et que l'on ferme les yeux. A ce moment là, automatiquement notre cerveau ralentit les ondes cérébrales.…
- 3 : si nous persistons plus longtemps à nous détendre, nous sentons alors tout notre corps se détendre, se relâcher.… Notre mental est encore très actif; nous sommes encore capables de penser à dix mille choses qui nous préoccupent…
- 2 : vient le moment où nous avons le sentiment de planer.…d'être bien, nous serions à ce moment presque incapable de savoir ce à quoi nous pensions.
- 1 : C'est l'alignement : nous sombrons encore un peu, sans même nous en rendre compte et parce que nous n'en sommes pas conscient, nous chutons encore plus bas dans le sommeil et là notre cerveau fonctionne déjà en EC2… et c'est bien dommage car juste avant cela, l'occasion nous était donnée, à ce niveau EC3-1, d'ouvrir la porte de notre subconscient et de lui donner des ordres bien précis pour qu'il nous serve au lieu de nous desservir, comme il le fait bien souvent… C'est dans cette phase que nous passons de la rêverie consciente au rêve plus dense de l'inconscient, qui échappe au contrôle du conscient, et ce dernier, pas encore assez endormi, et réagissant à une incongruité (aberration logique), peut interrompre la plongée en provoquant ce fameux sursaut du sommeil (comme l'impression de tomber qui nous fait sursauter et nous réveille).

EC4 : Rythme Beta (14 à 33 Hz)

Cycle de plein éveil, celui auquel nous fonctionnons lorsque nous avons les yeux ouverts, que nous sommes dans l'action, que nous réfléchissons, que nous étudions, que nous apprenons, etc... Notre cerveau fonctionne alors en plein régime, et est en hyper-activité à 22 Hz.

En beta, nous fonctionnons avec un hémisphère dominant, (le gauche dans la plupart des cas, c'est à dire le conscient), ce qui privilégie le travail analytique et la réflexion mais ce qui nous "prive" de toute la perception intuitive, créative et globale de l'hémisphère droit (l'inconscient).

EC5 : Rythme gamma (33 Hz à 100 Hz)

liées à des tâches de traitement cognitif élevé.

Phases de sommeil

Sommeil lent

Sommeil léger

S1 : Sommeil très léger, le cerveau oscille entre 4 à 8Hz (donc entre EC2 et EC3-1).

S2 : Sommeil léger, le cerveau oscille entre EC1 (moins de 20 % du temps) et EC2.

Sommeil profond

S3 : Sommeil profond, le cerveau passe entre 20 à 50 % du temps en EC1)

S4 : Sommeil très profond, le cerveau passe entre plus de 50 % du temps en EC1)

Sommeil rapide (paradoxal)

S5 : identique à S1 concernant l'EEG, se caractérise par une perte du tonus musculaire, seuls les globes oculaires s'agitent dans tous les sens. Ce stade dure 60 % du sommeil d'un nourrisson, et passe à 20 % de la nuit après 2 ans. Si on est réveillé au cours de ce stade, on se souvient d'un rêve animé.

Cycles

Lors d'une nuit de sommeil, il y a 4 à 5 cycles de sommeil (90 minutes par cycle).

Le cycle passe par un sommeil léger (S1 puis S2), puis profond (S3 puis) et se termine par le sommeil paradoxal S5.

Au cours des cycles de la nuit, la durée du sommeil profond S3-S4 diminue, tandis que la phase S5 s'allonge.

Coupure du conscient

Lors des abductions, tout le conscient est coupé (pensée et sub-conscient). Seul l'inconscient "vit" l'expérience, et continue de tout enregistrer de manière brute, sans filtre.

Ce conscient coupé est un héritage de notre passé de proie : face à des prédateurs qui ne voient que le mouvement, notre inconscient "nous" fige (prend le relais) : il faut savoir qu'en effet, l'inconscient est bien plus efficace pour analyser l'environnement, laissant le conscient faire d'autres choses pendant que la sauvegarde est confiée au processus automatique. Quand un danger appairait, le conscient se coupe (seul les yeux sont laissé au conscient, prisonnier de son propre corps) le temps que le danger soit écarté, ou qu'une autre solution soit décidée.

Conscient > Subconscient

Le filtre du sub-conscient

Le sub-conscient est une zone du cerveau frontal (donc fait partie du conscient) bien que ces traitements se fassent de manière transparente pour la pensée.

C'est le sub-conscient qui traite les informations venant de l'inconscient, et peut les censurer si ces infos sont considérées comme non morales.

Filtre mémoriel

Mettons que l'inconscient envoie une mémoire, qu'il estime importante pour l'égo / individu.

C'est donc le sub-conscient qui reçoit cette mémoire, et qui détermine si le souvenir est gérable émotionnellement : dans le cas de chocs importants (viols, accidents, traumatismes), le sub-conscient peut :
- bloquer l'information,
- la transformer (voir filtre des rêves).

Filtre des rêves

Lors de la période onirique du sommeil, c'est la pensée du cerveau "inconscient" qui domine, le conscient étant en sous activité. La pensée n'est plus alors censurée et toutes les inhibitions imposées par la raison tombent. Ainsi, tout est possible ou presque dans les rêves. Souvenirs enfouis, traumatismes, anticipations de l'avenir sont autant de marques de l'intelligence et de l'activité de l'inconscient.

Problème, c'est qu'un système de sécurité du conscient subsiste, c'est le subconscient, qui peut encore agir (bloquer ou transformer l'info).

Les rêves sont donc l'expression libre de l'inconscient, mais censurée (donc mis sous forme symbolique) lors de l'arrivée dans le conscient.

Par exemple, si vous rêvez que vous tuez le chien de votre belle-mère, c'est en fait votre inconscient qui déteste votre belle-mère, et le subconscient, pour ne pas affoler le conscient sur ce qu'il se passe dans les profondeurs de l'analyse, va censurer les vraies pensées de l'inconscient... Le sub-conscient est donc tous les freins sociaux et formatages que la société nous inculque.

L'envie de meurtre proposée par l'inconscient étant incompatible avec vos principes moraux, est atténuée par une image biaisée (le meurtre du chien de votre belle-mère), image tout aussi apte à vous rendre mal à l'aise et à vous faire prendre conscience que le conflit doit être réglé, d'une façon ou d'une autre.

Autres exemples de rêves

La symbolique contenue dans un rêve ne peut être généralisée à tous les individus, les significations des symboles étant différentes selon les individus.

Le symbolisme s'applique à la personne concernée, ou son avatar (ex : la belle-mère ou son chien, ça revient au même, c'est la même personne).

Perdre des dents (ou d'autres partie du corps) peut donc être un avertissement à faire plus attention à ma santé, notamment si on a tendance à mal manger et à se laisser aller les derniers temps.

Il faut bien écouter ce que les rêves (donc l'inconscient censuré) a à dire au conscient.

Ce n'est pas sous quelle forme le rêve se montre qui compte, mais la mise en situation, les sentiments qui en ressortent, qui sont importants : si je perd mes dents, que j'ai une impression de mal-être physique, que je suis malade et en train de me dégrader physiquement... c'est ça que je retiendrais comme message : plus que la forme, c'est le fond qui compte, il ne faut pas s'attacher aux détails (la perte des dents).

Déni

Le cerveau, en plus d'être limité par ses propres capacités, est limité par des concepts religieux, psychologiques, ou socio-politique.

On croit pouvoir tout voir et accepter, alors qu'en fait, si ça chamboule trop nos croyances, le subconscient filtre toutes les infos externes qui viennent de l'inconscient (l'organe qui traite tout ce qui nous arrive de nos 5 sens physiques) : le conscient n'assimile pas les informations pourtant bien réelles. On reste donc "inconscient" d'évènements qui peuvent nous arriver.

Mettez un ET en face d'un humain, soit il ne va littéralement pas le voir (détournant la tête sans s'en rendre compte), soit il va essayer de trouver une explication bidon, approuvant le premier qui lui dira "ça n'existe pas tu as rêvé".

Cela explique pourquoi il y a du déni face à certaines évidences, donc pourquoi il y a des sceptiques par exemple. Leur "formatage" psychosociologique est trop rigide pour leur laisser appréhender plus loin que ce qu'ils croient.

c'est une histoire de **blocages de la pensée** dus à notre culture et à la société en général. Nous avons tous des concepts pré fabriqués que l'on nous inculque (contre notre gré) de l'enfance jusqu'à l'âge adulte. Notre société a une histoire et des principes qui lui sont propres, et chaque société a les siens.

Parfois, ces cultures différentes ont des **concepts opposés**. Dans les choses les plus simples parfois... pour certaines sociétés humaines, le concept même de propriété n'existe pas, d'en d'autre la femme est le sexe fort, dans d'autres encore être nu est la façon normale de vivre. Ce qui se passe avec les abductions, c'est qu'on a tendance à réagir en tenant compte de nos principes et de **nos valeurs morales**, mais au final, ce **ne sont pas les nôtres**, ce sont celles qu'on nous a forcé à épouser, et ce ne sont pas forcément les bonnes après tout.

Si vous parlez à un Lama, il vous dira que la souffrance du corps n'est pas importante et que seul l'esprit est important... c'est pour cette raison que certains sages ne s'alimentent plus pendant des semaines et méditent, c'est un moyen de faire abstraction des cris que poussent notre corps en permanence et d'enfin voir, sans voile, **la vraie nature de notre conscience**. En d'autres terme, notre corps est un pleurnichard qui hurle tellement fort qu'on entend plus la voix de la véritable conscience, l'Esprit (qui passe par l'inconscient).

Mémoire

La mémoire de l'inconscient est absolue, et mémorise tous les sens en même temps.

Pourtant, souvent cette mémoire absolue semble défaillante. Quelle est l'influence de la dualité conscient / inconscient sur la faculté de se rappeler des souvenirs, c'est à dire de piocher des informations de la mémoire pour les apporter au conscient ?

Tous les souvenirs stockés par l'inconscient sont disponibles, mais c'est le sub-conscient qui donne l'"autorisation finale" de la remémoration dans le conscient.

La demande de remémoration peut avoir deux sources :

- l'inconscient détermine qu'un souvenir est important pour le conscient, et le transmet au sub-conscient.
- le conscient à besoin d'éléments de comparaison, ou de données pour raisonner et s'adapter à l'environnement dans lequel l'individu évolue : il a besoin de l'expérience !

Demande du conscient

Pour accéder à sa propre expérience ou à ses connaissances, le conscient active des connections avec l'inconscient qui gère la mémoire. Cependant, la demande n'est pas toujours exprimée clairement, et l'information fournie ne correspond pas toujours aux besoins (on a alors le mot sur le bout de la langue, sans qu'il veuille sortir).

Cette communication s'apparente un peu à du surf sur internet : chaque souvenir est lié à un autre et en sautant de lien en lien connexes, des souvenirs profondément classés peuvent devenir accessibles pour le conscient, le tout étant de trouver le bon fil conducteur. Parfois, une odeur familière, une image, une couleur, une émotion (ce que l'on appelle parfois une image mentale) peut être la clé d'un souvenir.

Absence de souvenirs conscients

Peu d'abductés se souviennent clairement de leurs abductions, si ce n'est sous hypnose, et même avec cette méthode, de nombreuses zones de non-souvenir perdurent.

Les entités déconnectent artificiellement et complètement le conscient / cortex frontal : à la différence d'un rêve, ou le conscient, et principalement le sub-conscient, reste en faible activité et à donc accès à une partie du rêve (sinon on ne se souviendrait pas !), dans le cas de l'abduction, tout le conscient est coupé.

L'expérience de l'abduction est donc enregistrée brute par l'inconscient, sans considérations éthiques ni a priori fournies habituellement par le sub-conscient.

Par la suite, l'expérience vécue peut être jugée de différentes façons par l'inconscient. S'il juge que l'individu doit être "au courant" de ce qui s'est produit, il essaiera de faire passer le message, sous forme de rêves principalement, mais également sous forme de flashs lorsque l'inconscient arrive à forcer momentanément la main au cerbère qu'est le sub-conscient. Problème, c'est que le sub-conscient, qui était anormalement endormi, n'est pas conscient que ces images se sont réellement produites pour l'individu !).

Processus chimique

[Zétas] Le cerveau fonctionne par chimie. Chaque mémoire est un chemin chimique qui court le long des neurones pour se connecter à un autre chemin chimique. Lorsque la mémoire doit être bloquée, parce que l'humain est en détresse lorsqu'il se rappelle le souvenir, le corps insère une rupture chimique dans ce chemin, qui peut être restauré plus tard (il est seulement altéré).

C'est pourquoi les souvenirs douloureux semblent s'estomper, alors que les souvenirs joyeux sont rappelés pleinement, au fil des ans.

Malléabilité des souvenir

Nous avons vu dans L1>Déformatage>effet Mandela, que la modification du passé (alors qu'on se rappelle avoir vécu une autre ligne temporelle n'existe pas. Il s'agit simplement de la malléabilité des souvenirs.

Chez la plupart des gens, le cerveau fonctionne de façon à ce que la nouvelle information vienne remplacer et effacer l'ancienne, car ce que les médias disent dans le présent met généralement à jour nos souvenirs. Dans certains cas rares et accidentels, cette mise à jour ne se fait pas, et donne l'illusion d'un effet Mandela.

La mémoire de certains, comme Harmo, ne se met pas à jour en effaçant l'ancienne donnée, elle la rajoute : ce qui lui permet d'être plus ou moins immunisé contre cet effet de manipulation.

On démontre par une expérience sur la manipulation (voir à 39 minutes : malléabilité des souvenirs) qu'on peut créer de faux souvenirs. Les informations jugées fiables données par d'autres individus effacent les souvenirs réels de la personne. C'est un effet de mimétisme : vos souvenirs se mettent au niveau de ceux de votre entourage, c'est un effet de groupe qui a permis à l'Humanité de favoriser une homogénéité, un lien social. Mais cette faculté du cerveau est très piégeuse, parce que si les personnes autour de vous ne sont pas fiables (comme les médias qui mentent), elles peuvent remplacer vos vrais souvenirs par leurs fausses perceptions. Un phénomène très courant chez les neuro-typiques, au contraire de certains aspergers dont le cerveau n'a pas cette capacité de mimétisme automatique, et qui conserve les vrais souvenirs.

Tout cela aboutit finalement à une amnésie collective, parce les mises à jours effacent les anciennes données.

La mémoire collective

Encore une fois, cette mémoire collective n'existe pas. Ce sont les historiens/médias/agents du système qui gèrent une mémoire collective artificielle, et la réécrivent sans cesse (d'où l'impression de l'effet Mandela).

Vie > Corps Humain

L'héritage génomique anunnaki

Les anunnakis nous ont laissé plusieurs gènes issus de leur évolution sur Nibiru, pas tous exprimés.

L'arrêt de la mélanine (leucocisme) est déjà existant chez habilis. Restez dans une caverne plusieurs années, vos cheveux deviennent roux ou blonds, votre peau blafarde et transparente, tout simplement parce que l'absence de Soleil rend inutile la sécrétion de mélanine.

Normalement, nous devrions être comme les autres primates, et arborer une pousse lente des poils et des ongles, pas de cheveux ni de barbe. Les cheveux longs et les barbes masculines viennent des gènes anunnakis, reliés à une pousse des ongles rapide (imposée par le sol très abrasif de Nibiru, auquel ont dû s'adapter les habilis travaillant dans les mines, puis exacerbé par préférence sexuelle).

Ce serait à étudier plus avant, mais il se pourrait que les humains à forte proportion de gènes anunnakis aient des carences en fer chroniques, de par leur organisme éliminant rapidement ce métal qui sature la nourriture végétale sur Nibiru, et devient toxique à haute dose.

Corps humain > Psychologie

Survol

La psychée, ou pensée, est le résultat du fonctionnement à la fois du conscient, à la fois de l'inconscient.

Auto-sabotage (p.)

Nous avons tous une petite voix qui cherche à nous rabaisser.

Traité de bizarrologie (p.)

Plusieurs de nos travers ont été étudié en long et en large par nos dominants.

Processus du changement (p.)

Les deuils, ou changements de psychologie, suivent plusieurs étapes : Choc, Déni, Frustration, Dépression, Expérience, Décision, Acceptation.

Auto-sabotage

Repris d'un texte d'Olivier Rives, psycho-énergéticien. Texte à prendre avec du recul, notamment dans sa composante "développement personnel vers l'égoïsme".

Survol

Ça nous est à tous arrivé, cette envie de ne pas réussir et de se conformer à l'image qu'on croit que les autres ont de nous, un perdant. Il s'agit de l'auto-sabotage : et si on essayait juste d'enlever le frein à main et qu'on se laissait rouler ?

Attention à savoir reconnaître quand c'est l'âme qui sabote, quand le corps se fourvoie et ne va pas dans la bonne direction. C'est alors du bon auto-sabotage, pour nous éviter de gros désagréments plus tard.

Je parles ici du sabotage inculqué par formatage par le système, pour garder les esclaves en bas de la pyramide du pouvoir, faire en sorte qu'ils ne cherchent pas à s'envoler, même en l'absence de cage.

Les petites voix négatives

Nous naissons dans un milieu, avec des parents qui ont une histoire, souvent elle-même venue du fond des temps familiaux :

- Nous sommes des paysans, la politique on n'y connaît rien laissons faire les gens intelligents et instruits de la ville.
- Dans la famille on n'a jamais été très fort dans cette matière, tu n'est pas manuel, pas intellectuel, etc. (nos proches reportent leurs propres échecs et limitations sur nous).
- Ton frère n'y est pas arrivé, on ne l'a pas dans les gènes.
- J'ai eu une enfance très difficile, c'est pour ça que je n'arrive à rien, etc.

Subconscient formaté

Le conscient et l'inconscient se construisent principalement avant les 4 ans, puis jusqu'à l'adolescence, le subconscient se mets en place à ce moment-là, et détermine ce qui est bon ou pas pour nous. Il va filtrer ensuite tous les messages de l'inconscient selon ce filtre.

Idem pour l'inconscient qui absorbe dans cette période tout ce qui vient, sans remise en cause, et qui va se remplir de préceptes pas indélébiles mais presque (seul un gros travail sur soi-même permet de se déprogrammer, pour ensuite continuer à avancer/progresser).

Dans cette période charnière, l'inconscient a interprété que l'on n'est pas digne de recevoir le bonheur, ou le plaisir de la vie, avec des parents qui rabâchent des faux poncifs comme "Dans la vie on ne fait pas ce qu'on veut", alors que justement la vraie vie c'est tout le contraire.

Ces conceptions ancrées au plus profond de notre inconscient, et qui finissent par s'ancrer dans l'âme vie après vie, ressortent à tout moment dans la vie pour nous brider, nous retenir, nous faire avoir la mauvaise réaction : celle qui nous tétanise et nous bloque.

Le subconscient censure les messages plus optimistes qui nous arrivent, car ils sont en contradiction avec nos croyances.

La petite voix négative a de nombreuses façons de se manifester, de nous limiter par son discours intérieur hypnotique :
- Je dois ...
- Il faut que ...
- Ce n'est pas bien de ...
- Pas le temps de prendre soin de moi, il y a tant de chose à faire.

Ces messages avertisseurs peuvent être judicieux, tout comme ils peuvent venir d'un mauvais conditionnement. Il est important alors de bien réfléchir sur le moment à ces messages, d'où viennent-ils, sont-ils vraiment de mon âme accomplie, ou au contraire de mon âme évolutive (ou inconscient de cette vie), entachée d'erreurs ?

L'image qu'on a de soi

L'image que l'on a de soi est celle gravée (le terme est juste !) dans l'inconscient (de cette incarnation, mais possiblement aussi de précédentes incarnations que nous devons dénouer). Elle est issue de notre passé, de notre éducation. Elle est très souvent différente de l'image consciente que l'on a de soi, qui est celle qu'on voudrait avoir ou que les autres attendent de nous à l'instant T.

Malgré notre bonne volonté pour aller de l'avant, passer à l'action, nous réaliser, l'inconscient nous tire en arrière, et sabote plus ou moins à notre insu notre capacité à réussir, à vivre pleinement le bonheur et la paix.

Le sabotage prends racine dans la valeur qu'on croit avoir (et en général elle est basse).

A noter que cette image rabaissée est pratiquée sur 99% de la population. A l'inverse, pour les 1% d' "héritiers" restants, le formatage a été pratiqué dans l'autre sens (image de soi bien trop élevée comparée à la réalité), et est tout aussi erronée...

Les croyances négatives

Ces croyances nous ont été inculquées par la société pour nous maintenir en esclavage, les maîtres inculquant le contraire à leur progéniture. Elles ont été enfoncées dans nos têtes dans notre enfance, et tout cela par lignée héréditaire (que ce soit au niveau du fait que les parents ont reproduits le schéma de leurs parents, ou par transmission épigénétique dans les gênes).
- Ne pas mériter
- ne pas avoir droit
- faible estime de soi, ne pas se sentir important
- demeurer dans l'ombre des autres
- on ne doit pas être en paix et heureux, sans contrariétés. Si c'est le cas, vite chercher un élément qui nous rende malheureux.

Retirer les mauvaises croyances

Il s'agit de désherber son jardin intérieur des herbes toxiques. Comme la nature a horreur du vide, il faudra remplacer ces mauvaises croyances par des bonnes, pas assez actives dans son inconscient. Inclure dans la même phrase le pôle négatif qui nous freine et la pôle positif qui devra s'activer et prendre le relais. Comme si le feu rouge passait au vert.

Par exemple :
- Je retire cette énergie de dévalorisation ou d'échec (provenant de ma lignée) de toutes mes cellules (ADN épigénétique), de mes émotions, de mon mental, de mon inconscient, de mon espace personnel et la renvoie hors de moi.
- J'arrête de croire que je ne suis pas important et valide mon droit de me réaliser, d'être épanoui, en accord avec mon âme.
- Même si je ne me suis pas senti reconnu, aimé par mon père et ma mère, je me permets de reconnaître ma valeur et m'autorise à réussir.
- Je lâche les interdits au plaisir et de prendre soin de moi inscrits dans mon éducation, ma lignée, et à la place je m'ouvre à la joie et à donner le meilleur de moi-même dans la vie.
- Même si mes parents étaient anxieux ou préoccupés, j'ancre au travers de mon inconscient la possibilité d'être en paix dans ma tête et mes émotions.
- Même si ma famille a du travailler dur et se sacrifier, j'installe dans mon conscient et mon inconscient le droit de me poser et de me divertir, de faire ce qui me plaît vraiment.

Certains ont une faculté naturelle à prendre soin d'eux, à débrancher le petit vélo dans la tête, à cultiver le bonheur source de plénitude.

Le manipulateur relationnel

Caractéristiques principales

[manip] Il faut au moins une dizaine des caractéristiques ci-dessous pour pouvoir parler de manipulateur :

1. Il culpabilise les autres, au nom du lien familial, de l'amitié, de l'amour, de la conscience professionnelle, etc.
2. Il reporte sa responsabilité sur les autres ou se démet de ses propres responsabilités.
3. Il ne communique pas clairement ses demandes, ses besoins, ses sentiments et ses opinions.
4. Il répond très souvent de façon floue.
5. Il change ses opinions, ses comportements, ses sentiments selon les personnes ou les situations.
6. Il invoque des raisons logiques pour déguiser ses demandes.
7. Il fait croire aux autres qu'ils doivent être parfaits, qu'ils ne doivent jamais changer d'avis, qu'ils doivent tout savoir et répondre immédiatement aux demandes et aux questions.
8. Il met en doute les qualités, la compétence, la personnalité des autres: il critique sans en avoir l'air, dévalorise et juge.
9. Il fait faire ses messages par autrui ou par des intermédiaires (téléphone au lieu du face à face, laisse des notes écrites).
10. Il sème la zizanie et crée la suspicion, divise pour mieux régner et peut provoquer la rupture d'un couple.
11. Il sait se placer en victime pour qu'on le plaigne (maladie exagérée, entourage «difficile», surcharge de travail, etc.).
12. Il ignore les demandes (même s'il dit s'en occuper).
13. Il utilise les principes moraux des autres pour assouvir ses besoins (notions d'humanité, de charité, racisme, «bonne» ou «mauvaise» mère, etc.).
14. Il menace de façon déguisée ou fait un chantage ouvert.
15. Il change carrément de sujet au cours d'une conversation.
16. Il évite ou s'échappe de l'entretien, de la réunion.
17. Il mise sur l'ignorance des autres et fait croire à sa supériorité.
18. Il ment.
19. Il prêche le faux pour savoir le vrai, déforme et interprète.
20. Il est égocentrique.
21. Il peut être jaloux même s'il est un parent ou un conjoint.
22. Il ne supporte pas la critique et nie des évidences.
23. Il ne tient pas compte des droits, des besoins et des désirs des autres.
24. Il utilise très souvent le dernier moment pour demander, ordonner ou faire agir autrui.
25. Son discours paraît logique ou cohérent alors que ses attitudes, ses actes ou son mode de vie répondent au schéma opposé.
26. Il utilise des flatteries pour nous plaire, fait des cadeaux ou se met soudain aux petits soins pour nous.
27. Il produit un état de malaise ou un sentiment de non-liberté (piège).
28. Il est parfaitement efficace pour atteindre ses propres buts mais aux dépens d'autrui.
29. Il nous fait faire des choses que nous n'aurions probablement pas faites de notre propre gré.
30. Il est constamment l'objet de discussions entre gens qui le connaissent, même s'il n'est pas là.

Ne sommes-nous pas tous des manipulateurs ?

Cette question se pose souvent après la lecture de la liste qui précède. L'auto-observation de vos comportements vous aidera à trouver une réponse.

La première différence à souligner est celle qui existe entre faire et être. Le fait de mentir, de vous faire plaindre «pour un peu» ou d'être jaloux de temps en temps ne fait pas de vous un menteur, une victime ou un jaloux pour autant. Cette distinction est capitale, car le processus d'auto-évaluation globale est très fréquent. Il est cependant erroné. La plupart d'entre nous avons tendance à nous définir en fonction de tel ou tel comportement isolé. Par exemple, prendre la dernière banane d'une corbeille de fruits sans vous enquérir auprès de votre entourage si quelqu'un la désire ne fait pas de vous un égoïste. Ce n'est pas parce que vous faites que vous êtes !

Les pervers narcissiques (PN)

Voir les vidéos de "une psy à la maison".

Le pervers narcissique est classé dans les psychopathes, c'est à dire quelque qui n'a aucune empathie pour les autres, ne pense donc qu'à lui, est incapable de ressentir le mal qu'il faut aux autres, et est donc dénué de toute notion de bien et de mal. Ce sont des gens dangereux dans une société, malheureusement ce sont eux qui actuellement ont pris le pouvoir.

Le pervers narcissique est quelqu'un qui tout petit à commencé à manipuler les gens pour avoir du pouvoir ur eux, et qui n'a pas été assez recadré, encouragé à faire le bien ou à se mettre à la place des autres. Mais on va dire que c'est souvent au niveau de son âme pure égoïste que ça se passe. Le pervers narcissique n'ira jamais consulter de lui-même, et ne suivra les thérapies que pour faire façade et vous tromper.

Son but dans la vie, comme il manque d'énergie ou de joie de vivre, c'est de vous affaiblir, surtout les surdoués ou les purs altruistes (c'est une guerre entre les 2 orientations spirituelles). Il va essayer d'avoir le plus de victimes possibles, en les coupant les unes des autres car il déteste être mis en pleine lumière, être dévoilé tel qu'il est, qu'on lui retire son masque.

Il va donc chercher à avoir du pouvoir sur vous, à pouvoir changer votre vie, dans le but de vous affaiblir, de vous rendre malheureux. On le retrouve dans les professions qui ont du pouvoir sur quelqu'un, surtout quelqu'un d'affaibli avec besoin d'aide, comme les aidants, docteurs, avocats, chefs. L'argent ets une extension du pouvoir. Il va chercher à vous faire dépenser de l'argent inutile ou pour lui, et à vous en faire perdre le plus possible. Il va casser vos objets, et de manière générale tout ce qui vous tient à coeur.

Ses stratégies d'approche sont la séduction, le toucher pour le pouvoir qu'il en retire, l'isolement, vous faire culpabiliser, etc.

Il fait en permanence des simulacres (comme faire croire ça y est j'ai réfléchi j'avance), et sa victime le reste tant qu'elle y croit. Il profite d'ailleurs du réflexe naturel des gens d'aider leur prochain ou de leur excès d'amour à donner (ce qui n'est pas une faille, mais il en fait un défaut en exploitant ça),

mais lui on ne peut pas l'aider. Ils ont une certaine intelligence pour décrypter les autres, découvrir leurs failles pourmieux les exploiter par la suite. Une intelligence froide de destruction. Ils sont généralement au courant de travaux de psychologie sur les surdoués ou les altruistes, et ont appris ou savent intuitivement comment les exploiter. Ils savent lire les envies des autres, et y répondent volontiers afin de faire ce qu'ils aiment, mentir et porter un masque social.

Ils aiment les situations connues et ont peur de l'inconnu. C'est une personne méchante de nature et qui s'en réjouit, et leurs victimes ont du mal à comprendre que ça puisse exister. Pour le PN, la gentillesse est une faiblesse.=, et se réjouit donc constamment de ce qu'il perçoit comme un avantage sur sa victime. Il ne connait pas le bonheur mais se contente de son pouvoir, il n'en souffre pas parce que le problème ne vient pas de lui. Il ne peut donc déprimer.

Source du texte qui suit.

Le pervers narcissique est dans la droite ligne du manipulateur relationnel. Vous pouvez tomber dessus au boulot car en ce moment l'élite semble trouver un malin plaisir à nous les mettre comme chefs, vivre avec ce genre de sale individu qui donne des ordres qu'on est obligé de suivre c'est démoralisant. Je ne pense pas que ces gens-là connaissent de manière innée tous ces critères de manipulation : ils doit exister pour ces gens-là des formations, du genre fac de philo pour ceux qui n'arrivent à rien d'autre.

Ses armes de manipulation

Culpabilise sa victime en inversant les rôles

Se défausser de ses torts est une spécialité du manipulateur.

Ne communique pas clairement, nie les évidences

Il fait en sorte que sa proie soit perpétuellement en train de chercher à le comprendre, il répond souvent de manière à entretenir l'ambiguïté.

« T'as mal compris, j'ai pas dit les choses dans ce sens-là… »

Il est bipolaire, on ne sait jamais comment il va réagir.

Le début de sa phrase peut être le contraire de la fin de sa phrase, il change en permanence d'idée, il choisit la mauvaise solution alors que ça fait 10 minutes que vous lui expliquez pourquoi il ne faut pas la prendre. Il se justifie d'un "ta gueule, c'est moi le chef".

Vous devez composer avec un malade mental.

Vie > Corps humain > Psychologie

Il est armé de raisons logiques

Les demandes sont déguisées par la logique semblant implacable de son raisonnement : il enchaîne plusieurs arguments logiques dans des longues phrases techniques qui nous endorment, au milieu il glisse une chose illogique qui l'amène ensuite par d'autres arguments logiques à la conclusion de son raisonnement, qui semble logique mais qui est fausse.

Marionnettiste à vos dépens!

Vous devez être parfait. Il vous fait croire que vous ne devez absolument jamais changer d'avis et que vous devez répondre immédiatement aux questions qu'il pose.

Il sait parfaitement utiliser autrui pour obtenir ce qu'il veut.

Critique et dévalorise

Sa critique est discrète mais intense, il dévalorise sous couvert de l'humour au début (il vous demande même de rigoler car c'est nul, en usant de son autorité), puis émet des jugements sur vous. Il insinue le doute sur vos qualités, vos compétences et plus généralement votre personnalité ("Je t'ai démasqué", dans la plupart des cas on a tous un truc à se reprocher ou des points où on ne se sent pas très fort, mais bien demander en quoi on serait fautif!). Avec lui la personne que vous croyez être aura peu à peu perdu toute importance. Vous devenez banal, inintéressant, voire extrêmement inférieur.

Fait passer ses messages par les autres

Permet de ne pas se dévaloriser en attaquant les autres car c'est vous qui l'aurez dit et non pas lui. Ainsi, il peut être le bourreau d'une personne tout en réconfortant de cette même victime par derrière, faisant porter le chapeau au messager.

Divise pour mieux régner

D'une touche délicate, avec discrétion, il sème la zizanie tout en cultivant la suspicion. Il brise progressivement les amitiés et les groupes dans l'optique d'obtenir ce qu'il désire. Ne pas oublier d'attaquer le marionnetistes, pas les autres marionnettes.

Il se positionne en victime

Auto-élu victime, le pervers narcissique se place dans cette position pour être la vedette. Ainsi, son entourage compatit, le plaint, le comprend dans ses épreuves. Il est celui vers qui l'on se tourne et, après tout, qui pourrait se méfier d'une victime ? Il en profitera pour mieux vous manger.

Ignore les demandes

Oui, il répondra toujours positivement aux demandes qui lui sont formulées, mais ne les fera pas en prétextant toujours une raison valable.

Utilise les principes moraux des autres

Pour assouvir ses besoins, il utilise les principes moraux des autres tel un caméléon. Il peut intégrer totalement le mode de pensée d'un groupe et ses principes en faisant croire qu'il s'agit également des siens.

Il use et abuse de la politesse qui nous empêche de lui dire qu'on a autre chose à faire qu'écouter ses conneries, ou du fait qu'on ne doit pas interrompre quelqu'un.

Menaces cachées ou chantage ouvert

Dans les deux cas sa cible doit se plier à ses exigences.

Change de sujet ou s'échappe

Au cours d'une conversation, il change totalement de sujet sans crier gare. Pour esquiver une question qui le mettrait mal à l'aise ou le mettrait à jour, il change de sujet comme s'il n'avait pas entendu la question. Déroutant, il peut également s'échapper en quittant la discussion ou la rencontre.

Mise sur l'ignorance des autres

Il s'en sert inlassablement pour faire croire en sa supériorité. Il se sert de la crédulité des individus, de leur ignorance pour leur montrer qu'il est supérieur, et son besoin d'admiration est enfin reconnu. Il cherche souvent des personnes dans la détresse. Il utilise des mots savants pour cacher sa propre ignorance.

Il ment

Il ment souvent pour tout et rien, même pour des broutilles, s'inventera une vie et détestera par-dessus tout se faire démasquer. Il peut avoir des vies différentes avec plusieurs personnes en même temps. Ses mensonges sont souvent indécelables, car il va y ajouter une pointe de vécu pour les rendre crédibles assez longtemps.

Dit le faux pour connaître le vrai

Il prêche le faux pour savoir le vrai et cela s'applique à tous les domaines de sa vie. Cela permet aussi de tester l'évolution de la prise de contrôle sur sa proie.

Il est égocentrique

Il rapporte tout à lui-même d'une façon très naturelle, sa nature égocentrique demeure profonde. C'est le plus beau, il est le meilleur, il veut être le gourou …

Les pervers narcissiques (PN)

Il est très jaloux

Attention, toutefois, car ce n'est pas une jalousie sentimentale amoureuse, mais une traduction envieuse ! Il cherche par-dessus tout à le cacher, mais sa jalousie s'exprime à l'égard des capacités que vous avez et dont il ne dispose pas. Le PN vous côtoie en tant que sa chose et, en tant que femme, vous êtes son objet. Donc vous n'avez pas le droit de le supplanter, il est le meilleur.

Obsédé par l'image sociale

Il ne supporte pas d'être critiqué, car il ne veut et ne peut pas être perçu comme une personne mauvaise.

L'image POSITIVE que les autres renvoient de lui est capitale, pour ne pas dire vitale même, car il lui est insupportable de paraître différemment.

S'énerve rarement

Le manipulateur s'énerve rarement, car la prise comme la conservation de son contrôle est à la base de son fonctionnement. Sauf dans le cas d'un pervers naturellement violent, un manipulateur orchestre une crise s'il juge utile de le faire, mais ce ne sera en rien une action spontanée pour lui.

Ne tient pas compte des autres

Vos droits, vos besoins comme vos désirs ne tiennent aucune place pour lui, bien qu'il fasse croire le contraire.

Paroles opposées à ses attitudes

Quand le discours est blanc, ses actions sont noires ! Les réactions du manipulateur sont à l'opposé de l'attitude correspondant au discours.

On parle de lui

Il fait constamment l'objet des conversations, même lorsqu'il n'est pas présent. C'est d'ailleurs une grosse source de satisfaction du manipulateur pervers narcissique.

Devient soudainement attentionné

Flatterie, sortie, petit cadeau, cette personne fait pour vous plaire et vous entoure de sollicitude de façon inattendue. Dans ce cas, il aura une demande à faire qu'il fera passer pour votre bien-être alors qu'il agira dans son propre intérêt.

Fait perdre vos repères

Avec lui, votre esprit devient confus, il retourne votre cerveau. L'expression « ne plus savoir où l'on habite » prend tout son sens avec lui. Le terme de « lavage de cerveau » est approprié, car il cherche à modeler l'autre en fonction de ses buts. Narcissisme exacerbé, il jouit d'observer à quel point il fait ce qu'il veut de sa petite souris.

Vampirise votre énergie

Lors de phases de dénigrement, de rabaissement, il vous vide de votre énergie. Le caractère injustifié de son attitude vide l'énergie de sa victime qui ne sait jamais comment agir avec le pervers.

Froideur émotionnelle

Sous l'apparence d'une personne aimante, il est pourtant dénué d'empathie. Il fait preuve d'une froideur émotionnelle incroyable, sauf si sa victime lui dit être mal par sa faute. Dans ce cas de figure, il fera tout pour prouver que NON.

Il vous fait du mal

Avec lui vous souffrez, vous êtes psychologiquement mal et ne savez pas comment agir avec lui. Cela peut même avoir des conséquences sur votre santé par une perte d'appétit, un sommeil difficile, de la déprime…

Stocke les informations pouvant nous nuire

il se sert de toutes les infos qu'il enregistre sur vous pour les ressortir au moment opportun... de sorte a vous humilier ou vous salir... bien sur en présence d'êtres chers...

Nos armes contre lui

ATTITUDES face à un pervers narcissique sont :

- Exprimer et défendre ses propres droits, en respectant ceux des autres. Refuser le recours à la soumission : ne pas se taire, ne pas dire OUI quand on ne veut pas, etc.
- La véritable indifférence, celle du coeur et de l'esprit , se détacher émotionnellement de lui, ce qui veut dire aucune marque d'attention à son égard, ce genre de personne ne supporte pas l'indifférence, ça leur fait très mal .
- Il faut savoir que la haine comme l'amour est une marque d'attention pour eux, et renforce leur narcissisme.
- Le mieux est de prendre des distances avec ce genre de personne , ou de fuir afin de pouvoir se reconstruire. Si c'est un chef, soit prévenir les supérieurs, et s'il est protégé à un haut niveau de l'encadrement, démissionner, les entreprises qui gardent à un tel niveau des incompétents ne vont pas tenir longtemps et ne méritent pas votre travail.
- Abandonnez le fait d'une vengeance quelconque, seule l'indifférence peut le toucher !
- Contrairement à ce que certains spécialistes affirment, il arrive parfois qu'on puisse aider un

PN, voir même le guérir ...une thérapie par Hypnose peut s'avérer efficace... Mais quels efforts, 99% du temps sanctionné d'un échec, car le PN ne veut pas guérir, et c'est son libre arbitre. Ne vous accrochez pas à cette idée, toute apparence de progression étant suivie d'une forte régression. Ne laissez pas votre santé pour quelqu'un d'incurable. Le mieux est de les laisser tous seuls, seul moyen pour eux de chercher à sortir de par eux-mêmes, de leur psychopathie. C'est la meilleure aide que vous pourrez leur fournir...

Surmonter les traumas

Dans la vie, on rencontre des épreuves, et il nous faut les surmonter sans quoi nous coulons. Il faut savoir que rien ne dure et faire le deuil, que c'est comme ça et ce n'est pas grave.

Ce sont des vieux textes qui mériteraient d'être adapté à la nouvelle psychologie de la nouvelle Terre. La méthode reste la même pour tous les traumas (rupture amoureuse ou autre) : acceptation et passer à autre chose.

Le tipi pour franchir ses traumatismes

Le passé n'existe pas, seul le présent compte. Le passé ne doit pas avoir d'influence sur le présent. Malheureusement nous oublions souvent de vivre l'instant présent. Le passé n'est que l'historique de notre construction, seul compte ce que nous sommes. Il faut parfois effacer les informations fausses qui nous ont construites.

Pour nos peurs enfouies, nos traumatismes profonds qui nous empêchent de vire, la méthode du tipi : pendant 5 minutes pas plus, nous nous immergeons 3 fois de suite ou plus dans l'évènement qui nous a frappé (soit on s'en rappelle, soit la méditation l'a fait remonté en mémoire) sans analyser, juste en laissant les faits se dérouler, en ressentant bien dans son coprs tout ce que ça nous a fait. Le mental se réapproprie l'évènement pour le digérer.

Ne pas dépasser 5 minutes par visualisation.

Le faire 3 fois, puis l'évènement sera à jeter aux oubliettes et son traumatisme surmonté, le message d'expérience acquis. On peut analyser ensuite tout ce que ça a impliqué. Mettre un mot sur une douleur permet de passer outre.

Petit plus, on peut visualiser une situation à venir traumatisante et s'y préparer.

Rupture amoureuse

Comment surmonter une rupture amoureuse?

La séparation, c'est aussi comme l'amour, quelque chose qui commence. Comme l'amour, quelque chose qui s'apprend.

Présentation des peines de coeur

L'université est un milieu propice aux rencontres avec les travaux en équipe, les sorties, les 5 à 7, les festivals étudiants et les autres activités universitaires. Le début de la vingtaine –âge de la majorité des universitaires- représente également une étape où sont vécus les premiers engagements significatifs, mais aussi les premières séparations. Bien que chacun réagisse différemment à une rupture, il n'en demeure pas moins que plusieurs se trouvent démunis, certains même en état de crise. Ce n'est donc pas par hasard que la rupture amoureuse constitue l'un des principaux motifs de consultation au Centre d'orientation et de consultation psychologique (COCP) de l'Université Laval.

Qui sont vos alliés lors d'une peine d'amour? Y a-t-il des choses à faire pour alléger la souffrance ou est-ce que le temps seul peut aider? Comment rendre la rupture moins difficile et tirer profit de cette expérience? Une meilleure compréhension du phénomène de la rupture vous permettra sans doute de mieux traverser cette épreuve. Ce document vise donc à décrire les types et les causes de la séparation ainsi que les étapes à franchir. De plus, quelques stratégies pour vous aider à remonter la pente seront proposées.

Face à une rupture amoureuse, chaque personne réagit à sa façon. L'anxiété et les symptômes de dépression en font souvent partie. Il est possible aussi que votre rupture se passe bien et simplement. Que le chemin de la guérison soit long et tortueux ou bref, il comporte ses hauts et ses bas. Ceux qui sont passés par là savent que lentement mais sûrement le nombre de bonnes journées finit par surpasser celui des mauvaises. Vous trouverez vos points de repère et en établirez de nouveaux. Ainsi, ce que vous considérez présentement comme un échec se transformera peu à peu en une expérience enrichissante. Malgré la perte, le seul fait de traverser cette épreuve peut constituer une satisfaction. Par ailleurs, la rupture amoureuse est l'une des seules expériences que nous sommes presque tous appelés à vivre.

Les types de séparation

Trois types de rupture peuvent être distingués: être quitté, décider de quitter l'autre ou se quitter d'un commun accord. La détresse peut varier en fonction du type de rupture. Mais dans tous les cas, le deuil de la relation est inévitable. L'idéal est de se quitter d'un commun accord mais ce scénario est peu fréquent. Choisir de quitter quelqu'un peut s'avérer aussi perturbant que d'être quitté. Dans le premier cas, le processus de décision qui précède la séparation est parfois déchirant et rempli de culpabilité. Il peut néanmoins être suivi d'un sentiment de soulagement. Dans le second cas, la séparation survient brusquement et de façon inattendue. La personne délaissée se trouve donc déstabilisée.

Les causes de séparation: moments difficiles ou relations difficiles

Pour certains couples, des événements peuvent précipiter la séparation : déménagement, perte d'emploi, maladie, infidélité, problèmes personnels, etc. Pour d'autres, la séparation fait suite à une relation difficile ou insatisfaisante : mauvaise communication, peur de l'engagement, manque de plaisir à être ensemble, absence de soutien affectif, violence physique ou verbale, incapacité à surmonter une étape du développement conjugal ou personnel, etc. Que l'origine de l'impasse soit situationnelle ou sentimentale, la rupture devient alors pour certains couples la seule solution envisageable.

Les étapes à franchir (présentation)

Selon Deits (1999), la détresse qui suit la rupture amoureuse ressemble étrangement à celle ressentie lors du processus de deuil. La personne peut traverser plusieurs étapes soit le choc, puis la dénégation et le retrait, suivi de la reconnaissance et la douleur, et conclure avec l'adaptation et le renouvellement. Bien entendu, plus la relation était significative, plus grand sera le deuil.

La compréhension de ces étapes vous aidera sans doute à surmonter cette rupture et à voir que vous n'êtes pas seul dans cette situation. Elle vous permettra aussi d'expliquer à vos proches ce que vous vivez. Ceux-ci pourront ainsi vous apporter un meilleur soutien. Rappelez-vous que ces étapes vous permettront de mieux vivre la séparation ou toute autre perte.

1. Le choc et l'engourdissement

« Je ne peux pas imaginer qu'elle m'ait quitté. C'est comme un mauvais rêve. »

Durant les jours qui suivent la rupture, vous vous sentez abattu ou confus. Cette réaction vient d'un réflexe qui bloque tout le système émotionnel. C'est comme si la nature vous avait prémuni d'une sorte de coussin de protection contre le choc de la séparation.

C'est le moment d'avoir quelqu'un à vos côtés pour vous soutenir. De plus, évitez de prendre des décisions à long terme que vous pourriez regretter par la suite comme de changer de programme d'études, de déménager ou de changer d'emploi.

2. La dénégation et le retrait

« Je sais qu'il va revenir. » « Ça ne se peut pas! Il va réaliser qu'il s'est trompé. »

Quand l'effet du choc se dissipe, vous n'êtes pas nécessairement prêt à affronter cette réalité. C'est normal, qui songe à la séparation lorsqu'il est encore amoureux! C'est pour cette raison que lorsque la rupture frappe, vous tentez de la nier. La colère envers la personne qui vous a laissé peut prendre toute la place. La dénégation se produit la plupart du temps de façon inconsciente. Mais il faut être attentif aux signes suivants : perte d'énergie, manque d'appétit, manque ou excès de sommeil, douleurs physiques, attente du retour du partenaire, colère, etc.

Parfois, un sentiment de honte peut vous envahir et vous aurez peut-être tendance à vous isoler pour ne pas montrer votre détresse. Pourtant, toutes ces réactions sont fréquentes et normales après une rupture. Il est possible que vous pensiez en avoir fini avec certaines réactions et qu'elles resurgissent des semaines ou des mois plus tard.

3. La reconnaissance et la douleur

« C'est difficile, j'ai encore mal, mais je crois bien que je vais m'en remettre. »

Cette période est souvent la plus longue et la plus pénible. La séparation est douloureuse car vous prenez conscience d'avoir perdu non seulement votre partenaire, mais aussi un mode de vie. Toutefois, la reconnaissance de cette perte est nécessaire pour retrouver votre équilibre. Il est important de prendre le temps nécessaire pour vivre cette période de tristesse. Vous aurez alors peut-être besoin de sentir la disponibilité de vos proches ou d'une aide extérieure comme un groupe d'entraide ou une aide professionnelle. Certaines personnes retournent vers leur ancien partenaire pour trouver du réconfort. Il est possible que des mises au point soient nécessaires pour bien comprendre la rupture, mais l'autre personne peut difficilement être à la fois la cause de la douleur et son antidote. C'est pourquoi il est peu recommandé de multiplier les rapports avec votre ex-partenaire pour faciliter la séparation.

4. L'adaptation et le renouvellement

« Ça va maintenant. Finalement, j'ai appris de cette expérience et je peux passer à autre chose. »

Quand vous passez des « pourquoi » (pourquoi elle m'a laissé?) aux « comment » (comment puis-je tirer profit de cette épreuve?), cela signifie que vous commencez à cicatriser vos blessures. Votre vie ne gravite plus uniquement autour de votre rupture amoureuse. C'est le moment idéal pour entreprendre de nouveaux projets comme faire un voyage ou suivre un cours et qui sait, peut-être s'engager dans une nouvelle relation amoureuse.

En sortant du deuil de la séparation, c'est votre façon d'être et vos habitudes qu'il vous faut changer pour pouvoir vivre de nouvelles expériences. Le défi s'avère alors d'accepter de partir à la recherche de nouvelles sources de satisfaction. Cela implique le risque de faire des erreurs et d'être de nouveau blessé ou déçu. Il est fréquent que des personnes, après une rupture, tentent d'éviter la souffrance en renonçant de vivre une nouvelle relation amoureuse ou en s'engageant dans une suite de relations. Une telle fermeture réduit bien sûr les risques d'être à nouveau déçu ou blessé, mais à long terme elle empêche de combler pleinement le besoin fondamental d'être aimé.

Les étapes traversées (détaillées)

Le choc

Les premiers jours qui suivent l'annonce de la séparation laissent les protagonistes en état de choc comme assommés par la nouvelle.

Un système de protection naturelle se met alors en marche, c'est l'équivalent d'un pilote automatique qui prend le dessus, juste un temps. Les réveils sont très douloureux parce que la nuit met momentanément entre parenthèses les souvenirs de la journée précédente. Vous ouvrirez les yeux en pensant, le cœur étouffé dans la poitrine : «Ah oui, c'est bien arrivé : c'est fini»…

Il est nécessaire d'être entourée à ce moment-là.

La négation

Vos neurones vont reprendre le dessus et vous allez sortir de la torpeur dans laquelle vous étiez plongée depuis quelques heures ou quelques jours.

Les personnes quittées pensent alors : «Ce n'est pas possible», une phrase qu'elles n'auront de cesse de répéter. L'acceptation de la fin d'une histoire d'amour est difficile.

On pourra alors songer que l'autre s'est trompé, qu'il va forcément revenir, qu'il y a eu un malentendu… On se persuade que c'est récupérable.

On se trouve alors dans la négation pure de la réalité. Un sentiment qu'il ne faudra pas trop longtemps entretenir au risque de se maintenir dans l'illusion d'un retour de flamme. Un espoir qui ne fait que retarder le processus de rétablissement.

La colère

Soudainement, un sentiment de rage commence à monter : de quel droit a-t-il pu vous faire cela ?

Vous vous repassez le film à l'envers et commencez à décortiquer son comportement, vous le voyez tel un monstre. Vous avez envie de lui en faire voir de toutes les couleurs. C'est un réflexe naturel. Mais attention, ne pensez pas à la vengeance, elle pourrait vous retomber dessus et ne ferait que maintenir un lien avec cette personne.

La dévalorisation

On peut aussi connaître un sentiment de honte. On n'a pas envie que cette expérience, qu'on considère comme un échec, se sache. On a peur du regard extérieur, de passer pour une «looseuse».

Dans cette spirale négative, on remet en question ses propres qualités, sa valeur. On se croit moche, bête et pas assez bien pour lui. Et toutes ces raisons rassemblées semblent justifier cette séparation. Cela ne sert à rien de s'auto-flageller.

A un moment, votre ex-moitié a bien aimé toutes vos qualités, alors pourquoi les questionner aujourd'hui ?

La raison de votre rupture est ailleurs et viendra le temps où vous la trouverez et l'accepterez.

L'acceptation

Et puis, arrive le moment où l'on admet que c'est bel et bien terminé. Les choses ont changé et une page du livre de notre vie est en train de se tourner.

On accepte sa douleur et sa tristesse. Il le faut bien, elles vont nous tenir compagnie pendant un bout de temps.

Cette période de tristesse est l'une des étapes les plus longues du processus, mais la reconnaissance de la rupture et de sa peine est un très grand pas vers la guérison.

La reconstruction

Petit à petit, telle une plaie, la blessure se cicatrise.

Certes, elle laissera une trace mais avec laquelle on apprendra à vivre et à composer. On a arrêté de se poser des questions, on a compris certaines choses et on se demande comment on va désormais organiser sa vie, sa nouvelle existence.

On reprend espoir, on a des envies et on veut en profiter.

On va mieux. Super ! La vie est si belle et nous tend les bras !

La compassion pour l'autre

On parle souvent des personnes quittées mais il ne faut pas nier la souffrance de celles qui ont décidé de tout arrêter. Ce choix a été longuement mûri, réfléchi et a rarement été pris de gaîté de cœur. Personne n'aime faire souffrir un être cher.

C'est pourquoi un sentiment de culpabilité peut envahir le décideur. C'est une preuve de compassion, il ne faut pas rejeter cette sensation. Mais il ne faut pas non plus l'entretenir.

Si une telle décision a été prise, c'était forcément pour de bonnes raisons : relation qui n'avait aucune chance de s'épanouir, intensité non réciproque des sentiments, usure de l'amour… Il est souvent plus courageux de partir que de rester.

Une histoire d'amour n'est pas une relation fondée sur le sacrifice de l'un ou sur le maintien du confort de l'autre. Dans ce cas, il ne s'agit plus d'une histoire d'amour mais d'un aménagement entre deux personnes.

Personne ne sort gagnant ni heureux de ce genre de relation.

Comment y faire face ?

L'entourage propose souvent plusieurs façons de réagir à une séparation :

« Essaie de te distraire. »

« Concentre-toi sur tes études. »

« Passe à autre chose. »

« Trouve quelqu'un pour te consoler. »

« Rends-le jaloux. »

« Avec le temps, ça va passer. »

Malheureusement, ces conseils ne suffisent pas toujours à soulager toute votre souffrance. Voici quelques moyens qui peuvent vous aider à mieux vivre chaque étape de la séparation.

Ne retenez pas vos larmes

Pleurer ne signifie pas que vous ne vous en sortirez jamais. Cela démontre plutôt que vous réalisez votre perte. Assurez-vous toutefois d'exprimer votre peine avec des gens en qui vous avez confiance. Enfin, sachez que l'intensité de vos symptômes de sevrage n'est pas nécessairement une preuve de la force ou de l'ampleur de l'amour que vous portiez à la personne.

Mettez par écrit

Écrivez toutes les émotions que vous avez pour votre ancien partenaire

Ceci permet d'exprimer votre agressivité ou votre peine, en plus de constater votre progression, et de vous auto-analyser à froid.

Faites le bilan (pour /contre) de votre relation

Reconnaissez votre part de responsabilité ainsi que celle de votre partenaire. Ceci vous permettra d'envisager différemment votre prochaine relation sans répéter, si possible, les mêmes erreurs. Vous pouvez constater, par exemple, qu'une dynamique de vos relations et de vos ruptures se répète. Si c'est le cas et si vous êtes insatisfait de cette dynamique, c'est l'occasion de faire le point et d'amorcer des changements. Au delà du blâme de l'autre et de l'apitoiement sur son sort, vous êtes le dénominateur commun de l'ensemble de vos relations !

Identifiez votre style amoureux

Qu'est-ce qui caractérise le choix de vos partenaires et des relations que vous établissez avec eux ? Est-ce l'attraction physique ? Le plaisir partagé avec l'autre ? L'affection et la tendresse qui se développent progressivement ? La bonne entente ? L'intensité de la passion ? Les intérêts communs ? L'exclusivité dans l'engagement ? Le don de soi ?... ou une combinaison de toutes ces caractéristiques ? En connaissant mieux vos goûts et votre style amoureux, vous éviterez de vous faire de faux espoirs et vous ferez un choix plus éclairé. Nous vous invitons à lire le texte Tomber en amour et le rester afin d'en connaître davantage sur les styles d'attachement amoureux.

Soyez patient envers vous et votre entourage

Il se peut que les membres de votre entourage souhaitent vous voir aller mieux beaucoup plus rapidement que vous ne le pouvez. Ils ignorent souvent quoi dire. Certains iront même jusqu'à vous éviter au moment où vous avez le plus besoin d'eux. Peut-être vous sentez-vous incapable de demander de l'aide et espérez que les autres fassent l'effort à votre place. Les conflits de ce genre sont regrettables mais courants. En le sachant, vous montrerez plus de patience à votre égard et envers les autres. Vous pouvez aussi exprimer clairement vos attentes envers vos amis : « Je voudrais juste que tu m'écoutes un peu», « Je sais que je ne suis pas d'agréable compagnie ces temps-ci, mais j'aurais seulement besoin de sentir votre présence ».

Soyez prudent en ce qui concerne les autres façons de gérer votre douleur

Vous pourrez être tenté de soulager rapidement votre souffrance dans l'alcool, la drogue ou dans une nouvelle relation amoureuse. Ces moyens ne font que retarder votre guérison en évitant de vivre pleinement le deuil de la séparation.

Sachez vous entourer tout en respectant les périodes où vous préférez être seul

Après une rupture, vous pouvez craindre la solitude et tenter de l'éviter le plus possible. Vous remarquerez pourtant, surtout après l'étape de la reconnaissance de la douleur, qu'il est plaisant de faire des activités seul et même de tolérer le silence. Vous êtes plus qu'une personne délaissée! Il y a plusieurs aspects intéressants à votre personnalité dont certains étaient peut-être mis de côté durant la relation.

Consultez au besoin un professionnel

Faites-le surtout si les symptômes physiques comme la perte d'appétit ou l'insomnie persistent et si votre humeur ou votre état général ne cesse de se détériorer, même après plusieurs semaines. Cette aide complète souvent le soutien déjà apportée par votre entourage.

Pourquoi les hommes vivent-ils plus mal les ruptures ?

[Maxx] Certaines relations se terminent en violentes disputes, d'autres en pleurs, d'autres encore en concours d'insultes. Bref, une rupture ce n'est jamais très beau.

Ceci dit, regardons la vérité en face, certaines relations ne sont pas faites pour durer et une bonne rupture évite souvent une catastrophe encore plus énorme dans le futur. Alors quand une relation atteint son terminus, qui gère le mieux la rupture ?

La réponse est claire : les femmes. Plusieurs études prouvent que les hommes sont plus fréquemment sujets à l'anxiété et à la dépression post-rupture que les femmes. Certes, les hommes aiment jouer au dur après une rupture mais en réalité, cette attitude masque souvent un désespoir profond. Nombre d'hommes traversent de longues périodes où l'espoir de récupérer une ex devient leur unique obsession.

Voici 4 raisons pour lesquelles les hommes ont tendance à mal vivre une grosse rupture :

Les hommes cachent leur douleur

Quand un mec se fait larguer, sa première réaction est : "je vais lui montrer que je n'ai aucun mal à vivre sans elle". En avant les plans biture avec les potes ou au contraire, l'approche « fair-play » : on remercie son ex des supers moments passés ensemble et on la quitte avec un grand sourire.

Ces deux réactions sont en réalité identiques : juste un moyen de masquer ses sentiments. Les hommes n'arrivent pas à admettre le fait d'être en colère, d'avoir mal ou d'avoir le cafard à cause d'une rupture. Ce n'est qu'après cette réaction initiale qui sonne très faux, que l'homme de base commence à faire le deuil de sa relation.

Les femmes elles, vont en général vider sept boîtes de kleenex et expriment ce faisant leurs vraies émotions. Les femmes s'attaquent frontalement à leur déprime post-rupture et s'en débarrassent d'autant plus vite.

Au contraire, les hommes ont tendance à réprimer leurs émotions négatives. Ils ne les évacuent pas et les gardent en eux, lancinantes et prêtes à ressurgir à tout moment.

Les hommes ont moins de confidents

Si les femmes se remettent plus vite d'une rupture, c'est aussi parce qu'elles ont beaucoup de personnes auxquelles se confier. Elles vont sans problème aller chercher le soutien nécessaire auprès de leur famille et de leurs amis. De sa mère à sa meilleure amie en passant par sa coiffeuse, plus elle peut dire au monde à quel point son ex était un loser, mieux elle se portera.

A l'inverse, un homme dépend surtout de sa compagne/petite amie pour ce qui est de l'intimité émotionnelle et du réconfort. Il n'aura alors d'autre choix que de garder ses états d'âmes et ses émotions pour lui.

Il va préférer se convaincre que tout va bien et que c'est mieux comme ça… Jusqu'à ce que 6 mois plus tard, à 3 heure du mat' et après une dizaine de verres, il avoue à ses amis qu'il est encore amoureux de son ex.

Les hommes détestent redémarrer une relation

Après une rupture, un homme va être très enthousiaste à l'idée de rencontrer plein de nouvelles femmes. Mais après deux, trois, dix (pour les plus doués) rencards avec d'autres femmes, il réalise qu'il va mettre du temps avant de retrouver la complicité et le confort qu'il avait avec on ex.

Cette sécurité émotionnelle que lui procurait la relation vient à lui manquer et en général à ce moment là, l'homme réalise la chance qu'il avait d'être avec sa belle (pourtant cette sécurité émotionnelle est loin d'être une raison suffisante pour rester en couple !).

D'après plusieurs études, les femmes sont mieux préparées à une rupture parce qu'elles envisagent cette éventualité pendant la relation. Alors que l'homme est encore en train de comprendre les conséquences de sa rupture, la femme est déjà passée à autre chose !

Les hommes idéalisent le célibat

Toujours les mêmes restos, les mêmes disputes, le sexe répétitif… Souvent, au bout d'un moment, un homme commence à s'ennuyer dans son couple.

Dès lors, il se met à penser que s'il était célibataire, il serait certainement en train de coucher avec plein de jolis mannequins, de vivre totalement libre et de faire la fête tous les soirs avec ses potes.

Après la rupture, il réalise néanmoins très vite, que le célibat ne ressemble pas du tout à la vie de dans les films. Il se rend compte que les virées en boîte de nuit jusqu'à 6h du mat' ne remplacent pas le bonheur de l'intimité, et cette liberté retrouvée est vite teintée de déception.

A l'inverse, la femme n'idéalise pas cette vie d'électron libre et a plus conscience de la valeur d'une relation de couple. Au moment de la rupture, sa vision plus réaliste lui évite une déception supplémentaire.

Faut-il rester ami avec son ex ?

Le moment de se quitter et de se dire au revoir arrive tôt ou tard dans la plupart des relations amoureuses – à moins que vous n'ayez l'intention de passer devant M. le maire (et même dans ce cas-là…). Vous avez partagé avec votre ex des souvenirs joyeux ou douloureux, et il est temps de tous les ranger dans un coin de votre tête et d'aller de l'avant.

Pourtant, les couples qui se séparent éprouvent le besoin de se promettre qu'ils resteront amis… ce qui le plus souvent, engendre encore davantage de tensions et de ressentiment.

Pouvez-vous vraiment rester ami avec votre ex ? Y'a-t-il d'autres alternatives que le « tout ou rien » ?

Un « no man's land » peu reluisant

Il est très rare qu'une rupture se fasse d'un commun accord.

Il n'y a en général qu'un seul « plaqueur », et une autre personne qui met des semaines, voire des mois, à s'en remettre. Il n'est jamais simple de rompre avec une fille avec qui vous avez partagé de bons moments.

Celui qui est à l'origine de la rupture se sent moins coupable s'il fait les choses en douceur : « Ça n'est pas de ta faute, c'est la mienne. On peut rester amis si tu veux. » Cette proposition de paix permet au plaqueur de ne pas se voir comme une mauvaise personne car il, ou elle, veut toujours être ami avec son ex.

Proposer de rester ami permet non seulement au plaqueur de ne pas se considérer comme une mauvaise personne, mais également de maintenir son ancien partenaire dans sa vie, se protégeant ainsi de tout phénomène de manque.

Le plaqueur peut donc reprendre le cours de sa vie sans culpabilité, et en sachant qu'il aura le plaisir de partager un café avec son ex de temps à autre… Quand ça le chante.

D'un autre côté, celui qui s'est fait plaquer pourra reprendre un espoir illusoire à chaque fois qu'il recevra un coup de fil de son ex. Une dangereuse dépendance affective, qui comme toute drogue, fait du bien sur le moment, mais résulte en une douloureuse descente.

Évidemment, chaque coup de fil ou rendez-vous autour d'un café ne durera jamais assez longtemps et laissera le plaqué dans un état encore plus pathétique qu'après la rupture initiale…

Donc, à la question «pouvez-vous devenir ami avec votre ex?», je vous répond simplement « non ».

Voici pourquoi :

Vous avez couché ensemble

Même si c'est difficile à accepter, c'est très compliqué de faire machine arrière une fois que l'on a vécu une relation intime avec une femme. Vous aurez toujours dans un coin de votre mémoire l'image de cette fille nue, et les souvenirs de vos ébats n'auront besoin que de l'odeur de son parfum pour vous revenir en tête…

C'est très difficile d'accepter la distance physique avec une fille dont on a connu l'intimité.

Vous ne pouvez pas vous confier l'un à l'autre

Même s'ils essayent de toutes leurs forces de rester amis, deux ex ne peuvent plus vraiment se confier l'un à l'autre. Comment dire à votre ex que vous avez rendez-vous avec une HB ce soir, que vous partez en week-end avec elle ou que votre nouvelle petite amie est une bombe au lit ?

Et votre fierté vous empêchera également de lui décrire votre déception lorsque cette jolie HB brune que vous avez kissclose vous a plaqué au bout de deux jours.

Rester amis nous donne l'impression qu'une femme qui a fait partie de notre vie n'en a pas complètement disparu, et que nous pouvons l'appeler de temps en temps pour savoir comment elle va,… même si elle ne nous le dira jamais honnêtement.

Amertume, jalousie et dommages collatéraux

Étant donné que les ruptures sont rarement mutuelles, l'un de vous deux ressentira forcément de l'amertume envers l'autre. Si c'est vous qui l'avez larguée et que votre ex prétend être votre amie, elle ne l'est pas sincèrement.

S'il vous semble que tous vos plans avec de nouvelles HB sont toujours sabotés par une force extérieure, c'est peut-être véritablement le cas.

Lorsqu'il y a amertume, il y a jalousie. Soyons honnête, il est difficile d'être vraiment heureux pour une ex qui vient tout juste de rencontrer « l'amour de sa vie ». C'est pareil pour elle.

Cette jalousie peut pousser votre ex que vous gardez près de vous, à nuire au maximum à vos nouvelles relations, en tentant de vous influencer, en demandant à vous voir alors que vous avez un rendez-vous avec une autre fille, etc…

Et même si c'est vous qui l'avez larguée, c'est dans la nature humaine d'être jaloux lorsqu'une ex s'épanouit avec un autre homme. C'est un fait, même pour le « plaqueur » c'est souvent douloureux d'imaginer qu'un autre mec va prendre sa place dans la vie de son ex.

La passion persiste

Même si votre relation n'a été qu'une suite sans fin d'engueulades, la passion et la tension sexuelles peuvent perdurer entre vous.

Si c'est le cas, chaque rencontre « amicale » risque de se transformer en une dernière nuit d'amour torride, en «souvenir du bon vieux temps». C'est le meilleur moyen de perdre son temps et de faire du sur place…

Retour à la case départ; retour aux moments de doute qui ont immédiatement suivi la rupture, alors que vous commenciez tout juste à passer à autre chose. Le bad.

Regardez de l'avant

C'est déjà complexe de tirer un trait sur le passé. Vous n'avez pas besoin de vous compliquer la tâche en gardant le numéro de téléphone de votre ex dans vos favoris.

Après une rupture, même si vous l'avez plaquée, vous allez vivre des moments difficiles. Retour sur le « marché » des célibs, perte du confort lié à votre relation, sensation de manque vis-à-vis de votre ex, etc…

Mais si vous laissez cette ex s'accrocher à vous, ce sera encore plus dur de passer à autre chose et de rencontrer de nouvelles HB. Difficile d'aller de l'avant avec un pied coincé dans le passé…

Il vaut toujours mieux, pour vous comme pour votre ex, sortir de cette relation en n'en gardant les bons souvenirs, plutôt que de finir par traîner dans la boue une belle histoire qui n'avait tout simplement pas d'avenir.

Si vous avez été les meilleurs amis du monde avant d'être en couple, si votre rupture a été décidée d'un commun accord absolu, si vous n'avez aucun problème à la voir avec un nouveau mec et si votre relation a toujours été basée sur une honnêteté à toute épreuve… Alors bravo, comme 0,1% des gens vous pouvez être ami avec votre ex…

Pour les autres, il est recommandé de ne pas s'égarer dans ce type de pseudo-amitié…

Traité de bizarrologie

Richard Wiseman est chercheur en psychologie. Il a publié en 2009 le *Petit Traité de Bizzarologie*, qui résume toutes les expériences qu'il a faites au cours du temps.

Je vous laisse juger de la puissance de ses commanditaires, capables de programmer plusieurs soirées d'expériences diffusées sur la plus grande chaîne télé d'Angleterre. Certaines études semblent avoir des débouchés concrets de manipulation des peuples, tandis que d'autres sont volontairement biaisées et tronquées (ne prenant pas en compte l'exhaustivité d'un phénomène) pour tromper le lecteur (dire que la vie après la mort n'existe pas, ou que les images subliminales n'ont pas d'effet). Ce livre n'est pas totalement sincère.

Description du caractère humain

Selon Hans EYSENCK, les êtres humains se décomposent en deux dimensions fondamentales : extraversion et névrotisme.

Extraversion

Les extravertis sont impulsif et optimistes, vivent plus longtemps, ont un large cercle d'amis et ont plus tendance à tromper leur partenaire. Les introvertis sont plus réfléchis, plus réservés, préfèrent lire que sortir en ville.

Névrotisme

C'est le degré de stabilité émotionnelle d'une personne. Les névrotiques sont sujets à l'inquiétude, ont une faible estime de soi, se fixent des buts ou des objectifs irréalistes et ressentent de l'hostilité ou de l'envie. Des faibles névrotiques savent faire preuve d'humour pour atténuer leur anxiété et sont même parfois stimulés par le stress.

Fausse astrologie

En résumé, les êtres humains ont beaucoup de points communs au niveau du caractère, et c'est ces points communs que décrivent les astrologues pour être sûrs de toucher le plus de monde (comme le test montrant qu'en compilant plusieurs thèmes astraux pris dans les journaux, on arrivait à une description correspondant à 87% des personnes).

L'astrologie des charlatans donne un profil de personnalité banal qui s'applique à la plupart des gens (ou à un profil psychologique auquel la plupart des gens ont envie de ressembler).

Par exemple : «vous avez besoin que les autres vous apprécient et vous admirent, mais vous avez tendance à vous critiquer. Bien que votre personnalité présente quelques faiblesses, vous êtes généralement en mesure de les compenser. Vous avez beaucoup de capacités sous-utilisées que vous ne tournez pas à votre avantage. Discipliné et maître de vous-même à l'extérieur, vous tendez à être anxieux et inquiet à l'intérieur. Par moments, vous doutez fortement d'avoir pris la bonne décision ou d'avoir fait les choses correctement. Vous préférez une certaine dose de changements ou de variétés, et vous êtes insatisfait quand des restrictions ou des limitations vous empêchent d'avancer. Vous vous flattez d'être indépendant d'esprit et n'acceptez pas le point de vue des autres sans preuve satisfaisante. Certaines de vos aspirations tendent à être irréalistes.»

Tout ce qu'il faut faire, c'est donner une description très générale de leur personnalité, et le cerveau se convaincra lui-même de l'exactitude de celle-ci. Les gens préfèrent se leurrer eux-même que d'affronter leur crédulité (ils sont près à nier avoir été dupés). La plupart des gens ont tendance à penser et à se comporter de manière étonnamment prévisible. Il y a ensuite l'effet flatterie : éclairer les gens sous un jour positif (leur faire croire qu'il ont un grand nombre de capacités sous-utilisées et sont indépendants de caractère).

Les gens ont tendance à ressembler à l'image qu'on attend d'eux (si on répète depuis tout petit à un enfant qu'un bélier comme lui est impulsif, ça l'incitera à développer ce travers que tout le monde a). Par exemple, les enfants nés un mois mauvais pour une tribu seront plus violents que les autres (se retrouvent plus souvent en prison), mais ce n'est pas vrai d'enfants nés au même moment et au même endroit mais avec d'autres croyances.

La chance

Pas de destin lié aux étoiles

Des études sur les jumeaux temporels ont montré qu'ils n'avaient aucune destinée identique.

Caractère / chance lié à la période de naissance

Pour autant, le caractère des gens (et par la même leur destinée) semble être lié à la période de l'année pour la naissance (le biais d'une classe sociale faisant naître préférentiellement ses enfants au printemps n'a pas été analysé)..

Les enfants nés dans les mois chauds et lumineux (depuis mars à août, avec un pic en mai et un creux inexplicable en juin) semblent avoir plus de réussite que les autres. Pour les sportifs, on peut montrer l'effet de classe (au moment des sélections, ceux du début de l'année sont plus grands de plusieurs mois), mais rien n'explique les chanceux (on a montré que ce sont des gens optimistes, énergiques, plus ouverts aux opportunités, plus détendus, appréhendant mieux le monde, plus observateurs, qui en fait retombent plus facilement sur leurs pieds, ne ratent pas d'occasions, etc.) alors que les malchanceux (moins optimistes, plus tendus et ratant les occasions car plus enfermées, empruntées, anxieuses et peu désireuses de saisir de nouvelles opportunités, par exemple laissant tomber dès le début parce qu'elles pensent que ça ne peut pas marcher) naissent plus les mois d'hiver.

Vie > Corps humain > Psychologie

On ne sait pas si c'est dû à l'enfermement d'hiver, la présence plus grande des parent (bébés moins aventureux par la suite donc moins chanceux), l'accès à des aliments non présents en hiver, la lumière naturelle plus faible (il est montré que l'exposition à une lumière prolongée en hiver diminue les dépressions hivernales)...

Des études ont montré que les rapports sont inversés dans l'hémisphère Nord et Sud, ça n'a donc rien à voir avec l'astrologie, mais bien avec la saison.

Les chanceux

Les chanceux ont aussi un plus grand nombre d'amis (ils sont moins timorés, ils tentent et prennent des risques, ne dit-on pas que la chance sourit aux audacieux), utile en cas de coups durs, leur permettant d'augmenter leur « chance apparente ».

Le monde est petit

En 1960 aux états unis, il fallait 6 intermédiaires en moyenne pour qu'une lettre à destination d'un parfait inconnu arrive à destination (le mec de départ, de l'autre côté du continent, devant l'envoyer à la personne de ses connaissances qui avait, selon lui, le plus de chance de connaître une personne qui connaîtrait le destinataire situé à l'autre bout du continent). En 2003, il n'en fallait plus que 4 (pouvant s'expliquer par le fait que ça avait été réalisé en grande Bretagne, plus petite et moins d'habitants).

C'est ce qui explique les coïncidences entre 2 personnes que pourtant a priori tout séparait.

Les gens chanceux arrivaient le plus rapidement à la personne désirée, alors que les malchanceux n'y arrivaient pas, ou sinon en beaucoup de coup. Quand on a interrogé ces derniers, certains ont répondus qu'ils n'avaient pas envoyé la lettre car ça n'avait aucune chance de marcher...

La mort

Concernant la mortalité, il semblerait que l'on puisse modifier la date de sa mort, les hommes mourant souvent la semaine avant leur anniversaire, les femmes la semaine d'après. En tout cas, les gens optimistes vivent plus vieux que les pessimistes (qui voient l'avenir en noir (cancer, maladies cardio-vasculaires, accidents) c'est ce qui s'appelle se faire un sang d'encre).

Mensonge

Presque tous les enfants de 3 ans désobéissent à l'expérimentateur, puis ensuite la moitié d'entre eux avouent leur faute quand on leur demande, l'autre moitié mentant en niant avoir désobéi.

A 5 ans, tous les enfants désobéissent puis mentent.

Il est plus facile de mentir à quelqu'un s'il nous voit, car il s'appuie sur des signes qui, selon son inconscient, montrent si quelqu'un ment ou pas, ces signes n'existent pas en réalité (un menteur ne va pas regarder forcément à côté, avoir des tics nerveux, etc.). Alors que les gens n'entendant qu'une bande audio déterminent plus facilement un menteur.

Pourquoi est-ce si difficile de déceler le mensonge? Parce que partout dans le monde, les signes attribués aux menteurs sont les suivants : Ils détournent le regard, agitent leur main et se trémoussent sur leur siège.

En réalité (après analyse de milliers d'heures de vidéo entre des menteurs et ceux qui disent la vérité) il ressort que ces 3 points sont faux (les menteurs ayant même tendance à être plus statiques que les autres).

Pour déterminer un mensonge

Il faut d'abord analyser les mots employés et la manière dont ils sont utilisés (d'où la meilleure détection d'un mensonge à l'audio qu'en visuel).

Les menteurs en disent moins et donnent moins d'informations que ceux qui disent la vérité (un parce qu'ils ne peuvent pas inventer les plus petits détails, 2 parce qu'il vaut mieux donner le moins d'informations possibles qui pourraient être retournées contre nous).

Il est donc possible de compter le nombre de mots entre une déclaration vraie ou fausse.

Les descriptions restent générales dans un mensonge, alors qu'elles sont détaillées pour ceux qui disent la vérité.

Les menteurs essayent aussi de se distancer psychologiquement de leurs mensonges, et donnent donc très peu d'informations sur eux-même, leurs sentiments et leur histoire. Donc peu de « je » avec un menteur, peu de sentiments (si mignon, tellement bien, etc.).

De même, les menteurs hésitent moins dans le choix des mots s'ils récitent un texte, au contraire de quelqu'un qui dit la vérité et construit au fur et à mesure ses réponses à partir de ses souvenirs réels. Pourtant il y a au final plus de pauses et d'hésitations dans le discours d'un menteur.

Il y a aussi la précision des petits détails insignifiants, les menteurs vont mettre l'accent sur un point alors qu'un non menteur l'aura oublié au bout d'une semaine (car il ne participe pas à l'histoire, et il n'y a pas besoin d'en rajouter quand on dit la vérité). Ceux qui disent la vérité admettent plus volontiers avoir oublié un détail. Alors que les menteurs oublieront plus facilement un détail clé.

Il est plus facile pour un menteur de contrôler ses mains et ses aspects visuels, que de contrôler la partie verbale.

Un homme politique anxieux ou inquiet se voit au nombre de fois par minute où il cligne des yeux.

Faux sourires

Dans le sourire, il est aussi montré qu'on peut manipuler les muscles du bas de la face pour le sourire, mais que les muscles conduisant à plisser les yeux (en relevant les muscles des pommettes et des sourcils) sont difficiles à contrôler volontairement, et traduisent un état de bien être.

Manipulation

Les faux souvenirs fabriqués

Il est facile d'influencer la mémoire des gens en les orientant sur un détail a priori pas très important, qui n'est pas sûr dans leur tête. Une fois ce faux souvenir mis en tête, il s'affermit au cours du temps pour devenir réalité dure comme du béton au bout de 2 mois (par exemple, si on prend une photo de quand on avait 5 ans et qu'on fait un montage photo les 2/3 des gens ne s'en souviennent pas à la première vision (alors qu'un tiers s'en souvient parfaitement et peu donner des détails), mais un mois après c'est 75 % des gens qui vont décrire l'événement en détail.

C'est d'autant plus vrai si le personnage demandant de se souvenir d'un souvenir fictif incarne l'autorité.

Obéissance aveugle à l'autorité

Pour la fameuse expérience de Milgram, où un volontaire torture quelqu'un, il est montré que juste une blouse blanche (symbole de l'autorité) suffit pour faire réaliser à quelqu'un quelque chose de contraire à sa volonté. Les femmes sont plus facilement manipulées, mais cela peut venir de leur éducation.

La force de persuasion

Il est aussi possible d'affirmer une chose avec aplomb et la moitié des gens la voit. Dans une étude simulant une séance de spiritisme, le client était mis en condition par l'atmosphère propice, le discours, puis il ressentait les notions de froid, de présence et quelques coups dans la table achevaient de faire leur effet. On arrive alors à faire croire à la moitié des participants qu'ils sont témoins de la lévitation d'une table (qui reste pourtant fixe dans l'expérience).

Orientation de la pensée ou du comportement

Il ne faut pas grand chose pour modifier notre manière de penser et de se comporter. Selon les mots ou phrases étudiées précédemment, les réponses que l'on donnent ne sont pas les mêmes. Ca peut être uns simple phrase, un court morceau de musique (la pop est utilisé dans les supermarchés pour acheter plus et céder à ses impulsions).

Par exemple, on demande à des groupes de personne de reconstituer des phrases parlant de vieillesse pour un groupe, de jeunesse pour l'autre. Au sortir de l'expérience, le groupe ayant travailler sur la vieillesse marche en moyenne plus lentement que l'autre groupe.

Les gens qui doivent décrire un hooligan pendant 5 minutes ont de moins bons résultats (46% contre 60%) à des questions de type Trivial Poursuit que ceux qui ont décrits un professeur d'université.

Pour les pourboires, si les clients ont passé un bon moment, si le serveur au moment d'apporter l'addition les touche ou leur sourit, ils laisseront de plus gros pourboires.

Dans une cave à vin, si on diffuse de la musique classique ou de la pop, les quantités de bouteilles achetées sont les mêmes, mais le prix des bouteilles est 3 fois plus élevé si c'est de la musique classique (les clients se sentant plus raffinés ?).

Quand un suicide est relayé par la presse, le nombre de suicide augmente dans les deux semaines qui suivent (+ 30% en moyenne, avec une méthode de suicide similaire), l'excès de suicide étant proportionnel au niveau de médiatisation (effet particulièrement prononcé après la mort d'une célébrité, le suicide de Marilyn Monroe ayant entraîné 12 % de suicide supplémentaire au niveau national).

Vie > Corps humain > Psychologie

Perception des gens grands

Une autre influence à notre insu nous fait avoir plus confiance dans les gens grands (que ce soit en amour, en considération sociale, pour les hommes politiques). Georges Bush a ainsi serré la main longuement à son adversaire pour montrer qu'il était plus grand que lui. Ceux de 1m80 gagnent 5000 dollars par an de plus que ceux d'1m50 (à compétence et expérience équivalente, bien que le biais de l'origine sociale, et de la présence de plus grands chez les dominants consanguins à gène anunnaki, n'ai pas été étudié). Dans une tribu amazonienne, les 3 hommes les plus grands ont autant de relation amoureuse qu les 7 hommes les plus petits. Les grands vendeurs réussissent mieux que les plus petits.

Demander aux gens d'estimer la taille des candidats (les gens ayant l'impression que le candidat pour qui ils vont voter est plus grand que son adversaire) donne un bon aperçu du résultat des votes, et peut remplacer plus avantageusement un sondage.

Perception des gens barbus

La barbe aussi influence notre manière de percevoir les gens. Porter la barbe ou la moustache donne comme première image quelqu'un de viril, mûr, dominant, confiant et courageux. Par contre, ils sont considérés comme non honnêtes, c'est pourquoi les hommes politiques sont tous rasés. Le stéréotype est mondial.

Perception des gens d'après leur aspect

Si on demande à un groupe de juger quelqu'un de compétent juste avec une photo du visage, il s'avère que ce sont ces visages déclarés compétents qui sont majoritairement élus en politique. C'est aussi un bon sondage d'opinion.

De même pour les jurés, quand il s'agit de déclarer quelqu'un coupable, ils s'appuient sur le visage. On a reconstitué le même tribunal, avec les mêmes faits (ne permettant pas de déterminer si l'accusé était coupable ou non). La grande Bretagne a été séparée en 2 zones, dans une zone le procès était retransmis avec un accusé qui était le stéréotype du bandit (nez cassé et yeux étroits), dans l'autre l'accusé était le stéréotype de l'innocent (visage de bébé et yeux clairs). Ce dernier a majoritairement été déclaré non coupable (71%), au contraire de l'autre (60%). Typique du délit de sale gueule.

Dans les tribunaux, les hommes de belle allure ont des peines moins lourdes (à crime équivalent) que leur homologue à sale gueule.

A la fin des années 1960, les hommes sortant de prison ont subis des chirurgie esthétique pour corriger les principaux défauts leur abîmant le visage. Il en a résultat que ce groupe est moins retourné en prison qu'un groupe témoin. On ne sait pas si en étant plus beaux ils ont pu mieux se réinsérer dans la société, ou s'ils sont restés des truands mais sont moins retournés en prison grâce à leur belle allure...

Un visage plaisant est associé intuitivement aux qualités d'honnêteté, de gentillesse et d'intelligence. Les gens plus beaux trouvent plus rapidement un emploi et sont mieux rémunérés que les gens laids. Ces stéréotypes viendraient des films d'hollywood.

Si on montre un film avec de beaux acteurs, et qu'on demande de noter des CV avec des photos (CV équivalents), les CV avec de belles photos sont mieux notés que les autres, alors que l'équité est respectée si les noteurs ont visionné juste avant un film avec des gens normaux.

Il est intéressant de voir qu'un seul film avec des gens normaux annule tout le conditionnement sociétal (une vie entière à être conditionné par la vision de films, pubs, articles avec des gens sélectionnés).

La serviabilité des gens

Les catholiques sont la religion la plus altruiste et prête à aider son prochain (au niveau des pratiquants de base, pas d'études sur la hiérarchie vaticane).

Les déclarations des gens se conforment aux normes sociales du moment (par exemple, être racistes envers les Chinois) mais leur comportement peut être différent (bien les accueillir dans la réalité alors que la veille on déclarait les rejeter).

Dans les années 90, aux USA, des études ont montré que la plupart des comportements inciviques (griller un stop, passer avec plus de 10 articles aux caisses rapides) étaient réalisés par des femmes seules roulant en camionnette.

Pour le vol, les gens volent plus facilement une chaîne de grand magasin anonyme qu'un petit vendeur de quartier.

Ressemblance

On aide plus facilement quelqu'un qui nous ressemble (un hippie dans un mouvement de hippie par exemple) que quelqu'un qui nous est opposé (un gars en costard cravate dans un mouvement hippie). Il faut qu'il ai le même âge (on appartient à la même génération), le même milieu, les mêmes idées, la même mode, la même tribu, la même date de naissance (s'il y a un point commun, ça crée un rapprochement).

Adhésion aux idées

Des tests ont été réalisés en laissant des enveloppes timbrées par terre, certaines avec une adresse « Les amis du parti nazi », les autres « amnesty international ». Ces dernières étaient plus souvent mises en boite (70%) que les premières (25%).

Densité de population

Plus on est nombreux au même endroit (une ville bondée par exemple), plus on est persuadé que d'autres iront secourir quelqu'un dans le besoin, du coup personne n'aide personne. Le rythme rapide de la vie (pouvant être mesuré à la vitesse de marche dans une rue, les grands-mères à New-York cavalent dans les escaliers) augmente encore l'indifférence de la société (en même temps que la solitude et l'isolement). Dans les grandes villes, les habitants peuvent même être méchants et insultants.

Progressivité

Pour demander une aide à quelqu'un, il vaut mieux lui proposer une grosse demande avant (donne moi 100 000 dollars), puis ensuite un petit (donnes moi 100 dollars). Une fois la petite demande acceptée, la plus grosse demande sera acceptée : un gro panneau "ralentissez" qui défigure une maison n'est pas accepté. On en propose un plus petit, accepté, et au bout d'une semaine, les personnes sont prêtes à passer au gros panneau, alors qu'une semaine avant elles n'avaient pas accepté.

Approches amoureuses

Les phrases d'approche classique lourdes « On mange chinois ou chez moi? » ont très peu de succès, elles seraient destinées à détecter les filles faciles. Sinon, les approches sortant de l'ordinaire (suggérant un humour spontané, une personnalité agréable, la richesse et un certain goût pour la culture) sont celles qui ont le plus de chances de réussir.

Dans un speed dating, les femmes sont plus sélectives que les hommes.

Les sujets sur le cinéma ont peu de succès (les hommes et les femmes ayant des goûts à l'opposé, il faut argumenter), Les sujets sur les voyages ont deux fois plus de chance (ça évoque les vacances, détendant les gens et les rendant plus séduisants).

45 % des femmes jugent l'homme en face en moins de 30 s, contre 22% pour les hommes. Les hommes ayant donc très peu de temps pour séduire les femmes, la phrase d'approche est primordiale.

Ceux qui ont les meilleurs résultats encouragent leur vis à vis à parler d'eux mêmes d'une manière inattendue et drôle (« si vous étiez une garniture de pizza, laquelle? »).

Pour se sentir proche ou être trouvé séduisant, il vaut mieux avoir une expérience drôle avec fous rires avec sa partenaire (avoir un amusement partagé créant un sentiment de proximité et d'attirance).

Pour les petites annonces, celles qui ont le plus de succès sont celles qui parlent à 70% de soi, et à 30% de celui recherché (si les qualités recherchées sont généralistes (possibilité de s'identifier), c'est encore plus de succès). Les annonces « Qui êtes vous » (plus de 70% pour décrire l'objet de la recherche) ont moins de résultats que les « Qui suis-je » (100% de soi-même). Au delà de 70%, on paraît trop centré sur nous même, en dessous, vous paraissez suspect.

60% des femmes furent séduites par l'annonce suivante :

« Homme, ayant le sens de l'humour, aventureux, sportif, aimant la cuisine, les comédies, la culture, les films, cherche femme sportive et drôle pour échanger et pour une éventuelle relation. »

On peut remarquer la concision des mots, sportif évitant après d'écrire mince, grand, beau et fort. Aventureux montre qu'il est téméraire et est un chef, le sens de l'humour étant la première qualité recherchée chez un homme. Ensuite, la cuisine, comédies, etc. sont de la lèche pour montrer qu'il a plein de points communs avec la plupart des femmes. Il aurait pu rajouter sociable, qui est très important pour une femme (avoir un cercle d'amis, sortir et s'amuser, la frivolité). Il vaut mieux aussi ne pas décrire la partenaire recherchée en termes physiques (comme mince, belle) car la plupart ne s'y reconnaîtront pas (soit qu'elles ne le sont pas, soit qu'elles ne se voient pas comme ça). Il vaut mieux ne pas placer la barre trop haute. Ne pas parler non plus de voitures !

45% des hommes répondraient à :

« Femme authentique, belle, sociable, ayant le sens de l'humour. Aime entretenir sa forme, la compagnie, la musique et les voyages. Aimerait rencontrer homme semblable et positif pour partager de bons moments. »

En effet, c'est d'abord les qualités physiques qui sont recherchées par les hommes, et si la sociabilité est très importante pour une femme, ce terme n'est pas placé spécialement pour attirer les hommes mais plus pour se décrire, donc aurait pu être évité.

Les hommes sont doués, en regardant les annonces d'autres hommes, pour déterminer laquelle va plaire aux femmes (mais ils sont aveugles au moment de relire la leur !), alors que les femmes ne savent pas du tout ce qui va plaire aux hommes (elles pensent toutes que les hommes ne s'intéressent qu'à l'aspect physique). Il est donc conseillé à une femme de faire écrire son annonce par un homme !

Les femmes ont souvent du mal à atteindre l'orgasme car elles ont froid aux pieds, une paire de chaussette remédie au problème.

Humour

Les blagues les plus drôles sont celles qui nous surprennent dans leur chute, ou sont surréalistes, et elles doivent toujours nous donner un sentiment de supériorité.

Supériorité

Concernant la supériorité, il vaut mieux que la blague ne porte pas sur la personne qui écoute (ne pas raconter une blague belge à un belge qui se sentira visé (au lieu de « un Belge entre dans un magasin », ça deviendra « un Allemand entre dans un magasin »). À cause de ces blagues sur les Belges, les Français sont pour la plupart persuadés que les Belges sont réellement bêtes (intéressant pour dresser un peuple contre un autre, cf les blagues juives en France en 1939). Comme disait Desproges, « on peut rire de tout, mais pas avec tout le monde ».

Les blagues estimées les meilleures créés un sentiment de supériorité (par exemple, quand on comprend tout de suite la situation quand l'idiot de l'histoire ne la comprend pas) : si TU tombes dans un trou c'est de la comédie, si JE tombe dans un trou c'est de la tragédie.

C'est pourquoi au moyen âge les gens riaient beaucoup des nains et des bossus, l'angleterre victorienne des malades mentaux et des personnes frappées de difformité (Elephant Man).

Les blagues donnant un sentiment de supériorité sur quelqu'un supérieur à nous sont encore mieux vues (sur les puissants, les agents de police, etc.). Un handicapé glissant sur une peau de banane fait moins rire qu'un policier ou un président (ces derniers prennent d'ailleurs très au sérieux l'humour ou l'écornage de leur image de toute puissance qui peut déstabiliser leur autorité).

Influence sur le comportement

Les blagues peuvent aussi influencer notre perception de nous même et comme pour l'astrologie modifier notre comportement pour s'adapter à l'image que la société à de nous. Des blondes n'ayant pas lu de blagues sur les blondes juste avant ont de meilleurs scores à des tests de QI que celles qui ont lu pendant 10 minutes des blagues sur des blondes.

Sélectivité

La supériorité s'incarne aussi dans la lutte des sexes, les blagues machistes ne faisant rire que les hommes et inversement pour les blagues sexiste anti-hommes.

71% des femmes rient quand c'est un homme qui raconte, contre 39% pour l'inverse, ça serait dû au fait que les femmes auraient un sens de l'humour plus vaste et plus d'autodérision, une partie des blagues des hommes dénigrant les femmes.

Les hommes racontent plus de blagues que des femmes, dans n'importe quel pays et à n'importe quel âge.

Les personnes jouissant d'un statut plus élevé racontent plus de blagues.

L'autodérision se rencontre surtout dans les classes les plus basses de la société.

12% des textes d'humoristes hommes incluent de l'auto dérision, 63% pour les humoristes femmes.

Les sujets des blagues dépendent aussi de l'âge de la personne, les blagues sur l'incontinence faisant plus rire les vieux, les jeunes se sentant peu concernés.

Processus du changement

Source : Philippe François

Ce changement concerne notre vie, notre être intérieur ou nos croyances : un deuil, se faire larguer, voir une de nos croyance forte être chamboulée, voir se révéler l'inverse de la réalité, etc.

Plus le changement est important, plus les réactions seront démultipliées.

Étapes

Le cheminement intérieur se déroule en plusieurs étapes :

1. Choc (Torpeur, surprise)
2. Déni (incrédulité, désespérance)
3. Frustration (doute de soi-même, incertitude, colère)
4. Dépression (faiblesse, absence d'énergie, abandon du combat, résignation)
5. Expérience (prise de conscience de ce qui arrive)
6. Décision (voir les possibilités et les opportunités positives que nous apporte le changement)
7. Acceptation (intégration du changement, vivre avec, le voir comme un +, vivre heureux dans sa nouvelle vie)

Moral

Le moral, ou l'état émotionnel, varie en fonction des étapes. Il chute un peu lors du choc (1), mais est anesthésié. En phase 2 de déni, il remonte, tout simplement parce que l'individu devient temporairement fou et se réfugie dans son monde intérieur, refusant de voir ce qui l'entoure. Ensuite, le moral chute fortement jusqu'au creux (4 - dépression) et remonte doucement, plus haut qu'avant, lors de l'étape d'acceptation.

Au cours de ces phases, conscient et inconscient discutent entre eux, chacun nettoyant les blessures que le changement apporte, remettant ses idées en ordre, chacun sortant plus fort de l'épreuve.

Gérer le deuil

De Sylvain Didelot.

1. Laisser sortir l'émotion, et pleurer, pleurer, et pleurer encore. Et quand on voit que c'est fini, qu'il n'y a plus besoin, pleurer encore un coup histoire de bien tout sortir ! Homme ou femme c'est la même recette évidemment ! Un des plus gros mensonge du système d'asservissement, c'est de faire croire à l'homme qu'il n'a pas le droit de pleurer...
2. Une fois débarrassé de toute émotion, analyser de l'emprise qu'on a laissé aux événements ou au personne dont on fait le deuil. Quand on aime vraiment quelqu'un, on lui laisse le pouvoir de nous faire du mal. Et c'est une bonne chose d'avoir pu expérimenter cet amour ! Si on l'aime, on le laisse faire ses choix. Cet amour peut être donné à quelqu'un d'autre, vu que nous sommes tous Un.

L'amour libère et laisse partir, la possession reprend et cherche à garder. L'amour donne, le contrôle prête.

Corps humain > Fonctionnement

Foie

La fonction du foie de faire de la bile (1 à 1,5 litre de bile par jour), bile permettant de transformer les graisses de l'alimentation, pour les rendre assimilable par la paroi intestinale.

Le foie est rempli de canaux (canaux biliaires) qui permettent à la bile de passer dans un canal plus large (le canal de bile commun). La vésicule biliaire est rattachée à ce canal et sert de réservoir pour la bile.

Le fait de manger des matières grasses ou des protéines entraîne la vésicule biliaire à se vider après environ 20 minutes, et la bile qui s'y trouvait passe du canal commun aux intestins.

Les nouveautés de proto-plenus

Je parle ici des caractéristiques des hybrides créés par les Zétas, qui donneront par la suite l'homo-plenus en se mélangeant aux survivants de l'espèce humaine.

Aspect (p.)

Cerveau en un seul bloc (méditation>proto-plenus p.)

Sexe (p.)

Aspect

Harmo en a déjà rencontré, souvent mixte entre Zétas et humains :
- gros yeux avec pupille humaine,
- cheveux blonds mais clairsemés,
- tête triangulaire avec pommettes saillantes, menton étroit.

Sexe

Même nature sexuelle que les humains, ce qui signifie un large éventail de réponses et la capacité de faire l'amour de manière soutenue. Les Zetas, dans leur culture, ne pénalisent pas la promiscuité. La règle est que l'on ne doit pas nuire à autrui. Le sexe est souvent étroitement contrôlé dans les sociétés parce que les humains sont immatures et que l'amour ouvert et libre pourrait faire du mal à quelqu'un. Combien d'hommes ne coucheraient pas avec des filles de 12 ans, ne les mettraient pas enceintes et n'abandonneraient pas la mère et le bébé ? Combien de ces jeunes filles de 12 ans se verraient refuser une carrière potentielle, une vie intéressante ? Si ces hommes étaient dans une société de service à autrui et pensaient à la vie de la jeune fille, le résultat serait différent. Le père pourrait se porter volontaire pour être le baby-sitter, en cas de grossesse accidentelle, par exemple. Dans notre société, nous ne considérons pas non plus qu'un amas de cellules soit une personne, et l'avortement n'est donc pas interdit. Si l'un de nos membres éprouve le besoin d'avoir des mœurs légères, en raison d'un manque d'estime de soi par exemple, il n'est en aucun cas puni. L'attitude est la suivante : cette personne a besoin de cette activité, elle a besoin d'être rassurée, et une société aimante ne lui refuse pas cela. On s'occupe également d'eux, de sorte que leur estime de soi se développe par le biais d'autres moyens que la sexualité.

Spiritualité

Survol

Nous avons vu que la conscience de soi séparait l'individu du grand Tout, créant par là-même une âme immortelle. Ok, quoi faire avec ça ? Faut-il se centrer sur soi et fortifier son individualité, ou retourner se fondre dans le grand Tout pour bénéficier de sa toute puissance ? Des millions d'incarnation nous font comprendre que, comme en toute chose, c'est la voie du milieu qu'il faut prendre !

Dieu (p.)

C'est la base de tout. La vie a-t-elle un but ? Ou n'est-ce qu'une somme de hasard tendant à rejoindre le néant ?

A notre niveau peu évolué, nous pouvons déjà sentir Dieu, au niveau des synchronicités, des fantômes, des EMI et études des enfants se souvenant de leur vie antérieures. Nous intuitons seulement qu'il y a quelque chose de plus que ce que nos sens physiques détectent.

Mais les preuves de Dieu se fortifient avec l'évolution. Seules les communautés ayant expérimenté les voyages dans le temps, et s'étant confronté au Plan et au retours de bâtons quand on s'oppose au flux de l'Univers, l'étude des possibilités pour s'apercevoir que c'est toujours l'histoire la plus parfaite pour tous qui se déroule, permettent de s'approcher toujours plus de la compréhension de ce qu'est Dieu, jusqu'à l'illumination pour se fondre en Dieu, tout en gardant son individualité (Dieu n'étant qu'une somme de consciences).

A notre petit niveau, nous ne pouvons que partir du postulat que Dieu existe, et écouter ceux qui savent, que ce soit les ET plus évolués qui nous le prouvent avec leurs OVNI dépassant nos capacités technologiques, ou avec les maîtres de sagesse comme Jésus qui en savent bien plus long sur le sujet. Tout en étant bien conscient que notre compréhension de ce qu'est Dieu évoluera tout au long du chemin pris pour le rejoindre, et que c'est notre propre expérimentation qui validera ce que nous en savons.

Niveau vibratoire (p.)

Plus on est dans le sens du courant du grand tout, plus la vie est facile et agréable à vivre.

Niveau 0 de la spiritualité = athéisme (p.)

Le niveau animal, sans conscience de soi, c'est ne pas comprendre qu'on est plus qu'un simple programme, programme neuronal qui répondrait toujours de la même manière aux mêmes sollicitations. Un athée ne croit pas en Dieu (donc que la vie a un but) ni du coup à la vie après la mort.

Les vrais athées peuvent rester trop bas en conscience pour allumer / initier une âme, et disparaissent en effet après leur mort, comme leurs croyances le leur faisait souhaiter. Les croyances athées du monde occidental, ainsi que l'explosion démographique générant plein de corps sans âme précédemment incarnée à l'intérieur, font qu'en effet, beaucoup d'humains actuels en resteront là, l'âme se créant progressivement dans un corps vierge n'étant pas assez développée pour s'individualiser.

Bases (p.)

1. nous sommes l'Univers
2. Nous avons notre libre-arbitre.

Toute la spiritualité découles logiquement de ces 2 principes : aimes les autres comme nous-même car nous sommes les autres, en vertu de la règle 1 de l'unicité avec l'univers, l'action-réaction karmique.

Niveaux vibratoires

Hypothèse, on ne sait pas quelle particule vibre, on peut imaginer que c'est celle de base, le qi, la porteuse des autres fréquences / particules.

Densité physique = densité de l'esprit

Pour les Zétas, la densité physique (dimension) est la même chose que la densité spirituelle (indépendamment de l'orientation spirituelle), parce qu'à une densité (un niveau de vibration) donné, il y a un volume correspondant. Le volume possible d'une âme est plus grand en dimension 4 qu'en dimension 3. Le volume de l'âme est le reflet des capacités de l'âme, donc la densité spirituelle d'une âme en dimension 4 sera supérieure à celle d'une âme en dimension 3. Bien sûr, le niveau d'expérience de l'âme dépendra de ce qu'elle a mis dans ce volume : une âme égoïste aura un volume peu dense, une âme altruiste aura un volume bien rempli.

Plages de vibrations

Il semble exister des plages, où les phénomènes sont similaires, avant un saut quantique pour sauter de plage.

Les basses vibrations semblent désactivées par des vibrations plus hautes, et disparaissent en présence de vibration trop élevées. Question de plages ?

Basses vibrations

Tout virus est une entité à faible vibration : structure fermée du circuit EM, fréquence de résonance d'environ 5,5 Hz à 14,5 Hz.

Pour ceux qui vibrent plus haut, le virus n'est pas actif et, au dessus de 25,5 Hz, le virus meurt.

Le corps d'un homme dont l'âme est en bonne santé "vibre" dans des plages plus élevées, son système immunitaire est au top, rien ne peut lui arriver.

Hélas, énormément de personnes roulent en vibrations plus faibles. Les raisons peuvent venir de diverses perturbations du bilan énergétique ... (fatigue, épuisement émotionnel, hypothermie, maladies chroniques, peur, émotion bloquée, tension nerveuse etc...)

Un virus dans la nature, à l'extérieur du corps, disparaît vite, puisque la résonance moyenne totale de fréquence de la Terre est aujourd'hui (mars 2020) de 27,4 Hz, mais il y a des endroits où cette fréquence est abaissée, c'est-à-dire des zones créées naturellement ou artificiellement (hôpitaux, prisons, Lignes électriques, métro et véhicules électriques publics, centres commerciaux, bureaux, débits de boissons, antennes GSM, etc.) où les vibrations sont inférieures à 20 Hz ...

Pour tous ceux qui sont dans l'ego ou trop égoïstes, donc à faible vibration, un virus est dangereux ...

Émotions basses vibrations

- chagrin : 0,1 à 2 Hz;
- peur : 0,2 à 2,2 Hz;
- flash de fureur : 0,5 Hz;
- ressentiment : de 0,6 à 3,3 Hz;
- perturbation : de 0,6 à 1,9 Hz;
- orgueil : 0,8 Hz;
- irritation : de 0,9 à 3,8 Hz;
- tempérament aux réactions vives : 0,9 Hz;
- colère : 1,4 Hz;
- négligence : 1,5 Hz;
- supériorité : 1,9 Hz;
- pitié : 3 Hz
- orgueil (mégalomanie) : 3,1 Hz;

Hautes vibrations

Émotions hautes vibrations

- remerciement - 45 Hz;
- amour (ce qu'on appelle une tête, c'est-à-dire quand une personne comprend que l'amour est une bonne sensation lumineuse et une grande force, mais n'a pas encore appris à aimer avec son cœur) vibration - 50 Hz;
- générosité - 95 Hz;
- sincères remerciements de tout son coeur : 140 Hz et plus;
- sentiment d'unité avec les autres - 144 Hz et plus;
- compassion - 150 Hz et plus;
- l'amour qu'une personne génère de tout son cœur à toutes les personnes sans exception et à

tous les êtres vivants - à partir de 150 Hz et plus;
- amour universel inconditionnel, sacrificiel - à partir de 205 Hz et plus.

Niveau vibratoire de la Terre

Ne pas confondre avec la résonance de Schumann, qui est un phénomène physique n'ayant rien à voir avec le niveau vibratoire.

Pendant des millénaires, la fréquence des vibrations de notre planète était de 7,6 Hz. Un homme se sentait à l'aise dans ces conditions, car la fréquence de vibration de son champ d'énergie avait les mêmes paramètres - 7,6 - 7,8 Hz.

Depuis 1995, en même temps que l'atmosphère de la Terre se réchauffait, et que Nancy Lieder commençait son site Zetatalk, cette vibration a commencé à augmenter fortement :
- janvier 1995 - 7,80 Hz,
- janvier 2000 - 9,30 Hz,
- janvier 2007 - 9,80 Hz,
- janvier 2012 - 11,10 Hz,
- janvier 2013 - 13,74 Hz,
- janvier 2014 - 14,86 Hz,
- février 2014 - 14,99 Hz;
- mars 2014 - 15,07 Hz;
- avril 2014 - 15,15 Hz.

Il devient clair qu'une personne qui n'augmente pas ses vibrations quittera bientôt le plan terrestre d'une manière ou d'une autre, et ni les positions élevées ni le capital accumulé ne l'aideront. Vous pouvez augmenter vos vibrations en travaillant avec vous-même, seuls ceux qui feront un travail émotionnel et élèveront leurs vibrations resteront en phase avec leur planète (niveau vibratoire semblant lié à la densité environnante ?).

Éveil

Toutes émotions négatives ferment l'accès à une conscience claire, ou un accès à son inconscient. Un conseil, vibrez haut, vibrez l'amour, soyez amour, soyez dans la joie, débarrassez vous vite de vos peurs, votre colère et de vos émotions qui baissent votre vibration.

Niveau 0 = athéisme

Survol

Athéisme = hiérarchisme (p.)
Le vrai athéisme (ne pas croire que la vie à un but) mène invariablement à l'égoïsme et au hiérarchisme. Nous verrons que l'athéisme ou la croyance peuvent n'être que des façades.

Croyance = altruisme (p.)
Savoir que la vie à un but mène inévitablement à l'altruisme. Là encore, il y a les façades.

Fausses apparences spirituelles (p.)
Détaillons ces façades que les gens affichent, qui ne reflètent pas leurs croyances profondes.

Athéisme = hiérarchisme

L'athéisme mène inévitablement au côté hiérarchiste. Athéisme = ne pas croire en un Dieu Universel oeuvrant à faire au mieux pour tous. Pourquoi la foi serait-elle plus importante que les sentiments et actions dictés par l'Amour universel au travers d'un cœur bon ? Les athées ne peuvent-ils être altruistes ?

Mauvais croyants, vrais athées

Il faut déjà savoir savoir ce qu'est vraiment cet athéisme qui mène inévitablement au côté hiérarchiste. Il y a des gens qui se considèrent très croyants (car membres d'une religion reconnue par d'autres) mais qui au fond, sont athées, non pas parce qu'ils ne croient pas en Dieu, mais parce qu'ils croient mal en Dieu.
Ceux qui croient en un Dieu colérique qui marche dans le jardin d'Eden, est-ce vraiment en Dieu qu'ils croient, où en une légende de dieux sumériens de chair et de sang, qui se sont "monothéïsé" ensuite ? Ces gens là ne croient pas en Dieu, ils croient en un faux dieu, et dans ce cas la croyance est une illusion.
C'est pourquoi il ne faut pas confondre religion et vraie compréhension de ce qu'est "Dieu", l'Intelligence Universelle.

Faux croyants, vrais athées

Il y a aussi les faux croyants, qui vont au culte toutes les semaines, mais vivent comme si Dieu n'existait pas.

Vrais athées

Quelqu'un de véritablement athée sur le fond aura une vision très mécanique du monde. Quel est l'intérêt d'être bon avec les autres, si ce n'est pour en tirer un intérêt dans cette vie, puisque de toute manière il n'y a rien au delà de la mort. Qu'est ce que l'amour si ce n'est un déversement d'hormones, qu'est ce que la souffrance si ce n'est une impulsion électrique, le cerveau un ordinateur. Pas de place pour l'âme.

Les véritables athées se reconnaissent à leurs angoisses existentielles. Penser sincèrement qu'il n'y a rien qui gouverne le monde, que tout est régit par le hasard froid et aveugle, qu'il n'y a rien au delà de la matière et donc après la mort, ce n'est pas un problème quand on est jeune et en bonne santé. Avec l'age cela devient plus délicat.

Point commun des vrais athées

Ces gens-là seront prêt à oeuvrer contre le Plan, avec leurs actes égoïstes nuisant à tous, puisqu'ils sont inconscients du retour de bâton karmique, et ne sachant pas voir les signe,s vont buter encore et encore sur leurs erreurs.

Croyance = altruisme

Savoir que la vie a un sens conduit inévitablement, tôt ou tard, à devenir altruiste.

Faux athées, vrais croyants

A l'inverse des faux ou mauvais croyants, il faut se demander pourquoi certaines personnes se considèrent comme athées. Est-ce vraiment une conviction de fond, ou une conviction de surface dictée par leur refus de participer à des religions corrompues, donc lié à un rejet du sacré et des rituels ?

L'Athéisme vrai implique une certaine vision du monde et une logique vue précédemment. Or beaucoup de gens faux athées ne vont pas jusqu'au bout dans cette logique (ne pas se préoccuper des autres puisqu'il n'y a pas de différence au final). C'est un athéisme de façade, même s'il est voulu et assumé. Par exemple, pourquoi ces faux athées veulent enterrer le corps ou faire une crémation, si ce corps n'est qu'un robot biologique ? Pourquoi ne pas faire comme avec les animaux, un équarrissage industriel ?

Ces athées de surface continuent à avoir des comportements de vrais croyants, et cela prouve qu'au fond ils savent qu'il y a autre chose que le 100% matériel.

Les fausses apparences spirituelles

Faux altruistes

Pour en revenir à la question athée = hiérarchiste, certains vrais athées semblent altruistes. Le mot, est dit, "semblent".

Il faut se méfier des apparences. Certains paraissent avoir le coeur sur la main, de bonnes paroles et de bonnes actions. Ces personnes semblent "bonnes", jusqu'au jour où elles changent du tout au tout (sous la pression, ou parce qu'il ont trouvé une autre façon de servir leurs intérêts). Personne ne change vraiment et dans de telles proportions, car pour changer il faut de nombreuses vies d'apprentissage. C'est donc que ces personnes étaient déjà égoïstes, mais portaient le masque de la charité et du bon coeur. Des gens très impliqués dans l'aide aux autres se révèlent finalement être, sous des apparences angéliques, des égoïstes purs qui n'agissaient que pour leur propre intérêt.

Ces faux personnages se révèlent toujours au bout du compte, parfois dans de petites choses anodines du quotidien, mais nous sommes aveuglés par leurs apparences de bons samaritains.

Faux égoïstes

Des gens qui n'aiment pas les autres, qui ont tendance à s'isoler ou à être parfois froids et désagréables, peuvent là aussi être l'inverse de ce qu'ils semblent être. Ces gens peuvent être des empathes (ressentir les émotions des autres) et avoir tendance à être asocial, tout en oeuvrant pour la communauté dans l'ombre, sans s'en vanter. Là encore, on peux trouver des signes de leur véritable fond altruiste, signes parfois bénins cachés sous leur mauvais caractère apparent.

Pour exemple, alors que son armée était en route pour une dure bataille afin de se défendre de ses ennemis qui l'attaquaient, le prophète Mohamed a fait placer des gardes devant une chienne qui avait eu ses petits au bord de la route.

Beaucoup de choses peuvent être dites ou réalisées sans que le coeur y soit, mais les petites attentions trahissent le vrai fond, entre celui qui ne les fait pas, et celui qui les réalise.

Donner de l'argent à des pauvres, n'importe qui peut le faire, mais la motivation du geste ne sera pas forcément celle du coeur. Reconnaître les gens de bien et ceux de moins bien, c'est une leçon majeure extrêmement délicate, parce que c'est difficile / trompeur, mais c'est une leçon fondamentale.

Intérêt des sorties de l'ordinaire

C'est dans les coups durs que l'âme se dévoile et se renforce.

Notre jugement sur l'orientation spirituelle des gens, peut être faussé par nos a priori, et les personnes peuvent se révéler toutes autres dans des situations nouvelles et inattendues.

C'est pour ces révélations du vrai caractère que Nibiru jouera un énorme rôle, car les conditions seront telles qu'elles pousseront les gens dans leurs limites, aussi bien les bons que les mauvais.

Lors du putsch des généraux russes en 1990, un jeune de 17 ans avait risqué sa vie en franchissant les palissades pour aller chercher des médicaments dans la pharmacie de l'autre côté de la rue. Malgré une balle lors de cette traversée, il aidait malgré tout a soigner des blessés à terre. 100 m derrière, dans la même rue, on voyait un autre jeune sortant d'une vitrine brisée, portant une lourde télé cathodique qu'il venait de voler.

Bases

Survol

Seulement 2 règles :

1. Tout est Un (p.)
2. Nous avons notre libre-arbitre limité à celui des autres (p.)

A partir de ces 2 lois, découle tout le reste.

Action-réaction karmique (p.)

Si tout est Un, nuire à l'Univers c'est se nuire. Nous apprenons vite à respecter et à aider les autres.

L'unité

La base de tout, c'est qu'on est Un, on est tous reliés.

Nous ne sommes pas encore assez avancé pour le savoir encore, mais nous allons découvrir qu'il n'y a qu'une seule particule/vibration qui détermine et constitue toutes les autres dans l'Univers, et que toutes ces particules vibrent à l'unisson (l'intrication quantique). Puis nous découvrirons la conscience dans ces particules, et donc la super conscience que constituent l'ensemble des particules de l'Univers global multi-dimensionnel.

Nous ne sommes qu'une partie du grand Tout.

Dieu est la somme de toutes les particules élémentaires de matière et d'énergie de l'Univers. Nous sommes constitués des mêmes particules qui constituent l'ensemble de l'Univers/Dieu, particules qui nous relie quantiquement aux autres (reste de l'Univers).

Nous sommes eux, ils sont nous.

Le libre arbitre

La conscience (fraction de la conscience Universelle ne l'oublions pas, nous ne sommes pas toute la conscience, bien que nous y ayons accès), c'est se rendre compte de son individualité / dualité.

En tant que conscience, nous faisons des choix non automatiques qui nous sont propres, ce qui nous donne notre individualité par rapport au grand Tout.

A tout moment, nous pouvons suivre les lois de l'Harmonie, ou au contraire de l'intérêt personnel, c'est notre spiritualité qui nous permet de choisir, et donc d'utiliser notre libre arbitre.

Pas de limitation dans le respect des autres

On pourrait penser que limiter son libre-arbitre à celui des autres est une perte de son libre arbitre.

Mais on s'aperçoit vite que même limitée par celle des autres, la multitude de choix possibles au sein de sa liberté individuelle (qui n'impacte pas le libre arbitre d'autrui) rend sa liberté individuelle infinie.

Libre-arbitre sans limite limité

Les égoïstes ou satanistes s'imaginent que rien ne peut entraver leur libre arbitre. En réalité, le principe d'action-réaction va les limiter fortement (accumulations de défaites et d'emmerdes).

Au final, le libre arbitre d'un égoïste, qui refuse la limitation de son libre arbitre et de respecter le libre arbitre d'autrui, se verra bien plus contraint et limité dans l'exercice de son libre arbitre que celui qui se limite et respecte le libre arbitre d'autrui.

Libre-arbitre avec faible amplitude

Nous avons un chemin tracé, avec des noeuds de passage obligé. Tout écart au plan est violemment ramené sur la voie tracée par le grand tout, voie qui tient compte du libre arbitre de chacun, et s'arrange pour que tout le monde y trouve le meilleur compte possible.

Pour donner une image, notre libre arbitre nous permet de marcher à droite ou à gauche de la route, voir sur le bas-côté pour les plus revêches. Nous pouvons ralentir où accélérer, s'arrêter voir revenir un peu en arrière, mais la direction prise est imposée par la flux immense de toutes les libertés individuelles, et aller à contre-courant amène les plus grands chocs en retour.

Action-Réaction karmique

Ou quand la liberté individuelle s'arrête là ou commence celle des autres.

Survol

Quand nous faisons du mal aux autres, nous faisons ce mal à nous même, et le retour de bâton karmique se charge de nous le faire comprendre.

On ne peut donner sans recevoir (p.)

A l'inverse, quand nous faisons du bien aux autres, l'Univers va conspirer à notre bonheur en retour.

Libre arbitre et écarts au Plan (p.)

Idem quand nous n'intégrons pas que le monde n'est pas le fruit du hasard, et que nous ne suivons pas les tendances/signes/synchronicités, nous contrarions le Plan.

Réaction entraîne l'altruisme (p.)

Quand on comprend que les autres c'est nous, on devient automatiquement altruisme.

On ne peut donner sans recevoir

Une des grandes lois de la vie. L'altruiste qui donne tout aux autres, à l'Univers, en respectant les lois de l'amour universel et inconditionnel, recevra sans le vouloir au centuple ce qu'il a donné.

Attention toutefois à quelle énergie vous donnez ! Donner à un égoïste (appelé des vampires énergétiques), à une entreprise aux buts accaparé par une minorité, à un système hiérarchistes qui n'est pas basé sur les lois de l'Univers, c'est des dons d'énergie sans fond... Vous creusez le gouffre plutôt que le combler. Vous vous épuisez, vous vous salissez à perte, rien n'en sortira jamais.

Pour sauver ces gens-là, rien ne vaut que cesser au contraire de chercher à les réhausser, à les sauver contre votre gré. Une erreur qu'à fait Iblid.

Au contraire, pour les aider, rien ne vaut que les laisser seul face à eux-mêmes ou a leurs congénères, sans aide ni énergie de la part des altruistes. Ce non don d'énergie les incitera à s'intéresser aux autres, à s'ouvrir, à sortir de leur petit univers nombriliste, ne serait-ce que pour arriver à respirer face à l'absence d'énergie pour continuer à creuser.

On aide ceux de bonne volonté, pas les immatures qui ne veulent être sauvé, et savent bien comment vous faire vous apitoyer sur leur sort.

Retour de bâton

Quand on fait du mal aux autres (satanisme), on se fait du mal à soi-même. Quand on manipule les autres (luciférisme), on se manipule soi-même.

C'est ainsi que si tout bienfait n'est pas perdu, tout mal fait aux autres entraîne un mal sur soi-même en retour.

Pas une punition

Ce n'est pas pour nous punir, c'est important de comprendre que ce retour de bâton est une simple loi de physique (quand je me tape j'ai mal, pour empêcher l'auto-destruction).

Ce retour de bâton (rendre la monnaie de sa pièce), et est là uniquement pour nous faire expérimenter ce que ressentent les autres, pour développer notre empathie et nous faire arrêter de propager le mal.

Évidemment, si nous avons compris la leçon avant le retour de bâton, et évitons par la suite de refaire la même erreur, le retour de bâton sur une faute sur laquelle on s'est amendé et l'on s'est pardonné, n'a plus lieu d'être.

Différence de maturité

Le retour de bâton est interprété différemment selon la maturité de son âme :

Une âme intelligente, plus mature, comprend vite que la liberté individuelle s'arrête à celle d'autrui. Que Même limitée par celle des autres, la liberté individuelle est suffisamment riche pour être infinie.

Pas de sauveur extérieur donc

L'idée du sauveur qui se sacrifie pour racheter vos péchés, ça ne peut tout simplement pas exister. encore une ruse du diable pour vous cacher la loi du retour de bâton (la seule manière pour lui de vous faire tomber dans l'égoïsme et l'ignorance des autres, c'est de vous faire croire que vos actes n'ont pas de conséquences).

Il n'y a que vous qui pouvez évoluer, pas de triche possible pour ces examens là. La leçon doit être comprise et vécue, pas mise sous le tapis en attendant de voir plus tard.

Il n'y a que vous pour "racheter vos péchés", grandir et vous pardonner tous vos péchés (dissoudre votre karma par le pardon, l'acceptation, et l'engagement profond de ne plus refaire les mêmes erreurs).

Libre arbitre et écarts au Plan

Le plan est assez souple, nous pouvons nous en écarter plus ou moins, c'est le libre arbitre. Mais s'écarter du Plan c'est comme avec un élastique : quoi qu'il arrive nous devons suivre les grandes lignes du Plan : Plus l'écart au plan est grand, plus l'élastique tirera fort pour nous ramener dans le droit chemin. Notre libre arbitre peut nous emmener dans quatre directions par rapport au Plan universel :
- dans le sens inverse, et là les retours de bâton sont violents,
- sur les côtés (c'est la marge de manœuvre, à droite et à gauche) mais sans trop s'éloigner de la ligne principale,
- dans le sens du courant (oeuvrer pour aider à construire le plan), où nous avons des effets bénéfiques par synchronicité.

Rappels à l'ordre

La trame des événements est comme un élastique, et si on tire d'un coté et qu'on s'écarte du point d'attache, cela va créer une sorte de force qui va remettre la déviation que nous avons créé sur la bonne voie : il y a donc un retour de l'élastique, et ce retour peut être brutal. Il ne se fait pas toujours (voire rarement) dans le même domaine, mais il y a un retour. Si on fait du mal à quelqu'un par exemple, cela nous retombe dessus, et pas forcément au moment et dans le domaine dans lequel on a fait un pas de travers. C'est une sorte de justice, de Karma mais contrairement à la notion classique de karma, ce retour de force n'agit pas que dans une vie suivante, il agit déjà dans cette vie là.

Attention, cela ne veut pas dire que tout ce qui nous arrive de négatif dans une vie est forcément le résultat de choses qu'on aurait mal faites. Cela c'est justement une des déviances religieuses qui nous aveuglent. Il n'y a pas une justice tranchante qui voudrait qu'un mal soit puni par un mal équivalent (la loi du talion, "Oeil pour oeil et dent pour dent", c'est les hiérarchistes qui disent ça, jamais le Dieu d'amour universel, qui prône le pardon et pas la vengeance).

Des malheurs peuvent nous arriver en dehors de ces retours de bâton, de ce retour d'élastique, donc malheur n'est pas synonyme de retour de bâton, même si ça en est bien souvent un indicateur, et qu'il faut se poser systématiquement la question dès que quelque chose sort de la norme.

Harmonie

Si aller à contre courant du Plan divin provoque des retours de bâton, aller dans le sens du Plan provoque des effets bénéfiques supplémentaires, et tout se déroule sans forcer, s'écoule sans contraintes, contrairement aux hiérarchistes qui nous disent que la vie doit être souffrance, et combat sans cesse contre l'adversité (ce qui arrive si on nage à contre-courant).

Il faut arriver à faire la part des choses entre les efforts minimum à fournir, le travail spirituel à faire, et le combat acharné quand rien ne va, quand tout se ligue contre soi.

Signes et synchronicités

Par contre, connaître le plan (même si on ne connaît pas la succession exacte des événements, mais seulement les règles générales), et se conformer à ce plan, provoque une synergie positive.

C'est un peu comme si nous pilotions un bateau. Nier qu'il existe un courant principal qui nous emmènera inéluctablement à une destination, c'est lutter contre ce courant (égoïsme, retour de bâton) : à contre-courant, les vagues nous arrivent dessus en pleine figure, nous empêchent d'aller dans le sens que nous voudrions, et ces chocs peuvent être violents.

Suivre la bonne direction, le courant nous porte et les vagues nous poussent dans le dos. Elles ne nous frappent plus, mais nous aident.

Ces vagues qui nous aident, ce sont ce que certains (et moi d'ailleurs) appelons des synchronicités. On ne parle pas de chance, la "chance" ou la "bonne fortune" sont des perversions du concept, car la chance peut se révéler être un vecteur qui provoquera un retour de flamme. Pour donner un exemple simple, si au final vous êtes destiné à rester pauvre dans cette vie (pour apprendre une leçon spirituelle), gagner à la loterie ne vous apportera que des problèmes par la suite et vous finirez de toute façon pauvre. Ce que vous aurez pris pour de la chance sera en fait l'inverse, puisque le gain n'apportera que des problèmes supplémentaires. La chance est une notion très subjective et distordue.

La synchronicité elle est à la fois liée au concept de chance et de coïncidence, un état intermédiaire entre les deux (pas un miracle, qui sort des règles universelles).

Ne pas voir des signes partout

Ne pas non plus tomber dans une forme de Kabbale ou de système de présages. Il n'y a pas un code ou un message caché dans toutes choses, comme certains le pensent avec la Bible /la Torah /le Coran, dans les chiffres (numérologie) ou dans les symboles. L'intelligence universelle ne donne pas ses plans dans des coïncidences de dates ou dans le vol des oiseaux, encore une corruption anunnaki dont nous devons nous débarrasser pour réellement comprendre comment les choses fonctionnent.

Réaction entraîne altruisme

Ce qui découle de l'action-réaction, c'est qu'agir sur le libre arbitre des autres se répercute sur notre propre libre-arbitre, vu qu'on n'est qu'un.

La base de la spiritualité, c'est donc l'altruisme, la bienveillance envers les autres, respecter leur libre arbitre, ce qui entraîne l'égalité entre tous.

Faire du mal aux autres se traduit par se faire du mal à soi (uniquement un retour de bâton pour nous faire comprendre la portée de nos actes, et à réfléchir aux conséquences de nos pensées ou actes, pas de notion d'expiation ou de vengeance).

Ignorer les autres dans le besoin, c'est récolter de l'indifférence des autres quand nous-même serons dans le besoin.

Aider les autres dans le besoin (qui le demandent, ne jamais forcer le libre arbitre d'autrui, peut-être que sur ce cas précis, il avait besoin de s'en sortir seul) c'est recevoir de l'aide quand nous serons nous aussi en demande (ou quand nous l'avons été).

Pardonner les autres, ne pas juger, c'est obtenir la même chose de l'autre pour nos erreurs.

Miracle

Quelque chose qui sort des règles universelles. L'Univers peut effectivement, dans certaines conditions très exceptionnelles, modifier les règles physiques. Mais c'est rare, et c'est plus généralement les coïncidences (plusieurs facteurs oeuvrent en commun pour arriver à la norme, a restaurer le Plan) ou des phénomènes qui ne dérogent pas aux règles physiques mais qui nous paraissent miraculeux.

Exemple donné par KL Reg

Le destin conduit celui qui accepte, et traîne celui qui refuse.

j'ai lutté contre ce qui devait arriver dans ma vie parce que je ne le comprenais pas, alors que c'était ce qui pouvait arriver de mieux, même si c'était dur. Aujourd'hui, je perçois les choses difficiles qui arrivent (Nibiru) et je suis confiant, comme si j'avais la foi en étant en phase avec l'Harmonie de l'univers. Tout arrive pour le mieux (même dans de toutes petites choses quotidiennes) si on sait discerner les grandes lignes et se laisser conduire en faisant ce qu'on a à faire.

Je vois les gens faire comme je faisais avant : résister sans comprendre, s'inquiéter, s'affoler, s'agiter en s'acharnant sur leurs plans, en entrant en collisions les uns avec les autres.

Je trouve triste de ne pas pouvoir leur transmettre ce que la vie m'a enseigné. Il suffirait d'être calme, de prendre son temps, d'ouvrir ses yeux intérieurs, d'être à l'écoute des événements pour rentrer dans le plan, et là tout se fait d'une façon parfaite, même sans avoir rien prévu (et on ne pourrait pas faire mieux).

J'ai même souvent l'impression qu'il n'y a aucun obstacle sur ma route, il n'y a que des indications de changement de direction, des invitations à faire autrement. La réalité est harmonieuse, et tout joue son rôle dans le sens du positif.

Attention, on n'est pas ici pour vivre tranquillement. On est en apprentissage, alors il ne faut pas s'attendre à avoir tout le temps du confort, parce que ce n'est pas le plus utile.

J'ai eu la chance de traverser une période de précarité, je ne me suis jamais autant enrichis intérieurement qu'à cette période, car cela m'a appris à considérer mes vrais besoins, à être plus résistant, et pour rien au monde je ne voudrais retrouver mon "confort" d'autrefois, plein de superflu. Je me suis découvert plus fort que ce que je croyais, pourquoi vouloir retrouver ma faiblesse ?

La co-création

Attention à la fausse idée New-Age / Luciférienne : "nous sommes créateurs de nos vies". C'est l'illusion du contrôle par les hiérarchistes.

Nous construisons notre réalité en fonction des autres (en les respectant ou en bénéficiant de leur aide)

Nous avons prise sur notre vie, nous pouvons modifier notre destin si nous avons compris les leçons à temps. Mais tous les scénarios sont interconnectés. Chaque monde personnel interagit sur celui des autres, et inversement. Ce que l'on tire d'un côté, on le prend à un autre. C'est pour cela que la compassion est le seul moyen de trouver un compromis entre son monde et celui des autres. On ne peut donc pas changer son scénario sans impacter sur celui des autres.

En ce sens, nous ne devons surtout pas créer notre propre monde, car à chaque fois que nous le faisons nous modifions le scénario d'autres personnes. C'est pour cela que la prière doit toujours demander pour autrui et jamais pour soi même (attention aux prières pour les autres qui nous arrangeront au final, ou avec le secret espoir que Dieu nous récompensera). Nous sommes la seule personne que nous ne devons pas aider par la prière

C'est pour cela que la meilleure chose est de s'abandonner entièrement à "Dieu" lui même. C'est là qu'il faut savoir faire une confiance totale en l'Intelligence Universelle. Une fois cet abandon réalisé, que ce soit de créer son monde ou d'attendre un retour, alors on trouve la seule position tenable, pure, sans ambiguïté.

La connection

Des synergies s'établissent entre les altruistes oeuvrant en commun à un même projet.

On est alors tous connectés, puisqu'on a les mêmes points de vue, les mêmes objectifs et la même façon de voir le monde (d'aujourd'hui ou de demain).

Les êtres humains sont télépathes, mais cette télépathie se situe dans le cerveau inconscient, ce qui fait que chez la plupart des gens ces liens passent directement dans la corbeille. Il y a de plus l'antenne dans le cerveau (reliée à l'inconscient) qui a été désactivée génétiquement par les raksasas, mais qui a été restaurée récemment chez certains visités (comme Harmo). Chez certains, et de plus en plus (2016), il y a une forme de lien qui se forme, et une fois ce lien (spirituel) établi, la corbeille ne se remplit plus automatiquement.

Pas forcément besoin de "connaître" la personne (virtuellement ou réellement), suffit juste que les préoccupations profondes se rejoignent.

Comme dans le jardin, il se forme une synergie. On pourrait même se servir du potager comme d'une allégorie, puisque les deux façons de faire un potager sont, dans le concept, très proches de ce qui se passe avec les gens :

1. faire de la monoculture, forcer les plantes à obéir et à grandir chacune dans son coin et éliminer tout ce qui n'est pas "carré"
2. la polyculture qui écoute les besoins et les cycles naturels des plantes afin que leurs différences se complètent et se nourrissent mutuellement.

C'est entièrement le concept des Altaïrans sur la spiritualité et les modes de civilisation :

1. hiérarchiste, individualiste, culture du contrôle
2. communautariste, altruisme et compassion.

Ce sont donc des principes universels qui peuvent être appliqués à tous les domaines. C'est la règle de fer (Ne pense qu'à toi même) contre la règle d'or (aime ton prochain comme toi même) .

Dans le premier cas (l'égoïsme), le tout est inférieur à la somme, parce qu'il y a un effet de contradiction des individus.

Dans le second cas (l'altruisme, la coopération), le tout est supérieur à la somme par effet de synergie entre individus.

Comme pour le potager, les civilisations altruistes sont supérieures parce qu'elles tirent un surplus de leur association, ce qui explique aussi pourquoi elles sont majoritaires dans l'Univers.

Les civilisations égoïstes se brident, se limitent, gaspillent, et finissent par se détruire elles mêmes de l'intérieur. C'est l'inverse de la synergie. Une civilisation ne peut pas être florissante dans la concurrence perpétuelle, alors que celle qui utilise la synergie obtient un épanouissement bien supérieur aux ressources utilisées.

Conscience de masse

La conscience de masse est synchronisée par le fait de regarder une émission de télévision particulière au même moment, d'assister à une observation de masse, de subir le même temps ou le même tremblement de terre, ou d'assister à un événement comme celui que vous décrivez. Chaque fois que deux individus ou plus pensent à la même chose, au même moment, la télépathie entre eux est en jeu. C'est ce qu'est la conscience de masse ! Se connecter sur le même sujet.

But des vies (retour à la source)

Je ne sais jamais si je dois dire dimension 9 ou dimension 0, vu que tout est circulaire. La chute / séparation provoque le dualisme, et l'âme individuelle n'a de cesse de retourner à l'état divin.

Garder son égo/individualité avec soi ? C'est là que tout le monde n'est pas d'accord.

Plusieurs voies spirituelles possibles pour retourner à l'état de Sahmadi perpétuel (ne faire qu'un avec le grand tout) :
- Voie des souffis (aimer Dieu plus que soi-même, abandon total de l'égo)
- Voie du service aux autre / évolution spirituelle (penser à moitié à soi et à moitié aux autres, rester dans le film/rêve/illusion de la séparation, évolution en dimension 3 puis 4 ... puis illumination et dimension 9, renforcer sa dualité et son unicité avec le grand tout à la fois)
- Voie de la connaissance (de soi-même, Bouddha, qui suis-je, introspection (observation des émotions, mental, donc ne pas être ce qu'on observe, c'est à dire placer sa conscience au delà de l'illusion de l'incarnation)). Voir ramana maharshi
- Voie du raja yoga (méditation : s'effacer pour retourner à la source, peut prendre plusieurs vies)

Je n'ai pas de réponses claires là-dessus, mais la voie que prône les Altaïran est clairement celle de Jésus, s'illuminer (atteindre la compréhension du grand tout) tout en gardant son individualité, vécu des multiples vies d'une âme. C'est comme un fenêtre à plusieurs carreaux dont les vitres sont les vies, une fois que toutes les vies ont vécu et se sont éteintes en dimension inférieure, il reste le cadre/squelette formé par ces vies, empreintes indélébile.

Les gnostiques disent au contraire qu'on se redissous complètement (comme le fait une âme animale, comme la conscience de soi était une abomination). Leur but est donc de s'effacer complètement, l'abandon total de ce que nous sommes (la goutte d'eau qui s'est individualisée) pour rejoindre l'océan / source (donc perte de l'égo/disparition du méditant). Ils souhaitent donc la fin des incarnations pour eux-mêmes, mais n'est-ce pas un suicide de l'âme ?

Attention dans cette voie méditant vers l'état de Samadhi (union, totalité, accomplissement, achèvement, mise en ordre, concentration totale de l'esprit, contemplation, absorption, extase, enstase) : l'amour ressenti peut être tellement fort que certains en deviennent accro (aux endorphines libérées par l'extase), méditants dès qu'ils ont 10 minutes (ce qui peut être une distraction à l'incarnation). Cette contemplation / besoin de retour à la source ne me semble pas très saine, et en lien avec les lois d'amour universel et inconditionnel.

D'un autre côté, Jésus mettais a profit ses incarnations pour réaliser de tels exercices spirituels, ce qui lui permettra d'atteindre l'illumination de son vivant.

Les Altaïrans ont-ils raison en voulant conserver leur individualité (nuancé par le fait qu'à ce niveau d'évolution, on doit plus parler d'esprit commun que d'individu) ? Bien que largement plus évolués que nous, ils ne sont pas le grand tout et sont aussi susceptibles de se tromper. En réalité, c'est une question qui n'a pas de réponse identique pour chacun, et c'est à chacun d'explorer la voie qu'il lui convient.

Orientations spirituelles

Les 3 orientations

Il y a 4 orientations spirituelles :

Altruisme

penser à autre au moins autant qu'a soi voir penser plus aux autres qu'à soi, sans pour autant oublier sa propre individualité.

Surtout, s'efforcer de ne pas empiéter sur la liberté individuelle d'autrui.

Egoïsme

Ne penser qu'à soi, tous ses actes ne sont orientés que dans son intérêt personnel.

Plus on viole le libre arbitre des autres (pour les mettre sous sa domination), plus on devient un pur égoïste.

Indéterminé

Ce n'est pas la voie du milieu.

respecter la moitié du temps le libre des autres, le reste du temps ne pas y penser, voir empiéter dessus. Penser de temps à autres aux autres, ressentir de l'empathie, voir aider de temps en temps.

Généralement, l'indéterminé ne se pose pas de questions sur sa vie, sa conscience n'est pas très développée.

EA (Entités ascensionnées)

Au dessus de la notion de bien et de mal (niveau d'évolution de l'âme>EA p.). Veillent aux autres et à l'Harmonie de l'Univers, en s'assurant que égoïstes et altruistes puissent expérimenter et évoluer en conscience, s'assurer que chaque conscience dispose de son libre arbitre, que les manipulations des égoïstes respectent les règles du consentement.

Après tout, vu que tout est Un, le grand tout n'est-il pas un pur égoïste en ne regardant que lui ?!

L'illusion du contrôle / libre arbitre

Les Élites croient généralement qu'elles dominent le monde et qu'elles ont un poids sur le devenir, sur l'Histoire, sur les événements. Si les grands événements (voir voyage dans le temps>faible latitude p.) peuvent être hâtés ou retardés, ils ne peuvent être évités, même avec l'intervention des ET les plus avancés.

C'est la base du système de double chemin de spiritualité, altruiste ou égoïste (ou parfois appelé communautariste et hiérarchiste). Il y a deux possibilités :
- soit on reconnaît qu'il y a un maître au dessus de nous, et alors nous nous plions à son Plan en y participant (la soumission du Coran), on devient "communautariste",
- soit nous pensons être le seul maître à bord, que le monde tourne autour et pour nous, et alors nous nions l'existence de cette intelligence : nous rentrons en conflit avec elle. On n'agit que pour son égo, on devient "hiérarchiste".

Le choix

Le jugement (tri des âme lors de l'ascension, le jugement à notre mort) se fait à l'intérieur de nous, nos choix déterminant notre orientation, dans un sens ou dans un autre (altruisme ou égoïsme). Le Jugement se fait en chacun de nous tous, les jours et sera encore plus rapide après les passages de Nibiru, pas besoin d'intervention extérieure. Le jugement s'opère par les choix que nous faisons vers une orientation ou une autre. A chaque choix, notre âme change, se "charge" et avance. Nous sommes nous mêmes nos propres juges.

Le Tao

Le Tao, ou voie du milieu, c'est quand l'individu devient équilibré, entre penser aux autres la moitié du temps, et penser à lui le reste du temps (afin de s'améliorer pour faire grandir les autres en retour). Un individu qui est le Tout en même temps. Qui pense aux autres sans s'oublier.

Planètes

Les planètes sont souvent réservées à un type d'évolution spirituelle pour les espèces conscientes qui y vivent et qui sont en contact.

Planète paradisiaque

Planète ne contenant que des altruistes.

Planète école (purgatoire)

Les 2 orientations spirituelles mélangées. Le paradis pour les hiérarchistes, l'enfer pour les altruistes.

La Terre, planète école pour le moment, peut des fois être comparée à une prison, dans le sens où l'humanité est tenue en esclavage depuis sa création par les annunnakis, et qu'elle est enchaînée à sa situation. Mais ce n'est pas une planète prison pour autant, car pour aller en prison il faut avoir commis une faute, ce qui n'est pas notre cas : nous sommes victime des circonstances. Il vaudrait mieux rapprocher le cas de la Terre actuelle à celui d'un camp de concentration/d'internement forcé, ou d'un camp de travail au meilleur des cas. Souvent on culpabilise l'humanité pour mieux la dominer (péché originel etc...), comme si nous avions à purger une peine quelconque. Si la Terre a été/est une prison, elle l'est/le fut pour les anunnakis, pas pour nous. Pour les humains, c'est une planète école, vu que toutes les spiritualités ont le droit de s'incarner.

Planète prison (enfer)

Seulement les hiérarchistes.

Équilibre au sein des planètes écoles

Il y a généralement un équilibre naturel entre hiérarchistes et altruistes dans les mondes école comme la Terre. Cela a été le cas pendant longtemps, où les deux groupes se tenaient en effectif.

Sauf que, à un moment donné, il faut bien décider de quel camp héritera la Terre après l'ascension. Quand on dit bêtement que Jésus a racheté ou sauvé l'humanité, c'est parce qu'il est tombé à un moment clé (et pas que lui d'ailleurs), où cette décision allait tomber, ou du moins où il fallait donner une tendance qui allait se poursuivre.

Pour le cas de la Terre, la décision finale, de toute façon certaine depuis déjà longtemps a été officialisée chez les ET en 1974, mais la victoire et les restrictions étaient déjà acquises depuis bien plus longtemps.

1974 est l'année où a été réalisé le dernier "sondage" des âmes incarnées, qui a entériné la décision que la Terre devienne un monde altruiste.

Par sa réforme, Jésus a fait basculer légèrement du côté altruiste, ce qui a fait en sorte que la Terre soit promise aux "bons". Passé ce stade, vu que la Terre héritera quoi qu'il arrive aux altruistes, la bataille est déjà gagnée. L'équilibre n'a plus à être respecté, au contraire tout est fait pour accélérer le choix spirituel de l'Humanité vers l'altruisme. C'est pour cela que les ET hiérarchistes sont interdits de séjour depuis 1974 dans les corps humains, sauf quelques rares exceptions liées à des cas particuliers. De toute façon les hiérarchistes humains sont déjà suffisants, pourquoi vouloir s'embarrasser avec d'autres. Certains humains hiérarchistes n'ont rien à envier aux pires ET de la galaxie dans cette orientation spirituelle. Pour le cas Odin, c'est une incarnation qui date d'avant cette décision, donc il n'était pas encore concerné par ces restrictions. En plus, il n'est pas humain, ce qui l'exclut aussi de cette règle [d'incarnation d'âmes ET hiérarchistes dans des corps humains].

L'égoïsme

Survol

La base de la spiritualité (dès lors qu'on n'est pas athée) c'est l'altruisme. Mais certains retournent en arrière en occultant la loi de l'action-réaction, se plaçant sur le no-man's land entre l'athéisme et la croyance.

Au contraire de l'altruisme qui coule de source de par sa logique imparable, l'égoïsme est du triturage de logique, de la schizophrénie de la pensée, c'est pourquoi nous allons mettre toutes ses incohérences en lumière.

Les hiérarchistes Luciférien ont plusieurs ficelles dans leur sac pour vous manipuler et vous entraîner à devenir leurs esclaves.

Lucifériens et satanistes (p.)

2 égoïsmes, mais qui diffèrent dans la manière de présenter les choses. Si le satanisme prône ouvertement l'égoïsme (Ayn Rand), les Lucifériens (Neil Walsh) sont au contraire plus manipulateurs pour se draper dans de l'altruisme intéressé ou de façade.

Déformations répétitives (p.)

Les 2 règles de bases de la spiritualité reformulées dans le sens contraire, seront répétées à l'envie (pour appâter votre âme avec des concepts qui semblent vrais), auxquels ont induira ensuite des idées hiérarchistes égoïstes (des phrases proches des vrais préceptes, mais présentées de manière inversée ou incomplète), qui reviennent comme un leitmotiv répétitif pour vous formater l'inconscient dans une hypnose de répétition.

Omissions (p.)

Lucifer "oubliera" juste de parler de ce qu'il faut déduire des 2 règles de base qu'il aura déformé et répété à l'envie, à savoir la loi d'action-réaction: aimes les autres comme nous-même car nous sommes les autres (en vertu de la règle 1 de l'unicité avec l'Univers).

Fausses promesses (p.)

Lucifer fait en permanence des fausses promesses, qu'il ne pourra pas tenir, ou qui ne seront pas comme vous l'attendiez, n'ayant pas assez vu toutes les implications du contrat.

Caresse de l'égo (p.)

Tout flatteur vit au dépens de celui qui l'écoute. Comment exploiter les autres en caressant leurs failles narcissiques dans le sens du poil.

Forme du message (p.)

C'est généralement des textes très longs, qui parlent beaucoup pour ne pas dire grand chose au final.

Exemples (L1)

Dans la partie sur L1>Apocalypse>Odin>Imite Jésus, nous avons vu le décryptage de plusieurs textes lucifériens.

Lucifériens et satanistes

Des notions déjà vues dans L0>temps messianiques>ante-christ, et dans L1>Apocalypse>Odin.

Ces 2 spiritualités sont très profondément ancrées dans l'égoïsme, et ces 2 types d'égoïstes seront récupérés (la moisson) lors de la chute d'Odin.

Si l'intention initiale diffère, le résultat est le même.

Lucifer

L'égoïsme extrême : cette spiritualité demande juste à ne penser qu'à soi, à son intérêt personnel, sans se préoccuper de celui des autres.

Si on torture les enfants avant de les tuer et boire leur sang, c'est juste parce que la torture génère de l'adrénochrome, une drogue pour l'humain qui la boit. Cette torture n'est pas une volonté de faire le mal pour le mal, juste le résultat d'une personne qui fait primer son intérêt personnel sur celui des autres.

Lucifériens modérés

Bien entendu, l'égoïsme a toute une palette de couleur. Comme le but d'un Lucifférien n'est pas de dépasser toutes limites morales, certains Lucifériens modérés refusent de faire du mal aux enfants (en se privant de l'adrénochrome). Si certains refusent de se faire plaisir au détriment des enfants, c'est qu'ils ne sont pas des purs égoïstes, même s'ils ne sont pas pour autant des indéterminés spirituels (le reste de leurs actes est égoïstes, c'est juste qu'ils ne sont pas prêt à aller jusqu'au bout de leur égoïsme et de leur domination sur les autres).

Satan

L'égoïsme ultra extrême : je mets les autres en esclavage, mais en plus je leur fait du mal volontairement.

Les enfants, lors des rituels satanistes, sont torturés avant leur sacrifice (comme pour les Lucifériens), mais uniquement dans le but de dépasser le plus loin possible ses limites morales, et de faire le plus de mal possible aux autres (ne pas s'aimer, c'est détester les autres).

Déformations répétitives

Répétitions

Comme des mantras, ces répétitions ont surtout pour but de nous faire rentrer ces préceptes dans le crâne, surtout qu'ils ne sont pas très logiques. Les répéter permet de les établir en postulat évident, qu'il n'est pas nécessaire de démontrer.

Liste

Le tout est en toi, tu es divin

Faux, nous faisons partie du Tout. Nous ne sommes pas l'Univers, mais seulement une infime fraction du grand Tout.

Cette idée sert à nous faire croire que nous sommes tout puissant, que nous pouvons appeler la puissance divine (nous, selon la règle de l'Unité déformée) à volonté pour le moindre de nos désirs ou caprices.

Tu est tout puissant

Faux. Découle directement de "Tu es divin", la puissance d'une partie du Tout est évidemment inférieure à celle du Tout global, sauf si évidemment cette partie oeuvre au Plan du Tout ! Alors seulement le Tout nous soutiendra, mais uniquement pour des buts non personnels. Donc cette puissance n'est pas au service des petits intérêts de notre petite personne, comme Lucifer le fait croire.

Liberté individuelle sacrée

Faux. Seule une âme immature va croire que si elle est Dieu ça implique qu'elle est toute puissante, que rien ne doit s'opposer à son libre arbitre, pas même celui des autres. Plus elle privera les autres de leur libre-arbitre (le hiérarchisme, en mettant les autres à son service), plus elle se sentira puissante. Sa toute puissance exige un contrôle total sur sa vie (rien d'extérieur ne doit influer sur ses choix). Elle n'accepte aucune règle limitante, ce qui implique qu'il n'y a ni bien ni mal. La loi de l'action-réaction, le peu d'énergie reçu par son âme, va la rendre puissante mais malheureuse, une puissance qui sera d'autant plus rabattue violemment à terre par l'Univers...

Dépasse tes barrières morales

Faux. Vous vous rendrez vite compte que votre puissance individuelle est limitée. Lcifer vous fait alors croire que c'est nos limitations mentales, principalement les barrières morales, qui sont un frein à l'expression de notre toute puissance.

S'il est vrai que l'inconscient peut être vu comme un saboteur, parce que le conscient a des envies que l'âme n'a pas, ou encore que le formatage social nous incitant à rester dans notre position sociale nous a fait nous dévaloriser, les respect de la morale (c'est à dire des lois d'Harmonie avec l'Univers) sont au contraire la condition pour développer sa puissance (sachant qu'elle n'oeuvrera jamais contre le reste de l'Univers).

Ainsi, cette loi, qui explique les viols et tortures d'enfants pour dépasser les règles morales de Jésus, n'ont jamais fonctionné, voir vous incite à accumuler défaites sur défaites. Seule la toute puissances des illuminatis qui favorisaient leurs adeptes (L1>Illuminatis>Outils asservissement>Magie Noire) a pu faire croire à une quelconque bonne étoile en provenance des dieux.

Tu as ton libre-arbitre

Incomplet, ce libre-arbitre doit respecter celui des autres (sinon retour de bâton).

si Dieu le permet c'est pour qu'on l'essaye

Le tentateur irresponsable, le gamin qui vous dit "même pas cap" ou "essaye, qu'est-ce que tu risque". Quel salaud lui il connaît les risques, ceux du retour de bâton qui ne se voient pas pour celui qui ne se pose pas de questions sur sa vie.

Il n'y a ni bien ni mal

Faux, même s'il est vrai que tout est permis, il est inutile de faire le mal qui nous revient toujours dessus. Une manière de faire croire que...

Le diable n'existe pas

La plus grande ruse du diable est d'avoir fait croire qu'il n'existait pas.

Amour

Mot incomplet, vous comprenez "amour inconditionnel envers tous", eux parlent de :
- l'amour conditionnel (je n'aide les autres que si j'y trouve un intérêt personnel)
- l'amour de soi (ou de l'extension du soi, son chef, sa famille ou son clan/patrie, les autres n'étant que des ennemis à combattre, dominer et asservir).

Aime-toi

L'amour de soi, typique de l'égoïsme. Si ce précepte peut servir un altruiste qui s'oublierait trop au service des autres (il faut équilibrer la part individuelle avec la part d'aide aux autres), ce précepte ne sert qu'à flatter ceux qui s'aiment déjà trop...

Tournes-toi vers l'intérieur et non vers l'extérieur

Faux, les méditations de compassion (p.) tournées vers l'extérieur permettent de s'ouvrir aux autres, de s'émerveiller du renouvellement infini de la vie, des formes infinies qu'elle prend, de l'immense sagesse qu'elle a à nous apprendre. Nous pouvons de temps à autres regarder au fond de nous pour enlever la poutre qui obstrue notre raison et notre regard, mais sans se complaire dans un nombrilisme sans issu qui s'encroûte et dépérit, en se coupant de la magie de l'Univers, et donc de son énergie. Sans participer au Plan de l'Univers, dont nous ne sommes qu'un infime rouage.

Tu est créateur

Faux, nous sommes co-créateurs (p.), notre création de par notre libre arbitre se limite à la création des autres, nous coopérons pour oeuvrer au bien commun, l'Univers.

La vie n'a pas d'importance

Utilise directement le "celui qui voudra sauver sa vie la perdra" de Jésus, mais en la sortant de son contexte, et en enlevant les explications à côté. Il ne faut pas faire le mal dans la peur de perdre sa vie, mais ce n'est pas pour autant qu'il faut cracher sur la Vie (L1>dé-formatage).

Omissions

Cacher le retour de bâton

C'est la seule faille dans son raisonnement, c'est pourquoi il faut à tout prix qu'il vous cache l'existence de cette loi.

But

Il faut à tout prix que vous soyez persuadés que vos actes ou vos pensées n'ont aucune conséquences.

Athéisme

S'il n'y a pas de vie après la mort, pas de Dieu tout puissant qui rend la justice même sur Terre de mon vivant, si tout est lié au hasard, je peux alors faire tout ce que je veux sur Terre, y compris torturer des enfants.

Sauveur extérieur

Pour ceux qui croient en Dieu, alors le Luciférien a inventé le sauveur extérieur qui vient expier vos péchés. Non seulement il faudra devenir esclave pour remercier ce dieu, mais en plus il faudra quand même expier nos péchés, personne ne pouvant prendre sur lui le retour de bâton d'un autre, car ce retour de bâton sert à vous apprendre des choses à vous, pas aux autres qui ne font pas ces fautes.

Pas de bien ni de mal

Si dans l'Univers le mal n'existe pas, alors le retour de bâton ne peut avoir lieu... Un raccourci de raisonnement bien sûr, vu que toute action entraîne une réaction de même nature, mais les luciférien ne pousseront jamais le raisonnement dans ce sens.

Repoussé dans des vies ultérieures

Dans le meilleur des cas, si le luciférien reconnaît qu'il peut y avoir des effets à ses actes, alors la punition ne se produira que dans plusieurs vies... Pour un humain immature incapable de se projeter plus de 10 minutes dans le futur, autant dire que ça lui semblera dire "jamais"...

Spiritualité > L'égoïsme

Moyens

Pour cacher cette loi, tous les moyens sont bons.

Les Lucifériens répètent tellement les mêmes déformations hiérarchistes moisies, qu'ils n'ont plus le temps de développer la loi Universelle qui découle des 2 règles de base de la spiritualité, à savoir la loi de l'action-réaction karmique.

Comme ils sont toujours obligé de vous donner ue piste vers la réflexion, au mieux la loi du retour de bâton sera rapidement évoquée (après des milliers de pages de discours soporifiques), mais cette info sera atténuée en vous disant que cette règle est repoussée à plusieurs vies ultérieures très lointaines.

Pourquoi omettre au lieu de mentir directement ?

Le hiérarchiste qui va vous mettre en esclavage va vous priver de votre libre arbitre, afin de vous faire tomber en servitude volontaire. Vous devez lui abandonner volontairement votre libre arbitre pour vous plier à son libre arbitre, à réaliser les rêves de votre maître plutôt que les votre propre (le principe d'un employé qui va travailler sans joie pour enrichir son maître, le patron d'entreprise, parce qu'il est obligé de faire ça pour avoir à manger et un abri).

C'est pourquoi les âmes très avancées en connaissances ésotériques, comme Odin, est très attentive à ne pas violer le libre-arbitre des individus, à les tromper sans leur mentir directement.

Induire des raisonnements biaisés

C'est pourquoi les Lucifériens vous poussent à interpréter leurs propos en ne les définissant pas clairement, en laissant des vides qu'il n'expliqueront pas, et que vous oublierez d'approfondir vu la longueur du texte pour ne pas apprendre grand chose au final (par exemple en vous disant "nous y reviendrons plus tard" ou "tu n'est pas encore assez avancé", sachant qu'il n'y reviendra jamais).

Ils utilisent aussi beaucoup de pièges rhétoriques vous incitant à faire les mauvais raccourcis ou mauvaises conclusions.

Laisser l'info disponible

C'est pour ces raisons de décharges karmiques et de servitude volontaire que les Lucifériens sont obligés de vous laisser accessible la connaissance. Tout au fond de la librairie (là où vous n'aurez pas le temps d'aller fouiner), vous pourrez trouver les protocoles des sages de Sion. Bien sûr, le Luciférien vous dira que c'est un faux. Libre à vous de le croire ou pas (ce livre décrit exactement comment se sont déroulé les choses, son contenu est donc vérité, même si on ne sait pas qui l'a écrit).

Dans le film "2012", on vous montre des ouragans qui dévastent la planète, avec les médias complices du gouvernement qui cachent l'origine de ces ouragans au grand public.

Le film est présenté comme un faux (de la science fiction), mais qu'est-ce qu'on voit dans la réalité ? Des ouragans inexplicables qui augmentent sans cesse, et les médias qui refusent d'expliquer ce qu'il se passe. Même si c'est présenté comme de la science fiction inventée, le film décrit quand même la réalité que tout le monde peut voir...

Dans le même temps, les magazines boursiers font des articles, dans la rubrique "insolite", sur ces membres des élites qui se construisent des bunkers de luxe à un rythme jamais vu auparavant.

Ainsi, la charge karmique sur les illuminatis n'est pas trop lourde : ils ont présenté 2 versions de la réalité au grand public :

- une version donnée comme une fiction, mais qui décrit la réalité observée,
- une version présentée comme vraie (les journaux d'information), mais complètement différente de la réalité observée.

Si les esclaves sont trop cons pour voir qu'on leur ment, alors que l'information leur était accessible, leurs maîtres n'y sont pour rien. Ils n'ont fait qu'utiliser le libre arbitre de leurs esclaves, sans les forcer directement à leur obéir..

Fausses promesses

Ces mensonges n'en sont pas vraiment, car il était évident, si vous aviez réfléchi, que le diable ne pourrait pas tenir ce que vous aviez imaginé.

Il aime aussi jouer sur le double sens des mots : Par exemple, quand il vous promet la richesse, il pourra s'agir d'une multitude de douleurs qui vous rendront riche de souffrances...

Le sauveur extérieur

Une promesse impossible à tenir, vu qu'on est seul à pouvoir ses sauver. Une manière de faire croire que vos actes ne subiront pas de retour de bâton, ce qui est évidemment impossible.

Caresse de l'égo

Évidemment, vous êtes toujours le plus beau le plus fort, vous n'êtes pas estimé par les autres à votre vraie valeur, vous valez plus que ce que vous valez, etc.

Si c'est vrai d'un altruiste qui est dévalorisé par la société, ce genre de discours sonnera d'autant plus agréablement pour un narcissique imbus de lui-même, alors qu'au contraire cette personne aurait besoin de dégonfler ses chevilles et d'être remise à sa vraie place insignifiante en regard de l'Univers !

Forme du message

Pas de résumé

Vous aurez remarqué que ces *recueils Altaïrans* commencent par vous résumer ce en quoi va parler la partie qui suit, dans des survols qui vous montre où on va. Dès le début, j'affiche direct que je prends le parti de l'altruisme.

Et bien les textes Lucifériens c'est l'inverse, on avance dans une grotte sombre sans savoir où on nous mène, sans savoir s'ils vont parler d'un principe essentiel de spiritualité, sans montrer clairement leurs jeux. Ça ressemble à de l'altruisme, ça a la couleur de l'altruisme, et on final, quand on s'aperçoit des omissions, on voit que c'est de l'égoïsme qui s'était caché.

Textes longs pour ne rien dire

C'est généralement des textes très longs, qui parlent beaucoup pour ne pas dire grand chose au final. Entre les répétitions, les anecdotes pour vous endormir, vous remarquez que le ratio nombre de mots / concepts présentés est très bas...

L'important à la fin

Lucifer répétera sans fin les principes incomplets, mais ne vous dira qu'une seule fois une notion primordiale (comme le retour de bâton), cachée au bout de 3000 pages de ses phrases répétitives hypnotiques et de formatage subliminal, à la fin du livre où peu de lecteurs ont le courage d'arriver.

Et encore, il tempérera cette fameuse loi de l'action-réaction karmique.

Religion

Inspirons nous des ET bienveillants pour définir ce que dois être une vraie religion.

Appel

Un appel télépathique puissant, qui peut être entendu à des distances considérables. Si cette prière est fondée, motivée par des considérations altruistes, les ET bienveillants peuvent y répondre et ont le droit d'intervenir.

Appels inconscients moins forts que les Appels conscients

La force de l'Appel est d'autant plus intense que la demande est faite consciemment.

L'Appel permet d'outrepasser les règles de non-intervention

S'il existe des règles strictes en matière de non intervention des ET sur les activités humaines, celles-ci peuvent souffrir des exceptions, et la prière est un motif valable. Pour peu que la même demande soit relayée par de nombreux humains, les ET auront alors le droit d'agir pour répondre à ces appels, même si cela dépasse les règles de non intervention.

[Hyp. AM : une intervention suite à un Appel ne donne, d'après ce que j'ai compris, pas lieu à une contre-offensive du clan spirituel d'en face, même si Harmo ou Nancy, à ma connaissance, ne précisent pas ce point]

Intervention du grand tout, ou de ses avatars

Le grand tout étant partiellement présent au milieu des peuples ET bienveillants, par l'intermédiaire de l'avatar divin, l'action des ET bienveillants, qui répondent aux appels altruistes des humains, pourra être soutenue par ce lien privilégié. Mais le grand tout peut aussi répondre directement, puisqu'il/elle est tout à fait capable de modifier la trame de la matière pour aller dans le sens de l'Appel.

Que vous priiez Dieu directement ou pas n'a pas d'importance, ce sont vos motivations dans votre Appel qui priment, et qui impliquent ou non une réponse.

L'Appel égoïste

Une prière égoïste est aussi entendue, sauf que ceux qui répondent ne sont pas bénéfiques. Comme de mauvais génies, la demande, si elle est acceptée, sera toujours à double tranchant, et ceux qui répondent à vos désirs y gagneront toujours plus que vous ne gagnerez (dit autrement, vous perdrez toujours au change).

Exemple : Nucléaire

L'Appel surtout utile sur des cas concrets. Par exemple, par rapport au risque nucléaire lié à Nibiru, les zétas et les autres ET n'ont pas le droit d'intervenir si cela ne représente pas un risque global d'extinction. Or, des centrales qui fuient, comme Tchernobyl ou Fukushima, sans fusion totale, sont digérées par la nature. Sauf que pour la France, c'est une autre histoire. Vu le nombre de réacteurs en France, les humains risquent d'être bien embêtés. Or, selon ce principe d'appel /prière, la combinaison des appels des gens peut autoriser une intervention qui serait d'ordinaire interdite. En gros, plus les gens auront conscience du danger nucléaire, plus automatiquement ils lanceront sans le savoir des appels en ce sens, et ces appels sont d'autant plus forts s'ils deviennent conscients.

C'est important de savoir que cela existe, et qu'on n'est pas forcément en face d'entités, ou même d'un Dieu, sourds, bien au contraire.

Exemple : méditation mondiale contre les catastrophes

Dans les années 2010, suite aux catastrophes naturelles en augmentation, les shamans se regroupent et méditent pour, selon eux, apaiser Gaïa et atténuer les catastrophes.

Ces groupes d'action / d'Appel conscient venant de plusieurs personnes, peuvent théoriquement être efficaces, car les humains propagent malgré eux des ondes télépathiques puissantes lors de ces réunions. Les ET étant télépathes, ils écoutent.

Mais peuvent-ils agir ? cela ne dépend pas vraiment d'eux. C'est le grand tout qui gère les grands actes du scénario. Si atténuer les catastrophes a pour objectif de sauver des gens, cela part d'un bon principe, mais il ne faudrait pas qu'au fond ces motivations soient plus égoïstes qu'il n'y paraisse. Diminuer les catastrophes c'est aussi s'épargner soi même, et il est délicat de faire vraiment la part de l'égoïsme et de l'altruisme dans ces motivations.

Ensuite, il ne faut pas que ces actions pour minorer les catastrophes soient un moyen inconscient de sauvegarder le monde actuel, monde que pas mal de personnes apprécient encore, et ont peur du changement.

Au contraire, les gens qui ne supportent plus le système actuel ont tendance à appeler les catastrophes, parce qu'ils n'en peuvent plus de la cruauté et de l'absurdité de notre civilisation d'aujourd'hui.

Ainsi peut on souhaiter la destruction du monde et être altruiste quand même, alors que ces destructions entraîneront des millions de morts, mais feront au final moins de mal que le monde actuel tel qu'il fonctionne : les guerres, les gens qui migrent dans la misère et sont accueillis à coups de croche patte, les famines, la peur, l'intolérance, les sévices sur les enfants, l'esclavagisme sexuel des femmes à un niveau jamais atteint dans notre histoire, la maltraitance généralisée de millions d'animaux qui ne cessent d'être nos souffre douleur. Tous les jours il y a une souffrance gigantesque qui s'accumule, et qui est bien supérieure à celle que les catastrophes de Nibiru provoqueront.

Au contraire, pour beaucoup, la mort sera un soulagement, une libération, aussi bien pour les victimes quotidienne du système, que pour ceux qui compatissent mais qui sont enfermés contre leur gré dans l'impuissance.

Il est donc possible que sous couvert d'altruisme, ces séances pour diminuer les catastrophes soient plutôt hypocrites.

Harmo, au contraire, appellerais volontiers pour qu'on en finisse au plus vite avec cette souffrance quotidienne et généralisée qui est insupportable (sans forcément passer par des catastrophes).

Ces gens peuvent être honnête (au niveau du conscient) dans leur démarche. Les motivations pouvaient être parfois mixtes et parfois encore mal comprises par les gens eux mêmes. Les mécanismes inconscients sont très complexes et il y a toujours une très grande variété de motivations profondes dans chaque groupe. Certains agiront de manière très altruiste, d'autres de manière plus égoïste, mais tout le monde tendra à avoir le même discours, d'où la grosse difficulté de savoir si ces groupes sont efficaces.

Comment remercier Dieu ?

Ce n'est pas par l'Appel que nous pouvons le faire. Les ET ne considèrent pas qu'il faut avoir une gratitude avec Dieu comme nous la comprenons. Dans notre vision, la gratitude c'est lécher les bottes, dans la leur, c'est être conscient qu'ils n'existent que parce que c'est la volonté divine qui est le support universel de la création. En respectant les règles et en étant conscient de sa place, en toute humilité, on offre la plus grande gratitude qu'on puisse donner à une Intelligence qui se suffit à elle même. C'est le concept même de l'Islam, qui a été d'ailleurs complètement dénaturé : Islam signifie soumission, dans le sens que nous reconnaissons que Dieu est le maître, le seul de notre destin, mais aussi le seul garant de notre liberté et de notre existence (ce qui revient au concept de Jésus du Père Nourricier). C'est reconnaître que nous sommes encore des élèves et que nous savons de Dieu n'est qu'effleurer sa vraie nature. C'est comprendre que nous ne pouvons tout dominer de notre environnement, mais que nous devons nous adapter et trouver notre place au milieu des autres, pas contre les autres. C'est aussi bien valable pour une civilisation, que pour des individus. L'être humain et le système actuel, se croit maître, centre, et détruit pour faire ce qu'il veut. Il ne trouve pas sa place, il la taille à la machette.

Les ET sont dans une position plus équilibrée : ils savent que leur libre arbitre est limité, et qu'il y a des règles fondamentales dans l'Univers qu'il faut suivre, parce que c'est ainsi qu'il a été construit. Libre mais soumis à Dieu en quelque sorte. Les hiérarchistes construisent leurs propres règles et les imposent, alors que les communautaristes étudient l'Univers pour en comprendre les règles et mieux pouvoir les suivre. Les hiérarchistes sont des insoumis qui se prennent eux mêmes pour des dieux, dans le principe et dans les faits. Avec les autres, ils détournent volontiers cette soumission à Dieu pour qu'on se soumettent à eux. Crois tu vraiment qu'un Dieu créateur d'un multi-univers infini, qui est au delà du temps et de l'espace a quelque chose à carrer qu'on lui offre des choses ou qu'on le remercie avec des louanges. Le meilleur moyen de le remercier c'est d'avoir conscience de lui, et de faire en sorte que cela se concrétise dans notre comportement. Sur ce principe, à chaque fois que tu fais un geste altruiste, tu remercies Dieu. Les mots et les louanges, ça reste que des mots. Il vaut mieux une bonne action concrète que tous les remerciements par la prière, parce que ça coûte rien de les faire. Même un hiérarchiste peut remercier Dieu de cette manière. J'espère que j'ai été clair, je souffre à chaque fois pour expliquer ces choses tellement c'est compliqué d'employer des mots qui ont des sens confus et multiples. Faut alors que j'arrive à dépasser les notions classiques qu'on rattache automatiquement à cause du formatage. "Dieu", "Intelligence", "Gratitude", c'est toujours des mots avec des connotations corrompues, difficile de se sortir de cette boue.

Dire merci directement à Dieu ne compte pas vraiment, parce que Dieu c'est pas un humain ou un ET. Un Et va être content qu'on le remercie par exemple. Pour Dieu c'est plus compliqué.

Le sentiment de gratitude envers le grand tout dans son coeur est une bonne chose, mais ce n'est pas suffisant pour une Intelligence comme celle-là. Le merci a toujours une connotation bizarre, parce que c'est toujours le même concept maître friandise. En gros tu es comme le chien qui remue la queue quand on lui donne un miam. Dieu n'est pas sensible à cela, ça n'a pas de sens pour lui.

Vivre en harmonie avec Dieu est la meilleure manière de le remercier.

Illumination

Le but des multiples incarnations est d'ascensionner (avec son corps) dans la dimension divine, de comprendre l'Univers et de ne faire qu'un avec lui. C'est l'égo mortel qui ascensionne, qui devient immortel.

Reprendre l'explication donnée dans L1 ou ici

Suite d'ascensions

nous sommes issus de la matière, donc dans ces basses dimensions liées au temps. Un jour ou l'autre nous allons ascensionner dans la dimension supérieure, puis encore et encore ascensionner pendant des millions d'années voir des milliards d'années, jusqu'à arriver dans la dimension divine, c'est l'illumination, ou dernière ascension.

L'âme illuminée est aussi appelée âme accomplie, ou Christ / Messie dans la tradition judéo-chrétienne.

Vu de cette dimensions, nous semblons vivre toutes nos incarnations en même temps, toutes nos vies sont écrites dans un "livre" dont toutes les pages sont écrites, même si à notre niveau, dans notre dimension, nous sommes encore en train d'écrire, instant après instant, les caractères du livre sur les premières pages, alors que le reste des caractères et des pages est déjà écrit dans la dimension divine.

Garder son individualité

L'infinité n'est pas incompatible avec l'individualité. Dieu est Un mais il est infini et éternel, non ? Le but est donc de trouver un

Spiritualité > Illumination

équilibre entre son égo, indispensable, et le lâcher prise total. Une personne trop dans l'un ou dans l'autre se perd. Une personne qui se donnerait entièrement aux autres mourrait de faim et de ne pas s'occuper d'elle même. A l'inverse une personne entièrement repliée sur elle même n'aurait pas conscience du monde en dehors d'elle. Alors même les orientation spirituelles les plus marquées conservent forcément un bout de l'inverse. Un égoïste conserve toujours une part d'altruisme, et inversement.

Les EA sont au-delà de la notion de bien et mal.

Le néant n'existe pas. Les limites n'existent que parce que nous ne sommes pas encore assez évolués pour les dépasser.

Il y a deux lois à retenir : "Aime ton prochain comme toi même" et "Tu ne peux aimer les autres si tu ne t'aime pas toi-même". L'égo est indispensable à l'illumination, il n'y a pas d'incompatibilité entre égo et infini. Tu peux recherche à ne faire qu'un avec le tout sans pour autant perdre ton individualité et ton égo. C'est juste une question de proportion de l'un et de l'autre.

Faire le lien avec l'apparition de la conscience de soi (vie > coopération de neurones p.), quand on fait la différence entre l'Univers (âme animale restant dans le tout) et son propre individu : Certains pensent qu'on ne peut avoir conscience de quelque chose qui soit à l'extérieur de sa conscience, et donc que si on a conscience de l'univers, c'est que l'univers est en soi.

Si tu as conscience de l'univers, tu vas passer par deux étapes : une première où tu vas regarder vers l'intérieur parce que si il y a un extérieur, c'est qu'il existe un intérieur. Si tu n'as pas conscience qu'il y a une différence entre l'intérieur et l'extérieur, tu ne cherches pas à te connaître toi-même. Une fois le "Connais toi toi même" effectué, tu peux de nouveau regarder vers l'extérieur sans risque de te perdre dans l'infini. Tes bases sont solides, ton égo est renforcé par la connaissance que tu as de toi même. Du coup, tu n'as plus peur de perdre ton individualité. Cette peur fondamentale est ce qui pousse au contrôle des autres et donc au hiérarchisme : l'égo a peur de se perdre ou de ne plus exister en qualité d'individu, donc il se protège en se mettant prioritaire, en opposition au monde. Il cherche à se protéger et contrôler. C'est pourquoi la peur est la première chose à maîtriser. Elle doit exister, mais doit être contenue et ne pas déborder. Une fois l'intérieur sécurisé, c'est vers l'extérieur que tu dois être tourné, parce qu'il y a une infinité de choses à découvrir au delà de toi-même. Les autres et le monde sont une source éternelle de découverte et d'émerveillement, de plaisir et d'émotions. Sans ouverture vers l'extérieur, tu ne ressens pas l'Amour vrai, la compassion. L'Amour vrai, c'est l'amour Universel et inconditionnel, à ne pas confondre avec l'amour charnel ou les pulsions amoureuses. Quand tu as goûté à cet amour universel, tu ne peux plus rester figé sur ton intérieur mais cela ne veut pas dire que ton égo disparaît. Tu es et tu participes au monde. L'univers est forcément en toi parce que tu es une partie de l'univers. Le tout c'est de ne pas croire que tu es complètement étranger à cet univers, c'est de comprendre que tu en es partie intégrante. Ce n'est pas l'illusion égoïste luciférienne de croire que Dieu est en nous, que nous sommes Dieu, mais bien que nous faisons partie de l'Univers, que nous n'en sommes qu'une infime partie !

Sagesse

La recherche de soi est un chemin personnel

L'épanouissement personnel et la recherche de la vérité sur un plan spirituel sont des chemins que l'on doit parcourir seuls. Rien n'empêche de partager ses croyances et ses réflexions, qui montrent son cheminement personnel et le travail que l'on fais. A chacun ensuite de voir suivant son ressenti et ses propres réflexions sur le sujet, les personnes extérieures ne sont pas en mesure de juger si ce que l'on dis est bien ou pas, puisque chacun doit avancer vers sa vérité. Nous nous rejoindrons tous au bout, parce qu'il n'y a qu'une seule Vérité absolue, mais avec notre propre chemin car on peut approcher cette Vérité sous différents angles suivant notre propre sensibilité. C'est toute la beauté du cheminement !

Philosophie

Morale

[AM] Ensemble des règles ou préceptes, obligations ou interdictions relatifs à la conformation de l'action humaine aux mœurs et aux usages d'une société donnée.

La morale s'intéresse à définir ce qui est bien et mal.

Définit les devoirs de l'être humain, vis-à-vis de lui-même ou des autres individus, ou de l'ensemble de la société, à partir de principes moraux / spirituels.

Comme nous avons un libre arbitre absolu sur nous même, la morale va surtout permettre de définir à quel moment nous empiétons sur la liberté individuelle absolue des autres.

Éthique : science de la morale

[AM] Recherche de la morale sur laquelle tout peuple (et ses individus) devraient porter ses jugements moraux.

C'est la morale qui définit qu'il faut privilégier le collectif sur l'individu, qu'il faut aimer les autres comme soi-même. Mais ces préceptes ont été trouvés par la logique, à partir de la connaissance de la vérité (les lois naturelles).

Quand on sait que tout est un, aimer les autres comme soi-même est une évidence logique. Les lois naturelles, comme le retour de bâton, sont elles aussi issue de la logique et de la connaissance de la vérité.

On peut aborder le problème sans connaître encore toute la vérité, mais en analysant les lois naturelles pour retrouver la vérité qui les génère : le retour de bâton implique la vérité que tout est un pour expliquer la cause de l'observation. Une fois cette vérité connue, la logique nous fait trouver les règles morales à appliquer.

On a donc :
- vérité (cause)
- lois naturelles (effet)
- morale (suivre le mouvement de la vie)

La logique permet de remonter d'une étape à l'autre, de manière récursive.

A partir du moment où la morale (valeurs binaires bien ou mal) est différente :
de la logique (valeurs vrai ou faux),
du droit (légal ou l'illégal),
de l'art (beau ou laid),
de l'économie (utile ou inutile),
C'est qu'il y a un problème quelque part. La Nature s'écoule selon un courant cause - conséquence, ne pas aller dans ce sens c'est nager à contre-courant, ou stagner.

La vie nous apprend la sagesse, à savoir reconnaître le sens du courant, et s'y conformer.

Déontologie : science de l'application de la morale

C'est comment la morale va fonder nos actions.

Influence sur les autres

La morale dit que chacun a son libre-arbitre, et qu'autrui ne doit pas agir sur les autres, même s'il peut influencer : nous pouvons conseiller, convaincre, persuader, montrer le chemin, mais nous ne pouvons obliger quelqu'un à le parcourir.

Le but de nos actes est le seul juge

Le but dans lequel nous influençons pèsera sur notre âme. Faire le mal apparent dans le but du bien intervient dans le jugement.

La manière dont nous influençons aussi intervient.

De manière générale, contentons-nous d'être des guides.

La fin justifie-t-elle les moyens ?

Si on est sûr de la moralité, peut-être, mais peu sont capables d'être sûrs que leurs intentions sont pures. Qu'un peu d'égo ou d'intérêts personnels interviennent dans notre décision finale décidant de la justesse de la finalité (ou alors si nous avons basé notre raisonnement sur des erreurs de logique, ou une connaissance imparfaite de la situation), et toutes nos actions mises en branle le seraient dans un mauvais but. C'est pourquoi la fin ne justifie pas les moyens, et qu'il ne faut pas franchir de barrières morales pour atteindre ce qu'on croit être juste. Le grand tout sait mieux, souvent il vaut mieux s'en remettre au destin, ou savoir ne pas intervenir dans des guerres qui ne servent pas l'intérêt de tous.

Faut-il mentir pour sauver la vie de quelqu'un ?

Kant simplifiait en disant qu'on ne devait pas mentir pour éviter un meurtre. Ce n'est pas aussi simple :

Si quelqu'un mérite moralement de ne plus nuire à la société, il ne faut pas empêcher la morale de se faire. Laissons faire la justice, ayons un comportement moral en disant la vérité.

Si cette justice nous paraît injuste, si quelqu'un menace de violer le libre arbitre d'autrui (par exemple, vous demande de proclamer votre foi en quelque chose en quoi vous n'adhérez pas, ou vous demande où se trouve la personne qu'il veut tuer injustement), c'est celui qui nous demande une réponse qui est en tort. Donnez le mensonge que cette personne demande, si ça ne fait de mal à personne : de toute façon cette personne n'aurait jamais voulu entendre la vérité.

Si ce mensonge mettra d'autres dans l'erreur, et que votre mort ne sera pas inutile (qu'il n'y ai pas moyen de vous tuer, puis de vous attribuer un mensonge quand même), ne mentez pas.

De manière générale, c'est le lâcher prise qui compte. Si vous pouvez changer quelque chose qui ne va pas, faîtes le. Si vous ne pouvez pas, adaptez-vous. Éviter la mort permet de continuer le combat, le respect de la vie (celle des autres ou la votre, c'est pareil) doit primer. N'allons pas nous suicider sous prétexte de soigner son image auprès des autres.

Zonderkommandos (L0)

Des collabos

Est-ce que les Zonderkommandos étaient des collabos ? Oui.

Les Zonderkommandos sont des déportés (jeunes hommes) des camps nazis, qui étaient mis à part juste devant les chambre à gaz, et se voyaient offrir de rentrer prendre la douche avec les autres, et de mourir, ou alors d'attendre, et de vider la chambre de tout ses morts.

Au final, ils travaillaient dans des conditions épouvantables, l'un d'eux était régulièrement abattu au hasard pour maintenir un stress élevé et les inciter à travailler le plus vite possible (des milliers de personnes par jour à éliminer et à détruire les corps, trier les affaires, construire les extensions du camp, etc.).

Ceux qui survivaient psychologiquement et physiquement à cette semaine, étaient quand même abattus, tant la nouvelle main d'oeuvre jetable était abondante.

Solution : refuser de participer

La solution était évidemment de refuser de collaborer. Perdu pour perdu, autant sauver les prochains. Si les locaux refusaient de tenir une arme pour encadrer les zonderkommandos, si les déportés avaient refusé de retirer les corps des chambres, jamais les nazis n'auraient pu tenir la cadence, et tuer autant de personnes en si peu de temps. Les camps auraient débordé, sans parler des chambres à gaz qui n'auraient jamais été vidées, donc pas remplies de nouveau.

Qu'aurions-nous fait ?

Est-ce que je les juge ? Absolument pas. La solution est facile à trouver quand on a le recul de l'histoire, qu'on s'appuie sur des années d'enquêtes, et des millions de témoignages, le tout à tête reposée et avec des années de réflexion derrière soi.

Imaginez le jeune de 17-22 ans, après 3 jours de voyage sans dormir ni boire dans un wagon bondé où 30% des passagers mourraient étouffés dès les premières heures, le fusil sur la tempe, en croyant réellement qu'ils allaient survivre en travaillant, il était facile de se considérer comme chanceux d'échapper momentanément à la mort, sans se rendre compte tout de suite dans quoi on était engagé (les Zonderkommandos croyaient au début que les morts manipulés étaient ceux qu'ils avaient eu dans les wagons d'arrivée, retirer les morts des chambres à gaz c'était après plusieurs jours de déshumanisation). C'est pourquoi d'ailleurs ils étaient abattus au bout d'une semaine : ils avaient eu le temps de s'apercevoir dans quoi ils étaient engagés, leur part de responsabilité dans tout ça, de réfléchir aux choix qu'ils pouvaient encore faire, et devenaient dangereux pour le système.

Celui qui oublie son passé est condamné à le revivre

Nous avons "la chance", en cette période, d'avoir cet exemple dans notre expérience commune : cherchons à éviter les camps de quarantaine à venir : un camps barbelés reste un endroit d'où l'on ne peut sortir, et où nous sommes soumis au bon vouloir des dominants, qui peuvent en faire autant un camp de travail que d'extermination (inévitable quand la nourriture vient à manquer).

Et si on s'est fait rafler malgré tout, évitons de tout faire pour que le système marche comme sur des roulettes. Plus il y aura de non participants à l'horreur, moins cette horreur aura de la puissance...

Les prophètes

Ce sont des personnes sages, qui ont souvent répondu à la plupart des questions que nous nous posons, directement ou indirectement.

Rhétorique

[AM] La rhétorique n'est qu'un outil, destiné à convaincre et persuader les autres du bien fondé de notre pensée.

La moralité de la rhétorique ne dépend donc que de notre pensée : le philosophe usera de la rhétorique pour amener les autres à améliorer la vie de tous et à la vérité, le sophiste l'utilisera pour mettre les autres sous son pouvoir, ou à oeuvrer pour les intérêts personnels du sophiste.

Philosophie

Technique

Prononcer un discours avec la bonne structure, la bonne énergie, le bon rythme, avec des raisons / arguments solides et des émotions fortes, pour que les auditeurs nous accordent leur attention, et soient motivés à juger en notre faveur.

C'est un outil aidant à défendre ses pensées de manière efficace.

Dans la phase de préparation du discours (rassembler les faits, et construire ses arguments), on doit viser l'objectif de vérité et de validité logique (rigueur critique).

Une fois face au public, les règles changent.

Par exemple, dans le judiciaire. Il faut différencier les faits de leur qualification (sont-ils bien ou mal ?). Que quelqu'un ai voler une pomme, il faut d'abord le prouver (test de validité de la vérité, confrontation aux faits). Mais quand on doit passer à la partie jugement ("a quel point c'est mal ? Comment rétablir la justice"), nous quittons le champ de la vérité pour rentrer dans celui des valeurs morales. La rhétorique c'est quand on passe du champ "qu'est-ce qui est" à "Qu'est-ce qu'on voudrait qu'il soit".

Influence

L'être humain est un animal émotionnel qui agit plus avec ses émotions qu'avec son conscient (sans compter que les émotions sont un moyen d'action de l'âme sur le corps). Générer des émotions chez l'auditeur, c'est l'inciter à agir. On prend alors le contrôle du corps, habitué à obéir à l'âme qui utilise le même subterfuge (jouer sur la corde sensible).

C'est pourquoi nos gouvernants aiment agir sur la peur, une émotion qui de plus court-circuite le raisonnement, demandant une réponse atavique (formatée par une répétition d'expériences identiques, comme le chien de Pavlov) ou instinctive (donc assez basique).

Si vous essayez d'expliquer à quelqu'un qu'il est sous influence, et que son jugement est altéré, vous serez alors identifié comme ennemi, car la pensée, en toute circonstance, s'incline face aux émotions. Et l'émotion qui a permis la manipulation est toujours présente.

A l'inverse, il est aussi possible d'emmener les gens à nous suivre, en jouant sur les émotions positives, comme l'idée de progrès et de bonheur.

Amener à changer son point de vue

La rhétorique, c'est éviter de s'opposer frontalement aux auditeurs, mais de prendre une voie détournée. Par exemple, regarder les choses depuis un autre angle, sans forcément argumenter. Ceux dont le point de vue est opposé au vôtre, sont absolument convaincus d'avoir raison. Et la simple force de nos arguments ne pourra rien y faire. Il est plus efficace d'adopter leurs perspectives, puis ensuite, en respectant les valeurs sur lesquelles reposent ces perspectives, faites les cheminer vers un autre point de vue.

Pour ce faire, ce modèle :

1. Vous pensez que X
2. Vous avez de très bonnes raisons de le faire
3. En effet, vous êtes probablement sensible aux valeurs A, B, C.
4. Et justement, il y a un moyen de concrétiser ces valeurs, moyen auquel vous n'avez peut-être pas pensé.

Morale

Si votre démarche constructive d'amélioration des choses est de contribuer au bien commun et de laisser le monde dans un meilleur état qu'il ne se trouve à l'heure actuelle, alors il n'y a aucune raison de culpabiliser moralement à l'idée d'augmenter son influence.

Au contraire, en ne le faisant pas, on renforce ceux qui influencent dans l'autre sens.

Le manque d'audace (par peur de paraître ridicule) n'est que de l'égoïsme.

La seule question, c'est vers quoi nous mobilisons notre public.

Il y a un usage sain de l'influence : si vos idées sont empreintes de justice, si elles ont inspirées par le vrai, le bien et le beau, elles méritent d'être exprimées, de se traduire en actes. Car au delà du ridicule, des maladresses et des échecs, on ne regrette jamais d'avoir exprimé ce qui fait se dresser notre conscient et retentir notre inconscient.

Essence : amour du vrai.

[AM] Les philosophes se sont donnés une mission claire : questionner le monde, pour en comprendre le sens, et dégager les principes d'une vie sage et heureuse. Le philosophe est tout simplement un scientifique qui cherche aussi le sens de la vie, et se conforme à l'éthique dans sa vie.

Le philosophe est conscient que la réalité ne se moule pas sur ses croyances ou sur ses désirs. Il est conscient de l'emprise de ses préjugés sur sa conception du monde, et donc, tout son travail va consister à remettre en cause ce qu'il croit être vrai, à briser ses opinions contre le rocher du réel, afin de se rapprocher autant que possible de la vérité, l'idéal auquel il aspire.

L'allégorie de la caverne demande de prendre conscience de notre ignorance, afin de s'en libérer.

Le philosophe s'attire souvent l'anathème de la foule, pour avoir oser la bousculer dans ses opinions.

Le philosophe est celui qui nous invite à penser contre nous-même, à nous méfier des sophistes, et à supporter les verdicts de la raison, même quand elle nous offense.

Tout est basé sur la morale. La société n'est là que pour matérialiser les notions du bien et de la justice, et faire en sorte que l'individu se réalise sans prendre le libre arbitre d'autrui.

Sage

Le sage est celui de haute valeur morale (sincérité, tempérance, prudence, discernement, justice, recherche du bien de tous), d'altruisme, de haut savoir raisonné (confronté au réel). Le sage mets ses qualités à l'oeuvre dans ses paroles et dans ses actions, de même que dans sa capacité à mettre en oeuvre sa pensée (à en démontrer la justesse).

Le philosophe n'est pas un sage, mais aspire à le devenir. Ce qui implique :

- d'accepter et d'assumer que nous sommes tous soumis aux croyances, et donc que nous ne possédons pas la vérité de manière innée,
- qu'être sage, ce n'est pas seulement rechercher la vérité (la garder pour soi serait de l'égoïsme), c'est aussi se battre pour la faire reconnaître, et la défendre contre ceux qui voudraient la corrompre au profit de leurs intérêts.

Sophistes : les anti-philosophes

[AM] Des égoïstes, qui ne voient que leur intérêt personnel, et comment amener les autres à les servir. Ce n'est pas l'amour du vrai qui les anime, mais la recherche de l'influence.

Les sophistes se moquent de la vérité ou de la morale, ils préfèrent l'efficacité et leurs buts personnels. C'est un mercenaire de l'influence : Son talent réside dans l'habileté avec laquelle il parviendra à manipuler l'esprit de son public, le temps de le convertir à la thèse qu'il aura choisi de défendre (principe d'un avocat, qui ne recherche pas à obtenir la vérité, ni même ce qui est moral, ou le mieux pour tous).

Contrairement au philosophe qui choque en exposant la vérité, le sophiste récolte la bienveillance du public en le caressant dans le sens du poil (en ne heurtant pas ses croyances, en lui disant ce qu'il a envie d'entendre). Il va utiliser des faux arguments, en leur donnant l'apparence de la vérité, pour tromper et manipuler les autres.

Le sophiste est un rhétoricien : c'est un professionnel qui utilise son savoir-faire oratoire pour séduire les foules et manipuler leur conscience.

Machiavel

Il a pris le parti de séparer la politique (donc le fonctionnement de la société) de la morale. Il conseille au prince l'exercice de la ruse et de la manipulation dans l'exercice du pouvoir, le maintien du pouvoir des dominants justifiant l'abandon de la moralité envers le peuple. Conseille de simuler et dissimuler, de se faire craindre plutôt qu'aimer.

Machiavel travail sur l'influence par les émotions (voir rhétorique).

Pour ne pas imposer au peuple des lois contraires aux intérêts de tous, les gouvernants devaient donner l'impression de suivre ces intérêts, afin d'obtenir le consentement du peuple aux décrets liberticides des dirigeants (comme les prendre au nom de la sécurité contre des attentats, un virus, etc.). Le but est d'obtenir l'approbation d'une partie suffisante de la population, sans laquelle le pouvoir n'est rien.

La manipulation des populations n'est pas un accident, c'est l'aboutissement inévitable de cette possibilité de manipulation dans nos civilisations.

Contrairement à la force et à l'autorité, l'influence nous rend complice de notre asservissement.

L'influence ne viole pas notre libre arbitre, car nous agissons de nous-même.

Le fait de cacher la vérité est par contre un viol de notre libre-arbitre, et l'influence est alors faussée moralement. C'est pourquoi la vérité n'a jamais été cachée (voir le film "2012" révélant les effets de Nibiru sur la Terre, c'était à nous de comprendre qu'on nous mentait au journal de 20h, que la réalité ressemblait plus au film présenté comme de la science fiction). C'est pourquoi quand Lucifer ne dit pas toute la vérité (comme de ne pas dire que la liberté individuelle s'arrête à celle des autres, ne pas parler du retour de bâton qui en découle), il s'est auparavant arrangé pour vous donner toutes les clés de compréhension (comme la loi première "tout est Un") qui donnent les loi naturelles qui en découlent, et dont nous pouvons extrapoler les absences de ses enseignements.

Un bon dominant peut donc asservir autrui sans trop se ramasser le retour de bâton karmique (seules nos failles narcissiques et émotionnelles, de même que notre manque de réflexion et recul sur la vie, permettent cet asservissement). Par contre, il y a toujours une justice, sa spiritualité en pâti, vu qu'il reste dans les basses vibrations de l'égoïsme, ne s'élevant pas, stagnant sans cesse.

Judaïsme

Les juifs savent que Dieu est le grand tout, qu'il n'est pas dans le temple. Ces versets contredisent malheureusement le lévitique, où l'anunnaki Yaveh demande à lui construire un palais/temple et à lui faire la cuisine.

Qeulques versets sur le grand tout :

Mais quoi ! Dieu habiterait-il véritablement sur la terre ? Voici, les cieux et les cieux des cieux ne peuvent te contenir: combien est moindre cette maison [la Terre] que je t'ai bâtie! (1 Rois 8:27)

Tu m'entoures par derrière et par devant, Et tu mets ta main sur moi. (Psaumes 139:5)

Gaulois (paganisme)

Il y a beaucoup de paganismes, les égoïstes et les hiérarchistes. Voici la version altruiste chez les païens :

- démarche d'émancipation, il se veut libre de toute dépendance pour se trouver lui même. Il a confiance en lui et dans les puissances de la nature, il cherche à s'améliorer, à s'élever, à s'éveiller. Il ne mise pas sur une éventuelle récompense qui lui est promise après sa mort.
- pas fataliste quant à la souffrance de ce monde, face au mal, il est combattant car il cherche à rétablir l'âge d'or, cette ancienne époque où les hommes vivaient en harmonie les uns avec les autres et avec la nature.

C'est en effet avant tout dans l'action que le libre païen « pratique » son culte. Car pour lui tout est sacré, surtout la vie, il est donc « pieux » lorsqu'il applique les principes fermes et justes[1], supérieurs, éthiques et vertueux car conformes à la nature, il cherche à rétablir l'harmonie, éloigner les mensonges, rendre la justice, honorer les puissances de la Nature (vivre en Harmonie avec le grand tout).

C'est sa conscience qui paie le salaire du païen, il est en paix avec lui-même (avec son âme). L'homme libre est pleinement conscient de la valeur de la vie et de son rôle à jouer dans celle-ci, il est indépendant des fausses croyances et mauvaises traditions de la culture de son époque.

Le Païen n'a d'autre seigneur que lui même, mais attention, ce « lui même » n'est ni son ego ni ses envies égoïstes, c'est le maître intérieur, ce maître c'est l'être, la véritable nature de l'individu, la part divine, juste et vertueuse. Mais pour arriver à ce stade avancé de conscience, le libre païen a effectué un travail intérieur, afin de se connaître, de s'éveiller. Pour cela la mythologie et les contes lui sont d'une grande aide car ils mènent à des justes questionnement, on parle ici d'une puissante philosophie verticale, puissante car à la fois amusante, rafraîchissante et profondément instructive. La méditation est également d'une grande aide, qu'elle soit active et physique, ou purement contemplative, elle permet de se dissocier, de s'extraire du serpent de Midgard : ces pensées incessantes qui occupent le mental.

Le païen a une bonne hygiène de vie (ne boit pas d'alcool, à part dans les fêtes traditionnelles où son usage est autorisé à ceux qui ont l'alcool festif et pas mauvais). Le païen cherche à faire venir la pureté dans le corps, la paix dans l'âme puis la vérité dans l'intellect.

Idéaliste ne craignant pas la mort (celle-ci n'étant qu'un passage), le païen refuse la richesse et le culte de la monnaie.

C'est au travers de la nature que le grand tout (et ses émanations élevées) se manifeste.

---

1 Le mot d'origine "viril" est ambigu et trompeur, de même qu si on avait utilisé "combatif". "Ferme et juste" doit être pris dans le sens où on fait le combat intérieur contre les 2 loups (le djihad des musulmans) mais aussi extérieur, en ne laissant pas le mal s'installer dans nos vies, en refusant l'esclavage et l'aliénation, la main mise sur autrui, en ne laissant pas faire les choses (sans empêcher le "lâcher-prises pour les choses sur lesquels on n'a aucun pouvoir), en se battant (pas forcément au sens propre contre le mal, mais par nos actions quotidiennes pour rétablir les choses) pour instaurer la justice et la vérité dans le monde. Un mot qui évidemment n'existe pas en français, alors que c'est pourtant un concept primordial...

Respect de la nature et de l'harmonie cosmique, le païen vie en harmonie avec la nature, il se voit comme sont enfant, il se doit de la protéger pour ce qu'elle lui apporte. Il est animiste : il pense que toute objet , animal, plante, arbre, homme, femme, toute les choses possédant un corps matériel et un corps immatériel qui vibre (une âme).

Le païen est homme qui passe du temps dans les forêts et les endroits naturels afin de s'accorder avec les vibrations universelles, ce n'est pas un citadin.

Cet homme cherche à s'élever par lui même puisant sa force à l'intérieur de son être, en apprenant a se connaître. La puissance et l'harmonie se trouvent en lui. Toute solution réside a l'intérieur de chacun comme les principes universels divins ("émanations" ou angle d'approche du grand tout) appelés « dieux ». La tradition veux que les païens soient éveillés par des contes, des légendes et la mythologie. Elles y cachent de multiples grilles de lecture qui peuvent débloquer des situations a l'intérieur de chacun de nous.

Les principes divins de la Nature sont respectés sans pour autant être idolâtrés, on ne commerce pas avec eux, les hommes sont debout le grand tout, pas agenouillés en tremblant de peur devant un dieu pervers narcissique.

L'enracinement, qu'il soit spirituel et culturel : dans la tradition païenne, qu'il soit matériel : dans une terre qui fût aussi celle de ses ancêtres (même si c'est aussi ponctuellement un voyageur et un aventurier de première classe) , ou qu'il soit charnel : Un païen vit en communauté, plus exactement en tribu : la famille élargie.

L'organisation politique est une anarchie organisée : chaque femme, chaque homme, chaque clan, chaque tribu est souveraine, mais ils peuvent également se fédérer contre un ennemi commun.

Les femmes et les hommes sont égaux en droit. Les femmes peuvent accéder à des responsabilités selon la règle de la méritocratie (ce n'est pas le féminisme qui veut masculiniser les femmes). Une femme païenne est avant tout la gardienne de la famille et de la tradition, l'importance de l'éducation des enfants et de la famille étant valorisé, les femmes sont bien dans leur peau dans tous les rôles.

Le païens ne met jamais quelqu'un au dessus de lui mais il ne met jamais quelqu'un en dessous de lui non plus, c'est un principe universel garant de la liberté, dans le respect du libre arbitre de chacun. En cela le païen est un éternel insoumis.

Il cherche à retrouver le grand tout en lui à l'aide de son seigneur intérieur (son âme), jamais il ne combattra au nom du grand tout pour chercher à imposer sa façon de penser. Cependant il pourra combattre avec la puissance du grand tout (« par Toutatis »). Le mot combattre au sens combat spirituel (djihad musulman), qui nous amène à la limite de nous même pour apprendre à nous connaître.

Dans la définition du mot Prière, il y a la connotation de quelqu'un d'inférieur qui demande à son supérieur. Le païen ne prie donc pas. En revanche il médite sur lui et il peut entrer en communion avec son corps divin.

Il n'y a pas de notion de domination totale de dieux sur l'individu, de supériorité au sens hiérarchique, ce n'est pas la religion odinique pervertie par l'obéissance absolue et aveugle à un dieu qui privilégie ses intérêts sur celui de ses fidèles.

Le lieu de culte est libre, la forêt, chez lui… Ce qui n'empêchent pas la communauté de se réunir à chacune des 8 fêtes sacrées traditionnelles.

Ils peuvent aussi se réunir chaque dimanche si bon leur semble, mais pas dans un temple ! Le temple est dans l'esprit citadin de confort, de fermeture par rapport à la nature, aux autres, de privatisation du culte, voir de commercialisation du sacré (donnez, donnez pour la paroisse !). De plus l'effet centralisateur de la prêtrise tend à favoriser la corruption de celui-ci, cela tend également à retirer la responsabilité de transmission intra-famillale « grand-père à petit fils » d'éducation culturel, le temple s'érige ainsi en intermédiaire entre les hommes du clan, comme un intru.

les Druides, les Vikings pensaient que l'âme était immortelle et qu'elle revenait toujours s'incarner pour une nouvelle vie sur terre, à l'image du monde lui même qui meurt lors du Ragnarök, pour mieux se régénérer.

Il y a donc l'idée de renouvellement cyclique, de mort et de renaissance, il n'y a pas de début ni de fin définitive, pas de menace d'enfer ou d'appât du paradis. Juste une promesse de revenir s'incarner à nouveau dans le monde, ce monde où tout se joue, où l'on doit en conséquence œuvrer à construire nous même un paradis bien réel.

Le « païen » vit pleinement sa vie sur terre puisqu'il sait qu'il y reviendra après la mort, il est conscient d'avoir son destin et celui de ses enfants entre ses mains.

Organisation sociétale

Source.

Organisation géographique

Chaque tribu est totalement libre de ses faits et gestes, au sein d'une alliance de tribu.

L'individu fait partie d'une famille biologique, qui fait partie d'un clan (les autres familles proches regroupée, l'équivalent du village / ensemble de hameaux actuel). L'ensemble des clans forme une tribu (communauté de commune actuelle, mais peu étendue géographiquement, moins que le département).

Organisation familiale

L'enfant ne restait que quelques années dans sa famille biologique, il allait ensuite dans une famille d'adoption plus en adéquation avec ses aspirations profondes.

Pas de notions d'héritage, à la mort de quelqu'un ses possessions personnelles retournaient à la communauté, pour ceux qui en auraient besoin.

Organisation culturelle

L'unité dans l'alliance païenne est assurée par une langue commune et une culture commune.

Ce cercle commun de la culture / de la connaissance/religion/ science est gérée par les sages (druides). Ces druides travaillent avec les autres clans / tribus, ils gèrent l'ensemble de l'alliance en échangeant les idées et développement géographiquement. Les tribu Celtes d'Angleterre parlaient la même langue que les gaulois, et échangeaient en permanence via les intellectuels / sages / druides.

Si aujourd'hui on a un peuple divisé en nation de culture différente seuls face à un pouvoir central et uni (ce qu'était l'empire romain qui asservissait les nations, et obligeait par l'esclavage tout le bassin méditerranéen, des millions de personnes, à combattre un seul village Gaulois),

les Gaulois étaient tout l'inverse : on avait un pouvoir divisé et réparti localement, avec une culture commune qui évoluait en fonction des avancées locales, répercutées à toute la zone géographique où s'étendait cette culture.

Organisation des compétences

Pas de castes, mais une méritocratie qui attribuait à chacun sa place dans la société.

L'enfant était élevé dans sa famille jusqu'à ses 7 ans. Ensuite, en fonction de ses aspirations et prédispositions, il était éduqué par un artisan de sa future profession qui l'attirait (conseillé par les druides). Son enseignant devenait sa nouvelle famille, car il pouvait se trouver loin de sa famille d'origine. A 14 ans, s'il montrait des capacités supérieures, il poursuivait un apprentissage supplémentaire avec un autre enseignant, voir de 20 ans pour devenir sage/druide (à 34 ans).

Pas de notion d'hérédité : un enfant de paysan pouvait devenir druide ou chef (à la limite près qu'en 7 ans, un enfant de druide ou de chef à le temps d'en apprendre plus qu'un enfant de paysan obligé de travailler dur... A 4 ans déjà l'enfant est formé ou non à développer son esprit, c'est pour ça qu'il faut s'assurer que la famille est apte à donner un éveil adéquat aux nouveaux nés).

Les compétences d'organisation (fonctions et pas castes) étaient réparties en 3 grands groupes :

Les sages, qui étaient au dessus de tout. Ils ne proposaient pas les lois ou jugements (sauf comme tout citoyen une fois par an), mais avait le rôle de conseil ou de veto, pouvant s'opposer aux décisions du chef.

Le chef / général d'armée, qui s'occupait du temporel ou des guerriers. Il n'est pas absolutiste (peut être déposé par l'assemblée et par les druides qui votent son départ), il est là pour servir le peuple, pour montrer l'exemple (comportement exemplaire), il doit être d'une morale à toute épreuve.

Les artisans / forces vives productives.

Il y a égalité des chances à la naissance (aux réserves que les enfants restent tard dans leur famille, une grosse inégalité de ce point de vue là), c'est une fois que tout le monde à fait ses preuves que la hiérarchie s'installe (la fonction étant prioritaire, celui qui sait doit primer sur l'ignorant). Ce n'est pas une hiérarchie d'ailleurs, mais plus une organisation de différentes fonctions, chacune étant chef dans son domaine d'expertise.

Assemblée des hommes libres

Toute l'année, le roi gouvernait, les citoyens notaient ce qui n'allait pas, discutait entre eux des modifications à apporter, et une fois par an, avait lieu l'assemblée des hommes libres, où le bilan était fait, et où étaient votées les lois résultat d'un an de cogitations et discussions.

C'est là que le chef s'étant montré incompétent (vieillesse, burn-out, dépassé par les événements, ou maladie mentale), corrompu ou égoïste (faisant passer des intérêts personnels ou clanique au dessus des intérêts communs) était remplacé.

A la mort du chef, était élu par tous (ou par les sages) le futur chef. Méritocratie, seule le sage et compétent était mis aux postes de pouvoir.

Comme à chaque fois, les sages étaient là pour pouvoir empêcher toute mauvaise loi d'être votées, de même qu'ils empêchaient les rois, pris de folie des grandeurs, d'envahir les voisins qui ne lui ont rien fait. Sûrement que les druides se montrant corrompus ou égoïstes pouvaient être déposés par les autres sages.

Le destin n'est pas totalement écrit à l'avance, on a notre libre arbitre.

La défaite militaire

Les Gaulois n'ont pas perdu par manque de coopération, mais par :
- infiltration (les arvernes de Vercingétorix étaient des commerçants, infiltré depuis longtemps, qui ont saboté la défenses Celtes),
- affaiblissement culturel (confort et le vin donné au préalable par les romains),
- mise en place progressive de la hiérarchie tenue par les plus égoïstes et devenant héréditaire,
- et surtout par le fait que les gaulois ne voulaient pas se multiplier trop, ce qui aurait détruit la nature (comme nous l'avons fait) qui ont été submergé par le modèle d'Enlil de se multiplier et d'envahir les contrées voisines, comme l'ont fait les assyriens après Moïse).

C'est la surpopulation destructrice des romains alliée à la volonté de développer les techniques guerrières, de ne pas respecter l'honneur et les traités, qui a fait leurs succès militaires, le temps qu'ils imposent la religion illuminati à tous. L'empire romain n'a pas disparu, il a juste muté en nations contrôlées en secret par Rome via le Vatican.

Au passage, comme à chaque invasion de pays, les illuminatis romains ont exterminé la population locale : 50% des gaulois ont été massacré lors de l'invasion romaine, on retrouve des fosses communes avec des milliers de squelettes entassés, dont les os portent les traces d'un assassinat par des lances ou des épées.

Survivance actuelle : Wicca

Fais ce que tu veux sans léser personne.
C'est l'équivalent de :
La liberté individuelle s'arrête à celle des autres.
La Wicca laisse la place à l'instinct, à la créativité, à la liberté en quelque sorte. La liberté n'est pas absolue comme chez les lucifériens.
Pas de drogues, il faut rester maître de ses moyens, rester pleinement incarné dans son corps. La méditation permet de se relier aux énergies et aux mondes subtils.
La Wicca ne rabaisse pas l'humain, mais l'élève.

Jésus (1e siècle)

Quand on demanda à Jésus lequel des 10 commandements était le plus important, il répondit :
le 11ème : Aimes les autres comme toi-même
(fais aux autres ce que tu aimerais qu'il te soit fait). Au delà des restrictions des lois juives, ce qui est important, c'est l'Amour des autres et la compassion.
Dieu est plus proche de toi que ne le sont tes mains et tes pieds.
Mon royaume n'est pas de ce monde.
Qui suis-je pour juger ?
Que celui qui n'a jamais fait de fautes lui jette la première pierre.
[à propos d'une femme ayant perdu son mari, poussée à la prostitution par la misère, que ses voisins ont violé à leurs fins au lieu de l'aider sans contrepartie, les mêmes voisins qui voulurent ensuite lapider cette femme quand les autorités religieuses ont découvert ces pratiques, et ont condamné à mort la victime plutôt que les coupables].
Il n'y a pire aveugle que celui qui ne veut pas voir.
Enlève la poutre de ton oeil avant de vouloir retirer la paille de l'oeil de ton voisin.
Pardonne si tu veux être pardonné.
On ne peut servir Dieu et l'argent.

Mohamed (6e siècle)

Le grand tout n'a rien avoir avec les religions et les guerres, il est bien au dessus de ces choses. La Terre est une école où chaque être humain mène une bataille en son coeur, et suivant l'issue de cette bataille, nous agissons en bien ou en mal.
Celui qui envoie la maladie envoie aussi le remède.

Hindouisme

Adi Shankara (8e siècle)

Les 4 principes pour reconnaître un bon Brahmane (les guides spirituels formant la plus haute caste) :
1. Capacité de distinguer, comme entre l'éternel et l'éphémère (est-ce que dans 5 ans ce sera toujours grave ?)
2. L'absence de passion (peur, colère, jalousie, etc.)
3. Équanime (voir tous les êtres du même oeil)

Désir de libération du cycle des réincarnation (ou plutôt, volonté de s'élever toujours plus vers le niveau divin).

7 logiques pour vivre en paix

Fais la paix avec ton passé afin qu'il ne ruine pas le présent.

Tu ne peux pas changer la façon dont les autres te perçoivent, c'est leur problème, ça ne te regarde pas.

Fais preuve de gratitude, et tout viendra à toi.

Personne n'est en charge de ton bonheur, excepté toi.

Ne compares pas ta vie à celle des autres. Tu n'as aucune idée de quoi leur voyage est fait, ni ce que la vie leur réserve.

Cesses de penser de trop, tu n'as pas besoin de connaître toutes les réponses.

Souris, tu n'a pas à gérer tous les problèmes du monde.

La prophéties des Andes

Résumer le livre

Maximes / Proverbes

Ce sont des images pleines de sagesse et de réflexion :

Vie en commun

La liberté des uns s'arrête là où commence celle des autres.

Seuls les moutons ont besoin d'un berger.

Il faut remplacer l'amour du pouvoir par le pouvoir de l'amour (inconditionnel).

La Terre est certes le berceau de l'humanité, mais on ne passe pas sa vie dans son berceau...

Si tu ne sais pas choisir entre le bien et le mal, c'est qu'il te manques l'empathie.

Quand tu pardonnes, tu ne changes pas le passé, mais le futur.

Bien que petit, l'écureuil n'est pas l'esclave de l'éléphant.

Avant de parler, assure-toi que ce que tu veux dire est plus beau que le silence.

Tu ne seras jamais critiqué par quelqu'un qui en fait plus que toi. Mais toujours par quelqu'un qui en fait moins, voir qui ne fait rien.

Vainc les coléreux par le calme, les méchants par la bonté, les avares par la générosité, les menteurs par la vérité.

Lutter n'assure pas la victoire/gain, mais ne pas lutter assure la défaite/perte.

Egoïsme

Médias / manipulation

L'opinion publique est la clé. Avec l'opinion publique, rien ne peut faillir. Sans elle, rien ne peut réussir. Manipuler l'opinion donne le plus grand des pouvoirs.

Le hasard, c'est souvent la volonté des autres.

La seule émission télé où les méchants gagnent, c'est les infos.

Les médias arrivent à nous faire détester les gens opprimés, et à nous faire aimer ceux qui les oppriment.

Sur Internet il y a tout et n'importe quoi. Mais au moins il y a de tout. Alors qu'à la télé, il n'y a que du n'importe quoi.

Les médias arrêteront de nous mentir quand nous arrêterons de les croire...

Tromperies

Répétez un mensonge assez fort et assez longtemps, et les gens le croiront.

L'habit ne fait pas le moine.

Tout flatteur vit au dépens de celui qui l'écoute.

C'est bien plus facile de tromper les gens, que de les convaincre qu'ils ont été trompés.

Chaque fois que vous vous retrouvez du côté de la majorité, il est temps de vous arrêter et de réfléchir.

Les petits tentent d'amoindrir vos ambitions, tandis que les grands vous incitent à devenir grand à votre tour.

Il y a 2 erreurs à ne pas commettre avec les complots : 1) en voir partout, 2) n'en voir aucun.

Représentation

Si voter changeait quelque chose, il y a longtemps que ça serait interdit.

Spiritualité > Sagesse

Soit un parti politique est pourri, soit il va le devenir.

La loi est faite pour les riche, les châtiments pour les pauvres.

Domination

Il n'y a pas de tyran, il n'y a que des esclaves.
Là où nul n'obéit, personne ne commande.

Les dirigeants ne paraissent grands
que parce que nous sommes à genoux.

Les grands arrêteront de dominer
quand les petits arrêteront de ramper.

Ce n'est pas les exploiteurs qui sont forts,
c'est les exploités qui sont faibles.

Il n'est pire aveugle que celui qui ne veut pas voir.

Quand les mots perdent leur sens, les hommes perdent leur liberté.

Ce n'est pas à l'État de tout savoir de ses citoyens, mais aux citoyens de tout savoir de l'État.

Destructions

Quand le dernier arbre aura été abattu, la dernière rivière empoisonnée et le dernier poisson péché, alors l' homme s'apercevra que l'argent ne se mange pas.

Oeil pour Oeil, et le monde deviendra aveugle.

Richesse

Les riches nous font croire qu'il est moins grave de voler des milliards que de voler 2 sous.

C'est les employés qui font vivre le patron, pas l'inverse.

Le gars dont la tâche est de gérer l'entreprise a bizarrement été considéré comme plus méritant que celui qui produit réellement.

Quand les riches volent les pauvres, on appelle ça les affaires : quand les pauvres se défendent, on appelle ça de la violence.

Guerre

Diviser pour mieux régner. La solution est dans l'union

Celui qui choisi le mensonge comme moyen choisit inexorablement la violence comme règle.

Les riches sont en paix quand les pauvres sont en guerre.

On croit se battre pour la patrie mais on meurt pour les banquiers/industriels/riches.

Les guerres, ce sont des gens qui ne se connaissent pas et qui s'entre-tuent, parce que d'autres gens qui se connaissent très bien ne parviennent pas à se mettre d'accord.

La première victime d'une guerre, c'est la vérité.

Efficacité

Penser c'est toujours ordonner, mettre l'avant avant l'après, le principal avant le secondaire.

Ne pas confondre vitesse et précipitation.

Ce n'est pas parce que les choses sont difficiles que nous n'osons pas, c'est parce que nous n'osons pas qu'elles sont difficiles.

Il vaut mieux remettre à demain ce qu'on va louper le soir.

Un imbécile qui marche va plus loin qu'un intellectuel assis.

Addictions

Une mauvaise habitude ne se jette pas par la fenêtre, il faut lui faire descendre les marches unes à une.

Destin

Tant va la cruche à l'eau qu'elle se brise (tout s'use).

Ne pas vendre la peau de l'ours avant de l'avoir tué.

On rencontre souvent sa destinée sur les chemins pris pour l'éviter.

Le destin conduit celui qui accepte, et traîne celui qui refuse.

On se couche dans le lit qu'on a fait.

Les 2 jours les plus importants de votre vie : le jour où vous êtes nés, et le jour où vous découvrez pourquoi.

L'avenir m'intéresse parce que je vais y passer le reste de ma vie.

Le meilleur jour de ma vie, c'est demain.

Ils ne savaient pas que c'était impossible, alors ils l'ont fait.

Quand quelqu'un te dis que c'est impossible, rappelles-toi qu'il parle de ses limites et pas des tiennes.

Un oiseau ne fait pas confiance en la branche, mais en ses ailes.

Ne chasse pas un chien sans savoir qui est son maître.

1 tien vaut mieux que 2 tu l'auras.[2]

Éducation

Doutez de tout ce que je vais vous dire.

On a beau essayer d'enseigner les bonnes manières a ses enfants, ils finissent toujours par faire comme nous.

---

2 Aussi connu par "1 oiseau en main vaut mieux que 2 en liberté". Ce que l'on a à disposition est préférable à l'incertain que l'on projette d'acquérir.

Enseignons tôt à nos enfants ce que nous avons découvert tard.

Quand le sage montre la Lune, l'imbécile regarde le doigt.

On peut rire de tout, mais pas avec tout le monde.

Ne contredit pas un imbécile, attend un peu et il le fera tout seul.

La première impression est souvent celle qu'on garde, surtout quand elle est mauvaise.

Expérience

Oublier son passé, c'est être condamné à le revivre.

Il faut deux ans pour apprendre à parler et toute une vie pour apprendre à se taire.

On peut aisément pardonner à l'enfant qui a peur de l'obscurité, mais pas aux hommes qui ont peur de la lumière.

On devient celui qu'on suit. Suit le bon, tu apprendra à aider. Suit le tigre, tu apprendra à mordre.

Si j'effaçais les erreurs de mon passé, j'effacerais la sagesse de mon présent.

Action individuelle

Aides-toi et le grand tout t'aidera.

Mieux vaut allumer une chandelle que maudire l'obscurité.

Sois le changement que tu aimerais voir dans le monde.

Le premier pas ne t'amènes pas là où tu veux, mais il te sort de là où tu es.

Changez votre façon de regarder les choses, et les choses que vous regardez changeront.

Le pessimiste se plaint du vent. L'optimiste espère que le vent va changer. Le réaliste ajuste la voilure.

N'accuses pas le miroir si tu es moche.

Faites comme les arbres : laissez tomber vos vieilles feuilles (idées/croyances) mais gardez vos racines (principes/morale/droiture).

Mort

Je savais bien que l'homme n'est pas immortel, mais j'avais espéré que pour moi, Dieu aurait fait une exception.

Je souhaite mourir jeune, à un âge avancé.

Tant que l'homme ne sera pas immortel, il ne sera pas vraiment décontracté.

L'éternité c'est long, surtout vers la fin.

Le lit est l'endroit le plus dangereux du monde : 99 % des gens y meurent.

Mythologie

Certains éléments de la mythologie sont tombés dans la culture populaire car ils véhiculent des vérités importantes.

Améridiens

Les 2 loups

Petite histoire résume le point de vue de la plupart des grandes religions (bataille intérieure pour L'Islam, Karma pour le Bouddhisme, Libre arbitre pour les judéo-chrétiens, etc.).

Un vieil indien raconte à son petit-fils :

"Une lutte est en cours à l'intérieur de moi. C'est une lutte terrible entre deux loups :

- l'un est plein d'envies, de colère, d'avarice, de jalousie, d'arrogance, de ressentiments, de possessivité, de mensonges, de supériorité, de fausse fierté;
- l'autre est bon, il est paisible, heureux, serein, humble, généreux, vrai et rempli de compassion.

Cette lutte a aussi lieu en toi mon enfant, et en chaque personne."

Le petit fils réfléchit un instant, et interrogea son grand père :

"Lequel de ces deux loups va gagner la lutte ?"

Le vieil indien répondit simplement:

"Celui que tu nourris."

Il est simple de comprendre lequel des 2 loups a les faveurs de la super-intelligence qui régit l'Univers... mais tant que la bataille finale n'a pas eu lieu, chaque être humain apprend et choisit lequel des deux animaux il veut voir gagner.

Guerres, misère, catastrophes etc... ne sont que des occasions de faire des choix entre le bien et le mal. Sans tout cela, comment pourrait-on savoir lequel de ses loups intérieurs il faut nourrir ? Comment peut on connaître la compassion si l'on a jamais souffert (dans cette vie ou dans une autre) ?

Certains ont vaincu leur côté noir, d'autres leur côté blanc, et d'autres sont encore en train de livrer bataille... Si le loup noir a triomphé, alors nous sommes comme lui, plein d'envies, de colère, d'avarice, etc., et nous agissons selon ces principes égoïstes. Il n'y a pas de secret, quand on fonctionne comme cela, on ne peut que pousser à la violence, à la guerre, à l'intolérance... on veut tout pour soi (jalousie, avarice) et peu importe ce qu'il arrive aux autres (jalousie, arrogance). On se croit au dessus du commun des mortel et on recherche le pouvoir (arrogance et fausse fierté, jalousie) pour mieux tromper les autres et arriver à ses fins (mensonge) et on utilise volontiers la violence pour prendre ce qui nous est dû (envies, colère, jalousie).

Donc derrière les apparences, une personne ayant le discours d'un loup blanc peut penser comme un loup noir, pour mieux tromper et arriver à ses fins. Mais quoiqu'il arrive, au fond, c'est toujours le loup noir qui agit ! Alors plutôt que d'écouter les discours, regardez toujours les actions, elles trahissent toujours la couleur de l'âme !

Homère

Poète grec, connu pour avoir écrit :
- l'Iliade : la guerre des grecs contre la ville de Troie pendant 10 ans, parce que Pyram, le roi de Troie, avait enlevé Hélène, la femme d'Agamemnon, un roi grec de Mycènes.
- l'Odyssée : le retour d'Ulysse le grec de Troie, détourné par une tempête dans tout le bassin méditerranéen, mettant 10 ans à rentrer à Ithaque, où l'attendait sa femme Pénélope depuis 20 ans).

Ces oeuvres sont farcies d'exemple de ce que les grecs considéraient comme la sagesse.

Talon d'Achille

Histoire

La maman d'Achille, voulant rendre son fils invulnérable, trempa son bébé dans une eau rendant immortel et invulnérable. Sauf qu'elle tenait le bébé par le talon, et cette partie ne fut pas "blindée".

Achille, devenu un homme très fort et trop confiant dans son invulnérabilité, fut tué jeune dans une bataille par une flèche empoisonnée plantée dans ce talon.

Moralité

Toutes les armures ont leur failles, fragilités ou fissures, une confiance démesurée peut mener à votre perte, la maman a précipité la mort de son fils en voulant trop bien faire, elle a rencontré son destin sur le chemin pris pour l'éviter. Tout meurt un jour, même les choses les plus résistantes. Même l'homme le plus fort finit par trouver son maître.

Cheval de Troie

Histoire

Pour finir la guerre de Troie qui dure depuis 10 ans, Ulysse a l'idée de pénétrer dans les remparts par ruse. Les grecs annoncent aux troyens qu'ils abandonnent le siège, et qu'ils vont lever le camp. Ils construisent un grand cheval de bois (rempli de 20 soldats en armure) monté sur roue, et le proposent en offrande aux troyens, pour les féliciter de leur victoire, en honneur aux dieux, ou autre justificatif débile. Le cheval étant couvert de plaques d'or, et ayant été abandonné près de la ville comme c'était la tradition grecque, il se peut aussi que les Troyens aient juste fait rentrer un joli objet, symbole de leur victoire.

Les premiers bateaux grecs lèvent les voiles et repartent sur la Grèce, le camp grec se démonte, les Troyens, croyant les 10 ans de guerre terminée, font alors une grande fête, après avoir fait faire le tour de la ville au cheval en procession, selon leurs traditions ou autre raison.

Une fois la nuit tombée, les bateaux grecs font demi-tour. La plupart des troyens étant saouls, ou ayant baissé leur garde, les soldats à l'intérieur du cheval sortent et vont ouvrir une porte de la ville, par laquelle l'armée grecque rentre et met la ville à feu et à sang. Tous les hommes sont tués, les femmes et les filles sont emmenées comme esclaves. Les enfants mâles sont tués eux aussi pour éviter une éventuelle vengeance.

Moralité

N'acceptez jamais un cadeau empoisonné, même si le revirement de votre ennemi vous fait plaisir, que votre cerveau en déni ne veut voir que le bon côté des choses.

Le vers est dans le fruit. C'est l'ennemi intérieur qui fait le plus de dégât (de par sa connaissance du terrain, de vos habitudes, ou sa capacité d'ouvrir une brèche dans une muraille défendue d'un seul côté).

Des conseillers avaient averti le roi de Troie de l'infamie, d'où l'intérêt de ne pas laisser une seule personne, possiblement corrompue, décider pour le groupe.

Ne relâchez pas trop vite la pression, attendez que l'ennemi soit loin et inoffensif, et attendez encore un peu pour voir. Ne vendez pas la peau de l'ours avant de l'avoir tué.

Les grecs inventent le double langage : tricher (mentir, ne pas respecter les règles de guerre), ce n'est pas bien, mais là pour eux il s'agit d'une ruse (c'est le vaincu qui a fait l'erreur, il n'était pas obligé d'accepter le cadeau).

Le cheval de Troie est le nom donné à stratégie de hackers en informatique : dans le programme donné ou vendu, se trouve un programme qui va espionner votre ordinateur, voir ouvrir toutes ses protections, pour qu'un espion extérieur puisse rentrer dans votre ordinateur et tout espionner, ou tout détruire selon son bon plaisir.

Moutons et Cyclope

Ulysse et ses compagnons tombent dans une grotte avec un géant qui n'a qu'un seul oeil (un cyclope).

Le géant avait été prévenu par un devin, qu'un homme fort lui crèverais un oeil. En voyant Ulysse, un homme petit et faible à ses yeux, il ne se méfie pas.

Le géant garde prisonnier Ulysse et ses compagnons pour les manger, Ulysse l'ennivre avec du vin de son bateau qu'il offre au géant, puis lui perce l'oeil dans son sommeil, se servant d'un morceau de bois anodin aiguisé à la hâte. Devenu aveugle, le cyclope se met devant la porte de sortie, pour s'assurer qu'Ulysse ne puisse s'échapper. Devant faire sortir ses moutons, le Cyclope les fait passer un à un, en s'assurant, en leur palpant le dos, que personne n'est assis de dessus. En fait, Ulysse et ses compagnons se cachent dans la laine des moutons du cyclope, mais placé sous leur ventre, attachés avec une corde faisant le tour du mouton, là où il est moins aisé de palper (mais aussi de s'aggriper juste avec ses mains et ses pieds), et où le cyclope n'a pas pensé à vérifier. Il ne sent pas la corde en palpant sur le dessus, car il cherchait une épaisseur d'homme, pas une fine épaisseur de corde.

Par orgueil, au moment où le bateau d'Ulysse est hors de portée, Ulysse donne son nom au cyclope (qui auparavant, ne savait pas qui était son adversaire). Grâce à ça le cyclope demande aux dieux de le venger (une malédiction à laquelle Ulysse n'avait pas pensé, et n'aurait jamais dévoilé son identité s'il avait su qu'on pouvait le retrouver juste avec ça), et Ulysse vivra 10 ans de tribulations avant de pouvoir rentrer enfin chez lui (racontées dans l'Odyssée). Tout ça juste pour avoir fait le fanfaron et le vantard, alors qu'il avait gagné la partie, et se croyant plus malin que tout le monde, à relâché son attention quand il se croyait à l'abri. Le geste d'auto-sabotage final qu'on fait après avoir joué une partie épuisante nerveusement et physiquement.

Boite de Pandore

Histoire

C'est le mythe du fruit défendu mangé par Eve chez les sumériens.

Zeus donne une boite à la première femme (créée à partir d'argile), en lui précisant de ne pas l'ouvrir. Dedans, se trouvent tous les maux de l'humanité (maladie, vieillesse, guerre, famine, misère, folie, etc.)

La curiosité étant la plus forte, et sur la tentation impulsée par Hermès (le dieu serpent Satan), Pandore ouvre la boîte et relâche tous ces maux sur l'humanité.

Moralité

Il faut comprendre cette fable hiérarchiste dans le sens inverse (la curiosité et l'émancipation des règles anunnakis nous libérera des maux qu'ils nous ont appliqué pour nous tenir en esclavage, lorsque nous avons quitté notre condition première d'harmonie avec l'Univers ou tout se déroule à merveille, pour se mettre sous les ordres des esclavagistes).

Une métaphore de toutes les plaies que nous avons subies lorsque nous avons avons écouté Hermès, l'antéchrist, a savoir de ne penser qu'à nous et pas aux autres.

On peut y voir aussi une mise en garde à ne pas faire les choses sans comprendre et n'importe comment, sans prendre de grandes précautions.

La tapisserie de Pénélope

Histoire

Pénélope, la femme d'Ulysse, est l'archétype de la femme fidèle qui attend des années le retour de son mari de la guerre, repoussant tous les prétendants. Le fils d'Ulysse étant trop jeune pour prendre le pouvoir, et Pénélope une femme ne pouvant gouverner dans cette société de la loi du plus fort, elle est obligé de se marier pour trouver un nouveau roi à Ithaque. Pour ne pas perdre le pouvoir, Pénélope promets de se marier quand elle aurait finit sa tapisserie. Elle passait sa journée à avancer la tapisserie, et toute la nuit à défaire son travail du jour...

Moralité

Un bel exemple des sociétés hiérarchiques, et leur double boulot inutile et contre-productif. Non, "faire et défaire" ce n'est pas faire...

Autre mythologie grecque

Fil d'ariane

Histoire

Un monstre, le minotaure (un grand homme musclé portant un masque de Taureau pour cacher son crâne bombé et protéger ses yeux du Soleil) est enfermé dans un souterrain en labyrinthe. Comme il mange plus de 20 vierges par an (apportées par le roi local, aux ordres du minotaures), Thésée décide de le faire mourir. Pour ne pas s'y perdre et mourir de faim, Thésée utilise une bobine de fil qu'il déroule depuis l'entrée, et qu'il lui suffit de rembobiner pour sortir, après avoir tué le minotaure.

Moralité

C'est le même principe utilisé aujourd'hui en spéléo, ou dans d'autres histoires comme le petit poucet, qui sème des cailloux blancs bien reconnaissables tout le long du chemin.

A noter l'avertissement avec la faiblesse du fil d'ariane. Il peut casser, ou comme dans le cas du petit poucet qui doit utiliser des miettes de pain au lieu des cailloux, ces miettes se font manger par les oiseaux, et le chemin ne peut plus être retrouvé par ce moyen.

Icare

Histoire

Dédale, l'architecte concepteur du labyrinthe d'Ariane, est mis en prison avec son fils (qu'il a eu avec une esclave, donc fils considéré comme un batard), pour avoir révélé l'astuce du fil d'Ariane.

Cette prison est ouverte sur le toit, seuls les murs empêchent la sortie.

Dédale se construit des ailes, pour lui et son fils Icare, avec des matériaux de fortune : Il tue des aigles avec une fronde improvisée, et colle les plumes sur une armature en bois avec de la cire de bougie (qui servait d'éclairage à l'époque). Il précise à Icare qu'elles ne sont conçues que pour s'échapper, quitter l'île et rejoindre la terre ferme, et pas pour voler trop longtemps, la cire froide et solide se fluidifiant avec la chaleur du dehors. De plus, il faut voler dans une plage de hauteur précise : trop haut, la cire fond au Soleil, trop bas, la cire est alourdie par l'humidité de la mer et s'amollit aussi.

Une fois en l'air, Icare, jeune enivré des sensations du vol, n'écoutant pas les conseils avisés de son père, s'envole trop haut et trop longtemps. S'approchant trop près du Soleil, il s'est "brûlé les ailes" (la cire amollie par la chaleur à fait se disloquer les ailes) et a chuté lourdement, se tuant à l'impact.

Moralité

Quand on veut se protéger de quelques choses, on verrouille toutes les options, et on ne laisse pas des options ouvertes sous prétexte que les échappatoires par ce biais sont rares (comme ne pas mettre de toit à une prison). C'est d'ailleurs la cause du naufrage du Titanic, les cellules de cloisonnement n'étaient pas fermées jusqu'en haut (donc non étanches), la coque ne pouvant théoriquement s'ouvrir sur autant de longueur. C'est pourtant ce qu'elle a fait, les parois de cloisonnement non fermées ont vu l'eau passer par dessus pour remplir la cellule derrière, et faire couler le navire rapidement. 1520 morts parce que le concepteur ne connaissait pas ses classiques (et avaient cherché à faire un bateau lui rapportant le plus d'argent possible, au détriment de la sécurité).

Il faut aussi respecter la plage de fonctionnement d'un appareil, et ne pas trop le charger quand on est en limite des préconisations.

Respecter la sagesse de ceux qui savent (et pas forcément des parents, comme le croyaient les sociétés patriarcales soumises à l'autorité d'un dieu ou d'un roi, tous les 2 imparfaits).

C'est aussi que tout mécanisme n'est pas plus fort que son élément le plus faible, et que si les plumes naturelles ne sont pas à mettre en défaut, c'est la manière artificielle humaine de les assembler qui est le maillon faible (quand on tire sur une chaîne, c'est tous les maillons qui sont contraints, et c'est le maillons fissuré, moins gros, avec un défaut de fonderie ou de soudure, qui va lâcher : si la majorité de la chaîne est encore intacte, elle n'a pourtant plus aucune utilité...).

Il y a aussi la métaphore hiérarchiste faisant croire aux personnes de basses exactions qu'elle ne devaient pas monter trop haut dans la société (le Soleil étant le chef des anunnakis), car les basses classes ne connaissaient pas toutes les astuces apprises dès l'enfance par les hautes castes, et se faisaient renvoyer au bas de la pyramide sociale fissa, voir étaient assassinées car l'élite se ligue tous contre un pour protéger ses avantages.

Cette histoire a une morale inversée, quand elle fait croire qu'il ne faut pas aller explorer l'inconnu ou les zones inaccessibles à notre corps sans appareil... Il faut évidemment aller de l'avant et dépasser notre condition, même si dans ces cas hors de notre plage de fonctionnement, et sans échappatoire possible (comme le vol aérien ou la plongée sous-marine, où une défaillance de l'équipement signifie la mort), il faut redoubler de prudence.

Fables de la Fontaine

Jean de la Fontaine (1621-1695) compile en vers plusieurs contes populaires français ou de poemes grecs ancien, empreints de sagesse pratique. Pour échapper à la censure royale, il parle d'animaux plutôt que d'humains. Le lion est le roi, l'âne ou la volaille le serf servile,le corbeau le pédant de la cour royale, et le renard rusé le bourgeois qui exploite tout le monde.

La laitière et le pot au lait

Histoire

Une jeune laitière de la campagne, Perrette, va porter un pot de lait pour le vendre à la ville. Perdue dans ses pensées, elle s'imagine le vendre un bon prix, acheter des oeufs avec le prix tiré. De ces oeufs, naîtraient plein de poules. Si elle faisait attention, le renard pourrait lui laisser assez de poulets pour acheter un cochon avec. L'engraissant avec le minimum de son (déchet du blé), elle en retirerait un bon prix une fois bien gras, lui permettant alors d'acheter une vache et son veau, gonflant ainsi son troupeau actuel.

Emportée par ces plans futurs, Perrette gambade gaiement, presse le pas, et trébuchant sur une pierre (ne faisant pas attention au chemin), elle tombe et renverse toute la cruche de lait qu'elle portait.

"Adieu veau, vache, cochon, couvée".

Moralité

On ne tire pas de plan sur la comète (dont les trajectoires ne sont pas régulières, soumises à des forces qu'on ne sait pas calculer), on ne vend pas la peau de l'ours avant de l'avoir tué.

L'imagination est un refuge plaisant qui compense la médiocrité du réel.

Si nos rêveries nous entraînent dans des situations bien supérieure à la notre, si nous imaginons posséder des pouvoirs qu'on n'a pas, si on se construit des châteaux en Espagne (imaginaires), si on traite en rêverie avec les plus puissants, qu'on devient roi et que tout le monde nous aime, il faut prendre garde à ce que ces rêveries nous servent dans la vie de tous les jours, et ne s'éloignent pas trop de la réalité, au risque que l'écart entre ce qu'on imagine et ce qu'on est ne nous fasse pas perdre toute raison en cas d'accident, et d'envolée de tous nos rêves et nos espoirs.

On reste concentré, ici et maintenant, attentif à ce qu'on fait. On peut préparer à l'avance les choses, mais il y a un temps à l'action et un temps à la préparation. Rester attentif à ce qu'on fait, et se poser de temps en temps pour réfléchir à où on va, pourquoi on le fait.

La poule aux oeufs d'or

Histoire

Un fermier s'aperçoit un jour qu'une de ses poules pond des oeufs en or. Croyant qu'il y avait un trésor en elle, il la tua, l'ouvrit, et ne découvrit qu'une poule ordinaire.

Moralité

L'Avarice perd tout en voulant tout gagner.

Combien sont devenus pauvres en quelques instants, d'avoir voulus devenir riches trop vite ?

Quand on est face à un phénomène extraordinaire, on ne cherche pas tout de suite à le décortiquer, mais on regarde tous les paramètres entrants et sortants. Peut-être que cette poule picorait près d'une rivière aurifère, et que la suivre une journée aurait révélé bien plus de choses que de tuer la poule aux oeufs. Tu sais ce que tu as, un tien vaut mieux que 2 tu l'auras.

La femme et la poule

Histoire

Une femme essaya de donner plus de grain à sa poule, s'imaginant qu'elle pondrait deux fois par jour . Mais la poule, devenue trop grasse, ne put même plus pondre son œuf quotidien.

Moralité

à convoiter plus que ce que l'on a, on perd même ce que l'on possède.

La cigale et la fourmi

La cigale ayant chanté tout l'été (sans rien préparer), se trouva fort dépourvue quand la bise (l'hiver) fut venue. Elle du donc demander pitance à sa voisine la fourmi laborieuse, qui tout l'été avait accumulé les provisions.

La fourmi n'est pas prêteuse, c'est là son moindre défaut.

Accusant la cigale d'avoir chanté tout l'été sans rien faire, elle la renvoit dehors en lui proposant de danser pour se réchauffer.

Moralité

Il faut savoir penser à l'avance aux jours de disette. Et il faut savoir pardonner et accueillir ceux qui ne sont pas prévoyants ou immatures, comme nous le faisons pour nos enfants.

Le lièvre et la tortue

Une tortue (animal le plus lent) et un lièvre (animal le plus rapide) décident de faire la course, pour arriver à un but donné (quelques enjambées pour le lièvre). La tortue y va de son pas lent mais ferme et décidé, alors que le lièvre, sûr de sa vitesse, batifole dans les prés estimant qu'il a le temps, et partant en rêveries qui lui font perdre la notion du temps qui passe. Ce n'est qu'alors que la tortue est proche de l'arrivée, que le lièvre se réveille, et se mets à courir le plus vite qu'il peut pour rattraper le temps perdu. Mais parti trop tard, il arriva après la tortue.

Moralité

Rien ne sert de courir, il faut partir à temps.

Le chêne et le roseau

Histoire

Un gros chêne se moque du roseau, qui se plie au moindre coup de vent, dépendant des volontés d'autrui. Alors que le chêne ne courbe ne courbe pas l'échine face au vent, arrête les rauons du Soleil avec ses feuilles, et aurait même pu protéger le roseau du vent si le roseau n'était pas au bord de l'eau, libre, si loin du chêne.

Arrive une tempête exceptionnelle. Le roseau plie mais ne rompts pas, alors que le vent déracine le chêne, "celui de qui la tête au ciel était voisine, Et dont les pieds touchaient à l'empire des morts."

Moralité

Le chêne est l'archétype de l'orgueil et de la rigidité que donne trop de force et d'assurance.

Aussi puissant que vous soyez, vous n'êtes pas immortel, ni exempt des revers de fortunes.

Les animaux malades de la peste

Histoire

Tous les animaux du royaume sont malades de la peste. "Ils ne mouraient pas tous, mais tous étaient frappés".

Le roi lion réunit tout le monde, et annonce qu'il faudra trouver le plus grand fauteurs de tous, qui attire la malédiction divine sur le royaume. "Que le plus coupable de nous, Se sacrifie" pour obtenir la guérison commune.

Si le lion (roi) et les loups (ducs) confessent de grands massacres (mangeant les moutons voir même le berger), leur position sociale fait que tous les excuses, via le jugement complice du renard : le renard fait croire au peuple que le meurtre des volailles et les moutons, des espèces sottes et peu éduquées, les basses classes sociales, ne sont pas de gros crimes, et sont même des services rendus à la société, un nettoyage de ses plus mauvais éléments. "Vous leur fîtes, Seigneurs, En les croquant, beaucoup d'honneur".

L'assemblée applaudit la défense du renard, et par peur des seigneurs, refuse de trop approfondir cette fausse rhétorique. Les tigres, ours, jusqu'aux miliciens de base que sont les chiens, tous leurs massacres leur furent pardonnés.

Arrive l'âne qui doit se confesser. il avoue qu'il a donné un jour un coup de langue, sur un pré au bord du chemin qui ne lui appartenait pas.

"A ces mots, on cria haro sur le baudet. Un Loup quelque peu clerc, prouva par sa harangue, Qu'il fallait tuer ce maudit animal, Ce pelé, ce galeux, d'où venait tout leur mal. Sa peccadille fut jugée un cas pendable. Manger l'herbe d'autrui ! quel crime abominable ! Seule la mort était capable D'expier son forfait".

Moralité

"Selon que vous serez puissant ou misérable, Les jugements de cour vous rendront blanc ou noir."
Ne laissez pas une caste, qui protège ses membres, tenir les décisions de justice.

La loi du plus fort ne doit pas pouvoir s'exercer si nous voulons la justice.

Le loup et l'agneau

Histoire

Un loup affamé s'approche d'un troupeau de moutons. Avisant un agneau éloigné qui buvait au ruisseau, le loup lui demande comment il ose troubler son eau. Alors que l'agneau, plein de déférence, fait remarquer qu'il boit 20 mètre en aval, et ne peut donc troubler l'eau du loup, le loup l'accuse alors l'agneau de l'avoir critiqué l'année d'avant.

- *"Comment l'aurais-je fait si je n'étais pas né ? Je tête encore ma mère".*
- *"Si ce n'est toi, c'est donc ton frère".*
- *"Je n'en ai point".*
- *"C'est donc quelqu'un des tiens".*

Là-dessus, au fond des forêts, Le loup l'emporte et puis le mange, Sans autre forme de procès".

Moralité

La raison du plus fort, est toujours la meilleure.
Même si une raison est fausse, la force permet de l'appliquer.

On ne peut être juge et partie (juger honnêtement une histoire dans laquelle nous avons des intérêts (ici manger le mouton), surtout si le juge est de mauvaise foi).

Dès lors que l'on réfute tous les arguments des puissants, ils perdent la face et doivent couper court à tout débat en montrant leur force, ayant perdu sur le terrain des idées.

L'horoscope
Histoire

Un père qui n'a qu'un fils, veut le surprotéger, au point de consulter des voyants sur la destinée de son fils. Le voyant le prévint de se tenir loin des lions jusqu'à l'âge de 20 ans. Le père interdit alors à l'enfant de sortir du palais, mais tout le reste lui fut permis. Bien sûr, l'enfant ne rêva plus que de sortir du palais, d'aller à la chasse au lion comme les autres de sa caste. Énervé contre le lion qui le prive de sa liberté, il tape du poing une tapisserie représentant un lion, s'enfonce un clou dans la main, ce qui le fera mourir de l'infection.

La même chose arriva au Poète Eschyle, prévenu qu'il mourrait de la chute d'une maison. Quittant sa maison pour vivre à l'air libre, il se pris sur la tête une tortue lâchée par un aigle (afin de briser la carapace / maison de la tortue, pour mieux la manger ensuite).

Moralité

" On rencontre souvent sa destinée par les chemins pris pour l'éviter."

Ces destins ne se sont réalisés, que parce que les intervenants ont été prévenus de leur avenir, et qu'ils ont cherché à y échapper sans se préoccuper des causes.

Notre destin est probable, mais peut être changé à notre demande, si nous avons compris les leçons qu'il y avait à comprendre.

Quand on a le regard fixé sur un obstacle inconsciemment le corps nous dirige vers cet obstacle. Se surprotéger et ne pas vivre comme on le devrait conduit à la mort. Celui qui veut sauver sa vie la perdra.

Le lion et le rat
Histoire

Un lion voit un rat émerger de son terrier entre ses pattes. Bienveillant, le lion lui laissa la vie.

Plus tard, ce lion est capturé dans un filet. Il a beau rugir et se débattre, rien n'y fait. Le rat s'approche, et ronge une seule maille du filet, qui défait tout le reste.

Moralité

"Patience et longueur de temps, font plus que force ni que rage".
"Un bienfait n'est pas perdu."
"On a toujours besoin d'un plus petit que soi".
Il ne faut pas mépriser les plus petits, ou les plus faibles ; chacun a ses qualités, et apporte quelque chose aux autres.

Le corbeau et le renard
Histoire

Un corbeau a trouvé un fromage, et se pose sur une branche pour le déguster. Un renard, ne pouvant monter, use de flatteries pour arriver à ses fins, voler le fromage au corbeau.

"que vous êtes joli, que vous me semblez beau, sans mentir, si votre ramage, se rapporte à votre plumage, vous êtes le phénix des hôtes de ces bois".

Le corbeau croasse de joie sous les belles paroles, et pour faire écouter son ramage (cri), "ouvre un large bec, et laisse tomber sa proie"

Moralité

"Tout flatteur vit aux dépens de celui qui l'écoute".

Aux dépens, ça veut dire que le flatté est trompe et spolié, perds des choses.

La flatterie marche d'autant plus sur les personnes qui se dévalorisent (comme le corbeau, jugé moche).

Occidental

Ces histoires ont été principalement écrites depuis le 19e siècle, et reviennent tellement souvent dans les films qu'elles font partie intégrantes de notre culture.

Le roi est nu

Un roi très vaniteux veut avoir les plus beaux habits de la Terre. Un couturier lui propose alors de le faire, un vêtement que seules les personnes intelligentes peuvent voir, les idiots étant incapables de les voir.

Lors de l'essayage, le roi ne voit pas les vêtements, mais pour ne pas passer pour un idiot, affirme que le vêtement est magnifique. Ainsi font les conseillers, s'extasiant sur la beauté de ce vêtement pourtant invisible à leurs yeux.

Le roi sort parader dehors, ayant averti la population de ce vêtement que les sots ne peuvent voir. Toute la population s'extasie, ne voulant pas que leur voisin croit qu'il soit bête.

Spiritualité > Sagesse

Un déni classique, quand tout votre entourage vous dit de voir noir quand vous voyez blanc, vous finissez par le dire pour ne pas sortir du troupeau (ce qui peut être dangereux avec les embrigadés profonds), voir même par vous en persuader fortement pour les plus influençables.

L'histoire du roi se termine tragiquement. Alors qu'il parade au milieu de la foule en liesse, un enfant montre du doigt le roi, et dit "le roi est nu". Sa mère réagit, dit "mais c'est vrai, le roi ne porte pas de vêtement, un enfant ne peut mentir". L'affirmation est reprise par les voisins, la rumeur enfle, puis toute la foule se mets à scander "le roi est nu".

Rouge de honte de s'être fait berner, et de perdre la face devant ses sujets (plus de crédibilité ni de confiance), le roi doit s'enfuir piteusement, ayant perdu son trône.

Les Zombies

Le mythe juif, repris en partie par St Paul, veut qu'à la fin des temps, les morts sortent de leur tombe. Une mauvaise compréhension du fait que nous soyons tous incarnés au moment de l'apocalypse, et qui dans les films d'horreurs, donne des humains morts qui marchent et cherchent à manger les humains vivants. Une griffure ou une morsure, et le vivant est contaminé et devient lui aussi un zombie. Une manière de montrer à notre inconscient que l'on peut massacrer des humains sans remords, car ils ne sont plus humains. Les Zombies marchent au ralenti, ont une capacité de réflexion limitée, et sont une référence aux survivants mourants de faim de l'aftertime.

Dracula et vampires

Directement inspiré du mode de vie des anunnakis. Les vampires sont des immortels au teint cadavérique, qui vivent dans des catacombes/grottes, dormant le jour à l'abri dans un sarcophage, et qui ne sortent que la nuit, ne supportant pas la lumière du Soleil, ni l'odeur de l'ail. S'ils le désirent, ils peuvent offrir l'immortalité aux humains qui les servent fidèlement. Ils sont friands de jeunes et belles vierges qu'ils violent avant de manger. Ils boivent le sang de leurs victimes grâce à leurs longues canines et à une morsure dans le cou, à la carotide. Dracula vit dans un château/pyramide sur des hauts sommets des Carpates. Il peut se transformer en chauve-souris et aller tuer les villageois des environs.

Bambi

Un petit faon né en avril apprend, au fil des saisons, à découvrir la vie et les mille et unes petites choses de la Nature.

Bambi est présenté à la naissance comme le prince de la forêt, et tous les animaux viennent le saluer comme un monarque. Le lapin panpan deviendra son ami et son mentor.

Un jour, sa mère l'emmène dans la prairie voir les autres cerfs, c'est un endroit dangereux car pas de buissons pour se cacher. Il s'y amuse avec une faonne, nommée Féline. Il y rencontre aussi son père, le grand prince de la forêt.

Alors que l'hiver tire à sa fin, et que Bambi découvre l'herbe qui sort de la neige, un chasseur tue sa mère, qui demande à Bambi de courir au buisson de sa naissance sans se retourner (moment émouvant qui aura fait pleuré bon nombre d'enfants occidentaux). Le grand prince s'approche de Bambi qui attend que sa mère le rejoigne, l'appelle "mon fils", et lui annonce que sa mère ne "sera plus jamais auprès de lui".

Le printemps revenu, tous les amis de Bambi tombent amoureux et partent batifoler avec l'âme soeur. Resté seul, Bambi est rejoint par Féline. IL doit se battre contre un autre jeune mâle qu'il jette à l'eau.

C'est l'automne. Un groupe de chiens de chasse poursuit Féline. Bambi les disperse, mais se prend une balle dans l'épaule et tombe dans un précipice, ne pouvant plus se lever. Entre-temps, le feu de camps des chasseurs à mis le feu à toute la forêt. Le père de Bambi lui ordonne de se relever, et Bambi réussit à le faire. Tous les animaux se réfugient sur des îles d'un lac pour échapper aux flammes.

Quand le printemps revient, Féline à 2 faons, et Papan à 4 enfants. Bambi et son père regardent le tableau, puis le père s'en va, laissant Bambi gérer la forêt.

ET

Survol

Conseil des mondes (p.)

Nous avons déjà vu précédemment le développement des civilisations Extra-terrestres (ET) (p.). Ces civilisations sont déjà vieilles de plusieurs milliards d'années quand la planète Terre se forme. Comme la Terre fait partie des planètes facilement habitables, depuis sa création les civilisations ET proches s'y sont intéressées. Beaucoup d'espèces ont été importées par les ET altruistes, pour accélérer le déploiement de la vie.

Le conseil des mondes est un regroupement de plusieurs espèces évoluées d'ET, de tous bords spirituels (bienveillants ou esclavagistes).

Les ET bienveillants sont les plus forts (sinon on serait déjà mort ou en esclavage, la première espèce avancée technologiquement aurait détruit toutes les autres moins évoluées).

Le conseil fait respecter notre libre-arbitre aux hiérarchistes qui nous voudraient comme esclaves, tout en appliquant des règles de non-intervention pour nous laisser décider l'orientation spirituelle que nous voulons prendre dans le futur.

L'enjeu spirituel de l'apocalypse (p.)

Les altruistes savent qu'ils ont d'ors et déjà gagné la bataille, et se préparent à nous guider dans ces moments difficiles, tant que le seul enjeu des hiérarchistes, c'est d'emmener avec eux le max d'âmes égoïstes.

Espèces sur Terre (p.)

Une dizaine d'espèces ET différentes interviennent actuellement sur Terre. Certaines espèces mobilisent beaucoup d'individus, comme les Zétas qui oeuvrent au prochain saut génétique de l'humanité (là encore il y aura un "chaînon manquant" pour les anthropologues futurs !).

Les égoïstes et les altruistes déclarés participent à la guerre spirituelle en cours, les indéterminés liés à la Terre sont placés en quarantaine et n'interviennent pas, ou de loin, de manière anecdotique.

ETI (p.)

Pour aider pleinement l'espèce humaine, certaines entités évoluées et très altruistes acceptent de s'incarner sur Terre dans un corps d'humain, guidant l'humanité dans les heures sombres. Harmo estimait leur nombre mondial à 200 000 en 2010. Ces ETI sont là pour aider, mais sont à la fois eux-mêmes en apprentissage.

Contact avec les humains (p.)

Les contacts ET et humains sont strictement réglementés par le conseil des mondes, principalement pour respecter le libre arbitre des humains, et ne pas perturber notre évolution.

Depuis la propagande anti-ET du MJ12 (après 1946), ainsi que les assassinats de contactés par la CIA, les contacts se font conscient coupés.

Plusieurs sortes de contact, comme les visites instructives, les abductions (à des fins de guérison ou de surveillance de santé). A part pour le programme de sauvegarde de l'espèce humaine (homo Plenus), toutes les approches se font avec l'accord de l'âme de l'individu.

Les ET (p.)

Les ET laissent des traces de leur existence, via les OVNI, dont les démonstrations de puissance sont aussi des avertissements aux dirigeants qui auraient l'idée de dépasser les limites permises.

Nous verrons aussi les différentes technologies utilisées par les ET sur Terre, toutes les espèces d'ET n'ayant pas le même niveau technologique.

Crop Circles (p.)

Un autre moyen de communication avec les humains, en utilisant des symboles que l'inconscient comprend. Les services secrets ont d'abord tenté de cacher ces crops, puis les ont discrédités avec des faussaires abondamment relayé par les médias, tout en cherchant à détruire les vrais crops circle le plus rapidement possible.

Conseil des mondes

Survol

Les différents noms

Ce conseil des mondes est nommé ainsi par les Zétas. On retrouve d'autres noms, comme :
- Grande Communauté
- Fédération galactique
- Jardiniers de la Terre

Attention à ne pas confondre avec la mafia regroupant tous les clans hiérarchistes:
- confédération galactique
- super-fédération
- ONU ET
- Hiérarchie planétaire

Qui y siège ?

Toutes les espèces qui sont intéressées à l'avenir de la Terre, en bien ou en mal. Compte actuellement plus de 40 groupes, un nombre qui varie sans cesse.

Les groupes ET présents sur Terre sont obligatoirement membres du Conseil des Mondes.

ET > Conseil des mondes

Les altruistes y sont les plus nombreux et plus puissants.

Élections et décisions (p.)

Gestion inter-stellaire (p.)

Le Conseil régit les affaires de la portion de l'Univers dont la Terre fait partie (voir même seulement un quart de notre galaxie).

Les clans en présence

Toutes les orientations spirituelles sont représentées au conseil :

- altruistes, qui veulent nous aider à évoluer (comme nous allons spontanément sortir un bébé biche englué dans un marécage).
- hiérarchistes, qui veulent prendre les ressources minières, et utiliser les hommes comme bétail (pour leur nourriture ou comme bête de somme ou serviteurs esclaves).
- indéterminés, encore en apprentissage (choix spirituel pas encore décidé), déplacés sous Terre comme planète école.
- EA, au-delà de la notion de bien et de mal, et n'ayant plus besoin de corps physique.

But

Comme nous n'avons pas été envahi par les hiérarchistes, vous aurez compris que les ET altruistes sont les plus forts dans l'univers, et sont majoritaires au sein du conseil des mondes.

C'est ce conseil qui gère donc la façon dont les ET doivent intervenir dans notre histoire. Iil n'y a que les membres du conseil qui ont le droit d'intervenir sur notre planète.

Ce conseil est supervisé par les entités les plus évoluées, les EA. Au-dessus de la notion de bien et de mal, ils veillent au respect du libre arbitre des espèces conscientes (qui sont donc dotées de libre arbitre), et donc s'assurent que les 2 clans qui veulent nous accueillir (les uns pour nous aider, les autres pour nous exploiter) soient à égalité d'intervention, et que le choix spirituel que nous ferons viendra de nous, et ne sera pas imposé.

Comme ce sont les raksasas qui nous ont imposé notre système hiérarchiste auto-destructeur, le conseil empêche aussi l'auto-destruction par la folie des dirigeants égoïstes, les limitant dans leur puissance.

Les ET du conseil profitent aussi de l'observation de notre espèce pour mieux comprendre les lois d'harmonie de l'Univers.

Le Conseil des Mondes est l'arbitre final lorsque les problèmes se posent dans certains domaines, tels que les questions territoriales. C'est aussi lui qui règle les conditions très strictes des contacts entre humains et ET.

EA

les plus puissants/évolués, et encadrent rigoureusement les guerres entre les 2 premiers clans, pour que tout le monde puisse apprendre et évoluer. Car c'est une des raisons de l'aide aussi : observer une espèce qui ascensionne, pour en tirer des leçons et mieux comprendre le fonctionnement de l'univers et des lois de la vie.
C'est eux qui ont la connaissance du futur.

Règles d'intervention (p.)

Le conseil s'assure que les interventions ET sur notre histoire soient équilibrées entre bien et mal, que le peuple ai les mêmes chances que ses dirigeants, que les choix soient fait en conscience.

Fonctionnement (p.)

Voyons plus en détails comment se règlent dans la pratique les conflits et décisions.

Planning de contact (p.)

Les ET ne vont pas éternellement resté cachés. S'ils force la main aux dirigeants pour que la réalité Et soit connue, c'est qu'ils envisagent des contacts directs par la suite.

Élections et décisions

[Zétas] Le Conseil [AM : les guides du conseil des mondes ?] est un véritable corps élu, car chaque âme sous sa juridiction dispose d'un véritable vote, non représentatif. Ce sont des âmes sages et massives, connues de ceux qu'elles gouvernent par la sagesse de leurs décrets. Ces âmes sages ont des capacités que les gouvernés de densités inférieures n'ont pas, et peuvent donc, par exemple, empêcher ceux du Service-à-Soi d'être sournois et d'essayer d'enfreindre les règles.

Toute tentative de ce genre est traitée instantanément par un type de blocage que les vaisseaux spatiaux ou la téléportation ne peuvent contourner [AM : le même type qui empêche une âme de s'éloigner de son incarnation ?].

Y a-t-il des campagnes électorales ? Non, car tous sont au service des autres et travaillent sans relâche à ce titre. Le choix, au moment du vote, va aux âmes sages et massives des densités supérieures qui se sont fait connaître [comme très altruistes], en gérant et organisant les choses [le business], et si quelqu'un perd lors de ces élections, il ne le prend pas personnellement. Les mondes gouvernés par le Conseil, et les alternatives au Conseil, deviennent familiers avec les choix. La Terre vient juste de commencer dans cette capacité, les âmes humaines qui sont vraiment STO sont autorisées à voter sur les questions qui les concernent, mais ne sont pas encore autorisées à voter sur la composition du Conseil, car il n'y aurait aucun moyen pour eux de se familiariser avec les choix [faits par les âmes sages, et essayant de comprendre ces choix, de voir leurs implications]. Cela viendra en temps voulu, cependant.

Gestion Inter-Stellaire

Répartir en partie les éléments de ce paragraphe ailleurs

Nous avons vu le développement des sociétés dans leur système planétaire de naissance. Voyons l'organisation que les civilisations adoptent pour gérer la vie entre plusieurs étoiles.

Le conseil des mondes

Qu'est-ce que c'est?

C'est le regroupement de très nombreuses espèces extra-terrestres vivants dans notre portion d'univers. D'aussi loin qu'ils ont explorer notre univers, nous ne sommes pas tombés sur d'autres communauté.

Il y a une quantité d'âmes sages qui sont élues par un vote du scrutin de tous ceux qu'ils gèrent. Ces élus séparent les altruistes des égoïstes.

Fonctionnement des altruistes

Ils se considèrent en fonction d'un mot n'existant pas dans notre langue, ce sont des ami/allié/frère !

Les entités altruistes se chamaillent parfois entre elles mais pas sur des points importants, car toutes oeuvrent pour le bien de la communauté.

Les objets de litige sont amené aux élus, le conseil des mondes, afin qu'ils délibèrent et prennent une résolution.

Fonctionnement des égoïstes

Les entités hiérarchiques se brutalisent sauvagement entre elles (par exemple les guerres entre les différents clans illuminatis, qui cherchent à bouffer les autres familles élites mais tout en gardant un esprit de corps de dernier recours envers le peuple qu'il méprise). Elles ont le droit de faire des guerres dites de mises à niveau (un peu comme si on déterminait qui des 2 rois aura la plus grosse...).

Les clans antagonistes

Il y a 2 façon d'organiser une société, avec une infinité de variations entre les 2 extrêmes.

Les coopératistes

Civilisation basée sur l'altruisme et communitariste, ce sont les plus nombreux des espèces intelligentes dans l'univers.

Ce sont les Zetas et les altaïrans, qui ont pour but d'accompagner les sociétés moins évoluées comme la notre afin de lui faire atteindre un degré de conscience et de technologie supérieur.

leur but est de rencontrer d'autres formes d'intelligence et de s'enrichir à leur contact. Ils ont de la compassion pour les espèces vivantes, comme nous quand nous essayons de sauver les derniers pandas de la terre.

Depuis 1994, la terre appartient au camp des coopératistes, le nombre d'humains communautaristes à cette date ayant largement dépassé les humains hiérarchistes.

Ils ont une force armée des millions de fois supérieure à celle des anunnakis, possèdent des armes ethniques capables d'éradiquer une espèce en quelques heures, désactiver la technologie anunnakis en quelques secondes.

Fonctionnement

Chaque espèce apporte à la communauté ce qu'elle sait faire de mieux, de manière gratuite (pas de vente ni de troc). Par exemple, les zetas apportent la médecine et le génie génétique, les altaïrans les ordinateurs à intelligence articificielle, d'autres ET sont spécialisés dans la construction des vaisseaux, etc.

Il y a des leaders, mais basés sur leurs compétences. Les leaders sont remplacés régulièrement, toutes les missions ne sont pas effectées à la même personne.

Bien que les plus nombreux sur Terre, les Zetas ne sont pas à la tête des opérations. Ils coopèrent avec les ma^itres ascensionnés qui leur attribue des missions en fonction de ce que chaque espèce peut offrir de mieux. Les Zetas, très doués dans le domaine de la manipulation génétique, se sont vu s attribuer ces fonctions.

Les ascensionnés ne sont pas là pour donner des ordres, tous les ET sont volontaires. Les ascensionnés organisent en fonction des offres des

ET, et veillent à ce que les contacts ET-humains soient optimaux.

les êtres ascensionnés envoient leur conseil par voie télépathique, un message bien net et fort ne laissant pas de doute sur l'origine supérieure de ce message, tous les ET le recevant en même temps. Les EA savent que leurs conseils sont acceptables par l'espèce à qui ils l'ont envoyés, et cette espèce décide de suivre ces conseils d'une manière raisonnée. Les ET cherchent à participer au bien-être global de manière altruiste (bien que ces espèces en tireront aussi des bénéfices au niveau de leur bien-être spirituel).

Niveau de développement spirituel

Une société évoluée n'a plus besoin d'incarnations, de la même manière que les âmes ascensionnées n'ont plus besoin de se réincarner pour apprendre des leçons. C'est sur ce niveau que nous pouvons établir une sort d'échelle :

Les zétas ne sont que de niveau 4 (niveau 5 pour les reptiliens).

Les pléiadiens niveau 5

Les Altairans niveau 7 (ils sont presque ascenssionnés).

Les ascensionnés de niveau 8.

Pourtant ils se considèrent tous sur un pied d'égalité, l'élévation spirituelle n'étant là que pour décrire les capacités psychiques plus ou moins avancées des races.

Les hiérarchistes

Les reptiliens et leurs homologues (dans ce clan ils ne sont pas alliés car ils passent leur temps à se faire la guerre). Ils se plient de gré ou de force aux limites imposées par les communautaristes.

Ce sont des accidents de dévelopement (une civilisation basée sur la loi du plus fort ne peut se développer bien loin et longtemps), ils sont gardé sous contrôle par les ascensionnés (niveau 8 de spiritualité, contre 5 pour les meilleurs hiérarchistes).

Le fonctionnement hiérarchisé et hautement concurrentiel des Raksasas les bride, puisqu'ils ne peuvent pas posséder la télépathie (vu qu'ils passent leur temps à comploter les uns contre les autres, ce serait un comble !). De même, ils passent plus de temps à détruire qu'à construire, et leur bilan est bien plus souvent négatif en terme de développement. De même, leur avancement technologique est diminué par le sabotage continuel et les autodestructions. Sur tous les points, les races qui fonctionnent comme les Raksasas finissent automatiquement par stagner. Bien entendu, il suffit de tout inverser pour comprendre que les Zetas et autres races communautaires et solidaires profitent des avantages inverses et voient leur développement accéléré. De plus naturellement, peu de races de type Raksasas survivent à leur "puberté" et s'autodétruisent. Le peu qui survit à ce cap est donc bien faible.

je précise que seule une minorité est hiérarchiste. une population ne peut être jugée à l'aune de ses dirigeants. Une fois qu'une caste à pris le pouvoir et l'a verrouillée, comme on le voit sur la terre, il est très difficile de changer cet état de fait : les esclaves (le peuple) est abruti dès la naissance, et les révolutions sont toujours organisées pour ramener le pouvoir à une autre élite. Il n'y a qu'à voir comment la doctrine communautariste en Russie à tout de suite donnée lieu à une autre société hiérarchiste, les communautariste ne s'étendant qu'aux esclaves entre eux.

Les Raksasas sont en quête de tout ce qui peut leur donner un avantage tactique dans leurs guerres, mais c'est surtout de la main d'oeuvre qu'ils convoitent, car les élites raksasas ne participent pas aux combats et font faire les sales besognes par leurs esclaves, qui peuvent et sont souvent originaires d'autres planètes conquises. Quand ces créatures sont venues sur Terre, elles sont venu voir si une race primitive pouvait être exploitée, et le primate bipède qui vivait à cet époque n'était pas apte à cette tâche. Il fut donc amélioré pour accélérer son développement : c'est ainsi que l'espèce humaine est apparue sous une forme basique, forme qui donnera deux groupes distincts ensuite, les humains (nous) et les anunnakis. Pour comparer, il suffit de voir ce que les humains font aujourd'hui quand ils découvrent des pays vierges (découverte des amériques etc...). Même fonctionnement, même stratégie.

On pourrait dire que les hiérarchistes sont des fainéants qui cherchent à avoir le maximum de confort, plaisirs et pouvoir sur les autres (les faire travailler à leur place, mais on revient au point 1), mais avec un niveau de recul très faible et un gaspillage des ressources. Le manque d'empathie est flagrant, ils sont égocentriques et ne savent pas qu'ils vont mourir et vont devoir présenter des comptes à ce moment-là.

Fonctionnement

Déroulement d'une réunion

Les discussions au sein du conseil peuvent paraître amusantes : les ET incarnés se tiennent debout, faisant des gestes et communiquant avec des grognements, des dessins, par télépathie, ou par l'intermédiaire de traducteurs.

De temps en temps, tous se taisent pendant que le Concile leur communique, d'âme en âme.

Ensuite, les incarnées remettent à la hâte leur conscient en route, à travers le subconscient.

Puis un autre cycle de discussion s'ensuit.

Pour un humain, inconscient de ce qui se passe au niveau des âmes, la voix de l'autorité semble être absente.

Règles d'intervention

Équilibre des interventions (loi de l'équilibre)

Le conseil des Mondes a fixé des règles très strictes de non intervention et de respect du libre arbitre humain. Toute aide apportée par un clan ET aux hommes de son orientation spirituelle doit être équilibrée par une aide de l'autre clan.

Le but des altruistes (comme les Altaïrans, en nous dévoilant toutes ces infos) est juste de rétablir la vérité, afin de rééquilibrer entre les dirigeants égoïstes qui savent, et le peuple vivant dans l'ignorance.

Ces lois ont pour but de s'assurer que ce soit l'homme lui-même qui décide de l'orientation spirituelle qu'il veut prendre.

Ces règles ne concernent que l'égalité d'action, et ne sont équitables : l'altruisme étant plus puissant dans la moindre de ses actions, le nombre d'altruistes prêts à se sacrifier, ne trouve pas son équivalent chez les hiérarchistes qui ne pensent qu'à leur intérêt. Les règles ne sont pas équitables, dans le sens ou l'égoïsme ne bénéficie pas d'avantages pour compenser ses faiblesses intrinsèques.

Peu d'interventions directes en vertu de cette loi

Les ET bienveillants n'interviennent pas s'il n'y a pas danger immédiat, parce qu'à chaque fois, ils transgresseraient la règle de non intervention et de l'équilibre s'ils le faisaient.

A chaque fois que les "bons" ET transgressent les règles qui ont été fixées, ils autorisent également implicitement l'autre camp ET à en faire de même. Ces transgressions aux règles sont donc limitées aux cas d'urgence, comme le cas de la Grippe A ou de la fusion totale des réacteurs à Fukushima.

Pas de révélation des plans adverses

Appelée la "règle de l'engagement" par les zétas. Les ET en général ne parlent pas des stratégies et projets de leurs ennemis et vice versa : c'est une sorte de guerre froide entre les deux clans (altruistes et égoïstes).

Cette règle est rompue si l'un des protagonistes attaque un domaine particulier déjà occupé par les autres, et dans ce cas c'est la règle de l'engagement qui se met en place avec une réaction symétrique de l'autre camps. En gros, si tu parles de ce que je fais, j'ai le droit à mon tour de parler de ce que tu fais (dans la même proportion).

Priorité des stratégies aux ET présents

Si les Zétas sont capables de répondre aux attaques, les Altaïrans ne le sont pas, puisqu'ils ne sont pas physiquement présents dans l'environnement terrestre. Ils n'ont donc pas l'initiative des attaques et des représailles.

De ce fait, ils ne sont pas concernés par la règle de l'engagement, et doivent attendre l'initiative d'un autre groupe dans leurs alliés pour avoir le droit de parler (par exemple, pour confirmer que le vaisseau triangulaire crâshé sur la Lune était bien un vaisseau ET, ils doivent attendre que Nancy Lieder (ou d'autres contactés) en parle.

Harmo ne peux donc pas avoir de renseignements sur les "mouvements ennemis".

Donc, si les Altaïrans peuvent effectivement parler des faits anciens concernant les actions des ET malveillants, ils sont tenu au silence sur leurs stratégies actuelles, ce qui explique les lacunes de Harmo vis à vis de Nancy Lieder et des Zétas. Les Altaïrans sont comme les Zétas et les reptiliens, tous sont contraints à respecter les règles établies sous peine de sanctions.

La base doit changer le sommet

A résumer et répartir ailleurs

Les ET se sont fixé des règles et qu'ils ne veulent pas nous influencer dans notre choix de société future : toutes les civilisations galactiques passent par cette période de maturation, certaines allant vers une organisation égalitaire et d'autres vers une organisation élitiste et hiérarchisée. Dans cette optique ils sont obligés de laisser notre libre arbitre intact : hors de question de pousser les élites dehors si la voie que l'humanité veut prendre est celle là. D'autres civilisations extraterrestres ont fait également se choix. Par contre, ce que les ET veulent faire c'est que tous les humains puissent choisir en tout état de cause et pour cela les ET maintiennent autant que possible un terrain neutre dans lequel nous pouvons individuellement choisir d'être individualistes ou altruistes. Notre société est un mélange des deux, avec environ 7% sur la voie individualiste et 25% sur la voie altruiste. Reste 68% des humains qui n'ont pas fait encore de choix tranché, et c'est bien ça qui pose problème aux ET. Ces 68% doivent avoir des conditions relativement ouvertes pour aller dans un sens ou dans l'autre en faisant des choix dans leur quotidien. Ce choix "spirituel"' ne peut pas être forcé, seule l'expérience fait avancer ce processus individuel.

Ceci étant dit, les ET se sont fixés cette limite dans leur intervention, ce qui explique qu'ils essaient de mettre en place un processus graduel et prudent pour ne pas biaiser le choix des gens. Ils pourraient très bien ne pas intervenir du tout, qu'aucun OVNI n'est jamais été vu et qu'aucuns contact n'est jamais été établi avec les humains. Cependant, cette volonté de neutralité n'est pas partagée par tous les ET : certains sont belliqueux et expansionnistes et ont vu dans l'espèce humaine une réserve d'esclaves et de serviteurs utiles, une main d'oeuvre capable d'agrandir leur puissance économique et militaire. Les ET pacifistes se sont fixés comme règle la non intervention tant que leur principe éthique de liberté n'est pas menacé. D'après ces règles, ils ne peuvent interdire à des ET individualistes et belliqueux de prendre contact avec leurs homologues humains, tout comme les "bons" ET ont le droit d'entrer en contact avec les humains partageant leur point de vue. Les ET expansionnistes ne se sont donc pas gênés pour contacter les Américains à la fin de la seconde guerre mondiale et former une alliance avec les plus noirs d'entre nous : ce traité stipulait que en échange de technologies, les Américains devaient lutter contre une invasion des Gris, invasion inventée de toute pièce par les ET agressifs pour convaincre les Américains de signer le pacte. Dans ce pacte, et pour s'assurer une "victoire" sur les gris, les ET agressifs ont persuadé leurs contacts officiels de taire l'existence des ET, d'éliminer toute personne traîtresse (les abductés), de contrôler le bas peuple et instaurer un gouvernement mondial dictatorial et militariste.

Dans ces conditions, la propagande anti-ET menée par les humains complices des ET agressifs a durablement affecté la perception que les gens ont des extraterrestres, toujours montrés comme envahisseurs. L'image extrêmement négative des ET, l'obligation fixée de cacher l'existence de la vie ET, tout cela a créé un environnement psychologique très négatif chez les humains qui empêche les bons ET d'agir facilement pour contrer leurs adversaires : l'humanité a été tellement formatée négativement qu'il y a un très grand risque d'ethnocide.

L'Appel modifie les règles (Religion>Appel p.)

Les règles strictes en matière de non intervention des ET sur les activités humaines, peuvent souffrir des exceptions, et l'Appel est un motif valable.

Pour peu que le même Appel soit relayé par de nombreux humains, les ET auront alors le droit d'agir pour répondre à ces appels même si cela dépasse les règles de non intervention. La combinaison des appels des gens peut donc autoriser une intervention, qui serait d'ordinaire interdite.

[Note AM : Harmo ne précise pas si ça compte dans la loi de l'équilibre, mais a priori une intervention des altruistes suite à un appel ne donne pas des points aux hiérarchistes pour intervenir par la suite en retour].

Une pratique utilisée par les hiérarchistes, avec les méditations mondiales pour la paix par exemple, qui permet de repousser Nibiru et de prolonger la domination des illuminatis sur le peuple.

Quand sauver une planète ?

Plusieurs espèces ont été laissés détruire leur planète (Raksasas et Zétas), comme un apprentissage censé les orienter dans l'autre voie. Ce n'est fait que lorsque ces planètes ne sont pas encore votées pour tomber dans le service-à-soi. La Terre est déjà tomber dans le service-aux-autres, elle sera donc protégée de la destruction, même si on nous laissera aller assez loin pour comprendre nos erreurs.

Interventionnisme

Nucléaire

Pas de guerre nucléaire

Les ET stopperont une guerre totale (qui serait ici nucléaire), parce que cela mettrait en danger la planète Terre dans son ensemble.

Par contre, comme ils l'ont fait avec les autres conflits humains, ils resteront neutres tant que les conséquences ne seront pas globales et irréversibles. S'ils n'ont pas stoppé Hiroshima et Nagazaki (alors qu'ils l'ont fait pour Fukushima avec son danger de mort pour toute la planète), pourquoi interviendraient-ils pour une seule bombe sur Paris (lors d'un false flag par exemple) ?

C'est cet interventionnisme qui a fait comprendre aux humains qu'ils ne pourraient pas utiliser les bombes, et les ont fait signer les traiter de non-prolifération nucléaire. En effet, à de nombreuses reprises, les USA ont lancé des bombes nucléaires sur la Russie, et ce n'est pas le sang-froid des généraux soviétiques qui ont évité la guerre, mais tout simplement le fait que ces bombes n'ont même pas pu partir des silos...

Survol des centrales

Régulièrement, les ET survolent les centrales, pour montrer aux dirigeants à quel point c'est dangereux, pour faire pression sur eux.

Moyens de pression sur les Élites

(2013) Les ET font pression sur les élites pour faire l'annonce, à savoir divulguer Nibiru, la vie ET, et la vraie histoire humaine, notamment la perversion des religions par les mythes Annunakis.

Différents moyens de pression existent, pour pousser nos dirigeants à l'annonce, et, éventuellement les sanctionner, s'ils n'avancent pas dans le bon sens (le bon pour nous, le peuple).

Perte d'argent

Un moyen qui marche bien sur les illuminatis Ultra-Riche, c'est l'OVNI bien visible qui se positionne au-dessus d'une banque d'un paradis fiscal, et plusieurs milliards de dollars qui disparaissent inexplicablement des comptes au même moment... Ça ils comprennent bien !

Protection des insiders

Les ET ont protégé physiquement Obama pour qu'il ne soit pas tué avant de faire l'annonce. Ils ont ainsi calmé un schizophrène programmé MK-Ultra lors de l'enterrement de Mandela, désactivé le lance-roquette qui devait abattre la limousine présidentielle en panne à Israël.

Aucune âme n'est protégée si elle ne le souhaite pas, et aussi étonnant que cela puisse paraître, beaucoup se rendent compte qu'ils peuvent avoir un impact plus important en cas d'assassinat. Ainsi Wellstone, un sénateur très populaire du Minnesota, et les autres passagers de l'avion, étaient au courant des plans et avaient décidé de se laisser aller, car leur mort inspirerait plus d'action au public que s'ils restaient en vie.

C'est pour éviter ce type de martyr le gouvernement ne tue souvent pas les personnes qui lui fournissent des informations, une fois que celles-ci sont diffusées. Les tuer confirme ce qu'ils disent, en substance ! Les martyrs apparaissent, si une figure publique est soudainement tuée. Ainsi, ceux qui sont en position de créer une telle prise de conscience publique, de commencer un tel suivi, choisissent souvent la mort !

Favoriser le réveil de la base

En dévoilant les mots de passe aux hackers, les ET ont favorisé toutes les divulgations wikileaks.

Les ET ont toujours voulu que ce soit la base qui change le sommet (stratégie conseil des monde p.), c'est à dire que la pression vienne des populations en direction des dirigeants. Ce plan a échoué, puisque les Élites continuent malgré l'évidence dans leur mensonge (faisant qu'à cause de leur contrôle total sur les médias, il est impossible aux endormis de s'en sortir), et sabotent sans fin l'annonce. Cet entêtement complètement irrationnel se retourne donc contre les élites, la sanction en retour sera graduelle à leur égard, mais ferme. Les ET interviennent à chaque fois de plus en plus, au fur et à mesure que l'échéance approche.

A l'inverse, les ET interviendront pour que le grand public soit protégé le plus possible, pour qu'il ne paye pas les erreurs des élites.

Ces mesures visent à casser la narrative des médias, la confiance du public dans leurs élites.

Évidemment, il y a aura un moment où les ET considéreront que les signes ont été suffisant, que les endormis du grand public qui ne veulent pas se réveiller sont en déni, ils partiront avec ceux en qui ils croient envers et contre tout. Ils ont choisis leurs futurs maîtres...

Favoriser l'émergence d'informations compromettantes

Pour cela pas besoin de gens comme Harmo, il suffit aux ET de favoriser des fuites accidentelles de documents secrets via des bugs, protéger et donner un coup de pouce aux pirates ou aux personnes qui souhaitent témoigner/donner des preuves, de créer des "accidents" techniques dans les médias, etc...

Montrer que nos dirigeants ne maîtrisent pas le système

Les ET souhaitent embarrasser les dirigeants en montrant leur incapacité à gérer des crises, notamment en démontant les excuses qu'ils balancent sur les médias pour expliquer des phénomènes anormaux. Souvent l'excuse ne fonctionne qu'une seule fois et ne peut être réutilisée par les élites.

Montrer la présence des ET

Les ET vont devenir de plus en plus explicites quant à leur nature (engins contrôlés par une intelligence à la technologie bien supérieure à celle des humains). Ces démonstrations seront plus nombreuses, plus massives et de moins en moins contestables.

Sabotages systématiques

Montrer que les élites ne peuvent faire ce qu'elles veulent comme elles le veulent : toutes leurs actions seront sabotées systématiquement, surtout quand elles visent à les favoriser au détriment des peuples, aussi bien dans leurs tentatives de renseignements sur Nibiru que leurs programmes de sauvegarde de leurs acquis/de survie.

Utilisation des contactés

De nombreux visités comme Harmo sont sollicités de façon beaucoup plus actives, afin de préparer à ces mises sous pression de l'élite, au dévoilement de quelques uns de leurs plans, comme les dénonciation des false flag préparés. Annoncer à l'avance un attentat majeur, en disant qui, comment, et dans quel but ce false flag sera réalisé, c'est neutraliser l'attentat. Si les élites réalisaient cet attentat, elles cautionneraient alors les sources des visités, et rendraient caduques l'utilisation ultérieure du false flag. au lieu de marcher dans leurs combines, le public s'opposerait au contraire aux plans voulus par les Élites.

plein d'autres actions possibles

Ce sont quelques exemples des actions possibles des ET, mais elles ne se limitent pas à cela. Faites jouer votre imagination, en pensant bien aux capacités quasi sans limite de leurs technologies. Une seule chose par contre ne sera pas mise en place, c'est le contrôle mental des individus, que ce soit les dirigeants ou simples personnes comme nous. Le principe de libre arbitre, la liberté de chacun de faire ses choix en toute conscience sera préservé sans exceptions. Le but ne sera pas non plus de créer un choc dans la population pour éviter les risques d'ethnocide (au sens large) : vous ne verrez pas des ET se poser sur les Champs Elysées. Les actions auront surtout pour objectif de montrer le vrai visage de nos dirigeants, leurs vrais plans. Certaines de ces actions seront des encouragements à dire la vérité, d'autres seront des sanctions très efficaces !

Règle de l'équilibre

la Terre est une école pour déterminer l'orientation spirituelle, il faut donc un "équilibre des forces" entre le Service-à-Autre et le Service-à-Soi.

Cet équilibre semble maintenu pour mettre en évidence les différences d'orientation spirituelle et leurs effets sur la vie des gens, afin de donner un contraste plus net entre le Service-à-l'Autre et le Service-à-Soi.

Dans d'autres contextes de 3ème densité, y a-t-il parfois une guerre ouverte entre le Service-à-Autrui et le Service-à-Soi, ou cela est-il empêché en partie à cause du grand nombre d'âmes indécises et de la difficulté à déterminer la véritable orientation ?

L'équilibre du pouvoir, ou l'équilibre de l'influence, est tel qu'une nouvelle âme n'est pas forcée à une vie de peur perpétuelle, du moins pas dans chaque culture et dans chaque circonstance, de telle sorte qu'il ne soit pas possible de s'échapper, sinon le Service-à-soi prévaut et l'équilibre est rompu. Nous avons mentionné que les Annunaki ont été chassés de la Terre parce que leur asservissement de l'humanité émergente, dans chaque culture et sur chaque continent, perturbait tellement l'équilibre. Si un esclave peut s'échapper et se réfugier dans un autre environnement, cela est considéré comme une opportunité, mais si un tel environnement n'existe pas, alors il n'y a pas d'équilibre. Dans ces cas, il n'y a pas lieu de s'inquiéter d'un équilibre excessif du Service à l'Autre, car cette philosophie est rarement imposée aux autres. Si une âme penche vers le Service à soi-même, elle peut établir un environnement familial qui le permet, en étant un père ou un mari tyrannique. Elle peut fonder une école et malmener les élèves. Elle peut se mettre à agresser les gens dans les ruelles. Les possibilités pour le Service-à-Soi existent, donc le Service-à-Autre dans la région n'empêche pas cela. La guerre ouverte entre le Service-à-Autre et le Service-à-Soi n'a donc pas lieu sur les mondes de 3ème densité, à moins de faire face à une invasion évidente, considérée comme maléfique, par une cabale de ceux qui veulent une vraie démocratie. Mais ici l'orientation des soldats et des généraux n'est pas systématiquement le Service-à-Autrui ou le Service-à-Soi. Ces types de guerres pourraient être possibles dans des densités plus élevées, où les orientations se séparent, mais ici les guerres se déroulent presque invariablement entre le Service-à-Soi, la hiérarchie étant établie.

L'enjeu spirituel de l'apocalypse

Quelle que soit la faction spirituelle ET, c'est l'âme humaine qui est en jeu, pas le corps physique de toute façon destiné à mourir.

Si pour les hiérarchistes, il s'agit de récupérer des âmes d'esclave pour actionner des robots biologiques, pour les altruistes, la préservation de l'âme est le but, pas la récompense. Les âmes "sauvées", c'est à dire ayant accédé à l'altruisme, seront un surcroît de travail pour les ET bienveillants, au niveau formation, soutien, encouragement. Alors que les ET hiérarchistes attendent au contraire de leurs recrues que ces derniers travaillent à leur place...

Bien sûr, mécaniquement, les altruistes obtiennent un voisinage / quartier de galaxie plus altruiste, plus élevé en vibration, plus nettoyé des mauvaises énergies, ce qui facilite leurs ascensions suivantes... Sans parler des incidents militaires permanent...

Les altruistes bénéficient mécaniquement de leurs efforts. On ne peut donner sans recevoir, une des grandes lois de la vie !

Altruistes = religieux

Selon les ET communautaristes, il existe une Intelligence Suprême (le grand tout) capable de :
- modifier la matière
- guider le "destin" de l'Univers

L'Univers est guidé selon un scenario, tout en préservant une marge de manœuvre, nous laissant le choix des détails (le libre arbitre). Il y a donc une trame pré-écrite, faite de points clés, et personne ne peut empêcher ces points clé de se produire. Mais, la route pour y arriver dépend de nos choix. Nul besoin de règles ou de rites, cette simple croyance qui veut que le Monde soit guidé par une force supérieure appelée "Dieu" suffit. Tout rituel n'a pas de sens, puisque ce "Dieu" n'a aucun besoin que l'on se prosterne devant lui, qu'on lui donne de la nourriture ou qu'on chante ses louanges. [Note AM : c'est Dieu au contraire qui nous donne de l'énergie, qui nous encourage, nous valorise en chantant nos louanges, et se prosterne / nous montre du respect].

Les ET bienveillants sont très croyants[3], toutes races confondues, alors que les ET hiérarchistes ne supportent pas de ne pas être les maîtres de leur propre environnement [AM : de ne pas pouvoir exercer un libre arbitre total de par leur divinité intérieure, de devoir s'arrêter à celui des autres].C'est un point crucial pour comprendre ce qui sépare les deux types d'orientation spirituelle prédominants.

Les ET communautaristes n'ont pas de religion telle que nous comprenons ce concept, parce qu'ils n'ont pas de rituels (les rites et les cérémonies sont juste des restes du service domestique aux faux dieux raksasas puis annunakis).

Leur vision du grand tout

Selon les ET communautaristes, il existe une Intelligence Suprême capable de modifier la matière et qui guide le "destin" de l'Univers selon un scénario (le Plan), tout en préservant une marge de manœuvre, nous laissant le choix des détails (le libre arbitre). Il y a donc une trame pré-écrite, faite de points clés, et personne ne peut empêcher ces points clé de se produire. Mais, la route pour y arriver dépend de nos choix. Nul besoin de règles ou de rites, cette simple croyance qui veut que le Monde soit guidé par une force supérieure appelée "Dieu" suffit. Tout rituel n'a pas de sens, puisque ce "Dieu" n'a aucun besoin que l'on se prosterne devant lui, qu'on lui donne de la nourriture ou qu'on chante ses louanges. [AM : c'est Dieu au contraire qui nous donne de l'énergie, qui nous encourage, nous valorise en chantant nos

---

3 Terme "croyant" ambigu : Les ET SAVENT que le grand tout existe, ils l'ont démontré scientifiquement, et cherchent à mieux le comprendre / modéliser.

louanges, nous traite en égal, nous montre du respect, nous aide/soutient à chaque instant].

Avatar divin

Les ET ne prennent pas les décisions nous concernant au hasard.

Il existe dans chaque espèce ET évoluée et communautariste un individu qui sert de lien entre le grand tout et le peuple ET en question, un peu comme un "super prophète", ou un "avatar divin". Les ET sont libres de leurs actions, mais de temps en temps, cette entité intervient pour leur donner des informations, les guider ou leur attribuer des tâches. Rien à voir avec les prophètes humains, c'est bien plus puissant encore, puisque c'est littéralement comme si "Dieu" était partiellement incarné dans une personne, donc on peut considérer que c'est "Dieu" lui même qui parle à travers ces individus. Nos prophètes humains sont simplement des contactés par des races ET évoluées qui elles mêmes ont reçu des instructions de leurs "avatars". Les humains devraient avoir aussi un lien matériel de ce type dans le futur, un "avatar", dès qu'ils seront assez murs pour cela (Jésus 2 a priori).

La Prière

S'il n'y a pas de rites chez les ET bienveillants, la Connection (p.) est par contre très considérée, car c'est elle qui permet le lien avec le grand tout, mais aussi avec les entités plus évoluées.

L'Appel (p.) est aussi utilisé pour faire les demandes altruistes, ou pour répondre aux Appels des humains, aidés du grand tout.

Hiérarchistes = Cultes

les ET hiérarchistes ne supportent pas de ne pas être les maîtres de leur propre environnement. Le grand tout est plus un adversaire à combattre pour réussir à imposer sa volonté individuelle sur le grand tout, profitant de la bonté de ce dernier pour essayer de prendre plus que ce qu'on devrait.

Les ET hiérarchistes sont dominés par un culte d'état (au lieu d'être soutenus par la religion). Ce culte est souvent impériale, où le souverain est considéré (et se considère lui-même) comme dieu.

Ce sont des cultes très réglementés, avec une pléthore d'interdits et de règles, de protocoles et de services au Dieu-Roi. Regardez ce que nous appelons à tort "religion" pour comprendre les détails de ces cultes hiérarchistes.

Télépathes = Altruistes

Croyez vous qu'une race extraterrestre, où chacun connaît les intentions et les secrets des autres, puisse être mauvaise ? Il y a longtemps qu'il ont pu démasquer et éliminer leurs individus néfastes.

C'est pourquoi les ET hiérarchistes coupent systématiquement la télépathie chez leurs esclaves (comme ça s'est produit pour les homo habilis avec les raksasas), de même qu'au sein de leur faction égoïste (pour pouvoir continuer à cacher ses réelles intentions égoïstes, et continuer à manipuler les autres à son profit personnel).

Par contre, ils utilisent une technologie pour lire un peu dans les pensées, recevoir les Appels égoïstes (ou plutôt les vibrations de colère générées par la frustration des égocentrés), de même qu'ils peuvent générer des voix ou texte dans la texte, de la fausse télépathie (les mots s'enchaînent à la suite, au lieu des concepts de la télépathie).

But des ET Altruistes

L'aide naturelle spontanée

Le but des ET hiérarchistes, nous mettre en esclavage et exploiter les richesses de la Terre, semblent évidentes au vu du comportement des sociétés hiérarchistes humaines des derniers millénaires.

Par contre, quel est l'intérêt des ET altruistes de nous aider ? Qu'ont-ils à gagner ?

C'est simple : si vous aimez les autres, vous allez naturellement aider. Quand vous voyez un faon pris dans de la boue, vous allez l'en sortir. Vous ne lui demandez rien en retour. Les ET altruistes veulent juste qu'on soit de bons voisins et amis, et pas cette espèce va-t-guerre que nos sociétés sont actuellement, et qui détruisent tout ce qu'elles touchent. Comment voulez vous que le contact avec d'autres civilisations se fasse correctement avec notre état d'esprit actuel ? Qui plus est, Nibiru va bouleverser la donne, et les ET altruistes ne peuvent pas rester impassibles devant le drame qui nous attend. Qui ne viendrait pas en aide à une population humaine qui en général ne voit pas venir le danger ?

Si la motivation des ET altruistes semble évidente aux personnes altruistes qui aident spontanément leur prochain qui en a besoin et le demande, cette motivation peut être plus difficile à comprendre par des personnes indéterminées voir hiérarchistes, qui essaient de faire coller, aux actions des autres, ce qu'eux-mêmes auraient fait. Une personne comme Attali, qui ne pratique que l'altruisme intéressé (j'aide les autres que si j'y ai un intérêt), ou les découvreurs comme Christophe Collomb qui n'envahissent un pays que pour mettre son peuple en esclavage et gagner plus d'argent et d'or en pillant la terre, auront en effet du mal à comprendre ce qui pousse les ET à nous aider.

Par contre, ceux qui vont nettoyer les oiseaux mazoutés après une marée noire, qui s'investissent bénévolement dans les projets coopératifs, qui partagent gratuitement leurs connaissances et expertise sur internet, n'auront aucun mal à comprendre l'élan qui poussent les altruistes !

Nous libérer

Les ET altruistes ne supportent pas notre système tel qu'il est aujourd'hui, un système esclavagiste déguisé où une minorité s'est approprié la quasi totalité des ressources et laisse des millions de personnes dans la pauvreté la plus extrême, la faim, la maladie et la guerre (volontairement provoquée). Toute civilisation un minimum évoluée ne pourrait pas laisser un tel drame se dérouler sans essayer d'intervenir, même si au départ leur position est de respecter le chemin de chacun. La liberté de chacun s'arrête là où commence celle d'autrui certes, mais il y a des limites. Tant de souffrance ne peut pas être ignorée.

Ce n'est pas eux qui ont besoin de nous

Donc, au contraire des ET hiérarchistes, les ET altruistes n'ont pas besoin de nous. Croire le contraire est du pur anthropocentrisme, lié à notre désir inconscient de maîtriser une situation.

Difficile à notre niveau de comprendre leurs motivations

Bien sûr, à notre niveau, nous ne pouvons comprendre tous les ressorts qui motivent les espèces capables de maîtriser l'espace temps pour se déplacer dans l'Univers, qui possèdent des dons télépathiques surdéveloppés, et qui ont une bien meilleure compréhension de l'Univers et de Dieu que nous et notre développement embryonnaire.

Ils sont là pour aider l'humanité à évoluer spirituellement (notamment en faisant s'écrouler notre système socioculturel qui nous empêche toute avancée en la matière). Grâce à leurs capacités télépathes, ils ont aussi accès aux souvenirs réincarnatoires, un élément clé qui fonde leurs principes moraux et "religieux" (assez proche du Bouddhisme sur ce point de vue). Il ne faut pas réfléchir avec nos valeurs, mais avec les leurs, si on veut comprendre le pourquoi de ce qu'ils font sur Terre.

Respect de notre libre arbitre

C'est à l'homme de réaliser par lui-même son évolution spirituelle, les ET altruistes sont juste là pour équilibrer notre environnement, qui pour l'instant est un frein à la spiritualité. Trop de matérialisme, trop terre à terre... plus le temps de se poser 3 jours pour méditer. Voilà où ils veulent nous aider, c'est faire tomber le système, pas nous dire ce qu'on doit faire spirituellement, chacun sa voie.

Accessoirement, ils sont aussi plus présent depuis quelques années pour donner un coup de pouce lors des événements provoqués par Nibiru, et s'assurer que les élites ne violent pas trop le libre arbitre des populations (élites qui ont ce pouvoir uniquement à cause de l'intervention d'ET hiérarchistes par le passé).

Ils ne nous sauveront pas pour autant : ils ne sont pas Satan, le sauveur extérieur, qui vient faire le boulot à notre place, qui est le seul chemin pour aller au paradis : Les ET bienveillants préfèrent que l'homme assume ses responsabilités et fasse ses propres choix, plutôt que de l'assister (au sens diriger, faire les choses à notre place). On n'apprend que quand on arpente le chemin tout seul. Intervenir de leur part serait nous priver de notre liberté, et donc il ne le feront pas, puisque leur but est justement de nous la rendre. Ils ne peuvent que nous montrer le chemin, pas le parcourir à notre place.

Incarnation sur Terre

Peu détaillé par les Zétas, il semblerait que de nombreux ET bienveillants vont s'incarner sur Terre par la suite (comme après Jésus, les ET qui ont donné les momies de Nazca se sont mélangés physiquement aux humains pour les guider ?). D'où aussi la volonté de la tenir pas trop dégradée, et propre spirituellement !

But des ET Égoïstes

Le but n'est pas d'utiliser le corps physique humain, mortel, mais l'âme immortelle, pouvant être placée dans des robots biologiques servant d'esclaves.

Les flammes de l'enfer

Depuis 2012, les âmes pures égoïstes, plus autorisées à se réincarner sur Terre, sont envoyées sur des planètes prison, où elles serviront pour des millénaires d'esclave aux maîtres, dans la règle d'incarnation hiérarchiste que le dernier arrivé se place tout en bas de la hiérarchie. Des millénaires à se battre pour tenter de grappiller quelques marches menant vers le sommet de la pyramide, se battant pour écraser ceux du même niveau, pour faire tomber ceux d'au-dessus, et empêcher ceux d'en dessous de vous faire tomber. Des millénaires d'amusement stériles et sans but...

L'âme égoïste, comprenant qu'elle va vivre avec ses congénères égoïstes, peut croire que le plus impitoyable domine celui qui hésite ou possède encore des freins moraux (d'où la faction Molochienne allant tuer des enfants pour, dans leur croyance, se renforcer et montrer leur puissance). Dans la pratique, les égoïstes ne feront pas confiance à de tels monstres, et chercheront toujours à les faire tomber, ou à ne pas les mettre aux commandes.

Transports vers la planète prison

Soit les égoïstes humains seront transportés de leur vivant, après la moisson physique, via les vaisseaux de Marie, en destination de leur nouvelle planète d'esclavage.

Soit ces égoïstes sont décédés avant, et c'est leur âme qui est d'abord implantée dans un bébé (les bocaux de foetus), avant d'être transportée sur la planète prison.

Corps de réincarnation

Corps humains

Les vaisseaux des hiérarchistes, comme ceux des Zétas, contiennent eux aussi des millions de bocaux contenant des foetus humains (obtenus lors des abductions hiérarchistes, celles avec tortures et viol douloureux, qui ont tant participé à faire peur aux gens sur ces abductions, et qui sont utilisées pour décrédibiliser les abductions Zétas, plus dans la guérison).

Il s'agit tout simplement des futurs corps qu'utiliseront les âmes fermement égoïstes, pour servir d'esclaves.

Espèces sur Terre

Survol

Il y a de nombreuses espèces qui interviennent, sachant que certaines espèces comme les Zétas ont encore de très nombreuses sous espèces différenciées.

Résumé A faire

Les clans (p.)

Dans le conseil des mondes, nous avons les différents clans qui se faisaient la guerre spirituelle. Les altruistes qui nous aident, les hiérarchistes qui veulent emporter le plus d'âmes possibles, les indéterminés qui n'ont pas encore le droit d'intervenir, et les EA qui supervisent tout ça et s'assurent de l'équilibre des forces.

Caractéristiques générales des ET

Il existe peu de vie aérienne, et encore moins de vie humanoïde. La grande majorité des espèces et des environnements vivants sont aquatiques (mode de création originel de la vie).

La plupart, quand ils contactent les humains, portent un maquillage holographique qui les fait ressembler à de grands blonds nordiques, voir à des anges, en fonction de ce que va préférer l'observateur.

Espèces présentes en ce moment

Dans L0, Harmo a rencontré les Zétas, des boules de lumière bleue ascensionnés, des limace-cerf et les calamars du jurassique, mais aussi les ET de Varghina, les reptiliens gremlins et Raksasas.

Harmo n'a jamais rencontré de grands blonds, Vénusiens, Pléiadiens ou quoi que ce soit d'autre, pas d'insectoïdes de type mantes, ni de créatures humanoïdes félines. Mais il sait que toutes ces espèces ont oeuvré avant l'an 2000 sur Terre, même si certains, comme les Pléiadiens, n'ont plus le droit d'intervenir directement, si ce n'est pas contact télépathique avec leurs ETI.

S'il n'y a qu'un petit nombre d'espèces autorisée à intervenir sur Terre est présent en grand nombre d'individus dans notre environnement. Il n'y a pas que les humains à s'occuper !

A propos de la couleur grise

Les ET ne se baladent pas à poil, ils portent des combinaisons, grises de préférence.

Quand à leur peau grise de visage, c'est tout simplement que quand une une couleur sort de la plage de fréquence de l'oeil humain, il n'y a plus que la luminosité qui est vue, le gris. Les ET ont de très belles couleurs, mais pas dans le spectre visible, et nos yeux physiques n'en profitent tout simplement pas !

Eux en profitent : les Zétas disent que les arcs-en-ciel qu'ils voient ont des dizaines de couleurs au-delà des arcs-en-ciel que nous voyons.

Altruistes bienveillants

Survol

Les ET altruistes sont les plus évolués, et sont majoritaires au sein du conseil des mondes. Mais malgré leurs millions d'années d'existence, leurs multiples ascensions et leur haute spiritualité, restent des êtres incarnés qui continuent à apprendre et ne sont pas infaillibles.

Zétas (p.)

Nos ancêtres, de par la portion d'ADN Zéta qui coule dans nos veines. Ils opèrent physiquement dans notre dimension, et sont les plus actifs. Ils ont pour charge de gérer l'évolution génétique humaine, tout en gérant le suivi médical des abductés, et leur apprentissage spirituel.

Altaïrans (p.)

Pas présents physiquement, et plus évolués que les zétas, ils s'occupent de transmettre les messages pour l'élévation spirituelle.

Pléïadiens (p.)

Ayant eux aussi participé, dans un lointain passé, à l'évolution génétique de l'humanité, ils sont aussi nos ancêtres, et ont participé au programme des ETI.

Chéloniens (p.)

Pour ne pas perturber les humains, aucun reptilien altruiste n'a le droit d'avoir des contacts directs avec les humains, mais des ETI font partie d'espèces reptiliennes.

Ranas (p.)

Un batracien lié aux chéloniens.

Anges

L'Archange Gabriel "n'existe pas" réellement, c'est un peuple ET qui est nommé sous ce terme. Ce n'est pas à chaque fois le même "ange" qui intervient. C'est plus une fonction/rôle de messager qu'un véritable nom pour une entité unique. Cela n'exclut pas qu'une même entité puisse revenir plusieurs fois. Les prophètes ne pouvaient pas voir la différence forcément entre 2 ET différents ayant la même apparence, surtout des ET lumineux et hyper évolués de ce type.

A noter que les anges semblent dépendre de l'avancement spirituel de l'humanité : Adam et Abraham avaient Azrael, Jésus et Mohamed avaient Gabriel, et en cette période d'apocalypse, c'est l'ange Michel qui s'occupe de nous.

Altruistes > Zétas

Ils sont appelés Zétas en référence à l'expérience vécue par Barney et Betty Hill dans les années 60, Betty Hill affirmant que ces êtres gris lui auraient montré leur monde d'origine dans la constellation de Zeta Reticuli.

Histoire

[Infos Zétas]

Comme beaucoup d'espèces, ils été conçus génétiquement, une pratique pour accélérer le processus d'éclosion et de croissance des âmes, et pour leur donner un environnement d'apprentissage. Ce qu'ils font désormais pour d'autres.

L'une des plus anciennes races d'extraterrestres en visite sur Terre, mais se considèrent dans leur jeunesse par rapport à d'autres espèces.

Ils se disent 8,5 fois plus anciens que l'homme sur Terre. Je ne sais pas ce qu'ils appellent l'homme, si c'est le genre homo d'il y a 7 millions d'années, ou homo sapiens d'il y a 400 000 ans.

Plus âgés que les Pléïadiens dans leur forme actuelle, mais les Nordiques les ont précédés.

Sur Terre

[Harmo] Les Zétas sont présents dans notre environnement depuis des millions d'années. Ils sont parfois nommés Cultivateurs, car ils ont pour rôle de booster les formes de vie intelligentes dans leur évolution. Ils sont eux-mêmes issus d'un engineering génétique de la part d'autres cultivateurs.

Les Zétas se sont vu contrariés dans leurs actions sur Terre par les Raksasas, puis par les Annunakis. Il y a eu des altercations tour à tour successivement entre les Zétas et ces 2 races d'envahisseurs, qui ont toutes tourné à l'avantage des Zétas, puisque les envahisseurs hiérarchistes ont été poussés au départ.

Les Zétas n'ont pas vocation à professer des messages prophétiques, même si le site Zetatalk est une bonne introduction à la spiritualité.

Les gris (zétas) n'ont jamais participé à ces guerres d'influence, leur rôle s'est uniquement centré sur la génétique et l'amélioration de notre espèce jusqu'à présent. Ce sont d'autres ET, alliés à eux, à qui ce travail est dévolu.

Harmo n'est pas en contact avec les zétas, il ne les rencontre que lors des abductions. Ils servent de messagers et d'intermédiaires aux Altaïrans avec qui Harmo est en contact, et avec qui les Zétas coopèrent.

Les Zétas sont les plus nombreux dans notre environnement, servent souvent de "main d'oeuvre" volontaire sur le terrain pour de nombreuses espèces incompatibles avec notre environnement. Les Zétas ont d'ailleurs leur propre "ambassadrice", Nancy Lieder.

Communication

Les gris de Zeta Reticuli ont développé une forte capacité télépathique, comme en attestent les différents témoignages liés aux abductions, mais en revanche, ne possèdent pas (ou plus) de capacité de vocalisation.

Leurs messages stockés prennent la forme d'enregistrements d'ondes cérébrales grâce à des appareils, pouvant en retour réimprimer ces ondes au cerveau du lecteur.

Technologie

[Harmo] Technologie beaucoup plus avancées que les Raksasas, et sont alliés à différentes autres espèces pacifiques de la galaxie avec qui ils partagent les outils au sein du Conseil des Mondes.

Les Zétas ne sont pas les plus évolués des pacifistes, mais sont une très ancienne espèce qui possède une grande expérience dans la génétique (la plus avancée en ce domaine), d'où leurs missions "casque bleu" génétiques sur Terre.

Culture

[Infos Zétas]

La culture zêta a-t-elle changé au fil du temps ? Très certainement. Très enclins à la guerre, ils relevaient le moindre défi, et ne laissaient rien passer. (comme les anunnakis). Les vestiges de cette culture sont encore dans les zétas, car ils ne sont pas souples, mais fermes. Ils se défendent avec vigueur.

Leur culture a évolué en permanence, dans le sens d'un soutien constant à la recherche scientifique, un passe-temps qu'ils apprécient tous énormément.

Cultivateurs

L'espèce des Zétas s'est rapidement spécialisée dans le domaine du boostage génétique d'espèces ET (cultivateurs) pour des raisons spirituo-religieuse liées à leur propre expérience historique. Les Zétas participent ainsi à l'élaboration des Raksasas, et bon nombre d'espèces de forme humanoïde doivent leur aspect à leur intervention, car ils se servent volontiers de leur propre patrimoine génétique (qu'ils maîtrisent) pour hybrider les espèces animales repérées et les aider à avancer vers la voie de l'intelligence. C'est pourquoi la forme humanoïde est anormalement présente dans ce coin de la galaxie, alors que cette forme est minoritaire autrement (la plupart des espèces intelligentes sont aquatiques, et pour celles qui choisissent la terre ferme, encore moins aboutissent à des formes reptiliennes ou mammaliennes).

Aspect

Voir la vidéo du Zéta de Roswell pour savoir à quoi ils ressemblent. Cette vidéo a été divulguée en 2011, pour tester la réaction du public (d'où la mauvaise qualité de l'image, histoire d'atténuer le choc).

Confusion systématique

De nombreuses espèces sont grises à nos yeux. Il ne faut pas oublier que l'oeil humain ne voit qu'une bande très réduite du spectre lumineux et qu'au delà (dans l'IR et l'ultra violet) des centaines de couleurs nous échappent. Les ET vivants dans des mondes éclairés différemment du notre ont des couleurs correspondant au spectre d'émission de leur étoile. Celles qui sont hors de notre spectre paraissent alors grises à nos yeux, mais ce n'est pas pour cela qu'ils sont tous, dans l'absolu, de la même couleur !

Les témoins d'abduction racontent voir des gris, et les Zétas, les plus nombreux, ont été affublés de ce vocable réducteur. Chaque fois qu'un humain rencontre un ET, on parle désormais de petit gris.

Comme tous les asiatiques ne sont pas Chinois, tous les ET gris d'1m20 ne sont pas des Zétas.

Les Zétas sont confondus avec :

- Gris d'Orion, qui ont pourtant un nez pendulaire alors que les Zétas ont à peine un nez.
- Reptiliens, alors que les Zétas ont sang chaud et peau lisse (reptiliens ont des écailles)

- Tous les humanoïdes dont la couleur n'est pas visible de l'oeil humain (des centaines).

Il n'y a que les nordique, Pléïadiens et les espèces non humanoïdes (comme les raptors ou les serpent) qui ne sont pas confondus.

Les Zétas pensaient avoir un corps facilement distinguable, étant très mince par rapport à la taille de leur tête. Le manque de différenciation, en plus du fait que beaucoup d'humains sont peu observateurs et confondent chameau et dromadaires (l'un a 2 bosses et l'autre n'en a qu'une), est dû à la propagande agressive anti-Zétas.

Interaction avec les humains

Crash de Roswell

Le crash était volontaire de la part des Zétas, pour contacter les hauts généraux US et rétablir la vérité après le contact précédent (Groome Lake, 1946) avec les reptiliens de Sirius.

Le Zéta était mis en position de faiblesse, ce qui a rassuré les généraux, et a provoqué la scission au sein du MJ12, qui abouti aujourd'hui en partie au mouvement Q.

Un seul Zéta était présent en réalité, les Zétas morts n'étaient que des mannequins mis là pour donner le change, ce qui a fait croire, après dissection, que les zétas n'étaient que des robots. Ce sont des mammifères comme nous, mais bien plus évolués. Au cours de leurs millions d'années de développement, leur télépathie leur a fait perdre l'usage de la parole et l'expression des émotions sur le visage (tout se passe au niveau télépathique). Comme l'humain ne capte pas généralement cette télépathie, c'est cette incompréhension qui a fait croire, à certains abductés, que les zétas sont froids émotionnellement parlant. Alors qu'ils sont très empathiques au contraire.

Nancy Lieder

A noter que le site Zetatalk est apparu sur internet en 1995. C'est l'année même où l'internet qu'on connaît s'est mis en place, que le protocole HTML a été créé.

C'est l'année aussi où les Raksasas ont du cesser les contacts avec les élites US. Harmo dit que c'est lié, sans vouloir en dire plus. Mais j'imagine que perdre leurs supports et voir les élites laisser le site de Nancy se développer, voir la laisser passer à la radio et à la télé comme ils y ont été obligé à l'époque, fait partie des accords avec le Puppet Master.

Altruistes > Altaïrans

Communication

Les Altaïrans communiquent par le toucher (chimique Vie>communauté p.). En effet, ce sont des créatures aquatiques, qui ne possédant ni organe de vocalisation, ni de glandes phéromonales (qui seraient difficilement contrôlables dans l'eau), communiquent par le toucher en échangeant des molécules "souvenirs" sécrétées par leur cerveau. Leurs lettres et leur alphabet ne sont donc pas visuels [impossibles dans les lieux sombres], mais chimiques.

Ce mode de communication les a poussé, dans leur technologie, à créer des machines d'enregistrement capables de faire le même travail d'écriture, molécule par molécule.

Sur Terre

En effet, les Altaïrans étant aquatique (et majoritairement "desincarnée"), les Altaïrans ont beaucoup de difficultés matérielles à rentrer en contact physiquement avec nous.

Altruistes > Pléïadiens

Culture

[Infos Zétas]

Ils ont toujours accordé une grande importance aux fonctions sociales (en comparaison de la science des Zétas). Comme c'est un passe-temps qu'ils apprécient énormément, ils ont donné aux fonctions sociales la priorité sur presque toutes les activités.

C'est pourquoi les Pléïadiens accueillent fréquemment les nouveaux citoyens galactiques, et c'est en cette qualité qu'ils sont intervenus sur Terre pour les ETI, ou pour les contacts avant 2000.

Égoïstes malveillants

Raksasas (p.)

Les plus nombreux, des reptiliens de Sirius qui veulent remettre la main sur leurs anciens esclaves, dont ils connaissent les travers, vu que c'est eux qui ont coupé notre cerveau en 2, nous coupant de l'accès aux ressources de notre inconscient.

Les Kos (p.)
Une autre espèce ET ayant fourni du matériel aux anunnakis, qui les a aidé dans notre mise en esclavage par les géants.

Gremlin (p.)
Une espèce hiérarchiques qui interagit depuis des lustres avec notre espèce.

Têtes pointues (p.)
Des ET actuellement encore sur Terre, dans la base en Antarctique dont on voit la tête géante à côté, et qui en avril 2020 vont devoir abandonner leur base sur Terre.

Résumé à faire

Égoïstes > Raksasas

Les pires de tous à notre niveau. Ils ont joué un grand rôle dans notre histoire, mais pas un bon... C'est eux qui ont failli faire basculer l'humanité du côté hiérarchiste.

Si le mal avait un visage, il ressemblerait à celui de ces reptiliens.

Pourquoi ce nom ?

Harmo leur a donné ce nom, car c'est celui qu'on trouve dans l'un des plus anciens documents écrit connu, les Dévas hindous. On aurait pu prendre leur nom dans les autres civilisations, comme chez les sumériens, où des statues de lézards anthropomorphe sont retrouvées (L0, vierge à l'enfant sumérienne, à tête de lézard).

Planète

Originaires d'une planète orbitant autour de Sirius B (système d'étoiles triple de Sirius A, B et C).

Les raksasas ont évolués sur une planète qui ressemblait fort à la Terre.

Ils sont regroupés actuellement au niveau d'Orion, ayant détruits leur planète mère originelle.

Corps physique

Métabolisme

Morphologie et métabolisme proche de nos dinosaures aviens, tels le vélociraptor, à sang chaud, ayant évolués vers une bipédie proche de la nôtre, plusieurs millions d'années avant les premiers hommes.

Ils ont développés, comme nos reptiles terrestres, des capteurs infrarouges pour être des prédateurs nocturnes (du coup ils craignent le Soleil, et préfèrent Nibiru).

vu que les reptiles sont ovipares (naissent dans des oeufs), les Raksasas ne devraient pas avoir de cordon ombilical, leur mère les ayant pondu, et pas porté dans son utérus comme pour un mammifère.

Modifications génétiques ET

Ils ont bénéficié d'évolution génétique faites par les Zétas et d'autres cultivateurs ET.

Morphologie

Harmo donne leur description telle qu'il les a vu en visions (jamais directement) :

- Polymorphes : Les familles royales ont des appendices (cornes et griffes) hypertrophiées en signe de supériorité, contrairement aux basses classes qui sont très neutres.
- Peau écailleuse, entre le marron et le vert olive, un peu plus jaune à certains endroits (commissure des lèvres, tour des yeux)
- Lèvres également écailleuses mais marquées, les écailles sont verticales et bien distribuées autour de la bouche
- Bouche proéminente (le visage n'est pas plat comme nous), un peu comme on le voit chez les chimpanzés, museau plus court et plus rond que chez les lézards
- Yeux jaune-vert, iris qui tient tout l'œil, pupille ronde ou verticale (comme les chats) suivant la luminosité
- Langue bleue-vert non fendue mais épaisse (détail peu sûr car vu très rapidement)
- Pas de nez, mais des narines très visibles au dessus du "museau", comme les lézards.
- Taille moyenne, équivalente aux humains (1m60 à 1m80 à vue d'œil). Les femelles sont complètement identiques aux mâles mais plus petites (1m40 à 1m70 au plus).

Bipédie

Les reptoïdes de Sirius ayant deux bras et deux jambes, ils ont créé leurs esclaves à leur image (station debout permettant de libérer les mains pour le travail). Quelque part, c'est grâce aux Zétas là encore que nous sommes bipèdes, et cela passe par les raksasas.

En effet, une partie du patrimoine ADN Zéta a très largement servi partout, y compris sur Sirius où ils ont contribué avec d'autres ET, en qualité de catalyseurs d'évolution génétique, à l'émergence des reptoïdes Raksasas. Donc on peut dire que dans notre coin de la galaxie, ce sont les Zétas et leur intervention génétique pour faire évoluer les espèces, qui sont à la base de nombreuses races d'humanoïdes avec 2 bras et deux jambes en station debout.

Vêtements

Aucune idée sur le corps, ils portent des manteaux à capuche qui cachent tout sauf leur visage (très important car 90% des êtres encapuchonnés décrits sont des reptiliens)

Pas d'informations sur les mains non plus, elles sont cachées dans les manches de leurs manteaux

Une sorte de fibule est présente au niveau du cou pour tenir le manteau sombre fermé (il me semble que c'est un triangle en or pointe en haut)

Alimentation

Ils sont carnivores et mangent leur bétail/esclaves après l'avoir usé au travail, comme ils le font avec les hommes ou les Anunnakis (ou qu'on le fait avec nos bêtes de somme ou nos poules).

Histoire

Système colonisateur

Ils s'orientent vers un système de développement dominateur et conquérant. Bien entendu, il y a des facteurs liés à la génétique et aux conditions environnementales ayant mené à leur émergence égoïste.

Les Raksasas colonisèrent de nombreux mondes afin d'étendre leur domination et leur puissance. Constamment à la recherche de ressources, ils exploitent systématiquement les mondes qu'ils découvrent, les pillent (en ressources minières, agricoles, énergie et esclaves) et parfois les endommagent irréversiblement. De ce point de vue, ils sont un véritable fléau que les races primordiales canalisent la plupart du temps. Néanmoins, leur expansion n'est pas complètement jugulée et il existe un principe de non intervention sophistiqué mis en place par les races les plus avancées, laissant faire ces expansions malheureuses malgré tout.

Sur la Terre

La majorité de leurs colonies se développa donc dans cette proximité pratique autour du système triple de Sirius, et fut un jour, il y a 4,5 millions d'années, où cette frontière finit par atteindre notre Soleil et ses planètes.

les raksasas prennent possession de plusieurs planètes du système solaire complet, en commençant par Nibiru, qui a servi de vaisseau spatial pour aller de Némésis (entre le Soleil et Sirius) au système solaire sans dépenser de carburant. Ils n'ont plus que la moitié du chemin à faire, en rejoignant Nibiru quand elle tourne autour de Némésis, et en se laissant porter par la suite pour atteindre les planètes du système solaire lors de la périhélie de Nibiru autour de notre Soleil (voyage de 3666 ans, soit 4 générations pour les Raksasas).

Leur métabolisme étant compatible avec notre environnement, ils s'installèrent en différents points du système solaire, et plus particulièrement sur la Terre et sa Lune (comme base arrière logistique).

Dans (L1), nous avons vu dans l'histoire sont interaction avec les humains, notamment la création d'homo habilis, de son exploitation sur Terre et sur Nibiru. Les lézards établissent un culte à leur personne, permettant d'avoir des esclaves de bonne volonté qui leur servent de femme de chambre et de mineurs.

Ascension fermement hiérarchiste

Les élites hiérarchistes ascensionnent il y a 3 millions d'années, tandis que la partie altruiste est répartie sur d'autres planètes. Aujourd'hui, tous les reptiliens Raksasas qui nous fréquentent sont d'orientation purement hiérarchiste et égoïste.

Aujourd'hui

Les raksasas sont réapparus de nos jours, pour tenter, jusqu'en 1974, de reprendre le contrôle de la Terre, en l'orientant vers la hiérarchie.

Entre 1946 et 1995, ils ont pris contact avec plusieurs dirigeants de la planète, et transmis plusieurs technologies avancées mais inutilisables (suivant en cela les règles du conseil des mondes).

La date de 1995 n'est pas anodine, puisque c'est la date où Nancy Lieder est devenue officiellement le porte parole des Zetas Reticuli en publiant le site Zetatalk, les événements sont liés.

Depuis 1974, que le sort de la Terre a été scellé par le conseil des mondes (elle reviendra aux altruistes), ils ne se battent plus que pour orienter le maximum d'âmes humaines vers leurs colonies d'esclaves).

Ce sont eux qui pratiquent les abductions avec viol et torture de nos jours.

Leur contacté le plus connu est Corey Good.

Orientation spirituelle

Égoïstes

Hiérarchistes, élitiste. Comme ils ont ascensionnés (et donc que leur population a été séparée selon l'orientation spirituelle), tous les Raksasas actuels sont de la même orientation spirituelle égoïste.

Société militarisée et expansionniste, visant à dominer le plus de populations possibles, en recherche de tout ce qui leur donnera un avantage tactique dans leurs guerres. En gros une dictature nazie (ils sont la base de notre civilisation...). Ne fonctionnent qu'en exploitant d'autres espèces intelligentes plus faibles en esclavage (leurs classe dirigeante et même la base rechigne aux basses besognes, et ne participe pas à leurs guerres, ils laissent les autres se battre pour eux).. Les espèces soumises, travaillant pour eux, font donc parties du clan hiérarchiste (même si la plupart des humains ne sont pas hiérarchistes, le fait d'être sous domination des illuminatis fait qu'on est compté comme étant dans le mauvais camp).

Âme Raksasas

Les Raksasas ont bien sûr une âme (espèce consciente et intelligente), qui est même plus développée en taille et en vibrations que les humains, vu qu'ils ont ascensionnés (ce qui ne veut pas dire qu'ils sont spirituellement élevés, vus qu'ils sont égoïstes donc immatures).

Ils sont issus d'une espèce qui est passée par les mêmes étapes que nous, passée d'une conscience animale à celle d'une conscience pleine et entière, puis par un tri spirituel entre les deux grandes voies, altruiste et hiérarchiste. Une fois ces voies choisies, l'espèce se scinde en deux, et les deux parties subissent une ascension, c'est à dire passe à une degré supérieur au niveau "vibratoire". Les Raksasas sont la partie hiérarchiste de cette espèce de reptiliens de Sirius.

Une âme raksasas, c'est une âme "négative", dans le sens où elle se sent maître de l'Univers (égocentrisme p.), les autres sont des outils, elle se sent comme "Dieu" maître de son destin, puisque le monde tourne autour de leur nombril - façon de parler évidemment, a priori les raksasas n'ont pas de nombril, étant ovipares -

Religion

Les Raksasas sont athées, et souvent les rois reptiliens se prennent eux même pour des dieux vivants. Ils ne se posent pas vraiment de questions sur leur passé, ils sont empêtrés dans leur présent. mais s'ils ne croient pas en un Dieu, ils font par contre beaucoup de rituels, notamment pour honorer leur clan, leurs chefs.

Ce sont des rituels de soumission et d'offrandes presque continus où les Rois demandent en continu des prières (la prière étant un acte de soumission et d'obéissance). De nombreux sacrifices sont également effectués, soit pour nourrir le Roi avec ses propres esclaves (jeunes de préférence), soit pour tester le degré de soumission des parents (qui sacrifient alors leur progéniture). Ces rituels sont là pour maintenir un contrôle psychologique constant sur les sujets. Ces deux visions sont très instructives sur notre propre fonctionnement religieux, soit dit en passant !

Pas télépathes

Leur société étant très violente et hiérarchisée, elle n'a pas permis le développement de la télépathie, considérée comme une faiblesse majeure : vous ne pouvez pas comploter si tout le monde connaît vos intentions. La société Raksasas s'est orientée vers "l'anti-télépathie" et le cloisonnage de la pensée.

Conseil des mondes

Le camp ET hiérarchiste vise à se servir de la situation actuelle de la Terre pour s'approprier des ressources, notamment des esclaves. Ces races ET ont une structure sociale militarisée, hiérarchisée et expansionniste et ne fonctionnent qu'en mettant les autres espèces intelligentes plus faibles en esclavage. Dans cette catégorie, on retrouve les Raksasas et divers espèces qui leur sont soumises. La civilisation humaine actuelle étant compatible avec leur point de vue, elles tendent à épauler par intérêt les illuminatis à maintenir ce système coûte que coûte.

Comme les Raksasas ont mis les autres espèces hiérarchistes sous leur coupe, on peut dire qu'eux seuls représentent tout le camp du mal.

Les reptiliens de Sirius ont d'ailleurs été sanctionnés à plusieurs reprises quand ils étaient sur Terre (ce qui a précipité leur départ).

Technologie

C'est les plus évolués des ET hiérarchistes auxquels nous sommes confrontés, tant au niveau technologique qu'au niveau expérience (des millions d'années de développement de plus que nous).

Égoïstes > Raksasas

Télépathie artificielle

S'il vaut mieux que vos esclaves ne disposent pas de télépathie, il peut être utile pour vous d'en avoir. Si les raksasas égoïstes ne peuvent s'autoriser la télépathie entre eux (ce qui les rendrait compassionnels, puis altruistes), les dominants se sont arrangé pour obtenir une technologie permettant de lire dans les pensées des autres, et de générer des voix dans la tête donnant des ordres. Cette technologie est évidemment réservée aux têtes de la hiérarchie.

Cette communication est cependant très pauvre et toute personne ayant au moins une fois fait l'expérience d'une télépathie véritable fait facilement la différence. La "télépathie" artificielle prend la forme de mots bien humains (une voix avec des phrases construites), ce qui n'est pas le cas de la télépathie véritable qui est instantanée et ne passe pas par un langage.

Maquillage télépathique

Les reptiliens de Sirius utilisent volontiers le stratagème du maquillage psychique et en ont usé à foison lorsqu'ils ont conclu des accords avec le MJ12 américain. Ce camouflage n'est pas systématique puisque les humains les ont vu à mainte reprise sous leur vraie forme. Cependant, lors de l'établissement des traités dans les années 50, beaucoup de membres du MJ12 étaient indisposés par l'aspect repoussant des reptiliens. De commun accord ils ont ensuite utilisé une "forme humaine" par maquillage psychique.

Ce n'est pas pour rien que de nombreux films de science fiction montrent des reptiliens cachés sous la forme d'humains.

Bases locales

Transferts inter-dimensionnels difficiles, transports inter-stellaire longs, ce qui explique qu'ils ont besoin de bases sur les planètes exploitées.

Bases proches de la Terre

Si les reptiliens n'utilisent en 2020 que la grande base sur Hécate, et un poste avancé en Afrique du Sud-Ouest (leur servant à atterrir et à se réapprovisionner, voir le témoignage d'un sorcier emmené dans les souterrains), ils ont, avant l'envoi des sondes humaines, utilisés des bases sur la Lune (que le conseil des mondes les a obligé à quitter).

Il reste de nombreuses ruines sur la Lune que les Annunakis ont fouillé, et des vestiges importants existent, malgré les dégâts occasionnés et le bombardement continue des météorites.

Lors de leur première exploitation du système solaire (il y a 4,5 millions d'années), ils avaient des bases de partout : Mars, Nibiru, Terre (Europe du Nord actuelle principalement, à l'époque situé sur l'équateur). C'est d'ailleurs la recherche de ces ruines premières, et des précieux artefacts qu'ils contiennent, qui a incité les Anunnakis a quitter Nibiru pour explorer le système solaire.

Où sont les anciennes bases sur Terre ?

- Elles sont confondues avec celles des Annunakis, et pour cause, souvent les géants ont cherché les traces de leurs créateurs et de leurs origines sur Terre. Ils ont donc occupé les anciens sites reptiliens et les ont fouillé pour retrouver les objets qu'ils considèrent comme sacrés. Donc la plupart des artéfacts reptoïdes ont été récoltés précieusement et méthodiquement par les Annunakis.
- Les Reptoïds ont séjourné sur Terre très peu de temps et de façon très localisée (dans quelques colonies seulement), et donc le hasard n'a pas forcément fait que les humains tombent dessus.
- Enfin leur présence est bien plus ancienne que celle des Annunakis, et le temps a détruit énormément de traces qu'ils auraient pu laisser.

On retrouve un "9" géant en mer du Nord, provient des bases Raksasas.

Contacts

Ont pris contact avec les illuminatis et hauts gradés US en 1946 à Groom Lake (contact conscient encore autorisé à l'époque), ce qui engendra le MJ12. Ils n'ont rencontré physiquement, et de manière consciente par l'humain, que les membres du MJ12 (c'est d'ailleurs suite à ces rencontres réelles que les EA ont interdit les contacts ET conscients à partir de la fin des années 50).

Depuis 1974 (déjà effectif avant apparemment), les âmes Raksasas ne peuvent plus s'incarner dans des corps humains, même si les possessions temporaires se font toujours (ce sont les démons de nos traditions).

Égoïstes > Kos

Différents noms

Les Zétas les appellent les "Fat Snakes" (voir 12/03/2020, présentés comme les ET qui ont apporté les trolls, c.a.d. les esclaves nains ?), même si la description Zéta ne correspond pas du tout à celle des Altaïrans.

Aspect

Figure 30: Kos vu par les sumériens (pas d'ailes en vrai)

Ce sont des dinosauriens à bec, au corps anthropomorphe (humanoïde) mais plumé, qui ont été représentés assez régulièrement sous l'aspect d'hommes à têtes d'aigle.

A ne pas confondre avec les reptiliens de Sirius qui ont des écailles et une tête de lézard.

Concurrents hiérarchistes des Raksasas

Depuis plus de 500 000 ans, la civilisation Kos possède des planètes orbitant autour de Sirius.

Ce sont les concurrents des Raksasas de Sirius, tout aussi hiérarchistes les uns que les autres.

Impact sur la société anunnaki

Dans (L1>Anu>Dévelop), nous avons vu que les kos ont toujours cherché à déstabiliser les anunnakis pour en prendre le contrôle, une fois les Raksasas partis. Les Kos ont fourni plusieurs artefacts aux anunnakis, comme l'oeil d'Horus, ainsi que des esclaves nains (p.).

Les Kos ont été un facteur extrêmement important d'instabilité dans la société annunaki qu'ils avaient pour objectif de faire s'écrouler, ou du moins de manipuler. Leur but secret était de l'affaiblir pour en faire une civilisation vassale sous leur contrôle total.

Ce sont ces Kos qui ont poussé à la rébellion de certains anunnakis sur Terre contre leur pouvoir central de Nibiru, et par voie de conséquence, ce sont les Kos qui sont responsables du bannissement d'Odin sur Terre.

Les Kos sont toujours en contact avec Nibiru et les annunakis sur lesquels ils ont une très mauvaise influence.

Visites sur Terre

Les 2 Kos ont à maintes reprises visité la Terre et "soutenu" les colons annunakis lors de leur colonisation de notre planète, en qualité de conseillers et alliés.

C'est eux aussi qui poussé et aidé Odin dans ses coups d'état, que ce soit contre Enlil d'abord, puis contre Anu ensuite.

Les Alts ne veulent pas en dire trop sur les Kos, sûrement encore présents dans la bataille de l'apoclypse au côté des hiérarchistes, on sait juste qu'ils ont quitté la Terre il y a plus de 3 000 ans.

Égoïstes > Têtes pointues

Source Zétas.

Ces alliés des anunnakis ont laissé une tête monumentale les représentant en Antarctique (histoire de marquer leur territoire, visible depuis l'espace, comme les anunnakis ont fait pour le visage de Mars). Des hominoïde, avec une tête pointue distincte et des yeux étroits.

Comme les serpents gras (Kos?) avaient déjà dominé l'Asie et l'Europe (conseillés des chefs anunnakis locaux ?), les têtes pointues s'étaient rapatriées sur les colonies de l'Antarctique.

Figure 31: ET égoïste "tête pointue"

Égoïstes > Gremlin

Figure 32: Figure 32: Gremlin (dessin Harmo)

Dans L0, nous avons vu les 2 fois où Harmo a été confronté à ces créatures (les seuls ET égoïstes qu'il ai jamais rencontré). Nous avons aussi vu leur apparition dans la rencontre du 3e type à Hopskinsville, ou leur trace dans les légendes du monde entier sur les gobelins. Les élites les connaissent, vu que Toby l'elfe de maison chez Harry Potter, maître Yoda de Star Wars, ou encore le film Gremlin, parlent de ces ET.

Leur apparition est la plupart du temps précédée d'une vision d'OVNI, donc une technologie hiérarchiste assez limitée.

Interviennent sur Terre depuis très longtemps.

Leur comportement est assez "aggressif", ils intimident les gens (surtout les enfants), une stratégie psychologique qui vise à nous faire peur pour qu'on ne s'intéresse ni aux ET, ni aux Aliens ou ni au paranormal en général.

Ils font partie de ces espèces aliens qui ne souhaitent pas que l'homme soit intégré à la communauté des civilisations ET. Donc ils font tout pour nous dissuader de chercher le contact.

Cette espèce est très active dans les pays ou les régions où l'ufologie commence à faire du chemin dans le grand public, et vise particulièrement les enfants (presque toujours), car c'est à cet age que les blocages psychologiques sont les plus viables, les enfants n'ayant pas assez de recul sur les évènements par manque d'expérience et de vécu.

Ils essayent aussi de faire travailler pour eux les humains, dans un intérêt hiérarchiste, leur proposant des marchés de dupes.

De nombreux témoins racontent des phénomènes paranormaux de poltergeist après leur visite (rideaux qui bougent alors qu'il n'y a pas de vent dehors, bruits de pas a l'extérieur, des objets qu'on ne retrouve pas a leur place).

Ces gremlins aiment particulièrement roder dans le noir et si on les dérange (en allumant par exemple), ils poussent des cris félins (comme une panthère ou un chat en colère) et s'enfuient (quelque fois même on les entend mais ils sont invisibles). Dès qu'ils sont découverts ou qu'ils sentent un agacement ou qu'on leur tient tête, ils ne reviennent plus.

Égoïstes > Insectoïdes

Pas détaillés par Harmo, les insectoïdes auraient ont fourni aux anunnakis les appareils de lévitation et de mise en forme de la matière (via le son, c'est à dire les rayonnements lélés) pour construire la première pyramide (source Pascal Cascarino, mais pas claire).

Égoïstes > Anunnakis

Ce ne sont pas de purs égoïstes comme le sont les raksasas, mais comme c'est une société fortement hiérarchiste, et que les dirigeants sont tous des égoïstes (voir incarnés par des insectoïdes), la société anunnaki se comporte comme des égoïstes purs.

Histoire (L1)

Des homo habilis terrestres, envoyés dans les mines de Nibiru il y a moins de 5 millions (pour servir d'esclaves aux Raksasas), où ils mutent pour devenir les anunnakis. Cette mutation est due aux sélections des raksasas, ainsi qu'à quelques manipulations génétiques des reptiliens, puis, après le départ des Raksasas 2 millions d'années après, par les anunnakis eux mêmes.

Aiment les grottes

les anunnakis n'ont pas les mêmes habitudes que nous. Ils vivent davantage dans le sous sol, et ont plutôt des tendances claustrophiles, alors que nous, créatures des arbres et des grands espaces, nous sommes plutôt claustrophobes.

Un peuple de navigateur

Comme Nibiru ressemble à l'océan pacifique (un vaste océan parsemé d'îles assez petites, les plus grosses ayant la taille du Japon), les annunakis sont de bons navigateurs.

Les géants étaient de grands navigateurs puisque leur planète comporte de vastes océans et que les terres émergées sont seulement des îles, au maximum grandes comme le Japon.

Sur Terre, les annunakis voyageaient beaucoup sur les mers, avec des navires, ce qui était bien plus économique que de se servir des quelques vaisseaux qui restaient sur Terre (et qu'il faut économiser au max pendant les 3600 ans entre les ravitaillements en pièces détachés).

Compte tenu de leur habileté à construire des navires, ils adaptèrent leur savoir faire à leur colonie terrestre, notamment en utilisant le bois comme matière première, ce que nous allions bien entendu reprendre à notre compte plus tard (voire la technique des drakkars qui est hérité du savoir faire des géants).

Technologie

Ils ont récupéré une partie des objets abandonnés par les raksasas lors de leur ascension, et ont fait de la rétro-ingénierie. Ils ont aussi été aidés par des ET hiérarchistes, qui leur fournissait un nombre limité d'artefacts hyper-technologique.

Aspect physique

Leurs yeux, adaptés à une planète sombre émettant la majorité de sa lumière en infrarouge, sont plus gros que les notre, et sensibles aux infrarouges.

Leur peau est d'un blanc livide (mélanine inutile sur Nibiru) et leurs cheveux roux. Une fois retournés sur Terre, leurs cheveux sont parfois blancs ou blond. En effet, seul le carotène teinte leurs cheveux et leurs poils, il n'y a plus de mélanine (comme pour les cheveux bruns, pour protéger les poils du Soleil). Les anunnakis ne sont pas des albinos (gène produisant la mélanine déficient ou inexistant), mais des "leucitiques" (le gène qui doit produire la mélanine est inhibé par une mutation adaptative, il existe mais ne produit pas).

Sous l'effet de la gravité supérieure, les anunnakis ont gagné en musculature et en taille (2.10 m pour les femmes, 3.10 m pour les hommes).

Leur crâne et leur cerveau ont du également s'adapter à cette gravité supérieure. Les mâles ont le front large et massif, le crâne bombé vers le haut, tandis que les femelles ont le crâne bombé en arrière.

Sous l'effet du sol nibirien plus abrasif, la pousse des poils (barbe), des cheveux et des ongles (génétiquement liée) s'est renforcée et accélérée.

Les dents des anunnakis se sont orientées de l'avant vers l'arrière, notamment celles de l'avant de la bouche. Cela permet de déchirer les feuilles et les tiges des végétaux coriaces.

Crâne

On a trouvé de nombreux crânes anunnakis, comme à Paracas ou à Malte. Difficile de mesurer le degré d'hybridation avec les humains (demi-dieu), mais on peut dire :

- tête allongée (vers le haut pour les mâles, vers l'arrière pour les femmes),
- une plaque osseuse épaisse sur le front (surdimensionnée par rapport aux autres os du crâne, aussi bien en épaisseur qu'en surface, alors que chez l'homme l'os frontal est de même épaisseur que le reste),
- un front très haut qui forme comme une sorte de crête osseuse (un peu comme chez certains dinosaures) qui ne peut en aucun cas être le résultat d'une déformation rituelle,
- un seul os crânien pour le lobe pariétal alors que le crâne humain en possède 2. Donc pas de suture sagittale au milieu du dessus arrière du crâne,
- menton proéminent, qui a tendance à avancer, bien plus marqué et carré que celui de l'homme,
- le foramen magnum (trou occipital à la base du crâne, par lequel passent les artères et les nerfs) est plus petit que chez l'humain, et détourné vers l'arrière du crâne (ce qu'une élongation artificielle ne peut provoquer).

Les femelles un crâne moins allongé que les mâles, et un visage plus fin.

Régime alimentaire

Principalement végétariens (avec repas carnés à l'occasion), ils ont besoin de beaucoup de fibres, et de beaucoup de fer (les végétaux sur Nibiru étant très fibreux et saturés de fer, les anunnakis évacuent très bien le fer, un poison à hautes doses).

Sur Terre, les anunnakis ne trouvant pas assez de fer dans nos végétaux. Les anunnakis n'aiment pas trop la viande. Déjà, la viande crue est indigeste pour une espèce végétarienne comme les anunnakis, et de toute façon difficile à mâcher pour leurs dents de végétariens. Même après avoir introduit la cuisson des aliments (pour rendre la viande plus masticable et digeste), même en prenant des animaux très jeunes, voir des nourrissons humains à la chair très tendre, les anunnakis, préfèrent boire du sang pour compenser leur déficit en fer, principalement celui des bovins et des humains, riches en fer et faciles à élever. C'est pourquoi les anunnakis demandaient des sacrifices, et de leur servir le sang des victimes dans de belles coupes. Ils préféraient des humains très jeunes (plus facilement masticable) et vierges (pour éviter les maladies sexuellement transmissible et communes à nos 2 espèces génétiquement proches).

A noter que certains animaux, comme le porc, contiennent des protéines que les anunnakis ne digèrent pas, au contraire des humains. D'où les interdits dans nos religions.

Accès à l'inconscient

Harmo et Nancy disent que les anunnakis n'ont pas de double cerveau conscient/inconscient comme les humains, que c'est eux qui ont provoqué cette séparation avec leur mutation hasardeuse. Par contre, ils n'ont pas la télépathie, retirée par les reptiliens sur notre ancêtre commun, homo habilis.

C'est moi (AM) qui ai mal compris cette distinction entre télépathie et accès à son inconscient, et qui doit avoir laissé cette erreur de temps à autre dans les recueils.

Pas de sommeil

Les anunnakis dorment peu et n'importe quand, ce sont des phases de léthargies et de repos qui n'ont rien à voir avec un rythme jour-nuit des humains (pas de vrai sommeil). Nancy les décrit comme plus lents et moins alertes que les humains, moins éveillés dans leur phase active.

Leur cycle sur Nibiru étant de 25,5h (estimé par Nancy Lieder), pour se resynchroniser avec les animaux terrestres, ils s'injectaient de la mélatonine animale pour s'adapter au rythme de la Terre, et ne pas être en décalage horaire. Les représentations sumériennes avec les dieux portant une sorte de sac à main et une pomme de pain dans l'autre main, représente la glande pinéale pour extraire la mélatonine (hormone du sommeil) et le sac dans lequel ils mettaient leur hormone du sommeil. Les bébés ayant leur glande pinéale fournissant beaucoup de mélatonine pour les faire dormir beaucoup pendant leur croissance rapide, il est a supposé que les très jeunes animaux / humains faisaient parti des ces fournisseurs de mélatonine...

Selon Harmo, ce sac était aussi un Ankh présenté sous une autre apparence, moins princière que le trident de Poséidon ou l'Ankh égyptien (Ankh réservé aux anunnakis de haute classe, comme les fils de l'empereur Anu). Le sac à main serait donc un Ankh de facture plus grossière, au réservé aux anunnakis de second rang.

Durée de vie illimitée

Télomérase des cellules bloquée par ingénierie génétique. Les cellules anunnakis se renouvellent à l'infini (n'est plus limité par les 120 cycles comme nous).

La régénération cellulaire

Résistance aux radiations

La radioactivité étant plus forte sur Nibiru, ils se sont adaptés à ces radiations supérieures.

Rayonnement régénérateur du flerovium

Le flerovium (L5>Matériaux), abondant dans la croûte nibirienne, est présent naturellement dans le corps des Habilis nibiriens (poussières respirées, nourriture absorbée, eau, etc.) : le flerovium émet des ondes qui régénèrent les cellules.

Le sarcophage régénérateur

En cas de blessures, si les anunnakis guérissent plus vite naturellement, il leur est évidemment venu l'idée de s'immerger dans du flerovium liquide concentré en cas de blessures graves.

La machine anunnaki ressemble à un sarcophage, mais contrairement à la croyance populaire, la personne n'est pas mise dedans, mais déposée dessus. Le dispositif actif est à l'intérieur et le "couvercle" sert de table où le mort / blessé est allongé. Il est alors bombardé par le rayonnement invisible provenant de l'intérieur du sarcophage.

Ce rayonnement de régénération a pour effet de stimuler la croissance des tissus et la multiplication cellulaire, à un point tel que le cicatrisation et la régénération des organes peuvent être atteintes en quelques heures (dans le cas d'un mort). Il suffit alors de "recoller" les morceaux pour que les membres sectionnés se ressoudent.

La légende de la fontaine de jouvence est également liée aux récits anciens sur l'utilisation de cette technologie. Et c'est ce rayonnement qui est utilisé dans les crops circle pour accélérer la croissance uniquement sur un côté de la tige et ainsi plier le blé au niveau du nouveau noeud de croissance, sans le casser.

Les anunnakis en profitent doublement, car leur corps contient une grande quantité de flerovium. Le flerovium ne participe pas au métabolisme, mais quand il est stimulé par l'appareil Raksasas, il provoque une régénération spectaculaire des tissus, à tel point qu'un membre coupé peut être rattaché au corps et y reprendre sa place.

Les os eux-mêmes ne se régénèrent pas, mais tous les tissus environnants le peuvent, même le système nerveux et les muscles, et des os fracturés se resouder.

Le flerovium se fixant dans les tissus, son dosage reste constant au cours du temps (il n'est pas éliminé par l'urine ou la transpiration une fois qu'il est fixé) et sa présence vous garantit donc que même en cas d'accident grave, il suffit de remettre les morceaux en place pour que vous ressuscitiez ! C'est exactement ce qui est décrit dans l'épisode où Seth éparpille les membres d'Osiris, puis une fois rassemblés, permettent à Isis de redonner la vie à son époux.

Les limites : organe présent, et pas trop complexe

Cette technologie a des limites : elle permet d'accélérer les processus naturels qui mettent des mois à se faire (une fracture osseuse, une plaie, un organe nécrosé et abîmé par un accident). Elle est capable de régénérer des organes comme le foie qui le font naturellement, mais aussi d'autres qui normalement n'ont pas cette capacité (pancréas, estomac, muscles). En revanche, il faut que l'organe soit encore présent pour être régénéré. Le pancréas peut se refaire, mais il faut qu'il en reste suffisamment.

Il faut aussi que les dégâts restent localisés.

De même, les Anunnakis ne savent pas régénérer les organes trop complexes, à l'image d'un cerveau, d'un œil ou d'une main. La régénération reprend les phénomènes naturels de cicatrisation, pas de repousse d'un membre (comme le fait le foetus ou la salamandre, capables de recréer un membre manquant).

Raison pour laquelle ils peuvent mourir d'une balle dans la tête, ou que Horus / Odin est borgne.

Un anunnaki perdant un oeil ne le récupère jamais, car l'oeil n'est pas un organe qui peut être refait, ni régénéré, ni recréé in vitro par les anunnakis. Il en est de même s'il manque un bras entier (surtout la main ou le pied, très complexes) ou même les organes génitaux (dans la mythologie égyptienne, Seth détruit le pénis d'Osiris pour qu'Isis ne puisse le récupérer et reconstituer dans son intégralité le corps de son époux).

Les greffes

C'est pour ces limites, en cas d'organe manquant, que si un membre ou un organe est complètement détruit, il ne peut pas être que remplacé via une greffe, qui demande un autre type de travail.

C'est pourquoi Anu prend l'oeil de son fils Enki pour son propre usage, ne pouvant régénérer l'oeil qu'il a perdu dans un combat.

Faire renaître les morts anunnakis

Sous certaines conditions, les anunnakis pouvaient faire renaître leurs morts. La légende d'Osiris est tout simplement tirée d'un fait réel et de l'utilisation de cette technologie.

C'est pour cela que les anunnakis momifiaient leurs morts. Cela permettait de transporter et de préserver le corps qui, grâce à des machines, pouvaient être reconstitué par la suite, même si le cadavre était parfois dans un mauvais état de conservation.

Quelle âme revient après la résurrection du corps ?

Les anunnakis ont bien sûr une âme, et celle-ci quitte le corps quand celui-ci est trop endommagé.

Or si l'âme peut retourner dans son corps après le décès et la résurrection via le sarcophage, l'âme d'origine, surtout si elle s'est réincarnée en même temps, peut être remplacée par une autre âme après l'utilisation des machines à régénération. Tout dépend des conditions et des délais entre la mort et le retour à la vie.

Le corps reste le même après la résurrection, mais les changements de personnalité, le comportement général de la personne (annunaki ou humain) quelques fois observées par les anunnakis, leur a fait se poser des questions (voir changements d'âmes p.).

Stopper le vieillissement

Le plus souvent, les anunnakis se servaient de ces appareils de façon préventive, ce qui leur permettait de stopper leur vieillissement. Bien sûr, cela créait une forme de dépendance, car privés de cette technologie, ils se remettaient à vieillir, certes lentement, mais de façon naturelle. Des cures étaient donc obligatoires pour garantir leur jeunesse éternelle.

2 technologies

Ces engins de jouvence existaient sous deux formes : une forme de type table, ou « sarcophage », plutôt rare car difficile à déplacer et à fabriquer, et une forme portable, moins efficace. Tous les seigneurs anunnakis avaient un de ces petits appareils pratiques sur eux, que l'on connaît à travers les légendes comme étant des Ankhs.

Action sur les humains

Cette machine marche aussi sur les humains, mais avec plus de limites puisque :
- Nous ne sommes pas imbibés de flerovium
- Nous n'avons pas été modifiés génétiquement pour être "immortels" comme les anunnakis (suppression génétique de a télomérase modification génétique pour mieux profiter des rayonnements).
- Nous n'avons pas les gènes pour réagir à ces rayons, ou pour la régénération, alors que les anunnakis sont génétiquement modifiés pour réagir à cette technologie.

Ces machines sont capables de rajeunir un peu un humain, ou de le faire cicatriser plus rapidement, voire le faire revenir à la vie si le corps est très peu endommagé structurellement. Mais les effets sont tellement faibles, qu'il faut considérer que ces tables n'ont quasiment aucun effet sur nous.

Société hiérarchiste

Odin est borgne car il a dû donner son œil à son père, qui avait perdu le sien lors d'une bataille. Difficile de demander la même chose à un père humain, qui sait qu'il reste à son fils plus de temps à vivre que lui, et qui préfère de toute façon se sacrifier pour ses enfants…

C'est ce genre de mentalité qui explique qu'ils pourraient faire des enfants juste comme réserves d'organes au cas où.

Choix du chef

Sur Terre, comme les princes anunnakis ne peuvent pas être chefs en même temps, ils s'inspirent du Zodiaque (précession des équinoxes, dans quelle constellation se trouve le Soleil à l'équinoxe de printemps) pour déterminer qui d'entre eux, tous les 2000 ans, sera le dieu unique.

Méthode moins fiable que tirer au hasard, car les limites du zodiaques en précession des équinoxes sont floues (jusqu'à 500 ans, surtout depuis qu'ils avaient retiré la 13e constellation du serpent) et ils se battaient tout le temps pour savoir si leur époque avait débuté ou pas…

Population réduite

Taux de reproduction est faible, nombre d'individus limité à 500 000 individus (demande des Raksasas à l'instar des Georgia Guidestone et des 500 millions d'humains fermement hiérarchistes?).

Technologie stagnante

Similaire à la notre actuellement pour les fusées spatiales, les semi-conducteurs ou les bombes nucléaires.

Plus avancée sur la communication par cristaux, les vaisseaux (nombre limités) à anti-gravité, le génie génétique (suppression télomérase), la communication longue distance par cristaux (d'autres ondes que EM), ou les ondes de guérison et de régénération cellulaire (jeunesse éternelle).

Ils possèdent d'autres technologie, mais récupérées d'autres ET hiérarchiques, et qu'ils ne maîtrisent pas : les armes à plasma, les appareils à anti-gravité posés sur les blocs de pierre cyclopéens, ou l'oeil d'Horus pour la télépathie, le sixième sens et l'imposition à d'autres d'ondes cérébrales.

Technologie utilisée

Les « dons » des hiérarchistes

Les Anunnakis utilisaient des artefacts donnés par d'autres groupes ET hiérarchiques plus avancés technologiquement, comme l'oeil d'Horus des Kos, qui leur permettait de lire les pensées des humains, de leur manipuler le cerveau (afin d'apparaître sous l'apparence qu'ils veulent), de voir à travers les murs ou les trésors enterrés (p.).

Ankh

Un cristal de flerovium (L5>Matériaux), qui, selon la fréquence appliquée, émet un type d'onde différent.

Arme

Des armes ressemblant à des lances et pouvant envoyer des décharges de plasma (ou d'électrons). Une fois ces armes activées, un rayon en sort, sous forme d'un plasma électronique ondulant.

Ces armes sont en fait les ankh/sac à main des dieux, des armes portatives, auxquelles sont adjointes ou non un amplificateur, en forme de bâton ou de lance (le trident de poséidon est une ankh, munie de son amplificateur). Cet amplificateur transforme un pistolet peu puissant en fusil plus puissant.

Arme pas très efficace car très longue à recharger, mais ses impacts sont suffisamment puissants pour faire fondre la roche. Suffisant pour impressionner le peuple de ses esclaves.

Harmo décrit le trident d'Odin, qui figure, en stylisé, sur les armoiries anglaises, de la City, et la personnification de l'Angleterre, Britannica, porte un trident doré. Ce trident est entièrement en or et avait la particularité, à environ les deux-tiers de son sommet, d'avoir une pierre précieuse translucide blanche (un diamant, un quartz ? pas un flerovium que Harmo aurait sûrement reconnu) sertie dans un cercle d'une quinzaine de centimètres de diamètre, faisant lui même partie intégrante du trident. Sur le manche une sorte de protection légèrement matelassée en cuir, comme on en trouve sur manche d'une épée, indiquant donc que l'objet devait être saisi par là, c'est à dire en son milieu. Quant à la fourche du trident, les trois pics n'avaient pas le même longueur, celui du centre étant presque deux fois plus long que les deux à sa droite et à sa gauche.

Sur le manche lui même, également en or (toute la partie en métal précieux ne constituant qu'une seule pièce), il y avait également des bagues en ivoire servant à décorer : une juste en dessous de la fourche et deux à chaque extrémité de la protection matelassée.

Le trident fait entre 2 m et 2,5 m de long.

Anti-gravité

L'ankh peut aussi servir à émettre des particules d'anti-gravité, de par le cristal de Flerovium contenu à l'intérieur.

Communication longue distance

Le coffre en or de l'arche d'alliance contenait l'Ankh permettant de parler à dieu, une bête communication à longue distance via les ondes gravitationnelles émises par l'Ankh.

Générateur haute tension

C'est l'ankh de Moïse 1 qui sert à protéger l'arche d'alliance, en mettant sous tension le coffret d'or égyptien. Les grands prêtres savaient sur quel bouton appuyer pour désactiver l'ankh, pas le profane qui aurait voulu toucher l'arche.

Régénérateur cellulaire

L'onde émise peut aussi servir à accélérer la cicatrisation, un processus naturel amplifié par ces ondes.

Oeil d'Horus (p.)

L'oeil d'Horus permet d'amplifier les pouvoirs psys de son porteur (télépathie, voir à travers le sol et les murs, précognitions, etc.).

Oeil d'Horus

Ce sont les Kos (p.) qui ont construit l'oeil d'Horus des traditions, ou encore le Graal, ou anneau / sceau de Salomon.

Description

Il s'agit d'un bijou en forme de demi-sphère noire (comme un petit bol de 10 cm de diamètre) porté sur le front (qui a donné la légende du 3e oeil, ou encore du cyclope), avec comme dessin dessus une étoile de David (les 6 pointent permettant de se liers aux connections neuronales).

cet appareil frontal est convexe sur le dessous, comme un bol, et plat sur le dessus. C'est pour cela qu'une fois posé sur une table, il ressemble tant à un récipient qui aurait un couvercle plat. Il est noir comme de l'onyx, et il y a des filigranes métalliques linéaires discrets incrustés sur le pourtour, mais aussi sur la face plate.

Liens avec le corps

[Hyp. AM] Comme le disent les occultistes, le 3e œil des anunnakis, la glande pinéale, est située derrière le front. Ces occultistes s'appuient sur des documents anunnakis, alors qu'on sait aujourd'hui que chez l'homme, cette glande se trouve au centre du cerveau. On peut donc imaginer que si les anunnakis la situait derrière le front, un peu au dessus d'entre les 2 yeux, c'est que cette glande est située là chez les géants. Ce qui permet à l'oeil d'Horus de fonctionner sur les Anunnakis, alors qu'il est inopérant chez les humains. Harmonyum ne précise pas sur le sujet, il parle de l'organisation du cortex frontal différente entre les 2 espèces. [Fin Hyp. AM]

Si la plupart des anunnakis le porte sur le front, certains semblent le porter sur le torse (ce serait donc lié aux chakras plus qu'à des connections de neurones ?).

Harmo dit aussi que le roi Salomon, n'ayant pas les bonnes connections neuronales en tant qu'être humain, ne pouvait utiliser l'oeil.

Rangs élevés uniquement

La plupart des dirigeants anunnakis possédaient un bijou frontal, car les Kos leur avaient fourni assez d'appareils pour contrôler les esclaves reptiliens nains. Les anunnakis de rang inférieur n'y avaient pas accès.

Contrôle des animaux pucés

Ce bijou est une marque d'autorité sur les esclaves nains, mais aussi un dispositif de contrôle mental sur ces esclaves (l'oeil d'Horus permet de contrôler l'esprit des nains, ce contrôle étant renforcé grâce à une puce neuronale implantée dans le cerveau des nains, puce activée par l'anneau).

Développe artificiellement les facultés psys

L'oeil peut fonctionner sur les animaux (dont les hommes), même sans puce neuronale (par stimulation directe du cerveau). Ces facultés sont développées uniquement pour les courtes distances.

C'est un peu le 6e sens des jeux vidéos modernes, mettant en scène des sorciers grands et balafrés "The witcher", ou des jeux d'initiés comme "Assassin's Creed".

Selon la légende, Asmodée était capable de dire qu'une personne allait mourir bientôt, qu'un trésor se trouvait sous une maison ou qu'une personne avait des remords quant à ses actes. Il pouvait aussi changer d'apparence.

Télépathie

L'anneau permet donc à son porteur de posséder artificiellement des dons de télépathie, pour lire dans l'esprit de ses esclaves, sans qu'eux puissent le faire en retour.

Vision améliorée

Permettant la détection de l'or enfoui, ou des maladies dans un corps humain.

Projection d'images

L'oeil permet de prendre l'apparence d'une autre personne, ou de devenir invisible, parce qu'il peut inculquer un mirage psychique à courte portée grâce à une modification du cerveau des cibles. D'où probablement l'ancienne croyance que les yeux émettaient de la lumière.

Ces images mentales sont aujourd'hui facilement démontées avec une simple caméra, qui n'est pas sensible à ce pouvoir psy.

Contrôle d'objets à distance

L'oeil permet aussi de contrôler d'autres appareils à distance par la pensée.

Fonctionnement

Cet appareil est extrêmement sophistiqué en apparence, mais fonctionne sur un principe unique. C'est un simple détecteur de sub-particules d'un certain type. Il est relié directement au cerveau frontal et permet de donner une vision améliorée à son porteur, parce qu'il ne détecte pas la lumière mais d'autres radiations.

Les métaux, comme l'or ou l'intérieur du corps humains, sont des émetteurs de ces radiations.

C'est ces mêmes radiations, encore inconnues de la science, dont se sert le cerveau pour communiquer d'un individu à l'autre en télépathie (à un moment, Harmo semble sous-entendre que ce sont des ondes gravitationnelles). Les Altaïrans disent que ces radiations peuvent être comparées à ce qu'on connaît des neutrinos, mais possédant une charge magnétique (que les dernières recherches scientifiques humaines appellent monopoles).

Les appareils insectoïdes à lélés

Source Pascal Cascarino et Raymond Réant. Les anunnakis utilisaient des appareils à son [AM : mot utilisé pour "vibration il me semble] pour mettre en forme les pierres et les transporter par anti-gravité. Raymond Réant voit une sorte de flûte.

D'après la canalisation de pascal, c'est les insectoïdes (types scorpions, qui semblent être incarné dans les anunnakis ou hybrides (premiers pharaons) qui supervisent les travaux) qui ont construit la première grande pyramide, en utilisant le même outil qui amolli la pierre en surface (mise en forme de la matière / déforme le matériau) puis qui le place à l'endroit décidé par lévitation.

Ces appareils utilisent le son/rayonnement qui pulse du centre de la Terre par intervalle régulier, comme des vibrations immenses [colonne lélé ou longueur d'onde ?], un "son" très désagréable voir presque insoutenable, et dont une des facette est soit l'électricité, soit le magnétisme (terrestre). Ce son fait se déformer la matière physique, se déplacer, et se placer là où cela à été décidé.

Ce son est en lien avec l'énergie du ciel, et l'énergie électrique de la foudre, et l'énergie magnétique [Comme une colonne lélé, mais les rayons cosmiques inconnues de la canal rentrent en compte, ce qui produit les aurores boréales ?]

But des pyramides

[Source Pascal Cascarino] Harmo évoque l'aspect générateur d'énergie des pyramides, Pascal Cascarino aussi, mais comme avec Harmo, il est précisé que l'humanité n'a pas le droit de connaître encore cette technologie.

Les pyramides sont des portes sur d'autres plans / dimensions, et des générateurs d'énergie puissants qui agissent en synergie les uns avec les autres [avec les autres pyramides ?]. c'est comme un réseau.

Après cette révélation, la médium se fait violemment bloquer répétant plusieurs fois "l'humanité ne doit pas avoir accès à ces informations".

Lors d'une séance ultérieure, on apprend que la pyramide a une machine sur le plan physique à l'intérieur, qui a un effet sur le plan énergétique. Système de vannes (des lourdes herses de pierre qui s'ouvrent et se ferment). De l'eau passe par des canaux et des couloirs qui sont brutalement envahis par de l'eau, lors des ouvertures ou fermetures des vannes. Ce système est en lien avec le haut de la pyramide, comme une centrale énergétique (pas du nucléaire, mais le principe est le même). La pierre au sommet de la pyramide a une fréquence particulière. Pierre inconnue sur Terre. Cette "pierre" se retrouve encore sur Terre, mais non activé, sauf sous le trône de la reine d'Angleterre où il est toujours activé. Cette pierre donne de la puissance à la domination sur le monde. Rectangulaire (presque carré) de la taille du trône. Sa vibration est différente. Cette pierre de la reine n'est pas celle de la grande pyramide, cassée et dispersée. L'énergie qui était dedans n'y est plus, alors qu'il y est toujours dans celle de la reine.

Des parties de la grande pyramide n'est pas découverte, les souterrains dessous sont interdits (physiquement par les autorités, et énergétiquement, toujours active).

Une ou 2 pyramides de Chine et en Amérique du Sud servaient de centrales à énergies pour des vaisseaux interplanétaire (pour des entités de dimensions supérieures). partiellement activées car pas interreliées. En Amérique du Sud, des êtres de type reptiliens (vivent sous la Terre, et ne veulent pas rentrer en interaction avec les humains, évolués spirituellement, neutres (ni bienveillants, ni agressifs) (MIB?) ils craignent nos réactions).

L'or

Harmo ne dévoile pas trop l'usage que les anunnakis font de l'or, il se contente de dire qu'ils en ont un besoin capital (voir vital) dans leur technologie.

On sait que couplé au flerovium, c'est un supra-conducteur utilisé par exemple dans les armes de poing plasma.

Une des sources d'utilisation, ce serait le largage en haute atmosphère de Nibiru (pour repousser le vent solaire et le rayonnement du Soleil) afin d'atténuer la disparition de l'atmosphère et le réchauffement extrême qui se produisent quand Nibiru est contre le Soleil.

Le mythe du vampire

Sur Terre, les anunnakis sont cavernicoles et vivent dans des grottes ou des cachots souterrains. En effet, avec leur vision infrarouge, leur absence de mélanine, le Soleil les brûleraient (sans non plus les faire fondre en 10 secondes dans de gros dégagements de fumées comme dans les films, juste un gros coup de Soleil et une ophtalmie des neige).

Les anunnakis se nourrissent du sang des victimes humaines des sacrifices aux dieux (les jeunes filles dépucelées dont ils se sont lassées, ou les premiers nés de leurs grands prêtres pour s'assurer de leur loyauté aveugle et sans faille).

Ils se régénèrent en se baignant dans un sarcophage au fond de la crypte.

Grâce à leur 3e œil sur le front, ils peuvent prendre l'apparence de l'animal qu'ils veulent aux yeux de leurs esclaves.

Pas étonnant que les anunnakis paraissant immortels aux yeux de leurs serviteurs humains aient inspirés le mythe du vampire…

Indéterminés

Les indéterminés qui nous fréquentent, n'ayant pas choisi de camp, n'interviennent donc pas dans la guerre spirituelle en cours. Ils nous évitent du mieux qu'ils peuvent.

Indéter > Cavernicoles

Suvol

Contrairement à la vie indigène des cavités profondes (salamandres et raptors protégés des humains par les ET évolués p.), ces espèces ne sont pas originaires de la Terre.

Espèces actuelles inconnues de l'homme

Il y a actuellement plusieurs espèces extraterrestres qui ont été transférées sur Terre pour leur survie.

Ces espèces vivent dans les grandes oasis de vie souterraines auxquelles nous n'avons pas accès, et dont nous avons vu la géologie (p.) ou les conditions de vie (p.).

N'ayant pas besoin de soleil pour se développer (elles viennent de planètes rocheuses sombres), cet environnement sous-terrain leur permet de vivre à l'abri dans de bonnes conditions.

Protégées

Ces cavernicoles exogènes sont protégés des humains par les ET, comme le sont les cavernicoles indigènes. Les ET évolués mettent en place des protections pour empêcher le contact humain vers cavernicoles exogènes, tout en autorisant un peu le contact inverse (mais que ces espèces évitent comme la peste).

Une fois l'humanité pacifiée, des interactions seront sûrement autorisées.

Salamandres (p.)

Des batraciens primitifs technologiquement.

Big Foot (p.)

Pas vraiment cavernicoles (ils passent leur temps en surface), ils retournent dans les cavernes profondes pour hiverner ou franchir les passages de Nibiru.

MIB (p.)

Espèce humanoïde cavernicole, indéterminés spirituellement.

Nains (p.)

Les nains de nos légendes ont aujourd'hui disparus. Il s'agissait d'une espèce en provenance d'une planète de Sirius appartenant aux Kos.

Indéter > Cavern > Salamandres

Des batraciens / reptiles intelligents semi-quadrupède (ils se lèvent sur leurs deux pattes arrières pour saisir des objets). Assimilables à des salamandres ou des geckos.

Primitives technologiquement, avec un taux de reproduction faible (typique des mondes où la vie est peu développée et simple, comme les planètes sombres et rocheuses, sans diversité biologique). Leur nombre est faible, mais suffit à leur survie.

Cette créature est parfois aperçue, mais rarement à l'époque moderne, parce que sa découverte par les humains aujourd'hui serait bien plus catastrophique. Si vous voulez une idée, allez voir vers les légendes et témoignages autour du Tatzelwurm. C'est une espèce technologiquement primitive mais tout aussi intelligente que le Big foot ou nous. L'origine de leur transplant est la destruction naturelle de leur environnement sur leur planète mère. Pour que leur espèce survive, ils ont donc été transféré sur Terre dans un milieu qui leur convient biologiquement.

Indéter > Cavern > Big Foot

Les big foots (transfuges d'autres planètes), ou yétis dans d'autres régions, sont la plupart du temps en surface. Isolés des hommes, ils fuient ces derniers, et sont aidés par les ET qui les rendent dans la mesure du possible "invisible" (il est facile de passer à côté sans le voir, inconsciemment une barrière mentale est érigée), même si beaucoup d'observations sont quand même faites au cours de l'histoire par des observateurs humains plus attentifs que les autres.

Classés dans les cavernicoles, car ils se réfugient dans des abris souterrains en cas de problème (notamment au moment de Nibiru).

Protection télépathique

Les Big foots sont protégés parce qu'est une espèce intelligente, douée de conscience (contrairement aux cétacés) et donc équivalente aux humains et aux ET eux mêmes. Ce sont des créatures pacifiques qui seraient rapidement exterminées si les humains découvraient leur existence, d'où l'intervention ET.

Les Bigfoots sont protégés par leur télépathie, qui leur permet de "sentir" les humains bien à l'avance et de façon infaillible.

Quant aux nouveaux équipements automatiques pour les piéger (appareils photos à cellule de détection), les ET contribuent à les protéger (grâce au cloaking, ou invisibilité momentanée).

Utilisation des cavités de la Terre creuse

Les Bigfoots se servent volontiers des cavités et des refuges sous-terrains de cette Terre "gruyère" pour échapper à notre curiosité. Cela leur sert également de lieu d'hibernation/d'hivernage, surtout dans les contrées les plus froides.

Homme primitif selon les Zétas

Harmo a peu creusé le sujet (pas de Big Foot en France), il se pourrait que la version Zétas soit plus proche de la vérité. Ces Big Foot sont décrits comme des hommes primitifs, qui se tenant dans des régions éloignées et isolées, n'ont pas évolués (contrairement au reste de l'humanité, suite aux abductions massives du passé et au brassage des populations).

C'est pourquoi nos espèces serait encore interfécondes, bien que la plupart des hybrides ne soient pas viables.

La quarantaine qui nous isole tombera après le pole-shift, quand l'homme sera plus pacifiste, et sera obligé de se réfugier dans les régions aujourd'hui vides d'hommes.

Indéter > Cavern > MIB

Traces dans nos cultures (L0)

Ces êtres sont décrits depuis longtemps dans les légendes où même les témoignages récents.

Appelés MIB (acronyme de Men In Black) par l'ufologie moderne, ils sont appelés peuple fourmi par les Hopis, ou encore intraterrestres.

Le mythe de l'Agartha n'est qu'une description légendaire du monde des MIB et de leurs grandes enclaves-mondes reliées les unes aux autres, formant un vaste réseau de grottes habitées.

Shambhala parle d'autre chose, les cités creusées par les anunnakis, proches de la surface.

Ce sont les nains des mythologies scandinaves (vus par les anunnakis) ou les elfes (vus par les humains).

Aspect

Ils sont grands (plus d'1m90, mais jamais plus de 2m10) et blonds, et peuvent être confondus avec d'autres ET appelés grands blonds (ET qui utilisent un maquillage mental, au contraire des MIB).

Leur apparence est semblable à la notre (forme humanoïde), car nous partageons les mêmes concepteurs-cultivateurs (les Zétas entre autre).

Leur constitution est relativement proportionnée par rapport à nous, ni massive ni maigre, leur physiologie s'étant depuis longtemps adaptée à la gravité terrestre.

Pas de dimorphisme sexuel a priori (Harmo n'a pas eu masse de détails sur ces points), ils sont hermaphrodites, et il n'y a pas d'hybridation possible entre nos 2 espèces. Leur apparence est strictement masculine de notre point de vue (les MIB décrits comme des femmes sont des humaines).

2 types de peaux :
- peau très pâle
- peau rougeâtre (qui les fait souvent passer pour des "indiens").

Leurs yeux sont plus grands que ceux des humains (comme les anunnakis, et a priori toutes les espèces qui voient dans le spectre infra-rouge émis par la chaleur des murs, moins puissants que les rayons solaires), alors que leur tête est de taille et de forme comparable.

Leurs dents ont une disposition particulière, différente de la nôtre (ce qui permet de les reconnaître facilement). Même si leurs dents sont sensiblement de la même forme que les nôtres, elles n'ont pas les mêmes positionnements/spécialisations (leurs dentition parait mal ordonnée, alors qu'elle est juste différente).

Peu d'insertion dans les humains

Ce sont les seuls ET à avoir le droit de temporairement se fondre dans la masse, aucun autre ET ne peut déambuler au milieu des hommes. Certains témoignages parlent d'eux, surtout de leurs yeux.

Ils arrivent à prendre une apparence suffisamment humaine pour parfois être parmi nous, mais leur comportement et leurs particularités ne sont pas parfaitement adaptées (socialement et physiquement).

Ils ne peuvent pas se fondre sur le long terme et sont facilement repérables si bien qu'ils limitent leurs séjours parmi nous à de très courts et rares allers et retours. Ils ne vivent pas parmi la population et sont incompatibles avec notre environnement extérieur (sensibles à la lumière UV, trop faible taux d'humidité, nourriture inadaptée).

Ils se contentent de sortir de leurs cachettes seulement quelques heures, ce qui limite grandement leurs visites.

Constitution interne

Biologiquement, leur métabolisme, ainsi que leur constitution et physiologie interne (chimiquement et biologiquement), est très différente de la nôtre. l'apparence est souvent trompeuse.

Habitat

Leurs moeurs sont strictement cavernicoles sur Terre car ils ne supportent pas le rayonnement solaire (d'où leurs protection contre les UV sur leurs voitures, leur chapeau et parfois leurs lunettes noires). Ils ont également besoin d'un taux d'humidité assez élevé, mais sont peu sensibles, au contraire, aux différences de températures.

Leurs lieux de vie sont des enclaves souterraines de grande taille qui fonctionnent en autarcie totale par rapport à la surface et sont relativement profondes, ce qui les met à l'abri des séismes et des problèmes liés à Nibiru, qu'ils gèrent sans difficulté particulière. Cela ne les empêche pas d'avoir des accès vers la surface.

Ils évitent de se déplacer en aérien d'une cavité à une autre, car ils ne veulent pas risquer d'êtres découverts par les humains.

Indéterminés spirituels

Espèce déplacée sur terre il y a très longtemps (des millions d'années).

L'histoire de leur transfert sur Terre est assez particulière, et différente d'autres transplants.

C'est une scission dans leur espèce (un problème de télépathie semble-t-il) qui a poussé le conseil des mondes à les séparer.

Les MIB terrestres sont télépathes mais de façon limitée et artificielle, alors que les MIB altruistes ont une télépathie complète et ont donc été intégrés à la communauté des espèces télépathes comme les Zétas. Les deux groupes ne pouvaient plus vivre ensemble à cause de cela, mais Harmo n'a pas eu tous les détails sur cette séparation.

Il en a résulté une séparation physique entre les individus avancés dans l'altruisme, plus télépathes, et les autres, moins télépathes. Donc a priori, pas d'histoire d'ascension comme ça sera le cas pour la séparation de l'espèce humaine.

Les altruistes MIB sont restés sur la planète mère, les autres ont été placée sous la surface de notre Terre, qui est pour eux une planète école.

Les MIB terrestres (appelés MIB tout court par la suite) sont de la même dimension que nous, et ascensionneront après l'humanité a priori.

C'est leurs homologues sur leur planète mère (la faction altruiste), alliés aux communautaristes, qui veillent sur les MIB, moins avancés spirituellement que les télépathes. Les relations sont plutôt unilatérales.

Les MIB sont considérés comme des exilés, et la Terre comme une "prison", ou du moins une assignation à résidence. Ils ont des représentants au conseil des mondes, mais ne sont liés à aucune faction altruiste ou hiérarchiste.

Pacifistes

Leur séjour sur Terre et aussi une mise à l'épreuve, une "école de rattrapage" : leur exil était conditionné en échange à un certain nombre de règles de comportement de leur part, dont celle d'éviter autant que possible le conflit. Cette règle en a fait une société totalement pacifique. En cela ils sont surveillés, afin qu'ils n'enfreignent pas cette règle. En échange de leur bonne volonté, ils ont certaines aides des ET évoluées, notamment pour se déplacer sur Terre (leurs congénères altruistes, ou d'autres espèces très évoluées, servent de taxis avec leurs ET à l'occasion).

Contact agressif des anunnakis

Les MIB ont été en contact avec les annunakis et cela ne s'est pas bien passé du tout. La rencontre était inévitable, puisque les annunakis sont également de moeurs souterraine.

Les rapports ont été tendus et conflictuels. Il n'y a pas eu de guerre directe à proprement parler mais de grosses pressions ont été faites du côté annunaki pour s'allouer les services des cavernicoles à certains moment (une manière polie de dire que les anunnakis ont tentés de les mettre en esclavage par tromperie).

On peut retrouver des traces de ces rapports dans la mythologie, notamment nordique, où les cavernicoles sont décrits comme les "nains" (Annunakis = 3 m de haut, MIB = 2 m de haut, pas étonnant qu'ils paraissent petits aux anunnakis). Les nains de la mythologie scandinave ne sont donc pas nains par rapport à nous (personnes de moins d'1,3 m de haut), c'est une mauvaises interprétations des textes à destination des anunnakis.

Ne pas confondre avec une autre peuplade naine cavernicole, envoyée par les 2 Kos (L1), disparus depuis.

Dans la mythologie, les "nains" (MIB) sont connus pour leur grande connaissance des ressources de la Terre et pour creuser de grandes villes dans les profondeurs, ce qui est exactement le cas des MIB.

C'est aussi pour cette raison (les ressources) que le conflit entre annunakis et cavernicoles a vu le jour, notamment autour de l'or. Les géants ont essayé à maintes reprises de rançonner les "nains" et les faire miner les métaux pour eux, mais cela n'a jamais vraiment abouti, sauf à des tensions et des accrochages (non militaires). Les cavernicoles ont parfois "forgé" des objets pour les annunakis suite à des accords visant à s'assurer leur tranquillité et au final, ils ont réussi à conserver leur indépendance malgré l'agressivité des géants envahisseurs. Il faut savoir que sur certains domaines, les cavernicoles sont plus avancés technologiquement que les géants, ce qui a contribué aussi à un équilibrage des forces (une sorte de guerre froide). Cette tranquillité a aussi été acquise par un repli progressif vers des zones toujours plus profondes afin de ne pas rester sur des domaines concurrentiels avec les annunakis qui eux occupaient plutôt les zones proches de la surface.

Technologie actuelle

Ils ont été transplantés en étant déjà technologiquement avancés. Légèrement plus avancée que notre technologie, ou même celle des Annunakis.

OVNI

Ils disposent de vaisseaux ET mis à disposition pour surveiller notre évolution.

Comme ce sont des ET peu technologiques, ils constituent une grande partie des observations d'OVNI par les humains (voir "les boules de l'Aveyron" (L0>OVNI)).

L'appareil est laissé en dépôt par le conseil des mondes, sous conditions. Il y a rarement un ET évolué aux commandes de ces appareils prêtés, ce sont les MIB qui pilotent. La maîtrise des engins et leur capacités sont de ce fait limitées techniquement (volontairement parfois), bien plus en tout cas que lors des abductions où ce sont les ET évoluées (comme les Zétas) qui sont aux commandes.

Le pilotage d'un OVNI se fait mentalement, ce qui est très difficile (voir les Américains qui n'ont jamais réussi à faire voler ceux qu'ils ont obtenu des raksasas).

Électricité

Ils ont construit des cités souterraines, des structures à plusieurs étages et des systèmes de tramway à l'électricité. Ils produisent leur électricité de manière chimique, une méthode apprise sur leur planète avant leur transplantation sur Terre. Leur planète d'origine ne possédait pas la richesse des combustibles fossiles fournis par la Terre, ni des masses continentales avec des changements d'altitude qui permettent à l'eau de tomber, ni même beaucoup d'eau. C'est un peu les mêmes conditions qu'ils ont rencontré sous terre. La frustration est la mère de l'invention, et ils ont fait avec les moyens du bord.

Leur production d'énergie électrique n'est pas abondante, et ne contenterait pas le foyer américain moyen.

Pas d'armes

Ces ET ayant décidés d'être pacifistes, ils refusent les armes (ce qui expliquent qu'ils mettent autant d'efforts à rester cachés).

Ils n'ont donc pas de bombes, ni chars, ni bazooka, ni même des prisons.

MIB altruistes

Leurs congénères altruistes, restés sur leur planète mère, possèdent désormais une civilisation qui a largement évolué suite à l'expulsion, il y a des milliers d'années.

Contacts avec les humains (p.)

Ces ET de l'intra-Terre sont neutres dans l'éveil des consciences actuel. Ils ne participent à la surveillance de l'humanité, et envoient de temps à autre des espions, que parce que ce sont des voisins, et qu'ils sont toujours inquiets de voir des primates comme nous jouer avec des armes nucléaires au-dessus de leurs têtes.

Indéter > Cavern > MIB > Contacts avec les humains

Ils prennent régulièrement des contacts avec les humains pacifiques, pour prendre le pouls de l'avancée des technologies humaines (il leur arrive d'en inviter certains plusieurs années dans leurs cités souterraines), ils font parfois pression sur les observateurs d'ET pour que ces derniers ne parlent pas, mais sinon ils nous évitent comme la peste (et ils ont raisons !).

Il est arrivé dans le passé que les MIB hébergent le peuple amérindien (Hopis et Maya) le temps d'un passage de Nibiru.

Autorisation du contact

Selon Nancy, ils sont autorisées à effectuer ces visites car elles ont la même densité que les humains et ne sont pas en quarantaine. Par contre, l'inverse (humains contactant les MIB) semble plus contraint.

Les spéléologues

L'espace étant trop compliqué pour l'amateur, toutes les régions du globe ayant été explorées, la spéléologie semble être le dernier espace de découverte qu'offre la fin du 20e siècle. Malgré un développement rapide de cette discipline depuis les années 1980, il reste 1000 fois plus de cavernes et de passages que les spéléologues ne connaissent, beaucoup étant beaucoup plus profonds que l'homme n'a jamais sondé.

Protection des cavités

Bien avant que les humains ne commencent la spéléologie préhistorique, les MIB se protégeaient des anunnakis.

Lorsqu'ils prospectaient une nouvelle cavité, ils s'assuraient qu'il n'y aurait pas d'évent communiquant avec la surface, l'appel ou la sortie d'air risquant de trahir la présence d'une grande poche.

Méfiance vis-à-vis de la culture sémite (occident)

Au vu de l'histoire tendue entre MIB et anunnakis vue plus haut (p.), les MIB ont toujours vu les humains avec méfiance.

A l'arrivée des humains, les MIB s'étaient déjà bien isolés, ce qui a grandement limité notre connaissance de leur civilisation. Leur politique a toujours été la prudence à notre égard, notamment à cause de notre obéissance aux annunakis, leurs ennemis. Cela ne s'est pas arrangé avec le temps car même après le départ des géants, nous avons toujours été considéré comme une menace, et à raison.

Cette menace est notamment liée à la propagande annunaki qui a perduré dans nos civilisations humaines, et qui ont toujours montré le sous-sol comme une sorte d'enfer habité par des créatures plus ou moins démoniaques, voir Satan lui même. C'est pour cette raison que l'enfer a été placé par les religions sémitiques dans les profondeurs, les sémites ayant été les serviteurs directs des annunakis.

On retrouve cette peur des mondes souterrains chez les aztèques et mayas, influencés par les renégats anunnakis type Quetzalcóatl / Odin.

Relations plus poussées avec les civilisations pacifistes

En revanche, cette vision infernale des abysses n'est pas partagée par toutes les civilisations, et les cités des MIB ont été à l'origine des mythes sur la Terre creuse. L'Agartha n'est qu'une description légendaire du monde des MIB, et de leurs grandes enclaves-mondes reliées les unes aux autres, formant un vaste réseau de grottes habitées.

A certaines époques, les relations entre certaines civilisations humaines étaient plutôt bonnes, même si elles étaient restreintes, ce qui explique que ces légendes aient vu le jour.

Le plus grand épisode de coopération entre les MIB et les humains l'a été en Amérique, où les ET évolués ont demandé aux MIB d'héberger un temps des populations amérindiennes afin de les protéger du passage de Nibiru.

Ce fait a été largement décrit par les indiens Hopis qui parlent du peuple fourmi (Ant People) qui les a protégé dans ses antres secrètes jusqu'à la fin des catastrophes, et un retour normal de l'environnement en surface.

Cela explique aussi pourquoi les amérindiens en général ont une assez bonne représentation du monde souterrain (Xibalba chez les Mayas).

Les contacts avec les humains continuent

Ces relations ne sont pas interrompues d'ailleurs, puisque certains humains ont eu le privilège parfois de visiter ces lieux. De nombreux témoignages de personnes ayant vécu de longues périodes avec des extraterrestres, ne sont en fait que des séjours dans ces mondes souterrains, et non sur d'autres planètes.

En effet, les MIB apprécient notre compagnie, à condition qu'elle soit pacifique, comme eux.

Il est d'ailleurs fort possible que suite au passage de Nibiru, nous ayons davantage de contact avec cette espèce qui partage avec nous la Terre, vu que nous serons moins dangereux à leurs yeux (les gouvernements étant alors une histoire ancienne, tout danger est écarté).

Il y a une tradition ancienne de la part de ces MIB, celle d'offrir parfois à certains d'entre nous l'occasion de vivre chez eux, pour de longues durées. Cela leur permet de rester en contact avec notre monde et d'être à la page, puisque nous évoluons culturellement et technologiquement très vite. Malheureusement, leur mise à niveau n'est pas toujours assez rapide, ce qui explique le caractère souvent dépassé de leur déguisement ou de leurs véhicules (de vieilles Fords flambant neuves complètement démodées, ou des Citroën CX neuves mais plus fabriquées depuis 10 ans pour la France).

Le "recrutement" des humains n'est jamais forcé, il est sur base volontaire, les MIB offrant à la personne de venir avec eux dans leur monde définitivement. En réalité, ce n'est pas toujours définitif, il y a de nombreuses personnes qui sont revenues au bout de plusieurs années. En cas de refus de l'offre ou à la fin d'un séjour de plusieurs années, les MIB effacent généralement les souvenirs du séjour ou de la rencontre, mais ce n'est pas systématique (et rarement complet, les personnes se souviennent généralement avoir vécu longtemps avec ces êtres, peu importe le nom qu'on leur donne). Le cas de Rose C, en France, est typique de ce genre d'offre. La jeune femme décrit très bien sa rencontre avec les deux grands MIB et leur assistant humain.

Les humains "accompagnants"

Les visites de MIB se font souvent par 3 : 2 grands MIB, et un humain accompagnant plus petit.

En effet, certains rares humains sont intégrés à leur monde de façon volontaire et servent d'intermédiaires parfois lors des rencontres et les visites de "courtoisie".

Contrairement aux invités temporaires, les accompagnants n'ont plus le droit de retourner à la civilisation humaine, leur décision de rejoindre les cavernicoles est définitive. Pas "d'espions" humains accompagnant parmi nous, les humains qui vivent avec eux vivent à 100% avec leurs alliés dans les villes souterraines.

Les visites concernant les ET

Pas le gouvernement

Les MIB ne travaillent pas avec les gouvernements (comme voudrait le faire croire le film "MIB"), qu'ils craignent au contraire et dont ils se protègent. Ils n'essaient aucunement d'influencer la politique humaine tant qu'il n'y a pas danger pour leur propre population. Dans ce cas, leurs seules actions sont les fameuses visites d'intimidation, ils n'ont aucune autre action majeure sur le reste de notre société.

Intimidation de témoins accidentels

Les MIB sont aujourd'hui surtout connus pour leurs visites intimidantes liées aux apparitions d'ET. Leur but est de mettre la pression sur les témoins ou les personnes clés qui pourraient révéler leur existence et/ou la localisation de leurs entrées. Les ET servant parfois de taxis pour ces êtres, les témoins peuvent localiser indirectement ces entrées et mettre en péril la tranquillité des enclaves, surtout si ces informations tombent dans les mains des gouvernements.

Les illuminatis, qui sont toujours au service des Annunakis (même après leur départ de ces derniers), continuent à être des ennemis pour les MIB. Tels maîtres, tels serviteurs on pourrait dire.

Ces illuminatis sont donc très dangereux pour les MIB, car ils connaissent leur existence en théorie, vu qu'ils ont énormément d'archives du temps de la présence des anunnakis sur Terre. Cette vieille rivalité n'est donc pas éteinte avec l'exode des anunnakis, et les promesses de richesses et de puissance que pourraient tirer les illuminati humains d'une exploitation des MIB est toujours d'actualité.

Les gouvernements en général, sans pour autant être affiliés ou gouvernés par les illuminati, sont également un danger car on sait très bien ce que donne la rencontre de civilisations belliqueuses comme les nôtres quand elles en découvrent une autre pacifique (voir les Amayacs décimés par Christophe Colomb).

Une découverte officielle des MIB serait extrêmement périlleuse pour eux, et ils préfèrent éviter un ethnocide (voire un génocide !) de leur peuple, tan que nous vivrons sous le joug de cette société esclavagiste. Leur mauvaise expérience avec les annunakis et le comportement de nos gouvernements et de nos militaires/scientifiques leur donnent raison, on les comprend ! Ils n'aiment pas trop non plus l'éveil progressif des populations à la réalité extraterrestre, mais de toute façon ils savent bien que celle-ci est inéluctable et que leur existence sera révélée un jour ou l'autre.

N'ayant pas d'armes, ils ne peuvent que choisir l'intimidation pour tenir une espèce violente comme la nôtre à distance. Il faut qu'on ai peur d'eux. Voilà pourquoi le caractère intimidant.

En tous les cas, malgré la peur que peuvent procurer ces visites d'hommes en noir sur l'instant, il n'y a rien à craindre de leur part. Même s'ils passent en coup de vent nous rendre des visites, ils ne vivent pas au milieu de nous pour autant, et sont de toute façon non violents !

Leur seul souhait est de continuer à mener leur vie pacifique à l'abri des convoitises humaines, et ils protègent leurs cités en évitant que leur localisation puisse être effectuée suite à des témoignages sur des apparitions d'ET involontaires : l'OVNI est parfois vu parce que les systèmes de camouflages sont coupés.

Les MIB n'ayant pas subit d'ascension, leur déplacement se fait dans notre dimension, et quand ils sont déposés par les ET, il est bien nécessaire de concrètement les "déposer" (d'où la coupure du camouflage).

Les limites avec les ET utilisés (limites vues précédemment) expliquent les soucis de discrétion qu'ont les MIB lors de leur utilisation de ces ET prêtés, et lorsque leur déplacement a été repéré par un témoin, ils essaient le plus possible de réparer cette bévue (d'où les visites intimidantes).

Espionnage

Ils pratiquent également des visites à des fins de renseignement, notamment s'ils voient un gros trafic d'ET évolués dans une zone donnée. C'est leur façon à eux de se tenir au courant des avancées sur Terre, les ET évolués ne communiquant pas systématiquement avec les MIB pour expliquer leurs plans (les relations ET évolués et MIB sont très restreintes). Cela explique pourquoi, outre les visites aux témoins gênant d'apparitions d'ET involontaires, les MIB rendent aussi visite à des abductés afin de confirmer leurs présomptions. Dans ces cas cependant, ils évitent le contact direct et se contentent de poser des questions à l'entourage de la personne concernée.

Ils craignent le contact direct avec l'abducté ou le visité, mais Harmo, qui en connais les raisons, ne veut pas en dire plus. Cela est lié à leur "mise à l'épreuve" et aux règles qu'ils doivent respecter.

Attitude face à notre réveil

S'ils ne craignent pas le résultat final de la transformation (un monde de service-aux-autres), ils craignent la transition : quand une humanité encore aux mains des égoïstes, avec pas mal de service-à-soi dans les rangs, apprendra l'existence des ET, dont la leur.

Après notre ascension

Ils seront alors en quarantaine et ne se mélangeront pas avec les éventuels habitants du monde de surface. Comme ils disposent d'une source régulière de nourriture et d'un abri fiable qui leur permettront de survivre aux cataclysmes, ils continueront à vivre sous Terre en dimension 3 pendant encore longtemps.

Indéter > Cavern > Nains

Les kos, sur une de leurs planètes orbitant dans le système de Sirius, "possèdent" une espèce primitive qui leur sert d'esclaves. Il s'agit de petits reptiliens maladroits et ventrus, ressemblant à des nains déformés.

Les Kos utilisent les yeux d'Horus pour contrôler ces nains par la pensée.

Certains de ces nains ont été exportés sur Terre, pour servir d'esclaves aux anunnakis. Ces nains ont tous disparu de la Terre, car ils étaient dépendantes de certaines substances, qu'ils n'ont pas pu retrouver sur notre planète. Sans cette nourriture spécifique, elles ont toutes succombé une fois l'approvisionnement extérieur interrompu.

Animaux

Ce sont des animaux (donc non conscients) vivants sur Terre, mais apportés par les ET.

Chupacabra

Adulte, le chupacabra a la forme d'un singe sans poil de taille moyenne, avec des incisives lui permettant de boire le sang d'animaux domestiques comme des chèvres ou des chiens. C'est un animal vampire, arboricole et nocturne (2 raisons qui font qu'il est difficile a surprendre) et n'est effectivement pas originaire de la terre. Apporté par les têtes pointues.

ETI

ETI est l'acronyme de "Extra-Terrestre Incarné" sur Terre, d'orientation spirituelle fermement altruiste.

Uniquement les âmes fermement altruistes

Les âmes ET qui viennent s'incarner sur Terre peuvent avoir des orientations spirituelles différentes, mais seules les fermement altruistes sont comptées dans le vocable "ETI".

Les égoïstes ne vont se sacrifier pour les autres, et bien peu de malveillants sont volontaires pour descendre d'une dimension pour s'incarner dans un corps humain dans un monde hiérarchiste, juste pour faire gagner la cause de l'égoïsme. Le nombre d'âmes hiérarchistes actuellement sur Terre, qui viennent donc d'autres mondes, peut tenir sur les doigts d'une seule main [AM : j'imagine qu'il y a Odin dans ces 3 à 5 ETI malveillants actuellement incarnés sur Terre].

Il y a par contre des ETI neutres, des âmes non encore matures, qui peuvent être transférées d'un monde ou d'un autre pour être mis dans notre école, vu qu'ils sont du même niveau spirituel que celui actuellement sur Terre. Harmo ne les compte pas ans les ETI, parce qu'ils ne contribuent pas aux 25% d'altruistes au sein de l'espèce humaine de 2010.

Ces ET incarnés neutres viennent d'un monde qui fait son ascension. Les âmes altruistes et hiérarchistes sont séparées (l'une ou l'autre des orientations restant sur la planète d'origine), mais les autres, indéterminées, sont enlevées, car leur planète n'est plus une école. A ce moment, il faut bien leur trouver une classe ailleurs ! Et ils viennent se réincarner sur Terre.

C'est pourquoi, quelqu'un qui se rappelle d'une vie précédente ET, n'est pas forcément une âme altruiste.

Prophètes

Un autre lien entre les ET et les humains se situe chez les prophètes eux mêmes. Ces prophètes, qui ont été de grands réformateurs comme Jésus, sont des humains un peu spéciaux dans la mesure où ils sont des incarnations d'entités extraterrestres plus avancées, qui viennent après leur mort, et de façon volontaire, s'incarner chez les humains pour essayer de les aider dans leur développement.

Jésus avait une connaissance et une maturité spirituelle très supérieure, qu'il a essayé de partager avec les gens de son époque.

Des millions

Le cas des prophètes n'est pas exceptionnel, puisque aujourd'hui il existe des millions d'âmes ET incarnées sur Terre, même si elles n'en ont pas conscience elles mêmes. Toutes ne sont pas si évoluées que Jésus, certes, mais elles ont souvent ce petit plus qui permet de faire avancer la société humaine dans le bon sens, pour peu qu'elles viennent de mondes altruistes plus évolués (ce qui n'est pas toujours le cas). Il n'y a pas de différence fondamentale entre un humain avec une âme d'origine humaine et un humain avec une âme ET, les âmes sont toutes équivalentes, juste que les âmes ET sont généralement plus expérimentées. Une âme ET qui s'incarne dans un humain devient humaine, car l'âme n'est pas liée spécifiquement à une espèce, elle est neutre. Il existe d'ailleurs des humains incarnés sur d'autres mondes, dans des enveloppes physiques non humaines, bien que cela soit plus rare (parce que nous ne sommes qu'une espèce très jeune et inexpérimentée).

Contacts avec les humains

Survol

La non-ingérence ET (respect du libre-arbitre) implique que rien ne peut être fait par les ET, seulement par les humains s'ils en ont fait la demande (l'Appel), donnant lieu à une rencontre explicative, puis si l'humain le veut bien par la suite. On peut influencer, pas imposer.

Loupé de l'ufologie

Beaucoup d'ufologues ont fait cette erreur, de ne pas voir que les OVNI ne se montrent pas à n'importe qui. Si une personne est témoin de quelque chose, ce n'est pas qu'elle était là au bon moment ou qu'elle a eu de la chance. Tout est prémédité. Donc, conclusion logique, même une personne qui regarderait le ciel 24h/24 ne verrait aucun OVNI si elle n'avait pas à en voir ! Par contre une personne qui ne regarde jamais le ciel d'ordinaire, un jour regardera juste par le fenêtre 10 secondes et aura la surprise de sa vie. Voilà pourquoi l'ufologie a stagné depuis des décennies.

Contacts physiques

- Les abductions (enlèvement physique du corps), aux différents buts :
    - Opérations médicale visant à guérir l'abducté,
    - Préparation à la prochaine évolution génétique humaine,
    - demande de l'abducté aux ET malveillants
- Les visites instructives
- Les contacts directs du passé (Groom-Lake, Roswell, Varginha)

Contacts non physiques

Les contact télépathiques ou par canalisation. Depuis 2019, les archanges, les anges, les dragons, les guides, etc. ont révélé qu'ils étaient en réalité des ET.

Histoire (p.)

Règles des contacts (p.)

Les contacts se font en respectant des règles précises et strictes, comme de ne pas laisser de preuves absolues, juste des indices, ou de n'interagir qu'avec des humains du même bord spirituel, et dont l'âme l'a demandé.

résumé à faire

Histoire

Planning général prévu

Les ET sont restés cachés pendant les millénaires d'invasion annunaki, puis de domination Illuminati.

Ils interagissaient de temps à autre avec des visités, comme Hénoch, Ezéchiel, ou encore les ETI aujourd'hui connus comme prophètes. Depuis 2013, ils ont décidé de se montrer progressivement.

Dans les communautés altruistes de l'after-time, ils envisagent des contacts plus nombreux et directs (sans conscient coupé), avec aide physique directe aux survivants, comme des dômes, ou des appareils à génération d'électricité perpétuels.

Apocalypse

Les "méchants", ce sont les ET de Sirius qui ont déménagé sur Orion, et qui ont rencontré en premier les américains en 1946, les influençant négativement et provoquant une contre-réaction des "gentils" : le faux-vrai crash organisé de Roswell. Les anunnakis peuvent être considérés comme étant dans le camp des méchants aussi, puisque eux aussi très mal influencés et depuis très longtemps par ces mêmes méchants ET d'Orion/Sirius, et que s'ils remettent les pieds ici, ce ne sera pas en amis. Il y en a d'autres aussi des méchants ET, en gros il y a 5 "méchants" pour 95 "gentils".

Les gentils sont bien plus nombreux donc, les Zetas, les Altaïrans, la race aquatique qui réalise les vrais crop-circles, pleins d'autres... Les Zétas se sont crashés exprès à Roswell pour donner une impression de vulnérabilité aux américains, ainsi se placer dans une autre configuration que le "je vous en mets plein la vue et vous prouve que je suis le plus fort" de ceux de Sirius, et pouvoir entamer le dialogue sur un autre mode. Cette influence positive a porté ses fruits sur la durée, mais très peu pendant plusieurs décennies où le MJ12 et les militaires s'accrochaient aux promesses des "Siriens". Les promesses n'ayant pas été tenues, au sein du MJ12 avant sa dissolution quand Bush fils est arrivé au pouvoir, il y avait en gros 2 façons très différentes de voir les choses. Les anciens du MJ12 aujourd'hui encore sont divisés en 2 camps opposés, certains travaillent à la révélation en douceur (par ex la vidéo du Zéta survivant de Roswell lâchée en 2011) et d'autres sont toujours fermement ancrés dans la désinformation.

D'autres ET altruistes ont fait exactement la même chose qu'à Roswell en 1996, ils se sont crashés exprès à Varginha au Brésil pour pouvoir influencer positivement la région, l'Amérique du Sud, afin que celle-ci soit gagnée à la cause du "bien" et ne passe pas aux mains des méchants qui travaillaient à effrayer les populations pour essayer de remporter ce coin-là de la planète (avec les "chupacabras" par exemple).

Depuis 2000, les dirigeants ne sont plus contactés, alors que les humains qui préparent l'avenir de tous le sont.

Règles

Survol

Éviter l'Ethnocide (p.)

Les ET pourraient très bien apparaître en masse, et là la question de leur existence serait bouclée. De même, ils pourraient révéler par eux-même ce qu'il y a d'écrit dans ces recueils Altaïrans, et l'humanité repartirait sur des bases spirituelles assainies.

Oui, mais en dehors des règles de non intervention, auraient lieu d'autres effets provoqués par les élites au pouvoir (génocide des populations plutôt que de perdre le contrôle) ainsi qu'un ethnocide meurtrier quand les religions s'effondreraient, et que les gens perdraient leurs repères.

Même orientation spirituelle (p.)

Pas de souci, s'il y a des méchants ET, ils ne peuvent que s'attaquer aux égoïstes qui font un appel. Si vous êtes égoïstes, ou que vous faites une demande égoïste, et que vous appelez pour cela des forces plus fortes que vous, ne vous étonnez de payer les pots cassés par la suite, parce que seules des entités ne pensant qu'à leur intérêt viendront...

Ces entités égoïstes ont le droit d'essayer d'influencer les altruistes, pour tenter de les corrompre.

Pour savoir l'orientation spirituelle des entités avec qui vous êtes en contact, il vous suffit finalement de bien vous connaître !

Demande de l'humain (p.)

Seul l'humain dont l'âme (la seule qui ai un réel libre arbitre) demande ou autorise la visite des ET.

Cet appel peut se faire inconsciemment quand on désire trop ardemment quelque chose.

Le programme génétique de sauvegarde de l'espèce humaine des zétas est le seul qui ne demande pas l'avis de l'âme concernée, les enjeux de l'espèce dépassant l'individu.

Contenu des infos (glo)

Les ET ne doivent pas influer sur notre arbitre, juste donner des conseils. Leur message est censuré dès lors que l'information serait plus profitable aux maîtres qu'aux esclaves. De plus, les ET sont des êtres imparfaits, qui ne savent pas tout non plus, et peuvent se tromper.

Conscient coupé (p.)

Pour diverses raisons historiques (notamment la traque et exécution systématique des contactés comme Jésus), les abductions ou visites se font en coupant le conscient. Une mesure systématique imposée à tous les ET après les contacts des Raksasas avec les membres du MJ12, à la fin des années 1950.

A partir de là, seuls les membres du MJ12 ont encore été autorisés à rencontrer des ET en chair et en os de manière consciente, puisqu'ils l'avaient déjà fait auparavant. Pour tous les autres humains, cela s'avérera interdit, l'interdiction devrait sauter quelques années après le passage de Nibiru.

Distorsion du message (glo)

Comme toute transmission, il y a forcément des pertes ou des mauvaises compréhension, surtout à cause de la limitation des contacts faits conscient coupé, ou encore des erreurs de compréhension entre espèces différentes.

Règles > Éviter l'Ethnocide

Pas plus que les dirigeants humains, les ET n'ont envie d'appuyer sur le bouton "Ethnocide généralisé".

Car s'ouvrirait alors littéralement la boite de pandore : "Et si les Dieux anciens étaient ces ET ?".

Différence d'acceptation

Nous avons vu (incarnation>psychologie p.), le danger à révéler d'un coup les mensonges au public, notamment les comportements différents au sein d'un même population. Les religions, englués dans les contradictions de leur dogme, ne pourraient survivre à cette révélation, et la sociétés se polariserait en plusieurs courants incompatibles...

Si une partie importante de l'opinion publique peut encaisser psychologiquement, moralement et éthiquement l'existence des ET (et des ET), ce n'est pas le cas de tout le monde.

Si certains vont se braquer dans leurs croyances et renier la réalité, d'autres au contraire, voudront imposer un nouveau culte aux ET. D'autre vont devenir athées.

Le plus grave, c'est que chacun se battra pour savoir quel encens les ET vont préférer...

Résistance au changement

On ne peut pas bouleverser une société aussi radicalement dans ses principes fondateurs (la place prépondérante de l'homme sur Terre, humanisme athée ou anthropocentrisme religieux) sans que des personnes résistent au changement : plus le changement est rapide, plus la réaction de frein est importante.

La résistance au changement dans des groupes organisés comme les entreprises par exemple est connue. Cela finit soit par des grèves (résistance active) soit pas des suicides (le cas de France Télécom est flagrant). De même, on voit que la modernisation d'un pays comme l'Arabie Saoudite dans les années 70, menée trop rapidement, a créé une réaction inverse de la part de la population qui s'est réfugiée dans un intégrisme moral anti-progrès (et donc anti-occidental), et a permis la cristallisation d'Al Qaïda au travers de Ben Laden.

L'Ethnocide

Réalisme : Monde libéré de l'obscurantisme

En cas de révélation des ET, pour une bonne partie de la population l'acceptera assez rapidement : le savoir, la vérité, remet les pendules à l'heure, replacent les choses à leur place et mettent fin à tous les mensonges/erreurs d'interprétation de l'histoire, comme une sorte de libération.

L'humanité, débarrassée de ses traditions encombrantes, se renouvelle enfin et dans le bon sens.

Apostasie

Malheureusement, toute la population n'est pas réaliste, loin de là.

Beaucoup perdent d'un coup tous leurs repères, toute leur foi en ce qu'on leur a appris, et notamment deviennent en masse athée. Et ce brutalement, sans avoir le temps de réfléchir, parce que justement leur foi n'était pas suffisamment réfléchie et assise. C'est tous leurs gardes-fous moraux qui s'évaporent, et ils se retrouvent perdus et déboussolés, pour ne pas dire fous...

Effondrement prévisible de la plupart des institutions sociales et religieuses de la planète. L'athéisme (le vrai, pas celui de façade, voir p.) est la pire chose spirituelle possible : il n'y a plus ni bien ni mal, s'il n'y a plus de sens à la vie, plus de Dieu ou de Karma pour juger les fautes. Autant faire n'importe quoi, autant faire le mal sur Terre, flinguer les autres et me flinguer après.

Il n'y a qu'à voir déjà ce que les petites querelles dogmatiques entre les religions entraînent comme conflits, les massacres qui ont eu lieu pour un livre disant "aimes les autres comme toi-même" et "tu ne tueras pas", pour en avoir des frissons dans le dos les jours où ces gens n'ont plus de barrières morales...

Il ne faut pas non plus oublier que plusieurs milliards de personnes dans le monde (Chrétiens et Musulmans inclus) ne sont d'accord que sur la Genèse, à savoir dieu à fait l'homme à son image. C'est une des uniques choses sur lesquels ils ne s'entre-déchirent pas, cela montre l'importance de ce point crucial fondateur de toutes les civilisations judéo-chrétiennes ! C'est la clé de voûte de l'édifice on pourrait même dire ! Vous l'enlevez, et tout s'effondre...

Déni : refus violent de la réalité

Comment vont se comporter les sceptiques les plus radicaux ? Comment vont se comporter tous les gens ignorants du phénomène OVNI ? Que feront tous les gens qui ne connaissent QUE leur doctrine (religieuse). Ces personnes représentent un danger évident, celui du déni, c'est à dire le refus de voir la réalité en face tellement cette réalité bouleverse l'ensemble de leurs fondements psychosociologiques.

Nous risquerions donc de voir émerger des gens niant tout en bloc et continuant à se référer à leurs anciennes certitudes :

- pour les chrétiens et les islamistes radicaux, les ET ne peuvent qu'être l'incarnation de démons ou d'anges déchus venus pour combattre les croyants,
- Pour les conspis d'extrême-droite, ce sera un piège du gouvernement de gauche pour changer leurs valeurs traditionnelles chrétiennes.
- Les zététiciens vont chercher des années où se trouve le biais ou la ficelle de l'illusionnisme, se radicalisant plus encore dans leur athéisme.

Les nouvelles sectes

Les religions s'effondrent, les gens perdus perdent leurs valeurs morales, ne savent plus vers quel nouveau gourou se tourner, et prendront le premier venu.

Les gens qui profitent de la détresse des autres sont généralement de mauvaise orientation spirituelle. Ces gourous eux-mêmes perdus, ou au contraire imbus d'eux-même, peuvent entraîner les masses dans de très mauvaises directions.

Les ET bienveillants ne veulent pas être idolâtrés comme des sauveurs, ne veulent pas de culte, tandis que les ET hiérarchistes le veulent (vous faites alors ce que vous voulez des populations hystériques qui se battront pour entrer à votre service). Les ET hiérarchistes reprendraient l'avantage, inutile.

Autre danger, c'est que beaucoup considèrent les ET comme des sauveurs, avec leurs prophètes (les contactés), et que ça ne sert à rien de se préparer à Nibiru puisque nous serons tous sauvés dans une grande ascension spirituelle, ou par des vaisseaux de Marie reptiliens. Pile poil ce que les ET hiérarchiste de Corey Good veulent, des humains pas autonomes pour devenir leurs esclaves lors des diverses moissons.

Chaos individuel

L'humain est toujours impacté fortement par le changement dans ses croyances (p.) : Il se produit successivement choc - déni - frustration - dépression avant de remonter progressivement la pente jusqu'à l'acceptation finale.

Tous les humains, que ce soient ceux qui acceptent, ceux qui rejettent, et ceux qui disjonctent, seront dans une détresse psychologique intense : l'homme n'aime pas se retrouver dans un monde incertain et perdre ses repères socio-psychologiques et culturels :

que se passeraient il si les ET venaient ouvertement ? Vont-ils nous envahir ? Vais-je mourir ?

Le cinéma du MJ12, depuis 1947, a fait de la propagande anti-ET, et a instillé en nous une peur irraisonnée, de même qu'une répulsion qui nous semble instinctive, mais qui n'est que le résultat d'un subtil formatage télévisuel.

Le mot "ET" implique chez la plupart l'image d'êtres repoussants, sans émotions, sans éthique, mangeurs d'hommes, ou faisant des expériences sadiques sur les humains.

Imaginez ces clichés bien ancrés dans des société où la religion est encore bien ancrée, chez les officiels véreux, les militaires paranoïaques, ou les croyants fondamentalistes !

Chaos social

Il y a plusieurs années après la révélation ET, où cohabitent différents types d'humains sur Terre, ceux qui ont perdu tous leurs repères moraux, ceux qui ont accepté facilement l'existence des ET, et ceux qui sont en déni et vont inventé des soit-disant complots du gouvernement ou de Satan...

Comme nous l'avons précédemment, la population sera divisée comme jamais :

- réalistes
- perdus et en apostasie
- déni
- excès

Une belle guerre entre les "pro", les "trop pro", les "déboussolés" et les "anti", entre ceux qui regarderont la vérité en face, qui déformeront cette réalité, et ceux qui nieront tout en bloc pour se renfermer dans leurs traditions caduques et ceux qui devront faire ressortir leur mal-être d'une manière ou d'une autre.

Le calme est long à revenir

Bien sûr, au bout de quelques années, les religieux et zététiciens se calment, reprennent leurs fondamentaux, suivent le chemin de ceux qui se sont tout de suite libérés de l'obscurantisme. Mais entre temps, on a eu 1 ou 2 milliards de morts, et des sectes dangereuses qui continuent de propager des idées moisies...

Perte des cultures

Les cultures de chaque peuple sont millénaristes et pétries de sagesse et d'expériences.

L'imposition du catholicisme romain (une religion orientale faite que pour les orientaux et leur culture) a provoqué un véritable éthnocide dans toute la méditerranée, détruisant toutes les traditions locales, les prophéties qui nous étaient destinées lors du génocide des druides, remplacé les anciens lieux sacrés d'énergisation, de guérison et de méditation en y plaçant des Isis mithriaques qui n'ont rien à voir avec la mère de Jésus, persécuté les soigneurs herboristes traditionnels, etc. Cela fait un presque 1500 ans que nous vivons l'histoire (la Bible) d'un autre peuple (les Hébreux), suivons ses traditions et ses interdits. Une belle bombe atomique spirituelle/culturelle. Vous comprenez peut être mieux pourquoi les ET se méfient autant du fameux ethnocide lié à la révélation de leur existence.

Révéler les plans des élites

Les ET pourraient aussi faire en sortir d'obliger à ce que les plans des élites soient révélés, sans doute possible. Une révélation explosive plutôt que progressive.

Cela conforterait les peuples dans leur désir de rébellion, les énerverait et ferait exploser des années de colère et d'humiliations rentrées. Une grande agitation et des soulèvements populaires désolidariseraient le peuple de ceux qui les gouvernent (États, Industriels, Clergés...), et on demanderait des compte à tous ces gens qui ont abusé de leur pouvoir pendant des siècles.

Un cas de figure qui s'est déjà produit (comme en 1789 en France, ou le communisme mondial en 1914), et qui est toujours prévu par le pouvoir : dans ces cas-là, les élites ont toujours prévus d'anéantir tout le monde : soit dans des guerres mondiales aux prétextes idiots, soit des virus mortels (comme la grippe espagnole de 1918, faisant plus de morts que la guerre), soit des déportations à grande échelle comme Staline.

De nombreux plans d'extermination sont déjà en place, prêts à être déclenchés, et les ET sont au courant de cela depuis longtemps.

De plus, en ces temps d'apocalypses, de nombreuses choses doivent encore se produire, que l'humanité doit vivre pour grandir, les ET sont juste là pour éviter que nos dirigeants gâchent ce moment clé de notre évolution. Donc, ils n'interviendront personnellement qu'en cas d'ultime nécessité. Mais ne vous inquiétez pas, ils ont prévu d'autres choses depuis longtemps qu'une intervention directe de leur part.

Les risques de virus

Que signifie une panique des Elites dont l'obsession numéro Un a toujours été de perdre le contrôle sur les foules ? Un génocide généralisé.

Vous croyez vraiment que des personnes comme Bill Gates blaguent, ou font des mises en garde gratuites, en pointant du doigts des risques pandémiques globaux, ou bien s'agit-il plutôt là de manifester des ultimatums aux gouvernements pour signifier qu'ils ont les moyens d'éradiquer les populations avec des virus et autres bacilles mis au point dans des labos ? La grippe H1N1 de 2009 était un de leurs essais, et les ET sont intervenus in extremis pour faire muter le virus et faire baisser sa dangerosité. Mais qu'en serait il si au lieu d'une seule source de contamination, une école mexicaine, ce sont des centaines, voire des milliers de sources, qui sont allumées en mêmes temps ?

Les risques de bombes

Pensez vous vraiment que les Élites ultra-fortunées, bien plus riches encore que Bill Gates, et bien souvent plus riches encore que des Nations entières, n'ont pas à leur disposition des armes de destruction massive comme des missiles nucléaires et des ogives de gaz VX ?

Les ET seraient alors obligés de désactiver ces missiles avec leurs vaisseaux, montrant au monde entier simultanément des centaines d'entre eux aux yeux de tous.

Certes, les ET auraient empêché ces génocides de se faire, mais pour les éviter, ils seraient contraints de se montrer au grand jour. Éviter une catastrophe en provoquant un ethnocide tout aussi destructeur, mais qui spirituellement est bien pire encore qu'une annihilation, ce n'est pas envisageable.

Dépendance aux élites

Si les Élites ont besoin du peuple servile pour travailler pour eux, le peuple a aussi, pour l'instant, besoin d'un système un minium ordonné et stable pour se nourrir et garantir la paix et la protection des citoyens. Retirer les Élites d'un coup, c'est provoquer l'effondrement du système.

La voie du milieu

Il ne faut pas avoir un point de vue complètement manichéen. La meilleure solution se trouve dans la modération et le compromis, la voie du milieu. C'est la leçon fondamentale de Bouddha. Sinon on tombe dans la caricature et dans les extrêmes. Les ET n'aident pas les Elites, ils évitent que le processus d'Eveil des consciences ne s'emballe et prenne feu de tous les côtés. Si vous voulez vous débarrasser d'un cancer dont les cellules sont dispersées, incrustées partout, dans tous les organes, vous n'employez pas des méthodes qui risquent de détruire le corps tout entier. Il faut trouver un compromis entre éliminer les cellules malveillantes et sauvegarder l'intégralité des cellules saines, des organes qu'elles forment et en général du corps dont elles définissent l'existence. Y aller au chalumeau ne résoudra rien. Alors oui, les ET pourraient couper les membres infectés, ou bien retirer d'un coup toutes les cellules malades, mais que resterait-il de l'Humanité après ? Une bouillie informe, parce qu'encore trop dépendante des cellules malades pour rester homogène et vivante ?

On ne peut pas corriger 3 millions d'années d'histoire humaine contaminée, jusque dans nos gènes, notre culture et nos esprits, par des coups de baguette magique.

La révélation doit venir des Élites

Tant que l'humanité n'aura pas mûri au sujet des ET, ces derniers ne se montreront pas. Et pour mûrir, les endormis ne croiront que les sources officielles. Il faut donc que les gouvernements lâchent le morceau. Les USA ont toutes les preuves à leur disposition pour confirmer une bonne fois pour toute l'existence des ET et d'autres pays comme la France ont accumulé assez de documents pour confirmer de leur côté.

Depuis 1947 il aurait été possible de dévoiler l'existence ET, mais plutôt que de préparer les populations, les gouvernements n'ont eu de cesse de faire l'inverse et de propager des informations négatives, de faire peur aux gens et de crier à la résistance face à une éventuelle invasion absurde (les ET pouvant nous envahir quand ils le veulent, et ce alors que n'étions que des Neandertal, p.).

Garantir l'amnistie

Les ET font donc pression sur les Élites, mais beaucoup de ces dernières ont simplement peur de la réaction du public.

Il n'y a que dans le pardon qu'on peut se sortir de ce blocage : si l'on veut avoir une petite chance de divulgation, il faut que les dirigeants coupables se sentent à l'abri des répercussions judiciaires, sinon ils risquent de se sentir encore plus obligés de durcir leurs actions afin de cacher leurs méfaits.

En effet, ils n'ont pas utilisé que la censure des médias dans leur arsenal anti-révélation :

chantage, manipulation, calomnie, corruption et assassinats se sont succédé pour maintenir un tel secret. C'est par la violence et la peur que les gens se taisent, pas parce qu'on leur demande. Il y a toujours eu une personne pour se prendre pour un héros et lâcher un trop gros morceau. Dans ce cas, pas le choix, on élimine purement et simplement le risque. Ça a été le cas de Kennedy, qui avait prévu de révéler rapidement les ET, allant de pair avec la révélation que le pape devait faire du secret de Fatima, de même que la libération de l'esclavage de la dette par la FED. 2 tireurs ont suffit à faire basculer le destin du monde, tout le monde a mis son point dans la poche à partir de cet assassinat...

C'est pour ce genre de coups bas que les élites voudraient être amnistiées, et qu'il faudra le faire si on veut tous avancer main dans la main.

Pourquoi les réveillés acceptent la vérité, et pas les autres ?

(2017) Parce que les réveillés étaient demandeurs, ils ont cherché, ils se sont posé des questions, ce qui n'est pas le cas de la grande majorité des gens.

La grande majorité (les endormis) ne souhaite pas remettre le statu quo en question. Au contraire, c'est bien souvent dans le déni qu'ils se trouvent, et remettre leurs certitudes en doute leur fait terriblement peur. Plutôt que de regarder le changement en face, surtout s'il est trop important, la plupart des gens refusent en bloc

Si ce changement est indéniable, alors cela revient à mettre la pyramide de leurs certitudes sur la pointe. La peur, la sensation que tout s'écroule autour de soi, la perte des repères sociaux ou religieux peuvent mener à la violence, au suicide, à la prostration, aux émeutes ou à des comportements déviants etc.

Généralement, un ou plusieurs boucs émissaires sont choisis pour canaliser cette violence, et cela finit irrémédiablement par des chasses au sorcières et à des massacres.

Ce n'est pas pour passer de la pommade gratuitement aux réveillés, mais sont différents. Leurs centres d'intérêts et leurs préoccupations en sont la preuve. Les réveillés sont généralement des âmes expérimentées, dont un des signes est de se poser en permanence des questions, plutôt que de se contenter de vivre sans se poser de questions sur la vie. Ce qui marche avec eux ne marcherait pas avec d'autres.

Règles > Même orientation spirituelle

Tentation d'altruistes

Rien n'empêche des ET hiérarchistes d'essayer d'influencer des humains altruistes, pour les faire basculer dans leur camp ou pour les manipuler dans les intérêts égoïstes.

Si l'altruiste est ferme et ne veut plus les entendre, ils ne reviennent plus.

Règles > Demande de l'humain

Cette demande (ou accord) se fait au niveau de l'âme, donc de manière inconsciente.

L'appel

Quand un conscient veut très fort quelque chose (comme par exemple découvrir l'énergie libre), l'inconscient envoie des ondes télépathiques aux alentours.

Ces ondes sont captées par les 2 bords spirituels :

- si la demande correspond aux lois de l'harmonie universelle, qu'elles concernent d'autres que soi, ou que la demande pour soi servira aux autres, c'est les ET altruistes qui s'en occupent
- si c'est des visées purement personnelles d'un égoïstes, donc laissée de côté par les altruistes, c'est les malveillants qui y répondront s'ils y trouvent leur compte (votre âme par exemple),

Selon le bon vouloir des ET (qui ont aussi leur libre arbitre), il sera répondu à l'appel.

Par exemple, il a été répondu à l'appel de Tesla pour découvrir l'énergie libre. Comme l'humanité n'a pas la maturité nécessaire pour avoir de l'énergie libre, la demande n'a pas été suivie des altruistes, et les ET égoïstes qui ont approchés Tesla ont su trouver un accord de dupe avec lui. L'appareil à énergie libre lui a été fourni, il a pu roulé une centaine de kilomètres avec la pierce arrow, mais ensuite plus rien : les ET égoïstes n'avaient pas le droit de lui fournir un artefact viable, ou dont la technologie n'était pas une impasse...

Formes de l'appel

Normalement, une méditation, prière, volonté très forte de quelque chose, suffit.

L'occultisme regorge de méthodes pour réaliser cet appel, afin de mettre des démons à votre service : le rituel sataniste est un appel, mais qui vous coûtera plus cher que les (faux) services rendus.

Visites

Survol

Tous les ET ne viennent pas

Certaines espèces ne nous visitent pas, parce que notre planète est trop incompatible avec leur propre environnement.

Dans le cas où ces espèces veulent quand même venir, elles utilisent des exosquelettes qui ressemblent à des robots ou des scaphandres.

Formes humanoïdes de préférence

L'idée aussi, c'est d'éviter de faire peur aux humains, et donc les formes les plus bizarres de vie intelligentes, ou qui sont trop effrayantes, évitent de se montrer. Tous ces points expliquent pourquoi on retrouve quand même toujours les mêmes espèces, à quelques exceptions près.

Fausses apparences

A cause de notre travers à ne faire attention qu'à l'apparence, pas aux actes et à l'intention, certains ET altruistes restent en retrait.

Par exemple, les reptiliens qui pourraient être assimilé aux Raksasas hiérarchiques.

Ce travers humain est une plaie : si l'homme ne ferait pas confiance à une limace géante baveuse à tête globuleuse (alors que cet être pourrait abriter les âmes altruistes de nos plus hauts archanges ou prophètes, ceux qui viennent oeuvrer à la libération de l'humanité et à la sauver de sa propre auto-destruction), autant il se prosternera devant des grands blonds angéliques aux bottes de cuir (astuce déjà utilisée par les nazis...) et aux ailes dans le dos (alors que ce n'est qu'un maquillage télépathique).

Ne vous trompez pas de sauveur, ce n'est pas toujours ceux qui brillent qui ont un coeur en or !

Hygiène

Les ET respectent des règles pour que des microbes ne se transmettent pas d'une espèce à l'autre.

Visites bienveillants (p.)

Visites malveillants (p.)

Ayant une technologie moins performantes, les malveillants viennent rarement dans notre dimension.

Visites > bienveillants

Alts et des Zétas (glo)

Harmo et Nancy sont, à ma connaissance, les seuls visités officiels pour ces ET, même s'il y en a d'autres dans le monde, qui restent pour l'instant dans l'anonymat.

Les Pléïadiens

Ils ont eu un discours occultant trop les destructions de Nibiru, et ont été victimes des dérives sectaires de leurs contactés. C'est pourquoi ils n'ont plus le droit de s'exprimer depuis le début des années 2000, même si les âmes Pléïadiennes incarnées continuent de recevoir des infos, et peuvent encore les divulguer en partie.

Pourquoi une multitude de canaux bienveillants

En ces temps d'apocalypse (matérialisés par des phénomènes naturels anormaux, récurrents, toujours plus forts d'années en années, ainsi que par l'effondrement rapide de notre civilisation), beaucoup de visités humains ou d'âmes évoluées participent à restaurer la vérité. Chacun avec ses mots, sa culture, pour toucher les humains de différents pays, vécu et éducation.

Chaque humain a aussi ses propres limitations, et certains messages limité techniquement, ou avec un vocabulaire parlant plus à l'inconscient, suffiront.

Visités, ET et grand tout

Pas des devins

Les ET, que ce soit les Altaïrans ou les Zétas, voire toute autre espèce ayant des contactés sur Terre, ne sont pas là pour faire des prédictions certaines sur un avenir déjà écrit, tracé et immuable. Les ET, et donc leurs visités qui relaient les informations, ne sont que des témoins de ce qu'il se passe. Ce ne sont pas des prophètes.

Ce qu'ils disent sur des événements à venir ne sont pas des certitudes absolues. Cela explique pourquoi les choses peuvent parfois tarder ou être repoussées, ou même qu'elles n'arrivent pas exactement de la manière prévue (comme Benoît 16, que les illuminatis cherchaient à assassiner pour mettre un autre à la place, ce que les Alts avaient dévoilé, Benoît démissionnant avant que ce plan ne se réalise).

Ceci est typiquement ce que les ET appellent l'aléatoire dans l'avenir qui est lié au libre arbitre.

Un homme peut faire des choix, et ces choix ne sont pas dictés par le scénario global. C'est ce que j'appelle la marge de manœuvre, comme un acteur a une marge dans l'interprétation qu'il fait du scénario. Ces détails ne changent pas le plan global qui était que Benoit XVI soit démis de ses fonctions pour laisser sa place. L'objectif n'a pas changé, c'est la façon d'y arriver qui avait plusieurs voies possibles et qui dépendait du libre arbitre.

Autre exemple, les Alts avaient prévenu que Nibiru devait arriver beaucoup plus tôt, et en septembre 2013, les Alts ont révélé que le passage de Nibiru, au départ, aurait du se produire le 23 août 2013. Telle était la configuration telle que les ET l'avaient vue dès les années 90, observée et calculée. Pourquoi Nibiru a-t-elle pris du retard ? Les ET expliquent qu'il existe une force qui agit dans l'Univers et qui change les règles, une force subtile qui peut faire en sorte, par des mécanismes très fins dans la matière, que ce qui était scientifiquement prévu ne se produise pas comme on le pensait.

C'est le deuxième degré d'incertitude après celui du libre arbitre. Il existe une force qui nous dépasse tous, même les ET, et qui peut modifier le scénario global dans ses détails. Si le passage de Nibiru est une obligation, ce passage peut être hâté ou retardé pour des raisons que nous avons parfois du mal à comprendre. Il ne s'agissait pas dans ce délai du passage de Nibiru, d'éviter l'inévitable, mais il existe là encore une marge de manœuvre dans l'application du script.

Pas juste une préparation à Nibiru

Le message des ET n'est pas seulement de vous préparer à une catastrophe planétaire. Nibiru n'est qu'un acte dans un scénario bien plus vaste. Or la mauvaise habitude c'est de ne voir que cet aspect là du message. Pourquoi Nibiru n'arrive pas ? Pourquoi les choses sont repoussées ?

C'est oublier l'information capitale qui est, tout justement, qu'il existe ces deux principes fondamentaux d'incertitude, l'existence du libre arbitre et mais surtout d'un plan et d'une force qui mène ce plan . Je dirais même que Nibiru est accessoire, tout comme les ET eux mêmes. L'important est qu'**il y a une force démesurée qui agit pour mener notre monde selon un scénario calculé qui tient compte de notre libre arbitre**.

Des observateurs

Mais qui mène donc la barque ? Ce ne sont pas les ET, eux ne sont que des observateurs et des messagers, ne l'oubliez jamais. Ils décryptent des forces qui agissent parce qu'ils ont une expérience en ce domaine, par l'observation. Leur science leur donne des clés mais ces clés ne sont pas suffisantes. Ce qui intéresse bien plus les ET que les certitudes scientifiques, c'est de percevoir justement l'inverse, non pas la certitude, mais l'incertitude, parce que c'est elle qui démontre la présence de cette force supérieure qui agit.

Les ET sont autant spectateurs que nous, sauf qu'ils ont un peu plus de hauteur pour observer ce qu'il se passe. Télépathie, Histoire millénaire, Civilisation high tech, ce ne sont que des outils qui leurs permettent d'analyser le monde. Forts de ces observations, ils essaient d'anticiper les événements pour nous en faire part, ce qui **rétablit un équilibre** entre les Elites, qui ont leurs propres moyens d'observation, et le petit peuple (nous), qui n'avons aucun moyen de voir quoi que ce soit par nous mêmes. L'aide des ET sert uniquement à cela, à donner autant de chances aux uns et aux autres, c'est leur mission, et pour remplir cette mission tout en respectant les règles de l'interventionnisme minimum, ils prennent des visités.

En ce sens, cela n'a rien à voir avec une prophétie. C'est plutôt du contre-espionage et renseignement de terrain. Ne vous y trompez pas.

Prophètes chez les ET

Aussi bien au niveau des ET qu'à celui des humains, il y a parfois des connexions avec la force qui dirige l'Univers.

Des individus spécifiques, qu'ils soient ET (les anges, archanges, Malars ou peu importe le nom qu'on leur donne) ou humains (les prophètes vrais), sont "choisis" ou "élus" pour faire le lien entre le monde matériel et la force universelle qui parle à travers eux. C'est grâce à ce lien particulier que les prophéties arrivent, et on est bien loin là du contact ET. La force qui dirige l'Univers ne parle pas par elle même, elle passe par des intermédiaires physiques. C'est par la bouche de ces prophètes, ET ou humains, que sort la Parole, nul n'a jamais rencontré "Dieu" lui-même ou un avatar de "Dieu". On ne peut rencontrer que des "investis".

Les prophéties sont des "promesses", des morceaux du scénario qui nous sont offerts par la

Visites > bienveillants

Force qui dirige l'Univers. "On" nous explique ce qui est prévu, et parfois des millénaires à l'avance. Ces prophéties sont des certitudes absolues, parce que c'est le scénariste qui les donne, et que c'est lui qui construit le futur. Il est donc certain de faire les choses selon son plan.

Maintenant, la difficulté, c'est que ces morceaux de scénarios ont été donnés parfois il y a des siècles, à travers des mots humains. Or le langage humain n'est pas parfait, il peut être mal compris, les langues se modifient avec le temps, si bien que les prophéties qui sont au départ, dans l'idée, des certitudes, peuvent être mal interprétées. Les prophéties sont certaines, les interprétations sont floues.

Les ET étant télépathes et ayant parcouru notre histoire depuis des millénaires à nos côtés, ils savent bien qui, chez nous, a été un prophète véritable ou non. Les ET ont eux mêmes des prophètes en leurs rangs, des portes-parole investis de la "parole divine" pour employer des termes usuels. Ces guides sont écoutés, et c'est par eux que les ET reçoivent leurs missions. La force qui agit sur l'Univers se "sert" d'eux comme des "outils", des messagers.

Un des exemples de mission dictée par ce biais, c'est le programme génétique mené par les zétas. Croyez vous que les zétas ont pu décider par eux mêmes de prendre en charge l'élaboration de l'humain du futur, réparé de ses défauts génétiques ? Pensez vous qu'une espèce à peine plus évoluée que nous dans l'échelle de l'ascension aurait une telle prétention et pourrait ainsi passer outre des règles très strictes sur la non interférence avec les humains ?

Non bien sûr ! Si les autres races ET laissent faire, c'est parce que les ordres viennent de tout en haut ! Les zétas obéissent à leurs prophètes ou à ceux d'autres espèces, prophètes reconnus comme tels, sans doute possible sur leur lien véritable avec l'Intelligence Universelle. Ces missions sont toujours des occasions pour ces espèces d'apprendre et d'évoluer. Ce ne sont pas des missions "gratuites", elles ont un sens aussi bien pour les bénéficiaires que pour ceux qui les mènent.

Montrer le grand tout

le message principal des ET, avant tout autre chose. Peu importe les OVNIs, les abductions, Nibiru, le nouvel ordre mondial, les annunakis, les reptiliens et toutes ces choses. Ce ne sont que des détails. L'important à comprendre, c'est cette force / intelligence universelle qui dépasse même les ET. C'est cela le message de fond qui se retrouve même chez les visités. Ce que les ET veulent faire comprendre avant tout, c'est qu'eux aussi obéissent à une force supérieure qui agit concrètement sur le monde et le construit selon un plan précis, plan qui comporte une part de personnalisation liée au libre arbitre.

Ne restez donc jamais focalisés sur les détails insignifiants. Les ET existent, c'est bien, mais en réalité on s'en fout un peu. Les OVNIs ? Juste un outil pour vous faire comprendre qu'on est pas seuls dans l'Univers, point barre. Une fois qu'on a compris, on passe à autre chose. Dix minutes ça suffit, on y croit on y croit pas, le reste est du gaspillage, alors passer toute sa vie à noter les apparitions à droite à gauche, c'est du vent. A quoi les ET ressemblent, sur quelles planètes ils habitent, comment fonctionnent leur technologie, du vent, ça ne sert à rien, c'est de la curiosité gratuite. Peu importe.

Ce que j'essaie tant bien que mal de vous expliquer, c'est que le but ultime n'est pas de savoir si les ET existent et ce qu'ils font. Ils sont comme nous, des participants, pas plus, pas moins. L'important c'est le film, le scénario et surtout qui le construit et où "il" veut nous amener, voilà les seules et véritables questions.

Les visités ne sont pas des prophètes

Ne prenez pas les visités pour des prophètes, ils ne font que répéter des choses que d'autres créatures imparfaites ont apprises par la science ou l'expérience. Les visités ne sont pas en contact avec des forces supérieures, juste avec des grands frères qui eux aussi sont dans le même bateau. Les prophètes, c'est totalement différent. Eux sont des élus, choisit par cette Intelligence supérieure pour des raisons qui nous dépassent, et sont les portes parole de cette volonté universelle. Gardez toujours cette distinction en tête pour ne pas tomber dans des pièges vieux comme le monde ! Celui de l'idolâtrie, au sens général du terme ou du faux messianisme. Les ET ne sont pas des dieux, les visités ne sont pas des prophètes.

Contacts > Malveillants

Les ET hiérarchistes utilisent aussi des contacts humains pour transmettre leurs messages, dont Corey Good est le plus connu.

Les messages entre contactés altruistes et égoïstes sont globalement très proches, il faut bien gratter dans les détails pour y trouver le diable... Il faut surtout vérifier qu'on ne vous parle pas que de vous, de votre liberté divine, que vous êtes tout puissant (bref, tout ce qui flatte l'égo), en omettant de dire que sa liberté individuelle s'arrête là où commence celle des autres ! Que tous les peuples humains / de l'Univers sont inclus dans le message, pas la coopération uniquement pour défendre son chef / son clan / sa nation (le patriotisme, ou l'extension du Moi cher aux égoïstes).

Corey Good

Selon Harmo et Nancy Lieder, il est informé par des ET hiérarchistes. Le principe est de ne révéler que le quart de la réalité (l'existence des illuminatis, des bases Antarctique ou du conseil des mondes, mais en disant pas tout ou en déformant plein de choses) puis de partir sur de la fantaisie (les marines US qui se battent sur Mars). Cela disperse les efforts des chercheurs de vérité, comme en est victime Graham Wilcock, retarde le réveil des populations qui vont lâcher la lecture au premier délire venu, et oriente l'humanité à suivre Odin.

Les contacts indéterminés

Anunnakis

Pour l'instant, les anunnakis sont en quarantaine de l'humanité (excepté Odin). Quand les humains ont essayé de s'approcher de Phobos, les missiles anunnakis ont détruits les sondes russes.

MIB (p.)

Les MIB ont régulièrement des contacts avec certains humains de bonne volonté, pour se tenir au courant de notre évolution technologique.

Conscient coupé

La date de mise en place de règle n'est pas claire. Dans Réveil aux ET>Hopis, les Zétas disent que cette règle a été décidée vers 1947 - 1946. A priori, Roswell avait cette règle, Groom Lake 1946 ne l'ayant pas ? Ça a été décidé au moment du vote actant la transformation de la Terre. Pour réduire toute peur et toute angoisse lors des contacts, ce qui ferait pencher les humains vers le Service-Envers-Soi, tout contact ne doit être enregistré que par l'inconscient. Règle décidée car le service-aux-autres avait été voté à une écrasante majorité.

Discussion avec l'inconscient uniquement

Les ET communiquent avec notre âme car eux même ont dépassé cette dualité conscient-inconscient (ils ont la télépathie, preuve de leur éveil), et non avec notre conscient trop pollué spirituellement.

L'inconscient est l'endroit de notre cerveau où se joue l'orientation spirituelle, les notions de bien et mal (p.). En communiquant directement avec l'inconscient, les ET, lors des visites ou abductions, peuvent "nous" concerter et "nous" demander de participer volontairement à leurs projets (le "nous" ne fait référence qu'à une partie de notre être, l'inconscient). Nous avons toute liberté de juger, même si notre cortex frontal, le conscient / égo, est éteint lors de ces visites, pour les raisons vues plus loin, mais aussi parce que le conscient n'a pas de vrai libre arbitre (il réagit en fonction du formatage de la société imposé dès l'enfance).

Ainsi, toutes les personnes en contact avec les entités, le sont de façon inconsciente, mais volontaire. C'est ce qui nous choque le plus, que notre inconscient, la partie de notre réflexion que l'on ne ressent pas, soit celle qui soit considérée comme plus importante, et qu'une décision prime sur un choix conscient (donc semblant violer notre libre-arbitre conscient).

Les ET sont télépathes et ont accès directement à notre âme, qui est le véritable décideur. Donc, quand ils ont besoin d'une personne dans le cadre de leur mission (les mots sont pesés et pas dit au hasard), ils entrent en contact avec notre inconscient relié à l'âme uniquement. **L'âme de l'abducté est donc avertie de ce qu'on lui demande et peut refuser**. Mais tout se passe dans l'inconscient de la personne, pas dans son conscient, c'est pour cela que les abductions sont difficilement accessibles aux souvenirs (et qu'il faut passer souvent par l'hypnose régressive qui a elle, le pouvoir d'accéder à l'inconscient).

Ils savent ce que nous sommes prêts à faire pour notre prochain, et agissent en fonction, en sachant bien que vu les enjeux actuels de l'apocalypse, **nous sommes évidemment d'accord, par principe**. Car on parle de la mission d'incarnation, de la raison pour laquelle nous nous sommes incarnés.

Pourquoi ?

Nombre de contacts avec les ET se sont réalisés dans le passé de façon consciente : les Anges d'Ezechiel, les Kachinas des Hopis, Washinas des aborigènes d'Australie, etc...

Cependant, la perte des valeurs spirituelles, l'affaiblissement de l'ouverture d'esprit, et la mauvaise presse orchestrée contre les contacts "surnaturels" (politique de satanisation des apparitions d'entités réalisé par l'Eglise catholique par exemple) a fait décider d'un changement radical dans le mode de contact entre visiteurs et visités, pour la sécurité des visités.

Déjà, parce que le conscient, perdu dans ses peurs et ses illusions, formaté à prendre les décisions voulues par les dirigeants, n'a pas de vrai libre arbitre.

Ensuite, pour protéger le visité. Rappelons-nous les cas de Jeanne d'Arc, brûlée vive pour avoir entendu des voix, de Soeur Lucie ou Bernadette Soubirou restreintes à résidence pour conserver les secrets des révélations de Fatima ou de Lourdes, sans parler des nombreux abductés stigmatisés par la société, parfois drogués ou placés dans des instituts spécialisées. Si dans les années 1950 les électrochocs faisaient partir les voix, dans les années 1960, la CIA les a assassiner en nombre.

Exemple de loi US : *"Le contact entre les citoyens américains et les ET ou leurs véhicules sont strictement illégaux. Tout contrevenant devient automatiquement un criminel recherché, punissable d'un an d'emprisonnement et de 5000 dollars d'amende. L'administrateur de la NASA a toute autorité pour décider, sans audition, si une personne ou un objet a été exposé directement ou indirectement à un contact extraterrestre. Il peut également imposer une quarantaine indéterminée, sous garde armée, qui ne peut être cassée par aucune cour de justice."*

Ce type de loi confirme bien que les contactés sont mis en danger. Cela explique aussi pourquoi les entités ont décidé de ne plus laisser les expériences s'enregistrer dans le conscient des personnes qu'elles visitent.

Voilà pourquoi ils n'interagissent pas consciemment avec nous, c'est la même raison pour laquelle ils ne prennent pas directement contact avec l'humanité : nous sommes trop pollués de principes moraux caduques, coercitifs et restrictifs, ceux là même que les religions et la morale nous ont imposés pour mieux nous contrôler. Car voir en les ET des manipulateurs, c'est bien inverser les rôles... qui a été responsable de l'inquisition, qui a été responsable du national socialisme ? Nous sommes tellement bien formatés que nous sommes allés, patriotes, à la boucherie en 1914, le sourire aux lèvres, pour libérer l'Alsace et la Lorraine, car ce fut le cas, les gens n'ont pas traîné les pieds, au contraire. Le Patriotisme est le plus grand succès de notre Formatage... C'est **ces mêmes principes moraux et religieux qui nous font avoir peur de l'autre, qu'il soit humain ou ET.**

Donc, **il n'est pas histoire d'intelligence dans cette affaire**, mais de lutte contre le formatage socio-culturel qui nous emprisonne le conscient. Se détacher de ces liens, c'est l'ouverture, l'éveil de la conscience et c'est quelque chose de très difficile à réaliser, car on en a que trop rarement conscience naturellement, sans avoir appris des choses dessus (comme dans ce livre).

Les émotions contradictoires du conscient

Ceci explique que lors des visites, les abductés se sentent "guidés" de l'intérieur à faire des choses, même si elles ne paraissent pas logiques au conscient. C'est les ET, communiquant avec notre inconscient, qui prend les commandes et nous pousse à agir. L'inconscient sait ce qu'il fait, mais pas le conscient, et ça le perturbe grandement de ne plus être aux commandes de son propre corps.

Parmi ces aberrations, c'est par exemple de sortir dehors sans raison apparente , alors qu'une abduction va se produire. en encore, l'envie soudaine d'aller nous coucher en plein milieu de notre série TV préférée !

Cette "double conscience" est aussi responsable d'émotions contradictoires sur les abductions : à la fois effrayés par l'inconnu et par la contradiction d'avec notre perception classique de la réalité véhiculés par notre conscient ignorant, nous sommes également saisis par la curiosité et l'enthousiasme, émotion transmises par notre "inconscient", au courant de ce qui se passe réellement...

Enfin, des émotions sont induites même chez les non-abductés, mais chez qui ça réveille des peurs ancestrales : l'enlèvement, l'impuissance (face à des phénomènes incontrôlables), la peur du noir (des restes de nos instincts de proies), etc.

Substitution symbolique (p.)

Plusieurs difficulté arrivent pour récupérer l'info de la visite, puis du message. Déjà, conscient coupé, le circuit de reconnaissance de réalité du conscient étant coupé, l'expérienceur a du mal à séparer ce qui lui est arrivé réellement d'un simple rêve envoyé lui aussi par l'inconscient, par les mêmes canaux.

Ensuite, l'inconscient se filtre de lui-même pour ne pas perturber le conscient : il lui envoie des images symboliques, faisant paraître l'expérience pour irréaliste. C'est comme ça que Harmo décrit un King-Kong qui le met dans sa bouche, avant de travailler à éliminer les peurs provoquant la substitution, et à enfin voir la réalité, un ET ressemblant à un gorille qui l'emmène dans un vaisseau spatial.

Abductés

Humain enlevé par des entités non humaines.

Aussi appelé RR4, pour Rencontre Rapprochée de type 4.

Généralement, dans une première phase, la personne subit des examens et expériences médicales, pour surveiller la santé de l'enfant qui grandit. Expérience mal vécue car incomprise (voir "conscient coupé" p.).

Dans une seconde phase, l'individu reçoit une éducation spirituelle et de sensibilisation (environnement, violence des humains, etc...), les visites (p.).

Certains s'en souviennent naturellement, d'autres s'en rappellent sous forme de flashs qui reviennent, d'autres s'en aperçoivent par ce qu'elles constatent un "missing time" (temps manquant) dans leur planning, d'autres le découvrent en faisant une hypnose régressive.

Présentation

Les abductions ne peuvent se faire qu'avec l'accord de notre âme (que cet accord soit donné lors d'un appel, ou s'il participe au plan d'incarnation de notre âme).

Évidemment, si l'âme est égoïste, elle fera venir des entités de son bord, et l'abduction ne sera pas agréable (tortures et viols).

Le problème, c'est que les ET n'ont pas le droit de faire les abductions en conscience. C'est pourquoi notre humain (le conscient) ne comprend pas ce qui lui arrive, et vit ça comme un viol (aller contre sa volonté consciente, même si c'est sa volonté inconsciente, celle de l'âme, qui le veut). C'est le même principe que pour les actes manqués, l'humain ne comprend pas qui est ce saboteur en lui qui l'empêche de réaliser ce qu'il veut, sans comprendre le plan général derrière qui est toujours pour son bien.

La plupart des abductions ont des effets bénéfiques. Comme ces personnes qui perdent 15 minutes de leur vie en sortant le chien, qui le vivent mal sur le coup (comme un viol de leur libre arbitre) puis qui s'aperçoivent, les jours d'après, que leur santé s'améliore. Ils vont voir le médecin, et leur cancer en phase terminale sans espoir est en train de disparaître rapidement. 1 an après, toujours vivant, le chien ayant lui aussi rajeuni et retrouvé de l'énergie, l'abducté n'en veut plus du tout à ce qui ressemblait sur le coup à un viol et à l'angoisse ressentie sur le moment à cause de la non compréhension de ce qui se passait, et à la perte de contrôle apparente (ce que les hiérarchistes ne supportent pas du tout, le lâcher prise !)...

En gros, notre humain se comporte comme un animal emmené de force chez un vétérinaire, qui ne comprend pas ce qui lui arrive, quelles sont les intentions derrière cet événement traumatisant. Il se débat et griffe, rendant lui-même plus compliquée l'intervention, et nécessitant de l'immobiliser de force.

Oubliez donc les bouquins CIA des années 1995-2005, qui cherchaient à faire croire que les abductions c'était une atteinte intolérable à sa liberté individuelle, que les ET étaient méchants et voulaient nous envahir pour nous manger le cerveau. Pour ce faire, ils ne retenaient que les abductions les plus violentes (celles des ET hiérarchistes), ou ne montraient que le mauvais côté des choses (la peur des parents qui se sentaient incapables de protéger leurs enfants, alors que ces derniers voyaient les abductions comme une bénédiction et un grand moment d'amour, certains disant qu'ils voyaient ce qu'ils interprétaient comme le père Noël, comme les EMI où les témoins disent avoir rencontré Jésus ou Marie ou Bouddha, selon leurs croyances du moment).

Pas prouvables

On pourrait mettre une caméra devant le lit, et voir si la personne se dématérialise et se rematérialise quelques temps après. Mais ce n'est pas si simple : Les visites sont effectuées de toutes sortes de manières, de la téléportation à la demande au contacté d'aller se promener. Placer une caméra supposent que l'inconscient humain ne veut pas de la visite, mais elles ne se produisent que si l'humain (du moins son inconscient, celui qui prime) a donné l'Appel. Ainsi, un tel humain irait couper de manière automatique la caméra vidéo avant l'abduction, ou se promènerait en automatique jusqu'aux toilettes, et serait alors hors de vue à l'heure prévue de l'abduction.

Caractéristiques des abductés

Les abductés ont souvent deux caractéristiques communes : des problèmes de santé assez peu communs, et des dons "psychiques" (voyance, télépathie, don de guérison etc etc...).

Certains contactés se souviennent instantanément, ou du moins en ont une conscience aussi vague soit-elle.

D'autres maintiennent une séparation stricte entre ce qu'on pourrait appeler leur vie normale et la vie de contacté.

Dépasser le blocage des examens

Les ET procèdent toujours aux examens/prélèvements en premier parce qu'ils ont un agenda très serré de ce côté là.

Si tout se passe dans les temps, ils passent à ce qui est plus primordial pour l'abducté, c'est à dire sa prise de conscience. Là est le point majeur des visites.

Si l'abducté se pose en victime, c'est qu'il est dans un cul de sac émotif, qui ne l'aidera pas à s'en sortir, bien au contraire.

Comment aider un abducté ?

Stigmatisés par la société, ne comprenant pas ce qui leur arrive, les abductés sont souvent perdus par leurs expériences et se sentent seuls avant de trouver d'autres humains à qui pouvoir en parler.

Pas l'hypnose

L'hypnose régressive n'est pas le meilleur moyen de **récupèrer de façon objective les souvenirs d'abductions**. Avec ce procédé, on court-circuite certaines fonctions du cerveau, en le mettant dans un cycle de fonctionnement différent, et on voit souvent au fil des séances, les évènements décrits se modifier. L'hypnose est une aide à la récupération, pas une fin en soi.

L'écoute

Les abductés ont d'abord besoin d'écoute active (être "présent"), avec des gens compréhensifs, de préférence d'autres abductés qui savent que la personne n'est pas folle. L'abducté a besoin d'être rassuré sur sa santé mentale, parce que l'homme est étrangement fait, il mets en doute sa propre expérience quand ceux qui n'y connaissent rien, et n'ont pas vécu la chose, lui affirment avec force que ça n'existe pas, sinon "ça se saurait"... La peur d'être exclue du troupeau est très puissante chez un animal grégaire comme l'homme, une proie qui ne peut se défendre des prédateurs que dans la force du groupe.

Pas une écoute à laisser l'abducté s'épancher sans retours de la part de l'auditeur. Il faut que l'abducté sente qu'il soit compris et approuvé, épaulé, et encore une fois, le but est de le rassurer sur sa santé mentale. On n'est donc pas là pour faire de l'objectivité ou une enquête, d'où l'intérêt d'avoir un auditeur qui a de l'expérience sur le sujet.

Il faut être ouvert, accueillir le témoignage, ne pas chercher à l'orienter vers ses propres croyances.

Il y a aussi des choses que les abductés n'ont peut être pas envie d'entendre tout de suite, comme l'existence des ET égoïstes mal attentionnés qui torturent les gens. Il vaut mieux rassurer avant d'informer, et ne surtout jamais aller trop vite. Ça fonctionne de la même façon avec les viols par exemple : on ne parle pas des risques de la maternité à une femme qui arrive en difficulté émotionnelle, même si à un moment ou un autre, il faudra bien aborder le problème...

Il faut bien choisir son vocabulaire, et notamment ne pas parler de "victime". Chose que le milieu conspi s'empresse de faire croire : "tu es une victime de ces méchants ET, on ne peut pas les empêcher de te capturer quand ils veulent, c'est un viol de son libre-choix, etc. "

Ces sinistres individus victimisateurs enfoncent encore plus leur victime dans la détresse, afin de profiter des abductés en détresse pour les faire rentrer dans leur secte.

Alors que c'est le contraire qu'il faut faire, bien indiquer qu'on reste maître inconsciemment des choses, et plutôt se poser la question de "pourquoi ça arrive ?", qu'est-ce que je peux faire pour améliorer les choses ?"

Les explications

L'abducté veut avant tout répondre à des questions. J'espère que cette partie lui répondra !

Il ne veut pas entendre l'avis de ceux qui n'y connaissent rien, mais accusent systématiquement les ET, divulguent de faux témoignages de découpes d'humains vivants, de viol pédophiles, et autres horreurs dont personne d'autre ne témoigne... La plupart des abductés sont traumatisés de tomber sur Budd Hopkins, qui instille (volontairement) la peur en eux, alors que tous le vivait bien mieux avant..

Dans les années 2000, Harmo a regroupé les témoignages d'une 50aine d'individus qui concordaient bien avec ce qu'il vivait.

La réponse aux abductions, c'est tout simplement qu'un gros truc arrive, et qu'il faut préparer la prochaine étape de l'espèce humaine. D'où le côté "à la chaîne" des abductions, les ET bienveillants devant gérer des millions de personnes.

Mais il y a aussi l'éveil spirituel et de connaissances qui se produit, pour franchir au mieux les événements de Nibiru et guider le mieux possible les communautés survivantes.

Comment défendre les abductés ?

Si les abductés dépassent l'indifférence de leurs concitoyens, et essayent de témoigner de ce qu'ils vivent, des gens sont payés pour les faire taire. Sans parler des lobotomisés en déni qui acceptent sans réfléchir du moment que ça vient de la télé, et rejettent tout en bloc sans écouter, même si c'est l'explication la plus logique et qui se vérifie dans la réalité de tous les jours.

En plus des règles de manipulation des peuples, ces gens utilisent d'autres arguments spécifiques ET :

Les abductés sont manipulés par les ET qui leur veulent du mal

Utilisé contre les abductés pour lesquels une relation s'est établit, et évolue en visites. Ces abductés défendent évidemment ceux qui viennent leur enseigner.

Mais c'est une technique qui a été utilisée dès le début par les "précurseurs" des enquêtes sur l'abduction (Budd Hopkins et Marie-Thérèse de Brosse). On sait que les précurseurs sont généralement des personnes envoyées dans le grand public par la CIA, qui étudie et étouffe le phénomène depuis des décennies, et qui, voyant que le phénomène des abductés s'amplifie et les déborde, entrant dans la sphère grand public, ils lancent alors les précurseurs qui monopolisent les enquêtes, et donc les conclusions que la CIA veut faire croire. Sans compter la manne d'information inestimable pour essayer de deviner ce que les ET préparent.

Le but de cette manipulation est de faire croire que les ET sont des méchants qui veulent envahir la Terre, voir même faire croire que les abductés sont des collabos. Ça se finit généralement par "brûlez la sorcière"!

Évidemment, un argument sans preuve se réfute sans preuve : si les ET voulaient nous envahir, ils l'auraient fait depuis longtemps, alors que nous n'étions que des Néandertal.

De plus, les abductés se posent évidemment la question de savoir s'ils sont manipulés ou pas. Quand on mets dans la balance tous les avantages apportés (connaissances, visites, guérison, etc.) alors que l'humanité ne peut rien apporter à ceux qui ont déjà toute la technologie nécessaire, pas dur de savoir que c'est de la pure abnégation de la part des ET bienveillants.

C'est des hallucinations

Les abductés ont souvent beaucoup de signes montrant que tout cela est réel. Évidemment, se retrouver dans un grenier fermé de l'extérieur, c'est une preuve pour le témoin, qui sait qu'il lui est impossible en somnambulisme de se retrouver dans cette position. Évidemment, pour l'enquêteur extérieur qui doutera de la bonne foi du témoin, il dira que ce dernier a caché la clé, ou avait un complice. Mais ça c'est lié aux ET, ils refusent de donner des preuves tangibles à ceux qui ne vivent pas le phénomène.

les connaissances surhumaines, comme Harmo nous en apporte (loin en avance sur la science actuelle), sont aussi des indices flagrants, mais si le gars de mauvaise foi dira que les génies ont toujours existé.

Ils volent les enfants à leur mère

Lors de l'abduction la mère comprend très bien pourquoi son enfant hybride est élevé sur un vaisseau et pas sur Terre avec elle.

Redescendue sur Terre, les détracteurs hurlent au viol de leur sacro-sainte liberté individuelle, que c'est horrible, s'arrachent les cheveux !

Ils réagissent tout simplement avec leur morale inculquée par une société malade, en refusant de regarder les arguments apportés par les ET : un enfant n'est la propriété ni du concepteur, ni de la femme qui le porte, il est sa propre propriété. Les ET font au mieux pour l'enfant, pas pour les parents. Si ces enfants sont enlevés à leur mère, c'est qu'ils seraient en danger dans notre monde hostile, des téléptahes plongés dans des pensées mauvaises en permanence. Demandez l'horreur de rencontrer des gens pour un empathes qui ne sait pas couper les émotions d'autrui, alors imaginez ces pauvres hybrides dans ce monde ou l'égoïsme suinte littéralement de la télé. L'important c'est qu'ils ne soient pas en danger, non ?

Harmo ayant eu l'occasion de discuter avec des visitées ayant connu un épisode de disparition d'enfant juste avant leur naissance, et malgré leur tristesse, les mères savaient toutes que leur enfant n'était pas mort. D'ailleurs, lors d'abductions régulières, ces femmes restent au contact de leur enfant et le voit grandir.

Le doute (indices mais pas preuves)

Comme pour tout ce qui touche aux ET, et qui pourrait mettre à plat la civilisation (ethnocide), il n'y a pas droit à laisser des preuves, juste des gros doutes.

Les ET laissent des traces pour conforter ceux qui ont compris, pas pour convaincre ceux qui doutent. Pour ceux qui veulent comprendre, ce genre d'apparition permet de mieux cerner les actions et les intentions des ET. Cela permet de rassurer les personnes qui ont franchi le pas de la peur pour entrer dans le domaine de la curiosité et de la compréhension.

Bien souvent, le doute subsiste (même pour l'abducté), et seule la bonne foi du témoignage peut être jugée.

C'est pour respecter cette règle du doute que les boules orangés (p.) sont furtives ; elles ne laissent apparaître qu'une sphère lumineuse (comme un feu de signalisation). Cela leur permet de maintenir le fameux "élément de doute", en les faisant confondre avec des lanternes chinoise : ceux qui les ont vu savent très bien que ce sont des OVNI, et cela permet de rassurer quand même les sceptiques.

Normalement cet élément de doute a sauté le 23 août 2013, mais ce sera progressif pour éviter d'effrayer les gens. Le cas de la France est particulier car nous avons des dirigeants très conservateurs et très strict sur le sujet des OVNI, et nous sommes très en retard sur l'éveil à cette réalité. Les gouvernements (de gauche comme de droite) ont été et sont encore dans les plus durs à faire respecter le black out dans le monde. Par exemple en Chine, les OVNI se montrent bien plus en entier que sous forme atténuée, parce que le gouvernement et donc la population sont bien plus prêts que les Français à se voir visiter.

Pas d'élus

Un abducté peut apparaître quelque fois comme un "élu", quelqu'un qui a été choisi pour des raisons qu'on ne connaît pas toujours. Cela est difficile à admettre par certains non-abductés (qui se sentent exclus), et entraîner des frustrations qui peuvent se manifester par de la violence verbale, voire des attaques personnelles (quelques fois physiques).

Le meilleur solution est de ne pas répondre, cela ne ferait que donner un pretexte à la colère pour se manifester. N'oubliez pas que la frustration s'exprime dans les esprits jeunes qui n'ont pas encore découvert qu'il existe un monde autour d'eux. La colère n'est pas liée à vos propos, mais elle s'est accumulée dans l'esprit de celui qui la porte tout au long de sa vie et de ses attentes non remplies (ne pas être le premier de sa classe, ne pas être un génie, ne pas être un top modèle, ne pas être riche, ne pas être reconnu, ne pas être choisi par les ET etc etc...). Que pouvons nous y faire ? rien.

Pas de transfert technologique

Les ET du conseil des mondes n'ont pas le droit de transférer de technologie directement utilisable, ou copiable par rétro-ingénierie.

Les différences dans les messages

Survol

[Zétas] En regardant les nombreux contactés, visités et channels, vous verrez que leur message varie un peu dans les détails entre les personnes, les cultures, ou les époques.

Médium (Glo)

Il y a de nombreux escrocs (pour arnaquer, ou juste pour sa gloriole et domination personnelle). Regardez avant tout les antécédents du contacté, sont taux de réussite, la régularité de ses réussites, et si ils décrivent la chaîne d'hypothèse la plus probable (Harmo, Nancy Lieder, Scalion, Cayce, Ferrada, etc. réussicent ces tests haut la main).

Pour les vrais contactés, comme le message transite par le subconscient, le médium colore souvent les messages en y mélangeant ses craintes ou préjugés personnels.

Sans compter les nombreux médiums qui ne veulent pas révéler la gravité de ce qui leur est révéler : révéler des choses qui font peur, ou vont trop à l'encontre des croyances du receveur, fait rentrer ce dernier en déni.

ET (p.)

Selon l'espèce ET qui donne le message, leur approche de la divulgation progressive ne sera pas la même.

Culture et époque (p.)

Les hommes préhistoriques, ou même les enfants de Fatima, n'avaient pas besoin d'avoir autant de détails sur le pole-shift que les visités de l'an 2000.

ET

Volonté de ne pas peiner

Leur franchise est souvent reprochée aux Zétas ou aux Altaïrans, prétextant que leur message fait peur.

D'autres groupes ET sont réticents à causer de la peine aux autres, conscients que leur contacté et ses proches périront, souvent en souffrance, conscients également que les vies (des contactés et proches), vécues jusqu'ici sans profondeur réelle, leurs dirigeants leur livrant des mensonges, sont aussi pénibles. Or donc, ils diluent *la vérité* et la revêtissent de promesses de jours meilleurs (après le pole-shift, minimisant, voir occultant les tribulations du changement).

Les Zétas (et Altaïrans) font preuve de courage, et se le permettent parce que leurs visités, Nancy et Harmo, font preuve de courage pour regarder la réalité en face. Harmo parle souvent du stress ressenti quand il reçoit les informations sur le futur, les enfants de Fatima étaient en pleur en voyant les dévastations du passage, on peut comprendre que soit le contacté, soit le porteur du message, préfère souvent édulcorer les choses.

Orientation spirituelle

Il va de soit que les ET hiérarchistes sont là pour vous manipuler. S'ils vous donne un peu de vrai, il vous donneront surtout du faux, ou des vérités incomplètes donc trompeuses. Regardez avant tout ce qu'implique leurs révélations : vous promettent-ils un futur radieux et des technologies futuristes toutes prémâchées, qu'il vous suffira d'utiliser sans se fatiguer ? La voie de la facilité et du tout fait (sauveur extérieur) est généralement un toboggan vous faisant glisser dans l'esclavage, ou justement, tout sera dur et compliquer, malgré les belles promesses qui faisaient paraître le chemin facile de prime abord.

Culture et époque

Cayce décrit les bouleversements terrestres au cours de la semaine de l'arrêt de rotation, ou pendant l'heure du basculement, et non pas après le pole-shift. Pourquoi décrire dans le détails des événements se déroulant 100 ans après, pour lesquels une grande partie des récepteurs du message, dans leur prochaine incarnation, seraient décédés ? Ou décrire une ligne de temps possible si lointaine, que les faits décrits seraient forcément faux tant ils dépendent du libre arbitre d'une grande quantité de personnes.

Cayce et ses contacteurs ET croyaient que l'humanité du début du 20e siècle serait plus réveillée, en propageant son message concernant leur situation, pendant ces moments du passage de Nibiru. Dévoiler la vérité de ce qu'il se produirait si rien n'était fait, afin d'inciter à agir.

Le passage (suite de L1)

Dans l'aftertime, les communautés altruistes seront autorisées à entrer en contact avec diverses espèces ET altruistes. Voici ce qu'en dit Nancy Lieder, dans sa nouvelle "Le passage". C'est la suite trouvée dans L1, le général Flood venait d'échouer et de trouver la mort dans son attaque du dôme Zétas.

Nouveaux voisins

Le grand vaisseau Zéta

Plus tard, plusieurs résidents de la ville dôme, les chefs, sont invité dans un vaisseau zéta. Ils se trouvent au centre d'une pièce circulaire sans fenêtres, la pièce principale centrale du vaisseau Zêta. Le groupe comprend Jonah, Ian et son assistante, le Colonel Cage, Danny, Netty, et plusieurs enfants : Billy et les enfants hybrides. Il y a aussi plusieurs grands Zétas, discutant avec les adultes, et une flopée de petits Zétas beiges, qui sont à peu près de la taille des enfants avec qui ils discutent, les enfants restants en périphérie des adultes. Les petits Zétas gazouillent comme des oiseaux entre eux de temps en temps.

Netty jette un coup d'œil à Billy, puis dit à Danny :

- *"Nous sommes déjà venus là."*

Danny ne s'en souviens pas. Netty lui explique qu'on ne se souviens de rien après, en tout cas pas de mémoire consciente. Ça n'est enregistré que par son inconscient, donc en son cœur, et au plus profond de soi, nous connaissons chaque détail.

Le passage (suite de L1)

Mais cela disparaît quand nous sommes ramenés sur Terre... Le temps manquant !

Danny se rappelle du temps manquant au camping, puis essaye de comprendre, et tournant les yeux vers un grand Zêta:

- "Comment faites vous cela ?"

Le grand Zêta bouge la main et ses longs doigts de haut en bas pour accompagner sa réponse télépathique. Danny comprend la chose pour la première fois.

- "C'est un peu comme la chambre et le salon. On ne laisse pas rentrer n'importe qui dans la chambre. Si ce sont des étrangers, on leur en empêche l'entrée, c'est plus convenable. Mais tout se passe dans la chambre. OK, j'ai compris."

Figure 33: Petit et grand Zétas

Billy dit au garçon hybride :

- "...les vers se tortillaient dans tous les sens, si bien que tu ne savais pas où ils allaient !
- Ils ne se tortillaient pas, idiot ! Ils marchaient !"

L'abduction en conscience

Danny et Netty marchent lentement le long de la promenade, main dans la main. Netty demande à Danny s'il veut aller voir le vaisseau d'observation, tout le monde n'ayant pas la chance de recevoir une invitation. Danny accepte avec joie.

Plus tard dans la soirée, après que la nuit soit tombée (aussi bien dans le dôme qu'à l'extérieur), Danny émerge de l'entrée de la ville dôme. Il marche seul vers un vaisseau observatoire qui plane juste au dessus du sol, à quelques mètres de l'entrée du dôme. Il marche exprès à grandes enjambées. Comme il s'approche du vaisseau, Netty et Billy émergent en pyjamas et robe de chambre, courant après Danny, de sorte qu'ils arrivent tous ensemble au vaisseau. Une rampe d'accès descend du côté du vaisseau, la lumière intérieure du vaisseau éclairant toute la zone. Les trois montent rapidement la rampe en marchant, sans peur. Le vaisseau émet une légère lumière depuis le centre de sa partie supérieure. La moitié de la partie supérieure et de la partie inférieure du vaisseau est un vitrage en verre brun transparent, 2 vitres d'observation qui permet aux gens dedans de voir dehors et inversement, aux gens dehors de voir dedans.

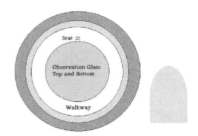

Figure 34: Vaisseau d'observation

À l'intérieur du vaisseau, Danny et Netty émergent d'un couloir (Walkway) qui entoure la vitre d'observation centrale du vaisseau. Des chambres individuelles sont situées le long du bord extérieur du vaisseau.

Ils s'assoient tous côte à côte autour de la vitre d'observation. Danny est nerveux. Billy pointe le doigt vers le sol puis le plafond, alors que le vaisseau se retourne sur le côté (sur la tranche), montrant la ligne d'horizon à travers la vitre du plafond et du sol, sans que l'attraction de la gravité pour les passagers n'ai changée, toujours dirigée vers le plancher du vaisseau.

Billy gazouille, avec sa voix aiguë d'enfant, excité comme toujours par ces voyages, mais se contenant. Il sent que, malgré son âge, il est le guide ici, et qu'il doit rester calme pour ce couple qui a besoin de lui.

Le vaisseau se déplace latéralement dans les airs, d'abord lentement, puis prenant rapidement de la vitesse, fonçant dans l'espace en oblique par rapport à la Terre.

Les salles privées

Le vaisseau d'observation est conçu pour avoir les occupants serrés autour du plancher de verre et du plafond, mais a aussi des salles privées sur la périphérie de la salle centrales.

Les pièces privées entourent le vaisseau sur le périmètre, chacune avec une entrée en forme d'arche (comme la porte d'entrée depuis l'extérieur), sans porte. La salle d'observation centrale est délimitée par un mur en face des chambres privées, de sorte qu'aucune vue directe sur l'une des chambres privées n'est possible depuis la salle d'observation. Ces pièces sont si peu meublées que seule une table avec un poteau central pour le soutenir se trouve dans la pièce.

La pieuvre

Le trio se retrouve sur une planète, en dehors du vaisseau. Le brouillard fait des volutes autour d'un rebord rocheux. Une sorte de pieuvre s'approche. De couleur orange, levée à mi-hauteur sur ses nombreux tentacules.

*Figure 35:
pieuvre orange*

Il n'a pas d'oeil, elle semble lisse et sèche, et le dessous de ses tentacules est d'un blanc crème. Billy lui demande s'il est le gars avec qui il a parlé la dernière fois.

La pieuvre sort de la partie inférieure de son corps ce qui semble être un ver de terre rose, et Billy tend le bras sans hésiter pour laisser la tentacule parlante s'enrouler autour de sa main [AM : échanges d'infos chimiques ?] Ceux qui ne touche pas la tentacule parlante ne peuvent pas entenre ce qui est échangé.

Les crapauds humanoïdes

Billy grimpe sur des rochers dans un endroit sec et rocailleux. Il lui raconte qu'une fois, sur cette planète, il a mis la main sur un rocher, qui s'est mis à bouger.

Puis Billy s'arrête, disant que ces gars sont nouveaux.

*Figure 36:
crapauds
humanoïdes*

Deux petits hominoïdes, avec des plaques épineuses comme la peau d'une tortue qui leur recouvre le corps, se tiennent devant eux, à plusieurs mètres de distance. Ils portent de petits manteaux bruns, sont bruns eux-mêmes et sont pieds nus. L'un des deux est plus petit que l'autre, il lui arrive aux épaules. Soudain, un grand Zeta se matérialise entre le couple et les 3 visiteurs, faisant signe au couple de se rapprocher, ce qu'ils font. Netty semble s'animer, comprenant soudain ce que l'un des deux, la femelle, est en train de dire, le Zêta traduisant télépathiquement pour eux. L'hominoïde femelle ressemblant à un crapaud cornu grogne tranquillement.

La boule liquide

Le trio est cette fois dans le vaisseau d'observation, dans lequel une grande boule vivante remplit presque tout le vaisseau.

La boule a des veines sur sa surface, mais entre les veines on peut voir du liquide au centre. Cela ressemble à un ballon d'eau vivant. A l'intérieur on peut voir quelque chose ressemblant à des méduses, très fines et virevoltante. Pas le genre de méduse solide avec une cloche sur le dessus qui peuplent les océans de la Terre, mais plutôt comme une masse de spaghettis. Billy s'avance et touche le côté de la boule, qui s'enfonce sous la pression, comme le ferait la peau.

Les méduses se dirigent vers le doigt de Billy, et son visage prend un air extatique, en communication avec la créature aquatique. Il annonce Danny et Netty qu'il veut qu'il vienne nager avec eux.

Billy disparaît aussitôt, ses vêtements retombant au sol en tas. Billy a réapparu dans la boule, nu, ayant visiblement possibilité de respirer dans le liquide de la boule.

Le repas

Alors que Billy a réintégré l'extérieur, les cheveux encore humides, il raconte à Danny et Netty que ça mère n'a pas pu supporter les voyages dans le vaisseau d'observation.

Un buffet de divers légumes cuisinés aux formes étranges, a été installé sur le côté, des amuse-gueule à volonté. Billy n'hésite pas, il y va droit et pique quelque chose qu'il porte à sa bouche. C'est comme des asperges au goût, mais marron. Ils sont tous affamés.

La raie manta volante

En regardant dehors, c'est comme s'ils étaient dans de la barbe à papa : des nuages et des bouffées de fumée illuminés de bleu et de rose et de la lumière jaune qui flotte autour du vaisseau comme si le vaisseau était immobile et que les nuages passaient à côté. Soudain, ce qui ressemble à une raie manta sans son aiguillon vient flotter à côté, mais bat des ailes afin de rester face à la vitre du plafond, regardant à l'intérieur les trois passagers du vaisseau. Le navire plane, incliné sur le côté, au-dessus de la surface d'une planète, pour que ce soit plus commode pour la raie manta d'observer les passagers. Billy transmet un message télépathique :

- "*Il veut entrer, mais il ne peut pas! Il mourrait ici, et nous mourrions en dehors. C'est bête.*"

Puis le vaisseau accélère soudainement, s'élevant vers le haut, l'horizon de la planète de barbe à papa apparaissant rapidement. Puis la planète se rétrécit rapidement et devient aussi petite qu'une balle de golf, éclairée d'un côté, l'autre côté étant dans l'ombre. Tout aussi soudainement, le vaisseau revient en arrière, mais cette fois revient sur le côté obscur (nuit) de la planète. La triangulation est le moyen le plus rapide d'aller d'un point à un autre, dans un vaisseau spatial non limité à la propulsion. Comme un boomerang qui lancé vers le ciel, serait revenu de l'autre côté de la planète.

Sur ce côté, c'est la nuit, tout est noir comme dans un four. Puis les trois voient des lumières clignotantes, de toutes les couleurs, et une des lumière se dessine près de la vitre du plafond, prenant la forme de la créature qui les a visité du côté jour/lumineux de la planète de barbe à papa. La raie plane, faisant battre les membranes de ses ailes et émettant aussi des pulsations de lumière, une créature sans yeux ni oreilles ni appendice mis à part ses membranes en forme d'ailes comme celles d'une raie manta.

L'invitation

S'étant couchés tôt le matin, le trio est épuisé quand ils se lèvent pour prendre le petit déjeuner avec le groupe. Jonah est préoccupé, et dit :

- "Nous avons entendu parler d'une autre ville, comme la nôtre. Ils semblent être amicaux, semblent bien se débrouiller, mais il y a quelque chose d'étrange. Je ne pense pas qu'ils soient entièrement humains. Pas comme ces enfants super intelligents que nous avons ici avec nous. la transmission que nous avons portait à la fois audio et vidéo, mais ils ne parlaient pas. Nous avons reçu le signal par télétype. Et dans la vidéo, ils sont tous restés là, souriants et agités, mais sans parler. Ils avaient de petites bouches et pas de cheveux. ils avaient de gros cerveaux, on pouvait voir ça, de grands yeux aussi ... bleu et brun et noisette ... de beaux yeux, je dirais ça ! Je les ai invités à souper, que pouvais-je faire d'autre !

Plus tard, dans la soirée, les visiteurs vinrent au dôme. Près de l'entrée, de grands Zetas gris foncé se tiennent à côté de quelque chose qui ressemble à un grand ver vert avec deux grands yeux de marionnettes en haut de la figure et une tentacule se balançant.

Derrière, vient le dos large de ce qui ressemble exactement à la créature dans le vieux film d'horreur américain :

Figure 37: Créature de la lagune noire

Puis la main verte ronde d'un petit homme vert vêtu d'une blouse bleu foncé surgit au-dessus de la balustrade, alors qu'il se lève pour mieux voir. Il regarde vers le centre de la coupole, son visage rond reflétant un sourire aussi large et simple qu'un symbole smiley "ayez une belle journée".

Figure 38: Smiley vert

Tandis qu'au centre du dôme, une grande pieuvre orange sans yeux surgit de l'eau de la fontaine, s'assied sur le bord de la fontaine, secouant l'eau de ses tentacules.

- Fin de la nouvelle "*Le passage*" -

Les OVNI

Pourquoi faire des démonstrations de puissances via les OVNI ? C'est avant tout un avertissement de rang supérieur, destiné à certaines institutions, afin de faire une démonstration des technologies que les aliens maîtrisent. Le but ultime est de faire craquer la chape de plomb que les gouvernements ont placé sur le secret de la présence extraterrestre.

Les seuls humains qui envient leur technologie, ce sont les plus agressifs des humains, ceux qui veulent dominer leurs congénères grâce à des armes plus puissantes. C'est pour cela que les ET ne se montrent pas de façon plus claire, c'est parce qu'ils ne veulent pas aider ces gens-là, mais plutôt les faire tomber !

Technologies

Les malveillants ont une technologie moins avancée que les bienveillants.

Voyons les technologies que tous ont en commun, même si leur maîtrise n'est pas toujours fiable pour les malveillants.

Niveau technologique indépendant de la spiritualité

Le niveau de technologie est variable d'une espèce à une autre, et souvent pas du tout en adéquation avec le développement spirituel.

Il y a des cas de civilisations hyper-high tech mais peu développées spirituellement (comme les zétas), et d'autres très primitives technologiquement mais très avancées spirituellement. L'un est indépendant de l'autre.

Partage de technologie

Toutes les orientations spirituelles échangent des technologies, gratuitement entre bienveillants (qui forment une grande communauté), avec accords foireux entre malveillants (celui qui vend arnaquant celui qui reçoit).

En effet, toutes les espèces n'ayant pas atteint des civilisations high-tech, les plus évolués aident les plus "primitifs" en leur fournissant du matériel (ou en servant de taxis).

Déphasage

Pas géré par les hiérarchistes.

Les technologies ET sont capable de provoquer un déphasage de la réalité (Qi p.). L'objet se retrouve entre 2 dimensions.

Cela permet de rendre invisible l'objet déphasé, d'arrêter les mouvements de la matière, de passer à travers les murs, ou au contraire de créer des murs invisibles infranchissables.

C'est ainsi que les ET peuvent "geler" les réactions nucléaires dans les réacteurs pendant un temps donné, ce qui fait croire à leur panne.

Shifting dimensionnel

Très mal géré par les hiérarchistes.

Technique permettant de basculer dans une dimension parallèle / supérieure (Qi p.). Comme avec le déphasage, le vaisseau disparaît à nos yeux.

Warping

Très mal géré par les hiérarchistes.

Technique permettant de voyager à ultra-haute vitesse, après shifting dans les dimensions supérieures (Qi p.). Pour donner un ordre d'idée, 80 années-lumières se parcourent en 30 minutes de notre temps.

Utilisé par les ET qui ont encore besoin d'un corps.

Voyages dans le temps (p.)

Pas géré par les hiérarchistes.

Même principe que le shifting, sauf qu'au lieu de basculer d'une dimension à l'autre, on passe d'une époque à une autre.

Technologie > Voyage dans le temps

Nous avons vu dans qi (p.) que le voyage dans le temps était possible, avec ses nombreuses restrictions.

Seuls les bienveillants et EA sont capables d'une telle prouesse. Justement parce qu'ils ont la spiritualité nécessaire pour ne pas l'utiliser, ayant compris que l'Univers s'arrange pour choisir le futur qui est le mieux pour tous.

Les ET l'emploient cependant pour des petites retouches à droite et à gauche (trop d'écart est impossible), limitant au maximum les impacts pour diminuer le retour de bâton. Ces déplacements dans le temps sont donc très risqués pour les ET qui le pratiquent. Ce sont des actes qui doivent être savamment organisés.

Principe (voir Qi>Temps>voyage p.)

Les voyages dans le temps sont possibles grâce à des technologies qui sont du même ressort, qui utilisent les mêmes principes que le voyage spatial

Technologie > Voyage dans le temps

ultra-rapide (warping) ou les voyages d'une dimension (ou d'une époque) à une autre (shifting).

Selon les lois physiques du voyage dans le temps, seul le passé peut être accédé.

Les ET obéissent aux règles de l'Harmonie Universelle :
- respecter les noeuds du temps / prédestination (en jouant sur leur petite élasticité),
- oeuvrer dans le sens du Plan de l'Univers (sinon gros retour de bâton).

Les ET se limitent pour cette raison, parce qu'aller dans le passé et modifier les événements par des actions données tend à vouloir changer le Scénario. Or ces éloignements du Scénario provoquent des retours violents, retours de flamme qui remettent d'autant plus brutalement l'histoire sur le bon chemin qu'on s'en était éloigné.

Participation des humains du futur (qi> futur> prophéties p.)

Généralement, le voyage dans le passé est peu utilisé parce qu'elle demande une grande discipline pour éviter de modifier la trame temporelle et la suite des événements. Néanmoins, des interactions peuvent être exceptionnellement autorisées. Les ET qui pratiquent cela sont très encadrés. Les humains du futur font parfois le déplacement pour aider leurs ancêtres (puisqu'ils n'ont que cette possibilité pour nous venir en aide) mais compte tenu des risques, cela n'est pas généralisé, et d'autres ET qui sont dans le même présent que nous peuvent faire la majorité des taches nécessaires sans avoir recours au voyage temporel.

Les humains du futur font assez exception, parce que c'est leur demande expresse de pouvoir jouer un rôle, mais ce ne sont pas eux les principaux acteurs de notre temps.

EA

Voyages

Quand les ET sont totalement en forme énergétique (ou spirituelle), ces voyages sont faciles puisque les âmes sont multidimensionnelles / trans-dimensionnelles, c'est à dire qu'elles ne sont pas limitées à un type de matière ou au temps.

Leur voyage revient alors qu même qu'un voyage astral.

Les altruistes

Pas de bases à demeure

Les ET bienveillants n'ont pas besoin de gros vaisseaux ni de se poser où que ce soit, puisqu'ils voyagent quasi instantanément depuis leur planète mère sans difficultés (le Warping). Dans ces conditions, un vaisseau géant en orbite, une base ou un vaisseau posé en attente sur la face cachée de la Lune ne leur est d'aucune utilité. Les bases sont sur leur planète directement.

Pour donner un exemple (source régulus), il faudrait moins de 30 minutes pour parcourir 80 années-lumière aux habitants de Regulus (grâce au Warping).

Distances

Avec leur technologie plus efficace, les ET bienveillants peuvent venir de plus loin que les malveillants.

D'après des sources Régulus :
- Regulus : 77,5 al
- Zeta Reticuli : 39 al
- Delta Eridani : 29,4 al
- Altaïr : 17 al

Télépathie

La plupart des contacts se faisant pas télépathie, il est très rare, à part les opérations de terrain des Zétas, aux bienveillants d'être physiquement sur place.

Principe de vol des OVNI

Les appareils des ET sont faits pour supporter un mode de propulsion qui n'a pas besoin de "sens", c'est à dire que les appareils, triangulaires ou circulaires, sont faits pour aller dans toutes les directions et sont faits pour le voyage interstellaire/planétaire.

Les ET triangulaires d'octobre 2016, ressemblant à des ailes volantes (donc utilisant une sustentation aérodynamique), ne sont donc pas ET, mais des drone type *Neuron*, les anglais comme les Français travaillant sur ce genre de projet.

Pas de bang supersonique

[Zétas] Le secret réside dans la vitesse des vaisseaux.

La foudre crée le tonnerre en séparant l'air, en le surchauffant de sorte qu'il y a un vide, ce qui fait que l'air des deux côtés se déplace dans le vide, d'où le claquement lorsque ces masses d'air se frappent. Le problème est donc qu'il n'y a pas d'air pour remplir le vide.

Les vaisseaux Zétas ne surchauffent pas l'air, n'évacuent pas l'air, mais le repoussent/pressent sur le côté, temporairement/momentanément.

Temporairement est la clé, car le mouvement est si rapide qu'aucun ajustement ne se produit dans les masses d'air des deux côtés. Il y a une augmentation de la pression de part et d'autre, qui est rapidement soulagée lorsque l'air revient [AM : les OVNI vont plus dans le déplacement des atomes que l'inertie de ces derniers].

Les petites boules rouge/orangée

Les orbes (sphères volantes de 1 à 3 m de large) sont très utilisée par les ET. Ce sont des drones contrôlés à distance, qui utilisent la même technologie que les appareils habités. Ils sont très courants, notamment lorsqu'ils apparaissent sous la forme de boules rougeâtre (d'où leur assimilation à des lanternes chinoises bien pratique pour les débunkers).

De jour, elles se présentent comme des sphères argentées même si elles émettent également leur lueur rouge. C'est la lumière trop intense qui empêche de voir cette "aura" lumineuse.

Le cas de Trans-en-Provence était lié à un drone d'un autre type que les sphères argentées. Tout dépend de l'espèce ET qui participe à la visite/démonstration, et parfois plusieurs espèces peuvent coopérer sur le même projet.

Notez simplement que sur la France, le nombre de sphères rouge-oranger au comportement étrange (bien différent de celui d'un lanterne chinoise) a explosé ces dernières années, mais qu'on en trouve de très nombreux exemple dans l'histoire de l'ufologie, soit sous la forme de sphères argentées, oit sous la forme d'orbe/boule de feu. Par exemple un vol stationnaire pendant 15 minutes puis, en moins d'une seconde, accélération fulgurante terminée par un flash lumineux plusieurs kilomètres plus loin.

Par exemple, des témoins racontent qu'un orbe orangé s'est placé au dessus du toit de leur Peugeot 205 (ils étaient 2, on est en 1986) en pleine nuit et les avaient suivis sur 15 kilomètres, jusqu'à ce qu'ils arrivent chez eux et sortent de la voiture. La boule est restée encore quelques minutes comme ça, immobile, puis est partie d'un coup.

Les centrales françaises sont visitées par des ovnis depuis longtemps. Soit les appareils restaient furtifs pour ne pas être repérés, soit ils étaient visibles (voir règle du doute p.), les témoins discrédités et les enquêtes enterrées. C'est le cas par exemple du survol de Golfech en 2010.

Dernier point, peut être le plus important, c'est que ces visites de boules sont là pour prévenir les populations locales qu'il y a danger à court et moyen terme dans la région survolée. Ces "vagues" d'OVNI servent à lancer des messages télépathiques aux gens pour les informer des risques. Par exemple, en ce qui concerne l'expérience d'Harmo, l'OVNI qu'il a vu se trouvait en aval d'un barrage qui risque d'inonder toute la vallée et toute la ville en dessous. Il n'est pas le seul à les avoirs vu, sur la ville et les alentours cela fait 3 ou 4 ans qu'ils reviennent régulièrement (cette année aussi) et il y a de multiples témoins.

Ces ET particuliers sont à prendre très au sérieux (pour leurs messages d'alerte) et sont beaucoup plus présents que ce que les médias en laissent transparaître !

Action sur les centrales nucléaires

Nous avons vu que les OVNI ont la possibilité de moduler l'espace-temps, donc de figer les réactions nucléaires au sein du réacteur, ce dernier ne produit plus rien.

Les 20/12/2014 à Doel en Belgique, le survol des centrales par les boules oranges s'est couplé à un arrêt de cette dernière. Pas du sabotage, mais l'arrêt du réacteur par figeage. Les ingénieurs n'ont pas le choix du redémarrage et sont obligé d'attendre la fin de l'effet provoqué par les ET.

Le but dans ce cas, est d'envoyer un message aux élites sur leur plan de laisser les centrales actives lors de Nibiru (L1).

Les vaisseaux Ranas

Source regulus. Le développement des ranas n'est pas avant tout technologique. Par exemple, pour compenser le manque de télépathie, les humains ont inventé la téléphonie mobile avec oreillette sans fil. Le développement des ET les plus avancées est avant tout spirituel, et secondairement technologique.

Les vaisseaux ranas semblent être de la technologie Altaïran : un assemblage de particules énergétiques, en forme de chapeau de champignon de type mamelonné, plutôt noir et mat, mais qui peut être camouflé en devenant relativement informe et transparent vu de l'extérieur. L'intérieur est solide, modulable en fonction des besoins, et connecté mentalement aux membres de l'équipage.

Le vaisseau semble presque vivant et doué de conscience, bien que ça ne soit pas le cas. Quand vous voulez entrer dans une pièce, la porte s'ouvre toute seule, sans bouton ou capteur de mouvements. Si vous avez besoin d'un objet, le tiroir mural qui contient l'objet s'ouvre.

Aucun armement à bord, car il n'est jamais nécessaire d'entrer en confrontation à ce niveau de développement : il suffit de se téléporter ailleurs. La "coque" énergétique est de toute façon capable de résister à la plupart des attaques habituelles.

Les égoïstes

Une technologie moins poussée

Les races mal intentionnées, comme les raksasas de Sirius, ont beaucoup de mal à tenir la distance avec les atruistes, et ont besoin eux de bases, de gros vaisseaux mères. Le warping dimensionnel dimensionnel est loin de leur être aisé, ce qui les oblige par exemple à atterrir physiquement lors de leurs abductions, ou encore de construire leurs bases en 3e densité. En effet, maîtrisant mal le warping (qui leur demande beaucoup de leur substance énergétique pour être réalisée, nécessite aussi une grande coopération entre eux (de la même manière que les vaisseaux qu'ils ont fourni aux humains demandait de la télépathie que l'humanité ne maîtrise pas, d'où les crashs d'OVNI humains). Comme ce sont des égoïstes, ils ont du mal à coopérer lors du Warping, et les accidents provoquent de nombreux morts.

Là où ils sont embêtés, c'est que normalement les ET négatifs n'ont pas le droit de faire de démonstration publiques de leurs engins, mais que la basse technologie de leurs vaisseaux a régulièrement conduit à des observations involontaires.

Les bases proches

Les ET malveillants ont du mal à se déplacer sur de longues distances car ils maîtrisent très mal le warping. De plus, compte tenu de leur société esclavagiste, leurs appareils sont peu fiables (quel esclave maltraité ferait du bon boulot, sans parler des querelles intestines et leurs sabotages internes).

C'est pourquoi ils sont obligés d'avoir des bases proches de la Terre, en 3e dimension.

Malgré ces bases, leur champ d'action est très limité, car sans des technologies suffisantes et sans télépathie, ils ont du mal à rentrer en contact avec les personnes qui seraient susceptibles de les intéresser.

Les agents recruteurs hiérarchistes sont donc contraints de rester dans notre dimension, une dimension bien moins confortable pour eux que la 4e où ils ont réussi à ascensionner. C'est pourquoi ces agents sont moins efficaces, n'étant pas dans leur élément, et pas franchement ravis d'être là. C'est pourquoi, pour minimiser la dépense d'énergie, ils ne répondent qu'aux Appels égoïstes dont il sont sûr de récupérer l'âme, ou de faire provoquer à leur agent humain le max d'impact sur la psychée humaine.

Le vaisseau triangulaire crashé sur la Lune

Dans L0, on a vu un vaisseau triangulaire planté dans le sable lunaire. Un appareil appartenant à un groupe d'ET négatifs, ceux qui ont des sociétés hautement hiérarchisées et violentes. Ce genre de société est propice à ce genre de crash, car les équipages coopèrent peu, ne sont pas fiables (mutinerie permanente pour prendre le pouvoir, tires-au-flanc pour en faire le moins possible, pas de passion dans leur travail donc minimum syndical, etc.). Ces équipages ne peuvent pas remettre en question les ordres hiérarchiques, même si ceux-ci mènent à la catastrophe. C'est une chose que les humains connaissent dans leur histoire, il suffit de regarder comment se passent certaines guerres et les absurdités qui peuvent s'y produire (notamment pendant des dictatures).

Pour ce vaisseau crashé, une succession d'erreurs a conduit à l'accident et au crash de l'appareil, qui a été trop endommagé pour être réparé. Il fut donc abandonné sur place, à la manière d'un Titanic (qui soit dit en passant a été victime de la même bêtise).

Les cheveux d'ange

L'OVNI d'Oloron (Pyrénées atlantique) a laissé des cheveux d'anges derrière lui. Ces cheveux viennent des poussières et des pollens contenus dans l'air. Ces pollens sont transformés par les rayonnements à la surface du vaisseau, produits se retrouvant ensuite amalgamés sur des fils de la vierge (araignée). Même principe que les cheveux d'anges de Nibiru (p.). Ce sont des polymères à base d'eau et de matières organiques, donc rien de dangereux.

Crops circles

Comment valider un crop ?

Les gouvernements envoient des armées de faussaires pour effacer les vrais crops, et en ecréer d'autres.

Les vrais crops se reconnaissent grâce aux :
- noeuds de croissance à poussée différentielle (seul un côté du noeud à poussé). La plante est courbée, mais pas pliée ni cassée, comme c'est le cas avec une planche de faussaire.
- Tissage des tiges entre elles. Il est possible de refaire ça patiemment à la main, mais pas sur la surface de tout un crop pour respecter un timing serré limité à une nuit (à moins d'une armée de petites mains).

On peut aussi citer l'absence de chemins de déplacement, mais depuis 2017 les faussaires utilisent des grues pour ne pas laisser de traces au sol. Ou encore l'asymétrie des figures, rendant plus compliqué sur place le tracé d'une ellipse de 100 m de long, même si des bons faussaires motivés peuvent refaire ça aussi.

Quels ET les font ?

Les crops circles sont créés par une espèce aquatique qui veut participer à notre soutien dans cette épreuve qu'est Nibiru, mais qui ne peut pas venir physiquement à notre rencontre pour des raisons pratiques évidentes. Ils ont donc trouvé un autre moyen de nous donner des conseils et de nous aider, tout simplement.

Si certains ET font des démonstrations d'OVNI, si d"autres prennent des contactés, ces ET font des œuvres d'art dans les champs ! Il ne semble pas à Harmo que leur système d'origine porte un nom, mais plutôt un code générique (Comme KIC 251 895). Il existe en effet tellement d'étoiles que les humains ne peuvent pas donner un vrai nom à toutes. La plupart sont connues par des codes, ce qui fait que la plupart des espèces ET ne peuvent pas être appelée suivant le nom de leur lieu d'origine. Quand c'est Altaïr ou Zeta Réticuli, c'est faisable, pour les autres, c'est nettement plus délicat. Ce ne sont pas les Arcturiens à priori en tout cas.

Décryptage de base

Harmo a les codes, mais ne les a jamais donnés par écrit. S'il le faisait, d'éventuels faussaires les auraient aussi... Il nous donne quand même quelques astuces de décryptage.

Les "croissants de Lune " ne sont quasiment jamais la Lune. Dans les crops, quand les ET veulent montrer notre satellite naturel, ils font un petit disque à côté d'un plus gros, parfois en rajoutant un trait fin pour l'orbite.

Les cercles et les disques représentent aussi bien les planètes, que leurs cycles, donc le temps, puisque nous mesurons celui-ci par rapport à des phénomènes planétaires : la rotation de la Terre sur elle même (jours, semaines, mois) et autour du Soleil (Années) mais aussi de la Lune (mois lunaires voire années chez les musulmans). Des cercles identiques et placés régulièrement peuvent être un crop temporel qui nous donne soit une date soit un délai. Des petits cercles à l'intérieur d'un grand cercle représentent des subdivision du grand cercle (une année ou un cycle généralement).

Les crops étant généralement liés les uns au autres, surtout dans une courte période de temps, les 4 dessins dans le colza, faits très tôt dans la saison et à la suite les uns des autres, doivent forcément contenir un message pressant et complémentaire.

Les crops parlent de problèmes concrets, à l'échelle de décennies maxi. Ils ne sont pas là pour noter des configurations astronomiques qui n'auront aucun effet sur nos vies, ou pour parler d'un danger dans 200 ans, ou encore d'un cycle de précession des équinoxes de 26 000 ans.

Les crops sont une forme d'écriture qui est là pour parler à notre inconscient via de la géométrie intuitive. Notre cerveau conscient est toujours à côté de la plaque, parce qu'il interprète selon des critères erronés, par la réflexion. C'est la base pour avoir les clés si vous voulez comprendre ces figures. Chaque crop a une signification précise et contient une ou plusieurs infos sur un domaine particulier, dans presque tous les cas, ils sont là pour nous informer de l'avancée du processus d'arrivée de Nibiru, soit directement sur la planète elle même, ou alors indirectement sur les effets qu'elle engendre sur la Terre. Ce sont des infos concrètes. Qu'ils soient compris de façon intuitive ne veut pas obligatoirement dire que ce sont des messages spirituels.

La signification symbolique de la géométrie des crops n'est pas forcément celle que l'on utilise généralement, c'est pour cela que jnotre conscient est de toute manière à côté de la plaque, parce que les ET s'adressent à notre inconscient, qui est capable de comprendre ce langage universel.

En effet, notre conscient ne voit les choses que selon sa culture/son éducation, qu'il a apprise mais qui n'est pas toujours/rarement universelle : d'une culture à l'autre, les symboles n'ont pas la même signification.

Or, les ET s'adressent à tous les humains, peu importe leur nationalité, culture ou origine ethnique.

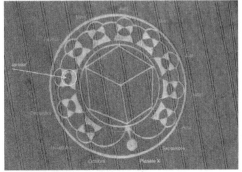

Figure 39: CC avec cube central

Figure 40: CC cube + spirale d'emballement (22/04/2017 - angleterre)

Il y a 6 pétales, ce ne sont donc pas les 12 mois de l'année. Ces pétales forment un tourbillon, c'est à dire un emballement, une accélération dans le langage CC. Mais ce pourrait être aussi les 6 mois du Soleil

Crops dans le colza

Des crop rare (précoce, en avril et dans du colza fragile) ont généralement un message urgent à faire passer. Normalement les faussaires ne savent pas faire ce type de figure dans le colza, car la plante est fragile. Le résultat est moins précis et beaucoup moins beau que sur des céréales par contre.

Dans le colza, les Et doivent simplifier les crops pour des raisons techniques. Le colza est une plante plus large que le blé, et quand ils font plier les plants, plus ceux-ci sont larges, plus l'épaisseur du trait est grossière.

Les quarantaines

Régulièrement, le conseil exclue une espèce d'une planète. Pour les non-membres du conseil, comme les humains et les anunnakis, il n'est pas possible d'informer directement les dirigeants, mais plusieurs astuces subsistent.

Terre

La Terre est sous quarantaine : les autres civilisations n'ont pas le droit de nous envahir, et nous n'avons pas le droit de polluer le cosmos.

Raisons de la quarantaine

Quarantaine d'apprentissage

La Terre est une planète école, dont l'espèce consciente la plus nombreuse n'est pas encore

Beaucoup voient par exemple un cube à l'intérieur du dessin, parce que nous sommes dans une société de la 3D informatique. Un indien primitif d'Amazonie y reconnaîtra une fleur ou un fruit de son environnement, un paysan chinois une pierre précieuse etc... (exemple bidons mais c'est juste des exemples). Ce cube, c'est en fait 3 traits partant du centre, qui donnent une accroche sur le cercle extérieur, comme un zoom des fois. Ces traits peuvent avoir plusieurs symbolisation, les ET aimant superposer les fonctions avec le même dessin. Donc plutôt qu'un cube au centre, cela ressemble plus à une horloge avec des aiguilles, pointant sur le cercle extérieur décomposé en mois. Les dates des pics magnétiques n'étant pas exactement placées à égale distance les unes les autres en nombre de jours, les aiguilles ne sont pas écartées régulièrement (ce qui exclue du coup l'hypothèse du cube en 3D). Chacune pointe sur une date qui se situe approximativement en fin avril, mi-Aout, fin novembre.

Le CC du cube avait été suivi par un CC dans le colza, qui reprenant la symbolique du cube précédemment donnée, mais juste de manière grossière, c'était pour faire le lien avec la nouvelle info à donner :

déterminée spirituellement, ce qui a exigé de poser une quarantaine dessus (au moment du déluge biblique).

Cacher l'existence ET

les ET n'ont pas envie que nous les découvrions, pour diverses raisons : quarantaine, aspect violent / immature de notre société, risque d'ethnocide.

Mauvaise exemple

Les autres mondes ET "visibles" / accessibles sont aussi mis en quarantaine pour éviter que nous communiquions avec eux, nous ne sommes pas véritablement un bon exemple de développement et nous pourrions commettre des dégâts immenses sur la civilisation contactée.

Nous empêcher de découvrir les autres civilisations

Paradoxe de Fermi (L0) : vu les probabilités nulles d'être seuls dans l'univers (vu le nombre de planètes habitables), comment se fait-il que nous n'ayons (officiellement) pas encore découvert d'autres traces de civilisations ET (autres que les censures et la mauvaise foi de nos dirigeants !) :

Technologies et comportements différents

Toutes les civilisations ne sont pas forcément arrivés à un niveau technologique émetteur de signes technologiques / environnementaux.

Les civilisations ET n'utilisent pas forcément les mêmes technologies que nous, et ne laissent pas forcément de traces environnementales sur leur planète : cela s'appelle fonder une civilisation pérenne en équilibre avec la vie. Croire que, comme l'Homme, partout où une civilisation existe cela finit par un cataclysme, une pollution et une destruction irréversible de l'environnement, est plutôt naïf et irréaliste. Cela montre que l'Homme ne comprend pas quel danger il est pour lui-même. Notre civilisation actuelle découle du choix d'une minorité égoïste, ce n'est pas une obligation ni une fatalité que toute civilisation technologiquement avancée se comporte de manière ainsi auto-destructrice. Nous ne sommes pas dans une civilisation du progrès, mais du suicide, et toutes les civilisations ne sont pas suicidaires. C'est juste typique des civilisations hiérarchistes.

Enfermement dans nos propres dogmes

L'Humanité devrait DEJA être au courant de l'existence des ET depuis 1950 ans au moins, voire plus longtemps encore (La Salette ?). Mais elle a été enfermée dans un déni à cause de corruption des messages religieux, et plus récemment, de la manipulation des Elites dirigeantes américaines puis mondiales.

Mondes cachés

Tous les mondes civilisés ne sont pas forcément visibles : ils peuvent être cachés par des technologies (furtivité ou évitement) parce que ces autres mondes, même les moins avancés, et contrairement à nous, ont sûrement compris depuis longtemps que l'Univers n'est pas automatiquement un endroit rempli de planètes avec des créatures en guimauve béates lançant des feux d'artifices pour attirer les "frères" de l'espace.

Nous avons la chance d'être protégés par de bons ET très avancés, mais dans l'absolu, qui empêcherait des civilisations plus avancées techniquement, mais aussi immatures spirituellement que nous, de venir nous envahir ?

Ce fut déjà le cas avec les Raksasas de Sirius ou les annunakis.

L'enfermement dans des dogmes religieux (comme nous le faisons) n'est pas automatiquement le cas sur les autres mondes du même niveau que le notre. Si ces espèces ont compris depuis fort longtemps que l'Univers n'est pas vide de vie (comme le disait Giordano Bruno au 16e siècle), que d'autres civilisations s'y déplacent, il est raisonnable de penser que nombreuses d'entre elles se font toutes petites afin de ne pas attirer l'attention d'un empire expansionniste.

Si l'Homme ne fait pas attention et fait des vagues (envoyant des ondes hertziennes à l'autre bout de la galaxie, ou encore des plaques en or avec l'adresse de la Terre sur les sondes pioneer), c'est parce qu'il continue à se croire seul ou invincible au centre de l'Univers. Ou encore, parce qu'il est persuadé que si l'humanité est incapable d'approcher la vitesse de la lumière, c'est qu'aucune autre civilisation n'est capable de le faire... Encore du nombrilisme forcené, à se prendre pour les meilleurs de l'univers, un univers créé par dieu aux seules fins de conquêtes de l'homme.

Hollywood l'a prouvé (Indépendance Day et autres films du genre), nos scénaristes croient que l'Humanité est tellement maligne, que même avec 3 millions d'années de technologie de retard, on bouterait les ET à coups de pieds aux fesses. Ce n'est pas sérieux, mais c'est malheureusement l'idée de fond qui domine chez nos dirigeants, pour aussi naïf et insensé que cela puisse paraître.

Les mondes ascensionnés

Les civilisations matures ne seront jamais visibles sur nos télescopes, parce qu'elle sont passées dans les dimensions supérieures grâce à l'ascension . La plupart des mondes habités ne sont plus dans notre espace temps (dimension).

Le moment où une civilisation va émettre des ondes EM, et celui où elle va ascensionner, ou se cacher, est finalement très court. Soit ils n'émettent pas de signaux, soit ils le font des dimensions qui nous sont pour l'instant inaccessibles.

Interactions humaines

Interactions humaines

Organisation sociale

Les hommes sont faits pour vivre en groupe, car à plusieurs on est plus fort et on prend soin de ceux qui tombent, comme d'autres prennent soin de nous quand on a une faiblesse.

Quel type de société ? (p.)

Il y a 2 organisations possibles :
- Hiérarchie / droite, les représentants sont au sommet de la pyramide de pouvoir et impose leur volonté au peuple, censé être trop con pour avoir le droit d'exercer son libre arbitre et décider de sa vie.
- Egalité / gauche, une société égalitaire où le citoyen de base doit être le plus informé et développé possible, afin qu'il puisse exercer son libre arbitre avec le moins de contrôle possible, ce citoyen étant capable de déterminer tout seul quand son libre arbitre empiète sur celui des autre, Nature comprise.

Aucune société ne peut vivre dans ses extrêmes (droite : des esclaves les plus ignorants possibles, gauche : une démocratie participative directe où tout le monde discute des orientations à prendre à l'échelle de la planète).

Chaque société est obligé de prendre la voie du milieu, par exemple une pure anarchie est obligée de se doter de représentants / chefs.

Choix des décideurs (p.)

Les 2 types de sociétés ont cette problématique à résoudre, comment détecter le meilleur représentant pour prendre les décisions globales et urgentes.

Le décideur devra avoir des compétences :
- **techniques**, assez facilement mesurables par des examens, tests, simulations. C'est le pouvoir temporel / matériel.
- **spirituelles**, comprendre le plan divin qui se dégage de la vie, être à l'écoute des autres, être altruiste (ne pas se faire passer avant l'intérêt commun), qui elles sont plus difficiles à estimer. Par exemple, des hommes politiques qui ont détourné de l'argent à leur profit ne devrait pas pouvoir se représenter.

La séparation du spirituel et du matériel après l'exode, ou avec la loi de 1905, sont les erreurs qui ont rendu notre monde amoral, de par des décideurs amoraux qui ne peuvent être contrôlés et démis rapidement de leurs fonctions.

Société idéale (p.)

Cette société dépend du niveau de développement spirituel de ses citoyens. Cette société doit mettre tout en œuvre pour instruire les citoyens, les faire réfléchir, les développer spirituellement. Le but est que ces citoyens soient capable d'exercer pleinement leur libre arbitre, tout en respectant celui des autres. La société est juste là pour vérifier qu'aucun citoyen ne va nuire aux autres, et permettre à chacun de développer les connaissances pour le bien de l'intérêt commun.

Dans cette société, c'est l'intérêt commun qui prime, plus l'intérêt égoïste de la minorité qui a capturé le pouvoir.

Les entrepreneurs et inventeurs sont soutenus par la communauté, au lieu d'une banque privée, c'est la communauté qui fournit les machines à l'entrepreneur, et recueille donc les fruits des efforts de tous. La communauté, c'est tout le monde. Si elle est riche, tout le monde est riche.

Argent (p.)

L'argent est juste une manière de regarder de combien chacun travaille pour la communauté, et combien du coup il a le droit de faire travailler la communauté à son profit.

Dans un monde débarrassé de sa fraction égoïste, ce comptage de l'argent, qui est une perte d'énergie stérile, n'a plus lieu d'être. Tout le monde donne, et du coup tout le mode reçoit. Celui qui donne le plus sera naturellement celui qui recevra le plus.

Langage (Ladam)

Les langages actuels ont été prévus complexes pour que peu de personnes ne le maîtrise, et ainsi garder le contrôle des analphabètes. Le français, particulièrement complexe, n'incite pas les humains à lire, donc à réfléchir.

C'est pourquoi j'ai travaillé à réaliser un langage simplifié, rapide à apprendre, qui est paradoxalement plus puissant que tous les vieux langages actuels...

Normalisation (Ladam)

L'humanité a échouée pour l'instant à se défaire de tous ses carcans sumériens, comme la base 12 des heures ou la base 60 des angles et minutes-secondes, sans intérêt dans un système en base 10. Sans compter que les systèmes ne sont pas positionnels (multiples de la base exprimés sous forme de puissance), et sont fait pour éloigner les humains de la pleine compréhension et de la connaissance.

Le livre sur le langage adam détaille ces nouvelles normes.

Quel type de société ?

La société se définit principalement par qui décide des règles de vie commune.

Égalité ou hiérarchie

2 grandes idées pour l'organisation sociale. Un système purement :
- **égalitaire**, où tous président au décisions dans une égalité parfaite et totale entre les individus.
- **hiérarchiste**, où les relations sont basées sur une domination et la concurrence dans les décisions.

En gros, faut il avoir un chef ou non ?

Aucun de ces deux systèmes, appliqués à 100 %, n'est viable :
- La pure hiérarchie finit par une autodestruction
- La pure égalité finit dans l'immobilisme et l'indécision.

C'est pourquoi même les sociétés qui tendent vers ces extrêmes ont des garde-fous. Chaque extrême doit limiter ses propres inconvénients en intégrant une partie de son contraire.

Extrêmes

Soit on donne le pouvoir à une élite (Aristocratie, Oligarchie etc...), soit on donne le vote à tous, même à la majorité d'idiots qui composent la société (les immatures spirituels qui sont encore dans des pulsions primitives de haine et de rejet, et qui ne voient donc pas plus loin que le bout du pain qu'on leur tend). Notre société actuelle est La solution est sûrement entre les deux.

Pure hiérarchie

Unification nécessaire

Un système hiérarchiste doit obligatoirement savoir s'unir :
- contre un ennemi commun
- pour des projets globaux.

C'est le ciment qui empêche la pyramide hiérarchique de céder sous les contraintes internes :
- guerres de pouvoir, ceux d'en bas se battant pour monter, ceux d'en haut essayant de les en empêcher,
- la base qui ne veut plus travailler pour des incompétents ou des fous dangereux au pouvoir
- etc.

Autodestruction en cas de désunion

Une meute de loups humains qui n'a plus un troupeau de moutons humains comme objectif et qui ne s'organise plus autour de la chasse/guerre s'entredévore.

C'est pour cela que les plus grandes dictatures ont toujours mis en avant ces concepts clés de leur survie. Par exemple, les Nazis ont choisi comme supports :
- l'antisémitisme, le juif comme ennemi commun
- la germanophilie, gloire d'une race aryenne hypothétique comme projet commun.

Dès que ces moteurs s'affadissent (que l'ennemi commun gagne par exemple), les tensions internes ne sont plus canalisées et les forces composant la hiérarchie se nuisent. Pour les nazis par exemple, dès que le cours de la seconde guerre mondiale a tourné à l'avantage des Russes et des Alliés, Hitler a subit des tentatives d'assassinat de la part de son propre camp, les savants allemands ont refusé de donner la bombe nucléaire à Hitler, et l'armée allemande voyait des mutineries et sabotages, 5e colonne, etc.

Pure Égalité

Égalité pure inéquitable

Nous ne naissons pas tous égaux. Chacun est doté de qualités et de défauts, de forces ou de faiblesses, de besoins et d'une compréhension différente du Monde qui l'entoure.

L'**équité**, c'est le respect des différence (un traitement différent adapté à l'individu), afin d'arriver à un résultat où tout le monde est à égalité.

L'**égalité**, c'est le même traitement pour chacun, quelles que soient leurs différences, pour arriver à un résultat inégalitaire, dépendant des inégalités de départ.

Voir le glossaire pour plus de détails sur ces 2 notions.

L'équité, si elle semble juste au premier abord, peu avoir des effets pervers.

Exemple 1 : pudeur

Voir la notion de pudeur (incarnation > Sexe p.). Certains extrêmistes cachant le moindre bout de peau et de cheveux, les occidentaux ne cachant que le sexe sur la plage, et les tribus amazoniennes vivant complètement nues.

Chaque culture a une vision propre, liée à l'histoire et à ses propres idéologies, de ce qui est sexuellement explicite ou ce qui ne l'est pas.

Il n'y a aucun mal objectif à sortir voilée ou à sortir nue, ce n'est que la culture du lieu qui va modifier la donne. Une femme Yanomanis nue ne choquera personne dans son village, mais se ferait arrêter pour exhibitionnisme en France, et lapidée dans quelque village religieux intégriste et pudique.

Normalement un voyageur s'adapte au pays qu'il traverse, et adopte les coutumes du pays où il s'installe. C'est objectivement le seul comportement qu'il faut avoir, l'égalité est donc d'interdire le port du voile islamiste en France.

Malheureusement, cette adoption des coutume du pays d'accueil ne s'est pas fait pour l'immigration massive en France depuis 1962, car une des raisons de cette immigration était la destruction de la culture française (l'altruisme de Jésus, la méritocratie juive, l'idéal anarchiste et communiste). Cette non intégration se fait en mettant les immigrés dans des ghettos ethniques, ou par le fait que le départ de leur pays était contraint : ce n'est pas par amour de la France et de sa culture qu'il est venu, mais suite à l'appauvrissement économique, ou suite aux guerres ou terrorisme dans son pays d'origine. Nous avons donc en France une population multiculturelle, et il faut bien faire avec désormais.

Pour en revenir à la pudeur et au voile, il faut savoir que la pudeur est une notion acquise par l'éducation, que ce soit de façon consciente ou non. Les parents, qui eux mêmes tenaient ces règles de bonnes mœurs de leurs parents, ont intégré ces principes et ne peuvent plus retourner en arrière facilement (endoctrinement profond, formatage qui ne se retire que par une introspection poussée que peu de gens ont le temps et le courage de faire, le vrai sens du djihad Coranique).

L'égalité implique d'imposer des normes à tous les gens, sans tenir compte de l'équité (c'est à dire sans respecter leurs différences ou leur manière d'appréhender leur corps). Pour une jeune fille musulmane, devoir sortir sans voile, c'est comme si on imposait à une jeune fille catholique de sortir nue dans la rue.

Une société égalitaire pure (interdire le voile islamiste, imposer à tous une même culture) est difficile à vivre pour tous ses individus, personne n'étant tout le temps dans la norme. Cette société est inéquitable.

On ne doit pas considérer les gens comme égaux dans l'absolu, mais au contraire tenir compte de leurs différences, être équitable entre tous.

Exemple 2 : Repas hallal

Certains veulent retirer les repas spéciaux pour musulmans dans les cantines.

Les interdits alimentaires quels qu'ils soient sont un énorme problème dans les écoles en général, et c'est peut être tout simplement ici le concept de laïcité qui est pervers. Il y a la laïcité par le bas, celle qui ramène tout à l'égalité stricte, c'est à dire à se conformer de force à la majorité, et l'autre laïcité qui correspond plus à de l'équité. L'égalité n'est pas un bon concept, car elle prône de traiter des gens différents de la même façon. C'est un mal français : une amende pour excès de vitesse à 90 euros vise aussi bien le chômeur en fin de droit avec sa clio que le milliardaire avec sa ferrari. Est-ce juste, sachant que 90 euros vont manquer cruellement au premier mais pas du tout au second, alors qu'ils ont commis le même délit. Par contre, les dommages et intérêts devant les tribunaux eux sont proportionnels aux revenus du plaignant, si bien que pour le même souci, le milliardaire touchera des indemnités bien supérieures à celui du chômeur. Sous prétexte d'égalité, on privilégie, parce que l'égalité est un concept mensonger qui est à géométrie variable. L'équité, ce serait au contraire que pour la même infraction de la route, la contrainte ou la punition soit la même pour tous, comme cela est fait dans certains pays du Nord :) Un chômeur en clio paierait 90 euros, mais le milliardaire 9 millions. Même infraction, même punition. L'équité c'est de traiter les gens en fonction de leurs différences, alors que l'égalité c'est traiter tout le monde de la même manière sans tenir compte des différences. Attentions aux faux concepts républicains qui sous couvert d'humanisme et de justice, sont en fait des moyens de contrôle des masses et de privilège des nantis.

Pour en revenir aux repas musulmans que certains veulent retirer des cantines, autant subventionner des écoles musulmanes laïques, gérées par l'état, ce qui garanti une éducation minimale égalitaire pour toutes les religions, et l'assurance que nous vivions tous ensembles malgré les différences de culture (L1> déformatage> Racisme> Islamophobie).

Équité pure inégalitaire et compartimentative

A l'inverse d'une société égalitaire pure (interdit le voile à tous), voyons les effets pervers d'une société équitable (autoriser à faire ce qu'on veut).

La tolérance absolue dictée par l'équité pose le problème de la cohabitation. Est ce qu'on peut imaginer dans le même magasin, ou dans le même village, des femmes nues, des femmes à l'européenne et des femmes en Niqab ? Bien sûr que non (chaque comportement d'autrui choquant les croyances de chacun), et la seule solution est alors de séparer les gens, c'est ce que nous voyons comme solution aujourd'hui. Certains magasins sont réservés aux hommes, d'autres aux femmes, d'autres aux musulmans. Les piscines sont réservées uniquement aux musulmanes à certaines heures de la journée, C'est le communautarisme des communautés, pas de LA communauté.

En ce sens, on voit une première limite. Incapable de prendre une décision qui serait injuste, c'est à dire non équitable (imposer à une minorité la vision de la majorité, ou encore abandonner des règles anciennes qui n'ont plus lieu d'être), la société communautariste devient compartimentée.

On ne peut pas faire cohabiter toutes les différences, c'est une utopie.

Unanimité = indécision et compartimentation

Justification de l'unanimité

Dans une société sans aucun chef (anarchie), la seule possibilité de décision juste est que tout le monde puisse peser de tout son poids dans le vote. Ce vote doit être validé par TOUTE la communauté, et pas simplement par une majorité (de 50% ou 67%, peu importe). En effet, de quel droit le fait que le nombre des uns surpasse le nombre des autres fait que les premiers ont raison ? Bien au contraire, on voit dans la réalité que les plus grandes erreurs de l'histoire ont été de suivre l'avis du plus grand nombre. Hitler n'a-t-il pas été élu démocratiquement ?

Une mauvaise idée est souvent bien plus populaire qu'une bonne parce que les mauvaises idées sont souvent les plus simples et donc les plus attirantes. La solution de la facilité est toujours celle qui emporte le plus de succès, mais la facilité est très mauvaise conseillère. C'est la force de la démagogie. On dit au peuple ce qu'il veut entendre, même si c'est mal.

L'Allemagne s'écroule économiquement ? Plutôt que d'en chercher les causes profondes, accusons les juifs et pillons leurs biens pour renflouer les caisses. L'Allemagne a été humiliée, l'identité nationale niée par les vainqueurs de la première guerre mondiale ? Devenons, par revanche, le peuple Arien élu qui doit dominer le Monde, fort de sa supériorité physique et intellectuelle.

Heureusement, il y a toujours une minorité de personnes qui réfléchissent, et ne tombent pas dans le piège de la facilité et de la satisfaction de l'orgueil.

Donc si on veut être juste, dans une démocratie idéale, tous les avis devraient être entendus (l'unanimité), car la minorité empêche la majorité de tomber dans le piège de la facilité. Nous allons voir par la suite que cette société ne marche pas.

Problèmes techniques de l'unanimité

Imaginons une communauté qui vote une décision seulement quand 100% des votants sont d'accord (l'unanimité). Se lève plusieurs problèmes techniques :

Compartimentation

Comme vu dans l'équité pure, l'unanimité fait que les décisions comme celles sur le voile islamique ne se feront jamais (les musulmans refusant d'abandonner leurs traditions), amenant à la ségrégation de la population, à la communautarisation (selon la couleur de peau, la culture, l'intelligence, les capacités physiques, autant d'occasions de se couper d'autrui).

Il faut un minimum de discipline/ordre

Nous ne vivons pas dans des sphères décorporées, mais dans un monde réel avec des contraintes limitantes physiques. Le nombre, la prise de parole, la proposition et la rédaction d'un compromis ne peuvent s'effectuer sans qu'un petit groupe ne prenne la responsabilité de l'organisation. On ne peut pas être 150 à proposer une phrase à celui chargé de mettre à l'écrit un compromis mené par un débat. Même le débat préliminaire demande de l'ordre. Le mot clé est lancé : **ordre**.

Comme on ne peut pas tous prendre la parole en même temps, il faut une autorité externe qui régule le débat. C'est pourquoi les communautés anarchistes désignent tout de même généralement un chef chargé de gérer momentanément le débat et l'organisation du vote. L'anarchie absolue (jamais de chef) n'existe pas.

La solution est alors d'éviter que la direction ne reste entre les mains d'une même personne ou d'un même groupe. Ces chefs provisoires (unique ou collégial peu importe) peuvent être désignés de façon objective par un tirage au sort, là n'est pas le problème.

Différences de compétence

Là où la difficulté se dévoile, c'est justement dans les différences entre chacun. Tout le monde a-t-il les compétences pour mener le débat ? Forcément non, il y aura des gens plus efficaces que d'autres, mais comme on ne peut pas privilégier une partie sur le tout, leur activité ne sera pas maximisée, sans parler que les plus forts imposerons irrémédiablement leur point de vue aux plus faibles. Plutôt que de donner le travail aux plus compétents, on laisse aussi les moins compétents agir et c'est forcément un gaspillage de ressources qui auraient pu servir à autre chose. Il y aura alors des débats qui seront bien gérés et qui aboutiront vite, et d'autres menés avec peine et qui s'éterniseront, autant de temps qui aurait pu être utilisé à d'autres tâches plus utiles.

gaspillage de ressources humaines

En parallèle à ce souci de compétence, il y a la nécessité, dans un groupe de ce type, d'arriver à un compromis entre tous les membres, sans exception. Tout le monde doit donc perdre du temps sur des sujets qui ne l'intéressent pas forcément.

Dans de nombreux débats, les arguments des uns, pourtant contradictoires, peuvent être aussi justes que les arguments des autres et c'est d'ailleurs souvent le cas quand on mène ce genre de confrontation d'idée honnêtement.

Cette manière de prise de décision amène trois choses :

1. le processus de la démocratie absolue est long et demande la présence de tous les membres de la communauté. Or qui va surveiller le feu, garder les vaches et veiller sur les mourants ? C'est le risque de l'**exclusion nécessaire**.
2. personne ne voudra prendre légitimement de décision à la place des autres. Or peut on demander l'avis de la communauté sur toutes les décisions qui la concerne ? Dois je mettre 2 ou 3 bûches dans le foyer aujourd'hui qu'il fait froid, sachant que le stock de bois est limité pour l'hiver ? Une décision collégiale sur les quotas de nourriture et d'eau peut elle être aussi valable en hiver qu'en été, par temps chaud ou froid, humide ou sec, ou faut-il tous les jours suivant les conditions climatiques et sanitaires des gens revoir la décision précédente ? C'est le risque de la **focalisation sur la décision et non sur l'action**, puisque tout le temps est consommé pour prendre la décision et non pour l'appliquer.
3. si un ennemi attaque par surprise la communauté et qu'il faut organiser sur le vif la défense et l'allocation des combattants sur tel ou tel front, doit on organiser un vote démocratique sous peine, bien évidemment, de se faire déborder par les événements ? C'est le risque de l'**inadaptation**, parce que pour s'adapter il faut faire un compromis et que le compromis prend inévitablement du temps.

Gardes-fous des sociétés égalitaires

Pour pallier à ces immenses défauts d'une société égalitaire pure, il existe des garde-fous. Comme les sociétés hiérarchistes sont obligées d'intégrer des principes altruistes pour survivre, les altruistes sont obligatoirement contraints d'intégrer des principes hiérarchistes. Nous ne vivons pas dans un monde idéal, mais dans un monde réel, qui doit tenir compte des limites, des différences, des contraintes et des aléas environnementaux.

Groupes décisionnels restreints

L'unanimité (traitement équitable) cloisonne la société, et l'indécision qui en résulte bloque l'avancement du groupe.

Il faut donc obligatoirement qu'il y ait une prise de décision limitée à un petit groupe, parce qu'un petit groupe est plus réactif qu'un grand. Ce groupe décisionnel restreint représente la majorité entière.

Avantages : économie des ressources humaines, compromis, réactivité

Permet d'écarter de la décision les personnes indispensables (soins aux malades, entretien des feux, soldats aux postes de garde).

Les compromis arrivent bien plus facilement, parce qu'il est plus facile de mettre d'accord 3 personnes que 12, 50 ou 1000.

Possibilité de se réunir rapidement et de se mettre d'accord sur une stratégie commune, quitte à désigner une autre personne pour mener le leadership le plus adapté à la situation d'urgence, permettant une adaptation instantanée et une coordination indispensable.

Dangers : infiltration, incompétence

Le principe des petits groupes décisionnels, c'est déjà ce que nous connaissons aujourd'hui, et on voit très bien que cela ne fonctionne pas du tout.

C'est qu'au delà des garde-fous, il y a des critères qualitatifs dans le choix des individus de ce groupe décisionnel restreint, qui sont indispensables à la réussite de ces communautés altruistes, sinon elles deviennent creuses ou sont récupérées par des loups qui se cachent au milieu des moutons, drapés dans des toisons de laine. C'est le principe de la compétence.

Choisir les décideurs

Il est donc nécessaire de choisir avec attention ceux qui vont nous représenter, selon les meilleurs critères. Nous allons voir comment.

Libre arbitre des enfants

On retrouve souvent le concept d'équité chez les ET, mais aussi de la limite des libertés, comme on le retrouve dans la déclaration des droits de l'Homme : en d'autres termes, que les libertés de chacun doivent être limitées afin qu'elles ne nuisent pas aux autres. Cela pose par exemple souci avec le véganisme, parce que, si priver les enfants de produits animaux nuit à leur santé, la liberté des gens de faire pratiquer leur véganisme à leurs enfant entre dans cette limite de nuisance. La liberté d'un adulte à disposer de lui même est une chose, mais sa liberté ne doit pas nuire à celles d'autrui, en l'occurrence de ses enfants. Le concept trompeur ici, c'est que les enfants sont les "propriétés" de leurs parents qui décident pour eux. Cela prouve que les enfants ne sont pas considérés comme des personnes de plein droit. L'idée serait donc d'imposer aux enfant non pas le choix de leurs parents, mais une situation neutre tant qu'ils ne sont pas capables de faire leurs propres choix. La dictature parentale parait normale aux humains en général, elle est très difficile à tolérer pour des ET qui mettent le libre arbitre comme droit sacré de toute créature consciente. Le véganisme pose la question, mais les religions aussi, religions qui n'ont jamais intégré l'enfant en qualité de personnes dans leurs rites / dogmes / concepts. C'est une énorme lacune spirituelle qui a des conséquences désastreuses depuis des siècles et qui commence à peine à bouger.

Comment prendre des décisions ?

Des élus d'extrême droite compétents peuvent très légalement engager des changements dans une municipalité, éthiquement discutables, mais en accord avec les demandes des électeurs qui les ont portés au pouvoir.

C'est le grand danger de la démocratie : c'est l'avis majoritaire qui l'emporte, mais ce n'est pas forcément dans l'intérêt de l'ensemble. Même si on est élu à 60%, est ce que cela nous donne droit de mettre la pression sur les 40% restant ?

Est-ce que, dans une démocratie, la majorité a forcément les bonnes réponses ? C'est ici un énorme problème d'éthique, et d'instruction/compétences des populations.

Ceux qui veulent prendre plus que leur part

Le plus gros souci pour changer les choses c'est comment **empêcher certains de vouloir accaparer les ressources et le pouvoir dans une société au détriments des autres**. C'est le problème n°1 à résoudre et c'est loin d'être évident !!!

Sans ressources une civilisation ne tourne pas. or les gouvernements "démocratiques" ne possèdent pas les ressources, elles sont dans des mains privées (création monétaire, extraction minière, échanges internationaux, etc.). C'est les détenteurs de ressources privés qui imposent alors leur loi aux gouvernements fantoches visibles. Les ET par exemple, ont résolu le problème en changeant de façon radicale la gestion des ressources. Si vous voulez donner le pouvoir au peuple, donner lui le droit de regard sur les ressources, pas le droit de vote.

Nous sommes dans un régime communautaire déjà : à la base la démocratie, la République et les droits de l'homme et du citoyen c'est très bien. Liberté égalité fraternité, quoi demander de plus ? Donc pas la peine d'essayer de tourner les choses dans tous les sens, république, Communauté autogérée, tribalisme, coopératisme et quoi que ce soit, ça reviendra toujours au même les gars, c'est juste l'enveloppe qui change.

C'est donc pas sur ce point qu'il y a quelque chose à faire, ce serait bonnet blanc et blanc bonnet. Communisme, capitalisme ou quoi que ce soit, c'est pas là le souci. On pourra prendre n'importe quoi, il y aura toujours corruption des bons principes de départ et ça tournera toujours à l'avantage de certains et aux détriments de la plupart qui auront trouvé une faille pour s'engouffrer.

Donc si les bases sont bonnes, pourquoi ça dérape ?

Une méthode serait de détecter justement ce qui cloche déjà dans notre système pour trouver ensuite une solution ou des solutions. Si on ne comprend pas ce qui ne va pas, on risque de retomber dans les mêmes travers avec un autre modèle social, c'est inévitable.

le système de représentants élus est un bon principe, puisque avec 60 millions de personnes en France environ, il serait impossible de faire une démocratie directe. Or on voit bien que ça ne fonctionne pas, les représentants ne représentent pas l'intérêt du "peuple". De plus, autre problème, 70% des gens sont des moutons et n'ont pas d'opinion propre et peuvent voter pour des choses contre leurs propres intérêts pourvu que ça soit bien emballé (c'est ce qu'on appelle la démagogie, l'art de dire ce que les gens veulent entendre pour mieux les abuser).

Le défaut de notre démocratie ne se situerait il pas dans l'appareil politique ? Quels est le processus qui choisit qui sera homme ou femme politique ? A-t-on vraiment le choix de nos représentants ? Quel est la place des médias dans ce choix sachant qu'il y a les 70% d'endormis (notamment dans les campagnes électorales) ? Qui contrôle ce pouvoir sur cette formidable réserve d'électeurs "vierges" prêts à être embobinés ?

Cela pourrait être un bon point de départ de réflexion et donc de solution. Par exemple, comment ça se fait que lors d'une élection présidentielle, on est de choix en candidats que des requins aux dents longues et pas des gens altruistes honnêtes ? C'est peut être là qu'il faut commencer parce que si l'on dote une démocratie comme la notre de gouvernants responsables, honnêtes et soucieux de l'intérêt général, il n'y a plus besoin de rectifier le tir et de changer le système, il se changerait tout seul de fait.

Voila où ça coince (2011) :
20% de gens honnêtes / altruistes
70% d'endormis
7% de personnes individualistes
2% de personnes sans aucun scrupules ni morale
1% de psychopathes

Alors pourquoi ce sont les 10 derniers % qui mènent le monde ?

Compétence des individus des groupes décisionnels

C'est LA grosse difficulté.

Comme nous avons vu que les groupes égalitaires ne pouvaient se passer de ces groupes décisionnels restreint (représentation), cette problématique du choix et de la gestion des représentant est primordiale.

Pour qu'une communauté puisse désigner des sages, elle doit pouvoir détecter les qualités nécessaires chez certaines personnes. Ces personnes seront aptes à :

- représenter l'ensemble,
- gérer techniquement (intelligence, compréhension de la situation)
- faire passer le besoin de ceux qu'ils représentent, avec équité, avant les leurs si besoin (ils font partie intégrante du groupe, mais à égalité avec les autres).

Pas de vote

Peu de gens sont capables de détecter le bon décideur, c'est pourquoi cette personne ne doit pas être choisie par vote de la majorité comme aujourd'hui (où il est facile de manipuler les masses).

Par contre, la plupart des personnes peuvent voir quand ça ne va pas, et pouvoir voter pour qu'une destitution soit étudiée par la justice, voir forcer la décision et tout remettre à plat si le système a été corrompu, ou ne respecte plus ses engagements de favoriser le bien commun, et de permettre à chacun de se réaliser dans la limite du respect des autres.

Compétence technique (temporel)

Il y a une compétence technique indispensable. C'est la compétence matérielle, celle qui agit sur la connaissance, l'intelligence, la capacité à faire des liens, d'analyser les contraintes mais aussi celle de voir le compromis, de l'expliquer et de le légitimer comme la meilleure possible. Le sage doit être autant intelligent, érudit que pédagogue. Et là on voit que c'est un des gros travers de nos démocraties actuelles, avec une fausse érudition (ENA), une fausse intelligence (incapacité à innover) et une fausse pédagogie (Communication désastreuse menée par des conseillers incompétents, ou démagogie simpliste simpliste pour amener le peuple à accepter de mauvaises décisions).

Ces compétences techniques peuvent être estimées facilement grâce à des tests de compétence, comme notre société méritocratique des années 1970 savait le faire, en oubliant les passe-droits et communication des sujets d'examens, qui sont le propre d'une société corrompue.

Critères de choix spirituels

Mais la difficulté majeure est alors bien plus encore de savoir sur quels critères spirituels on peut juger la personne. Les extrémistes musulmans en général sont persuadés d'avoir nommé les meilleures personnes à la tête de leur communauté, ce n'est donc pas un problème d'intention puisqu'elle est bonne, même si elle arrive aux pires cruautés imaginables. Ce sont souvent les personnes avec les meilleures intentions qui font le plus de mal.

En matière spirituelle bien plus qu'en matière de compétences matérielles, les critères objectifs sont extrêmement délicats à cerner, parce qu'il n'y a pas de critères scientifiques permettant de mesurer qu'un principe religieux est vrai ou faux, bon ou mauvais, ou pour estimer les compétences spirituelles (un égoïste sait très bien faire illusion avec ses œuvres caritatives en apparence, mais qui alimentent ses noirs desseins).

Compétence spirituelle

Tout autant indispensable que le temporel. L'éthique, la reconnaissance de l'équité, l'altruisme au delà de l'égoïsme, l'amour de sa communauté, l'honnêteté intellectuelle mais aussi la connaissance des principes spirituels qui dirigent le monde. Comme on ne peut pas décider de prendre telle ou telle route sans avoir un plan, on ne peut pas guider des gens à l'aveugle simplement sur de l'aléatoire. Là encore, on voit que nos démocraties sont loin du compte, puisqu'elles ont séparé le spirituel du matériel (temporel). La politique vit non seulement sans modèle de conscience spirituelle, mais en plus sans connaissance du "plan global divin" au delà du présent. L'avenir doit avoir un sens. Or le seul sens que nos société modernes donnent au monde c'est la "croissance". Mais croître pourquoi ? A quoi sert la technologie et le progrès sans but ? A la limite, vu l'état de décrépitude du monde, un sens au chose pourrait être au moins la survie de notre espèce sur une planète qui se meurt. Et bien même pas.

Connaître le décideur

De même élire des personnes complètement inconnues simplement sur une apparence médiatique, sans pouvoir juger de leur qualités personnelles démontre bien cette déconnection spirituel-matériel. Combien auraient voté pour un DSK avant ses problèmes avec la justice ? Quand ses nombreux viols étaient étouffés et n'arrivaient pas aux oreilles des électeurs ? Combien auraient quand même voté pour lui après avoir eu connaissance de qui cet hommé était vraiment question comportement donc moralité ? Beaucoup moins.

Combien regrettent d'avoir pour le président qui considère son peuple comme des "sans dents", sans plus de respect pour les plus faibles ? Les croyances de cet homme n'étant devenues publiques qu'après son élection, combien auraient revoté pour lui après avoir eu plus d'informations sur lui, de sa trahison manifeste de ce pour quoi il avait été élu. Fallait-il attendre tant d'années avant de s'en débarrasser ?

La classe politique s'indigne ouvertement du danger de la moralisation de la classe politique, quand on reprochait à Richard Ferrand d'avoir privilégié son intérêt personnel sur celui du groupe qu'il était censé représenter. Les députés ne trouvent rien à redire à laisser une telle personne prendre le contrôle de la société, malgré cet égoïsme découvert. Ce qui ne pose pas de problème, Richard Ferrand occupant un poste ne nécessitant pas le vote de la population.

Le décideur doit cumuler spirituel et temporel

La politique ne tenant plus compte que du matériel, sans prendre en considération le spirituel, on peut faire élire n'importe quel individu emballé dans un joli paquet qui brille de belles promesses non tenues, même ceux qui n'ont pas les compétences pour cette fonction.

A l'inverse, si on ne prend que l'aspect spirituel des compétences, le meilleur des hommes peut se révéler le plus incompétent à gérer techniquement sa fonction.

Un sage doit avoir aussi bien la tête dans le Ciel que les pieds sur Terre.

Organisations mixtes

De ce que nous avons vu précédemment, tous les modes d'organisation doivent intégrer des parties de l'organisation adverse. Par exemple, les égalitaires doivent intégrer une hiérarchie et un ordre pour pouvoir fonctionner.

L'influence de la taille

Les petites communautés sont certes notre avenir immédiat, mais elles ne sont pas faites pour durer. A un moment ou un autre, elles devront coopérer et au final, c'est bien toute l'Humanité qui devra faire un choix de gouvernance. Chaque communauté sera comme un individu dans une communauté plus vaste, avec les mêmes problèmes à gérer que pour les petites sociétés.

Or plus le nombre d'individus augmente, plus deux tendances deviennent fortes :

1. la puissance de la collégialité diminue, parce que si on veut représenter toutes les tendances on doit multiplier le nombre de représentants. Comme on ne peut de toute façon plus représenter tout le monde, il faut représenter les représentants.
2. le pouvoir des représentants augmente, et cela doit être compensé proportionnellement par des qualités spirituelles de plus en plus solides et profondes sinon la tentation d'être un tyran au lieu d'un gouvernant éclairé s'intensifie.

Le leader super compétent et spirituel

En résumé, selon ces deux principes, pour diriger une humanité de 7 milliards d'habitants, avec des centaines de peuples eux mêmes composés de milliers de tendances jusqu'aux plus petites différences individuelles, il faudrait une seule personne éminemment éclairée relayée par un collège de sages. Un type comme Jésus 2...

AM : <u>Un leader</u>, c'est quelqu'un de responsable, au sens :

- vous ne pourrez jamais rendre tout le monde heureux, à moins de vous mentir à vous-même ou aux autres. Dire la vérité est la première responsabilité. Votre exemple se transmettra jusqu'au plus petit de la troupe.
- capable de répondre à toute situation, ou de reconnaître quelle autre personne de confiance altruiste, saurait le faire, et de lui déléguer la possibilité de répondre à la situation.
- Reconnaître quand il peut laisser les idées des autres s'exprimer sans danger ou sans empiéter sur autrui, même quand ce ne sont pas les siennes. Laisser l'individu se réaliser et faire sa propre expérience si elle ne gêne personne.

Interroger toute personne au pouvoir sur ces aspects. Leur retirer leur pouvoir si ce ne sont pas des leaders mais des tyrans qui imposent leurs vues, n'agissent que dans leur intérêt personnel, ou qui malgré leur bonne volonté, ne sont pas à la place où ils doivent être.

En tant que leader, vous devrez relever maintes difficultés puisque vous serez la cible des problèmes des autres. On pourra vous blâmer pour tout ce qui tourne mal ou pour le fait que vous assumiez les tâches que les autres ne peuvent accomplir. Vous pourriez ainsi servir de justification aux insécurités des autres.

Être leader, c'est la capacité d'avancer sans insister pour que tout le monde suive; c'est aussi la faculté de comprendre que chaque être est, de quelque façon, un leader en puissance.

C'est avoir le courage de vos convictions et d'écouter votre cœur. Les autres peuvent choisir de vous suivre et votre action aura alors un effet multiplicateur.

C'est partager ses rêves avec d'autres, pas avoir une troupe d'oisillon qui vous imite en tout et vivent à travers vos rêves/votre réalisation. Le leader sait pousser les rejetons hors de la tanière pour leur faire développer leur propre autonomie.

Vous comprendrez que le leader est littéralement né pour ça, doit faire preuve en permanence de son altruisme et de sa compétence au poste (sinon il est viré aussi sec), et qu'il ne peut être tiré au sort...

Responsabilisation individuelle

En contrepartie, et c'est le plus important, cette situation n'est viable que si à l'autre extrême de cette concentration des pouvoirs, les gens tendent tous à devenir eux mêmes de plus en plus autonomes dans les décisions. Et là on touche au cœur de tout.

Plus les gens seront bien éduqués matériellement et spirituellement, plus ils seront capables de prendre eux mêmes les bonnes décisions qui s'imposent à leur niveau sans avoir besoin, dans la majorité des cas, de passer par un compromis avec le reste de leurs paires. Pour résumer et caricaturer, si tout le monde avait autant d'intelligence et de qualité éthique que le dirigeant éclairé, tous seraient capables d'être le dirigeant à leur niveau. Plus la population est compétente spirituellement et matériellement, moins il y a besoin de les gouverner. Seules les décisions réellement globales incomberaient aux représentants, et les décisions globales et urgentes au dirigeant unique.

Rapport de pouvoir leader/citoyen

Par dictateur, j'entends quelqu'un qui impose aux autres les bons choix, bridant leur libre arbitre. Ce dictateur peut être Jésus, et il le fera pour le bien de tous. Une dictature peut être une société idéale avec le bon leader, celui qui se préoccupe du bien de tous.

Le problème est donc le suivant : dans un monde aussi bien habité par des crapules que par des gens de bien, mais surtout par des personnes qui sont immatures, cette faiblesse des citoyens doit être compensée par le haut.

En d'autres termes, moins l'humanité est évoluée, plus elle doit être contrainte par son idéal, idéal dont la représentation est le dirigeant.

A l'inverse, plus l'humanité sera elle même évoluée, plus le rôle du modèle devient caduque. Un Roi absolu et éclairé n'a aucune utilité là où ses "sujets" sont tout aussi éclairés que lui.

2 conséquences directes qui nous concernent :

1. plus un gouvernement est incompétent, plus il a besoin d'abaisser ses concitoyens dans la médiocrité. C'est un des moyens de voir si un dirigeant est "bon" ou "mauvais". Ce n'est pas pour rien que les grands dictateurs égoïstes, politiques ou spirituels, préfèrent les ignorants.

2. ce n'est pas le vote et les institutions qui posent problème actuellement, ce sont les hommes. Le citoyen n'a aucune prise sur le processus de choix des candidats. Le parti politique est en ce sens le plus grand danger de la démocratie, puisque c'est dans le système de parti que se fait le vrai choix éthique des candidats. Or on sait que dans ces organisations, ce sont les requins les plus féroces, qui font le plus de corruption, qui émergent. Ce ne sont pas les candidats les plus éclairés qui ressortent mais les plus sombres, ce qui ne peut évidemment pas fonctionner.

Meilleure gouvernance actuellement : Royauté absolue éclairée

La meilleure solution, tant que l'apocalypse n'est pas finie, et en attendant des citoyens évolués, est d'avoir une royauté absolue éclairée (altruiste, visant l'intérêt commun, et pas les privilèges de ceux au pouvoir).

C'est exactement ce que certaines religions attendent en réalité : un messie-roi, et on retrouve cette idée aussi bien chez les juifs (le Machia'h), les Chrétiens (la Royauté de Jésus-Christ) et les musulmans (Le Mahdi dans un premier temps, relayé par Jésus), et même dans une certaine mesure, certains bouddhistes (le Bouddha de la compassion, Maitraya).

Conclusion logique dans un monde qui doit tenir compte des contraintes :

- tous les humains ne sont pas des saints et possèdent des défauts qu'il faut contenir.
- Plus ces défauts sont importants et nombreux, plus la main doit être ferme pour éviter au mal de s'exprimer.

Evolution vers moins de contrôle absolu

Ce leader éclairé s'empressera d'éduquer les foules, de leur donner le temps de réfléchir par eux même, favorisera leur évolution spirituelle.

Plus le mal diminue, plus la maturité spirituelle augmente, plus les gens se prennent en charge et sont autonome.

A ce moment là, le dirigeant devient de plus en plus obsolète. C'est pour cela que le plus important n'est pas de savoir quel est la meilleure façon de gérer une communauté, mais bien d'améliorer cette communauté pour qu'elle puisse bénéficier de la meilleure gestion possible.

Bien évidemment, cela trouvera tout son sens dans des communautés composées uniquement de personnes profondément altruiste, donc autonomes dans leur capacité juste de décision. Dans ce cas, tout leader n'est là que pour permettre une réactivité ou de préserver l'intégrité globale, mais n'a aucun pouvoir sur la plupart des domaines. C'est la plus grande liberté qu'une communauté peut souhaiter.

Il y a donc un double travail à faire, un par le haut et un par le bas. Par le haut, c'est le processus de sélection du dirigeant en fonction de ses compétences matérielle et morale, et de l'autre, tout aussi nécessaire, un travail de fond qui vise à éduquer chaque membre de la communauté pour qu'elle atteigne le maximum d'autonomie.

Les types de société déjà tentées

Faux dès la base

Toutes les sociétés hiérarchistes depuis le néolithique, n'ont jamais voulu le bien humain, mais n'étaient que des tests pour savoir comment dominer au mieux une grande masse d'êtres humains. Elles ont toutes été volontairement sabotées, dans leurs grands principes, dès la base.

Eh oui ! Marx a été commissionné par les illuminatis pour écrire l'antithèse du modèle existant : Nesta Webster le démontre clairement dans son ouvrage "La révolution mondiale, complot contre la civilisation", écrit en 1921.

Le capitalisme, c'est le système européen dominant à la fin du 18e siècle :
- plan économique : l'entreprise privée.
- plan politique : la monarchie ou la démocratie (dictature cachée).
- plan religieux : judéo-christianisme.

En gros, l'exploitation de l'homme par l'homme. Le marxisme c'est l'exact inverse... :
- plan économique : seul l'État a le droit de propriété et de planifier l'économie.
- plan politique : dictature de l'État.
- plan religieux : athéisme.

Le but, après la bataille de la thèse et de l'antithèse, était de dire qu'aucun n'était bon, pour imposer une synthèse (parmi des millions d'autres possibles), le NOM :

- plan économique : Les moyens de production et le système de distribution des biens seront confiés à des entreprises privées, mais c'est le gouvernement qui dicte les quantités à produire et le nombre d'entreprises autorisées à fabriquer un produit donné (plus de concurrence).
- plan politique : dictature d'un homme d'affaire.
- plan religieux : Luciférisme : pas de grand tout (athéisme) mais un culte à un dieu humain mésopotamien (moitié du judéo-christiannisme).

Les erreurs du Marxisme

La pauvreté et la guerre n'existe que dans le capitalisme. Le fait que l'URSS était pauvre et en guerre montre bien que c'était un système voulu par des capitalistes, qui avaient volontairement introduits des « erreurs » afin de garder le pouvoir sur le peuple…

Ces notions de guerres et pauvreté apparaissent dès le capitalisme primitif (propriété privée + répartition inéquitable de l'argent/biens).

Le système communiste supprime les guerres et la pauvreté. Alors, où a flanché le marxisme ?

Non respect de l'individu

non respect de l'individu face à la communauté, où chacun peut être sacrifié pour le bien de tous. Le sommet de l'état s'est corrompu et a utilisé les individus grâce à ce principe comme masse corvéable et sacrifiable suivant les intérêts du pouvoir, ceux d'un petit nombre d'individus, pas pour le bien de tous comme c'était prévu au départ.

On retombe dans ce capitalisme pur et dur où l'on envoie les gens se battre pour de faux prétextes alors que, en réalité c'est une question de capitaux : 1914-18 pour le charbon de Lorraine, Guerre d'Algérie pour protéger les grands propriétaires terriens et les intérêts financier des politiques de l'époque (qui avaient énormément de patrimoine sur place).

Déresponsabilisation individuelle

Dans un système marxiste, tout repose sur la bonne volonté des gens à travailler pour la communauté. Or, dans un système ou l'on est payé plein salaire en faisant acte de présence sans risque de licenciement, seulement 25% de gens travaillaient réellement (par conscience professionnelle et ayant en tête le bien commun) pour "nourrir" tous les autres. Demandez à un directeur de laboratoire de CNRS des années 1980, il vous dira que la moitié des chercheurs sont des tire-au-flanc, qui sans rien faire finiront au même salaire que ceux qui travaillent et font ça par passion.

Autrement dit, on a essayé de greffer un système qui demande un sens de la responsabilité de groupe à des gens formatés à l'individualisme capitaliste. En gros, on a demandé aux cigales de se comporter en fourmis. Donc au fond, la base capitaliste était toujours présente au niveau du travail (absence d'intérêt commun pour le seul intérêt de la propriété et du confort individuel).

Absence de spiritualité

Le marxisme est un système 100% matérialiste, où toute notion spirituelle ou religieuse était prohibée. Or le formatage le plus présent et le plus solide chez l'individu est celui des institutions religieuses. Il marque au plus profond notre conception du monde, qu'on soit croyant, pratiquant ou athée, qu'on le veuille ou non. C'est pour cela qu'aujourd'hui il existe une assez grande liberté de culte en France et ailleurs, car on s'est aperçu que même en choisissant une autre voie (Bouddhisme etc...) notre culture judéochrétienne est suffisante pour maintenir ce pilier notamment en ce qui concerne le sexe et la propriété, mais surtout notre sens du bien et du mal (ex: les 10 Commandements).

En URSS, on a donc voulu faire un système athée/aspirituel sur une base socio-culturelle fortement religieuse, et au final, à la mort de l'URSS, on s'aperçoit que toutes les églises (Orthodoxes) se sont remplies de nouveau et ont fonctionné comme si rien ne s'était passé. Preuve que même en changeant plusieurs fois de génération, on ne peut pas effacer des siècles de formatage en rasant les lieux de culte (inertie culturelle). Donc même cas de figure que précédemment, les bases idéologiques/religieuses étaient celles du capitalisme qui repose sur les principes religieux. Juste pour exemple, qui ne va pas "gagner son pain quotidien" ? La notion de pénibilité et de travail sont intimement liées à la religion où le bon travailleur obéissant est récompensé par dieu (surtout après sa mort, ce qui est bien pratique pour être exploité de son vivant).

Hiérarchie

Dans le cas de l'URSS et de la Chine, il s'est mis en place une hiérarchie équivalente à celle du capitalisme. Les riches ont été remplacés par les nomenclaturas/les membres du parti, qui construisent le droit pour eux, vivent dans le luxe et exploitent le peuple. Quand le système marxiste s'est effondré en URSS, tous ces nantis sont quasiment tous devenus milliardaires dans l'année, en rachetant pour quelques roubles symboliques les entreprises d'état qu'ils dirigeaient déjà. Cette transition a été la preuve flagrante que le système était de type capitaliste, déguisé derrière un marxisme-léninisme fossile.

Marxisme = juste un autre capitalisme

Sur tous les points vus précédemment, on voit que le modèle marxiste n'a fait que se greffer superficiellement sur un base idéologique capitaliste. Coupez la tête et elle repousse dès qu'elle en a l'occasion. Elle commencera à réapparaître a la mort de Staline, qui lui avait un système esclavagiste totalitaire, le visage idéal du système capitaliste où un seul détenteur du capital/pouvoir prend le dessus sur tous les autres. L'argent est un moyen d'accéder à cette suprématie monopolistique, Staline à juste pris une autre voie, celle de la force et des massacres.

L'esclavagisme

Le système capitaliste n'est qu'un système d'esclavagisme prudent qui a su tirer les leçons des siècles passés ou l'exploitation trop ouverte du peuple menait à la révolte.

Il existe aujourd'hui des mécanismes de formatage idéologique sophistiqués, et surtout le principe de liberté/démocratie (qui est en fait un leurre total) mais le but ultime du capitalisme reste toujours l'accumulation du capital et à l'extrême (ce qui est en train de se produire), à la formation d'un système féodal ou chacun finit par posséder son voisin et assujettir pour qu'il n'en reste qu'un au sommet.

Il n'y a plus tant de têtes que ça aujourd'hui, et ceux qui possèdent le monde ne sont plus si nombreux (et ne pas chercher forcément parmi les connus, les jeux de propriétés sont suffisamment complexes pour qu'on ne sache pas qui possède qui/quoi).

Le but ultime et logique de tous ces systèmes d'exploitation des masses est la dictature d'un seul individu qui se sera imposé sur tous les autres.

Capitalisme

Notre Capitalisme et le faux communisme marxiste/populaire (chinois) ont les mêmes fondements idéologiques, avec des enrobages différents (pseudo démocratique ou totalitaire, dans les faits ça revient toujours au même, à l'exploitation des masses par une minorité).

On peut donc étendre la notion de "capitalisme strict" à tous les systèmes qui fonctionnent de la même manière, où des individus accumulent le pouvoir pour exploiter les masses (laborieuses). Ils capitalisent leur domination et les biens, soit par exploitation mercantile (capital argent), politique (Parti) ou idéologique (sacralisation). Tous les systèmes utilisent ces 3 points, privilégiant plus ou moins l'un par rapport aux autres. Il y a donc le capitalisme classique, et une notion étendue de "Capitalisme" avec un grand "C" qui peut être posées sur tous les systèmes d'exploitation humaine par accumulation.

Il y a plusieurs formes de capitalisme :
- **accumulation** (=capitalisation) par les individus de pouvoir aux dépends des autres (les parts de gâteau ne sont pas infinies…),
- **mercantile** (accumulation d'argent et de bien matériel),
- **politique** (accumulation de pouvoir institutionnel et législatif),
- **religieux** (accumulation des pouvoirs spirituels/divins)

La structure du capitalisme est pyramidale (peu au sommet qui domine une base large) et son comportement belliqueux (une fois un gâteau acquis, on se retourne vers le gâteau du voisin = convoitise).

Le capitalisme n'est pas l'avenir, il est l'extinction

Marx disait que le capitalisme tue ses 2 sources de richesses : la nature et le travail. Le capitalisme finit par détruire les gens mais encore pire ce qui nous fait vivre, la Terre.

Certains peuples meurent d'obésité et d'autres de faim, et cela pour des raisons d'argent (que certains veulent garder la richesse pour eux), et que la plupart des guerres ont des motifs bien matériels (ressources énergétiques, minières etc...).

Par accumulation des richesses par quelques individus, le capitalisme crée des déséquilibres alimentaires artificiels qui affament des peuples entiers. C'est justement l'accumulation des richesses par quelques uns qui crée en retour des pauvres, un peu comme un système de "pompage". Dans une société sans accumulation individuelle, les ressources sont réparties dans toute la communauté et garantit sa survie globale. Dans un système capitaliste, c'est toute la communauté qui est en danger car une pénurie éradiquera les pauvres (famine) affaiblis et non prioritaires sur les ressources. Hors, les riches, une fois les réserves de biens accumulés grâce au travail des pauvres sont épuisés, succombent à leur tour car il ne sont que des parasites. L'hôte disparaissant par épuisement, le parasite succombe avec lui. La seule issue d'un tel système est de trouver de nouveaux hôtes à exploiter, c'est à dire passe par la conquête de nouveaux territoires et de nouvelles populations, ce qui est voué à l'échec dans un milieu fermé (la Terre est un milieu limité).

Le capitalisme a pour conclusion ultime et inéluctable l'extinction de notre espèce (au minimum).

Ce système est le même que celui de virus, mais en plus vicieux car c'est de l'auto parasitage. Il peut donc mener à l'extinction de l'hôte (l'humanité+la vie sur Terre), et au final du parasite (l'humanité) qui n'a plus de moyen de subsistance, une fois qu'il s'est propagé à tout son milieu (=la Terre). La seule chose qui pourrait sauver le système, c'est la conquête d'un autre milieu, c'est à dire extraterrestre, et c'est là que la bât blesse.

Le capitalisme n'est donc pas une réponse adaptative de survie (comme certains l'affirment, les partisans de la sélection naturelle / concurrence type Darwin), c'est un cul de sac évolutionniste.

Vrai communisme

On peut le voir dans certains groupes restreints (quelques tribus primitives à l'écart des notions de capitaux), ne connaissent ni la propriété ni la guerre. Par exemple, les Arawaks d'Amérique du Sud, avant leur destruction complète par Christophe Collomb. Ils n'avaient ni roi, ni culte de dieu, à part leur respect de la Nature et des autres êtres vivants. Les décideurs étaient régulièrement choisis parmi les meilleurs d'entre eux, techniquement et spirituellement. Ainsi, la princesse Momand'Loup qui explora la France.

Malheureusement, on ne peut pas voir à grande échelle comment un tel système fonctionnerait, car cela fait plus de 8 000 ans au moins que la plupart des sociétés ont été soit exterminées (refusaient l'esclavage), soit contaminées par la notion de propriété, si bien qu'**on croit aujourd'hui que c'est (la propriété) une chose naturelle et nécessaire. C'est la plus grande preuve que nous ne sommes pas libres de penser et que nous sommes bien programmés**.

Un mec célèbre a dit (avant d'être lui aussi utilisé après sa mort) qu'on ne pouvait servir Dieu et l'argent... c'était "Jésus", celui qui a viré les marchands du temple, qui a vécu dans une communauté de disciples sans propriété, sans besoin d'argent en disant à tout va "aime ton prochain".

La véritable "Eglise" qui devait être fondée était purement communiste, basée sur le respect de chacun et le partage, a été détournée et corrompue et est devenue l'inverse de ce qui était son but. Quand quelqu'un voulait rejoindre les disciples de Jesus, ne leur demandait il pas d''abandonner tous leurs biens ? On peut dire qu'il était déjà anticapitaliste, et qu'il était venu pour essayer de nous "libérer". Ce n'était pas le faux communisme tel qu'on l'a vu avec Marx ou Lenine, c'était une refonte idéologique et sociale profonde.

Outils d'asservissement

Survol

Nos sociétés hiérarchistes n'ont survécu que parce que la caste au pouvoir a su se maintenir au cours des millénaires en utilisant les outils de contrôle donnés par les Raksasas.

Le but est de fuir toute société utilisant un de ces outils, et de les connaître pour ne pas retomber dans les mêmes travers.

Le critère est de garder au moins 40% des esclaves sous contrôle, ce qui suffit, en l'absence de communication entre esclave, de garder le contrôle du système.

Un système assez stable, mis en place par les anunnakis il y a des millénaires afin de reprendre facilement les rênes du pouvoir lors de leur retour sur Terre.

La hiérarchie (p.)

La pyramide du pouvoir est efficace : chaque niveau hiérarchique se bat contre ceux du bas pour conserver son pouvoir sur les niveaux inférieurs, et protège du même coup les niveaux supérieurs à lui.

Psychologie (p.)

Les puissants connaissent parfaitement la psychologie humaine, individuelle, sociale ou des foules. Ce qui leur permet de rendre psychopathes (sans empathie) ceux qu'ils placeront au pouvoir, ou de créer des failles psychologiques dès l'enfance chez les masses populaires pour les rendre dociles et manipulables.

Religion (p.)

Utiliser notre connaissance intuitive de la présence d'un Dieu et de notre âme, pour déformer les choses à ce sujet et faire croire que l'obéissance aveugle nous donnera un au-delà paradisiaque. Toute tentative de recherche individuelle est condamnée au bûcher ou à l'attaque des trolleurs zététiciens. Les médiums/chamans sont les premiers enfermés.

La religion des anunnakis, nous a laissé plein de concepts faux, sans aucune réalité physique : les dualités féminin-masculin (il n'y a que la dualité service-à-soi et service-aux-autres), la numérologie, l'astrologie, les rituels, le dieux extérieur sauveur, etc.

Démocratie représentative (p.)

Instrument de contrôle diablement efficace. Faire croire aux esclaves qu'ils sont libres, que c'est eux qui contrôlent la société (permet de les culpabiliser quand ça va mal à cause des dirigeants qu'ils ont choisis, ou de les faire redoubler d'efforts pour défendre leur fausse liberté). Évidemment, le choix entre 2 représentants est truqué, ces 2 sont payés par le même ultra-riche et feront le même programme qui servira les puissants.

Propagande (médias, école, culture (littérature, cinéma), religion, science, politique, philosophie) (p.)

L'outil d'asservissement le plus puissant de tous. Mensonge, censure, désinformation, permettent de cacher toutes les informations subversives (celles qui mettent en péril la hiérarchie), tout en formatant les cerveaux et en empêchant les masses de réfléchir.

Hiérarchie

Survol

Il est important de comprendre la puissance que le système sataniste hiérarchique possède sur le peuple. Autant les maîtres que les esclaves refusent le changement d'un système de croyances

implanté dès la naissance. Tout le monde au final est prisonnier de ce système :
- le peuple est formaté dès l'enfance à obéir et à ne pas réfléchir
- les élites sont torturés et violés dès l'enfance pour devenir à leur tour des tortionnaires.

Ce système auto-entretenu se régule de lui-même, en neutralisant les esprits libres qui voudraient changer les choses.

A la base, les maîtres ne commandent que parce qu'il y a des esclaves pour leur obéir.

Voilà les outils qui permettent de faire obéir au moins 40% d'une population, condition minimale pour qu'un système fonctionne, et qu'il y ai suffisamment d'esclaves pouvant défendre les dirigeants des 60% de rebelles.

Le contrôle commence par une minorité d'illuminati au pouvoir, qui est formée pour ça, qui s'entend entre elle pour les actions à mener afin de garder le contrôle, tout en conservant un secret absolu sur cette mafia au pouvoir.

La pyramide de pouvoir voit les connaissances diminuer plus on descend vers le peuple, afin que les fuites soient minimes. Chacun dans la pyramide, tend à entretenir le système. Les grains de sable sont rapidement éliminés.

Ce système s'appuie sur une forte connaissance de la psychologie humaine, et du moyen de contrôler les foules, qui forment une psyché au dessus de la psyché individuelle.

La propagande, que ce soit la religion ou le culture, est un pilier fort pour garder les masses dans l'ignorance et la non réflexion.

Dernière invention, libérer les esclaves, leur faire croire qu'ils sont maîtres de leur vie, et les manipuler pour qu'ils aient l'impression que le but de leur vie est de se dévouer corps et âmes à la réalisation des rêves de leurs maîtres.

Concentration de pouvoirs

Une minorité de puissants contrôle TOUS les points névralgiques du système, principalement la création monétaire avec taux d'intérêt, ce qui implique le contrôle sur les politiques, les lois (permettant de privatiser (vendre aux banques) l'intérêt commun, comme les médias, la science, l'eau, éducation, etc.), l'espionnage et les forces armées pour forcer les esclaves à rester dans le rang.

Grâce à ce contrôle, les instruments prévus à l'origine pour servir l'intérêt commun, ne servent au final que l'intérêt d'une minorité privée égoïste.

Il y a tout d'abord une pyramide de pouvoir invisible (pour vivre heureux vivons cachés) :
- A la tête, Odin/Satan, le dieu sumérien anunnaki, qui a fait croire aux illuminati qu'il est leur dieu.
- Les illuminati qui dirigent dans l'ombre les ultra-riches.
- Les ultra-riches (grands banquiers, grands industriels et multinationales) qui dirigent dans l'ombre le pouvoir visible, en les faisant élire, et en les faisant tomber s'ils n'obéissent pas assez bien.

Le peuple (pyramide sociale visible) est lui-même décomposé en plusieurs couches sociales pyramidales :
- le pouvoir visible (rois, présidents ou dictateurs) qui contrôle l'instrument de propagande (médias, école),
- la caste des hauts-gradés militaires, aristocrates et très grands bourgeois servant le pouvoir visible, protégeant les puissants du dessus, afin de protéger leurs petits privilèges face aux esclaves du bas de la hiérarchie.
- esclaves (grands bourgeois, classe moyenne, classe populaire) qui n'ont pas grand chose, mais qui s'en contentent et sont généralement prêt eux aussi à se battre pour protéger la société qui leur donne les miettes grâce auxquelles ils survivent.

Hiérarchie = maintien par la peur (peur du chômage par exemple, ou des agressions types cambriolage ou guerres, que des calamités provoquées par le pouvoir, afin de promettre au peuple de le protéger de ces « ennemis »qui sont soit disant des fatalités).

Acceptation des masses

Les corps de nos maîtres n'ont rien de plus que les nôtres.

Ce qu'ils ont de plus, ce sont les moyens que nous leur fournissons pour nous détruire.

D'où tirent-t-il tous ces yeux qui nous épient, si ce n'est de nos propres yeux ?

Comment ont-t-ils tant de mains pour nous frapper, sinon nos propres mains ?

Comment oseraient-il nous dominer, si nous ne l'avions accepté ?

Quel mal pourraient-il nous faire, si nous n'étions les receleurs des larrons qui nous pille, les complices des meurtriers qui nous tuent, les traîtres de nous-mêmes ?

Et pourtant ces tyrans, seuls, il n'est pas besoin de les combattre, ni même de s'en défendre. Il ne s'agit pas de leur enlever quoi que ce soit, mais seulement de ne rien leur donner...

Étienne de la Boetie, *discours de la servitude volontaire*

Sommet de la pyramide occulté des yeux de la base

Ils sont toujours cachés, pour ne pas être exposés aux révolutions.

Identité secrète

Les Illuminati n'ont pas pas d'identité officielle, même s'ils sont issus de familles dynastiques réelles (ayant eu un nom dans le passé qui ne vous dirait absolument rien d'ailleurs). Cela veut dire qu'ils sont apatrides (pas de nationalité) et qu'ils ne sont soumis à aucune loi étatique, même dans leur pays de résidence.

Leur nom n'apparaît dans aucun fichier, aucune banque, aucun registre de naissance (pas d'identité, de nom, d'existence officielle). C'est cela d'avoir des fortunes colossales, on peut tout arranger et devenir un fantôme.

Cette opération d'effacement a eu lieu au milieu du 19e siècle et il ne reste aujourd'hui aucune trace ni aucune piste pouvant mener à ces gens.

Dans l'ombre des rois

Les illuminati vivent cachés derrière le roi ou le gouvernement (le vrai pouvoir doit être caché), ne prennent pas part aux batailles, et en cas de défaillance d'un représentant du pouvoir ils présentent au peuple un autre de leur représentant. Ils sont ainsi indéboulonnables, échappant aux révolutions, mais pas aux intrigues de palais contre leurs congénères illuminati.

Les élites ne sont que des outils

Les groupes occultes (comme les *Skull And Bones* où l'on retrouve les Bush de père en fils), ne sont pas des illuminati, mais des instruments/outils des illuminati. Comme le sont les banquiers juifs comme les Rothschild, les protestants comme les Rockefeller, etc. On devrait plutôt les appeler les oligarques, les ultra-riches qui se servent de la démocratie pour mettre leurs pions au pouvoir et diriger le monde. Les illuminati sont au-dessus des oligarques.

Les réseaux complotistes appellent ces oligarques illuminati aussi, brouillant les pistes déjà bien embrouillées.

Mais revenons aux illuminati. Leur grande force c'est leur discrétion extrêmes (ils limitent volontairement leur nombre) et rien ne filtre de cette secte. Seuls les ET télépathes parviennent à nous en dire plus... Ne vous attendez pas à voir un de leur nom paraître dans un journal people (excepté Soros).

Les groupes désignés sous le terme Illuminati se nomment entre eux "les gardiens" et rajoutent souvent le mythe à la réalité. Ceux qui prétendent être des illuminati, ou laissent volontiers des rumeurs sur leur appartenance à un tel groupe, sont des rigolos (les Rothschild par exemple).

Les Illuminati sont donc les personnes les plus haut placées dans ce jeu de manipulation.

Les têtes illuminati financent leurs différents groupes d'action / outils comme l'EI via leurs sociétés et leurs disciples. Les gens cherchent à imputer le financement de Daech/ISIS/EI à quelque chose de connu, comme un pays. On accuse tour à tour les USA, Israël, la France, l'Arabie Saoudite, le Qatar, etc. Mais c'est une lourde erreur de jugement. Ces financements viennent de donateurs privés difficiles à cerner, des personnes "physiques", non des états ou des organismes d'état. On peut chercher autant qu'on le désire l'origine exacte de ces financements, on ne pourra jamais leur donner un nom ni une nationalité car ils n'en ont pas.

Les maîtres et leurs disciples/agents

Les illuminati sont un sorte de secte initiatique où seuls les grades les plus élevés savent vraiment pour qui ils travaillent. Les agents infiltrés sont des disciples de cette secte.

L'infiltration

Soit les illuminati étaient déjà les chefs, soit ils ont infiltrés des sociétés humaines indépendantes ou déjà aux mains d'autres groupes illuminati. N'oublions pas que le jeu de pouvoir est le but de leur vie, même si au final ils sont malheureux et stressés de cette guerre permanente pour rester à la tête.

Comme d'habitude ils ne participent pas personnellement à l'infiltration, mais le font via de multiples agents, quitte à en mettre plusieurs en concurrence pour s'assurer de leur loyauté.

La force des illuminati depuis 3 666 ans, c'est de se servir de ce qui existe pour l'infiltrer et le corrompre (il utilisent en cela les failles psychologiques que les anunnakis nous ont données génétiquement et dont les anunnakis ont longtemps usé et abusés avant que les illuminati ne prennent le relais).

Le système bancaire juif en est un exemple, de même que le christianisme ou l'Islam post Omeyyades. Dès qu'il y a quelque chose de sain et qui fonctionne, les illuminati le détournent pour en faire une source de pouvoir. Chaque religion (on peut dire que l'Argent et le profit est devenu une religion à part entière avec ses temples = les bourses etc..., tout comme la Science moderne avec ses Musées, et sa grande Église, la NASA), part d'une bonne idée soit spirituelle, soit matérielle. Juifs, musulmans, chrétiens, mais aussi marchands et vrais savants sont tous des victimes de cette corruption intéressée qui est mise au service de pyramides de pouvoir, pyramides qui vont se servir chacun de leur acquisition pour aller taper sur celle du voisin.

Les humanistes franc-maçonniques ne sont que l'outil de certains illuminati pour détruire l'Église catholique, qui elle-même est un outil que d'autres illuminati ont utilisé pour corrompre le christianisme, et ainsi de suite.

Ce que nous voyons ce ne sont que les outils, pas les illuminati et il arrive parfois que plusieurs groupes illuminati se disputent au sein d'une même pyramide de pouvoir le contrôle d'un outil. C'est typique de la situation des francs maçons US contre les francs maçons européens. Ils sont unis contre les autres, mais s'étripent mutuellement.

Les ultraconservateurs américains ne sont pas les illuminati, ce sont l'outil, et comme toute arme, elle peut passer de main en main suivant le changement de propriétaire, d'où parfois des incohérences de comportement, des changements soudains en terme d'agressivité etc.

Outils de pression

La puissance et la richesse

Cette secte à près de 7 000 ans, ils ont acquis une richesse illimitée vu qu'ils ont la main sur la création monétaire et ont accumulés siècles après siècles la fortune de leurs aïeux.

La faim dans le monde

De tous temps les dirigeants occultes ont organisés les famines, dans le but de s'enrichir et de limiter la population pauvre. Au Moyen âge, toute rumeur de mauvaise récolte, une sécheresse quelque part, trop de pluie lors de la récolte, à entraîné une hausse des cours du blé, et des fois cette rumeur était propagée sur plusieurs années pour entraîner une hausse de la mortalité.

Mentalité exigée du peuple

Ils demandent au peuple un esprit de tribalisme, c'est à dire le patriotisme, l'esprit de corps avec sa religion, etc. Le peuple est associé à ses maîtres, comme si tous les Allemands avaient supporté le nazisme, comme si les Français avaient été tous collabos puis tous résistants, etc.

La 3e faction

Diviser pour mieux régner : il faut affaiblir vos adversaires si vous voulez les exploiter, donc les diviser, pour qu'ils se battent entre eux plutôt que tous unis contre vous.

C'est l'histoire du banquier, du Français, et du Maghrébin/Gitan/musulman/homo/Poutine (le méchant du moment selon qui les médias mettent en avant pour vous énerver et ne pas vous focaliser sur la n-ième arnaque que le gouvernement est en train de vous faire). Donc les 3 protagonistes (banquier/Français/méchant) sont autour de la table, où se trouve un gâteau coupé en 12 parts. Le banquier prend 11 parts, et dit au français : "fais gaffe, le méchant il veut te piquer les miettes"...

C'est aussi ce que dit la scientologie (L0) :

Pour que 2 factions continuent à être en conflit, il FAUT qu'il y ait une 3e faction *cachée*, invisible (ou non évidente) et qui est la cause de tout.

Psychologie

Fonctionnement du cerveau

Le cerveau conscient fonctionne selon 2 modes :
- mode automatique
- mode réflexion

Mode automatique

Quand on nous demande 2+2, ou la capitale de la France, c'est des formatage répétés à l'école, appris par coeur, ou des réflexes refaits jour après jour, qui se mettent en place. C'est surement le cerveau émotionnel et reptiliens, de base et sans analyse, qui rentrent sûrement en jeu dans ce cas-là. Ce fonctionnement automatique est moins énergivore, c'est pourquoi la plupart des gens se contentent de fonctionner en permanence dans ce mode non analytique. D'où la volonté des publicitaires et des milliardaires de posséder les médias et de formater jour après jour des biais cognitifs qui shuntent les réactions normales (comme refuser d'obéir à des ordres idiots).

Le problème, c'est que le conscient ne se penche pas sur ce mode automatique, justement parce qu'il se fait tout seul. Il est possible de s'analyser en méditation analytique bien sûr, mais ça la société se garde bien de nous l'apprendre !

Le piège, c'est quand les basses couches du cerveau prennent une décision en automatique, cette décision n'arrive même pas au cerveau conscient la plupart. On prend des décisions, des achats impulsifs, sans même que le mode analytique ne se soit activer... C'est ce mode automatique total que recherche les publicitaires.

Persuader plutôt que convaincre

Convaincre c'est le conscient, persuader c'est l'inconscient (donc tromper l'âme) car on shunte l'analyse du conscient (par exemple, les messages subliminaux).

Convaincre

C'est donner des arguments au récepteur (mode analytique activé) pour que le conscient du récepteur change d'opinion, ou qu'il augmente sa compréhension des choses. C'est expliquer, informer, sensibiliser, démontrer.

Persuader

C'est inciter quelqu'un à l'action (donc quelque part le manipuler) sans forcément le convaincre. On s'adresse alors au mode automatique du récepteur, pour que ses décisions se fassent au niveau inconscient.

Comment persuader

Le chasseur a reléguer en automatique un certain nombre de tâches, pour se concentrer sur la nouveauté et l'analyse de l'environnement. Je vois un prédateur je fuis. Je vois de l'eau je vais boire, pas besoin de réfléchir.

Donc la narration (mettre le récepteur en situation), c'est commencer à l'immerger dans une situation à laquelle il va s'identifier). Ensuite, on joue sur les émotions, et on va déclencher dans le récepteur une décision réflexe qu'il ne cherchera même pas à analyser. Par exemple, on fait imaginer quelqu'un tranquille chez lui, puis on lui parle d'inconnus braquant la maison, et son premier mouvement sera de vous acheter votre alarme, sans poser la question au conscient, lui demander si c'est justifié, quelles sont les stats des agressions, est-ce que ce prix n'est pas excessif, est-ce que ce sera vraiment efficace, etc.

Un vendeur qui se serait adressé au conscient (en donnant les stats, les dangers, etc. c'est à dire en faisant de la rhétorique) aurait eu beaucoup moins de succès.

Par exemple : dans les urinoirs publics, les hommes ont tendance à mettre de l'urine partout. Les écriteaux "merci de viser le centre de l'urinoir" n'ont eu aucun effet, car il visait le mode réflectif. Par contre, en mettant une fausse mouche au centre de l'urinoir, ils se sont adressé au mode automatique du corps : quand il faut viser quelque chose, on le vise inconsciemment. Les hommes n'ont donc plus à se poser des questions, et les urinoirs sont devenus subitement propres (diminue de 80% les coûts de l'aéroport d'Amsterdam).

Il est difficile à celui qui a pris une décision réflexe, d'expliquer pourquoi il l'a prise. Par exemple, pourquoi il a acheter tel objet, rétrospectivement, son conscient va essayer de trouver des excuses, et ces dernières peuvent être loufoques, car illogique. En réalité, le vendeur lui a dit qu'il fallait hâter la décision, car d'autres acheteurs étaient sur le coup (peur et rareté, des réflexes), ou encore qu'il avait de la chance, il restait encore un dernier produit (rareté, des réflexes inné là aussi).

Les 3 étapes de la persuasion

Un des leviers puissants pour inciter à l'action, c'est les émotions. S'entraîner à susciter 2 émotions fortes, la crainte et le désir (bâton - carotte).

1) Identifier l'action à susciter

C'est le changement de comportement, l'action, que l'on veut susciter dans le public à l'issue de notre discours. Par exemple, arrêter de polluer, de juger les autres, etc.

2) Montrer émotionnellement les risques de l'inaction

Pour déclencher la crainte, il faut décrire un danger perçu comme grave et imminent.

Par exemple, faire peur en montrant dans quel monde terrible on va vivre si on n'agit pas.

3) Susciter le désir de l'action

Mais la crainte / peur toute seule, c'est contre-productif, et ça fait fuir le public, ça active des mécanismes de déni (qui est fuir la réalité). Il faut derrière la crainte susciter le désir.

Il faut "vendre" son action, dans le sens où cette action pour résoudre le problème doit être épanouissant (on se sent un héros), agréable. Il faut que le public ai envie d'agir pour se sentir gratifié, que son action soit utile, ai du sens.

Susciter l'émotion de désir, que les participants deviennent une meilleure version d'eux-même. Certes, le monde sera meilleur après cette action, mais vous aussi allez devenir meilleur, allez vous accomplir.

L'image de l'orateur (l'ethos)

Le public, de par sa facilité à rester en mode automatique, n'écoutera pas quelqu'un dont l'image automatiquement reçue ne lui revient pas.

Démontrer sa compétence

Donner l'image d'un expert. En général, on se focalise sur un sujet particulier, du moins on essaye d'en savoir plus que le public dans le domaine.

Respecter l'intelligence du public

Ne pas céder à la tentation de faire des raccourcis, de faire des blagues en permanence, ou de générer un discours creux.

Mettre dans le discours ce qui peut être utile pour votre public.

Vertu

Ne pas montrer de problèmes émotionnels. Quelqu'un d'orgueilleux, de colérique, qui perds son calme facilement, perdra sa crédibilité.

Dans l'incertitude (comme celle à laquelle doit répondre le discours), l'orateur doit faire preuve de force de caractère quand le bateau tangue. Ton raisonnable, calme, posé.

Pour passer pour un saint, on peut partager des éléments de notre vie. Moins le public en sait sur nous, plus le public est obliger de spéculer / fantasmer sur notre sujet, nous inventant toutes sortes d'inventions, rarement à notre avantage. Donc partager sur ce qui nous tient à coeur, ce qu'on aime faire, nos passions, nos valeurs, et sur les choses qu'on n'aime pas. De plus, on augmente les chances que les gens se reconnaissent en nous, et on réduit le risque d'être réduit à un stéréotype.

Montrer de la bienveillance (être intéressé par le sort de nos semblables).

Organiser sa pensée / son discours

A mettre plutôt dans débat / société

Organiser ses idées pour en tirer un message clair et convaincant pour le public.

Établir plusieurs plans pour mettre en forme son idée, c'est établir des parcours différents de notre pensée. C'est muscler son intelligence, et éviter la répétition de discours en discours.

1er plan

Avancer une thèse (sujet, idée, opinion) et la soutenir par 2 arguments.

Alterner entre un argument de type quantitatif (qui peut être mesuré, comme des études, des sources, des données) et qualitatif (anecdote, histoire personnelle).

2e plan

Comme un compte rendu de recherche, en 4 parties :

- Présenter des intuitions qu'on a eu, des recherches qu'on a faites
- Formuler une hypothèse, qui permettrait d'expliquer ces observations.
- Se demander si des gens n'ont pas déjà infirmer ou confirmer notre hypothèse.
- Si notre hypothèse est encore en débat, proposer une méthode qui lèverait l'incertitude.

3e plan

Discours persuasif (finalité, amener le public à l'action). En 5 temps :

Présenter un problème, qui doit sembler grave et urgent (travailler sur les émotions, le mode automatique, comme dire que ce problème fait mal),

Poser le diagnostic (parler au mode analytique du public),

Continuer à parler au rationnel (ton calme et posé de l'expert) et proposer votre solution, en la justifiant avec 2 arguments comme pour le premier plan.

On repasse dans les émotions. Susciter l'espoir et l'enthousiasme du public. Présenter une utopie, décrire tous les changements positifs qui vont se produire.

Enfin, une fois que le public désire votre solution, on passe à la mise en oeuvre de l'action (3 actions maxi, très simples) qu'il peut commencer à faire dès la fin de notre discours.

Manipulation des peuples

Un grand classique, le formatage dès l'enfance via un système de propagande bien rodé, au niveau culturel, médias, musique.

Ces outils découlent directement des différents protocoles (Toronto, Sages de Sion, testament de Satan) utilisés par les illuminati au cours du temps (L0).

1) Diversion

Garder le public occupé sans lui laisser le temps de penser.

Parler de futilités, pour n'avoir plus le temps de parler des sujets importants qu'on cherche à cacher.

Détourner l'attention du public des problèmes importants et des mutations décidées par les élites politiques et économiques, en les noyant dans un déluge continuel de distractions et d'informations insignifiante.

Par exemple : le président a une maîtresse, tel chanteur à l'hôpital pour un ongle incarné, championnat de football, inondations dans le var, suivons cette famille qui comme chaque année va skier à Courchevel, etc.

2) Créer problème, générer une réaction, pour faire accepter ses solution

Les autorités créent un problème, désignent les personnes à blâmer (les communistes, les musulmans, les autres...). Ce problème doit susciter une réaction émotionnelle du public (souvent la peur), afin qu'il soit lui-même demandeur des mesures qu'on souhaite lui faire accepter, des mesures qui vont contre son intérêt, à savoir l'intérêt général.

Les autorités offrent alors les solutions, comme si le public l'avait demandé.

Par exemple :

- annoncer une pandémie potentiellement dangereuse pour imposer la vaccination générale,
- laisser se développer la violence urbaine (voire organiser des attentats sanglants, payer des prédicateurs) afin que le public soit demandeur de lois sécuritaires au détriment de sa liberté
- créer une crise économique pour faire accepter le recul des droits sociaux et la privatisation des services publics

- « découvrir » un charnier, assassiner un opposant en accusant ses adversaires, False Flag comme l'incendie du Reichstag, Laisser faire l'attaque du Lusitania / Pearl Harbor / World Trade Center, pour ensuite justifier une entrée en guerre et le resserrement du public (esprit de corps en cas de danger) derrière le pouvoir en place.

3) Dégradation progressive

Si on plonge une grenouille dans de l'eau bouillante, elle va bondir pour en sortir. Si on la met dans de l'eau tiède que l'on réchauffe progressivement, elle va s'habituer à la température sans cesse plus élevée jusqu'à dépasser la température critique après laquelle elle n'aura plus assez d'énergie pour sauter, et finit par mourir de la température devenue trop chaude.

Pour faire accepter une mesure inacceptable, il suffit de l'appliquer progressivement, en dégradé, sur plusieurs années voir décennies pour les choses les plus ancrées (comme la religion).

Par exemple :

- Des conditions socio-économiques radicalement nouvelles ont été imposées de 1965 à 1990, pour préparer à ce que la dette allait provoquer : chômage massif, précarité, flexibilité, délocalisations, salaires n'assurant plus un revenu décent. Le mot même de chômage auraient provoqué une révolution, si appliqués brutalement en 1965.
- Le néolibéralisme dans les années 1980 (dérégulations diverses) ont abouti à la crise de 2008, le chômage massif, précarité, flexibilité, délocalisations, salaires n'assurant plus un revenu décent, tous ces changements que nous subissons sans broncher actuellement mais qui auraient provoqué une révolution s'ils étaient apparus brutalement en 1980.
- La dette créée en plusieurs étapes (1930, 1974, 1994 avec Maastricht, dont les intérêts ne deviennent trop lourds qu'après 2000, obligeant à dégrader sur 20 ans les services publics).

4) Différer

L'idée est de faire accepter une décision impopulaire en décidant l'accord dans le présent, mais en l'appliquant dans le futur. Toujours le faire en la présentant comme "douloureuse mais nécessaire".

Il est toujours plus facile d'accepter un sacrifice futur qu'un sacrifice immédiat. L'effort n'est pas à fournir tout de suite, et le public espère naïvement que les choses s'arrangeront t que le sacrifice demandé sera évité. Mais en fait cela laisse surtout le temps au public de s'habituer à l'idée du changement (les médias revenant régulièrement sur la décision prise) et de l'accepter avec résignation, le moment venu, sans jamais rappeler des raisons qui ont contraint à ce changement (parce que ces raisons sont fallacieuses et ne tiendraient pas face à des vrais contradicteurs).

Par exemple :

- Baisser les retraites et allonger la durée du travail, les médias en parlant depuis 30 ans,
- augmentation du prix de l'essence en vigueur au premier janvier, aux départs de vacances le 1er juillet, à la rentrée scolaire de septembre, etc.
- le passage à l'Euro (perte de souveraineté monétaire et économique) accepté en 1994 pour une application en 2002.

5) Infantiliser

Prenez les gens pour des cons, ils vont se comporter comme tel (fabrication d'une image à laquelle les gens s'identifient).

La plupart des publicités destinées au grand public utilisent un discours, des arguments, des personnages, et un ton infantilisants, souvent proche du débilitant, comme si le spectateur était un enfant ou un handicapé mental. Plus on essaie de nous manipuler, plus on nous parle comme à des gamins demeurés.

C'est une astuce psychologique : toute personne tend à refléter l'image que son environnement se fait d'elle (la suggestibilité). Si les médias placent le public dans le rôle de l'enfant qu'on gronde (c'est toujours de la faute du peuple, jamais des dominants), le destinataire aura les réactions attendues d'un enfant dénué de sens critique.

Par exemple, la pub du passage à l'euro (une gamine qui vous pose une question simplissime, un slogan enfantin chanté par un enfant, le sous entendu que c'est les vieux séniles qui parlent encore en francs).

6) Émotion plutôt que réflexion

Faire appel à l'émotionnel permet de court-circuiter l'analyse rationnelle, et donc le sens critique des individus. L'émotionnel permet aussi d'ouvrir l'inconscient pour y implanter des idées, des désirs, des peurs, des pulsions, ou des comportements...

Par exemple :

- le clip des campagnes du vaccin contre le papillomavirus, avec une mère abritant sa fille de la pluie
- un enfant migrant mort noyé pour imposer d'accueillir plus de migrants dans un pays au chômage record, alors que depuis 15 ans il y a eu des milliers de familles noyées dans l'indifférence générale
- Les faits divers, avec une petite vieille agressée en pleine rue (et personne qui n'intervient, encore une fois c'est la faute de l'inaction du peuple, sans préciser qu'il y avait une bande de 100 voyous), ce qui permet d'installer des caméras de surveillance pour surveiller tout le monde, les délinquants restant toujours impunis pour imposer plus tard la surveillance téléphonique, des mails, des drones, etc.
- l'attentat contre Charlie Hebdo où l'émotion a été immédiatement canalisée dans une marche et un slogan : « Je suis Charlie », rassemblant plus d'un million de personnes qui, pour la plupart, ne connaissaient pas « Charlie » ; et ce avant que chacun puisse avoir la moindre pensée personnelle sur le sujet.
- la Terre se réchauffe dangereusement du fait des seules activités humaines ... si nous ne faisons rien, nous allons creuser la tombe de nos enfants ... Conclusion : il faut payer l'écotaxe !

7) Abrutir : maintenir le public dans l'ignorance et la bêtise

Le public doit être incapable de comprendre les technologies et les méthodes utilisées pour son contrôle et son esclavage.

La qualité de l'éducation donnée aux classes inférieures doit être la plus pauvre possible, de sorte que le fossé de l'ignorance qui isole les classes inférieures des classes supérieures soit et demeure incompréhensible (si le niveau des classes supérieures diminue, celui des classes inférieures doit diminuer aussi). Avec un tel handicap initial, même de brillants éléments des classes inférieures n'ont que peu d'espoir de s'extirper du statut qui leur a été assigné à la naissance. Cette forme d'esclavage est essentielle pour maintenir un certain niveau d'ordre social, de paix et de tranquillité pour les classes supérieures dirigeantes.

Par exemple :

- Alors que l'Éducation nationale périclite chaque jour davantage, 80% des élèves des

universités et des grandes écoles sont issus des classes moyenne et supérieure. Pas un hasard.
- Suppression des grandes écoles publiques depuis 2000 en France, ne laissant plus que les écoles privées à plus de 30 000 euros les 3 ans : seuls les riches, ou les pauvres plombés par une dette difficilement remboursable, pourront faire des études.
- l'école est ringardisée dans les séries et émissions type Hannouna (en se moquant par exemple des bons élèves), destinées au public des classes défavorisées.
- diminuer la difficulté du bac année après années, en se félicitant des taux d'admissions toujours plus élevés, alors que les gens qui sortent de l'école en ne sachant ni lire ni écrire sont toujours de plus en plus nombreux.

Inciter à rester en bas : encourager le public à se complaire dans la médiocrité

Le prêt-à-penser de bas étage, émissions de télé aux concepts imbéciles, des stars vulgaires et incultes offerts comme modèles ou comme héros aux enfants et aux adultes ! Encourager le public à se complaire dans la médiocrité, à trouver « cool » le fait d'être bête, vulgaire, et inculte… Le but est évidemment de donner au public l'envie de rester en bas socialement, pour être bien vu de ses pairs.

Par exemple :
- dans les basses classes sociales, si les premiers de la classe sont mal vus, c'est parce que dans les films ils sont montrés comme ringards (voir les American Pie). Au contraire des collèges de cité, les enseignements élitistes comme Harvard citent comme exemple à suivre les meilleurs élèves, élèves qui chez eux n'ont pas accès à la télé.
- Dans les films comme Scary Movie, le héros "cool" est un fumeur de cannabis décérébré.
- Les reportages de casse-cous comme JackAss encouragent les basses classes à prendre des risques stupides et mortels...

Remplacer la révolte par la culpabilité

Faire croire à l'individu qu'il est seul responsable de son malheur, à cause de l'insuffisance de son intelligence, de ses capacités ou de ses efforts. Ainsi, au lieu de se révolter contre le système économique, l'individu s' auto-dévalue et culpabilise, ce qui engendre un état dépressif dont l'un des effets est l'inhibition de l'action. Et sans action, pas de révolution!

Par exemple :

- Vous êtes au chômage par manque de formation : suivez un stage et tout ira mieux ! C'est de votre faute si vous êtes inadapté à la demande.
- Les médias se plaignent que 10 000 offres d'emploi n'arrivent pas à trouver d'employés, c'est les chômeurs qui ne veulent pas bosser... En oubliant de préciser qu'il y a 3 millions de chômeurs (donc ce n'est pas un problème de manque de postulants), et que certains services RH aiment à divulguer des annonces bidons pour faire croire que la boîte recrute, faisant exprès de ne jamais trouver le bon candidat. Sans compter les offres cherchant des prostituées à 10 euros de l'heure, qui en effet peinent à trouver des volontaires pour ces boulots de merde, ou sous les ordres d'un pervers narcissique.
- la crise de la Grèce en 2011, le peuple est présenté comme responsable des erreurs (volontaires?) des gouvernements passés, ou encore est accusé de trop travailler au noir, alors que tout est la faute de la banque qui a triché sur la dette.
- Emmanuel Macron qui dit qu'il faut bosser fort pour se payer une chemise comme la sienne

connaître les individus mieux qu'ils ne se connaissent eux-mêmes

Grâce à la biologie, la neurobiologie et la psychologie appliquée, le "système" est parvenu à une connaissance avancée de l'être humain, à la fois physiquement et psychologiquement, au point de mieux connaître l'individu moyen que celui-ci ne se connaît lui-même. Le système détient alors un plus grand contrôle et un plus grand pouvoir sur les individus que les individus eux-mêmes.

Ex : Arsenal anti-émeute, bruits aigus anti-jeunes (que seuls les moins de 16 ans entendent), manipulation des masses, désignation d'un bouc émissaire comme le voile des musulmanes, les gens du voyage, pile au moment où les scandales du pouvoir commencent à énerver le peuple, bonne manière pour un président sortant, avec un lourd passif, qui se refait une virginité dans l'opinion grâce à ces techniques. Hypnose des masses par Hitler dans ses meetings avec le scandement répétitif, etc.

Et plein d'autres techniques

D'autres techniques sont utilisées, comme la désinformation, les faux complotistes, les agents du système qui trollent les forums de discussion, le marketing (besoins primaires à satisfaire, comme le besoin de sécurité), faire prendre un max de crédits pour tenir les individus sous contrôle, allant de paire avec la peur de perdre son emploi en faisant croire, subliminalement, que chômage = SDF = mort, etc.

Propagande inversée

Détaillons ce que nous avons vu plus haut.

Une idée est tout d'abord niée ou farouchement combattue, puis moquée, avant d'être acceptée comme si tout le monde l'avait su. Voilà le résumé de la stratégie de propagande avancée.

Un concept, une théorie ou un argument de votre interlocuteur (lors d'un débat, une réunion, etc.) est votre cible (car elle détruit votre argumentaire), et vous désirez le faire disparaître dans le but de cacher la vérité.

Prenons le cas de l'OVNI de phoenix, ou des centaines de témoins et de vidéos sont là pour montrer le phénomène. Vous êtes la municipalité et vous devez nier l'incident.

1) Sourde oreille

Commencez par négliger l'info (étouffement dans les médias), comme si rien ne s'était produit, et attendez pour voir si votre interlocuteur rebondit. S'il ne le fait pas, tant pis pour lui, fin de l'affaire.

La municipalité se réunie dans les jours qui suivent, et tout se déroule sans tenir compte des centaines d'appels de témoins. Mais malgré vos essais de négliger l'évènement, l'assistante du maire pose la question qu'il ne fallait pas : qu'en est il de l'OVNI de phoenix ?

2) Minimiser son importance

L'argument étant entré dans le débat, vous ne pouvez plus l'ignorer. Minimisez son importance.

Le conseil municipal rétorque qu'il n'y a eu que 3 appels, et qu'un enquête ne peut être ouverte qu'à partir de 5. Il n'y a donc pas de quoi déranger le conseil pour si peu. L'adjointe au maire persiste.

3) Nier en bloc

Nier tous les arguments en bloc en refusant la discussion systématiquement, ce qui va contraindre l'adversaire à dévoiler son jeu (dire tout ce qu'il sait sur le sujet).

L'adjointe au maire présente un certain nombre de noms et de témoins susceptibles de prouver les faits et demande à ce qu'on les entendent.

4) Faites exposer les idées adverses

Perdu pour perdu, il s'agit désormais de ridiculiser votre adversaire.

Vous connaissez maintenant le point fort de l'adversaire, le pilier de son argumentation. Votre cible est verrouillée. Acceptez alors, contre toute attente la discussion, ce qui aura pour effet de bloquer votre interlocuteur dans son élan.

La municipalité accorde de réaliser une conférence de presse pour rencontrer les témoins, devant les journalistes.

5) Faites semblant d'acquiescer

Prenez le point fort de votre adversaire et faites en son point faible : adoptez ses idées pour mieux l'endormir.

Le maire, devant les journaliste et l'adjointe, argumente qu'il y a un certain nombre de personnes qui se sont inquiété... OVNI... on prend très au sérieux... rôle de la municipalité... blabla...

6) Moquez / ridiculisez

Maintenant rajoutez des arguments ridicules, énormes et sans fondement pour frapper votre auditoire. Il y aura amalgame automatique entre l'argument cible de l'adversaire et vos ajouts improbables, car les spectateurs ne se souviendront que de ce qui les marquera le plus, c'est à dire vos ajouts.

Le Maire invite après ce beau discours le principal témoin à entrer en scène : un homme déguisé en petit gris entre alors. Le maire, reste sérieux et demande qu'il ne s'approche pas trop.

Votre adversaire qui croyait remporter la partie à vous convaincre, est anesthésié par les rires des tiers et n'osera plus rien dire sans avoir peur d'être humilié, partie gagnée. L'amalgame est cristallisé par le silence ou l'embarras de votre adversaire qui perd tout crédit.

l'adjointe au maire a du démissionner de son poste, car à chaque fois qu'elle allait au boulot, elle trouvaient des allusions à une certaine Nibiru d'où elle devait être originaire.

Autre exemple

On est dans les années 50 aux USA. Vous voulez que les demandes d'enquêtes concernant les OVNI par des gens sérieux cessent ? (but) N'en tenez pas compte (phase 1) puis minimisez les témoignages avec des explications enfantines ou banales -

visions de venus ou de la lune, vols militaires de routine etc...- (phase 2) puis quand ça devient trop pressant, niez tout en bloc (phase 3): secret défense. Enfin contre toute attente, organisez une commission d'enquête en choisissant bien sur les responsables dans votre camp mais sous une apparente neutralité (phase 4). Prenez un acteur et demandez lui de faire des conférences sur ses visites par des Femmes Vénusiennes à grosse poitrine qui volent dans des couvercles de poubelle au bout d'un fil, photos et films à l'appui, médiatisez le à outrance en le faisant inviter dans tous les talk shows pour qu'il se fasse démonter ou encore recherchez tous les cas psychiatriques où des gens se font violer par des extraterrestres en forme de phallus et qui parlent à leurs pantoufles, ou bien même financez des films où les aliens viennent manger les gens, les détruire ou leur sucer le cerveau... (phase 5). Au final, votre commission d'enquête aura noyé les vrais témoignages au milieu des clichés ridicules et des cas psy, le public fait l'amalgame et se désintéresse de l'argumentaire sérieux en classant l'affaire (phase 6). Enfin phase 7, arrêtez toutes ces enquêtes inutiles, ridicules et coûteuses après que les yeux de l'opinion publique s'en soit détourné. Affaire classée, naissance du débunking de masse.

A intégrer dans ce qui est plus haut

Présentation

Un débat, c'est un échange d'idée, afin d'approcher de la vérité ou de la meilleure solution pour tous. Il faut aborder un débat dans l'optique où on aura changer d'avis à la fin, ou au pire qu'on aura compris plus de choses, qu'on aura affiné son raisonnement ou ses connaissances... Ce n'est évidemment pas ce qui se passe dans notre monde égoïste/hiérarchiste actuel, où le but est de travestir la vérité, et de manipuler son interlocuteur pour mieux l'exploiter par la suite.

Une partie des règles édictées à l'origine datent du projet US secret cointelpro, disparu en 1971. Même si à l'époque internet n'existait pas, les principes restent valables, surtout ceux concernant l'infiltration de n'importe quel groupe humain dans le but de le saboter (ce que les illuminati s'échinent à faire depuis le début des civilisations humaines).

Ces informations ne sont évidemment pas à prendre pour s'en servir pour manipuler les autres, mais au contraire être au courant des techniques utilisées par ces gars qui se lèvent heureux le matin parce qu'ils savent qu'ils vont mentir plein de fois dans la journée. Ces flatteurs de la fable de la fontaine, le corbeau et le renard, que l'on appelle aujourd'hui des fayots ou plus vulgairement des suces-boules, que l'on retrouve, à force de léchage de bottes, dans tous les postes de pouvoir de notre système à l'agonie.

Bien entendu, nous le bas peuple avons toujours un train de retard, depuis 1971 ils ont fait beaucoup de chemin dans le processus de connaissance de manipulation des foules, ils nous ont formatés dès l'enfance pour réagir plus ou moins à certains stimulus qu'ils activent à volonté toute la journée via la radio, les médias, les journaux, etc.

Nous verrons une partie des techniques employées par les gouvernements, les désinformateurs, les politiques, etc. sur le net mais aussi dans la vraie vie pour décrédibiliser leurs adversaires et enterrer les sujets sensibles. Au fur et à mesure de votre lecture, vous vous rendrez compte que vous avez déjà été le témoin de ces manipulations. À la télé dans les débats politiques, dans les interviews dans les journaux, dans les commentaires internet, sur les réseaux sociaux et les forums. A se demander si certaines personnes qui viennent poster et semer le doute dans certains articles un peu "sensibles" ne sont pas juste des trolls qui s'emmerdent mais des agents désinformateurs...

Les règles de la désinformation

Des allégations d'activités criminelles fortes et crédibles peuvent faire tomber un gouvernement. Quand le gouvernement n'a pas une défense efficace et basée sur les faits, d'autres techniques doivent être employées. La réussite de ces techniques dépend grandement d'une presse coopérative et complaisante ainsi que d'un simple parti d'opposition symbolique.

Note : La première règle et les cinq dernières (ou les six, en fonction de la situation) ne sont généralement pas directement applicables par le désinformateur traditionnel. Ces règles sont généralement plus souvent directement utilisées par les dirigeants, les acteurs clés ou au niveau de la planification stratégique de conspirations criminelles.

1. **Ne rien voir, ne rien entendre, ne rien dire**.
   Ne parlez pas de ce que vous savez – surtout si

vous êtes une figure publique, un journaliste, un politique, etc. Si ce n'est pas signalé, ce n'est pas arrivé, et vous n'aurez pas à faire face à des problèmes.

2. **Devenez incrédules et indignés**. Évitez de parler des problèmes clés et concentrez-vous plutôt sur les problèmes secondaires qui peuvent être utilisés pour rendre le sujet comme étant une critique de certains groupes ou thèmes sacro-saints. " Comment oses-tu ! ".

3. **Ramenez les arguments adverses à des commérages**. Évitez de parler des problèmes en dépeignant toutes les charges, sans tenir compte des lieux ou des preuves, en pures rumeurs et accusations violentes. Mieux, parlez de rumeurs folles pour mieux les décrédibiliser. Cette méthode fonctionne surtout très bien avec une presse silencieuse, car le public ne peut connaître les faits qu'à travers ces " rumeurs discutables ". Si vous pouvez établir une relation entre le document / le problème avec internet, utilisez ce fait pour le certifier en tant que " rumeur sauvage " émanant d'une " bande d'enfants sur internet " qui ne peut donc pas avoir de fondement dans la réalité. Sous-entendez ensuite que si votre adversaire croit aux " rumeurs ", c'est qu'il est simplement " paranoïaques " ou " hystériques. "

4. **L'argument épouvantail**. Trouvez (ou créez-le de toute pièce) un élément dans l'argumentation de votre adversaire que vous pouvez facilement contrer pour vous faire bien voir et pour ridiculiser l'adversaire. Soit vous créez un problème dont vous insinuez l'existence en vous appuyant sur l'interprétation de l'adversaire/sur l'argumentation de l'adversaire/sur la situation, soit vous sélectionnez l'aspect le plus faible des charges les plus faibles. Amplifiez leur impact puis détruisez-les, afin de discréditer toutes les charges, réelles et fabriquées, tout en évitant de parler des véritables problèmes.

5. **Attaque ad hominem**. Diminuez vos adversaires en leur donnant des surnoms et en les ridiculisant (comme " théoricien de la conspiration ", "barjot", "râleur", "fou", "cinglé", "racistes", " fanatiques religieux", "déviants sexuels"). C'est attaquer le messager plutôt que ses arguments. Soyez bien certains d'utiliser des verbes et des adjectifs forts lorsque vous caractérisez les accusations et défendez le gouvernement " plus raisonnable " et ses défenseurs. Vous devez faire bien attention à éviter les débats ouverts avec toutes les personnes que vous avez ainsi calomniés. Cela permet d'empêcher les indécis de s'identifier à vos adversaires de peur de se faire traiter de la même façon. Permet d'éviter de parler des vrais problèmes.

6. **Frappez et fuyez**. Dans n'importe quel forum public, attaquez brièvement votre adversaire ou sa position, puis fuyez avant qu'une réponse ne soit publiée ou ignorez tout simplement la réponse. Cela marche extrêmement bien sur internet dans les environnements de type courrier des lecteurs, dans lesquels un flux continu de nouvelles identités peuvent être utilisées pour éviter d'expliquer les critiques, d'argumenter – faites simplement une accusation ou une autre attaque, ne parlez jamais des problèmes et ne répondez jamais, car ceci donnerait du crédit au point de vue de l'adversaire.

7. **Contestez les motivations**. Amplifiez chaque fait qui pourrait laisser penser que l'adversaire opère selon un parti pris. Essayez de marginaliser les personnes critiques en suggérant fortement qu'elles ne sont pas vraiment intéressées par la vérité, mais qu'elles poursuivent simplement un but politique ou qu'elles veulent simplement gagner de l'argent. Cela évite de parler des problèmes et oblige l'accusateur à se mettre sur la défensive.

8. **Invoquez l'autorité**. Prétendez que vous faites partie de l'autorité, ou associez-vous avec celle-ci en utilisant assez de jargon et de termes pour illustrer que vous êtes " celui qui sait ", et discréditez tous les propos sans parler des problèmes ni démontrer pourquoi ou citer des sources. Ici, la presse contrôlée et la fausse opposition peuvent être très utiles.

9. **Jouez à l'abruti**. Peu importe quels sont les arguments ou les preuves sur la table, évitez de parler des problèmes sauf pour les discréditer, dire que cela n'a aucun sens, ne contient aucune preuve, n'a aucun intérêt ou est illogique. Mélangez bien pour un effet maximal.

10. **Écartez les charges comme étant des "vieilles nouvelles"**. Un dérivé de l'argument épouvantail qui est une sorte d'investissement pour le futur dans le cas où le problème ne peut pas être facilement contrôlé. On peut l'anticiper pour garder le contrôle.

Pour cela, lancez un argument épouvantail et faites en sorte que l'on s'en occupe assez tôt dans le cadre du plan alternatif (ou plan B). Ainsi, les charges ou critiques suivantes, peu importe leur validité, pourront généralement être associées aux charges précédentes et être considérées comme étant simplement du réchauffé, sans avoir besoin de s'en occuper – encore mieux si l'adversaire qui en est à l'origine est ou était impliqué à l'origine.

11. **Crachez une moitié du morceau (plan B)**. "confession et évitement". Confessez Utilisez un problème mineur ou un élément difficilement réfutable par vous. De cette façon, vous pouvez donner une impression de franchise et d'honnêteté tandis que vous n'admettez que des " erreurs " sans conséquences et pas du tout criminelles. Ce stratagème requiert souvent l'existence d'un plan B, différent de celui d'origine. Insistez avec vigueur qu'une erreur innocente a été faite - mais que les adversaires ont saisi là l'opportunité de la mener hors de proportion et d'insinuer des choses malhonnêtes qui, bien entendu, " n'existent pas ". D'autres personnes peuvent vous renforcer plus tard et même demander publiquement de " mettre un point final à ce non-sens " car vous avez déjà fait " la chose juste ".

12. **Les énigmes sont trop complexes**. Prétendez que l'affaire est trop compliquée à résoudre, en s'appuyant sur la multitude de personnes impliquées et d'évènements. Cela permet de faire perdre tout intérêt au problème de la part des autres personnes, et laisse entendre que la vérité ne sera jamais trouvée.

13. **Raisonnez à l'envers**. Évitez de parler des problèmes en raisonnant à l'envers ou avec une logique déductive qui s'interdit tout véritable fait important. Avec une déduction rigoureuse, les preuves pénibles perdent toute crédibilité. Exemple : Nous avons une presse totalement libre. Si les preuves existent comme quoi la lettre de " suicide " de Vince Foster a été falsifiée, la presse l'aurait reporté. Ils ne l'ont pas reporté, donc il n'y a pas de telles preuves.

14. **Demandez des solutions complètes**. Évitez de parler des problèmes en demandant à vos adversaires de résoudre le crime ou le problème dans sa totalité. Il s'agit d'un stratagème qui marche mieux avec les problèmes relatifs à la règle 10.

15. **Faites correspondre les faits à des conclusions alternatives**. Cela requiert une pensée créative, sauf si le crime a été planifié avec un plan B.

16. **Faites disparaître les preuves et les témoins**. Si cela n'existe pas, ce n'est pas un fait et vous n'avez pas à aborder le problème.

17. **Changez de sujet**. Généralement en lien avec l'un des autres stratagèmes listés ici, trouvez une façon de mettre la discussion sur le côté avec des commentaires mordants et controversés dans l'espoir de détourner l'attention sur un sujet plus gérable. Cela marche surtout très bien avec les gens qui peuvent " débattre " avec vous sur le nouveau sujet et polariser la discussion dans le but d'éviter de parler des problèmes clés.

18. **Pousser l'adversaire à la faute**. Contrariez et provoquez les adversaires et donnez-leur une charge émotionnelle. Si vous pouvez ne rien faire d'autre, réprimandez et raillez vos adversaires et obligez-les à répondre de manière émotionnelle, ce qui va permettre de les faire passer pour des gens stupides et beaucoup trop motivés. Non seulement vous éviterez de parler des problèmes, mais même si leur réponse émotionnelle aborde le problème, vous pourrez éviter les problèmes en vous concentrant sur la réaction émotionnelle.

19. **Mauvaise foi**. Ignorez les preuves présentées, demandez des preuves impossibles. Variante de la règle " jouer l'idiot ". En dépit des preuves qui peuvent être présentées par un adversaire sur un forum public, prétendez que la preuve n'est pas recevable et demandez une preuve qui est impossible à trouver pour l'adversaire (elle peut exister, mais elle n'est pas à sa disposition ou elle est connue comme étant quelque chose de facile à détruire ou falsifier, comme une arme de crime). Dans le but de complètement éviter de parler des problèmes, il peut être nécessaire de catégoriquement discréditer les médias ou les livres, reniez le fait que les témoins peuvent être acceptables et reniez même les déclarations faites par le gouvernement ou par d'autres autorités.

20. **Fausses preuves**. Dès que possible, introduisez de nouveaux faits ou indices conçus et fabriqués en conflit avec les présentations et

les arguments de l'adversaire – un outil pratique pour neutraliser les problèmes sensibles ou entraver les résolutions. Cela marche encore mieux lors des crimes pour lesquels les faits ne peuvent pas être distingués des fausses preuves.

21. **Travaillez avec un tiers complice**. Faites appel à un jury d'accusation, un procureur spécial ou un autre corps habilité à l'investigation. Renversez le processus en votre faveur et neutralisez efficacement les problèmes sensibles sans ouvrir la discussion. Une fois réunis, la preuve et le témoignage doivent être secrets pour être bien gérés. Par exemple, si vous êtes de mèche avec le procureur, le jury d'accusation peut tout simplement refuser toutes les preuves utiles, les sceller et les rendre inutilisables pour des enquêtes ultérieures. Une fois qu'un verdict favorable est atteint, le problème peut être officiellement considéré comme fermé. Généralement, cette technique s'applique pour rendre le coupable innocent, mais elle peut aussi être utilisée pour obtenir des accusations lorsque l'on cherche à faire un coup monté contre la victime. Une alternative est de payer les gens riches pour ce travail. Ils vont prétendre dépenser leur propre argent.

22. **Fabriquez une nouvelle vérité**. Créez vos propres experts, groupes, auteurs, meneurs ou influenceurs capables de créer quelque chose de nouveau et différent via des recherches scientifiques, d'investigation ou sociales ou des témoignages qui se terminent favorablement. Dans ce cas, si vous devez vraiment aborder les problèmes, vous pouvez le faire autoritairement.

23. **Créez de plus grandes distractions**. Si ce qui est cité ci-dessus ne fonctionne pas pour éloigner les gens des problèmes sensibles ou pour empêcher une couverture médiatique indésirable d'évènements comme des procès, créez de plus grosses histoires (ou traitez-les comme telles) pour éloigner les masses.

24. **Inondez les réseaux sociaux d'agents**. C'est la réponse à la question, " qu'est-ce qui pourrait pousser quelqu'un à passer des heures sur les newsgroups d'internet pour défendre le gouvernement et/ou la presse et discréditer les critiques authentiques ? " Est-ce que les autorités n'ont pas assez de défenseurs avec tous les journaux, magazines, radios et télévisions ? Certains peuvent penser que refuser d'imprimer des lettres critiques et écarter les appels sérieux ou les interdire des talkshows à la radio est suffisant comme contrôle, mais, apparemment, ce n'est pas le cas.

25. **Supprimer l'adversaire**. Si les méthodes ci-dessus ne prévalent pas, pensez à supprimer vos adversaires de la circulation grâce à des solutions définitives afin que le besoin d'aborder les problèmes soit entièrement supprimé. Cela peut être fait par la mort, l'arrestation et la détention, le chantage, la destruction de leur personnalité grâce à la fuite d'informations ou encore en les détruisant financièrement, émotionnellement ou en leur infligeant des dommages sévères au niveau médical.

26. **Disparaissez**. Si vous êtes le détenteur clé de secrets ou si vous êtes beaucoup trop sous pression et que vous sentez que cela commence à être dangereux, quittez les lieux.

Manipuler les forums sur Internet

Il existe plusieurs techniques dédiées au contrôle et à la manipulation d'un forum sur internet, peu importe le contenu ou les personnes qui sont dessus. Nous allons voir chaque technique et démontrer qu'un nombre minimum d'étapes suffit pour prendre efficacement le contrôle d'un forum dont on n'est pas modérateur.

Glissement

Si un post très sensible de nature critique a été posté sur le forum, il peut être rapidement supprimé grâce au " forum sliding. " Dans cette technique, un nombre de posts (ou "sujets" en français) sans rapport sont discrètement positionnés sur le forum et " vieillissent ". Chacun de ces posts sans rapport peut être appelé pour lancer un " forum slide " (glissement de forum).

A noter que sous Facebook, l'utilisation de grosses images de chatons, de multiples remerciements, de liens vers des vidéos sans valeurs, permettent de rendre inaccessibles les commentaires intéressants.

On peut aussi sous Facebook faire remonter les vieilles publis en postant dans des anciennes sans importance, afin que la publi gênante disparaisse au fond de la liste.

Deuxièmement, cette technique a besoin de faux comptes. Ils sont nécessaires pour permettre dissimuler au public la manipulation. Pour déclencher un " forum slide " et " purger " les posts critiques, il suffit de se connecter sur chaque vrai ou faux compte et de répondre aux vieux sujets avec un message de 1 ou 2 lignes. Grâce à cela, ces vieux topics sont propulsés au sommet de la liste des topics, et les topics sensibles glissent vers les autres pages, hors de la vue du public. Bien qu'il soit difficile, voire impossible, de censurer le post sensible, il est maintenant perdu dans une mare de posts inutiles et sans rapports. De ce fait, il devient efficace et pratique de faire lire au public des posts sans rapport et non-problématiques.

Casser le consensus

Une deuxième technique efficace est le " consensus cracking. " Pour réussir à briser un consensus (quand la majorité est d'accord sur une chose), la technique suivante est utilisée. Grâce à un faux compte, un message est posté. Ce message semble légitime et censé – mais le point sensible c'est que ce post possède une HYPOTHÈSE TRÈS FRAGILE sans preuve pour appuyer ce qui est écrit. Une fois cela fait et grâce à d'autres faux comptes, une réponse en votre faveur est doucement introduite. Il est IMPÉRATIF que les deux partis soient représentés, afin que le lecteur non informé ne puisse pas déterminer quel parti détient la vérité. Au fur et à mesure des posts et des réponses, la "preuve" forte ou désinformation est doucement établie en votre faveur. Ainsi, le lecteur non informé va probablement prendre la même position que vous et, si leur position est contre vous, leur opposition à vos messages va probablement être laissée aux oubliettes. Cependant, dans certains cas où les membres du forum sont hautement éduqués et peuvent contrer votre désinformation avec des faits réels et des liens vers des sites, vous pouvez " avorter " le cassage de consensus en démarrant un " Glissement dans le forum ".

Dilution du sujet

La dilution de topic n'est pas seulement efficace lors d'un glissement de forum, elle est également très utile pour garder l'attention des lecteurs sur des problèmes sans rapport et non productifs. Il s'agit d'une technique critique et très utile pour causer une " CONSOMMATION DE RESSOURCE. " En implémentant un flux continu de posts sans rapport pour distraire et perturber (trolling), les lecteurs du forum voient leur productivité stoppée. Si l'intensité de la dilution graduelle est assez forte, les lecteurs vont arrêter de rechercher et vont simplement passer en " mode commérage. " Dans ce mode, ils peuvent plus simplement être éloignés des faits vers des conjectures et opinions profanes. Moins ils sont informés, plus il est facile et efficace de contrôler le groupe entier dans la direction que vous souhaitez. Il faut noter qu'une étude des capacités psychologies et des niveaux d'éducation doit être effectuée pour déterminer à quel niveau il faut " pousser le bouchon ". En allant trop rapidement trop loin hors sujet, cela peut déclencher une censure de la part d'un modérateur du forum.

Collecte d'information

La collecte d'information est très efficace pour déterminer le niveau psychologique des membres du forum et pour rassembler tous les renseignements qui peuvent être utilisés contre eux. Dans cette technique, un sujet "je te montre le mien, montre-moi le tien " est posté dans un environnement positif. Grâce au nombre de réponses fournies, il est possible de compiler plus d'informations statistiques. Par exemple, on peut poster " votre arme préférée " et encourager les autres membres du forum à montrer ce qu'ils possèdent. De cette façon, il est possible de déterminer par pourcentage inversé, quelle proportion du forum possède une arme à feu ou une arme détenue de manière illégale. Cette même méthode peut être utilisée en postant en tant que membre un sujet comme " Quelle est votre technique préférée pour… " Grâce aux réponses, les diverses méthodes utilisées par le groupe peuvent être étudiées et d'autres méthodes mises au point pour les arrêter.

Trolling énervé

Statistiquement, il y a toujours un pourcentage de membres du forum plus enclins à la violence, gérant mal ses émotions. Dans le but de déterminer qui sont ces gens, il est nécessaire de poster une image sur le forum qui va délibérément inciter à une forte réaction psychologique. Grâce à cela, le plus violent du groupe peut être efficacement tracé grâce à son IP. Pour accomplir cela, il suffit simplement de poster un lien vers une vidéo d'un officier de police en train d'abuser de son pouvoir envers un individu innocent. Statistiquement, sur le million de policiers en

Amérique, il y en a toujours un ou deux pris en flagrant délit d'abus de pouvoir et leurs activités peuvent ensuite être utilisées dans l'objectif de rassembler des renseignements - sans avoir besoin de " simuler " une fausse vidéo. Cette méthode est extrêmement efficace et, plus la vidéo est violente, plus la méthode est efficace. Il est parfois utile de " influencer " le forum en répondant à vos propres posts avec des intentions violentes et en déclarant que vous vous " moquez de ce que les autorités pensent !! " En faisant cela et en ne montrant aucune crainte, les autres membres du forum, plus discrets et non violents, peuvent révéler leurs vraies intentions. Cela peut ensuite être utilisé devant le tribunal lors d'une poursuite judiciaire.

Acquérir le contrôle total

Il est important de bien insister et de continuellement manœuvrer pour obtenir un poste de modérateur sur le forum. Une fois cette position obtenue, le forum peut être efficacement et discrètement contrôlé en supprimant les posts non favorables – et on peut éventuellement guider le forum vers un échec total et provoquer un manque d'intérêt de la part du public. Il s'agit de la " victoire ultime " car le forum n'est plus intéressant aux yeux du public et n'est plus utile pour maintenir leurs libertés. En fonction du niveau de contrôle que vous possédez, vous pouvez délibérément mener le forum vers la défaite en censurant les posts, en supprimant les membres, en floodant ou en mettant accidentellement le forum hors ligne. Grâce à cette méthode, le forum peut être rapidement tué. Cependant, il n'est pas toujours forcément intéressant de tuer un forum, car il peut être converti en une sorte de " pot de miel " pour centraliser et mal orienter les nouveaux et donc les utiliser pour vos besoins, sous votre contrôle.

Conclusion

Ces techniques ne sont efficaces que si les participants du forum NE LES CONNAISSENT PAS. Une fois qu'ils ont été mis au courant, l'opération peut complètement échouer et le forum va devenir incontrôlable. À ce moment, d'autres alternatives doivent être considérées, comme initier un faux problème juridique pour simplement faire fermer le forum et le mettre hors ligne. Cela n'est pas désirable, car cela empêche les agences du maintien de l'ordre de surveiller le pourcentage de la population qui s'oppose toujours au contrôle. Bien d'autres techniques peuvent être utilisées et développées et, au fur et à mesure que vous développez de nouvelles techniques d'infiltration et de contrôle, il est impératif de les partager avec le QG.

Comment repérer un infiltré

Pourquoi infiltrer un mouvement ?

COINTELPRO est toujours en opération de nos jours sous un nom de code différent.

Le but du programme de contre-espionnage du FBI : exposer, déranger, dévier, discréditer et neutraliser les individus que le FBI considère comme étant opposés aux intérêts nationaux (ou des élites dirigeantes, c'est la même chose). La " sécurité nationale " concerne la sécurité mise en place par le FBI pour empêcher les gens d'être mis au courant des choses vicieuses réalisées par celui-ci, en violation avec les libertés civiles du peuple.

Une façon de neutraliser de potentiels activistes est de leur donner l'opportunité d'appartenir à un groupe qui ne fait que des mauvaises choses. Pourquoi ?

1. Le message ne sort pas
2. Beaucoup de temps est gaspillé
3. L'activiste est frustré et découragé
4. Rien de bon n'est accompli

Le FBI et les informateurs et infiltrés de la police vont envahir n'importe quel groupe et établiront des organisations activistes bidons. Leur objectif est d'empêcher l'éclosion de vrais mouvements pour la justice ou l'éco-paix dans ce pays. Les agents viennent en petits, moyens ou grands groupes. Ils peuvent venir de différents milieux ethniques. Il peut s'agir d'hommes ou de femmes.

La taille du groupe ou du mouvement infiltré n'est pas importante. Le potentiel d'expansion du mouvement attire les espions et les saboteurs. Ce carnet liste les techniques utilisées par les agents pour ralentir les choses, faire rater les opérations, détruire le mouvement et surveiller les activistes.

Le travail de l'agent est d'empêcher l'activiste de quitter un tel groupe afin de le garder sous son contrôle.

L'infiltré va dire à l'activiste : " Tu divises le mouvement. "

Phrase prononcée durant certaines situations pour pendre le contrôle.

[Ici, j'ai inclus les raisons psychologiques qui font que cette manœuvre fonctionne pour contrôler les gens]

Cela fait naître un sentiment de culpabilité. Beaucoup de gens peuvent être contrôlés par la culpabilité. Les agents établissent des relations avec les activistes derrière un déguisement bien conçu de " dévouement à la cause ". À cause de leur dévouement souvent proclamé (et leurs actions faites pour le prouver), lorsqu'ils critiquent les activistes, il ou elle - étant vraiment dédié au mouvement – est convaincu que tous les problèmes sont de LEUR faute. Cela s'explique par le fait qu'une personne vraiment dévouée tend à croire que tout le monde a une conscience et que personne ne dissimulerait ni ne mentirait comme ça " en le faisant exprès . " Il est incroyable de voir à quel point les agents peuvent aller loin dans la manipulation d'un activiste, car l'activiste va constamment chercher des excuses en faveur de l'agent qui s'est régulièrement déclaré fidèle à la cause. Même s'ils, occasionnellement, suspectent l'agent, ils vont se mettre des œillères en rationalisant " ils ont fait ça inconsciemment…ils ne l'ont pas vraiment fait exprès…je peux les aider en les pardonnant et en acceptant " etc.

L'infiltré va dire à l'activiste : " Tu es un meneur ! "

Cela permet à l'activiste d'améliorer sa confiance en lui. Son admiration narcissique de ses propres intentions altruistes/activistes vont augmenter tant qu'il ou elle admirera consciemment les déclarations altruistes de l'agent, qui sont délibérément conçues pour refléter celles de l'activiste.

Il s'agit de " fausse identification malveillante ". C'est le processus grâce auquel l'agent va consciemment imiter ou simuler un certain comportement pour encourager l'activiste à s'identifier à lui, augmentant ainsi la vulnérabilité de l'activiste par rapport à l'exploitation. L'agent va simuler les plus subtils concepts de soi de l'activiste.

Les activistes et ceux qui ont des principes altruistes sont plus vulnérables à la fausse identification malveillante, surtout durant le travail avec l'agent, lorsque les interactions incluent des problèmes liés à leurs compétences, autonomie ou connaissances.

Le but de l'agent est d'augmenter l'empathie générale de l'activiste envers l'agent à travers un processus de fausse identification avec les concepts de soi relatifs à l'activiste.

L'exemple le plus commun de ce processus est l'agent qui va complimenter l'activiste pour ses compétences, ses connaissances ou sa valeur pour le mouvement. À un niveau plus subtil, l'agent va simuler les particularités et les manières de l'activiste. Cela va permettre de promouvoir l'identification via mimétisme et les sentiments de " gémellité " (jumeaux). Il n'est pas inconnu pour un activiste, amoureux de l'aide perçue et des compétences d'un bon agent, de se retrouver à prendre en considération des violations éthiques et, même, un comportement illégal, au service de leur agent.

Le " sentiment de perfection " [concept de soi] est amélioré et un lien puissant d'empathie est tissé avec l'agent à travers ses imitations et simulations du propre investissement narcissique de la victime. [Concept de soi] Il s'agit là, si l'activiste le sait, au fond de lui, de leur propre dévouement à la cause, il va projeter cela sur l'agent qui le leur " reflète ".

Les activistes vont être leurrés en pensant que l'agent partage ses sentiments d'identification et ses liens. Dans la configuration d'un mouvement social/activiste, les rôles de confrontations joués par les activistes vis-à-vis de la société/du gouvernement, encouragent les processus continus de séparation intrapsychique afin que les " alliances de gémellité " entre l'activiste et l'agent puissent rendre des secteurs entiers ou la perception de la réalité indisponible à l'activiste. Littéralement, ils " perdent contact avec la réalité. "

Les activistes qui renient leurs propres investissements narcissiques [n'ont pas une très bonne idée de leurs propres concepts de soi et qu'ils SONT les concepts] et qui se perçoivent eux-mêmes consciemment comme des " aides " doté d'un certain altruisme sont extrêmement vulnérables aux simulations affectives (émotionnelles) de l'agent entraîné.

L'empathie est encouragée par l'activiste à travers l'expression d'affections visibles. La présence de pleurs, de tristesse, de désir, de remords, de culpabilité peut déclencher chez l'activiste orienté vers l'aide un fort sens de la compassion, tout en améliorant inconsciemment l'investissement narcissique de l'activiste en lui-même.

Les expressions de telles affections simulées peuvent être assez irrésistibles pour l'observateur et difficile à distinguer d'une profonde émotion.

Cela peut généralement être identifié par deux évènements : Tout d'abord, l'activiste qui a analysé ses propres racines narcissiques et est au courant de son propre potentiel pour devenir " émotionnellement accro " va être capable de rester tranquille et insensible à de telles effusions émotionnelles de la part de l'agent.

En conclusion de cette attitude tranquille et insensible, le second évènement va se produire : l'agent va réagir bien trop vite à une telle expression affective, laissant à l'activiste l'impression que " le jeu est terminé, le rideau est tombé " et l'imposture, pour le moment, a pris fin. L'agent va ensuite rapidement s'occuper d'une prochaine victime/d'un prochain activiste.

Le fait est que le mouvement n'a pas besoin de meneur, il a besoin de BOUGEURS (gens qui se bougent pour faire les choses). " Suivre le meneur " est une perte de temps.

Un bon agent va vouloir rencontrer sa victime le plus souvent possible. Il ou elle va beaucoup parler pour ne rien dire. Certains peuvent s'attendre à un assaut de longues discussions irrésolues.

L'infiltré est insistant, arrogant ou défensif :

1. Perturber l'agenda
2. Mettre la discussion de côté
3. Interrompe de manière répétitive
4. Feindre l'ignorance
5. Lancer une accusation infondée contre une personne.

Traiter quelqu'un de raciste, par exemple. Cette tactique est utilisée pour discréditer quelqu'un aux yeux des autres membres du groupe.

Les saboteurs

Certains saboteurs prétendent être des activistes. Elles ou ils vont…

1. Écrire des dépliants encyclopédiques (actuellement, des sites web)
2. Imprimer les dépliants seulement en anglais
3. Faire des manifestations dans des endroits qui n'intéressent personne
4. Solliciter un soutien financier de la part de personnes riches au lieu d'un soutien des gens de la classe moyenne

5. Afficher des pancartes avec beaucoup trop de mots déroutants
6. Embrouiller les problèmes
7. Faire les mauvaises demandes
8. Compromettre l'objectif
9. Avoir des discussions sans fin qui font perdre du temps à tout le monde. L'agent peut accompagner ces discussions sans fin de boissons, de consommation de stupéfiants ou d'autres distractions pour ralentir le travail de l'activiste.

Provocateurs

1. Veulent établir des " meneurs " pour les mettre en place lors d'une chute dans le but de stopper le mouvement
2. Suggèrent de faire des choses stupides, des choses illégales pour amener des problèmes aux activistes
3. Encouragent le militantisme
4. Vouloir railler l'autorité
5. Tenter de compromettre les valeurs des activistes
6. Tenter d'instiguer la violence. L'activisme veut toujours être non-violent.
7. Tenter de provoquer une révolte parmi les gens mal préparés à gérer la réaction des autorités.

Informateurs

1. Veut que tout le monde s'inscrive partout
2. Pose beaucoup de questions (collecte d'informations)
3. Veut savoir à quels évènements l'activiste prévoit d'assister
4. Essaye de faire en sorte que l'activiste se défende lui-même pour identifier ses croyances, buts et son niveau de dévouement.

Recrutement

Les activistes légitimes ne soumettent pas les gens à des heures de dialogue persuasif. Leurs actions, croyances et buts parlent pour eux.

Les groupes qui recrutent SONT des missionnaires, militaires ou faux partis politiques ou mouvements créés par des agents.

Surveillance

Supposez TOUJOURS que vous êtes sous surveillance. À ce moment, si vous n'êtes PAS sous surveillance, vous n'êtes pas un très bon activiste !

Tactiques d'intimidations

De telles tactiques incluent la diffamation, la calomnie, les menaces, devenir proche d'activistes mécontents ou concernés un minimum par la cause pour les persuader (via des tactiques psychologies décrites ci-dessus) de se tourner contre le mouvement et de donner de faux témoignages contre leurs anciens collègues. Ils vont planter des substances illégales chez les activistes et monter une arrestation ; ils vont semer de fausses informations et monter une " révélation ", ils vont envoyer des lettres incriminantes [emails] au nom de l'activiste ; et bien plus ; ils feront tout ce que la société permettra.

Remplacement

Si un agent est " exposé ", il ou elle sera tôt ou tard transféré(e) ou remplacé(e).

Les 8 traits d'un désinformateur

1. **L'évitement**. Ils ne parlent jamais des problèmes de manière directe ni n'argumentent de manière constructive. Ils évitent généralement les citations ou les références. À la place, ils insinuent tout et son contraire. Virtuellement, tout à propos de leur présentation insinue que l'autorité et les experts en la matière ne possèdent aucune crédibilité.
2. **Sélectivité**. Ils tendent à choisir les adversaires prudemment, soit en appliquant l'approche " frappe et cours " contre de simples commentateurs supportant leurs adversaires ou en se concentrant plus fortement sur les opposants clés qui sont connus pour aborder directement les problèmes. Si un commentateur devient trop discutailleur sans aucun succès, la focalisation va changer pour également inclure le commentateur.
3. **Coïncidence**. Ils ont tendance à apparaître subitement sur un sujet controversé avec pourtant aucun passé de participant sur une discussion générale dans l'arène publique concernée. Ils ont, de même, tendance à disparaître une fois que le sujet n'est plus intéressant pour la masse. Ils étaient sûrement censés être ici pour une raison, et ont disparu avec cette raison.
4. **Travail d'équipe**. Ils ont tendance à opérer en groupes auto-satisfaits et complémentaires (sur internet une personne seule avec plusieurs faux comptes donne l'illusion d'un groupe). Bien sûr, cela peut arriver naturellement sur n'importe quel forum public, mais il y aura sûrement une lignée d'échanges fréquents de cette sorte, là où les professionnels sont impliqués. Des fois, l'un des participants va infiltrer le camp opposé pour devenir une source pour un argument épouvantail ou d'autres techniques conçues pour diminuer la force de frappe de l'adversaire.
5. **Anti-conspirateur**. Ils expriment presque toujours un certain mépris envers les " théoriciens de la conspiration ". Demandez-vous pourquoi, s'ils possèdent un tel mépris pour les théoriciens de la conspiration, est-ce qu'ils se concentrent sur la défense d'un seul sujet discuté sur un newgroup abordant les conspirations ? Certains peuvent penser qu'ils sont là pour essayer de faire passer tout le monde pour des fous sur chaque sujet ou pour tout simplement ignorer le groupe pour lequel ils expriment un tel mépris. Ou, certains peuvent plus justement conclure qu'ils possèdent une raison cachée pour que leurs actions disparaissent de leur chemin.
6. **Émotions artificielles**. Un genre étrange de sentimentalisme " artificiel " et une peau inhabituellement dure – une capacité à persévérer et à persister même face à un flot accablant de critiques et d'intolérances. Cette technique provient d'un entraînement des services de renseignement qui, peu importe à quel point la preuve est accablante, réfute tout et qui empêche d'être émotionnellement réactif ou impliqué. Pour un expert de la désinformation, les émotions peuvent sembler artificielles.

La plupart des personnes, si elles répondent avec colère, par exemple, vont exprimer leur animosité à travers leur rejet. Mais les professionnels de la désinformation vont généralement avoir des problèmes pour maintenir " leur image " et sont d'humeur changeante à l'égard de prétendues émotions et de leur style de communication plus calme et impassible. C'est juste un métier et ils semblent souvent incapables de " jouer leur rôle ". Vous pouvez piquer une colère absolue à un moment, exprimer un désintérêt ensuite et encore plus de colère plus tard – un yo-yo émotionnel.

En ce qui concerne le fait d'avoir la peau dure, aucune quantité de critiques ne va les dissuader de faire leur travail et ils vont généralement continuer leurs vieilles techniques sans aucun ajustement aux critiques sur la mise au jour de leur petit jeu – alors qu'un individu plus rationnel va vraiment s'inquiéter de ce que les autres peuvent penser et va chercher à améliorer son style de communication ou tout simplement abandonner.

7. **Incohérent**. Ils ont aussi une tendance à faire des erreurs qui trahit leurs vraies motivations. Cela peut éventuellement venir du fait qu'ils ne connaissent pas vraiment leur sujet ou qu'ils soient un petit peu " freudien ". J'ai noté que, souvent, ils vont simplement citer des informations contradictoires qui vont se neutraliser elles-mêmes. Par exemple, un petit joueur déclarait être un pilote de l'armée de l'air, mais avait un style d'écriture très pauvre (orthographe, grammaire, style incohérent). Il ne devait pas avoir fait d'études supérieures. Je ne connais pas beaucoup de pilotes de l'armée de l'air qui n'ont pas un diplôme universitaire. Un autre a notamment déclaré ne rien savoir d'un certain sujet, mais s'est prétendu, par la suite, expert en la matière.

8. **Constante de temps**. On a récemment découvert, en ce qui concerne les Newsgroups, le facteur temps de réponse. Il y a trois façons de le voir fonctionner, surtout lorsque le gouvernement ou une autre personne avec un certain pouvoir est impliqué dans une opération de dissimulation.

   - N'importe quel post sur un NG (Newsgroups) posté par un partisan de la vérité ciblé peut résulter en une réponse immédiate. Le gouvernement et les autres personnes habilitées peuvent se permettre de payer des gens pour s'asseoir devant et trouver une opportunité d'occasionner des dégâts. PUISQUE LA DÉSINFORMATION DANS UN NG NE MARCHE QUE SI LE LECTEUR LA VOIT – UNE RÉPONSE RAPIDE EST NÉCESSAIRE, ou le visiteur peut être aiguillé vers la vérité.
   - Lorsque l'on a affaire à un désinformateur d'une manière plus directe, par email par exemple, LE DÉLAI EST NÉCESSAIRE – il y aura généralement un minimum de 48-72h de délai. Cela permet à une équipe de se concerter sur la réponse stratégique à adopter pour un meilleur effet et même " d'obtenir une permission " ou une instruction d'une voie hiérarchique.
   - Dans l'exemple des NG 1) ci-dessus, on aura ÉGALEMENT souvent le cas où de plus gros moyens sont mis en place après le délai de 48-72h. Cela est surtout vrai lorsque le chercheur de vérité et ses commentaires sont considérés comme plus importants et potentiellement révélateurs de la vérité. Ainsi, un révélateur de vérité sera attaqué deux fois pour le même péché.

Fin de la partie à reprendre

Manipulation des masses

10 règles de base

1. La stratégie de diversion (focaliser l'attention du public avec un 'buzz' pour faire passer des mesures honteuses)
2. La stratégie "problème-solution" (créer un problème de toutes pièces pour que le peuple réclame lui même la mesure préalablement prévue)
3. La stratégie de la dégradation (créer des situations inacceptables progressivement, par étapes: chômage, précarité, flexibilité, délocalisations, destruction des acquis sociaux...)
4. La stratégie du différé (annoncer à l'avance une mesure difficile, mais soit disant nécessaire, pour que le peuple se prépare à l'idée et accepte la mesure à échéance)
5. S'adresser au public comme à des enfants (infantiliser le peuple, pour qu'il accepte sans broncher, comme quand il était enfant...)
6. Faire appel à l'émotion plutôt qu'à la raison, créer des chocs émotionnels pour court-circuiter l'analyse rationnelle (conscient) et ouvrir l'accès à l'inconscient des individus
7. Maintenir dans l'ignorance et la bêtise
8. Encourager le public à se complaire dans la médiocrité (à trouver "cool" le fait d'être bête, vulgaire et inculte)
9. Remplacer la révolte par la culpabilité (les humains sont responsables de leur malheur). Un individu dépressif perd toute capacité de révolte...
10. Connaître les individus mieux qu'ils ne se connaissent eux-même (progrès fulgurants de la psychologie appliquée, de la neurobiologie,... Le système en est arrivé à mieux connaître l'individu moyen qu'il ne se connaît lui-même, ce qui lui permet de le contrôler complètement)

Le 4e singe

Tradition asiatique

Les singes de la sagesse sont 3 singes, dont chacun se couvre une partie différente du visage avec les mains : le premier les yeux, le deuxième la bouche et le troisième les oreilles. Ils forment une sorte de maxime picturale : « Ne pas voir le Mal, ne pas entendre le Mal, ne pas dire le Mal ». À celui qui suit cette maxime, il n'arriverait que du bien.

Aussi appelés l'aveugle, le sourd, et le muet.

4e singe de confucius

Le 4e singe se cache le sexe, afin de ne pas faire le mal, voir de ne rien faire du tout (ou ne pas perdre de temps avec de mauvaises pensées).

4e singe endormi (aveugle-sourd-muet)

Le 4e singe peut être vu comme la somme des 3 singes, celui qui se cache tous les récepteurs du visage, l'archétype de l'endormi de base de la civilisation occidentale, entrant en déni, ou tournant le regard, dès lors que ça bouscule ses croyances limitées.

Ce 4e singe endormi peut être parfaitement représenté par un singe absorbé dans la contemplation de son smartphone, coupé de tout lien avec son environnement.

Un comportement patiemment induit dans l'inconscient depuis l'enfance, avec les contes qui apprennent à l'enfant à ne pas être trop curieux, sous peine de sanctions graves, ou encore comme dans la bible, a obéir aveuglément à son dieu sans chercher à comprendre. Ou directement les 3 singes asiatiques, qui apprennent l'esclave à se taire, à ne pas regarder ses maîtres, à ne pas écouter aux portes, à ne se préoccuper que de sa vie, pas de celle des autres.

4e singe réveillé

Ce 4e singe peut aussi être l'exact inverse, c'est à dire le singe qui a libéré ses mains pour lire et raconter aux autres ce qu'il apprend.

Propagande de guerre

1. Cacher les intérêts réels
2. Cacher l'histoire
3. Diaboliser l'adversaire
4. Se présenter comme défendant les victimes
5. Monopoliser le débat et empêcher les opinions adverses

La télévision

Formidable outil de formatage (la vibration de l'écran, conservée même avec l'éclairage à LED moderne), permet d'hypnotiser le conscient et de bourrer dans votre inconscient tous les comportements instinctifs qu'ils voudront vous voir adopter par la suite (manger en marchant, boire un coca en lisant, etc.).

Ils ont prévu tous les arguments pour que les télévores puissent s'auto-persuader de continuer à regarder la télé :

"Je regarde la télé pour me détendre, pour décompresser"

"à la télé, il y a aussi des programmes instructifs, culturels"

"permet de savoir ce qui se passe dans le monde"

"je mets la télé en bruit de fond, comme une présence"

"la pub, moi, ça ne m'atteint pas, je suis pas influencé"

"Quand je regarde un programme débile, je sais que c'est con, c'est juste pour regarder à quel point c'est bête"

Société secrète pluridisciplinaire

La société française "le siècle" : Tous les derniers mercredis du mois, les élites se regroupent lors d'un dîner secret. Les journalistes les plus influents dînent avec les élites française, des grands patrons, des hommes politiques, les plus hauts gradés militaires.

4 points que l'on reproche à ce club: la connivence, la prise de décisions, le secret (rien ne doit sortir du club) et l'entre-soi (aucun étranger au club n'est admis).

Censure de la liberté d'expression

Auparavant, l'édition (livres ou journaux) étant réservée à une petite élite, rien ne pouvait filtrer.

Sur internet c'est la même chose, tout site ou publication peut être supprimée à tout moment par les privés qui gèrent internet.

Manipulation de l'individu

Manipulations du conscient

Les médias et leurs commanditaires (les élites par exemple) sont très au fait des méthodes de manipulation de l'esprit, que ce soit pour du marketing, influencer les votes ou imprimer des comportements sociaux.

Ces méthodes agissent sur les personnes qui ont une âme immature et n'ont aucun effet sur les personnes avec de "vieilles" âmes qui ont de la bouteille, car ces méthodes de suggestion sont liées au cerveau mais pas à "l'esprit".

Manipulation de l'inconscient / âme

Inconscient collectif culturel

Notre âme est notre conscient à un niveau, mais elle est aussi manipulable que le conscient. Ce formatage, plus profond, survit d'incarnation en incarnation et est très difficile à déformater, car il fait parti de nous et nous avons du mal à détecter les travers qui nous ont été inculqués.

Notre société a une sorte d'inconscient collectif culturel qui fait qu'elle utilise toujours la même symbolique. La Bible a un impact gigantesque sur notre système de symbolique, comme la numérologie nous le démontre tous les jours. C'est l'inconscient collectif qui compte, c'est à dire l'éducation et le langage commun de base que nous partageons (et qui peut être complètement différent dans des civilisations humaines indépendantes de la notre).

Les artistes

Les artistes sont souvent très guidés par leur inconscient dans leurs processus créatifs, et, avec ou sans leur volonté, par leur propre éducation, culture, religion ou opinions.

La culture américaine par exemple, même chez les athées convaincus, est obsédée par des schémas récurrents qui ont des origines bibliques comme la résurrection des morts (les zombies et autres virus qui rendent fous), le diable (qu'un être surnaturel est là pour nous pousser au crime, que tout ce qui est entrepris pour nous nuire ou nous remettre en question est le fait du démon qui réside dans notre voisin ou l'homosexuel du coin), la possession (que ce soit par un alien qui pousse dans votre ventre ou un virus qui vous transforme en monstre) le péché, la fièvre de l'or, la damnation (que nous sommes jugé sur notre naissance et que nous sommes des bandits parce que nous avons été rejetés par Dieu), la luxure (toujours présente même dans les films / comédies sentimentales), la figure messianique (les super héros) etc... cela correspond à au moins 80% de la production hollywoodienne.

La musique

La Musique est un piège pervers car les rythmes et les mélodies ont une capacité très efficace de modifier la perception de notre environnement en nous dictant nos émotions. Le cerveau fait le lien entre l'auditif et "l'ambiance" générale: "les oiseaux chantent, c'est le printemps" pour résumer l'idée. La Musique agit donc comme une sorte de psychotrope qui vous change la façon dont vous percevez le monde, soit en positif (et cela est utilisé à fond dans les publicités, les films et dans les grands magasins), soit en négatif (pour démontrer la culpabilité d'une personne, qu'une situation est angoissante ou interdite, que le fait divers est plus ou moins grave).

Il existe des expériences intéressantes à réaliser chez soi, comme regarder la publicité sans le son (c'est même très drôle tellement c'est ridicule et gros comme une maison), ou passer des musiques décalées sur des images qui ne correspondent pas aux émotions véhiculées par le son. Passez une scène où un lion dévore sauvagement une gazelle après une course poursuite dans la savane sur une musique de Benny Hill, ou un enfant en train de jouer tranquillement dans un arc avec une musique terriblement angoissante. La plupart des gens vont trouver le premier cas ridicule et vont même sourire, alors que dans le second ils angoisseront parce qu'ils penseront que l'enfant va forcément se faire attaquer. Une même scène objective peut être complètement manipulée par la bande son, et c'est très grave, puisque que c'est couramment utilisé pour pousser les gens dans des opinions pré-décidées (en politique etc...). On peut très bien faire passer quelqu'un pour un idiot ou pour un sage, simplement avec une bonne prise de vue et une bande son adéquate.

Il y a un immense danger de manipulation médiatique qui passe par le son bien plus que par l'image, parce qu'avec les mêmes images, on peut faire ressentir une chose ou complètement son opposé à un public. L'ufologie en a subi les plus grands frais, car il est trop facile de décrédibiliser les témoins et les images avec simplement une musique bizarre de petits hommes verts ou de soucoupes volante. Nous sommes tous des chiens de Pavlov quand nous regardons des images et encore plus quand nous écoutons des sons, parce que notre cerveau a appris a être critique sur le visuel mais pas du tout sur l'auditif.

Manipulation lors de débats : dialectique éristique

C'est la dialectique éristique (l'art d'avoir raison, même quand on a tort).

Toute mauvaise foi détectée dans un débat devrait normalement voir exclu immédiatement celui qui le pratique, car ça indique qu'il est de mauvaise foi, ne cherche pas à faire avancer les choses, ou encore n'a pas assez réfléchi à la théorie qu'il veut soutenir, et fait perdre son temps au autres.

Comment gagner un débat quand on a tort, et ridiculiser l'adversaire qui a raison : "L'Art d'avoir raison" de Schopenhauer.

Schopenhauer, en 1864, donne des méthodes pour se débarrasser et ridiculiser ses opposants en public. "L'Art d'avoir raison" est un guide de combat rhétorique, qui ne recule devant rien : ni la mauvaise foi, ni les vices de la raison. L'exemple à ne pas suivre. Nous donnerons bien évidemment les contre-attaques à ces techniques de manipulation, aux stratagèmes malhonnêtes, le but étant de déceler les malversations de l'adversaire, non de l'utiliser pour fausser le débat à son avantage.

A noter que quelques-unes des techniques les plus connues ont déjà été vues dans les règles de manipulation des peuples, tout se rejoint dans l'art de tromper son monde... Et ces malversations ne sont possibles que parce que les gens à convaincre ne connaissent pas ces malversations.

Raccourcir, résumer et mieux expliquer le texte ci-dessous

Dans les exemples qui suivent, A à raison, se fait réfuter de mauvaise foi par B, et A contre-attaque.

1. **L'exagération** : Exagérer les propos de son adversaires, lui donner un sens le plus général possible, les vôtres paraîtront alors plus raisonnables. Plus un argument est généralisé, plus il est facile de trouver un point où l'attaquer. Ex : A : Nationaliser les banques permet de relancer l'économie, regardez les nazis en 1933 B: oui mais ça conduit à des millions de morts. A : les camps de concentration n'ont rien à voir avec la relance de l'économie.
2. **L'Homonymie** : Manipuler le sens des propos de votre adversaire (utiliser le deuxième sens possible).
   Ex : Collabo = personne collaborant avec les nazis, mais par extension, toute personne collaborant avec le pouvoir dans le but de dominer le peuple (qui est le sens premier du nom, indépendamment d'une époque particulière et des conditions particulières de la France entre 1940 et 1944). A : Les journalistes sont des collabos du système. B : Comment osez-vous comparer avec les heures sombres de notre histoire ? A : Vous collaborez à un régime fasciste (privant le citoyen de ses droits individuels), vous travestissez la vérité, comme le faisaient les journalistes collabo français avec les nazis, même s'il est vrai que la gravité des exactions de l'époque est bien plus grave que celles d'aujourd'hui.
   Ex2 : A : Netanyahu est un nazi. B: comment osez-vous ! A : Comme les nazis, il s'agit d'une faction au pouvoir dont le but est de se débarrasser physiquement d'une partie de son peuple, de nettoyage ethnique. Je parle du but recherché par le parti, pas de son nom qui en effet est différent. même s'il est vrai que pour l'instant Netanyahu se contente de placer les palestiniens dans des camps ou des ghettos, comme Hitler en 1941, et que la gravité des massacres est sans commune mesure.
   A noter que en comparant avec des nazis, A utilise le théorème 3 (généralisation), jouant sur l'association dans les esprits et augmentant la gravité de son argumentation, mais ce n'est pas volontaire, car la langue française vulgaire n'a pas d'autres mots pour désigner les collabos ou les partis de génocide et de haine de l'autre. C'est pourquoi il est bien que A ai relativisé la définition qu'il donne au sens du mot, restaurant la vérité, et désactivant lui-même le stratagème 3.
3. **La Généralisation** : Généraliser un argument particulier et attaquer ensuite cette idée.
   Ex : A : la coopération entre les hommes permet d'apporter le développement humain. B : le communisme ? Regardez les millions de morts que ça a entraîné, et la misère sociale des années 1990. A : Staline était un dictateur, qu'il se dise communiste ne veut pas dire qu'il l'était. Le communisme au sens Marx n'est pas la seule façon de coopérer entre les hommes. Et la pauvreté des années 1990 était justement due à l'arrivée du capitalisme...
4. **la Parcimonie / cacher son jeu** : Masquer ses conclusions jusqu'à la fin. Si l'adversaire voit où vous voulez en venir, il pourra plus facilement réfuter vos arguments en disant qu'ils ne sont pas valables dans le sens qu'on veut leur donner au final.
5. **Faux arguments** : L'utilisation des croyances de votre adversaire contre lui, même si l'on sait que ces croyances sont fausses ou imprécises.

Dans ce cas, on peut "prouver", avec de faux arguments, une vérité, mais évidemment aussi un mensonge.
Ex1 : A veut prouver un mensonge. A : Une épée suffit à tuer une Autruche B : elle te voit arriver elle va s'enfuir. A : non, elle met la tête dans un trou, il suffit de trancher.
Ex2 : A prouve une vérité avec de faux arguments.

6. **Postuler ce qui n'a pas été prouvé.** La déformation des paroles de votre adversaire ou de ce qu'il cherche à prouver. Similaire à 1 et 2. On fait une petitio principii en postulant ce qui n'a pas été prouvé, soit :
   - en utilisant un autre nom, par exemple « bonne réputation » au lieu de « honneur », « vertu » au lieu de « virginité », etc. ou en utilisant des mots intervertibles comme « animaux à sang rouge » au lieu de « vertébrés » ;
   - en faisant une affirmation générale couvrant ce dont il est question dans le débat : par exemple maintenir l'incertitude de la médecine en postulant l'incertitude de toute la connaissance humaine ;
   - ou vice-versa, si deux choses découlent l'une de l'autre, et que l'une reste à prouver, on peut postuler l'autre ;
   - si une proposition générale reste à prouver, on peut amener l'adversaire à admettre chaque point particulier. Ceci est l'inverse du deuxième cas.

7. **Le questionnement à outrance de votre adversaire**, permettant de le déstabiliser. L'idée est de poser beaucoup de questions à large portée en même temps, pour cacher ce que l'on désire faire admettre (stratagème 4). On soumet ensuite rapidement l'argument découlant de ces admissions : ceux qui ne sont pas vif d'esprit ne pourront pas suivre avec précision le débat et ne remarqueront pas les erreurs ou oublis de la démonstration.

8. **Fâcher l'adversaire.** Faire en sorte que votre adversaire soit en colère (une personne en colère est moins à même d'utiliser son jugement, et se discrédite auprès des auditeurs)

9. **Poser les questions dans un autre ordre.** La manipulation des réponses de votre adversaire, pour parvenir à des conclusions différentes, voire opposés. Posez vos questions dans un ordre différent de celui duquel la conclusion dépend, et transposez-les de façon à ce que l'adversaire ne devine pas votre objectif. Il ne pourra alors pas prendre de précautions et vous pourrez utiliser ses réponses pour arriver à des conclusions différentes, voire opposées. Ceci est apparenté au stratagème 4 : cacher son jeu.

10. **Crier victoire même quand vos arguments sont vaincus.** Si vous vous rendez compte que votre adversaire répond par la négative à une question à laquelle vous avez besoin qu'il réponde par la positive dans votre argumentation, interrogez-le sur l'opposé de votre thèse, comme si c'était cela que vous vouliez lui faire approuver, ou donnez-lui le choix de choisir entre les deux afin qu'il ne sache pas à laquelle des deux propositions vous voulez qu'il adhère.

11. **Généraliser ce qui porte sur des cas précis.** En fin de débat, résumer vos conclusions en les posant comme des faits établis. Faites une induction et arrangez vous pour que votre adversaire concède des cas particuliers qui en découlent, sans lui dire la vérité générale que vous voulez lui faire admettre. Introduisez plus tard cette vérité comme un fait admis, et, sur le moment, il aura l'impression de l'avoir admise lui-même, et les auditeurs auront également cette impression car ils se souviendront des nombreuses questions sur les cas particuliers que vous aurez posées.

12. **L'utilisation de métaphores qui vous sont favorables.** Une métaphore qui ressemble de loin au sujet, mais qui ne se comporte pas pareil, n'a pas les mêmes contraintes, et ne réagira pas comme celui à qui vous le comparez, mais réagira comme vous voulez le montrer.
Par exemple, les mots "serviles" et "libérales" utilisés pour désigner les partis politiques espagnols furent manifestement choisis par ces derniers.
Le terme "protestant" fut choisi par les protestants, ainsi que le terme "évangéliste" par les évangélistes, mais les catholiques les appellent des hérétiques.
On peut agir de même pour les termes ayant des définitions plus précises, par exemple, si votre adversaire propose une altération, vous l'appellerez une « innovation » car ce terme est péjoratif. Si vous êtes celui qui fait une proposition, ce sera l'inverse. Dans le premier cas, vous vous référerez à votre adversaire

comme étant « l'ordre établi », dans le second cas, comme « préjugé désuet ». Ce qu'une personne impartiale appellerait « culte » ou « pratique de la religion » serait désigné par un partisan comme « piété » ou « bénédiction divine » et par un adversaire comme « bigoterie » ou « superstition ». Au final, il s'agit là d'un petitio principii : ce qui n'a pas été démontré est utilisé comme postulat pour en tirer un jugement. Là où une personne parle de « mise en détention provisoire », une autre parlera de « mettre sous les verrous ». Un interlocuteur trahira ainsi souvent ses positions par les termes qu'il emploie. De tous les stratagèmes, celui-ci est le plus couramment utilisé et est utilisé d'instinct. L'un parlera de « prêtres » là où un autre parlera de « ratichons ». Zèle religieux = fanatisme, indiscrétion ou galanterie = adultère, équivoque = salace, embarras = banqueroute, « par l'influence et les connexions » = « par les pots-de-vin et le népotisme », etc.

13. **Faire rejeter l'antithèse**. Utiliser une contre-proposition absurde à l'argument de votre adversaire et l'assimiler à celle-là. Pour que notre adversaire accepte une proposition, il faut également lui fournir la contre-proposition et lui donner le choix entre les deux, en accentuant tellement le contraste que, pour éviter une position paradoxale, il se ralliera à notre proposition qui est celle qui paraît le plus probable.
Par exemple, si vous voulez lui faire admettre qu'un garçon doit faire tout ce que son père lui dit de faire, posez lui la question : « Faut-il en toutes choses obéir ou bien désobéir à ses parents ? » De même, si l'on dit d'une chose qu'elle se déroule « souvent », demandez si par « souvent » il faut comprendre peu ou beaucoup de cas et il vous dira « beaucoup ». C'est comme si l'on plaçait du gris à côté du noir et qu'on l'appelait blanc, ou à côté du blanc et qu'on l'appelait noir.
Se rejette facilement de l'adversaire qui prend la voie du milieu, et annonce qu'il rejette les extrême ou le tout et le rien, et qu'il y a plein de choix judicieux entre les 2 positions.

14. **Clamer victoire malgré la défaite**. Essayez de bluffer votre adversaire, en avançant vos conclusions même si il refuse vos prémisses. Si votre adversaire est timide ou stupide, et si vous vous posséder beaucoup d'impudence et une bonne voix, la technique peut réussir.
Lorsque votre adversaire aura répondu à plusieurs questions, sans qu'aucune des réponses ne se soient montrées favorables quant à la conclusion que vous défendez, présentez quand même votre conclusion triomphalement comme si votre adversaire l'avait prouvée pour vous. Si votre adversaire est timide, ou stupide, et que vous vous montrez suffisamment audacieux et parlez suffisamment fort, cette astuce pourrait facilement réussir.

15. **Éluder une proposition trop difficile à prouver**. Utiliser des arguments absurdes. Si nous avons avancé une proposition paradoxale et que nous avons du mal à la prouver, nous pouvons proposer à notre adversaire une proposition qui paraît correcte mais dont la vérité n'est pas tout à fait palpable à première vue, comme si nous désirions nous servir de cette proposition comme preuve. Si l'adversaire rejette cette proposition par méfiance, nous proclamerons triomphalement l'avoir mené ad absurdum. Si en revanche il accepte la proposition, cela montre que nous étions raisonnablement dans le vrai et pouvons continuer dans cette voie. Nous pouvons aussi avoir recours au stratagème précédent et déclarer notre position paradoxale démontrée par la proposition qu'il a admise. Cela demande une impudence extrême mais de tels cas arrivent et il est des personnes qui procèdent ainsi d'instinct.

16. **Argument ad hominem**. Pointer des soi-disant paradoxes ou contradictions dans la pensée de votre adversaire. Attaquer l'adversaire sur sa personne, non sur les arguments qu'il avance. lorsque notre adversaire fait une proposition, il faut vérifier si celle-ci ne serait pas inconsistante – même si ce n'est qu'une apparence – avec d'autres propositions qu'il a faites ou admises, ou avec les principes de l'école ou de la secte à laquelle il appartient, ou avec les actions des membres de son culte, au pire avec ceux qui donnent l'impression d'avoir les mêmes opinions, même si c'est infondé. Par exemple, s'il défend le suicide, on peut lui répondre : « Alors pourquoi ne te pends-tu pas ? » Ou encore, s'il soutient qu'il ne fait pas bon vivre à Berlin, on peut rétorquer : « Pourquoi ne prends-tu pas le

17. **Ambiguïser tous les propos de votre adversaire**. Se défendre en coupant les cheveux en quatre. Par exemple, s'il parle de Dieu, parlez de « religion ».
18. **La négation de la défaite**. Si l'argument de votre adversaire est victorieux, ne le laissez pas conclure. Si l'adversaire nous repousse en présentant des preuves contraires, il est souvent possible de se sauver en établissant une fine distinction à laquelle nous n'avions pas pensé auparavant. Ceci s'applique dans le cas de double sens ou double cas.
19. **Généraliser plutôt que de débattre de détails**. Si votre adversaire pointe une faiblesse dans vos arguments, parlez de fiabilité de la connaissance humaine, par exemple, ou en tout cas d'un point incontestable. Si l'adversaire nous défie expressément de mettre à mal un point particulier de son argumentation mais que nous ne voyons pas grand-chose à y redire, nous devons tenter de généraliser le sujet puis de l'attaquer là dessus. Si on nous demande d'expliquer pourquoi on ne peut pas faire confiance à une certaine hypothèse physique, nous pouvons invoquer la faillibilité de la connaissance humaine en citant plusieurs exemples.
20. **Piéger votre adversaire en le faisant admettre vos conclusions s'il reconnaît un seul de vos arguments**.
21. **Répondre au mensonge par le mensonge**. Lorsque l'adversaire use d'un argument superficiel ou sophistique, et que nous voyons à travers, il est certes possible de le réfuter en exposant son caractère superficiel, mais il est préférable d'utiliser un contre argument tout aussi superficiel et sophistique. En effet, ce n'est pas de la vérité dont nous nous préoccupons mais de la victoire. S'il utilise par exemple un argumentum ad hominem il suffit d'y répondre par un contre argumentum ad hominem (ex concessis). Il est en général plus court de procéder ainsi que de s'établir la vérité par une longue argumentation. Ce qui s'énonce sans preuve se dénonce sans preuve.
22. **Mettez en doute tout propos de votre adversaire**. Si notre adversaire veut que nous admettions quelque chose à partir duquel le point problématique du débat s'ensuit, il faut refuser en déclarant que l'adversaire fait un petitio principii. L'auditoire identifiera immédiatement tout argument similaire comme tel et privera l'adversaire de son meilleur argument.
23. **Étendre et exagérer les propos de votre adversaire**. Forcer l'adversaire à l'exagération. La contradiction et la dispute incitent l'homme à l'exagération. Nous pouvons ainsi par la provocation inciter l'adversaire à aller au-delà des limites de son argumentation pour le réfuter et donner l'impression que nous avons réfuté l'argumentation elle même. De même, il faut faire attention à ne pas exagérer ses propres arguments sous l'effet de la contradiction. L'adversaire cherchera souvent lui-même à exagérer nos arguments au-delà de leurs limites et il faut l'arrêter immédiatement pour le ramener dans les limites établies : « Voilà ce que j'ai dit, et rien de plus. »
24. **Tirer de fausses conclusions**. Il s'agit de prendre une proposition de l'adversaire et d'en déformer l'esprit pour en tirer de fausses propositions, absurdes et dangereuses que sa proposition initiale n'incluait pas : cela donne l'impression que sa proposition a donné naissance à d'autres qui sont incompatibles entre elles ou défient une vérité acceptée. Il s'agit d'une réfutation indirecte.

Ces fausses conclusions sont faciles à éliminer : comme il n'y a pas de liens directs entre les arguments, on peut inverser la phrase et elle est tout aussi. Par exemple, quand un médecin à la télé dit "ceux qui sont contre les vaccins, c'est bien car c'est la liberté d'expression : même les cons peuvent dire quelque chose", sa proposition peut lui être retourner sans devoir prouver ce que lui n'a pas prouvé non plus : "ceux qui sont pour les vaccins, c'est bien car c'est la liberté d'expression : même les cons peuvent dire quelque chose". Idem avec "Mettre en doute le vaccin c'est comme nier les chambres à gaz", une phrase aussi vraie que "mettre en doute la dangerosité des vaccins c'est comme nier les chambres à gaz". Quand il n'y a pas de lien logique, on mets les opérandes et les opérateurs dans l'ordre qu'on veut...

25. **Contrer les généralisations de votre opposant**. Trouver une exception. Par exemple, la phrase : « Tous les ruminants ont des cornes » est réfutée par la seule instance du chameau. L'instance s'applique là où une vérité fondamentale cherche à être mise en application, mais que quelque chose est inséré dans la définition qui ne la rend pas universellement vraie. Il est cependant possible de se tromper et avant d'utiliser des instances, il faut vérifier :

- si l'exemple est vrai, car il y a des cas dans lesquels l'unique exemple n'est pas vrai, comme dans le cas de miracles, d'histoires de fantômes, etc. ;
- si l'exemple entre dans le domaine de conception de la vérité qui est établi par la proposition, car ça pourrait n'être qu'apparent, et le sujet est de nature à être réglé par des distinctions précises ;
- si l'exemple est réellement inconsistant avec la proposition, car là encore, ce n'est souvent qu'apparent.

26. **Retourner les arguments de votre adversaire contre lui-même**. Un coup brillant est le retorsio argumenti par lequel on retourne l'argument d'un adversaire contre lui. Si par exemple, celui-ci dit : « Ce n'est qu'un enfant, il faut être indulgent. » le retorsio serait : « C'est justement parce que c'est un enfant qu'il faut le punir, ou il gardera de mauvaises habitudes. »

27. **En cas de colère de votre adversaire, exacerbez-la**. La colère apparaît à l'auditoire comme une faiblesse. Si l'adversaire se met particulièrement en colère lorsqu'on utilise un certain argument, il faut l'utiliser avec d'autant plus de zèle : non seulement parce qu'il est bon de le mettre en colère, mais parce qu'on peut présumer avoir mis le doigt sur le point faible de son argumentation et qu'il est d'autant plus exposé que maintenant qu'il s'est trahi.

28. **Convaincre le public et non l'adversaire**. Rendre inaudible l'adversaire. Lorsque le public est composé d'individus profanes sur le sujet en débat, lui demander une explication sur un sujet long et technique, afin de le faire paraître compliqué et ennuyeux aux yeux du public.
Il s'agit du genre de stratégie que l'on peut utiliser lors d'une discussion entre érudits en présence d'un public non instruit. Si vous n'avez pas d'argumentum ad rem, ni même d'ad hominem, vous pouvez en faire un ad auditores, c.-à-d. une objection invalide, mais invalide seulement pour un expert. Votre adversaire aura beau être un expert, ceux qui composent le public n'en sont pas, et à leurs yeux, vous l'aurez battu, surtout si votre objection le place sous un jour ridicule. : les gens sont prêts à rire et vous avez les rires à vos côtés. Montrer que votre objection est invalide nécessitera une explication longue faisant référence à des branches de la science dont vous débattez et le public n'est pas spécialement disposé à l'écouter.
Exemple : l'adversaire dit que lors de la formation des chaînes de montagnes, le granit et les autres éléments qui les composent étaient, en raison de leur très haute température, dans un état fluide ou en fusion et que la température devait atteindre les 250°C et que lorsque la masse s'est formée, elle fut recouverte par la mer. Nous répondons par un argumentum ad auditores qu'à cette température-là, et même bien avant, vers 100°C, la mer se serait mise à bouillir et se serait évaporée. L'auditoire éclate de rire. Pour réfuter notre objection, notre adversaire devrait montrer que le point d'ébullition ne dépend pas seulement de la température mais aussi de la pression, et que dès que la moitié de l'eau de mer se serait évaporée, la pression aurait suffisamment augmenté pour que le reste reste à l'état liquide à 250°C. Il ne peut donner cette explication, car pour faire cette démonstration il lui faudrait donner un cours à un auditoire qui n'a pas de connaissances en physique.

29. **La diversion, le déni**. Si vous voyez que vous êtes battu, créer une diversion : commencer un autre sujet.
Lorsque l'on se rend compte que l'on va être battu, on peut faire une diversion, c.-à-d. commencer à parler de quelque chose de complètement différent, comme si ça avait un rapport avec le débat et consistait un argument contre votre adversaire. Cela peut être fait innocemment si cette diversion avait un lien avec le thema quæstionis, mais dans le cas où il n'y a pas, c'est une stratégie effrontée pour attaquer votre adversaire.
Par exemple, j'ai vanté le système chinois où la transmission des charges ne se faisait pas entre

nobles par hérédité, mais après un examen. Mon adversaire avait soutenu que le droit de naissance (qu'il tenait en haute opinion) plus que la capacité d'apprentissage rendait les gens capable d'occuper un poste. Nous avons débattu et il s'est trouvé dans une situation difficile. Il a fait diversion et déclaré que les Chinois de tout rang étaient punis par la bastonnade, et a fusionné ce fait avec leur habitude de boire du thé afin de s'en servir comme point de départ pour critiquer les Chinois. Le suivre dans cette voie aurait été se dépouiller d'une victoire déjà acquise.

La diversion est un stratagème particulièrement effronté lorsqu'il consiste à complètement abandonner le quæstionis pour soulever une objection du type : « Oui, et comme vous le souteniez jusqu'ici, etc. » car le débat devient alors personnel, ce qui sera le dernier stratagème dont nous parlerons. Autrement dit, on se trouve à mi-chemin entre l'argumentum ad personam dont nous discutons ici et l'argumentum ad hominem.

Ce stratagème est inné et peut souvent se voir lors de disputes entre tout un chacun. Si l'une des parties fait un reproche personnel contre l'autre, cette dernière, au lieu de la réfuter, l'admet et reproche à son adversaire autre chose. C'est ce genre de stratagème qu'utilisa Scipion lorsqu'il attaqua les Cartaginois, non pas en Italie, mais en Afrique. À la guerre, ce genre de diversion peut être approprié sur le moment. Mais lors des débats, ce sont de pauvres expédients car le reproche demeure et ceux qui ont écouté le débat ne retiennent que le pire des deux camps. Ce stratagème ne devrait être utilisé que faute de mieux

30. **Utiliser des arguments d'autorité.** Celui-ci consiste à faire appel à une autorité plutôt qu'à la raison, et d'utiliser une autorité appropriée aux connaissances de l'adversaire. il est donc facile de débattre lorsqu'on a une autorité à ses côtés que notre adversaire respecte.

Si les capacités et connaissances de l'adversaire sont d'un haut niveau, il y aura peu, voire pratiquement pas d'autorités susceptibles de l'impressionner. Peut-être reconnaîtra t-il l'autorité d'un professionnel versé dans une science, un art ou artisanat dont il ne connaît peu ou rien, mais il aura plus tendance à ne pas leur faire confiance.

Par contre, plus les capacités et connaissances de l'adversaire sont limitées, et plus le nombre d'autorités qui font impression sur lui est grand.

Les personnes ordinaires ont un profond respect pour les professionnels de tout bord. Ils ne se rendent pas compte que quelqu'un fait carrière non pas par amour pour son sujet, mais pour l'argent qu'il se fait dessus, et qu'il est donc rare que celui qui enseigne un sujet le connaisse sur le bout des doigts, car le temps nécessaire pour l'étudier ne laisserait souvent que peu de place pour l'enseigner.

Si nous ne trouvons pas d'autorité appropriée, nous pouvons en utiliser une qui le paraît. nous pouvons reprendre ce qu'à dit une autorité hors contexte. On peut aussi si nécessaire non seulement déformer les paroles de l'autorité, mais carrément la falsifier ou leur faire dire quelque chose de votre invention (l'adversaire n'a pas forcément le livre à la main ou ne peut pas en faire usage).

Les autorités que l'adversaire ne comprend pas sont généralement celles qui ont le plus d'impact. Les illettrés ont un certain respect pour les phrases grecques ou latines, ou utilisant du jargon scientifique (s'il y a trop de mots incompréhensibles dans une phrase, l'ignare n'ose plus demandé et absorbe tout sans réfléchir). La phrase en latin, ou les arguments techniques, peuvent très bien être inventés et ne rien vouloir dire.

Un préjugé universel, une idée fausse mais couramment admise, peut également servir comme autorité, même s'il est faux, du moment que tout le monde le répète sans réfléchir. Se démonte en rappelant que les erreurs du passé, admises de tous, peuvent évoluer, comme la croyance en la Terre plate. Ou qu'une vérité pour un peuple n'est pas la même chez d'autres peuples et cultures, et que seule l'examen fait foi.

Attention aux personnes ordinaires capables de défendre des préjugés faux avec une ferveur et une intolérance immenses. Ce que l'on déteste dans les personnes qui pensent différemment n'est pas leurs opinions, mais leur présomption de vouloir formuler leur propre jugement, ce dont les vulgaires se rendent compte qu'ils n'en sont pas capables. Pour résumer, peu de personnes savent réfléchir, mais tout le monde veut avoir une opinion et que reste-t-il sinon prendre celle des autres plutôt que de se forger la sienne (ce qui peut être fatigant et long) ? C'est comme un fait historique rapporté par des centaines d'historiens, qui se seraient plagié les uns les autres : au final, on ne remonte qu'à un seul individu.

Et pourtant, on peut utiliser l'opinion générale dans un débat avec des personnes ordinaires. On peut se rendre compte que lorsque deux personnes débattent, c'est le genre d'arme que tous deux vont utiliser à outrance. Si quelqu'un de plus intelligent doit avoir affaire à eux, il lui est recommandé de condescendre à user de cette arme confortable et d'utiliser des autorités qui feront forte impression sur le point faible de son adversaire. Car contre cette arme, la raison est impuissante face à quelqu'un incapable de juger par lui-même.

Devant un tribunal, on ne débat qu'avec des autorités, celles de la loi, dont le jugement consiste à trouver quelle loi ou quelle autorité s'applique à l'affaire dont il est question. Il y a pourtant tout à fait place à user de la dialectique, car si l'affaire et la loi ne s'ajustent pas complètement, on peut les tordre jusqu'à ce qu'elles le paraissent, et vice versa.

31. **Feindre l'incompréhension**. Si on se retrouve dans une situation où on ne sait pas quoi rétorquer aux arguments de l'adversaire, on peut par une fine ironie, se déclarer incapable de porter un jugement : « Ce que vous me dites dépasse mes faibles capacités d'entendement : ça peut très bien être correct, mais je ne comprends pas suffisamment et je m'abstiendrai donc de donner un avis. » En procédant ainsi, on insinue auprès de l'auditoire – auprès duquel votre réputation est établie – que votre adversaire dit des bêtises. Ainsi, lorsque la Critique de la raison pure de Kant commença à faire du bruit, de nombreux professeurs de l'ancienne école éclectique déclarèrent : « nous n'y comprenons rien. » croyant que cela résoudrait l'affaire. Mais lorsque les adhérents de la nouvelle école leur prouvèrent avoir raison, ceux qui déclarèrent ne rien y avoir compris en furent pour leurs frais. On aura besoin d'avoir recours à cette tactique uniquement lorsqu'on est certain que l'audience est plus inclinée en notre faveur qu'envers l'adversaire. Un professeur pourrait par exemple s'en servir contre un élève. À proprement parler, ce stratagème appartient au stratagème précédent où l'on fait usage de sa propre autorité au lieu de chercher à raisonner, et d'une façon particulièrement malicieuse. La contre-attaque est de dire : « Toutes mes excuses, mais avec votre intelligence pénétrante il doit vous être particulièrement aisé de pouvoir comprendre n'importe quoi, et c'est donc ma pauvre argumentation qui est en défaut. » et de continuer à lui graisser la patte jusqu'à ce qu'il nous comprenne nolens volens qu'il nous apparaît clair qu'il n'avait vraiment compris. Ainsi pare-t-on cette attaque : si l'adversaire insinue que nous disons des bêtises, nous insinuons qu'il est un imbécile, le tout dans la politesse la plus exquise.

32. **Pratiquer l'outrance / l'association dégradante** : associer l'argument de votre opposant à une catégorie odieuse, par exemple l'obscurantisme ou le fascisme.

Lorsque l'on est confronté à une assertion de l'adversaire, il y a une façon de l'écarter rapidement, ou du moins de jeter l'opprobre dessus en la plaçant dans une catégorie péjorative, même si l'association n'est qu'apparente ou très ténue.

Par exemple que c'est du nazisme, de l'idéalisme, du mysticisme, etc. Nous acceptons du coup deux choses :

- que l'assertion en question est apparentée ou contenue dans la catégorie citée : « Oh, j'ai déjà entendu ça ! » ;
- que le système auquel on se réfère a déjà été complètement réfuté et ne contient pas un seul mot de vrai.

33. **Dissocier théorie et pratique** (En théorie oui, en pratique non). Réfuter l'applicabilité des arguments de votre adversaire et les renvoyer à des chimères théoriques.

34. **Accentuer la pression**. Postuler l'incompétence de votre adversaire en posant une question et en ne le laissant pas répondre. Ou alors, lorsque vous soulevez un point ou posez une question à laquelle l'adversaire ne donne pas de réponse directe, mais l'évite par une autre question, une réponse indirecte ou quelque chose qui n'a rien à voir, et de façon générale cherche à détourner le sujet, c'est un signe certain que vous avez touché un point faible, parfois sans même le savoir, et que vous l'avez en somme réduit au silence. Vous devez donc appuyer davantage sur ce point et ne pas

laisser votre adversaire l'éviter, même si vous ne savez pas où réside exactement la faille.

35. **Jeter la suspicion sur votre adversaire en lui prêtant des motifs inavouables**. Dès que ce stratagème peut être utilisé, tous les autres perdent leur utilité : au lieu de tenter d'argumenter avec l'intellect de l'adversaire, nous pouvons appeler à ses intentions et ses motifs, et si lui et l'auditoire ont les mêmes intérêts, ils se rallieront à notre opinion, quand bien même elle fut empruntée à un asile d'aliénés, car de manière générale, un poids d'intention pèse plus que cent de raison et d'intelligence. Ceci n'est bien entendu vrai que dans certaines circonstances. Si on arrive à faire sentir à l'adversaire que son opinion si elle s'avérait vraie porterait un préjudice notable à ses intérêts, il la laisserait tomber comme une barre de fer chauffée prise par inadvertance.

Par exemple, un prêtre défend un certain dogme philosophique. Si on lui signifie que celui-ci est en contradiction avec une des doctrines fondamentales de son Église, il l'abandonnera.

Ex2 : si l'auditoire appartient à la même secte, guilde, industrie, club, etc. que nous, et pas notre adversaire : sa thèse ne devient plus correcte dès lors qu'elle porte atteinte aux intérêts communs de ladite guilde (par exemple, à un agriculteur défendant les machines à vapeur dans les champs, lui dire que ces machines vont porter atteinte à son élevage de chevaux de trait). Les auditeurs trouveront les arguments de notre adversaire faibles et abominables, peu importe leur qualité, tandis que les nôtres seront jugés corrects et appropriés même s'il ne s'agissait que de vagues conjectures. L'auditoire sera d'accord avec nous uniquement par pure conviction, car ce qui apparaîtra comme étant désavantageux pour nous leur paraîtra intellectuellement absurde. Ce stratagème pourrait s'appeler « toucher l'arbre par la racine » et porte le nom plus courant d'argumentum ab utili.

36. **Utiliser les failles personnelles de l'adversaire**. Nous pouvons stupéfier l'adversaire en utilisant des paroles insensées. S'il est secrètement conscient de sa propre faiblesse et est habitué à entendre de nombreuses choses qu'il ne comprend pas mais fait semblant de les avoir comprises, on peut aisément l'impressionner en sortant des tirades à la formulation érudites, mais ne voulant rien dire du tout, ce qui le prive de l'ouïe, de la vue et de la pensée, ce sous-entend qu'il s'agit d'une preuve indiscutable de la véracité de notre thèse.

37. **Une fausse démonstration signe la défaite**. Lorsque l'adversaire a raison, mais a, par bonheur, utilisé une fausse démonstration, nous pouvons facilement la réfuter et déclamer ensuite avoir réfuté en même temps toute la théorie. Ce stratagème devrait être l'un des premiers à être exposés car il est, somme toute, un argumentum ad hominem présenté comme un argumentum ad rem. Si lui ou l'auditoire n'a plus aucune démonstration valable à soumettre, nous avons alors triomphé. Par exemple, lorsque quelqu'un avance l'argument ontologique pour prouver l'existence de Dieu alors que cet argument est facilement réfutable. C'est ainsi que les mauvais arguments perdent des bonnes affaires, en tentant de les soutenir par des autorités qui ne sont pas appropriées ou lorsque aucune ne leur vient à l'esprit.

38. Ultime stratagème : **ad hominem** (attaquer l'adversaire plutôt que ses arguments). Faire glisser les arguments sur un terrain personnel et devenir grossier, voire insultant. Lorsque l'on se rend compte que l'adversaire nous est supérieur et nous ôte toute raison, il faut alors devenir personnel, insultant, malpoli. Cela consiste à passer du sujet de la dispute (que l'on a perdue), au débateur lui-même en attaquant sa personne : on pourrait appeler ça un argumentum ad personam pour le distinguer de l'argumentum ad hominem, ce dernier passant de la discussion objective du sujet à l'attaque de l'adversaire en le confrontant à ses admissions ou à ses paroles par rapport à ce sujet. En devenant personnel, on abandonne le sujet lui-même pour attaquer la personne elle-même : on devient insultant, malveillant, injurieux, vulgaire. C'est un appel des forces de l'intelligence dirigée à celles du corps, ou à l'animalisme. C'est une stratégie très appréciée car tout le monde peut l'appliquer, et elle est donc particulièrement utilisée. On peut maintenant se demander quelle est la contre-attaque, car si on a recours à la même stratégie, on risque une bataille, un duel, voire un procès pour diffamation.

Ce serait une erreur que de croire qu'il suffit de ne pas devenir personnel soi-même. Car montrer calmement à quelqu'un qu'il a tort et que ce qu'il dit et pense est incorrect, processus qui se retrouve dans chaque victoire dialectique, nous l'aigrissons encore plus que si nous avions utilisé une expression malpolie ou insultante. Pour l'homme, rien n'est plus grand que de satisfaire sa vanité, et aucune blessure n'est plus douloureuse que celle qui y est infligée. (De là viennent des expressions comme « l'honneur est plus cher que la vie », etc.) La satisfaction de cette vanité se développe principalement en se comparant aux autres sous tous aspects, mais essentiellement en comparant la puissance des intellects. La manière la plus effective et la plus puissante de se satisfaire se trouve dans les débats. D'où l'aigreur de celui qui est battu et son recours à l'arme ultime, ce dernier stratagème : on ne peut y échapper par la simple courtoisie. Garder son sang-froid peut cependant être salutaire : dès que l'adversaire passe aux attaques personnelles, on répond calmement qu'elles n'ont rien à voir avec l'objet du débat, on y ramène immédiatement la conversation, et on continue de lui montrer à quel point il a tort, sans tenir compte de ses insultes. Mais ce genre de comportement n'est pas donné à tout le monde.

Savoir expliquer des choses compliquées avec des termes simples est la meilleure preuve d'intelligence qu'un individu puisse fournir. Regardez comment Einstein a expliqué la relativité par exemple.

Le seul comportement sûr est donc celui que mentionne Aristote dans le dernier chapitre de son Topica : de ne pas débattre avec la première personne que l'on rencontre, mais seulement avec des connaissances que vous savez posséder suffisamment d'intelligence pour ne pas se déshonorer en disant des absurdités, qui appellent à la raison et pas à une autorité, qui écoutent la raison et s'y plient, et enfin qui écoutent la vérité, reconnaissent avoir tort, même de la bouche d'un adversaire, et suffisamment justes pour supporter avoir eu tort si la vérité était dans l'autre camp. De là, sur cent personnes, à peine une mérite que l'on débatte avec elle. On peut laisser le reste parler autant qu'ils veulent car « la paix vaut encore mieux que la vérité », et de ce proverbe arabe :

« Sur l'arbre du silence pendent les fruits de la paix. »

Le débat peut cependant souvent être mutuellement avantageux lorsqu'il est utilisé pour s'aiguiser l'esprit et corriger ses propres pensées pour éveiller de nouveaux points de vue. Mais les adversaires doivent alors être de force égales que ce soit en niveau d'éducation ou de force mentale : si l'un manque d'éducation, il ne comprendra pas ce que lui dit l'autre et ne sera pas au même niveau. S'il manque de force mentale, il s'aigrira et aura recours à des stratagèmes malhonnêtes, ou se montrera malpoli.

Surveiller les comportements aberrants

Beaucoup de nos dominants semblent avoir des comportements aberrants. Comme un labo qui refuse de révéler que son médicament l'Ivermectine est efficace contre le COVID-19, des milliardaires qui après avoir passé leur vie à amasser des fortunes, annoncent soudain qu'ils vont en donner la moitié, des politiques qui prennent des lois allant à l'encontre de ceux qu'ils sont censés défendre, etc.

Un comportement qui peut paraître incompréhensible et décalé de l'extérieur, ne l'est pas du tout si on connaît les véritables motivations qui sont derrière. Un labo n'aurait rien à faire de perdre de l'argent ou de tuer sa poule aux oeufs d'or (en massacrant ses clients par empoisonnement) s'il sait qu'à terme la poule ne va de toute façon plus pondre.

Si tu vois ton voisin qui fait la fête tous les soirs, vend sa maison et sa voiture à perte, et qu'il dit ses quatre vérités à tous ceux qu'il aimait pas, notamment son patron, ça te parait dingue. Ce que tu ne sais peut être pas, c'est que ce Monsieur a gagné à la loterie et que dans 2 jours il va aller habiter dans un palace et y aller en bentley. Ou peut être a-t-il un cancer foudroyant qui lui laisse 2 semaines à vivre.

Ben c'est pareil pour les labos : peut être n'en ont t il rien à foutre de se saborder tout seul car il savent peut être aussi que dans quelques temps, leur labo n'existera plus, d'une manière ou d'une autre. C'est un peu comme tous ces gouvernements qui en ont pas grand chose à faire de se sur endetter... comme s'ils savaient que de toute façon, ils n'auraient jamais à rembourser ces milliards d'euros ou de dollars.

Bons comportements

A l'inverse des manipulations vues ci-dessous (comportements à exclure), voyons maintenant les bons comportements à adopter.

Mettre par exemple l'article de Harmo "comment bien dé-battre".

Religion

Société idéale

Survol

La société doit avoir à coeur l'intérêt de tous. Ce n'est pas une société utopique, c'est la seule société que l'homme a eu pendant des millions d'années, avant que les sumériens du Proche-Orient n'envahissent la France il y a 6 000 ans (néolithique), et n'imposent leur société hiérarchiste patriarcal, où la majorité est esclave d'une minorité, la partie la plus égoïste des humains. Tous ceux qui vous diront le contraire sont des menteurs qui cherchent à vous exploiter. Je décris d'abord la société idéale, puis j'expliquerais ensuite (p.) pourquoi il ne peut y en avoir d'autres.
Les décideurs de cette société idéale deviendront de plus en plus inutiles avec l'évolution de la base. Des décideurs qui ont a coeur le bien des autres, qui n'ont aucun privilèges à être décideur, ne seront pas tentés de garder le pouvoir pour eux.

Société païenne gauloise (spiritualité>sagesse p.)

Ces sociétés de chasseurs-cueilleurs, similaires à ce qu'on retrouve chez celles des Hopis ou partout dans le monde, sont très proches de la société idéale que je vais décrire.

De JC2R : Tous les individus sont libres, chacun est à sa place, et exerce le métier qui lui convient selon sa nature. Et tous, de l'ouvrier aux prêtre et décideurs, mettent tout leur coeur dans ce qu'ils font, sans individualisme ou désir malsain d'enrichissement personnel. Tous participent à faire tourner une société qui s'élèvent entièrement vers le grand tout / la spiritualité. Seule compte la collectivité (au sens noble et transcendant du terme, sans se limiter à une espèce ou une région). Une collectivité qui permet à chaque individu de s'épanouir, car il participe à une oeuvre du grand tout, il s'est incarné pour quelque chose.

Ré-humaniser la société

Texte de Harmo de 2011 :

La ré-humanisation de la société doit remettre en cause des aspects bien plus profonds : il ne suffira pas de réduire les communautés humaines pour changer les travers de la société. Les travers sont d'abord individuels, moraux. C'est le manque de compassion de certains qui a conduit à la maximisation des profits contre l'intérêts de la majorité, c'est à dire que c'est le manque de scrupules de quelques individus qui a conduit la société à sa perte.

On pourra réduire une communauté humaine à 1000 personnes, il en restera toujours qui oeuvreront pour leur propre intérêt et essayeront de se favoriser en trichant, complotant, manipulant. Le problème de base n'est donc pas comment la société est structurée, c'est un problème de fond, de comportements individuels.

En gros, ne prenez que des gens honnêtes et la société telle qu'on la connait devient instantanément parfaite, efficace et juste, qu'elle soit "communiste" ou "capitaliste" : plus de vols, de meurtres ou de comportements illégaux, puisque chacun respecte les lois car il sait qu'elles sont faites pour le bien de tous par des gens honnêtes et altruistes comme lui, il n'y a plus besoin de police, il n'y a plus besoin de contrôles. Les gens ne profitent pas les uns des autres, les prix se régulent tout seuls, personne ne fait de profit au dépend des autres. Personne n'a faim, car personne n'accumule en privant les autres. On respecte la nature parce que les usines s'équipent pour éviter de polluer au lieu de maximiser leur profits à tout prix pour l'ego de quelques patrons ou actionnaires mégalomanes, chacun pensant d'abord à remplir les besoins des autres mais aussi aux générations futures...

La société est mauvaise, parce qu'elle comporte de mauvais individus : il suffit que le bout d'une branche pourrisse pour que tout l'arbre en souffre, comme une gangrène. Après on peut faire autant de lois qu'on veut, elles seront de plus en plus dures mais les mauvais trouveront toujours un moyen de les contourner... jusqu'à finir à l'extrême de faire les lois eux mêmes pour mieux les contourner. A la base, il y a une question de moralité des gens, et donc cela remet en question nos croyances mêmes. Il faut une société basée sur l'éthique et non sur des lois contournables et jamais suffisantes.

Nous perdons nos libertés parce que certains en abusent constamment, ce qui pousse à réglementer toujours plus, mais c'est vain, et à l'extrême, la société devient une prison où on ne peut plus rien faire de peur que quelques uns arrivent encore à profiter des autres pour leur propre intérêt.

Il faut voir la société d'un point de vue éthique et non juridique, on ne pourra avoir une société parfaite que si on sépare les bonnes graines des mauvaises. Il faut revoir la société par la base, par les principes religieux et moraux, mais malheureusement, de ce point de vue, on tombe dans un certain nombre de tabous volontairement établis.

Une petite communauté ou chacun trouve sa place suivant les besoin de tous, c'est très tentant.

On est même pas obligé dans de telles communautés de faire une tâche exclusive, on peut très bien faire le pain un jour (si on sait le faire) et cultiver des légumes le jour d'après si il y a besoin de main d'oeuvre... bref chacun travaillant là où il y a un besoin.

Attention aux idées préconçues, volontairement inculquées par d'autres : il y a des choses qui ne sont pas compatibles avec ce type de société, comme par exemple être artiste 100% du temps, ça rime à rien. Si il y a un manque de main d'oeuvre à la production de nourriture, l'artiste restera-t-il à pousser la chansonnette pendant que les autres bossent pour le nourrir ?

Chez les anciens, dans les villages, on poussait la chansonnette, on dansait quand il n'y a avait rien d'autre à faire, tout le monde était artiste à son moment, pas besoin d'être spécialisé. Pourquoi certains seraient il exclusivement artistes alors que d'autres seraient toute leur vie cantonnés à des tâches manuelles de production ? Tout le monde a envie et besoin de s'exprimer par l'art, spécialiser une personne c'est empêcher toutes les autres d'exprimer leur talent.

Il y a des métiers qui sont complètement malvenus dans de petites communautés de partage. Le partage, c'est aussi le partage des tâches et de la pénibilité, mais aussi du droit à s'exprimer par l'art : le réserver à une minorité c'est brider la majorité.

Être artiste est un état d'esprit, un sens du symbole et de l'esthétisme, ça peut très bien s'exprimer dans la façon de faire des habits, des chaussures ou la cuisine, c'est pas un métier.

En ce qui concerne la police, malheureusement on est obligé d'en avoir une si on prend un échantillon de la population telle qu'elle existe aujourd'hui. Ca peut être une police faite par la communauté elle même, mais il en faut une, parce qu'il faut réguler les choses. Si une famille prend trois fois plus de pain que les autres et crée un manque pour d'autres on fait comment ? Si les gens travaillent et se nourrissent gratuitement les uns les autres, il faut bien que ces gens soient suffisamment responsables pour s'auto-réguler, c'est à dire se limiter suivant les besoins et les quantités disponibles. Si Un couple et ses 3 enfants consomont 5 fois ce que les autres familles consomont, ça pause différents souci :

Vu qu'il n'y a pas d'argent, il faut déjà repérer ce comportement déviant : à quel moment y a-t-il surconsommation ? peut être que ces gens ont besoin de plus de nourriture parce qu'ils ont un mauvais système digestif ou une grande corpulence ou que la femme est enceinte... ou les 3 à la fois ? Comment déterminer s'il y a abus ou pas ? Faut-il des contrôles ? De même si une personne ou un groupe de personne s'accaparent du matériel, comme un tracteur et que ce matériel manque à d'autres pour produire de la nourriture, on fait comment ? Comment on va prouver qu'il y a abus, et surtout qui va prendre une sanction ? Avec quelles preuves ?

Dans ce cas là, il faut un tribunal (composés de sages ou d'anciens ou peu importe) On retrouve alors des soucis qui se posent depuis longtemps : comment faire la distinction entre vrai et faux témoignage ? Comment s'assurer de l'intégrité des juges ? Les religions ont essayé de répondre à ce problème en promettant la colère divine et des punitions corporelles aux menteurs, mais malgré cela, ça a jamais empêché les gens de faire de faux témoignages et de faire condamner des innocents. Or ce problème devait être très critiques dans de petits groupes, parce que ces groupes ont aussi peu de moyens d'investigation...

De même, on sait d'expérience que la justice populaire est la plus injuste qui soit, cela parce que les gens ont trop de préjugés, et que les mauvais font toujours courir des bruits sur les innocents pour se couvrir. Mettez un manipulateur au milieu du village et le premier qui a une "sale" tête sera pendu par la populace au gros chêne à la sortie du bourg.

Enfin voila ce que je veux dire c'est que les questions que vous vous posez, elles se sont déjà posées dans la passé, c'est pour cela que les règles, les lois et la police se sont créées au départ, c'est pas pour rendre les gens esclaves mais pour les protéger des faux témoignages, de la calomnie et de la justice populaire facilement manipulable.

Le problème est donc celui-ci : même avec les meilleures intentions du monde, et même sans argent, il y aura toujours des criminels, même sans parler de meurtres : il n'y a pas besoin d'histoire d'argent pour y avoir des vols, par exemple, ou des escrocs, ou des calomniateurs/manipulateurs et de toute façon, des gens qui voudront contrôler les autres, subtilement ou par la force.

Le souci est lié à la nature humaine, ce qui pousse certaines personnes a vouloir plus que les autres, aussi bien que d'autres qui penseront à leur prochain avant eux mêmes. Il y a des comportements différents parce que les travers humains au départ, c'est la jalousie, l'envie et la convoitise etc.

Exemple concret

Une communauté autogérée dans le Sud-Ouest de la France. Sur le papier c'était nickel, chacun travaillant gratuitement pour les autres suivant les tâches à effectuer.

Tout le monde était enthousiaste, se connaissait, avait de belle idée contre le système et l'argent... C'était pas des gens pris au hasard dans la société, **c'était tous des alternatifs convaincus depuis des dizaines d'années**, le projet avait été mûrit pendant tout ce temps, avec soin... tout était prévu, le rôle de chacun selon ses capacités etc...

Mais, concrètement, **la réalité se dévoile au bout de quelques semaines**: pendant que certains s'occupaient à leur tâche normales, d'autres passaient leur temps à discuter de grands idéaux si bien que pour faire vivre l'ensemble, les premiers étaient obligés de faire le travail des seconds pour compenser... certes ils grognaient mais ils le faisaient sinon c'était le projet de leur vie qui sombrait...

Quelques fois, il n'y avait personne pour faire la cuisine quand ceux des champs rentraient exténués... et que les réserves étaient vides parce que ceux qui étaient restés avaient tout pillé...Le linge n'était pas lavé pour retourner bosser le lendemain et aucun coupable à accuser parce qu'on comptait sur le bon vouloir de chacun pour détecter le travail à faire... Il n'y avait plus d'eau pour la douche parce que certains en avait pris 4 dans la journée, etc.

Il y a avait aussi les beaux parleurs qui donnaient des leçon à tout le monde, toujours pressés, qui semblait ne jamais suffire tellement on les demandait à droite à gauche, mais qui au final brassaient du vent et ne réglaient aucun problème... en réalité, ils passaient d'un groupe de dicutions à un autre, et au final, ces grandes gueules devenaient les leaders parce qu'ils se donnaient le costume de chef en faisant les indispensables, mais au fond, ils penchaient toujours pour les beaux parleurs et jamais pour les bons travailleurs...

Au final, les gens honnêtes jettent l'éponges les uns après les autres et les branleurs restaient les derniers à parler d'ascension et de spiritualité jusqu'à ce la communauté se bloque...faute de gens d'action !

En gros, les mêmes travers qui ont menés à la société actuelle se sont présentés et s'il n'y avait pas eu la loi actuelle, peut être que les "mauvais" auraient séquestrés les bons pour continuer à faire fonctionner le système... c'est typiquement ce qui s'est produit au néolithique et qui a débouché sur la société d'aujourd'hui.

J'en reviens donc au même, quelque soit le système, si on met des loups au milieu du troupeau, ça finira de la même façon, peut importe ce que l'on met en place.

La seule solution est de faire un vrai tri du départ, mais cela n'est pas évident du tout, parce qu'il faut fixer des critères de sélection qui sont bien au delà de l'apparence et du beau discours des gens. Si la communauté de mon exemple avait su faire ce tri au delà des belles paroles, les choses auraient fonctionné et se seraient équilibrées toutes seules.

Sans ce tri, il faut reproduire ce que nous n'aimons pas : le contrôle pour éviter les abus, la contrainte pour forcer les resquilleurs à participer aux tâches mêmes ingrates etc... Donc le système et la structure de fonctionnement d'une communauté dépend avant tout de la qualité de ses membres, et non de son efficacité ou les libertés qu'elle propose, du fait qu'on utilise de l'argent ou pas, que l'amour libre soit la règle ou pas, que les ressources soient disponibles pour tous ou pas. Les sociétés en générale ne fonctionnent pas pour des problèmes de fond liés aux individus et non pas parce qu'elles sont mal organisées.

Interactions humaines > Société idéale

Ceux qui en veulent plus que les autres

pour certains individus, il ne faut pas de raisons matérielles pour vouloir profiter du système. Il y a chez certaines personnes de réelles pulsions psychologiques, indépendantes de tout système, et qui les poussent à en vouloir plus, même si on leur donne déjà largement suffisamment. Dans une communauté où tout serait donné gratuitement dans des quantités suffisantes (nourriture etc...), je reste persuadé qu'il restera encore des gens qui voudront davantage.

Premier cas de figure : la préférence effective en cas de disette :

Si le boulanger fabrique ce qu'il faut gratuitement de pain pour toute la communauté, il faut que la récolte soit quand même suffisante, et on est pas à l'abri d'un problème d'approvisionnement (sécheresse, destruction accidentelle de stocks par des insectes etc...). Bref, il y a des aléas naturels qui peuvent créer épisodiquement des manques. Cela peut pousser certains à vouloir faire des stocks pour eux mêmes, afin d'assurer leur survie et celles de leurs proches (enfants par exemple). En cas de pénurie, cette famille/personne augmente ainsi ses chances de survie en cas de famine grave : certes, cette personne pourrait partager sa réserve mais il met du même coup en danger son foyer, et ça n'empêchera pas nécessairement les autres de mourir de faim. On pourrait appeler ce cas de figure de la <u>préférence affective</u>.

C'est un cas théorique, mais c'est dans les moments difficiles, et pas dans l'abondance, que ces comportements se révèlent. Je me pose donc la question de savoir si par amour pour soi/même ou pour ses proches, peut on être tenté, dans une communauté Ramalandienne, de faire des réserves malgré la gratuité de la fourniture d'aliments, quand il y a des risques de famines. Bien sur, ce problème ne se pose pas en cas d'abondance continue, parce que là il n'y a pas d'insécurité alimentaire.

Deuxième cas de figure : la psyché individuelle, la société est-elle coupable de tous les comportements déviants ?

Ma deuxième inquiétude est le besoin de domination : même dans une société gratuite et fournissant tous les besoins nécessaires (alimentaires, toit, etc...), il y a des aspects purement psychologiques individuels, totalement indépendant du matériel, qui peuvent pousser certains à des déviances : là se pose par exemple la question de savoir si le besoin de domination de certains individus sur d'autres est lié au matériel et au système-argent actuel, où si c'est véritablement une pulsion de jouissance propre à l'individu. En gros, il faudrait savoir si les "mauvais comportements" sont uniquement dus aujourd'hui à la société-argent ou si ils sont liés à l'homme tout court, quelque soit le système. C'est une grande question qui repose là sur des croyances personnelles.

Par exemple, moi je crois à la réincarnation, que l'on parcourt différentes vies qui construisent notre personnalité inconsciente (âme, esprit peu importe) en fonction de nos actes passés. Dans ces conditions, chaque individu n'est donc pas neutre à la naissance, le système, qu'il soit fondé sur l'argent ou du type Ramaland ou tout autre, ne fera que donner plus ou moins du grain à moudre aux pulsions inconscientes de l'individu. Pour moi également, nous ne sommes pas tous égaux face à ces pulsions en fonction de nos histoires passées (sans parler de karma, qui est une notion que je ne soutiens pas dans sa forme actuelle), et donc il y a en ce qui me concerne une "donne" de départ à la naissance, qui fera que nous ne réagiront pas aux mêmes évènements de la même manière: d'un individu à un autre, pour les mêmes conditions de vie, il n'y aura pas forcément le même comportement.

En ce qui me concerne, la preuve en est avec les sociopathes : souvent on montre ceux ci ayant vécu des enfances très dures avec des maltraitances sévères et on explique leur comportement déviant et la construction de leur personnalité sur cette base. Or, la grande majorité des personnes ayant vécues des maltraitances équivalentes ne vont pas développer de psychopathie, sont des gens au contraire formidables qui ont appris de ces évènements difficiles pour au contraire sublimer leur compassion envers les autres.

A l'inverse, il existe des gens qui n'ont jamais eu de sévices, ont toujours eu matériellement et psychologiquement un vie correcte, et qui se comportent comme des tyrans, gratuitement, et cela même depuis leur plus jeune âge. Je donnerai l'exemple des enfants tueurs de Liverpool, qui n'avaient aucune raison au départ de massacrer, par plaisir, un jeune enfant en bas age enlevé plus tôt dans un supermarché. Bref, les deux enfants meurtriers n'avaient aucune raison de commettre les atrocités qu'ils ont commis, gratuitement.

La question qu'on peut donc se poser, sur le fond, est la suivante : la société, avec tout ses défauts, est elle responsables de TOUS les comportements criminels (au sens large) ? Parce que si la réponse est non, même avec un Ramaland parfait, une personne peut avoir des raisons de tricher malgré la gratuité et l'abondance, par "plaisir", par "pulsion", ou par "soif de domination". Il y a donc derrière cette interrogation des notions "religieuses" ou "spirituelles" à fouiller.

Troisième interrogation : les tensions inter-religieuses (dogmes contradictoires)

D'ailleurs, à ce propos, que fait on des religions ? Parce que si on a dans la communauté de 1000 personnes des chrétiens, des musulmans des juifs et des bouddhistes, pour ne citer qu'eux, n'y a-t-il pas des risques que ces communautés ne parviennent pas à cohabiter, parce que régler les problèmes d'argent c'est un départ, ça supprime pas les autres soucis que le monde a aujourd'hui, notamment dans le télescopages de gens qui pensent tous avoir raison et que le voisin a forcément tort.

Si certains par exemple vivent en couple de façon homosexuelle, et que le voisin considère que ceci est un péché capital qui doit être puni, selon les lois religieuses par la lapidation (cf la Bible, ancien testament), que fait-on ?

Ça peut faire comprendre pourquoi certaines communautés échouent, et ça permet également de savoir ce qui pose problème en plus de l'argent dans le monde d'aujourd'hui. Plus on saura pourquoi le système actuel foire, plus on arrivera à trouver une solution valable.

But d'une société

La société doit permettre à tous un épanouissement personnel. Une société constituée d'individus forts (à tous les sens du terme), matures, responsables, instruits et réfléchis, selon le principe du 1+1=3 de la coopération, sera une société résiliente, vivant en harmonie avec son environnement et les lois de la Nature.

L'intérêt commun est le but de tous. Les principes spirituels altruistes sont le socle de la société : « Nous sommes Un », « aimes les autres comme toi-même », la liberté individuelle s'arrête là où commence celle des autres, mettre en avant les individus les plus altruistes, compétents et sages

de notre société, afin qu'ils soient les moteurs du développement.

Le développement de la société ne doit pas se faire au détriment de la Nature, es autres espèces, des autres dimensions ou des autres planètes. Il y a un équilibre à gérer, la détermination des limites étant le plus compliqué dans les choix à faire.

La société doit faire disparaître tout ce qui empêche le développement correct de la conscience, comme la peur : peur de se faire attaquer par un animal sauvage, de se faire cambrioler par des voleurs impunis de la justice, peur que son dirigeant provoque une guerre avec ses frères humains, peur de mourir de faim, de ne pas avoir assez à manger, de perdre sa maison, de perdre son revenu ou son emploi, perdre sa santé, etc. Ces peurs primaires doivent disparaître, et les peurs inévitables (perdre son conjoint, accidents de ses enfants, la mort de ses parents, sa propre vieillesse, etc.) doivent être expliquées et l'individu soutenu dans ses deuils.

Nous avons vu dans L1 ce qui n'allait pas dans nos sociétés, de même que la transition vers la société que je préconise ci-dessous, à savoir un leader éclairé dont la seule préoccupation est de rendre aux hommes leur autonomie de décision sur leur propre vie déjà, avant de s'occuper à gérer les interactions entre les hommes.

Constitution - Règles de vie

Je vais tenter une ébauche de sorte de "10 commandements", de "déclaration des droits de l'homme" pour reprendre les tentatives existantes de définir les bases que la société devra respecter. Le principal étant de bien définir chaque mots (suivis d'une astérisque*), pour qu'il n'y ai pas ambiguïté ou mauvaises interprétations.

Tout ne peut être généralisé

Tout débat ne peut aboutir à des décisions systématiques, surtout ceux qui concernent l'individu et pas l'intérêt général (bien que ce qui touche l'individu impacte forcément le fonctionnement de la société. Les débats de société virulents, avec des arguments pour ou contre tous aussi valables les uns que les autres (comme autoriser les drogues ou l'avortement), viennent juste du fait que ces décisions reviennent au final à l'individu.

Il faut juste s'assurer que ce dernier puisse faire le choix en toute connaissance de cause, en toute conscience : qu'il puisse lire une synthèse des débats et de tout ce que sa décision va impliquer pour lui ou les autres. Nous sommes aussi sur Terre pour faire des choix et assumer les conséquences, pour expérimenter.

Les choix, ou non choix, sont faits en fonction de l'évolution des consciences du moment. Il y aura un jour où les techniques, l'organisation de la société, permettra de trancher sur l'avortement par exemple. Si la société permet aux individus de pleinement s'épanouir, ils n'ont plus à se réfugier dans les paradis artificiels des drogues, pour échapper à un quotidien sinistre. Sans adducteurs de goûts dans des cigarettes purs tabac, les fumeurs s'arrêtent réellement s'ils le décident.

Il faut que la constitution soit modifiable à tout moment, pour ne pas arriver à des organisations où les principes de base sont bien, mais où les détails sont moisis, et non modifiables, sauf à faire sécession (dispersion des énergies).

Principes spirituels de base

Chaque individu doit respecter ces quelques principes spirituels de base (p.), indispensables pour vivre sereinement tous ensembles en société :

1. Nous sommes tous Un. Faire du mal à autrui c'est se faire du mal. Donner c'est recevoir. Fait a autrui ce que tu voudrais qu'il te soit fait. Aimes* autrui comme toi-même.
2. Les libertés individuelles s'arrêtent là où commencent celles d'autrui (l'intérêt commun).
3. Nous sommes tous imparfaits, avec des âmes éternelles. Nous faisons forcément des erreurs dans notre apprentissage, il faut pouvoir les surmonter pour pouvoir continuer à avancer. Toute faute peut-être pardonnée (repentir sincère et réparation de sa faute).
4. Ne jamais arrêter d'apprendre et de chercher à savoir, de se poser des questions
5. Vivre et laisser vivre, chacun a sa tâche à faire sur Terre, qui sommes-nous pour juger autrui. Il faut juste s'assurer qu'un individu trop égoïste ne puisse pas nuire à autrui.

Commandements

1 - Tout est UN

1.1 - Dieu est en chaque chose, nous sommes Dieu. Autrui* c'est nous. Faire du mal* à autrui, c'est se faire du mal à soi*. Il faut respecter* autrui.

1.2 - Égalité entre tous : Les droits* sont les mêmes pour tous, les individus traités de manière équitable*.

2 - Liberté individuelle limitée par autrui

2.1 - Les individus conscients sont doté de leur libre arbitre*, d'une liberté* individuelle. Personne ne peut choisir à la place de l'autre, sauf si l'individu donne un mandat librement consenti à l'autre, sans ruse ni perfidie, mandat révocable à tout moment.

2.2 - Selon [1.1] : la liberté individuelle s'arrête là où commence celle des autres. Aimes les autres comme toi-même. Ne fait pas à autrui ce que tu ne voudrais pas que l'on te fasse.

2.3 - L'individu égoïste qui empiète sur la liberté des autres doit être empêché de nuire, même s'il faut restreindre fortement sa liberté individuelle (emprisonnement et isolement). Pas de notion de souffrance (emprisonnement confortable, en le faisant travailler et avoir tout ce qu'il veut en matériel), juste le laisser comprendre seul ses erreurs, et s'améliorer.

2.4 - Chacun à la droit de changer d'avis (pas de contrats non résiliables, dans la limite que l'autre partie ne soit pas lésée).

2.5 - Chacun à le droit de s'exprimer, dans la limite où ses propos doivent être justifiés, soumis à contradicteurs, et ne pas contredire des faits irréfutables.

3 – Entraide

3.1 – Les individus s'entraident.

3.2 – La sécurité et la liberté de tous doivent être défendues par tous.

3.3 – Les échanges de biens et de services sont encouragés.

3.4 – Chaque individu sera aidé par la communauté pour réaliser son œuvre personnelle, à hauteur de l'intérêt de cette œuvre pour la communauté.

3.5 – Toutes les associations de personne ont un but communautaire, pour le bien de tous. Ce qui en résulte est vendu à prix coûtant, les risques sont estimés par la communauté et assumés par la communauté.

3.6 – Les risques individuels sont pris en charge par la communauté (assurance). Les remboursements sont au prorata du risque encouru par l'individu qui a subi un accident.

4 – Bien-être

4.1 – Chaque individu à droit au bonheur, à la sérénité et au bien-être.

4.2 – Selon [4.1], chaque individu à droit à une habitation dans le lieu de son choix.

4.3 - Selon [4.1], chaque individu à droit à bénéficier d'une existence décente*.

5 – Priorité à la communauté*

5.1 - Il y a des priorité à gérer. Donner la priorité à l'intérêt commun, aux plus altruistes, aux plus conscients, aux plus compétents. Les moins prioritaires sont les besoins égoïstes. Par exemple, si une personne veut tuer des enfants par plaisir (enfreint [1.1]), ce n'est pas aux enfants à être enfermés, mais à cette personne.

5.2 – Les ressources utiles à la communauté, ou les ressources de la planète, sont inaliénables*.

5.3 - Aucune fabrication ne peut avoir lieu sans avoir auparavant régénéré la nature de la quantité de matière extraite ou par recyclage de la quantité exacte utilisée.

6 – Décisions et gestion aux plus spirituels, altruistes et compétents

6.1 – La gestion de la communauté est confiée à des représentants, choisis pour leur altruisme, empathie et compréhension des besoins des individus. Ils sont compétents à faire leur travail d'analyse et de choix.

6.2 – Les représentants s'engagent à respecter et faire respecter la constitution, de protéger autrui.

6.3 – Des comités locaux font remonter aux comités de plus en plus mondiaux les revendications des individus sans pouvoir de décision, si ces revendications sont judicieuses. Il est possible de faire intervenir les comités supérieurs en cas de conflit d'estimation entre le demandeur et le comité intermédiaire qui a bloqué la demande.

6.4 – Les comités supérieurs instruisent les comités inférieurs.

6.5 – Les membres des comités sont révocables à tous moment à la grande majorité (67%) par les autres membres du même niveau ou des niveaux supérieurs. N'importe qui peut faire remonter un questionnement sur un sage et engendrer une enquête.

6.6 – En cas de pétition d'un nombre suffisant de citoyens, des états-généraux* sont établis afin de régler la crise de confiance, ou des dérives éventuelles (soit les sages ne sont plus capables d'expliquer simplement ou sont devenus incapables ou corrompus, soit les citoyens ne sont plus capables de suivre). Les états-généraux détermineront le problème, et génèreront des solutions.

6.7 – Les dirigeants doivent s'assurer de l'évolution de l'indice de bonheur des populations, et sont révocables en cas de mauvais résultats.

7 - Jugement et pardon des erreurs

7.1 - Le jugement doit d'abord regarder dans quel but a été faite cette erreur. Dans l'ordre de gravité croissant, des buts altruistes aux buts égoïstes.

7.2 - Nous faisons tous des erreurs. Le pardon doit être accordé à ceux qui se repentent sincèrement*. Si c'est possible, le préjudice sera réparé, dans la mesure des moyens du fautif.

8 – Connaissances

8.1 – L'info circule librement, rien ne doit être caché, tout est accessible à tous, même les décisions les plus techniques.. Pas de secret - défense ou autre.

8.2 – Toute la documentation et encyclopédies est disponible à tous, en termes clairs et compréhensibles. C'est la communauté qui compile l'avancement de la recherche et mets à jour les connaissances humaines.

8.3 – Tout individu à droit à une éducation et instruction, quel que soit son âge, dans le domaine qu'il désire. Cet apprentissage peut se faire de manière autonome, ou guidé par un spécialiste du domaine étudié, sous réserve de compétences suffisante de l'apprenant.

9 - Pas de propriété

9.1 – Tout peut être acquis facilement, sans notion de propriété éternelle.

9.2 – Selon [1.1], on ne peut prendre à quelqu'un ce qu'il ne veut pas céder, et qu'il a acquis légalement.

Définitions des mots utilisés

Aimes = Voir amour.

altruiste = celui qui pense aux autres, qui privilégie l'intérêt commun, et qui donc est le plus utile à tous / à la communauté.

amour = amour inconditionnel de son prochain, envie de le soutenir, de l'aider, de lui laisser son espace vital, de le rendre heureux.

Arbitre (libre) = Voir Libre arbitre.

autrui = tous les individus* qui ne sont pas soi-même, c'est à dire le reste de l'Univers. Les individus conscients* ou sensibles*, les choses voulues par autrui*. Autrui c'est Dieu, donc c'est nous.

choses voulues par autrui = des constructions matérielles comme des objets fabriqués, des arrangements naturels harmonieux, appréciés par autrui (comme un joli paysage).

Communauté = ensemble des individus. Par défaut, on parle de l'ensemble des individus de la planète, mais c'est le même principe pour la communauté locale.

conscience = conscientes d'elles-même par rapport à l'extérieur, ou douées de réflexion.

Décente : Définie par rapport à la moyenne des individus. Voir Existence décente.

Dieu = sommes de toutes les énergies et particules de l'Univers, toutes reliées, une super intelligence.

Droits = Choses que la liberté individuelle est autorisée à faire.

Équitable = Traitement reçu par un individu, dépendant des capacités, forces et faiblesses de cet individu. Les traitements reçus sont donc différents d'un individu à l'autre, afin de garantir le maximum d'égalité entre individus comme résultat.

États-Généraux = Réunion d'une partie de la population, pour discuter d'un problème entre la base et les comités. Soit les comités ne savent plus expliquer correctement aux populations, soit il s'en sont coupés, soit des points de la constitution sont à revoir. Soit la population n'est plus assez instruite pour comprendre l'avancement des sages, et un effort d'instruction et de pédagogie doit être fait.

Existence décente = Vie d'un individu où il n'a pas faim, où il a un confort du lieu de vie correct, et globalement ou le confort est du même niveau que celui des autres.

Individu = Individu au sein d'une population, de quelque espèce vivante que soit cette population. Le mode d'existence n'est pas important. Une intelligence artificielle, un animal, une plante, un rocher, un objet fabriqué, un humain, etc. Ces choses peuvent sembler inanimées en apparence, mais avoir une composante consciente dans d'autres dimensions (telles les formes pensées). L'importance des individus grandit avec leur niveau de conscience.

Inaliénable = pas possible d'être donné ou vendu à quelqu'un.

Individuelle (liberté) = Voir Libre arbitre.

Intérêt général = Somme des libertés de tous.

Liberté = Possibilité de faire tout ce qui ne nuit pas à autrui, en paroles ou en actes.

Liberté individuelle = Voir Libre arbitre.

Libre = voir Liberté.

Libre arbitre (synonyme de) = Liberté, dans une situation donnée, de choisir quel comportement va être adopté, quelle solution sera retenue, du moment que ces choix ne nuisent pas à autrui.

Mal = empiéter, retirer le libre-arbitre à quelqu'un, l'obliger à faire (ou ressentir) des choses qu'il ne désire pas. Ce mal s'arrête si c'est pour se protéger / défendre de quelqu'un qui voulait empiéter sur votre libre-arbitre.

Mal à soi = le retour karmique, à savoir que nous serons, rapidement ou non, placés dans une situation nous amenant à comprendre ce que l'autre a ressenti. Pour nous engager à ne pas refaire ce mal, et à développer notre empathie (capacité à ressentir ce que ressentent les autres, et donc à ne pas leur faire ce qu'il ne veule pas, et donc à éviter le retour karmique, sans nécessité de l'expérimenter directement).

Nuire = faire du mal[*].

Sensible = dotées de capteurs sensitifs, qui lui font ressentir les événements extérieurs ou intérieurs.

Sincère (repentir) = Voir Repentir sincère.

Repentir sincère = quelqu'un qui a compris que ce qu'il avait fait était mal, qui se rend compte du mal et de la souffrance qu'il a provoqué chez les autres, et qui s'engage au fond de lui à ne plus le refaire (sans présager qu'il ne refasse pas 2-3 fois encore la même bêtise, mais le but c'est qu'il essaye sincèrement de ne plus le refaire)

Respect = Ne pas faire de mal[*].

Comités décisionnels

Tous les organismes de l'état (la communauté) sont gérés avec l'intérêt de tous en tête. Les décideurs ne peuvent avoir aucun intérêt personnel dans leur décision, et ils sont virables à tous moment (avec réparation de leur tricherie) à tout moment.

Principe

Chacun a quelque chose à apporter à la société, dans le domaine où il est expert, en connaissances et en compétences. Pas de notion d'âge ou d'expérience là-dedans.

Localement, les citoyens se réunissent dans des comités décisionnels, où ils seront appelé à prendre des décisions mais surtout à réfléchir et à progresser.

Ces groupes seront établis par niveaux de connaissance/sagesse (les 2 sont indissociables), le principe des classes à l'école.

Les plus compétents réfléchissent et délibèrent sur les sujets pointus, ou demandant beaucoup de recul et de compétences multi-domaines (les sages). Ils s'appuient et forment le niveau inférieur, cette information / apprentissage descendant ainsi de niveaux en niveaux.

Domaine d'un comité

But d'un comité

Le comité n'a pour but que le bien commun. Qu'est-ce que le bien commun ? Faire en sorte que la communauté évolue dans les points suivants :
- s'assurer que personne ne nuit à autrui,
- aider tous les individus à se réaliser (en partageant, en coordonnant les énergies, en donnant les moyens à quelqu'un de réaliser ses passions, etc.).

Technique

Liés à des groupement de passions, des associations de personne, ou pour gérer des fonctions utiles ou nécessaires à la communauté : gestion de l'eau, de la non pollution, de la nourriture, des échanges, etc.

Transversaux

Faire des comités transversaux pour leur vision globale (moins pointus dans un domaine, mais généralistes) qui coordonnent les autres comités, s'assurant que ça servira à la communauté et que ça ne nuit à personne, apportant un regard extérieur et distancié aux choses. Voir les sages (p.).

Ordre de priorité

La fonction prime sur le grade. Le plus haut comité de sage, qui n'a pas la compétence dans un domaine, ne peut s'opposer aux décisions du comité technique, mais peut invalider des décisions qui impacteraient de manière néfaste les autres domaines ou la communauté. Une discussion et échange constant se fait entre comités, qui oeuvrent tous pour le bien commun.

Fluidité des décisions

La plupart des décisions sont capables d'être motivées comme la meilleure grâce à des arguments qui désignent la solution à adopter.

Si un débat ne peut pas être résolu par les arguments, c'est généralement le signe qu'il appartiendra à chaque citoyen de trancher pour son cas particulier, après avoir vu tous les arguments avancés par les différents camps idéologiques (p.).

Pour trancher, le comité décisionnel ne doit pas pouvoir être bloqué par une égalité des votes. Certaines décisions se prendront soit :
- à la majorité, soit nombre de votes supérieur à 50% (3/6 ou 1/2), donc il faut un nombre impair de décideurs,
- à la grande majorité (66,6% soit 4/6 = 2/3),
- à la majorité presque absolue (83% soit 5/6).

Jamais à 100%, vu qu'il y aura toujours des infiltrés ou des saboteurs dans les comités. Mais il faut tenir compte de tous les avis : il arrive souvent que le 1% ai raison contre les 99% !

Le nombre minimal de décideurs est 3 : il y a suffisamment d'avis variés, il est difficile d'obtenir une mafia sans qu'un des 3 ne soit pas d'accord pour marcher dans la combine, ou ne divulgue les arrangements égoïstes, il n'y a pas de blocage dans le processus décisionnel, et il n'y a que 2 votes possibles : soit la majorité (2 sur 3) soit l'adhésion absolue (tout le monde d'accord).

Décideurs

Comment choisir les décideurs qui prendront des décisions pour la communauté ?

Virable à tout moment

C'est la condition première : les gens changent, peuvent se désintéresser d'un domaine, mentir et révéler des projets sombres, devenir incompétent par maladie, vieillesse ou accident, etc.

Si les altruistes et réalistes sortiront d'eux-mêmes des comités dès lors qu'ils n'en sont plus capables, les tricheurs ou épuisés, incapables de prendre du recul sur leur propre, auront besoin d'être reconduit vers la sortie. Si quelqu'un à volontairement nuit à la communauté avec ses décisions, il devra réparer du mieux possible le mal réalisé.

Altruisme en premier

Il faut choisir les décideurs d'abord pour leur altruisme (décider au mieux des autres avant soi-même) et la sagesse dans le respect des autres : mieux vaut prendre un benêt qui veut bien faire qu'un génie du mal qui veut nous manipuler pour nous mettre à son service, ou pire exterminer l'humanité par haine du vivant.

Compétence ensuite

Parmi les altruistes retenus, ceux qui aiment le domaine à exercer, qui sont fait pour ça, et qui s'y révèlent compétent, seront ceux qui prendront les meilleures décisions pour tous.

Pas de limitations autres

Pas de limitations sinon l'altruisme et compétences : un gamin de 3 ans sera peut-être plus apte à gérer une communauté qu'un vieux de 70 ans qui n'a jamais réfléchi plus loin que le bout de son nez dans la vie. Il faut faire en fonction des limitations de chacun, sachant que tout le monde, grâce aux propositions que nous allons voir, est quelque part capable de prendre une décision, ou de renverser un comité devenu indolent ou corrompu.

Propositions émises par tous

Tout le monde décide, vu que tout le monde peut proposer ses idées, qui remontent les niveaux de connaissance des comités : un abruti qui bave pourra vous étonner par la sagesse de certains de ses délires, qui finiront étudiés puis appliqué au plus haut niveau mondial si cette proposition se révèle pertinente.

La remontée d'information se fait par remontée des comités décisionnels. Le plus con et moins intéressé aux autres de tous les citoyens aura un jour l'idée de génie qui sauvera le groupe. Il en parle au comité de plus bas niveau (voir à un programme informatique recherchant dans une base de données si ça n'a pas déjà été proposé), qui trouve l'idée pas con, la fait remonter au dessus (l'individu qui a proposé est le référent de l'idée, et est consulté par tous les niveaux sur cette idée, voir est aidé à la formuler de manière détaillée). Les comités analysent et regardent tous les impacts, font les simulations sur ce que ça va engendrer, et valident pour le niveau supérieur, etc.

Si un niveau invalide l'idée, il faut que ce soit justifié, et cette justification va redescendre les niveaux pour expliquer pourquoi on ne le fait pas.

Si l'idée est validée, elle est testée à petite échelle (les tests grandeur nature) avant d'être étendue au niveau mondial.

Surveillance par tous

Ce n'est pas à l'État de tout connaître de ses citoyens, mais aux citoyens à tout connaître de l'État.

Toutes les décisions, à tous les niveaux, doivent être accessibles et connues par tous. Même les idiots doivent pouvoir lire toutes les délibérations et débats, toutes les justifications données pour une décision. S'il voit une amélioration ou un argument auquel personne n'a pensé, il fait une proposition, qui remonte les comités décisionnels. Si l'argument est retenu, il y a enquête du comité décideur, et du comité de contrôle n-1, pour savoir pourquoi cet argument n'a pas été avancé, et s'il n'y a pas tentative de sabotage ou d'appropriation personnelle.

La personne qui a détecté l'erreur est mise en avant, félicitée et récompensée.

Pluralité

Un comité n'est pas centré sur une personne (risque de dérive, absence de contre-pouvoir sur les défauts inhérents à chaque individu, même les plus évolués). Il y a donc plusieurs décideurs, au moins 3 pour sortir des blocages grâce à l'unanimité à 67% (soit les 2/3).

Il paraît évident de ne pas prendre des clônes dans un comité, des gens qui pensent tous de la même manière, et prendront tous la même solution erronée car faisant tous la même erreur. Il faut au contraire des gens complémentaires, avec des vécus et des compréhensions du monde différentes. La complémentarité permet de combler les défauts de chacun par les forces des autres.

Constitutionnel

Ces cercles décident d'un changement de la constitution, vérifient si une décision est en accord avec la constitution.

Les sages

Des individus compétents et hautement spirituels, généralement expérimentés en terme de réincarnation (c'est la qualité des incarnations qui compte, pas le nombre), dont le but est de permettre à chaque individu de trouver l'amour inconditionnel et le bonheur dans son existence, dans la paix (entre les êtres et intérieur), malgré les contraintes matérielles.

Un sage n'est pas là pour prendre du pouvoir et prendre des décisions, il est là pour aider les autres dans leur développement, pour leur montrer le chemin, sans les obliger à le prendre.

Ces gens-là sont choisis par le comité décisionnel supérieur, mais sont révocables par tous si c'est justifié. Tout le monde peut devenir sage, s'il s'en montre digne et capable. Il postule au comité supérieur au sien, s'il réussi l'examen / enquête de passage, il est pris en stage (ses décisions sont analysées et conseillées par ses pairs, il apprend du fonctionnement). Dès que tout le monde est prêt, il est titularisé. Après quelques mois, il peut s'il le souhaite monter encore de comité.

Tout refus d'un demandeur doit être justifié.

Ils servent l'intérêt commun sans en tirer un avantage personnel. Ils ne doivent pas être plus considérés qu'un autre, ne doivent pas vivre dans des châteaux, ne doivent pas avoir de serviteurs, etc. Donc pas de privilèges ou prestige particulier à avoir, et pour acquérir toutes ces connaissances, ils passeront du temps à apprendre, à expérimenter, et à apprendre. Un travail impliqué et sérieux, que seuls ceux qui sont « là pour ça » accepteront de faire.

Leurs débats et justificatifs décisionnels seront accessibles à tous.

Comme ils ont des compétences rares, ils auront des assistants pour faire le travail à faible valeur-ajoutée. Tout ceux du comité inférieur pourront être leurs assistants, et poser quelques questions mûrement réfléchies (le temps que les sages passent à apprendre au comité inférieur ne doit pas être excessif, et uniquement pour les membres prometteurs qui pourront un jour remplacer ou aider les sages).

2 conditions sont requises : compétence et spiritualité (impartialité, ne pas faire passer son intérêt spirituel avant celui de la communauté). L'autorité découle du mérite personnel et la capacité individuelle prime sur tout. Les ascendants ont le devoir de transmettre aux descendants les connaissances morales et techniques.

Leurs qualités sont surtout de respecter le libre arbitre des autres, de ne pas imposer leurs vues. Il feront œuvre de charité et diffuseront leur savoir à qui voudra les entendre. Diriger c'est avant tout enseigner.

Ils savent aussi que le confort et l'oisiveté ne sont pas le but de l'incarnation.

Les techniciens

Tout individu n'est pas forcément hautement spirituel, mais peut apporter à la communauté ses compétences techniques. Ces gens-là sont autonomes, aidés par la communauté s'il le faut, mais c'est les sages qui les supervisent, afin de ne pas laisser un groupe de personne dériver et prendre le pouvoir sur les autres grâce à ses connaissances et technologies de force supérieure (ne pas laisser des techniciens monter une armée de robots lourdement armés par exemple).

Les sages qui supervisent les techniciens doivent évidemment avoir la compétence technique dans ce domaine, et doivent se montrer au moins aussi techniques que les techniciens.

L'individu

L'individu doit être la base de la décision. Il doit être autonome sur ses propres actes, ou sur les décisions qui implique les autres. Par exemple, il ne brûle pas les branches pour ne pas intoxiquer le voisin plus haut sur la pente, il fera un tas recouvert de terre qui lui fera de beaux légumes poussant dessus.

Plus le citoyen de base est autonome, matériellement et spirituellement, plus cette société aura une conscience développée.

Représentants

Les comités décisionnels sont gérés par des sages, qui prennent les meilleures décisions possible. Meilleures questions logique et objectivité et spiritualité. C'est l'équivalent actuel de nos hauts fonctionnaires.

Maintenant, il faut aussi s'assurer que les besoins des individus sont bien remontés. Si tous les individus parlent en même temps, ça ne sera pas simple. Il faut donc élire des représentants, des citoyens moyens, correspondant au plus grand nombre, qui regrouperaient à une dizaine de personne les pensées de 85 % de la population. Ils seraient élus, et tous ceux qui dépassent 7,5 % des voix participeraient aux débats décisionnels, en tant que demandeurs des grandes orientations de la société. C'est l'équivalent des politiques aujourd'hui.

En république française, les hauts fonctionnaires (sages, élus au mérite sur concours, en fonction de leur intelligence et leur compétences dans leur domaine d'exécution) sont soumis aux volontés des politiques (représentants). Les sages se débrouillent pour appliquer leurs décisions, les sages n'ayant pas leur mot à dire dans le processus décisionnel.

Si c'est le sage qui décide, c'est une technocratie.

Il faut la voie du milieu où le sage écoute et reçoit les doléances et idées des représentants, et les mettent en œuvre si elles lui semblent judicieuses.

Si il n'est pas d'accord, il faut qu'il explique pourquoi. Mais il faut que ce soit le sage qui ai la décision finale : des représentants immatures pourraient très bien demander de tuer tous les animaux, parce qu'ils n'ont pas encore la capacité à gérer les décisions importantes avec beaucoup de conséquences liées, ou ne se rendent pas compte de ce que ça représente en vrai.

Les leaders mondiaux

Associations de communautés

Les sociétés sont comme les individus : les communautés locales devront communiquer et s'organiser entre elles, les comités de sage locaux devant être représentés au niveau géographique supérieur pour ce qui concerne les décisions globales concernant les différents niveaux d'extension géographique.

Les meilleurs gèrent plus de territoires

Plus un des membres du comité local est une pointure, plus il participe aux rencontres inter-village, régions, pays, parce que les pointures sont généralement capables de gérer plus de problématiques différentes.

Inutile que chaque communauté soit représentée, car ces décideurs sont des altruistes, qui ne favoriseront pas leur communauté en particulier, mais l'humanité en général. Un africain du centre peut être assuré que l'européen d'une île perdue prendra la meilleure décision pour lui, même si c'est au détriment de la famille de l'européen. La transparence et la surveillance de tous permettent de s'en assurer.

les comités ont des niveaux de connaissances (validés par des tests et la reconnaissance de leurs pairs), pour éviter par exemple que celui qui gère les transports mondiaux ne doivent perdre son temps à expliquer 1+1=2 a un gamin de 3 ans qui lui pose une question sur ses décisions.

Le conseil suprême

Pour chapeauter tous ces comités de sage, et uniquement pour les décisions globales et urgentes, il faudra un ou des super sage, type Jésus 2. Quelqu'un qui aimes les autres, qui a les capacités techniques à comprendre la plupart des domaines et à prendre les bonnes décisions.

On dit un leader car en cas de guerres ou d'urgence absolu, le débat intérieur pour sortir une décision est plus rapide qu'un débat même à 3. Mais ce leader ne doit pas devenir un dictateur, et à la sagesse pour ne pas forcer inutilement le libre arbitre d'autrui.

Ce leader mondial n'est là que pour assurer la transition, en aucun cas une personne ne doit garder le pouvoir trop longtemps. Autant de pouvoir imposera une transparence et surveillance accrue, et de pouvoir être viré plus facilement...

Réunions de comités

Les comités locaux (sages, techniciens, représentants) se réunissent régulièrement, et discutent de l'avancement de la société. Le compte-rendu de ces réunions locales remonte aux réunion de comités géographiques supérieurs, qui en font aussi un compte rendu. Au final, les compte-rendus sont agglomérés dans les compte-rendus de niveau mondial, avant d'être diffusés à tous.

Critères de décision

Pas d'anonymat ou de votes à bulletin secret. Les croyances de chacun doivent être respectées, chaque avis ou point de vue pouvant être débattu de manière calme et respectueuse.

La plupart des décisions peuvent être choisies sans vote, en respectant juste l'intérêt de tous (celui de la biodiversité comprise), le libre arbitre individuel, le moindre coût, la logique.

Priorités

Il faut gérer des priorité. On ne doit pas rejeter des polluants dans la nature sous prétexte que ça prend du temps à nettoyer. Les autres espèces vivantes sont prioritaires sur notre confort.

Egalité-équité

Comme tout le monde est différent dans ses croyances, ses interprétations du monde, ses qualités-défauts, ses points forts et points faibles, on ne peut pas traiter tout le monde de manière égale. On enverra une aide à domicile à un handicapé, pas à un bien portant.

L'équité c'est traiter chacun en fonction de ses besoins, afin d'obtenir une égalité entre tous les résultats.

Mais attention à ne pas aller trop loin dans l'équité : Pour les immigrés musulmans en France, qui n'ont pas été intégré, se balader sans voile est certes comme se balader nue pour une Française, mais autoriser les trop grandes différences culturelles impose de séparer les gens, et de créer des communautés qui s'ignorent. Autoriser le tchador, mais pas de fermer les piscines ou magasins à heures fixes pour que les populations ne se rencontrent pas. On ne peut pas faire cohabiter toutes les différences

Durabilité

Un des critères est le coût total d'un produit. Comme il n'y a plus de bénéfices privés à faire, il est moins coûteux de faire une voiture qui dure 40 ans plutôt qu'une voiture qu'il faut reconstruire tous les 5 ans.

Quand tout le monde possède un outil, on ne va pas s'arranger pour que ce dernier casse vite pour en revendre de nouveau. On arrête tout simplement d'en faire, et la jour où il y a une vraie révolution technique qui vaut le coup, on relance les machines.

Ça permets aux hommes de moins travailler dans les boulots déplaisants ou sans intérets particuliers, autres que la finalité de l'outil produit.

Égalité entre les niveaux

Surtout pas de différences de traitement entre les "niveaux" de connaissances : le but de servir l'intérêt commun reste le même du début à la fin, pas comme en Franc-Maçonnerie où on ne vous apprend que dans les plus hauts grades le but réel de l'organisation, et qu'il faut en réalité faire le contraire de ce qu'on vous a appris au début.

Sans notion de hiérarchie ou de supériorité. Les moins connaissants sont les connaissants de demain.

Pouvoir des comités de bas niveaux

L'info est disponible à tous, les cercles d'en bas pouvant contrôler/écouter les cercles d'en haut. Même un gamin de 3 ans doit pouvoir dénoncer les sages suprêmes, et obtenir gain de cause s'il (le gamin) à raison. Il faut utiliser les techniques classiques de remontées d'infos, mais que tout le monde soit au courant. Comme pour les prêtres catholiques en confession, ou les espions des réseaux sociaux, ou les Renseignements Généraux, des personnes habilitées font remonter les doléances ou le mal-être des gens, afin que la société puisse y répondre et se recentrer sur le bien-être commun et individuel.

Contrôle des niveaux intermédiaires

Les comités sont contrôlés de tous, et déposés par tous en cas de manquements. Par contre, il est important que les niveaux supérieurs contrôlent régulièrement la pertinence des niveaux inférieurs, pour s'assurer qu'il n'y a pas de rétention d'informations. C'est pourquoi, régulièrement, le comité n vérifie, auprès des n-2 voir en dessous, si tout se passe bien avec ceux du dessus, histoire d'avoir un retour direct, et de détecter des anomalies que les n-1 n'auraient pas vu. Tout ça en l'absence des n-1, afin que les n-2 se sentent libre de parler et de dire tout ce qu'ils ont sur le coeur. C'est en cas de problèmes que le procès fait intervenir tout le monde, les témoins étant protégés.

Consensus

Certaines décisions ne répondront pas à des critères logiques.

La difficulté est de savoir à combien de pourcentage de l'unanimité on adopte une décision (le principe du consensus en science).

L'unanimité n'est jamais atteinte, car il y aura toujours au moins infiltré ou un égoïste qui empêchera la société d'avancer.

A l'inverse, la majorité (50 % d'une population décide une chose) ne veut pas dire que ce sera la bonne décision (voir simplicité des décisions p.). Hitler a été élu par plus de 50 % de la population, qui n'avaient pas lu « Mein Kampf ». C'est aussi favoriser le communautarisme qui peut s'entendre et faire des arrangement égoïstes pour faire passer une loi qui n'arrange que la moitié de la population, avec un grand nombre d'insatisfaits (l'autre moitié de la population).

Il existe une loi en statistique, qui dit que la moyenne des écarts d'une population (l'écart type), sur une loi normale (loi qui représente la plupart des phénomènes naturels), englobe 68.27% de la population. C'est à dire que pour un écart moyen par rapport à ce qui est proposé, 70% des gens seront satisfaits ou à peu près satisfaits.

Cela équivaut au nombre mini de décideurs qui doit être 3, afin d'éviter les blocages, et oblige à placer la grande majorité à 67 %.

Pour un écartement de 2 écarts-types, on retrouve 95% de la population. Cette proportion serait à adopter pour définir une majorité totale, sachant qu'il y aura toujours quelqu'un susceptible de mettre de la mauvaise volonté.

Le plus simple et plus fiable, c'est que les décisions et lois doivent être votées ou retirées à la grande majorité (67%, soit les 2 tiers de la population ou des décideurs). Vu que l'union européenne, qui marche très mal démocratiquement, utilise la majorité pour voter les lois (50%), et l'unanimité pour les faire retirer

(100%), la encore, le fait qu'ils aient « oublié » de penser à un consensus intermédiaire montre bien que ça aurait abouti à plus de démocratie, ce que les bâtisseurs de l'Europe voulaient à tout prix éviter.

Indicateurs de bon fonctionnement

Pour vérifier que tout marche bien et que la société tient son rôle, il faut mesurer l'indice de qualité de vie / bonheur de chacun. Si cet indice baisse, c'est que certains sont délaissés. Des âmes pas à l'aise dans leur incarnation montre que toutes les conditions ne sont pas réunies pour que tous fassent sur Terre ce qu'ils sont venus réaliser, ou ne puissent pas s'épanouir comme ils le voudraient.

Les personnes qui démontrent la possibilité de solutions viables, prennent la place des dirigeants qui ont montré leur échec. L'échec de ces solutions conduira à sélectionner de nouveaux dirigeants. Les anciens dirigeants ne sont pas forcément écartés, mais leur parole à moins de poids. Ils doivent reconnaître d'eux-même leur échec, et trouver là où ils ont échoués. Ils sont eux aussi en apprentissage, ne l'oublions pas.

Il est possible de remettre en cause un sage, en faisant le bilan de ce qu'il a apporté à la communauté comme bonnes solutions, et là où il s'est trompé.

Tout est public

Vous voyez le service public actuel, une armée de fonctionnaires inefficace et invirable, dont la moitié ne fout rien ou est incompétente ? Et bien ce n'est pas ça le service public !

Tout passe dans le public, ça s'arrête à l'individu qui est un privé.

Toutes les entreprises, toutes les banques n'ont plus qu'un patron, nous tous.

Qu'est-ce qui est du ressort du public ?

Tout concerne l'intérêt commun. Si on donne la santé à un privé, il cherchera à vous rendre malade pour vous vendre ses chirurgies ou ses produits. Ses médicaments seront des poisons qui vous maintiendront malade. Si en plus on donne à ce privé l'alimentation, il mettra des poisons dedans pour vous rendre malade quand vous mangez.

Tout le monde boit de l'eau. On ne peu laisser un privé mettre une barrière autour de la fontaine du village, et vous obliger à payer pour boire. On ne peut laisser un privé acheter toutes les terres, et vous obliger à payer pour les plantes qui poussent naturellement dessus.

On ne peut laisser un privé décider de détruire toute la nature nourricière, ou acquérir la science pour obliger les études scientifiques à aller dans son intérêt personnel, comme faire croire que ses médicaments ne sont pas toxiques.

Propriété privée

La propriété privée a été créée à la révolution française, pour permettre à une minorité de spéculer sur les terres, ce qui a abouti rapidement à leur prise du pouvoir.

Chaque héritage est l'occasion de se déchirer dans la famille, d'y passer beaucoup de temps, de se miner l'esprit avec ça.

La terre appartient à tous, chacun possède le droit d'usage seulement (s'il s'en révèle digne), ou le partage avec d'autres.

Banque

Seul la communauté peut avancer de l'argent, sans intérêts (l'usure est interdite, car elle ne s'est jamais justifiée).

C'est la banque publique qui détermine la masse monétaire de la communauté, qui gère les inflations, toujours dans l'intérêt de tous).

Travail

Tout le monde est virable de son poste à tout moment, en cas d'incompétence ou de trahison manifeste. Aucun problème de chômage, vu que tout le monde participe à la société, et choisit là où il est bon, et là où il se plaît. Tout le monde se relaie sur les boulots que personne ne veut faire, les travaux d'intérêts généraux.

La coopération est mise en avant. Celui qui veut faire un boulot, va voir ceux qui le font. Il les aide, il apprend, et s'il se révèle compétent, il est pris, et peu dépasser ses maîtres sans problème (ce n'est pas eux qui décident s'ils se révèlent moins compétents).

Il peut y avoir concurrence entre 2 solutions, la recherche fait que temporairement on teste 2 solutions pour voir laquelle est la meilleure. Mais les 2 équipes travaillent main dans la main, le but étant de déterminer la meilleure technique qui servira tout le monde.

Attribution des tâches

Passions

Chacun fera le travail qui lui plaît, travaillant généralement plus pour sa passion que si on l'avait payé. Si cette passion est utile à la communauté (même si juste quelques membres aiment son boulot) la communauté mettra tout à sa disposition pour qu'il réalise son art.

Tâches quotidiennes

Ce sont les tâches où pas grand monde ne va se bousculer pour les faire, comme nettoyer les égoûts. Si personne ne se présente, il faudra obliger les gens à le faire, mais tous les gens, même le plus grand sage.

Les passionnées, les grands sages, ces personnes rares dont le temps est précieux, ne feront évidemment que le minimum dans ces tpaches, par principe.

Reste que certaines personnes, dont l'activité n'apporte pas grand-chose, ou qui ne sont pas motivés, passeront plus de temps dans ces tâches obligatoires. Mais même pour ces derniers, elles ne prendront que quelques heures par semaine.

Choix des tâches

Le choix ou non des tâches sera une des leçons à expérimenter : est ce que cette personne refuse de faire telle tâche parce qu'elle ne se sent pas compétente ? Refuse-t-elle de prendre des responsabilités ? Ou rechigne-t-elle en fait à la besogne et recherche-t-elle plutôt le moindre effort ou sa satisfaction personnelle avant l'intérêt du groupe ?

Il sera important que les citoyens sachent méditer et s'auto-analyser pour déterminer les raisons profondes de leurs choix.

Télépathie

L'attribution des tâches chez les ET est simple, puisque avec la télépathie, il est facile de savoir qui peut faire quoi, et qui aime faire quoi. En plus, étant tous spirituellement plus avancés, tous les postes/tâches sont remplis car se dévouer pour les autres est naturel. Il y a toujours des volontaires pour les tâches les plus ingrates, et les ET veillent à ce que ces pénibilités soient réparties de façon équitable entre tous (on mettra les grands et forts pour les travaux physiques, les petits et faibles pour les travaux de dextérité).

Obéissance

Il faudra forcément des coordinateurs pour donner les ordres, répartir les tâches, etc.

Aucun subordonné ne doit accepter de tâches sans qu'on ne lui ai expliqué la finalité de cette tâche (c'est quoi le but ?). Ce subordonné aura sûrement un meilleur moyen de faire, c'est lui qui décidera du moyen à utiliser pour satisfaire le besoin exprimé.

Organisation des connaissances

Tout doit être accessible à tout le monde. Pas de rétention d'info, pas de caste qui garde ses secrets, pas de secret défense.

Toutes les réflexions ayant menées à une décision sont accessibles, pour permettre à chacun d'y revenir et de faire avancer les connaissances.

La connaissance s'organise en termes simples, vulgarisée pour que tout le monde puisse comprendre (et pas un jargon de spécialiste dont le seul intérêt et d'en jeter plein la vue au profane). Les idées appartiennent à tous. S'il est normal de rétribuer à sa juste valeur l'inventeur qui aura passé des nuits blanches pour développer son invention, ensuite tout le monde pourra l'utiliser et l'améliorer sans limites.

Architecture objet

Les choses sont présentées dans l'ordre logique : on présente un résumé de tout. Puis chaque point du résumé ouvre à des résumés encore plus détaillés, et ainsi de suite, jusqu'à arriver à des fiches unitaires où un objet est décrit, cet objet pouvant être utilisé par plusieurs résumé au dessus (il y a plusieurs chemins d'accès pour y arriver). Par exemple, pour décrire une voiture, on décrit sa fonction globale, son architecture globale, ses capacités globlaes. Puis dans l'architecture, on décrit le compartiment moteur, puis on décrit les différents moteurs possibles, dont celui à essence, puis on décrit le cycle à 4 temps, les différentes techniques utilisées, les différents composants (soupapes, bougies, cylindre, piston, bielle), puis on décrit la bielle (le bras et les 2 paliers, les métaux de composition, les contraintes du graissage, les contraintes mécaniques subies (forces et température), etc.

Justice

But

Indépendamment du type de société, il faut s'assurer que tout le monde respecte les règles et ne lèse personne d'autre.

Il faut protéger le faible du fort, l'altruiste de l'égoïste.

En cas de crime (vol, viol, blessures, meurtre, etc.), la vengeance n'a pas lieu d'être (même si le crime paraît horrible, par exemple si son enfant à été torturé), parce qu'elle est inutile, ne répare pas le dommage subis, et entraîne une spirale de violence sans fin. Sans compter que qui est-on pour juger, il faut souvent remonter aux causes profondes d'un tel acte.

Il faut pardonner à celui qui s'amende ou qui ne l'a pas fait exprès. S'amender, c'est s'excuser sincèrement de son geste et s'efforcer de ne plus le refaire.

Jugement

Lors du procès, on s'attache :

- A décrire les faits avec le plus d'exactitudes possibles, en s'en tenant aux faits et preuves. Les témoins et le suspect sont interrogés, doivent donner leur version.
- En recoupant les témoignages, en étudiant la scène de crime, en regardant les conflits d'intérêts des témoins, on arrive à avoir une bonne vision de l'ensemble.
- Faire remonter les motivations qui ont conduites au crime. Un acte malsain peut avoir de bonnes intentions au départ.

L'emprisonnement, de même que sa durée, ne dépendent pas du crime commis, mais de la capacité de cette personne à ne plus commettre d'actes répréhensibles pour les autres.

Emprisonnement

Une fois les culpabilités et responsabilités de chacun établies, il faut empêcher que le crime se reproduise :

- Si le coupable s'amende, si les circonstances ou mode opératoire sont modifiés, l'accident ne se reproduira plus. Pour un coupable, reste à être sûr de sa sincérité et pouvoir établir une surveillance les premiers temps pour s'en assurer, de même qu'une mémoire (livre, etc.) pour s'assurer qu'il respecte bien sa parole dans le temps.
- Si la personne continuera une fois relâchée, elle doit être empêchée de nuire (enfermement tant que la dangerosité dure, perpétuité même pour un petit délit comme le vol, mais qui nuit à la confiance dans la société, si cette personne se révèle toute sa vie être cleptomane sans soin possible), voir exécution pour les cas vraiment irrécupérables et dont la détention serait une charge trop lourde pour la société (voir prisonnier à problème plus bas).

Le prisonnier ne doit pas être une charge pour la société, et doit contribuer au fonctionnement de la justice qu'il a obligé la société à mettre en place (indépendamment de la réparation aux victimes). Le prisonnier devra donc travailler pour payer sa nourriture quotidienne, rembourser la construction de la prison, payer les juges, etc.

Isolement

Sa cellule est individuelle, il ne doit être en contact qu'avec des personnes saines qui vont lui faire remonter la pente.

Les personnes égoïstes, et cherchant du pouvoir sur les autres, sont maintenues seules, car en groupe elles sont trop dangereuses.

De manière générale, en prison les condamnés doivent être seuls dans leur cellule, pour ne pas être contaminés par atavisme à des truands pires qu'eux.

Les petits délits, avec des condamnés non néfastes, peuvent être laissés (s'ils le veulent) au contact d'autres prisonniers sains, pour qu'ils s'émulent entre eux.

Confort de vie

Sa cellule sera confortable, sa vie agréable et selon ses souhaits, la prison n'étant pas une punition, mais un isolement temporaire le temps de se former / de s'améliorer.

Le prisonnier doit en effet travailler sur lui-même, s'améliorer, pour un jour espérer retourner en société sans danger pour cette dernière.

Le prisonnier à le droit d'émettre des idées pour la société.

Prisonniers à problème

Si la personne demande trop de contraintes pour être maintenue en prison (géant bipolaire de 2m50 de haut, 200 kg de muscle, qui veut faire le mal, tuer et torturer son semblable, absence de piqûres anesthésiantes, 5 personnes pour le maîtriser) ou qui refuse de travailler pour son maintien en captivité malgré les discussions avec un psychologue, il faudra alors se poser la question de l'exécution (laisser un délai de 3 ans pour voir si les choses peuvent s'améliorer, le faire des fois au feeling, relâchement au loin dans la nature, etc.).

Réparation

Le coupable devra réparer dans la mesure de ses moyens et de son degré de culpabilité. Une somme d'argent ou de travail à la communauté, pas forcément déplaisant, mais qui réparera les dégâts (du travail en plus de son travail habituel, ou de l'argent en moins de son salaire).

Dossier judiciaire

Quels crimes?

Les crimes de cette personne, selon le degré de possibilité d'être reproduits, seront noté dans son casier judiciaire, et seront

Mémorisation illimitée

Un dossier ne doit pas se blanchir au bout de 5 ans comme aujourd'hui, pour détecter les comportements déviants qui se répètent toute la vie (comme cette fille qui à l'âge de 14 ans brûle au 3e degré le gamin qu'elle garde, puis qui régulièrement par la suite martyrisera des dizaines d'enfants, les jetant par la fenêtre (jusqu'à ce qu'une meure), mais toujours impunie. Normalement, si c'est la parole d'un témoin contre l'autre, avec un dossier, il est facile de voir la redondance de mensonges ou d'accusations similaires concernant la même personne.

Disponible à tous

Ce dossier doit être accessible par tout citoyen (permettant une surveillance citoyenne de l'individu). Par exemple, le père de famille qui frappe ses enfants et déménage, les habitants de son nouveau lieu devront regarder si les enfants qui pleurent le soir c'est normal, ou si le père s'était engagé, suite à condamnation, à ne plus le refaire).

Révisable

Dans le cas d'un témoin contre l'autre, celui qui plus tard s'est révélé parjure, verra le blanchiment de l'autre témoin qui précédemment était suspecté d'avoir menti (si ce dernier n'a pas d'autres affaires l'entraînant en suspicion).

Exemples

Un cleptomane qui vole une pizza et qui ne peut s'empêcher de déposséder autrui devrait théoriquement rester en prison à vie, du moins être tenu à l'écart des lieux d'échanges de marchandise. Il devra travailler plus pour payer le suivi d'une comptabilité, de passeports pour les magasins, de la surveillance accrue qu'il impose, etc.

Éducation

C'est la base de la société, car c'est comment nous élevons nos enfants que nous auront une meilleure société à l'avenir, et les meilleures conditions pour nos prochaines réincarnations.

Les sociétés royalistes ou illuminatis avaient raison : les futurs maîtres du monde étaient élevé dès la naissance dans l'optique de diriger au mieux les affaires humaines, ils s'y révélaient compétents.

Faisons donc comme eux : éduquons dès la naissance tous les enfants à devenir rois !

Si tous n'auront pas les compétences ou l'altruisme pour gérer/organiser l'intérêt commun au service de beaucoup d'humains, au moins ils sauront gérer leur propre vie !

Education "royale"

Cela évite les 3 principaux problèmes de cette éducation hiérarchiste actuelle, à savoir que le futurs maîtres du monde étaient choisis :

- pour leur égoïsme,
- que dans une lignée consanguine bien précises, et seulement l'aîné : ce qui entraînait des rois complètement barjos.
- et n'étaient pas virables si ils devenaient incompétents, ou incapables de suivre l'évolution, ou détournaient trop à leur profit. Il fallait soit les empoisonner, soit les poignarder, soit les enfermer avec un masque de fer sur la tête...

Il faudra donc faire tous l'inverse, on choisira les rois :

- pour leur altruisme et leur intérêt au bien être de tous,
- qui sont compétent au poste,
- et on les virera rapidement s'il ne font plus l'affaire !

Je dit les rois, car jamais il ne faut prendre qu'une seule personne pour tout gérer : trop facile d'envoyer une mafia la menacer et lui faire voter les lois que la mafia veut.

Éducation adaptée à chacun

Tous les enfants n'évoluent pas au même rythme. Là où certains sauront lire à 2 ans, d'autres ne s'y mettront qu'à 40 ans. On offre un tronc commun minimum à tous, et tous les enfants, en fonction de leur évolution (pas forcément liée à l'âge) recevront une éducation royale, leur permettant d'aller le plus loin possible dans leur vie.

Comme c'est la communauté qui prend en charge leur entretien, ils pourront étudier aussi longtemps qu'ils veulent, et à l'inverse, ceux qui ont envie d'expérimenter un emploi dès 8 ans pourront le faire.

Sachant qu'on reprend les études dès qu'on le veut, selon ses inspirations du moment.

Les enfants, dès la naissance, devront participer aux tâches communes (comme dresser la table, faire la vaisselle, nettoyer le trottoir, etc.). Évidemment, ce sera dans la limite de leurs moyens, très limité en temps (ils doivent apprendre et s'amuser), et visant plus à leur faire découvrir différents métiers que de réellement être productif (principe du stage) et en fonction de leurs aspirations.

Les dangers

Ne pas oublier que les illuminatis sont là parce qu'on leur a laissé la place, et que recréer des sociétés basées sur nos croyances de l'ancien monde ne servira qu'à répéter les mêmes erreurs.

Trust

Les risques sont toujours grands de laisser une minorité de personnes prendre un pouvoir dont on ne pourra plus les déloger par la suite, notamment parce qu'ils auront pris la main sur :
- forces de l'ordre (armée, police)
- propagande (médias, éducation, culture, information et science) au point de faire aimer au citoyen sa servitude.

Mafias

Les malfaiteurs et égoïstes ont tendance à se regrouper, pour être plus forts face à la communauté globale : ils attaquent les membres leaders isolément plutôt qu'attaquer frontalement tout le groupe, plus nombreux qu'eux. Comme les sages sont toujours minoritaires, il est facile de les menacer, voir de les faire disparaître pour orienter la société dans le sens de l'égoïsme et du hiérarchisme. Ainsi, les yakuzas ou les mafias US tuaient les représentants syndicaux, qui empêchaient les patrons d'exploiter le peuple, ou les éveilleurs de conscience comme Jésus.

C'est pourquoi il ne faut jamais qu'un individu isolé ai trop de pouvoir, il faut répartir le pouvoir entre plusieurs (au moins 3) et qu'il faut de la transparence pour surveiller les activités et décisions politiques, afin de mettre au jour un leader devenu la proie d'une mafia.

Les mafias (organisation violente à but personnel) doivent être interdites. C'est à dire les syndicats (un groupe de personne qui défend ses intérêts face à ceux des autres) car cela est dévolu aux organismes de répartition.

C'est pourquoi les associations de personnes de bonne volonté, qui oeuvre à un intérêt commun, veillent à être transparentes elles aussi sur leurs buts, et que tout dérapage (comme une association dont les leaders, sous des objectifs nobles, aient des desseins noirs en réalité) soit elles aussi soumises aux règles d'éjection des coupables.

Les personnes identifiées comme égoïstes ou hiérarchises ont des droits civiques réduits (voir une mise en isolement), et ne peuvent s'associer, ou alors de manière strictement surveillée.

Une association ne doit pas primer le dénigrement des autres, ou cultiver l'idée d'une supériorité sur les autres. Ils sont au même niveau que tous dans le fonctionnement de l'organisme commun qu'est la société, tout le monde est fort dans son domaine d'expertise.

Les gros bras à la basse mentalité (de par l'absence d'éducation et d'instruction, ou de réflexion sur le but de sa vie) ont toujours été les soldats de ces mafias. C'est pourquoi Mohamed a toujours dit que le principal péché, c'est la pauvreté (financière, de l'âme, de l'éducation). Éduquer, offrir des débouchés dans le développement de la communauté, diminue le nombre de gros bras sans cervelle. Et lors du démantèlement d'une mafia, les gros bras sont temporairement retirés de la société, pour les éduquer correctement, et leur donner le choix de la suite de leur vie. La plupart des truands parlent de leur découverte de Jésus en prison, et sont les plus zélés à racheter leurs comportements passés. Ils n'étaient des gros bras que parce notre société hiérarchiste leur a imposé ce rôle, par manque de connaissance principalement.

Complexité

Une société trop complexe dont seuls quelques initiés auront les clés et pourront profiter (un travers volontaire des mafieux qui ont le but du trust en tête).

Désintérêt

Il faut que la majorité soit intéressé au bon fonctionnement d'une société. Les mafieux voulant faire un trust, grâce à une propagande, peuvent inciter les gens à devenir insouciant et laisser de côté une société dont le fonctionnement apparent semble efficace.

Élitisme

Le danger c'est que les sages progressent trop vite, et oublient que le but c'est aussi que toutes les consciences évoluent, et qu'il faut les écouter. C'est la majorité qui doit évoluer au niveau de la conscience. C'est pour la majorité que les sages prennent les décisions, pour le développement de la conscience de la majorité. Sans non plus forcer ceux qui ne sont pas près à s'ennuyer dans les écoles, respect du choix de l'individu, même minoritaire.

Il ne faut donc pas brider ceux qui veulent progresser spirituellement, mais ils ne faut pas que ces avancés imposent leur choix à la société.

Bons arguments

Les philosophes grecs se posaient déjà la question, comment utiliser la logique pour déterminer la bonne décision à prendre, comment mener des débats constructifs, en ne faisant intervenir que la logique (et pas la passion des hommes), en évitant que des manipulateurs experts n'orientent la réflexion des hommes vers les mauvaises conclusions.

Bon débatteurs

Le batteur

Que répondre à quelqu'un qui vous traite de complotiste ?

Rien, parce que c'est quelqu'un qui a perdu la faculté de penser. Derrière l'étiquette qu'elle vous colle, c'est une barrière protectrice lui permettant de ne pas remettre en cause ses opinions, de ne pas à avoir à entendre de nouvelles infos, de ne pas avoir à réfléchir.

Il faut juste avoir de la compassion pour cette personne, tellement malade et anxieuse, qu'elle en est au point de n'être plus capable d'interagir avec quelqu'un.

Inutile de fournir des preuves et des sources, vu qu'elle ne les lira pas, ne cherchant pas à apprendre, et surtout pas à changer d'avis.

S'identifiant à ses croyances, elle prend comme une insulte le fait que sa croyances, donc elle-même, est fausse.

Le malhonnête

Dans le domaine scientifique, tous les chercheurs savent qu'on a un gros problème de probité (honnêteté des chercheurs dépendant d'un patron) avec les études truquées et malhonnêtes des labos privés.

L'exemple actuel est l'hydroxychloroquine, un médicament qui a fait plus que ses preuves en 80 ans, mais à qui on demande toujours plus de tests (quand on teste 2 000 patients, on nous en demande 10 000), et à l'inverse, le remdésivir (médicament vendu 2100 dollars là où la chloroquine coûtée 14 dollars) qu'on autorise malgré toutes les preuves de dangerosités et de non efficacité, testé sur 5 patients seulement, sans tests triple aveugle, avec plein de biais d'analyse, et aucune étude validée en sa faveur.

Le dé-batteur

Il faut donc rester dans une opposition sereine, mais systématique, face à tous les abus.

Les batteurs et malhonnêtes sont évidemment exclus du débat, ils n'apporteront rien, ou alors 1% de questions judicieuses sur 99% de manipulations ou de déni, trop faible rendement, perte de temps et d'énergie...

Le vrai scientifique est avide d'arguments contraires, pour permettre la construction de son savoir, sans cesse augmenté.

Il ne s'identifie pas à ses croyances, car il sait qu'elle sont incomplètes, et qu'il reste tellement à apprendre.

L'objection est constructive, et ne doit pas être vue comme une attaque. La liberté de rentrer dans une co-construction (chaque participant apporte une pierre à l'édifice, et ne s'en sert pas pour lapider le partenaire, vu à tort comme un adversaire).

Arguments scientifiques

Validité vérifiée

Il faut toujours qu'une assertion soit validée scientifiquement par :
- des études non sujettes à caution,

- des témoignages fiables ou suffisamment nombreux.

Antériorité

Si quelque chose dure depuis des millions d'années sans poser de problèmes apparents, on peut en déduire que c'est quelque chose sur lequel on peut s'appuyer. Si quelqu'un veut faire croire que la nature s'est plantée et que le lait artificiel est mieux, il faudra qu'il produise des études costaudes et sur plusieurs générations pour prouver ses dires. Des études menées par la communauté évidemment, pas par celui qui prétend quelque chose.

Propriété

Quand rien n'appartient à personne, il n'y a pas de notion d'héritage. Les gens n'accumulent pas de richesses dont il ne pourrait profiter, et tout le monde peut avoir ce qu'il désire.

Echanges facilités

Tous les appareils sont en commun, au lieu de stocker une perceuse dans son garage on la stocke dans le local commun. Si 2 personnes en ont besoin en même temps de manière régulière, on en commande une autre.

Les objets peuvent aussi être répartis chez ceux qui s'en servent le plus, et accessibles aux autres (l'informatique doit perdurer pour permettre cette facilité de la vie).

Habitation

Toutes les maisons sont assez semblables en confort et d'aspect extérieur, elles sont normalement facilement interchangeables. Il y en a pour tous les goûts.

Nouvelle habitation

Si quelqu'un veut une habitation, et qu'à l'endroit choisi il n'y en a pas de libre, ou que personne ne veut changer d'habitation, on en construit une (dans la mesure de la place disponible).

Tous les corps de métiers locaux se mettent alors à l'oeuvre pour construire cette maison.

Matériaux utilisés

Construire des habitations solides, mais complètement recyclables par la Nature. Privilégier le bois et les éléments du sol local.

1 cuisine, 1 grand salon et 3 ou 4 chambres (les gens de Terre2 ont l'habitude de cohabiter, de partager la même demeure avec sa famille ou ses amis). Il est facile d'y ajouter des pièces pour les nouveaux bébé. L'accord des voisins et de la communauté locale suffisent (juste pour vérifier qu'il ne va pas y avoir un problème non prévu).

Contrat

La parole donnée compte, mais il est possible à tout le monde de réfléchir ou d'avoir des imprévus.

Si le contrat intial était déséquilibré (une des parties y gagnant plus que l'autre) on arrête tout là, voir le léseur, si la mauvaise foi et l'arnaque sont alléguées, doit rembourser ce qu'il a volé.

Si l'un des contracteur ne peut plus, ou n'a plus envie, il y a recherche de solution amiable entre toutes les parties, le contracteur qui part devant trouver une solution pour ne pas léser ses partenaires (comme former son successeur).

Sexe et couples

Une bonne place entre contrat et contrôle des naissances.

Le mariage et son contrat n'a d'intérêt que pour les enfants, inutile dans le cadre d'une société qui prends soin de tous (plus besoin de sacrifier une personne pour s'occuper à plein temps d'une autre) et de ses enfants (même ceux des autres).

Homosexualité

Chez les amérindiens, il existait des couples homosexuels ou un des partenaires jouait entièrement le rôle du sexe opposé. Pour les couples de femmes, une était guerrière l'autre artisan, et on retrouve la même configuration pour les couples d'hommes. Un couple devait se former de façon complémentaire par rapport à la place dans la société, et les hommes qui voulaient avoir des rôles de femmes (cultiver le champ, faire des vêtements etc...) choisissaient d'être des "femmes" dans la société. C'est ce qu'on appelle les "Berdaches", qui avaient souvent un rôle spirituel très important dans les cérémonie chamaniques..

Les amérindiens n'avaient aucune crainte que les homosexuels soient pédophiles (ce qui n'arrive que si l'enfant est violé jeune et ne surmonte pas ce traumatisme), puisque les berdaches étaient très recherchées pour garder les enfants. Ces hommes ayant pris le rôle de femmes avaient un très gros manque de maternité, leur comportement était donc d'autant plus attentionné envers les enfants (dans le bon sens du terme).

Il n'y a quasi pas d'homosexuels chez les ET sexués bienveillants (L1>déformatage). Quand cela arrive, et c'est ultra-rare, ils sont acceptés comme des individus égaux. Ces cas ne peuvent venir que d'un problème d'incarnation : ce n'est pas le problème d'une âme mère (femelle) s'incarnant dans un homme pour exercer un pouvoir dans une société patriarcale, car ce cas n'existe pas dans une société égalitaire où tout le monde exerce ce dans quoi il est compétent et incarné pour. Les seuls homos qu'on retrouve chez les ET sexués altruistes sont globalement les incarnations d'autres ET en provenance de mondes où le sexe n'existe pas, et qui ont du mal à s'adapter à leur corps sexué.

Pédophiles

Une personne, quel que soit son sexe ou son orientation sexuelle (hétéro ou homo) peut devenir pédophile (recherche des rapports sexuels avec des enfants plutôt que des adultes) suite à des agressions pédophiles répétées dans son enfance, agressions qui peuvent complètement détruire la vision que les victimes peuvent avoir d'elles mêmes et des relations avec les autres personnes de leur sexe. La plupart des prêtres qui violent leurs enfants de cœur sont déjà des gens ayant subi des viols quand ils étaient jeunes. Cela n'a rien à voir avec de l'homosexualité ou l'abstinence, c'est lié à de graves traumatismes non résolus. Ces traumatismes n'excusent pas, mais expliquent.

C'est pourquoi il est important d'empêcher un pédophile de nuire (qu'une personne soit attirée par les jeunes enfants n'est pas répréhensible en soi, c'est le passage à l'acte, de force, ou par manipulation psychologique, qui l'est). Et de résoudre rapidement le traumatisme chez la victime, qu'elle se rende bien compte de la gravité de la chose, pour ne plus reproduire le schéma plus tard.

Sur-sexualité et narcissisme pathologique

Cela n'existe pas chez les ET altruistes, parce que ces problèmes sont soit lié à une spiritualité extrêmement hiérarchiste, soit à des traumatismes.

Contrôle des naissance

[AM] Partie où je ne suis pas sûr de moi, à prendre avec des pincettes !

On ne peut pas se reproduire comme des lapins, saturer la terre, tout détruire, et provoquer des milliards de morts ensuite. Par respect pour la vie qui nous entoure, on doit se réguler nous-même, surtout que nous n'avons plus de prédateurs ni de régulateurs.

Le contrôle des naissances se fait soit par :
- les méthodes naturelles (pas de sexe dans les périodes de grosse fertilité, méthode Ogino),
- la prise d'abortifs naturels (comme les graines de carottes sauvages)
- l'avortement si les méthodes précédents ont échouées (l'âme commençant à s'intégrer dans un corps à 5 mois, il est préférable d'avorter avant 4 mois).

Tout faire pour garder un bébé en route

Une mère ne devrait pas avoir de problèmes matériels, ou devrait pouvoir interrompre sa scolarité sans problème. Ce ne sont pas de bons justificatifs à un avortement, juste les signes d'une mauvaise société.

Un bébé doit pouvoir être facilement adopté par de bons parents, voir être élevé par la communauté si ses parents ne sont pas aptes, ou pas d'accord, à prendre en charge cette âme.

Je ne parle pas des DDASS évidemment, où les enfants sont laissés à l'abandon, sans éducation et sans amour, et sont plus élevés comme des esclaves sexuels pour élites pédo-satanistes, et autres travaux de forces usants...

Imposer une limitation ?

Notre société occidentale fonctionne pas trop mal pour se limiter à moins de 2 enfants par femme.

Au bout de 2 enfants, une mère qui ne gère pas ses grossesses sera :
- soit impactée financièrement (si elle n'est pas déclarée apte à propager son génome, voir eugénisme ci-dessous),
- soit une suppression des ovules / stérilisation, en utilisant une méthode :
  - n'impactant pas la santé de la mère, même à long terme (pas de ménopause avancée)
  - réversible (stockage des ovule, ou ligature pouvant être retirée.

Respect de toutes les vies

[Zéta] Il faut respecter toutes les formes de vie, même celles en devenir. S'il faut respecter le foetus, il faut aussi respecter la mère, dont la vie compte.

L'avortement, c'est avant tout le contrôle du processus de décision (libre-arbitre) que les mères, les pères et les humains en général détiennent. Les anti-avortement extrêmes oublient souvent cette partie de la question.

Avortement thérapeutiques

[Zéta] Si l'avortement doit être fait (pour une raison ou pour une autre), il ne doit pas être vu comme quelque chose d'irremplaçable enlevé à une âme, mais comme un changement de plan que la nature effectue fréquemment lorsqu'elle emporte un fœtus en formation imparfaite (fausse couche). En particulier, lorsque le fœtus est incapable même des processus de pensée qu'un poisson ou une amibe pourrait posséder - adaptation instinctive à son environnement - les besoins de la mère devraient avoir la priorité absolue. Penser à l'âme qui va être coincée dans un corps compliqué et incapable d'apprendre.

Suivi psychologique de la mère

Les dominants forcent aujourd'hui à avorter en masse, à faire comme si cet assassinat n'avait aucune conaséquence. Leur but est d'avoir plus de matériel de cellules souches à manipuler, voir adrénochrome et autres saloperies à vendre à prix d'or.

La mère elle, ne touche aucun argent, mais va se taper tous les retours négatifs de l'avortement :
- détresse psychique, questionnement existenciel à se demander si elles ont fait le bon choix, si elles n'ont pas choisi trop vite,
- se demander sans cesse a quoi aurait ressemblé le bébé, "tiens, il aurait eu 20 ans aujourd'hui",
- l'âme du foetus avorté après 5 mois, qui ne comprend pas l'assassinat et va hanter les parents qui n'ont pas su l'accueillir, surtout si c'est une âme qui ne retourne pas facilement vers la lumière.

Eugénisme

[AM] Partie où je ne suis pas sûr de moi, à prendre avec des pincettes ! En tout cas, pas de suppression d'un individu après 4 mois de grossesse, c'est les corps à venir qu'on prépare !

Si on considère que les enfants de nos enfants sont nos futurs véhicules d'incarnation, on comprend qu'il ne faut pas faire se reproduire les humains génétiquement psychopathes, schizophrènes ou retardés mentaux, ni même les handicapés génétiques, les maladies héréditaires comme

La sélection naturelle vise justement à mettre en avant les plus robustes, les plus intelligents. Notre société dépravée à plutôt mis en avant les plus abrutis, histoire d'avoir une masse colossale d'esclaves sans réflexion qui se vautrent dans les jeux télé et ne vont pas embêter les élites. Ce dernières, à leur insu, se sont aussi dégénérées via l'abrutissement général, les élites moins intelligentes arrivant à réussir malgré tout.

Comment les choisir : assez simple, c'est ceux qui nous donnent envie d'être dans leur corps !

Chaque métier voit se développer dans leaders, des gens mieux adaptés que d'autres, c'est eux qui doivent se reproduire.

Évidemment, ce n'est pas une question à prendre à la légère. Il faut arriver à déterminer, dans un individu, la part de l'âme et la part du corps physique.

Cette question pose aussi le problème de limitation des naissances (avortement), de qui s'occupe des enfants, etc.

Les juifs par exemple ont toujours favorisé la reproduction des gens intelligents, avant de dévier vers les gens égoïstes qui arrivaient à se maintenir chef.

Les homosexuels ne sont pas liés à des traits d'ADN, donc inutile de faire de l'eugénisme avec eux.

Comment gérer les couple (favoriser les rencontres entre gens intelligents, tout en laissant les affinité et coup de foudre d'incarnation se faire) ?

Beaucoup de questions en suspens sur ce thème qui peut vite déraper (voir les nazis).

Société idéale > Villages

Il faut bien que l'humain aient conscience d'appartenir au groupe humain mondial, et au biotope terrestre avant tout.

Les villages ne sont que des répartitions géographiques, le village d'à côté ou à l'autre bout de la Terre vaut autant que le sien.

Sans pouvoir d'un seul homme sur tous les autres, pas de volonté d'aller chercher les esclaves du chef voisin.

Les prophéties amérindiennes annoncent la Nation Universelle, ou tous les hommes de toutes

Société idéale > Villages

races se retourneront contre ceux qui les gouvernent pour s'unir en une grande fraternité.

Éviter le nationalisme et patriotisme

Il n'y a qu'une seule vérité, nous sommes tous frères, nous sommes tous UN...

Les batailles de castes, de sexe, de couleur de peau, de couleur de cheveux, de clans, de groupes et de nations sont vaines et infertiles...

Une dictature en remplace une autre, peu importe le nom qu'elle se donne.

Tout ce qui nous divise, nous sépare, est une perte d'énergie, c'est se couper de la Source, de son abondance. Si c'est utile pour le hiérarchisme, c'est inutile dans l'égalité entre tous.

Aussi tout patriotisme ne peut mener qu'à des désaccords et des conflits.

Enlevez les gens qui ne pensent qu'à leur propre bonheur sans se soucier du mal qu'il font aux autres et vous aurez une société parfaite !

Tous s'unir contre le village dominateur

Il peut arriver qu'un chef prenne le contrôle d'un groupe d'individu (une mafia) puis le contrôle d'un village, puis commence à mettre sous sa domination les villages d'à-côté. C'est comme ça que commence les empires.

Jusqu'à présent, ça n'a marché que parce que le peuple s'en foutait un peu de qui tenait la baguette.

Dans l'aftertime, les gens seront bien en société égalitaristes, et se battront plus facilement pour garder leur liberté.

Comme nous sommes tous UN, il faut que toute l'humanité se coalise pour éradiquer tout de suite tout début de cancer, comme le fait le corps. Les élément nocifs sont isolés de la société. Il faut que cela soit fait au sein du village d'abord, mais si les choses ont commencé à empirer, toute la région doit se serrer les coudes pour stopper la volonté hégémoniste d'un fou.

Société idéale>Argent

Cette partie serait à fortement résumer

La vraie base de la monnaie est l'heure de travail humaine, tout simplement. La quantité de travail en une heure qu'un humain talentueux et motivé peut faire. Une heure de job de bonne qualité, parce qu'on fait réaliser à l'humain l'oeuvre de sa vie, celle pour laquelle il s'est incarnée sur Terre, celle dans laquelle il s'épanouit et prend du plaisir !

Ne vous laissez pas avoir par des gens qui dégagent du pouvoir les anciens corrompus; pour établir une monnaie basée sur l'or (échange avec les anunnakis). C'est le NOM (gouvernement mondial oppresseur). La Communauté Altruiste Mondiale

(CAM), guidée par le retour de Jésus, aura son économie basée sur le bien être et l'accomplissement de tous les citoyens qui coopèrent ensemble ! Donc soit sur l'heure de passion, soit sur le don directement pour les sociétés les plus avancées dans l'altruisme.

La conférence de Bruce Bourguignon [arg1] nous montre l'imposture de l'argent, qui est de comptabiliser tout ce que chacun apporte à la communauté, et qui est évidemment utilisé par celui qui fabrique la monnaie pour prendre le pouvoir sur les autres. La monnaie était nécessaire, mais ce n'est qu'une courte parenthèse dans la longue histoire de l'homme (5 millions d'années environ), ce n'est qu'en -5 000, avec les premières sociétés anunnakis hiérarchiques qui colonisent le monde (néolithique, imposition de l'esclavage des peuples), que les grosses fortunes se sont établies et ont imposé leur déification de l'or, tout en faisant disparaître les derniers groupes de chasseurs cueilleurs. Avec l'arrivée de Nibiru début 2017, l'argent ne vaudra plus rien (plus d'armée pour faire respecter le paiement des billets, de toute façon cet argent ne vaut déjà plus rien), ça sera l'occasion de repartir dans le principe de communauté.

Présent - Société marchande

Une société marchande c'est le capitalisme, c'est un peu ce qu'on vit. Le troc fait aussi partie de la société marchande (la monnaie est juste devenue un objet, mais on échange des choses contre d'autres choses). La société non marchande ça va être encore autre chose on va y venir.

Depuis qu'on est tout petit on est baignés de l'idéologie marchande, ça commence par la dinette par exemple, puis à l'école on apprend à compter, on apprend l'argent, la valeur de l'argent, etc... ça va même jusqu'à coloniser notre propre imaginaire et parfois ça nous amène à avoir des réflexions qui vont à l'inverse du bon sens.

Pour commencer on va faire un petit état des lieux parce que c'est important de voir d'où on part, et pour comprendre pourquoi on s'intéresse à ce sujet.

Obligation d'avoir de l'argent pour les besoins vitaux

Besoins vitaux : alimentation, logement, soin, etc. L'argent sert à couvrir ces besoins vitaux.

Il faut bien comprendre qu'obtenir de l'argent aujourd'hui c'est peut-être notre plus grande préoccupation de tous les jours. C'est important de se poser la question de notre rapport par rapport à ça.

Des privés contrôlent l'argent

Importance grandissante du monde de la finance géré au niveau mondial par des organismes privés

FMI (Front Monétaire International)

BCE (Banque Centrale Européenne),

OMC (Organisation mondiale du Commerce), etc.

Là ce qu'il faut comprendre c'est que tous ces grands organismes qui écrivent des textes qui ont valeur de lois, qui règlent l'économie de manière générale, il n'y a aucun contrôle politique dessus.

Asservissement des pays par la dette

On a beaucoup entendu parler de la dette du Tiers-Monde, mais c'est en train d'arriver en Europe, on voit la Grèce notamment qui est complètement à genoux par rapport à la dette. Et ça va aussi jusqu'en France. Vous savez sans doute que la France est endettée à 2000 milliards d'euro, déjà on comprend que c'est un peu inhumain on se dit « combien de temps je dois travailler pour avoir 2000 milliards d'euro ». Il faut pour la rembourser qu'un smicard travaille 200 000 ans…

Guerre pour les intérêts économiques

On nous cache souvent les intérêts économiques derrière les guerres mais il y a souvent l'enjeu du pétrole, des minerais, de l'uranium, etc.…

Crises financières – Insécurité financière

On entend de plus en plus parler de crises financières, on a eu en 2008 les subprimes aux USA qui ont mis à la rue du jour au lendemain des familles, on sent qu'à ce niveau là il y a un peu d'insécurité.

Transactions à Haute Fréquence - investissement robotisés

Maintenant, dans les salles de Bourses, il n'y a plus comme dans les films les gens qui font « j'achète, je vends», maintenant ça se joue à la micro seconde, les opérations d'achats ou de ventes. Maintenant ce sont des algorithmes informatiques qui vont décider ou non de vendre tel actif ou non, c'est très rapide et il n'y a plus aucune maîtrise de l'être humain dans ces choses là et pourtant ces transactions financières c'est plus de 90% des sommes qui sont brassées. Normalement ce sont des hommes qui sont censés choisir quel aspect de notre vie on va développer, ici des robots favorisent des aspects de notre vie au hasard, en général les pires.

Répartition des richesses de plus en plus inégalitaire

Ça on en parle souvent, il y a une statistique : 2% de l'humanité détient 50% du patrimoine des ménages et 50% d'humanité détient 1% du patrimoine des ménages (ces statistiques se concentrent chaque année plus, et ne tiennent pas compte de tout l'argent caché dans les paradis fiscaux. La réalité est bien pire. C'est souvent un des arguments qu'on nous avance sur l'utilisation de l'argent, c'est que ça permettrait visiblement une meilleure répartition des richesses, on peut quand même se poser des questions parce que dans les faits on n'y est pas du tout, et ça a tendance à s'empirer.

Les ressources naturelles appartiennent à des organismes privés

Que ce soient les exploitations minières (Pétroles, Métaux, Gaz, uranium, etc.…) ou ressources de base (terres agricoles, sources d'eau, voie de passage).

Ça parait un peu une évidence mais si on imagine par exemple que dans un village où il y a une source d'eau et que quelqu'un s'accapare cette source d'eau pour ensuite vendre l'eau au reste du village en disant « c'est ma propriété, désolé si vous voulez de l'eau il va falloir la payer ». Évidemment on se scandaliserait, on serait révolté, on irait dire « mais non cette eau est à tout le monde ». Et finalement c'est ce qui se passe pour toutes les ressources sur la planète toutes les ressources appartiennent à des particuliers et personne ne se révolte…

Sphères marchandes et non marchandes

La Sphère Marchande est composée de l'ensemble des biens et services dont l'obtention s'effectue en contrepartie de valeur marchande (argent ou troc).

C'est ce qu'on vit tous les jours dès qu'on achète ou qu'on vent quelque chose, on a une contrepartie, on ne peut rien obtenir gratuitement. L'argent c'est le référentiel unique qui permet de mesurer tous les biens.

On comprend bien la puissance et l'envie, les désirs que ça peut donner à certains.

Et notamment on y retrouve tous les besoins vitaux, si on veut se nourrir, se vêtir, se soigner, se loger… on est obligé de passer par une contrepartie financière, c'est ça qui va poser le plus de problèmes selon nous dans ce qui se passe aujourd'hui.

La Sphère Non Marchande est composée de l'ensemble des biens et services dont l'obtention ne nécessite pas de contrepartie, c'est au niveau de la gratuité. Par exemple : Prendre un autostoppeur, Aider son prochain, faire du CouchSurfing (hospitalité), Inviter des amis à prendre une tisane, Secourir quelqu'un, etc…

Ces deux sphères existent en permanence, on est certes dans une société marchande mais les deux sphères coexistent dans tous les régimes qui existent et de tout temps il y a toujours eu ces deux sphères. Aujourd'hui la Sphère Non Marchande est toute petite mais elle existe. Quand on voit l'effondrement de l'Empire Romain y'a beaucoup de gens qui ont continué à utiliser la monnaie romaine puis petit à petit elle a perdu sa valeur, il n'y avait pas la puissance politique derrière, après les gens sont petit à petit passés au troc et finalement on s'est aperçu qu'au milieu du moyen âge dans les communes en France, la majorité de la gestion des ressources, des besoins vitaux, était gérée dans une Sphère Non Marchande. Les gens partageaient ensemble tous les besoins vitaux, il y avait les marchés on s'y réunissait tous mais il n'y avait pas d'argent, on se ré-éparpillait les ressources et le surplus pouvait servir au marché avec les étrangers qui viendraient au village pour ensuite échanger. Tout ça pour vous dire que ça n'a pas toujours été comme aujourd'hui où tous nos besoins vitaux sont dans la Sphère Marchande, c'est quelque chose qui évolue en permanence.

Je fais une petite précision lorsqu'on parle de contrepartie on parle d'une contrepartie qui est non négligeable, par exemple si on me tend une pomme et que je tends mon bras pour attraper la pomme, on va me dire « oui mais la contrepartie c'est le fait que tu tendes le bras pour avoir la pomme », non, non, on est d'accord là c'est négligeable. Si vous me donnez une pomme c'est dans la Sphère Non Marchande.

Finalement entre ces deux Sphères il y a deux approches totalement différentes. Quand on est dans une société Non Marchande et qu'on a un besoin, il va falloir le demander, c'est-à-dire qu'on a conscience qu'on manque de quelque chose, qu'on est dans une position d'humilité par rapport à ça et on va demander de l'aide et que quelqu'un après nous apporte ou non en fonction ses exigences.

Si on est dans une société Marchande on a de l'argent on va plutôt exiger, on va être dans une position presque de dominant par rapport à ceux qui vont recevoir notre argent, on va vraiment attendre des choses en retour. Il y a une expression qui le dit très bien c'est « le client est roi », on est vraiment dans quelque chose qui nous pousse un petit peu à prendre une position de domination. Finalement avec de l'argent une personne qui peut être méprisable dans la vie de tous les jours obtiendra toujours ce qu'elle veut en échangeant avec son argent.

Si on est dans une société Non Marchande la personne si elle est méprisable on n'aura peut-être pas envie de lui rendre service, donc ça va plus nous pousser à la vertu, on va accorder plus d'importance aux regards des autres parce que c'est des autres dont on a besoin ça va pas être de l'argent.

Le deuxième point est tiré du livre (Dette 5000 ans d'histoire de David Graeber (p.98), c'est qu'il y a une grosse distinction entre les dettes non comptabilisées et les dettes comptabilisée. Lorsqu'on aide quelqu'un on a une dette envers lui, c'est ce qui fait les liens humains entre deux personnes, si je t'aide tu vas avoir une dette envers moi. Si on commence à la comptez, et qu'on rembourse la dette, on est quitte, on est de nouveau deux étrangers. Ce qui fait les relations humaines c'est qu'on se fait des petites dettes tous les jours en s'entraidant.

Ce qui différencie vraiment les deux c'est que quand on commence à compter qui doit combien à qui, là on est dans une logique marchande et finalement on devient tous des étrangers les uns par rapport aux autres. Lorsqu'on s'endette moralement avec d'autres personnes en s'entraidant on crée du lien humain.

Dans un cas on comprend qu'on a besoin des autres pour vivre, et dans l'autre cas on a juste besoin d'argent et on est poussé un peu vers l'individualisme dans le cas d'une société Marchande, parce qu'on a l'impression qu'on n'a pas besoin des autres, il suffit de travailler, on a notre petit argent, on le dépense et les autres sont à notre service.

D'un côté on va développer la Philia, un terme synonyme de fraternité, on va prendre vraiment conscience de l'importance des autres pour vivre ensemble de manière heureuse.

Et du coup on va aussi aborder un autre point c'est que dans une approche marchande on a un peu ce qu'on appelle l'aliénation, l'aliénation c'est la dépossession de soi. Depuis qu'on est enfant on est comme dans un petit rail, on nous met à l'école et après en fonction des études on va nous dire « il faudrait que tu fasses un métier où tu gagnes bien ta vie », on va nous orienter en fonction de l'économie, à l'école ils s'en cachent même pas c'est vraiment l'insertion dans le monde du travail. Et puis après on a le travail, la famille, la retraite, etc… tout est bien téléguidé et finalement on ne fait pas tellement de choix dans notre vie. L'absence de choix fait qu'on ne se construit pas personnellement, parfois des personnes ont des crises de sens dans leur vie, elles ne savent pas ce qu'elles sont, vu qu'on a peu de moment dans notre vie où on prend de vrais choix déterminants, je ne parle de choix entre sauce moutarde ou sauce mayo, je parle de choix qui nous oriente réellement.

Et de l'autre côté on a une réappropriation de sa vie parce que lorsqu'on est dans un monde non marchand si on nous demande un service on est toujours dans la possibilité de le refuser, on peut accepter ou refuser, et de là va déterminer un peu notre personnalité, qui est-ce qu'on a envie d'aider ou pas.

Un point qui est aussi intéressant, on a compris que dans une société non marchande on va être plutôt au service des autres, de ceux qui demandent de l'aide. Et dans une société marchande on va être au service des riches. Ça va être assez simple à comprendre, si on a besoin d'argent pour vivre, il va falloir le gagner cet argent et pour le gagner il va falloir travailler pour ceux qui en ont, on ne va pas travailler pour le pauvre du coin parce qu'il 'a pas d'argent et ça nous intéresse pas. On va orienter notre recherche de travail et de nos services vers ceux qui ont déjà de l'argent, qui vont nous gratifier de leur argent, ce qui fait qu'on va avoir une société qui va être vraiment à l'image de la volonté de ceux qui ont de l'argent.

Si aujourd'hui on construit des immeubles de cette manière là, ce ne sont pas des gens pauvres qui décident de ça, ce sont des gens qui ont beaucoup d'argent, qui réfléchissent économiquement à ce que ça pourrait leur rapporter de construire des cages à poules sur plusieurs étages. L'organisation de la vie de manière générale est vraiment faite dans une logique économique et pour l'intérêt de ceux qui ont de l'argent.

Je vais vous lire un passage du livre de David Graeber « 5000 ans de dette » où il parle d'un anthropologue qui est allé voir les Inuits et là il y a une confrontation directe entre une pensée Occidentale et une pensée de chasseur Inuit qui est lui au contraire non marchand : Dans son livre de l'Esquimau,? nous raconte qu'un jour rentré bredouille et affamé d'une expédition de chasse aux mors, il découvrit que l'un de ceux qui avait fait bonne chasse avait déposé plusieurs centaines de livres de viande, il se répandit en remerciant. L'homme réagit avec indignation « "Dans notre pays, nous sommes humains", dit le chasseur. "Et puisque nous sommes humains, nous nous entraidons. Nous n'aimons pas entendre quelqu'un dire "merci" pour ça. Ce que j'ai aujourd'hui, tu peux l'avoir demain. Ici, nous disons qu'avec les cadeaux on fait des esclaves, et qu'avec les fouets on fait des chiens."

La dernière phrase est un peu un énoncé classique de l'anthropologie, et l'on trouvera de semblables rejets du calcul des crédits et des débits dans toute la littérature anthropologique sur les sociétés égalitaires de chasseurs.

Loin de se voir comme un humain parce qu'il peut faire des calculs économiques, le chasseur affirme qu'on est véritablement humain quand on refuse de faire ce genre de calculs. Quand on refuse de mesurer ou de garder en mémoire qui a donné quoi, à qui, justement parce que ces comportements vont inévitablement créer un monde où nous allons entreprendre de comparer puissance à puissance, de les mesurer, de les calculer, et puis de nous réduire mutuellement, progressivement, à l'état d'esclaves... ou de chiens, par la dette.

Non que cet homme, comme d'innombrables esprits aussi égalitaires que lui au fil de l'histoire, ait ignoré que les humains ont une propension à calculer. S'il ne le savait pas, il n'aurait pas pu dire ce qu'il a dit, bien sûr qu'on a une propension à calculer. Nous avons toutes sortes de penchants. Dans toute situation de la vie réelle, nous avons des inclinations qui nous poussent simultanément dans plusieurs directions différentes, et contradictoires. Aucune n'est plus réelle que les autres. Laquelle choisissons-nous comme fondement de notre humanité et plaçons-nous à la base de notre civilisation, telle est la vraie question. »

Alors ! Formule de politesse, là on va rigoler, y'en a sans doute qui vont bondir, mais il faut comprendre que les formules de politesses qu'on utilise « merci, s'il-vous-plait, etc.… » ç'est très récent, ça a à peine 500 ans, si on regarde l'étymologie de merci ça vient de « mercé » ça veut dire le prix, le salaire, ça a donné mercenaire, mercantile, donc on a vraiment une logique marchande. « Merci » ça a donné après « pitié », à l'origine quand on disait merci ça voulait dire « je suis à votre merci », on vous a rendu service et vous dites « je suis à votre merci », et l'autre de répondre « de rien », parce que « de rien » ça veut dire « je n'écris rien sur ton ardoise » par exemple.

On voit que toutes ces formules de politesse ont démarré avec la logique marchande et je vais aller encore plus loin mais lorsqu'on apprend à un enfant à dire merci, je vois beaucoup de parents le faire, dès qu'on rend un service « il faut que tu dises merci… », apprendre à un enfant à dire merci c'est lui apprendre la contrepartie, que rien n'est gratuit. Si l'enfant n'a pas envie de dire merci ce n'est pas grave on ne fait pas un cadeau pour attendre un merci, on fait un cadeau pour que l'enfant soit heureux et sa satisfaction devrait nous suffire, on le voit dans ses yeux, il est content, il apprécie. Mais il faut peut-être pas abuser et forcer trop les enfants à des comportements qui nous paraissent normaux tous les jours alors que si on y réfléchit bien c'est déjà leur apprendre un peu la soumission et que rien n'est gratuit.

Inconvénients du système marchand

Argent et pouvoir

les deux faces d'une même pièce.

D'un côté on indique la valeur marchande et de l'autre le pouvoir qui garantit cette valeur (le souverain, l'état, l'armée).

Qui garantit que la pièce n'est pas que ce petit bout de métal qui ne vaut pas grand-chose mais que finalement si c'est une pièce d'un euro, ça vaut un euro. Il y a forcément un pouvoir derrière qui garantit cette valeur.

Ce lien entre Argent et Pouvoir est à l'origine de la monnaie.

Concomitamment avec l'impôt, la monnaie fut imposée aux différents peuples pour faciliter les manœuvres militaires en évitant ainsi aux armées de s'encombrer du transport de nourriture, vêtement, etc…

Là il va falloir démonter un mythe, le mythe du troc, souvent dans les livres d'économie on nous fait croire que les hommes avant, troquaient et pour faciliter les échanges ils ont inventé l'argent, en fait quand on se penche vraiment du point de vue de l'anthropologie, David Graeber en parle très bien, c'est pas du tout comme ça que ça c'est passé, ce n'est d'ailleurs pas évident de comprendre le lien entre échange et troc. Par contre si on prend le point de vue du souverain, de celui qui a le pouvoir, à ce moment là on comprend l'intérêt d'imposer l'argent à la population, notamment dans le temps, lorsque les armées se déplaçaient, elles devaient se déplacer avec les gens qui devaient les habiller, les nourrir, etc … Et au niveau de la stratégie c'est bien plus facile de donner des pièces à des soldats et de lui dire « avec ces pièces là, tu pourras t'arrêter dans n'importe quel village et tu pourras l'échanger contre la nourriture auprès des villageois », sauf que les villageois ne se laissaient pas faire, ils ne voulaient pas forcément de l'argent. Donc en même temps on a inventé l'impôt qui obligeait chaque villageois à accepter cet argent pour pouvoir payer les impôts et pour pouvoir tout simplement garder leur terre.

Le pouvoir garantit au créancier d'être payé par son débiteur grâce à tout appareil de coercition (police, punition, expropriation, huissier, militaire).

Ca c'est les choses qu'on ne veut pas voir mais l'argent c'est ça aussi, à moment donné quand on est débiteur, potentiellement on peut avoir un huissier qui vient chez soi pour vendre un peu tout ce qu'on a. Il y a une violence derrière la dette. Toute la force de coercition est au profit de ceux qui ont de l'argent.

Argent et rareté

Pour qu'un bien ou un service ait une valeur marchande élevée, il doit être nécessairement rare.

Effectivement plus un produit est rare, plus il va couter cher. Ce qui fait que dans cette logique là on s'aperçoit que l'abondance n'a pas de valeur marchande. L'abondance par exemple que nous offre la forêt Amazonienne en air a peu de valeur marchande, on préfère la détruire.

Et on arrive très rapidement à comprendre que l'intérêt économique est différent de l'intérêt général.

Pour l'économie c'est une catastrophe, si jamais vous vous mettez à planter tous des arbres fruitiers et que les fruits deviennent gratuits, ça va mettre beaucoup de gens au chômage, il y aura beaucoup moins d'échanges commerciaux et au niveau du PIB on va très vite diminuer.

Une population en mauvaise santé ça c'est très bon pour l'économie, ça fait vendre des médicaments, ça fait marcher d'autres secteurs d'activité.

Le partage du savoir par contre c'est très mauvais, il vaut mieux garder son savoir pour soi parce que si jamais on le divulgue c'est une perte de part de marché qu'on va subir. On est dans un monde où il vaut mieux garder le savoir pour soi, pour devenir indispensable. L'intérêt économique est d'ailleurs même souvent opposé à l'intérêt général.

Destruction de l'abondance (déforestation, pollution etc…), expansion du domaine marchand à de nouveaux secteurs devenus rares.

Ca c'est un constat, partout où il y a abondance aujourd'hui, il y a destruction de l'abondance pour en faire quelque chose de marchand, ça permet de développer de nouveaux secteurs. Et quand la forêt Amazonienne sera suffisamment détruite et que l'air sera suffisamment rare, économiquement ça sera une bonne chose, on pourra vendre après, des bols d'air jacquier c'est-à-dire des centres où vous pourrez avec un masque respirer de l'air non pollué (quelqu'un intervient dans la salle : En Chine aussi !... Récemment il y a une ville polluée où il vendait des masques)

Les ressources rares auraient tout intérêt à être gérées politiquement par le plus grand nombre.

On dit oui mais l'argent ça sert à gérer les ressources rares mais quand on y réfléchit bien elles auraient tout intérêt à être gérées politiquement par le pus grand nombre. On devrait avoir tous notre mot à dire sur les ressources rares, les laisser dans la sphère marchande ce n'est pas sérieux, ça ne devrait pas être aux soins de particuliers de gérer ça, ça devrait être à nous tous. S'il y a une ressource qui pose problème parce qu'il n'y en a pas assez pour tout le monde, on devrait pouvoir le gérer politiquement. Raison de plus pour l'évacuer de la sphère marchande. Ca devrait suffire comme argument pour pouvoir basculer de paradigme.

Argent et inégalités

Conséquence de la rareté obligatoire, s'il y en a qui ont, c'est parce que d'autres n'ont pas.

Si tout le monde avait de l'argent, il perdrait de la valeur. Si il y a des riches c'est parce qu'il y a des pauvres.

La possession d'argent est un pouvoir politique.

Un millionnaire a beaucoup plus de pouvoir politique qu'un pauvre, de part le financement qu'il va pouvoir faire au niveau de la construction d'immeubles par exemple, tout ce qui va être lié à notre mode de vie c'est de la politique.

Par son investissement il a un pouvoir politique énorme et en plus il va pouvoir éventuellement financer des campagnes électorales, vous savez que les campagnes électorales ça coute une fortune, et corrompre après les élus

Et un point important à aborder c'est l'achat des médias, aujourd'hui la majorité des médias appartiennent à quelques grands groupes industriels, et ça permet de manipuler l'opinion. Je ne dis pas que tout le monde est bête mais quand on voit les résultats électoraux et les passages à la télévision on voit qu'il y a une corrélation parfaite entre les temps de passage à la télévision et les résultats dans chaque élection.

Là je reste dans le cadre d'une République comme on a, c'est-à-dire avec des élus, ou une Démocratie dans laquelle les citoyens voteraient directement les lois :

Sans argent, plus de riche ni de pauvre, plus personne à payer pour défendre les privilèges des riches

Sans argent, plus de travail soumis à l'économie de marché, seulement la libre activité de chacun.

Evidemment si on est dans une dictature ou une tyrannie ça peut être esclavagiste sans argent, notamment par la religion ou une quelconque croyance.

Inutilité et gaspillage

L'obsolescence programmée, les surplus jetés, la bureaucratie.

L'obsolescence programmée c'est le fait de construire un produit en faisant en sorte que sa durée de vie soit la plus réduite possible pour qu'après ça tombe en panne et qu'on soit obligé de racheter. Ca ce fait dans tout l'électroménager, par exemple dans les machines à laver, autrefois on faisait les roulements en métal et on s'est aperçu que ça durait trop longtemps, maintenant on les fait en plastique ils durent 2 ou 3 ans, on s'arrange pour que la garanti soit 2 ou 3 ans, comme par hasard. C'est-à-dire qu'il y a une vraie réflexion pour faire des produits qui ne durent pas dans le temps.

Les surplus jetés, chaque année dès que les paysans ont un excès de leur culture ils préfèrent le jeter parce que si ils les vendaient ils casseraient les prix, des fois ils n'ont même pas le droit de les vendre, et plutôt que de les stocker ou d'en faire autre chose on les jette et on fait du grand gâchis dès qu'il y a des récoltes abondantes.

Le tiers des aliments produit chaque année dans le monde pour la consommation humaine, soit environ 1, 3 milliards de tonnes est perdu ou gaspillé, selon un rapport préparé par la FAO à la demande de l'Institut Suédois pour l'Alimentation et la Biotechnologie (Dans la salle : Quelle année ?) Le rapport est de 2011 commandé par l'ONU.

On peut aussi parler de la bureaucratie, tout le temps qu'on perd dans notre vie à remplir des formulaires de subventions, de financement, d'allocations, de tous ces trucs là qui ont un rapport à l'argent, on s'en rend pas compte mais c'est énorme.

La marchandisation du savoir constitue un frein monumental au niveau de la recherche.

On dit souvent que si jamais on se passait de l'argent on reviendrait à l'âge de pierre et que beaucoup de nos technologies notamment sont dues à notre type de fonctionnement économique. Je maintiens au contraire que si on libérait le savoir, si on supprimait les brevets, si on supprimait l'intérêt de garder le savoir pour soi, on irait beaucoup plus vite au niveau de la recherche, on chercherait à faire des choses plus saines pour tout le monde.

On est plus compétent quand on travaille et qu'on est dans l'enthousiasme, si on travaille uniquement pour gagner sa vie on ne va pas le faire forcément avec de la bonne volonté, alors que si on est dans la libre activité de chacun on va généralement se donner à 200% et donc ça va aller beaucoup pus vite.

« L'argent facilite les échanges » ?!?

Ca aussi c'est un argument qu'on entend souvent. Finalement quand on prend un exemple tout simple de quelqu'un qui aurait besoin d'une pomme, dans une société marchande si on prend le point de vue de l'acheteur il va déjà falloir qu'il trouve de l'argent pour pouvoir acheter la pomme, ensuite il va aller dans le magasin, il va trouver la pomme, il va devoir la peser, mettre une étiquette, aller dans une file d'attente pour passer en caisse, etc… puis sortir du magasin avec sa pomme. Ca c'est dans le meilleur des cas parce que souvent on rentre dans un magasin où on veut acheter une pomme mais on sort avec un caddie remplit de trucs qui ne servent à rien. Ca c'est le point de vue de l'acheteur.

Après il y a le point de vue de celui qui produit la pomme il y a aussi plein de choses, ce n'est pas aussi simple que ça, il va falloir déjà qu'il s'inscrive à la Chambre d'Agriculture, qu'il fasse des comptes par rapport à tout ce qu'il va dépenser dans l'année pour savoir à quel prix il doit vendre sa pomme, il va avoir des employés pour faire les récoltes, etc…

De mon point de vue l'argent ça ne facilite pas du tout les échanges. Il n'y a rien de plus simple que d'aller voir quelqu'un et de demander une pomme, après libre à lui de nous la donner, mais en terme de facilitation c'est assez clair.

Le système marchand contribue à créer tout un tas de métiers inutiles voir Nuisibles.

On a fait une petite liste mais on pourra la compléter à loisir : Banquiers, Huissiers, Contrôleurs, Notaires, Commerciaux, Assureurs, Rentiers, Métiers du marketing, Prostitués, Promoteurs immobiliers, Caissiers, Travailleurs sociaux, Conseillers financiers, Convoyeurs de fond, Economiste, Professeur d'économie et de finance… (Une personne intervient dans la salle : Tout ce qui est flic). Oui tous ceux qui mettent des amendes. Ca c'est inimaginable ce qu'on peut libérer comme cerveau, ça doit représenter plus de 50% des métiers.

Complicité de crime contre l'humanité

Consommer ou Travailler, c'est financer les états ainsi que leurs guerres par l'intermédiaire de la TVA et de l'impôt sur le revenu.

On est complice un peu malgré nous parce qu'on n'a pas vraiment le choix, c'est un peu rendu obligatoire par l'absence d'alternative, si on veut vivre on est obligé de manger et on est obligé d'avoir de l'argent pour manger aujourd'hui dans l'état actuel des choses, on est obligé de cautionner tout un tas de choses qu'on n'aime pas forcément.

Mais c'est aussi financer la monoculture, l'élevage en batterie, l'industrie pharmaceutique, la pétrochimie, la déforestation, le nucléaire, etc… par les subventions que les états accordent.

L'argent, tout comme le vote, est basé sur la confiance, chaque fois que nous l'utilisons nous légitimons et alimentons un peu plus la sphère marchande.

Pistes pour faire avancer les choses

Pistes vertes : Partager l'information – Se libérer du temps.

Pistes bleues : Créer des réseaux – Des communes libres.

Parce qu'on ne va pas y arriver tout seul comme on l'a dit dans une société non marchande on n'a pas besoin d'argent, on a besoin des autres

Des communes libres, ça c'est en opposition avec nos communes, c'est l'idée de partager un nom commun avec d'autres personnes, commencer à recréer des liens un peu forts de gens qui pensent comme nous. Dans la vie aujourd'hui on s'attarde trop, on ne choisit pas vraiment les amis qu'on a, on les a soit par l'école, soit par le travail, on subit souvent les amis qu'on a même, et finalement notre entourage n'a rien à voir avec les valeurs qu'on partage et ça va devenir une urgence de se regrouper autour de valeurs.

Pistes rouge : Moins consommer – Moins travailler.

S'habituer vraiment à rentrer dans la résilience, mais bien sur à chaque fois il faut faire ce qu'il y a avant, on ne prend pas la piste rouge si on n'a pas fait les autres avant.

Pistes noires : Recréer l'abondance (planter des arbres fruitiers, faire des forages, construire des habitations légères, développer des technologies non marchandes, construire des fabriques non marchandes, etc…) – Ne plus consommer, ne plus travailler

Là il y a tout à faire, on a vu que la Sphère Non Marchande n'existe pratiquement plus aujourd'hui, il va falloir mettre un pied dedans et essayer de la faire gonfler un maximum pour que l'objectif à court terme selon moi, c'est que au moins tous les besoins vitaux appartiennent à la Sphère Non Marchande.

Ne plus consommer, ne plus travailler du tout, mais alors plus du tout. Ca c'est pour ceux qui sont vraiment forts.

Santé

Fondamentaux de la santé

Les règles de base

Les conseils ci-dessous vous permettront de vivre longtemps et en bonne santé. Ils peuvent être appliqués à tout âge. Ils provoquent une remise à zéro (rallonge la longueur de vos télomères, refait les muscles, les neurones, fait disparaître cancer, Alzheimer et maladies cardiaques).

Ne pas oublier que nous ne sommes qu'un assemblage de cellules, qui se renouvelle entièrement tous les 3 à 7 ans, et qu'à n'importe quel âge on peut remettre en route le corps et réactiver la régénérescence du corps, celle qui lui a permis de se construire une première fois à partie d'une cellule seulement… Cette auto-guérison n'est un fait qu'un fonctionnement normal du corps, qui se répare et s'entretient en permanence. Si vous êtes malades ou fatigués, c'est tout simplement qu'une mauvaise hygiène de vie a grippé cette merveilleuse machine qu'est le corps humain.

Bonnes pratiques

Bien vivre est la base pour conserver la santé (certaines maladies sont là pour souligner l'impasse dans laquelle on s'est engagée).

Il faut équilibrer les choses, à savoir satisfaire le corps (bouger, bien manger, sexualité) le conscient (réflexion, questionnement) et l'âme (expérimenter, apprécier, nouveautés).

On retrouve les points suivants, dans l'ordre d'importances décroissante sur la santé :

Les règles de base

- Bon moral, psychique, avoir une vie en accord avec son âme, être heureux / faire ce que notre âme est venu faire sur Terre. Travailler avec amour. On peut travailler des heures si ce qu'on fait nous plaît, mais travailler sans amour c'est comme ingérer du poison, au bout de 5 minutes on est fatigué.
- Faire du sport (transpirer au moins 30 minutes 3 fois par semaine, marcher le plus souvent possible)
- Dormir à heure fixe, suffisamment
- Avoir une vie qui ai du sens : Faire travailler son cerveau (réflexion (conscient) et intuition (inconscient)) : vivre aligné (Ici et maintenant), remettre tout sans cesse en question, regarder ce qui nous entoure, se poser des questions, analyser, voir au-delà des apparences ce que le moindre événement implique comme causes et conséquences.
- Boire de l'eau (1,5 l d'eau seule par jour, infusion et café ne comptant pas comme de l'eau). Eviter l'eau du robinet, avec son chlore/fluor qui détruit progressivement les reins.
- Faire des jeûns réguliers : Au moins 12 h par jour (arrêter de manger à 19h le soir, ne pas remanger avant 7 h du matin), idéalement 16 h. 1 jour sans manger par semaine, puis 3 jours si vous le sentez (voir plus si vous vous sentez prânique).
- Manger peu et varié (après la période de croissance du corps humain), limiter les protéines et lipides
- Manger une alimentation saine et vivante (plantes sauvages, jardin, fruits de saison cueillis et mangés directement) que l'on a soi-même cultivé ou élevé.
- Méditer, faire du yoga ou du Qi-Gong (poser la question sur ce que notre âme veut, faire le vide et regarder les pensées qui remontent à la surface) aide à réaliser le premier point, avoir une vie en adéquation avec ce que son âme veut.
- une sexualité harmonieuse et régulière
- Développer sa spiritualité (arrêter de vouloir dominer/exploiter les autres, droiture morale, pardon)

Mauvaises pratiques

Évidemment, ces bonnes pratiques vont de pair avec l'arrêt des mauvaises pratiques qui n'apportent rien à votre vie. Les mauvaises habitudes vous tueront 10 fois plus vite que tous les efforts d'hygiène ne vous restaureront. Il faut donc :

- réduire le stress au maximum (ou apprendre à le gérer),
- pas de drogues (cigarettes, alcool, cannabis et pires)
- pas de médicaments (comme les antidouleurs au moindre bobo, le corps se guérit tout seul quand on s'endort, apprendre à s'endormir via la méditation/parler à son corps/visualisation de l'organe qui fait mal)
- pas de nourriture industrielle ou achetée, bourrée de pesticides, d'adducteurs de goûts cancérigène, de métaux lourds, qui sont là volontairement pour vous laisser juste assez d'énergie pour continuer à bosser,
- éviter tout polluant (poussières, amiante, cambouis sans gants, métaux lourds, pesticides agricoles, etc.)
- ne pas bouger, ni marcher, prendre l'ascenseur au lieu de l'escalier, se traîner comme une limace plutôt que marcher d'un pas énergique et rapide, etc.
- pas d'excès en général (nourriture, sport, ordinateur, etc.).
- La constipation (pas accroupi, nourriture industrielle, pas boire assez, etc.).

Action de l'âme sur la maladie

Face à une vie qu'elle considère comme morne, l'âme veut se barrer. Le corps réagit soit en coupant le système immunitaire (cancer, maladies à répétition), soit en se battant pour vivre, et donc en activant trop le système immunitaire (maladies auto-immune, inflammation chronique). Dans les 2 cas, retrouver une vie enrichissante et apaisée est la solution.

En effet, l'âme n'a pas d'autre choix, pour parler au conscient qui ne médite pas et n'écoute pas son inconscient, que de passer par les émotions et la dégénérescence du corps pour faire passer un message, jusqu'à arrêter une vie qui n'a plus aucun sens, d'un conscient qui ne se pose pas assez de questions.

Le 23 juin 2019, le journal *Sputnik* annonce que des chercheurs du Collège royal de médecine de Londres observent un lien entre l'absence de sérotonine et Parkinson qui arrive 15 ans après, mais ce n'est pas cause-effet, mais juste 2 effets

483

Santé > Fondamentaux de la santé

parallèles d'une même cause, excès de poison ou âme insatisfaite de son mode de vie dans un système injuste.

La sérotonine est une molécule de plaisir, envoyé par l'âme quand elle est contente de ce que le corps à fait, pour l'inciter à recommencer.

Nos chimistes ont d'ailleurs reproduits, via les adducteurs de goûts dans la malbouffe ou les additifs dans la cigarette, des molécules similaires pour shunter de manière artificielle le "circuit de la récompense".

Quand l'âme déprime et voit que sa vie n'avance pas, que le corps s'est fourvoyé dans une mauvaise voie, elle active la négalase (une molécule qu'on trouve sans explication dans les vaccins et les médicaments d'ailleurs...), négalase qui empâche la production de GcMap, la molécule qui active ou non le système immunitaire (beaucoup d'anticorps ou d'allergies comme on le voit chez les autistes ne signifie pas forcément un système immunitaire actif, mais au contraire un système immunitaire déréglé).

Absence de système immunitaire = cancer, autisme, parkinson alzeihmer, toutes ces maladies dégénératives provenant d'un corps qui ne se nettoie plus correctement, d'une âme qui a enclenché le processus d'auto-destruction (ou d'un excès de négalase provenant de la bouffe et des vaccins, et d'une mauvaise évacuation des toxines par manque de sport).

Quand l'âme n'est pas contente, elle arrête d'envoyer de la sérotonine (plus de joie dans sa vie), de la négalase (n'active pas le système immunitaire) voir de la négalase (désactive le système immunitaire).

On en revient donc aux fondamentaux : une vie active et sportive pour éliminer les toxines, une nourriture qu'on a fait soi-même pour éviter les poisons qu'ils rajoutent volontairement, et mettre de la joie dans votre vie, c'est à dire reprendre les fondamentaux d'une vie qui a du sens (j'ai du mal à croire que l'âme s'est incarnée dans le but, comme mission de vie, de faire des tableaux excel pour un patron qui fait des guerres et détruit la Terre, pour fabriquer des armes à la chaîne, pour maltraiter des pauvres vieux sans défense sous la pression d'un chef de service pervers narcissiques qui est là pour saboter le service hospitalier public afin de vendre au privé, là où ce sera pire).

Spiritualité

Être heureux

Dans la vie il faut se faire plaisir, être heureux rend plus fort contre les maladies. Manger de temps en temps de la merde en se faisant plaisir limite la toxicité de ce qu'on mange.

C'est important aussi de faire ce qu'on aime. Quand on a un coup de pompe, qu'on a une fringale, c'est que ce qu'on fait devient chiant, que c'est trop une routine. Lâcher le truc et faire une chose qu'on aime, quitte à y revenir derrière.

Une activité sexuelle régulière aide aussi à la joie de vivre.

Être honnête, avec soi et les autres

Pour être heureux, il faut mener la vie pour quoi on est fait.

Thierry Casanovas insite sur le sujet, il y a des lois spirituelles universelles générales (comme de ne pas nuire aux autres, de ne pas voler, ne pas mentir, pardonner, etc.) et que violer ces lois, nuire aux autres c'est se nuire à soi-même par une santé déclinante, une joie de vivre qui disparait, une dépression, un stress intérieur fait par notre conscience.

Vouloir se sentir supérieur aux autres, être le meilleur, être sur la plus haute marche du podium, c'est vouloir mettre les autres en dessous de nous, et c'est aussi contre les lois spirituelles naturelles du vivre et laisser vivre. Il vous faudra vous détacher de votre échelle de valeur inculquée par le système mondial, et donc du système actuel mondial si vous voulez retrouver la santé.

Ne pas rejetter l'autre, ne pas le condamner car il n'est pas comme nous, ne vit pas comme nous, c'est se condamner soi-même.

Cette mauvaise vie entraîne haine, colère, qui nous mangent de l'intérieur.

Remettre de l'ordre dans votre vie, faire ce pour quoi on est fait, remettre du spirituel dans notre vie, de la droiture.

Faire du sport

Le sport permet au corps d'évacuer les toxines (nourriture pleine de pesticides et d'additifs toxiques, métaux lourds des amalgames dentaires/vaccins/fumées, gluten mal digéré, etc.) et de mieux fonctionner.

Il faut transpirer au moins 30 minutes d'affilée (sans s'arrêter), tous les jours, surtout à partir de

40 ans. Les 20 premières minutes, on ne brûle que du sucre, ça ne sert à rien. Ensuite, c'est ce qu'on appelle le second souffle, on se mets à brûler les mauvaises graisses et à générer 1004 substances protectrices, qui éliminent tout cancer, alzeihmer et autre maladie cardio-vasculaire, et rallongent la longueur de vos télomères (vous rajeunissez biologiquement).

Quand je parle faire du sport, c'est nager, courir ou faire du vélo, c'est à dire faire travailler la plupart de ses muscles.

Pousser une brouette toute la journée, piocher ou autre boulot d'esclave qui abime les articulations et le dos n'est pas un vrai sport. Ceux qui travaillent dans le bâtiment ou du jardinage ont l'impression de faire leur quota de sport, et pourtant regardez leur gros bide à 50 ans!

Faire du vélo en montée est idéal, car les articulations ne prennent pas trop de chocs. La marche en montée aussi.

Au passage, des étirements aussi c'est pas mauvais. Quand je vois ceux qui sont coincés du dos à 30 ans, qui vont en permanence chez l'ostéopathe pour se faire décoincer une vertèbre qui se recoincera la semaine d'après ... Juste en étant debout et en se penchant pour toucher le sol (qu'on doit pouvoir toucher de toute la paume, essayer au début vous verrez comme vous en êtes loin!) sans plier les genoux bien sûr. Ensuite, il faut que le dos soit musclé, le vélo c'est pas mal, la natation et le dos crawlé encore mieux, les exercices en faisant des mouvements avec les jambes en étant allongés, ou les abdos en pliant les jambes, allongé fesses contre talon, en coinçant les pieds sous un meuble, et en redressant le buste.

Dormir

Sinon, pour être en bonne santé et vivre vieux, c'est tout con mais il faut penser à bien dormir, ne pas hésiter à laisser en plan ce qu'on peut louper aujourd'hui pour le réussir le lendemain. Celui qui n'a pas de belles nuits n'a pas de beaux jours...

Il faut écouter son corps et ne pas trop tirer dessus.

Le repos n'est pas un arrêt du corps, c'est passer du mode j'interagis avec l'extérieur, à je me régénère intérieurement.

J'ai remarqué qu'il est important que le conscient se coupe pour que le corps entre en régénération. Les nuits d'insomnie sont par définition peu régénératrices. Mais on a tous vécu ces moments où on s'évanouit sous la fièvre, et où on se réveille frais et dispo, tout s'est réparé magiquement entretemps.

Se coucher à heures fixes pour que le corps soit habitué à s'endormir rapidement et à profiter du repos pour se régénérer. Sans compter la mémorisation plus facile, les rêves sympas, etc.

Les études montrent qu'il faut entre 7 et 8 h de sommeil en moyenne. Trop ou moins c'est des problèmes de santé.

Mauvaises pratiques

Le stress

Il faut évacuer le stress, on ne doit pas vivre plus de quelques minutes en état de stress, au delà, son effet euphorisant diminue, et le corps de désagrège.

Prenez du recul dans votre boulot, lâcher prise (de toute façon vous n'avez aucune maitrise), quitte à changer de boulot (le boulot sert à vivre, pas à mourir). Changez de vie au besoin, arrêtez de regarder les informations volontairement anxiogènes.

Conduire en ville est aussi très stressant, avec l'angoisse d'arriver en retard. Pensez-y, partez plus tôt, et tant pis si vous êtes en retard. De toute façon c'est bientôt l'apocalypse, pas grave si la réunion se fait sans moi.

Les drogues : substances addictives et néfastes

Tout ce qui est addictif (suite aux substances volontairement mises dedans) ET qui est néfaste à la santé :

- Petits gateaux, cochonneries industrielles, appétents grâce aux adducteurs de goûts chimiques qui agissent directement sur le cerveau dès que les papilles sont en contact, afin de vous inciter à vous goinfrer avant même que le gâteau que vous avez en bouche ne soit fini...
- cigarettes (ne croyez pas les études essayant de vous faire croire que la clopes est bonne pour la santé...)
- alcool
- drogues (cannabis, héroïne, extasy, LSD). Ces substances ont aussi des effets sur le corps éthériques en le désynchronisant, niquant votre incarnation et vous rendant plus docile.

Les excès

Tout ce que vous absorbez en excès devient néfaste à la santé et à votre vie, même si à l'origine ces substances ne sont pas néfastes pour le corps.

Trouvé par Dominique Guyaux, tous ces excès proviennent d'une seule chose : l'absence de signal de satiété du corps humain pour certaines substances. Nous avons envie de manger des fruits de saison, nous avons moins d'appétit pour les substances disponibles toutes l'années, mais pour certaines substances rares (comme les figues séchées naturellement) notre corps, habitué à n'avoir que très peu accès à cette substance, va nous inciter à nous gaver tant qu'on en trouve. Or, le problème, c'est que dans notre monde actuel, les labos alimentaires utilisent ces molécules addictives (appelées ironiquement exhausteurs de goût) mélangées à de la merde industrielles derrière, et que notre corps est trompé par ces molécules, et va manger le produit tant qu'il en reste dans le paquet. Les incitations à acheter 3 paquets d'un coup provoquent ces excès qui deviennent néfastes à la longue.

Alimentation humaine

Survol

Alimentation naturelle

Comme vu dans L1>déformatage, le corps humain, après des millions d'années de régime chasseur-cueilleur nomade, n'est pas fait pour les interdits alimentaires des religions anunnakis (kasher, hallal, véganisme, voir boire du sang indigeste pour les satanistes, etc.). Je ne parle pas du fait que l'âme peut nourrir le corps.

Nous devrions manger des viandes simples, comme des insectes / poulets et uniquement de la viande l'hiver quand les fruits se font rares.

Alim > Naturelle

Alim > Boire de l'eau (p.)

Il faut boire 1,5 l d'eau par jour, et uniquement de l'eau. Le café, les soupes, les infusions ou les jus ne rentrent pas dans cette quantité. Nous ne buvons pas assez en général, d'où des problèmes de santé pouvant apparaître au cours du temps.

Vu la pollution de l'eau du robinet ou en bouteille, il est conseillé actuellement de partir sur de l'eau distillée, ou de l'eau de source filtrée (type filtre Berkey, pas besoin de la bouillir derrière).

L'eau distillée ne pose généralement pas de problème, mais à part pour une cure de quelques semaines sans excès d'eau ni de sport, il est conseillé de rajouter quand même une pincée de sel.

Alim > Éviter la constipation

L'accumulation des selles dans l'intestin favorise l'absorption de toxines, surtout avec un intestin à la surface poreuse qui laisse passer les poisons dans le sang. Boire beaucoup évite la constipation.

La position sur les WC étant anti-ergonomique, mettre un petit tabouret devant le WC et poser les jambes dessus, permet de mieux évacuer, les gens gagnent une heure par semaine, et ont un ventre plat.

Alim > Faire des jeûnes (p.)

Commencer à moins manger, ne rien manger le matin pendant quelques jours, puis seulement à midi pendant quelques jours, puis un jour sans rien manger, et ainsi de suite en augmentant le nombres de jours sans manger.

Le repos du système digestif permet d'activer l'autophagie, à savoir la capacité du corps, quand il n'a pas d'entrées de l'intérieur, à commencer à nettoyer le corps de toutes les saloperies accumulées à droite et à gauche. Ça permet d'évacuer tous les poisons stockés dans les graisses du corps depuis des années (mercure de amalgames dentaires, aluminium des vaccins, plomb et cadmium provenant des terrains de culture pollués, de l'air qu'on absorbe (ne pas oublier que jusqu'en 1999 on mettait du plomb dans l'essence, qui se retrouvait en grande quantité dans l'air qu'on respirait !).

Les études montrent que renoncer parfois à de la nourriture améliore les processus d'échange énergétique dans les cellules, ce qui permet de rester en forme pendant plus longtemps. Autrement dit, rester à jeûne pendant un petit moment freine le vieillissement.

Chez les souris, 1 jour de jeûne par semaine, 20% de cancer en moins tout de suite. On peut faire des jeûnes de seulement 16-18h (sauter le petit déjeuner par exemple).

Alim > Manger modérément

Les bêtes sauvages ne trouvent pas de la nourriture en permanence dans la nature, elles sont donc obligé de stocker en excès puis régulièrement déstocker dans les périodes de disette. Ne pas respecter ce cycle (le jeûn vu plus haut) conduit à saturer le corps et augmenter les problèmes de santé.

2 universités ont lancé simultanément, sur 30 ans, des études sur la restriction calorique sur des macaques. Les macaques mis au régime une fois l'âge adulte atteint vivaient bien plus longtemps par rapport au groupe de contrôle. De plus, ils souffraient moins de diabète, de cancer ainsi que des maladies cardio-vasculaires. Si la restriction calorique est mise dès l'enfance, les macaques continuent à être en meilleure santé mais leur espérance de vie reste identique à ceux qui ne se restreignent pas.

Ce qu'il faut en déduire, c'est qu'il est important pour un être en croissance de manger normalement. Mais une fois la croissance finie, la restriction calorique est bonne pour la santé et la longévité.

30% de calories en moins, c'est 20% de vie en plus. Essentiel quand on sait qu'un enfant de 7 ans a consommé autant de sucre que son grand-père durant toute sa vie.

S'arrêter au milieu d'un plat, attendre 5 minutes. Si la satiété arrive, manger le plat plus tard.

Alim > Alimentation vivante (p.)

Voir la page sur la nutrition (sant/alim/alim) bonnes manière de s'alimenter, alimentation humaine, aliments santé, crudisme instincto.

De la même façon qu'on arrête de détruire les microbes en surface de notre peau, qui font partout de nous et nous protègent des agressions extérieurs, il ne faut pas oublier que la lumière intestinale (l'intérieur de l'intestin, où se trouve le bol alimentaire) est aussi le milieu extérieur, et que sur la surface de notre intestin se trouvent des microbes (virus, bactéries, champignons) qui font partie de notre corps, et décomposent les aliments en éléments plus simples que notre corps va absorber. Or, si on mange des aliments bourrés de pesticides (tuer les bactéries) d'antibiotique (la viande) ou de fongicide (végétaux, protection des produits industriels contre la moisissure) c'est tout notre biotope intestinal qui est détruit. Il se produit la candidose, les intestins ne peuvent plus absorber les nutriments vitaux et deviennent perméables aux poisons qui rentrent dans notre corps.

La preuve, quand on jeûne et qu'on s'arrête de manger, le corps commence à se guérir et va mieux.

Il faut donc reprendre en main notre alimentation, et faire pousser nous même, ou au moins en bio (comme l'était toute la France avant 1945), animaux sans vaccins, etc. ET accepter qu'une partie des récoltes soit mangée, qu'il y ai des tâches sur des légumes malformés mais plein d'éléments nutritifs essentiels.

Hygiène corporelle

L'hygiène permet d'éviter les états inflammatoires source de fatigue et d'inconfort.

Évitez les pesticides

Si vous mangez une pomme du commerce, épluchez-la, 90% de pesticides en moins.

Ne mangez pas la partie carbonisée des pizzas, poissons frits, etc. Manger 3 cm2 de zone brulée cancérigène, c'est comme fumer 200 cigarettes.

Brossage des dents sans dentifrice

Enlever le dentifrice, bain de bouche vigoureux après les repas en buvant un verre d'eau, puis on avale puisque c'est de la nourriture, ça enlève la plupart des sucres corrosifs (qui s'en vont de toute façon). Ce qu'il faut éviter, c'est le gluten (une pâte qui colle aux dents) avec le sucre. En effet, la pâte gluten protège le glucose corrosif de l'eau, de la salive, du brossage, et de la dégradation du glucose par les bactéries dentaires, qui sont là pour nous protéger, et qu'il ne faut détruire avec le dentifirce ou les bains de bouche au fluor. Du coup, cette pâte mets un moment à être digérée par les bactéries, forme la plaque dentaire, et garde les matières corrosives contre l'émail des dents, où elles agissent en toute impunité et provoquent les caries.

Donc, après le repas, boire une gorgée, bien se nettoyer la bouche avec. Si on peut, brossage des dents pour bien tout enlever (brosse souple, ne pas abuser et forcer), hydropulseur ou cure dent en bois (trop dur il fait tout sauter) pour la nourriture coincée entre les dents. Pas de fil dentaire si on a les dents resserrée, ça les écarte et ensuite tout se coince.

Après le brossage, nouveau rinçage, certains mettent de l'eau salée. D'autre utilisent de l'argile ou du bicarbonate de soude comme dentifirce, afin d'avoir les dents bien blanches. Je ne vous conseille pas, un ressenti. Ne pas oublier que le corps humain est autonome, et que nos ancêtres chasseurs cueilleurs qui mangeaient des fruits vivaient vieux et sans caries, ce qui n'est pas le cas après le néolithique (blé donc gluten introduit dans l'alimentation) où la taille et l'espérance de vie diminuent, pendant que les caries apparaissent (tout n'est pas forcément relié, car les néolithique à été imposé par un système hiérarchique et citadin).

Le FLUOR est bel et bien un POISON. Le bicarbonate, seul est très abrasif, l'argile seule, est abrasive, mais l'est moins que le dentifrice!

Le sel de mer est réputé efficace pour reminéraliser les dents, mais trop dosé il peut détruire les bactéries.

Pour d'autres, les dents c'est comme avec la peau, ne rien faire : plus de savon, juste de l'eau claire.

Témoignage :

j'ai eu un problème de peau (squames) justement parce que je l'avait aggressée (cataplasme d'argile verte qui l'a désèchée et provoquée une désquamation), et plus je mettait d'huile de coco, huile essentielles, d'eau, de savon etc...plus le problème persistait, j'ai alors eu la présence de laisser cette zone tranquille, sans la laver, sans eau, sans savon, sans huile coco, sans HE, et elle s'est guérie toute seule !

il faut arrêter d'agresser notre corps avec des substances anti bactéries etc, il faut laisser le ph et la flore bactérienne de la peau et de la muqueuse buccale s'équilibrer et se gérer.

pour moi les dents cela fait des années que je n'utilise plus ni dentifrice ni brosse à dent, au début les dents accrochent un peu les aliments car elles doivent recréer un film naturel transparent glissant de protection, ensuite il n'y a plus de résidus, pas même de dépôts blancs ou très légers, manger une pomme et ça nettoiera les dents. Une alimentation sans trop de gluten est préférable.

Il serait aussi possible de regénérer les dents.

Brossage des cheveux, plus de shampooing

Après avoir visionné cette vidéo de Régénère, je me suis dit pourquoi pas. Il suffit de se brosser les cheveux matin et soir, et c'est tout. Un passage suffit sur chaque partie, inutile de brosser 50 fois. Perso je n'ai pas eu les cheveux qui grattent au bout de 3 jours, tout s'est fait nickel. Les cheveux ne sont pas gras, même après plusieurs semaines sans voir l'eau.

Il s'agit tout simplement de laisser se reconstruire la flore microbienne du cuir chevelu, ce qui évite tous les problèmes de pellicules cheveux secs et cassants, cheveux gras, etc. On se contente, avec le brossage, de répartir le long du cheveux le sebum généré à la racine, comme les animaux qui se lissent les plumes et les poils et qui ne prennent pas de shampooing pour être beaux!

Par contre, dès que les cheveux dépassent 10 cm de long, il faut quand même les laver à l'eau régulièrement, sinon ils sont trop gras. Ou essayer le coup de la serviette tous les matins.

Brossage du corps à sec

J'ai personnellement essayé la méthode de Thierry de Régénere, de laisser la peau se gérer naturellement, sur le même principe que les cheveux. Soit au moment de changer de tee-shirt je me frotte vite fait sous les bras, sois je ne prends une douche qu'à l'eau, je frotte avec la main nue. J'ai été bluffé de voir qu'après 2 jours, malgré une séance sportive et de la transpiration, je ne sentais pas mauvais (je ne vous dit pas avant, la transpiration sur une peau décimée par le gel douche, comment l'odeur arrivait vite, et les fins de journée en sentant malgré une douche le matin et le déodorant!).

J'ai essayé une fois d'utiliser le gant de toilette et l'eau, mais j'ai trouvé que ça sentait plus mauvais que rien du tout.

Après, quand on mets le nez contre la peau, ça sent la peau (une bonne odeur), pas les odeurs chimiques d'AirWick, c'est clair. Ca pourrait en rebuter certains, les plus lobotomisés par le système.

Plutôt que de se laver à l'eau, on peut aussi se frotter à sec avec une serviette, histoire d'enlever les squames (peaux mortes) et les excès de gras. Mais sans ce brossage je n'observe pas de peau mortes de base, et ceux qui le pratiquent ne lavent jamais leur brosse, preuve qu'elle ne s'encrasse pas. Ce frossage à sec est peut-être superflu, mais il permet d'éviter les douches si on n'a pas d'eau à disposition (dans la nature on est censé se baigner quand même).

Il se peut qu'avec des reins ou un foie perturbé les odeurs corporelles soient plus fortes.

Le citron fait un bon déodorant naturel, de même que la poudre de bicarbonate de soude, le matin ou après avoir transpiré pour éponger et absorber les odeurs.

Pourquoi on grossit

Facteur génétique

Tout le monde n'est pas égaux. Par exemple certains vont prendre du poids en ne buvant qu'une soupe par soir, alors que d'autres vont faire bombance tous les jours sans faire de sport et rester secs. Mais à partir d'un certain âge, variant suivant les personnes, si on continu à manger pour 4 à chaque repas on finit par prendre de l'embonpoint ou de boucher ses artères.

Flore intestinale

Une étude de 2010 à montré que l'obésité était liée à la qualité de la flore intestinale, les gens sveltes avec un bon appétit ne grossissent pas grâce à cette dernière.

Il est toujours possible de faire comme pour ceux qui ont un problème de digestion, les syndrômes de candidose ou de colon irritable, c'est de se réensemencer en prenant la flore intestinale d'une personne saine. Ils prélèvent juste du mucus en surface de fécès, enrobent ça dans une gélatine sucrée, et l'avalent comme un bonbon. On peut le faire en mélangeant dans une purée ou autre à vous de vous démerder je ne veux pas le savoir!

Activité physique

Ceux qui prennent la voiture pour faire 500 m sont forcément exposés à l'embonpoint. Une jeune fille américaine pesait 230 kg, elle ne pouvait plus bouger du salon où elle engraissait à une allure stupéfiante. Elle est morte d'une crise cardiaque à ... 13 ans.

Par contre ceux qui se garent à la périphérie de la ville et font 1 km à pied pour se rendre à leur rendez-vous (1 km c'est 6 minutes à 10 km/h, vitesse d'un marcheur correct) vont au final plus vite qu'en voiture (en plus c'est bon pour l'environnement) seront évidemment moins gros, en meilleure forme, plus souples. Un escalier c'est ce qui demande le plus de dépenses énergétiques, donc si vous pouvez le prendre plutôt que l'ascenseur ou l'escalier roulant...

De même, aller au boulot en vélo électrique pour ceux qui sont à moins de 30 kms du boulot permet de ne pas arriver en sueur, mais d'avoir fait de l'exercice tout en gagnant du temps (sinon il aurait fallu faire 15 minutes de vélo après le boulot, alors qu'en général on ne perds que 5-10 minutes dans le trajet par rapport à la bagnole, voir on en gagne dans les grandes villes (40 minutes pour traverser Paris en vélo, 1 h en voiture)).

Alimentation

Ça dépend ensuite de ce qu'on mange, si on grignote des cochonneries en permanence par ci par là, les repas finissent par être doublés. Les études sont formelles, manger seulement 5% de plus que ses besoins journaliers fait grossir de 1 à 5 kg par an, forcément au bout de 20 ans on a 100 kg de plus.

Il est intéressant de demander à un gros si il mange beaucoup le soir. Première réponse, il ne mange quasiment rien, juste une salade. Puis en grattant un peu, on s'aperçoit qu'en rentrant du boulot il se fait des petits biscuits, un sandwich de charcuterie, qu'il mange du St Nectaire, 2-3 bricoles. Je sais, c'est bon , et il faut se faire plaisir, mais peut-être commencer à se dire que les petits plaisirs de la vie c'est pas tous les jours sinon on n'en profites plus.

Grignoter devant la télé, c'est le pire de tout!

Réduire de 30 % son apport en calories fait perdre 2kg et améliore les tests de mémoire de 20%. Est-ce le fait d'être moins gros qui booste la mémoire? Ou les personnes fainéantes bougent moins et se forçant moins à mémoriser? Les études n'ayant pas fait le profil psychologique des candidats, nous ne saurons pas !

Faire travailler son cerveau, s'adapter

Faire travailler son cerveau (réflexion et intuition), analyser ce qu'on est en train de vivre (méditation analytique).

Pour développer la réflexion, il faut faire travailler le mental. Il est recommandé par les médias de faire des mots croisés (activité peu susceptible de vous faire progresser), mais vous pouvez aussi apprendre et comprendre de nouvelles choses, rechercher des solutions à chaque fois que vous lisez, etc. La lecture de ce livre par exemple, vous sera plus profitable que des mots croisés...

Le cerveau est constitué à 10% par la réflexion, à 90% par le supercerveau appelé inconscient. Faire appel à son intuition, méditer et se poser des questions à soi-même, permet de faire ressortir ce que ce cerveau a à nous dire.

Les méditants âgés ont un cerveau de 20 ans.

Au retour après 3 semaines de vacances, les Français ont en général 20 points de Qi en moins...

Pour développer le cerveau, on peut juste apprendre de nouvelles choses, comme apprendre à jongler. Visiter des pays, apprendre de nouvelles langues étrangères, les nouveaux logiciels, tenez vous à jour, etc. En gros, cassez les habitudes...

Un cerveau qui fonctionne bien nous rend plus heureux, voir le paragraphe ci-dessus.

Les diplômés vivent plus longtemps. Et ?

Cette observation ne peut pas être exploitée telle quelle, car elle souffre de trop de biais. Les cadres fument 2 fois moins que les ouvriers, ouvriers qui vivent donc 10% moins vieux... De plus, on ne sait pas si des critères génétiques font que les gens les plus intelligents sont aussi ceux avec les gênes de plus longue longévité, si l'éducation ne permet pas d'éviter les situations à risque mortels, les excès divers. Si l'usage du cerveau de façon accrue ne participe pas à une meilleure hygiène de vie, etc.

Sexualité

12 rapports sexuels par mois (3 fois par semaines), augmentent de 10 ans l'espérance de vie en bonne santé. En plus de donner de la joie de vivre.

Activer le périné

La sexualité peut être facilitée par un périné en bon état. Ce petit muscle, entre l'anus et les bourses ou le vagin, doit supporter les 30 kg du tronc. Pour le renforcer, on peut le contracter volontairement ce muscle 3 minutes par jour. Pour savoir comment le contracter, lorsque vous urinez, arrêtez la miction. Vous avez, par ce mouvement (qui peut être fait à tout moment, même quand on n'urine pas), activé le périné. Refaites ce mouvement régulièrement au cours de la journée, ou 3 minutes par jour.

Du côté féminin, augmentation des orgasmes, évite les petites fuites urinaires. Chez l'homme, des érections facilités, un meilleur contrôle de l'éjaculation.

Spiritualité

Les gens qui n'arrivent pas à pardonner, à faire le deuil d'un traumatisme, vivent 5 ans de moins, et ont plus de risque de développer des pathologies voir des cancer.

Le cancer est une maladie du système immunitaire. La dépression (donc un système immunitaire faible), les maladies chroniques, la longévité, la fragilité de certains organes comme le foie, etc. sont des éléments à regarder sous cet angle.

Rayonnements locaux

Les gens sont liés à leur terre, une chose que l'épigénétique commence à doucement entrevoir. Chaque peuple s'est adapté génétiquement à son environnement sur des générations, et il se crée un lien subtil entre le sol et le corps physique. Un juif (pour peu qu'il ait conservé une génétique héritée des hébreux d'avant la diaspora) ne sera à son plein potentiel que s'il retourne sur sa terre, et cela est valable pour tous les peuples. Par exemple, les occidentaux qui ont peuplé les USA ne sont pas du tout à leur place. Ils sont complètement inadaptés à ce continent, sa nourriture, la composition du sol, le degré de radiations (dont certaines nous sont encore inconnues). Il faut des siècles et des siècles pour que la génétique s'adapte à un nouvel environnement. Par exemple, les amérindiens tels les hopis sont immunisés contre le venin de crotale. Les indiens (d'Inde) et les populations qui ont un long passé végétarien ont construit une génétique qui leur permet de ne pas subir les inconvénients de ce régime. Faire passer ce mode de vie aussi rapidement chez les occidentaux est donc un non sens total, car nos corps en souffrent, ils n'ont pas fait les réglages nécessaires pour cela.

Les isérois qui mangent du beurre à profusion, et n'ont pas de cholestérol, alors qu'un étranger à la région se bouche les artères en quelques décennies.

Le corps étant plus faible dans un environnement qui n'est pas adapté.

Nous sommes donc liés d'une manière ou d'une autre à une région (voire une culture), et notre corps aura toujours tendance à réclamer un retour, même s'il ne sait pas forcément où. Les juifs ont cette chance de savoir où ils doivent aller, même si nombreux d'entre eux n'ont plus la génétique des origines à cause des intermariages et de deux millénaires de présence en Europe (ce qui a commencé grandement à changer leur "réglage").

Nous le savons inconsciemment, c'est pourquoi beaucoup, pour l'aftertime, ont prévu de retourner dans leur région d'origine.

Cet affaiblissement des déracinés fonctionne peu avec les exilés ruraux français (qui ont du quitter la campagne dans les années 1960 pour travailler dans les usines des grandes villes), parce que les déplacements ne sont font pas dans des zones si différentes de celles de départ (c'est la ville qui tue, pas l'exode). La France est un petit pays, les particularités locales en passant d'un endroit à un autre sont plus limitées qu'un juif d'Israël déporté en France par les romains. La France est assez semblable, même si globalement il y a deux grandes régions, Oc et Oil.

Par contre, pour toutes les personnes issues de l'immigration maghrébine, portugaise, polonaise etc. cela a un impact. Il est plus ou moins sévère selon les cas, mais il existe. Plus le changement est fort (généralement proportionnel à la distance et à la différence de la faune et de la flore), plus la fragilisation est importante.

Ce n'est pas 100% automatique, car cela dépend aussi de la personne mais c'est un phénomène global non négligeable. Cela ne se ressent pas forcément dans les chiffres, car la médecine moderne comble une partie de ce handicap qui se traduira néanmoins par une santé plus fragile.

La nature nous en donne des exemples parfaits avec les plantes. Est ce que vous pourriez faire pousser un rhododendron dans de la terre calcaire alors qu'il a besoin d'une terre de bruyère bien plus acide ? Non il finit par jaunir et mourir. Et même en recréant un sol adapté de façon artificielle, il sera nettement plus petit / chétif que celui, sauvage, qui aura poussé dans son milieu d'origine. Est ce qu'un flamboyant, un arbre tropical à la floraison spectaculaire, donne véritablement des résultats en France à cause de l'ensoleillement trop réduit ? Chaque espèce est liée à un biotope particulier, et il n'en est pas différemment des êtres humains qui souvent ont perduré sur le même sol sur des centaines de générations.

Longévité diminuée

Le facteur le plus visible est la longévité, et on remarque en effet que les records en la matière sont rarement le fait de personnes ayant des origines étrangères à leur lieu d'habitation. Les Altaïrans considèrent qu'une personne d'origine :

- portugaise en France perdra 10 à 15% de sa longévité en moyenne,
- maghrébine ou juive en France perds de 25% à 30%,
- anglaise émigrée aux USA perds 30 à 40%.

On trouve de Grands Rabbins européens qui ont eu des difficultés à faire des enfants par exemple (même si cela a été accentué par des effets culturels). Ou encore ceux qui ont vécu très vieux étaient issus d'intermariages voir de conversions d'occidentaux anciennes ou récentes.

Épidémies

Toutes les grandes épidémies sont à attribuer à un empoisonnement de l'alimentation ou des médicaments par les dominants, une famine artificiellement produite par rétention des stocks et hausse des prix, et l'entassement dans des villes sans hygiène.

Vieille controverse

Au 19e siècle, la manière de guérir les gens des maladies a été âprement discutée. C'est évidemment la théorie permettant d'affaiblir les populations, de les rendre malades pour mieux les contrôler, qui a pris le dessus.

Pasteur - Théorie des germes

Nous devenons malades lorsque notre corps est envahi par des organismes étrangers tels que des bactéries, des moisissures, des champignons et bien sûr des virus.

Pour guérir, il faut tuer le germe pour éviter qu'il rende malade les organismes affaiblis (oubliant que la grande majorité de la population ne tombe pas malade face aux virus et bactéries, ou se guérit naturellement par effet placebo).

Béchamp et Bernard - Théorie du terrain

La maladie dépend de la disposition propre à l'environnement interne du corps (le « terroir » ou le terrain) à se préparer en vue de repousser ou de détruire le germe en question. Il faut renforcer le corps pour ne pas tomber malade.

La voie du milieu

Ne pas tomber malade, c'est avoir un bon système immunitaire conservant l'homéostasie du corps quoi qu'il arrive, tout en évitant de vivre dans un milieu insalubre, ou de faire pénétrer des pathogènes dans le sang (hygiène minimale, surtout lors des opérations chirurgicale).

Santé > Épidémies

Virus

C'est la charge virale (la quantité de virus reçue d'un coup) qui explique généralement la gravité de la maladie.

Assainissement

Les vaccins ne sont utilisés qu'au moment où l'épidémie s'effondre, afin de la prolonger un peu plus.

Déchets

L'amélioration des égouts (traitement des eaux usées loin de la ville, filtration et élimination des toxines avant leur relâchement dans la nature), évacuation des ordures (évite les rats qui propagent les microbes trouvés dans les déchets).

Éviter les animaux

Les animaux de compagnies sont souvent les vecteurs de zoonoses (maladies dont les animaux sont les porteurs sains). Éviter de les laisser vagabonder de partout, pissant et chiant dans tous les coins, a permis d'éradiquer les épidémies du 19e siècle.

Eau potable

Des aqueducs pour amener de l'eau de source en ville, évitant les puits pollués par la surpopulation et le mauvais assainissement des eaux usées, qui viennent ensuite polluer l'abduction d'eau potable.

Hygiène et santé publique

On se lave les mains régulièrement, et systématiquement après être allé au toilette, comme l'impose le prophète Mohamed.

On évite de se serrer la main ou de se faire la bise, comme les japonais. Un geste de la main, de loin, ou un regard suffit à faire l'accroche et montrer le respect social.

On se lave bien l'anus après la défécation, on se nettoie le corps (même avec une serviette sèche) pour éviter les accumulations dans les plis du corps, on mange sainement et équilibré, en prenant tous les nutriments et vitamines nécessaires.

On prend le Soleil pour la vitamine D (vie à l'extérieur), on mange plus de poisson, on évite d'émigrer en masse des noirs africains dans des pays du Nord sans Soleil, où leur peau fortement mélaminé empêche la synthèse correcte de vitamine D. On ne taxe pas le sel dont le corps à besoin.

Approvisionnement

La nourriture est réfrigérée de la ferme à l'assiette, les camions et voies ferrées favorisent les déplacements courts, diminuant le besoin de conserver la nourriture.

Le suivi sanitaire des bêtes, l'élimination de nos assiettes des bêtes infectées par des parasites, les maladies de céréales comme l'ergot du seigle, ou les adventices comme le datura, qui ne nous tuent pas forcément, mais nous affaiblissent.

L'élimination (théorique, sauf dans les vaccins) des métaux lourds (couverts en aluminium, plomberie au plomb, cadmium déversé dans les rivières de 1800 à 1990, désamiantage, etc.) favorise notre système immunitaire.

Les conservations comme la pasteurisation, si elles tuent tous les pathogènes, augmentent les risques en cas de loupé dans le process, et affaiblissent ceux qui mangent cette nourriture ainsi traitée. Mais ont contribué à assurer l'approvisionnement aux villes, ne pouvant disposer d'une nourriture locale journalière.

Nourriture variée

La qualité de notre nourriture, variée et fraîche (vitamines et minéraux, par exemple vitamines C et D + zinc sont des traitements efficaces du COVID-19), venant du monde entier (et pas seulement du pain noir comme les pauvres au moyen-age, nourriture énergétique mais pauvre en nutriments et vitamines, favorisant les pneumonies et grippes dues à des carences en vitamines) favorise des populations en meilleure santé. Même si depuis les années 2000, la malbouffe à réduit à néant cet avantage.

Quarantaine

On isole les personnes malades. Les soignants sont isolés pareils avec les malades, afin de ne pas ramener des microbes sous leurs semelles ou leurs ongles dans la société. Ces épidémies ne durent qu'un temps, c'est un isolement temporaire.

Retrouver la santé

Quand on n'a pas respecter les conseils de la partie précédente, on n'a plus la santé. Il suffit de reprendre une bonne hygiène de vie pour retrouver la santé, mais quelques actions peuvent doper la régénération.

Nettoyage du foie (p.)

C'est l'opération de base à faire. Pour résumer, on prend 3 sachets de 30 g de sulfate de magnésium, on boit un verre d'huile d'olive le soir à jeun, et le foie expulse d'un coup une grosse quantité d'huile d'un coup, expulsant au passage les caillots sous la pression. Adieu cholestérol et autres problèmes.

Évacuation des toxines

Si on a été intoxiqué par un vaccin, métaux lourds, etc. il faut évacuation des toxines qui provoquent fatigue chronique, Alzeihmer etc. :
- Sport
- mettre un peu d'argile verte au fond de son verre (sans la boire) pour que le corps filtre les toxines,
- boire de l'eau siliceuse (volvic)

Régénération

La "résurrection" de Lazare n'avait rien d'un miracle, au sens "action surnaturelle qui sort des règles établies par Dieu pour l'Univers".

Si les règles ont été établies et que Dieu en est garant, elles ne peuvent pas être transgressées, et comme Dieu a tout prévu, toute solution est déjà prévue dans ces règles. La résurrection de Lazare était donc prévue par les lois universelles. Ce qui parait à notre niveau, et d'autant plus à cette époque, comme surnaturel, est tout à fait explicable scientifiquement (même si notre sciences actuelle ne peut encore l'expliquer).

Dit autrement, les causes de ces miracles sont des phénomènes physiques naturels, reproductibles, c'est juste que notre avancement technologique actuel ne les connaît pas et ne peut donc les utiliser.

La façon dont Jésus a régénéré Lazare est la même effectivement que celle utilisée, dans le principe par les anunnakis (les sarcophages régénérateurs). Les ET s'en servent souvent, puisque quand ils font des interventions chirurgicales sur les abductés, ils emploient aussi une technologie qui permet une régénération accélérée des cellules (il leur arrive d'opérer des tumeurs ou de faire des soins). Les anunnakis ne pouvaient faire revivre leurs morts que si leur patrimoine génétique avait été auparavant adapté à cela, ils étaient donc incapables de faire revivre des humains. C'est pourquoi leur tables à régénérer ou les ankh (qui sont des appareils identiques mais portatifs) n'ont aucune utilité pour nous (enfin pour les Elites qui se l'approprieraient que pour elles si elles en trouvaient, et heureusement d'ailleurs, des vieux cons illuminatis immortels non merci !).

Le principe de base est d'utiliser des radiations spécifiques (composées de particules que nous n'avons pas encore découvertes) qui ont des vertus exceptionnelles sur le vivant. Avec celles-ci, vous pourriez faire passer une graine d'érable en arbre de 10 ans en quelques minutes. Lorsqu'elle est utilisée sur une plaie, celle-ci se referme en quelques secondes, imitant une cicatrisation normale qui aurait pris des semaines.

AM : on peut donc en déduire que des particules temporelles sont à l'oeuvre là-dedans ? Harmo dit : « peut être des particules "temporelles" mais je n'ai pas vraiment compris comment elles agissaient. Elles semblent, selon les ET être liées à la gravitation, mais je suis dans ce domaine à la limite de mes capacités de compréhension personnelle » Sachant que l'explication de ces particules temporelles, base du changement de dimension ou de l'antigravité, lui ont été interdites par les ET (quand il a voulu m'expliquer, son texte a disparu par 2 fois de manière inexplicable, jusqu'à ce qu'il comprenne la dangerosité de divulguer ces connaissances aux humains encore sous l'emprise des illuminatis).

7 jours jeûne sec

Quand on fait une pause alimentaire sans boire, le corps génère 10 fois plus de cellules souches qu'un jeûne normal (en buvant de l'eau). On se régénère littéralement lors de ces jeûnes secs, comme une meilleure vision.

Bien dormir

Insomnies

Les petits enfants veulent dormir autour de leurs parents, quel que soit le bruit, et s'opposent à ce qu'on les mette dans une pièce tranquille à côté. De même, les petits enfants veulent que la lumière reste allumée et que la porte soit ouverte.

C'est la même chose qui se passe avec les adultes qui dorment mal surtout avec l'arrivée de Nibiru : l'anxiété est réduite lorsqu'il fait jour et qu'il y a des bruits et d'autres personnes à proximité : le sentiment d'abandon est annulé.

Même âgé, vous n'êtes pas moins sujet à l'anxiété lorsque le monde change si vite. Ces derniers

Santé > Bien dormir

temps, on admet de plus en plus que les choses ne vont pas bien dans le monde, que les glaciers et les pôles fondent, que le temps est si évident qu'il n'a pas besoin d'être admis. Les gens sentent que les choses ne vont pas bien, même s'ils n'entendent pas les théories sur le basculement imminent des pôles. La tension est élevée, l'anxiété est forte, et la nuit, lorsque tout est calme et sombre, il n'y a pas de quoi vous distraire de vos soucis ! Le jour, vous êtes naturellement distrait, et vous vous sentez, comme l'enfant, réconforté !

Psychisme

Effacement des traumatismes psychiques

[myst](30'). Il est possible d'aller dans une dimension parallèle et de retourner dans son passé pour changer son futur (l'instant où l'on est), un événement traumatique par exemple.

Commencer par vous réaligner (état de Zen, ici et maintenant). On parle alors à la personne que nous étions à l'époque, en lui expliquant l'événement qui va arriver, quels impacts ils auront, pourquoi ça a eu lieu, quelles sont les leçons qui en son générées, etc. Il est important de regarde ra scène de l'extérieur, et de sortir aussi la personne de l'époque du vécu de l'intérieur, de regarder l'événement de l'extérieur. Voir la beauté qu'il y a malgré tout, dire que ce n'est pas grave au final, donner de l'amour aux agresseurs (c'est ce qu'ils cherchent au final, les comprendre aussi, voir comment tout est interconnecté).

Prendre bien le temps de bien tout expliquer, de dissiper l'énergie mauvaise qui s'est cristallisée dessus. Y revenir 2-3 jours s'il le faut. Vu que ce traumatisme est devenu une expérience, il n'a pas plus d'importances que le autres. Dit autrement, d'avoir amélioré la réalité dans le passé de la dimension parallèle impacte le présent que nous vivons. L'énergie donnée à l'autre dimension revient dans cette dimension, les 2 allant en s'améliorant.

Ce qui ont vécu des EMI, disent qu'une fois là-haut, notre vie à été parfaite, que tout était là à sa place pour que nous apprenions notre leçon. Les moments durs étaient juste là pour nous faire prendre conscience des choses, pour enrichir notre expérience. Il n'y a rien à changer dans notre expérience, car même un traumatisme en moins aurait eu des répercussions négatives par la suite.

Il est plus facile d'apprendre de ses échecs que de ses réussites, même si quelqu'un d'attentif peut apprendre de toute chose.

Quand j'apprends je gagne, et quand je perds, j'apprends...

Gérer les vampires d'énergie

[myst](40') Des chefs sont souvent des tyrans négatifs qui gueulent en permanence. Ils n'ont que le pouvoir sur vous que vous leur donné. Voyez-le pour ce qu'ils sont réellement, des enfants immatures de 5 ans. Voyez-le comme un petit enfant de 5 ans, et enseignez-lui en lui disant qu'il pourrait dire les choses autrement, que ça fait du mal aux autres.

S'ils gueulent, le regarder en souriant, en lui disant que ce ton est inapproprié, et qu'on compatis parce qu'il doit être très malheureux dans sa vie, qu'il doit beaucoup souffrir pour réagir comme ça.

Le patron ne veut pas que les gens s'amusent dans l'entreprise. Mais si tout le monde se mets à sourire et à déconner, prend du fun dans sa vie, il sera bien obligé de s'adapter ! A aucun moment il ne peut vous imposer de comment être, et sinon il ira se faire voir ailleurs !

Changer de vie et de croyances en permanence

[myst] (50') A 14 ans, pour la plupart des gens, les connaissances se figent et ils croient avoir tout découvert, tout compris. Ce sera leurs fondations dont ils ne voudront pas bouger. Or, la vie est le mouvement, le changement perpétuel. Ceux qui ont une vie monotone auront toujours des emmerdes qui leur tombe dessus pour les inciter à changer, à quitter leurs fondations pour partir vivre l'aventure et l'apprentissage permanent.

Bien sûr l'inconnu fait peur, mais comme le disent les guides, « tremble mais avance ».

Système immunitaire

Les 3 systèmes immunitaires

IgA : les muqueuses

Les muqueuses sont toutes les interfaces entre l'extérieur et l'intérieur de notre corps. Même si les intestins sont à l'intérieur du corps, la lumière intestinale est en communication avec l'extérieur (via la bouche, le nez et l'anus) et fait donc partie de l'extérieur. Tout comme l'intérieur des poumons.

La plupart des organismes qui provoquent les maladies entrent dans votre corps par les muqueuses du nez, par la bouche, par le système pulmonaire ou par votre tube digestif - par le biais d'une injection. Ces muqueuses possèdent leur propre système immunitaire, appelé le système immunitaire IgA, qui est la première ligne de défense du corps.

Son travail consiste à lutter contre l'invasion des organismes à leur point d'entrée, réduisant, ou même éliminant, le besoin d'une activation du système immunitaire de votre corps (activation nécessaire quand un élément pathogène a franchi la première barrière et est rentré dans le corps).

Fonctionnement

Facteurs de fonctionnement

Paramètres

Alimentation, stress, état psychologique.

Diminution

La force de la réponse immunitaire est liée à des facteurs psychologiques, puisque dans les cas de dépressions nerveuses on assiste à une chute de réactivité du système de défense du corps (et le développement de cancers, que le système immunitaire ne détruit plus).

La malnutrition diminue fortement la résistance aux maladies.

Excitation

A l'inverse, le stress favorise quant à lui une hyper réactivité, et donc les tempêtes de cytokine qui donne les allergies ou les insuffisances respiratoires quand les poumons traitant la maladie grâce à l'IgA, reçoit en plus un traitement anti-viral. Le système surréagit et attaque les organes (maladies auto-immunes).

Gestion des virus

Ce que les chercheurs ont découverts

(14/04/2020) Le nouveau coronavirus peut s'attaquer au système immunitaire et causer des dégâts similaires au VIH. Cette particularité n'avait pas été observée chez les autres coronavirus. plus infectieux que ses prédécesseurs (SARS-CoV de 2003 ou MERS-CoV de 2012-2013). Les chercheurs ont fusionné le nouveau coronavirus à un lymphocyte T en laboratoire. Ce type de cellule joue un rôle central dans l'identification et l'élimination des corps étrangers dans notre organisme. À leur grande surprise, le virus s'est introduit dans la cellule T et l'a «prise en otage», désactivant ses fonctions de protection. La différence entre ces deux virus réside dans leur capacité à se répliquer. Le VIH est capable de transformer les cellules T en «usine» pour fabriquer des copies de lui-même, tandis que le SARS-CoV-2 ne semble pas se propager une fois qu'il s'introduit dans ces cellules, les chercheurs estimant donc qu'il y meurt. Certains patients dans un état critique ont également montré une surréaction du système immunitaire, qui s'attaque même aux cellules saines.

La réalité

En réalité, comme bien d'autres Virus, le Covid-19 est capable de rentrer dans les cellules pour s'y "enkyster". C'est notamment pour cela que le virus de la Varicelle réussit souvent à survivre dans le corps humain, notamment dans les ganglions ou des terminaisons nerveuses. Pourquoi dans les ganglions, qui sont un point central du système immunitaire ? Tout simplement parce que les lymphocyte T sont capables de neutraliser un virus en l'englobant, comme une prison, mais également à la même occasion d'apprendre à le combattre "en interne" (à ne pas confondre avec les globules Macrophages qui avalent les attaquants pour les "digérer"). Ainsi, le L-T peut ensuite mettre en place la production d'anticorps adaptés et partager son "savoir" à d'autres cellules. Cela ne veut pas dire que le L-T s'inactive comme en conclu l'étude, mais qu'il est tourné vers "l'intérieur". Il joue tout son rôle et notamment celui de "mémoire" en gardant un spécimen neutralisé. Pendant longtemps on avait supposé qu'une immunité pouvait disparaitre rapidement, notamment au bout du renouvèlement des Lymphocytes T ayant connu la maladie, mais preuve en est qu'on peut, après plus de 30 ans voire même à vie, être encore immunisé contre le tétanos, les oreillons, la rougeole etc... simplement en ayant attrapé la maladie/eu un vaccin une seule fois. Des rappels systématiques sont donc à proscrire. La Varicelle revient généralement quand le système immunitaire plonge (pour des raisons variées). Dans ces conditions détériorées, des Lymphocytes qui servent de mémoire peuvent partager leur "savoir" aux autres de leur espèce qui découvrent le virus pour la première fois. Les lymphocytes peuvent en effet comme les bactéries, s'échanger des informations, via des séquences d'ADN notamment. Dans une situation de déficience immunitaire, les virus de la Varicelle peuvent s'exprimer localement, notamment sous la forme de ce qu'on appelle un Zona, ou un Herpès (labial ou bouton de fièvre, si le virus s'est enkysté dans la région des lèvres, notamment vers les terminaisons nerveuses qui y sont nombreuses), le temps que le corps se remette à jour sur son immunité. Le Virus est alors combattu très rapidement et finit par disparaitre (Il retourne en sommeil), pour peu que le système immunitaire ne soit pas encore trop délabré. La Varicelle réapparait certes, juste à cause d'un délai de réaction des Lymphocytes, mais ne disparait jamais. Il est tout à fait possible que les Coronavirus, dont le Covid-19, fassent de même. C'est le cas d'autres virus chez les animaux, comme chez les chats (Corysas, FIV etc...) qui peuvent rester à vie dans le corps de l'animal, parfois même sans se réveiller du tout dans son existence. La plupart des humains ont eu le virus de la Varicelle, mais de nombreux ne seront jamais concernés par un zona ou un herpès. Tout dépend de chaque individu, aussi bien chez les chats que les humains. Tant que le virus est en sommeil, il ne se transmets pas aux autres congénères. Par contre, s'il se réveille, il devient de nouveau contagieux. Tout dépend des capacités de votre corps à garder la maladie en prison !

Néanmoins il existe effectivement des problèmes d'immunité face au Covid-19, mais ce n'est pas lié au virus, mais à l'environnement particulier de l'Epidémie. Comme je l'ai déjà expliqué, l'arrivée de Nibiru influence à la baisse le système immunitaire. Il existe des radiations néfastes qui proviennent du noyau terrestre stressé par l'arrivée de Nibiru. Ensuite, le chaos climatique, la pollution, la malbouffe, le stress social, les maladies opportunistes connectées aux atteintes sur l'environnement ajoutent leur lot de problèmes. De plus, la plupart des gens sentent que quelque chose se trame, de façon consciente ou non. Si certains dépriment (leur système immunitaire), d'autres au contraire sont sur la défensive, et leur système sur-réagit aux attaques sur le corps. Ce sont des problèmes connectés aux individus, pas au virus lui même. La Science n'en est qu'au début de la compréhension de notre système immunitaire, et quand on ne sait pas, on peut mal interpréter les résultats, surtout quand cette même Science est politisée pour propager la panique dans le Grand Public ! Méfiez vous aussi des "fausses" études reprises en coeur dans les merdias. Labos bidons ou payés comme des mercenaires, parfois invention de toute pièce ou falsification des résultats. Comme il est très difficile de vérifier la véracité de ces études, à savoir si elles sont objectives et/ou réelles, mieux vaut se méfier doublement !

Note : avec un bon système immunitaire et dans de bonnes conditions de vie (alimentation saine, stress modéré, peu de pollution, ce qui est très très rare dans notre monde actuel) les vaccins sont globalement inutiles (mais évitent parfois des séquelles, comme par exemple avec la poliomyélite, les oreillons etc...). L'esprit joue également un énorme rôle dans l'état du système immunitaire. L'action de l'âme sur le corps est souvent sous-estimée, et elle n'a "aucune limite" biologique. Dans l'absolu, si nous voulions avoir des nageoires, nous le pourrions. Il existe un phénomène connu bien qu'assez récemment découvert, plus répandu cette fois, qui s'appelle l'épigénétique. Cette nouvelle approche de l'ADN a prouvé que l'expression de nos gènes évolue en fonction de notre environnement. En résumé, notre génétique s'adapte à nos conditions de vie. Si un jour vous plantez des légumes, récupérez toujours vos graines si vous en avez la possibilité. Il est prouvé par exemple que les tomates s'adaptent d'années en années à votre jardin (sol, humidité etc..), et les petits de leurs petits donneront une croissance et une fructification supérieures à leurs ainées. C'est aussi valable pour les animaux et l'Homme, nous sommes adaptés à notre nourriture et notre environnement depuis des générations. La mobilité des populations est un contresens biologique de ce point de vue, mais en contrepartie, les intermariages favorisent la mixité des gènes, et donc un potentiel adaptatif supérieur. Tout est donc une question d'équilibre entre l'héritage et la nouveauté au niveau génétique. Il faut à la fois varier les recettes ou/et explorer des plats exotiques, mais aussi avoir un savoir faire certain sur la cuisine locale !

Stockage de l'information des virus

Dans leur étude du Coronavirus de 2020, les chercheurs ont eu la surprise de voir que le virus pénétrait dans les lymphocytes T (LT) et désactivait les fonctions de protection du LT. Une fois à l'intérieur du LT, le virus se transformait en forme non réplicative. Là où le VIH est capable de transformer les LT en «usine» pour fabriquer des copies de lui-même, le corona ne peut plus se répliquer une fois dans le LT.

De plus, certains patients dans un état critique ont également montré une surréaction du système immunitaire (SI), SI qui s'attaque même aux cellules saines une fois suractivé (inflammation chronique).

Harmo explique en quoi les chercheurs se trompent complètement dans leur interprétation des faits.

A résumer le texte en dessous

Comme bien d'autres Virus, le Covid-19 est capable de rentrer dans les cellules pour s'y "enkyster". C'est notamment pour cela que le virus de la Varicelle réussit souvent à survivre dans le corps humain, notamment dans les ganglions ou des terminaisons nerveuses. Pourquoi dans les ganglions, qui sont un point central du système immunitaire ? Tout simplement parce que les lymphocyte T sont capables de neutraliser un virus en l'englobant, comme une prison, mais également à la même occasion d'apprendre à le combattre "en interne" (à ne pas confondre avec les globules blanc Macrophages, qui avalent les attaquants pour les "digérer").

Ainsi, le LT peut ensuite mettre en place la production d'anticorps adaptés et partager son "savoir" à d'autres cellules. Cela ne veut pas dire que le LT s'inactive comme en conclu l'étude, mais qu'il est tourné vers "l'intérieur". Il joue tout son rôle et notamment celui de "mémoire" en gardant un spécimen neutralisé. Pendant longtemps on avait supposé qu'une immunité pouvait disparaître rapidement, notamment au bout du renouvellement des Lymphocytes T ayant connu la maladie, mais preuve en est qu'on peut, après plus de 30 ans voire même à vie, être encore immunisé contre le tétanos, les oreillons, la rougeole etc... simplement en ayant attrapé la maladie ou un vaccin une seule fois. Des rappels vaccinaux systématiques sont donc à proscrire.

La Varicelle revient généralement quand le système immunitaire plonge (pour des raisons variées). Dans ces conditions détériorées, des Lymphocytes qui servent de mémoire peuvent partager leur "savoir" aux autres de leur espèce qui découvrent le virus pour la première fois. Les lymphocytes peuvent en effet comme les bactéries, s'échanger des informations, via des séquences d'ADN notamment. Dans une situation de déficience immunitaire, les virus de la Varicelle peuvent s'exprimer localement, notamment sous la forme de ce qu'on appelle un Zona, ou un Herpès (labial ou bouton de fièvre, si le virus s'est enkysté dans la région des lèvres, notamment vers les terminaisons nerveuses qui y sont nombreuses), le temps que le corps se remette à jour sur son immunité. Le Virus est alors combattu très rapidement et finit par disparaître (Il retourne en sommeil), pour peu que le système immunitaire ne soit pas encore trop délabré. La Varicelle réapparais certes, juste à cause d'un délai de réaction des Lymphocytes, mais ne disparaît jamais. Il est tout à fait possible que les Coronavirus, dont le Covid-19, fassent de même. C'est le cas d'autres virus chez les animaux, comme chez les chats (Coryzas, FIV, etc...) qui peuvent rester à vie dans le corps de l'animal, parfois même sans se réveiller du tout dans son existence. La plupart des humains ont eu le virus de la Varicelle, mais de nombreux ne seront jamais concernés par un zona ou un herpès. Tout dépend de chaque individu, aussi bien chez les chats que les humains. Tant que le virus est en sommeil, il ne se transmets pas aux autres congénères. Par contre, s'il se réveille, il devient de nouveau contagieux. Tout dépend des capacités de votre corps à garder la maladie en prison !

L'arrivée de Nibiru par exemple, influence à la baisse le système immunitaire. Il existe des radiations néfastes qui proviennent du noyau terrestre stressé par l'arrivée de Nibiru. Ensuite, le chaos climatique, la pollution, la malbouffe, le stress social, les maladies opportunistes connectées aux atteintes sur l'environnement ajoutent leur lot de problèmes. De plus, la plupart des gens sentent que quelque chose se trame, de façon consciente ou non. Si certains dépriment (leur système immunitaire), d'autres au contraire sont sur la défensive, et leur système sur-réagit aux attaques sur le corps. Ce sont des problèmes connectés aux individus, pas au virus lui même.

Note : avec un bon système immunitaire et dans de bonnes conditions de vie (alimentation saine, stress modéré, peu de pollution, ce qui est très très rare dans notre monde actuel) les vaccins sont globalement inutiles (mais évitent parfois des séquelles, comme par exemple avec la poliomyélite, les oreillons etc...). L'esprit joue également un énorme rôle dans l'état du système immunitaire. L'action de l'âme sur le corps est souvent sous-estimée, et elle n'a "aucune limite" biologique. Dans l'absolu, si nous voulions avoir des nageoires, nous le pourrions. Il existe un

Santé > Système immunitaire

phénomène connu bien qu'assez récemment découvert, plus répandu cette fois, qui s'appelle l'épigénétique. Cette nouvelle approche de l'ADN a prouvé que l'expression de nos gènes évolue en fonction de notre environnement. En résumé, notre génétique s'adapte à nos conditions de vie. Si un jour vous plantez des légumes, récupérez toujours vos graines si vous en avez la possibilité. Il est prouvé par exemple que les tomates s'adaptent d'années en années à votre jardin (sol, humidité etc..), et les petits de leurs petits donneront une croissance et une fructification supérieures à leurs ainées. C'est aussi valable pour les animaux et l'Homme, nous sommes adaptés à notre nourriture et notre environnement depuis des générations. La mobilité des populations est un contresens biologique de ce point de vue, mais en contrepartie, les intermariages favorisent la mixité des gènes, et donc un potentiel adaptatif supérieur. Tout est donc une question d'équilibre entre l'héritage et la nouveauté au niveau génétique. Il faut à la fois varier les recettes ou/et explorer des plats exotiques, mais aussi avoir un savoir faire certain sur la cuisine locale !

Virus graves

Ces épidémies se retrouvent surtout dans les pays, à l'hygiène dégueulasse et aux populations mal nourries et asservies.

Peste pneumonique

Forme de peste qui est plus rare que la peste bubonique, mais nettement plus mortelle et extrêmement contagieuse. Elle survient lorsque le bacille atteint les poumons et, sans traitement approprié, est mortelle en trois jours.

Forme primaire

Elle peut être transmise par voie aérienne par un malade atteint de peste bubonique. La contagion se fait par contact avec des liquides organiques infectés, ou par l'inhalation de gouttelettes en suspension dans l'air émises par une personne infectée présentant des expectorations, c'est-à-dire qui tousse ou éternue en émettant des sécrétions infectées. Elle peut se propager par contact avec des vêtements ou de la literie contaminés par des liquides organiques infectés.

Dans ce cas, le temps d'incubation est plus bref que dans la peste bubonique et dure de deux à trois jours. Les premiers symptômes outre la fièvre, se concentrent sur la sphère respiratoire : toux, dyspnée (difficulté à respirer) avec éventuellement production d'expectorations hémoptoïques et purulentes (le malade tousse et crache du sang et du pus infecté). Puis on constate une pneumopathie invasive dyspnéisante avec œdème lésionnel responsable d'une détresse respiratoire aiguë entraînant la mort.

Forme secondaire

Dans 12 % des cas de peste, la peste pulmonaire fait suite à une peste bubonique ou une peste septicémique non ou mal soignée. Le bacille (Yersinia pestis) envahit les poumons par voie sanguine et infecte directement le parenchyme pulmonaire. Les patients sont atteints d'un syndrome pseudo-grippal, toux sèche, céphalées (maux de tête), fièvre, puis une pneumopathie sévère se développe : toux avec crachats hémoptoïques dits « sirop de framboise », douleurs thoraciques, fièvre élevée, puis coma.

Vecteurs

La maladie est portée par les rats et les marmottes. Les éruptions épidémiques peuvent survenir quand une personne mange une marmotte infectée, les chasseurs sont contaminé alors qu'ils écorchent des animaux infectés, ou le contact avec les puces portées par des rats.

Cancer

[TH] Le cancer est dû au fait que le système immunitaire ne fait plus son travail. Et celui-ci est géré par notre inconscient, donc il convient de mettre à plat sa vie (vie pro, quotidienne, vie de couple, famille etc) afin de remédier aux tensions que cela génère. Ajoutez à cela le fait que notre corps garde tout en mémoire, de notre vie intra utérine jusqu'à aujourd'hui...il convient de revenir sur les épisodes douloureux de la personne pour libérer les tensions émotionnelles qui déprime l'organisme.

Cela fait du pain sur la planche...mais quasi systématiquement, avant de déclencher une telle maladie, de nombreux signes du corps inconscients sont transmis au conscient qui décide de les ignorer.

Comme le dise si bien les ET malgré une formulation brutale: le cancer est une forme de suicide psychique. Le meilleur moyen d'y remédier c'est que l'entourage explique ceci à la personne concernée et l'accompagne dans cette épreuve...seule la personne concernée peut agir pour s'en sortir.

Toutes formes de souffrance est un signal pour nous indiquer que nous ne suivons pas correctement les "lois naturelles". L'être humain est le support biologique le plus complexe de cette planète et nous ne naissons pas avec un mode d'emploi. Cependant nous sommes guidés, et Dame Nature ne nous explique pas les choses mais elle nous les signifie. À nous de comprendre en décryptant les choses. Si elle fonctionne de cette manière c'est tout simplement parce que c'est la meilleure manière d'apprendre pour notre degré d'évolution: le vivre dans sa chair. Les choses agréables et les choses désagréables.

Seulement l'intellect (ou le mental)...lui en fait souvent bien qu'à sa tête et pense à tort que son corps est déconnecté de sa tête. J'entends très souvent dire "mon esprit est vif mais mon corps me lâche, il me trahit". C'est une lecture possible...voyez ou cette croyance vous mène. Bien souvent, on touche le fond et on creuse encore...

Les bébés sont des éponges émotionnelles qui reflètent l'environnement dans lequel ils naissent. Et même si ce sont 2 espèces différentes ils possèdent cette même caractéristique d'être d'excellent miroir de leur environnement.

D'autres cas plus rares mais qui existent tout de même sont des problèmes congénitales qui affectent directement le système immunitaire (qui appartient au cerveau reptilien)...et qui malheureusement génère les conséquences que l'on connaît.

L'origine de ces défaillances vient souvent d'une vie intra utérine très mouvementée...

Il faut nuancer ce qui est appelé "hérédité" car cette dynamique est le siège de plusieurs paramètres. Parmi ceux-ci, les plus importants sont nos comportements acquis par le mimétisme émotionnelle et comportemental de notre environnement. Et étant donné que nous vivons principalement avec nos parents durant notre jeunesse, on acquiert énormément de leurs réactions ce qui conduit à reproduire les mêmes comportements à risques...

Ensuite vient l'épigénétique qui prend en compte que nos réactions face aux stimulis de l'environnement vont activer ou désactiver certains gènes responsables de tels ou tels choses.

Il doit exister seulement 4 ou 5 maladies génétiques qui sont prédéterminés.

Q : que faire, suite à une greffe et les traitements anti-rejet nécessaires (lesquels affaiblissent volontairement les défenses immunitaires pour que le corps "accepte" ou tolère le nouvel organe) ?

TH : l'idéal reste de l'ordre de la prévention pour éviter d'en arriver à ces extrêmes. En tout cas dans le cadre de maladies dû au stress...car dans le cas d'une maladie dû a un agent pathogène, c'est une autre histoire, évidemment.

Le mieux est de protéger cette personne au mieux...et de la mettre sur une dynamique d'épanouissement le plus rapidement possible. La joie de vivre fait des "miracles".

Si vous en doutez, observez les conséquences de ceux qui vivent dans tout le contraire, les effets sont criants.

AM : Pour le cancer il faut d'abord que le corps et l'âme veuillent bien continuer à vivre... Souvent le conscient n'en fait qu'à sa tête et va dans la mauvaise direction, du coup le corps lâche pour montrer qu'on est sur le mauvais chemin...

Une fois la psychologie résolue, il faut se débarrasser du cancer. On diminue les apports de nourriture, on supprime le sucre, et on fait max de sport...

Pour évacuer les métaux lourds, c'est racine de rhumex (oseille sauvage). C'est ce qu'on me souffle à l'oreille :)

En absence de sucre, les cellules se mettent en mode économie d'énergie... sauf que les cellules cancéreuses ne le peuvent pas, et la tumeur se fait bouffer littéralement par le corps...

On amplifie cet effet par le jeûn, 16 h par jour d'abord (on mange midi et soir seulement), puis un jour par semaine, puis 2 jours, jusqu'à 3 et plus selon votre ressenti.

Ensuite, on adopte la bonne hygiène de vie (p.).

Inflammation chronique

Les adjuvants de vaccins

Il y a des risques de maladies auto-immunes (réaction allergique autodestructrice du système immunitaire, comme la sclérose en plaque, syndrome de Gillain-Barré, fausse maladie de Lyme, miofascite à macrophages, fatigue chronique, polyarthrite rhumatoïde , etc.) provoquées par les adjuvants utilisés par les compagnies pharmaceutiques dans leurs vaccins (dans les années 1950, on mettait de la mie de pain pour faire réagir le corps, et ça marchait bien... Inutile de mettre de l'alu ou du glycol comme aujourd'hui, surtout l'alu se déposant dans le cerveau et endormant ce dernier, syndrome de la tête cotonneuse.

Depuis 2000, les chercheurs savent qu'une injection de squalène ou d'aluminium provoque une réponse exacerbée du système immunitaire interne, durable dans le temps, c'est à dire une inflammation chronique (L1>plans génocidaires). Depuis 2000, les vaccins contiennent systématiquement du squalène et de l'aluminium. Ne cherchons pas plus loin les causes des inflammations chroniques dont souffre notre société...

Notre système immunitaire reconnaît le squalène comme une molécule d'huile native de notre corps. On le trouve dans votre système nerveux et dans votre cerveau. En fait, vous pouvez consommer du squalène dans l'huile d'olive et non seulement votre système immunitaire reconnaîtra celui-ci, mais vous profiterez aussi des avantages de ses propriétés antioxydantes. La différence entre le « bon » et le « mauvais » squalène est la voie par laquelle il entre dans votre corps. L'injection est une voie d'entrée anormale qui incite votre système immunitaire à attaquer tout le squalène qui se trouve dans votre corps et pas seulement l'adjuvant du vaccin/antibiotique. Votre système immunitaire tentera de détruire la molécule partout où il la trouve, y compris dans les endroits où elle se rencontre naturellement, et où elle est vitale à la santé de votre système nerveux.

Les huiles du type squalène sont présentes naturellement dans le corps, c'est pour cela qu'on appelle ces maladies "auto-immunes", car le corps se détruit lui même avec son propre système de défense, l'un n'empêche pas l'autre ! Elles sont présentes dans le système nerveux et le cerveau d'où les cas de scléroses en plaque et de Guillain-Barré, toutes deux des attaques auto immunes visant des tissus à base de lipides (comme les indispensables gaines de myéline qui entourent les nerfs).

La myéline est une substance constituée principalement de lipides (sphingomyéline) dont les couches alternent avec des couches de protides. De façon générale, la myéline sert à isoler et à protéger les fibres nerveuses, comme le fait le plastique autour des fils électriques.

La sclérose en plaques (SEP) est une maladie neurologique auto-immune chronique du système nerveux central. Elle est multifactorielle et ses manifestations cliniques sont liées à une démyélinisation des fibres nerveuses du système nerveux central (cerveau, moelle épinière et nerf optique).

Le syndrome de Guillain-Barré (SGB) ou syndrome de Guillain-Barré-Strohl est une maladie auto-immune inflammatoire du système nerveux périphérique. C'est une maladie acquise. On l'appelle également polynévropathie aiguë inflammatoire démyélinisante.

Un système trop actif

A l'inverse des cancers qui sont du à un système immunitaire trop faible, l'inflammation chronique provient d'un système immunitaire trop actif, qui suite à une erreur de ciblage, attaque les cellules du corps plutôt que les pathogènes. Comme le corps refabrique sans cesse ces cellules internes, c'est un combat sans fin, qui se termine par un effondrement du SI, ou a une destruction de l'organe auto-attaqué.

[Zétas] Il est bien connu qu'un virus peut déclencher une réaction auto-immune dans le corps humain. Les épisodes aigus de sclérose en plaques suivent le plus souvent un rhume ou une grippe. La paralysie de Guillain-Barre est associée à une grippe intestinale ou à un virus de la grippe saisonnière, comme l'a montré la recrudescence des cas lors des vaccinations contre la grippe porcine en 1976. Le vaccin a été retiré en raison de cette recrudescence. Nancy subit encore les séquelles du Guillain-Barre, lorsque tous les membres de la famille ont eu une grippe intestinale; mais elle n'est devenue que temporairement quadriplégique.

Zétas

Les réactions auto-immunes se produisent parce que le système immunitaire ne peut pas faire une différence nette entre le germe / allergène d'une part, et certains types de cellule du corps humain.

[le système immunitaire ne voit pas la différence entre tel type de virus et tel type de cellules normales du corps humain, et attaque indifféremment virus et cellules du corps : le corps s'attaque lui-même]

Il ne s'agit pas d'un système immunitaire faible, mais d'un système immunitaire sur-réactif et robuste.

Le virus Covid-19 a la caractéristique d'inciter à une réaction excessive. Ainsi, les personnes âgées, qui ont la mémoire immunitaire d'une attaque passée contre le coronavirus, souffrent de tempêtes de cytokines - une réaction inflammatoire au cours d'une réponse immunitaire.

La réaction auto-immune survient notamment APRÈS l'exposition au virus, APRÈS que le combat initial entre le système immunitaire et le virus soit engagé. [Donc les enfants avec le syndrome de Kawakasi ont été exposé au COVID-19 avant de déclencher une sur-réaction].

La réaction d'auto-immunité [le système immunitaire qui attaque les cellules du corps qu'il est censé protéger] est une réaction secondaire. Le système immunitaire engage l'ennemi principal, le virus, mais par association, un certain type de cellule normales a été marqué comme un ennemi apparenté. Ce type de cellule normale peut-il être éliminé ? Non, car il est inhérent au corps humain [ce dernier les refabriquent au fur et à mesure de leur destruction]. Il en résulte une inflammation persistante, qui peut être interrompue par des médicaments anti-inflammatoires tels que la prednisone, ou diminuée par le temps.

Harmo

Les virus de type grippe ou coronavirus sont moins actifs sous l'effet des UV (Soleil plus haut dans le ciel, étant arrêté par moins d'épaisseur d'atmosphère). C'est aussi la période où le système immunitaire est au top.

AM

Pour réparer un SI déconnant :
- L'arrêt des polluants qui suractivent le système immunitaire et le font attaquer tout azimuth (pesticides dans la nourriture, chlore dans l'eau, pollution atmosphérique),
- méditation (se connecter au système immunitaire de se calmer, ne ne plus s'attaquer soit même, visualiser les cellules qui ne sont plus attaquées).

Pas de cancer avec inflammation chronique ?

[AM] Les inflammations chroniques sont considérées comme précurseur du cancer, tout simplement à cause des traitements immuno-dépresseur ou anti-inflammatoire qui sont prescrit dans ces cas-là : on éteint le système immunitaire, et du coup les cancers peuvent se développer, n'étant plus stoppé par le SI.

Il peut aussi y avoir plus d'agression que le SI ne peut supporter, ou sinon un SI occupé à attaquer le corps, et qui n'a plus les ressources pour attaquer d'autres infections ou tumeur.

Reprendre la page "inflammation chronique"

Jeûne

[Régénère]

Jeûne hydrique : N'absorber que des liquides
Jeûne sec : ni boire ni manger (accélère les effets, mais peut provoquer plus de désagréments).

Jeûne court (hormétique) vs jeûne prolongé (thérapeutique)

Pour distinguer un jeûne court d'un jeûne prolongé, il faut tenir compte à la fois du type de jeûne (hydrique ou à sec), de la durée du jeûne, de l'individu et de son niveau d'activité physique.

L'entrée en cétose (façon d'assimiler les glucides) est un repère pour distinguer ces deux catégories.

Jeûnes courts

Tout jeûne sec dont la durée ne dépasse pas 36 heures et tout jeûne hydrique dont la durée ne dépasse pas 3 jours, pour une personne lambda en bonne santé qui ne s'adonne pas à une activité physique intense.

Parmi les types de jeûne court, on citera les jeûnes dits intermittents tels que le jeûne 16/8, le *One Meal A Day* ou encore le jeûne alterné.

Ces jeûnes courts, popularisés après 2016, s'adressent généralement à ceux qui débutent, à ceux qui veulent intégrer le jeûne de façon régulière pour prévenir l'apparition des maladies, mais aussi à toutes les personnes qui ne peuvent pas se lancer dans des jeûnes longs (personnes avec peu de réserves graisseuses ou avec une faible vitalité).

Jeûne prolongé

Comme les jeûnes dits périodiques qui s'étalent sur plusieurs jours à plusieurs semaines. Au début du 20e siècle, les hygiénistes promouvaient surtout les jeûnes prolongés très longs en reportant les bienfaits de jeûnes hydriques d'une durée de 20 à 40 jours. Il faut tenir compte du fait que les individus de l'époque avaient bien plus de vitalité, et n'étaient pas autant intoxiqués. Aujourd'hui, il convient d'être plus prudent avec de longues durées.

Ils intéressent généralement ceux qui veulent faire un jeûne ponctuel pour renverser leurs pathologies, ceux ayant de bonnes réserves graisseuses et une bonne vitalité, et ceux qui aspirent à une recherche spirituelle.

Nettoyages internes

Foie

Pourquoi il s'encrasse ?

Avec les divers parasites que nous ingérons quotidiennement, certains passent la barrière acide de l'estomac (surtout si nous mangeons trop et sans bien mâcher), et s'installent dans les intestins, remontant dans le foie, etc. On peut citer la douve par exemple, ou un groupe de bactéries parasites.

Il y a aussi tous les polluants, comme l'alcool, qui sont filtrés par le foie, et finissent par s'y accumuler.

Une fois installés, ces corps étrangers provoquent un amas de matières diverses (comme des cristaux de cholestérol) autour d'eux. Au fil du temps cet amas (un calcul) grossit et durcit, jusqu'à se calcifier complètement (ce qui peut amener à l'opération chirurgicale). Ces calculs bouchent en partie ou totalement nos organes, empêchant une libération suffisante de bile.

Ces calculs étant poreux, ils servent d'abri à plein de parasites, ce sont des nids d'infection.

Mauvaise digestion des graisses dans l'intestin, c'est :

- allergies alimentaires,
- graisses mal transformées et mal assimilées (le fameux "mauvais cholestérol" qu'on retrouve dans le sang),
- accumulation du mauvais cholestérol dans le corps : ce cholestérol est normalement évacué par le foie avec la bile, mais si cette dernière sort moins du corps, le cholestérol s'accumule dans les artères => artères bouchées puis crise cardiaque.

Les calculs, s'ils sont trop petits ou pas encore calcifiés, ne se voient pas aux rayons X. Ça ne les empêche pas de nuire !

Manger de l'ail permet de détruire une partie des parasites venus de l'alimentation, donc de diminuer le nombre de caillots. C'est pourquoi les scientifiques ont découvert que l'ail diminuait les crises cardiaques, sans comprendre pourquoi : prendre l'ail en gélule, ou injecter les pincipes actifs de l'ail directement dans le sang, n'ont pas de bienfait pour le coeur. Normal, car l'ail ne tue plus les parasites présents dans nos aliments dans ces 2 expériences.

Calculs évacués

Peuvent être de toutes les couleurs, noirs, rouges, vert (à cause de la bile), ocre.

De toutes les tailles et les formes, selon l'agrégat qui les a initié. Certains peuvent être carrément gros (2cm de long).

Plus ils sont vieux et calcifiés, plus ils sont durs.

Ils flottent plus ou moins selon leur teneur en cholestérol.

On peut trouver 20 à 100 calculs dans un foie normal, et jusqu'à 2000 pour les foies bien obstrués.

3 étapes

1. Il faut commencer par enlever tous les parasites au centre des calculs ou qui vont provoquer de nouveaux calculs.
2. Il faut que le système urinaire soit au top pour évacuer toutes les merdes libérées par le foie et qui pourraient être absorbées par les intestins.
3. L'absorption d'une grande quantité de matière grasse va provoquer une grosse émission de bile qui va éliminer les calculs des canaux du foie.

Préparation pendant 2 semaines

Reposer le foie

Ne pas trop manger les 2 semaines précédant le nettoyage

La consommation préalable de plantes agissant sur le système hépatique est recommandée, comme le pissenlit, l'artichaut, le radis noir.

Boire beaucoup et manger le plus légèrement possible.

Toutes les nourritures et les boissons doivent être chaudes ou tempérées, car cela refroidit le foie et, de cette façon, réduit l'efficacité du nettoyage. Pour aider le foie à se préparer, essayez d'éviter les lipides saturés comme les aliments d'origine animale, les produits laitiers et les aliments frits.

Étape 1 : élimination des parasites (p.)

Préférable de la faire en lune décroissante (au moins 3 jours après la pleine lune), ça va agir sur les vers et permettra un bon timing pour le nettoyage du foie (à faire hors de la pleine lune, on risque de ne pas pouvoir dormir).

Le but est de débarrasser le foie des parasites qui y vivent (sans quoi vous n'en sortirez pas beaucoup, et vous vous sentirez bien malade).

De plus, lors du nettoyage, les bactéries et virus présents dans les calculs sont relâchés dans l'intestin, pouvant y faire du dégât.

Faire ça pendant les 2 semaine avant le jour de nettoyage.

Le plus simple est de boire un demi-verre de vin de noix avant chaque repas, et de rajouter une gousse d'ail crue pressée imbibée d'huile dans le plat principal.

Étape 2 : Nettoyage des reins (p.)

Boire 1 litre de jus de pommes par jour, pendant les 3 jours qui précèdent le nettoyage.

Prendre du jus de pomme Bio (riche en acide malique), ce qui va permettre d'assouplir les calculs pour faciliter leur évacuation.

Juste avant le nettoyage

les 2 jours avant puis après le nettoyage (de même que le week-end de nettoyage), ne prenez aucun médicament, aucune vitamine, aucun alcool/drogue ni aucune pilule qui ne vous soient indispensables, ils peuvent empêcher le succès de votre nettoyage. Le but est d'éviter que le foie ait des choses à filtrer le jour du nettoyage, ce qui lui demandera un effort supplémentaire.

Arrêtez le jour précédent votre programme de destruction des parasites ainsi que le nettoyage de vos reins au moyen de plantes.

Ne pas manger trop tard la veille, 18h c'est bien.

Étape 3 : le nettoyage en lui-même

Ingrédients

- 120 g de sulfate de magnésium heptahydraté, qui ont pour effet de provoquer l'ouverture des différents sphincters des canaux biliaires, ce qui prévient toute douleur lors de l'expulsion des calculs.
- 12,5 cl d'huile d'olive vierge bio (première pression à froid, plus facile à faire descendre).
- 1 grand pamplemousse rose frais (18 cl de jus mini, 20 cl optimal). Jus sans pulpe. Va permettre la dissolution de l'huile d'olive, et masquer le goût. En dépannage, on peut mélanger à égalité du jus de citron avec du jus d'orange (toujours sans pulpe).
- 1 bocal d'1 litre, avec couvercle, pour préparer la potion et pouvoir la mélanger en secouant vigoureusement.

Environnement

Choisissez un jour où vous resterez à la maison, et où vous pourrez vous reposer le lendemain.

Le jour de la nouvelle lune pour le jour de nettoyage est le plus favorable pour se nettoyer et se guérir (on dormira mieux).

Prévoyez un accès inconditionnels aux toilettes (on peut rajouter un seau de toilette sèche à usage perso) car ce traitement provoque la diarrhée.

Journée de nettoyage (p.)

On s'arrête de manger la veille à 18h. On ne mange rien de la journée. A 18h et 20h, on prend du sulfate de magnésium (grosses diarrhées en perspective). A 22h, avaler debout le bol d'huile et jus de pamplemousse, puis direct au lit en essayant de ne pas vomir, et de dormir. Le lendemain au réveil, prendre la 3e dose de sulfate de magnésium., puis 2 h après la 4e dose.

Les jours suivants

Prenez des repas légers, le foie à quand même subit une grosse opération même si elle n'était pas chirurgicale.

Nettoyage à renouveler 2 semaines plus tard

Le premier traitement vous a débarrassé des calculs les plus proches, mais d'autres calculs, en amont des canaux, arriveront de nouveau et vous redonneront de nouveau les mêmes symptômes. Vous devez répéter ce nettoyage de foie 2 à 3 semaines plus tard.

Nettoyage à renouveler tous les 10 ans

Ce nettoyage étant assez intense pour le corps, inutile de le faire trop souvent, continuez à prendre de temps à autre du vin de noix, et de manger régulièrement de l'ail, pour éviter les parasites.

Étape 3 > journée de nettoyage

Le respect des heures indiquées est très important pour que la procédure réussisse. Les heures peuvent être toutes avancées ou reculées, suivant votre rythme de vie.

Ne rien manger de la journée

Vous avez mangé la dernière fois la veille à 18 h, et vous ne mangerez plus avant demain (mais vous pouvez boire de l'eau).

Le fait de ne pas manger (surtout de matière grasse) permettra à la bile de s'accumuler et de créer une pression dans le foie. Une pression de bile plus élevée fera sortir plus de calculs.

14 heures - préparer les parts de sulfate de magnésium

Préparez votre sulfate de magnésium pour son ingestion de 18h : Mélangez 120g de sulfate de magnésium dans 75 cl d'eau, et versez le tout dans le bocal. Cela correspondra à 4 portions de 19 cl environ.

Si vous ne supportez pas le goût, mettre le bocal dans le réfrigérateur pour que le liquide soit froid et endorme les papilles gustatives (mais ce n'est pas si mauvais que ça).

Il faut un moment avant que tout le sel soit dissous dans l'eau, on peut le touiller pour accélérer le dissolution..

18 Heures - 1ère part de sulfate de magnésium

Buvez une première part (19 cl) de sulfate de magnésium. Vous pouvez ajouter quelques gouttes de jus de citron pour améliorer le goût. Vous pouvez vous rincer la bouche après, mais évitez de boire pour ne pas diluer le dosage.

19 h - 1ères diarrhées

Au bout d'une heure, si vous n'avez pas trop mangé, le contenu du bas des intestins va partir dans les toilettes en 2 fois, après ça sera de l'eau (qui passe à côté des selles hautes). Les envies de déféquer se feront à intervalle rapprochés, au point qu'il vaut mieux des fois rester à demeure sur les toilettes.

20 h - 2e part de sulfate de magnésium

Buvez de nouveau une autre part de sulfate de magnésium.Vous n'avez pas mangé depuis 1 jour, mais vous ne vous sentirez pas affamé.

21 Heures 45 - préparer la potion à l'huile + aller à la selle

Versez 12,5 cl (exactement mesurés) d'huile d'olive dans le bocal d'un litre.

Lavez deux fois le pamplemousse entier dans de l'eau chaude et séchez-le (pourquoi ? Les documents d'origine n'expliquent pas), pressez-le et mettez au moins 18 cl de jus de pamplemousse dans le bocal, plus il y en a mieux c'est). Enlevez la pulpe avec une fourchette.

Ajoutez les 20 gouttes de vin de noix.

Fermez le bocal en serrant bien le couvercle et secouez vigoureusement jusqu'à ce que le mélange devienne liquide comme de l'eau (seul du jus de pamplemousse fraîchement pressé permet d'obtenir cette condition, en scindant les molécules grasses de l'huile d'olive).

Laissez reposer la mixture 15 minutes : cette ozonation permettra de tuer tous les stades de parasites ou les virus qui peuvent être relâchés pendant le nettoyage du foie. Il faut qu'il soit à température ambiante (plus de 16°C) sinon l'huile fige.

Allez maintenant aux toilettes (après vous resterez au lit en position allongée), une ou plusieurs fois, même si cela vous retarde un peu pour votre prise de potion de 22 heures.

22 heures - avaler rapidement la potion en étant debout puis se coucher aussitôt

Ne dépassez pas 10 minutes de décalage : vous sortiriez moins de calculs.

Secouer de nouveau vigoureusement la potion préparée.

Emmenez le tout près de votre lit, car il faudra se coucher aussitôt après avoir bu.

Il faut boire debout.

Tâchez d'avaler la potion le plus rapidement possible, en moins de 5 minutes (maximum 15 minutes, par exemple pour les personnes âgées ou affaiblies).

Ce mélange s'avale très bien. Le goût du pamplemousse prime sur celui de l'huile d'olive. Les délicats pourront utiliser une paille à boire. Ne pas mettre au frigo pour masquer le goût sinon l'huile fige.

Allongez-vous immédiatement. Vous risquez de ne pas faire sortir de calculs si vous ne le faites pas. Plus vous vous étendrez tôt, plus vous sortirez de calculs.

Couchez-vous avec la tête haute sur l'oreiller (on peut en mettre 2 pour ne surélever que la tête, qui doit être plus haute que l'abdomen).

Essayez de penser à ce qui se passe dans votre foie. Essayez de rester parfaitement calme (état de Zen) pendant au moins 20 minutes (sans parler, sans écouter quelqu'un d'autre ni lire ou regarder la télé).

Vous sentirez un groupe de calculs descendre le long des canaux biliaires comme des billes. Vous ne sentirez aucune douleur parce que les canaux de bile sont ouverts (merci aux prises de sulfate de magnésium !).

Endormez-vous, vous risquez de ne pas réussir votre nettoyage du foie si vous ne le faites pas.

Pendant votre sommeil, les calculs ou "pierres" – les «petits pois verts» - vont se dégager des canaux biliaires pour ensuite s'acheminer vers les intestins.

S'il y a besoin, vous pouvez aller aux toilettes pendant la nuit. Il se peut que vous vous sentiez mal dans la nuit et aux petites heures du jour, du au relâchage des toxines du foie. Ça passera au cours de la matinée.

Si au moment de vous allonger vous sentez une envie de déféquer ou de vomir, retenez-vous et demandez à votre corps de ne pas jeter de suite cette grande quantité d'huile, il faut la conserver pour que le foie travaille et évacue les caillots.

La première évacuation dans la nuit c'est plein de petites billes vertes de 1 à 2 mm de diamètre.

Lendemain matin (après 6 h) : 3e dose de sulfate de magnésium

Prenez, en vous réveillant (mais pas avant 6h du matin), votre troisième dose de sulfate de magnésium (afin d'évacuer ce que la foie à relâcher dans la nuit, les toxines et les caillots). Si vous avez une indigestion ou de la nausée, attendez que cela se dissipe avant de boire les sulfate de magnésium. Vous pouvez retourner dans votre lit si on est fatigué, lire ou méditer, ou faire du yoga léger.

Au moment d'évacuer les selles, vous pouvez utiliser la passoire pour vérifier la présence des petits pois, c'est eux qui seront la preuve tangible que la cure fait effet. Ils ont plus gros que précédemment (10 mm de longs) et de toutes les couleurs.

2 heures après le lever : 4e dose de sulfate de magnésium

Prenez votre quatrième (et dernière) dose de sulfate de magnésium, histoire de finir le nettoyage des intestins.

4 heures après le lever: recommencer à manger

Vous pouvez manger de nouveau. Commencez avec un jus de fruits. Une demi-heure plus tard, mangez un fruit. Une heure plus tard, vous pouvez manger de la nourriture habituelle, mais que ce soit léger cependant. Quand le dîner arrive, vous devriez vous sentir remis, et aller mieux qu'avant.

Rein

Méthode jus de pomme

Boire un litre de jus de pommes par jour, pendant 3 jours, fait office de nettoyage des reins.

Buvez le jus de pomme lentement au cours de la journée, entre les repas (évitez de boire le jus pendant, juste avant et pendant les deux premières heures après un repas, et le soir). Le jus de pomme est à prendre en plus de votre consommation habituelle d'eau.

Rincer la bouche avec du bicarbonate de soude et/ou de vous brosser les dents à plusieurs reprises pendant la journée pour empêcher que l'acide malique des pommes ne cause des dommages à vos dents.

Méthode plus lente

Boire beaucoup, près de 2 à 3 litres d'eau par jours. Prendre des infusions aide beaucoup. Du persil frais, du gingembre. Ne pas tout boire en une fois, mais régulièrement dans la journée. De même, augmenter les doses doucement pendant une semaine, une semaine à 3 l par jour, puis rediminuer doucement sur une troisième semaine.

Ça va aussi évacuer une partie des métaux lourds accumulés dans le corps.

Les feuilles de pissenlit permettent d'évacuer les toxines.

Infusion de feuilles de romarin pour désencrasser le foie.

Intestin

Élimination des parasites

Le but est de débarrasser le foie des parasites qui y vivent

Brou de noix

Prendre un demi-verre de vin de noix à jeun avant chaque repas (par exemple à l'apéro!!!) en le buvant doucement par petites gorgées (en s'en délectant quoi!).

Ail

De l'ail écrasée (coupée, elle a moins d'effets) dans la salade ou autres plat. Une gousse moyenne suffit par repas. L'imbiber d'huile d'olive après écrasement pour éviter les haleines chargées et désagréments gastriques.

Santé > Nettoyages internes

Clou de girofle

Absorber un peu de clou de girofle pilé et en poudre (le piler soi-même juste avant, car il perds vite toutes ses propriétés). Le clou de girofle est antiseptique, anti-bactérien.

Tanaisie

Plante sauvage utilisée comme vermifuge en infusion (attention, toxique à forte dose, et hallucinogène).

Autres vermifuges naturels

nigelle, carottes, noix de coco, terre de diatomée, graines de courges, fleurs de camomille, baies d'églantier, figues, huile d'origan.

Plusieurs vermifuges naturels pour les animaux, donc sûrement aussi valables pour les humains :

thym séché et ail séché

A mettre en petits morceaux dans les croquettes (1 gousse dans un gros plat de croquettes pour un gros chat) pour vermifuger.

Graines de courges broyées (crues)

Broyez vos graines au fur et à mesure de vos besoins et ajoutez-les à la pâtée quotidienne ou dans un morceau de fromage. Les graines de courges éliminent 50% des vers plats. C'est un bon complément du traitement à l'ail, car elles affaiblissent les vers et rendent ainsi le traitement à l'ail encore plus efficace. Utilisez la dose de 1/4 à 1 cuillère à café par repas, selon la taille de votre chien (tous les jours, pendant 2 semaines par trimestre).

Son ou blé d'avoine

Ajoutez à la ration journalière de votre compagnon à 4 pattes, pour aider à l'évacuation des vers du son ou du blé d'avoine, mais aussi des carottes, betteraves ou navets crus râpés.

Argile

l'argile est aussi un élément vermifuge recommandé. La prise se fait en diluant un peu d'argile dans l'eau de boisson de votre animal. En cas de démangeaisons autour de l'anus, appliquer de l'argile sur cette zone. Cela évitera aux vers d'y pondre leurs œufs et diminuera la reproduction. Le matin et le soir, rincez l'argile et appliquez une nouvelle couche.

Le jeûne

Pour faciliter l'élimination des vers, un jeûne de 1 ou 2 jours peut être envisagé. Dans ce cas, ne donnez que de l'eau et un os à votre animal. L'huile de ricin est également recommandée pour faciliter le transit intestinal.

Huile de pépins de courge ou de melon

Vous pouvez aussi utiliser ces 2 huiles comme vermifuges, qui auront les mêmes propriétés que les graines de courge.

Enzymes végétales

Les figues sèches, papayes ou toutes autres sources d'enzymes digestifs (compléments alimentaires) peuvent aussi être ajoutés à la pâtée

Effets secondaires

Les "cadavres" de parasites relâchent de l'ammoniaque . Une personne fortement parasitée peut se retrouver avec un afflux important d'ammoniaque dans le sang.

Symptômes : fatigue, maux de tête, impression d'être dans le brouillard, nausées, vertiges, tachycardie, sueurs, cauchemars, angoisse, problèmes ORL, constipation ou diarrhée, digestion perturbée...

Tout cela n'est que passager et il s'en suit un réel mieux être, cela vaut la peine de traverser ces quelques désagréments.

Nettoyage colon

Jus de pomme

Le jus de pomme frais est une des meilleures solutions pour le nettoyage du côlon. Boire du jus de pomme régulièrement encourage les mouvements de l'intestin et améliore la santé du foie et du système digestif et du foie. Du jus de pomme frais apporte de meilleurs résultats, mais si ce n'est pas possible pour vous, vous pouvez utiliser du jus de pomme bio.

1. Commencez votre journée en buvant un verre de jus de pomme non filtré.
2. 30 minutes plus tard, buvez un verre d'eau.
3. Recommencez cette routine plusieurs fois au cours de la journée et continuez durant 3 jours. Entre deux, pour améliorer encore plus le processus du nettoyage, vous pouvez boire du jus de prune. Durant votre cure, il est recommandé de ne pas manger des aliments solides

Jus de légumes

Pour le nettoyage du côlon, il est essentiel de s'éloigner de la nourriture préparée pour au moins une ou deux journées. Afin de remplacer la nourriture solide, buvez des jus de légumes plusieurs fois par jour. Les légumes verts, en particulier, richez en chlorophylle, aident à éliminer les toxines.

Encore une fois, le mieux est de préparer des jus de légumes frais. Vous pouvez faire des jus de carottes, betteraves, épinards, etc. à l'aide d'une centrifugeuse ou un blender.

Infusions de plantes

Afin de nettoyer toutes les toxines du corps, nos grand-mères le savaient bien: rien de mieux que des infusions de plantes! Voici quelques plantes purifiantes:

- Psyllium : appelé aussi "remède miracle de l'intestin", le psyllium permet de soigner totalement la constipation. Il est important de boire beaucoup d'eau afin d'éviter l'obstruction du tube digestif.
Prendre une cuillerée à soupe avec un grand verre d'eau
- Menthe poivrée : la menthe poivrée est un remède miracle ! Une décoction de menthe peut doubler à tripler le volume de la bile excrétée en 30 minutes.

Purge chimique(p.)

Il s'agit de vider rapidement le bol alimentaire, en provoquant une diarrhée.

On va reprendre la moitié de la méthode vue dans le nettoyage du foie (p.), à savoir arrêter de manger à 18h la veille, 2 doses de 30 mg de sulfate de magnésium le soir (18 et 20h), 1 semaine à ne boire que des jus ou des soupes claires, puis de nouveau 2 doses après 1 journée de jeun (18 et 20 h), histoire de finir d'enlever le reste du bol alimentaire.

Lavements

Pour plusieurs raisons, accidentelles toujours (absorption de poison, choc psychique bloquant le transit, rupture brutale d'eau ou l'aliment, intestins détruits par les poisons de la nourriture industrielle, etc.), il peut être nécessaire de purger l'intestin du bol alimentaire qui y serait bloqué.

Ces nettoyages sont très violents pour le corps, ne sont pas naturels, ils sont évidemment à éviter (leurs préférer quelques semaines d'alimentation végétale vivante variée).

Quelle eau choisir ?

Pour les lavages à l'eau, pas d'eau du robinet avec ses polluants rajoutés (l'eau non filtrée par le corps n'arrive pas normalement jusque là).

Prendre de l'eau de source filtrée et bouillie (ou distillée) pour éviter les corps étrangers vivants.

Cette eau doit être chaude, pour correspondre à la température corporelle (température à laquelle doit se trouver le bol alimentaire). C'est à dire plus ou moins 37°C. Un peu plus chaude, elle assouplit les tissus, un peu plus froide, elle les raffermit, c'est vous qui voyez (mieux vaut plus chaude, vers 40°C, pour amollir les selles).

Lavement du colon

Lavage léger. Se fait à l'aide d'une poire (25 cl d'eau chaude de source filtrée et bouillie (p.)) qui assure le nettoyage de la partie terminale (le rectum). La pression de la poire permet malgré tout de faire comme pour une irrigation du colon, en faisant remonter plus d'eau plus loin en rechargeant entre-temps la poire en eau chaude.

Irrigation colonique

Nettoyage plus en profondeur de l'intestin.

Avoir une alimentation légère 3 jours avant le lavement, puis 3 jours après, pour bien ménager les intestins.

Nettoyage plus en profondeur, se fait à partir de réservoir en hauteur (1 à 2 litres d'eau d'eau chaude de source filtrée et bouillie (p.)), placé à 1,5 m de haut (pour la pression). Un tuyau amène l'eau à une canule (tube rigide de 15 cm de long et 5 mm de diamètre). Un robinet sur la canule permet de remplir le tuyau d'eau, pour éviter d'envoyer de l'air dans les intestins. Cette canule, lubrifiée à l'huile d'olive (la moins allergisante) ou à l'huile de coco est insérée dans l'anus, et la pression gravitaire pousse l'eau à remonter l'intestin.

Se placer au plus près des WC (en retirant ensuite la canule, les fuites tomberont dans les WC).

3 Positions :
- A 4 pattes
- Allongé sur le dos avec un oreiller, jambes repliées
- Allongé sur le flanc droit, pour masser la première partie du gros intestin, celle contre le sol.

Mettre la canule dans l'anus, faire un débit lent de 1 l à 2 l par 20 minutes. Masser progressivement le gros intestin (dont la sortie remonte vers le diaphragme à droite, passe sous le diaphragme, et redescend sous le flanc gauche, avant de partir dans l'intestin grêle à l'intérieur du corps).

En cas d'envie impérieuse au bout de 5-10 minutes, couper le robinet, évacuer, et reprendre l'irrigation. Avec plus d'habitude, on pourra vider les 1 à 2l, masser le ventre encore et encore (pour bien répartir l'eau, imprégner les selles, les ramollir, puis faire la vidange finale sur les WC en une seule fois.

Fausses médecines

A part la médecine des plantes dont nous n'avons plus réellement besoin, toutes les anciennes médecines sont de fausses croyances.

Avant le passage, les ET estiment à 70% les maladies dues à des problèmes psychologiques/âme.

Acupuncture

Source : les ET de Tony H : Elle fonctionne dans le sens ou l'insertion des aiguilles génèrent un stress physique pour l'organisme qui va en réaction générer une cascade de réactions neuro-endocrinienne qui va redynamiser le corps pour qu'il retende vers l'équilibre. Ajoutez à cela, le fait que l'esprit focalise son attention sur autre choses que ces troubles habituels...ils n'en faut pas plus pour apaiser l'organisme. Lorsque le motif de consultations est soft, cela peut largement suffire pour guérir. Lorsque le motif est hard, au mieux nous sommes soulagés temporairement, ce qui peut suffire à certains.

Homéopathie

Source : les ET de TH : la logique qui sous tend l'homéopathie n'est pas bonne (sans même faire référence aux dilutions, juste le principe de base).

Concernant les bébés et animaux qui sont guéris par l'homéopathie (donc pas d'effet placebo venant de leur part), l'âme de ces sujets est présente et peut "voir" donc agir sur le corps physique.

AM : Simple effet placebo. J'ai compris ça quand je me suis couché un soir en reniflant, ça annonçait le rhume pour le lendemain, je me suis imaginé prendre une gélule de Gelsénium (le seul nom que je connaissais en homéopathie parce qu'il était rigolo, et on m'a dit après que ce n'était pas le bon remède) et le lendemain pas malade ! :)

Quand on donne un traitement à un malade, on lui donne de l'énergie, même si lui n'en est pas conscient son âme l'est. C'est l'intention de guérison qui compte.

Effet trompeur, les tests en aveugles sur les animaux ou les bébé montrent qu'il y a guérison en administrant des remèdes homéopathiques. Biais méthodologique, c'est en réalité l'intention de guérison du soignant qui est dans le médicament, pas la molécule ou sa vibration qui n'ont aucun effet réel !

En gros, alignement, visualisation de ses organes, leurs demander de guérir, c'est ça la vraie guérison ! :)

Bibliographie

ter2: Sylvain Didelot, Terr2 - Quand la conscience change toutes les règles, 05/2019
arg1: Bruce Bourguignon, Une société non marchande,
myst: Sylvain Didelot, Conférence Questions-Réponses avec Sylvain Didelot, 04/07/2019,

Printed in France by Amazon
Brétigny-sur-Orge, FR

19612912R10286